S.F.
V.

Joanot Martorell
und Martí Joan de Galba

Der Roman vom Weißen Ritter Tirant lo Blanc

Erstes und Zweites Buch
Aus der altkatalanischen Sprache
des Königreichs Valencia
erstmals ins Deutsche gebracht
von Fritz Vogelgsang

Mit einem Vorwort des Übersetzers
und einem Nachwort von Mario Vargas Llosa

S. Fischer

Der S. Fischer Verlag dankt Herrn Heinz Pechthold,
Hofheim a. T., für seine großzügige Förderung der
deutschen Ausgabe von Tirant lo Blanc
und dem Ministerio de Cultura, Madrid,
für die finanzielle Unterstützung der Übersetzung.

2. Auflage: 7.-9. Tausend
Für die deutschsprachige Edition:

Printed in Germany 1990
ISBN 3-10-042603-7

Vorwort

Steckbrief
zur Fahndung nach einem
tatverdächtigen Erzfabulanten

Erst zwei Jahrzehnte ist es her, daß einem damals noch jungen, gleichwohl schon weltberühmten Autor aus Peru eine verwegene Attacke glückte, deren »lokaler« Erfolg im nicht eben engen Bereich der hispanischen Literaturen eine fulminante Fernwirkung zeitigen sollte. Kraft seines kritischen Scharfsinns brachte der Findige etwas zuwege, das an den strategischen Geniestreich Mehmeds, des türkischen Eroberers von Konstantinopel, erinnert. Angesichts der versperrten Passage in die Gewässer des Goldenen Horns hatte dieser sich kurzerhand entschlossen, den Schiffen seiner Angriffsflotte die Technik navigatorischer Land-, ja Bergwanderung beizubringen, um so, mit einem amphibischen Überraschungscoup an der Rückflanke, aus scheinbar unmöglicher Richtung, das tausendjährige Kaiserbollwerk zu Fall zu bringen.

Nicht auf dem flachen Wasserweg historischer Gewohnheitsbahnen, nein, querfeldein, auf kürzestem Weg den Hügelrücken aus verkrusteten Sedimentmassen durchbrechend, versetzte der Peruaner unversehens das bizarr die Baumkuppe übersteigende Takelwerk eines grandiosen poetischen Dreimastseglers aus Urvätertagen mitten ins liquide Leben der literarischen Goldhorn-Gegenwart, um das vermeintlich längst zum Fossil gewordene, nun aufs neue zu Wasser gelassene Meeresfahrzeug versunkener Altvorderen als ein Geistesvehikel von robuster Seetüchtigkeit und verblüffender, faszinierender Wendigkeit zu präsentieren: als »das vielleicht aktuellste Konstruktionsmodell seiner Gattung«.

Sieghaft segelt es seither, unter der frisch gehißten Toppflagge totaler epischer Souveränität, von Land zu Land: *Tirant lo Blanc,* ein riesiges Romangebilde aus dem Traditionsgeschwader unzähliger Ritterbücher, eine Schöpfung des bis dato in Deutschland faktisch unbekannten Valencianers Joanot Martorell, wird heute, mehr als ein halbes Jahrtausend nach seiner Entstehung, nicht nur in jenen iberischen Regionen mit Begierde gelesen, wo das Katalanische zu Hause ist (das Idiom also, dessen früheste literarische Formung durch den großen Universalgelehrten, Mystiker und abenteuernden Missionar aus Mallorca, Ramon Llull, erfolgte), sondern auch in sämtlichen Ländern spanischer Sprache, ebenso in den Staaten englischer Zunge, in den Niederlanden, in Italien und Rumänien, demnächst, so höre ich, auch in Frankreich, Schweden...

Ohne den Anstoß, der von Mario Vargas Llosa ausging, wäre die Erstübersetzung ins Englische (New York, 1984) wohl nicht entstanden; und ohne deren überwältigenden Erfolg hätte schwerlich ein holländischer Verleger es gewagt, dem amerikanischen Beispiel zu folgen (Amsterdam, 1987); vermutlich hätte auch eine Neuausgabe der italienischen Version von 1538 noch lange auf sich warten lassen, wäre da nicht die Saisonbilanz der US-Bestsellerliste gewesen – und der immer renommierter werdende lateinamerikanische Romancier, der mit dem Gewicht seiner Worte einen Wall jahrhundertealter Vorurteile jählings zum Einsturz gebracht hatte. (Als ich vor fünfunddreißig Jahren in einer respektablen deutschen Zeitung mit einigen Zeilen auf den Reiz der Eigenart dieser hochoriginellen, kraftvollen Dichtung hinwies, fühlte sich der sprichwörtliche Hund hinterm Ofen nicht im mindesten veranlaßt, auch nur eine Pfote zu bewegen – trotz der wohlgewürzten Rühmung Tirants durch einen gewissen Cervantes, den zu zitieren ich nicht versäumt hatte.)

Die einzige moderne Übersetzung ins Kastilische – das irrtümlich auch bei uns noch immer von den meisten als die alleingültige Kultursprache Spaniens gewertet wird – war freilich nicht das Folgeprodukt des interpretatorischen Einsatzes von Vargas Llosa, sondern vielmehr dessen Anlaß: Sein *Fehdebrief zur Verfechtung der Ehre von Tirant lo Blanc* (den wir, vollständig verdeutscht, als Nachwort dieses ersten Bandes unserer Ausgabe veröffentlichen) wurde als Vorwort für die Version von J. F. Vidal Jové geschrieben, die 1969 erschien – 458 Jahre nach der anonymen spanischen Erstübersetzung, als deren begeisterter Leser sich der Verfasser des *Don Quijote* 1605 bekundete (durch den Mund seines bücherverbrennenden Pfarrherrn).

Die glückhafte Kombination der neuen spanisch-peruanischen Tirant-Publikation aber wäre ihrerseits undenkbar gewesen ohne die geduldige Leidenschaft, mit der sich zahlreiche Gelehrte, seit der *Renaixença* des kulturellen Selbstbewußtseins der Katalanen im letzten Jahrhundert, wieder und wieder um die Erforschung und authentische Edition des originalen Textes von Martorell (und Galba?) bemühten – eine Arbeit, deren Fortschritte an einer ganzen Reihe von Neuausgaben abzulesen sind (1873–1905, ed. von M. Aguiló y Fuster in Barcelona; 1904, Faksimile der Erstausgabe, hergestellt in New York; 1920, ed. von J. Givanel y Mas in Sant Feliu de Guíxols; 1924–29, ed. – und leicht gekürzt – von J. M. Capdevila, in Barcelona; 1947, ed. von M. de Riquer in Barcelona). Mit der sorgfältigen Transkription des Urtextes nach den Regeln der modernen Rechtschreibung des Katalanischen, bei getreuer Wahrung der lexikalischen, morphologischen und syntaktischen Besonderheiten des altvalencianischen Originals, hat Martí de Riquer (dem auch die 1974 in Madrid erschienene, kritisch kommentierte Neuausgabe der spanischen Erstübersetzung von 1511 zu verdanken ist) die entscheidenden Voraussetzungen für den Erfolg zweier wiederholt nachgedruckten Taschenbuchausgaben geschaffen, die nach dem von Vargas Llosa bewirkten Durchbruch publiziert wurden (1969 bei Seix-Barral in Barcelona, 1983 bei Edicions 62 in Barcelona). Als die bisher wichtigste Leistung der katalanischen Martorell-Philologie darf jedoch wohl die erstmals 1979 bei Editorial Ariel in Barcelona erschienene Ausgabe *Tirant lo Blanc i altres escrits de Joanot Martorell* gelten, in der Riquer die gesamte uns erhaltene literarische Hinterlassenschaft des Dichters vereinigt hat: außer dem gewaltigen Roman die Serie seiner persönlichen Fehdebriefe, der *Guillem de Varoic* (wohl eine Urfassung des Romananfangs) und das winzige Fragment eines Traktats der Ritterdoktrin, *Flor de cavalleria*. Diese Edition Riquers ist die Basis der Übersetzung, die wir hiermit als deutsche Erstausgabe den Lesern unseres Landes vorlegen – verspätet um ein halbes Jahrtausend, aber rechtzeitig zum 500. Geburtstag von *Tirant lo Blanc*. Die Drucklegung der Uredition wurde nämlich, wie deren Schlußimpressum meldet, am 20. November 1490 vollendet, in der valencianischen Werkstatt eines deutschen Buchdruckers: Nikolaus Spindeler aus Zwickau.

Worauf aber – so wird man sich fragen, nachdem wir die Genealogie all der gelehrten Bemühungen um eine Vergegenwärtigung des bedeutendsten Erzählers der Katalanen mit ein paar Daten angedeutet haben –, worauf ist es zurückzuführen, daß ein zufällig und nur für kurze Zeit nach Catalunya verschlagener Sohn der Andenregion scheinbar beiläufig den plötzlichen Knalleffekt einer Großentdekkung bewirkte, an deren Ekstasen nun, nach rund siebzehn Generationen, die ungerührt darauf verzichteten, auf einmal alle Welt teilhaben zu wollen scheint?

Das »Geheimnis« dieser erstaunlichen Wirkung ist weder geheim noch irgendwie rätselhaft. Die Zündung, die eine Kettenreaktion auslöste, entstand durch einen unerwarteten Zusammenstoß: durch die zustoßende Direktheit des professionellen Interesses, mit dem der lebende Schriftsteller auf das Meisterwerk des Urkollegen losging, um, eindringend in dessen Produkt, der Produktionsmethoden habhaft zu werden, mit denen dieses geniale Erzählkunstwerk geschaffen wurde; um sich der Technik, der Taktik des schöpferischen Verfahrens zu vergewissern; um mit der rabiaten Gewinnsucht kreativer Wißbegier das innere Regelwerk zu zerlegen, das dem uralten und »in erzähltechnischer Hinsicht vielleicht aktuellsten Konstruktionsmodell seiner Gattung« den Anschein natürlicher Gewachsenheit verleiht, indem es die Funktionen seines fiktiven Lebens so in Gang hält, daß es die Illusion von Pulsschlag und Atem erweckt, die Bannkraft einer künstlichen Bewegtheit erzeugt, die bewegend einwirkt auf das reale Leben der Einbildungskraft des Lesenden.

Nicht über die Umwege historischer Recherchen suchte der Peruaner sich dem Valencianer zu nähern. *Directamente*, ohne Rücksicht auf die Gebote schulgerechter Schicklichkeit, ohne jede Scheu vor der Fremdheit eines Geistes aus weiter Zeitenferne, nur erpicht auf die Machart dessen, was dieser hinterließ, nahm er den kürzesten Weg zum anderen, entschlossen zum unmittelbaren, handwerklichen Kontakt.

Die Faszination, die den Könner von heute dazu drängte, die Kunst eines langverstorbenen Zunftgenossen zu analysieren, ist das ganze »Geheimnis« der Faszination, die er mit der luziden Niederschrift seiner Beobachtungen und Erfahrungen erregte. Die Radikalität, mit der er sich selbst die Lehre einverleibte, die er aus den dort gewonnenen Befunden zog, beeindruckte freilich nicht nur als das überraschende persönliche Bekenntnis zu einem weithin ignorierten Altmeister. Wer sich noch an die Ära erinnert, in der die »gesellschaftliche Relevanz« zum höchsten, wenn nicht gar zum einzigen Kriterium dichterischer Qualität avancierte, begreift ohne weiteres, welch provokative Potenz schon allein in der ungeniert demonstrierten Verehrung eines Autors steckte, den der Bekenner emphatisch zum »Ersten vom Stamme der Allmachtserzähler« erklärte, zum »ältesten, frühesten Fall eines allgewaltigen, selbstlos waltenden, allwissenden und allgegenwärtigen Romanciers«. Nein, das war nicht der antiautoritären Mode nach dem Munde geredet. Im Gegenteil: Als Vargas Llosa im Januar 1969 die Hälfte seiner *Carta de batalla por Tirant lo Blanc* als Vorabdruck in der Madrider *Revista de Occidente* veröffentlichen ließ, war dieser Titel nicht nur eine neckische Anspielung auf die ritterlichen Privatprodukte der Feder Martorells; er bezeichnete exakt die Intention, mit der dieser Essay geschrieben wurde. Was da publik gemacht wurde, war in der Tat ein echter, aktueller »Fehdebrief«.

Den Meinungsregenten, die damals, überdrüssig des Schreibtischdösens, in hellen Scharen die »Eingreifpflicht« der Literaten verkündeten und die Agitation zur vornehmsten Aufgabe aller künstlerischen Disziplinen proklamierten, wurde da mit anstößigster Klarheit die Gegenposition markiert, die Überzeugung, daß der Autor aus seinem Werk zu verschwinden habe; denn »wenn der Leser den sich einmischenden Autor zu Gesicht bekommt und gewahrt, wie dieser, geduckt hinter den Figuren, als Drahtzieher fungiert, so fällt die Fiktion in sich zusammen«, weil der Leser merkt, »daß man ihn zum Komplizen bei einem Schmuggel machen will, ihm Ideen und Glaubensartikel aufnötigen möchte, die man, damit sie bekömmlicher wirken, als Fabeln drapiert hat«. Flaubert, so erklärte damals Vargas Llosa, sei der erste gewesen, der mit einleuchtender Klarheit »die Notwendigkeit erläuterte, den Autor aus seinem Werk zu entfernen, damit die Dichtung den Eindruck erwecke, als würde sie nur von sich selber abhängen (...) Doch schon vierhundert Jahre vorher erfaßte Martorell intuitiv, daß die Autonomie seiner Fiktion die Grundvoraussetzung für

deren Existenz war (...) Die von ihm erschaffene Wirklichkeit mußte *zweckfrei* scheinen, selbstlos wirken.«
Die Entschiedenheit seiner Abwehrhaltung gegenüber den landläufigen Parolen, die das »Engagement« zum einzig gültigen Ausweis künstlerischen Werts erhoben, veranlaßte den jungen Peruaner freilich nicht, das Werk des Valencianers nun schlicht als schlagendes Gegenbeispiel zu gebrauchen. Obwohl er feststellt: »Das erste, was erforderlich ist, damit ein Autor unsichtbar bleibe, ist seine Unparteilichkeit gegenüber dem, was in der Welt der Fiktion erscheint«, versteigt er sich in keinem Moment zu der Vorstellung, das zur »Objektivität«, ja »Neutralität« der Darstellung verpflichtete Kunstwerk müsse zweckfrei *sein*. Seine Formulierung verrät eine ungetrübte Fähigkeit zur Differenzierung. Zweckfrei »scheinen« müsse die »Autonomie« der Fiktion, selbstlos »wirken« müsse sie. Doch er wagt die Behauptung, markanter als sonstwo werde in *Tirant lo Blanc* etwas wahrnehmbar, das der Einsame von Croisset (also Flaubert) »wiedererweckt« habe: »die Dichtung als eine sich selbst genügende Wirklichkeit«. Mit wachem Interesse registriert man daraufhin seine einschränkende Bemerkung: »Freilich, unparteiisch sein heißt nicht indifferent sein: im Fall von Martorell bedeutet dies genau das Gegenteil.« Gespannt erwartet man den Fortgang der Argumentation – und fühlt sich düpiert, aus der strittigen Zone zwischen Moral und Ästhetik schlicht zurückgeschleust in den kindlichen Zirkelschluß der künstlerischen Selbstrechtfertigung aus der Lust am künstlerischen Tun, das zur Legitimation der Selbstgenügsamkeit seines Spiels mit Fiktionen anscheinend nicht einmal mehr der zuvor genannten Berufung auf die Gesetze seiner eigenen Wirkungsmöglichkeiten bedarf: »Wenn es etwas gibt, das wir mit Gewißheit von ihm behaupten können, dank der Kenntnis seines Romans, so ist es die Leidenschaft seines Erzählertemperaments. Die Lust des Fabulierens, die deutlich spürbar diesen Urwald von Geschichten durchpulst...« Niemand, der das Buch gelesen hat, wird dies bestreiten wollen. Aber ich meine, keiner, dem es bei der Lektüre nicht allein darum geht, dem arbeitenden Autor genau auf die Finger zu sehen, seine »erzählerische Strategie« als technisches Verfahren analytisch zu erfassen – was Vargas Llosa mit wahrhaft bewundernswertem

Scharfsinn geleistet hat –, wird nun von dem Zweifel verschont, ob das technisch-professionelle Interesse nicht zuweilen eine spezifische Art von berufsbedingter Blindheit bewirkt, die es verwehrt, in der Form des fertigen künstlerischen Arrangements noch das Ausdrucksverlangen zu gewahren, das diese Form hervorgebracht hat – als das notwendige Mittel eines Mitteilungswillens, der etwas meint, auf etwas zielt, das außerhalb dieses Mediums zu vermuten ist, jenseits des vorgeblich sich selbst genügenden Spiels. Kurz gesagt: Der exzellente Interpret Vargas Llosa ist das Opfer einer artistischen Selbsttäuschung geworden, wenn er allen Ernstes von Martorell behauptet: »In seiner Erzählbegierde hat dieser gar keine Zeit, sich mit Meinungen hervorzutun ...«

Ich behaupte: Das ganze riesige Romanwerk des Valencianers ist eine einzige resolute Stellungnahme, eine epische Programm-Musik, deren kunstvoll verflochtene Stimmen mit dem Raffinement ihres ständig dialektisch pendelnden, aufreizend sich selbst widersprechenden, den Hörer amüsant verwirrenden Tonartwechsels ein einziges, konsequent durchkomponiertes Thema variieren – ein Thema, dem all die beglückende Vielfalt der Farben und Töne, die tausend abenteuerlichen Episoden, die ganze imposante (von Vargas Llosa so beredt gerühmte) »Totalität« der Martorellschen Weltdarstellung untergeordnet ist, dienstbar den Zwecken eines zielgerichteten ernsten Spiels, das als grandios-groteskes, pathetisch-possenhaftes Divertimento einen Aufschrei genießbar macht, indem es dessen Mahnung maskiert, als ginge es um nichts als einen Mummenschanz zum Zeitverteib.

»Un libro divertidísimo!« – Das war die erste Reaktion des spanischen Nietzsche-Übersetzers Andrés Sánchez Pascual, als er hörte, daß ich den *Tirant* übersetzen wolle. »Ein höchst vergnügliches Buch!« Und bei Dámaso Alonso, dem Lyriker und profunden, hochgelehrten Kenner der Weltliteratur, der die Tirant-Lektüre zu den ungewöhnlichsten, wahrhaft außerordentlichen Erfahrungen seines Leserlebens zählte, las ich, zu meinem Erstaunen, den apodiktisch klingenden Satz: »Martorell hat nichts anderes vor, als vergnüglich zu unterhalten, und so entdeckt er, gleichsam beiläufig, den Wert des leichten, sozusagen launigen Pinselstrichs.« Hieraus darf man folgern, daß Alonso also in dem zweckfrei scheinenden *Tirant*, den Vargas Llosa offeriert – ohne auch nur mit einem Wort den Scheincharakter dieser Zweckfreiheit zu entlarven –, wohl kaum das Generalthema Martorells vermißt, dessen konstituierende, formgebende Bedeutung für das Ganze, aus meiner Sicht, unübersehbar ist. Deshalb widerspreche ich entschieden der These des Peruaners: »In dieser Ritualwelt bestimmt nicht der Inhalt die Form, sondern diese erzeugt ihren Inhalt.« Und ich bin sicher, daß Vargas Llosa keinen Kopfstand vollziehen muß, um meinen Einwand zu verstehen; denn er selbst hat, zwei Seiten zuvor, bereits eine Erkenntnis notiert, mit der er andeutet, welches Fundamentalgebot die komplexen Beziehungen zwischen Motiv und Gestaltung bestimmt. Er rückt die Verkehrung der Relation zurecht, indem er konstatiert: »In *Tirant* sieht man wunderbar jenes dialektische Verhältnis von Literatur und Realität, das an die Fiktion die Forderung stellt, sich von dem zu distanzieren, was sie ausdrückt, um es lebhaft auszudrücken. Voraussetzung der Treue ist in diesem Fall der Verrat.«

Leider erspart er es sich und uns, das Faktum zu benennen, das für Martorell zum großen, allesbestimmenden Sujet seines Schaffens wurde und an dessen Realität er »Verrat« üben mußte, um es im Kunstwerk wirkungsmächtig zu machen.

Es spricht gewiß nicht gegen die Kunst des Valencianers, wenn die Welt seiner Fiktion auch denjenigen Leser bannt, der, aus der Distanz von Jahrhunderten, gar nicht sieht, auf welch massives Widerlager in der erlebten Wirklichkeit – die für den Autor bedrängende Gegenwart war – sich die davon abgesetzte, ihr entgegengesetze Schöpfung seiner Einbildungskraft bezieht. Auch wer nicht dem naiven Glauben huldigt, Dichtung sei der Niederschlag des exquisiten Lebenslaufes besonders bewegter Existenzen, wird nicht grundsätzlich leugnen, daß man, wenn es darum geht, die jeweilige Kunstleistung zu ermessen, ihre Besonderheit zu erfassen, gut daran tut, nicht nur die Spannungen zu ermitteln, die zwischen den Kreaturen der hirngeborenen Welt bestehen, sondern auch stereoskopisch deren Stellung im Realraum der jeweiligen zeitlichen Gegebenheiten oder Ereignisse und der durch sie bedingten Erlebnisse, Erfahrungen und Willensregungen zu erkunden.

Der historisch-biographische Steckbrief, dessen es dazu bedarf, ist von Vargas Llosa nicht ausgestellt worden, weder anno 68, als er seinen entdeckungsreichen und darum unentbehrlichen »Fehdebrief« schrieb, noch drei Jahre später in seiner Einleitung zur Riquer'schen Ausgabe sämtlicher *cartas de batalla* von Martorell. Er läßt die Fährte der geschichtlich verifizierbaren Dichterspuren dort enden, wo seltsamerweise (oder allzu natürlicherweise?) auch der Forschungseifer fast aller katalanischen Spezialisten stockt: bei dem letzten uns erhaltenen, in Barcelona geschriebenen Brief des Valencianers, in dem dieser ankündigt, er wolle den (deutschen) Kaiser aufsuchen, um ihn als Schiedsrichter zu gewinnen für den Zweikampf, bei dem er sich an einem unredlichen Geschäftspartner zu rächen gedenkt. »Wir wissen nicht«, schreibt Vargas Llosa, »ob er sein tollkühnes Vorhaben ausführte. Ich möchte es glauben. Für mich ist es ein rührendes Schlußbild von Martorell: ein Reiter, der sich in der Ferne verliert, auf den gefahrvollen Landstraßen Europas einem exotischen Kaiser nachjagend, angespornt vom Ärger eines fadenscheinigen Rechtsstreits und der Lust auf einen imaginären Kampf.«

Als »Schlußbild« für den Briefband wäre diese romantische Miniaturskizze durchaus legitim – wenn nicht die Vorstellung suggeriert würde, sie markiere das Ende der nachweisbaren und weiterzuverfolgenden Lebensspuren Martorells. Der erwähnte letzte Brief trägt das Datum vom 1. April 1450. Sein Verfasser lebte aber, wie wir sicher wissen, noch achtzehn weitere Jahre. Und zwischen seinem Tod (der irgendwann im Laufe des Jahres 1468 eingetreten sein muß, da die notarielle Urkunde über die am 23. Oktober 1469 erfolgte Teilung seines Erbes vermerkt, daß er, unverheiratet und kinderlos, vor mehr als einem Jahr gestorben sei) – zwischen seinem Tod also und jenem letzten Fehdebrief sind zwei weitere Daten bekannt, die durch die Fakten, mit denen sie verbunden sind, eine Herausforderung für jeden sein müßten, dem die Entstehungsgeschichte der größten erzählenden Dichtung jenes Jahrhunderts nicht gleichgültig ist. Aber, so unglaublich es klingt: diese zwei Daten, die höchstwahrscheinlich exakt den Beginn und das Ende der poetischen Inkubationszeit bezeichnen, jene Lebensspanne des Autors also, aus de-

ren Erfahrungen das Verlangen erwuchs, ein solches Werk zu schaffen, sind bis heute noch von niemandem ernstlich ins Auge gefaßt worden, obwohl das erste dieser beiden Daten in dem von Riquer initiierten elfbändigen Standardwerk der *Història de la literatura catalana* vermerkt ist und das zweite von Joanot Martorell höchstselbst im letzten Satz der Widmung seines Romans genannt wird.
Das Archiv des Königreichs Valencia verwahrt in der Aktenmasse seiner zivilrechtlichen Abteilung auch zwei Blätter, auf denen eine Gerichtsverhandlung protokolliert ist, die am 21. Juni 1455 stattfand. In dieser Urkunde wird festgehalten, daß »Mossèn« (ein Titel, der ungefähr dem englischen Sir entspricht und kenntlich macht, daß der Angesprochene oder Gemeinte dem Ritterstand angehört) »Joanot Martorell und Mossèn Galceran Martorell derzeit nicht im Königreich Valencia weilen«; beide seien nach Neapel gereist, als der edle Lluís Cornell sich dorthin begeben habe. Und die dokumentierte Aussage eines Zeugen präzisiert diese Feststellung mit der Erklärung, »schon ein Jahr oder noch länger« sei es her, daß Joanot Martorell Valencia verlassen habe.
Was war der Anlaß dieses Aufbruchs? Vargas Llosa, der die Vermutung äußerte, daß »Martorell von all den Ländern, in denen sein Roman spielt, wahrscheinlich nur England kannte«, hat sich – obwohl die genannte Riquer'sche Literaturgeschichte, der wir die (von Cerveró entdeckten) Aktenzitate entnehmen, bereits 1964 erschien – diese Frage offensichtlich nie gestellt, wohl weil ihm das aus dem Aktenstaub ans Licht gekommene biographische Detail als nichtssagende Belanglosigkeit erschien. Kein Wunder, denn auch Riquer selbst, in dessen Darstellung er diese Auskünfte zweifellos gelesen hat, scheint weder durch die Nennung des Martorellschen Reiseziels noch durch den leicht zu errechnenden Zeitpunkt des Aufbruchs zu irgendwelchen Überlegungen angeregt worden zu sein. Was er aus den Fakten folgert, ist bloß der logische Schluß: »Unser Schriftsteller ging also im Jahre 1454 nach Neapel, wo er mindestens ein langes Jahr verweilte.« Und gleich darauf zitiert er das Dokument der Erbteilung, das zwar klar zu erkennen gibt, in welchem Jahr der Dichter verstarb, aber mit keinem Wort die Umstände und den Ort seines Todes erwähnt. Daraus schließe ich, daß dem Kompetentesten un-

ter den heutigen Kennern des Tirant-Verfassers keinerlei weitere Auskünfte über dessen Leben in der Zeitspanne zwischen dem Abschied aus der Heimat, anno 1454, und dem Todesjahr, 1468, bekannt sind. Und das bedeutet doch wohl, daß wir nicht einmal wissen, wo das heute unstreitig berühmteste Werk der katalanischen Literatur geschrieben wurde. (Eine Frage, der anscheinend auch noch niemand nachgegangen ist.) An wen das Buch gerichtet ist, geht aus der Widmung hervor: nicht nur an den portugiesischen Prinzen Ferrando, sondern »auch« an seine eigenen Landsleute, weshalb Martorell, wie man dort liest, das Unterfangen gewagt habe, es nicht nur aus der englischen Sprache in die portugiesische zu »übersetzen«, sondern auch noch aus dem Portugiesischen »in die valencianische Umgangssprache zu bringen, damit die Leute meines Heimatlandes sich ergötzen und höchlich erbauen mögen an all den großartigen Taten, die darin zu lesen sind«. Ist das aus der Ferne oder aus nachbarlicher Nähe gesprochen? Nichts weist darauf hin, daß es für den, der 1454 nach Neapel segelte, jemals eine Heimkehr gab. Und die Region seiner Herkunft spielt in der Handlung seines Romans keinerlei Rolle. Nicht einmal eine Seite füllen, im Kapitel CCCXXX, die Zeilen, wo zum ersten und letzten Mal von Valencia die Rede ist – lobend, im Gedanken an das dortige Klima, die Fruchtbarkeit der Gärten, den einzigartigen Reichtum an Handelswaren, den hervorragenden Mut der vielen dort ansässigen Ritter, den Liebreiz der Frauen dieser Stadt – die »sehr weiblich« seien, »nicht besonders schön, aber voll wohltuender Anmut, attraktiver als alle übrigen Frauen der Welt; denn mit dem reizenden Gebaren und der schönen Beredsamkeit, die ihnen eigen sind, nehmen sie die Männer gefangen« –, worauf allerdingss sogleich ein dunkles Unheilsorakel folgt, die Ankündigung eines allgemeinen Verfalls wegen der zunehmenden Bosheit unter den Einwohnern, an der die Vermengung von vielerlei Völkerschaften schuld sei, die dort stattfinden werde.

Ein Grund zum Bruch mit der eigenen Herkunft ist in diesen vermischten Anspielungen wohl schwerlich auszumachen. Daß ich die Authentizität dieser Randbemerkungen ohnehin bezweifle, sei nicht verschwiegen. Sie scheinen mir nicht nur deshalb höchst dubios, weil sie derart ungeschickt in den Handlungsablauf eingeflickt sind, daß es fast einer Beleidigung des großen Erzählartisten gleichkommt; befremdlich wirkt in ihnen vor allem eine Tonart munkelnden Mißtrauens gegenüber allen Juden, Mauren und nicht reinbürtigen Christen – also Konvertiten –, deren Vermischung mit den zuvor Gepriesenen daran schuld sei, daß »der Sohn dem Vater nicht trauen wird«. Woher auf einmal dieser Mief? Warum dieses Geraune genereller Verdächtigung, das ganz und gar nicht zu der kämpferischen Klarheit des stets auf ritterliche Gerechtigkeit bedachten Glaubensverteidigers Tirant-Martorell paßt? Hier verrät sich, meine ich, die gesellschaftliche Atmosphäre einer späteren Zeit, der lauernden Inquisition, die – wie ich dem Spindeler-Artikel der Enciclopedia Espasa entnehme – um das Jahr 1484 in Barcelona derart scharf einen jeden verfolgte, auf dessen Rechtgläubigkeit auch nur der Schatten eines Verdachts fiel, daß viele reiche Bürger aus Sorge um ihr Leben und ihre Habe die Stadt verließen. Der Zwickauer, schon von Berufs wegen ein Erzverdächtiger, habe um eben diese Zeit seine Druckerei verlegt, zunächst nach Tarragona und fünf Jahre später nach Valencia, wo es seine erste Aufgabe gewesen sei, *Tirant lo Blanc* zu drukken, nach der Satzvorlage, die »der hochmögende Ritter Mossèn Joan Martí de Galba auf Bitten der edlen Dame Dona Isabel de Lloris« zu Ende »übersetzt« habe, und zwar den »vierten Teil«. Die vielerlei Rätsel, die sich zusätzlich aus diesen Angaben des Impressums ergeben, wollen wir vorerst auf sich beruhen lassen. Wer will, mag darüber spekulieren, ob der fromme Galba, in dessen karger Bibliothek sich, laut Erbschaftsregister, fast nur Erbauungsbücher befanden, es 1489 für angebracht hielt, den von ihm letztendlich zu verantwortenden gewaltigen Text des vor mehr als zwei Jahrzehnten Verstorbenen wenigstens mit einem kleinen, lokalpatriotisch warnenden Hinweis auf den durch fremde Elemente gefährdeten altchristlichen Anstand zu versehen, oder ob der durch böse Erfahrungen gewitzte Drucker selbst, notgedrungen, eine minimale Vorbeugemaßnahme ersann: einen im Bedarfsfall vorzeigbaren Alibizettel nach dem Geschmack der herrschenden Kreise. Daß es sich bei dieser einzigen Erwähnung Valencias um einen nachträglichen Einschub handelt, scheint mir jedenfalls recht eindeutig aus dem nirgendwo sonst in dem Buch auftauchenden Prophetengestus der in eine düstere Zukunft vorausweisenden Futurumformen der Verben hervorzugehen. Da prophezeit einer, scheint mir, im nachhinein, also mit trügerischer Rückdatierung, hautnah erfahrene Ängste seiner eigenen Gegenwart, als deren Verlautbarer jener längst Verstummte herhalten muß, der 1454 zu einer Reise nach Neapel aufbrach.

Zweckfrei? Zu einer Lustfahrt? Oder zu einer Erkundungsexkursion in noch nicht durchmessene Zonen der Wirklichkeit, um deren Totaldarstellung es ihm angeblich ging? Sechzehn Jahre zuvor hatte er doch schon einmal eine Auslandsreise unternommen, nach England, wo sich der etwa Fünfundzwanzigjährige dann rund ein Jahr aufhielt (nachweisbar mindestens vom März 1438 bis zum Februar 1439). Daß er sich dort mit wachen Augen umsah, muß demjenigen nicht bewiesen werden, der seinen sehr viel später geschriebenen Roman gelesen hat. Aber dieser Englandfahrer war kein Literat auf Stoffsuche, kein Bürger auf Bildungsreise, sondern ein junger Ritter, der hartnäckig darauf drang, das in die Tat umzusetzen, was die Gebote seines Standes – und das heißt: seiner Berufung – von ihm forderten. Er selbst hat den Zweck seiner damaligen Unternehmung in der ersten Folge seiner Fehdebriefe mit harter Klarheit benannt: Er, ein Mann aus dem mittleren Adel des Königreiches Valencia, Sohn einer hochangesehenen Familie (sein Großvater war Mitglied des Kronrates von Martin dem Menschlichen, sein Vater königlicher Kammerherr im Dienst desselben Herrn); er, der Bruder von sechs Geschwistern, Schwager von Ausias March (der heute als der größte aller Lyriker gilt, die in der Sprache Valencias, Kataloniens, der Balearen und des Roussillon gedichtet haben); er, stets kriegerisch gestimmt und streitbar, wie ihn sein kundiger Kommentator Riquer charakterisiert, war grimmig darauf versessen, die Entehrung seiner jüngsten Schwester zu rächen – durch einen Zweikampf auf Leben und Tod, zu dem er seinen Vetter Joan de Monpalau herausforderte, mit der Bezichtigung, daß dieser Damiata Martorell die Ehe versprochen, sie »mißbraucht« und danach im Stich gelassen habe. Für den regelrechten Vollzug eines solchen Ehrenhandels war aber ein kompetenter, möglichst hochgestellter Schiedsrichter erforderlich, den Martorell im genannten Fall aus rechtlichen Gründen, die hier nicht zu erörtern sind, im Ausland suchen mußte und fand: Heinrich VI., der unglückliche, schwache, aber edelmütige Throninhaber, dessen traurigem Schicksal Shakespeare, mehr als anderthalb Jahrhunderte später, drei seiner Königsdramen widmete, gab dem Ersuchen des persönlich nach London geeilten Valencianers statt und lud dessen Kontrahenten ein, sich der Herausforderung zu stellen. Der Londoner Zweikampf fand freilich nie statt; der Bote, der die Zusage des Königs samt einem Geleitsbrief dem treulosen Vetter überbringen sollte, wurde bei seiner Heimkehr nach Valencia verhaftet, und die mitgebrachten Papiere wurden – wohl auf Weisung von Königin Maria, die derartige Fehden zwischen ihren Rittern nicht mochte – konfisziert. Das Ziel dieser ersten großen Reise Martorells erwies sich als unerreichbar – erst acht Jahre nach der Herausforderung wurde die Affäre durch ein königliches Dekret unblutig beendet: König Alfonso der Großmütige, Gemahl der in Valencia stellvertretend regierenden Maria, verfügte in einem Brief, diktiert in Neapel am 31. Januar 1445, daß Monpalau eine Entschädigung zu zahlen habe, direkt an die Schwester »unseres geliebten Mossèn Joanot Martorell«.

In einem Brief aus Neapel? Ja, denn die Hafenstadt beim Vesuv war seit 1443 der ständige Herrschersitz jenes Alfonso V. von Aragón; sie war die Operationsbasis des damals mächtigsten Fürsten im gesamten westlichen Mittelmeerraum, Hauptbastion und Vorposten der ehrgeizig gen Osten gerichteten Politik eben jenes Königs, dessen Untertan der 1454 nach Neapel reisende Joanot Martorell war. »Was aber Neapel belangt« – schreibt Franz Babinger in seiner vorzüglichen, wohlfundierten Biographie über den Konstantinopel-Bezwinger, »Mehmed der Eroberer« –, »so hatte König Alfonso im Frühjahr 1454 (...) großsprecherisch erklärt, daß er sich zum Rächer der Christenheit aufwerfen und selbst an die Spitze eines Kreuzzugs stellen werde. Er mußte auch überall als der geeignete Mann für ein solches Unternehmen erscheinen. Seine Herrschaft erstreckte sich über Neapel, Sizilien, Sardinien, Aragonien, Katalonien, Valencia und die Balearen. Nur Korsika, das den Genuesen gehörte, fehlte ihm noch, um Gebieter im ganzen westlichen Teile des Mittelmeers zu sein. Er hoffe, sagte Alfonso anderwärts, durch sein eigenes Beispiel die Fürsten des Abendlandes zum Türkenkrieg zu bewegen und so die Austreibung der Ungläubigen aus Europa zu bewirken.«

Erinnern wir uns: Am 21. Juni 1455 erklärte ein Zeuge in Valencia, »schon ein Jahr oder noch länger« sei es her, daß Joanot Martorell die Reise nach Neapel angetreten habe. Das heißt: Der Aufbruch erfolgte unmittelbar nach der »großsprecherischen« Feldzugsankündigung seines Königs, deren Anlaß eine Katastrophe war, die ein Jahr zuvor ganz Europa erschüttert und mit anhaltendem Entsetzen erfüllt hatte: der Fall Konstantinopels am 28. Mai 1453, der Tod des letzten oströmischen Kaisers im hoffnungslosen Kampf gegen die Übermacht moslemischer Heeresmassen, die – an der alten Hauptstadt vorbei – schon längst über den Balkan hinweg bis zur Adria vorgestoßen waren und nun nicht nur Ungarn und Venedig, sondern auch das neugeschaffene unteritalische Reich eben des Herrschers bedrohten, welcher der König und oberste Lehnsherr »unseres geliebten Mossèn Joanot Martorell« war.

Gewiß hatte dieser erfahren, daß auch Landsleute und Sprachgenossen von ihm an der letzten, vergeblichen Verteidigungsschlacht in Konstantinopel beteiligt waren, Kaufleute vor allem, die zu entschlossenen Kämpfern geworden waren, wie dies Steven Runciman auf Grund der Berichte von Augenzeugen in seinem Buch *The Fall of Constantinople 1453* mit einem Halbsatz resümiert: »... und die Katalanen unterhalb des Alten Kaiserpalastes leisteten Widerstand, bis sie allesamt gefangengenommen oder erschlagen waren«.

Kann es, angesichts dieser Datenkoinzidenz, für den, der die Geschichte von Tirant, von dem aus der Ferne zu Hilfe eilenden Verteidiger der bedrängten griechischen Kaiserstadt, gelesen hat, überhaupt noch eine Frage sein, weshalb und zu welchem Zweck der künftige Romancier 1454 nach Neapel reiste? Der Charakter, der sich uns nicht nur in seiner späteren Dichtung, sondern schon in seinem vielfältigen, über mindestens dreizehn Jahre sich hinziehenden privaten Fehdebriefwechsel mit diversen Gegnern präsentiert, läßt keinen Zweifel an der persönlichen Verbindlichkeit seiner ritterlichen Überzeugungen zu. Das aber bedeutet, daß es für den waffenvertrauten Adligen, der nicht gezögert hatte, zwecks Sühnung der verletzten Ehre seiner Schwester bis zum englischen König zu reisen, eingedenk des massenhaften, greulichen Unrechts, das den byzantinischen Christen widerfahren war, und des unermeßlichen Elends, das von Tag zu Tag die gesamte Christenheit immer gefährlicher bedrohte, schlechthin unmöglich war, den – hochherzig oder großsprecherisch erklärten – Willen seines Oberherrn, das eroberte Konstantinopel zu befreien, anders zu verstehen denn als Appell zur Bewährung praktisch geübten Rittertums, als unausweichliche Verpflichtung zur kriegerischen Tat.

Doch der große Rettungsfeldzug fiel aus. Statt dessen entstand ein Roman. Der professionelle Ritter, der ausgezogen war, um mit dem Schwert zu kämpfen, beugte sich übers Papier und begann, mit dem Federkiel zu spielen, um schließlich jahrelang der Befriedigung seiner eigenen Vorstellungsbedürfnisse zu frönen, verstrickt in einen tagtäglichen Kampf mit den wilden, wonnevollen Anfechtungen seiner ihn zum Äußersten herausfordernden Phantasie.

Wann aber geschah die doch recht ungewöhnliche Metamorphose? Was machte den tatendurstigen, zum kämpferischen Blutvergießen entschlossenen Martorell zu einem tintensüchtigen Literaten – ihn, der doch alle Federfuchser stets mit demonstrativer Geringschätzung betrachtete? Praktisches Abenteurertum (das wir wohl von Anfang an in ihm vermuten dürfen) und aktive Einbildungskraft waren zwar noch nie einander ausschließende Alternativen, im Gegenteil: das erste ist ohne die zweite kaum denkbar. Wodurch jedoch verkehrte sich das Gewichtsverhältnis zwischen den beiden Phänomenen in solchem Maße, daß das fiktive Rittertum de facto über das praktische obsiegte, es zurückdrängte oder gar ersetzte?

Das zweite, bisher zu wenig beachtete Datum, von dem ich sprach, scheint mir, recht betrachtet, eine beredte Antwort auf diese Frage zu geben. Wie der Autor selbst am Schluß der (nach Meinung der Kenner nachträglich geschriebenen) Widmung vermerkt, begann er mit der Niederschrift seines Romans am 2. Januar 1460. Die Exaktheit dieser (nachträglichen) Datierung läßt vermuten, daß der genannte Zeitpunkt für das Bewußtsein des sich Erinnernden eine Bedeutung haben mußte, wie sie der Beginn eines literarischen Versuchs an sich wohl kaum besitzen kann; denn selbst die rein subjektive Bedeutung des einstmals Begonnenen muß sich entwickeln und erweist sich auch für den Verfasser bestenfalls im Fortgang der Arbeit oder auch erst nach deren zufrieden notiertem Abschluß. Es drängt sich daher der Gedanke auf, daß irgendein Ereignis gravierender Art im Kopf des Autors untrennbar mit jenem Anfangstag verbunden war; ein Vorfall, der vielleicht den Entschluß zu dieser unkriegerischen, sozusagen tatenlosen Tätigkeit bewirkt hatte.

Wer sich im historischen Ambiente umschaut, muß nicht lange suchen, um auf das Szenarium eines grandios geplanten weltpolitischen Spektakels zu stoßen, das in eben jenem Januar 1460 sein Ende fand – mit einem Debakel, das die hochgespannten Erwartungen der wenigen daran wirklich Interessierten so kläglich, so bitter enttäuschte, daß es keiner weiteren Gründe bedarf, um zu erklären, warum ein nach Taten trachtender Mann im Januar 1460 jegliche Hoffnung begrub, er könne durch direktes Zupacken, mit der Kraft seiner Kriegerarme wirksam dabei helfen, das Unheilsrad der Geschichte zurückzudrehen.

Was war geschehen? Enea Silvio Piccolomini, der als Ratgeber des deutschen Kaisers, kirchlicher Diplomat, Kardinal von Siena und vor allem als Schriftsteller und wortmächtiger Reichstagsredner längst eine europäische Berühmtheit war, hatte unverzüglich nach seiner Erwählung zum Papst (als der er sich Pius II. nannte) an alle Fürsten der Christenheit die dringliche, ja dramatische Aufforderung gerichtet, sich vollzählig in Mantua zu versammeln. Sein Ziel war es gewesen, dort die uneinsichtigen, untereinander hoffnungslos zerstrittenen, stets nur auf ihre jeweiligen dynastischen Interessen bedachten Potentaten Europas mit der vereinten Macht seiner überragenden Eloquenz und des höchsten Amtes der Kirche endlich zur Bildung eines gemeinsamen Heeres aller christlichen Staaten zu bewegen, zur Aufstellung einer Streitmacht, die stark genug wäre, dem fortwährenden Ansturm der osmanischen Truppen standzuhalten und sie womöglich nach Asien zurückzujagen. Mit Feuereifer hatte der ebenso intelligente wie leidenschaftliche, aber schwerkranke Mann die Pläne seines Vorgängers wiederaufgenommen. (Denn schon Calixtus III. – ein Landsmann Martorells, ehemals Kardinal von Valencia und Mitglied der mächtigen Familie Borja, die man später in

Italien Borgia nannte – hatte sich, nicht gänzlich erfolglos, darum bemüht, seine selbstlosen Versuche zur Rettung des Abendlandes mit den durchaus nicht uneigennützigen Türkenkampf- und Morgenlandgelüsten des feingebildeten, frommen und zugleich berechnend schlauen Alfonso zu koordinieren, war aber regelmäßig bereits am neidischen Widerstand von dessen italienischen Handels- oder Machtrivalen gescheitert; und die beiden großen Spanier in Italien waren denn auch gestorben, in ein und demselben Jahr, 1458, ohne erreicht zu haben, was sie aus verschiedenen Intentionen gemeinsam erstrebt hatten.) Piccolomini nun, nach beschwerlicher, langwieriger Reise in Mantua angelangt, mußte zu seiner Enttäuschung feststellen, daß vier Tage vor dem festgesetzten Termin der Kongreßeröffnung (1. Juni 1459) noch nicht ein einziger der Geladenen eingetroffen war. »Ja, sie hatten«, schreibt Babinger in seiner Mehmed-Biographie, »es nicht einmal für nötig erachtet, mit Vollmachten versehene Gesandtschaften abzuordnen.« An einen Beginn der Verhandlungen war nicht zu denken. »Die anwesenden Kardinäle wetterten über die Fieberluft von Mantua, wo es nichts gebe als das Quaken der Frösche. Ob er wohl glaube, die Türken allein besiegen zu können, war ihre hämische Frage; er solle doch nach Rom zurückkehren, denn er habe seiner Ehre genug getan.« Doch Piccolomini beharrte auf seinem Vorhaben, verschickte Mahnschreiben von drängender, fast drohender Tonart in alle Richtungen, und »langsam, sogar sehr langsam erschienen Gesandte von da und dort«. Vor einer Versammlung von mattherzigen, mittelmäßigen Figuren, die ihre dürftigen Geisteskräfte in Intrigen erschöpften (»Nichts ist schriller vorstellbar als der Chor italienischer Stimmen, der um das Werk von Mantua herum spielt.«), hielt der Papst, seiner eigenen Desillusionierung zum Trotz, schließlich am 26. September im Dom zu Mantua eine zweistündige Rede, die mit kunstvoll hämmernder Insistenz ein Erwachen dieser ständig in kleinkarierte Querelen sich verheddernden Ignoranten zu erzwingen suchte, ohne verleugnen zu können, daß es die Bitterkeit der vorausgesehenen Enttäuschung war, was den Worten des päpstlichen Humanisten die Wucht der verzweifelten Entschlossenheit verlieh: »Nicht unsere Väter, nein, wir haben Konstantinopel, die Hauptstadt des Ostens, von den Türken erobern

lassen. Und während wir in träger Ruhe daheim sitzen, dringen die Waffen dieser Barbaren bis an die Donau und die Save. In der Königsstadt des Ostens haben sie Konstantins Nachfolger mit seinem Volk erschlagen, die Tempel des Herrn entweiht, Justinians erhabenen Bau durch Muhammeds scheußlichen Dienst befleckt; sie haben die Bilder der Mutter des Herrn und anderer Heiligen zerstört, die Altäre umgestürzt, die Reliquien der Märtyrer den Schweinen vorgeworfen, die Priester getötet, Frauen und Töchter, selbst die gottgeweihten Jungfrauen geschändet, die Edlen der Stadt beim Gelage des Sultans abgeschlachtet, das Bild unseres gekreuzigten Heilands mit Spott und Hohn unter dem Ausruf ›Das ist der Gott der Christen!‹ in ihr Lager geschleppt und mit Kot und Speichel besudelt. Das alles ist unter unseren Augen geschehen, wir aber liegen in tiefem Schlafe. Doch nein, unter uns selbst vermögen wir zu kämpfen, nur die Türken lassen wir schalten und walten. Um kleiner Ursachen willen greifen die Christen zu den Waffen und schlagen blutige Schlachten; gegen die Türken, die unsern Gott lästern, unsere Kirchen zerstören, den christlichen Namen völlig auszurotten trachten, gegen sie will niemand die Hand erheben. Wahrlich, alle sind abgewichen, alle sind unnütz geworden; da ist keiner, der Gutes täte, auch nicht einer! Man meint wohl, das seien geschehene, nicht mehr zu ändernde Dinge, von nun an werde man Ruhe haben. Als ob von einem Volke, das nach unserem Blute dürstet, das nach der Niederwerfung Griechenlands schon das Schwert in die Seite Ungarns gesetzt hat, Ruhe zu erhoffen, als ob von einem Gegner wie Sultan Mehmed Frieden zu erwarten wäre! Gebt diesen Glauben nur auf, denn Mehmed wird niemals anders denn als Sieger oder gänzlich Besiegter die Waffen niederlegen! Jeder Sieg wird ihm die Stufe zu einem zweiten sein, bis er nach Bezwingung aller Fürsten des Abendlandes das Evangelium Christi gestürzt haben wird ...«
Der Rhetor paukte vergeblich, und als er im Januar 1460 als letzter den Ort verließ, der zum Schauplatz des großen gemeinsamen Entschlusses hätte werden sollen, war für alle Teilnehmer und Beobachter – auch für den fernen, jederzeit wohlinformierten Mehmed – völlig klar, daß man die Chance zum großen, schicksalswendenden Gegenschlag verspielt hatte.

War es diese deprimierende Erfahrung, hat sie den valencianischen Ritter (der damals ein Mittvierziger gewesen sein muß) aus einem waffenstolzen Kämpfer zum sinnierenden, fabulierenden Schreibtischtäter gemacht? Zwingend beweisen läßt sich das schwerlich. Ob er in Mantua dabei war? Wenn nicht physisch, so doch im Geiste, ganz gewiß; denn Piccolominis Rede wurde durch unzählige Abschriften rasch in ganz Europa bekannt. (Daß die berühmte Isabella d'Este 1501 als Markgräfin von Mantua den Auftrag zur allerersten Übersetzung des *Tirant lo Blanc* erteilte – die leider verschollen ist –, könnte ein Indiz dafür sein, daß die Erinnerung an die Person des Dichters am dortigen Hofe fortlebte. Gänzlich unwahrscheinlich ist jedenfalls, daß er sich zur Zeit des Kongresses noch in Neapel aufhielt. Den neuen Machthaber dort lehnte er entschieden ab. Wer sagt das? Martorells Philosoph aus Kalabrien – wo der illegitime, einzige Sohn Alfonsos, Fernando, zunächst als Herzog amtierte, ehe er sich als König von Neapel den Ruf eines raffinierten Musenfreundes von unvorstellbarer Grausamkeit erwarb. Was der Autor dem besagten Wunderphilosophen in den Mund legt, sind äußerst schroffe Worte der Distanzierung, der Ablehnung, ja des Abscheus: »Er besitzt das Königreich zu Unrecht und regiert es als Usurpator, als Tyrann. Die Krone Siziliens gebührt nämlich dem Herzog von Messina; denn keinem Bastard darf jemals die Berechtigung oder Ermächtigung erteilt werden, über irgendein Königreich zu herrschen.«)
Ob Martorell in Mantua dabei war oder nicht – eines ist jedenfalls sicher erkennbar: Die im Kapitel XXXIII des Romans erzählte Episode von jenem Ritter, der sich mit beispielhaft kühner Entschiedenheit gegen die Entweihung der Heiligtümer Konstantinopels wendet, ist nichts anderes als eine ins Medium plastisch agierender Erzählkunst transponierte, anekdotisch inszenierte, also zur Handlung einer fiktiven Person gewordene Wiedergabe der eben zitierten Mantuaner Worte Piccolominis, gleichsam ihre unmittelbare Umsetzung in den erlebbaren Moment der Verwirklichung dessen, was sie forderten, als Haltung und exemplarische Tat. Und vielleicht gewahrt der Leser dieser ritterlichen Wunschtraumszene auch (was bisher anscheinend noch keiner bemerkt hat), daß sich in der erfa-

belten Figur des dort vorgeführten beispielhaften Täters, der sich im Auftrag des Papstes nach Konstantinopel begibt und der Schändung der Hagia Sophia ein Ende macht, sich die emblematisch verrätselte Huldigung an den verstorbenen König des ritterlichen Dichters verhohlen zu erkennen gibt: Quintus Superior (Quint lo Superior) – ist das nicht ein als epische Miniatur dargebotenes Inbild der noch postum bewahrten Verehrung jener hochgemuten (freilich nie verwirklichten) Absicht, die Alfonso der Fünfte (Quint!) 1454 proklamiert hatte und die, wie ich glaube, der Anlaß gewesen war, weshalb »unser geliebter Mossèn Joanot Martorell« nach Neapel reiste, zu seinem bis heute mit dem Beinamen »der Großmütige« (lo Superior!) gefeierten Oberherrn?

Derart verrätselte, halb verhüllte, halb demonstrativ aufgedeckte Bezüge zu Gestalten der damaligen Zeitgeschichte aufzuspüren, ist keine Marotte dessen, der sich mit der angeblichen Zweckfreiheit des Romans nicht zufriedengeben will. Ich weiß zwar, daß die bisherige, vorwiegend von Katalanen betriebene Tirant-Forschung die (damalige) Aktualität dieser Dichtung wenn nicht ignoriert, so doch flüchtig übergeht, sie jedenfalls nie als *das* bestimmende Moment anerkennt. Die einheimischen, verständlicherweise auf die Katalanität des Werkes und der Person dieses großen europäischen Erzählers erpichten Gelehrten ziehen es vor, als Hauptanregung für Martorell die rund 140 Jahre zuvor entstandene *Crònica* von Ramon Muntaner hervorzuheben, in der dieser über die von ihm selbst aktiv miterlebte Expedition der sogenannten »Katalanischen Kompanie« kreuz und quer durch das byzantinische Reich berichtet. Der hochtalentierte, schließlich heimtückisch ermordete Anführer jenes ursprünglich als Hilfscorps angereisten winzigen Heeres von rauhbeinigen Wanderkriegern, die durch den Neid griechischer Rivalen auf ihre stupenden Erfolge im Kampf gegen die Türken allmählich zu Gegnern der durch sie Befreiten, ja zur allgemeinen Landplage wurden – deren Anführer also, Roger de Flor, der als Sohn eines deutschen Falkners in den Diensten des Königs von Sizilien eigentlich Richard von Blume hieß, wird als das entscheidende Vorbild der Figur Tirants ausgegeben. Daß Reminiszenzen aus der Lektüre jener Chronik das Schaffen Martorells beeinflußt haben, ist nicht zu bezweifeln. Angesichts der Bedeutung, die diesem Einfluß zugeschrieben wird, fragt man sich jedoch verwundert, weshalb anscheinend völlig übersehen worden ist, daß vor allem der Name »Tirant« der genannten Chronik entstammt. Der Titelheld Martorells gibt zwar selbst, dem Einsiedler gegenüber (im Kapitel XXIX), eine recht einfache, ebenso banal wie plausibel klingende Erklärung seines Namens (dessen spätere Fehldeutung durch einen türkischen Gefangenen er jedoch – im Kapitel CLXIII – mit einem verdächtig augenzwinkernden Amüsement quittiert), indem er sagt: »Mich nennt man Tirant lo Blanc, da mein Vater Herr der Tiraner Mark gewesen ist, die Englands Ufer gegenüber liegt, und meine Mutter, eine Tochter des Herzogs der Bretagne, Blanca heißt.« (»... per ço com mon pare fon senyor de la Marca de Tirània ...«) Da sich, dank den Forschungen von Constantin Marinesco, herausgestellt hat, daß der Beiname »lo Blanc« für die Zeitgenossen des Dichters einen Verweis darstellte, der über den einst weitverbreiteten, also ganz gewöhnlichen Taufnamen der Mutter hinausweist, bin ich – seitdem ich Muntaner gelesen habe – nicht mehr davon überzeugt, daß die »Marca de Tirània« eine irgendwo an der französischen Atlantikküste, gegenüber von England, zu vermutende geographische Realität meint. In der *Crònica* stieß ich nämlich, zu Beginn des Kapitels CCVI, auf den Namen eines anatolischen Ortes, unfern von Ephesos, der mich schlagartig belehrte, daß »Tirant« eine (für die ritterliche Leserschaft, an die sich Martorell wandte) spontan einleuchtende und weit über Roger de Flor zurückverweisende Anspielung ist. An der genannten Textstelle ist davon die Rede, daß flüchtende Türken, die dem Schlachtfeld entronnen waren, »in Richtung auf *Tira* rannten, bis zu der Kirche, wo der Leib unseres Herrn Sankt Georg ruht« (»... a la Tira entrò a l'esgleia on jau lo cos de monsènyer sant Jordi«). Vielleicht erinnert man sich nun, daß schon in der um 1300 entstandenen *Legenda Aurea* zu lesen ist, den christlichen Kämpen, die nicht wagten, auf Leitern die Stadt Jerusalem zu ersteigen, weil die Sarazenen mit Macht widerstunden, sei auf einmal Sankt Georg erschienen: »in weißer Rüstung, mit einem roten Kreuz geziert, und er winkte ihnen, daß sie ihm kühnlich sollten nachfolgen und die Stadt gewinnen.« – »Blanca«, die »Weiße«, als Mutter des Ritters, der »lo

Blanc« genannt wird, weist also letztlich auf die Gestalt des ersten »weißen Ritters«, den christlichen Ritter schlechthin, und sie tut dies, wohlgemerkt, als Tochter aus dem höchsten Adelshaus der Bretagne, als Repräsentantin der ritterlichen Ursagenregion, welcher – nach der damals vorherrschenden Meinung – auch König Artus entstammt, der Idealkönig, den Martorell denn auch im weiteren Verlauf seiner Geschichte, unbekümmert um riesige räumliche Distanzen und ohne Scheu vor chronologischen Schranken, mitten in dem von Türken bedrohten Konstantinopel auftreten läßt.

Doch damit nicht genug: Marinesco, ein Rumäne, der in Paris lehrte, hat vor fast vierzig Jahren anhand von zahlreichen Texten aus den Tagen Martorells den eindeutigen Beweis erbracht, daß »lo Blanc« für die Zeitgenossen des Erzählers den zündenden Effekt einer Gedankenassoziation von höchster Aktualität hatte: Die Nennung dieses Namens mußte in jedem wachen Kopf sofort die Erinnerung an das strategische Genie und die nie erlahmende persönliche Tapferkeit jenes einzigen christlichen Feldherrn erwecken, der die Türken jahrzehntelang immer wieder das Fürchten gelehrt hatte: Johannes Hunyadi, ein Edelmann von schlichter Herkunft, Walache aus Transsilvanien, der als Heerführer und schließlich als Reichsverweser Ungarns die Vorstöße der Muslime nach Mitteleuropa ein ums andere Mal vereitelt und sogar einen großen, erfolgverheißenden Gegenangriff in Gang gebracht hatte, weshalb er – besonders nach der furchtbaren Niederlage, die er Mehmed 1456 bei Belgrad bereitete – in vielen Ländern zum lebendigen, leibhaftigen Symbol des christlichen Widerstands geworden war. »Il Bianco« hieß er bei den Italienern, »le Blanc« bei den Franzosen, »lo compte Blanch« oder gar »lo rey Blach« bei den Katalanen (laut Marinesco eine Folge der fortwirkenden Verballhornung seiner weithin unverstandenen Herkunftsbezeichnung »Valachus« zu »Blachus«, »Blanchus« etc.; laut anderen eine fremdländische Fehldeutung der familiären Kurzform seines Vornamens, Janko, den die Mitstreiter des großen Walachen – der übrigens auch den »christlichen« Greueln seines Landsmannes Vlad Dracul(a) ein Ende machte – als Schlachtruf benutzt haben sollen).

In den noch heute interessanten Aufzeichnungen von Phillipe de

Commines wird Hunyadi 1458, zwei Jahre nach seinem Tod, sozusagen schon titelgerecht als »le chevalier blanc de Vallaquie« erwähnt: »ein einfacher Edelmann, doch von großem Verstand und voll mannhafter Tugend«, der lange Zeit das Königreich Ungarn regiert habe und dessen Sohn nun König der Ungarn sei.

Dieser Sohn aber, der den väterlichen Abwehrkampf tatkräftig fortführte, wird noch heute in den Geschichtsbüchern, nicht nur der Ungarn, als »Matthias der Große« oder einfach als der »Corvinus« gerühmt: als das »Räblein«, würdiger Sproß des alten »Raben«. Der Diminutiv, der somit erstaunlicherweise als Signum der Größe fungiert, war und ist nämlich nichts anderes als eine Anspielung auf das Zeichen, das Hunyadi in unzähligen Schlachten auf seinem Schilde führte – das heraldische Symbol der Standhaftigkeit, das Hunyadi von seinen Vorfahren ererbt hatte, Martorells Tirant aber scheinbar aus spielerischer Laune auf seinen Schild malen läßt.

Als der Valencianer im Januar 1460 mit der Niederschrift seines Romans begann, war »das Räblein«, ein Jüngling von siebzehn oder achtzehn Jahren, fast zwangsläufig die imaginierte Lichtfigur, an die sich die Hoffnungen all derer klammerten, die nach dem Tod von Hunyadi, Calixtus und Alfonso, nach dem kläglichen Scheitern des großangelegten Versuchs von Piccolomini in Mantua wachen Sinnes noch auf Möglichkeiten zur Rettung sannen. Und das leidenschaftliche Interesse an diesem Blutserben des großen Verteidigungshelden wurde noch gesteigert durch die Tatsache, daß Friedrich III., der deutsche Kaiser – dessen Aufgabe es nach der damals noch immer gültigen Auffassung des Mittelalters gewesen wäre, als oberster Schirmherr für das Wohl und den Schutz der gesamten Christenheit zu sorgen –, dem frisch Gekrönten in den Rücken fiel, indem er, noch während man in Mantua rhetorisch die Einheit des Abendlandes beschwor, sich selbst durch jene ungarischen Magnaten, die dem Emporkömmling aus niederem Adel die Krone mißgönnten, zum König von Ungarn proklamieren ließ, also das Hauptbollwerk spaltete, dem er die bisherige Sicherheit seiner eigenen Stammlande zu verdanken hatte.

Die manische Beschränktheit einer solch kurzsichtigen, eigensüchtigen Fürstenpolitik war – so vermute ich – der Grund für eine zunächst als phantastischer Aberwitz, als ahistorische Absurdität erscheinende taktische Maßnahme des Erzählers: er erlaubte es sich, seinen Kaiser von Konstantinopel, diesen nicht unsympathisch gezeichneten, aber blassen, schwachen, kampfunfähigen Imperator, so zu benennen, wie der seinerzeit real amtierende Kaiser des Heiligen Römischen Reiches deutscher Nation hieß: Friedrich (valencianisch: Frederic) – obwohl Martorell, wie jedermann damals, natürlich wußte, daß der im Kampf gefallene letzte Ostkaiser sich Konstantin genannt hatte. »Es überrascht«, meint Riquer, diesem Kaisernamen im byzantinischen Bereich zu begegnen; und er vermerkt zugleich, daß dieselbe fiktive Kaiserfigur in einem sehr viel späteren Kapitel (CLXXXVI) einen anderen, nicht minder verwunderlichen Namen führt: Heinrich (Enric).

Der spontan sich aufdrängende Verdacht, es handle sich bei dieser zwiefachen Benennung schlicht um ein Versehen des Autors, verflüchtigt sich freilich, wenn einem einfällt, daß genau diese beiden Namen schon einmal, viele Jahre zuvor, von Martorell verkoppelt wurden. In einem seiner letzten Fehdebriefe an Gonçalvo d'Íxer schrieb der Valencianer am 1. März 1450: »Ich werde Seine Majestät den Herrn Kaiser oder den mächtigen Herrn König von England aufsuchen ...«

Daß er den englischen Heinrich persönlich kannte, wissen wir; und eine direkte oder indirekte Beziehung zum deutschen Friedrich dürfte als recht wahrscheinlich gelten, falls man den Briefschreiber nicht für einen wild drauflos schwafelnden Schwadroneur halten will. Wie er sich damals, eines privaten, ja nichtig wirkenden Ehrenhandels wegen, an die genannten Großpotentaten wandte, so scheint er nun, wo es nicht um ihn, sondern um alles, um den Bestand seiner ganzen Welt geht, erneut dieselben hohen, großmächtigen Herren ansprechen zu wollen, um ihnen die Sache vorzutragen – um ihnen klarzumachen, daß es in diesem Fall weniger um seine Ehre als um das Wohl und Wehe der Monarchen selbst und all der ihnen Anvertrauten geht. Und er tut dies nicht in der Form eines direkten moralischen Appells (dessen Vergeblichkeit er zur Genüge erfahren hatte), sondern in Form eines phantastisch verkappten Antrags. Er insinuiert den Hoheiten, die scheinbar fern aller Türkengefahr residieren, daß sie selbst in der Lage des letzten Kaisers von Konstantinopel sind, kurz vor dem Fall der Stadt, und folglich gut daran täten, endlich zu begreifen, was die Stunde geschlagen hat.

Das englische Vorspiel, mit dem Matorell seine abenteuerliche Geschichte von der Errettung der (realiter doch schon gefallenen) Hauptstadt des Griechischen Reiches beginnt, ist der Beweis dafür, daß diese Deutung des zwiefach befremdenden, gänzlich unbyzantinischen Kaisernamens keine waghalsige Spekulation einer hemmungslos dem Detektivwahn verfallenen Phantasie ist. Das Verfahren, das der Autor bei dieser Namensvertauschung angewandt hat, ist ein Miniaturbeispiel der künstlerischen Technik, die er in großem Stil praktiziert: gleich zu Beginn mit der gigantischen Phantasmagorie einer von Kanarien kommenden Maureninvasion, die ausgerechnet das westlich abgelegene Inselreich Britannien überflutet.

Der Paukenschlag dieser paradoxen Vertauschung der realen geographischen Gefahrenzone hat Methode. Sie heißt: Provokation des Erkenntnisvermögens mit den Mitteln artistischer Verfremdung, die spielerisch dazu verführt, in der scheinbar zu nichts verpflichtenden Entrücktheit einer künstlich geschaffenen Trugexotik den Zweck der epischen Kostümierungstaktik zu durchschauen, mitten im Genuß der ins Weite entlaufenden, scheinbar zu freiem Schweifen eingeladenen Phantasie die allmählich sich enthüllende, dinglich faszinierende Konkretheit der realen Forderungen des Tages zu begreifen, sich den Ängsten der Gegenwart mit Verstand zu stellen.

»Man traut uns nicht«, erklärte der Meister der moralischen Klartextrede, Eneas Silvio Piccolomini, seinen Klerikern, als Martorell schon eine Weile mit der Entwicklung seiner Camouflagekunst beschäftigt war. »Müssen wir nicht einen Weg einschlagen, um das verlorene Vertrauen wiederzuerwerben? Und welcher Weg, werdet ihr sagen, führt uns dahin? Wahrlich keiner, der in unseren Zeiten schon gewöhnlich ist. Neue Wege müssen wir betreten; wir müssen fragen, durch welche Mittel unsere Vorfahren uns diese weite Herrschaft der Kirche errungen haben; und jene Mittel müssen auch wir anwenden. Denn die Herrschaft wird leicht auf dieselbe Weise erhalten, wie sie erworben wurde (...) Sie kann sich nicht erhalten, wenn wir nicht unseren Vorgängern nachstreben (...) Es genügt nicht, Be-

kenner zu sein, den Völkern zu predigen, auf die Laster zu donnern, die Tugenden in den Himmel zu erheben. Jenen müssen wir uns nähern, die für das Testament des Herrn ihre Leiber hingaben.«
Neue Wege müssen wir betreten – das hatte sich offensichtlich auch der Ritter gesagt, als er Romancier wurde. Und genau wie der Papst suchte er den ungewöhnlichen Weg, auf dem sein eigener Stand das notwendige Vertrauen zu sich selbst und das Vertrauen der anderen zurückgewinnen könnte, in der Richtung einer Rückbesinnung, einer Selbstvergewisserung durch genaue Betrachtung des Urkonzepts und der frühen Entwicklung geistlicher Ritterschaft. Dazu diente ihm vor allem Llulls berühmtes *Llibre de l'orde de cavalleria* (geschrieben etwa 1275). Der didaktische Eifer, der den enttäuschten Tatmenschen zum Fabulieren antrieb, ist – nicht nur auf den ersten Seiten, wo die Intention sich noch fast nackt zeigt – ganz unverkennbar. Doch schon vor dem eigentlichen Beginn hatte er die glückliche Idee, die Doktrin des Mallorquiners mit der bewegten Handlung eines genauso alten französischen Heldenepos zu verschmelzen, von dessen zahlreichen englischen Nachbildungen er eine oder auch mehrere während seines Aufenthalts in London kennengelernt hatte. Dieses Amalgam aus Doktrin und Abenteuer ist die brisante Substanz, der die Initialzündung seiner erzählerischen Strahlkraft zu verdanken ist. Llulls Rahmenanekdote von dem jungen Adligen, der, eingeschlafen auf seinem Pferd, zu der abgelegenen Bergklause eines Einsiedlers getragen wird, wo er von dem einsamen Alten die Belehrung erfährt, was zum Wesen eines wahren Ritters gehört und welchen Aufgaben er zu dienen hat, verwandelt sich durch die Collagetechnik Martorells, durch die ingeniöse Identifikation des weisen Llull'schen Eremiten mit der prall von Erlebnissen gefüllten Gestalt des gleichfalls zum Büßer gewordenen Warwick zu einer – wenn der paradoxe Ausdruck erlaubt ist – hochdramatischen Idylle, einer Welt-Miniatur, in deren strenger Stille das Klirren festlich-tödlicher Wettkämpfe vernehmbar wird, ein Nachhall ritterlich erlittener, ritterlich geformter Universalgeschichte und zugleich ein Aufruf zur Wiedererweckung einer vergessenen Kraft.
Aus dieser kleinen Szene erwächst die gewaltig sich verzweigende Komposition eines ebenso farbenreichen wie detailgenauen ritter-

lichen »Bildungsromans«, der sich realisiert in der Entwicklung eines jugendlichen Mannes vom tapferen Einzelkämpfer zum taktisch gewitzten Heerführer, vom charmanten, aber mädchenscheuen fahrenden Ritter zum wahrhaft Liebenden, vom Disziplin fordernden, unerbittlichen Schlachtenlenker zum sorgsamen Administrator und klugen Regenten, der weiß, daß die zu erstrebende Souveränität nur erlangt werden kann, wenn der zum Herrschen Verpflichtete begreift, was ein (Petrarca zitierender) Sarazene den siegreichen Tirant lehrt: »... daß die Neigungen eines jeden Menschen gänzlich zwanglose, frei sich entwickelnde Regungen sind, die es nicht ertragen, unter das Joch eines fremden Willens gebeugt zu werden, der offensichtlich nicht bereit ist, sich selbst in gleicher Weise einspannen zu lassen. Liebe kann niemals durch etwas anderes erzwungen werden als durch Liebe, und sie wird zwangsläufig gesteigert, wenn die Gefühle des einen sich wiedererkennen in denen des anderen (...) Gerechtfertigt ist der Fürst, welcher die Nöte, die durch fremder Leute Verbrechen über sein Reich gekommen sind, kraft seiner eigenen Tapferkeit und Tugend beseitigt, indem er die Schäden behebt, alles Eingestürzte aufbaut, Frieden schließt, jegliche Tyrannei verbannt und seinem Land aufs neue die Freiheit verschafft. Sein Herzensanliegen sei es, diejenigen zu lieben, über die er herrscht; denn wer liebt, läßt Liebe wachsen und gedeihen.«

Daß die Entwicklung eines feinen, naiven Kämpen zu solcher Einsicht nicht gradlinig verläuft, sondern tumultuarisch sich zur Klarheit durchringt, im Wechsel von Verführung und Bewährung, zwischen Lächerlichkeit und Würde, Banalität und Ideal, macht den anhaltenden Reiz ihres Fortgangs aus und verwandelt den Reichtum der programmatischen Konzeption – die stets auf die eine, ethisch gegründete, mit technischem Verstand gewappnete Fähigkeit des notwendigen, zeitgerechten Standhaltens zielt – in ein unablässig bewegtes Widerspiel verschiedener Kräfte, kontrastreicher, faszinierender Figuren, deren Treiben Szene um Szene hervorbringt, als wäre das Ganze die Ausgeburt einer unerschöpflichen, kraftvoll sich selbst genügenden, nur auf die Lust an der eigenen Hervorbringung bedachten Erzählmanie.

Höchst vergnüglich? Gewiß. Zweckfrei? Ich meine, Vargas Llosa gab in einem jüngeren Essay, von seinem eigenen Fabulieren redend, 1984 selbst die Antwort: »Romane werden nicht geschrieben, um das Leben zu erzählen, sondern um es zu verwandeln, indem man ihm etwas hinzufügt.« Das grammatikalische Signal der Finalität, also der Zweckhaftigkeit eines Tuns, »um – zu«, kündigt hier nicht irgendeine Absicht an, sondern eine Zielsetzung von geradezu totaler Radikalität: Verwandlung des Lebens – im Akt des Fabulierens, durch den »Verrat«, durch die zweckhafte Verfälschung der Realität in eine distanziert zu betrachtende Fiktion.

Noch in seinem Vorwort zu den Fehdebriefen Martorells hatte der Peruaner 1972 rundweg behauptet, in *Tirant lo Blanc* seien die Gegensätze von Leben und Darstellen, Sein und Schein zu einer einzigen Wirklichkeit verschmolzen: Nur Schein sei in ihm das Sein, nichts sonst, und das Spiel die alleinbestimmende Triebkraft des Lebens. Doch im allerletzten Satz artikuliert er eine Erkenntnis, die das vermeintlich selbstgenügsame Spiel als Instrument einer Stellungnahme, ja der Konfrontation begreift: »Indem er das Leben aussprach, widersprach er ihm.« Das bedeutet, meine ich: Nicht Sein und Schein sind identisch, sondern Kunst und Krieg: das Spiel als Widerstand, als Mittel zur Veränderung des realen Seins durch den erdachten Schein.

Das prächtige Abenteuerbuch, das der Valencianer hinterlassen hat, ist in Wahrheit ein Panoptikum mit pädagogischer Bestimmung, ein Roman, der als Rüstung gemeint ist. Die Possen, die er bietet, sind Atempausen eines Beschwörungsrituals von großem Pathos. Nicht die Lust am Spiel war die Triebkraft, die den Ritter zum Romancier gemacht hat. Aus der Not, die er nicht wenden konnte durch reale ritterliche Tat, erwuchs die Notwendigkeit, die Spielkraft seiner genialen Imagination zielbewußt zu einer Geheimwaffe zu machen, zu wirksamem Schein.

Die verhaltene, heimliche Vehemenz seines Tuns erkenne ich wieder in einem Detail jenes Bildes, das der alte Pisanello vermutlich in Neapel am Hofe Alfonsos des Großmütigen gemalt hat, wohin er ums Jahr 1450 berufen wurde – und wo er möglicherweise noch weilte, als Martorell 1454 dort eintraf. Evident ist, daß das Tafelbild, das ich meine, dieselbe Szene darstellt, mit der die Geschichte Ti-

rants beginnt: die Begegnung des Ritters mit dem Einsiedler. Daß der berühmte Maler die »Urfassung« des Romananfangs (*Guillem de Varoic*) kannte, als er das Gemälde schuf, das heute in der Londoner National Gallery hängt (mit dem irreführenden Titel »Die Jungfrau mit dem Kind nebst den zwei Heiligen Antonius und Georg«), schließe ich aus dem Detail, das die kriegerische Vergangenheit des Büßers mit einer dramatischen Geste bezeugt: Der Bettelstab des Alten in der franziskanischen Tertiarierkutte dient nicht als Stütze – schräg unter den rechten Arm geklemmt, wirkt er wie eine eingelegte Lanze, stoßbereit. Daß dies nicht der Ausdruck eigener Kampfbereitschaft ist, sondern die mimische Verdeutlichung des Sinns einer alarmierenden Forderung, die sich an den eleganten Jüngling in weißer Rüstung richtet, zeigt die erhobene Bettlerglocke, die der Eremit dem Ritter entgegenstreckt, als gälte es, den gewappneten Strohhut-Träger zu wecken, ihn aus den Träumen höfischer Eitelkeit zu reißen, ihn hinzuweisen auf das, was seine eigentliche Aufgabe ist. Das geschwänzte Ungeheuer, das zu Füßen des jungen Mannes über den goldenen Sporen hervorlugt – ein traditionelles Georgsattribut –, hat die Gelehrten veranlaßt, in der Gestalt dieses Ritters nur eine weitere Darstellung des altvertrauten Patrons aller Ritterschaft zu sehen (obwohl ihm in diesem Fall der zu erwartende Heiligenschein fehlt und an dessen Stelle ein – damals – modischer Strohhut mit weit ausladender, schön geschwungener Krempe prangt). Nirgendwo in der hagiographischen Literatur kann ich auch nur die geringste Spur einer Begegnung von Sankt Antonius und Sankt Georg finden. Ich meine deshalb, daß das Gemälde eine Llull-Ikone ist, eine Huldigung aus aktuellem Anlaß an den Verfasser des geistlich-kriegerischen Grundgesetzes der Ritterschaft, des *Llibre de l'orde de cavalleria*, dem Martorell – wie gesagt – die ersten Takte seiner gewaltigen epischen Tirant-Symphonie verdankt (und der traditionsgemäß im mallorquinisch-katalanischen Bereich schon immer nicht nur mit einem Bart von enormer Länge, sondern auch – seines legendären Märtyrertodes wegen – trotz mangelnder kirchenamtlicher Heiligsprechung mit einer Aureole gemalt worden ist).
Meine Vermutung, daß Pisanello bei der Gestaltung der Llull'schen Szene auch von Martorell und dessen frühem Warwick-Fragment

beeinflußt wurde, entstammt der Wahrnehmung, daß Pisanellos Eremitenfigur eine Haltung geballter, temperamentvoller Intensität besitzt, wie sie literarisch erst durch die Verschmelzung mit dem Naturell des gräflichen Kämpen aus England zustande gekommen ist. Daß Alfonso dem angesehensten Künstler seines Hofes den Auftrag erteilte, gerade dieses Thema zum Gegenstand seiner Kunst zu machen, ist diesem hochgebildeten Monarchen, Ritter und hellwachen Politiker, der sich der Gefahren eines Versagens der christlichen Kriegertugenden klar bewußt war, ohne weiteres zuzutrauen (zumal da man in Neapel gewiß nicht vergessen hatte, daß eben diese Stadt eine Hauptstation des dramatischen Lebens von Ramon Llull gewesen war, der Ort seines kühnsten Scheiterns, seines vergeblichen Versuchs, den Papst für die Bildung der großen, vereinten Ordensarmada zu gewinnen, deren Waffenmacht nach dem leidenschaftlichen Willen dieses Liebhabers der Moslems und Juden dazu dienen sollte, der geistigen Auseinandersetzung mit den Andersgläubigen im Morgenland eine gesicherte Basis zu schaffen, von der aus man bewirken könnte, daß die tragischen Differenzen zwischen den großen monotheistischen Religionen künftig als der Auftrag begriffen würden, im stetigen Gespräch die Kraft der widerstreitenden Argumente zu messen, mit den Mitteln der Ratio das Trennende zu überwinden und der höheren Einsicht zum Triumph zu verhelfen, statt die unterschiedlichen Meinungen als Motiv für endlose Machtkämpfe mißbrauchen zu lassen, bei denen es in Wahrheit um nichts anderes geht als die Befriedigung der Gewaltgier blutiger Tyrannen – wie dies das Beispiel des schlechthinnigen »Eroberers« mit erschreckender Deutlichkeit aufs neue lehrte). Wer aber mit dem Hinweis auf den nur allzu traditionellen Georgs-Drachen jeden aktuellen Bezug dieses Gemäldes bestreiten möchte, sollte zur Kenntnis nehmen, daß Enea Silvio Piccolomini, alias Pius II., Mehmed als »giftigen Drachen« bezeichnete, als »das Tier aus dem Abgrund«.
Den phantastischen Strahlenkranz, der die himmlische Erscheinung der Jungfrau mit dem Kind umgibt, haben die Kunstwissenschaftler als außerordentliche bildnerische Erfindung gewürdigt. Einig sind sie sich über die einzigartige dekorative Wirkung dieser Invention, doch die Deutungen der bestürzend neuen Form dieser kreisrunden Man-

dorla, die bersten zu scheint durch die Macht der ihr innewohnenden Leuchtkraft, werden nur zögernd vorgebracht. Man hat auf die mittelalterliche Verquickung der dem Augustus durch die Tiburtinische Sibylle offenbarte Vision einer Jungfrau samt Kind – »in circulum juxta solem« – mit der »Virgo amicta sole« in der biblischen Apokalypse verwiesen, wo es (Kap. 12, 1) heißt: »Und es erschien ein großes Zeichen am Himmel: ein Weib, mit der Sonne bekleidet, und der Mond unter ihren Füßen und auf ihrem Haupt eine Krone von zwölf Sternen, und sie war schwanger und schrie in Kindesnöten und hatte große Qual zur Geburt.« Ich sehe darin die malerische Wiedergabe eines weiteren Llull-Zitats. In dessen *Llibre de Sancta Maria* steht ein Satz, der wohl vollauf genügt zum Verständnis des flammenden Symbols, das Pisanello über dem gezackten Horizont der Waldesdüsternis in einen morgendlich fahl sich erhellenden Himmel gemalt hat: »Unsere Liebe Frau ist Morgenglanz, denn in ihr ist Fleisch geworden der Sohn Gottes, der Licht allen Lichtes und Glanz allen Glanzes ist.« Denjenigen aber, der Martorells Roman gelesen hat, braucht man nicht daran zu erinnern, daß es die Jungfrau mit dem Kind gewesen ist, die dem verzweifelten, von den Mauren tödlich bedrängten König Englands im Traum den Auftrag gab, den ersten Bettler, dem er begegne, mit der Führung seines Heeres zu betrauen, und daß dieser Bettler kein anderer war als der inkognito in der Büßerkutte bettelnde Graf Warwick.

Niemand, der das bannende, auf einen lautlosen Dialog konzentrierte, so unheimlich stille, doch in seiner Schönheit von einem zu ahnenden Alarm durchbebte Gemälde des Hofmalers von Alfonso betrachtet, wird den Eindruck gewinnen, dieses Bild bedeute keine Botschaft. Der Appell, den die gemalte Szene darstellt, meint nicht allein die vom Künstler aus Farben erschaffene Figur des hörenden Ritters. Das zur Betrachtung dargebotene stumme Gespräch ist nicht nur als Gegenstand distanzierter Augenlust gedacht. Die der Realität enthobene vermeintliche Autonomie des Kunstwerks enthebt den Schauenden nicht dem Gebot, den schönen Schein des Betrachteten als Forderung zu verstehen, die verlangt, sich selbst, seine Wirklichkeit zu ändern.

Moralischer Wirkungswille und das gelöste Spiel der locker den Pinsel führenden Hand schließen einander nicht aus. Was vergnüglich gemacht ist, muß deshalb nicht absichtslos sein. Selbst die krasse Zweckhaftigkeit einer Kriegslist kann wie ein Scherz daherkommen. Mehmed, der höchst wirkliche Widerpart, der Martorell zu seinem epischen Riesenspiel provozierte, versagte es sich nicht, seinen strategischen Geniestreich spielerisch zu vollziehen, als wär's eine bloße Gaudi, Schiffe über den Berg zu schicken. »In jedem Schiff«, so lesen wir bei Runciman, »saßen die Ruderer auf ihren Plätzen und bewegten ihre Riemen in der leeren Luft, während die Offiziere zwischen ihnen auf und ab gingen und den Taktschlag ausriefen. Die Segel waren gehißt, genau als befänden sich die Schiffe auf See. Während Schiff um Schiff die Anhöhe hinaufgezerrt wurde, flatterten Fahnen, dröhnten Trommeln und erschallten Trompeten und Pfeifen, als wäre das Ganze ein einziger phantastischer Karneval.«

Fritz Vogelgsang
Juli 1990

Der Roman
vom Weißen Ritter
Tirant lo Blanc

Editorische Vorbemerkung

Die folgende Übersetzung bietet eine vollständige, auf lebendige Treue bedachte Wiedergabe des 1490 publizierten valencianischen Urtextes, den Martí de Riquer mit beispielhafter Sorgfalt für heutige Leser verfügbar gemacht hat: transkribiert in eine Schreibweise, die den Regeln der modernen Orthographie des Katalanischen entspricht, aber die lexikalischen, morphologischen und syntaktischen Eigenheiten des Originals respektvoll bewahrt (*Tirant lo Blanc i altres escrits de Joanot Martorell*, Clàssics Catalans, Editorial Ariel, Barcelona, segona edició augmentada, 1982).

Mit der Gliederung des riesigen, insgesamt aus 487 Kapiteln bestehenden Romans in fünf »Bücher« – die wir sukzessive in drei Bänden ausliefern – folgen wir dem Vorbild der ersten kastilischen Übersetzung, die anonym 1511 in Valladolid erschien. Die zwingende Vermutung, daß weder die Kapiteleinteilung der altkatalanischen Uredition noch die Formulierung all der dadurch bedingten Kapitelüberschriften von Martorell stammt (der schon 22 Jahre vor der Erstveröffentlichung gestorben war), sondern beides wohl als Zutat des Druckers oder des lektorierenden literarischen Testamentsvollstreckers und angeblichen Mitverfassers Galba zu betrachten ist, hat uns dazu ermutigt, den überzeugenden Einfall jenes unbekannten Urhebers der spanischen Version auch für unsere deutsche Erstausgabe zu nutzen – zum Zwecke einer auf den ersten Blick erkennbaren Proportionierung der epischen Masse, zur Verdeutlichung ihrer kompositorischen Wachstumsgesetze, zur augenfälligen Strukturierung des Ganzen durch Trennwände, auf denen sozusagen die weitgespannten Gewölbe der verschiedenen Großräume des erzählerischen Monumentalbauwerks ruhen. (Die einzige Abweichung vom Valladolider Gliederungsmuster sei nicht verschwiegen: Es schien

uns geboten, das Zweite Buch nicht mit dem Kapitel CXVI enden zu lassen – in unserer Ausgabe auf Seite 402 –, sondern die Zäsur erst nach Kapitel CLXIII zu setzen.)
Anmerkungen zu allerlei Begriffen, Dingen, Namen und Fakten, die uns erklärungsbedürftig scheinen, werden wir in Form eines Glossariums am Ende des dritten Bandes unserer Ausgabe bieten, der auch eine ausführliche Bibliographie enthalten soll.

F.V.

Zu Ehr, Lob und Preis unseres Herrn und Heilands Jesus Christus
und der glorreichen Allerheiligsten Jungfrau Maria, seiner Mutter,
beginnt die Niederschrift des vorliegenden Buches, das da heißt
Tirant lo Blanc,
zugeeignet von Mossèn Joanot Martorell, Ritter,
Seiner Durchlauchtigsten Hoheit
Prinz Don Ferrando von Portugal.

Erhabener Fürst, mannhaft tugendfester und ruhmreicher Kronprinz!

Obschon der Ruf, den Ihr allgemein genießt, mir Eure Tugenden bereits kundgetan hatte, sind mir diese doch erst jetzt in aller Deutlichkeit offenbar geworden, nachdem Eure Hoheit geruhten, mir mitzuteilen und unverhüllt darzutun, wie feurig Euer edelmütiges Interesse an den Taten der tapferen und hochberühmten Ritter von einst ist, deren Lob die Dichter und Geschichtsschreiber in ihren Werken gesungen haben, zum dauernden Angedenken ihres Lebens und Strebens. Ganz besonders gilt dies für die vielen Abenteuer jenes famosen Ritters, der so herrlich, wie die Sonne all die anderen Planeten überstrahlt, in einzigartiger Ritterlichkeit alle anderen Ritter der Welt übertrifft: ein Kämpe namens Tirant lo Blanc, der durch seine Tapferkeit viele Königreiche und Provinzen eroberte und dann an andere Ritter verschenkte, da es ihm selbst einzig und allein um die Ehre des Rittertums ging. Schließlich eroberte er gar das ganze Griechische Reich, entriß es den Türken, welche die griechischen Christen unters Joch ihrer Herrschaft gezwungen hatten.

Weil aber die Geschichte der Taten Tirants in englischer Sprache geschrieben ist und es Eurer erlauchten Hoheit beliebte, mich zu bitten, ich möge sie ins Portugiesische übersetzen, da Ihr dachtet, ich müßte, nachdem ich einige Zeit auf der Insel England gewesen bin, jene Sprache besser kennen als sonstwer – was für mich ein willkommener Wink gewesen ist, sintemal mich mein Ordensgelübde ja ohnehin dazu verpflichtet, die beispielhaften Taten der Ritter von einst aller Welt bekannt zu machen; vor allem aber, weil es in dem genannten Werk hauptsächlich um die höchst ausführliche Darstellung der Rechte und Regeln des Waffenhandwerks und der Ritterschaft geht –, so will ich, obwohl ich in Anbetracht meiner Unzulänglichkeit und der amtlichen wie familiären Obliegenheiten, die dem entgegenstehen, sowie der Widrigkeiten des mißlichen Geschicks, die mich zu keinem ruhigen Gedanken kommen lassen, Entschuldigungsgründe genug hätte, um mich mit Fug und Recht dieser Mühe zu entziehen – dennoch will ich also, im Vertrauen auf das höchste Gut, den Geber aller Güter, der jedes gute Bestreben unterstützt, die Schwachheit der Strebenden wettmacht und die guten Absichten zum rechten Ende führt, wie auch im Vertrauen auf Eure Hoheit, die in ihrer Güte alle Mängel an Stil und Anstand dulden wird, welche dem vorliegenden Werk durch mich aus Unachtsamkeit oder, richtiger gesagt, aus Unwissenheit zugefügt werden mögen, das Unterfangen wagen, es nicht nur aus der englischen Sprache in die portugiesische zu übertragen, sondern auch noch aus dem Portugiesischen in die valencianische Umgangssprache zu bringen, damit die Leute meines Heimatlandes sich ergötzen und höchlich erbauen mögen an all den großartigen Taten, die darin zu lesen sind. Wobei ich Eure durchlauchtigste Hoheit ersuche, vorliegendes Buch so zu empfangen, wie man die Dienstleistung eines treu ergebenen Dieners entgegennimmt. Wenn da nämlich gewisse Mängel zu erkennen sind, so ist daran fürwahr, Herr, zum Teil besagte englische Sprache schuld, deren Wörter in manchen Wendungen jeglichen Versuch einer treffenden Wiedergabe vereiteln. Haltet mir zugute, daß ich stets von Herzen danach strebe, Eurer furchtgebietenden Hoheit in Treue zu dienen, und achtet nicht auf die rohen Fügungen und Unstimmigkeiten der Sätze. Laßt in Eurer Güte die Dienstmannen und andere daran teilhaben, damit sie daraus den Gewinn ziehen, der ihnen zukommt, und ihre Herzen zur Kühnheit ermuntert werden, so daß sie sich nicht scheuen vor dem rauhen Handwerk des Waffenganges und sich zu ehrenhaften Unternehmungen entschließen, um selbstlos das Gemeinwohl zu wahren, wofür das Heerwesen erfunden worden ist.

In nicht geringerem Maße wird es den Geist ritterlichen Anstands erhellend vor Augen führen und beispielhafte Szenen guter Sitten darbieten, welche das Geflecht der Laster zerreißen und die Greuel widernatürlicher Schandtaten zunichte machen.

Und damit kein anderer wegen dieses Werkes getadelt werden kann, falls ein Fehler darin entdeckt wird, will ich, Joanot Martorell, Ritter, die Verantwortung für das Ganze übernehmen, ich allein, und niemand sonst; denn von mir allein soll im Dienst des hocherlauchten Prinzen und künftigen Königs Don Ferrando von Portugal das vorliegende Werk zur Debatte gestellt sein, das begonnen wurde am zweiten Januar des Jahres vierzehnhundertundsechzig.

Wie die Erfahrung unzweifelhaft lehrt, läßt die Schwäche unseres Gedächtnisses nicht nur jene Geschehnisse leicht in Vergessenheit versinken, die durch den Lauf langer Zeiten zu alten Geschichten geworden sind, sondern auch die jüngsten Ereignisse unserer Tage, weshalb es recht ratsam, nützlich und sinnig gewesen ist, die denkwürdigen Wagnisse und Geschicke der starken und tapferen Männer von einst schriftlich zu überliefern, auf daß sie uns als strahlend klare Tugendspiegel dienen, als Exempel und Leitbilder, die uns lehren, was rechtes Leben heißt, wie dies schon der große Redner Marcus Tullius Cicero verkündet.

In der Heiligen Schrift lesen wir die Lebensgeschichten und frommen Taten der heiligen Väter, lesen vom edlen Josua und von den Königen, von Hiob, Tobias und dem erzstarken Judas Makkabäus. Und jener überragende Dichter namens Homer hat uns von den Kämpfen der Griechen, Trojaner und Amazonen erzählt; Titus Livius von den Römern, von Scipio, Hannibal, Pompejus, Octavianus, Marcus Antonius und vielen anderen. Niedergeschrieben finden wir die Schlachten Alexanders und des Darius; die Abenteuer von Lancelot und anderen Rittern; die poetischen Fabeln von Vergil, Ovid, Dante und anderen Dichtern; die heiligen Wunder und staunenswürdigen Taten der Apostel, der Märtyrer und sonstiger Heiligen; die Bußübungen von Johannes dem Täufer, von Magdalena, von Sankt Paulus dem Einsiedel, Sankt Antonius, Sankt Onophrius und von der heiligen Maria Aegyptiaca. Vielerlei Großtaten und unzählige Geschichten sind auf diese Weise gesammelt und aufbewahrt worden, damit sie niemals dem Vergessen überlassen und aus dem Gedenken der Menschen getilgt werden.

Würdig der Ehre, der Glorie, des Ruhms und ewig treuen Angedenkens sind alle tapferen, tugendhaften Menschen, besonders jene, die sich nicht geweigert haben, das eigene Leben hinzugeben für das Gemeinwohl, auf daß ihre Gestalten weiterleben in stetigem Ruhm.

Und wir lesen, daß Ehre nicht erlangt werden kann ohne reichliche Übung in tatkräftigem, tüchtigem Tun; und daß Glückseligkeit nicht zu erwerben ist, wenn es an Tugenden mangelt. Die tapferen Krieger wollen lieber auf dem Schlachtfeld sterben, als schmählich fliehen. Die heilige Judith wagte es mit mannhaftem Mut, den Holofernes zu töten, um die Stadt von seiner Zwangsherrschaft zu befreien. Und so viele Bücher voller Heldentaten und voll alter Geschichten gibt es, daß kein menschlicher Verstand es vermag, sie alle zu erfassen und zu behalten.
In früheren Zeiten wurde die kriegerische Zucht so hochgehalten, daß mit der Ehre, dem Kriegerstand anzugehören, nur ausgezeichnet wurde, wer stark, tapfer, klug und wohlerfahren in der Handhabung der Waffen war. Körperkraft und Kühnheit sollten mit Gewitztheit eingesetzt werden; denn durch Klugheit und Findigkeit der Kämpen ist es manchmal den Wenigen gelungen, einen Sieg über die Vielen zu erringen; die geistige Wendigkeit und Schläue der Ritter genügten, um die Übermacht der feindlichen Scharen zu schlagen. Und aus diesem Grund hat man einst Tjosten und Turniere veranstaltet, bei denen die jungen Leute so früh wie möglich im Kriegerhandwerk geschult wurden, damit sie später stark und beherzt in den Kampf zögen, ohne beim Anblick der Feinde in Angst und Schrecken zu verfallen. Die Würde des Kriegerstandes muß in hohen Ehren gehalten werden; denn ist sie dahin, so ist es um den Frieden der Königreiche und Städte geschehen, wie der glorreiche Sankt Lukas in seinem Evangelium sagt. Darum ist der tugendhafte und tapfere Ritter aller Ehren wert, und seine Rühmung soll nicht verstummen, mögen auch noch so viele Tage ihn in weite Ferne rücken. Und da zu den überragenden, nie zu vergessenden Rittern jener heldenmütige Tirant lo Blanc gehörte, dessen Andenken dieses Buch geweiht ist, wird hier seine Person samt seinen unvergleichlichen Mannestugenden und abenteuerlichen Taten entschieden hervorgehoben, als einzelne, klar umrissene Gestalt, wie die Geschichten zeigen, die im Folgenden erzählt werden.

Erstes Buch

Es beginnt der Erste Teil des Buches von Tirant, wo von gewissen Taten die Rede ist, die Graf Wilhelm von Warwick in seinen letzten, reich gesegneten Lebenstagen vollbrachte.

EINGANGSKAPITEL

So überragend sind Rang und Wert des Kriegerstandes, daß er hoch verehrt werden müßte, wenn sich die Ritter gehorsam an die Aufgabe hielten, um derentwillen er gestiftet und geweiht worden ist. Obgleich die göttliche Vorsehung nach ihrem Belieben verfügt hat, daß die sieben Planeten einen Einfluß auf die Erde haben und eine Macht über die menschliche Natur ausüben, indem sie mancherlei Neigungen zu sündigem und lasterhaftem Leben bewirken, hat der Schöpfer aller Dinge die Menschen ja nicht des freien Willens beraubt. Wird dieser recht gebraucht, so ist man imstand, kraft tugendhaften Lebens, die siebenfachen Mächte der Verführung zu dämpfen und zu besiegen, falls die Vernunft nicht ungenutzt bleibt. Und darum sollen, mit Gottes Beistand, in sieben Hauptteilen, aus denen dieses Ritterbuch bestehen wird, die Ehre und die Hoheit dargestellt werden, welche die Ritter besitzen müssen, um höher als alles Volk geachtet zu werden.

Der erste Teil wird von der Entstehung des Rittertums erzählen; der zweite von Stand und Amt der Ritterschaft; der dritte von der Prüfung, der sich der Adlige oder ein Mann edlen Wesens unterziehen muß, der in den Orden der Ritterschaft aufgenommen werden will; der vierte schildert das vorgeschriebene Zeremoniell, mit dem einer zum Ritter geschlagen wird; der fünfte erklärt, was die einzelnen Waffen des Ritters bedeuten; der sechste handelt von den Taten und Sitten, die einem Ritter gemäß sind; der siebte und letzte stellt dar, welche Ehre dem Ritter erwiesen werden soll. All diese Themen ritterlichen Lebens werden später abgehandelt, in rechter Reihenfolge, an geeignetem Ort. Jetzt aber, zu Beginn, soll erst von einigen tapferen Taten die Rede sein, die der berühmte, unerschrockene Kämpe, der Stammvater allen Rittertums, Graf Wilhelm von Warwick noch in seinen letzten, begnadeten Lebenstagen vollbrachte.

KAPITEL II

Wie Graf Wilhelm von Warwick beschloß, zum Heiligen Grab zu ziehen, und der Gräfin sowie den Dienern seine Abreise kundtat

Auf der fruchtbaren, reichen und lieblichen Insel England wohnte ein hochbeherzter Ritter edlen Geblüts und noch viel edlerer Gesinnung, der dank seiner großen Geschicklichkeit und geistigen Regsamkeit der Kunst des ritterlichen Kampfes während langer Jahre so überaus ehrenhaft gedient hatte, daß der Ruf des Ruhmes weithin erscholl und seinen Namen triumphal der Welt verkündete: Graf Wilhelm von Warwick. Dieser Ritter, ein Mann von außerordentlicher Kraft, hatte sich in den Tagen seiner männlichen Jugendfrische tüchtig im Waffenhandwerk erprobt, war zu Wasser wie zu Lande in den Krieg gezogen und hatte viele Schlachten zum guten Ende gewendet. Siebenmal hatte er auf einer Walstatt gestanden, wo ein König oder Königssohn ein Heer von mehr als zehntausend Streitgenossen befehligte; und fünfmal war er in die Schranken getreten, Mann gegen Mann, und hatte bei jedem Zweikampf einen glänzenden Sieg errungen.

Und als der tapfere Graf ins vorgerückte Alter von fünfundfünfzig Jahren gelangt war, beschloß er, bewogen von einer göttlichen Eingebung, sich aus dem Waffendienst zurückzuziehen und sich auf Pilgerschaft zu begeben, hin zu dem Heiligen Haus in Jerusalem, wohin, wenn er's irgend vermag, ein jeder Christenmensch reisen soll, um Buße zu tun und sein sündiges Wesen zu bessern. Der tapfere Graf wollte sich auf diesen Weg machen, weil ihn Reue

quälte, eingedenk der vielen Menschen, die er getötet hatte in all den Kriegen und Kämpfen, an denen er beteiligt gewesen war.
Und als er die Sache hin und her erwogen hatte, offenbarte er bei Nacht der Gräfin, seiner Gemahlin, daß er in Bälde aufbrechen werde, was diese, obschon sie eine höchst tugendhafte und kluge Frau war, mit großem Unwillen aufnahm, da sie ihn innig liebte; ihr weibliches Gemüt konnte dem aufwallenden Drang nicht widerstehen, ihn augenblicklich fühlen zu lassen, wie sehr seine Absicht sie verstimmte.
Am Morgen dann ließ der Ritter seine gesamte Dienerschaft vor sich kommen, sowohl die Männer als auch die Frauen, und sprach zu ihnen die folgenden Worte:
»Meine Kinder, meine lieben, verläßlichen Diener! Der göttlichen Majestät hat es beliebt, mir zu gebieten, daß ich fortreise von euch. Wann ich heimkehre – falls es dem Herrn Christus gefällt, daß ich wieder zu euch komme –, ist ungewiß, und meine Reise wird voller Gefahren sein. Darum möchte ich jetzt gleich einen jeden von euch für den treuen Dienst belohnen, den ihr mir geleistet habt.«
Er ließ eine große Truhe voller Münzen bringen und gab einem jeden weit mehr, als er ihm schuldete, so daß sie alle höchlich zufrieden waren. Dann vermachte er der Gräfin, als Schenkung und zur freien Verfügung, die gesamte Grafschaft, obwohl er doch einen Sohn hatte, der freilich noch sehr klein war. Zuvor hatte er einen Ring aus Gold anfertigen lassen, geziert mit den Wappen von ihm und der Gräfin; und dieser Ring war so kunstvoll gemacht, daß man ihn halbieren konnte und jede der Hälften noch ein ganzer Ring war, auf dem jeweils die halben Wappen beider zu erkennen waren, und fügte man die Teile wieder zusammen, so zeigten sich die Wappen des Paares in schöner Vollständigkeit vereint.
Und nachdem der Graf Besagtes getan, wandte er sich an die tugendhafte Gräfin mit freundlicher, zärtlicher Miene und sagte zu ihr Worte folgender Art.

KAPITEL III

Wie der Graf seiner Gemahlin, der Gräfin, den Abschied entbot; die Gründe, die er ihr darlegte, und was sie darauf erwiderte

Weil ich klar vor Augen habe, Frau Gemahlin, wie tief Ihr mich liebt und welch freundliches Wesen Ihr habt, fällt mir dieser Abschied um so schwerer; denn um Eurer hohen Tugend willen liebe ich Euch über alle Maßen, und schrecklich ist der Kummer, der Schmerz, den meine Seele empfindet, wenn ich daran denke, wie sehr Ihr mir fehlen werdet. Doch die große Hoffnung, die ich habe, ist mir ein Trost. Ich weiß ja, wie gütig Ihr handelt und Euch verhaltet; und ich bin gewiß, daß Ihr mein Fortgehen mit Liebe und Geduld hinnehmt und daß meine Reise, so Gott will, dank der Mittlerschaft Eurer frommen Gebete bald vorüber ist und Eure Freude dann um so größer sein wird. Ich übergebe Euch die Herrschaft über alles, was ich habe, und bitte Euch herzlich, alles in Eure Fürsorge zu übernehmen: den Sohn, die Diener, die Vasallen und das Haus. Und hier, schaut, habt Ihr eine Hälfte des Ringes, den ich anfertigen ließ. Ich bitte Euch innig: Behaltet ihn als den, der mich vertritt, und hütet ihn, bis ich heimkehre.«

»Weh mir!« sagte die tief getroffene Gräfin. »So wollt Ihr denn wirklich fortgehen, Herr, in die Fremde reisen ohne mich? Seid doch so gütig und erlaubt mir wenigstens, Euch zu begleiten, damit ich Euch dienen kann; denn lieber möchte ich sterben, als weiterleben ohne Euch, meinen Herrn. Gewährt Ihr mir diese Gnade nicht, so wird der Tag, an dem mein Leben endet, für mich nicht entsetzlicher sein, als es der heutige für mich ist. Ich wünsche inniglich und bei klarem Verstand, daß Ihr den rasenden Schmerz verspürt, der mein Herz befällt bei dem Gedanken, daß Ihr nicht mehr dasein werdet. Sagt mir, Herr, ist das die Wonne, ist das der Trost, den ich erhoffte, als ich mich Euch anheimgab? Das also ist der erquickende Lohn für all meine Liebe, für all das Vertrauen, mit dem ich Euch anhing in Treue? O ich elendes Geschöpf! Wo ist die herrliche Hoffnung, die ich hatte – du würdest für den Rest meines Lebens nunmehr ausharren als mein Herr an meiner Seite? Hatte denn mein jämmerliches Strohwitwentum nicht lange genug gedauert? O ich trübseliges Weib! All mein Hoffen ist mir entschwunden! Käme doch der Tod – denn für mich ist alles aus und vorbei! Kämen doch Donner, Blitz und schmetterndes Sturmgewitter, daß er bleiben muß, daß mein Herr mich nicht verlassen kann!«

»O Gräfin, meine Herrin!« sagte der Graf. »Ich begreife wohl, daß es Eure maßlose Liebe ist, die Euch zu diesem Ausbruch treibt, alle Grenzen mißachtend, die Eure kluge Diskretion sonst wahrt. Ihr solltet aber bedenken, ob, wenn Gott unser Herr schon so gnädig ist, einem Sünder zur Erkenntnis seiner Frevel und Versäumnisse zu verhelfen, so daß er willig wird, dafür Buße zu tun, die Frau, die so sehr den Leib ihres Mannes liebt, nicht noch viel mehr seine Seele lieben müßte, seiner Reue nichts in den Weg legen, sondern eher Gott unserem Herrn dafür danken sollte, daß er ihren Mann erleuchtet hat. Besonders in meinem Fall, bei mir, der ich ein so großer Sünder bin; denn in den Kriegszeiten habe ich vielen Leuten viel Übles angetan und ihnen schlimmen Schaden zugefügt. Ist es nicht besser, wenn ich mich nun, da ich mich den großen Kriegen und Schlachten entzogen habe, ganz dem Dienste Gottes widme und Buße tue für meine Sünden, statt mich dem weltlichen Treiben hinzugeben?«

»Gut wäre das schon«, sagte die Gräfin, »aber ich sehe, daß da ein Schmerzenskelch geleert werden muß, und der ist so bitter für mich, die ich so lange, lange, daß es sich gar nicht sagen läßt, ohne Vater und Mutter leben mußte, als Witwe eines lebenden Gatten und Herrn. Jetzt, wo ich dachte, daß mein Schicksal sich wenden würde; wo ich hoffte, daß all mein bisheriges Elend ein Ende haben sollte – jetzt sehe ich, daß meine Trübsal nur noch trauriger wird. Mit Fug und Recht kann ich sagen, daß mir nichts anderes als dieses Würmlein bleibt, dieses Söhnlein als Andenken des Vaters, ein armseliges Pfand, mit dem sich die Mutter zu trösten hat.«

Sie packte den kleinen Sohn bei den Haaren, zog daran, schlug ihm mit der Hand ins Gesicht und sagte:

»Mein Sohn, weine nur, beweine den qualvollen Abschied deines Vaters, dann ist deine arme Mutter nicht allein in ihrem Schmerz.«

Und das kleine Kind, das erst vor drei Monaten zur Welt gekommen war, schrie los. Der Graf, der die Mutter und den Sohn weinen sah und spürte, wie der Jammer ihm selbst die Kehle zuschnürte, konnte, als er sein Weib zu trösten suchte, die Tränen seiner natürlichen Liebe nicht zurückhalten, ließ offen seinen Kummer und das Mitleid erkennen, das er mit der Mutter und dem Söhnlein hatte, und konnte geraume Zeit kein Wort hervorbringen, so daß alle drei nur dastanden und weinten.

Als die Damen und Kammerjungfern der Gräfin sahen, wie den dreien die Zähren übers Gesicht rannen, brachen auch sie, von tiefem Mitleid erschüttert, alle in Tränen aus, schluchzten, stöhnten und wehklagten, aus lauter Liebe zur Gräfin.

Die ehrbaren Frauen aus der Stadt, die erfahren hatten, daß der Graf eine Reise antreten müsse, kamen alle zur Burg, um ihm Lebewohl zu sagen; und als sie in das Gemach traten, gewahrten sie, daß der Graf die Gräfin tröstete.

Als diese die vornehmen Frauen hereinkommen sah, wartete sie, bis sie Platz genommen hatten. Dann sprach sie die folgenden Worte:

»Stärker als die Verzweiflung, mit der eine qualvolle Wahl das weibliche Herz zerreißt, ist mein gemarterter Geist; und deshalb, werte Frauen, könnt ihr ruhig wissen, weswegen ich so aus der Fassung bin. Meine bitteren Tränen, das Schluchzen und Stöhnen, das der Widerstreit mir entringt, den ich in mir auszufechten habe, bezeugen euch, in welcher Bedrängnis ich bin und wie zutiefst bedroht ich mich fühle. An euch also, die ihr verheiratete Frauen seid, wendet sich mein Weinen; euch will ich zu verstehen geben, wie entsetzlich mein Leid ist, damit ihr es euch zum eigenen Kummer macht, als ob euch das gleiche treffen könnte, was mich getroffen hat, und damit ihr, leidend am eigenen künftigen Leid, Mitleid mit dem meinigen habt, das für mich schon da ist; und damit die Ohren, die meinen Jammer vernehmen, mich erkennen lassen, daß sie das Schlimme, das mir bevorsteht, nicht kalt läßt; denn nichts an den Menschen ist von Bestand. O grausamer Tod! Warum kommst du zu dem, der nichts von dir wissen will, und meidest den, der sich nach dir sehnt¿«

All jene ehrbaren Frauen erhoben sich und flehten die Gräfin an, sie

möge doch, bitte, ihren Gram sich beruhigen lassen; und gemeinsam mit dem Grafen bemühten sie sich, sie zu trösten, so gut sie konnten. Worauf die Gräfin sagte:
»Tränenströme sind für mich nichts Neues; ich bin daran gewöhnt; denn wieder und wieder, wenn mein Herr jahrelang auf Feldzügen in Frankreich war, hat es für mich keinen Tag gegeben, der tränenlos gewesen wäre; und wie ich sehe, werde ich den Rest meines Lebens in weiterem Jammer verbringen müssen. Es wäre wohl besser für mich, wenn ich mein trauriges Dasein vollends verschlafen würde, damit ich nichts merke von den grausamen Qualen, die mich martern. Zermürbt von der Folter eines solchen Lebens, bar jeder Hoffnung auf eine Linderung, werde ich sagen: Die glorreichen Heiligen nahmen ihr Martyrium auf sich um Jesu Christi willen, und ich will es erdulden für Euch, meinen Herrn. Tut also fürderhin, was Euch beliebt; denn mein Schicksal gewährt mir nichts anderes, da Ihr mein Gemahl und Gebieter seid. Doch möchte ich, daß Euer Gnaden sich darüber im klaren sind, wie mir zumute ist: Bin ich ferne von Euch, fühle ich mich in der Hölle; habe ich Euch bei mir, so bin ich im Paradies.«
Als die Wehklagen der Gräfin verstummten, antwortete der Graf folgendermaßen.

KAPITEL IV

Tröstliche Worte, die der Graf zur Gräfin sprach, und was sie hierauf ihm zum Abschied sagte, ehe er sich auf den Weg nach Jerusalem machte

Innig befriedigt ist mein Herz, Gräfin, dank der Tonart der letzten Worte, die Ihr mir soeben gesagt habt. Und wenn es der göttlichen Majestät beliebt, werde ich recht bald wieder nach Hause kommen, auf daß Ihr höhere Freude habt am Heil meiner Seele. Und wo auch immer ich weilen mag – mein Herz wird stetig bei Euch sein.«
»Welchen Trost kann ich erwarten von Eurer Seele, wenn der Körper

fehlt?« sagte die Gräfin. »Ich bin mir zwar sicher, daß Ihr, aus Liebe zum Sohn, Euch meiner zuweilen erinnern werdet; aber lieben, wenn man fern ist, das ist wie der Rauch von kläglich glimmendem Werg. Wollt Ihr, daß ich offen sage, was ich denke, Herr? Mein Gram ist größer als Eure Liebe. Wäre es nämlich so, wie Euer Gnaden sagen, so würdet Ihr, glaube ich, dableiben, mir zuliebe. Doch was nützt dem Mohren die heilige Ölung, wenn er im Irrglauben verharrt? Was nützt mir die Liebe eines Ehemannes, von der ich nichts spüre?«

»Gräfin, meine Herrin«, sprach der Graf, »meint Ihr nicht, daß es genug ist der Worte? Ich kann nicht umhin, ich muß fort. Ob Ihr geht oder bleibt, liegt in Eurer Hand.«

»Mir bleibt ja nichts anderes übrig«, sagte die Gräfin, »als in meine Kammer zu gehen und mein elendes Los zu beweinen.«

Tief betrübt verabschiedete sich der Graf von ihr, indem er sie viele Male küßte, wobei ihm heiße Tränen aus den Augen stürzten. Auch all den anderen Damen sagte er ein unsagbar trauriges Lebewohl. Und als er schließlich von dannen ritt, begleitete ihn, wie er es gewollt, nur ein einziger Schildknappe.

Und als er seine Stadt Warwick hinter sich hatte, begab er sich auf ein Schiff; und mit günstigem Winde segelnd, gelangte er irgendwann nach Alexandria, heil und wohlbehalten. Wieder festen Boden unter den Füßen fühlend, trat er in guter Gesellschaft den Marsch nach Jerusalem an, und als er in selbiger Stadt angekommen war, bekannte er offen und eifrig seine Sünden und empfing in tiefster Andacht den kostbaren Leib Jesu Christi. Danach betrat er die Grabeskirche, um die heilige Gruft des Heilands zu besuchen, und dort sprach er unter vielen Tränen viele inbrünstige Gebete, seine Sünden zutiefst bereuend, so daß er die Vergebung von oben verdiente.

Nachdem er aber all die heiligen Stätten besucht hatte, die es in Jerusalem gibt, pilgerte er zurück nach Alexandria, begab sich auf ein Schiff und reiste nach Venedig, wo er alle Münzen, die er noch hatte, dem Schildknappen schenkte, weil dieser ihm treulich gedient hatte; auch verhalf er demselben dort zur Heirat, so daß der Bursche kein Verlangen mehr hatte, nach England heimzukehren. Und durch den

Mund des Knappen ließ er das Gerücht verbreiten, er sei gestorben, womit er dafür sorgte, daß Kaufleute in ihren Briefen nach England schrieben, Graf Wilhelm von Warwick sei auf der Heimreise vom Heiligen Grab zu Jerusalem ums Leben gekommen.
Als die tugendhafte Gräfin diese Nachricht erfuhr, litt sie schreckliches Leid, betrauerte ihn mit maßlosem Jammer und ließ feierliche Totenmessen für ihn lesen, wie sie einem so tapferen Ritter gebühren. Später aber, als einige Zeit vergangen war, kehrte der Graf in sein Heimatland zurück, ganz allein, mit langem, bis zu den Schultern wallendem Haar und mit einem Bart, gänzlich weiß, der bis zum Gürtel reichte, gewandet mit dem Ordenskleid des glorreichen heiligen Franziskus, nur von Almosen lebend; und insgeheim ließ er sich in einer Einsiedelei nieder, bei einer Kapelle zu Ehren Unserer Lieben Frau, ganz in der Nähe seiner Stadt Warwick.
Diese Einsiedlerkapelle befand sich hoch oben in einem Gebirge, umringt von herrlichem, dichtem Wald, bei einer klar sprudelnden Quelle. Der tugendhafte Graf hatte sich in die menschenleere Stille dieser Behausung zurückgezogen, um dem weltlichen Treiben zu entrinnen und in der Einsamkeit angemessen zu büßen für alle Fehler, die er begangen. Ausharrend in diesem tugendreichen Leben, nur von milden Gaben sich nährend, ging er jede Woche ein einziges Mal in seine Stadt Warwick, wo er um Almosen bettelte. Von keinem erkannt, wegen des wuchernden Bartes und der langen Haare, die er trug, sammelte er dort, was man ihm aus Nächstenliebe gab, und suchte auch die tugendhafte Gräfin auf, seine Frau, welche angesichts der Demut, mit der er sie um ein Almosen bat, ihm viel mehr milde Gaben zukommen ließ als allen anderen Armen; und so lebte er eine ganze Weile lang in seiner erbarmungswürdigen Dürftigkeit.

KAPITEL V
Wie der König von Kanarien mit einer großen Flotte zur Insel England schiffte

Danach begab es sich, daß der mächtige König von Kanarien, ein Jüngling von gewaltiger Kraft, getrieben von der Unruhe und den hochfliegenden Hoffnungen frischerwachten Mannestums, das stets nach der Ehre des Siegens strebt, eine große Flotte von Segelschiffen und Galeeren baute und mit einer Menge von Kriegsleuten sich auf die Fahrt zur edlen Insel England machte, weil ein Schwarm Seeräuber von dort einen Ort seines Reiches überfallen und ausgeplündert hatte. Voll wilden Zorns und glühend vor herrscherlich aufbrausender Empörung über die Frechheit, daß jemand es gewagt hatte, ihm solch ein Ärgernis zu bereiten, stach er in See mit einer riesigen Armada und segelte bei günstigem Wind voran, zu den fruchtbaren und friedlichen Ufern Englands. In stockfinsterer Nacht drang die ganze geballte Seestreitmacht in den Hafen von Southampton ein. Listig und behend wurden die Schiffe entladen, und die gesamte Masse der Mauren ging an Land, ohne daß die Inselbewohner es bemerkten. Und sobald alle auf dem Trockenen waren, formierten sie ihre Schlachtreihen und begannen ihre Vorstöße ins Innere Britanniens.

Als der friedfertige König Englands schließlich die böse Kunde von dem Überfall erhielt, sammelte er so viele Mannen um sich, wie er zusammenbringen konnte, um der Feindesflut zu widerstehen, und lieferte den Mauren eine Schlacht, bei der mit äußerster Erbitterung gekämpft wurde, so daß viele Streiter ihr Leben lassen mußten, auf beiden Seiten, weit mehr jedoch unter den Christen. Und so kam es, daß die Mauren mit ihrer erdrückenden Übermacht den Sieg davontrugen. Der geschlagene König Englands mußte mit dem Rest seiner Leute die Walstatt räumen, und er sammelte seine versprengten Scharen in der Stadt, die Canterbury heißt, dort, wo die Märtyrergebeine des heiligen Thomas Becket ruhen.

Der englische Herrscher bemühte sich, ein neues, größeres Heer aufzustellen, und erfuhr indessen, daß die Mauren ihren Eroberungszug durch die Insel fortsetzten, viele Christenleute erschlugen,

Frauen und Mädchen schändeten und sie allesamt fortschleppten in die Gefangenschaft. Da der allerchristlichste König wußte, daß die Mauren dicht an einem Flußufer vorbeiziehen mußten, legte er sich gegen Mitternacht bei einem Engpaß mit seinen Truppen in den Hinterhalt, was jedoch nicht so heimlich vor sich ging, daß die Mauren es nicht bemerkt hätten. Sie hielten inne und verharrten, bis es heller Tag geworden war. Dann aber stürmten sie heran und lieferten eine furchtbare Schlacht, bei der viele Christen starben. Die am Leben blieben, flohen mit ihrem glücklosen Herrscher, und der Maurenkönig behauptete das Feld.

Grausam war das Mißgeschick, das den christlichen König verfolgte. Neun Schlachten verlor er, eine nach der anderen, und schließlich mußte er sich in die Stadt London zurückziehen, wo er sich verschanzte. Als die Mauren das erfuhren, belagerten sie die Stadt ringsum und gingen rasch zum Sturmangriff über, wobei ihnen ein Durchbruch gelang und sie bis zur Mitte der Brücke vordrangen. Tag für Tag gab es dort großartige Waffentaten, aber am Ende blieb dem arg bedrängten König nichts anderes übrig, als im Handstreich auszubrechen, denn der Hunger wütete in London. Eilig ritt er in Richtung Wales, um ins dortige Bergland zu gelangen, und dabei kam er durch die Stadt Warwick.

Als die Gräfin vernahm, daß der König als Flüchtling aufgetaucht sei, geschlagen von vielfachem Unglück, ließ sie Speise und Trank auftischen und alles herrichten, was nötig war für ein Nachtquartier. Und weil sie eine Frau von großer Klugheit war, überlegte die Gräfin, wie sie ihre Stadt verteidigungsbereit machen könnte, damit diese nicht ohne weiteres in die Hände der Feinde fiele. Und als sie den König erblickte, sprach sie ihn an mit den folgenden Worten:

»Tapferer Herr, ich sehe, daß Euer Gnaden in große Bedrängnis geraten sind, mitsamt uns allen, die wir auf dieser Insel wohnen. Doch wenn Eure Hoheit hier verweilen will, in Eurer und meiner Stadt, so werdet Ihr gewahren, daß alles in Hülle und Fülle vorhanden ist, was man im Kriegsfall braucht, Hände und Hilfsmittel genug; denn mein Herr und Gemahl, Wilhelm von Warwick, welcher der Graf dieses Landes war, hat diese Stadt und die Burg mit allen erforderlichen Waffen ausgerüstet, auch mit Bombarden, Katapulten, Feldschlangen, Mörsern und vielerlei sonstigem Schießgerät. Und die Güte Gottes hat uns in ihrer Barmherzigkeit vier Jahre hintereinander gute Ernten beschert, einen überquellenden Reichtum an Früchten der Erde. Darum können sich Euer Gnaden getrost hier aufhalten.«

Darauf antwortete der König:

»Gräfin, mich dünkt, daß Ihr mir einen guten Rat erteilt; denn die Stadt ist stark bewehrt, wohlversehen mit allem, was der Krieg erfordert, und falls ich fortwill, kann ich es jederzeit tun.«

»Aber gewiß, Herr! Bei Sankt Maria!« sagte die Gräfin. »Selbst wenn noch mehr Mauren anrücken sollten, als es sind – sie müßten auf jeden Fall über die Ebene kommen; denn auf der anderen Seite ist ihnen der Weg versperrt, durch den breiten Fluß, der da vorbeiströmt und dessen Wasser für uns ein Weg in die Berge von Wales ist.«

»Ich bin sehr zufrieden mit dieser Bleibe«, sagte der König; »und ich bitte Euch, Gräfin, die Anweisung zu erteilen, daß man meiner Truppe gegen Bezahlung alles Nötige in ausreichendem Maß zur Verfügung stellt.«

Unverzüglich verließ die tugendhafte Gräfin den König. Begleitet von zwei Kammerjungfern und den Ratsherren der Stadt, ging sie von Haus zu Haus und ließ Weizen und Gerste bringen, samt allem, was man sonst noch braucht. Als der König und seine Mannen sahen, daß alles im Überfluß vorhanden war, freuten sie sich sehr, insbesondere über den freundlichen Eifer der tugendhaften Gräfin.

Die Mauren aber, die wußten, daß der König nicht mehr in London war, spürten ihm nach, bis sie erfuhren, daß er sich in die Stadt Warwick geflüchtet hatte. Und auf ihrem Weg dorthin stürmten und besetzten sie eine Burg, die Kenilworth hieß und nur zwei Meilen von dem Ort entfernt lag, an dem sich der König befand. Und da sie schon einen großen Teil des Reiches erobert hatten, wollte sich der Maurenkönig am Johannistag ein festliches Vergnügen machen und zog mit seiner gesamten Streitmacht vor die Mauern der Stadt Warwick. Der bedrängte Christenkönig, der sich aller Hoffnung beraubt sah, wußte nicht mehr aus noch ein. Er bestieg einen der Burgtürme, und von hoch droben schaute er hinab auf die heranflutende Masse

heidnischer Kriegsscharen, die Ortschaften und Burgen niederbrannten, alles verheerten und sämtliche Christenleute erschlugen, derer sie habhaft werden konnten, seien es Männer oder Frauen. Die ins Freie entkommen konnten, kamen schreiend angerannt, auf die Stadt zu, wo man, obwohl sie noch mehr als eine halbe Meile entfernt waren, schon die gellenden Schreie vernahm, das Geheul der Verzweifelten, die hilflos dem Verhängnis ausgeliefert waren, entweder zu sterben oder als Gefangene in die Hände von Ungläubigen zu fallen.
Und als der König so dastand, das riesige Maurenheer vor Augen, und all das Unheil, das es anrichtete, überkam ihn bei diesem Anblick solch übermächtiges Weh, daß er meinte, er müsse sterben. Und da er das Elend nicht länger mit ansehen konnte, verließ er den Turm, auf dem er stand, stieg die Treppen hinab und begab sich in ein kleines Gemach. Dort seufzte und stöhnte er, und aus seinen Augen quollen heiße Tränen, während er so bitterlich wehklagte, wie es kaum je ein Mensch in seinem Schmerz getan. Die Kammerdiener, die vor der Tür des Gemaches verharrten, horchten auf die Jammerlaute, welche aus der Kehle des Königs kamen, und sie hörten, welche Worte er sprach, nach langem Ächzen und Weinen.

KAPITEL VI
Die Klageworte des Königs

Wenn es Gott gefallen sollte, daß meine Schmach noch größer wird als das Elend, in dem ich lebe, so möchte ich, daß der Tod mich hinwegrafft, er, der von allen Übeln befreit, wenn nichts anderes mehr hilft. Denn so zahllos, so quälend sind die Seufzer, die in mir aufquellen, daß ich, wenn die Tugend es mir nicht verwehrte, meine Tage vorzeitig beenden würde, mit eigener Hand. O ich armseliger, vom Unglück geschlagener König! Das Ungemach, das über mich hereingebrochen, rührt alle Welt zum Mitleid, und doch finde ich so wenige, die sich zum Anwalt meiner gerechten Sache machen! O Herr der himmlischen Herrlichkeit! Wenn Erschütterung und geistiges Unvermögen mir nicht gestatten, meine Mühsale beredsam auszudrücken, so gleiche du, Herr, die Mängel meiner Unbedarftheit aus; denn dein Blick weist dir klar und unverstellt den Weg der Gerechtigkeit! Nein, Herr, laß ab, um deiner Gnade und deiner Barmherzigkeit willen! Laß du in deiner Güte doch nicht zu, daß dieses dein Christenvolk, mag es auch noch so sündig sein, von der heidnischen Flut verschlungen wird! Nein, bewahre und verteidige es! Laß es heimfinden zum Dienst in deinem Heiligtum, damit es dir dienen kann und dich lobe und preise! Mir ergeht es wie dem erschöpften Seemann, dem der Hafen entschwunden ist, in dem er Ruhe zu finden hoffte. Darum wende ich mich an dich, allerheiligste Mutter Gottes, und flehe dich an, daß du mir zu Hilfe eilst in deiner Güte und Barmherzigkeit. Befreie mich aus der schrecklichen Drangsal, in der ich stecke, auf daß in meinem Reich der heilige Name deines seligmachenden Sohnes verherrlicht werde!«

Und als der tief bekümmerte König diese Worte ausstieß, legte er sein Haupt auf das Bett, und da ward ihm zumute, als sähe er durch die Tür des kleinen Gemachs eine bildschöne Jungfrau treten, in weißen Damast gehüllt, mit einem kleinen Kind auf ihren Armen. Und es folgten ihr viele andere Jungfrauen, im Chor das Magnifikat singend. Sobald der Gesang beendet war, trat die Herrin der schönen Schar auf den König zu, legte ihm die Hand aufs Haupt und sagte ihm die folgenden Worte:

»Zweifle nicht, König. Sei getrost und vertraue darauf, daß der Sohn und die Mutter dir helfen werden in der schlimmen Heimsuchung, die dich betroffen hat. Den ersten langbärtigen Mann aber, den du erblickst, einen Mann, der dich im Namen Gottes um eine milde Gabe bittet, den küsse auf den Mund, zum Zeichen des Friedens, und bitte ihn freundlich, das Mönchsgewand abzulegen, das er trägt, und die Führung all deiner Mannen zu übernehmen.«

Der geplagte König erwachte und gewahrte nichts. Er wunderte sich über den Traum, den er gehabt hatte, grübelte nach und erinnerte sich genau an alles, was er da gesehen. Er verließ das kleine Gemach,

und draußen standen all die vornehmsten Ritter, und diese sagten zum König:
»Herr, alle Mauren haben ihre Zelte aufgeschlagen vor den Mauern der Stadt.«
Der König tat alles, was in seinen Kräften stand, und ließ in der kommenden Nacht die Stadt mit der strengsten Sorgfalt bewachen.
Am nächsten Morgen sah der gräfliche Einsiedler, der hoch am Berghang hinaufgestiegen war, um Kräuter zu sammeln für seinen Lebensunterhalt, das riesige Maurenheer, das drunten alles Land mit wildem Gewimmel erfüllte. Da kehrte er der Einsamkeit, in der er hauste, den Rücken und begab sich in die Stadt, deren Leute er zutiefst bedrückt und niedergeschlagen fand.
Der arme Alte, der viele Tage lang nichts anderes als Kräuter gegessen hatte, gewahrte, wie verängstigt die Bürger waren, und suchte sogleich die Burg auf, um die Gräfin zu bitten, sie möge doch geruhen, ihm ein Almosen zu geben. Als er im Burghof war, erblickte er den König, der soeben aus der Kapelle kam, wo er die Messe gehört hatte. Und als der König dicht an ihm vorbeiging, warf er sich vor ihm auf die Knie und flehte ihn an, zu Gottes Ehren ihm eine milde Gabe zu gewähren. Der König aber, der sich an seinen Traum erinnerte, half ihm auf die Beine, küßte ihn auf den Mund, nahm ihn bei der Hand und führte ihn in ein Wohngemach. Und als sie dort beide Platz genommen hatten, fing der König an, ihm das Folgende zu sagen.

KAPITEL VII

Wie der König dem Klausner seine Bitte vortrug

Die außerordentliche Hoffnung, die ich auf deine große Tugend setze, ermutigt mich, dich darum zu bitten, daß du uns beistehst mit Rat und Tat in der furchtbaren Not, die über uns gekommen ist. Da ich gesehen habe, welch frommes Leben du führst und welch getreuer Jünger Jesu Christi du bist, flehe ich dich an, mit offenen Augen und teilnehmendem

Herzen wahrzunehmen, wie entsetzlich diese ruchlosen Heiden in meinem Reiche wüten und gewütet haben. Den größten Teil der Insel haben sie bereits zerstört; sie haben mich besiegt in vielen Schlachten an vielerlei Orten, und die besten Kämpen meiner Ritterschaft sind im Kampf gefallen. Wenn dir mein Schicksal gleichgültig ist, so habe wenigstens Mitleid mit der Menge all der Christenmenschen, die zu ewiger Sklaverei verurteilt sind; mit all den Frauen und Mädchen, die entehrt worden sind oder noch geschändet werden, der Freiheit beraubt für immer. Bedenke, daß wir, obwohl diese Stadt so reich versehen ist mit allem, was man als Nahrung und für die Kriegsführung braucht, uns gewiß nicht lange behaupten können gegen ein heidnisches Heer, das so übermächtig ist. Den größten Teil unserer Insel haben sie, wie gesagt, bereits erobert; und sie haben nichts anderes als unsere gänzliche Vernichtung im Sinn. Das Schlimmste aber ist, daß wir auf keinerlei Beistand mehr hoffen können – es sei denn, daß Gottes Erbarmen uns zu Hilfe kommt, dank der Mittlerschaft deines ehrwürdig frommen Wesens. Deshalb bitte ich dich inniglich: Wenn du Gott liebst und ein Herz für deine Mitmenschen hast, so erbarme dich dieses armen Landes und seines trostlosen Elends. Sei in deiner Güte bereit, diese Kleidung abzulegen, die du als Büßer trägst, und das Gewand der tatkräftigen Nächstenliebe anzulegen: die Rüstung. Denn mit dem Beistand des Himmels und deinem entsagungsvollen Einsatz werden wir einen glorreichen Sieg erringen und unsere Feinde verjagen.«

Als der König diese mitleiderregenden Worte gesprochen hatte, setzte der Einsiedler an, ihm folgendermaßen zu antworten.

KAPITEL VIII

Die Antwort, die der Einsiedler dem König gab

Angesichts der Erhabenheit Eurer königlichen Hoheit, werter Herr, wundert es mich sehr, daß Ihr mich armen und schwachen Mann um Rat und Hilfe bittet, obwohl Ihr doch seht, wie es um mich steht. Es entgeht Euren Augen ja nicht, was für ein gebrechlicher, alter Mensch ich bin, völlig hinfällig geworden, durch das hohe Alter wie auch durch das karge Leben, das ich lange Zeit auf dem Berg da geführt habe, wo ich mich nur von Brot und Kräutern nährte. Deshalb bin ich außerstand, auch nur die Kraft aufzubringen, die man braucht, um eine Rüstung auf dem Leib zu tragen; schon gar nicht, nachdem mir jegliche Übung darin mangelt. Und bei mir sucht Eure Hoheit Rat, wo Ihr doch in Eurem Reich so viele kühne Barone und heldenhafte Ritter habt, die es vorzüglich verstehen, mit den Waffen umzugehen, und sehr wohl befähigt sind, Euch besser zu beraten und Euch wirksamer beizuspringen? Ich kann Euch versichern, lieber Herr, wenn ich ein wackerer Ritter wäre und etwas verstünde von der Kunst des ritterlichen Kampfes; wenn ich fähig wäre, geschickt ein Schwert zu schwingen, so wäre ich von Herzen gern bereit, Eurer Majestät zu dienen und meine Person jeder Gefahr für Leib und Leben auszusetzen, um soviel Christenleute aus der Not zu befreien; besonders aber, um Eure Majestät der drohenden Gefahr zu entheben, schon in so jungen Jahren vom Thron gestürzt zu werden. Ich bitte also Eure Hoheit, eingedenk meines Zustands mich als entschuldigt zu betrachten.«

Der arme König, den diese Antwort sehr verdroß, erwiderte wie folgt.

KAPITEL IX

Was der König dem Einsiedler entgegnete

Es ist unannehmbar, daß du dich einer so triftigen Bitte entziehst, wenn in deinem Herzen noch Platz ist für mitmenschliches Fühlen und Erbarmen. Dir ist in deiner ehrwürdigen Frömmigkeit doch nicht unbekannt, daß die seligen Heiligen und Märtyrer, um den heiligen katholischen Glauben auszubreiten und zu verteidigen, in den Kampf gegen die Ungläubigen gezogen sind und den Ruhmeskranz des Martyriums, der ewig triumphierenden Glorie errungen haben, kraft der Ermutigung und Stärkung, die ihr tugendhaftes Gemüt durch die göttliche Allmacht erfuhr. Darum, ehrwürdiger Vater, knie ich nieder zu deinen Füßen und flehe dich mit diesen Tränen meines bitteren Leides aufs neue an, daß du, wenn du ein wahrhaft getreuer Christ bist, aus Ehrfurcht vor der allerheiligsten Passion, die der Gottessohn, unser Herr und Meister Jesus, am Stamm des wahren Kreuzes willig auf sich nahm, um das Menschengeschlecht zu erlösen, Mitleid hast mit dem geschundenen König, der ich bin, und mit meinem ganzen Christenvolk; denn seine und meine einzige Hoffnung gründet sich allein auf Gottes Barmherzigkeit und deine standhafte, tapfere Tugend. Sei also so freundlich und verweigere in deiner großherzigen Güte mir nicht die Erfüllung meines Wunsches.«

Die Zähren des betrübten Königs rührten das fromme Herz des Klausners; sie erregten in ihm solch tiefes Mitleid, daß ihm selbst die Tränen aus den Augen schossen. Zwar war es von vorherein seine Absicht gewesen, die Bedrängten zu unterstützen, aber er hatte doch zunächst des Königs Beständigkeit erproben wollen.

Nach einer kleinen Weile, als er den König dazu gebracht hatte, sich zu erheben, und dessen Tränen gelinder flossen, sprach er zu ihm die folgenden Worte.

KAPITEL X

Die endgültige Antwort,
die der Einsiedler dem König gab

Du junger, hochweiser König, von dir erwartet man zu Recht, daß du mit Bedacht danach trachtest, tapfere Taten zu vollbringen. Für mich, einen alten Mann, ist es schwierig und überaus gefährlich, in ritterlichem Kampf noch neuen Ruhm zu erwerben. Mutige Kämpen, die Greise geworden sind, tun genug für die Wahrung der Ehre, die sie einstmals in ihrer Jugend durch tollkühne Taten errangen, wenn sie sich nie zu irgendwelcher Feigheit erniedrigen lassen. So richtig und vernünftig deine frommen Argumente auch gewesen sein mögen – deine bitteren Tränen waren es, die mich, mehr noch als mein eigener Vorsatz, den ich dir verschwieg, unabweislich dazu verpflichtet haben, eine solche Aufgabe zu übernehmen. O trauriger, trübseliger König! So schnell gibst du die Hoffnung auf? So wenig hältst du von deinem Leben? Spare dir die Tränen, für Tage, an denen das Schicksal es nicht so glimpflich meint. Ich sehe ja, wie demütig und ehrlich dein Ansuchen ist. Darum will ich, aus Liebe zu dem, in dessen Namen du mich beschworen hast, und aus Liebe zu dir, der du mein irdischer Herr bist, mich mit Freuden deinen Weisungen fügen und mit allem Eifer darauf sinnen, wie die Freiheit zurückzugewinnen ist für dich und dein Reich. Und ich werde, falls es nötig sein sollte, nicht zögern, eigenhändig in den Kampf einzugreifen, so alt ich auch bin, um das Christentum zu verteidigen, den heiligen katholischen Glauben auszubreiten und den Hochmut der mohammedanischen Ketzerei zu dämpfen – unter der einen Voraussetzung: daß deine Hoheit mir verspricht, sich nach meinem Rat zu richten; denn mit Gottes Hilfe will ich dir Ruhm und Ehre verschaffen und dich zum Sieger über all deine Feinde machen.«

Der König antwortete:

»Ehrwürdiger Vater, da Ihr mir soviel Gunst erweist, gebe ich Euch mein königliches Ehrenwort, daß ich keinen Deut von dem abweichen werde, was Ihr mir befehlt.«

»Nun geh, Herr«, sagte der Einsiedler, »und sobald du draußen bist, in dem großen Saal, zeige den Rittern und allem Volk ein fröhliches und höchst zufriedenes Gesicht. Sprich strahlend und liebenswürdig mit den Leuten, und wenn es zu Tisch geht, iß tüchtig und laß es dir schmecken. Gib dich vergnügter, als es sonst deine Gewohnheit ist, damit all jene, die keine Hoffnung mehr haben, sie zurückgewinnen. Denn ein Fürst oder Feldherr darf niemals, auch wenn der Wind ihm noch so widrig ins Gesicht bläst, ein trauriges Gesicht zeigen; sonst entmutigt er seine Mannen. Und laß mir ein paar Maurenkleider bringen; dann sollst du sehen, was ich tun werde. Bei meiner Reise zum Heiligen Grab in Jerusalem bin ich ja auch in Alexandria gewesen; und in Beirut, wo ich ziemlich viel Zeit in der Gesellschaft von Arabern verbrachte, hat man mir die Moriskensprache beigebracht; dort habe ich auch gelernt, wie man Sprengkugeln herstellt, sogenannte Granaten, Brandsätze aus einer ganz bestimmten Mischung verschiedener Stoffe, deren Gemenge sich erst nach Verlauf von sechs Stunden entzündet. Wenn es dann aber schließlich losgeht, kann man mit diesem Zeug die ganze Welt in Schutt und Asche legen. Denn je mehr Wasser man darauf schüttet, desto heftiger flammt es auf, so daß alles Wasser der Welt nicht ausreichen würde, die Feuersbrunst zu ersticken. Nur mit Öl oder Pinienharz läßt sich das Höllengeloder löschen.«

»Das ist ja unglaublich«, sagte der König, »daß da Öl und Pinienharz zum Löschen verwendet werden und nichts anderes dazu taugt. Ich dachte immer, mit Wasser könnte man alle erdenklichen Brände löschen.«

»Nein, Herr«, sagte der Einsiedler; »wenn Eure Hoheit gestattet, daß ich zum Burgtor gehe, bringe ich Euch eigenhändig ein Material her, mit dem Ihr, wenn Ihr klares Wasser oder ein wenig Wein darauf gießt, eine Fackel entzünden könnt.«

»Bei meiner Seele«, sagte der König, »es wäre mir ein außerordentliches Vergnügen, das zu sehen.«

Daraufhin eilte der Einsiedler zum Eingang der Burg, wo er beim Hereinkommen gebrannten Kalk gesehen hatte. Davon nahm er einen kleinen Klumpen und ging damit zurück zum König. Da schöpfte er ein wenig Wasser, schüttete es darüber und zündete dann mit Hilfe eines Strohhälmchens einen Docht an.

Der König sagte:
»Niemals hätte ich gedacht, daß so etwas möglich ist, wenn ich es nicht mit eigenen Augen gesehen hätte. Jetzt scheint mir, als gäbe es nichts, was Menschen nicht zuwege bringen könnten. Derlei Kenntnisse findet man vor allem bei Leuten, die weit in der Welt herumgekommen sind. Und ich bitte dich, ehrwürdiger Vater, habe die Güte und nenne mir alles, was erforderlich ist für die Herstellung der Feuerkugeln, die wir in unserer Lage dringend brauchen.«
»Ich selbst, Herr«, sagte der Einsiedler, »werde das Nötige einkaufen; denn ich weiß am besten, welche Stoffe sich besonders dafür eignen, da ich schon oft solche Brandsätze mit meinen eigenen Händen gemacht habe. Und sobald sie fertig sind, Herr, will ich ganz allein ins Lager der Mauren gehen und die Granaten dicht beim Zelt ihres Königs anbringen. Gegen Mitternacht dann werden die Granaten sich entzünden, und sämtliche Mauren werden besorgt zur Brandstelle stürzen, um das Feuer zu löschen. Du aber, Hoheit, wirst wohlgewappnet mit deinen Mannen bereitstehen. Sobald du das Feuer himmelhoch auflodern siehst, falle mit deinem ganzen Heer über sie her. Sei sicher, Herr, zehntausend Krieger auf deiner Seite genügen vollauf, um hunderttausend Feinde in Angst und Schrecken zu versetzen. Denn ich sage die reine Wahrheit, wenn ich deiner Durchlaucht versichere, daß ich einen ähnlichen Fall schon einmal erlebt habe, als ich mich in Beirut befand. Da kämpfte ebenfalls ein König wider einen anderen, und mit der Hilfe unseres Herrgotts gelang es, gemäß meinem Ratschlag, die Stadt aus der Umklammerung ihrer Feinde zu befreien. Der König, der in den Mauern eingeschlossen war, obsiegte, und der andere, der ihn belagert hatte, wurde geschlagen. Als Herrscher mußt du alles tun, um deine Macht zu stärken, und jeder einzelne Ritter muß alle Mittel kennen, die es ihm ermöglichen, seine Feinde zuschanden zu machen und seine Freunde zu schützen.«

KAPITEL XI

Wie sich der König von England bei dem Einsiedler bedankte

Dem tief bedrückten König gefielen die hier angeführten Worte des Einsiedlers, und er bedankte sich unzählige Male für dessen gewitzten Vorschlag. Groß war die Freude, die in seinem Herzen erwachte, weil er wußte, daß der Plan, der ihm entwickelt worden war, dem Kopf eines tapferen Ritters entsprang. Bereitwillig griff er den Vorschlag auf und sorgte dafür, daß alles so geschehe, wie es der Einsiedler geplant hatte.

Und nachdem das Gespräch der beiden beendet war, trat er hinaus in den großen Saal und zeigte den Leuten sein Gesicht, freudestrahlend. Er gebärdete sich wie ein Mensch, der erfüllt ist von unerschöpflichem Mut. Alle Ritter staunten, als sie sahen, wie vergnügt der König daherkam; denn es war schon viele Tage her, daß sie ihn das letzte Mal hatten lachen sehen, und lange schon hatte keine Spur von Heiterkeit seine Miene erhellt.

Kurze Zeit nachdem der Einsiedler sich fortbegeben hatte, kam er vom Einkauf zurück, mit den Dingen, die man für die Feuerkugeln brauchte, und er sagte zum König:

»Herr, ein einziger Stoff fehlt uns noch. Aber ich weiß, daß die Gräfin ihn hat. Als ihr Gemahl, Graf Wilhelm von Warwick, noch lebte, hatte er eine Menge davon, weil dieser Stoff für vielerlei Zwecke zu verwenden ist.«

Da sagte der König:

»Dann wollen wir beide jetzt gleich zu der Dame gehen, um das Zeug zu holen.«

Der König ließ der Gräfin ausrichten, daß er sie aufsuchen und mit ihr reden wolle. Und als sie aus ihrem Gemach trat, gewahrte sie den König, der mit dem Einsiedler bereits vor der Tür stand.

»Gräfin«, sagte der König, »habt in Eurer Großmut und Liebenswürdigkeit doch die Güte, mir ein bißchen reinen Schwefel zu überlassen, unvermischten, der beständig brennt; solchen Schwefel, wie ihn der Graf, Euer Gemahl, für die Herstellung von Fackeln benutzte, deren Flamme selbst der stärkste Wind nicht ausblasen konnte.«

Da antwortete die Gräfin:

»Wer hat Eurer Hoheit gesagt, daß mein Gemahl, Wilhelm von Warwick, es verstand, solche Fackeln herzustellen, die jedem Sturm widerstehen?«

»Gräfin«, sagte der König, »dieser Einsiedler hier.«

Da ging die Gräfin eilends in die Waffenkammer und brachte soviel von dem Gewünschten, daß der König höchst zufrieden war.

Und als er wieder in den großen Saal kam und sah, daß das Mahl schon aufgetischt war, nahm der König den Einsiedler bei der Hand, setzte sich an die Tafel und ließ ihn Platz nehmen an seiner Seite, womit er ihm die wohlverdiente Ehre erwies. Die Diener des Königs aber verwunderten sich sehr, wie überaus ehrerbietig sich der König gegenüber dem Klausner verhielt; und noch mehr staunte darüber die tugendhafte Gräfin, die den Eremiten ja als Bettler kannte, dem sie immer Almosen gab und mit dem sie sich stets gerne unterhielt, wenn er erschien, um eine milde Gabe zu erbitten; denn jedesmal, wenn sie mit ihm gesprochen hatte, fühlte sie sich getröstet und gestärkt. Und angesichts der hohen Ehre, die ihm der König erwies, tat es ihr sehr leid, daß sie ihm nicht noch mehr hatte zukommen lassen – ihm, dem Fremden, dessen Vertrautheit sie nicht im mindesten erahnte. Und zu ihren Kammerjungfern sagte sie:

»Oh, wie ärgert mich meine blinde Ahnungslosigkeit! Warum habe ich diesen armen Bettelmönch nicht mit mehr Ehrerbietung behandelt! Ich glaube, dieser Mann muß ein wahrer Heiliger sein, nach dem Leben zu schließen, das er all die Zeit hier, in meinem eigenen Land, geführt hat. Und ich habe nicht begriffen, welch hoher Ehren er würdig ist! Jetzt sehe ich, daß der König, mein Herr, der so huldvoll und gütig ist, ihn speisen läßt an seiner Seite. Mein Leben lang wird es mir leid tun, Tag für Tag, wie wenig ehrerbietig ich ihm begegnet bin. O tugendhafter König, Vater der Barmherzigkeit, was ich versäumt habe, hast du nun gutgemacht!«

KAPITEL XII

Wie der englische König dem Einsiedler gestattete, ans Werk zu gehen und den Brandsatz zu mischen

Als er sich von der Tafel erhob, erteilte der gestärkte König von England dem Klausner die Erlaubnis, seine Arbeit in Angriff zu nehmen und die Feuerkugeln herzustellen, die schon nach wenigen Tagen fertig waren. Sobald diese Aufgabe erledigt war, suchte der Einsiedler den König auf und sagte zu ihm:

»Herr, wenn Eure Hoheit gestattet, werde ich mich auf den Weg machen, um das auszuführen, was wir beraten und beschlossen haben. Eure Durchlaucht möge alle Mannen in Schlachtordnung aufstellen, die für den Ausfall bestimmt sind.«

Und der König sagte, er sei ganz und gar damit einverstanden. Im Dunkel der Nacht zog sich der wackere Klausner um, vertauschte sein Mönchshabit mit Gewändern maurischer Art, die man eigens für ihn genäht hatte, und durch die Geheimtür der Burgmauer witschte er so heimlich ins Freie, daß niemand ihn sah oder gar erkannte, und begab sich geradewegs ins Feldlager der Mauren.

Und als ihm die rechte Stunde gekommen schien, warf er die Granaten in eine bestimmte Zone des Lagers, dicht neben das Zelt eines mächtigen Feldherrn, der zur Familie des Königs gehörte. Und gegen Mitternacht dann schoß die Feuerlohe mit so fürchterlicher Macht in die Höhe, daß alle staunend starrten, was für riesige Flammen da emporloderten. Und der König und alle anderen Mauren rannten, unbewaffnet wie sie waren, dorthin, wo der Brand am schlimmsten wütete, um ihn zu löschen, und waren doch außerstand, ihn zu ersticken, so viel Wasser sie auch schütteten. Im Gegenteil: je mehr Wasser sie hineingossen, desto heftiger flammte das Feuer auf.

Der tapfere König von England aber, der wohlgewappnet gewartet hatte, brach, sobald er die gewaltige Feuersbrunst gewahrte, mit dem kleinen Heer, das ihm geblieben war, aus den Mauern der Stadt hervor und stürzte sich todesmutig auf die Mauren; und das Gemetzel, das seine Mannen unter den Feinden anrichteten, war entsetz-

lich; denn keinem, der ihnen in die Quere kam, wurde Gnade gewährt.
Als der Maurenkönig solch ein gewaltiges Feuer sah und die Menge seiner Streitgenossen, die tot dahingestreckt waren, schwang er sich auf ein ungerüstetes Roß und floh – zu einer Burg, die er eingenommen hatte und die Alimburg hieß. Dort verschanzte er sich mit all jenen, die aus dem Lager entkommen waren.
Er und die anderen Mauren konnten es nicht fassen, wie ihre grausige Niederlage geschehen war; denn es blieb für sie unerfindlich, aus welchem Grund ein solches Chaos bei ihnen ausgebrochen war, obwohl ihre Truppenstärke doch die Streitmacht der Christen fünfzigfach übertraf.
Nachdem die Mauren geflohen waren, plünderten die Christen deren Lager, und als es heller Tag geworden, kehrten sie unter lautem Siegesjubel zurück in ihre Stadt.
Vier Tage später ließ der Maurenkönig durch seine Gesandten dem König von England eine schriftliche Herausforderung zum Zweikampf überbringen, die folgenden Wortlaut hatte.

KAPITEL XIII

Das Sendschreiben, mit dem der König von Gran Canaria den König von England in die Schranken forderte

Dich, christlicher König, der Du vormals Herrscher über die Insel England gewesen, lasse ich, Ibrahim, König und Herr von Gran Canaria, hiermit wissen: Wenn Du willst, daß dieser Krieg zwischen Dir und mir ein Ende habe und das Töten Deiner und meiner Leute nicht weitergehe, so möchte ich Dich, obwohl ich derzeit auf dieser Insel England mehr Macht besitze als Du, über mehr Ortschaften und Burgen verfüge und mehr Fußvolk und Reiterei befehlige, da es dem großen Gott zwar beliebt hat, Dir einen Sieg über mein Heer zu gönnen, ich und die Meinigen aber viele Male Dich und die Deinigen auf dem Boden Deines eigenen Landes geschlagen haben – dennoch also möchte

ich, falls Dir daran gelegen ist, daß kein weiteres Blut vergossen werde, Dich dazu auffordern, daß wir beide in die Schranken treten, König gegen König, um unsere Fehde im Zweikampf auszufechten, unter der Bedingung folgender bindenden Vereinbarungen: Wenn ich Dich besiege, so überläßt Du ganz England meiner Macht und Herrschaft, wirst mir jährlich zweihunderttausend Goldmünzen als Tribut zahlen und am Fest des großen Sankt Johannes Gewänder nach meiner Sitte tragen, die ich Dir zukommen lasse aus meinem Besitz; auch sollst Du am selbigen Tage in einer der vier Städte weilen, die ich Dir nenne: in London, Canterbury, Salisbury oder in hiesiger Stadt Warwick, weil ich hier diese Niederlage erlebt habe. Und hier soll deshalb das erste Fest gefeiert werden zum Gedenken an den endgültigen Sieg, den ich über Dich errungen haben werde. Wenn das Schicksal es jedoch anders fügt und Du der Sieger sein sollst, so werde ich heimziehen in mein eigenes Land, und Du kannst friedlich im Deinigen bleiben, wo Dir und Deinem Volke nichts und niemand mehr die Ruhe sorglosen Lebens stören soll. Ferner werde ich Dir dann all die Ortschaften und Burgen zurückgeben, die ich mit meiner eigenen Siegerhand erobert und mir angeeignet habe.
Diese Worte sind weder aus Hoffart noch aus Mißachtung der königlichen Krone geschrieben, sondern aus Ehrfurcht vor Gott, der groß ist und einem jeden das Los zuteilen wird, das ihm nach seinen Verdiensten gebührt.«

KAPITEL XIV

Wie die Abgesandten des Königs von Kanarien seinen Fehdebrief dem König von England überbrachten

Ehe die zwei vornehmen maurischen Ritter, die der kanarische König damit beauftragt hatte, dem König von England eine Botschaft zu übermitteln, die Festung Alimburg verließen, wurde ein Herold ausgesandt zur Stadt Warwick, der vor den Mauern die Trompete blasen und freies Geleit erbitten sollte.

Als der Herold vor dem Stadttor stand, riefen ihm die Wachen zu, er möge ein Weilchen warten, dann werde man ihm Antwort geben. Einer der Torwächter eilte zum König, um ihm den Vorfall zu melden. Nachdem dieser Rat gehalten hatte, sagte er zu dem Torwächter, man solle den Mann hereinlassen. Und als der Trompeter sich in der Stadt befand, sprach der Graf von Salisbury ihn an, indem er sagte:

»Herold, im Auftrag Seiner Majestät, des Herrn König, versichere ich dir, daß die Gesandten kommen können, ohne Gefahr für Leib und Leben; denn keinem wird irgendein Leid angetan.«

Dann gab ihm der Graf ein seidenes Gewand und hundert Goldmünzen. Hoch zufrieden machte sich der Herold auf den Heimweg; und bevor die Gesandten anrückten, sagte der Einsiedler Folgendes zum König:

»Herr, wir wollen dafür sorgen, daß diese Mauren etwas zu Gesicht bekommen, das sie in Staunen und Schrecken versetzt. Eure Hoheit möge den Befehl erteilen, daß zwei große Herren vors Tor ziehen, um die Gesandten zu empfangen, begleitet von wohlgewappneten Kriegern in großer Zahl, alle in weißen Mänteln, jedoch ohne Helme. Und am Stadttor sollten zu dessen Bewachung dreihundert Mann stehen, ebenso gewappnet wie die anderen. Auch sollte Eure Durchlaucht sämtliche Straßen schmücken lassen, welche die beiden passieren müssen; und alle Frauen und Mädchen, die alten wie die jungen, alle sollten sie, soweit sie irgend dazu imstand sind, die Fenster, Balkone und Dachterrassen verhängen, so hoch, daß die Damen bis zur Brust verdeckt sind, und jede von ihnen sollte eine eiserne Sturmhaube auf dem Kopf haben. Wenn dann die Gesandten durch die Gassen schreiten, werden sie beim Anblick all der blinkenden Helme denken, es seien lauter Krieger. Und die dreihundert Mann, die das Tor bewachen, sollten, sobald die beiden vorbei sind, durch Nebengäßchen heimlich ihnen vorausrennen und an irgendeiner Ecke oder auf einem Platz ihnen aufs neue begegnen und dieses Spiel so oft wie möglich wiederholen, bis die Gesandten schließlich vor Eurer Hoheit stehen. Die beiden werden gewiß einen ordentlichen Schreck bekommen, wenn sie soviel Kriegsvolk gewahren, und das nach der Schlacht, die sie verloren haben, ohne zu wissen, wieso und weshalb. Da werden sie, soviel Soldaten vor Augen, zwangsläufig glauben, Truppen aus Spanien, Frankreich oder Deutschland seien in großer Menge uns zu Hilfe gekommen.«

Der König und alle Mitglieder seines Rates nahmen diese Worte des Einsiedlers mit Entzücken auf; und man tat, was er gesagt hatte. Der Herzog von Lancaster und der Graf von Salisbury wurden dazu ausersehen, die Gesandten zu empfangen, in Begleitung von viertausend Mann, deren jeder einen Blumenkranz auf dem Haupt hatte. Sie zogen aus der Stadt und ritten den Gesandten entgegen, eine gute Meile weit.

Der Herzog von Bedford fragte:

»Sagt, Pater Einsiedel, wo soviel Gepränge hier veranstaltet werden soll – in welcher Aufmachung sollen die Gesandten denn da den König antreffen: bekleidet oder nackt, bewaffnet oder unbewehrt?«

»Wenn Eure Frage ohne Arg ist«, sagte der Einsiedler, »so habt Ihr damit eine wertvolle Anregung gegeben. Doch ich merke, worauf Ihr hinauswollt; ich sehe, daß da mehr böse als gute Absicht dahintersteckt. Weil ich ein armer alter Klausner bin, wollt Ihr mich demütigen im Kreis des Kronrats und vor meinem Herrn, dem König. Haltet Eure Worte im Zaum, sonst werde ich Eurem Mund eine Kandare anlegen, daß Euch die Mucken augenblicklich vergehen.«

Da sprang der Herzog auf, griff nach seinem Schwert und schrie:

»Wärt Ihr nicht so alt und hättet Ihr nicht das Habit des heiligen Franziskus an, so würde ich Euch mit diesem Schwert, das freche Reden zu quittieren weiß, die Rockfalten kürzen, daß kaum noch der Nabel bedeckt ist.«

Zornentbrannt fuhr da der König auf, packte den Herzog, nahm ihm das Schwert aus der Hand und ließ ihn einsperren in einem großen Turm. Und all die anderen Herren, die dabei waren, besänftigten den Einsiedler, indem sie sagten, es müsse ihm, der so alt sei und ein solches Gewand trage, ja nicht allzu schwer fallen, ein solches Vergehen zu verzeihen, und er tat es leichten Herzens. Der König jedoch war zu keinerlei Nachsicht bereit, so sehr der Einsiedler und all die versammelten Fürsten ihn auch darum baten und flehentlich umzustimmen suchten; er hatte eher Lust, den Frevler mit einer

Schleudermaschine durch die Luft zu jagen, hinaus aus der Stadt, als Salutschuß zur Begrüßung der Gesandten.
Mitten in dieser Erregung wurde dem König gemeldet, daß die maurischen Emissäre kämen, und die Beauftragten brachen eilig auf, um weisungsgemäß all das zu tun, was man zuvor beschlossen hatte.
Als schließlich die Gesandten zum König gelangten, übergaben sie ihm den Fehdebrief mitsamt dem Beglaubigungsschreiben, und in Gegenwart aller ließ der König ihn vorlesen. Und der Einsiedler näherte sich dem König und sagte:
»Herr, Eure Hoheit sollte die Herausforderung annehmen.«
Ohne Zögern sagte der König:
»Ich bin bereit zum Zweikampf, gemäß den Bedingungen, die Euer König fordert.«
Er bat die Gesandten, bis zum nächsten Morgen in der Stadt zu bleiben, dann würden sie eine genauere Antwort erhalten. Er ließ sie vorzüglich beherbergen, und sie wurden mit allem versorgt, was ein Mensch zum Leben braucht.
Der König beraumte eine allgemeine Ratsversammlung an, und noch während der Vorbereitungen für dieselbe suchte der Einsiedler, gemeinsam mit ein paar anderen Herren, den König auf, kniete nieder vor ihm, küßte ihm die Hand und den Fuß und flehte ihn in tiefster Demut an, er möge doch in seiner Güte so gnädig sein, ihm die Schlüssel des Kerkerturms zu geben, damit er den Herzog herausholen könne; denn der König hatte sie selber in Verwahrung genommen. Und so dringlich, so anhaltend war das Bitten des Einsiedlers wie auch der anderen Herren, die ihn dabei unterstützten, daß der König schließlich nicht umhin konnte und ihm die Schlüssel überließ. Sogleich begab sich der Einsiedler, gefolgt von den anderen, zu dem Turm, in dem der Herzog eingekerkert war, und dort fanden sie einen Mönch, der ihm eben die Beichte abnahm; denn der Gefangene war fest davon überzeugt, daß seine letzte Stunde gekommen sei; und als er hörte, daß die Tür geöffnet wurde, befiel ihn ein solcher Schreck, daß er meinte, er verliere den Verstand, da er glaubte, man komme, um ihn zum Richtplatz zu schleppen.
Als der Einsiedler ihn erblickte, sagte er zu ihm:
»Herr Herzog, wenn Ihr mich mit ein paar Worten beleidigt habt

und ich Euch, so bitte ich Euch nun, seid so gütig, so gnädig, mir zu verzeihen, denn ich verzeihe Euch gern und von ganzem Herzen.«
Nachdem die Versöhnung vollzogen war, kehrten alle zum Beratungssaal zurück, wo der König und all die Herzöge, Grafen und Markgrafen versammelt waren. Wieder wurde der Brief des Maurenkönigs verlesen. Und da der König und all die anderen den Einsiedler innig liebten und verehrten; da ihnen bewußt war, welch frommes Leben dieser Mann führte und wie tief er vertraut war mit Geist und Praxis des ritterlichen Kampfes; da sie aus seinen Worten ersehen hatten, wieviel Erfahrung er im Umgang mit den Waffen besaß, stimmten sie alle dafür, daß er als erster reden sollte. Darum ergriff er das Wort und hielt folgende Rede.

KAPITEL XV

Wie der Einsiedler auf Wunsch der gesamten Ratsversammlung als erster seine Meinung zu dem Fehdebrief sagte, welchen der König von Gran Canaria dem König von England gesandt hatte

Da die Vernunft und die Achtung vor den Regeln natürlichen Rechts mich dazu nötigen, den Weisungen Eurer Durchlaucht, meines Herrn, gehorsam zu sein, und Ihr mir, trotz der Offenkundigkeit meines geringen Wissens und meines ungeschulten Verstandes, gebietet, als erster hier, in Gegenwart dieser großmütigen Herren, mit allem schuldigen Respekt vor deren Rang, mich zum vorliegenden Fall zu äußern, will ich Euch offen meine Meinung sagen, obwohl mir bewußt ist, daß es mir nicht zusteht, über derlei Dinge zu reden, weil ich ein Mensch bin, der vom Waffenhandwerk kaum eine Ahnung hat. Dennoch will ich, wobei ich von vornherein sowohl meinen Herrn König wie auch euch andere alle um Nachsicht und Vergebung bitte, falls ich mich ungeschickt ausdrücke oder etwas Falsches sage, was ihr gütigst korrigieren oder einfach übergehen möget, weil es von einem Menschen kommt, der als Klausner in der Einöde gehaust hat und mehr von den wilden Tieren des Waldes als von den Waffen weiß – dennoch also, Herr, will ich Eurer Hoheit nicht verschweigen, daß ich der Meinung bin, Ihr hättet dem Großmauren, der in seinem Brief so begierig darauf dringt, sich mit Eurer Hoheit zu messen in einem Kampf Mann gegen Mann, die rechte Antwort erteilt, indem Ihr spontan Eure Zustimmung zu diesem Zweikampf gegeben habt, wie es sich für einen rechten, pflichtbewußten König geziemt, der sich nicht davor scheut, notfalls das eigene Leben aufs Spiel zu setzen. Denn ich denke, dem König ist es lieber, rasch zu sterben, als in Schande zu leben. Wenn ich freilich bedenke, welch ein unglaublich starker und tollkühner Mann jener Maurenkönig sein mag – er sagt ja in seinem Brief, daß er allein zum Kampf antreten wolle, König gegen König –, hielte ich es zwar für gut, das Versprechen, das Eure Hoheit gegeben, zu halten; denn Gott ist ein Richter, der die Wahrheit sieht und dessen Augen kein Hehl entgeht. Wenn wir den Sieg über unsere Feinde erlangen wollen, müssen wir alles dafür tun, daß wir Ihn ganz auf unserer Seite haben, indem wir jeglichen Trug unterlassen. Da uns allen jedoch klar ist, wie wenig der König, mein Herr, dafür geschaffen ist, eine solche Fehde zu bestehen, da er noch sehr jung ist und eine schwache Konstitution besitzt, die immer zum Kränkeln neigt, obwohl er doch den Mut eines tapferen Ritters hat, wäre es weder ratsam noch gerecht, wenn er in die Schranken träte gegen einen Mann von so gigantischer Stärke, wie es der Maurenkönig ist. Aber der Herzog von Lancaster könnte die Aufgabe übernehmen, er könnte den Zweikampf ausfechten, und der Herr König sollte Zepter und Krone abtreten, damit sich der Großmaure nicht geprellt fühlt und die Gelegenheit bekommt, sich mit einem König zu duellieren.«

Kaum hatte der Einsiedler die letzten Silben dieser Rede gesprochen, da sprangen drei Herzöge auf, wutentflammt: der Herzog von Gloucester, der Herzog von Bedford und der Herzog von Exeter, und unter wildem Geschrei gaben sie zu verstehen, sie würden es nicht hinnehmen, daß man den Herzog von Lancaster in den Zweikampf schicken und auf den Thron erheben wolle; denn ein jeder von

ihnen sei enger mit dem König verwandt, und der Herzog von Lancaster habe keineswegs den ersten Anspruch darauf, die Sache ausfechten zu dürfen.
Der König aber war nicht bereit, solchen Worten noch länger zuzuhören. Mit erhobener Stimme setzte er zu einer Erklärung an.

KAPITEL XVI

Wie der König von England in der Ratsversammlung seinen Willen kundgab, selbst in den Zweikampf mit dem König von Gran Canaria zu ziehen, und was seine Ritter darauf erwiderten

Der Anstand gebietet es, einem solch ungehörigen Ansinnen kein Gehör zu schenken. Es wäre besser gewesen, wenn ihr mit allerlei Zweifeln meinen Willen auf die Probe gestellt hättet. Mir behagt es nicht, ich will es nicht, daß irgendeiner von euch für mich in den Kampf zieht. Ich war es, der die Herausforderung angenommen hat; deshalb werde ich allein mich ihr stellen und die Sache ausfechten.«
Da erhob sich ein mächtiger Baron und sagte:
»Herr, Eure Durchlaucht möge mir verzeihen, was ich nun sage. Niemals werden wir dem Vorhaben zustimmen, das Ihr uns soeben verkündet habt. Unser Herrgott gab Euch zwar den guten Willen, aber nicht die Kraft, das Gewollte zu erfüllen. Wir alle wissen nur zu genau, daß Eure Hoheit den Anforderungen eines so schwierigen und so harten Kampfes nicht gewachsen ist. Euer Gnaden sollten sich nach dem Rat und dem Willen von uns allen richten; denn wenn wir wüßten, daß die Tapferkeit, die Euch beseelt, über die körperlichen Mittel verfügt, die Euch zur Bewältigung einer solchen Aufgabe befähigen würden, so hätten wir uns mit großer Freude der Entscheidung Eurer Hoheit gefügt.«
Und all die anderen Barone und Ritter lobten die Worte dieses Edelmannes.

»Wenn es euch, ihr getreuesten Gefolgsleute und Untertanen, nicht gefällt«, sagte der König, »wenn ihr zu dem Schluß gekommen seid, daß ich nicht der geeignete Mann bin für den Zweikampf mit dem Maurenkönig, so will ich euch doch Dank sagen für die große Liebe, die ihr mir damit ausgedrückt habt, und möchte mich so verhalten, wie es euer aller Wunsch ist. Aber ich will und befehle es, daß jeder mit dem Tode bestraft wird, der sich erdreistet, von sich aus zu erklären, er werde für mich in die Schranken treten. Ich allein werde denjenigen auswählen, der für mich und an meiner Statt den Kampf bestehen soll, und an ihn werde ich die Krone, das Reich und das königliche Zepter abtreten.«
Alle gaben zu erkennen, daß sie damit freudig einverstanden seien. Daraufhin ergriff der König noch einmal das Wort.

KAPITEL XVII

Wie der König von England im Einverständnis mit all seinen Baronen das Reich, die Krone und das Zepter dem Einsiedler überließ, der statt seiner in die Schranken trat, um mit dem König von Gran Canaria zu kämpfen

Wenn die bedenkenlose Fortuna einen, den sie umgarnt hat, gänzlich vernichten will, so hält sie einen Großteil ihrer Widrigkeit hübsch zurück, damit ihr vermeintlicher Günstling sich nicht wappne gegen ihre schwarzen Launen. Schrecklich ist das Mißgeschick, das mit dem höchsten Glück der von ihr am meisten Verwöhnten einhergeht: Weil sie keine schlechten Erfahrungen gemacht haben, halten sie kleine Mißlichkeiten für gewaltige Schicksalsschläge und sind dann nicht imstand, ein wahrhaft schlimmes Unglück zu ertragen. Darum, ihr Herzöge, Grafen, Markgrafen und all ihr meine anderen getreuen Untertanen, will ich deutlich dartun, daß ich, nachdem es der göttlichen Vorsehung beliebt hat, mir die Kraft und Gesundheit des Körpers zu versagen, und nachdem ihr alle mir nachdrücklich zu verstehen gegeben habt, wie unzureichend meine Fähigkeiten für einen solchen Zweikampf sind, mich eurer wohlwollenden und so liebevollen Absicht nicht widersetzen möchte, sondern entschlossen bin, eurem Wunsch gemäß zu handeln, auf meinen Stand zu verzichten, das Zepter und die Krone abzugeben, mich all meiner Herrschaftsrechte zu entledigen. Und ich übergebe dies alles, weder gedrungen noch gezwungen, und ohne jede Klausel, die ich mir ausbedungen, meinem lieben Vater Einsiedel, der hier zugegen ist.«

Er zog seine Gewänder aus und sprach:

»Indem ich diesen Königsmantel ausziehe und ihn dem Vater Einsiedel umlege, entledige ich mich zugleich meines Reiches und all meiner Herrschaftsrechte, die ich als Würde und Bürde auf die Schultern des Vaters Einsiedel übertrage, wobei ich ihn bitte, dies alles willig zu übernehmen und an meiner Statt mit dem Maurenfürsten zu kämpfen.«

Als der Klausner diese Worte des Königs vernahm, erhob er sich rasch, um ihm zu antworten. Doch im selben Augenblick erhoben sich auch all die großen Herren, die da versammelt waren, wie ein Mann, und sie umdrängten ihn in so dichter Menge, daß er gar nicht zu Worte kam. Ehe er noch irgend etwas sagen konnte, zogen sie ihm die Mönchskleider aus, die er trug, und sorgten dafür, daß er sich in die königlichen Gewänder hüllte. Dann ließ der König in Gegenwart des ganzen Kronrates und mit Zustimmung des gesamten Adels seinen Verzicht auf die Herrschaft und deren Übertragung auf den Einsiedler feierlich durch einen Notar beurkunden. Und angesichts des einmütigen Verlangens aller Ratsmitglieder sträubte sich der Einsiedelkönig nicht, die Herrschaft und den Entscheidungskampf zu übernehmen. Unverzüglich bat er, man möge ihm geeignete Waffen und eine passende Rüstung beschaffen. Man brachte ihm vielerlei Eisenzeug, aber von all dem, was die Leute anschleppten, fand nichts sein Wohlgefallen.

»Beim Himmel«, sagte der Einsiedelkönig, »der Zweikampf wird nicht ausfallen, auch wenn ich im Hemd hingehen muß! Doch ich bitte euch, liebe Herren, seid so nett, sucht die Gräfin auf und bittet sie recht inständig, sie möge die Gnade und Güte haben, mir die

Waffen ihres Gemahls, Graf Wilhelm von Warwick, leihweise zur Verfügung zu stellen, jenes Rüstzeug, mit dem er in all die Schlachten zog, die er schlug.«

Als die Gräfin so viele Herzöge, Grafen und Markgrafen samt allen sonstigen Mitgliedern des Kronrates anrücken sah, sagte die tugendhafte Dame, sobald sie vernommen hatte, weshalb die Herren gekommen waren, es sei ihr ein Vergnügen, dem Wunsch zu entsprechen, und gab ihnen ein paar Waffen, die nicht viel wert waren. Als der König diese Leihgaben erblickte, sagte er:

»Das sind nicht die Sachen, die ich haben wollte. Es sind noch andere da, die viel besser sind.«

Und all die adeligen Herren gingen noch einmal zur Gräfin und baten sie, ihnen die anderen Waffen zu geben. Doch die Gräfin erwiderte, es gebe keine anderen.

Als dem König diese Antwort mitgeteilt wurde, sagte er:

»Ihr Herren, meine lieben Brüder, wir alle, wie wir hier beisammen sind, wollen gemeinsam hingehen und unser Glück versuchen.«

Als alle vor der Gräfin standen, sprach der König:

»Frau Gräfin, Eure große Güte und Freundlichkeit ermutigt mich, Euch zu bitten, daß Ihr mir die Waffen leiht, die Eurem Gemahl, Graf Wilhelm von Warwick, gehörten.«

»Herr«, sagte die Gräfin, »so wahr mir Gott helfe, daß ich dieses Kind behalte, das einzige Gut, das mir geblieben – ich habe Euch die Sachen bereits gesandt.«

»Gewiß«, sagte der König, »aber es sind nicht die, um welche ich gebeten habe. Leiht mir doch, bitte, die Waffen, die sich in der kleinen Ankleidekammer hinter Eurem Gemach befinden, eingewickelt in weiß und grün gemustertem Damast.«

Da fiel die Gräfin vor ihm auf die Knie und sagte:

»Herr, habt die Gnade und Güte, mir Gewißheit zu schenken. Laßt mich Euren wahren Namen wissen, Hoheit, und sagt mir, woher Ihr meinen Herrn Gemahl kennt, den Grafen Wilhelm von Warwick.«

KAPITEL XVIII

Was der Einsiedelkönig der Gräfin von Warwick antwortete, als sie ihn anflehte, er möge so gütig sein, ihr seinen Namen zu sagen und sie wissen zu lassen, welche Freundschaftsbande ihn mit ihrem Gemahl, dem Grafen Wilhelm von Warwick, verbunden hätten; und was er ihr daraufhin erzählte von den Kämpfen um die Stadt Rouen sowie von den Taten, die der Graf dort vollbracht hatte

»Gräfin«, sagte der Einsiedelkönig, »dies ist nicht die Stunde, in der es mir gestattet wäre, Euch meinen Namen zu offenbaren; denn ich muß mich jetzt um andere Dinge kümmern, die dringlicher sind, wichtiger für uns alle. Deshalb bitte ich Euch, mir die Waffen leihen zu wollen, um die ich Euch gebeten. Ich wäre Euch außerordentlich dankbar für diese Gunst.«

»Herr«, sagte die Gräfin, »mit dem größten Vergnügen leihe ich sie Eurer Hoheit. Aber wenn Gott Euch einen herrlichen Sieg über den Maurenkönig gewährt, so erweist mir die Gnade, mich, wenn ich schon Euren Namen nicht erfahren darf, doch wenigstens wissen zu lassen, wie Ihr meinen Gemahl kennengelernt habt und auf welche Weise eine Freundschaft zwischen Eurer Durchlaucht und ihm entstanden ist.«

Der König antwortete:

»Gnädige Frau, da Ihr so beharrlich in mich dringt und darauf besteht, daß ich es Euch erzähle, will ich Euch den Gefallen tun, und ich tue es gern, denn Ihr habt es reichlich verdient. Ich erinnere mich noch gut an jene große Schlacht, bei der Euer Gemahl den König von Frankreich in der Stadt Rouen besiegte. Euer Gemahl war der Oberbefehlshaber der Stadt, als der König von Frankreich mit sechzigtausend Kriegern zu Fuß und zu Pferde anrückte. Euer Gemahl, Graf Wilhelm von Warwick, zog ihm entgegen, mit wenigen Leuten aus der Stadt, nachdem er die Tore bestens bestückt hatte. Und am anderen Ende der Brücke lieferte er ihm ein tüchtiges Gefecht, bei dem viele Franzosen auf der Brücke ihr Leben ließen, insgesamt, wenn man die hinzuzählt, die in das Flußbett stürzten, mehr als fünftausend Mann. Daraufhin zog sich Euer Gemahl zur Stadt zurück, und der ganze Haufe von Picarden stieß nach. Schon glaubten sie, die Stadt im Sturm erobern zu können – wenn da nicht Wilhelm von Warwick gewesen wäre, der das Tor standfest verteidigte. Und der König mit all seiner Streitmacht stieß hinzu, und er attackierte mit solch unerhörter Wucht, daß Euer Gemahl in die Stadt zurückwich, dicht gefolgt von eindringenden Franzosen. Die Wächter aber, welche die Türme des Stadttors besetzt hielten, ließen das Fallgittertor herunter, als sie sahen, daß schon genug Franzosen drinnen waren; und der König blieb ausgesperrt. Als Wilhelm von Warwick alle eingedrungenen Feinde niedergemacht oder überwältigt und in sichere Gefängnisse gesteckt hatte, gewahrte er, daß der König von Frankreich noch immer mit rasender Wucht die Stadt zu erstürmen suchte. Da verließ Euer Gemahl, der Graf, durch ein anderes Tor die Stadt und sprengte dorthin, wo sich der König der Franzosen befand. Die Leute aus der Stadt brachen derweil auch hervor, und der König wurde zwiefach verwundet, sein Pferd getötet. Einer seiner Ritter, der sah, wie schwer verletzt der König war und daß er sich nur noch zu Fuß fortbewegen konnte, gab ihm sein eigenes Pferd und half seinem Herrn hinauf, dem nichts anderes übrigblieb, als zu fliehen, denn die Schlacht war für ihn verloren. Gräfin, ich erinnere mich, daß wenige Tage später Euer Gemahl heimkam, in dieses Reich, auf Befehl des Herrn König. Und ich habe es noch vor Augen, wie ehrenvoll er vom König und von allen Leuten unseres Landes empfangen wurde. Man riß ein Stück der Londoner Stadtmauer ein, weil man nicht zulassen wollte, daß er durch irgendein enges Tor einziehe. Er kam daher auf einem mit Brokatbahnen ausgeschlagenen Wagen, und die Pferde, die den Prunkwagen zogen, waren mit seidenem Zierat geschmückt. Er allein stand auf dem Wagen, gewappnet mit einem Harnisch aus blinkendem Stahl, das blanke Schwert in der Hand. Später kam der Triumphzug auch in diese Eure Stadt Warwick, wo er einige Tage verweilte. Und ich begleitete ihn auf Schritt und Tritt. Auf dem Schlachtfeld waren wir zu Waffenbrüdern geworden.«

Nach einer Pause, die nicht lange währte, schickte sich die Gräfin an zu reden.

KAPITEL XIX

*Was die Gräfin zu dem Einsiedelkönig sagte,
der sie gebeten hatte, ihm die Waffen ihres Gemahls,
des Grafen Wilhelm von Warwick, zu leihen;
und auf welche Weise der neue Herrscher den Zweikampf
anberaumte, um sich mit dem maurischen König zu messen,
über den er einen glorreichen Sieg errang*

Mit unsagbarer, herzerquickender Freude, Herr, wird mir bewußt, wie wahr dies alles ist, was Eure Hoheit mir berichtet hat. Tief getröstet fühle ich mich durch diese Schilderung der einzigartigen Taten meines tapferen Gemahls und Gebieters, den ich über alle Maßen liebte und verehrte als einen Mann, der höchsten Ruhmes würdig war und ob seiner überragenden Tugenden es durchaus verdient hätte, eine Königskrone zu tragen. Aber das Schicksal war mir nicht freundlich gesinnt; im Gegenteil: es hat ihn meinen Augen entrissen. Seit er von mir fort ist, weiß ich nicht mehr, was schöne Tage oder gar schöne Nächte sind. Ob es nun dunkel ist oder hell die Sonne scheint – für mich ist tagtäglich Karfreitag. Doch davon will ich nicht länger reden, um Eure Hoheit nicht zu verdrießen. Ich möchte Euer Gnaden nur bitten, es mir gütigst zu verzeihen, daß ich in all der Zeit, da Ihr als Einsiedler lebtet, Eurer Hoheit nicht soviel zuliebe getan habe, wie ich dies wohl hätte tun können. Hätte ich etwas gewußt von der Brüderschaft, die Euch mit meinem Gebieter, Wilhelm von Warwick, verband, so wäre ich Euch mit sehr viel größerer Ehrerbietung begegnet und hätte Euch sehr viel mehr von dem Meinigen gegeben, als ich in meiner Ahnungslosigkeit getan.«

Hoch erfreut vernahm der König diese Worte der tugendhaften Gräfin.

»Wo kein Fehler ist, erübrigt sich die Bitte um Vergebung. Eurer guten Taten sind so viele, daß es unmöglich ist, sie aufzuzählen; und ich kann Euch gar nicht genug Dank sagen für all das, was ich Euch schulde. Nur um eine Gunst möchte ich Euren Edelmut, Eure hochherzige Liebenswürdigkeit noch bitten: Leiht mir die Waffen, um die ich Euch gebeten.«

Da ließ die Gräfin sogleich einige andere Waffen bringen, die in blauen Brokat gehüllt waren. Als der König sie sah, sagte er:
»Frau Gräfin, wie sorgsam hütet Ihr die Waffen Eures Gemahls! Trotz der Dringlichkeit, mit der diese Herren und ich darum gebeten haben, wolltet Ihr sie uns nicht herausrücken. Dies hier ist das Rüstzeug, mit dem Wilhelm von Warwick ins Turnier zu ziehen pflegte; diejenigen Waffen, die ich gerne hätte, hängen in Eurer Ankleidekammer, umhüllt von weißgrünem Damast, auf dem ein goldener Adler prangt. Ich meine die Rüstung, von der ich mit Gewißheit weiß, daß er sie immer dann trug, wenn es besonders hart auf hart ging. Falls es Euch nicht widerstrebt, Frau Gräfin, daß ich Eure Kammer betrete – ich glaube, ich würde sie finden.«
»Ach, ich armes Weib«, sagte die Gräfin, »mir ist, als wärt ihr Euer Leben lang hier zu Hause gewesen! Eure Hoheit darf gerne eintreten. Schaut Euch nur um und nehmt alles, was Euch am dienlichsten scheint.«
Als der König sah, wie freundlich und hilfsbereit sie war, dankte er ihr für das Entgegenkommen. Alle betraten die Ankleidekammer, und dort sahen sie die gewünschten Waffen hängen. Der König ließ sie sich reichen und sorgte dafür, daß sie in Ordnung gebracht würden, soweit dies nötig war.
Schon für den nächsten Morgen war das Treffen anberaumt, und als es dunkelte, begab sich der König in die Kirche, wo er, kniend vor dem Bild der allerheiligsten Muttergottes, unserer Herrin, die ganze Nacht verbrachte, in voller Rüstung, die Waffen vor sich auf dem Altartisch. Sobald es dann heller Tag geworden, hörte er in tiefer Andacht die Messe. Nach deren Ende ließ er sich, noch in der Kirche, die Waffen anlegen und aß ein paar Bissen Rebhuhnbraten, damit der Körper ein wenig gestärkt werde. Danach ging er hinaus aufs freie Feld, und alle Frauen und Jungfrauen zogen vor die Stadt, barfüßig, die Mädchen mit offenem Haar, und flehten in langer Bittprozession den Allmächtigen und die allerheiligste Mutter des Gottessohnes an, ihrem König den Sieg über den Maurenherrscher zu gewähren.
Kaum war der Einsiedelkönig am Kampfplatz angelangt, kam der maurische König samt seiner ganzen Streitmacht zu Fuß und zu

Pferde. Mit dem Mut eines tapferen Ritters trat er in die Schranken. All die Maurenscharen aber erstiegen die Höhe eines Hügels, um von dort aus dem Zweikampf zuzuschauen; und die Christen verharrten am Stadtrand. Der Einsiedelkönig trug eine Lanze mit scharf geschliffener Eisenspitze, einen Langschild, das Schwert und einen Dolch; der Maurenkönig brachte einen Bogen mit sowie ein Schwert, und auf dem Kopf hatte er einen Helm, der mit einem Stoffstreifen vielfach umwickelt war.

Als sich die königlichen Kämpen beide im Ring befanden, griffen sie mit größter Kühnheit einander an. Blitzschnell schoß der Maurenherrscher einen Pfeil ab, der mitten auf den Schild traf, ihn glatt durchschlug und unaufhaltsam auch noch den Arm durchbohrte; worauf der Maure rasch einen zweiten Pfeil abschnellte, der mitten auf den gepanzerten Schenkel schlug, die Rüstung zwar nicht ganz durchschoß, aber ihren Träger schwer behinderte bei jedem Schritt, den er tat. Zwiefach also wurde der Engländer verwundet, noch ehe er seinen Gegner erreichen konnte. Als er ihm schließlich nahe genug war, schleuderte er die Lanze. Doch der Maurenkönig war ein höchst behender Krieger, und als er die Lanze heranschwirren sah, wehrte er sie durch einen flinken Schlag mit seinem Bogen ab, so daß sie weitab sauste und mehr als zehn Schritte von ihm entfernt zu Boden fiel. Dabei war der Christenkönig jedoch so dicht an den Mauren herangekommen, daß dieser nicht mehr schießen konnte. Und als er ihn fast mit der Hand berühren konnte, rief er mit lauter Stimme:

»Hilf mir, Gott, und der ganze Maurenhaufe soll gegen mich anrennen!«

Als der Maurenkönig sah, wie dicht der andere ihm auf den Leib gerückt war, und erkannte, daß er seinen Bogen nicht mehr gebrauchen konnte, hielt er sich für verloren.

Der Einsiedelkönig aber griff, nachdem er die Lanze geschleudert hatte, rasch nach dem Schwert, näherte sich dem Gegner so dicht wie möglich und versetzte ihm einen schweren Hieb aufs Haupt, ohne ihm freilich damit einen großen Schaden anzutun; denn die dicken Stoffmassen des Turbans boten einen guten Schutz. Der Maurenkönig wehrte sich, indem er mit seinem Bogen um sich schlug und viele Hiebe abwies, bis der Einsiedelkönig ihm mit einem mächtigen Streich den Arm abhieb und ihm das Schwert bis zum Heft in die Seite stieß. Ohnmächtig stürzte der Maurenkönig zu Boden. Unverzüglich enthauptete ihn der Einsiedelkönig, spießte den Kopf auf seine Lanzenspitze und zog mit diesem Siegeszeichen triumphal zurück in die Stadt.

Malt euch aus, welch ein Jubel bei den Christen herrschte, bei all den Frauen und Mädchen, die nun wußten, daß ihnen keine Gefangenschaft, keine Verschleppung mehr drohte. Man rief die Ärzte herbei, und sie verbanden dem heimgekehrten König die Wunden.

Am nächsten Tag, zu früher Morgenstunde, hielt der König Rat in dem Gemach, wo er zu ruhen pflegte; und es wurde beschlossen, zwei Ritter als Gesandte zu den Mauren zu schicken und ihnen sagen zu lassen, sie möchten sich an die von ihnen gelobten und von ihnen allen beschworenen Vereinbarungen halten; dann könnten sie heil und ungefährdet abziehen und mit all ihren Schiffen, Gewändern und Juwelen heimreisen in ihre eigenen Lande, ohne daß ihnen von irgendwem aus dem Britischen Reich ein Leid angetan würde.

Nachdem die Gesandten erwählt waren, schickte man einen Herold voraus, der um freies Geleit bitten sollte. Die Mauren gaben bereitwillig ihre Zustimmung und versprachen, es dürfe kommen, wer wolle, und kein Haar würde ihm gekrümmt. Die Gesandten ritten los, und als sie bei den Mauren waren, verkündeten sie die Botschaft, die ihnen aufgetragen worden war. Man bewirtete sie gut und bat sie, auf die Antwort zu warten. Das aber sagten die Mauren, weil sie Übles im Schilde führten; denn der bittere Kummer, in den sie nach dem Tod ihres Königs verfallen waren, hatte die grimmigste Heimtücke in ihnen erweckt.

Große Aufregung herrschte unter ihnen, als sie sich darum stritten, wen sie zum König machen sollten. Die einen wollten, daß man Salah-ben-Salah kröne; die anderen meinten, Aduqueperec, ein Vetter des toten Königs, müsse der Thronerbe sein. Schließlich wurde die Wahl zugunsten von Salah-ben-Salah entschieden, da er ein tüchtiger, überaus tapferer Ritter war. Und kaum hatte man ihn zum König erhoben, da befahl er, die Gesandten und alle, die mit ihnen gekommen waren, unverzüglich zu ergreifen und auf der Stelle zu töten. Samt und sonders wurden sie enthauptet; und all die abgehauenen Köpfe steckte man in einen Sattelkorb und schickte sie auf dem Rücken eines Esels zur Stadt. Die Wachen, die auf den Türmen der Wehrmauer postiert waren, erblickten zwei Reiter und einen Esel, den sie vor sich her trieben; als die beiden nahe bei der Stadt waren, ließen sie den Esel im Stich und machten sich im Galopp aus dem Staub. Der Hauptmann der Wachsoldaten beobachtete den Vorfall; er befahl zwei Männern, hinauszureiten und nachzusehen, was das zu bedeuten habe. Als diese entdeckt hatten, worum es sich handelte, wäre es ihnen lieber gewesen, man hätte sie nicht zu Augenzeugen eines solchen Greuels, einer solch abscheulichen Schandtat gemacht. Spornstreichs kehrten sie zurück, um dem König und dem gesamten Rat zu melden, was sie gesehen. Als der König die unglaubliche Nachricht vernahm, starrte er bestürzt und sagte die folgenden Worte.

KAPITEL XX

Der feierliche Schwur, den der Einsiedelkönig tat, derweilen er an den Wunden litt, die ihm der König von Gran Canaria zugefügt hatte

Ich habe Leib und Leben aufs Spiel gesetzt, habe die eigene Haut vor keiner Gefahr verschont, auf daß mein Ruhm fortlebe in Ewigkeit; denn als Totgeborene erscheinen mir jene, die im trüben Duster eines ebenso namenlosen wie tatenlosen Daseins dahinleben. Wer von den unerbittlichen Schicksalsmächten aus dieser Welt hinweggerafft wird, ehe sein Leben für irgendwen zum Begriff geworden ist, hat weniger Wert als Steine oder Bäume, die jedermann gebührend schätzt um ihrer nützlichen Eigenschaften willen oder wegen der Süße kostbarer Früchte. Herrlich hingegen scheint mir das Leben derer, die mit unerschrockener Herzenskühnheit es zum Wagestück machen, also sterben, ohne jemals gänzlich vergehen zu können, weil ihnen ein

Weiterleben im Strahlenglanz glorreichen Ruhmes ewiglich gewiß ist. O ihr Wortbrüchigen, so grausam Treulosen! Wie schwach ist euer Glaube! Ihr könnt nicht schenken, was ihr nicht habt! Verwundet wie ich bin, tue ich hiermit diesen feierlichen Schwur, daß ich das Obdach keines Hauses aufsuchen werde, es sei denn eine Kirche, in der ich die Messe hören will, ehe ich diese ganze Maurenhorde aus dem gesamten Königreich verjagt habe.«
Daraufhin ließ er sich sofort seine Kleider reichen, erhob sich vom Lager und befahl, die Trompeten zu blasen. Und der erste, der aus der Stadt hinausritt, war der König, der durch seine Herolde ausrufen ließ, daß ein jeder, der mehr als elf und weniger als sechzig Jahre zähle, sich dem Heerzug anzuschließen habe, Mißachtung dieser Order aber mit der Todesstrafe zu ahnden sei. Und noch am selbigen Tag schlug man das Zeltlager an derselben Stelle auf, wo die Mauren besiegt worden waren. Diesmal jedoch ließ der König eine Menge Geschütze auffahren, die er für die Ausführung seines Schlachtplans brauchte.
Als die tugendhafte Gräfin erfuhr, daß der König einen solchen Aufruf hatte verlautbaren lassen und daß alle Mannspersonen, die älter als elf waren, ihm Folge leisteten, geriet sie in große Unruhe, weil sie wußte, daß ihr Sohn zu den Einberufenen gehörte und zwangsläufig ins Feld ziehen mußte. Gehetzt von tiefer Sorge, begab sie sich zu Fuß dorthin, wo der König weilte, kniete nieder auf den harten Fußboden und sprach mit bewegter Stimme:
»Ihr, hochweiser König, der Ihr so lange ein heiligenhaftes Leben geführt habt, geltet in Eurer Frömmigkeit zu Recht als ein Mann, der Mitleid und Erbarmen mit den Bedrängten hat. Darum komme ich, die gepeinigte Gräfin, zu Eurer Durchlaucht, um Euch anzuflehen, daß Ihr, so gnädig, mildtätig und überaus gütig, wie Ihr seid, Euch meiner erbarmt. Denn ich habe ja auf dieser Welt nichts anderes, an dem mein Herz hängt, als diesen einen Sohn, der noch so jung ist, daß er Euch keinerlei Hilfe sein kann. Euer Gnaden mögen sich, bitte, der getreuen brüderlichen Liebe meines tapferen Gemahls erinnern, mit dem Eure Hoheit so eng befreundet war in den vergangen Kriegen und Schlachten. Gedenkt auch, hoher Herr, jener Almosen und Liebesgaben, die ich Euch in den Jahren Eures Einsiedler-

lebens zukommen ließ. Laßt es Euch darum belieben, mir zu gewähren, was ich ersehne und erflehe. Seid so gut und laßt mir meinen Sohn, der ein Kind ohne Vater ist, das einzige Glück, mit dem ich mich trösten kann. Laßt mir dieses arme Geschöpflein, mein einziges Herzensgut. Herr, Ihr seid ein väterlicher Hort des Erbarmens und des Mitleids; gewährt mir also in Eurer Gnade diese besondere Gunst, die mich und meinen Sohn zu ewiger Dankbarkeit gegenüber Eurer Hoheit verpflichten soll.«

Der König begriff die Gemütsverwirrung der Gräfin, und er antwortete ihr ohne Zögern.

KAPITEL XXI

Wie der Einsiedelkönig erklärte,
weshalb er dem Wunsch der Gräfin nicht willfahren wolle,
ihren Sohn vom Kriegsdienst zu befreien

Gern, Frau Gräfin, würde ich Eurem Wunsch entsprechen, wenn dieses Ansinnen ehrenhaft und gerecht wäre; denn die Ehre und das Ansehen Eures Sohnes liegen mir so am Herzen, als ginge es um meinen eigenen Ruf. Männer müssen sich ja bekanntlich im Waffenhandwerk üben; sie müssen die Praxis der Kriegskunst und den feinen Stil ritterlichen Verhaltens gemäß den Regeln des gesegneten Kriegerordens erlernen. Es ist eine Notwendigkeit und gute Gepflogenheit, daß ein jeder Mann von Ehre schon in frühester Jugend verpflichtet wird, sich mit den Waffen vertraut zu machen; denn in diesem Alter erlernt man viel leichter als in späteren Jahren, worauf es bei Tjosten oder Turnieren und auch im kriegerischen Ernstfall ankommt. Und da Euer Sohn jetzt eben im denkbar besten Alter ist, um zu sehen und zu hören, welch hohe, strahlende Ehren die Ritter erlangen, wenn sie bei solchen Unternehmungen tapfere Taten vollbringen, möchte ich, daß er an meiner Seite ins Feld zieht, wobei ich auf ihn achten will mit all der Wertschätzung, die man dem eigenen Sohn entgegenbringt; und ich werde ihm jegliche Ehre gewähren, die ich ihm irgend zukommen lassen kann, aus Liebe zu seinem Vater und Respekt vor Euch. Oh, welch beglückende Auszeichnung ist es für die Mutter, einen Sohn zu haben, der in so jungen Jahren bereit und in der Lage ist, an derartigen Kämpfen teilzunehmen, die wahrhaft ruhmeswürdig sind! Darum ist es nötig, daß er mit mir zieht; und gleich morgen werde ich ihn zum Ritter schlagen, damit er den tapferen Taten seines Vaters, Wilhelm von Warwick, nacheifern kann. Und wenn er jetzt zum Mitstreiter wird, gewinnt er an Achtung bei allen rechten Rittern. Und ich, der ich seinen Vater so sehr liebte, als dieser noch am Leben war, hänge demselben noch im Tode an, wie es meine Pflicht ist; denn kein Mensch auf der Welt war mir je so lieb und teuer wie Euer Gemahl, und an seiner Statt will ich nun seinen Sohn lieben und ehren, weil dies jetzt das einzige ist, was ich dem Toten noch zuliebe tun kann. Deshalb bitte und rate ich Euch, tugendhafte Gräfin, daß Ihr heimkehrt in die Stadt und mir Euren Sohn überlaßt.«

»Bei Gott, Herr«, sagte die Gräfin, »Euer Rat scheint mir nichts Gutes oder Schönes zu verheißen. Wollt Ihr mir einreden, diese Kunst des Rittergetümmels sei eine segensreiche Sache? Ich behaupte, daß es eher ein verfluchtes, unglückseliges Treiben ist, etwas Schmerzliches, Trauriges, das kaum einen Nutzen bringt. Ja! Genügt denn Eurer Hoheit die Erfahrung noch nicht, die Ihr am eigenen Leib gemacht habt? Gestern wart Ihr gesund und vergnügt, und heute sehe ich Euch elend, humpelnd und krank. Noch trauriger aber ist das Schicksal derer, die dabei Leib und Leben verlieren! Und das ist der Grund, weshalb ich bange um meinen Sohn. Wüßte ich nämlich sicher, daß er bei den Kämpfen nicht umkommt oder verwundet wird, so ließe ich ihn ja gern mit Eurer Hoheit ziehen. Aber wer kann mir garantieren, was bei dem Gemetzel geschieht oder nicht geschieht? Meine Galle bebt vor Angst und leidet die grausamste Pein; denn er hat ein so stolzes, großmütiges Herz, daß er sich gewiß als so tapfer und kühn erweisen will wie sein Vater. Herr, ich weiß, wie schrecklich die Gefahren eines jeden Kampfes sind, und darum kann meine Seele zu keiner Ruhe kommen. Der beste Ratschluß für mich bleibt deshalb die Bitte: Laßt mir meinen Sohn, und ihr anderen, schlagt die Schlacht.«

In freundlichem, liebenswürdigem Ton sagte hierauf der König: »Wohlgesprochen ist alles, was aus dem Mund einer Dame kommt. Gräfin, vergeudet nicht Eure Worte; geht im Frieden des Herrn und begebt Euch heim in die Stadt; denn Ihr kämet doch an kein Ziel.«
Die Verwandten der Gräfin baten sie, umzukehren und ihren Sohn dazulassen, weil der König doch für ihn sorge. Als sie sah, daß ihre Bemühungen vergeblich waren, brach sie in Tränen aus.

KAPITEL XXII
Die Wehklage der Gräfin beim Abschied von ihrem Sohn

»Oh, welch ein Widersinn! Wo doch ohnehin, wie ich zu Recht behaupten kann, mein Leid schon jetzt entsetzlicher ist als alles, was sonst auf der Welt erlitten werden muß! O bittere Tränen, die ihr mein Elend und meinen Ruin zur Schau stellt! Versetzt die Zeugen, die hier zuhören, in meine traurige Lage; zeigt ihnen, wie furchtbar der Verlust ist, der mich betroffen hat! Laßt es nicht zu, daß sie meinen Jammer vernehmen, ohne zu stöhnen, zu seufzen, zu wimmern und zu schluchzen! Dies sind die Schmerzen einer Mutter, die nichts hat als ein einziges Kind und der dies einzige gewaltsam entrissen wird, fortgeschleppt unter Beteuerungen großer Freundschaft und Liebe, um als Opfer dargebracht zu werden, daß es eines grausamen, grauenhaften, qualvollen Todes sterbe. O Mutter, wie gleichst du dem Schaf, das ein Lamm zur Welt gebracht hat, damit es abgestochen und zerstückelt wird auf bluttriefender Schlachtbank! Aber was nützt es, etwas zu beklagen, das doch nicht zu ändern ist, wenn der König sich meiner und meines Sohnes nicht erbarmen kann?«
Der König, den die schmerzlichen Worte und Wehklagen der Gräfin tief gerührt hatten, so daß ihm Tränen heftigen Mitleids aus den Augen rannen, trat ein paar Schritte beiseite und bat die Verwandten der Gräfin, sie in die Stadt zu bringen. Zwei Ritter, die zu ihrer Sippe

gehörten, hoben die am Boden Liegende auf und trugen sie auf den Armen zum Stadttor, ihr Trost zusprechend, so gut sie konnten.
»Ihr meint es zwar gut«, sagte die Gräfin, »ihr wollt meine Qual besänftigen, aber je mehr ihr mich zu trösten versucht, desto mehr zermartert ihr mich und desto größer wird der Schmerz, den mein geschundenes Herz empfindet. Um dieses einen Kindes willen, das mir als einziges Glück geblieben ist, werde ich Mutter genannt; und wenn es jetzt stirbt in der Schlacht – was wird aus mir, aus diesem elenden, armseligen Weib, das dann den Mann und den Sohn verloren hat, samt allem, was es an Gutem besaß auf dieser erbärmlichen Welt? Wäre es nicht besser, wenn ich selbst tot wäre, statt mit eigenen Augen soviel Grauen zu erleben? Wieviel lieber wäre mir's da, mein Gemahl und mein Sohn hätten überlebt! Was nützt mir alles Hab und Gut, was helfen mir die Reichtümer, wenn ich aller Freude, aller Lust und allen Trostes beraubt bin und mir nichts anderes zu tun bleibt, als Ströme bitterer Tränen zu vergießen und in unaufhörlichem Jammer weiterzuleben? Gott sollte mir wenigstens die Gnade gewähren, daß ich zum lieblich grünen Ufer jenseits des großen Flusses gelange, wo ich meine vergangenen und künftigen Qualen vergessen und ewig in Ruhe und Frieden leben kann.«
Als die Gräfin verstummte, wagte es ihr Sohn, ein paar Worte zu sagen:
»Herrin, ich bitte Euch herzlich, habt die Güte und weint nicht mehr; verzehrt Euch nicht vor Kummer um meinetwillen. Ich küsse Euch die Hände zum Dank für die überströmende Liebe, die Eure Hoheit mir zu erkennen gegeben hat. Doch Ihr müßt bedenken, daß ich schon in dem Alter bin, wo es gilt, den Schutz der mütterlichen Fittiche zu verlassen, und daß ich fähig bin, Waffen zu tragen und mich in die Schlacht zu werfen, um zu erweisen, wessen Sohn ich bin und wer mein Vater gewesen ist. Wenn es dem Allmächtigen beliebt, so wird er mich vor Unheil bewahren und mich Taten vollbringen lassen, die ihm wohlgefallen; und die Seele meines Vaters wird dann dort, wo sie weilt, nicht ungetröstet sein, und auch Euer Gnaden werden sich darüber freuen.«
Als die Gräfin diese Worte ihres Sohnes hörte, wandte sich sich an die Verwandten, die sie trugen, und sagte zu ihnen:

»Grämt euch nur ja nie zu Tode wegen eines Sohnes! Ich dachte, der Wille meines Sohnes entspräche meinen Wünschen; ich meinte, er wolle sich fernhalten von euch, würde sich in irgendeinem Winkel verstecken, um den Gefahren der Feldschlacht zu entrinnen, weil er noch so jung ist. Und nun sehe ich, daß er genau das Gegenteil tut. Es stimmt offensichtlich, was das Sprichwort behauptet: Der angeborene Trieb ist's, was den Hund zum Jagen treibt.«

Sobald sie ans Stadttor gelangten, verabschiedeten sich die Ritter, um zum Feldlager zurückzukehren. Der Sohn kniete auf dem harten Erdboden nieder, küßte die Füße, die Hände und den Mund der Mutter und bat sie um ihren Segen. Und die Gräfin schlug über ihm das Kreuz und sagte:

»Mein Sohn, unser Herrgott möge dein Schutz und Schirm sein und dich vor allem Übel bewahren.«

Viele Küsse gab sie ihm zum Abschied. Schließlich sagte sie:

»So traurig ist diese Trennung für mich, daß nichts weiter nötig ist, um mich todunglücklich zu machen.«

Als der Sohn von dannen geritten war, begab sich die Gräfin in die Stadt, laut weinend und klagend, und viele ehrbare Frauen aus der Stadt, die ihr das Geleit gaben, trösteten sie, so gut sie konnten.

KAPITEL XXIII

Wie die Ritter, welche die Gräfin begleitet hatten, mit deren Sohn zum Feldlager zurückkamen und dem König die Klageworte der Gräfin berichteten

Die beiden Ritter kehrten mit dem Sohn der Gräfin zum Lager zurück und gaben dem König einen genauen Bericht über all das, was die Gräfin zu ihrem Sohn gesagt hatte, und der König freute sich sehr über die kluge Selbständigkeit des Sohnes. Und in selbiger Nacht ließ der König das Lager sorgsam bewachen; keinem erlaubte er, die Rüstung abzulegen. Und am Morgen, als die Sonne aufgegangen war, ließ er die

gesamte Umgebung seines Lagers durch Späher überprüfen, die erkunden sollten, ob da irgendwer sich aufhielt. Danach ließ er die Trompeten blasen und befahl, das Lager in die Nähe der Mauren zu verlegen, an einen Platz, der etwa eine halbe Meile von dem Ort entfernt war, an dem diese sich befanden. Auf einer weiten Ebene, die sich dort erstreckte, errichtete man die Zelte, und als alle aufgeschlagen waren, ließ er dem gesamten Heer eine Stärkung reichen. Dies geschah, als der Mittag bereits vorüber war.
Die Mauren, welche erfuhren, daß die Christen aus der Stadt ausgerückt waren, staunten sehr darüber und fragten sich verwundert, aus welchem Grund sie dies wohl getan hatten; denn es war ja noch nicht lange her, daß die Engländer es sich nicht getrauten, auch nur einen Schritt vor die Stadtmauer zu treten – dieselben Engländer, die jetzt ihnen nachstellten. Einige der maurischen Hauptleute sagten, daran sei die Ruchlosigkeit ihres Königs Salah-ben-Salah schuld, der das gegebene Wort gebrochen und die christlichen Gesandten auf grausame Weise habe umbringen lassen. Auch waren sie der Meinung, die Engländer hätten für Verstärkung gesorgt und Truppen aus Spanien oder Frankreich herbeigeholt.
»Deshalb also rücken sie jetzt gegen uns heran, und ihr könnt sicher sein, daß sie einen jeden von uns, den sie zu fassen kriegen, zu Häcksel machen.«
Einer der maurischen Emissäre, die einen Brief zur Stadt gebracht hatten, als es um die Vereinbarung für den Zweikampf ging, meldete sich zu Wort und sagte:
»Sie haben uns viel Ehre erwiesen, und als wir drinnen in der Stadt waren, sahen wir unzählige Leute auf den Türmen und Plätzen, an den Fenstern und auf den Söllern. Wir konnten es nicht fassen, wie es da wimmelte von Massen gewappneter Mannen. Denn, bei Mohammed, ich schätzte, daß das an die zweihunderttausend Kämpen sein mußten. Und dieser niederträchtige König ließ ihre Gesandten einfach enthaupten, obwohl sie völlig schuldlos waren.«
Als all die maurischen Hauptleute hörten, was dieser Emissär sagte, befragten sie die anderen Mauren, die mit ihm in die Stadt gelangt waren; und da sie dessen Schilderung bestätigt fanden, töteten sie den König Salah-ben-Salah und erhoben einen anderen Mann zum

König. Trotz alledem versäumten sie es jedoch nicht, sich zu rüsten und in Schlachtordnung zu formieren; als wollten sie sich zum Kampf stellen, kamen sie in Sichtweite der Christen.
Die Sonne war schon fast untergegangen; dennoch beschlossen sie, die Höhe eines nahegelegenen Berges zu erklimmen. Der Einsiedelkönig, der dies sah, sagte:
»Meiner Treu, sie haben offensichtlich Angst vor uns; deshalb sind sie so hoch hinaufgeklettert. Nun sagt mir, ihr Herren, meine Brüder – wollt ihr, daß wir diese ruchlosen Mauren durch Waffengewalt niederwerfen, oder sollen wir sie durch eine gewitzte Taktik zur Strecke bringen? Denn mit der Hilfe unseres Herrgotts und seiner allerheiligsten Mutter werde ich euch zu Siegern machen.«
Alle sagten:
»Herr, es scheint uns recht schwierig, hier den Sieg zu erringen; es sei denn, daß die Barmherzigkeit unseres Herrgotts und Eure Tugendstärke uns beistehen. Denn die Mauren haben angesichts der tödlichen Niederlage ihres Königs alles verfügbare Kriegsvolk versammelt, und die Anzahl ihrer Streiter ist viel größer als die unsrige. Deshalb glauben wir alle, daß der Vorteil nicht auf unserer Seite ist.«
»O ihr Herren«, sagte der König, »ich bitte euch, seid so gut, laßt den Mut nicht sinken. Wieso auch! Habt ihr es nicht selbst schon in mancher Schlacht erlebt, daß die Wenigen triumphierten über die Vielen und die Schwachen die Starken zu Fall brachten? Paßt gut auf und merkt euch genau, was ich jetzt sage: Im Krieg kommt es mehr auf Geschicklichkeit an als auf Stärke. Zwar sind wir ein kleiner Haufe und sie ein Riesenheer, aber um so größer wird die Hochachtung, wird der Ruhm sein, den wir in der ganzen Welt erlangen, und alle, die nach uns kommen, werden uns als ewig gültiges Vorbild glorreicher Mannhaftigkeit zitieren. Und ich, der ich das Büßerleben eines Einsiedlers geführt habe, werde all jene, die bei der heutigen Schlacht an meiner Seite fallen, lossprechen von jeder Strafe und Schuld. Und ein jeder von uns muß sich ein Herz fassen, um eine solche Herausforderung zu bestehen; muß furchtlos allen Gefahren und dem Tod ins Auge sehen. Es ist ja besser, als Christen zu sterben, denn als Gefangene unter der Herrschaft von Ungläubigen zu

leben. Ein jeder also muß alle Kraft zusammenraffen, um sein Bestes zu geben. Und so sei denn die Schlacht gewagt! Laßt uns einen Sieg erringen, so oder so! Kein Fürst auf der Welt soll uns nachsagen können, wir seien unserem Glauben untreu geworden, hätten nicht Mut genug besessen, hätten nicht alles getan, was in unseren Kräften stand, um uns gegen diese ungläubigen Feinde zu verteidigen, die uns der Heimat berauben und unsere Frauen, Söhne und Töchter zu ewiger Knechtschaft verdammen wollten.«

Kaum hatte der Einsiedelkönig diese so kühn ermutigende Rede beendet, da ergriff derjenige, der sonst König im Lande war, das Wort und sagte mit mannhafter Entschlossenheit:

»Dein königliches, hoheitsvolles Wesen, gütiger Vater, hat mir Gewißheit geschenkt; denn dein tapferes Handeln offenbart aufs klarste, wer du bist. Du brauchst nur das Schwert zu zücken und seine scharfe Schneide emporzurecken in deiner machtvollen Hand, die unsere Hoffnung und Zuflucht ist, dann wollen wir, geführt von deiner Siegerhand, uns auf die Ungläubigen stürzen. Befiehl uns, daß wir Taten vollbringen, deren glorreiches Angedenken niemals verblassen soll. Denn wir alle sind bereit, deinen Weisungen zu gehorchen und deine Befehle zu vollstrecken. Es ist uns nicht gestattet, noch länger zu beraten. Nein, nun ist es an der Zeit, dreinzufahren mit der rächenden Schärfe des Schwerts, um all die Unmenschlichkeit zu sühnen; mit rasender Freude über die Feinde herzufallen; denn ein anständiger Tod ist für den Ritter besser als ein übles, elendes Leben.«

Dem Einsiedelkönig gefielen die mutigen Worte des früheren Herrschers, und er beantwortete sie auf folgende Weise.

KAPITEL XXIV

Wie der Einsiedelkönig rings um sein Feldlager einen Graben ausheben ließ und der Gräfin die Botschaft sandte, sie möge ihm zwei Fässer voller Fußdisteln aus Kupfer schicken

Es erfüllt mich mit unsagbarer Freude, mein angestammter Herr, daß ich gewahre, welch tapferer Rittergeist aus Euch spricht. Drum will ich keine weiteren Reden halten. Und da mir von unserem Herrgott und dann auch von Eurer Durchlaucht die Macht übergeben worden ist, tue ein jeder, was ich tun werde; denn mit der Hilfe des Höchsten verschaffe ich Euch die Rache an Euren Feinden.«

Und er ergriff mit der einen Hand einen Korb, mit der anderen eine Hacke und machte sich als erster ans Werk. Und wie die hohen Herren sahen, daß der König so etwas tat, machte ein jeder es ihm nach.

Gleich beim Ausrücken aus der Stadt hatte der tüchtige König nämlich schon dafür gesorgt, daß alles verfügbar war, was man im Kriege braucht. Und rings um seine Palisade hob er nun einen großen Graben aus, der eine gute Lanzenlänge tief war und bis zum Ufer eines mächtigen Gewässers führte, das dort vorbeiströmte. In der Mitte aber ließen sie einen Übergang stehen, der so breit war, daß auf einen Schlag mehr als hundertfünfzig Mann herüberkommen konnten. Auf der anderen Seite des Lagers buddelten sie einen zweiten großen Graben, welcher sich bis zu einem gewaltigen Felsblock hinzog, der in der Nähe aufragte.

Der König sagte:

»So, das wäre geschafft. Bis zum Tagesanbruch bleiben uns nur noch zwei Stunden. Darum, Herzog von Gloucester, und auch Ihr, Graf von Salisbury, begebt Euch eilends zur Gräfin und bittet sie, aus Liebe zu mir und zu euch allen, mir zwei große Fässer zu überlassen, die Graf Wilhelm von Warwick oben in seiner Waffenkammer verwahrt hat, zwei Fässer voller Fußdisteln, die ganz aus Kupfer sind.«

Und die beiden sprengten zur Burg, und mittels der Bitten und Weisungen, die sie im Namen des Königs vortrugen, erhielten sie auch

das Gewünschte von der Gräfin, obwohl die Dame nicht gut auf den König zu sprechen war, weil dieser sich geweigert hatte, ihren Sohn zu Hause zu lassen. Doch da sie begriff, daß sie notgedrungen nachgeben mußte, fügte sie sich schließlich in das Unausweichliche, konnte sich freilich nicht enthalten, die Bemerkung zu machen:
»Mein Gott, woher kennt sich dieser Gelegenheitskönig bloß so gut aus in meinem Haus? Ich habe nichts an Waffen oder Kriegsgerät, wovon er nichts wüßte. Ich frage mich, ob das ein Hellseher oder ein Nekromant ist.«
Die adligen Herren ließen die Fässer mit den Fußdisteln auf Karren laden und brachten sie zum Feldlager. Als sie vor dem König standen, berichteten sie ihm Wort für Wort, was die Gräfin gesagt hatte. Der König aber lachte hellauf und scherzte in liebenswürdiger Ausgelassenheit mit den beiden.
Danach ließ er die Fußdisteln zum Eingangsdamm schaffen und befahl, sie auf dem Boden zu verstreuen, damit die Mauren, wenn sie eindringen wollten, sich die Stacheln in die Füße bohren würden. Und wie er es gesagt, so wurde es getan. Überdies ließ er viele tiefe, brunnenartige Gruben graben, damit die Feinde, dem einen Unheil entkommen, gleich ins nächste tappten. Damit waren die Christen für den Rest der Nacht vollauf beschäftigt.
Als der Morgen zu dämmern begann, machten die Mauren einen großen Freudenkrawall, ließen die Pauken, Trompeten und Posaunen erschallen und erhoben ein vielstimmiges Kampfgeschrei. Und in solch wildem Freudentaumel stürmten sie den Berg herab, dem Heer der Christen entgegen. Der Einsiedelkönig befahl, all seine Leute sollten sich auf den Boden werfen und so tun, als ob sie schliefen. Als die Feinde schon fast in Reichweite der Bombarden waren, sprangen alle auf, wobei sie sich gebärdeten, als fehlte es ihnen gänzlich an Kampferfahrung, und schickten sich an, ihre Schlachtreihen zu ordnen. Als die Mauren dann auf den Eingangsdamm drängten, sagte der König:
»Ihr Herren, ich bitte Euch, habt die Güte und laßt den Mut nicht sinken! Auf denn, wir kehren ihnen den Rücken und mimen die Fliehenden.«
Und die Mauren, die sahen, wie sie sich zur Flucht wandten, stoben

so hastig heran, wie sie nur konnten. Sobald sie aber auf dem Dammweg waren, der den Zugang zum Lager bildete, bohrten sich ihnen die Stacheln der kupfernen Fußdisteln in die Sohlen. Als der tapfere Einsiedelkönig die Mauren auf dem vorbestimmten Gelände sah, ließ er, kriegserfahren und kampferprobt, wie er war, seine Leute ein wenig verharren. Er beobachtete, wie der Ansturm der Mauren wegen der Stichwunden, die sie sich auf Schritt und Tritt durch die ausgelegten Kupferstacheln zufügten, ins Stocken geriet, und wie andere, die weiterstürmten, in die Brunnenlöcher stürzten, die mit Reisig und einer darübergestreuten Erdschicht verdeckt waren. Und da, mit dröhnender Stimme, stieß der König einige Rufe aus.

KAPITEL XXV

Wie der Einsiedelkönig die Schlacht wider die Mauren schlug und zum Sieger wurde

Ehrenwerte Ritter, starrt nicht mehr nach der Stadt, wendet den Blick und bietet den Feinden des christlichen Glaubens und unseres Volkes die Stirn! Los! Auf sie! Mit wildem Mut! Denn unser ist dieser Tag! Schlagen wir eisern drein! Und keinem sei Gnade gewährt!«

Der König war der erste, der sich auf die Feinde stürzte; ihm folgten alle anderen. Die Mauren, die sahen, mit welch rasendem Ungestüm die Christen angriffen, wußten sich nicht zu helfen, weil ihre schweren Fußverletzungen sie zur Unbeweglichkeit verdammten, so daß sie dem Tod nicht entrinnen konnten und ein furchtbares Blutbad unter ihnen angerichtet wurde. Die nachdrängenden Fremdlinge aus den rückwärtigen Reihen aber gaben, als sie gewahrten, welch entsetzliches Gemetzel die Christen unter den Ihrigen veranstaltet hatten, jeden Gedanken an Widerstand auf und flüchteten in Richtung Kenilworth, zu ihrer Ausgangsburg zurück, um sich dort zu verschanzen.

Der König jagte ihnen nach, blieb ihnen hart auf den Fersen, und alle, die sich einholen ließen, wurden niedergemacht und enthauptet. Entkräftet durch die Wunden, die er selbst erhalten hatte, hielt der König ein wenig inne. Derweilen ergriffen seine Mannen einen riesigen Mauren von ungeheuerlicher Statur, und der König verlangte, der Sohn der Gräfin, den er zum Ritter geschlagen hatte, solle diesen Mohrenkoloß töten. Tollkühn ging der Junge auf ihn los und versetzte ihm einen Schwertstreich nach dem anderen, bis er ihn getötet hatte. Als der König den Mauren leblos hingestreckt sah, packte er das Büblein bei den Haaren, warf es auf den Mauren und fuhr mit dem Kopf des Kleinen heftig über den Leib des Toten, hin und her, so daß die Augen und das ganze Gesicht des Kindes mit Blut beschmiert wurden. Dann gebot er, daß der Junge seine Hände in die Wunden tauche; und so vollzog er die Bluttaufe dessen, aus dem später ein solch tapferer Ritter und tugendhafter Mensch werden sollte, daß sich zu seiner Manneszeit weithin auf der Welt kein einziger fand, der solch hohe Achtung genossen hätte wie er.

Als der gute König sah, daß die Schlacht gewonnen war, ließ er nicht ab, die Geschlagenen zu verfolgen, und alle, die gefaßt wurden, mußten samt und sonders sterben. Es war die schlimmste, blutigste Niederlage, die je ein Heer in jener Zeit erlitt; denn binnen zehn Tagen kamen siebenundneunzigtausend Mauren ums Leben. Weil aber der König wegen der Wunden, die er erhalten hatte, keine weiten Wege zu Fuß machen konnte, brachte man ihm ein Pferd, damit er reiten könne.

»So wahr ich hier stehe«, sagte der König, »das tue ich nicht. Alle anderen gehen zu Fuß; würde ich jetzt reiten, so wäre das eine üble Ungerechtigkeit.«

Langsam zogen sie weiter, bis sie zu der Burg gelangten, in der sich die Mauren verschanzt hatten. Vor der Feste schlug man die Zelte auf, rastete, ruhte und feierte die Nacht hindurch in unvorstellbarer Freude. Am Morgen dann, als es heller Tag geworden war, ließ der König die Trompeten blasen, und alles Volk griff zu den Waffen. Der König legte über seiner Rüstung den mit Herrscheremblemen geschmückten Königsumhang an und stellte sich an die Spitze des Heeres, das mit aller Macht einen Sturmangriff auf die Burg begann, wo die Anrennenden mit einem Hagel von Armbrustpfeilen, Wurflanzen und Steinkugeln zünftig begrüßt wurden. Und so ungestüm drang der König voran, daß er als Einzelkämpfer weit vorausstürmte und keiner mehr an seiner Seite war, der ihm hätte beispringen können.

Da schrie das Büblein, der Sohn der Gräfin, lauthals:

»Schnell, ihr Ritter, schnell! Wir müssen unserem König und Herrn zu Hilfe eilen! Er ist in großer Gefahr!«

Und der Junge ergriff einen kleinen Langschild, den ihm sein Page nachgetragen hatte, und sprang in den Burggraben, um den König einzuholen. Die anderen, die sahen, wie das kleine Kerlchen hindurchpreschte, ließen sich im Schwarm hinunterfallen, um die andere Seite zu erklimmen, wobei viele Ritter tödlich getroffen oder verwundet wurden. Aber das Kind blieb, dank der Hilfe des Herrn im Himmel, gänzlich unversehrt.

Als alle drüben waren, entfachten sie ein Feuer, schichteten einen Holzstapel darauf und steckten so das Burgtor in Brand, und die Flammen griffen von dort auf das Erdgeschoß des Bergfrieds über. Da schrie der Junge, so laut er konnte:

»He, ihr Engländerinnen, kommt heraus! Brecht aus, gewinnt eure Freiheit zurück! Der Tag eurer Errettung ist gekommen!«

Dreihundertundneun Frauen waren eingesperrt in der Burg. Als diese die Stimme des Knaben hörten, eilten sie alle zur Geheimtür der Burg, denn das Haupttor brannte lichterloh; und all den Gefangenen, unter denen sich viele adelige Damen befanden, gelang es, ins Freie zu entkommen, zu den Christen, von denen sie jubelnd empfangen wurden.

Als die Mauren die gewaltige Feuersbrunst sahen und erkannten, daß die ganze Burg ein Raub der Flammen würde, wollten sie sich ergeben. Doch der unerbittliche König war nicht bereit, auch nur einem von ihnen Gnade zu gewähren. Alle, so wollte er, sollten im tobenden Getose der Lohe verenden; und die aus der Burg herausgerannt kamen, wurden augenblicklich erschlagen oder mit vorgestreckten Lanzen zurückgetrieben. Auf diese Weise fielen oder verbrannten am selbigen Tag zweiundzwanzigtausend Mauren.

Als die Burg in Schutt und Asche gesunken war, machte sich der

König auf und zog mit all seiner Streitmacht kreuz und quer durch das ganze Reich, um jene Landesteile zu befreien, die von den Moslems erobert worden waren. Nirgendwo ließen die Engländer auch nur einen von ihnen am Leben, und schließlich kamen sie zum Hafen von Southampton, wo noch all die Kriegs- und Frachtschiffe vor Anker lagen, auf denen die Eindringlinge gekommen waren; und sämtliche Mauren, die sie auf den Schiffen antrafen, warfen sie ins Meer; die gesamte Invasionsflotte aber ließen sie in Flammen aufgehen. Danach ließ der König ein Reichsgesetz verkünden, das besagte, daß jeder beliebige Maure, der den Boden der Insel England betrete, aus welchem Grund und zu welchem Zweck auch immer, ohne Erbarmen zum Tode verurteilt sei.

Mit der erfolgreich abgeschlossenen Rückeroberung des ganzen Reiches war das Gelübde erfüllt, das der König getan hatte; und so kehrte er mit all seinen Leuten zurück zur Stadt Warwick. Die Gräfin aber, als sie erfuhr, daß der König komme, ging ihm entgegen, um ihn zu empfangen, begleitet von allen Frauen und Jungfrauen der Stadt; denn Männer gab es dort keine mehr, außer den wenigen, die krank, gebrechlich oder verwundet waren. Als die Gräfin dem König gegenüberstand, kniete sie nieder auf die harte Erde, wie auch die anderen Frauen, und alle riefen mit lauter Stimme:

»Willkommen sei Seine Hoheit, der König und Sieger!«

Und freundlich lächelnd umarmte der tapfere Herrscher sie alle, eine nach der anderen; die Gräfin aber nahm er an der Hand, und plaudernd, Hand in Hand, gingen sie hinein in die Stadt, wobei die Gräfin ihm unzählige Male Dank sagte für die hohe Ehre, die er ihrem Sohn erwiesen habe; und auch bei den anderen hohen Herren bedankte sie sich.

KAPITEL XXVI

Wie der Einsiedelkönig sich der Gräfin, seiner Gemahlin, zu erkennen gab

Nachdem er sich einige Tage ausgeruht hatte, saß der tapfere König sinnend in seiner Kammer, und da er den Krieg beendet und dem ganzen Reich Ruhe, Frieden und Sicherheit geschenkt hatte, beschloß er, der Gräfin, seiner Gemahlin, und all den anderen Leuten zu offenbaren, wer er war, um dem vormaligen König so bald wie möglich die Herrschaft zurückzugeben und aufs neue das gewohnte Büßerleben zu führen.

Er rief einen seiner Kammerherren und gab ihm den halben Ring, dessen andere Hälfte er der Gräfin hinterlassen hatte, als er von ihr Abschied genommen, um zum Heiligen Grab in Jerusalem zu pilgern.

»Mein Freund«, sprach er zu dem Kammerherrn, »geh zur Gräfin, gib ihr diesen Ring und sage ihr das Folgende ...«

Der Kammerherr ging eilends zur Gräfin, kniete vor ihr nieder und sagte:

»Herrin, diesen Ring schickt Euch derjenige, der Euch unermeßlich geliebt hat und noch immer liebt.«

Die Gräfin nahm den Ring, und als sie ihn betrachtete, geriet sie in große Erregung, Verwunderung und heftiges Nachsinnen. Hastig ging sie in ihr Schlafgemach, und ehe sie ihr Schmuckkästchen öffnete, kniete sie vor dem Altar nieder, der sich hinten in dem Umkleidekämmerchen befand, und sprach, aufblickend zu dem Bild der Muttergottes, unserer Herrin, folgendes Gebet:

»O demutsvolle Muttergottes, Herrin voller Barmherzigkeit, erschaffen *ab initio et ante saecula in mente divina*, Ihr allein seid würdig gewesen, in Eurem jungfräulichen Leib neun Monate lang den König der Herrlichkeit zu tragen! Seid mir gnädig, Herrin voll der Gnaden! Um der Tröstung willen, die Eure verehrungswürdige Seele erfuhr durch den Gruß des Engels, bitte ich Euch inniglich, mir Leib und Seele zu trösten. Helft mir, glorreiche Himmelsherrin! Bewirkt, wenn es Euch beliebt, daß Euer hoch zu preisender Sohn mir die

Gnade gewährt, daß dieser Ring der Ring meines teuren, tapferen Gemahls ist; denn ich verspreche, Euch ein ganzes Jahr lang in Eurem Kloster Puy-en-Velay zu dienen und hundert Silbermünzen diesem Euch geweihten Haus zu stiften.«

Sie verließ den Altar und öffnete das Kästchen, in dem sie die andere Hälfte des Rings verwahrte, fügte die beiden Teile zusammen und sah, daß die Wappen voll und ganz auf dem Ring zu sehen waren, der nun eine vollkommene Einheit bildete. Sie erkannte also, daß die hinzugekommene Hälfte die des Grafen war, ihres Mannes; und zutiefst aufgewühlt, sprach sie:

»Sagt mir, Edelmann, wo ist mein Herr, der Graf von Warwick?« (Der Kammerherr aber dachte, sie meine ihren Sohn.) »Seid so gütig, sagt mir doch – ist er in Gefangenschaft gewesen, bei den Mauren? Was ist ihm widerfahren? Warum ist er nicht aufgetaucht bei den schweren Kämpfen, die der König und die anderen Ritter zu bestehen hatten? Denn ich bin fest davon überzeugt, daß er, wenn er in Freiheit gewesen wäre, dabei nicht gefehlt hätte. O ich armes Weib! Schenkt mir endlich Gewißheit, laßt mich wissen, wo er ist; denn ich will unverzüglich zu ihm.«

Sie wollte das Gemach verlassen, war aber so verwirrt, so außer sich, daß sie hin und her hastete, ohne den Ausgang zu finden. Was sie so völlig aus der Fassung brachte, war die maßlose Freude über die Heimkehr ihres Gemahls. Und so heftig war der Tumult in ihrem Herzen, daß sie die Besinnung verlor und ohnmächtig zu Boden fiel, als wäre sie tot.

Als ihre Zofen sahen, daß sie reglos dalag, brachen sie, laut weinend, in Tränen aus, jammerten und klagten. Der Kammerherr aber, den dieser Anblick nicht minder entsetzte, rannte zurück zum König, mit völlig verstörtem Gesicht. Der König fragte ihn:

»Freund, was ist los? Wie kommst du daher? Was für Neuigkeiten bringst du mir von dort, wo ich dich hingeschickt habe?«

Der Kammerherr fiel auf die Knie und sagte:

»Herr, ich wollte, Ihr hättet mich nicht hingeschickt. Selbst wenn ich eine große Stadt dafür geschenkt bekäme – nie und nimmer würde ich's wieder tun. Ich weiß nicht, was für eine böse Kraft in dem Ring steckt. Ich frage mich, ob er nicht ein Werk der schwarzen Magie ist;

ob Eure Hoheit ihn nicht von den Mauren bekommen hat. Denn kaum hatte ihn die Gräfin sich an den Finger gesteckt, fiel sie tot zu Boden. Ich kann es nicht fassen, was für eine furchtbare Macht dieses Gebilde hat.«

»Oh, heilige Maria steh mir bei!« sagte der König. »Bin ich wirklich daran schuld? Kann es sein, daß sie meinetwegen gestorben ist?«

Der König sprang auf von seinem Stuhl und eilte zum Gemach der Gräfin. Dort fand er sie, mehr tot als lebendig, umringt von den Ärzten, die sich bemühten, ihren Zustand zu bessern. Höchst verwundert ob eines solchen Vorfalls, bat er die Ärzte, sie sollten alles Erdenkliche tun, um ihr zu helfen; sollten nichts unversucht lassen, was die Gesundheit der Gräfin wiederherstellen könnte. Keinen Augenblick wollte der gute König von ihrer Seite weichen, ehe sie wieder ganz bei Bewußtsein war.

Und als die Gräfin ihrer Sinne wieder mächtig war und ihren Mann und König sah, sprang sie auf, stürzte auf ihn zu und kniete vor ihm nieder, um ihm die Füße und die Hände zu küssen. Doch der gütige Herr ließ dies nicht zu; er faßte sie an den Armen, hob sie auf, schloß sie in die Arme und küßte sie viele Male. Und noch in derselben Stunde tat er allen Fürsten des Reiches und dem ganzen Volke kund, wer er in Wahrheit war.

Wie ein Lauffeuer ging die Nachricht durch die Burg und durch die ganze Stadt, daß der Einsiedelkönig niemand anderes sei als Graf Wilhelm von Warwick. Und alle Herren, die jungen und die alten, samt allen Frauen und Mädchen aus der Stadt, drängten ins Gemach der Gräfin, um den König und die neugewonnene Königin zu umjubeln.

Als der Sohn erfuhr, daß der König sein Vater sei, eilte er herzu, kniete nieder vor ihm und bedeckte ihm Füße und Hände mit stürmischen Küssen. Und all die Adligen nahmen den König und die neue Königin in ihre Mitte, und gemeinsam zog man in großer Schar zur Hauptkirche, wo alle miteinander die Güte Gottes priesen und Ihm überschwenglich dafür dankten, daß England durch die Hände eines so todesmutigen Ritters aus der Gewalt der Ungläubigen befreit worden war.

Hernach zogen sie unterm Geschmetter vieler Trompeten und

Trommeln, umbrandet von Siegesjubel und hellem Freudengeschrei, zurück zur Burg. Als sie im Rittersaal der Feste waren, bat die Gräfin den König, ihren Gemahl, und alle Anwesenden, diesen Abend an ihrer Tafel zu speisen, auch künftighin, solange man hier verweile, täglich bei ihr zu essen; und der König sowie alle übrigen erklärten sich bereit, ihrem Wunsch mit Vergnügen zu willfahren.
Da zog sich die Gräfin rasch zurück, ließ alle Frauen und Jungfrauen ihres Hauses zusammenrufen, und nachdem man sich der festlichen Obergewänder entledigt hatte, machte man sich mit ordentlich aufgekrempelten Ärmeln eilig ans Werk: Die einen schmückten ein weiträumiges Gemach mit wunderschönen Atlastüchern, die über und über bestickt waren mit den kostbarsten Verzierungen aus Gold, Seide und Silber; die anderen Damen hantierten teils in der Speisekammer, teils in der Küche, so daß die tugendhafte Gräfin binnen kurzem ein wahrhaft köstliches Abendessen zustande brachte.
Als alles fertig war, ließ sie dem König sagen, wann immer es ihm beliebe, möge Seine Hoheit mit allen Gästen zu Tische kommen. Als dann der König mit den anderen hohen Herrschaften den großen Saal betrat und sah, wie fein alles hergerichtet war, wie vielerlei Speisen bereitstanden und wie herrlich goldenes und silbernes Geschirr auf der Anrichte blinkte, sprach er:
»Wahrhaftig, Gott erhalte mir dieses Wesen! Unverkennbar, daß die Hand der Gräfin überall zugegen war. Sie ist die fleißigste Frau der Welt.«
Der tapfere König gebot, als erster möge der andere, der ehemalige König sich setzen. Dann ließ er die Gräfin, seine Gemahlin, Platz nehmen; erst danach ließ der Einsiedelkönig selbst sich nieder, gefolgt von den Herzögen, gemäß ihrer Rangordnung. Anschließend wurden die Markgrafen, Grafen, Freiherren und Ritter an weiteren Tischen untergebracht. Alle wurden vorzüglich traktiert mit verschiedenen Gerichten, wie es sich geziemt bei solch verdienstvollen Herren. Und solange sie in der Stadt verweilten, aßen sie ständig als Gäste im Haus der Gräfin, und täglich wurden dort rauschende Feste gefeiert.
Als neun Tage vergangen waren, kamen vierhundert Wagen, bela-

den mit Gold, Silber, Juwelen und sonstigen Kostbarkeiten, lauter Dingen, die man unter der Maurenbeute gefunden hatte. Der König befahl, diese Juwelen, das Gold und das Silber in die Obhut von vier Fürsten zu geben; und mit der Treuhänderschaft wurden betraut: der Herzog von Gloucester, der Herzog von Bedford, der Graf von Salisbury und der Graf von Stafford.
Nachdem das geregelt war, ließ der König für den folgenden Tag eine Sitzung des Kronrats anberaumen. Als alle Mitglieder desselben versammelt waren, kam der König aus einem Nebengemach und betrat den Ratsaal in vollem Ornat: mit einem auf dem Boden schleifenden Brokatgewand, dem karminroten, hermelinverbrämten Mantel, der Krone auf dem Haupt und dem Zepter in der Hand. Und als er seinen Platz im Rate eingenommen hatte, zu Häupten der vollzählig Versammelten, hub er an und sprach folgendermaßen.

KAPITEL XXVII

Wie der Einsiedelkönig dem früheren König die Herrschergewänder, die Krone, das Zepter und das Reich zurückgab, um sich selbst wieder dem Dienste Gottes zu widmen

Die glückhafte Gewißheit, die uns zuteil geworden ist, daß wir Sieger geworden sind, muß unsere Herzen mit Freude erfüllen; und dafür haben wir unserem Herrgott zu danken, solange wir leben; denn alle guten Gaben kommen von oben, aus Seiner unermeßlichen Güte und Barmherzigkeit. Seine Hilfe war's, die es uns ermöglichte, in all den Schlachten zu triumphieren, all die Feinde unseres Volkes und des christlichen Glaubens zu töten und so, mit dem blanken Schwert obsiegend, die ruchlosen Greuel und Schandtaten zu rächen, die sie an uns begingen, und schließlich ihre gesamte Beute zu erlangen. Darum ist es mein Wunsch und Befehl, daß all das wiedergewonnene Gut unter euch verteilt werde; und jeder, der bei der Rückeroberung einer Burg, eines Dorfes oder einer Stadt verwundet worden ist, soll das Doppelte erhalten; und wer so versehrt worden ist an irgendeinem Glied seines Leibes, daß er nicht mehr fähig ist, die Waffen zu gebrauchen, soll das Dreifache erhalten; wer keinerlei Schaden davongetragen hat, soll den gewöhnlichen Anteil erhalten und die Ehre, die das Wichtigste und Wertvollste ist. Ihr aber, mein König und Herr, seid sicherlich recht froh über die Gnade, die der allmächtige Gott Eurer Hoheit erwiesen hat, indem er es Euch gewährte, mit Hilfe Eurer Vasallen die ganze Insel England zurückzugewinnen und die Ordnung des Staates wiederherzustellen. Darum gebe ich hiermit, in Gegenwart all dieser großmütigen Herren, Euch das gesamte Reich und die Herrschaft über dasselbe zurück, die Krone, das Zepter und die königlichen Gewänder. Und ich bitte Eure königliche Majestät von Herzen: Nehmt willig entgegen, was einer Eurer Diener und Vasallen Euch zukommen läßt.«

Und ohne eine Antwort abzuwarten, legte er die Herrscherinsignien samt den Prunkroben ab und hüllte sich in sein altes Mönchshabit. Der König und all die Großen des Reiches aber bestaunten sein Handeln als ein Zeugnis großer Tugendstärke und vornehmer Gesinnung, und vielstimmig dankten sie ihm für seine hochherzige Höflichkeit. Der König legte die königlichen Gewänder an, setzte sich die Krone aufs Haupt, nahm das Zepter in die Hand und bat den Einsiedler inständig, er möge ihm doch die Gunst erweisen, an seinem Hof zu weilen; denn er wolle ihm Rang und Stand des Prinzen von Wales verleihen und ihm damit das Recht einräumen, bei Hof und im Reich über die gleiche Entscheidungsgewalt zu verfügen wie er selbst. Alle Mitglieder des Kronrats bedrängten ihn, diesem Wunsch des Königs zu entsprechen. Doch der Einsiedler willigte nicht ein und erklärte, er wolle nicht um irdischer Eitelkeiten willen es versäumen, dem Herrn im Himmel zu dienen. Hieran kann man ermessen, wie stark die Tugend, wie einzigartig der Charakter dieses Ritters war, der die Macht hatte, König zu bleiben und seinen Sohn zum Thronfolger zu machen, aber auf diese Möglichkeit ein für allemal verzichtete, obwohl seine Verwandten und seine Gemahlin ihn dringlich gebeten hatten, das Erreichte nicht einfach preiszugeben.

Als der König sah, daß Wilhelm von Warwick sich weigerte, an seinem Hof zu bleiben, wollte er doch wenigstens dem Sohn eine Gunst erweisen, um auf diesem Umweg dem Vater seine Liebe und Dankbarkeit zu bezeugen; und er schenkte dem Knaben den größten Teil des Königreichs Cornwall und das Privileg, eine Krone aus purem Stahl zu tragen, an zwei Tagen im Jahr, nämlich jeweils am Dreikönigstag und an Quinquagesima, dem siebten Sonntag vor Ostern. Und alle Nachfahren des Knaben hielten sich an diese Sitte, und bis zum heutigen Tag wird dort die stählerne Krone getragen.

Als der Einsiedelgraf wahrnahm, was für eine Gnade der König seinem Sohn erwiesen hatte, trat er auf den König zu, kniete nieder zu seinen Füßen und küßte ihm die Hand, obwohl der König sie ihm nicht darreichen wollte, und dankte ihm vielmals für die Schenkung, die er seinem Sohn zugesprochen hatte. Dann nahm er Abschied vom König und von allen Leuten des Hofes, die er tief betrübt zurückließ, als er sich entfernte; denn sie alle liebten ihn mehr als den anderen König, und dem ganzen Volk mißfiel es sehr, daß er auf die Herrschaft verzichtet hatte.

Nachdem er vom König fortgegangen war, verließ er die Stadt und begab sich zu einem seiner Marktflecken, der eine Meile von der Stadt entfernt war, und dort hielt er sich ein paar Tage auf. Der König und der gesamte Kronrat gaben die Weisung, ihm Wagen nachzuschicken, dreißig Karren, beladen mit den schönsten Juwelen, die man den Mauren abgenommen hatte. Als der Einsiedler diese Fuhrwerke sah, sagte er zu den Männern, die sie herführten:

»Bringt das Zeug zurück zu meinem Herrn, dem König, und sagt ihm, daß ich nichts will als die Ehre. Der Gewinn soll ihm zufallen und allen anderen.«

Da fuhren die Männer eilig zur Stadt zurück. Und wie der König und die anderen Herren hörten, daß er nichts annehmen wollte, sagten sie, dieser Graf sei der hochherzigste und tugendhafteste Ritter, den es je auf der Welt gegeben habe; bei seinem siegreichen Feldzug habe er nichts an sich gebracht, nichts erworben als Ehre, Gefahr und Wunden.

Die Gräfin aber, als sie erfuhr, daß ihr Gemahl fortgegangen war, ließ die Burg im Stich und suchte, ohne dem König oder sonstwem ein Wort zu sagen, mit ihren Frauen und Jungfrauen den Ort auf, wo ihr Gemahl sich befand. Der König und die anderen hohen Herren ließen ihrerseits nur wenige Tage verstreichen, ehe sie das Gespräch mit dem Einsiedler suchten, um mit ihm über die Lage im Lande und viele andere Dinge zu beraten.

Eines Tages, als der König eben mit dem Einsiedler sprach, trat die Gräfin in die Kammer, und der König sagte zu ihr:

»Hohe Frau, nehmt mir nicht übel, was ich Euch sage. Ihr seid daran schuld, daß ich den Grafen, Euren Gemahl, verloren habe, dem ich mit dem größten Vergnügen ein Drittel meines Reiches abtreten würde und den ich am liebsten ständig an meiner Seite hätte.«

»Ach, ich Ärmste!« antwortete die Gräfin. »Wie kommt Ihr auf den Gedanken, Herr, ich sei daran schuld, daß Ihr diesen Verlust erlitten habt?«

»Weil ich weiß, daß er Euch mehr liebt als irgend sonstwas auf der Welt«, sagte der König, »und wenn Ihr ihn inständig darum gebeten hättet, wäre er mir gefolgt.«

»Meiner Treu, Herr«, sagte die Gräfin, »ich bezweifle sehr, daß dies der Grund ist, weshalb er sich Eurer Hoheit versagt. Ich fürchte, daß er sich in ein Kloster zurückziehen will.«

So ging das Gespräch zwischen ihnen hin und her. Schließlich, als es dem König an der Zeit schien, kehrte er zurück zur Stadt, und binnen dreier Tage waren der König und sein ganzes Gefolge bereit zum Aufbruch. Der Einsiedelgraf sagte zu seinem Sohn, er solle mit dem König ziehen und in dessen Dienst alles tun, was in seinen Kräften stehe; und wenn es im Königreich zu irgendwelchen Auseinandersetzungen oder Streitigkeiten komme, dürfe er sich in keinem Fall gegen seinen Herrn und König wenden.

»Auch wenn er dir noch so übel mitspielen oder dich mißhandeln sollte. Ich sage dir in allem Ernst: Das Schändlichste, was ein Ritter tun kann, begeht er, wenn er sich gegen seinen angestammten Herrn kehrt. Selbst in dem Fall, daß der König dir alle Güter wegnimmt, die dir gehören oder zustehen, darfst du dich nicht wider seine Hoheit empören; denn wie er sie dir genommen, so kann er sie dir wieder geben. Halte dich an diesen Grundsatz von mir, trotz allen Kränkungen, die er dir antun mag, wenn er dich etwa schlägt, mit der Hand, dem Stock, dem Schwert oder mit irgend sonstwas; denn damit kann er dir keine Schmach antun; er kann dir zwar einen körperlichen Schaden zufügen, aber keine Schande anheften, eben weil er dein König, dein angestammter Herr ist. Ich kannte, als ich am Hof des Kaisers weilte, einen Herzog, der als lehnspflichtiger Landesherr ein Untertan der Reichshoheit war. Einmal, am Weihnachtsfest, als der Kaiser mit einem riesigen Gefolge von Herzögen, Grafen, Markgrafen und zahlreichen anderen Rittern die Kirche verließ und sich ein wenig mißmutig über einen Bischof äußerte, der die Messe gelesen hatte, widersprach besagter Herzog, der ein Verwandter und Freund dieses Bischofs war, den abschätzigen Bemerkungen, die der Herrscher gemacht hatte. Da der Kaiser aber in diesem Augenblick nicht in der Laune war, die nötige Geduld aufzubringen, erhob er die Hand und versetzte dem Herzog eine schallende Ohrfeige. Der sagte daraufhin: ›Herr, dies und noch viel mehr kann sich Eure Majestät gestatten; denn da ich Euer Untertan bin, nehme ich's geduldig hin, obwohl ich, wenn irgendein anderer König oder Kaiser mir ohne meine Erlaubnis auch nur das kleinste Härlein krümmte, dafür sorgen würde, daß er dies bitter bereut.‹ Und darum, mein Sohn, bitte ich dich von Herzen und mit aller Dringlichkeit, dich niemals gegen deinen König zu wenden.«

Der Sohn aber versprach, sich in allem getreulich an das Gebot des Vaters zu halten.

Der Einsiedelgraf ließ seinen Sohn und alle, die mit ihm zogen, prächtig ausstatten, versah sie reichlich mit Kleidern und Kleinodien und übergab ihnen gute Reittiere, sowohl Pferde wie Ponies. Der Junge verabschiedete sich von Vater und Mutter, verließ aber erst dann die Burg, als er hörte, daß der König jetzt aufbrechen wolle.

Unter dem Stadttor wartend, gab der König die Weisung, den Jungen herbeizurufen, und er wollte sich nicht auf den Weg machen, ehe dieser bei ihm wäre. Und dort, an der großen Pforte, ernannte er den Knaben zum obersten Konnetabel von ganz England.

Der König zog von dannen und reiste nach London. Als die Gräfin erfuhr, daß der König fortgezogen war, bat sie den Grafen, mit ihr heimzukehren zu der Stadt, wo ihrer beider Stammsitz war; der Graf stimmte freudig zu, und sie verbrachten dort fünf volle Monate.

Als diese Zeit sich dem Ende zuneigte, wandte sich der Graf an die Gräfin mit dem herzlichen Wunsch, nicht böse zu sein, wenn er nun daran denken müsse, das Gelübde zu erfüllen, das er geleistet hatte, nämlich Gott zu dienen durch ein Büßerleben in der Einsamkeit. Die Gräfin antwortete:

»Herr, seit Tagen schon ist mein Geist in Unruhe, weil er spürt, welcher Kummer mich bedrückt; denn meinem gequälten Herzen ist es nicht zu verhehlen, daß der Rückfall schlimmer sein wird als die vorausgegangene Krankheit. Euer Gnaden sollten mir wenigstens die Güte erweisen, mich mitgehen zu lassen, damit ich Euch dienstbar zur Seite stehen kann bei Eurem entsagungsvollen Leben. Wir werden dann eine Einsiedelei errichten, die zwei Klausen hat, getrennt voneinander durch eine Kapelle in der Mitte. Und ich will nur zwei alte Frauen bei mir haben und einen Priester, der uns die Messe liest.«

So lange redete die Gräfin auf ihn ein, daß er nicht umhin konnte, ihren Wünschen nachzugeben. Und als die Gräfin sah, daß es ganz nach ihrem Kopf gehen sollte, wollte sie nicht die Einsiedelei, in welcher der Graf zuvor als Klausner gehaust hatte, zur Bußstätte beider machen, sondern suchte sich einen anderen Ort aus, einen wahrhaft herrlichen Platz, umgeben von weitem, üppig dichtem Wald, wo eine wunderschöne Quelle klar entsprang und mit sanftem Geplätscher durch das Grün der Gräser und blühenden Blumen rann; und inmitten der zauberhaften Wiese stand ein Kiefernbaum von einzigartiger Schönheit, und jeden Tag kamen all die wild lebenden Tiere des ganzen Waldes ringsum zu jener klaren Quelle, um da zu trinken – ein Anblick, der das Herz entzückte.

Als die Einsiedelei erbaut und mit allem versehen war, was Menschen brauchen, um leben zu können, hatten der Graf und die Gräfin geregelt, wie die Stadt und die gesamte Grafschaft künftig verwaltet werden sollten. Und die Frauen und Jungfrauen des Hauses hatten sich bereits versammelt, um Abschied zu nehmen von den Herrschaften, die in die Einsamkeit ziehen wollten, da kam der Graf von Northumberland als Gesandter des Königs mit einem Beglaubigungsschreiben. Im Namen des Königs bat er den Grafen und die Gräfin dringlich, sie sollten die Güte haben, sich beide nach London zu begeben, denn der König habe die Vereinbarung getroffen, sich mit der Tochter des Königs von Frankreich zu vermählen; falls der Graf aber nicht könne, möge doch wenigstens die Gräfin nicht fehlen, denn deren Anwesenheit sei unentbehrlich; sie müsse die künftige Königin empfangen und sie in die Sitten und Bräuche Englands einweihen; der König wolle die Gräfin mit diesem Amt betrauen, weil sie eine Dame von hoher Abkunft sei und die Ehre eines solchen Vertrauens vollauf verdiene.

Der Graf antwortete folgendermaßen:

»Gesandter, sagt Seiner Majestät, dem Herrn König, daß es mir ein großes Vergnügen wäre, Seiner Durchlaucht einen Dienst erweisen zu können; aber ich darf das Gelübde nicht mißachten, durch das ich mich verpflichtet habe, Gott zu dienen. Was die Gräfin anbelangt, wird es mich von Herzen freuen, wenn sie Seine Hoheit so zufriedenstellt, daß es ihr und mir zur Ehre gereicht.«

Der tugendhaften Gräfin wäre es lieber gewesen, wenn sie hätte bleiben können, wo sie war, um da ihrem Gemahl behilflich zu sein, statt dort die Festlichkeiten zu erleben; doch weil sie sah, was der Wille des Grafen, ihres Mannes, war, und erkannte, welch triftiger Grund sie zwang, sich dem Ersuchen des Königs nicht zu entziehen, sagte sie, daß sie bereit sei und der Aufforderung gerne folgen wolle. Der Graf verabschiedete sich von allen, unter vielen Tränen reisten die Frauen mit dem Gesandten ab, und er zog sich zurück in seine Klause, wo er lange Zeit allein und in tiefster Stille lebte. Und jeden Tag, nach jedem Stundengebet, das er gesprochen, setzte er sich unter jenen schönen Baum, um zu schauen, wie die Tiere des Waldes kamen und an der klaren Quelle tranken.

KAPITEL XXVIII

Wie der König von England sich mit der Tochter des Königs von Frankreich vermählte und die Hochzeit mit prächtigen Festen gefeiert wurde

In Frieden, Stille und faulem Müßiggang waren viele Monate vergangen, und der unbeanspruchte Kampfgeist der englischen Ritter wurde von Tag zu Tag flauer und lässiger. Um ihn nicht vollends untergehen zu lassen in gänzlicher Untätigkeit und schlaffer Langeweile, beschloß der tapfere König von England, da seine Hochzeit bevorstand, eine große Ständeversammlung bei Hofe verkünden zu lassen und Adelige aus aller Welt zu großen Turnieren einzuladen. In allen Königreichen der Christenheit verbreitete sich die Kunde von dem grandiosen Fest, das der berühmte König veranstalten wolle.

Da geschah es, daß ein Edelmann von altehrwürdigem Stamme und bretonischer Herkunft, der in Gesellschaft vieler anderer Edelleute, die sich auch an dem großen Fest beteiligen wollten, auf dem Weg nach London war, hinter den übrigen Reisenden zurückblieb, allein hinterdrein zockelnd, und schließlich einschlief auf seinem Klepper, völlig übermüdet von den Mühsalen der langen Reise, die er gemacht hatte. Sein Pferd verließ den Weg und folgte einem Pfad, welcher zu der köstlichen Quelle des Einsiedlers führte, der sich zu dieser Stunde gerade an einem Buch ergötzte, das »Baum der Kriegskunst« hieß und bei dessen Lektüre er wieder und wieder unserem Herrgott für die unermeßliche Gnade dankte, die ihm zuteil geworden durch den Dienst im Orden der Ritterschaft.

Laut lesend und immer wieder entzückt von seinem Buch aufblikkend, sah er plötzlich einen Mann zu Pferde, der über die Lichtung auf ihn zukam, und gewahrte, daß der schlafend daherritt. Er ließ das Lesen, denn er wollte den Reiter nicht aufwecken. Als der Klepper dann vor dem Quelltopf stand und das Wasser sah, näherte er sich dem Naß, um zu trinken, doch da die Zügel um den Sattelbogen geschlungen waren, konnte das Tier sich nicht vorbeugen, und es rüttelte so gierig, daß der Edelmann zwangsläufig erwachte. Und wie er die Augen aufschlug, sah er vor sich einen Einsiedler mit einem gewaltigen, weiß herabwallenden Bart und fast zu Fetzen gewordenen Kleidern, durch die der hagere, fahle Körper zu sehen war: ausgedörrt durch die strenge Buße, die er beständig übte. Der vielen Reuetränen wegen, die ihm täglich über die Wangen rannen, waren seine Augen zu winzigen Schlitzen geschrumpft. Seine gesamte Gestalt erweckte den Eindruck, daß dies ein bewunderungswürdiger Mann von heiligenhaftem Wesen sein müsse.

Der Edelmann wunderte sich über diese Erscheinung, aber dank dem gesunden Menschenverstand, den er hatte, begriff er, daß dies irgendein frommer Mann sein mußte, der sich hierher zurückgezogen hatte, um Buße zu tun und seine Seele zu retten; und unbefangen, wie er war, schwang er sich rasch vom Pferd und erwies dem Alten seine Ehrerbietung durch eine tiefe Verbeugung. Der Einsiedler empfing ihn mit freundlicher Miene, und gemeinsam ließen sie sich auf der herrlich grünen Wiese nieder. Der Klausner ergriff als erster das Wort:

»Edler Herr, angesichts Eurer Höflichkeit und Liebenswürdigkeit möchte ich Euch bitten, mir Euren Namen zu nennen und mir zu sagen, wie und zu welchem Behuf Ihr in diese Einöde gekommen seid.«

Ohne lange zu zögern, gab der Edelmann folgende Auskunft.

KAPITEL XXIX

Wie Tirant dem Einsiedler seinen Namen und seine Herkunft offenbarte

Ehrwürdiger Vater, weil Eurem frommen Gemüt daran gelegen ist, meinen Namen zu wissen, will ich ihn Euch gerne sagen. Mich nennt man Tirant lo Blanc, da mein Vater Herr der Tiraner Mark gewesen ist, die Englands Ufer gegenüber liegt, und meine Mutter, eine Tochter des Herzogs der Bretagne, Blanca heißt; so verfiel man darauf, mich Tirant lo

Blanc zu nennen. Unlängst nun hat sich in allen christlichen Landen die Kunde verbreitet, daß der durchlauchtigste König von England angeordnet habe, an seinem Hof einen allgemeinen Ständetag abzuhalten, zur Feier seiner Vermählung mit der Tochter des Königs von Frankreich, der schönsten Jungfrau in der gesamten Christenheit, einem Mädchen von ganz besonderer Art. Wie einzigartig es ist, mögt Ihr aus einer Einzelheit ersehen, die ich bezeugen kann, weil ich sie mit eigenen Augen wahrgenommen habe. Am letzten Sankt-Michaels-Tag befand ich mich nämlich am französischen Hof, in der Stadt Paris; denn an diesem Tag war der Ehekontrakt unterzeichnet worden, weshalb der dortige König ein großes Fest feierte. Da saßen zu dritt nebeneinander an einer Tafel der König, die Königin und die Prinzessin; und ich übertreibe nicht, Herr, wenn ich Euch sage, daß ich, als die Prinzessin Rotwein trank, wahrlich den Wein durch ihre Kehle rinnen sah – so fein ist das reine Weiß ihrer Haut. Alle, die dabei waren, staunten darüber. Danach hieß es, der englische König wolle sich zum Ritter schlagen lassen, und anschließend sollten alle Herren, die das Verlangen hätten, in den Orden der Ritterschaft einzutreten, von ihm zu Rittern gemacht werden. Ich fragte daraufhin die Wappenkönige und Herolde, warum der König nicht schon während des Krieges, den er gegen die Mauren führte, zum Ritter geschlagen worden sei. Man gab mir zur Antwort, dies sei deshalb nicht geschehen, weil der König in allen Schlachten, die er mit den Ungläubigen auszufechten hatte, geschlagen worden sei, bis endlich jener berühmte Ritter und siegreiche Kämpe gekommen sei, Graf Wilhelm von Warwick, der binnen kurzem sämtliche Mauren vernichtete und die Ruhe im ganzen Reich wiederherstellte. Überdies wurde verlautbart, am Sankt-Johannis-Tag werde die künftige Königin Englands in London einziehen, und zu ihren Ehren sollten große Feste stattfinden, die ein Jahr und einen Tag dauern würden. Aus diesem Grund haben wir, dreißig namhafte und waffenkundige Edelleute aus der Bretagne, uns auf den Weg nach England gemacht, um uns in London zu Rittern schlagen zu lassen. Und wie ich so ritt und ritt, wollte es das Schicksal, daß ich auf meinem müden Klepper ein wenig hinter den Reisegefährten zurückblieb, selbst völlig erschöpft von den Strapazen der langen Tagesstrecken, die ich zurückzulegen hatte, weil ich später als die anderen aufgebrochen war. So kam's, daß ich, gedankenversunken dahinreitend, im Sattel einnickte. Mein Klepper verließ die Landstraße und hat mich hierher zu Euer Hochwürden gebracht.«

Als der Einsiedler hörte, daß der Edelmann unterwegs war, weil er den Ritterschlag empfangen wollte, erinnerte ihn dies an den Sinn und die Bedeutung des Kriegerordens, an alles, was zum Wesen eines wahren Ritters gehört. Er stieß einen langen Seufzer aus, versank in tiefes Nachsinnen und gedachte der ungeheuren Ehre, die er dank dem Rittertum so lange genossen. Tirant aber, der gewahrte, daß der Klausner ins Grübeln geraten war, sagte Folgendes zu ihm.

KAPITEL XXX

Wie Tirant den Einsiedler fragte, woran er denke

Ehrwürdiger Vater, habt in Eurer Frömmigkeit doch die Güte, mir zu sagen, was Euch so nachdenklich gemacht hat.«

Der Einsiedler sagte:

»Lieber Junge, ich denke an den Ordensgeist der Ritterschaft und an die gewaltige Verpflichtung, welche dem Ritter auferlegt ist, die hohen Forderungen der ritterlichen Ordensregeln zu erfüllen.«

»Ehrwürdiger Vater«, antwortete Tirant, »ich bitte Euch, geruht doch, mir zu sagen, ob Ihr ein Ritter seid.«

»Mein Sohn«, sagte der Einsiedler, »es ist wohl fünfzig Jahre her, daß ich drunten in Afrika zum Ritter geschlagen wurde, vor einer entscheidenden Schlacht gegen die Mauren.«

»O Herr«, sagte Tirant, »kampferprobter Vater, Ihr, der Ihr so lange im Dienst des Ritterordens gefochten habt, laßt es Euch nicht verdrießen, mir zu erklären, wie man am besten dem Auftrag dieses Ordens entspricht, dem unser Herr im Himmel ja einen so hohen Rang, solch überragende Würde verliehen hat.«

»Nanu!« sagte der Einsiedler. »Weißt du etwa nicht, was Regel und

Satzung der Ritterschaft ist? Wie kannst du erwarten, daß man dich zum Ritter schlägt, wenn du noch nicht einmal die Gebote des Ordens kennst? Kein Ritter kann je die Regeln befolgen, solange er nicht erfaßt und begriffen hat, was alles zum rechten Rittertum gehört. Und einer, der nicht weiß, was der Orden bedeutet und fordert, kann auch kein Ritter sein. Denn es ist ein Verstoß gegen die Satzung, wenn ein Ritter einen anderen Mann zum Ritter schlägt, ohne ihn zuvor mit den Sitten vertraut gemacht zu haben, die ein Ritter zu wahren hat.«
Da Tirant erkannte, wie berechtigt dieser Tadel des Einsiedlers war, freute er sich inniglich und sprach mit demütiger Stimme.

KAPITEL XXXI

*Wie Tirant den Einsiedler bat,
er möge ihm erläutern,
was die Satzung der Ritterschaft besage*

Oh, welch ein Glück ist es für mich, daß die Güte Gottes mich gnädig hierher geführt hat, an einen Ort, wo ich die Belehrung erhalten kann, nach der sich mein Herz schon so lange sehnt, und daß ich hier meinen Lehrmeister finde in der Gestalt eines so tugendhaften, so einzigartigen Ritters, der als Freund Gottes, nachdem er seinem Orden treu gedient, sich in die Einöde zurückgezogen hat, fernab vom eitlen Treiben der Welt, um nur noch seinem Schöpfer zu dienen, indem er ihm Rechenschaft ablegt über all die Zeiten, die er draußen im Weltgetriebe verbracht hat, ohne die Früchte guter Werke hervorzubringen! Darum, Herr, kann ich es Euch gestehen, daß ich, obwohl ich schon am Hofe des deutschen Kaisers, der Könige von Frankreich, Kastilien und Aragón gewesen bin und viele Ritter kennengelernt habe, noch niemals Worte von so hohem Ernst über den Orden der Ritterschaft gehört habe. Und falls Euer Gnaden es nicht als Belästigung ansehen, wäre ich Euch sehr dankbar, wenn Ihr mir erklären würdet, was das

Wesen des Rittertums ist; denn ich spüre, daß ich dafür geschaffen bin, und fühle Mut genug in mir, alle Pflichten zu erfüllen, welche die Satzung des Ritterordens vorschreibt.«

»Mein Sohn«, sagte der Einsiedler, »sämtliche Regeln des Ordens sind niedergeschrieben in diesem Buch, in dem ich zuweilen lese, um mich daran zu erinnern, welche Gnade unser Herr im Himmel mir auf dieser Welt erwiesen hat, indem er mir das Bestreben gab, den Geist rechter Ritterschaft, soweit ich's vermochte, zu ehren und zu wahren. Alles, was einen Ritter ausmacht, kommt ja vom Rittertum, und darum muß der Ritter seinerseits mit allen Kräften danach streben, die Ehre des Rittertums zu mehren.«

Dann schlug der Einsiedler das Buch auf und las Tirant ein Kapitel vor, in dem geschildert wird, wie es zur Erfindung des Ritterordens kam und weshalb er gegründet wurde.

KAPITEL XXXII

Wie der Einsiedler seinem Gast ein Kapitel aus dem Buche vorlas, das den Titel trägt ›Baum der Kriegskunst‹

Da es in der Welt an Nächstenliebe, Treue und Wahrhaftigkeit mangelt, kamen Bosheit, üble Nachrede und Verlogenheit auf, wodurch vielerlei Falschheit und große Verwirrung unter dem Volke Gottes entstanden. Und damit Gott allein geliebt, erkannt, geehrt und gefürchtet werde, mißachtete man zunächst die irdische Gerechtigkeit, der es an Nächstenliebe fehlte. Deshalb war es schließlich nötig und richtig, der menschlichen Gerechtigkeit wieder zu ihrem Ansehen und zu einem gedeihlichen Walten zu verhelfen. Und zu diesem Zweck wurde alles Volk in Tausendschaften eingeteilt, und aus jedem Tausend wurde ein Mann erwählt, jeweils der liebenswürdigste und freundlichste, der klügste, treueste, stärkste, edelmütigste, also der Mann, der alle anderen übertraf, sowohl an Fähigkeiten wie an guten Sitten. Und danach ließ man unter allen Tieren aussuchen, welches das schönste, das schnellste und ausdauerndste sei und sich am besten dazu eigne, dem Menschen zu dienen. Das Geschöpf, das man zu guter Letzt unter all den Vierbeinern auswählte, war das Pferd, und man übergab es dem Mann, der unter tausend Männern erwählt worden war, damit er darauf reite. Deshalb gab man diesem dann den Namen ‹Ritter› – ein Name, mit dem man die geglückte Verbindung des edelsten Tieres mit dem edelsten Manne meinte. Und in ähnlicher Weise verfuhr man später, nachdem Rom gegründet worden war, von Romulus, dem ersten König jener Siedlung, die im Jahr 5031 nach der Erschaffung Adams entstand, also 752 Jahre vor der Geburt Jesu Christi. Um den Ruf Roms zu mehren und es zu einem Ort von Ehre und Adel zu machen, wählte der erwähnte König tausend junge Männer aus, denen er es zutraute, daß sie die tauglichsten, tüchtigsten Kämpfer wären, gab ihnen Rüstungen und machte sie zu Rittern; er verlieh ihnen Rang und Würde und schmückte sie mit Adelstiteln, damit sie die Anführer aller übrigen Mannen seien, die Verteidiger der Stadt. Und diese Vorkämpfer nannte man *miles*, weil es tausend waren, die damals gleichzeitig zu Rittern erhoben wurden.‹ «

Als Tirant begriff, daß ein Ritter derjenige ist, den man als einzigen unter jeweils tausend Männern erwählt hat für ein Amt, dessen Adel ihn über alle anderen erhebt, und daß dies die Grundregel allen Rittertums ist, bewegte ihn dies zutiefst, und er sprach:

»Gepriesen seist du, Herr im Himmel, der du in deiner allmächtigen Güte mich hierher geführt hast, damit ich hier die wahre Auskunft über den Ritterorden erlange, dem ich schon so lange nachgeeifert habe, ohne seinen wirklichen Adel zu kennen, ohne die Größe der Ehre zu erahnen, die dem zuteil wird, der ihm in Treue dient. Und jetzt ist meine Sehnsucht, meine Entschlossenheit, ein Ritter zu werden, heftiger denn je.«

»Mir scheint«, sagte der Einsiedler, »du bist ein Mensch, den man mögen muß, um der Tugenden willen, die ich an dir gewahre und die mich davon überzeugen, daß du würdig bist, die Weihe des Ritterschlags zu empfangen. Du darfst nämlich nicht glauben, in jenen frühen Zeiten seien alle zu Rittern gemacht worden, die es werden wollten. Nein, nur wer als besonders stark und tapfer befunden wurde, nur treue und fromme Männer wurden dazu erkoren, auf daß sie Schild und Schutz der einfachen Leute seien und niemand sich an den Schwachen vergehe. Deshalb muß der Ritter beherzter und wagemutiger als alle anderen sein. Er muß fähig sein, die Übeltäter zu verfolgen, ohne Scheu vor den Gefahren, die sich daraus für ihn ergeben können. Und andererseits muß er ein Mensch von freundlichem Gemüt sein, ein Mann von angenehmem, feinem Benehmen, der sich mit jedermann, gleich welchen Standes, verständigen kann. Drum ist es schwierig und mühsam, ein Ritter zu sein.«

»Heißt das, Herr«, fragte Tirant, »daß der Ritter mehr Kraft und Macht besitzen muß als alle anderen Leute?«

»Nein, das heißt es nicht«, sagte der Einsiedler; »es gibt auch andere, die so stark, so mächtig sind wie er. Was man von einem Ritter fordert ist vielmehr, daß er Tugenden hat, die ein anderer nicht besitzt.«

»Bei meiner Seele«, sagte Tirant, »ich lechze danach, genau zu erfahren, was das Besondere an einem Ritter ist, das ihn auszeichnet vor allen anderen.«

»Mein Sohn«, sagte der Einsiedler, »ich will dir nicht verschweigen, daß ich, so weltabgeschieden ich hier auch hause, mir doch täglich die großartigen, wahrhaft denkwürdigen Taten in Erinnerung rufe, die dank jenem segensreichen Orden vollbracht worden sind. Die Urbestimmung des Ritters ist es von jeher gewesen, Treue und Redlichkeit als höchstes Gut zu wahren. Glaube aber ja nicht, daß der Ritter von höherer Abkunft als die anderen Menschen sei, denn wir alle stammen naturgemäß von einem Vater und einer Mutter.«

KAPITEL XXXIII

Wie der Einsiedler seinem Gast das zweite Kapitel vorlas

In erster Linie ist der Ritter dazu berufen, die heilige Mutter Kirche zu sichern und zu verteidigen‹«, las der Einsiedler, »›und er darf nicht Böses mit Bösem vergelten, muß vielmehr demütig sein und denen, die ihm Schaden zugefügt haben, freiherzig verzeihen, falls sie ihm in die Hände fallen. Der Ritter ist gehalten, die Kirche zu verteidigen, weil sie sonst verloren wäre und vernichtet würde. Zu Beginn der Welt gab es, wie man in der Heiligen Schrift liest, keinen Menschen, der die Waghalsigkeit besessen hätte, auf einem Roß zu reiten. Solche Kühnheit kam erst auf, als man die Ritterschaft bildete, um die Übeltäter zu unterwerfen, und hierfür Wehr und Waffen erfand. Weil sie gewappnet waren, fühlten sich die Ritter sicher gegenüber all jenen, die ihnen widerstreiten wollten.‹ Und deshalb, mein Sohn, will ich von der Wappnung und den Waffen reden, von den Mitteln, die zur Verteidigung dienen, wie von denen, die zum Angriff taugen; und ich will dir erklären, was sie jeweils bedeuten und welchen Wert sie haben. Dem Ritter, der Wehr und Waffen trägt, wurden diese ja nicht grundlos gegeben, und sie sind von großer Bedeutung; denn mit ihnen soll er, wie gesagt, den Leib der heiligen Mutter Kirche schützen, und er muß alle Übel von derselben abwehren, als ihr getreuer Sohn. Als Beispiel magst du jenen hochberühmten Ritter betrachten, der sich viel Ehre in dieser Welt und die Seligkeit in der anderen zu erringen vermochte: Quintus Superior, der als Gesandter des Papstes mit zwei Galeeren zum Kaiser von Konstantinopel geschickt wurde. Er kam im dortigen Hafen an, und als er an Land ging und die Stadt betrat, gewahrte er, wie furchtbar sie unterm Joch der türkischen Zwingherren litt. Er erfuhr, daß diese die Hauptkirche der Stadt zu einem riesigen Pferdestall machten. Mit wenigen Mannen suchte er den Kaiser auf, um ihm seine Ehrerbietung zu erweisen, und sagte:

›Herr, wie kann Eure Majestät es zulassen, daß dieses Türkenpack eine so herrliche Kirche zerstört, die ihresgleichen in der Welt nicht hat? Ich kann es nicht fassen, wie Ihr da ruhig zuschauen könnt. Das Herz müßte Euch doch bluten bei einem solchen Anblick.‹

›Ritter‹, antwortete der Kaiser, ›es kann nicht meine Pflicht sein, mehr zu tun, als ich vermag. Diese Leute sind in solcher Überzahl, daß fast die ganze Stadt schon in ihrer Gewalt ist. Sie dringen in die Häuser ein und treiben mit den Frauen und Jungfrauen, was ihnen beliebt, und wer auch nur ein Wort wagt, wird augenblicklich umgebracht oder in Fesseln gelegt, und aus diesem Grund bin ich wie all die Unsrigen gezwungen, Dinge zu erdulden, die wir nicht wollen.‹

›O ihr Kleinmütigen!‹ erwiderte der Ritter. ›Aus Angst vor dem Sterben habt ihr euch so ducken lassen? Jedermann soll sich bewaffnen, und dann laßt mich für das Weitere sorgen.‹

›Ritter‹, sagte der Kaiser, ›ich bitte Euch, zettelt hier nichts an, laßt alles, wie es ist, sonst werde ich vollends vom Thron gestürzt und verstoßen aus meinem Reich. Lieber will ich hier mit all den Meinigen unter diesem Joche leben, als auch noch den Rest verlieren, der mir geblieben.‹

Quintus sagte: ›O ihr Kleinmütigen und Kleingläubigen! Ihr zeigt überdeutlich, was für schlechte Christen ihr seid, wie wenig ihr dem Beistand Gottes traut. Ich gelobe es dem Himmel, daß ich dem ersten, der den Mund aufmacht, mit der Schneide dieses meines Schwertes einen solchen Schlag versetze, daß sein Geschrei noch drüben bei dem Pack in der Kirche zu hören sein wird.‹

Angesichts seiner Wut wagte der Kaiser es nicht, ihm zu widersprechen. Der Ritter ging weg, holte die wenigen Leute, die er noch auf den Galeeren hatte, drang todesmutig in die Kirche ein, kniete nieder vor dem Altar der Muttergottes, unserer Herrin, und betete. Während er noch sein Gebet sprach, sah er eine Menge Türken auf sich zukommen, die eben den Hauptaltar zerschlagen wollten. Rasch trat er ihnen entgegen und fragte, wer von ihnen der Befehlshaber sei. Man zeigte auf einen, der gerade in der Kirche hin und her ging und Anweisungen gab für den Bau von Nachtquartieren, Viehverschlägen und anderen profanen Dingen.

›Sag, Häuptling einer solchen Horde‹, schrie ihn der Ritter an, ›warum entweihst du so schamlos unsere Kirche, die ein Haus Got-

tes ist? Befiehl deinen Leuten, sofort aufzuhören und alles wieder so herzurichten, wie es ursprünglich war. Andernfalls werde ich eigenhändig mit deinem Blut und dem der Deinigen den Mörtel anrühren, um selbst wieder in Ordnung zu bringen, was du verschandelt und zerstört hast.‹
›Wer bist du, der du mit so frecher Keckheit daherredest?‹ fragte der Befehlshaber. ›Von welchem Volke bist du? Unter wessen Herrschaft stehst du?‹
Der Ritter erteilte ihm folgende Antwort.«

KAPITEL XXXIV

Wie der Gesandte des Papstes dem Heerführer des Großtürken in Konstantinopel drohte

Ich bin Bürger des Römischen Reiches, ein Gesandter des Heiligen Vaters, und ich bin gekommen, um dich, der du ein Vertilger des Christentums bist, zu züchtigen mit diesem blanken Schwert, das ich in der grimmigen Faust habe, und ich werde allen den Tod geben, die das Haus Gottes zerstören wollen.‹
Der Anführer der Türken antwortete folgendermaßen:
›Ritter, ich erschrecke nicht vor deinen Drohungen; denn hier kannst du mir nichts antun, da ich viele schlagkräftige Leute bei mir habe. Doch weil mir die Tugenden eures Heiligen Vaters nicht unbekannt sind, will ich tun, was du verlangst, aus Ehrfurcht vor seiner Frömmigkeit und nicht aus Furcht vor deinen Worten.‹
Daraufhin befahl der Kommandeur seinen Leuten, alle Dinge in der Kirche, die beschädigt oder zerstört worden waren, wieder instandzusetzen. Rasch wurde dies getan, und zwar so gut, daß alles nachher noch viel schöner war als zuvor. Danach verließ der türkische Feldherr mit seinem ganzen Heer die Stadt Konstantinopel, wobei er versprach, nie wieder dem Kaiser einen Verdruß zu bereiten. Und der Ritter sorgte dafür, daß die uneingeschränkte Herrschaft des

Kaisers wiederhergestellt wurde, der ihm tausendfach Dank sagte für seine selbstlose Tapferkeit. Dann verabschiedete sich Quintus Superior von dem Kaiser, ließ all seine Mannen die Galeeren besteigen und fuhr bei günstigem Wind zurück nach Rom. Als der Heilige Vater erfuhr, daß sein Gesandter heimgekehrt sei und seinen Auftrag so erfolgreich ausgeführt habe, schickte er ihm zum Empfang alle Kardinäle und Bischöfe entgegen, und diese geleiteten ihn, umjubelt von allem Volk, bis hin zum Papst, der ihn mit großer Herzlichkeit begrüßte und ihn zum Lohn für all seine Mühsale mit Kostbarkeiten aus dem päpstlichen Schatzhaus so großzügig beschenkte, daß er und die Seinigen allesamt reiche Leute wurden. Und später, beim Tod des Ritters, ließ er ihm die höchste Ehre erweisen, indem er gebot, seinen Leichnam mit feierlichem Gepränge in der Laterankirche zu bestatten, zu Füßen des Altars.

Schau, mein Sohn, wieviel Ehre dieser Ritter erlangte durch seine Tapferkeit. Und jetzt will ich dir sagen, was der Harnisch bedeutet, den der Ritter trägt zum Schutz seines ganzen Leibes. Er verweist darauf, daß der Ritter die Rüstung der Kirche zu sein hat, ihre fest geschlossene Brustwehr, die alle anstürmenden Feinde abweist. Und wie der Helm zuhöchst sitzen muß, so sollte der Mut die oberste Stelle einnehmen, um das Volk vor Schaden zu bewahren und zu verhindern, daß der König oder irgend sonstwer ihm ein Leid antut. Die Unterarmschienen und Eisenhandschuhe besagen, daß er selbst zu handeln hat und nicht andere vorschicken darf. Mit seinen eigenen Armen und Händen soll er die Kirche verteidigen, das anständige Volk und all jene, die redlich und rechtschaffen leben; und ebenso eigenhändig soll er die Bösen, die ein übles Leben führen, bestrafen. Das Panzerzeug, das die Muskeln der Oberarme deckt, ermahnt den Ritter, mit aller Macht den Totschlägern und Geisterbeschwörern zu wehren, daß sie sich nicht erfrechen, in den Gotteshäusern zu freveln. Die Beinröhren und Bärenfüße meinen, daß der Ritter, wenn er hört oder zu wissen bekommt, daß irgendwer der Kirche feindlich naht oder daß Ungläubige eindringen, um das Christentum anzutasten, die Pflicht hat, falls kein Pferd zur Verfügung steht, notfalls zu Fuß die Feinde zurückzuwerfen.«

»O Herr und Vater, Hort wahren Rittertums!« sagte Tirant. »Welch ein Trost ist es für mein Herz, daß ich endlich die großen Geheimnisse erfahre, welche die erhabene Welt des Ritterordens birgt. Habt die Güte, nun, nachdem ich gehört habe, was für eine Bedeutung die Dinge besitzen, die zur Wappnung gehören, mir auch mitzuteilen, was die Waffen bedeuten, die man zum Angriff braucht, damit ich auch über sie Bescheid weiß.«

Mit Freude gewahrte der Einsiedler, wie begierig Tirant darauf drang, alles zu erfahren, was zum rechten Ritterleben gehört, und gern gab er ihm Antwort.

KAPITEL XXXV

Wie der Einsiedler seinem Gast die Bedeutung der einzelnen Waffen erklärte

Das Gefallen, das ich an Euch finde, Tirant, verpflichtet mich, Euch bereitwillig alles zu sagen, was ich selbst im Lauf meines Lebens mitbekommen habe von der Kunst ritterlichen Kampfes. Da ist zunächst einmal die Lanze, die mit ihrer eisernen Spitze eine beeindruckende Länge hat: so lang wie die Geschichte der langmütigen Kirche; und deshalb bedeutet die Lanze, daß der Ritter die Pflicht hat, der Kirche all jene weit vom Leib zu halten, die ihr übelwollen, und dafür zu sorgen, daß alle, die feindselig gesonnen sind, vor dem bloßen Anblick zurückschrecken und die Kirche genauso fürchten wie die ihnen entgegenstarrende Lanze. Für die Bösen muß sie eine schlimme Drohung sein, für die Guten ein Zeichen der Treue und Verläßlichkeit. Den Mächtigen aber, die ruchlos sind, muß sie eisern begegnen. Die Bedeutung des Schwertes liegt darin, daß es zweischneidig ist und einem Menschen auf dreierlei Weise Schaden zufügen kann: mit zwei Schneiden kann es ihn töten oder verwunden und außerdem mit der Spitze durchbohren. Darum ist das Schwert die beste Waffe, die ein Ritter tragen kann, und es ist zugleich das Kriegswerkzeug von höchster Würde. Aus dem genannten Grund muß es der Ritter dreifach gebrauchen.

Seine erste Aufgabe ist es, die Kirche zu verteidigen und all diejenigen zu töten oder niederzumachen, die Arges gegen sie im Schilde führen. Und so wie die Spitze des Schwertes alles durchbohrt, worauf sie stößt, so soll der gute Ritter alle diejenigen, die dem Christentum und der Kirche schaden wollen, treffen und gnadenlos durchbohren. Kein Erbarmen soll er mit ihnen haben, sondern zustechen, wo immer er sie verwunden kann. Der Gurt des Schwertes bedeutet, daß der Ritter, der ihn um die Mitte seines Leibes schlingt, desgleichen sich mit der Keuschheit umgürten muß. Der runde Knauf des Schwertes bedeutet die Welt, weshalb der Ritter verpflichtet ist, das Gemeinwohl zu verteidigen. Der kreuzförmige Griff deutet auf das eigentliche Kreuz, an dem unser Heiland Marter und Tod bereitwillig auf sich nahm, um das Menschengeschlecht zu erlösen. Und seinem Beispiel soll jeder Ritter folgen: er soll bereit sein, den Tod auf sich zu nehmen, für die Wiederherstellung und Bewahrung all dessen, was ich vorher genannt habe; und wenn er so stirbt, wird seine Seele geradewegs ins Paradies gehen. Das Pferd bedeutet das Volk, dem der Ritter dazu verhelfen soll, daß es in Frieden und in wahrer Gerechtigkeit leben kann, denn so wie der Ritter, wenn er in die Schlacht ziehen will, alles in seiner Macht Stehende tut, damit sein Pferd heil bleibt und niemand ihm etwas antut, so muß er das Volk behüten, damit niemand sich an ihm vergeht. Das Herz des Ritters muß hart und stark sein gegenüber denen, die tückisch sind und wenig Mitgefühl kennen; den redlichen, treuen und friedfertigen Menschen gegenüber muß er jedoch ein weiches Herz haben, sanft und voller Erbarmen. Wenn nämlich der Ritter sich derer erbarmen würde, die den Tod verdient haben, und ihnen Gnade widerfahren ließe, wo er Gerechtigkeit üben muß, so überantwortete er damit seine Seele der Verdammnis. Die vergoldeten Sporen, die sich der Ritter anschnallt, haben vielerlei Bedeutungen. Das Gold, das so hoch geschätzt wird, heftet er sich an die Füße, weil der Ritter es nicht so sehr lieben darf, daß er um seinetwillen einen Verrat, eine Schurkerei oder sonst etwas beginge, was ihn seiner ritterlichen Ehre berauben würde. Die Sporen sind scharf, damit sie das Pferd antreiben können; und sie bedeuten, daß der Ritter das Volk anstacheln muß, um es zum rechten Handeln zu bewegen; denn ein einziger rechter Ritter genügt, um die tugendhaften Kräfte vieler zu erwecken. Dem üblen Gesindel hingegen muß er den Stachel verpassen, um ihm Furcht beizubringen. Der Ritter, der um des Goldes oder des Silbers willen vom Weg des ehrenhaften Handelns abweicht, mißachtet das Gesetz des Ritterordens. In einem solchen Fall ist es geboten, daß alle Wappenkönige und Herolde samt deren Stellvertretern sich mit einem Strafantrag an die guten Ritter wenden; und diese sind bei einem solchen Vorfall gehalten, den König aufzusuchen. Gemeinsam muß man dann so rasch und energisch wie möglich einschreiten; und falls man den Mißratenen zu fassen bekommt, soll man ihm den Harnisch anlegen und ihn vollständig bewaffnen, so sorgsam und ordentlich, als müßte er in die Schlacht ziehen oder an einem festlichen Turnier teilnehmen. In voller Montur muß man ihn auf ein hohes Schaugerüst stellen, damit alle ihn sehen können. Dreizehn Priester müssen zugegen sein und pausenlos Trauergebete psalmodieren, genau so, als ob da sein Leichnam wäre. Und bei jedem Psalm, den sie anstimmen, wird ihm ein Stück der Rüstung abgenommen, und zwar als erstes die Sturmhaube, weil sie den wichtigsten Teil des Ritters deckt, den Kopf, der es zuließ, daß die Augen nicht widerstehen konnten und er dadurch gegen den Geist des Ritterordens verstieß. Danach muß man ihm den Eisenhandschuh der Rechten abnehmen, weil sie es ist, die angreift und zupackt; wenn er also dem Gold zuliebe die Regeln ritterlichen Anstands mißachtet hat, so geschah das, weil er mit dieser Hand es berührt, ergriffen und an sich gebracht hat. Als nächstes nimmt man ihm den linken Eisenhandschuh ab, den Schutz der Verteidigungshand, weil diese dem Frevel der Rechten nicht wehrte und sich so zu deren Komplizen machte. Hernach muß ihm alles übrige genommen werden, sämtliche Harnischteile, die er noch anhat, und jede Waffe. Einzeln wird jedes Stück von der Höhe des Schaugerüsts herabgeworfen auf den Erdboden, wobei ein jedes Teil eigens ausgerufen wird, zunächst von allen Wappenkönigen, dann von den Herolden und schließlich auch noch von deren Stellvertretern. Lauthals verkünden sie die Reihenfolge der schmählichen Entkleidung.«

KAPITEL XXXVI

Wie ein pflichtvergessener Ritter all seiner Würden entledigt wird

Das ist die Sturmhaube dieses Treulosen, der den Geist des segensreichen Ritterordens verleugnet hat.‹ Wenn das verlautbart ist, muß heißes Wasser zur Hand sein, in einem Becken aus Gold oder Silber. Dann rufen die Herolde: ›Wie heißt dieser Ritter?‹ Worauf die Gehilfen derselben antworten, Herr So-und-so von Da-und-da sei sein Name. Die Wappenkönige aber entgegnen: ›Falsch! Von Herr kann nicht die Rede sein! Wer als Ritter sich so übel verhält und so wenig die Gebote des Ordens achtet, ist wohl eher ein gemeiner Kerl.‹ Die Geistlichen sagen: ›Geben wir ihm einen Namen, der zu ihm paßt!‹ Die Trompeter rufen: ›Wie soll er heißen?‹ Der König erklärt: ›Mit Schimpf und Schande sei er verbannt! Man werfe ihn hinaus aus all unseren Fürstentümern und Landen, diesen ruchlosen Ritter, der dem erhabenen Orden der Ritterschaft die Achtung versagen wollte!‹ Nachdem diese Worte des Königs gesprochen sind, schütten die Herolde und Wappenkönige dem Übeltäter heißes Wasser ins Gesicht, wobei sie ihm sagen: ›Von jetzt an sollst du mit deinem wahren Namen benannt sein: Verräter!‹ Daraufhin legt der König Trauergewänder an, und assistiert von zwölf anderen Rittern in bodenlangen schwarzen Mänteln und mit dunkelblauen Kappen auf dem Kopf, bekundet er anschaulich seinen tiefen Schmerz. Während dem Frevler Stück um Stück die Rüstung vollends abgenommen wird, schüttet man ihm nach jedem einzelnen Entwaffnungsakt einen Schwapp heißen Wassers über den Kopf. Ist er dann ganz und gar seiner Rüstung beraubt, wird er nicht länger auf dem Schaugerüst geduldet. Er darf es aber nicht über die Treppe verlassen, die er hinaufgestiegen ist, als er noch Ritter war. Gefesselt mit einem Strick, wird der bis aufs Hemd Entblößte hinabgestoßen, in den Schmutz. Danach wird er unter vielen Beschimpfungen zur Kirche Sankt Georgs geschleppt, und dort, vor dem Altar, wirft man ihn auf den Boden und spricht über ihm den Psalm der Verfluchung. Umringt vom König und den zwölf Rittern, die gleichnishaft den Kreis Jesu Christi und der zwölf Apostel darstellen, bekommt er sein Todesurteil oder die Verhängung einer lebenslänglichen Kerkerstrafe zu hören, während vielerlei Schmähungen auf ihn niedergehen. Daraus kannst du ersehen, Sohn, was für eine ernste Sache die Aufnahme in den Ritterorden ist. Es gäbe noch einiges zu sagen über die Pflichten, die du damit auf dich nimmst. Das Gelübde verpflichtet dich zum Beispiel, Kinder, Witwen, Waisen und verheiratete Frauen in Schutz zu nehmen, wenn irgend jemand ihnen Gewalt antun oder sie ihrer Habe berauben will. Für die Ritter besteht das strikte Gebot, aller Gefahr zum Trotz ihr Leben aufs Spiel zu setzen, wenn eine ehrbare Frau sie um Beistand und Hilfe bittet. Und ein jeder Ritter schwört am Tage seines Eintritts in den Orden, alles in seiner Macht Stehende zu tun, um alle vom Unrecht Bedrohten zu verteidigen. Darum, mein Sohn, ist es eine mühevolle und zermürbende Aufgabe, Ritter zu sein. Vielfältig und schwierig sind die Pflichten, die ein solcher hat; und der Ritter, der ihnen nicht nachkommt, verdammt sich selbst zur Höllenpein. Man hat es gewiß leichter, wenn man ein stilles, gewöhnliches Leben führt, ohne sich die Last einer solchen Verpflichtung aufzuerlegen. Noch habe ich dir ja nicht geschildert, was erforderlich ist, wenn man ein vollkommener Ritter werden will; denn was Vollkommenheit ist, läßt sich nicht zweifelsfrei bestimmen und wird ewig umstritten bleiben.«

Tirant, der darauf brannte, alles zu erfahren, was zu einem Ritter gehört, gab sich noch nicht zufrieden und setzte zu neuen Fragen an.

KAPITEL XXXVII

Wie Tirant den Einsiedler bat, ihm zu sagen, in welchem Zeitalter es die besten Ritter gab

Falls meine Worte Euch nicht verdrießen, ehrwürdiger Vater, wäre ich Euch sehr dankbar, wenn Euer Gnaden mir sagen würden, ob es zu Beginn des Ritterordens, also zur Zeit seiner Gründung, schon so tapfere, alles überragende Ritter gab wie in späteren Epochen.«

»Mein Sohn«, sagte der Einsiedler, »wie uns die Heilige Schrift berichtet, gab es bereits damals viele hervorragende, beispielhafte Ritter auf der Welt. In den Geschichten der frommen Vorväter lesen wir von der großen Tapferkeit des edlen Josua, des Judas Makkabäus und der Könige Israels. Aus der Überlieferung sind uns auch jene unvergeßlichen Ritter Griechenlands und Trojas bekannt, die unbesiegbaren Ritter Scipio, Hannibal und Pompejus, Octavianus und Marcus Antonius und viele, viele andere, deren Aufzählung allzu weit führen würde.«

»Und seit der Ankunft Jesu Christi«, fragte Tirant, »hat es da auch so großartige Gestalten gegeben?«

»Ja«, sagte der Einsiedler, »und der erste von ihnen war Joseph von Arimathia, der Christus vom Kreuz abnahm und ihn in die Gruft legte. Aus seinem Stamme sind viele Nachfahren entsprossen, die überaus kühne Ritter wurden, wie etwa Lancelot vom See, Galahan, Boors und Parzival, besonders aber Galahad, der durch seine ritterliche Geistesstärke und Keuschheit würdig wurde, den Heiligen Gral zu erobern.«

»Und jetzt, in unseren Tagen«, fragte Tirant, »wen können wir da als Vorbild verehren?«

Der Einsiedler antwortete:

»Hoher Verehrung würdig ist gewiß der gute Ritter von Montenegro, der viele erzählenswerte ritterliche Heldentaten vollbracht hat; auch der Herzog von Exeter, ein tüchtiger Jüngling von außerordentlicher Kraft, der es vorzog, in die Hände der Ungläubigen zu fallen, statt schmählich vor ihnen zu fliehen – eine Haltung, die kein Ritter jemals tadeln kann; ferner Sir John Stuart, ein todesmutiger Kämpe seines Ordens, und noch mancher andere, den ich nicht eigens erwähnen möchte.«

Noch immer nicht zufriedengestellt, bohrte Tirant nach, indem er weitere Fragen an den Einsiedler richtete.

KAPITEL XXXVIII

Wie Tirant noch einmal das Thema des vorigen Kapitels aufgriff

Ehrwürdiger Vater und Herr, warum erwähnt Ihr bei der Nennung der Besten nicht auch jenen hochberühmten Ritter namens Graf Wilhelm von Warwick, über dessen einzigartige Taten ich schon allerlei gehört habe? Kraft seiner unerschütterlichen Tapferkeit soll er in Frankreich, Italien und sonstwo bei vielen Schlachten die Wende zum Sieg bewirkt haben. Und es heißt, er habe die Gräfin von Bell Estar gerettet, die von ihrem eigenen Gemahl und den drei Söhnen des Ehebruchs bezichtigt worden sei. Die besagte Dame befand sich, so erzählte man mir, bereits auf dem Richtplatz, wo sie verbrannt werden sollte. Man hatte sie an einen Pfahl gebunden und das Feuer entfacht, das rings um sie aufloderte, als Wilhelm von Warwick hinzukam, sie erblickte und dem König, welcher der von ihm angeordneten Vollstreckung des grausamen Urteilsspruchs beiwohnte, mit den Worten entgegentrat: ›Herr, ich ersuche Eure Hoheit, augenblicklich dieses Feuer zu löschen, sonst werde ich gewaltsam diese Dame befreien, indem ich für sie zum Zweikampf antrete. Völlig grundlos ist sie beschuldigt worden, und daß Ihr sie töten lassen wollt, beruht auf einem himmelschreienden Justizirrtum.‹ Da traten der Gemahl und die drei Söhne der zum Tode Verurteilten vor und sagten: ›Ritter, das ist jetzt nicht die Stunde, für dieses verkommene Weib in die Schranken zu treten. Doch nachher, sobald sie tot ist, wie sie es verdient hat, werde ich Euch zur Verfügung stehen und wir können die Sache ausfechten, mit den Waffen oder wie immer Ihr wollt.‹

Der König sagte:

›So ist es. Der Graf von Bell Estar hat recht.‹

Angesichts dieser Unmenschlichkeit des Königs, des Ehemannes und der Söhne zückte Wilhelm von Warwick sein Schwert und versetzte dem Gemahl einen so heftigen Streich auf den Kopf, daß dieser tot zusammenbrach. Dann wandte er sich stracks gegen den König, hieb ihm mit einem einzigen Schlag das Haupt ab und stürzte

sich auf die Söhne, von denen er zweie tötete, während der dritte so rasch davonrannte, daß er ihn nicht mehr einholen konnte.
Der Tod des Königs brachte eine riesige Volksmenge gegen den Ritter auf, der todesmutig sich eine Bahn brach, in den Flammenkreis eindrang, den man rings um die Gräfin entzündet hatte, und die Kette durchschlug, mit der sie an den Pfahl gefesselt worden war. Als die Verwandten der Gräfin sahen, mit welch rasendem Eifer der Ritter darum kämpfte, die Gräfin vom Tod zu erretten, eilten viele von ihnen ihm zu Hilfe, und in gemeinsamer Anstrengung gelang es ihnen, sie heil durch die tobenden Massen hindurchzuschleusen und in ein Nonnenkloster zu bringen, wo sie mit allen Ehren empfangen wurde. Und ehe der Herr von Warwick weiterreiste, sorgte er dafür, daß die Gräfin mit Zustimmung aller Einwohner in ihre Stadt zurückkehren konnte und ihr die Herrschaft über die ganze Grafschaft zugesprochen wurde.
Nachdem er jener Stadt den Rücken gekehrt hatte, stieß der Graf von Warwick, ruhig seines Weges ziehend, plötzlich, wie es heißt, auf einen gewaltigen Löwen, der ein kleines Kind im Maul hatte, aber wegen der Menschenmenge, die ihn verfolgte, nicht anzuhalten wagte, um seine Beute zu verzehren. Als der Ritter diesen Löwen mit dem verschleppten Wickelkind unversehens vor Augen hatte, sprang er blitzschnell vom Pferd und zückte sein Schwert. Der Löwe, der ihn auf sich zustürzen sah, ließ das winzige Wesen fallen und ging auf ihn los, worauf, wie viele Leute behaupten, ein wilder Kampf zwischen den beiden entbrannte, die sich gegenseitig umschlangen und miteinander rangen, wobei mal der eine, mal der andere die Oberhand hatte und sie einander viele Wunden zufügten. Schließlich überwältigte der Graf den Löwen und tötete ihn. Den Säugling auf dem Arm, das Pferd am Zügel führend, humpelte er stadtwärts; denn so schwer war er verwundet, daß er nicht mehr reiten konnte. Und mühsam diesen Rückweg wandernd, traf er eine große Schar von Leuten, die der Fährte des Löwen folgten, angeführt von der verstörten Mutter, der er das Kind zurückgab.
Erst jetzt aber, vor kurzem, geschah es, daß man, da die Mauren den größten Teil Englands erobert hatten und der König vom Thron vertrieben worden war, diesen Ritter von Warwick ob seiner großen

Tapferkeit zum König erhob. Mann gegen Mann focht er im Zweikampf mit dem maurischen König, besiegte und tötete ihn im Ring. Mit seiner siegreichen Hand vernichtete er dann die gesamte riesige Maurenmeute, ohne auch nur einem Gnade zu gewähren. Mit seinem unbeirrbaren Mut befreite er alle Christen der Insel England aus der Sklaverei und übergab hernach dem früheren König die Krone, das Zepter und das wiedergewonnene Reich.
Noch vieles andere gäbe es zu erzählen von all den Ruhmestaten, die er zu vollbringen vermocht hat; aber der Tag wäre hierfür zu kurz.«
Um nicht erkennen zu lassen, daß er selbst jener Ritter war, wählte der Einsiedler die folgenden Worte.

KAPITEL XXXIX

Wie Tirant sich freudigen Herzens von dem Einsiedler verabschiedete, dankbar für die guten Lehren, die ihm dieser erteilt hatte

Mein Sohn, du hast recht. Ich habe die Leute auch schon reden hören von diesem Ritter, Graf Wilhelm von Warwick. Aber ich habe ihn nie von Angesicht zu Angesicht gesehen, und deshalb habe ich es unterlassen, von ihm zu sprechen. Es gab und gibt hierzuland jedoch noch viele andere gute Ritter, die Leib und Leben wagten, um das Christentum zu verteidigen.«
»Nun, lieber Herr und Vater«, sagte Tirant, »wenn es, wie Euer Hochwürden mir erzählten, so viele edle Ritter gegeben hat, die so unglaubliche Taten vollbrachten, so flehe ich Euer Gnaden an, mir nicht zu verargen, was ich jetzt sagen will. Oh, was für ein erbärmlicher Kerl wäre ich in meinen eigenen Augen, was für ein kläglicher, kleinmütiger Duckmäuser, wenn ich jetzt noch zögern würde, das Gelübde des Ritterordens zu leisten, ganz gleich, was für Leiden und

Mühsale mir vielleicht daraus erwachsen. Ein jeder muß ja selbst wissen, wie weit sein Mut reicht; und ich sage Eurer Hoheit mit voller Überzeugung, daß ich, selbst wenn der Dienst des Ritterordens noch viel gefährlicher wäre, als er in Wirklichkeit ist, um nichts auf der Welt darauf verzichten würde, mich zum Ritter schlagen zu lassen, falls ich jemanden finde, der bereit ist, mir diese Ehre zu erweisen. Dann mag kommen, was da will! Der Tod soll mir dann ein lieber Gefährte sein. Mit all meinen Kräften will ich den Geist des Ritterordens wahren und verteidigen, will ihm dienen, so gut ich irgend kann, damit keiner der rechten Ritter mich tadle.«

»Nun, mein Sohn«, sagte der Einsiedler, »wenn Ihr so entschlossen darauf drängt, in den Orden aufgenommen zu werden, dann bemüht Euch, daß es ein rühmlicher, denkwürdiger Einstand wird. Ich meine, daß Ihr noch am selben Tag, an dem Ihr den Ritterschlag erhaltet, ins Turnier gehen sollt, damit all Eure Verwandten und Freunde erkennen, daß Ihr das Zeug habt, die Gebote des Ordens zu halten und seinen Zielen als tüchtiger Kämpfer zu dienen. Deshalb würde ich, da der Tag schon weit vorgerückt ist und Eure Reisebegleiter Euch weit voraus sind, es für richtig halten, wenn Ihr jetzt aufbrecht; denn Ihr befindet Euch in einem fremden Land, dessen Wege Ihr nicht kennt, und wenn Ihr im Dunkeln weiterreitet, besteht die Gefahr, daß Ihr Euch verirrt in den großen Wäldern, die es ringsum gibt. Und ich bitte Euch, dieses Buch da mitzunehmen. Zeigt es meinem Herrn, dem König, und allen guten Rittern, damit sie erfahren, was das Wesentliche ist am Ritterorden. Wenn Ihr aber eines Tages heimreist, so macht, ich bitte Euch, mein Sohn, den Heimweg so, daß Ihr noch einmal hier vorbeikommt und mich wissen lassen könnt, wer die frisch geweihten Ritter sind und was sich bei all den Festen und Feierlichkeiten zugetragen hat. Es wäre schön, wenn ich das erfahren könnte, und Ihr würdet mir damit einen großen Dienst erweisen.«

Er reichte ihm zum Abschied das Buch.

Tirant nahm es mit unsagbarer Freude, dankte ihm überschwenglich und versprach, ihn auf dem Heimweg noch einmal zu besuchen. Ehe er weiterritt, sagte der Jüngling:

»Sagt, Herr, wenn der König oder irgend sonst ein Ritter mich fragt, wer dieses Buch da schicke – was soll ich antworten?«
Der Einsiedler sprach:
»Falls dir eine solche Frage gestellt wird, brauchst du nur zu sagen, es stamme von dem, der allezeit die Satzung des Ritterordens geliebt und geehrt hat.«
Tirant verbeugte sich tief vor ihm, schwang sich aufs Pferd und zog seines Weges.
Seine Reisegefährten wunderten sich indessen sehr und rätselten, wo er so lange bleibe. Sie fragten sich, ob er vielleicht sich verirrt habe im Wald. Nicht wenige seiner Kameraden machten kehrt und ritten zurück, um nach ihm zu fahnden. Und schließlich entdeckten sie den Gesuchten: als lesenden Reiter, der auf der Landstraße dahergetrottet kam, gebannt von den Rittergeschichten, die in dem Buch geschrieben standen, und ergriffen vom Geist wahrer Ordenskämpfer, der ihm daraus entgegenwehte.
Als Tirant dann in den Marktflecken gelangte, wo die übrigen Gefährten rasteten, berichtete er ihnen von der schönen, glückhaften Begegnung, die unser Herr im Himmel ihm beschert hatte; und er erzählte, daß der fromme Einsiedler ihm dieses Buch gegeben habe. Und die ganze Nacht hindurch las er ihnen daraus vor, bis der Morgen graute und sie weiterreiten mußten.
So stramm aber ritten sie Tag für Tag, daß sie bald zur Stadt London kamen, wo der König weilte und Ritter in großer Zahl sich schon versammelt hatten, nicht nur solche aus dem Inselreich, sondern auch viele aus fremden Landen. In hellen Scharen waren sie bereits gekommen, denn es fehlten nur noch dreizehn Tage, bis der Johannistag festlich anbrechen würde.
Gleich nach ihrer Ankunft suchten Tirant und seine Gefährten den König auf, um ihm ihre Ehrerbietung zu erweisen; und der Herrscher empfing die Gäste, die sich alle so fein herausgeputzt hatten, wie es ihnen ihr Stand und die Umstände irgend erlaubten, mit freundlicher, freudestrahlender Miene. Die bräutliche Prinzessin aber war derweilen noch zwei Tagesreisen entfernt, in einer Stadt namens Canterbury, jenem Ort, wo der Leib des heiligen Thomas von Canterbury ruht.

Pünktlich am Tag des heiligen Johannes begannen die Festlichkeiten; denn dies war der Tag, an welchem der König und die Prinzessin, seine Verlobte, zusammenkamen. Ein Jahr und einen Tag währte die Feierzeit, die da ihren Anfang nahm.
Den Höhepunkt und Abschluß all der Freudenspektakel bildete die Vermählung des englischen Königs mit der Prinzessin aus Frankreich, und als die Hochzeit vorüber war, verabschiedeten sich alle Ausländer von dem fürstlichen Paar, und ein jeder reiste zurück in sein Heimatland.
Tirant aber, der mit seinen Gefährten die Stadt London verlassen hatte, erinnerte sich unterwegs an das Versprechen, das er einst dem Einsiedler gegeben hatte; und als sie in die Nähe jener Gegend kamen, wo der Alte hauste, sagte er zu seinen Kameraden:
»Ihr Herren, liebe Brüder, ich habe die Pflicht, einen kleinen Umweg zu machen und den Vater Einsiedel zu besuchen.«
Da bestürmte ihn die ganze Schar mit der Bitte, ihn dorthin begleiten zu dürfen; denn sie alle hatten den dringenden Wunsch, die Frömmigkeit jenes Klausners mit eigenen Augen und Ohren zu erleben. Tirant freute sich von Herzen über dieses Verlangen, und alle miteinander bogen von der Landstraße ab, um dem Pfad zu folgen, der zur Einsiedelei führte. Und in dem Augenblick, da sie ans Ziel kamen, saß der Klausner unter dem Kiefernbaum und sprach sein Stundengebet.
Als der Einsiedler so viele Menschen heranreiten sah, erstaunte er sehr und fragte sich verwundert, was das für Leute sein mochten. Tirant befand sich an der Spitze des Reiterzuges, und wie er nicht mehr weit von dem Alten war, stieg er vom Pferd, die anderen taten im Nu desgleichen, und alle miteinander näherten sich in tiefer Demut dem Einsiedler, knieten ehrerbietig vor ihm nieder und erwiesen ihm so die Ehre, die ihm gebührte. Doch als Tirant, wie alle anderen, ihm die Hand küssen wollte, ließ er dies nicht zu.
Als welterfahrener Mann, wohlvertraut mit den Geboten der Höflichkeit, begrüßte der Einsiedler die Besucher aufs freundlichste, indem er einen jeden von ihnen umarmte und alle bat, sie möchten doch die Güte haben, sich neben ihm ins Gras zu setzen. Aber die Gäste meinten, er selbst möge sich setzen, sie alle würden lieber stehen. Das duldete der tapfere Herr jedoch nicht, und er bestand darauf, daß sich

alle zu ihm setzten. Als dann die ganze Schar sich auf der Wiese niedergelassen hatte, warteten alle gespannt auf die Worte des Einsiedlers. Angesichts der ehrfürchtigen Aufmerksamkeit, die ihm so deutlich bekundet wurde, zögerte er auch nicht und sprach zu ihnen.

KAPITEL XL

Wie Tirant und seine Gefährten auf der Heimreise von den königlichen Hochzeitsfeiern in London mit dem Einsiedler ins Gespräch kamen, als sie diesen in seiner Abgeschiedenheit besuchten

»Ich würde nicht die hinreichenden Worte finden, wollte ich Euch, hochmögende Herren, nun sagen, welch große Befriedigung meine Augen empfinden beim Anblick so vieler redlicher Leute. Deshalb wäre ich Euch sehr dankbar, wenn Ihr so freundlich sein wolltet, mir zu sagen, ob Ihr jetzt eben vom Hof meines Herrn und Königs kommt. Allzu gern wüßte ich nämlich, wer dort zum Ritter geschlagen worden ist. Auch wäre es mir ein Vergnügen, etwas zu hören von den herrlichen Festen, die dort, wie ich vermute, gefeiert worden sind. Doch zunächst bitte ich Euch, Tirant lo Blanc, mir die Namen all der hier versammelten Herren zu nennen, damit mein Herz sich gebührend an diesem Besuch ergötze.«

Dann schwieg der Klausner. Tirant wandte sich um und schaute seine Gefährten an, denn unter denselben befanden sich etliche, die höheren Ranges waren als er und sowohl durch Herkunft wie durch Reichtum und sonstige Vorzüge eher zum Reden berechtigt gewesen wären.

»O ehrenwerte Ritter!« sagte er zu diesen. »Ich bitte darum, daß Ihr die Fragen des ehrwürdigen Vaters beantwortet, von dessen reichem Wissen und tiefer Frömmigkeit ich Euch so oft erzählt habe. Als väterlicher Hüter wahren Rittertums hat er es verdient, daß ihm jede Auskunft zuteil wird, die er wünscht.«

Alle erwiderten:

»Sprecht Ihr, Tirant, in unser aller Namen; denn Ihr habt als erster den frommen Vater kennengelernt.«

»Nun gut«, sagte Tirant, »da es euch so beliebt und der ehrwürdige Vater mich dazu aufgefordert hat, will ich eben selber reden. Falls ich mich irre oder etwas vergesse, so helft bitte meinem Gedächtnis auf.«

Alle stimmten freudig zu. Tirant nahm seine Kopfbedeckung ab und begann zu erzählen.

KAPITEL XLI

Wie Tirant dem Einsiedler
die großen Feste, Feierlichkeiten und fürstlichen Spenden schilderte,
die zur Hochzeit des König von England veranstaltet wurden,
in einer Pracht und Herrlichkeit, dergleichen in keiner Chronik zu finden ist;
und was er von dem Streit berichtete,
der dabei zwischen zwei Zünften entstand

Frommer, hoch zu verehrender Herr, Euer Gnaden sollen wissen, daß vor einem Jahr, am Vorabend des Johannistages, der König eine Parade abnahm, an der alle teilnahmen, die sich in der Stadt befanden, also auch die Frauen und Mädchen, die Zünfte der Handwerker und all die Fremden, die aus vielerlei Landen der Christenheit angereist waren, weil sie vernommen hatten, welch großartige Feste da stattfinden sollten; denn der König hatte ja viele Wappenkönige und Herolde ausgesandt, um dies in aller Welt verkünden zu lassen. Zuallererst, Herr, will ich Euch jedoch von einem wahrhaft königlichen Gunsterweis berichten, von einer Geste großzügigster Gastfreundschaft, dergleichen in keiner Chronik steht und schon gar nicht aus unseren Zeiten je zu vermelden gewesen ist. Auf Weisung und Kosten des Königs, so hörte ich, wurden nämlich in jedem Seehafen, an jeder Landstraße, in jedem Flecken, an jeglichem Ort des Reiches all die Weitgereisten, die unterwegs waren, um die Festlichkeiten als Zuschauer zu erleben oder sich an den Turnieren zu beteiligen, von den Bewohnern der Dörfer oder Städte aufs reichste bewirtet: von dem Tag an, da sie an

Land gingen, bis zu dem Tag, an dem sie die Insel England verließen, genossen sie stets freie Kost und Unterkunft.
Zur Feier des Johannistages also legte der König seine schönsten Gewänder an: einen Mantel, über und über mit den üppigsten Perlen bestickt, verbrämt mit Zobelpelzen, dazu prächtige Beinkleider, geschmückt mit ähnlicher Stickerei, und ein Wams aus Silberbrokat. Nichts Goldenes hatte er am Leib, da er noch kein Ritter war. Nur die Krone auf seinem Haupt und das Zepter in seiner Hand waren aus herrlichstem, kostbarstem Gold. Reitend auf einem schönen Roß, bekundete er durch Haltung und Miene, daß er fürwahr ein König ist.
So begab er sich von seinem großen Schloß zum Hauptplatz der Stadt, begleitet von all den Edelleuten, die in London weilten, sofern sie Männer von reinblütigem Adel waren. Kein anderer durfte dem König folgen.
Als der Herrscher auf den Platz gelangt war, rückte der Herzog von Lancaster, in voller Rüstung aus blinkendem Stahl, mit einer Streitmacht von fünfzehntausend Mann heran. Nachdem er dem König Meldung erstattet hatte und von diesem mit einer Neigung des Kopfes begrüßt worden war, erhielt er den Befehl, vorauszureiten als Anführer der berittenen Vorhut. Unverzüglich begab sich der Herzog an die Spitze seiner Truppe, und das ganze Aufgebot gewappneter Ritter zog am König vorbei, bestens bewaffnet und in schöner Paradeordnung, mit vielen Pferden, die festlich drapiert waren mit brokatenen Schabracken, mit golden und silbern funkelnden Beschlägen auf dem Lederzeug und wippenden Federbüschen oder sonstigem Kopfschmuck nach italienischer und lombardischer Art.
Den Schwadronen des Herzogs folgten die Ordensgemeinschaften der Kuttenträger, und jeder der Mönche hielt eine hohe brennende Kerze in der Hand. Hinter diesen dann marschierten sämtliche Handwerker, in der frisch geschneiderten Tracht ihres jeweiligen Berufes; und zwischen den verschiedenen Zünften entbrannte ein so heftiger Streit, daß ich dachte, sie würden einander totschlagen.«
»Weswegen entstand dieser Zank?« fragte der Einsiedler.
»Herr«, sagte Tirant, »das will ich Euch sagen. Zwischen den

Schmieden und den Webern kam Zwietracht auf; denn die dortigen Weber erklärten, sie müßten im Festzug vor den Schmieden marschieren dürfen, und die Schmiede waren gegenteiliger Meinung, behaupteten also, ihnen gebühre die Ehre, welche die Weber sich angemaßt hätten. Die gegnerischen Parteien zählten jeweils mehr als zehntausend Mann; Ursache des ganzen Haders aber waren die Advokaten, die auf beiden Seiten die Leidenschaften schürten. Die Anwälte der Weber argumentierten, ohne Linnen könne man weder die Messe lesen noch Fronleichnam feiern, und die juristischen Hintermänner der Schmiede heizten die Debatte mit der These an, der Beruf des Schmiedes sei älter als der des Webers, denn ohne die aus Eisen geschmiedeten Werkzeuge hätte der erste Webstuhl der Welt gar nicht hergestellt werden können – womit bewiesen sei, daß das Schmiedehandwerk früheren Ursprungs sei, folglich die Schmiede auch auf ihrem Recht bestehen müßten, vor den Webern zu marschieren.

Noch vielerlei andere Argumente, an die ich mich nicht mehr erinnere, wurden von den streitenden Parteien ins Feld geführt, so daß sich die Gemüter immer mehr erhitzten. Und wäre da nicht der Herzog gewesen, der geharnischt hoch zu Roß saß, hätte das Fest in einem Blutbad geendet; denn der König sah sich außerstande, eine Versöhnung herbeizuführen. Der Herzog preschte mitten in die Brandung der prügelschwingenden Massen und griff sich sechs Advokaten heraus, drei von jeder Seite, und brachte sie vor das Haupttor der Stadt. Die Federfuchser bildeten sich ein, der Herzog habe sie auserwählt, um von ihnen zu erfragen, welche Partei mehr Anrecht auf das umstrittene Privileg besitze. Sobald sie aber außerhalb der Stadt waren, ließ der Herzog am anderen Ende der Brücke tausend Bewaffnete postieren, die keinen Menschen passieren lassen sollten, es sei denn der König persönlich. Auf der Mitte der Brücke stieg er vom Pferd und befahl, daß man an Ort und Stelle so schnell wie möglich zwei Galgen errichte; und als diese schön hoch in den Himmel ragten, ließ er an jedem drei Advokaten aufhängen, und zwar kopfüber, der höheren Ehre wegen, die er ihnen erweisen wollte; und er wich nicht vom Fleck, ehe ihre erbärmlichen Seelen zur Hölle gefahren waren.

Als der König erfuhr, was geschehen war, ritt er schleunigst dem Herzog entgegen und sagte zu ihm: ›Ihr hättet mir gar keine größere Freude machen und keinen nützlicheren Dienst erweisen können. Denn solche Rechtsverdreher bereichern sich selbst, indem sie ganz England verderben und das Volk ins Unglück stürzen. Darum gebiete ich, daß sie da oben baumeln sollen bis morgen, so kläglich, wie sie da hangen, und danach soll man sie vierteilen und ihre Überreste am Wegrand zur Schau stellen.‹
Der Herzog antwortete: ›Wenn es Eurer Majestät beliebt, meinem Rat zu vertrauen, so empfehle ich Euch, dafür zu sorgen, daß es in Eurem Reich nicht mehr als zwei Juristen gibt, die binnen zehn oder fünfzehn Tagen einen jeden Streitfall, gleich welcher Art, entscheiden und mit einem unanfechtbaren Urteil beenden sollen. Gebt jedem der beiden einen guten Lohn, und falls sie sich von irgendwem etwas zustecken lassen, sollen sie keine andere Strafe erhalten als die hier.‹
Der König nickte wohlgefällig und ordnete an, daß der Rat in die Tat umgesetzt werden solle. Als die Menge in der Stadt vernahm, wie der Herzog dem Zwist an die Wurzel gegangen war, erschallte sein Lob in ganz London, und so kam es, daß der weitere Verlauf des Festes ohne jede Störung vonstatten ging, genau wie geplant.«

KAPITEL XLII

Wie der König in einer großen Festprozession aus der Stadt hinauszog, geleitet von allen Ständen und dem gesamten Klerus

Nach den Handwerkern kamen die Karren der Gaukler, Schausteller und Komödianten mit vielerlei vergnüglichen Darbietungen. Hinter diesen schritt der gesamte Klerus, also alle Erzbischöfe, Bischöfe, Äbte, Stiftsherren und Priester mit vielen Reliquien. Dann erschien ein riesiger, reichgeschmückter Baldachin, und unter diesem war der König zu sehen, gefolgt von all denen, welche die Weihe des Ritterschlags empfangen wollten. Sie alle erschienen in einer Kleidung aus weißem Satin, die ein Zeichen der Unberührtheit ist, oder trugen Silberbrokat. Keiner von ihnen hatte eine Frau, alle waren erst verlobt, und selbst wenn die Braut keine Landestochter war, durften sie unter dem Baldachin dahinreiten.

Diesem königlichen Aufzug folgten sämtliche Fürsten des Reiches, alle in Gewändern aus Brokat oder paillettenbesetztem Satin, aus karminrotem Samt oder Damast. Und die Ehefrau eines jeden der großen Herren war in den gleichen Stoff gehüllt wie ihr Gemahl. Danach kamen die Witwer und Witwen, ganz in schwarzem Samt, und auch ihre Reittiere waren mit dieser Trauerfarbe drapiert. Hinter den Alleingebliebenen folgten die Jungfrauen und Junggesellen, all jene also, die noch nie geheiratet hatten und deshalb weiß oder grün gekleidet waren. Und jeder Angehörige der genannten Stände trug schwere Goldketten oder Broschen aus Gold, besetzt mit vielen Perlen, Diamanten und allerlei kostbaren Edelsteinen, und ein jeder war bemüht, sich so schmuck wie möglich zu präsentieren.

Dann kamen die Nonnen der verschiedensten Orden, und manche Klosterfrau ließ sich da in einem Seidenkleid sehen, auch wenn dies gegen die Regel ihrer Gemeinschaft sein mochte; denn der König hatte vom Papst die Sondergenehmigung erlangt, daß jede Nonne, die in strikter Klausur lebt, während der Jubelzeit von einem Jahr und einem Tag die Freiheit habe, sich außerhalb der Klostermauern aufzuhalten und jedweden Seidenstoff ihrer Wahl zu tragen, sofern dieser die Farbe ihres jeweiligen Ordens habe. Und der König hatte überdies angeordnet, den armen Orden Gelder für die Anschaffung von Festkleidern zukommen zu lassen, so daß sich alle jungen und hübschen Nonnen herausputzen konnten; jedoch auch viele der älteren hüllten sich von Kopf bis Fuß in Seide; und jede geistliche Dame hielt eine brennende Altarkerze in der Hand. Hinter den Klosterschwestern aber schritten die Frauen, die das gelindere Gelübde der Tertiarier geleistet hatten und nun nicht weniger Seidenglanz zur Schau stellten als die in dunkelgrauen Schimmerfalten einherwallenden Nonnen, von denen sie sich durch einen dreiarmigen Kandela-

ber unterschieden, den eine jede leuchten ließ, während sie gemeinsam das Magnifikat sangen.
Dann kamen die Offiziere und Mannschaften der englischen Infanterie, in Reih und Glied, als gälte es, ins Gefecht zu ziehen, alle Mann in der weißroten Uniform des königlichen Heeres, mit einem Hermelinbesatz als Hoheitszeichen.
Den Soldaten folgten die Straßendirnen und sonstigen Liebesdienerinnen auf dem Fuße, begleitet von ihren Zuhältern; und jede der losen Weibspersonen hatte einen Blumenkranz auf dem Kopf oder einen Myrtenzweig im Haar, um ihr Gewerbe kenntlich zu machen. War aber eine verheiratete Frau darunter, die ihrem Mann davongelaufen war, so mußte sie auf dem ganzen Weg ein Fähnlein schwenken, während der Schwarm der Buhlerinnen tanzend und trommelschlagend dahinwirbelte.
Jeder Stand also, Herr, zog auf seine Weise, wie geschildert, in dem Festzug mit, und wir marschierten allesamt, bis wir etwa drei Meilen von der Stadt entfernt waren. Die Prinzessin, die wußte, daß der König ihr entgegenzog, verließ den herrlichen Palast der Ortschaft Greenwich, wo sie einquartiert war, und setzte sich, wunderschön ausstaffiert, in eine hölzerne Burg, die sich auf einem zwölfrädrigen Wagen befand, den sechsunddreißig Pferde zogen, die größten und stärksten, welche man in ganze Frankreich hatte auftreiben können. Begleitet wurde sie von hundertunddreißig Jungfrauen, lauter verlobten Mädchen; eine andere Frauensperson durfte nicht dabei sein.
Zu beiden Seiten des erwähnten Wagens ritten viele Herzöge, Grafen und Markgrafen, desgleichen viele hochgeachtete Damen und Fräulein. Und inmitten einer weiten Wiese ließ die Prinzessin anhalten, wo ihr als erster der Herzog von Lancaster mit seinen Schwadronen entgegenkam. Die englischen Reiter stiegen ab und begrüßten mit tiefen Verneigungen die Prinzessin, die unter der Burgpforte verharrte, weil sie erst dann heraustreten wollte, wenn der König käme. Und in der Reihenfolge ihrer Ankunft nahte sich ein jeder Stand, eine jede Zunft der Prinzessin, um ihr zu huldigen.«

KAPITEL XLIII

Wie sich der König von England mit der Tochter des Königs von Frankreich trauen ließ

Als dann der König, beschirmt vom Prachtbaldachin, bei der fahrbaren Burg anlangte, stieg er vom Pferd, und alle, die sein Leibgefolge bildeten, taten desgleichen. Die Prinzessin aber, die den König absteigen sah, erhob sich. Rasch wurde eine Treppe aus purem Silber am Wagen angebracht, über deren Stufen die Prinzessin und all die bräutlichen Mädchen, die sie begleiteten, herabstiegen. Die Tochter des Herzogs von Berry faßte die Prinzessin am Arm, die Tochter des Grafen von Flandern ergriff die Schleppe ihres Rockes, all die verlobten Jünglinge, die mit dem König gekommen waren, stellten sich vor der Prinzessin auf, um sie zu geleiten, und alle verlobten Jungfrauen gingen hinter ihr drein. Als sie dicht vor dem König war, machte die Prinzessin einen Knicks, und der König dankte für diese Begrüßung mit einem Neigen des Hauptes. Danach küßten alle Herren und Damen, die mit der fürstlichen Braut gekommen waren, dem König die Hand. Als dies vorüber war, stand schon der Kardinal von England bereit, in priesterlichem Gewand, um die Messe zu lesen, an einem tragbaren Altar, den man mitten in der Wiese aufstellte.

Der Kardinal zelebrierte das Hochamt, und nach der Lesung des Evangelientextes erteilte er dem König und der Prinzessin den Segen, mit dem er sie vermählte. Da küßte der König die Braut ein ums andere Mal. Und sobald die Zeremonie beendet war, gesellte sich der König zur Prinzessin. Auf der Wiese lagernd, plauderten sie eine gute Weile, sich labend, in Gegenwart aller Leute, an den Liebkosungen, die zwischen Braut und Bräutigam üblich sind.

Als sattsam gekost war, trat der Herzog von Lancaster hinzu, der Onkel des Königs. Und vor den Augen aller schlug er den König zum Ritter. Viele, die dabeistanden, hätten gar zu gerne bei dieser Gelegenheit auch für sich selbst die Weihe der Ordenskriegerschaft empfangen, wären da nicht die Wappenkönige und Herolde gewesen, die bekanntgaben, daß an diesem Tag kein zweiter zum Ritter geschlagen werden könne.«

KAPITEL XLIV

Von den Festen, die am Tag der Hochzeit des Königs von England gefeiert wurden

Nachdem der König zum Ritter geschlagen worden war, begab er sich in ein kleines Rundzelt, legte seine vornehmen Gewänder ab und ließ sie dem Sohn des Herzogs von Orleans, einem Vetter der Prinzessin, der mit ihr übers Meer gekommen war, als Geschenk übergeben, und zugleich sandte er ihm eine Urkunde, mit der er ihm die Herrschaft über zwei größere Landstädte verlieh. Dann kam der König wieder zum Vorschein – in einem Umhang aus karminrotem Seidenzeug, das mit Gold- und Silberfäden durchwoben war, verbrämt mit Hermelin. Statt der Krone hatte er eine kleine Mütze auf dem Kopf, deren schwarzen Samt eine Brosche schmückte, von der es hieß, sie habe einen Wert von hundertfünfzigtausend Talern. Alle rüsteten sich nun zum Aufbruch. Der König verließ die Junker und gesellte sich zu den verheirateten Rittern, die unter einem anderen, überaus prächtigen Baldachin versammelt waren; diejenigen aber, welche die Weihe des Schwertschlags noch zu erwarten hatten, durften den Baldachin behalten, unter dem sie hergekommen waren. Und so zog die ganze Festgemeinschaft zur Stadt zurück.

Doch will ich nicht versäumen, Herr, Euer Gnaden die Aufmachung der Braut zu schildern. Sie trug ein Kleid aus karminrotem Brokat, durchwirkt mit Golddraht; und wo die bloße Seide sichtbar wurde, waren Disteln aus Silberfiligran aufgenäht, deren ragende Blütenschöpfe aus Goldbüscheln in Emailfassung bestanden. Ihr ganzes Gewand war ein einziges Paillettengeflimmer, übersät mit Rubinen und Smaragden. Sie ging mit offenem Haar umher, und ihre Locken, die wie Goldsträhnen schimmerten, wallten lang herab bis zum Boden. Nie zuvor hat je ein Mensch solche Haare gesehen. Ihre Hände waren zauberhaft weiß und von unsagbarer Schönheit. Die weibliche Anmut ihres Mienenspiels und ihres ganzen Gebarens drängte einem den Gedanken auf, daß ihre verborgenen Reize in den Augen der bräutlichen Mädchen, die vertraulichen Umgang mit ihr hatten, gewiß noch mehr Bewunderung erwecken müßten.

Zu Recht kann man behaupten, daß da die ganze Blüte Frankreichs war. Damit meine ich auch die Ritter und großen Herren, die Damen und die Fräulein, die mit ihr gekommen waren und sich alle in prächtiger Gala präsentierten. Und in festlichem Zug, wie gesagt, zogen wir also alle, Gruppe um Gruppe, ordentlich aufgereiht, in die Nähe der Stadt. Nur eine Meile noch von ihr entfernt, gelangten wir auf eine große Aue und entdeckten, daß da, mitten im Grünen, viele Zelte aufgeschlagen waren, in denen eine Menge Musikanten saßen, die sangen und pausenlos vielerlei Instrumente erklingen ließen.

Der König und alle Ritter, die verheiratet waren, stiegen von ihren Pferden und erklommen die fahrbare Burg der Prinzessin. Er nahm ihre Hand und führte sie herab auf die Aue; die anderen folgten mit ihren Frauen; und dann begannen die beiden Brautleute im Gras zu tanzen. Nachdem der Tanz des Königspaares beendet war, tanzten die verlobten Ritter mit den Jungfrauen ihrer Wahl, und hernach tanzten alle Stände, einer nach dem anderen, in der vorgegebenen Reihenfolge. Aber immer wenn ein Stand sein Hüpfen beendet hatte, ergriff der König, ehe der nächste sich in Bewegung setzte, die Gelegenheit, um schnell ein Zwischentänzchen mit der Prinzessin einzulegen, und kaum hatte er diese losgelassen, schnappte er sich die hübscheste Dame der abtretenden Gruppe und drehte sich lustig mit ihr im Kreise.

Als schließlich alle Stände getanzt hatten, wurde die Morgenstärkung gereicht: grüner Ingwer mit Malvasierwein. Diese Erquickung wurde gewählt, weil der Wiesenboden noch sehr kühl war. Dann zogen wir weiter, bis zur Stadtgrenze, zur großen Themse, wo das breite Flußufer von einem wunderschönen Hain gesäumt wird und wir unter den Wipfeln der mannigfaltigsten Bäume eine große Anzahl von Tischen erblickten. Ein jeder Stand sollte sich da an Speis und Trank erlaben. Und viele hölzerne Hütten hatte man errichtet, viele Zelte aufgeschlagen und mit einladenden Lagerstätten ausstaffiert, so daß kein Stand genötigt war, sich in die Stadt zu begeben, und alle, wenn es mal regnen sollte, sich in den Hütten und Zelten gemütlich versammeln könnten.

Und ich kann Euch sagen, Herr: Ein jeder Stand wurde mit den erlesensten Gerichten bewirtet, sowohl an den Fleischtagen wie an

den Fischtagen, und das für die Dauer von einem Jahr und einem Tag, in niemals nachlassender, wahrhaft königlicher Großzügigkeit. Am ersten Tag herrschte nichts als Jubelpracht und Festestrubel; am zweiten, einem Freitag, gingen wir morgens zur Messe, und nach dem Hochamt ließen wir Boote zu Wasser, die mit Prunkhimmeln aus Seidentüchern, Atlasplanen und Brokatbahnen überdacht waren. Auf mehr als dreihundert Rudergefährten, von denen jedes das Zeichen des betreffenden Standes trug, vergnügten wir uns als Flußfischer.
Nach dem Mittagsmahl dann brachen der König und sein Gefolge auf; der Hofjägermeister kam mit vielen Spürhunden, Hetzhunden, bretonischen Hasenhunden und sämtlichen Treibern. Gemeinsam mit dem König gingen wir alle auf die Jagd und brachten eine Menge Wild zur Strecke.
Am Samstag in der Frühe wurde eine Versammlung aller Stände abgehalten, an der sowohl die Männer als auch die Frauen teilnahmen. Und da wurde im Beisein aller von den Wappenkönigen, Herolden und ihren Assistenten verkündet und dargelegt, was die einzelnen Gruppen an jedem Tag der Woche künftig zu tun hätten.«

KAPITEL XLV
Das Programm der festlichen Wettkämpfe, die für die einzelnen Wochentage vorgesehen waren

Am Beginn, am Sonntag, dem Tag des Herrn, sollten von morgens bis abends Tänze dargeboten werden, und zwar von allen Ständen, sowohl von den Adelsgemeinschaften wie von den Zünften. Diejenige Gruppe aber, deren Auftritt, sei es zu Tanz, Spiel oder Posse, nach Meinung der Schiedsrichter am reizvollsten wäre, sollte einen Preis von zwanzig Silbermark erhalten und sämtliche Auslagen für ihre Darbietung vergütet bekommen. Und so gab es denn den ganzen Sonntag über nichts als Tanzbelustigungen, Mummenschanz und ähnlich vergnügliche Dinge.«

KAPITEL XLVI

Was montags stattfinden sollte

Alle, so verkündeten die erwähnten Wappenkönige und Herolde, die am Montag einen Zweikampf zu Pferde austragen wollten, müßten dafür sorgen, daß die eisernen Haftstacheln auf der Stoßkappe ihrer Turnierlanze reichlich mit Wachs bestrichen würden, so daß alle vier Stifte klebrig genug seien, um beim Aufprall nicht abzugleiten. Wer aber mit einer echten Kriegslanze ins Treffen gehen wolle, müsse auf deren gefährliche Spitze eine runde Scheibe stecken, ein quergestelltes Eisenblatt, besetzt mit fünf diamantförmigen, feinstens zugeschliffenen Haftspitzen aus Stahl; und diese Diamantdornscheibe müsse so mit der Lanze zusammengefügt sein, daß beides eine eherne Einheit bilde. Wer dann die meisten Lanzen breche und sich als der beste Kämpfer erweise, werde einen doppelpfündigen Goldbarren gewinnen, an jedem Montag des ganzen Festjahres. Doch solle in wechselnder Rüstung gekämpft werden: am einen Montag in der spielerischen Aufmachung eines höfischen Wettkampfes, am anderen in kriegsgemäßer Montur.«

KAPITEL XLVII

Was man für den Dienstag plante

Am Dienstag, so hieß es, solle jeder Ritter oder Edelmann, der zu Fuß fechten wolle, die Gelegenheit haben, in die Schranken zu treten und sich zu erproben, sei es im Einzelkampf, Mann gegen Mann, oder im Gruppengefecht, zwei gegen zwei, zehn gegen zehn, zwanzig gegen zwanzig oder gar fünfundzwanzig gegen fünfundzwanzig. Größere Mannschaftsturniere seien freilich nicht möglich, da man nur sechsundzwanzig Kämpen als Standhalter aufgestellt habe; und wo keiner mehr da sei, der sich dem Angreifer widersetze, könne auch kein Siegespreis errungen werden.

Wer als Herausforderer es am schnellsten und wirkungsvollsten schaffe, den Verteidiger zu entwaffnen, ohne ihn ernstlich zu verwunden, der gewinne ein goldenes Schwert, das mehr als fünf Pfund wiege. Wer jedoch so ungeschickt attackiere, daß er gezwungen wird, sich zu ergeben, müsse so lange als Gefangener des Siegers ausharren, bis er durch die Kraft eines Mitstreiters oder durch Zahlung eines Lösegeldes befreit werde.«

KAPITEL XLVIII

Welche Kampfart für den Mittwoch vorgesehen war

Derjenige, der als Reiter einen Kampf auf Leben und Tod liefern wolle, eine Tjoste der ›blutigen Lanzen‹, könne dies am Mittwoch wagen. Und wer als der Beste daraus hervorgehe, dem solle eine kleine Goldkrone verliehen werden, die mehr als elf Pfund wiege.«

KAPITEL XLIX

Das Angebot für den Donnerstag

Der Ritter oder Edelmann, den es danach gelüste, allein oder zu zweit in die Schranken zu treten, um zu Fuß einen Kampf auf Leben und Tod zu bestehen, solle dies am Donnerstag tun können. Siegesprämie sei in diesem Fall ein Frauenbildnis aus purem Gold, eine Büste, die der Prinzessin gleiche. Und weil die Waffen, die der Wagemutige gewählt habe, die wuchtigsten und gefährlichsten seien, die ein Ritter benutzen könne, wiege dieses goldene Geschenk an die fünfzehn Pfund. Wer jedoch als Besiegter einen solchen Kampf überlebe, müsse vor den Kampfrichtern den Schwur ablegen, nie wieder in seinem ganzen Leben irgendeinen anderen Ritter oder Edelmann zur Tjoste herauszufordern; er dürfe, so hieß es, vom selbigen Tag an kein Schwert mehr tragen und bei keiner Fehde nach irgendeiner Waffe greifen, es sei denn zum Kampf gegen die Ungläubigen. Gleich nach der Niederlage müsse er seine Person und sein Schicksal der Prinzessin überantworten, und die hohe Dame könne dann über ihn verfügen, ganz nach ihrem Belieben.«

KAPITEL L
Wie man sich am Freitag zu verhalten hatte

Weil der Freitag der Tag des Leidens Christi ist, wurde festgesetzt, daß da keinerlei Waffengang stattfinden solle. Zwischen Messe und Vesper sei Andacht und Stille geboten, danach aber könne man auf die Jagd gehen.«

KAPITEL LI
Wofür der Samstag vorbehalten wurde

Nach altem Brauch, so hieß es, solle der Samstag denjenigen gewidmet sein, die den Wunsch haben, Ritter zu werden. Und der König ließ verlauten, es werde ihm ein Vergnügen sein, all denen, die in den Prüfungen sich der Ordensehre würdig erweisen, eigenhändig den Ritterschlag zu erteilen.

Nun wißt Ihr also, Herr und Vater, wie das Festprogramm auf die einzelnen Wochentage verteilt wurde.

Nach dessen Proklamation wurden die sechsundzwanzig Ritter vorgestellt, die dazu erwählt worden waren, sich als meisterhafte Kämpen und untadelige Männer jeder Herausforderung zu stellen.«

KAPITEL LII

Wie man sich mit den Rittern traf, die dazu bestimmt waren, als Standhalter sich dem Ansturm der Herausforderer zu stellen; und auf welche Weise man ihnen die Namen ihrer Herausforderer und die von diesen gewählten Waffen mitteilte

Nachdem die Versammlung das gesamte Programm erfahren hatte, wurde dessen Abfolge von den Wappenkönigen und Herolden öffentlich ausgerufen. Da es inzwischen spät geworden war, brach der König auf und begab sich mit allen zu einem gemeinsamen Mittagessen. Noch am Spätnachmittag desselben Tages suchte der König, gefolgt von seinen Rittern und vielen Dienstmannen, den Ort auf, an dem sich die sechsundzwanzig auserwählten Hauptkämpen der kommenden Turniere befanden. Dieses Lager war nur einen Pfeilschuß vom Quartier des Königs entfernt. Es hatte ringsum eine sehr hohe Einfriedung aus Holzplanken, so daß niemand die Männer, die darin waren, sehen konnte, es sei denn durch die Pforte oder wenn man hineinging. All diese Erwählten saßen auf Stühlen, dreizehn zur Linken und dreizehn zur Rechten. Alle trugen blinkende Rüstungen, und ein jeder hatte eine prächtige Goldkrone auf dem Haupt. Als der König und die Prinzessin eintraten, blieben sie reglos sitzen und neigten nur den Kopf zur Begrüßung des Herrschers. Keiner wagte es, einen Satz oder auch nur ein Wort zu sagen. In dieser Stille verharrten der König und alle anderen eine Weile; als jedoch der König sich umwandte und gehen wollte, kamen vier Jungfrauen von unfaßlicher Schönheit zum Vorschein, die herrlich gekleidet waren und den König herzlich baten, Seine Majestät möge doch geruhen, noch ein wenig zu bleiben und sie nicht zu verlassen, ehe er einen kleinen Imbiß zu sich genommen habe. Liebenswürdig erklärte der König, er wolle gern ihrem Wunsch willfahren. Alsbald wurden Köstlichkeiten in Hülle und Fülle aufgetragen, Marzipan, Mandelschnitten und vielerlei sonstige süße Leckereien, und alle ließen es sich schmecken, wobei ein jeder Ritter oder Edelmann auf dem Schoß einer Frau oder Jungfrau saß.

Nach dem Schmaus ging der König hinaus auf die Wiese, und dort begann man zu tanzen. Den Hauptkämpen wurde rasch die Rüstung abgenommen, und alle sechsundzwanzig erschienen da in ihren Kettenhemden, jeder mit einem goldbestickten Wams von gleicher Farbe und gleichem Schnitt, auf dem Kopf eine scharlachrote Mütze mit einer schönen Brosche, so daß sie den Eindruck erweckten, als wären sie lauter Ritter von fürstlichem Stand und hohem Ordensrang.

Als man genug getanzt hatte, folgten wir alle dem König, um uns die Schranken anzuschauen, ich meine: die verschiedenen Wettkampfstätten. Der Platz für die Tjosten war vorzüglich hergerichtet, mit vielen Zuschauertribünen; ebenso die anderen Turnierplätze. Überall hatte man die Emporen mit schönen, prächtig schimmernden Atlasstoffen behangen, und die Schranken selbst waren gleichfalls mit Tüchern und Bändern geschmückt.

Nach diesem Besichtigungsgang wurde von seiten der Standhalter die Bitte an den König herangetragen, er möge mit allen Anwesenden zu ihrem Lager gehen, um dort mit ihnen zu Abend zu essen. Und der König nahm die Einladung freudig an. Als das abendliche Gelage sich seinem Ende zuneigte, verkündeten die Wappenkönige, jeder Ritter oder Edelmann, der tjosten wolle oder die Absicht habe, sich an irgendeinem der anberaumten Kampfspiele zu beteiligen, müsse sich noch am heutigen Abend an der Turnierstätte melden und dort angeben, für welche Waffe er sich entschieden habe. Schriftlich müsse diese Wahl auf blutrotem Papier bezeugt werden, und ein jeder habe seine Willensbekundung persönlich zu überbringen, in Begleitung all seiner Kampfgenossen, unter die sich keine andere Person mischen dürfe.

Flankiert von zwei Ehrenjungfern oder zwei Damen, je nach eigenem Wunsch, geleitet von den Seinigen und vielen vorausziehenden Spielleuten, zog also ein jeder Turnieranwärter zum Turnierplatz. Bei der Schranke angelangt, mußte er dann seinen Namen nennen und bekennen, von welchem Vater und aus welchem Lande er stamme, ehe er bekanntzugeben hatte, mit welchen Waffen er anzutreten gedenke und wem zu Ehren er kämpfen wolle, ob für eine verheiratete Dame oder für eine Jungfrau, für eine Nonne oder eine

Witwe. Sagte einer, der von zwei Frauen hergebracht worden war, er wolle für ein Mädchen in die Schranken treten, so verließen ihn diese Damen, und zwei Jungfrauen nahmen ihn in die Mitte, um ihm zu huldigen, während alle anwesenden Mädchen riefen: ›Der Herr im Himmel schenke unserem Ritter den Sieg, ihm, der es verdient, daß ihm Ehre zuteil wird und die Liebe einer Jungfrau!‹ War aber eine Witwe, eine Nonne oder eine verheiratete Frau die Auserwählte, der zu Ehren der Sieg errungen werden sollte, so widerfuhr ihm Entsprechendes von seiten der Standesgenossinnen jener Erkorenen.
Danach erhielt jeder Bewerber die Erlaubnis, sich in das Kastell jener sechsundzwanzig Ritter zu begeben, ohne ahnen zu können, mit welchem dieser Standhalter er sich zu messen haben würde. Er überreichte das blutrote Papier, auf dem geschrieben stand, welche Waffen er gewählt hatte, der Dame seines Herzens – der Frau oder Jungfrau, Witwe oder Nonne –, und diese erstieg dann die hohe Empore, auf der die Hauptkämpen saßen, und legte das Schriftstück auf ein goldenes Kästchen. Die Ritter erhoben sich alle und erwiesen der Dame, die das Dokument überbrachte, ihre Hochachtung. Diese stieg daraufhin die Stufen der Empore herab, und es verlautete, am nächsten Morgen solle jeder wiederkommen, der in die Schranken treten wolle.«

KAPITEL LIII

Wie Tirant dem Einsiedler die unglaublichen Eigenschaften des Wunderfelsens darstellte

Nachdem all dies in der geschilderten Weise geschehen war, brachen wir auf und begaben uns, nahe der Stadt, auf eine weite, baumreiche Aue, die ein großer Fluß durchströmt. Und mitten in diesem Wiesengrund erblickten wir etwas Großartiges, Wunderbares, das auf der Welt wohl nicht seinesgleichen hat.«
»Ich bin gespannt«, sagte der Einsiedler. »Laßt hören, was für eine Sache es war, die Euch so erstaunt und entzückt hat.«

»Ich will's Euch erzählen, Herr«, sagte Tirant. »Mitten auf der Wiese gewahrten wir einen hohen Felsen, der höchst kunstvoll aus Holz gebaut und aufs feinste verkleidet worden war. Und auf diesem Felsen war eine gewaltige, himmelragende Burg zu sehen, umschlossen von einem herrlichen Mauerring, auf dem fünfhundert Gewappnete standen, welche die Feste bewachten, alle in blinkender Wehr.

Der Herzog näherte sich als erster mit all seinen Schwadronen dem Wall, und er gebot den Wächtern, das Tor der Felsenburg zu öffnen. Doch die Mannen drinnen erwiderten, sie würden keinem auftun; denn ihr Herr wolle niemanden einlassen. Man solle also kehrtmachen und sich trollen.

›Los denn! Hinauf!‹ rief der Herzog. ›Mir nach! Jeder folge meinem Beispiel!‹ Er sprang vom Roß, stürmte voran, und all die Seinigen eiferten ihm nach. Mit eingelegten Lanzen und gezückten Schwertern berannten sie ungestüm den Wunderfelsen. Die Mannen droben auf der Ringmauer schleuderten Quader und Kugeln, Bomben, Granaten und Barren, die aussahen, als wären sie aus Eisen oder Stein; all diese Geschosse, teils schweren, teils leichteren Kalibers, waren jedoch aus Leder – von schwarzer Färbung, wenn sie eisern, weißlich getönt, wenn sie steinern wirken sollten; und diese Lederhüllen waren mit nichts als Sand gefüllt. Aber, Herr, wenn solch ein Geschoß einen der Streiter traf, schmetterte es ihn geknickt zu Boden. Wahrlich, eine feine Schlacht! Anfangs freilich dachten wir, ahnungslos wie wir waren, es sei blutiger Ernst; und deshalb stiegen viele von uns ab und stürmten, wild die Schwerter schwingend, hinan. Doch bald merkten wir, daß alles Spaß war.

Ein Stand nach dem anderen näherte sich dann der Feste und ersuchte die Besatzung, sich zu ergeben. Aber keinem wollten sie das Burgtor auftun, und dem König schon gar nicht.

Die Königin, die sah, daß allen der Zugang verwehrt wurde, ritt mit ihrem Gefolge bis dicht an die Pforte und fragte, wer der Herr dieser Burg sei, und erhielt die Antwort, sie gehöre dem Liebesgott, der im selben Augenblick seinen Kopf aus einem Fenster streckte. Die Königin gewahrte ihn und fiel auf die Knie, um ihm ihre Ehrerbietung zu zeigen. Dann sprach sie ihn folgendermaßen an.«

KAPITEL LIV

Welch flehentliche Bitte die Königin an den Liebesgott richtete

Die überragende Macht Eurer Majestät, o erhabener Gott der Liebe, hat mein Denken in tiefe Verwirrung gestürzt. Ich werde irre an Euch, da Ihr die inständige Bitte so vieler Eurer Diener nicht erhört habt und ihnen nicht vergönnt, Eure Glückseligkeit zu schauen. Nichts auf Erden beherrscht mit solcher Gewalt die Herzen der wahrhaftig Liebenden wie Ihr; darum zögert nicht mit Eurem Beistand, knausert nicht, wenn es gilt, denen zu helfen, die Euch treu und redlich dienen. Es ist ja eine bittere Erfahrung, daß Ihr diejenigen, die Euch gehorsam ergeben sind und sich innigst danach sehnen, Eurer Majestät zu dienen, die schlimmsten Qualen erleiden laßt, indem Ihr es ihnen verwehrt, dorthin zu gelangen, wo sie die Süße Eurer heißersehnten Seligkeit verspüren. Deshalb flehe ich Euch an, o Herr, dem ich in Verehrung zu Füßen liege, habt in Eurer Erhabenheit doch die Güte, mir die Pforten Eurer glorreichen Wohnstatt öffnen zu lassen, mir ahnungslosem Geschöpf, das noch nie eine solche Wonne erlebt hat; denn es ist mein Herzenswunsch, Euch zu dienen, von Euch aufgenommen zu werden als Dienerin und als Gefährtin all der weiblichen Wesen aus anderen Ständen endlich teilhaben zu dürfen an der Fülle des von Euch gehorteten Glücks.‹

Kaum hatte die Königin ihre demütige Bitte ausgesprochen, da öffnete sich mit einem gewaltigen Donnerschlag das Tor der Felsenburg. Zu Fuß gingen der König und die Königin mitsamt ihrem vermischten Gefolge aus allen Ständen hinein und gelangten auf einen großen Innenhof, der ringsum drapiert war mit Atlasstoffen, deren Stickereien aus Gold-, Seiden- und Silberfäden Szenen verschiedener Geschichten erkennen ließen, Bildwerke, gestaltet mit feinster Kunstfertigkeit. Der Himmel war verhängt mit Planen aus blauem Brokat, und oberhalb der Gobelins liefen Säulenreihen ringsum, Galerien, in denen weißgewandete Engel erschienen, die goldene Diademe trugen, mancherlei Musikinstrumente erklingen

gen ließen und so unvergleichlich sangen, daß alle, die es hörten, wie entrückt diesen Zaubermelodien lauschten.
Nach einem Weilchen schaute der Liebesgott selbst, umstrahlt von gleißendem Glanz, zu einem der Bogenfenster heraus und sprach mit holdseliger Miene die folgenden Worte.«

KAPITEL LV
Die Antwort des Liebesgottes
auf die Bitte der Königin

Der Wert und die Würde Eures Wesens, anmutige Königin, verpflichten mich, meinen Willen den Wünschen Eurer Hoheit zu unterwerfen und Euch als gehorsame Dienerin aufzunehmen, deren Amt es sein soll, die Wonnegaben zu verteilen, die diesem paradiesischen Lustrevier entspringen. Denn ich will Euch die unumschränkte Macht verleihen, nach Eurem Gutdünken all die Männer und Frauen zu belohnen oder zu bestrafen, die auf dem Meer der Liebe segeln. Den einen könnt Ihr einen tüchtigen Sturm schicken, ohne sie damit zum ersehnten Hafen gelangen zu lassen; den anderen mögt Ihr einen günstigen Wind gönnen, der sie wie von selbst in den Port ihres Verlangens treibt. Nur jene Männer oder Frauen, die selbstsüchtig oder trügerisch lieben, sind grundsätzlich ausgenommen von der Möglichkeit Eurer Gunst; sie dürfen bei Euch keine Gnade finden.‹
Nach diesen Worten entschwand der Liebesgott auf Nimmerwiedersehen, ebenso die Engel, und sämtliche Stoffbahnen begannen zu flattern und zu wallen, als wäre da ein Erdbeben. Wir stiegen alle hinauf zur Kemenate, und als wir dort an die Fenster traten, die sich zum Innenhof öffneten, sahen wir kein Sonnensegel und keinen Gobelin, sondern nichts als die schöne Wiese.
Noch etwas Erstaunliches muß ich Euer Gnaden von diesem Felsen berichten. Sobald die Stoffbahnen weg waren, sahen wir nämlich, daß dieses ganze Wundergebilde aufgeteilt war in vier Teile, die vier

große Wohnbereiche darboten: Im ersten nahm der König mit seinem ganzen Gefolge Quartier; der zweite war die Herberge für die Königin und all die französischen Gäste, die mit ihr gekommen waren; im dritten wurden alle sonstigen Ausländer untergebracht, also die Deutschen, die Italiener, die Lombarden, die Aragonesen, die Kastilier, die Portugiesen und die Navarrer.
Ich kann Euch sagen, Herr: In jedem dieser vier Bereiche gab es viele herrlich geschmückte Gemächer und viele prächtig ausstaffierte Betten, so daß alle Anwesenden eine höchst angenehme Unterkunft fanden. Und wären da noch mehr Leute gewesen, doppelt so viele, wie es in Wirklichkeit waren, hätten doch alle Platz genug gehabt. Deshalb haben alle Ausländer, die schon weit in der Welt herumgekommen waren, einmütig erklärt, sie hätten es noch nie erlebt oder auch nur vom Hörensagen erfahren, daß irgendein Fürst jemals ein solch großartiges Fest gefeiert habe, ein Fest, wo es alles in derartiger Fülle gab und das Jubeltreiben so lange währte.
Im Quartier des Königs gewahrten die Gäste eine weibliche Gestalt, die aussah, als wäre sie ganz aus Silber. Der Bauch dieser Frauenstatue war ein wenig gerunzelt, und aus den Zitzen ihrer schweren, etwas hängenden Brüste, die sie mit den Händen umspannte und auspreßte, spritzte in hohem Bogen je ein Strahl quellklaren Wassers, das vom Fluß hergeleitet wurde, in silbernen Röhren. Und der Schwall, der aus den Brüsten sprudelte, fiel in ein schönes Becken aus Bergkristall. Im Nachbargemach, wo die Königin ihre Bleibe hatte, befand sich eine Mädchengestalt aus Gold und Email, welche die gesenkten Hände vor ihren Schamberg hielt, dem ein Bächlein feinsten, köstlichsten Weißweins entsprang; und dieser Wein plätscherte in ein Becken aus kristallklarem Glas. Im nächsten Raum war das Standbild eines Bischofs, mit der Mitra auf dem Haupt, ganz aus Silber geformt; die Hände gefaltet, schaute er himmelwärts, und aus seiner Mitra kam ein Strahl Olivenöls, welcher in ein Becken fiel, das aus Jaspis gemeißelt war. In wieder einem anderen Raum stand ein Löwe, ganz aus Gold, eine prächtige, mit vielen Edelsteinen besetzte Goldkrone auf dem Haupt; und sein Rachen spie Honig aus, einen sehr hellen, klaren Honig, der sich in ein Becken aus Chalzedon ergoß. Und zwischen diesen vier Wohnbereichen befand sich die

Gestalt eines grotesk verkrüppelten Zwerges, der die eine Hand auf dem Kopf, die andere auf dem Bauch hatte; und aus dem Nabel schoß ein Strahl erlesensten Rotweins, der in ein Becken aus Porphyr stürzte. Diese zwergenhafte Figur war halb aus Gold, halb aus Stahl; sie präsentierte sich in einem Mantel, der nur die obere Hälfte des Körpers bedeckte, und sie stand mitten in dem Innenhof, der die vier getrennten Quartiere miteinander verband. Niemand konnte das Felsenschloß betreten, ohne diese Mißgestalt zu sehen, und jedermann konnte nach Belieben von all dem kosten, was es da gab. Und etwas höher als der Zwerg stand ein Mann aus purem Silber, der sich mit seinem schneeweißen Bart als Greis zu erkennen gab; er war bucklig, tief gebeugt und hielt einen Stock in der Hand. Der gewaltige Buckel aber, den er hatte, war vollgepackt mit einer Riesenladung schönsten, hellsten Brotes, von dem jedermann nehmen konnte, soviel er wollte.
Und all diese Dinge, Herr, waren kein Zauberspuk, keine Hexerei. Nein, Euer Gnaden. Alles war das Werk erfindungsreicher Kunst. Und solange die Festlichkeiten währten, gab es nicht eine Stunde, in der die Fülle der Herrlichkeiten, die ich Euch geschildert habe, abgenommen hätte. In Saus und Braus lebten wir, vom ersten bis zum letzten Tag. Und ich kann Euch ehrlich versichern, daß der gute Brotbuckelmann tagtäglich mehr als dreißigtausend Laibe zu schleppen hatte, über und über beladen mit diesem Labsal. Nie wurden die Tische abgeräumt, es sei denn, um frische Decken aufzulegen. Jeden Tag gab es Speisen im Überfluß, und in jedem Saal prangte eine eigene schöne Anrichte, auf der ständig das herrlichste Silbergeschirr bereitstand; denn alle Gäste aßen und tranken aus silbernen Gefäßen.
Herr, ich käme nie an ein Ende, wollte ich Euch erzählen, was es bei diesen Festen an Schlemmereien zu schmausen gab; denn ein jeder Stand speiste für sich, und alle wurden verwöhnt mit Unmengen von Geflügel der verschiedensten Arten, mit den ausgefallensten Gerichten, mit Weinen aller erdenklichen Sorten, mit Bergen von Süßigkeiten, mit allem und jedem, so daß wir Ausländer Mund und Augen aufrissen, fassungslos staunend.
Hinter dem Felsgebilde lag ein Garten, wunderbar beschattet von

vielen Bäumen, den der König oftmals aufsuchte, um sich dort zu erholen; denn es war ein herzerquickender Ort. Im Zaun dieses Blumenreviers war eine Pforte, durch die man in einen weiten Park gelangte, wo verschiedene Arten wilder Tiere lebten: Bären, Hirsche, Rehe, Wildschweine und was es sonst noch an Getier im Walde gibt. All diese Geschöpfe hatte der König dort einsetzen lassen zu seinem Ergötzen; denn es machte ihm großen Spaß, sie zu beobachten; und so viele Zelte hatte er dort aufschlagen lassen, daß es aussah, als wäre da ein königliches Feldlager.

An jenem besagten Tag war alles ein einziges Feiern und Jubeln. Am Tag darauf jedoch, einem Freitag, fuhren wir nach der Messe in vielen Booten aus, die alle überdacht waren mit Planen aus Seide, Brokat und Atlas, ein jedes geschmückt mit dem Zeichen eines Standes oder einer Zunft; geruhsam auf dem Fluß dahingleitend und fischend, vertrieben wir uns die Zeit, aufs lieblichste unterhalten vom Spiel vieler Trompeten, Hörner und Trommeln. Nachdem der König und alles Volk ein Mittagsmahl genossen hatten, erschien der Hofjägermeister mit der gesamten Meute, und wir begaben uns alle mit dem König auf die Jagd.«

Höchst vergnügt war der Einsiedler den Schilderungen Tirants gefolgt, die ihn die Festlichkeiten nacherleben ließen, und mit freundlicher Miene sprach er die folgenden Worte.

KAPITEL LVI

Wie der Einsiedler darum bat,
ihm zu sagen, wer sich bei den Turnieren
als der beste Kämpe erwiesen habe

Groß ist der Ruhm eines jeden Ritters, der sich im Kampf erprobt hat und als Sieger daraus hervorgeht, ohne Fehl und Tadel. Deshalb bitte ich Euch, liebe Herren, Ihr mögt in Eurer Güte geruhen, mir zu sagen, wer als der Beste unter den sieghaften Streitern befunden wurde und wen man mit dem Ersten Preis dieser feierlichen Festkämpfe geehrt hat.«

»Herr«, sagte Tirant, »zu diesen hochzeitlichen Turnieren waren viele Ritter von hohem Ansehen und fürstlichem Rang gekommen. Da beteiligten sich Könige, Herzöge, Grafen und Markgrafen, Freiherren, Ritter und unzählige Edelleute uralten Stammes. Und wohl die meisten von denen, die bis dahin noch keine Ritter waren, haben es bei dieser besonderen Gelegenheit geschafft, in den Orden aufgenommen zu werden; und keiner hat da den Ritterschlag empfangen, der sich nicht zuvor sowohl mit den stumpfen wie mit den scharfen, tödlichen Waffen in die Schranken gewagt hätte. Tollkühn tat sich der Herzog von Acquaviva hervor, dem viele Mitstreiter zur Seite standen; und allein aus seinem Gefolge wurden mehr als sechzig Mann zu Rittern, lauter namhafte, waffenerprobte Edelleute von reinblütiger Abkunft. Zu Fuß und zu Pferd zog der genannte Herzog in den Kampf, und stets errang er den Sieg. Der Bruder des Herzogs von Burgund triumphierte im Getümmel als der tapfere, todesmutige Ritter, der er ist. Danach trat der Herzog von Kleve in den Ring, wo ihm viel Lob und Ehre zuteil wurde. Und noch viele andere Herren, die gekommen waren, kreuzten da die Klingen, wie es sich für edle Ritter geziemt. Und ich kann Euch versichern, Herr, daß ich nicht übertreibe, wenn ich behaupte, daß mehr als hundertfünfzig Ritter bei den Tjosten und Turnieren ihr Leben ließen.
Noch etwas Erstaunliches muß ich Euer Gnaden erzählen, etwas Bewundernswertes. Ein Prinz (nach meinem Eindruck ein Junge von höchstens vierzehn oder fünfzehn Jahren, der von allen ehrerbietig als Großkonnetabel von England tituliert wurde und den der König mit großer Hochachtung behandelte) kam eines Tages zum Quartier meiner Kameraden, der hier versammelten Herren, und fragte nach mir. Meinen Namen kannte er nicht, nur durch Beschreibung meines Aussehens konnte er mich ausfindig machen. Er hat genau die gleiche Statur wie ich. Und als er mich schließlich erblickte, bat er mich auf reizende Weise, ich möge ihm doch mein Pferd, meine Rüstung und meine Waffen leihen; denn der Herr König und die Gräfin, seine Mutter, seien dagegen, daß er in die Schranken trete; sie wollten, so sagte er, ihm weder einen Schwertkampf zu Fuß noch ein Lanzenbrechen zu Pferde gestatten, aus Sorge wegen der großen Gefahr, die jeder Wettstreit mit Waffen bedeute. Und so dringlich, so liebens-

würdig flehte er mich an, daß ich ihm seine Bitte nicht abschlagen konnte, sondern sagte, ich würde ihm das Gewünschte gerne geben.
Die Ritter in unserem Lager waren alle stets bereit, jedwedem, der dies wünschte, Pferde oder Waffen zur Verfügung zu stellen. Aber er wollte nichts anderes als meine Waffen und mein Pferd. Und ich sträubte mich nicht. ›Konnetabel‹, sagte ich zu ihm, ›meine Habe und meine Person stehen Euch zu Diensten, und ich tue alles, womit ich Euch eine Freude machen kann.‹ Doch während ich dies sagte, tat mir zugleich das Herz im Leibe weh, angesichts seines zarten Alters, seiner so schönen ritterlichen Erscheinung. Schrecklich war mir der Gedanke, ihm könnte etwas zustoßen. Trotzdem, sein Wunsch ging in Erfüllung: Er trat in die Schranken, ohne daß der König und seine Mutter, die Gräfin, etwas davon erfuhren, ehe alles vorüber war.
Ich sage Euch, Herr, von all den Tjosten, die da ausgetragen wurden, war dies der schönste Zweikampf, ein wahrhaft einzigartiges Treffen. Denn gleich beim ersten Ansturm traf er seinen Gegner mit solcher Wucht, mitten aufs Visier, daß die Lanze den Stahl durchstieß. Tot fiel der Getroffene vom Pferd; und als der König hörte, daß es sein Konnetabel war, der diesen Meisterstoß getan hatte, schickte er nach ihm. Der Junge aber suchte nach allerlei Ausreden und wollte nicht zu ihm gehen, so große Furcht hatte er. Endlich, mehr der Nötigung als der eigenen Neigung gehorchend, begab er sich zum König, und dieser schalt ihn heftig. Überdeutlich bekundete der König, wie innig er den Prinzen liebt, als er ihm bitter vorwarf, daß er ohne seine Erlaubnis sich angemaßt habe, sich mit einem so kraftvollen Haudegen zu messen, wie dies der massige Herr von der Gebrochenen Leiter gewesen sei (alle Leute aus seiner Umgebung sagten, er sei der beste Kämpe unter den Standhaltern gewesen, der stärkste und mutigste Recke). Und der König sagte dem Prinzen überdies, nie wieder solle er es wagen, sich ohne seine Erlaubnis, ohne seine Anweisung in einen Kampf zu begeben.
Auf diesen harten Tadel aber, den er vom König erhielt, erwiderte der Knabe mit aufbrausendem Zorn: ›Soll das heißen, Herr, daß ich, nachdem ich die Weihen des Ritterordens empfangen habe, mich

nun als der größte Schlappschwanz unter den Rittern aufzuführen habe, den Eure Majestät nicht mehr kämpfen lassen will, aus Furcht, ich könnte dabei umkommen? Da ich nun mal Ritter bin, muß ich ritterliche Taten vollbringen, wie dies jeder andere anständige Ritter tut. Wenn Eure Hoheit will, daß ich den Gefahren des Waffenganges aus dem Wege gehe, so befehlt mir, daß ich Weiberkleider trage und mich zu den Zofen der Frau Königin geselle, wie dies einst jener unbesiegbare Ritter Achilles getan hat, als er sich unter die Töchter des Königs Priamos von Troja mengte. Erinnert sich denn Eure Majestät nicht mehr an den Grafen Wilhelm von Warwick, meinen Herrn und Vater? Wißt Ihr nicht mehr, wie dieser, als er das königliche Zepter in Händen hatte, alle Schlachten siegreich bestand; wie er mit seinem tapferen Arm, mit der blanken Schärfe des Schwertes die Mauren vernichtete; wie er mich bei den Haaren packte und mich zwang, einen Mauren zu töten, obwohl ich noch ein Knirps war; wie er von mir erwartete, daß ich, über und über mit Blut besudelt, den Sieg auskoste, um mir damit beizubringen, was ein Ritter zu leisten hat? Der Güte Gottes möge es gefallen, mich nicht länger leben zu lassen auf dieser Erde, wenn ich nicht so ein Mann sein soll wie er. Also, mein Herr, wenn ich es meinem Vater gleichtun will, wenn ich ihm nacheifere im ehrenhaften, tugendhaften Ritterdienst, so darf mir Eure Hoheit dies nicht verwehren. Drum flehe ich Eure durchlauchtige Majestät an, mir die Erlaubnis zu erteilen, daß ich mich morgen mit einem Ritter schlage, auf Leben und Tod, Mann gegen Mann, voll gewappnet und mit allen Waffen zur Verteidigung wie zum Angriff.‹
Der König aber sprach die folgenden Worte.«

KAPITEL LVII
Die Antwort, welche der König dem Konnetabel gab

So wahr mir Gott den Thron, die Ehre und die Königskrone bewahren möge – ich glaube, daß aus diesem Buben der beste Ritter der Welt wird, oder der elendeste, weil sein Leben erbärmlich kurz sein wird. Nein! Bei allem, was mir als Ordensritter heilig sein muß – das werde ich nicht zulassen. Nachdem dir das Glück so hold gewesen ist, daß es dich als Sieger vom Platz gehen ließ, solltest du heilfroh sein und dich zufriedengeben mit diesem Triumph.‹

Der König wandte sich ab und wollte kein Wort mehr hören.

›Tief enttäuscht ist mein Herz‹, sagte der Konnetabel, ›falls nicht die Frau Königin so gütig ist, mir zu helfen.‹

Unverzüglich eilte er zum Gemach der Königin, warf sich vor ihr auf die Knie, küßte ihr vielmals die Hände und bat flehentlich, sie möge den König gnädig stimmen und den Herrscher dazu bewegen, daß er ihm gestatte, aufs neue in den Kampf zu gehen. Da die Königin gewahrte, wie sehr dem Konnetabel daran gelegen war, sagte sie, daß sie sich gern für ihn einsetzen wolle. Wenig später kam der König, um nach der Königin zu sehen, und diese bat ihn mit liebreizender Dringlichkeit, er solle dem Großkonnetabel doch die Erlaubnis erteilen, wieder in die Schranken zu treten und dort zu kämpfen, nach Lust und Belieben.

›Wie, Herrin!‹ sagte der König. ›Wollt Ihr, daß ein Knabe, der noch kaum weiß, wie man das Schwert gürtet, zu einem Zweikampf antritt, Mann gegen Mann? Er hat Euch in den Ohren gelegen, und Ihr hättet, aus Liebe zu seiner Mutter, die alle Hochachtung verdient, seinem Ansinnen entschieden widersprechen müssen. Statt dessen wollt Ihr mich zu dem überreden, was ihn ins Unheil stürzt. Unter gar keinen Umständen werde ich dazu meine Einwilligung geben; denn sein tapferer Vater hat soviel für mich und für die Krone Englands getan, daß ich es ihm niemals hinreichend vergelten kann. Und wenn jetzt dem Sohn irgend etwas Böses zustieße, wäre es mir lieber, es träfe mich. Bedenkt doch, welch große Gefahr jeder Waf-

fengang bedeutet! Wie leicht kann es geschehen, daß er dabei zu Schaden kommt oder eine Schmach erleidet.‹
Da die Königin sah, mit wieviel Liebe der König um das Wohl des Konnetabels besorgt war, wollte sie ihm nicht noch mehr Verdruß bereiten und lenkte das Gespräch auf andere Dinge. Als sie dann in ihr Gemach zurückkehrte, trat der Prinz ihr entgegen, und sie berichtete ihm alles, was der König zu ihr gesagt hatte, und gab ihm zu verstehen, daß es derzeit aussichtslos sei, auf eine Gewährung seiner Wünsche zu hoffen.
In tiefer Niedergeschlagenheit kam dann der Konnetabel zu meinem Quartier, bedrängte mich aufs neue und bat, ich solle ihm einen Rat geben, wie er vielleicht doch noch Gelegenheit finden könne, sich mit einem anderen Ritter im Kampf zu messen. Und ich sagte ihm ganz offen meine Meinung: daß er nämlich, nachdem er bereits einen Ritter getötet habe, und zwar den besten der sechsundzwanzig Standhalter, der Hoheit des Herrn König keinen weiteren Verdruß machen dürfe, sondern allen Grund habe, sich mit der hohen Ehre zu begnügen, die ihm durch diesen Sieg zuteil geworden sei.«
»Gott vergelt's Euch!« sagte der Einsiedler. »Hoffentlich hilft Er Eurer wohlmeinenden Absicht zum Erfolg! Aber sagt mal, jener Konnetabel, von dem Ihr geredet habt – hat der denn keinen Vater mehr, keine Mutter oder sonstige nahen Verwandten?«
»Freilich, gewiß«, sagte Tirant, »die Gräfin war da, seine Mutter, eine der höchstgeachteten Damen bei Hofe. Keine wurde mit einem so hohen Vertrauen beehrt wie sie (denn gleich nach der Ankunft der Königin beschloß der König mitsamt dem ganzen Kronrat, daß die Gräfin von Warwick mit der Aufgabe betraut werden solle, die junge Herrschergemahlin und all deren Zofen in ihre Obhut zu nehmen). Ihn nach seinem Vater zu fragen, kam mir nicht in den Sinn, weil meine Gedanken mehr mit den Waffen und Wettkämpfen als mit der Erkundung von Stammbäumen beschäftigt waren. Und ich hätte wohl nie Genaueres über seine Herkunft erfahren, wenn nicht die Gräfin, seine Mutter, mich hätte zu sich rufen lassen. Als ich vor ihr stand, wollte sie von mir wissen, ob ich Weib und Kind hätte. Ich antwortete ihr: ›Herrin, weshalb wünscht Eure Hoheit, das zu wissen?‹

›Das will ich Euch sagen‹, sprach die Gräfin. ›Wenn Ihr ein Kind habt, so liebt Ihr es gewiß; und wenn Ihr eine Frau habt, so werdet Ihr sicherlich darauf bedacht sein, sie vor Verdruß und Kummer zu bewahren. Für eine ehrbare Frau, die nur ein einziges Kind hat, ist es nämlich etwas Furchtbares, dieses eine Kind einer so gräßlichen Gefahr auszusetzen.‹

Und in herzergreifendem Tone fragte sie mich, was mich dazu bewogen habe, mein Pferd, meine Rüstung und meine Waffen einem Buben zu leihen, der doch noch ein Kind sei, ein Waisenknabe, ohne Vater und Mutter. Das sagte sie, obwohl sie selbst, die Mutter, ja noch leibhaftig da war. Aber sie war völlig außer sich, fast entseelt vor Angst. Denn durch irgendein Mißgeschick, so meinte sie, hätte der Zweikampf genauso rasch zum umgekehrten Ergebnis führen können; und so wie ihr Sohn auf Anhieb jenen hochberühmten Ritter getötet habe, hätte dieser auch ihr Kind erstechen können. In diesem Fall aber hätte sie nur noch den einen Wunsch, daß die Erde ihren Schlund öffne und sie verschlinge. Inniglich bat sie mich, ich solle doch, da es der göttlichen Vorsehung gefallen habe, ihrem Sohn das Leben zu schenken, mich davor hüten, zur Ursache seines Todes zu werden, zum Auslöser ihrer trostlosen Verzweiflung; denn außer diesem Kind habe sie nichts mehr auf der Welt, an dem ihr Herz hänge. Und ich gab ihr mein ritterliches Ehrenwort, daß ich nie und nimmer etwas tun würde, das ihrem Sohn zum Unheil gereichen könnte, sondern stets nach bestem Wissen und Gewissen dafür sorgen wolle, daß ihm jede nur erdenkliche Achtung und Ehre zuteil werde. Und dann bat ich, sie möge doch die Güte haben, mir den Namen ihres Gemahls zu nennen und mir zu sagen, ob er an einer Krankheit gestorben oder im Kampf gefallen sei. Freundlich, doch ohne die Augen vom Boden zu erheben, antwortete mir die tugendhafte Dame:

›Tapferer Ritter, ich bin, meiner Sünden und meines Unsterns wegen, die Witwe eines lebenden Gemahls. In den Zeiten meiner Jugend hatte ich einen Mann, der um seiner Tugenden willen einen guten, weltweit bekannten Namen hatte: Graf Wilhelm von Warwick. Er könnte noch immer den Namen eines Königs tragen, wenn er dies gewollt hätte.‹

Da ich sah, wie ihr meine Frage zu Herzen ging, drang ich nicht weiter in sie.«
»Sagt«, sprach der Einsiedler, »Ihr habt mir so viel von jenem Konnetabel erzählt – aber wer ist es eigentlich gewesen, der dann den Lorbeer und die Siegesprämie des besten Kämpen der Turniere gewonnen hat?«
»Nun ja, Herr«, sagte Tirant, »ein Urteil über die einzelnen Leistungen bei derartigen Wettkämpfen läßt sich nicht so ohne weiteres fällen; denn viele große Herren haben daran teilgenommen, und die meisten haben sich sehr ehrenhaft geschlagen. Aber es ist ja bekannt, wie wichtig es den großen Herren ist, sich im Turnier hervorzutun; und deshalb wird die Siegerehre eher einem Fürsten zugesprochen, auch wenn der seine Sache nicht ganz ohne Fehl und Tadel gemacht hat, als einem hergelaufenen armen Edelmann, der das Waffenhandwerk weit besser beherrscht.«
»Das mag schon sein«, sagte der Einsiedler; »aber hierzuland ist es ja üblich, daß am Ende solcher festlichen Turniere und Tjosten, wenn alle Kämpfe ausgetragen sind, die Wappenkönige und Herolde mit Pauken und Posaunen den Namen des Besten aller Sieger verkünden. Und da es sich diesmal um hochfeierliche, wahrhaft herrscherliche Schaukämpfe gehandelt hat, zu denen alle Welt zusammengetrommelt worden ist und bei denen es gestattet sein sollte, wahrhaftig auf Leben und Tod zu kämpfen, würde ich gerne wissen, wer den Ruhm erlangt hat, als derjenige zu gelten, der allen überlegen ist.«
Tirant schwieg und wollte nichts mehr sagen. Reglos stand er da, mit gesenktem Kopf, starr zu Boden blickend.
»Tirant, mein Sohn«, sagte der Einsiedler, »warum antwortet Ihr nicht auf meine Frage?«
Da erhob sich ein Ritter, der Diafebus hieß, und sagte:
»Herr, es gibt Fragen, auf die einer keine Antwort geben kann. Doch, Herr, ich schwöre Euch, beim heiligen Orden der Ritterschaft, in den ich, unwürdig wie ich bin, am Tag der Himmelfahrt Unserer Lieben Frau aufgenommen worden bin, daß ich Euch wahrheitsgemäß Auskunft geben werde über all das, was Euer Gnaden zu wissen begehren. Nichts als die Wahrheit sollt Ihr hören, ohne jede Ausschmükkung oder Übertreibung. Herr, Euer Hochwürden soll es nicht ver-

schwiegen werden, daß der Beste aller siegreichen Kämpen, der den Großen Ehrenpreis gewonnen hat, laut Urteil des Königs und der Kampfrichter sowie sämtlicher Wappenkönige und Herolde, in Übereinstimmung mit der Meinung all der großen Herren der Christenheit, welche zugegen waren und als Zeugen dies mit eigener Hand und mit ihrem Wappensiegel bestätigten, auf einer Urkunde, die von fünfundzwanzig Notaren entgegengenommen wurde, welche alle die königliche Bestallung und Vollmacht besaßen, derartige Dokumente öffentlich zu prüfen, wobei ein jeder der besagten Notare seinen Schnörkel auf das Schriftstück setzte, das ich Euer Gnaden zeigen kann...«

»Oh, welche Freude wäre es für mich«, rief der Einsiedler, »wenn ich diese einzigartige Urkunde zu Gesicht bekäme!«

Tirant aber erhob sich, denn er hielt es nicht länger aus, dies im Sitzen mit anzuhören. Er befahl den Knechten, sämtlichen Tragtieren die Lasten abzunehmen und diese auf der Wiese zu lagern. Er ließ die Zelte aufschlagen, gab Anweisung, rings um die Quelle ein paar Tische aufzustellen und ein Abendessen zu bereiten.

Diafebus ließ sich derweil ein Ledertäschchen reichen, in dem die Urkunde steckte, und schickte sich an, deren Wortlaut vorzulesen.

KAPITEL LVIII

Wie Diafebus dem Einsiedler die Urkunde vorlas, welche der König für Tirant hatte ausstellen lassen zur Bestätigung seiner Wahl zum Besten aller Ritter

Wir, Heinrich, König von Gottes Gnaden in England und Herr über Großbritannien sowie über die Fürstentümer Wales, Cornwall und Irland, Hauptbannerträger der Heiligen Kirche und des Heiligen Vaters zu Rom, tun kund und zu wissen all denen, die geneigt sind, solches mit Gefallen zu vernehmen, wie auch sonsten männiglich, den Kaisern, Königen, Herzögen, Grafen, Markgrafen, Prinzen, Edelleuten, Rittern und

Freisassen, daß von mir festliche Tjosten und Turniere veranstaltet worden sind zu Ehr, Lob und Preis Gottes, unseres Herrn, und seiner allerheiligsten Mutter, sowie zu Ehren der Ritter, die gekommen sind, um bei diesen ehrbaren Waffengängen zu kämpfen auf Leben und Tod. Und gemäß unserer Pflicht, denjenigen oder diejenigen gebührend zu ehren, welche bei dieser Gelegenheit die Waffen am besten zu führen wußten und aus jeglichem Treffen als Sieger hervorgegangen sind, ohne auch nur eine einzige Niederlage erlitten oder irgendwelchen Tadel erhalten zu haben, sei hiermit unser Urteilsspruch dargetan, unsere Weisung, daß die irdische Glorie, alle Ehre und aller Ruhm, welche diese Welt zu vergeben hat, dem erlauchten, tapferen, tugendreichen Tirant lo Blanc zukomme, der von unserer Hand zum Ritter geschlagen worden ist. Wir wünschen, daß an allen vier Ecken der umschrankten Kampfstätte sein Name von den Wappenkönigen und Herolden ausgerufen werde, mit Pauken und Posaunen, als der Name des Besten aller Ritter, laut einmütigem Urteil von mir und den Kampfrichtern, die als Vertreter meiner Person ihres Amtes walten. Überdies befehle ich, daß man den genannten Ritter auf ein hohes, schneeweißes Roß setze und daß alle Anwesenden, Männer wie Frauen, ihm zu Fuß, gemeinsam mit mir, das Geleit geben, wenn er in triumphaler Prozession, beschirmt vom Baldachin, zur Kirche des glorreichen Ritters Sankt Georg zieht, wo eine Festmesse gesungen werden soll und in feierlicher Rede die Rühmung der ritterlichen Taten erfolge, die Tirant lo Blanc vollbracht hat. Hernach wollen wir, wie hiermit angeordnet und geboten wird, von der Kirche Sankt Georgs zum Turnierplatz ziehen und von Schranke zu Schranke schreiten, auf daß Tirant von ihnen Besitz ergreife und ihm von den Wappenkönigen der Schlüssel einer jeden dieser Schranken ausgehändigt werde, zum Zeichen seines Sieges. Ferner ordnen wir an, daß zu Lob und Preis des obgenannten tapferen Ritters Feste stattfinden, die fünfzehn Tage währen sollen. Und damit jedermann die königliche Gültigkeit des allhier Verkündeten erkenne, haben wir die vorliegende Urkunde mit roter Tinte unterzeichnet und besiegelt mit unserem unverkennbaren Siegel. Gegeben in unserer Stadt London am vierzehnten Juli des soundsovielten Jahres nach der Geburt unseres Herrn. Rex Henricus. Sig † niert von allen Wappenkönigen, Herolden und deren Assistenten. Sig † niert von allen Magnaten und großen Herren, die als Zeugen zugegen waren.‹«

»Gar zu gerne«, sagte der Einsiedler, »würde ich Genaueres von seinen Rittertaten hören; denn ich habe den Eindruck, er ist wirklich ein wackerer Mann. Er ist aufgestanden und weggelaufen, um nicht sein eigenes Lob singen zu müssen oder es auch nur anzuhören. Ich sehe schon, daß er wahrhaft würdig ist, ein Ritter zu sein. Deshalb bitte ich Euch, mir zu erzählen, was sich abgespielt hat, als er die Waffen schwang.«

»Herr«, sagte Diafebus, »ich hoffe, daß Ihr nicht argwöhnt, ich würde mit ihm prahlen wollen, weil er und ich aus demselben Lande stammen und wir beide ein Herz und eine Seele sind. Nein, ich will Euer Hochwürden nichts als die nackten Tatsachen berichten, genau so, wie sie sich zugetragen haben. Der erste, den der König zum Ritter geschlagen hat, war Tirant lo Blanc; und der erste, der in die Schranken trat, war er. An jenem Tag, Herr, versammelte er all sein Gefolge von Edelleuten und Jungfrauen um sich, und gemeinsam zog man zu dem Schaugerüst, auf dem nach Weisung des Königs die Zeremonie des Ritterschlags stattfinden sollte. Wir fanden den Zugang versperrt und pochten mit heftigen Schlägen ans Tor. Endlich, nach einer geraumen Weile, zeigten sich die Wappenkönige über der Eingangstür der Tribüne und fragten:

›Was ist Euer Begehr?‹

Die Jungfrauen antworteten:

›Wir haben einen Edelmann bei uns, der die Weihen des Kriegerordens empfangen will und mit der Forderung kommt, daß man ihn hier zum Ritter schlage, wie er es verdient.‹

Rasch wurden die Torflügel geöffnet, und alle, die hinauf wollten, stiegen die Stufen empor. Als sie in einen großen Saal gelangten, forderte man den Edelmann auf, Platz zu nehmen auf einem Stuhl, der ganz aus Silber geschmiedet und mit grünem Hanfgewebe bezogen war. Dort wurde dann geprüft, ob er sich eigne für die Aufnahme in den Orden und fähig wäre, dessen Gebräuchen zu entsprechen. Es wurde untersucht, ob all seine Glieder ihre natürliche Beweglichkeit hätten und kein Gebrechen seinem Körper anhafte, das ihn daran hindern könnte, in die Schlacht zu ziehen. Und man stellte fest, daß alles an ihm so war, wie es sein sollte. Und nachdem dieser Befund von glaubwürdigen Zeugen übermittelt worden war, erschien der Erzbischof von England in der Amtstracht eines Diakons, das aufgeschlagene Meßbuch in den Händen. Er trat vor den Edelmann, und in Gegenwart des Königs und aller anderen, die mitgekommen waren, sprach er die folgenden Worte.«

KAPITEL LIX

Der Schwur, den die als tauglich befundenen Edelleute vor dem König von England leisteten, ehe dieser ihnen den Ritterschlag erteilte

Edelmann, der Ihr willens seid, den Ritterschlag zu empfangen, seid Ihr bereit, bei Gott und den vier heiligen Evangelien zu beschwören, daß Ihr Euch niemals und in keiner Weise wider den hocherhabenen und durchlauchtigsten König von England erhebt, es sei denn im Dienste Eures angestammten Herrn und erst nachdem Ihr die Kette mit dem königlichen Wappen zurückgegeben habt, welche der genannte Oberherr einem jeden zu verleihen pflegt, den er zum Ritter schlägt? In einem solchen Fall dürft Ihr gegen ihn zu Felde ziehen, ohne daß die anständigen Ritter Euch deswegen einen Vorwurf machen könnten. Andernfalls aber würdet Ihr Euch eines abscheulichen und ehrenrührigen Vergehens schuldig machen, und wenn Ihr im Verlauf des Krieges in Gefangenschaft gerietet, wäre Euch die Todesstrafe gewiß. Schwört Ihr überdies, bei dem heiligen Sakrament, das Ihr empfangen habt, daß Ihr all Eure Kräfte einsetzen werdet für den Schutz und die Verteidigung von Frauen und Jungfrauen, Witwen und Waisen, von allen Hilflosen und Verlassenen, auch von Verheirateten, wenn sie Euch um Beistand bitten, und daß Ihr Euer eigenes Leben rückhaltlos aufs Spiel setzen werdet, indem Ihr für die Bedrängten jederzeit todesmutig zu kämpfen wagt, falls diejenigen im Recht sind, die Euch um Hilfe bitten?‹

Nachdem Tirant diesen Schwur geleistet hatte, faßten ihn zwei große Herren, die höchsten Fürsten, die zugegen waren, bei den Armen und führten ihn vor den König; und der König legte ihm das Schwert aufs Haupt und sprach:
›Gott und Sankt Georg mögen dich zu einem guten Ritter machen.‹ Dann küßte er ihn auf den Mund.
Hernach traten sieben weiß gewandete Jungfrauen auf ihn zu, welche die sieben Wonnen der Jungfrau Maria darstellten, und gürteten ihm das Schwert. Vier Ritter, die ältesten und würdigsten von denen, die anwesend waren, legten ihm die Sporen an, gleichsam als Stellvertreter der vier Evangelisten. Daraufhin kam der König und nahm seinen linken Arm, während eine Herzogin den rechten nahm, und so führten sie ihn zu einer schönen Estrade, wo sie ihn auf den Königsstuhl setzten. Und der König nahm Platz zu seiner Rechten, die Königin zu seiner Linken; all die Jungfrauen und Ritter aber ließen sich zu seinen Füßen nieder, rings um seinen erhabenen Sitz. Dann wurde ein üppiges Mahl aufgetragen. Und die gleiche Zeremonie, Herr, wurde für jeden vollzogen, der dort den Ritterschlag erhielt.«
»Erzählt mir, wenn's Euch beliebt«, sagte der Einsiedler, »vom Anfang bis zum Schluß, was Tirant in den Schranken getan hat.«
»Herr, am Vorabend des Tages, der für die Tjoste bestimmt war, ritt Tirant mit allen Leuten seines Gefolges, in der bereits geschilderten Ordnung, zu dem Ort, wo sich die sechsundzwanzig Standhalter befanden. Als er dort an das Tor gelangte, übergab er ein Schreiben, das besagte, daß jeder Ritter, der sich mit ihm messen wolle, so lange sich mit ihm in den Schranken zu tummeln habe, bis der eine oder der andere zwanzig Stöße mit der scharf geschliffenen Lanzenspitze ausgeführt habe oder einer von beiden sich vorzeitig geschlagen gebe. Seine Herausforderung wurde alsbald angenommen, und wir begaben uns zurück zu unserem Quartier. Am nächsten Morgen dann holten ihn all die Jungfrauen ab, und sie geleiteten den Gewappneten höchst ehrenvoll bis zum Tor des Turnierplatzes, wo sie ihn den Aufsehern übergaben, die ihnen den Kämpen tot oder lebendig zurückgeben sollten. Und diese Turnierwächter, die versicherten, daß dies die gültige Übereinkunft sei, begrüßten ihn mit aller

Hochachtung. Der König und die Königin saßen bereits auf der Empore, und Tirant ritt in die Schranken, ganz geharnischt, von blinkendem Stahl bedeckt, mit Ausnahme des Kopfes. In der Hand hielt er einen Fächer, der auf der einen Seite mit dem Bild des Kreuzes Jesu Christ bemalt war und auf der anderen Seite das Antlitz der heiligen Jungfrau, unserer Herrin, zeigte.

Als Tirant in der Mitte des Kampfplatzes war, begrüßte er den König und die Königin mit einer tiefen Verneigung, ehe er zu den vier Ecken des umschrankten Geländes ritt und mit dem Fächer eine jede Ecke einzeln bekreuzigte. Nachdem dies getan war, stieg er vom Pferd, und die Aufseher führten ihn in einen kleinen Pavillon, der in einem Winkel des Kampfgevierts aufgeschlagen worden war; dort reichten sie ihm Speis und Trank, allerlei Häppchen und Näschereien, damit er sich ein wenig stärken könne, falls dies nötig sein sollte. Dann brachte er seine Wappnung wieder in Ordnung, bestieg das Roß und stellte fest, daß am Ende der Kampfbahn schon der Standhalter, der das Feld zu behaupten hatte, seiner harrte. Tirant begab sich in die Gegenposition am anderen Ende des Turnierplatzes. Sobald die Menge der Zuschauer zur Ruhe gekommen war, gebot der König den Aufsehern, die Kämpen lospreschen zu lassen. Unverzüglich hieben diese die Sporen in die Flanken ihrer Pferde und stürmten mit eingelegten Lanzen aufeinander zu, und so heftig war ihr Zusammenprall, daß beider Lanzen zersplitterten. Danach attackierten sie sich mit neuen Waffen wieder und wieder, wobei es zu einer Reihe wahrhaft aufregender Treffen kam.

Beim zwanzigsten Angriff traf der Standhalter die Sturmhaube Tirants, mitten aufs Kinnstück, so daß es aufklaffend herunterklappte auf den oberen Rand des Brustpanzers und die Lanzenspitze ein wenig den Hals aufschlitzte. Wäre dabei nicht der Schaft gebrochen, so hätte dies das Ende unseres Ritters bedeutet. Das Pferd und er stürzten zu Boden. Rasch erhob sich Tirant und ließ sich ein anderes Roß geben, das besser war als das vorige. Er fragte die Kampfrichter, ob sie ihm gestatten würden, eine andere Lanze zu nehmen, und die Kampfrichter sagten, jeder könne die Lanzen benutzen, die er wolle. Da ließ er sich eine gewaltige Lanze reichen, und der andere tat desgleichen, und beide stürmten erneut mit rasendem Ungestüm

aufeinander los, und Tirant traf die rechte Flanke seines Gegners, knapp unter dem Lanzenschuh. Der Zusammenprall war so wuchtig, die Lanze so stämmig und unzerbrechlich, daß der Getroffene völlig durchbohrt wurde und tot aus dem Sattel fiel. Sogleich eilten die Jungfrauen zum Tor des Turnierplatzes und verlangten von den Aufsehern, ihnen ihren Ritter zurückzugeben. Die Aufseher ließen die Torflügel öffnen, die Jungfrauen ergriffen die Zügel des Pferdes von Tirant und führten so den reitenden Kämpen im Triumph zu seinem Quartier, wo sie ihm die Rüstung abnahmen, nach der Wunde an seinem Halse schauten und Ärzte herbeischafften, die für seine Heilung sorgen sollten. Aufs freundlichste wurde Tirant von den Jungfrauen verwöhnt, denn diese waren hocherfreut, daß der erste Ritter, der für ein Mädchen in den Kampf gegangen war, als Sieger das Feld verlassen hatte.
Der König aber und all die großen Herren, die der Tjoste beigewohnt hatten, gingen hinunter auf den Kampfplatz, wo der tote Ritter lag; und in langem Ehrenzug trugen sie ihn zur Kirche Sankt Georgs, wo man eine besondere Kapelle für diejenigen eingebaut hatte, die bei den Turnieren ihr Leben verlieren würden. Und in dieser Kapelle durfte keiner bestattet werden, der nicht ein Ritter war. Wenn der Tote ein Edelmann war, der nicht dem Orden angehörte, so wurde er in die Kathedrale gebracht, wo weitere Kapellen als Grabstätten für die Gefallenen vorgesehen waren.
Herr, sobald Tirant wieder wohlauf war, rief er sein ganzes Gefolge zusammen, und wie beim vorigen Mal zogen wir zum Quartier der fünfundzwanzig Ritter. Er übergab ihnen ein Schreiben, dem sie entnehmen konnten, daß er den Wunsch habe, mit einem der Ritter einen Zweikampf zu Fuß auszutragen, einen Kampf auf Leben und Tod. Die Herausforderung wurde angenommen, und er trat in die Schranken, so gerüstet, wie es sich gehört in einem solchen Fall: voll gespannter Kraft, die sein ganzes Auftreten erkennen ließ, und bewaffnet mit Streitaxt, Schwert und Kurzschwert. Als die beiden Kämpen in ihren Pavillons waren, jeder in dem seinigen, trafen sie die letzten Vorbereitungen, die noch erforderlich waren; draußen dann markierten die Aufseher die Positionen der beiden, die so einander gegenübergestellt werden sollten, daß das Sonnenlicht gerecht

verteilt wäre und keiner mehr geblendet würde als der andere. Der König traf ein, und mit ihm kamen die Scharen der verschiedenen Stände; sie strömten durch die Kampfbahn, um die Tribünen zu ersteigen. Jeder der beiden Kämpen stand schon kampfbereit vor dem Eingang seines Pavillons, die Streitaxt in der Hand. Als sie den König erblickten, beugte jeder ein Knie und verneigte sich tief vor dem Herrscherpaar, das seinerseits deutlich bekundete, wie hoch es den Mut dieser Ritter achtete; und alle Jungfrauen warfen sich auf die Knie und baten den Herrn im Himmel, er möge ihrem Ritter den Sieg gewähren.

Als das Publikum verstummt war und man die Pavillons aus dem umschrankten Geviert entfernt hatte, erschallten die Trompeten, und die Herolde verkündeten mit lauter Stimme, daß niemand, weder Mann noch Frau, es wagen solle, den Mund aufzumachen. Die Todesstrafe drohe jeder Person, die sich erdreiste, durch Geschwätz, lautes Husten, Gefuchtel oder irgendwelches Deuten, Zeichengeben, Winken das ernste Schauspiel zu stören. Als diese Bekanntmachung beendet war, brachten jeweils vier der acht Ritter, die als Aufseher amtierten, den einen und den anderen Kämpen in die Mitte des Turnierplatzes, wo die Ausgangsstellung eines jeden durch drei Striche bezeichnet war. Von dort aus stürzten sie sich aufeinander, und beide kämpften überaus tapfer, ohne daß zu erkennen gewesen wäre, wer da im Vorteil war. Lang währte der Kampf, und weil es dem Standhalter sehr schwer gemacht wurde, sich seines Herausforderers zu erwehren, ging ihm allmählich der Atem aus; schließlich war er so erschöpft, daß er die Axt nicht mehr halten konnte, und sein ganzes Gebaren verriet, daß ihm der Friede lieber gewesen wäre als der Streit. Tirant, der merkte, wie entkräftet sein Widersacher war, packte die Streitaxt mit beiden Händen und schmetterte ihm deren stumpfes, hammerartiges Ende mit solcher Wucht auf die Sturmhaube, daß er benommen hin und her taumelte und sich offensichtlich kaum mehr auf den Beinen halten konnte. Tirant trat dicht an ihn heran und gab ihm einen kräftigen Schubs, der ihn zu Boden warf. Als der Bretone sah, in welch üblem Zustand sein Gegner war, durchschnitt er mit dem Kurzschwert die Kinnriemen von dessen Helm, nahm ihm die Eisenhaube vom Kopf und sagte zu ihm die folgenden Worte.«

KAPITEL LX

Was Tirant zu seinem Gegner sagte, nachdem er ihn besiegt hatte

Tapferer Ritter, wie du siehst, ist dein Leben in meine Hand gegeben. Sage mir also, was ich mit dir tun soll; ob du lieber leben oder sterben willst. Denn Gutes zu tun, macht mir mehr Freude, als etwas Böses zu begehen. Befiehl meiner rechten Hand, daß sie sich deiner erbarme und dich verschone, statt dir und deinem Leib soviel Übles anzutun, wie sie könnte.‹

›Mir ist es eine größere Pein‹, sagte der Ritter, ›deine grausamen Worte anhören zu müssen, die strotzen von Eitelkeit, als den Tod zu erleiden. Ich ziehe es vor, das Leben fahren zu lassen, statt deine hochmütige Hand um Schonung zu bitten.‹

›Meine Hand hat die Gewohnheit, besiegte Männer zu schonen‹, sagte Tirant, ›statt ihnen ein Leid anzutun. Und wenn du willst, verzichte ich von Herzen gern auf all das Schlimme, das ich dir antun könnte.‹

›Oh, welche Ruhmseligkeit ist das‹, sagte der Ritter, der am Boden lag, ›wenn einer dank seinem Glück oder dank dem Mißgeschick des anderen zum Sieger wird und dann große Worte verschwenden kann! Ich bin der Ritter von Highmount, ein Mann ohne Tadel, geliebt und gefürchtet von vielen Leuten. Allezeit bin ich barmherzig gewesen und habe Mitleid gehabt mit allen.‹

›Ich will dir gegenüber die Tugenden üben, die du genannt hast‹, sagte Tirant, ›aus Achtung vor deinem Anstand und deiner Güte. Auf, wir wollen zum König gehen! Vor ihm mußt du zu meinen Füßen niederknien und mich um Gnade bitten, und ich werde sie dir ohne Wenn und Aber gewähren.‹

Da brach der Ritter, erfüllt von todeswilligem Zorn, in die Worte aus:

›Das verhüte Gott, daß ich imstand wäre, jemals etwas so Schändliches zu tun, das mich und die Meinigen mit Schmach bedecken würde und gar das Andenken meines erhabenen Herrn beflecken könnte, des Grafen Wilhelm von Warwick, durch dessen Hand ich die bittere Weihe des Ritterschlags empfing. Tu also mit mir, was dir beliebt; denn mir ist es lieber, anständig zu sterben, als erbärmlich zu leben.‹

Da Tirant sah, daß seine gute Absicht auf nichts als Ablehnung und grimmigen Unwillen stieß, sagte er:

›Jeder Ritter, der nach den Regeln des Waffenhandwerks handeln will und getreu den Bräuchen des Kriegerordens Ansehen und Ruhm erstrebt, muß grausam sein und mit einem Fuß in der Hölle stekken.‹

Er zückte sein Kurzschwert, durchstach mit dessen Spitze das Auge des besiegten Gegners und schlug mit der anderen Hand so heftig auf den Knauf des Schwertes, daß der Stahl den Schädel durchdrang und aus dem Hinterkopf starrte.

Welchen Mut hatte doch dieser besiegte Ritter, der es vorzog, auf der Stelle zu sterben, statt in Schande zu leben, weil es ihm unerträglich war, sich vor den Augen guter Ritter eine Blöße zu geben!

Zwölf Kampfrichter waren es, die bei diesen Turnieren zu urteilen hatten. Sechs von ihnen führten das Buch, in dem die Sieger verzeichnet wurden; die anderen waren verantwortlich für das Buch der Besiegten. Diejenigen, die starben, ohne sich selbst erniedrigt zu haben, wurden in die Ruhmesliste der Märtyrer des Kriegerstandes aufgenommen; wer jedoch den eigenen Stolz verleugnete, wurde als mißratener Ritter registriert, als Verlierer, der sich selbst in Schimpf und Schande gebracht hat. Und nach diesem Grundsatz verfuhr man vom Anfang bis zum Schluß.

Einige Tage danach, Herr, begab es sich, daß Seine Majestät der König und die Frau Königin sich inmitten des Wiesengrundes beim Fluß sorglos vergnügten an Tänzen und allerlei sonstigem Zeitvertreib. Und unter denen, die es sich dort wohl sein ließen, war auch eine Verwandte der Königin, eine junge Dame, die man ›die schöne Agnes‹ nennt und die eine Tochter des Herzogs von Berry ist – das anmutigste Mädchen, das ich je im Leben gesehen habe. Es stimmt zwar, daß die Königin an Schönheit alle weiblichen Wesen übertrifft; daß sie reizend zu plaudern weiß, sich liebenswürdig mit allen Leuten unterhält; und unbestreitbar ist, daß sie, bei aller Vornehmheit, die sie wahrt, sich so freigebig zeigt wie keine andere Frau auf

der Welt – denn für gewöhnlich neigen ja die Frauen von Natur aus meist zum Geiz. Doch jene liebreizende Person, die ich erwähnt habe, erwies sich ebenfalls als ein Mensch von seltener Großzügigkeit: Wenn sie Gewänder trug, die soviel wert waren wie eine ganze Stadt, verschenkte sie bedenkenlos diese ganze Pracht, ohne einen einzigen Augenblick zu zögern. Auch Juwelen und andere Kostbarkeiten, die sie besaß, gab sie hin mit offenen Händen. So edel ist ihre Wesensart! Diese schöne Agnes also, Herr, trug am besagten Tag eine herrliche Brosche zwischen ihren Brüsten. Und in Gegenwart des Königs und der Königin und aller Ritter näherte sich, kaum daß die Tänze vorüber waren, Tirant der feinen Dame, beugte vor ihr das Knie und sprach sie an mit den Worten:
›Da mir bewußt ist, Herrin, wie hoch Euer Rang ist, durch Adel der Geburt wie durch Reichtum an Schönheit, Anmut und Wissen, durch all die anderen Tugenden, die man an einer Gestalt gewahren kann, welche eher ein Engelsbild als ein menschlicher Körper ist, drängt mich das Verlangen, Euch dienen zu dürfen. Und ich wäre Euch überaus dankbar, wenn Ihr die Güte hättet, mir diese Brosche zu überlassen, die Ihr zwischen den Brüsten tragt. Sollte mir die Gnade widerfahren, diese Gabe dank Eurer Milde zu erhalten, so will ich sie als Angebinde mit Freuden tragen, zu Eurer Ehre und in Eurem Dienst. Und ich beschwöre es am Altar und bei allem, was dem Orden der Ritterschaft heilig ist, daß ich für Euch kämpfen will, mit welchem Ritter auch immer, zu Fuß oder zu Pferd, auf Leben und Tod, mit oder ohne Rüstung, so oder so, ganz wie es dem Gegner beliebt.‹
›O heilige Maria, steh uns bei!‹ sagte da die schöne Agnes. ›Für eine so winzige Kleinigkeit, die kaum etwas wert ist, wollt Ihr in die Schranken treten zu einem Zweikampf auf Leben und Tod, ohne Furcht vor der Gefahr für Euer Leben, ohne Angst vor all dem Schrecklichen, das da geschehen kann? Aber, nun gut, um mich nicht dem Tadel sämtlicher Frauen und Jungfrauen auszusetzen und den Unmut aller guten, ehrenhaften Ritter zu erregen, erkläre ich mich in Gegenwart des Herrn König und der Frau Königin bereit, mit Freuden Eurem Wunsch zu willfahren, damit Ihr den Lohn rechtschaffenen Handelns und den Lorbeer wahren Rittertums nicht

verliert. Nehmt Euch also mit Euren eigenen Händen diese Brosche.‹

Tirant fühlte sich hoch beglückt von der Antwort der schönen Agnes. Und da die Brosche an der Verschnürung ihres Mieders befestigt war und sich nicht abnehmen ließ, ohne daß man das Mieder aufschnürte, berührte er beim Nesteln zwangsläufig ihre Brüste mit seinen Händen. Schließlich hatte er die Brosche auf der Hand, küßte sie, warf sich auf die Knie und sprach:

›Ich kann Euch nicht sagen, Herrin, wie sehr ich Eurer Hoheit danken möchte für das große Geschenk, das Ihr mir gemacht habt; denn es bedeutet mir mehr, als wenn Ihr mir ganz Frankreich gegeben hättet. Und ich gelobe es Gott, daß derjenige, der mir diese Brosche wegnimmt, mit seinem Leben dafür bezahlt.‹

Dann heftete er sie an den Hut, den er trug.

Am Tag darauf, während der König die Messe hörte, kam ein französischer Ritter, der sich Herr von Vilesermes nannte. Es war ein wackerer Mann und erfahrener Kämpe. Er suchte Tirant und sprach ihn an mit den Worten:

›Ritter, welcher Abkunft Ihr auch sein mögt – es war eine dreiste Frechheit von Euch, einen so himmlischen Leib wie den der schönen Agnes zu berühren. Und kein Ritter auf der Welt hat je sich ein so ungebührliches Ansinnen erlaubt. Darum ist es unausweichlich, daß Ihr mir die Brosche aushändigt, freiwillig oder dem Zwang gehorchend. Denn ich habe ein Anrecht darauf, da ich seit meiner Knabenzeit diese Dame liebe, sie verehre und ihr diene, ihr, der Einzigen, Unvergleichlichen, die es verdiente, daß alle Güter der Welt ihr zu Füßen liegen. Mir steht dieses Glücksgeschenk zu, denn unter vielen Mühen, Kümmernissen und Sorgen habe ich es geschafft, ihre Gunst zu gewinnen. Deshalb muß ich endlich den Lohn erlangen, den Preis, der meine Jugend krönt, die ich weithin vertan habe im Dienst der Huld, die ich von ihr erhoffe. Und wenn Ihr dieses Juwel nicht willig herausrückt, habt Ihr nicht mehr lange zu leben. Tretet es mir gütlich ab, ehe Euch größeres Unheil daraus erwächst.‹«

KAPITEL LXI

Die Antwort, die Tirant dem Herrn von Vilesermes gab, als dieser ihm die Brosche abverlangte, welche er von der schönen Agnes erhalten hatte

Eine große Schmach wäre es für mich‹, sagte Tirant, ›wenn ich das hergeben würde, was mir großmütig geschenkt worden ist und was ich mit eigenen Händen von ihrer Brust gepflückt habe. Bräche ich mein Versprechen, den Schwur, den ich geleistet habe, würde man mich für den erbärmlichsten, feigsten Ritter halten, der je das Licht der Welt erblickt hat oder erblicken wird. Eine Sturmhaube voll glühender Kohlen müßte man mir aufsetzen, wenn ich so etwas täte. Ihr aber, Ritter, legt mit der üblen Tonart, die Ihr Euch erlaubt, einen maßlosen Hochmut an den Tag, der es wohl erforderlich macht, daß ich ihn dämpfe.‹

Der Ritter machte Anstalten, ihm die Brosche zu entreißen; doch Tirant war auf der Hut: er griff nach einem Messer, das er bei sich hatte, und alle anderen sprangen auf. Es entstand ein wüstes Handgemenge, wie bei einem Wirtshausgezänk; aber ehe die Streitenden getrennt wurden, waren zwölf Ritter und Edelleute tot zu Boden gesunken. Die Königin, die in nächster Nähe weilte, hörte den Krawall und die lauten Schreie, welche die Mannen ausstießen; rasch trat sie dazwischen und sorgte dafür, daß sie abließen voneinander. Ich darf wohl als Zeuge dieses Spektakels gelten, denn ich habe am eigenen Leib vier Hiebe abbekommen; und vielen anderen, die sich an der Keilerei beteiligten, ist es nicht besser ergangen. Als der König Kenntnis erhielt von dem Zwischenfall, war der Friede bereits wiederhergestellt. Es dauerte jedoch keine drei Tage, bis ein kleiner Page bei Tirant erschien und ihm im Auftrag des französischen Ritters einen Brief übergab, der folgenden Wortlaut hatte.«

KAPITEL LXII

Der Fehdebrief, den der Herr von Vilesermes an Tirant lo Blanc richtete

Dir, Tirant lo Blanc, der Du der Urheber des Blutvergießens gewesen bist, das unter der Ritterschaft entstanden ist, sei gesagt: Wenn Du den Mut aufbringst, der Gefahr eines Zweikampfes ins Auge zu blicken, wie er zwischen Rittern üblich ist, mit oder ohne Rüstung, zu Pferd oder zu Fuß, in Kleidern oder nackt, so laß mich wissen, welche Form der Tjoste Du als die für Dich sicherste wählst, damit unsere Schwerter sich messen können in einem Duell, das erst dann zu Ende ist, wenn einer tot am Boden liegt.
Geschrieben von meiner Hand und besiegelt mit dem Geheimsiegel, das meine Wappen trägt. – Der Herr von Vilesermes.‹«

KAPITEL LXIII

Wie Tirant einen Wappenkönig um Rat fragte wegen des Briefes, den der Herr von Vilesermes gesandt hatte

Als Tirant den Brief gelesen hatte, führte er den kleinen Pagen beiseite, in eine Kammer, wo er ihm tausend goldene Taler gab und das Versprechen abnahm, mit keinem Menschen ein Wort über diese Angelegenheit zu reden. Nachdem der Page dann gegangen war, machte sich Tirant ganz allein auf die Suche nach einem Wappenkönig, den er bat, ihn zu begleiten, an einen Ort, der drei Meilen vom Lager entfernt war. Dort sagte er zu ihm:
›Wappenkönig, eingedenk des Vertrauens, das du genießt, und des Eides, den du geleistet hast an dem Tag, da der König dir die Vollmacht deines Amtes in die Hände gab, beschwöre ich dich, all das, was ich dir jetzt sagen werde, für dich zu behalten und mich nach

bestem Wissen und Gewissen zu beraten, wie es Sitte und Satzung der Ritterschaft dir zur Pflicht machen.‹

Der Wappenkönig, dessen Name Jerusalem war, gab ihm folgende Antwort:

›Herr Tirant, ich gelobe Euch, eingedenk des Amtes, das ich innehabe, und eingedenk des Eides, den ich ablegte, daß ich alles geheimhalten werde, was Ihr mir sagen wollt.‹

Da zeigte ihm Tirant den Brief, der ihm geschickt worden war, und ließ ihn lesen, was darin geschrieben stand. Als der Wappenkönig das Schreiben gelesen hatte, sagte Tirant zu ihm:

›Jerusalem, guter Freund, es wäre mir eine große Freude, wenn ich das Gelüst des Herrn von Vilesermes befriedigen könnte; wenn es mir gestattet wäre, diesem tapferen Ritter seinen Wunsch zu erfüllen. Da ich aber noch so jung bin und nicht genau weiß, was in der Ritterschaft Brauch ist – denn ich bin eben erst zwanzig geworden –, möchte ich Euch, im Vertrauen auf Eure strikte Verschwiegenheit, um Rat bitten, weil Ihr ja, dessen bin ich sicher, erfahren seid im Umgang mit Königen und großen Herren und Euch sehr viel besser auskennt in den Regeln des Waffenhandwerks als irgend sonstwer. Denkt aber nicht, daß ich aus Mutlosigkeit oder Angst so rede. Glaubt mir, daß ich nur zögere aus der Sorge, ich könnte mich eines Vergehens gegen die Majestät des Herrn König schuldig machen, der mir soviel Ehre erwiesen hat. Denn er hat doch in seinem Reich Gesetze erlassen, die bestimmen, wie man sich bei solch persönlichen Ehrenhändeln unter Rittern zu verhalten hat. Ich möchte nämlich vermeiden, mich einem Tadel der guten Ritter auszusetzen; möchte verhüten, daß man mir wegen meines Benehmens in dieser Sache irgendein Versäumnis oder Versagen zum Vorwurf machen kann.‹

Darauf erwiderte der Wappenkönig folgendermaßen.«

KAPITEL LXIV

Der Rat, den Jerusalem, der Wappenkönig, Tirant lo Blanc erteilte

O Ritter, tapferer Jüngling, glücksgesegnet und geliebt von allen Leuten! Den Rat, den Euer Gnaden von mir erwarten, will ich Euch gerne geben, und ich werde Euer Handeln rechtfertigen vor der Majestät des Herrn König und vor allen Richtern, die über den Festfrieden wachen. Ihr, Tirant lo Blanc, seid sehr wohl befugt, ein Duell mit diesem Ritter auszutragen, ohne daß Euch der König, die Richter oder die Ritter deswegen tadeln. Denn der andere ist der Herausforderer, und Ihr seid der Verteidiger; er ist der Anstifter des Streits, und Ihr seid damit ein für allemal entschuldigt. Ich verbürge mich dafür und übernehme die volle Verantwortung. Wenn niemand für Euch das Wort ergreift, so werde ich Eure Ehre retten vor sämtlichen guten Rittern. Wißt Ihr, in welchem Fall Ihr die Schuld und den Schaden hättet? Wenn Ihr der Herausforderer gewesen wärt. Damit hättet Ihr den Herrn König, der Euch als ersten zum Ritter geschlagen hat, beleidigt; Ihr hättet die Sitten und Gesetze seines Hofes mißachtet; und es gibt gar keinen Zweifel, daß Ihr in einem solchen Fall die Achtung aller guten Ritter verspielt hättet. Aber wie die Dinge liegen, steht es Euch frei, so zu handeln, wie es sich für einen Ritter geziemt. Zeigt es den Leuten allezeit, was für ein ritterlicher Mut in Euch lebt. Und wenn Ihr es schriftlich von mir haben wollt, so schreibe ich Euch mit eigener Hand, was für einen Rat ich Euch gegeben habe. Begebt Euch ungesäumt in den Kampf und laßt Euch nicht bange machen vom Tod.‹

›Ein großer Trost ist mir Euer Rat‹, sagte Tirant. ›Es freut mich, daß ich das Recht habe zu kämpfen und daß mich, wie Ihr gesagt habt, weder der Herr König noch die Richter oder die Ritter deswegen tadeln können. Jetzt aber, Jerusalem, möchte ich Euch, um des Amtes willen, das Ihr innehabt, herzlich bitten, Schiedsrichter unseres Zweikampfes zu sein, des Duells zwischen dem Herrn von Vilesermes und mir. Nehmt die ganze Sache in Eure Hand, damit Ihr gegenüber jedermann, der es verlangt, Zeugnis ablegen

könnt von alldem, was sich zwischen ihm und mir abspielen wird.‹
Jerusalem erwiderte:
›Mit Freuden würde ich Eurem Wunsch entsprechen. Doch die Vorschriften unseres Amtes erlauben es mir nicht, Schiedsrichter von Euch beiden zu sein. Und ich muß Euch sagen, weshalb mir dies verwehrt ist: Kein Ritter, Wappenkönig oder Herold, der einen der Duellanten berät, darf Kampfrichter sein, weil sonst die Unparteilichkeit nicht gewahrt wäre. Selbst meinem Herrn, dem König von England, ist es nicht gestattet, wenn er, der Herrscher über alle, als Kampfrichter auftritt, zugunsten des einen oder anderen irgendwelche Ratschläge abzugeben. Täte er es aber dennoch, könnte er als ungerechter Richter bezeichnet werden, und ein solches Duell dürfte gar nicht stattfinden. Angenommen, es fände trotzdem statt und einer der beiden würde besiegt, so könnte dieser Zweikampf durch glaubwürdige Zeugen vor dem Kaiser angefochten und für ungültig erklärt werden. Damit also keinem von Euch beiden die Chance genommen wird, als anerkannter Sieger aus dem Kampf hervorzugehen, werde ich Euch einen urteilsfähigen Richter benennen, der sowohl für Euch wie für Euren Gegner jenseits von jeglichem Verdacht ist: ich meine einen, der das gleiche Amt hat wie ich, einen ordentlich bestallten Wappenkönig namens Claros von Clarence, einen Mann, der mit den Regeln des Waffenhandwerks bestens vertraut ist.‹
›Den kenne ich gut‹, sagte Tirant, ›und ich bin hochzufrieden mit einem solchen Schiedsmann, falls er auch dem Herrn von Vilesermes zusagt; denn Claros ist ein guter Wappenkönig, der die Ehre demjenigen zuerkennen wird, der sie zu erringen weiß. Und ich möchte, daß er Bescheid erhält über den ganzen Hergang, auch über den Brief, der mir durch einen kleinen Pagen überbracht worden ist. Wenn ich meine Antwort auf dieses Schreiben jetzt ebenfalls durch einen Laufjungen überbringen ließe, würde die Sache leicht ruchbar, und der Zweikampf, wie er und ich ihn wünschen, könnte vereitelt werden. Deshalb wollen wir es so machen: Wir kehren jetzt zu meinem Quartier zurück, und dort werde ich Euch eine Vollmacht ausstellen, in Form eines Briefes, den ich mit eigener Hand unter-

zeichne und mit meinem Wappen besiegle. Und Ihr vereinbart dann das Duell, und zwar so, daß er alle Vorteile hat und ich der Benachteiligte bin. Obwohl er der Herausforderer ist und ich der Herausgeforderte bin; obwohl er mir deshalb die Wahl der Waffen überläßt, wie er mir schriftlich mitgeteilt hat, verzichte ich gern auf dieses Vorrecht und lasse ihm die Möglichkeit, sich für die Kampfart zu entscheiden, die ihm genehm ist. Ich werde mich strikt an die Weisungen halten, die Ihr mir geben werdet. Mag die Form, in der er den Handel mit mir austragen will, auch noch so blutig, noch so gefährlich sein – Ihr erklärt Euch damit einverstanden, in meinem Namen; denn je größer das Wagnis, desto rühmlicher der Triumph.‹

Tirant begab sich also mit dem Wappenkönig zurück zu seinem Zelt, ließ unverzüglich den Text des Vollmachtbriefes aufsetzen, unterzeichnete diesen, versah ihn mit seinem Wappensiegel und übergab ihn Jerusalem, dem Wappenkönig. Überdies gab er ihm ein Staatsgewand, das ganz aus Brokat war, verbrämt mit Zobelpelz, und bat ihn, er möge es annehmen und tragen, ihm zuliebe.

Der Wappenkönig ging, um dem französischen Ritter mitzuteilen, daß seine Herausforderung angenommen sei; und er suchte ihn unter all den Gefolgsleuten des Königs und der Königin. Als er feststellte, daß der Gesuchte dort nicht zu finden war, ging er in die Stadt und entdeckte ihn schließlich in einem Mönchskloster, wo er gerade beichtete. Als die Beichte beendet war, nahm Jerusalem ihn beiseite und sagte ihm, er möge doch mit ihm hinausgehen, zu einer Aussprache vor dem Kirchenportal; denn an geweihtem Ort ist es nicht erlaubt, Gewalttaten und Verbrechen zu bereden. Rasch verließen sie das Gotteshaus, und Jerusalem hob an, seinen Auftrag zu erklären.

›Herr von Vilesermes, eingedenk des Amtes, das ich habe, wäre es mir eine Genugtuung, wenn ich Frieden und Eintracht stiften könnte zwischen Euch und Tirant lo Blanc. Falls Ihr aber keine Aussöhnung wollt – seht, hier ist Euer Brief und die Antwort, die Ihr darauf bekommt: eine Vollmacht, schriftlich ausgestellt, auf weißem Papier, besiegelt mit dem Wappensiegel und versehen mit der eigenhändigen Unterschrift des Herausgeforderten, der mir meines Amtes wegen den Auftrag erteilt hat, Euch aufzusuchen, um mit Euch zu vereinbaren, wie der Handel ausgetragen werden soll. Er hat mich ermächtigt, Euch folgendes mitzuteilen: Was die Wahl der Waffen angeht, der Mittel zum Angriff wie zur Verteidigung, sei's zu Fuß oder zu Pferde, auf diese oder jene Weise, die in Eurem Brief sonst noch erwähnt sein mag, hat er beschlossen, ungeachtet des Vorrechts, das ihm als dem Herausgeforderten zusteht, es Euch anheimzustellen, Euch die Möglichkeit zu geben, daß Ihr ganz nach eigenem Belieben die Waffen wählen könnt, die Euch genehm sind, damit Ihr nicht benachteiligt seid und der Sieger sich nicht nachsagen lassen muß, er habe nur dank diesem oder jenem Vorteil, aber nicht durch wahre Meisterschaft triumphiert. Ferner soll ich Euch sagen, daß der Kampf, wenn möglich, schon in der kommenden Nacht stattfinden soll.‹

›Mit großer Genugtuung vernehme ich‹, sagte der Herr von Vilesermes, ›wie anständig Tirant sich verhält. Von ihm war freilich nichts anderes zu erwarten als lautere Redlichkeit. Ich nehme die Möglichkeit wahr, die Ihr mir einräumt in seinem Namen, und wähle die Waffen und die Kampfart. Auf folgende Weise soll unser Handel ausgefochten werden.‹«

KAPITEL LXV

Die Bewaffnung, welche der Herr von Vilesermes wählte

Ich bin dafür, daß das Duell zu Fuß ausgetragen wird, in Hemden aus französischem Linnen, mit Pappschilden; und jeder trage einen Blumenkranz auf dem Haupt. Das soll die ganze Kleidung sein. Als Angriffswaffen wähle ich Genueser Klingen, zweischneidig und mit scharf zugeschliffener Spitze, zweieinhalb Spannen lang, gemessen nach dem Maß von Montpellier. So gerüstet, will ich gegen ihn antreten, zu einem Kampf auf Leben und Tod. Und es wundert mich, Wappenkönig, daß Ihr aus Eintracht Zwietracht macht. Tirant und ich sind uns darüber einig, daß wir uns schlagen wollen, Ihr aber redet mir nun von Frieden.‹

›Was ich gesagt habe‹, antwortete der Wappenkönig, ›entspricht der Haltung, zu der mich mein Amt verpflichtet. Ich bin gehalten, niemals den Tod eines ehrenhaften Ritters herbeiführen zu wollen.‹
›Da wir übereinstimmend danach verlangen, unseren Streit mit den Waffen auszutragen, und ich seine Bereitschaft zum Duell dankbar vernommen habe, scheint mir, daß zwischen uns eitel Eintracht herrscht und jeder weitere Disput sich erübrigt.‹
›Und ich bin höchst zufrieden‹, sagte der Wappenkönig, ›daß Ihr beide so einmütig seid. Gehen wir also, um die Waffen zu beschaffen und was Ihr sonst noch braucht, damit wir alles beisammen haben, ehe die Nacht einbricht.‹
Unverzüglich machten sie sich auf den Weg, um die Klingen zu kaufen, deren Schneiden sie aufs feinste schärfen und zuspitzen ließen. Dann erwarben sie französisches Linnen und ließen daraus in aller Eile die Hemden zuschneiden und nähen, die etwas länger ausfallen sollten als gewöhnlich, jedoch mit kurzen Ärmeln, nur bis zum Ellbogen, damit sie nicht hinderlich wären beim Kampf. Schließlich besorgten sie sich einen Bogen dicken Papiers, halbierten diesen und machten aus jeder der beiden Hälften eine Tartsche, die man handhaben wollte, als wäre dies ein Schild. Stellt Euch vor, wieviel Schutz ein halber Bogen Papier gewähren mochte!
Als alles Nötige vorhanden war, sagte der Ritter zum Wappenkönig:
›Ihr habt das Duell arrangiert und steht auf der Seite von Tirant. Ich meinerseits möchte niemanden, der mir beisteht; ich hoffe nur auf Gott und meine zwei Hände, die es gewohnt sind, in edlem Ritterblut zu baden. Nehmt die Hälfte von diesem Zeug, und was Ihr übriglaßt, werde ich nehmen.‹
›Herr von Vilesermes, ich bin keiner von denen, die sich beim Streit zwischen zwei ehrenwerten Rittern parteiisch verhalten. Mein Amt verpflichtet mich, Ritter und Edelleute zu beraten und für die gebotenen Absprachen zu sorgen. Es verstieße gegen meine Aufgabe, wäre ich der Parteigänger von irgendwem. Selbst wenn Ihr mir alles geben würdet, was Ihr habt, wäre ich nicht bereit, meine Ehre und mein Amt in Verruf zu bringen. Tun wir also, was ein jeder von uns zu tun

hat. Andernfalls muß ich Euch bitten, mich aus dem Spiel zu lassen und Euch einen anderen zu suchen, dem Ihr nicht mißtraut.‹

›Um Gottes willen, Wappenkönig, was ich gesagt habe, war nicht so gemeint, wie Ihr es genommen habt. Mir ging es nur darum, daß wir stracks die Waffen sprechen lassen, weil ich sehe, daß die Nacht schon nahe ist. Da Ihr unser Kampfrichter seid, so sorgt dafür, daß wir rasch zum Ziel kommen.‹

›Herr, ich will Euch sagen, wie die Sache vonstatten geht‹, erwiderte der Wappenkönig. ›Ich kann nicht als Schiedsrichter zwischen Euch beiden fungieren, da ich sowohl Euch als auch Tirant beraten habe. Täte ich es, so könnte es geschehen, daß man mich hinterher tadelt und als ungerechten Richter schmäht. Ich werde Euch jedoch einen anderen Kampfrichter verschaffen, der urteilsfähig ist und weder Euch noch Tirant irgendwelchen Grund zum Mißtrauen bietet. Ich meine einen Mann namens Claros von Clarence, der ebenfalls Wappenkönig ist, viel Kriegserfahrung besitzt und vorzüglich mit den Waffen umzugehen weiß. Erst vor kurzem ist er mit dem Herzog von Clarence hierher gekommen, und er ist ein Mensch, der lieber sein Leben ließe im Dienste seines Amtes, als irgend etwas zu tun, das dessen Ansehen beeinträchtigen könnte.‹

›Mir ist alles recht‹, sagte der Ritter, ›wenn es dabei nur unparteiisch zugeht und niemand vorher davon erfährt.‹

›Ich gebe Euch mein Wort darauf‹, sagte der Wappenkönig, ›daß ich gegenüber keinem Menschen auf der Welt, ausgenommen Claros von Clarence, etwas davon verlauten lasse.‹

›Nun also‹, sagte der Ritter, ›packt die Waffen und bringt sie Tirant. Er soll sich das nehmen, was ihm behagt. Und ich werde Euch da drüben in der Kapelle der heiligen Maria Magdalena erwarten, damit ich, falls einer meiner Kameraden mich sieht, so tun kann, als hielte ich mich da auf, um zu beten.‹

Jerusalem entfernte sich und suchte in den Quartieren sämtlicher Gefolgschaften nach dem Wappenkönig Claros von Clarence. Als er ihn endlich ausfindig gemacht hatte, legte er ihm den ganzen Sachverhalt dar, und Claros erklärte, er sei gern bereit, das zu tun, was man von ihm erwarte. Doch inzwischen war es recht spät geworden; die Sonne hatte ihren Lauf vollendet; und Claros wollte die beiden ritterlichen Duellanten nicht den zusätzlichen Gefahren des nächtlichen Dunkels aussetzen. Am nächsten Morgen aber, in aller Frühe, wenn der König die Messe höre und das Gelände noch nicht von Menschen überlaufen sei, wolle er gern als Kampfrichter zur Verfügung stehen.

Jerusalem ging zurück zu Tirant und sagte ihm all das, was er ihm nach den Anstandsregeln seines Amtes sagen durfte und sagen mußte. Er berichtete ihm, in welcher Weise der Zweikampf ausgetragen werden solle und für welche Waffen sich sein Gegner entschieden habe. Er forderte ihn auf, sich die zwei Klingen anzusehen und diejenige auszuwählen, die ihm besser scheine. Dann kündigte er ihm an, daß am nächsten Morgen, sobald der König in der Kirche sei, das Duell stattfinden solle.

›Da also heute nacht doch nichts mehr daraus wird‹, sagte Tirant, ›möchte ich nicht, daß die Waffen in meiner Obhut bleiben. Denn falls ich ihn besiege oder töte, will ich nicht nachher das Gemunkel hören, ich hätte in der Nacht, als sie bei mir gewesen, an ihnen irgend etwas manipuliert und sei nur dadurch Sieger geworden. Als unlängst sich zwei Ritter am Hafen einen Zweikampf lieferten und einer den anderen tötete, hieß es ja hinterher, die Lanze, mit welcher der Todesstoß erteilt wurde, sei unterm Beistand böser Geister von einem Hexenmeister geschmiedet worden. Ich will das Zeug weder sehen noch berühren, ehe nicht die Stunde da ist, in der es endlich hart auf hart geht. Gebt die Sachen dem Herrn von Vilesermes zurück, und morgen, wenn wir Ernst machen, soll er sie mitbringen. Er wird ohne weiteres jemanden finden, der sie solange in Verwahrung nimmt.‹

Als Jerusalem Tirant in diesem Tone reden hörte, schaute er ihm unverwandt in die Augen und sagte:

›O tapferer, kampferprobter Ritter! Wenn nicht ein Unstern Eurem Glück im Wege ist, so werdet Ihr verdientermaßen die Würde erlangen, eine Königskrone zu tragen. Ich kann mir nicht vorstellen, daß es Euch verwehrt sei, als Sieger aus dem Zweikampf hervorzugehen.‹

Daraufhin verließ der Wappenkönig Tirant, begab sich zu der Kapelle, in welcher der andere Ritter wartete, und sagte ihm, weil es bereits sehr spät geworden sei und der Schiedsrichter den Kampf nur bei Tageslicht genau beobachten und beurteilen könne, habe man das Duell für den nächsten Morgen anberaumt, und zwar für die Stunde, da der König zur Messe gehe, wobei ein Großteil der Ritter ihm oder der Königin das Geleit geben würde, der Rest aber so hingerissen wäre vom Anblick all der liebreizenden Damen, daß sie kein Auge für irgend sonstwas hätten. Der Herr von Vilesermes erklärte, daß er mit dieser Planung einverstanden sei.

Um von niemandem gesehen zu werden, holten die Wappenkönige schon in aller Herrgottsfrühe die beiden Ritter ab und führten sie tief in einen Wald hinein, wo keine unerwünschten Zeugen zu befürchten waren. Als sie gewahrten, daß sie an einen geeigneten Platz gelangten, erhob Jerusalem seine Stimme und sprach die folgenden Worte:

›Hochherzige, tugendhafte Ritter, hier habt Ihr den Tod und Euer Grab vor Augen. Das sind die Waffen, die von diesem Ritter gewählt und von Tirant anerkannt worden sind. Jeder von Euch nehme sich nach Belieben sein Teil.‹

Dann hieß er sie Platz nehmen im schönen Gras der Lichtung.

›Nun, Ihr Herren von hohem Adel und ritterlichem Geist‹, sagte Claros von Clarence, ›nun befindet Ihr Euch an diesem abgelegenen Ort, wo Ihr die Hilfe keines Verwandten oder Freundes zu erwarten habt; Ihr steht an der Schwelle des Todes, wo Ihr nur auf Gott und die eigene Tüchtigkeit vertrauen könnt. Laßt mich bitte wissen, wen Ihr als Schiedsrichter Eures Zweikampfes wünscht.‹

›Wie!‹ rief der Herr von Vilesermes. ›Sind wir uns denn nicht längst einig, daß Ihr es sein sollt?‹

›Und Ihr, Tirant, wen wollt Ihr als Kampfrichter?‹

›Ich will denjenigen, den der Herr von Vilesermes haben will.‹

›Da es Euch also beliebt, mich als Richter anzuerkennen, müßt Ihr gemäß den Regeln des Ritterordens, in den Ihr aufgenommen seid, jetzt beschwören, daß Ihr Euch in allem und jedem meinen Weisungen fügt.‹

Beide Kämpen versprachen und beschworen dies. Nachdem sie den Eid geleistet hatten, sagte der französische Ritter zu Tirant:

›Nehmt das Zeug, das Ihr haben wollt, und ich werde mit dem in den Kampf gehen, was Ihr mir übriglaßt.‹

›Nein‹, erwiderte Tirant, ›Ihr habt die Waffen beschafft, und in Eurem Namen sind sie hierher gebracht worden. Greift Ihr nur als erster zu, denn Ihr seid der Herausforderer; ich tue es danach.‹

Jeder der beiden Ritter beharrte auf seinem Ehrenstandpunkt. Nach längerem Hin und Her griff der Schiedsrichter selbst nach den Klingen, um dem Disput ein Ende zu machen. Die eine legte er zu seiner Rechten nieder, die andere zu seiner Linken. Dann nahm er zwei dürre Halme, einen längeren und einen kürzeren, und sprach:

›Wer den längeren zieht, der nehme die Klinge zu meiner Rechten; wer den kürzeren zieht, die zu meiner Linken.‹

Als jeder sein Teil hatte, entledigten sich beide augenblicklich all ihrer Kleider und hüllten ihre Nacktheit in die Hemden aus rauhem Leinen, die man als härene Bußgewänder bezeichnen könnte. Der Richter zog zwei Linien auf dem Kampfplatz und stellte den einen Kämpen auf diese, den anderen auf jene Linie. Er gebot ihnen, sich nicht vom Fleck zu rühren, ehe er das Zeichen gebe. Man hieb Äste von einem Baum, damit der Schiedsmann erhöht auf einer Art Podest stehen könne. Als dieses Behelfsgerüst gezimmert war, trat der Kampfrichter auf den Herrn von Vilesermes zu und sprach die folgenden Worte.«

KAPITEL LXVI

Die Ansprache, welche der Wappenkönig als Schiedsrichter des Duells an die beiden Ritter richtete

Ich bin Schiedsrichter, kraft der Vollmacht, die ihr mir erteilt habt. Und aufgrund des Rechtes, das für mein Amt gilt, bin ich verpflichtet, euch zu ermahnen und zu bitten – vor allem Euch, der Ihr der Herausforderer seid –, daß ihr geruhen möget, nicht zu beharren auf einem solch gefährlichen Unterfangen, wie es der Kampf ist, zu dem ihr hier angetreten seid. Habt Gott vor Augen und hütet euch davor, euch selbst ins Verderben zu stürzen; denn ihr wißt genau, daß der Mensch, der selbst seinen Tod sucht, keine Gnade erlangt vor dem Richterstuhl unseres Herrn im Himmel und verdammt ist für Zeit und Ewigkeit.‹

›Lassen wir jetzt derlei Worte‹, sagte der französische Ritter, ›denn jeder von uns zweien weiß selbst, was in ihm steckt, was er taugt und sich zutrauen kann, sowohl im irdischen wie im überirdischen Sinn. Fordert Tirant auf, hierher zu kommen und sich an mich zu wenden. Mag sein, daß wir dann zu einem Einverständnis gelangen.‹

›Was Ihr erwartet, scheint mir kein vernünftiges Ansinnen‹, sagte der Schiedsrichter. ›Ihr beide seid ebenbürtige Kämpen – weshalb sollte er da zu dir kommen? Aber geh du hin, Jerusalem, und frage Tirant, ob er herkommen will, um mit diesem Ritter zu reden.‹

Jerusalem begab sich zu Tirant und fragte ihn, ob es ihm beliebe, den anderen aufzusuchen. Tirant antwortete:

›Ihr seid unparteiisch, gerecht nach beiden Seiten. Sagt mir also, ob der Schiedsrichter von mir verlangt, daß ich dorthin gehe. Wenn es sein Wunsch ist, werde ich dies bereitwillig tun. Wegen des Ritters aber, der da drüben steht, würde ich keinen Schritt tun, weder vorwärts noch rückwärts, so tüchtig er auch sein mag.‹

Jerusalem sagte ihm, daß der Schiedsrichter nach den Regeln seines Amtes verpflichtet sei, alles in seiner Macht Stehende zu tun, um die streitenden Ritter zu versöhnen, damit sie sich nicht unnötig in so große Gefahr begeben. Darauf sagte Tirant:

›Jerusalem, sagt dem Schiedsrichter, daß ich keinen Grund sehe, weshalb ich dem dort entgegenkommen sollte. Wenn der etwas von mir will, soll er hierher kommen.‹

Jerusalem überbrachte die Antwort dem Schiedsrichter, und dieser sagte:

›Mir scheint, Tirant hat recht. Er handelt so, wie er handeln muß. Aber Ihr, Ritter, könnt ihm bis zur Mitte des Kampfplatzes entgegengehen, und Tirant wird desgleichen tun.‹

So geschah es denn auch. Als die beiden beieinander waren, setzte der Herr von Vilesermes zu einer Rede an, die folgendermaßen lautete.«

KAPITEL LXVII
Wie sich das Duell zwischen Tirant und dem Herrn von Vilesermes abspielte

Wenn du, Tirant, in Frieden, Liebe und Eintracht mit mir leben willst; wenn du möchtest, daß ich deinen jugendlichen Übermut verzeihe, so gewähre ich dir dies unter der Bedingung, daß du mir die Brosche jener erlauchten Herrin, Prinzessin Agnes de Berry, auslieferst, mitsamt der Klinge, die du in der Hand hast, und der Tartsche aus Papier, damit ich dies alles den Damen von Rang und Stand vorweisen kann. Denn du weißt genau, daß du nicht würdig bist, weder durch Herkunft noch durch Verdienst, irgend etwas zu besitzen, das von einem so erhabenen und tugendhaften Wesen stammt, wie sie es ist. Dein Stand, dein Stammbaum und deine Verhältnisse reichen nicht aus, um dir zu gestatten, auch nur die Senkel ihres linken Schuhs zu lösen. Du hast auch nicht das Zeug, dich mir gleichzustellen. Nur meine Gutherzigkeit war's, die mich dazu bewogen hat, dir zu erlauben, daß du dich mit mir messen kannst in einem Kampf Mann gegen Mann, als wärst du meinesgleichen.‹

›Ritter‹, sagte Tirant, ›mir ist nicht unbekannt, welch hohen Standes Ihr seid, wieviel Ihr taugt und wozu Ihr imstande seid. Dies ist jedoch nicht der rechte Augenblick und nicht der geeignete Ort, über die Vorzüge dieses oder jenes Stammbaums zu diskutieren. Jedenfalls bin ich Tirant lo Blanc; und wenn ich das Schwert in die Hand nehme, kann kein König, Herzog, Graf oder Markgraf mir den Kampf verweigern. Das weiß alle Welt. Doch an dir und deinem Betragen könnte man auf den ersten Blick alle sieben Todsünden ablesen. Mach dir klar, mit welch üblen, unanständigen Worten du mir Angst einzujagen meinst und meine Person und meinen Stand herabzusetzen versuchst. Ich sage dir, daß ein Ritter, der seine Zunge so wenig im Zaum hat wie du, mich nicht beleidigen kann und ich mich nicht geehrt fühlen könnte, falls du mir irgend etwas Gutes nachsagen würdest; denn das Sprichwort sagt ja: Gelobt zu werden von schlechten Menschen bedeutet soviel wie ein Lob für schlechte Taten. Also laß uns zur Sache kommen. Tun wir das, wozu wir hergekommen sind. Vergeuden wir nicht noch mehr Zeit mit überflüssigem Gerede. Wenn auch nur ein Haar von mir auf die Erde fallen sollte, würde ich es dir nicht hinterlassen wollen, geschweige denn dir erlauben, es anzufassen.‹

›Ihr seid also nicht bereit, euch zu versöhnen‹, sagte der Schiedsrichter. ›Wollt ihr den Kampf auf Leben und Tod?‹

Der Herr von Vilesermes antwortete:

›Es tut mir herzlich leid, daß dieser hochmütige Jüngling in seinen Tod rennt. Laßt uns loslegen! Ein jeder nehme seinen Platz ein!‹

Der Schiedsrichter erklomm das Podest, das man ihm aus Ästen zusammengezimmert hatte, und rief mit lauter Stimme:

›Auf denn, ihr Ritter! Ein jeder kämpfe, wie es sich geziemt für einen tapferen und guten Ritter!‹

Rasend gingen die beiden Kämpen aufeinander los, als wären sie von der Tollwut befallen. Bei diesem ersten Ansturm hielt der französische Ritter die Klinge hoch über seinem Kopf, während Tirant sie quer vor der Brust hielt. Als sie dicht beieinander waren, holte der Franzose zu einem wuchtigen Schlag aus, mitten auf das Haupt Tirants, doch dieser parierte den Schlag und versetzte seinem Gegner einen Hieb aufs Ohr, der es derart traf, daß es herabfiel auf die Schulter und fast das Hirn aus dem Schädel gequollen wäre. Der andere traf voll Tirants Oberschenkel, den die Klinge mehr als eine Spanne lang aufschlitzte. Und blitzschnell stieß er wieder zu, in den linken Arm, so daß der Stahl das Fleisch bis zum Knochen durchdrang. Jeder schwang seine Waffe wieder und wieder, mit so wildem Ungestüm und solcher Bravour, daß es einen mit staunendem Entsetzen erfüllte. Und sie fochten so Leib an Leib, daß bei jedem Hieb oder Stoß, den sie einander versetzten, Blut hervorschoß und jeden, der sah, welch grauenhafte Wunden der eine und der andere hatten, das helle Mitleid überkommen mußte. Denn beide Hemden waren nun rot gefärbt von dem vielen Blut, das sie verloren. Arme Mütter, die diese Söhne geboren hatten! Und Jerusalem fragte ein ums andere Mal den Schiedsrichter, ob er nicht wolle, daß sie aufhörten mit dem Gemetzel. Doch der unerbittliche Richter antwortete:

›Laßt sie an das ersehnte Ende ihrer erbarmungslosen Tage gelangen.‹

Ich bin fest überzeugt, daß ihnen beiden zu diesem Zeitpunkt der Frieden lieber gewesen wäre als der Streit. Aber als die tapferen, todesmutigen Ritter, die sie waren, kämpften sie unentwegt weiter, ohne jedes Erbarmen. Schließlich, als Tirant merkte, daß ihm der Tod immer näher rückte, je mehr er an Blut verlor, machte er sich so dicht an seinen Gegner heran, wie er irgend konnte, und stieß mit der Spitze seiner Waffe zu, auf die linke Brustwarze, direkt ins Herz. Der andere aber gab ihm einen heftigen Klingenhieb aufs Haupt, so daß es ihm schwarz vor den Augen wurde und er noch vor dem anderen zu Boden sank. Hätte der Franzose in diesem Moment, als Tirant zusammenbrach, sich noch auf den Beinen halten können, wäre es ihm ein Leichtes gewesen, ihn zu töten. Aber er war schon so entkräftet, daß er sogleich tot zu Boden fiel.

Als der Schiedsrichter die beiden Ritter so friedlich daliegen sah, stieg er von seinem Podest herab, näherte sich ihnen und sagte:

›Bei Gott, ihr habt euch wacker geschlagen, als gute Ritter, die aller Ehre wert sind. Und es gibt niemanden, der euch dies bestreiten könnte.‹

Zweimal machte er über jedem das Segenszeichen; dann nahm er zwei Stöcke, bildete daraus ein Kreuz, legte es über ihre Leiber und sagte:

›Ich sehe, daß Tirant die Augen noch ein wenig offen hat. Falls er nicht schon tot ist, hat er sein Leben bald ausgehaucht. Euch, Jerusalem, muß ich jetzt bitten, hier zu verweilen und diese reglosen Leiber zu bewachen. Ich werde zum Hof gehen, um dem König und den Turnierrichtern zu melden, was vorgefallen ist. So verlangt es die Rechtsordnung.‹

Er traf den König, als dieser eben die Kirche verließ; und in Gegenwart all derer, welche die Messe besucht hatten, sagte er zu ihm:

›Herr, es läßt sich nicht verleugnen, daß zwei unerschrockene Ritter von Rang und Ruf, die heute in der Früh noch als Gäste am Hof Eurer Hoheit weilten, sich jetzt in einem Zustand befinden, der keine Hoffnung auf Rettung ihres Lebens zuläßt.‹

›Welche Ritter sind es?‹ fragte der König.

›Herr‹, sagte Claros von Clarence, ›der eine ist der Herr von Vilesermes, der andere Tirant lo Blanc.‹
›Es bekümmert mich sehr, eine solche Nachricht hören zu müssen‹, sagte der König. ›Es wäre wohl gut, wenn wir noch vor dem Frühstück an den Unheilsort gingen, um zu sehen, ob wir ihnen irgendwie helfen können.‹
›Meiner Treu‹, sagte Claros, ›der eine hat dieses Leben hinter sich; und ich glaube, daß der andere ihm bald Gesellschaft leisten wird. So übel sind beide zugerichtet.‹
Als die Verwandten und Freunde beider Ritter dies vernahmen, ergriffen sie ihre Waffen und hasteten, teils zu Fuß, teils zu Pferd, dem Wald entgegen; und Gott erwies uns die Gnade, daß wir vor den anderen an die Stätte des grausigen Geschehens kamen. Und wir sahen Tirant in seinem Blute liegen. Er war kaum wiederzuerkennen; die Augen hatte er nur einen Spalt geöffnet.
Als die anderen dann ihren Herrn als Leichnam erblickten, stürzten sie auf unseren Ritter zu, um ihm den Rest zu geben; doch wir verteidigten ihn nach Kräften. Wir bildeten zwei Fronten, so daß der Bewußtlose nach beiden Seiten gedeckt wurde. Rücken gegen Rükken stehend, mußten wir die Wütenden abwehren; denn sie waren weitaus in der Überzahl. Aber aus welcher Richtung sie auch anstürmten – überall stießen sie auf standhafte Mannen, die ihnen die Stirn boten. Trotz alledem konnten wir nicht verhindern, daß einer der vielen Pfeile, die wie ein Hagel auf uns niederprasselten, den armen, am Boden liegenden Tirant traf.
Wenig später erschien der Großkonnetabel, stählern gewappnet von Kopf bis Fuß, gefolgt von zahlreichen Leuten, und trennte die verfeindeten Haufen. Kurz danach war auch der König zur Stelle, begleitet von den Turnierrichtern. Als sie die beiden Duellanten sahen, den einen tot, den anderen so leichenblaß, daß er im Sterben zu liegen schien, geboten sie, die Leiber nicht anzurühren, ehe sie Rat gehalten hätten.
Und während der Herrscher im Kreis seiner Ratsleute noch den Bericht anhörte, den ihm die Wappenkönige Claros von Clarence und Jerusalem gaben, kam die Königin hinzu, mit ihrem ganzen Gefolge von Frauen und Jungfrauen. Als sie gewahrten, wie übel

zugerichtet die beiden Kämpen waren, schossen ihnen Tränen aus den Augen, und völlig verstört von Schmerz und Mitleid, bejammerten sie den Tod zweier so hervorragender Ritter. Die schöne Agnes aber, erschüttert von dem traurigen Anblick, drehte sich um und sagte zur Königin:

›Schaut, wieviel Ehre und wieviel Elend!‹

Dann wandte sie sich an die Verwandten Tirants und rief:

›Ritter, ihr liebt doch Tirant – weshalb regt ihr euch nicht? Weshalb tut ihr nichts für euren guten Freund und Verwandten? Wie könnt ihr zulassen, daß durch eure Schuld der Rest von Leben, der in ihm ist, vollends zerrinnt? So stirbt er doch. Auf der kalten Erde liegt er und verblutet. Noch eine halbe Stunde, und er hat keinen Tropfen Blut mehr im Leib.‹

›Herrin, was sollen wir tun?‹ fragte ein Ritter. ›Der König hat jeden mit der Todesstrafe bedroht, der es wage, die beiden anzurühren oder von hier fortzubringen.‹

›Weh mir!‹ rief die schöne Agnes. ›Unser Herr im Himmel will nicht den Tod des Sünders – wie kann da der König sein Ende wollen? Laßt ein Bett für ihn herbeischaffen und legt ihn darauf, damit er es warm hat, bis der König die Beratung beendet hat. Wenn die Wunden dem Wind ausgesetzt sind, wird alles noch viel schlimmer.‹

Unverzüglich wiesen die Verwandten ein paar Leute an, rasch ein Bett und ein Zelt zu besorgen. Und während der ganzen Zeit, da die Beauftragten unterwegs waren, rang Tirant mit dem Tode, tief entkräftet von den Wunden, von der zunehmenden Kälte, die seinen Körper durchdrang, und vom großen Blutverlust. Angesichts der furchtbaren Qual, die Tirant durchlitt, sagte die schöne Agnes:

›So wahr ich ein Gewissen habe – weder Vater noch Mutter, weder Geschwister noch irgendwelche Verwandte, weder der Herr König noch die Frau Königin dürfen mir dies zum Vorwurf machen, denn ich tue es in bester Absicht.‹

Sie zog die Gewänder aus, die sie anhatte: lauter samtweiche, weiße Gewänder, gefüttert mit Zobelpelz. Die ließ sie auf dem Boden ausbreiten und gebot, Tirant auf die Kleider zu legen. Dann bat sie viele Mädchen ihres Gefolges, sich ebenfalls auszuziehen; und mit deren Kleidern deckte man ihn zu. Als Tirant die Wärme spürte, die ihm diese Einhüllung verschaffte, empfand er eine wohltuende Besserung und tat seine Augen auf. Und die schöne Agnes setzte sich neben ihn, nahm seinen Kopf, legte diesen in ihren Schoß und sprach:

›Ach, Tirant! Weh mir armem Weib! Wieviel Unheil hat die Brosche gebracht, die ich Euch geschenkt habe! Ein schwarzer Tag, eine schwarze Stunde war's, da ich sie anfertigen ließ; und schwärzer noch der Augenblick, in dem ich sie Euch gab. Wenn ich gewußt hätte, daß so etwas die Folge sein würde, wäre ich um nichts auf der Welt bereit gewesen, sie Euch zu schenken. Doch ein jeder Mensch macht, was das Schicksal ihm zugedacht. Und mir armem Wesen bleibt nun nichts anderes übrig, als das furchtbare Mißgeschick von euch beiden zu beweinen. Denn ich bin's, ich, der man die Schuld an all dem Schrecklichen zuschreiben kann. Ich bitte Euch, ihr Ritter, wenn adlige Großmut Euch lieb und wert ist, so bringt mir den Leichnam des Herrn von Vilesermes und legt ihn neben mich. Denn obwohl ich ihn nie, als er noch lebte, lieben wollte, will ich ihm doch im Tode die letzte Ehre erweisen.‹

Rasch trug man die Leiche zu ihr, und sie ließ sich den Kopf des Franzosen auf den Schoß legen, zur Linken, und sprach:

›Schaut, Liebe und Leid beisammen! Dieser Herr von Vilesermes, der hier liegt, war der Erbe von siebenunddreißig Burgen; und zu diesen gehören befestigte Städte und Marktflecken, umringt von prächtigen Wehrmauern mit vielen Türmen. Einer seiner Orte, wie auch die benachbarte Burg, heißt Vilesermes, ›Ödflecken‹, und deshalb wurde dieser Ritter der Herr von Vilesermes genannt: ein Mann von großem Reichtum, ein Ritter ohne Furcht und Tadel, so tapfer wie kein zweiter. Und hier könnt ihr sehen, wohin den armen Ritter das Vertrauen auf seine Kühnheit gebracht hat. Sieben Jahre hat er vergeudet, um meine Liebe zu erringen, und das ist nun der Lohn, den er davon hat. Unvergleichliche Waffentaten hat er vollbracht aus Liebe zu mir, getrieben von dem Wunsch, mich als rechtmäßige Gemahlin zu gewinnen – was ihm niemals hätte gelingen können, weil ich höheren Standes bin, sowohl durch meine Abkunft wie durch das Vermögen, das mir zufällt. Niemals wollte ich einwilligen in etwas, das ihm Wonne und Befriedigung gewesen wäre – und jetzt ist er gestorben, an seiner Eifersucht, vom Unglück verfolgt.‹

Der König verließ die Runde seiner Ratgeber, nachdem er von den genannten Wappenkönigen alles erfahren hatte, was geschehen war. Er ließ den drei Erzbischöfen und sämtlichen Bischöfen sagen, sie sollten mit der ganzen Geistlichkeit in feierlicher Prozession aus der Stadt herausziehen, zu Ehren des toten Ritters. Und die Verwandten Tirants ließen Ärzte kommen und alles, was nötig war, um ihm zu helfen. Die Heilkundigen stellten fest, daß er elf Wunden an seinem Körper hatte, darunter vier, die lebensgefährlich waren. Am Leib des Franzosen entdeckten sie fünf, die allesamt tödlich waren.

Sobald man Tirant behandelt hatte und der Klerus gekommen war, erteilten der König und die Turnierrichter die Weisung, den toten Ritter in den Sarg zu betten, welcher mit einem herrlichen goldenen Ehrentuch bedeckt war, wie es den Rittern zusteht, die im Kampf ihr Leben gelassen. Danach wurde Tirant auf einen riesigen Langschild gelegt, und obwohl seine Hand zu nichts mehr nütze war und er sie nicht mehr heben konnte, wurde beschlossen, daß er das blanke Schwert in ihr halten solle, mit Hilfe eines Stockes, an dem die Klinge festgebunden war, samt seiner Rechten, mit der er den Franzosen getötet hatte.

Auf dem Heimweg zogen die Kreuze und der Klerus voraus, dann kam der tote Kämpe, dem zu Fuß alle Ritter folgten. Hinter diesen ritten der König und sämtliche Fürsten; ihnen folgte, auf dem Schild getragen, Tirant, begleitet von der Königin sowie der ganzen Schar hochmögender Frauen und Jungfrauen von Rang und Namen. Den Schluß bildete der Großkonnetabel mit einer Kolonne von dreitausend gewappneten Mannen – und so zogen sie bis zur Kirche Sankt Georgs, wo höchst feierlich die Totenmesse zelebriert wurde. Und als man den Leichnam in den Sarkophag legte, bahrte man den Tragschild Tirants so dicht daneben auf, daß es fast so aussah, als gäbe er mit der Schwerthand den Hinweis, daß man ihn hineinlegen solle (er war freilich mehr tot als lebendig), denn so hatten es die Turnierrichter angeordnet.

Nach der Trauerzeremonie geleiteten der König und die Königin samt allen anderen Tirant bis zu seinem Quartier, wobei ihm von jedermann höchste Ehrerbietung bezeigt wurde. Und tagtäglich besuchte der König mit großem Gefolge den Ritter, bis er die volle Gesundheit wiedererlangt hatte. Diese Aufmerksamkeit pflegte man jedem zu erweisen, der im Kampf verwundet worden war. Und Tirant wurden dreißig Jungfrauen beigesellt, die ihn ständig umsorgten und bedienten.

Als man Tirant also in seinem Zelt endlich zu Bett gebracht hatte, stand die Sonne bereits hoch am Himmel, und der König hatte noch keinen Bissen zu sich genommen. Deshalb fragte man ihn, ob es Seiner Majestät beliebe, zunächst zu speisen, ehe er sich wieder in die Kirche begebe, zur Verkündigung des Urteils der Kampfrichter über das Duell. Die Richter, die dabeistanden, sagten zum König, Seine Hoheit könne getrost zu Tisch gehen, denn es habe ja schon Mittag geschlagen, und die Amtshandlungen, die noch zu vollziehen seien, könnten am Abend, nach der Vesper, stattfinden. Dieser Rat wurde dann auch befolgt.

Zur Stunde der abendlichen Andacht gingen der König und die Königin, begleitet vom ganzen Hofstaat, zur Kirche Sankt Georgs, wohin man auf ihr Geheiß Tirant lo Blanc trug; und nachdem das Gebet verrichtet war, ließ der König den Urteilsspruch verlesen, welcher – nach meiner Erinnerung – folgenden Wortlaut hatte.«

KAPITEL LXVIII

Wie die Kampfrichter Tirant zum Sieger im Zweikampf erklärten

Da die Majestät des durchlauchtigsten Herrn König uns als Kampfrichtern die Erlaubnis und Vollmacht erteilt hat, unser Urteil abzugeben und die Entscheidung zu treffen über alle Kämpfe, die innerhalb der von Seiner Hoheit festgesetzten Turnierfrist ausgetragen werden, sei es zwischen Schranken oder Banden, im Flachland oder im Gebirge, zu Fuß oder zu Pferde, mit oder ohne Stoffwände rings um die Kampfbahn, ge-

panzert oder ungepanzert, auf öffentlichem Platz oder an abgelegenem Ort, befinden und verkünden wir kraft unseres Amtes:
Daß der Herr von Vilesermes gestorben ist als guter Ritter und Märtyrer des Waffenhandwerks. Und weil ihm kein Begräbnis im kirchlichen Raum gewährt werden kann ohne ausdrückliche Zustimmung von unserer Seite, erklären wir außerdem, daß er, da er dies verdient hat, in diesem Gotteshaus bestattet und der Fürbitte unserer heiligen Mutter Kirche anempfohlen sein soll. Der Sieg im Zweikampf aber ist Tirant lo Blanc zuerkannt. Sobald die Responsorien gesungen sind, soll der Tote beigesetzt werden am letzten Ruheort jener Ritter, die mit der Waffe in der Hand untadelig gestorben sind. Dies ist unser Urteilsspruch, besiegelt mit dem Siegel, das unsere Wappen trägt.‹
Nachdem das Urteil verkündet war, sang die gesamte Geistlichkeit eine wunderschöne Litanei über der Gruft des französischen Ritters, und fast bis Mitternacht dauerte diese festliche Totenehrung, weil der Verstorbene sich keine Selbsterniedrigung gestattet, sondern tapfer kämpfend sein Leben gelassen hatte.
Danach trug man Tirant zu seinem Zelt zurück, wobei ihm der König und die Königin samt allen anderen Begleitern aufs schönste ihre Bewunderung bekundeten. Und auf ähnliche Weise feierte man alle anderen Kämpen, die einen Sieg errungen hatten.«
»So freut Euch von Herzen über Euren Freund!« rief der Einsiedler. »Aber sagt mal, Ihr habt mir doch erzählt, daß Tirant den höchsten Siegespreis errungen habe, der in diesem Festjahr voll herrlicher Turniere vergeben wurde, und daß er diese Auszeichnung erhalten habe, nachdem es ihm dreimal gelungen sei, seinen Gegner zu besiegen. Da ich ihn zuvor schon kennengelernt habe, beglückt es mich besonders, nun zu vernehmen, daß er sich als der Beste aller Sieger erwiesen hat. Doch es verwundert mich sehr, daß ihm dieser Preis nach nur drei erfolgreich bestandenen Kämpfen zugesprochen wurde. Das lag wohl mehr an der Schwäche seiner Gegner als an ihm.«
»Nein, Herr«, sagte Diafebus, »denn er hat eine ganze Reihe weiterer Glanztaten vollbracht, die ich Eurer Hoheit noch gar nicht berichtet habe.«

»Es wäre mir ein großes Vergnügen«, sagte der Einsiedler, »wenn Ihr die Güte hättet, mir davon zu erzählen; denn solche Geschichten sind mir ein wahres Labsal.«

»Hochwürdiger Vater, was Ihr unbedingt erfahren müßt, ist eine Sache, die sich nach seiner Genesung zutrug, zwei Monate nachdem er das Krankenlager verlassen hatte und wieder imstande war, eine Rüstung zu tragen und die Waffen zu schwingen. Ich will Eurer Hoheit schildern, was sich da begab, möchte aber, um nicht allzu weitschweifig zu werden, mit Schweigen übergehen, was für Waffentaten von vielen anderen guten Rittern vollbracht wurden, die sich glorreich in den Schranken behaupteten und ihre Widersacher töteten. Nur von den Taten Tirants soll die Rede sein, damit Eure Hoheit erkennen kann, ob Tirant mit gutem Grund den Ersten Preis erhielt und zu Recht als der Beste aller Ritter befunden wurde.

Zu den Festlichkeiten war auch der Prinz von Wales gekommen, mit einem großen Gefolge von Rittern und Edelleuten. Und da er ein leidenschaftlicher Jäger ist, hatte er auch eine Meute riesiger, überaus wilder Hetzhunde mitgebracht. Sein Quartier befand sich nahe der Stadtmauer. Eines Tages fügte es sich, daß der König, nur von drei oder vier Rittern begleitet, die Unterkunft des Prinzen aufsuchte, um ihn herzlich zu begrüßen; denn sie waren in ihren Knabentagen gute Freunde gewesen – was sie bis heute inniger verbindet als die Tatsache ihrer Blutsverwandtschaft. Weil der Prinz die Absicht hatte, sich als Kämpe an einem der Turniere zu beteiligen, und er nun so unerwartet den König vor sich sah, bat er diesen, ihm die Kampfrichter zu schicken, damit er von ihnen erfahre, wie es zu arrangieren sei und was es dabei zu beachten gelte. Der König ließ sie unverzüglich rufen, und die geheime Beratung erfolgte nach der Mittagszeit, weil zu dieser Stunde die Leute gemeinhin der Ruhe pflegen. Tirant kam aus der Stadt, denn er hatte sich dort ein Gewand mit Goldfäden besticken lassen. Als er an dem Haus des Prinzen vorbeiritt, hatte sich eben ein Hetzhund von der Kette losgerissen und war ausgebrochen. Eine Menge Menschen lief zusammen, um ihn einzufangen und wieder anzuketten. Doch der Hund war so wild, daß niemand es wagte, sich ihm zu nähern.

Und wie Tirant mitten auf dem Vorplatz war, den er gerade überquerte, sah er, daß der Hund auf ihn zurannte, um ihn anzufallen. Rasch sprang er vom Pferd und zog das Schwert. Als der Hund den Stahl erblickte, trollte er sich, und Tirant sagte:

›Eines Tieres wegen will ich weder das Leben verlieren noch die Ehre meines Rufes auf Erden.‹

Dann schwang er sich wieder in den Sattel. Der König und die Kampfrichter befanden sich an einer Stelle, von wo aus sie die Szene genau beobachten konnten. Der Prinz von Wales sagte:

›Fürwahr, Herr, ich kenne diesen Hetzhund: ein Biest von bösartigem Charakter. Jetzt, wo er los ist, gibt's ein Höllenspektakel. Wenn der Ritter, der da vorbeireitet, ein bißchen Mumm in den Knochen hat, können wir einen tollen Kampf erleben.‹

›Mir scheint‹, sagte der König, ›der Mann dort ist Tirant lo Blanc, und einmal hat er den Köter bereits verjagt. Ich glaube nicht, daß das Biest sich ein zweites Mal an ihn heranwagt.‹

Kaum war Tirant zwanzig Meter weitergeritten, da stürzte sich der Hetzhund erneut mit grimmiger Wut auf ihn, so daß Tirant wieder absteigen mußte, wobei er sagte:

›Ich weiß nicht, ob du ein Teufel bist oder ein verhextes Geschöpf.‹

Wieder zog er sein Schwert und rannte auf den Hund los, der ihn rasend umkreiste, aber aus Angst vor der Klinge sich nicht näher herantraute.

›Na‹, rief Tirant, ›ich merke schon: du hast Angst vor meiner Waffe. Aber man soll mir nicht nachsagen, der Kampf zwischen dir und mir sei mit ungleichen Waffen ausgetragen worden.‹

Er warf sein Schwert hinter sich, und der Hetzhund machte zwei oder drei Sätze, so rasch er konnte, packte das Schwert mit den Zähnen, trug es ein Stück weit weg und rannte erneut auf Tirant los.

›Jetzt ist keiner mehr im Vorteil‹, rief Tirant. ›Die Waffen, mit denen du mir wehtun willst, werde ich gegen dich verwenden.‹

Mit wilder Wut umkrallten sie sich und versetzten einander furchtbare Bisse. Der Hetzhund, der riesengroß war und voll hochfahrender Verwegenheit, warf Tirant dreimal zu Boden, und dreimal brachte er ihn unter seine Pfoten. Eine halbe Stunde währte dieses

Toben, und der Prinz von Wales befahl seinen Leuten, sich fernzuhalten; keiner solle versuchen, die Gegner zu trennen, ehe einer von beiden eindeutig besiegt sei.
Der arme Tirant hatte viele Wunden an den Armen und Beinen. Schließlich packte er die Bestie mit beiden Händen am Hals, preßte diesen mit aller Kraft zusammen und schlug zugleich seine Zähne so heftig in die Wange des Riesenhundes, daß dieser tot zusammensackte.
Der König und die Kampfrichter eilten ins Freie, hoben Tirant auf und brachten ihn ins Haus des Prinzen. Man holte Ärzte herbei, und sie verbanden die Wunden Tirants.
›Beim Himmel‹, sagte der Prinz von Wales, ›nicht für die beste Stadt von ganz England hätte ich Euch die Erlaubnis erteilt, meinen Hetzhund zu töten.‹
›Herr‹, erwiderte Tirant, ›so wahr mir Gott helfe, daß ich von diesen Wunden genese – nicht für die Hälfte Eures gesamten Erbes wäre ich bereit gewesen, mich so zurichten zu lassen.‹
Als die Königin und ihre Zofen erfuhren, was Tirant getan und erlitten hatte, kamen sie eilends, um nach ihm zu sehen. Und angesichts des elenden Zustandes, in dem sie ihn erblickten, sagte die Herrscherin zu ihm:
›Tirant, Blut und Schweiß sind der Preis, um den man Ehre erlangt. Kaum seid Ihr vom einen Übel geheilt, und schon hat das nächste Euch ereilt.‹
›Durchlauchtigste Herrin, in deren Wesen sich alle Züge menschlicher und engelhafter Vollkommenheit vereinen, Eure Majestät möge darüber richten, ob ich gesündigt oder recht gehandelt habe. Arglos ritt ich dahin, als mir ein Teufel in Hundegestalt erschien. Ohne Widerspruch seines Herrn ging der Wutbold auf mich los. Da wollte ich mir nicht verwehren, wonach mein Herz begehrte.‹
›Laßt Euch durch nichts bekümmern‹, sprach die Königin, ›mag Euch auch noch soviel Unheil widerfahren; denn je härter es Euch trifft, desto heller wird sich Eure Tugend erweisen.‹
›Noch nie, durchlauchtigste Herrin‹, sagte Tirant, ›hat mich jemals ein Mensch in Trübsal gesehen, so groß der Verlust auch gewesen sein mag, der mich traf; und noch weniger war ich je in der Gefahr,

übermütig zu werden wegen irgendeines Glücks, das mir zuteil wurde, auch wenn der Gewinn noch so herrlich war. Es stimmt zwar, daß das menschliche Denken ein schwankendes Rohr ist und daß das Herz sich mal fröhlich, mal traurig zeigt. Doch wer sich daran gewöhnt hat, Mühsal und Bedrängnis, Wunden und schwere Schicksalsschläge in Geduld zu ertragen, kann durch nichts entmutigt werden, was immer ihm auch zustößt. Was mir mehr zusetzt als alle Gefahren, in die ich geraten mag, ist die Wahrnehmung einer Ungerechtigkeit, die vor meinen Augen begangen wird.‹

In diesem Augenblick erschien der König mit den Kampfrichtern. Sie sagten zu Tirant, sie hätten den Zweikampf zwischen ihm und dem Hetzhund gesehen. Und weil er zuvor sein Schwert weggeworfen hatte, so daß beide mit gleichen Waffen kämpften, sprachen ihm die Turnierrichter die Ehre des Siegertitels zu, als ob er in den Schranken einen Ritter besiegt hätte. Und sie befahlen den Wappenkönigen, Herolden und deren Gehilfen, in der ganzen Stadt und auf sämtlichen Lagerplätzen lauthals den Triumph zu verkünden, den Tirant an diesem Tag errungen. Und als sie ihn heimgeleiteten zu seinem Quartier, erwiesen sie ihm die gleiche Ehre wie nach den anderen Kämpfen, die er siegreich bestanden hatte.

Kurz danach aber, Herr, begab es sich, wie wir durch die Berichte vieler Ritter und Edelleute wissen, daß der König von Friesland und der König von Polen, zwei leibliche Brüder, die sich innig liebten und das Verlangen hatten, sich endlich einmal wiederzusehen, den Entschluß faßten, nach Rom zu reisen, im letzten Jahr, als es dort des Jubiläums wegen einen besonderen Ablaß gab. Die beiden Könige vereinbarten durch Sendboten, sich an einem bestimmten Tag in Avignon zu treffen, von wo aus sie dann gemeinsam nach Rom weiterreisen wollten. Und ihrem Beispiel folgten viele andere große Herren, um gleichfalls den Ablaß des Heiligen Jahres zu erlangen.

Und als sich die königlichen Brüder schließlich in Rom befanden, in der Kirche des glorreichen Sankt Petrus, am selbigen Tag, da man das Schweißtuch der Veronika und die anderen heiligen Reliquien zur Schau stellte, da geschah es (obwohl die beiden Brüder verkleidet und nur mit wenigen Begleitern angereist waren, um nicht erkannt zu werden), daß nach dem Ende der Reliquienschau ein Schild-

knappe des Herzogs von Burgund den König von Polen erkannte, auf ihn zutrat und ihm mit einem Kniefall die Ehrerbietung erwies, wie sie einem König zukommt. Und der König fragte den Jungen, ob sein Herr, der Herzog, auch dasei.
›Ja, Herr‹, antwortete der Knappe, ›in der Kapelle da drüben betet er.‹
Da sprach der König:
›Das höre ich mit Vergnügen, und noch größer wird meine Freude sein, wenn ich ihn zu Gesicht bekomme.‹
Die beiden Könige begaben sich zu der Kapelle, in welcher der Herzog weilte. Der Knappe aber beeilte sich, seinem Herrn zu melden, daß die zwei königlichen Brüder da seien und ihn zu sehen wünschten. Hocherfreut verließ der Herzog alsbald die Kapelle, und als sie einander erblickten, strahlten sie vor Glück; denn Burgund liegt ja nicht weit von Polen entfernt, und die Herrscher beider Länder hatten sich oft besucht und enge Freundschaft geschlossen. Ausführlich berichteten sie einander von ihrer Reise.
›Nun‹, sagte der König von Polen, ›da es das Glück so gut gemeint und uns hier zusammengeführt hat, bitte ich Euch, heute mit mir zu speisen; und solange wir an diesem Ort verweilen, wollen wir gemeinsam tafeln.‹
Der Herzog dankte ihm herzlich für seine gute Absicht und sagte:
›Herr, für heute wird mich Eure Hoheit entschuldigen müssen; denn Philipp ist da, der Herzog von Bayern.‹
Der König fragte:
›Ist das derjenige, der als Zeuge gegen seine Mutter auftrat und sie während ihrer Gefangenschaft umbringen ließ?‹
›Ja, Herr, und er ist der Sohn des deutschen Kaisers. Denn Kaiser kann ja keiner werden, der nicht aus dem Hause Bayern oder dem Hause Österreich stammt. Und die Wahl der Kurfürsten ist diesmal auf den Vater von ihm gefallen. Und ich habe sie zu Tisch geladen – ihn und den Herzog von Österreich.‹
›Das geht nicht‹, sagte der König; ›entweder müßt ihr alle mit mir essen, oder wir, mein Bruder und ich, werden uns zu Eurer Tafelrunde gesellen. Euer Gnaden würden mir eine hohe Gunst erweisen, wenn Ihr geruhen würdet, Euch uns anzuschließen.‹

Gemeinsam ritten sie los, und auf ihrem Weg durch die Stadt begegneten sie dem Herzog von Bayern und dem Herzog von Österreich, bei welcher Gelegenheit der Herzog von Burgund die beiden mit den Königen bekannt machte, deren Freundschaft zu erlangen sie höchlich befriedigte. Überaus vergnügt labten sich alle zusammen an einer Tafel; und in Hülle und Fülle wurden ihnen sämtliche Köstlichkeiten aufgetischt, die solchen Herren gebühren.

All die Zeit, die sie in Rom verweilten, speisten sie stets gemeinsam; und auch danach noch, bis man sie ins Grab legte.

Eines Tages, als sie nach dem Essen plaudernd beisammen saßen, kam das Gespräch auf den König von England und die Königin, von der es hieß, daß sie eine der schönsten Frauen der Welt sei. Man sprach von den großen Festen und von den Ehrungen, die den Ausländern und den Einheimischen zuteil geworden seien, welche nach London gezogen waren. Desgleichen unterhielten sie sich über die Turnierkämpfe, die dieser oder jener geboten habe; erörterten, wer sich für welche Waffen entschieden habe – ob für scharfe, zum Kampf auf Leben und Tod, oder für stumpfe, zum bloßen Schaugefecht. Auch war die Rede von der gewaltigen Menge derer, die da zusammengeströmt waren, teils um an den Turnieren teilzunehmen, teils um die Pracht und Herrlichkeit der Feste zu sehen, die in dem Wunderfelsen gefeiert wurden.

Schließlich ergriff der König von Friesland das Wort und sagte:

›Ich hätte große Lust, dorthin zu reisen, nachdem ich nun den heiligen Ablaß erhalten habe.‹

Dieser König von Friesland war siebenundzwanzig Jahre alt, und der König von Polen einunddreißig.

Der Herzog von Österreich antwortete:

›Wahrhaftig, wenn nicht die furchtbaren Zwistigkeiten und Fehden wären, die in meinem Lande ausgebrochen sind, würde ich Euch gern begleiten, um mich mit jenen tapferen Rittern zu messen, die dort als Standhalter kämpfen. Sechsundzwanzig sollen es sein. Zunächst würde ich mit Turnierwaffen gegen sie antreten, dann aber sollte es hart auf hart gehen, bis zum blutigen Ende.‹

Der Herzog von Burgund sagte:

›Ihr Herren, wollt ihr die Gelegenheit nutzen und euch ergötzen an

Festen und Ehren, wie sie einem nicht jeden Tag geboten werden? Falls es Euer Gnaden behagt, nach England zu reisen, lasse ich alles auf sich beruhen, was ich hier mit dem Heiligen Vater zu verhandeln habe, und leiste euch liebend gern Gesellschaft. Und ich gebe euch mein Wort darauf, daß ich nicht in mein Land zurückkehren werde, ehe ich mich mit einem Ritter geschlagen habe, in einem Kampf auf Leben und Tod.‹

›Herr Herzog‹, antwortete der König von Polen, ›da mein Bruder, der König von Friesland, den Wunsch hat, dorthin zu reisen, bin ich mit Freuden bereit, mich eurer Fahrt anzuschließen und dort die gefährlichsten Zweikämpfe auszufechten, die irgendwer dort wagen mag.‹

Der Sohn des Kaisers und Herzog von Bayern sprach:

›Ihr Herren, an mir soll die Sache fürwahr nicht scheitern. Ich bin der letzte, der sagen würde, er habe keine Lust zu dieser Fahrt.‹

›Da wir uns also alle einig sind‹, sagte der König von Friesland, ›wollen wir vier einander geloben, in Liebe und Treue zusammenzuhalten auf dieser Reise, und beschwören, daß es unter uns keinen Rangunterschied und keine Herrschaft geben soll, sondern die Gleichheit aller und die Verbundenheit brüderlicher Waffengenossen.‹

Alle billigten und priesen die Worte des Friesenkönigs; gemeinsam begaben sie sich in die Laterankirche und leisteten vor dem Altar feierlich ihren Schwur. Dann besorgten sie alles, was sie für ihre Unternehmung benötigten, Waffen, Pferde und mancherlei andere Dinge, von denen später die Rede sein soll; und nach vielen Tagereisen, zu Lande und zu Wasser, gelangten sie zur lieblichen Insel England, wo sie sich keinem Menschen zu erkennen gaben. Wohlversehen mit Auskünften über die Sitten und Gebräuche des englischen Herrschers, kamen sie eines Nachts in die Nähe des Wunderfelsens, in welchem der König weilte.

Nur etwa zwei Armbrustschüsse von demselben entfernt, ließen sie in der Dunkelheit vier große Zelte aufschlagen. Und in der Frühe, als die Sonne aufging, blinkten die Knäufe auf den Zeltstangen herrlich im Morgenlicht; und da sie ihr Lager auf einer kleinen Anhöhe errichtet hatten, wirkten die Zelte noch viel prächtiger, als sie waren.

Die zuerst ihrer ansichtig wurden, liefen zu den Kampfrichtern, um diesen zu melden, was sie gesehen; und diese berichteten es dem König.

Nach kurzer Beratung mit den Kampfrichtern beschloß der König, einen Wappenkönig hinüberzuschicken, der erkunden sollte, was die wundersame Überraschung zu bedeuten habe. Jerusalem war's, der auserwählt wurde für den Kundschafterdienst. Er zog die wappenbestickte Tunika über sein Kettenhemd, und ganz allein ging er hinüber zu den Zelten.

Als er zum Eingang des ersten Zeltes gelangte, trat ein alter Ritter mit schneeweißem, lang herabwallendem Bart heraus, der einen mächtigen Stock in der Hand hielt und mit einem Staatsrock aus schwarzem, hermelinverbrämtem Samt bekleidet war. In seiner Linken hatte er Paternosterperlen eines Rosenkranzes aus Chalzedon, und um seinen Hals hing eine dicke Goldkette. Beim Anblick dieses allein erscheinenden Ritters erstaunte der Wappenkönig, nahm seine Kopfbedeckung ab und begrüßte ihn mit der Ehrerbietung, die einem Ritter gebührt. Mit großer Liebenswürdigkeit erwiderte der greise Ritter seinen Gruß, doch er tat es stumm, ohne irgendein Wort zu sprechen.

Da sagte Jerusalem zu ihm:

›Herr Ritter, wer Ihr auch sein mögt – mein Herr, der König, und die Kampfrichter haben mir den Auftrag erteilt, Euch aufzusuchen und in Erfahrung zu bringen, ob Ihr der Meister und Herr dieser Gesellschaft seid, oder wer sonst der Anführer ist. Damit ich wahrheitsgetreu Bericht erstatten kann, bitte ich Euch um die Gunst, mich wissen zu lassen, wer, woher und was Ihr seid; und wenn ich in dem Amt, das ich ausübe, Euch behilflich sein kann, stehe ich Euch jederzeit zu Diensten.‹

Als der Ritter vernahm, weshalb Jerusalem gekommen war, nahm er nochmals seinen Hut ab, neigte ein wenig das Haupt, bekundete mit dieser Gebärde seinen Dank für alles, was der andere gesagt hatte, und faßte ihn an der Hand. Zunächst führte er ihn in ein Zelt, in dem sich vier sizilianische Pferde befanden, sehr große und schöne Tiere mit stahlgesäumten Sätteln und mit Zaumzeug, das über und über vergoldet war. Dann führte er ihn in ein anderes Zelt, in dem vier

ganz besondere, wunderhübsch hergerichtete Feldbetten standen.«
»Was war das Besondere daran?« fragte der Einsiedler.
»Herr, das will ich Euch schildern. Auf jeder Lagerstatt gab es Matratzen und Daunendecken, und die Betthimmel waren aus grünem Brokat, innen gefüttert mit karminrotem Satin, überall geschmückt mit Filigranstickerei und vielen herabhängenden Juwelen, die beim leisesten Windhauch hin und her schwangen. Und ein Bett war so herrlich wie das andere, alle von der gleichen Farbe und Form, ohne irgendwelchen Vorzug hier oder dort. Am Fußende eines jeden Bettes befand sich eine reizend herausgeputzte Mädchengestalt von unbeschreiblicher Schönheit. Das also, Herr, war das Besondere an diesen Feldbetten. Zwei davon standen am einen Ende des Zeltes, zwei am anderen Ende; und wer hereintrat erblickte, dem Zelteingang direkt gegenüber, vier wunderschön bemalte Wappenschilde, die man dort aufgehängt hatte.
Danach führte der alte Ritter ihn in ein drittes Zelt, an dessen Tür vier mächtige, mähnentragende Löwen ruhten. Und sobald sie Jerusalem bemerkten, erhoben sich alle, so daß es ihm angst und bange wurde. Blitzschnell tauchte da ein kleiner Page auf, und mit einer schlanken Gerte versetzte dieser jedem Löwen einen Schlag, worauf sich alle unverzüglich wieder hinlegten. Als Jerusalem dann im Inneren dieses Zeltes stand, sah er vier herrlich funkelnde, fein gearbeitete Harnische, zu denen vier reich geschmückte, prächtig vergoldete Schwerter gehörten. Weiter hinten im Zelt befand sich ein grüner Samtvorhang, der knapp die Hälfte des Raumes verdeckte, aber nun von einem anderen Pagen zurückgeschlagen wurde; und da gewahrte der Wappenkönig vier Ritter, die auf einer Bank saßen; und jeder der viere hatte einen breiten Tuchstreifen aus hauchdünner Seide vor den Augen, ein Gewebe, das so durchsichtig war, daß sie alle Personen wahrnehmen konnten, die sich im Zelt befanden, während sie selbst nicht erkannt werden konnten. Sie trugen Sporen an den Füßen, und jeder hielt ein blankes Schwert in den Händen: die Spitze auf der Erde, der Knauf in Brusthöhe. Nachdem der Wappenkönig sie ein Weilchen angestarrt hatte, zog der greise Ritter ihn hinaus ins Freie und brachte ihn in ein viertes Zelt.

Und all diese Zelte, von denen ich Euch erzählt habe, waren innen karminrot ausgeschlagen und so prunkvoll bestickt wie die Baldachine über den Betten. Als Jerusalem nun dieses vierte Zelt betrat, erblickte er eine große Anrichte voller Tafelgeschirr aus Gold und Silber und viele gedeckte Tische. Wer immer in dieses Zelt trat, kam nicht wieder heraus, ohne gegessen und getrunken zu haben, sei's aus eigenem Verlangen oder dem Zwang gehorchend. Wenn nämlich einer nichts zu sich nehmen wollte, wurde er alleingelassen, und ein Löwe erschien, der sich vor den Zelteingang legte und ihn nicht hinausließ, ehe er etwas gekostet hatte. Viel Ehre wurde dem Wappenkönig erwiesen, und nachdem er getafelt hatte und gehen wollte, nahm der greise Ritter einen großen, fünfzehn Pfund schweren, mit Gold ausgelegten Silberteller von der Anrichte und übergab ihn Jerusalem als Abschiedsgeschenk.

Als der Wappenkönig dann vor dem König stand, berichtete er ihm alles, was er gesehen hatte, wobei er gestand, daß er in seinem ganzen Leben noch nie solche Angst gehabt habe.

Der König sagte:

›Niemand sollte sich über irgend etwas wundern, das er sieht; denn jeder sieht mit den Augen seiner Phantasie. Wenn es anständige Ritter sind, werden sie herkommen.‹

Der König ging in die Kapelle, um die Messe zu hören; und nach dem Essen, als der Tag schon fast vorüber war, sah man die vier Ritter heranreiten. Auf diese Nachricht hin begab sich der König an das Tor des Felspalastes. Dort setzte sich das Herrscherpaar hin, und sein gesamtes Gefolge erwartete stehend die Besucher, links und rechts aufgereiht zum Spalier.

Jetzt, Herr, will ich Eurer Hoheit schildern, in welch großartigem Aufzug die Gäste vor dem König erschienen. Allen voraus schritten vier blutjunge Pagen in silbern blinkenden Wämsern, kurzen, ärmellosen Jacken, die bis zur Taille geschlitzt waren; und das Futter, das aus den Schlitzen hervorleuchtete, war genauso reich bestickt wie der Stoff; auch die eng anliegenden Beinkleider waren von oben bis unten bestickt und überdies mit wunderschönen Perlen besetzt. Jeder der Jungen führte einen Löwen an einer aus Gold und Seide geflochtenen Leine, verbunden mit der schweren goldenen Hals-

kette, welche die Raubtierkehle umschloß. Diese Pagen also bildeten, wie gesagt, die Vorhut. Hinter ihnen kamen die vier Ritter zu Pferde, und ihre Reittiere waren hohe Streitrosse, lauter Schimmel, makellos weiß, mit violetten Schabracken, die jeweils in der gleichen Farbe mit ein und demselben Wappen, ein und demselben Wahlspruch bestickt waren. Die Obergewänder, welche die Ritter trugen, waren aus dunkelgrauem Damast, die Ärmel weit und schräg geschnitten; aus karminrotem Brokat waren die Wämser; über Hals und Schultern hatten sie Kapuzen aus schwarzem Samt gezogen, die auch die Gesichter soweit verdeckten, daß nur noch die Augen und Nasen zu sehen waren. Auf dem Haupt hatten sie Strohhüte, deren gesamte Oberfläche dachziegelartig mit Goldplättchen bedeckt war; um ihre samtgeschützten Nacken hingen dicke Goldketten; ihre hohen Stiefel waren aus schwarzem Satin, und deren lange Spitzen paßten gut zu den prächtig vergoldeten Sporen; das Futter der Stiefel aber war von feiner scharlachroter Farbe, und ihre Stulpen, oben am Schenkel, waren mit großen, herrlich schimmernden Perlen aus dem Orient bestickt. Trotz ihren fast völlig vermummten Gesichtern und den gegürteten Schwertern bekundete ihr ganzes Gebaren den Adel hoher Herren, die von weither kamen. Und man kann wirklich behaupten, daß von all den Fürsten, die in dieses Land gekommen sind, keiner sich auf solch noble Art präsentierte und mit soviel Wohlwollen von allen Leuten empfangen wurde.
Als sie in die Nähe des Königs gelangten, stiegen sie vom Pferd und begrüßten ihn mit einer Neigung des Kopfes; vor der Königin jedoch beugten sie, weil es um eine Dame ging, ein wenig das Knie. Der König und die Königin erwiderten die Grußgesten und setzten sich dann wieder. Die Ritter aber blieben unverrückt stehen, und so verharrten sie mehr als eine halbe Stunde, völlig reglos, starr und stetig das Gefolge und das Verhalten des Herrscherpaares betrachtend. Und keiner war da, der sie erkennen konnte, während sie selbst viele der Anwesenden erkannten, sowohl unter den Vasallen des Engländers wie unter den Ausländern.
Als sie schließlich ihre Schaulust gestillt hatten, näherte sich ihnen einer der Pagen mit dem Löwen, den er an der Leine führte, und

einer der Ritter steckte ein Schriftstück in das Maul des Löwen, beugte sich hinab und sagte ihm etwas ins Ohr. Was er ihm sagte, war nicht zu hören. Das Raubtier lief auf den König zu, den es als solchen erkannte, als wäre es keine Bestie, sondern ein menschliches Wesen. Wie die Königin sah, daß der Löwe losgelassen auf sie zulief, hielt sie es auf ihrem Sitz neben dem König nicht aus, sprang auf, und alle Zofen taten augenblicklich desgleichen. Der König packte seine Gemahlin am Kleid, hielt sie fest und sagte, sie solle sich wieder setzen, denn es sei ja nicht zu vermuten, daß solche Ritter, die als Gäste an seinen Hof gekommen, mit ihren Tieren irgendwem einen Verdruß bereiten würden. Daraufhin setzte sich die Königin, mehr der Nötigung als der eigenen Neigung folgend, wieder an ihren Platz. Und es war kein Wunder, daß die Königin erschrak, denn der Vorgang war wirklich unheimlich.

Doch der Löwe war so zahm, daß er keinem Menschen etwas zuleide tat. Das Raubtier ging geradewegs auf den König zu, mit dem Schriftstück im Maul, und der tapfere König nahm es furchtlos aus dem Löwenmaul, worauf sich die Riesenkatze sogleich zu Füßen des Königs niederlegte. Was auf der Rolle geschrieben stand, lautete folgendermaßen:

›Allen, die diese Urkunde lesen, sei kund und zu wissen getan, daß diese vier Waffenbrüder in Gegenwart des Senats von Rom, des Kardinals von Pisa, des Kardinals von Terranova, des Kardinals von Sankt Peter in Luxemburg, des Patriarchen von Jerusalem sowie der beiden Magister Alberto di Campobasso und Ludovico della Collonda allhier erschienen sind und bei mir, dem ordentlich bestallten Notar kraft kaiserlichen Privilegs, den Antrag gestellt haben, amtlich zu beurkunden und vor jedermann zu bezeugen, daß diese Herren sämtlich Ritter sind, die zu Recht ein vierfaches Wappen im Schilde führen, also rein adligen Geblütes sind, von seiten des Vaters wie der Mutter, des Großvaters wie der Großmutter. Kein Fürst auf der Welt ist folglich befugt, irgendwelchen Tadel zu üben an ihrer Abkunft oder einem ihrer Adelstitel. Und zum Zeichen der Wahrheit des Obigen setze ich hiermit das übliche Signum meiner notariellen Amtsvollmacht darunter. † Ambrosino di Mantova

Gegeben zu Rom am zweiten März des Jahres …‹«

KAPITEL LXIX

Wie die vier ritterlichen Waffenbrüder,
von denen zwei Könige und zwei Herzöge waren,
sich dem König darboten
und ihm schriftlich mitteilten,
was ihr Wunsch und Wille sei

Nachdem der König den Inhalt dieses Schreibens vernommen hatte und merkte, daß die Besucher nicht reden wollten, gebot er, ihnen schriftlich zu antworten. Der Sekretär war bald zur Stelle, und er setzte auf, was der König ihm diktierte: Sie seien herzlich willkommen in seinen Landen und an seinem Hofe; und wenn sie irgend etwas wünschten, das ihrem Wohlbefinden, ihrer Ehre oder ihrem Vergnügen dienlich wäre, sollten sie es sagen, denn er würde mit Freuden ihrer Bitte willfahren.

Eigenhändig legte dann der König dieses Schriftstück in das Maul des Löwen, der es eilends seinem Herrn brachte. Und der betreffende Ritter nahm das Schriftstück und las es den anderen vor, und alle viere zogen daraufhin ihre Hüte und verbeugten sich, dem König zugewandt, voller Demut, zum Zeichen der Dankbarkeit für die Ehre, die er ihnen erwiesen, und für sein großmütiges Angebot. Da kam ein zweiter Page mit einem anderen Löwen, näherte sich seinem Herrn und steckte ein neues Schriftstück in das Maul des Löwen, worauf alles genauso verlief wie bei der Botschaft, die der erste Ritter hatte übermitteln lassen. Der König nahm das Schreiben aus dem Raubtiermaul und ließ es laut vorlesen, so daß alle Anwesenden es hörten, wie er dies schon beim ersten Brief getan hatte. Der zweite aber hatte den folgenden Wortlaut.«

KAPITEL LXX

Wie der zweite Ritter dem König offiziell erklärte, daß er und seine Gefährten an den Turnieren teilnehmen wollten, und auf welche Weise sie zu kämpfen wünschten

Wir vier Waffenbrüder erhielten, als wir in Rom weilten, die Kunde, daß der hocherhabene und großmächtige Herr König von England all denen Obdach und Gastfreundschaft garantiere, die ohne Trug oder böse Absicht an seinen blühenden Hof kämen. Und da wir vier Waffenbrüder den sehnlichen Wunsch haben, bei den festlichen Turnieren Kämpfe zu bestehen, in denen es um Leben und Tod geht, ersuchen wir Eure Hoheit um die Erlaubnis, uns die Gegner und die Waffen nach eigenem Belieben wählen zu dürfen.‹
Der König ließ wiederum schriftlich antworten, und zwar in dem Sinne, daß es ihm ein Vergnügen sei, ihnen das zu gewähren, worum sie gebeten; und er stelle es ihnen frei, den Ort, den Tag und die Stunde nach eigenem Gutdünken zu bestimmen. Zunächst aber sollten sie ein paar Tage ausruhen. Und er bitte sie dringlich, mitzukommen in sein Quartier, wo ihnen die Ehre erwiesen werden solle, die ihnen gebühre.
Eigenhändig steckte er auch diesen Brief in das Maul des Löwen, der damit zu seinem Herrn zurücklief.
Als die Ritter die Anwort des Königs gelesen hatten, sowie die Einladung, die er ihnen damit zukommen ließ, zogen sie aufs neue den Hut und gaben ihm mit einer kleinen Verneigung ihre Ehrerbietung zu erkennen. Und der König erwiderte diese Freundlichkeit mit einer huldvollen Geste.
Der dritte ließ seine Botschaft auf die gleiche Weise übermitteln wie die anderen, und sie lautete wie folgt.«

KAPITEL LXXI[a]

Was auf dem Zettel stand,
mit dem der dritte Ritter die Bedingungen
für die von den vieren gewünschten Zweikämpfe mitteilte

Ein jeder Ritter, der willens ist, gegen uns zu einem Kampf auf Leben und Tod anzutreten, soll zu unserem Quartier kommen. Dort wird er als Kennzeichen einen Mastkorb finden, hoch oben auf einem Baum, der weder Frucht noch Blatt noch Blüte hat und darum verdorrte Liebschaft heißt. Rings um den Mastkorb sieht man vier Schilde hängen, die alle mit den Flammenfarben Gold und Rot bemalt sind, und jeder dieser Schilde trägt einen eigenen Namen: einer heißt MUT, ein anderer LIEBE, der dritte EHRE und der vierte ERNIEDRIGUNG.

Der Ritter, der gegen den Schild mit dem Namen LIEBE schlägt, soll zu Pferde kämpfen, auf einem Turnierplatz, wo die beiden Streiter auf zwei gesonderten Parallelbahnen einander angreifen, getrennt durch eine Leinwandschranke; er soll dabei einen zwiefachen Harnisch tragen, und so heftig, so oft sollen die Gegner aufeinander losgehen, bis einer von beiden tot oder kampfunfähig ist. Dabei gelten folgende Regeln: Wenn er ein Stück seines Harnischs verliert, welches auch immer, oder wenn ihm ein Riemen reißt, darf er seine Rüstung nicht in Ordnung bringen, sondern muß so weiterkämpfen bis zum Schluß. Die Harnische dürfen nicht mit heimlich ausgetüftelten Finessen versehen werden, sondern müssen so beschaffen sein wie die Rüstungen, die man allgemein trägt, wenn eine blutige Schlacht zu schlagen ist.

Wer gegen den Schild mit dem Namen EHRE schlägt, soll ohne Leinwandschranke kämpfen, ohne Zusatzpanzer auf dem Harnisch, ohne jedweden Schild, und die Lanzen sollen eine Länge von siebzehn Spannen haben, ohne Radscheibe zum Schutz der Hand oder sonstiges Beiwerk, aber mit scharf zugeschliffener Eisenspitze. Und wenn er die Lanze verliert oder sie ihm zerbricht, kann er sich eine neue nehmen, sooft er will, bis er tot oder niedergestochen ist.

Wer gegen den Schild mit dem Namen MUT schlägt, soll zu Pferde kämpfen, mit stahlverstärktem Sattel und einem Kopfpanzer für das

Pferd, mit losgebundenen Steigbügeln, einem Harnisch, dessen Brust- und Rückenplatten zusammen höchstens sechzehn Pfund wiegen, und einer einzigen Lanze, deren Länge ein Maß von dreizehn Spannen haben muß, einschließlich des eisernen Blatts, auf das eine Diamantdornscheibe gesteckt werden soll. Die Dicke des Schaftes mag jeder nach Belieben wählen. Das Schwert soll vier Spannen lang sein; Form und Länge des Dolches aber sind nicht vorgeschrieben. Jeder soll ferner eine Streitaxt mit kurzem Stiel und eine Sturmhaube mit Kinnstück haben, damit der Kampf um so rascher zum erstrebten Ende gelange. Sollte einem die erwähnte Axt aus der Hand fallen, kann er sie aufheben, sooft er will; doch darf sie ihm kein anderer geben, er selbst muß sie aufheben, falls er dies kann.‹

Der vierte Löwe tat genau das gleiche, was die drei anderen getan hatten; und der König nahm das Schriftstück aus dem Raubtiermaul und ließ es vorlesen. Die Worte dieses Briefes lauteten folgendermaßen.«

KAPITEL LXXI[b]

Was in dem Schreiben des vierten Ritters stand

Der Ritter, der gegen den Schild mit dem Namen ERNIEDRIGUNG schlägt, soll den Zweikampf zu Fuß ausfechten, mit vier Waffen, nämlich mit Lanze, Dolch, Schwert und Doppelaxt. Will einer die Lanze mit einer Bleikugel versehen, kann er dies tun; und wenn einer es vorzieht, ein Wurfschwert zu benutzen, ist es ihm freigestellt, ein solches zu tragen. Der Zweikampf soll so hart und so lang ausgetragen werden, bis einer der beiden tot ist oder sich geschlagen gibt. Ist der Besiegte heil und unverletzt, so soll er derjenigen Dame als Besitz übergeben werden, die der Sieger nach seinem Gutdünken bestimmt und die fürderhin nach ihrem Belieben über den Unterlegenen verfügen kann. Den Tod wollen wir alle gleichermaßen hinnehmen, indem wir bereitwillig und ehrlichen Herzens allen verzeihen, die uns kränken sollten, und Verzeihung erbitten von all denen, die wir selber kränken.‹

Nachdem der König den Inhalt sämtlicher vier Briefe vernommen und die Forderungen der vier Ritter erwogen hatte, gewährte er ihnen alles, was sie wünschten. Dabei machte er die Bemerkung, daß die vier Herausforderungen sehr gewagt seien, so gefährlich, daß er fürchte, die Ritter würden sich damit das eigene Grab schaufeln.

Sobald all dies geschehen war, was ich geschildert habe, erwiesen die viere dem König und der Königin ihre Reverenz, stiegen zu Pferde und ritten zurück zu ihren Zelten. Der König aber beauftragte einen Wappenkönig, die vier Ritter aufzusuchen und ihnen zu sagen, er bitte sie, nach Einbruch der Dunkelheit zu ihm zu kommen und an seiner Tafel mit ihm zu Abend zu essen. Und er befahl, dreißig Lasttiere zu beladen mit Nahrungsmitteln und allen sonstigen Dingen, deren die Menschen bedürfen, um leben zu können, und ließ diesen Vorrat den Fremden durch den Wappenkönig überbringen.

Als die vier Ritter die freundliche Absicht des Königs gewahrten, bedankten sie sich vielmals und antworteten ihm brieflich, daß sie derzeit von keinem Menschen auf der Welt ein Geschenk annähmen und sich auch nicht zu erkennen gäben, ehe sie ihre Tjosten ausgefochten hätten; diese Weigerung bedeute keine Mißachtung seiner Hoheit, sondern sei die Folge eines Gelübdes, das sie abgelegt hätten; sie wollten ihm jedoch herzlich für seine Güte danken. Und so wiesen sie alles ab. Den König aber verdroß es sehr, als er die Maultiere mit ihrer Fracht zurückkehren sah und die Antwort erfuhr, welche die Fremden erteilt hatten.

Danach, Herr, ließen die vier Ritter noch in der Nacht desselben Tages den Mastkorb herrlich herrichten, und rings um seinen Rand herum brachten sie die vier Schilde an, samt einer Tafel, auf der geschrieben stand:

›Jedweder Ritter, der gegen diese Schilde zu schlagen gedenkt, soll einen Schild herbeibringen lassen, auf dem die Wappen desjenigen zu sehen sind, der in die Schranken treten will. Jener Schild darf nur von einer Frau oder einer Jungfrau, von einem Wappenkönig oder einem Herold gebracht werden. Und mit jenem Schild soll gegen einen der Schilde am Mastkorb geschlagen werden, je nach der Kampfart, für die sich der Betreffende entschieden hat; und seinen Schild soll er dann neben den anderen hängen.‹

Am nächsten Tag strömte eine Menge Leute herbei, um ihr großes Gefolge und all die Pracht und Herrlichkeit zu sehen, mit der ihr Zeltlager ausstaffiert war. Und alle, die da kamen, bewirteten sie reichlich, auf wahrhaft königliche Weise. Und was immer ihre Einkäufer auf dem Markt erwarben, das bezahlten sie mit keinem anderen Geld als Münzen aus reinem Gold; und wenn sie damit bezahlt hatten, so überließen sie den Rest dem Händler; sie wollten kein Wechselgeld, denn sie verschmähten es, Silbermünzen in die Hand zu nehmen.

Am Morgen des folgenden Tages dann begaben sich die vier Ritter zum Quartier des Königs, um gemeinsam mit ihm die Messe zu hören. Diesmal erschienen sie in anderer Aufmachung, nämlich in Gewändern aus karminrotem Brokat, verbrämt mit Hermelin, lang herabwallend bis zum Boden; ihre Gesichtslarven waren von anderer Farbe und übersät mit großen Perlen; dazu trugen sie Kopfbedekkungen türkischen Stils und Gürtel aus massivem Gold; und jeder der viere hatte einen Rosenkranz aus dicken, prächtigen Chalzedonperlen in den Händen. Zu Fuß kamen sie daher, begleitet von den vier Löwen, deren jeder ein herrlich verziertes Stundenbuch im Maul hielt. In einem großen Saal warteten sie dann eine geraume Weile darauf, daß der König aus seinem Gemach käme.

Als der König sie erblickte, freute er sich sehr über ihr Kommen. Die Königin erschien, und der König sagte zu ihr, sie solle mit jenen zwei Rittern gehen, er werde die beiden anderen geleiten; denn er erkannte, daß es sich bei diesen um Herren von großer Macht und hohem Ansehen handelte. Der König faßte sie an den Händen, und die Königin führte desgleichen die beiden anderen. König und Königin gingen also in der Mitte, und die Begleiter der Königin nahmen beiderseits den Arm der Herrin. Und so wandelten sie gemeinsam zur Kirche, und bevor die Messe begann, sagte der König zu den Gästen:

›Ich weiß nicht, welche Ehre ich euch erweisen darf, da ich nicht weiß, wer ihr seid. Weil ihr euch nun mal nicht zu erkennen geben wollt, wäre es mir lieb, wenn jeder von euch geruhen würde, den Platz einzunehmen, der ihm zukommt gemäß dem Stand, in den unser Herrgott ihn gestellt hat. Wenn ihr Könige seid, so setzt euch an den Platz, der einem König gebührt; und wenn ihr Herzöge seid, an den entsprechenden Platz. Doch welchen Ranges ihr auch sein mögt – es soll euch die höchste Ehre zuteil werden, die ich euch irgend erweisen kann.‹

Mit einer Neigung des Kopfes dankten die Gäste dem König für die ihnen zugedachte Ehre, wollten aber kein Wort von sich geben, weder mündlich noch schriftlich. Dennoch wies der König sie an, sich auf die besten Plätze zu setzen, ganz vorne, dicht beim Altar. Und die Löwen legten sich zu ihren Füßen nieder, worauf jeder der fremden Ritter sein Stundenbuch aus dem Raubtiermaul nahm und das fällige Gebet sprach. Nach der Messe überließen sie die Breviere wieder den Löwen und gesellten sich zum König und zur Königin. Und als sie mit diesen dann ins Innere des Wunderfelsens gelangten, gewahrten sie die herrlichen Einrichtungen dieses Geheimpalastes und die Menge von Menschen, die prächtig darin beherbergt wurde. Besonderes Wohlgefallen fanden sie an den silbernen und goldenen Frauengestalten, und entzückt schauten sie zu, wie Wasser und Wein aus den Brüsten und aus der Scheide sprudelten. Höchst erstaunt, gaben sie durch Gestik und Schrift zu verstehen, daß sie noch nie ein Kunstgebilde von so vollkommener Form und solch feiner, erfindungsreicher Phantasie gesehen hätten. Aber bleiben wollten sie nicht, so dringlich der König sie auch bat, mit ihm zu speisen. Sie verabschiedeten sich und kehrten zurück zu ihrem Lager.

Nun ist es an der Zeit, Eure Hoheit wissen zu lassen, daß gleich am ersten Tag nach ihrer Ankunft, sobald die vier Ritter ihre vier Schriftstücke übermittelt und den König verlassen hatten, Tirant sich heimlich, so daß keiner der Anwesenden etwas merkte, in die Stadt begab, wo er vier Schilde erwarb, die er alle über Nacht bemalen ließ, einen jeden mit einer anderen Farbe. Und auf den ersten ließ er das Wappen seines Vaters malen, auf den zweiten das seiner Mutter; den dritten ließ er mit dem Wappen seines Großvaters schmücken, den vierten mit dem seiner Großmutter. Und noch während die

Schilde bemalt wurden, Herr, scharten sich schon viele Ritter zu verschiedenen Vierergruppen, in der Absicht, sich den Herausforderern zu stellen. Da war ja eine Menge von Mannen aus Frankreich, Italien, Aragón, Kastilien, Portugal und Navarra; und unter ihnen befanden sich viele gute, kampferfahrene Ritter, die es danach gelüstete, ihre Waffen zu erproben; und nicht wenige schickten sich an, diesen Wunsch in die Tat umzusetzen. So waren der Herzog von Clarence, der Prinz von Wales, die Herzöge von Exeter und von Bedford übereingekommen, gegen die vier Unbekannten anzutreten. Und wir – um unseren eigenen Haufen nicht zu vergessen –, wir baten Tirant, er möge, da er selbst ja bereits gekämpft und tödliche Gefahren bestanden hatte, vier der Tüchtigsten von uns auswählen, weil wir alle uns durch Bande der Verwandtschaft und mehr noch durch die Pflichten der Freundschaft gehemmt fühlten. Er antwortete, dazu sei er gern bereit, und tat das Gegenteil.

Sobald die Bemalung der Schilde beendet war, versammelte Tirant die anmutigsten und vornehmsten Jungfrauen und übergab jeder von ihnen einen Schild. Dann rief er die Ritter seiner Umgebung zusammen, und begleitet von vielen Trompeten, Trommeln und Pfeifen zogen wir zum König. Als der die vier Schilde sah, fragte er, wem sie gehörten. Ein Herold antwortete:

›Herr, sie gehören Tirant lo Blanc und dessen Gefährten.‹

Als Tirant den König gewahrte, schwang er sich aus dem Sattel, erstieg die Estrade, auf welcher der König und die Königin saßen, und bat Seine Majestät um die wohlgefällige Erlaubnis, mit diesem ganzen Gefolge hinüberzuziehen und drüben gegen die Schilde zu schlagen, damit jene Ritter der Last ihrer schweren Aufgabe entledigt würden. Der König war höchst zufrieden mit diesem Vorhaben, aus zwiefachem Grund: zunächst einmal, weil er Tirant und seine Gefährten für tüchtige und tapfere Mannen hielt, und überdies wegen der Tatsache, daß so rasch an seinem Hof sich Ritter fanden, die bereit waren, diese Herausforderung anzunehmen.

Und Tirant, gedrängt von der Sorge, andere könnten ihm zuvorkommen, hatte es so eilig, daß kaum die Zeit blieb, vier große Banner, die er mitbrachte, und vier Wappenröcke für die zwei Wappenkönige, einen Herold und dessen Assistenten mit den Zeichen seines Hauses schmücken zu lassen. In solch triumphaler Aufmachung zogen wir dann zu den Zelten der Ritter.

Als die das Trompetengeschmetter und das Gelärme so vieler Leute hörten, waren sie höchst erstaunt, wie rasch sie das fanden, was sie gesucht hatten; denn seit ihrer Ankunft war erst ein einziger voller Tag vergangen. Die vier Ritter traten aus dem Zelt, in herrlicher Kleidung; doch noch immer trugen sie ihre Gesichtslarven, um nicht erkannt zu werden. Sie ließen den Mastkorb ein wenig senken, so daß die Jungfrauen ihn erreichen konnten. Die als erste gegen einen der Schilde schlug, war die schöne Agnes, und der, gegen den sie ausholte, war der Schild der LIEBE, obwohl die anderen Schilde ihr näher waren. Aber da sie gelesen hatte, was darauf geschrieben stand, wollte sie nur auf die LIEBE zielen. Dame Guiumar, die Tochter des Grafen von Flandern, hatte es nur auf den MUT abgesehen. Kassandra, die Tochter des Herzogs der Provence, war versessen auf die ERNIEDRIGUNG. Bella, ›die Schöne ohnegleichen‹, Tochter des Herzogs von Anjou, war froh, daß ihr die EHRE blieb. Nachdem alle ihre Wahl durch einen Schlag bezeugt hatten, hängte eine jede den Schild, den sie mitgebracht hatte, neben den von ihr erkorenen. Dies entsprach der vorgeschriebenen Ordnung; denn der Ritter, der den Sieg erringen würde, sollte – so lautete die Regel – hernach den seinigen und den seines Gegners an sich nehmen.

Nachdem alle vier Schilde aufgehängt waren, halfen die vier Ritter den vier anmutigen Schildträgerinnen aus dem Sattel, und jeder der Herren nahm eine der Damen am Arm. Dann stiegen wir alle ab und ließen uns in das Zelt geleiten, in dem die Betten standen. Und einer der stummen Ritter konnte sich nicht enthalten, kritzelnd der schönen Agnes das Kompliment zu machen:

›Beim Himmel, Madame, wenn Ihr im Hemd hier liegen würdet, in diesem Bett, und die anderen desgleichen, während einer ganzen Winternacht, könnte ich wohl zu Recht behaupten, daß auf der ganzen Welt keine vier Betten zu finden sind, die so wundervoll wären wie diese da.‹

›Euch fehlt es doch nicht an Gesellschaft‹, sagte die schöne Agnes, ›ich sehe ja da vier reizende Damen, die in der Nacht Euch Gesellschaft leisten, so daß Ihr keinen Grund habt, noch mehr zu begehren.‹

›Vom Guten will man das Beste haben‹, erwiderte der Ritter.

Im Handumdrehen wurde uns ein fürstlicher Imbiß geboten, eine Fülle köstlicher Häppchen und Erfrischungen, dazu vielerlei Süßigkeiten. Und als wir Abschied nahmen, schenkte der Ritter der schönen Agnes ein zauberhaft ausgeziertes, kostbar gebundenes Stundenbuch. Der zweite Ritter schenkte der Dame Guiumar einen Armreif, halb aus Gold und halb aus Stahl, besetzt mit Diamanten und anderen Edelsteinen. Der dritte Ritter schenkte Kassandra eine Schlange, die sich in den Schwanz beißt, ganz aus Gold, mit Schuppen aus mannigfachen Juwelen und mit Augen, die zwei große Rubine waren. Bella, ›die Schöne ohnegleichen‹, hatte leuchtend blonde und herrlich lange Haare – ihr schenkte der vierte Ritter einen Kamm aus reinem Gold, der nicht weniger wertvoll war als die anderen Kostbarkeiten. Und die Wappenkönige, die Herolde und deren Gehilfen, die Trompeter, Trommler und Pfeifer erhielten je tausend Goldmünzen. Und keinen Schritt ließen die vier Ritter die Jungfrauen allein gehen. Arm in Arm gingen sie mit ihnen bis zur Königin, die sich in jenem Augenblick beim König befand. Und dieser empfing sie mit großer Ehrerbietung und Liebenswürdigkeit. Die vier Ritter aber übergaben bei dieser Gelegenheit dem König ein Schreiben, worin sie den Herrscher und die Kampfrichter um die Genehmigung baten, in der Nähe ihrer Zelte einen neuen Turnierplatz errichten zu lassen, da auf dem vorhandenen schon so viele Mannen gestorben seien, daß er nur noch wie ein Ritterfriedhof anmute. Und der König und die Kampfrichter gaben freudig dazu ihr Einverständnis.

Auf diese Antwort hin beurlaubten sie sich vom König, ritten zurück und befahlen unverzüglich ihren Dienern, den Turnierplatz abzustecken und anzulegen.

Und jeden Tag, Herr, wechselten sie die Kleider und ließen sich in immer anderen, neuartigen, überaus kostbaren Gewändern sehen. Und ich kann Eurer Hoheit versichern, daß viele große Herren es mit

bitterem Mißvergnügen sahen, wie Tirant sich anschickte, gegen solche Herausforderer in die Schranken zu treten, weil sie selber sich gern mit ihnen gemessen hätten.
Sobald der neue Turnierplatz fertiggestellt war und die Ritter sich ausgeruht hatten, legten sie ein Schriftstück am Eingang des Wunderfelsens nieder, das besagte, daß der Ritter, der den Schild der LIEBE erkoren habe, am dritten Tag auf der Kampfbahn erscheinen solle. Tirant aber wartete wohlgerüstet schon seit Tagen darauf, daß man ihn zur Tjoste bestelle.
Endlich kam der anberaumte Tag, Tirant versammelte all seine Jungfrauen und die ganze Ritterschaft, und in vollem Festprunk, wie es Sitte und Brauch ist, zog er mit ihnen zum Turnierplatz. Der König und die Königin saßen bereits auf ihrer Tribüne, als Tirant ans Ziel kam.
Am einen Ende der Leinwandschranke, welche die Kampfbahn der Länge nach halbierte, erblickte er einen Ritter. Die Aufseher begrüßten Tirant, schlossen hinter ihm die Pforte des Turnierplatzes und führten ihn ans andere Ende der Leinwandschranke. Sobald die Trompete erschallte, hieb jeder der beiden Ritter seinem Pferd die Sporen in die Flanken; wild preschten sie aufeinander los, stürmten wieder und wieder, immer aufs neue zusammenrasselnd in einer Folge hinreißend schöner Treffen. Bei einem solch rasenden Zusammenprall traf die Lanze des Gegners Tirant, verwundete ihn an der rechten Brust, über dem Lanzenschuh, glitt ab, verfing sich nicht mehr, rutschte gegen das rechte Armstück und riß dieses vollständig ab, samt einem großen Fetzen Baumwolle von seinem Wams, den die Lanzenspitze flatternd entführte. Dieser Treffer war für Tirant ein gewaltiger Schock. Beim nächsten Ansturm wurde er wieder getroffen, oben am Helmscharnier; hätte es ihn zwei Fingerbreit tiefer erwischt, wäre ihm von tausend Leben nicht eines geblieben. Und wo die Lanzenspitze ihn getroffen, da blieb sie stecken, der Schaft zerbrach nicht, stieß ihn aus dem Sattel, und er stürzte zu Boden. So rasch er konnte, erklomm Tirant wieder sein Pferd. Freilich hatte er seinerseits auch dem Gegner zwei Treffer verpaßt, am linken Armstück, das er ein wenig ramponierte, an jener Stelle, die fast bei allen Kämpfen am häufigsten getroffen wird. Bei einem

weiteren Angriff traf Tirant erneut die Panzerung des linken Arms und zerriß die Lederschlaufe, durch welche die Nestel laufen. Das Armstück wurde aber innen von einer Seidenschnur gehalten, die so dick war wie der Zeigefinger, und die Nestel konnten nicht reißen, weil sie aus rohem Hanf gedreht waren. Wäre die Seidenkordel nicht gewesen, hätte der Gegner das ganze Armstück verloren; andererseits aber behinderte ihn dies nun sehr, denn oben war es so zerschmettert, daß es ihm kaum noch von Nutzen war. Und so stoben sie wieder und wieder aufeinander los, der eine ohne Schutz am rechten Arm, der andere mit einem halb entblößten linken Arm.

Das Glück war Tirant geneigt: er traf seinen Gegner ein weiteres Mal an fast derselben Stelle, ein Stückchen weiter oben, und da sie mit dicken Lanzen kämpften, renkte der Stoß den Arm aus, so daß er auf den Hals des Pferdes herabfiel, unbrauchbar geworden, weil die Knochen gebrochen waren. Und der arme Ritter, der noch immer weiterkämpfen wollte, verlangte, man solle ihm den Arm an den Leib binden; doch die Sinne schwanden ihm, er wurde ohnmächtig, wegen des vielen Blutes, das er verlor. Ein Krampf durchzuckte ihn, und er erstarrte am ganzen Körper, so daß man ihn nur mitsamt dem Sattel vom Pferd heben konnte.

Tirant wandte sich um und ritt davon, gepanzert von Kopf bis Fuß, ohne auch nur den Helm abzunehmen. Sofort reichte der zweite Ritter dem König einen Zettel mit der schriftlichen Erklärung, daß er noch in dieser Stunde kämpfen wolle. Die Schiedsrichter sagten jedoch, daß sie unter keinen Umständen bereit seien, gegen die Satzungen der Turnierordnung zu verstoßen. Es sei nicht zulässig, an ein und demselben Tag zwei Todesfälle zu riskieren; auch nicht innerhalb einer einzigen Woche. Nur an bestimmten, vorher ausgewählten und festgelegten Tagen sei es gestattet, in die Schranken zu treten zu einem Zweikampf auf Leben und Tod. Wenn dies den Gästen nicht zusage, stehe es ihnen frei, sich zu verabschieden, wann immer es ihnen beliebe.

›Jetzt, wo man uns einen Ritter getötet hat, unseren Waffenbruder, meint ihr, wir sollten uns verziehen? Entweder sterben wir alle hier oder wir rächen allesamt den Tod von dem da!‹ riefen die drei Ritter.

Der König ließ den toten Ritter mit allen Ehren begraben, wie alle anderen, die ums Leben gekommen waren. Als man den Sarg zur Gruft trug, folgten die drei Ritter dem Sarg in scharlachfarbenen Roben, und alles, was sie anhatten, war rot, zum Zeichen der Rache. Mit steinernen Mienen geleiteten sie ihn, ohne Tränen, ohne jede Regung, die Trauer hätte erkennen lassen.«

KAPITEL LXXII

Wie Tirant gegen die drei Ritter antrat und sie alle, einen nach dem anderen, besiegte

Als der für den Kampf bestimmte Tag anbrach, legte Tirant, so heimlich wie möglich, seine Rüstung an. Glaubt nur nicht, Hoheit, daß alle von unserem Haufen Bescheid wußten. Nur drei von uns, Verwandte Tirants, und ein alter Diener von ihm waren eingeweiht. Er ließ die Banner bringen, die Tuniken für ihn, die Wappenkönige und die Herolde, nunmehr geschmückt mit den Wappen seines Großvaters; denn beim ersten Mal hatte er die Wappen seiner Großmutter gezeigt. Wohlgepanzert und bewaffnet, bestieg er sein prachtvoll drapiertes Roß. Der Ritter, der hier vor Euch steht, blieb allein zurück, gemäß der dringlichen Bitte Tirants, eingesperrt in der Kammer; und alle dachten, er sei der Daheimgebliebene.

Tirant zog mit seinem Gefolge zum Turnierplatz, in der üblichen Weise, die ich schon geschildert habe. Dort, im umschrankten Geviert, erwartete ihn bereits ein Ritter, der den Schild der EHRE trug. Die beiden Kämpen hatten die Aufgabe, auf ungeteilter Walstatt, durch keine Leinwandschranke getrennt, einander zu berennen, ohne durch zusätzliche Stahlplatten auf der Harnischbrust geschützt zu sein. Weder der eine noch der andere konnte viele Treffer landen; sie brachen nicht mehr als fünf Lanzen. Nach dem elften Anlauf warf Tirant seine Lanze weg und verlangte, man solle ihm eine dickere geben; und mit dieser traf er seinen Widersacher so wuchtig, daß die stahlbestückte Stange erbarmungslos dessen Leib durchstieß und auf der anderen Seite wieder zum Vorschein kam, ohne daß der Schaft zerbrach. Und da Tirant das Ende der Stange fest im Lanzenschuh verankert hatte, drehte sich bei der Volte, die sein Pferd machte, die Lanze derart um, daß sie den Gegner übel zurichtete, seine Wunde grauenhaft aufriß – was nicht passiert wäre wenn die Lanze abgebrochen wäre. Aber so geschah, was geschehen mußte: Der arme Ritter stürzte zu Boden und stieß in seiner Todesangst einen gellenden Schrei aus.

Tirant sprang rasch vom Pferd, zog das Schwert, stellte sich vor ihn, um abzuwarten, was der Gestürzte tun würde: ob er das Schwert verspüren wollte, das ihm den Tod gäbe, oder abschwören und sich ergeben mochte, wie es Brauch ist bei den Tjosten auf Leben und Tod. Tirant fragte ihn, ob er weiterkämpfen wolle; doch der andere war schon mehr tot als lebendig.

Die Kampfrichter kamen von der Tribüne herab und sagten zu Tirant, er könne sich entfernen, ohne daß dies seinem Sieg einen Abbruch täte. Und ganz gepanzert, wie er war, bestieg er wieder sein Pferd und ritt heim zu seinem Quartier, ohne daß ihn irgendwer erkannte. Alle von unserer Gruppe und auch die Leute, die zum Königshaus gehören, dachten vielmehr, es sei ein anderer von uns, der zuvor als Kämpe für diese Tjoste benannt worden war.

An dem Tag, der für den dritten Ritter, den Träger des MUT-Schildes, vorgesehen war, befanden sich der König und die Königin auf dem Turnierplatz. Tirant zog ein, wie gewohnt, und als die Trompete erschallte, geboten die Kampfrichter den Aufsehern, die Kämpen loszulassen. Beherzt und angriffswütig wie zwei Löwen rasten sie aufeinander zu, das Schwert in der Hand, eine kurze Streitaxt im Ring am Sattelbogen. Zunächst bekämpften sie einander aufs wildeste mit den Schwertern, so daß es eine helle Freude war, ihnen zuzuschauen. Tirant war freilich viel wendiger mit seinem Pferd als der andere und machte, nach Meinung der Leute, eine weitaus bessere Figur. Sie bedrängten einander dicht an dicht, und Tirant versetzte seinem Gegner, unter dessen Arm hindurch, einen Schwertstich, der ihn schwer verwundete. Als Tirant sah, daß der andere viel

Blut verlor, tat er rasch das Schwert in die Zügelhand, zückte die Streitaxt und fing an, heftige Überraschungshiebe damit auszuteilen. Als der fremde Ritter gewahrte, welch üble Wendung das Spiel nahm, wollte er es seinem Widersacher gleichtun, wollte das Schwert in die Scheide stecken und brachte es nicht fertig: denn für einen gepanzerten Mann ist es recht mühsam und schwierig, das Schwert einzustecken. Und in diesem Moment, wo das vergebliche Stochern mit dem Schwert seine Aufmerksamkeit ablenkte, ließ Tirant einen furchtbaren Hagel von Hieben auf ihn niedersausen, der ihn noch viel mehr verwirrte. Der Fremde mußte sein Schwert unter den Arm klemmen, um die Axt ergreifen zu können, doch Tirant war ihm so dicht auf den Leib gerückt und deckte ihn so mit lebensgefährlichen Hieben ein, daß die Fetzen flogen, und wo immer er ihn traf, an den Unterarmschienen oder den Oberarmschienen, überall wurde das Blech in Stücke zerhackt; denn wahrlich, Herr, die übelste aller Waffen ist und bleibt die Streitaxt. Tirant versetzte ihm drei oder vier Schläge auf den Kopf, die ihn so benommen machten, daß er endgültig außerstand war, die Axt aus dem Sattelring zu ziehen. Sein Schwert preßte er krampfhaft unterm Arm an seine Brust, um es nicht zu verlieren, und war so nicht fähig, sein Pferd zu wenden. Es zeigte sich, daß er linkisch mit den Waffen umging; und Leute wie er sterben schmählich, weil sie keine Ahnung von der Technik und dem Stil des Kriegerhandwerks haben. Und nach Meinung des Königs wie aller anderen Zeugen starb er, ohne irgendwelche Gegenwehr, höchst kläglich und nicht wie ein Ritter. Und so viele Hiebe gab ihm Tirant auf den Arm, mit dem er am Hals des Pferdes Halt suchte, daß er ihn nicht mehr heben konnte. Und der letzte Hieb, der ihm verpaßt wurde, traf den Kopf derart, daß der zerklumpte Helm ihm den Schädel eindrückte, das Hirn aus den Augen und Ohren quoll und er tot vom Pferd stürzte.

Mit dem Einverständnis der Kampfrichter und der Aufseher wurde für Tirant die Pforte des Turnierplatzes geöffnet, und die Jungfrauen, die ihn dort schon erwarteten, begrüßten ihn, weil sie gesehen hatten, wie der andere Ritter zu Tode gekommen war, mit lautem Jubel. Triumphierend begleiteten sie ihn bis zu seinem Quartier. Doch Tirant war nicht bereit, seinen Helm zu lüften; denn er wollte

nicht erkannt werden. Heimlich zog er sich um, und in feiner, höfisch eleganter Kleidung mischte er sich dann, so unauffällig wie möglich, unter die Schar seiner ritterlichen Gesellen.«
»Ein übles Mißgeschick, fürwahr«, sagte der Einsiedler, »daß drei Ritter so elend ums Leben kamen. Aber laßt hören, was für ein Ende der vierte nahm.«

KAPITEL LXXIII

Wie Tirant den vierten Ritter besiegte

O Herr, ich muß Eure Hoheit daran erinnern, daß dieser Zweikampf zu Fuß ausgefochten werden mußte. Am festgesetzten Tag traten die beiden in die Schranken, unter den Augen des Königs und der Königin, der Kampfrichter und all der großen Herren, die am Hofe weilten. Mit wildem Ingrimm schlugen sich die beiden und gerieten sich bald so in die Wolle, daß sie einander umschlangen. Wohl oder übel mußten sie da die Äxte fallen lassen und die Dolche ziehen; denn Schwerter taugen nichts bei einem solchen Handgemenge. Und sie durchschnitten sich gegenseitig die Seidenbändel, mit denen die Helme am Kinn befestigt waren.«
»Wie!« rief der Einsiedler. »Verstehen die so wenig von ihrem Handwerk, daß sie mit Seide ihre Helme festbinden mußten?«
»Mit was könnte man sie besser festbinden?« fragte Diafebus. »So wahr Euch Gott ein langes Leben auf dieser Welt und das Paradies in der anderen gönne, ich wüßte nicht...«
»Mein Sohn«, antwortete der Einsiedler, »in den Zeiten meiner Jugend, als ich – nein, nicht daß ich da gewohnt gewesen wäre, Waffen zu tragen oder Waffen zu handhaben, aber ich war da doch ein paar Tage mit einem Ritter zusammen, der eine ganze Menge vom Waffenhandwerk verstand, und den habe ich kämpfen sehen bei einem Duell auf Leben und Tod, und er wäre dabei ums Leben gekommen, wenn nicht der Seidenbändel gewesen wäre, den er am Helm hatte. Und jetzt, mein Sohn, will ich Euch sagen, wie der

beschaffen sein muß. Nehmt einen Eisendraht, wie man ihn benutzt, wenn man einen Lampendocht macht; einen weichen Draht, der sich beliebig biegen läßt; und den umwickelt ganz und gar mit Seidenfäden, so daß er wie ein Seidenbändel aussieht. So fest Ihr ihn auch binden mögt, er schmiegt sich immer an und biegt sich da, wo Ihr es wollt. Will ihn aber einer zerschneiden, schafft er es nicht. Die Seide kann man zerschneiden, aber nicht den Draht. Das ist ein nützlicher Kriegertrick.«

»Jetzt aber, wenn's Euch beliebt, Herr, laßt mich Eurer Hoheit erzählen, wie der Handel ausging. Nachdem die beiden sich gegenseitig die Helmbändel durchschnitten hatten, rangen sie verklammert weiter, stießen, schlugen und stachen einander unablässig, stürzten zu Boden und sprangen sofort wieder auf, als wackere Ritter. Sobald sie wieder auf den Füßen waren, steckten sie die Dolche in die Scheiden, zogen die Schwerter und attackierten sich aufs neue mit unerbittlicher, grausamer Härte; denn der fremde Ritter war erfüllt von bitterster Verzweiflung wegen des Todes seiner drei Waffenbrüder und vergalt diesen Schmerz mit inbrünstiger Wut. Tirant aber wandte alle Kräfte auf, um sich dieses Ansturms zu erwehren und seine Haut zu retten. So oft kreuzten die beiden Ritter ihre Klingen, so hinreißend war der Wirbel ihres rasenden Schlagwechsels, daß alle Zuschauer mit fassungslosem Staunen auf die Kämpen starrten und verzückt sich der Hoffnung hingaben, dieser Zweikampf werde nie ein Ende finden, so daß keiner der beiden stürbe. Wieder umschlangen sie sich, mußten die Schwerter wegwerfen und nach den Dolchen greifen; und ich kann Euch sagen, Herr: Keiner der beiden Ritter wurde am Körper verletzt, nur an Hals und Kopf, unterhalb des Helms; denn da der Eisenhut nicht mehr festsaß, sondern hin und her torkelte, stieß jeder seinen Dolch unter die Helmdecke des anderen und brachte ihm dort schlimme Wunden bei. Dann stürzten sie ein weiteres Mal. Der Fremde aber trug Beinröhren aus Papiermaché, das mit Zinnfolien so überzogen war, daß es wirklich aussah, als wäre er überall ordentlich mit Stahl gepanzert; seinen Rücken deckte ein Stück Rindsleder, das am Bruststück des Harnischs befestigt war. Er konnte sich also mit großer Leichtigkeit bewegen und hatte hiemit einen ganz beträchtlichen Vorteil. Aber zäh und be-

herzt, wie beide waren, erhoben sie sich und gingen erneut aufeinander los; der eine wie der andere jedoch wurde erheblich behindert durch den ständig verrutschenden Helm, der oftmals die Sicht unterbrach, so daß sie wieder und wieder nur aufs Geratewohl um sich schlugen und einander nicht so zusetzen konnten, wie sie wollten. Aber der Fremde drang mit solcher Wucht auf Tirant ein, daß er ihn zu Boden warf; und im Fallen umklammerte Tirant ihn so fest, daß er selbst ins Taumeln geriet und beide stürzten. Dabei schlug der Kopf Tirants so heftig auf, daß sein Helm drei Schritte weit davonflog. Dadurch fühlte er sich unversehens erleichtert, und durchzuckt von Todesangst, raffte er all seine Kräfte zusammen, um vor dem anderen wieder auf die Beine zu kommen; denn das war seine einzige Chance. Als Tirant sich aufgerichtet hatte, stützte sich der andere gerade mit den Händen und Knien ab, um aufzustehen, und Tirant, der rascher emporgeschnellt war und sah, daß der andere schon im Begriff war, sich aufzurappeln, versetzte ihm mit beiden Händen einen mächtigen Stoß, so daß der Gegner hintüberkippte. Nun war der andere ihm ausgeliefert, und Tirant sorgte dafür, daß er nicht mehr entwischen konnte. Beide Knie setzte er ihm auf den Körper, um ihm den Helm vom Kopf zu reißen. Der fremde Ritter, der rücklings auf dem Boden lag und den Druck von Tirants Knien auf seiner Brust spürte, drehte sich um, wobei der Harnisch Tirants sich so am Harnisch des anderen verhakte und mitgerissen wurde, daß Tirant das Gleichgewicht verlor und rücklings zu Boden fiel. Beide bemühten sich, als erster wieder hochzukommen. Das Glück war auf der Seite Tirants: Da er seinen Helm bereits verloren hatte, fiel es ihm weit leichter als dem anderen, und er kam flinker auf die Beine, womit er den entscheidenden Vorsprung gewonnen hatte.
Herr, es tut mir sehr leid um die vier Ritter, die als Waffenbrüder ein so trauriges Ende fanden. Der letzte von ihnen war keinen Augenblick bereit, sich zu ergeben; lieber wollte er als Märtyrer des Waffenhandwerks sterben. Und Tirant, Herr, wurde in mehrfacher Hinsicht vom Glück begünstigt; denn er ist sehr geschickt in der Handhabung der Waffen und besitzt mehr geistige Wendigkeit als körperliche Kraft; und sein größter Vorteil ist, daß er über einen langen Atem verfügt. Selbst wenn er vom Morgen bis zum

Abend kämpft und ständig schwer gepanzert ist, gerät er niemals außer Atem.«

»Das ist das wichtigste Talent«, sagte der Einsiedler, »die wichtigste Fähigkeit, über die ein Ritter verfügen sollte, der zum Kampf antreten muß. Überlegt es euch nur, ihr Ritter, die ihr noch jung seid und doch schon Erfahrung im Waffenhandwerk habt. Was haltet ihr für besser: stark zu sein, ohne Geschicklichkeit und Findigkeit, oder geschickt und gewitzt zu sein, ohne besondere Kraft?«

Im Kreis der dort versammelten Ritter gingen die Meinungen auseinander. Schließlich fragte sie der Alte, was sie vorziehen würden: »Wolltet ihr, wenn eine Tjoste zu Pferd vereinbart wäre, lieber mit Schwert und ohne Sporen oder mit Sporen und ohne Schwert in den Kampf ziehen? Ich kann euch versichern, daß ich tatsächlich schon solche Tjosten erlebt habe. Ja, noch ganz andere Dinge habe ich zu sehen bekommen, zum Beispiel am Hofe des Herzogs von Mailand. Zwei Ritter, die sich nicht ausstehen konnten, fochten dort nach ihren eigenen Wünschen: der eine zu Pferd und der andere zu Fuß, beide in gleicher Weise gepanzert; der Berittene war nur mit einem Schwert bewaffnet, der Fußkämpe hatte eine Lanze und einen Dolch. Wessen Rolle wäre euch lieber, wenn ihr zu wählen hättet? ... Aber lassen wir das ...«, unterbrach der Einsiedler sich selber. »Sagt mir«, fragte er, zu Diafebus gewandt, »hat Tirant sich noch öfter so ritterlich bewährt im ehrenvollen Kampf auf Leben und Tod?«

»Herr, ich erzähle es Euch«, antwortete Diafebus. »Nach dem Tod jener vier Ritter tauchte ein anderer auf, der sich Bonnytown nannte, aus Schottland stammte und ein tollkühner Kämpe war. Eines Tages erschien er bei Hofe und richtete in Gegenwart des Königs und der Königin an Tirant die folgenden Worte.«

KAPITEL LXXIV

Wie ein Ritter namens Bonnytown
Tirant zum Zweikampf herausforderte

Tapferer Ritter, der Ruhm Eures Heldentums, Eurer Güte und Eures Edelmuts erstrahlt in der ganzen Welt mit triumphalem Glanz. Da ich von Euren Taten hörte, habe ich mich vom Dienst für meinen Herrn, den König von Schottland, beurlaubt und bin aus meiner Heimat hierher gekommen. Der Grund meines Kommens ist eine Dame, die mein Herz in ihren Bann gezogen hat. Als ich mich eines Tages, getrieben von meiner sündigen Natur, mit ihr unterhielt, wollte sie meinem Verlangen nicht entgegenkommen und verweigerte jegliche Gunst. Mit grausamer Hartherzigkeit erklärte sie mir, daß sie kein Wort mehr mit mir reden wolle, solange ich nicht auf dem Turnierplatz in einem Zweikampf auf Leben und Tod den Sieg über jenen Ritter errungen hätte, der soviel Ansehen in der Welt zu erwerben vermochte. Und da Ihr, Tirant, derjenige seid, an den meine Herrin mich verwiesen hat, ersuche ich Euch gemäß der Ordnung der Ritterschaft, der Ihr Treue gelobt habt bei Eurem Eintritt in den Kriegerorden, meine Herausforderung anzunehmen und mit mir zu kämpfen, und zwar zu Pferde, mit einem Helm ohne Visier. Über die sonstige Rüstung und Bewaffnung mögt Ihr nach eigenem Belieben entscheiden. Nachdem ich teilweise die Wahl getroffen habe, steht es Euch zu, über alles weitere zu befinden, womit Ihr mich zu tiefem Dank verpflichten werdet.‹

Ohne Zögern antwortete Tirant:

›Ritter, mir scheint, Euer Begehren entspringt wohl mehr einer Laune, als daß sie durch eine Notwendigkeit bedingt wäre. Ich rate Euch deshalb, nicht darauf zu bestehen und dergleichen zu unterlassen, solange es keinen zwingenden Grund dafür gibt. Denn ein Zweikampf auf Leben und Tod ist eine harte und schwerverdauliche Sache. Überdies bin ich derzeit nicht wohlauf, denn die Wunden, die ich davongetragen habe, sind noch nicht recht verheilt. Habt also die Güte und Freundlichkeit, Euch einen anderen Gegner zu suchen. Unter den Rittern, die zur Zeit an diesem prächtigen Hofe weilen, werdet Ihr viele tapfere Männer finden, die Euren Erwartungen entsprechen und Euch volle Genugtuung verschaffen werden.‹

›Das mag schon sein‹, sagte der Ritter, ›aber was soll ich tun, wenn meine Dame sich nur damit zufriedenstellen läßt, daß ich mich mit Euch schlage, und keinen anderen als Euch gegen mich antreten sehen will? Wenn Ihr aus Angst vor dem Tod nicht bereit seid, mit mir zu kämpfen, so biete ich Euch – Seine Majestät, der König, sei mein Zeuge – hiermit an, zu Euren Gunsten auf ein Stück meiner Wappnung zu verzichten, auf jedes, das Ihr wollt, mit Ausnahme des Schwertes.‹

›Um Euer leibliches Wohl nicht in Gefahr zu bringen, wollte ich mich Eurem Ansinnen entziehen‹, sagte Tirant, ›aber da Ihr mich derart drängt und nötigt, möchte ich nicht, daß die guten Ritter hier meinen, ich würde mich aus Feigheit zurückhalten. Die Hoffnung auf Gottes gütigen Beistand ist mir Ermunterung genug, Euch Satisfaktion zu erteilen. Ich nehme Eure Herausforderung an und bin bereit zum Kampf. Und da Ihr schon damit begonnen habt, einen Teil der Wappnung zu bestimmen, überlasse ich es Euch, obwohl es mir zustünde, auch alle übrigen Bedingungen festzusetzen, ganz wie es Euch zustatten kommt. Euer Angebot, auf ein Stück der Ausrüstung zu verzichten, lehne ich ab. Was Ihr geredet habt, macht mir nicht den Eindruck, als ob Ihr jemals verspürt hättet, wie heiß siedendes Föhrenharz ist.‹

›Hiermit ist alles klar, unser Zweikampf ist abgemacht‹, sagte der Ritter. ›Ihr, Tirant, müßt mir nun mit heiligen Eiden beschwören, in Gegenwart Seiner Majestät des Herrn König und der Frau Königin sowie all der guten Ritter, die hier anwesend sind, keine Herausforderung von irgendeinem anderen Ritter anzunehmen und Euch auch auf sonst keinen Kampf einzulassen; denn leicht könnte es ja geschehen, daß Ihr dabei eine Verwundung erleidet oder die Beweglichkeit eines Eurer Glieder einbüßt und deswegen der von Euch versprochene Zweikampf nicht stattfinden und nicht zu dem von mir ersehnten Ende gebracht werden könnte.‹

Tirant legte in Gegenwart all der genannten Zeugen diesen Eid ab. Und nachdem dieses Vorspiel wunschgemäß erledigt war, nahm der Ritter Abschied vom König und der Königin und allen Leuten, die am Hofe waren, und ritt zurück nach Schottland. Dort bat er die Königin seines Heimatlandes um die Gnade, Tirant freies Geleit zu gewähren und zu genehmigen, daß die Tjoste so stattfinde, wie sie zwischen den beiden verabredet worden war. Und die schottische Königin willfahrte gnädig diesem Wunsch und sicherte Tirant freies Geleit zu, für eine Frist von vier Monaten, ab dem Tag der amtlich vorgetragenen Einladung, damit Tirant hinreichend Zeit für seine Genesung habe.

Daraufhin, Herr, beauftragte Tirant jenen alten Kammerherrn, der ihm so lange gedient hatte und mit seinen Geheimnissen besser vertraut war als irgend sonstwer, nach Hause, zu seinen Eltern, zu reisen, weil er nicht mehr genug Geld hatte, um sich mit all den Dingen zu versorgen, die er für die Reise nach Schottland und den Kampf dort benötigte.

Und als der Kammerherr nach Dover kam, von wo aus er das Meer überqueren wollte, begegnete er dort den Gefolgsleuten der vier Ritter, die Tirant getötet hatte. Diese Bediensteten warteten dort auf ein Schiff, das bald auslaufen und sie zum Festland bringen sollte.

Während der gemeinsamen Überfahrt befreundete sich der Kammerherr mit den anderen, und beim Gespräch über die vier gefallenen Ritter erfuhr er, daß der eine der König von Friesland war und der andere dessen Bruder, der König von Polen. Da erstaunte er sehr, und es erschütterte ihn tief, daß der König von Friesland, der sein angestammter Herr war, sich unter den Toten befand. Er brach in lautes Jammern aus, beklagte sein Mißgeschick, und während ihm die Tränen aus den Augen strömten, sagte er mit bewegter, schmerzerfüllter Stimme:

›O ich elender, unglückseliger Mensch! Was für ein Unstern hat mich in die Lage gebracht, daß mit meiner Hilfe einem Ritter die Rüstung angelegt wurde, der meinen angestammten Herrn umbringen sollte! Wahrlich, eine grausame Schicksalsfügung war's, daß ich in den Dienst eines solchen Ritters geraten mußte. O Fortuna! Wieso hast du es zugelassen, daß ein so hervorragender Fürst, wie es der König von Friesland war, mein Herr – daß ein Vasall von ihm, ohne es zu ahnen, welche Schuld er auf sich laden würde, als Handlanger zu seinem furchtbaren Ende beigetragen hat?‹

Solche und andere, ähnlich qualvolle Worte tiefen Mitleids äußerte der Diener Tirants, der sich Pechvogel nannte. Alle, die auf dem Schiff waren, wunderten sich über das herzzerreißende Jammern, das dieser arme Edelmann hören ließ. Und so anhaltend war sein Wehklagen, daß es schließlich sogar jenem bejahrten Ritter zu Ohren kam, welcher der Verwalter der vier toten Ritter gewesen war und die ganze Zeit, seitdem er sich auf dem Schiff befand, sich in seine Kajüte eingesperrt und einsam sein Unglück beweint hatte. Nun kam er aus seiner Kajüte hervor, gramgebeugt, nahm den Kammerherrn Tirants beiseite und bat ihn eindringlich, ihm doch zu sagen, worüber er so maßlos trauere.

›Herr‹, sagte der Edelmann, ›ich bin ein Vasall des Königs von Friesland, und meine Eltern leben in seinem Land. Als blutjunger Bursche verließ ich sein Reich, und mein Schicksal, mein Unstern, fügte es, daß ich in die Bretagne gelangte. Ich geriet in den Dienst jenes Ritters, den ich lieber nie zu Gesicht bekommen hätte; ich war es nämlich, der ihm half, seine Rüstung anzulegen, die Banner herzurichten, die Wappenröcke zu schmükken, die Schilde mit seinen Wappen zu bemalen und alles vorzubereiten, was erforderlich war für den ungleichen Zweikampf. Daß ein einziger Ritter den Tod zweier Könige und zweier Herzöge herbeiführte; daß er ausgerechnet meinen angestammten Herrn umgebracht hat – das ist der Kummer, der mich zermartert, vor allem weil ich glaube, daß es mit Betrug zugegangen ist.‹

Als der bejahrte Ritter ihn so reden hörte, brachte er ihn in seine Kajüte und wollte haarklein wissen, wie sich alles abgespielt habe; und nachdem er sich alles angehört hatte, was der Kammerherr berichtete, sagte er zu diesem:

›Freund, wenn Ihr Euren angestammten Herrn liebt, so bitte ich Euch, mit mir nach Hause zu reisen und den Dienst für Tirant aufzugeben.‹

Und aus Treue und Liebe zu seinem Heimatland ließ sich der Edelmann dazu bewegen, sich nicht in die Bretagne zu begeben. Sobald sie auf dem Festland waren, zog er mit dem Verwalter weiter, machte aber einen Mann ausfindig, dem er den Auftrag erteilen

konnte, die Briefe Tirants an ihr Ziel zu bringen; und er zahlte ihm dafür einen guten Botenlohn.
Die Berichte der beiden Heimkehrer aber bewirkten, daß die Affäre auch einem Ritter zur Kenntnis kam, der den Namen Kyrieeleison von Wittberg trug und einem Riesengeschlecht entstammte. Er war nämlich ein Mann von gewaltigem Wuchs, bärenstark und der größte Draufgänger, den man sich vorstellen mag; jedenfalls war er ein tollkühner Ritter. Und der verkündete vor allen Leuten, so etwas dürfe nicht ungeahndet bleiben, und der verkommene Ritter Tirant müsse die ihm gebührende Strafe erhalten. Unverzüglich diktierte er einen Brief, besorgte sich einen Wappenkönig, der ›Blüte des Rittertums‹ genannt wurde, sowie eine Jungfrau, die als Dolmetsch dienen sollte, während der Wappenkönig die zeremoniellen Akte zu erledigen hätte. Die beiden schifften sich ein und segelten in guter Gesellschaft gen England. Als sie endlich vor dem englischen König erschienen, tat die Jungfrau lauthals und mit schriller Stimme kund, was ihr geheißen worden war.«

KAPITEL LXXV

Wie Tirant in Gegenwart des Königs durch eine Jungfrau der Hinterlist bezichtigt wurde

O hocherlauchter und vortrefflicher König, ich bin hierher gekommen und vor deine Majestät getreten, um Klage zu erheben gegen einen falschen, verdammungswürdigen Ritter, der sich Tirant der Weiße nennen läßt, dessen Taten jedoch schwarz wie die Nacht sind. Ist er hier, so soll er vortreten, damit ich es ihm ins Gesicht sage, wie er mit ruchloser Hinterlist, trügerischer Wappnung und gemeiner Täuschung zwei Könige und zwei Herzöge vom Leben zum Tod gebracht hat durch seine Schurkenhände, vor einem knappen Monat erst.‹
›Wie, Jungfrau?‹ sprach der König. ›Wie kann das möglich sein, was Ihr behauptet? Fast ein Jahr schon ist Tirant an meinem Hofe, und

noch nie habe ich gesehen oder gehört, daß er etwas von dem begangen hätte, was Ihr ihm zur Last legt; mir ist nichts bekannt von irgendwelcher Täuschung, schon gar nicht von Hinterlist.‹

Einige Verwandte Tirants, die zugegen waren, wollten augenblicklich die Beleidigung seiner Ehre sühnen; doch der König gebot ihnen Stillschweigen und erklärte, er lasse es nicht zu, daß irgend jemand sich einmische. Tirant sei ja erreichbar, man solle ihn herbeirufen; denn er, der König, wolle wissen, wie es zu dem angeblichen Betrug gekommen sei.

Sofort eilten sie zu Tirant, um ihm dies zu melden, und entdeckten, daß er noch im Bett lag. Er war noch nicht aufgestanden, denn wegen des großen Blutverlusts, den er erlitten hatte, und wegen der Wunden, die noch nicht recht verheilt waren, erhob er sich nicht schon in aller Herrgottsfrühe; denn er sollte dem Körper noch ein wenig Ruhe gönnen; und aus eben diesem Grunde befand er sich zu jener Stunde, da der König üblicherweise zur Messe ging, nicht an dessen Seite. Die Verwandten berichteten ihm, daß eine Jungfrau gekommen sei, die ihn vor dem König und der Königin der Hinterlist beschuldigt habe.

›Ah! Heilige Maria steh mir bei!‹ rief Tirant. ›Noch nie in meinem ganzen Leben bin ich auf den Gedanken gekommen, irgendeine Hinterlist zu begehen! Wie kommt diese Jungfrau dazu, mit einem falschen, völlig erlogenen Gerücht im Ohr hier anzureisen und mir ein so widerliches Verbrechen vorzuwerfen?‹

Rasch warf er sich ein paar Kleidungsstücke über, ohne alle Nestel ordentlich zu binden, und ließ sich einen Umhang reichen, der über und über mit Perlen besetzt war; denn man hatte ihm gesagt, daß die Jungfrau mit einem Wappenkönig gekommen sei. Und eiligen Schrittes suchte er den Ort auf, wo sich der König befand, der ihn am Tor der Kapelle erwartete. Mit ritterlicher Beherztheit richtete Tirant das Wort an den Herrscher.«

KAPITEL LXXVI

Wie Tirant die gegen ihn erhobenen Anschuldigungen in Gegenwart des Königs zurückwies und den Fehdebrief des Kyrieeleison von Wittberg entgegennahm

Sagt Herr, wer ist es, der mich einer Hinterlist bezichtigt? Ich bin hier, um mein Recht, meine Ehre und meinen guten Ruf zu verteidigen.‹

Die Jungfrau trat auf ihn zu, erkannte, daß sie Tirant lo Blanc vor sich hatte, und sagte zu ihm:

›Oh, du schurkischer, verkommener Ritter, der schamlos gegen die Regeln ritterlichen Kampfes verstößt! Königliches Blut hast du freventlich vergossen, indem du mit verfälschter Wappnung in die Schranken tratest und durch Betrug mit deinen eigenen grausamen Händen zwei Herzöge tötetest, und zwei Könige, die Brüder waren: Herrscher von Friesland der eine, Regent von Polen der andere! Von diesen Mordtaten kannst du dich nicht reinwaschen. Sie sind ein bleibendes Schandmal, und du sollst der Strafe nicht entkommen, die grausam an deinem verderbten Leib, deinem verworfenen Leben vollzogen wird.‹

Der König sprach:

›Jungfrau, so wahr mir Gott zur ewigen Seligkeit helfe – ich weiß nichts davon, habe nie auch nur ein Wort davon gehört, daß Könige in mein Reich gekommen seien, oder gar an meinen Hof.‹

›Wie, Herr?‹ sagte die Jungfrau. Erinnert sich Eure Majestät etwa nicht mehr – erst wenige Tage ist es her –, daß vier Ritter hier erschienen, vier Waffenbrüder, die sich weigerten zu reden und vier Löwen mit prächtigen Mähnen bei sich hatten?‹

›Doch‹, sagte der König, ›ich erinnere mich sehr wohl an sie. Aber, bei meiner königlichen Ehre, ich konnte nie von ihnen erfahren, wer sie waren und aus welchem Land sie kamen. Hätte ich nämlich gewußt, daß sie Könige waren, Könige, die an meinen Hof gekommen, so hätte ich niemals gestattet, daß sie ohne zwingenden Grund zu einem Kampf auf Leben und Tod in die Schranken treten; denn die Gefahr, in die man sich bei einem Turnier begibt, ist sehr groß, und Königen sollte es daher nie erlaubt sein, sich mutwillig in ein solches Wagnis zu stürzen, schon gar nicht in ein Duell, das nur mit dem Tod des einen oder anderen zu beenden ist. Hätte eine Notwendigkeit bestanden, die es unumgänglich machte, einem Feind persönlich die Stirn zu bieten, so wäre die Tollkühnheit vollauf berechtigt gewesen; doch ich kann Euch versichern, daß ich nichts dergleichen vernommen habe. Sagt mir, Fräulein, wer waren die Herzöge?‹

›Herr, das will ich Euch sagen: Der eine von ihnen war der Herzog von Burgund, derselbe, der vormals als Abgesandter des Königs von Frankreich Eure Hoheit besucht hatte.‹

›Ich erinnere mich gut an ihn‹, sagte der König, ›und sein Tod verdrießt mich sehr. Und der andere, wer war der?‹

Die Jungfrau antwortete:

›Ein Sohn des deutschen Kaisers, der Herzog von Bayern. Und der Schurke Tirant hat durch Betrug und Gaunertricks alle viere umgebracht, mit diesen Händen da, den Händen eines mißratenen Ritters, die sich vor keiner Untat scheuen.‹

Tirant hielt es nicht aus, ihre Worte noch länger anzuhören. Voller Zorn sagte er:

›Jungfrau, mir tut nur eines leid auf der Welt, nämlich die Tatsache, daß Ihr ein Frauenzimmer seid. Wärt Ihr ein Ritter, würde ich dafür sorgen, daß Ihr Euch trollt, heulend, die Hände vor dem Gesicht. Aber ich will meinem Herzen gut zureden, daß es ungerührt die niederträchtigen, ehrenrührigen Reden über sich ergehen läßt, die aus Eurem zügellosen Munde kommen. Was Ihr Übles daherredet, kann mir nichts anhaben. Man weiß ja, daß der Kampfgeist der Frauen sich nur in der Zunge regt. Stünde aber jetzt jener Ritter hier, der sich Kyrieeleison von Wittberg nennt, und erkühnte er sich, vor meinem Herrn, dem König, derlei Dinge von mir zu sagen, wie Ihr sie von Euch gegeben habt, würde ich ihn binnen kurzem dahin befördern, wo ich die anderen hingeschickt habe. Jungfrau, ich bitte Euch höflich, Eure Zunge in Zaum zu nehmen. Überlaßt diese Angelegenheit den Rittern, die dafür zuständig sind.‹

Dann wandte sich Tirant den Rittern zu und sagte:

›Wenn ich die vier Ritter getötet habe, so tat ich es, wie es getan sein muß, ohne jedweden Trug oder irgendwelchen Trick, in regelrechter, unverfälschter Wappnung. Aber Seine Majestät der Herr König ist hier, der den Zweikampf beobachtet hat, und die Schiedsrichter sowie all diese edlen Ritter können die Wahrheit bezeugen. Und ich bin bereit, mich dem Urteil Seiner Majestät des Herrn König und der Kampfrichter zu unterwerfen.‹

Als der König ihn so überzeugend erwidern hörte, war er sehr zufrieden, und die Kampfrichter waren es nicht minder. Alle sagten, Tirant sei ein vortrefflicher Ritter und ein kluger Mensch von großer Selbstbeherrschung. Der Wappenkönig ›Blüte des Rittertums‹ aber trat, nachdem er die Worte Tirants gehört hatte, auf diesen zu und hob vor den Augen des Königs den Brief des Kyrieeleison von Wittberg in die Höhe. Unser Freund antwortete auf diese Darbietung mit den Worten:

›Wappenkönig, durch Euer Amt seid Ihr gehalten, Fehdebriefe darzubieten und die Kampfbedingungen auszuhandeln zwischen Rittern oder Edelleuten, wenn sie Eure Dienste beanspruchen, ganz gleich, ob es nun um willkürliche Mutproben oder um ernsthafte, unausweichliche Ehrenhändel geht. Und da es des öfteren zweifelhaft ist, ob der Kampf auch wirklich ausgefochten wird, erkläre ich hiermit in Gegenwart Seiner Majestät des Herrn König und der Frau Königin, daß ich den Brief und die Herausforderung annehme. Sei es, daß ein Zweikampf auf Leben und Tod stattfinden soll; sei es, daß man mit stumpfen Waffen zu kämpfen wünscht – ich bin einverstanden, so oder so.‹

Tirant nahm den Brief und übergab ihn einem, der fließend lesen konnte; und in Gegenwart aller wurde das Schreiben vorgelesen, das folgendermaßen lautete.«

KAPITEL LXXVII

Der Fehdebrief, den Kyrieeleison von Wittberg an Tirant gesandt hatte

Euch, Tirant lo Blanc, der Ihr grausamer seid als ein hungriger Löwe und auf betrügerische Weise das königliche Blut zweier seliger Ritter vergossen habt, meines Herrn, des Königs von Friesland, und des Königs von Polen, indem Ihr mit verfälschter, fintenreicher Wappnung kämpftet, wie sie kein ehrbewußter Ritter jemals anlegt; Euch will ich, da Ihr kein rechtschaffener Ritter, oder richtiger gesagt, ein Heimtücker seid, der im Umgang mit den Waffen wie in allem, was die Ehre von einem Mann verlangt, sich durch nichts als Falschheit hervortut; Euch also will ich, nachdem ich von Eurer ruchlosen Schandtat Kunde erhalten habe, trotz der Gewißheit, daß viele gute Ritter mich beschimpfen werden, weil ich einem so liederlichen und arglistigen Menschen das Recht einräume, mit mir in die Schranken zu treten zu einem Kampf auf Leben und Tod, was ebenso grotesk sei, als wollte ich mit einem freigelassenen Sklaven einen Ehrenhandel ausfechten – trotzdem also will ich, eisern entschlossen, Euch hiermit zu einem Zweikampf nach französischem Reglement herausfordern. Und ich überlasse es Euch, die Wahl der Rüstung und der Waffen zu bestimmen. Eure Antwort erwarte ich binnen fünfundzwanzig Tagen, zu zählen ab dem Datum der Übergabe dieses Fehdebriefes, worüber mir der Wappenkönig Blüte des Rittertums Bescheid geben wird. Falls Ihr aber aus Angst vor mir es nicht wagt, diese Herausforderung anzunehmen, versichere ich Euch, daß ich Eure Wappen auf den Kopf stellen und Euch selbst kopfüber aufhängen werde, wie es einem Gauner gebührt; und an allen Höfen der großen Herren werde ich kundtun, welch schändliche Heimtücke Ihr gegen Leib und Leben der beiden Könige begangen habt, so daß alle es erfahren, die es wissen wollen. In zwiefacher Ausfertigung geschrieben und unterzeichnet von meiner Hand, besiegelt mit meinen eigenen Wappen und abgeschnitten mitten durch die Buchstaben A, B und C. Gegeben in der Hauptstadt Frieslands am zweiten Juli. – Kyrieeleison von Wittberg‹«

KAPITEL LXXVIII

Wie der König von England mit einem großen Gefolge von Vertretern aller Stände zur Sankt-Georgs-Kirche zog, um dort aufs neue eine Totenmesse für die zwei Könige und die zwei Herzöge zu feiern

Nachdem Tirant den Brief hatte vorlesen lassen und über dessen Inhalt Bescheid wußte, sagte er zum König: ›Herr, ein jedes Ding kommt zu seiner Zeit. Eure Hoheit hat klar vernommen, wie dieser Ritter mich der betrügerischen Hinterlist bezichtigt. Ich werde mich gegen diesen Anwurf verteidigen, bis zum Tod; und ich würde meinen Tod für wohlverdient halten, wenn ich jemals irgendeine Tücke gegen die vier Ritter geduldet oder ausgeheckt hätte.‹

›Wir sind fest überzeugt‹, sagte der König, ›daß Eure Ehre außer Zweifel steht. Aber da das Unglück nun mal geschehen ist, wollen wir in die Kirche Sankt Georgs gehen, um dort eine Messe zu hören und ihnen so die Ehre zu erweisen, die ihnen gebührt; denn wir wissen nun, daß sie gekrönte Könige waren.‹

Die Kampfrichter hielten dieses Vorhaben für richtig und meinten, das sei man den gefallenen Herrschern schuldig. Der König und die Königin begaben sich also, gefolgt von allen Ständen, zum Gotteshaus. Tirant aber sagte:

›Herr, ich ersuche Euch und die Kampfrichter, mir Gerechtigkeit widerfahren zu lassen; denn die Könige sind von mir auf statthafte Weise getötet worden, in aller Redlichkeit, ohne Betrug, Trick oder Täuschung. Wenn Eure Hoheit die Absicht hat, sie aus der Gruft holen zu lassen, in der sie jetzt ruhen, und an einer anderen Stätte beisetzen zu lassen, scheint es mir, gemäß den von Eurer Hoheit festgesetzten und von den Kampfrichtern proklamierten Regeln geboten, daß ich in voller Rüstung ihren Särgen folge, bis sie in der neuen Gruft untergebracht sind. Dies, Herr, erbitte ich, um mein Recht zu wahren; denn einem, der recht gekämpft hat, sollte es zugebilligt werden, in der gerechten Form daran teilzunehmen.‹

Der König beriet sich mit den Kampfrichtern und anderen Rittern,

und alle stimmten darin überein, daß die Forderung Tirants nach den festgesetzten Regeln vollauf berechtigt sei. Der Prinz von Wales aber sagte zu dem Bretonen:
›Ihr wollt Euch wohl mästen mit Ehren, Tirant lo Blanc. Es genügt Euch nicht, daß Ihr sie totgeschlagen habt; nein, jetzt wollt Ihr noch mehr von ihnen.‹
›Herr‹, antwortete Tirant, ›die Gefahren eines Zweikampfes sind so groß, und soviel Blut hat er meinen Körper gekostet, daß mir bei jeder Drehung oder Wendung alles wehtut. Und wenn sie mich soweit gebracht hätten, wie ich sie gebracht habe – wären sie dann mit mir anders verfahren als ich mit ihnen? Und darum verzichte ich keinesfalls auf diese Ehre, die mir nach Sitte und Brauch des Ritterstandes zusteht.‹
Daraufhin legte er rasch seine Rüstung an, und mit allen Jungfrauen und Rittern seines Gefolges zog er in die Kirche Sankt Georgs ein, begleitet von vielen Spielleuten, Trompetern und Trommlern, Wappenkönigen, Herolden und deren Gehilfen, er selbst voll gewappnet, von Kopf bis Fuß in blinkenden Stahl gekleidet, das blanke Schwert in der Hand.
Der König und die Königin mit ihrem gesamten Hofstaat, die sich schon in der Kirche befanden, näherten sich allesamt der Gruft, einer Grabnische, in der die vier Ritter lagen, ein jeder in seinem eigenen, dicht verschlossenen, wohlverpichten Sarg. Auf diese Weise hatte man auch alle anderen Opfer der Turniere beigesetzt, damit deren Verwandte, falls diese es wünschten, sie in ihre Heimat überführen lassen könnten. Tirant tat ein paar mächtige Schläge mit dem Schwertknauf gegen den Deckel der Gruft und sprach:
›Die Könige, die da ruhen, mögen herauskommen.‹
Eilig öffneten die Gerichtsdiener die Gruft und zogen die Särge der beiden Könige hervor. Auf Befehl des Königs bahrten sie dann dieselben mitten in der Kirche auf, wo man zwei geräumige und hohe Grabmale errichtet hatte, deren Boden mit vielen prächtigen Brokatbahnen bedeckt war, die auch die Gruben verhüllten. Da wurden nun die beiden Könige aufgebahrt, und man erwies ihnen jede erdenkliche Ehre, mit all den Zeremonien, die man beim Tod von Königen zu zelebrieren pflegt.

Hernach wurde im Auftrag des Königs ein herrliches Mausoleum für sie geschaffen, höchst kunstvoll geschnitzt aus duftendem Aloeholz. Zuoberst wurde es mit einem zierlichen Tabernakel versehen, auf das er die Wappen der beiden Könige malen ließ. Und über diesen Wappen prangten die Wappen Tirants. Rings um das Sakramentshäuschen lief ein goldenes Schriftband, auf dem zu lesen stand: ›Hier ruhen der König von Polen und der König von Friesland, zwei Brüder, die gekrönte Häupter waren und als tapfere Ritter den Märtyrertot auf dem Kampfplatz starben, unter den Händen des tugendhaften Tirant lo Blanc.‹
Sobald dieses Mausoleum fertig war, ließ der König sie darin zur letzten Ruhe betten. Und als die Trauerfeierlichkeiten vorüber waren, machten sich der König und die Königin auf den Heimweg. Tirant aber, umdrängt von der ganzen Menschenmenge, wurde in feierlichem Ehrengeleit zu seinem Quartier gebracht. Kaum hatte er seine Rüstung abgelegt, machte er sich eilig daran, den Brief zu beantworten, den der Wappenkönig ihm ausgehändigt hatte. Er begann die folgenden Sätze zu diktieren.«

KAPITEL LXXIX
Die Antwort Tirants auf den an ihn gerichteten Fehdebrief

Durch den Wappenkönig Blüte des Rittertums ist mir Euer Brief übermittelt worden, auf einem Bogen Papier, abgeschnitten mitten durch die Lettern ABC, beschrieben und unterzeichnet von Eurer Hand, mit einem Siegel versehen, in das Eure Wappen eingeprägt sind. Dieser Brief enthält gemeine, ehrenrührige Worte, und mir scheint, daß derlei Töne unpassend sind, wenn sie aus dem Mund eines Ritters kommen, der den Leuten mit aufgeblasenen Sprüchen beweisen will, daß er den Tod der zwei Könige zu rächen gedenkt. Hättet Ihr wirklich die Absicht, die Ihr vorgebt, solltet Ihr mir nicht schreiben, sondern selbst hierher kommen (denn Ihr wußtet ja, daß ich am Hof des Königs von England weile; aber es gibt nun mal Ritter, die lieber suchen als finden). Ihr behauptet, ich hätte mit verfälschter, trügerischer Wappnung und dazu noch mit heimtückischer Hinterlist die beiden Könige umgebracht. Ich sage, daß Ihr lügt und jedesmal lügen werdet, wann immer Ihr dies behauptet. Ich habe sie ritterlich getötet auf umschranktem Turnierplatz, mit eben der Rüstung und den Waffen, die sie selbst bestimmt haben. Und wenn ich, dank Gottes Beistand, der mir den Sieg gewährt hat, mit meinen Händen den Preis und die Ehre zu erringen vermochte vor den Augen Seiner Majestät des durchlauchtigsten Königs von England und der Kampfrichter, ritterlich mich messend mit den beiden, ohne sie zu kennen und ohne zu wissen, wer sie waren, so war ich doch dabei dem Tod stets genauso nahe wie sie. Und wenn die hochmögenden Kampfrichter von Euch oder irgend sonstwem befragt werden, so erfahrt Ihr wahrheitsgemäß, daß man gegen mich mit unerlaubter Wappnung in die Schranken getreten ist, mit Beinröhren aus Papiermaché und Zinnfolien samt anderen Dingen, die ich nicht aufzählen will. Die Herausforderung, die Ihr mit böswilligen Beschuldigungen an mich gerichtet habt, nehme ich freudig an, um mein Recht, meine Ehre und meinen guten Ruf zu verteidigen; und im Vertrauen auf die Hilfe unseres Herrgotts und seiner allerheiligsten Mutter sowie meines Schirmherrn, des seligen Ritters Sankt Georg, bin ich bereit, mich mit Euch zu schlagen in einem Zweikampf auf Leben und Tod, gemäß den Regeln, die im französischen Königreich Sitte und Brauch sind. Und was die Wahl der Ausrüstung betrifft, die Ihr mir überlaßt – womit Ihr mir freilich etwas zubilligt, was das selbstverständliche Vorrecht des Herausgeforderten ist –, bestimme ich hiermit, daß der Kampf nicht zu Pferde ausgefochten werden soll, damit es nachher nicht heißt, ich hätte Euch nur getötet oder besiegt, weil mein Roß besser sei als das Eurige. Nein, zu Fuß werden wir kämpfen, mit Streitäxten, sieben Spannen lang, ohne Haken oder sonstige Tücken, so beschaffen also, wie sie üblicherweise in den Schranken benutzt werden. Außerdem soll jeder ein Schwert haben, viereinhalb Spannen lang, vom Knauf bis zur Spitze gemessen; sowie einen Dolch von zweieinhalb Spannen. Ich bitte Euch, mir nichts mehr zu schreiben; denn ich würde keinen weiteren Brief von Euch entgegennehmen. Kommt persönlich hierher, statt Euch durch einen Sachwalter vertreten zu lassen. Ich versichere, daß Ihr Euch die Mühe sparen könnt, von einem Fürstenhof zum´anderen zu laufen, Wappen auf den Kopf zu stellen und vielerlei andere ehrverletzende Dinge zu tun, die Euer Lügenmund angekündigt hat. Unterschrieben von meiner Hand, versehen mit dem Siegel, in das meine Wappen eingeprägt sind, abgeschnitten mitten durch die Buchstaben ABC, ausgefertigt in der Stadt London am dreizehnten Juli. – Tirant lo Blanc.‹«

KAPITEL LXXX

Wie der Wappenkönig und die Jungfrau sich mit der Antwort Tirants auf die Heimreise machten

Erst ein Tag war vergangen seit der Übergabe des Fehdebriefs, da hatte der Wappenkönig schon die Antwort Tirants, und unverzüglich trat er mit der Jungfrau die Heimreise an. Kaum waren sie wieder auf dem Festland, gelangte die vorauseilende Kunde zu Kyrieeleison von Wittberg, daß der Wappenkönig mit einer positiven Antwort unterwegs sei. Das veranlaßte den Herausforderer, schleunigst alles herzurichten, was er für sein Unterfangen brauchte. Als dann der Wappenkönig und die Jungfrau bei ihm eintrafen, las er die Antwort, und am Tag darauf nahm er Abschied von allen Mannen und Frauen seiner Sippe und verließ mit großem Gefolge sein Heimatland, begleitet auch von dem Wappenkönig, der ein zweites Mal diese Fahrt machte. Tag für Tag reisten sie, zu Lande und zu Wasser, bis sie endlich vor den König von England traten.

Nachdem er dem König und der Königin seine Reverenz erwiesen hatte, fragte er, welcher der Herren Tirant sei. Und sein Wappenkönig, der den Mantel trug, den Tirant ihm bei der Übergabe des

Antwortbriefes geschenkt hatte und von dem die Leute meinten, er habe einen Wert von mehr als dreitausend Dukaten, antwortete ihm:
›Herr, der da ist es, der mir den Mantel geschenkt hat, den ich anhabe. Ihm habe ich Euren Brief gegeben, und er hat ihn angenommen und mir die Antwort erteilt.‹
Kyrieeleison ging ein paar Schritte auf Tirant zu, und auch Tirant schritt ihm entgegen. Sie umarmten einander, doch nicht in freundlicher Absicht. Der friesische Ritter sprach:
›Tirant, da wir uns einig sind über den Zweikampf, der von mir gefordert und von Euch akzeptiert wurde, wollen wir den Herrn König oder die Herren, die dafür zuständig sind, ersuchen, daß sie noch heute nacht oder gleich morgen früh uns in die Schranken führen, damit wir den Handel austragen können.‹
›Mit Vergnügen‹, antwortete Tirant, faßte ihn an der Linken und zog ihn an seine rechte Seite.
Als sie vor dem König waren, baten die beiden ihn höflich, er möge die Güte haben, ihnen gnädig zu gestatten, noch am selbigen Tag in die Schranken zu treten.
›Mir scheint‹, sagte der König, ›das wäre unvernünftig; denn Ihr seid nach Eurer langen Reise eben erst hier angekommen, und wenn Euch etwas Unerwartetes widerfährt, könnten die Leute sagen, die Erschöpfung durch die Strapazen des weiten Weges sei schuld an Eurer Niederlage. Aber ich will die Kampfrichter hören.‹
Diese kamen herbei, und sie waren der Meinung, daß dem Antrag keinesfalls entsprochen werden könne; denn der Tag sei schon zu weit vorgerückt, um noch in die Schranken zu treten. Es bleibe nichts anderes übrig, als bis zum nächsten Morgen zu warten. Der Ritter Kyrieeleison sagte:
›Ich wäre sehr froh, wenn ich jetzt gleich das ausführen könnte, wozu ich gekommen bin. Ihr würdet mir damit eine größere Freude machen, als wenn man mir ein Königreich schenkte.‹
›Um Euren Wunsch zu befriedigen, stünde ich gern bereits auf dem Kampfplatz‹, sagte Tirant.
Der König erwies dem Friesen viel Ehre, und alle Herrschaften am Hofe desgleichen. Mit ganz besonderer Huld aber behandelte ihn

der Prinz von Wales, um Tirant zu ärgern, weil dieser ihm den Hetzhund getötet und überdies mit den vier Rittern gekämpft hatte, gegen die er selbst mit seinen Genossen gern angetreten wäre. Und deshalb ließ der Prinz keine Gelegenheit aus, ihn zu reizen und zu verunglimpfen.
Am folgenden Tag bat Kyrieeleison den Prinzen von Wales, mit ihm die Grabstätte der beiden Könige zu besuchen, denn er wolle nachsehen, ob da nichts fehle. Und der Prinz war gern bereit, ihm diesen Gefallen zu tun. Als der Friese dann das Grabmal sah, betrachtete er es lange; und er gewahrte die vier Schilde der vier Ritter, und darüber die vier Schilde Tirants, die dieser dort hatte anbringen lassen. Nach jedem Sieg hatte er seinen eigenen Schild und den des unterlegenen Ritters sogleich in die Sankt-Georgs-Kirche bringen und der Obhut des Priors übergeben lassen, damit dieser, wenn er selbst einmal heimgereist sei, sie in der Kapelle der Turnieropfer aufhänge, als bleibende Erinnerung an die weltliche Glorie, die er errungen. Kyrieeleison nun erkannte augenblicklich die Wappen seines Herrn und die des Königs von Polen und die der zwei Herzöge. Ströme von Tränen stürzten ihm aus den Augen, und mit lautem Wehgeschrei betrauerte er den Tod seines Königs und Lehnsherrn, und so heftig war der Schmerz, den ihm der Tod seines Herrn bereitete, daß er rasend daranging, die Schilde Tirants herunterzureißen; und er war so hochgewachsen, daß er sie ohne weiteres mit der Hand erreichte. Blindwütig packte er sie und schleuderte sie auf den Boden; die anderen Schilde aber ließ er an ihrem Platze hängen. Unaufhörlich weiterweinend, erblickte er auf dem Tabernakel die aufgemalten Wappen seines Herrn, und über diesen die Wappen Tirants. Da schlug er mit dem Kopf so oft und so heftig dagegen, daß er halb tot war, als der Prinz und die anderen, die dabei waren, ihn wegzerrten. Wie er wieder zu sich kam, öffnete er die Gruft und sah, was aus seinem Herrn geworden war. Und da befiel ihn so ungeheures Leid, vermischt mit maßlosem Zorn, daß ihm die Galle platzte und er auf der Stelle starb.
Und ich versichere Euch, Herr, wenn er nicht auf diese Weise sein Leben verloren hätte, wäre ihm ein hartes Tagewerk nicht erspart geblieben; denn kaum hatte Tirant gehört, wie schimpflich der

Friese mit seinen Schilden umgegangen war, da hatten wir auch schon die Waffen ergriffen, dreihundert Mann, alle stählern geharnischt, Tirant voran. Und da der Prinz zwangsläufig Kyrieeleison hätte beispringen müssen und folglich alle dort Anwesenden in den Streit hineingezogen worden wären, hätte es auf beiden Seiten viele Tote und Verwundete gegeben.

Ich habe übrigens sagen hören, Herr, daß dieser Kyrieeleison sehr geliebt und begünstigt wurde von dem König, der aus Friesland kam. Er soll ihm viele Güter aus seinem Besitz geschenkt haben; ja es heißt sogar, er habe ihn als Vizekönig zum Verwalter seines ganzen Landes gemacht. Ein Bruder dieses Kyrieeleison, so erzählt man, sei ein nicht minder beliebter Günstling des Königs von Polen gewesen. So nahe also der eine dem Friesenherrscher stand, so vertraut war der andere mit dem Herrn über Polen. Da dieser Bruder des Kyrieeleison erfuhr, daß der sich zu einem Zweikampf verpflichtet habe, um den Tod der beiden Könige zu rächen, verließ er, tiefbekümmert und besorgt, das polnische Reich, um dorthin zu reisen, wo sein Bruder sei. Als er in Friesland ankam, fragte er nach seinem Bruder und erhielt da neue, verläßliche Nachricht: Vor wenigen Tagen habe er sich auf die Fahrt nach England begeben, um sich dort mit Tirant lo Blanc zu schlagen. Ohne Zögern brach der Bruder auf, um seinerseits die Seereise zu unternehmen.

Als er zum Hafen gelangte, traf er dort die heimkehrenden Gefolgsleute seines Bruders, die ihm berichteten, was mit diesem geschehen war. Erfüllt von wilder Wut, sowohl wegen des Todes der Könige wie wegen des unglücklichen Endes, das sein Bruder gefunden, bestieg er unverzüglich ein Schiff und reiste zur Residenz des englischen Königs. Und noch ehe er diesen aufsuchte, um ihm seine Ehrerbietung zu erweisen, wollte er zur Kirche Sankt Georgs gehen, wo er jedoch die Schilde nicht finden konnte, denn Tirant hatte sie mittlerweile in sein Quartier bringen lassen. Als der Neuankömmling sah, daß sie nicht da waren, verrichtete er sein Gebet und betrachtete danach das Grabmal der Könige und Herzöge und die Stelle, an der man seinen Bruder bestattet hatte, unaufhörlich heiße Tränen vergießend und das furchtbare Mißgeschick der fünf Männer beklagend. Schließlich verließ er die Kirche, suchte den König und

die Königin auf, um sie gebührend zu begrüßen, und fragte alsbald nach Tirant, der in diesem Augenblick gerade mit ein paar Damen plauderte.
Als Tirant hörte, daß jener Ritter nach ihm gefragt habe, verließ er den Kreis der Damen und ging rasch zum König. Der Fremde erblickte ihn und sprach ihn an mit den folgenden Worten.«

KAPITEL LXXXI

Wie Thomas von Wittberg Tirant zum Zweikampf herausforderte, um den Tod der Könige und seines Bruders zu rächen

Tirant, ich bin hierher gekommen, um den Tod des tugendhaften Ritters Kyrieeleison von Wittberg, meines Bruders, zu rächen. Nach dem Recht der Ritterschaft dürft Ihr mir dieses Treffen nicht verweigern. Und der Handel, den mein Bruder mit Euch ausfechten wollte, als er Euch seinen Fehdebrief sandte, ist auch meine Sache, die ich mit Euch abzumachen habe, unter genau denselben Kampfbedingungen, wie er sie mit Euch vereinbart hat.‹
›Ritter‹, antwortete Tirant, ›Euer Ansinnen ist wohl als mutwilliges Unterfangen zu werten, nicht als notwendige Forderung; und ein solcher Zweikampf darf ohne zwingenden Grund nicht stattfinden; die Kampfrichter würden es nicht zulassen, daß er bis zum bitteren Ende ausgefochten wird. Sprecht offen aus, was Ihr sagen zu müssen meint; denn wenn es Euch um die Ehre geht, so werdet Ihr – das versichere ich Euch – binnen kurzem jegliche Genugtuung erfahren, die Ihr fordert.‹
›Tirant, mir scheint, ich habe Euch das Nötige bereits gesagt, genug, um endlich zur Tat zu schreiten nach rechter Ritterart. Mehr als hinreichend ist der Brief da, den mein Bruder Euch schrieb, und die Antwort, die Ihr darauf gegeben habt, besiegelt mit dem Siegel, das

Eure Wappen trägt. Was in diesen zwei Briefen steht, ist für mich Grund genug, mich mit Euch zu schlagen, auf Leben und Tod.‹

›Kommt zur Sache‹, sagte Tirant, ›legt los, geradewegs, ohne Umschweife! Was Ihr bisher geredet habt, reicht nicht aus. Ihr müßt schon mit eigenen Worten benennen, was Euch dazu treibt. Wenn ich nicht aus Eurem Mund klar und eindeutig vernehme, wessen Ihr mich beschuldigt, kann ich Eure Herausforderung nicht annehmen.‹

›Ich bin blutsverwandt mit Kyrieeleison von Wittberg, an dessen Stelle ich Euch gegenüberstehe. Es ist mir zuwider, lang drum herum zu reden und viele Worte zu machen. Klipp und klar sage ich Euch ins Gesicht: Als heimtückischer Schurke habt Ihr meinen erhabenen Herrn und König, den Herrscher Frieslands, umgebracht; ebenso dessen Bruder, den König von Polen, der mich huldvoll aufgezogen hat. Und wegen dieser hinterlistigen Freveltat fordere ich Euch heraus, mit mir zu kämpfen, bis zum blutigen, tödlichen Ende, das einer von uns beiden erleiden muß, unausweichlich; denn es geht dabei zugleich um die Vergeltung für den Tod meines Bruders, den ich innig geliebt habe.‹

Nach diesen Worten verstummte Thomas. Tirant antwortete:

›Ich bin bereit, die Herausforderung anzunehmen, um mich gegen den Vorwurf der Heimtücke zu verteidigen, den Euer Bruder und Ihr selbst gegen mich erhoben habt; und ich erkläre: Ihr verleumdet mich mit Eurem lügnerischen Mund. Was noch zu tun bleibt, damit die Sache zwischen uns bereinigt werden kann, ist nur das eine, daß Ihr Euer Pfand den Kampfrichtern übergebt, als Bürgschaft dafür, daß ich, falls Ihr an dem von den Kampfrichtern festgesetzten Tag nicht erscheint, gemäß den Bräuchen des französischen Königreichs, die Euer Bruder als maßgebliches Reglement beantragte und ich als verbindlich anerkannte, über all jene Rechte verfügen kann, die dem Standhalter gegenüber dem Herausforderer zustehen, der einem solche Abscheulichkeiten nachsagt, wie dies mir durch zwei Brüder widerfährt.‹

Der Ritter nahm seine Kopfbedeckung ab und übergab sie den Kampfrichtern; Tirant hinterlegte eine Goldkette, die er anhatte. Und als dies getan war, umarmten die beiden Gegner einander und

küßten sich, zum Zeichen dafür, daß einer dem anderen Vergebung zusagte für den Fall, daß er getötet würde.
Am vorbestimmten Tag, da der Zweikampf stattfinden sollte, sagte Tirant, um Gott unseren Herrn dafür zu gewinnen, daß Er auf seiner Seite stehe, beim Betreten der Kirche und in Gegenwart des Königs zu seinem Widersacher:
›Ich wäre sehr froh, wenn es Euch belieben würde, daß Frieden, Liebe und gute Freundschaft zwischen uns herrschen; wenn Ihr bereit wäret, mir zu verzeihen. Dann will auch ich die Kränkungen vergeben, die Euer Bruder und Ihr mir angetan habt. Denkt aber nicht, daß ich dies aus Feigheit sage. Nein, ich bin jederzeit bereit, in die Schranken zu treten, jetzt oder wann immer die Kampfrichter mir die Weisung erteilen. Doch ich gelobe Euch, daß ich, wenn Ihr zur Versöhnung bereit seid, barfuß nach Jerusalem pilgern werde, zum Heiligen Grab, und dort ein Jahr und einen Tag verweilen will, um jeden Tag dreißig Messen lesen zu lassen für das Seelenheil der zwei Könige und der zwei Herzöge, die ich getötet habe, mit meinen Händen, und auch für Euren Bruder, dessen Tod sich ohne mein Wissen und Zutun ereignet hat.‹
Der grimmige Gegner, den er so ansprach, hieß Thomas von Wittberg, und es war ein Mann von unglaublicher Kraft, prächtigem Körperbau und so gigantischer Größe, daß Tirant ihm kaum bis zum Gürtel reichte. An ritterlicher Tüchtigkeit und Tapferkeit übertraf er Kyrieeleison, seinen Bruder, bei weitem. Als dieser Kämpe nun Tirant so versöhnlich reden hörte, dachte er insgeheim, dessen Worte seien von der Angst diktiert, die Tirant vor ihm habe; und viele andere Ritter neigten ebenfalls dazu, die Sätze, die ihnen da zu Ohren gekommen waren, in ähnlichem Sinne auszulegen. Doch das Gegenteil war der Fall; denn Tirant wollte mit diesen Worten nur eine gewisse Buße leisten, eingedenk des Todes der vier Ritter.
Viele Frauen und Jungfrauen beschworen Tirant, sich um eine friedliche Übereinkunft mit Thomas von Wittberg zu bemühen; und sie warnten ihn, doch ja nicht mit diesem Kerl in die Schranken zu treten; denn ein zweiter Mann von solcher Stärke und solchem Wuchs sei heutzutage in der ganzen Christenheit nicht zu finden. Tirant aber antwortete ihnen:

›Verehrte Damen, glaubt mir, selbst wenn er doppelt so groß wäre und die Stärke eines Samson besäße, würde ich nicht zaudern, es mit ihm aufnehmen zu wollen; denn zwischen ihm und mir hat ja das Eisen noch ein Wörtchen mitzureden.‹

›Bedenkt‹, mahnten die Damen, ›daß man Gegebenheiten nicht mißachten darf, die durch ihr bloßes Vorhandensein gebührende Achtung fordern. Wir möchten nicht, daß Ihr Euer Heil verspielt und aller Ritterruhm, den Ihr durch Eure Tapferkeit erringen konntet, mit einem Schlag zuschanden wird. Denn dieser Ritter ist, nach unserem Eindruck, ein gewaltiger Draufgänger. Und darum möchten wir Euch raten und dringend bitten, doch zu versuchen, ob Ihr nicht gütlich mit ihm ins reine kommen könnt, so daß er seine Herausforderung zurückzieht und dieser Zweikampf sich erübrigt. Das wäre uns ein großer Trost.‹

›Gute Frauen, ich habe bereits ein Versöhnungsangebot gemacht, das mir nicht ganz leicht gefallen ist. Jetzt ist es an ihm, zu entscheiden, was geschehen soll. Ich hoffe auf den Beistand unseres himmlischen Herrn, und dann mag kommen, was will. Ich weiß wohl, daß dieser Ritter ein Mann von großem Mut ist; und als solcher wird er auf der ganzen Welt gerühmt. Aber wieviel Mut einer hat, das muß er jeweils selbst beweisen; an Ruhmrednern mangelt es ja keinem, und oft geschieht es, daß einer gepriesen wird wegen einer Tugend, von der er sehr wenig besitzt. Jetzt beurlaubt mich bitte; denn es ist Zeit, daß ich mir die Rüstung anlege.‹

Die besorgten Damen ließen den fremden Ritter rufen und baten ihn inständig, in gegenseitigem Einvernehmen auf den Zweikampf zu verzichten; doch Thomas von Wittberg war dazu keinesfalls bereit, er erklärte vielmehr mit dreistem Hochmut, er lasse sich weder durch sie noch durch irgend sonstwen beschwichtigen.

Nachdem der König und die Königin zur festgesetzten Stunde ihr Mal beendet hatten, begaben sich die Ritter zum Kampfplatz, und zwar in folgendem Aufzug: Thomas von Wittberg ging zu Fuß, gepanzert vom Scheitel bis zur Sohle und begleitet von vier Gruppen, die ihm vier gesenkte Lanzen trugen; vor ihm her zogen mit der ersten Lanze der Prinz von Wales und eine Schar von Herzögen; zu seiner Rechten schritten Grafen und der Markgraf von Sankt Peter; die Lanze zu seiner Linken wurde von Rittern getragen; und hinter ihm her kamen Edelleute, die als Vertreter der Ehrbarkeit die letzte Lanze brachten. Thomas selbst schritt also in der Mitte, umgeben von all diesen Herren, die ihn bis zum Tor des Kampfplatzes geleiteten, wo ein großes Zelt errichtet worden war. Da hinein führten sie den Kämpen. Und alle, die ihn begleitet hatten, verabschiedeten sich von ihm.

Auch Tirant kam mit einem Lanzenträgergefolge, aber er hatte darauf beharrt, sich diesen Dienst nicht von Rittern leisten zu lassen; nur Jungfrauen sollten die vier Lanzengruppen bilden, nur die schönsten, liebreizendsten und bestgekleideten Mädchen der ganzen Residenz. Auf einem herrlichen, schneeweißen Roß ritt er dahin im Takt der Klänge von Trompeten, Trommeln und vielerlei anderen Instrumenten, mit freudestrahlendem Gesicht. Als Tirant dann in seinem Zelt war, dankte er all den Damen für die große Ehre, die sie ihm erwiesen hätten, und alle Jungfrauen knieten nieder und flehten zu Gott, Er möge in seiner Güte Tirant das Leben bewahren und ihm den Sieg gewähren.

Die von den Kampfrichtern auserwählten Aufseher holten zuerst Thomas von Wittberg, weil er der Herausforderer war, und brachten ihn auf dem Kampfplatz in einen kleinen Pavillon, ein Rundzelt aus Satin, wie es für jeden der beiden Duellanten vorhanden war, jeweils eines an zwei entgegengesetzten Flanken der Turnierbahn. Und jeder der zwei Kämpen hatte einen Weihfächer in der Hand, auf dem das Kruzifix zu sehen war, um damit über jeder Ecke des Gevierts das Kreuz zu schlagen. Tirant betrat, da er der Standhalter war, als zweiter das Feld, erwies dem König und der Königin seine Reverenz und segnete den Streitort. Als dies geschehen war und jeder der beiden in seinem Pavillon verharrte, kamen auf einen Wink der Aufseher zwei geistliche Brüder vom Orden des heiligen Franziskus, die den Kämpen die Beichte abnahmen. Danach reichten sie ihnen zum Zeichen der Kommunion ein Stückchen Brot, keine Hostie, denn in einem solchen Fall bleibt der Leib Jesu Christi verwehrt. Sobald die zwei Mönche gegangen waren und den Streitort verlassen hatten, erschienen die Kampfrichter und baten den Herausforderer dringlich, die Kränkungen zu verzeihen, die ihm angetan worden seien. Und sie erbaten dies auch im Namen des Königs. Der Ritter erwiderte:

›Hochmögende Herren, ihr seht wohl selbst, daß jetzt nicht die Zeit und die Stunde ist, da ich all das Unrecht verzeihen sollte, das meinem Herrn und König, dem Herrscher von Friesland, angetan worden ist, ebenso meinem Bruder und dem, der mich aufgezogen hat: dem König von Polen. Und um nichts in der Welt lasse ich mich abbringen von der Anklage, die ich erhoben habe, von der Herausforderung, zu der ich verpflichtet bin. Kein Schatz, kein Glück, keine Ehre, nichts von alledem, was diese Welt mir bieten könnte, wird mich erweichen.‹

›O Ritter‹, sagten die Kampfrichter, ›überlaßt die Wahrung Eures Rechts vertrauensvoll Seiner Majestät dem König und uns, den Richtern. Wir werden den größeren Teil der Ehre Euch zubilligen, weil Ihr der Herausforderer seid und weil die Kränkung Eurem angestammten Herrn widerfuhr, Eurem Bruder und dem König, der Euch aufgezogen hat. Wir sind dazu da, für Ausgleich, Entschädigung und Wiedergutmachung zu sorgen.‹

›Ach was! Wozu das viele Gerede!‹ rief der Ritter in aufreizend hochmütigem Ton. ›Ich will den Zweikampf. Redet mir also nicht von Versöhnung. Keinerlei Vergebung hat er von mir zu erwarten. Nein, mit meiner unerbittlichen Hand und der Schneide des Schwertes werde ich ihm den grausigsten Tod verschaffen, diesem verkommenen Ritter, diesem hinterlistigen Schurken Tirant lo Blanc, der die Schamlosigkeit besaß, in verfälschter Wappnung aufzutreten, wie sie noch nie ein Ritter von Ehre und Anstand beim Zweikampf getragen hat.‹

›Euer Gehabe‹, sagten die Kampfrichter, ›soll das besagen, daß Ihr meint, mit Hochmut sei der Sieg zu erlangen? Wißt Ihr nicht, wie Luzifer aus dem Himmel verstoßen und in die Tiefe gestürzt wurde; wie er den Sitz der ewigen Seligkeit verlor, da er dem gleich sein wollte, der ihn erschaffen? Bedenkt, daß der HERR, der demütig, sanftmütig und voller Erbarmen ist, denjenigen vergab, die ihm soviel Böses antaten und ihn ans Kreuz schlugen.‹

Sie hatten aber einen Priester mit der Monstranz kommen lassen,

und der trat nun, den Corpus Christi in den Händen haltend, in den Pavillon herein, mit den Worten:
›Ritter, sei nicht hartherzig angesichts deines Herrn und Schöpfers, der dich erschuf nach seinem Bild und Gleichnis. Da Er denen vergab, die ihm den Tod gegeben, so vergib auch du, was du in Güte vergeben sollst.‹
Als der Ritter den kostbaren Leib Jesu Christi erblickte, warf er sich auf die Knie und betete ihn an. Dann sprach er:
›Herr, du hast all denen vergeben, die dich töteten; ich aber denke nicht daran, nein, niemals will ich diesem hinterhältigen Schuft verzeihen, diesem wortbrüchigen, verdammungswürdigen Tirant lo Blanc.‹
Die Kampfrichter gingen hinüber zu dem anderen Pavillon, in dem sich Tirant befand, und fragten ihn, ob er bereit sei, seinem Widersacher zu vergeben. Tirant antwortete:
›Habt ihr mit dem Herausforderer gesprochen?‹ Sie bejahten es.
›Ich werde das sagen‹, sprach Tirant, ›was sich für den Herausgeforderten geziemt. Wenn jener Ritter den Zweikampf will, so stelle ich mich ihm, hier und jetzt; will er Frieden, so respektiere ich desgleichen seinen Wunsch. Er mag sich überlegen, was für ihn die bessere und verläßlichere Lösung ist. Wie er sich auch entscheidet, mir soll's recht sein.‹
Zufrieden mit dieser Antwort Tirants, suchten die Richter wieder den Ritter auf und sagten zu ihm:
›Wir sind bei Tirant gewesen, und er hat uns seine Bereitschaft bekundet, sich unserer Entscheidung zu fügen, so oder so. Deshalb möchten wir Euch aufs neue bitten, die Regelung dieser Angelegenheit unserer Amtswaltung zu überlassen. Mit Gottes Hilfe soll Eure verletzte Ehre voll wiederhergestellt werden.‹
›Oh, wie zuwider ist es mir‹, rief der Ritter, ›daß ihr den martern wollt, der ohnehin entsetzlich zermartert ist! Genug Worte habt ihr bereits vergeudet, und je mehr ihr schwatzt, desto unsinniger verschwendet ihr eure Zeit.‹
Einer der Richter sprach:
›Laßt uns gehen, denn von diesem hartherzigen Menschen ist keine gute Regung zu erwarten.‹

Verdrossen über das Benehmen des Ritters, entfernten sich die Richter. Und sie zogen drei Striche in jeder Hälfte der Kampfbahn, wobei sie, gemäß ihrem Brauch, die Positionen der beiden so verteilten, daß keiner von der Sonne mehr geblendet würde als der andere. Sobald dies getan war, erstiegen die Richter ihre Tribüne. Eine Trompete erscholl, und an allen vier Ecken des umschrankten Gevierts wurde lauthals die Warnung ausgerufen, daß keiner es wagen solle, zu reden, zu husten, zu deuten oder irgendwelche Zeichen zu machen; denn darauf stehe die Todesstrafe. Außerhalb des Streitplatzes hatte man bereits drei Galgen aufrichten lassen.
Als somit alle Vorbereitungen erledigt waren, ertönte wieder die Trompete, die Pavillons wurden beiseite geschafft und die Kämpen am ersten, dem hintersten Strich postiert. Vier Aufseher standen nun vor dem einen Ritter, vier weitere vor dem anderen, jeweils mit einer quergelegten Lanze, die von zweien an der Spitze und von zweien am Ende des Schaftes gehalten wurde. Das tut man, um die Kämpen aufzuhalten und zu verhindern, daß einer weiter vorrücke als der andere; denn jeder sollte die gleichen Chancen haben. Eine solche Sperrlanze wird vor dem Bauch gehalten, so niedrig also, daß sie der Lanze des Kämpen, der Streitaxt oder was sonst er in den Händen haben mag, nicht in die Quere kommt.
Nachdem sie so eine geraume Weile am ersten Strich verharrt hatten, blies der Trompeter, der droben auf der Tribüne des Königs und der Kampfrichter stand, erneut in sein Instrument und ließ eine schmerzliche Weise hören. Als diese dann verklungen war, rief ein Wappenkönig:
›Laßt sie gehen, damit sie ihre Pflicht tun.‹
Und die beiden Ritter durften bis zum zweiten Strich aufeinander zugehen. Nach einer kleinen Weile schmetterte noch einmal die Trompete, und sie durften bis zum dritten Strich passieren, wo sie einander unmittelbar gegenüberstanden. Bei diesem dritten Trompetensignal rief der Wappenkönig:
›Laßt sie los!‹
Und die Aufseher hoben die Sperrlanzen über die Köpfe, um den Kämpen freien Lauf zu lassen.
Doch als die Aufseher die Sperre aufgehoben hatten, blieb der Ritter

stehen und rührte sich nicht vom Fleck. Angesichts der Reglosigkeit, in der sich sein Gegner gefiel, kehrte Tirant ihm den Rücken und machte einen kleinen Bummel über den Kampfplatz, schlendernd wie ein Spaziergänger. Der Ritter verweilte unschlüssig, überlegte und überlegte, dann stürzte er auf Tirant zu und brüllte ihn an:
›Dreh dich um, Betrüger!‹
Und Tirant antwortete:
›Du lügst, und deshalb schlage ich mich mit dir.‹
Der Kampf zwischen den beiden war äußerst hart und heftig. Thomas von Wittberg jedoch war so groß, hatte soviel Kraft und versetzte Tirant derart wuchtige Hiebe, daß dessen Kopf bei jedem Schlag, den er erhielt, tief zwischen die Schultern sackte. Nachdem der Schlagabtausch schon beträchtlich lange gedauert hatte und Tirant nach Meinung aller mehr und mehr ins Hintertreffen geriet, war dieser genötigt, sich strikt auf die Abwehrhaltung zu beschränken. Und der Ritter versetzte ihm abermals einen so wilden Hieb auf den Helm, daß ihm beide Knie knickten und sich in den Erdboden bohrten. Und wie Tirant erst ein Knie angehoben, das andere aber noch auf der Erde hatte, holte er mit der Axt aus, traf mit deren Spitze seinen Gegner zwischen den Beinen und verwundete ihn; denn sie trugen da keinen eisernen Schutz. Rasch erhob sich Tirant, und die Kampfwut beider flammte auf und wurde zur rasenden Hitze. Der Ritter, den die Wunde schmerzte, wollte so rasch wie möglich dem Kampf ein Ende machen, da er befürchtete, sonst verbluten zu müssen. Er zielte mit der Streitaxt direkt auf das Visier Tirants. Mit solcher Macht hieb er drein, daß er das Kinnstück seines Helms durchschlug und so tief eindrang, daß die Spitze der Axt den Hals berührte und an mehreren Stellen aufriß, jedoch nicht sehr tief. An der verhakten Axt schleifte er ihn von der Mitte des Kampfplatzes bis zum Rand, wo er ihn rücklings gegen die Umschrankung drückte, und lange hielt er ihn in dieser Zwangslage fest, in der Tirant weder Fuß noch Hand bewegen konnte.
Ihr habt es, Herr, gewiß schon mitbekommen, daß bei Zweikämpfen, die nach französischer Sitte ausgefochten werden, die Regel gilt, daß ein Körperteil – Arm oder Fuß –, der sich außerhalb der Schranke befindet, auf Weisung des Kampfrichters abgehackt wer-

den muß, falls dies satzungsgemäß von ihm gefordert wird. In diesem Fall, glaubt mir, hätte Tirant kaum eine Chance gehabt zu überleben. Der Ritter konnte ihn freilich, solange er ihn in der geschilderten Weise festhielt, auch nicht unterkriegen. Deshalb ließ er, um seine Rechte freizubekommen, die verhakte Axt los und versuchte, das Visier Tirants aufzuklappen, während er mit der Linken, die jetzt die Axt umklammerte, und mit seinem ganzen Körper den Bretonen gegen den Balken preßte. Und als er sah, daß das Visier offen war, stieß er ihm die gepanzerte Faust ins Gesicht und schrie:
›Gib zu, Schurke, was für einen schnöden Betrug du begangen hast!‹
Als er gewahrte, daß Tirant kein Wort sagte und er selbst ihm mit dem Eisenhandschuh keinen größeren Schaden zufügen konnte, schoß es ihm durch den Kopf, daß er sich das Eisenzeug von der Hand reißen könnte, und er tat dies schleunigst, fuhr mit seiner Hand zwischen Tirants Wange und Helm, und sobald er merkte, daß diese fest darinsteckte, nahm er seine Linke von der verhakten Axt, schleuderte den Eisenhandschuh fort und steckte die Hand auf der anderen Seite zwischen Wange und Helmfutter, worauf die Axt des Ritters zu Boden fiel. Da Tirant nun des Hakens ledig war, an dem er hilflos gehangen hatte, hob er (obwohl er noch immer arg in der Klemme steckte) mit der einen Hand seine eigene Axt und schmetterte sie auf die Hand des Ritters. Dann brachte er ihm mit der Spitze zwei Wunden bei, so daß der andere gezwungen war, ihn loszulassen. Der fremde Ritter hatte nun weder eine Axt noch Rüsthandschuhe; er zückte das Schwert, doch das nützte ihm recht wenig; denn Tirant, der sich endlich wieder frei bewegen konnte, überraschte ihn mit gewaltigen Axthieben, und er nötigte ihn damit, bis ans andere Ende der Kampfbahn zurückzuweichen, so daß er schließlich, arg bedrängt, mit dem Rücken an der Wand stand. Als der Ritter sich so in die Enge getrieben sah, stieß er die folgenden Worte aus.«

KAPITEL LXXXII
Wie Tirant den Sieg über Thomas von Wittberg errang

O ich armes, elendes, vom Glück verlassenes Geschöpf! Unheilschwanger war die Stunde meiner Geburt, und unheilvoll ist das entsetzliche Mißgeschick, daß ich jetzt ohne Rüsthandschuhe dastehe, ohne meine Streitaxt, die wichtigste Wehr, die ich hatte.‹

›Nun, Ritter‹, sagte Tirant, ›Ihr habt mich des hinterlistigen Betrugs bezichtigt. Widerruft diese Beschuldigung; dann erlaube ich, daß Ihr die Eisenhandschuhe und die Streitaxt wieder bekommt, für eine neue Runde unseres Kampfes auf Leben und Tod.‹

›Tirant‹, antwortete der Ritter, ›wenn Ihr mir diese Gunst erweist, bin ich gern bereit, alles zu widerrufen, was Ihr wollt.‹

Unverzüglich rief Tirant die Aufseher herbei, und als diese zur Stelle waren, erklärte der Friese, daß er die Klage gegen den Bretonen, dieser habe hinterlistig gegen die Regeln ritterlichen Kampfes verstoßen, zurückziehe. Daraufhin holten sie ihm seine Rüsthandschuhe und die Streitaxt. Seine Hände waren freilich übel verletzt, und die Wunde an seinem Unterleib machte ihm schwer zu schaffen, da er durch sie viel Blut verlor. Tirant brachte sein Visier in Ordnung, postierte sich in der Mitte des Kampfplatzes und wartete darauf, daß sein Gegner aufs neue gegen ihn antrete.

Sobald der Ritter die verlorenen Stücke seiner Wappnung wieder angelegt hatte, gingen sie erneut aufeinander los, noch viel wilder als zuvor, und versetzten sich gegenseitig die grimmigsten Axthiebe, ohne jedes Erbarmen. Tirant verfügte aber über die Fähigkeit, niemals außer Atem zu geraten, und das bedeutete, daß er die Anstrengung durchhalten konnte, so lange er wollte. Der andere hingegen hatte, da er riesig und stämmig war, einen sehr kurzen Atem, so daß ihm oft die Luft ausging und er sich auf seine Streitaxt stützen mußte, um wieder zu Atem zu kommen. Tirant kannte die Schwäche seines Gegners und ließ ihn nicht zur Ruhe kommen, um ihn zu ermatten; und um sein Ausbluten zu beschleunigen, traktierte er ihn mit einer Taktik unablässiger Überraschung, indem er ihm mal jäh auf den Leib rückte, mal plötzlich auf Distanz ging, während der arme Ritter sich ständig mit aller Kraft bemühte, ihm die schwersten, möglichst tödlichen Schläge zu versetzen; doch schließlich war er durch den fortlaufenden Blutverlust und die zunehmende Atemnot derart geschwächt, daß die Beine ihn nicht mehr tragen konnten.

Als Tirant merkte, daß die Hiebe des Gegners recht flau wurden und kaum mehr zu spüren waren, trat er mit erhobener Axt dicht an ihn heran und schmetterte sie ihm mit solcher Gewalt gegen die Schläfe, daß dieser, total benommen, vollends ins Taumeln kam, holte nochmals aus und hieb nochmals drein, so daß der andere unweigerlich zu Boden stürzte – und er fiel mit Donnerwucht, weil er sehr schwer war. Rasch warf Tirant sich über ihn. Er riß ihm das Visier auf, setzte ihm den Dolch aufs Auge zum Todesstoß und sagte:

›Wohlgeborener Ritter, rette deine Seele und laß nicht zu, daß sie der ewigen Verdammnis anheimfällt. Bekenne, daß du besiegt bist; nachdem du deine Anschuldigungen, die ehrverletzenden Verleumdungen, die durch dich und deinen Bruder gegen mich vorgebracht wurden, ja bereits widerrufen hast. Erkläre, daß ich ein getreuer Ritter bin, der die Regeln seines Ordens untadelig gewahrt hat. Denn Gott, der die Wahrheit kennt und immerdar Sieger bleibt, hat meine Unschuld gesehen. Er weiß, daß ich nichts getan habe, was sträflich wäre, sondern unter Einsatz meines Leibes und meines Lebens mich all den Gefahren aussetzte, die mir von den Königen und Herzögen drohten, und ehrlich, dank Gottes Hilfe, den Sieg über sie errang. Wenn du willens bist, diese Erklärung abzugeben, bin ich gern bereit, dein Leben zu schonen.‹

›Da das Schicksal es zugelassen oder gewollt hat, daß unser Kampf so ende‹, sagte der Ritter, ›bin ich gern bereit, alles zu tun, was du von mir verlangst, um meine elende Seele vor dem ewigen Tod zu bewahren.‹

Tirant rief die Aufseher herbei, und in deren Gegenwart erklärte der Friese die abscheulichen Vorwürfe, die er gegen den Bretonen erhoben hatte, für null und nichtig. Und die Notare, die alle Vorfälle auf

dem Turnierplatz zu beurkunden hatten, nahmen diese Erklärung zu Protokoll.
Dann ließ Tirant den Besiegten los, begab sich in die Mitte des Streitplatzes, kniete nieder und sagte der Güte Gottes Lob und Dank, indem er folgendes Gebet sprach.«

KAPITEL LXXXIII

Das Gebet, das Tirant sprach, nachdem er den Zweikampf siegreich bestanden hatte

O allerheiligste, glorreiche Dreifaltigkeit! Dich bete ich an, auf den Knien liegend und diese Erde küssend, als den Einen Gott, Einen Herrn, Einen Schöpfer, von dem alle Wohltaten kommen, die wir empfangen. Dafür sei geehrt, gerühmt und gepriesen, jetzt und allezeit, Amen.
O Jesu Christe, Heiland und Erlöser der Welt! Dich bitte ich, eingedenk der teuren Liebe, die du für uns hegst, und deiner glorreichen Menschwerdung und des kostbaren Blutes, das du für uns vergossen hast, mich vor Sünde zu bewahren und an ein gutes Ende zu bringen, daß ich teilhabe an dem, was du durch deinen bitteren Tod erworben hast. Und tausendfach, Herr, danke ich dir für all die Ehren, die du mir bereitet hast und mich täglich aufs neue erfahren läßt, ohne daß ich dies verdient hätte, da ich ein großer Sünder bin. Allein um deiner unendlichen Barmherzigkeit willen hast du mich diese Gefahr heil überstehen lassen, wie alle früheren. Möge es dir gefallen, mir auch künftig, dank den Gnaden, die uns durch deine allerheiligste Passion gewährt sind, den Sieg über all meine Feinde zu schenken. Da du mir meinen Platz im Orden der Ritterschaft gegeben hast, so erweise mir auch die Gnade, daß ich seine Gesetze halte, zu deiner Ehre und deinem Ruhm und zur Mehrung des heiligen katholischen Glaubens. Und laß es nicht zu, Herr, daß ich mich je von dir entferne. Hilf, daß ich es vermag, das Ende zu erlangen, für das ich geschaffen bin.

O unbefleckte Jungfrau, Königin des Paradieses, Anwältin der Sünder! O du mein wahrer Trost! Tiefsten Dank sage ich dir und deinem glorreichen Sohn für den Sieg und die Ehre, die mir bei diesem Kampf und allen früheren zuteil geworden sind. Teure Jungfrau, laß mich niemals allein, damit ich deinen glorreichen Sohn alle Zeit loben und preisen kann, in Ewigkeit. Amen.‹«

KAPITEL LXXXIV

Wie man Tirant mit vielerlei Ehren vom Turnierplatz nach Hause geleitete und den anderen Ritter disqualifizierte

Als Tirant sein Gebet beendet hatte, erhob er sich und ging zum König und den Kampfrichtern und bat sie, das zu vollziehen, was das Recht erfordert. Und die Richter gingen hinab zur Kampfbahn, ließen den friesischen Ritter festnehmen und mit dem Rücken voraus zur Pforte des Turnierplatzes führen, jeder Waffe beraubt. Hinter dem Besiegten, Auge in Auge mit ihm, schritt Tirant, das hoch erhobene Schwert in der Hand. Als sie am Tor waren, mußte der Friese stehenbleiben, und man begann, ihn seiner Rüstung zu entledigen. Und jedes Stück seines Harnisches, das sie ihm auszogen, warfen sie in hohem Bogen über die Schranken, so daß es weit draußen in den Dreck fiel. Als er schließlich bar jeder Wappnung dastand, sprachen die Richter das Urteil über ihn, und dieses besagte, er habe Lügen verbreitet, die Tugenden der Ritterlichkeit verraten, den Zweikampf verloren und in der Niederlage sich selbst als ehrvergessenen, meineidigen Mann entlarvt. Den Rücken zum Ausgang gekehrt, mußte er diesen Richterspruch anhören, und rücklings mußte er als erster hinaus, vor allen anderen. Und so, in verkehrter Haltung, wurde er bis zur Kirche Sankt Georgs geschleppt, begleitet von vielen Schmährufen der Gassenbuben. Tirant aber schritt die ganze Zeit hinter ihm. Als sie

dann in der Kirche waren, griff einer der Heroldsgehilfen nach einer Zinnschüssel und schüttete ihm sehr heißes Wasser über den Kopf und in die Augen, mit den Worten:
›Das ist der ehrvergessene Ritter, der als Besiegter sein eigenes Wort widerrief.‹
Hernach kam der König mit seinem ganzen Hofstaat samt den Frauen und Jungfrauen. Tirant bestieg sein Pferd, gepanzert und bewaffnet, wie er war, und alle begleiteten ihn bis zum Gemach des Königs. Dort nahmen ihm die Mädchen die Rüstung ab, und die Ärzte verbanden ihm seine Wunden. Dann hüllte er sich in einen Mantel, den ihm der König als Geschenk überreichte: einen Brokatumhang, verbrämt mit Hermelin. So gekleidet, wurde er vom Herrscher an dessen Tafel geführt. Nach dem Abendessen wurden zu seinen Ehren vielerlei Tänze getanzt, die ganze Nacht hindurch, bis kurz vor Tagesanbruch.
Der Besiegte aber, Herr, trat später, als er von seinen Wunden genesen war, in ein Kloster ein und wurde Bettelbruder des Franziskanerordens.
Schon wenige Tage nach diesen erregenden Ereignissen machten wir uns mit Erlaubnis des Königs auf den Weg nach Schottland, als Begleiter Tirants, um dort am Tag des versprochenen Duells als sein Ehrengefolge aufzutreten. Vom schottischen Herrscherpaar wurden wir huldreich und mit großer Achtung empfangen.
Die Königin, die als Richterin über die Tjoste und das Turnierfeld wachte, sah jedoch, als die beiden Kämpen bereits in die Schranken getreten waren, um sich zu messen, daß ihr eigener Ritter, der Herr von Bonnytown, einen Helm trug, der nicht den vereinbarten Regeln entsprach, sondern durch trügerische Machenschaften zum beträchtlichen Vorteil seines Trägers verändert worden war. Deshalb unterbrach sie den Zweikampf, nachdem er kaum begonnen hatte, und untersagte es, ihn zu Ende zu fechten.
Nun, ihr Herren, erhebt sich die Frage, was ihr, als erfahrene, ehrbewußte und turniererprobte Ritter, von dieser ganzen Affäre zu halten habt. Wie ihr euch erinnert, hatte Tirant in Gegenwart des Königs und vieler edlen Herren und Ritter feierlich beschworen, keine andere Herausforderung anzunehmen oder sich auf irgendeinen

Waffengang einzulassen, ehe nicht dieses vereinbarte Duell ausgefochten wäre. Tirant war damit einverstanden und hatte es unter Eid versprochen. Danach aber kam Kyrieeleison von Wittberg und forderte ihn mit der Anschuldigung betrügerischer Arglist zum Zweikampf heraus. Welcher von diesen zwei Verpflichtungen mußte er zuerst nachkommen? Was war vorrangig? Der Eid, den er vor den guten Rittern abgelegt hatte, oder die Verteidigung seiner Ehre gegen die schmählichen Vorwürfe, die Kyrieeleison und dessen Bruder erhoben? Vielerlei Gründe lassen sich für das eine wie für das andere ins Feld führen. Die Entscheidung dieser Streitfrage sei dem Urteil eines jeden anständigen, ehrenhaften Ritters überlassen.
Herr, was soll ich Eurer Hoheit sonst noch von Tirant erzählen? Zu elf Zweikämpfen auf Leben und Tod ist er in die Schranken getreten, und jedesmal ist er als Sieger daraus hervorgegangen; von den anderen Händeln mal abgesehen, die als spielerischer Wettstreit ausgetragen wurden, mit abgestumpften Turnierwaffen.
Ich vermute, Herr, daß ich die Geduld Eurer Hoheit im Unmaß beansprucht habe, mit all den Geschichten, die ich Euch erzählte. Das Abendessen steht bereit, und Tirant ist diesmal unser Haushofmeister. Nach dem Mahl werde ich Eurer Hoheit von unserem neuen Orden berichten, von der Bruderschaft, die der Herr König von England gegründet hat. Sie gleicht fast dem Orden der Ritter von der Tafelrunde, den einstens der gute König Artus ins Leben rief.«
»Diafebus«, sagte der Einsiedler, »höchlich erfreut hat mich die feine und kundige Art, in der Ihr dies alles geschildert habt. Und es befriedigt mich innig, wie stilgerecht die Sitten und Bräuche des Waffenhandwerks gewahrt werden, besonders von dem famosen Ritter Tirant lo Blanc, der als blutjunger Kerl schon so viele tapfere und tugendhafte Taten vollbracht hat. Wahrlich, ich würde mich für den glückseligsten Christenmenschen auf dieser Erde halten, wenn ich einen Sohn hätte, der so tapfer und tugendhaft wäre, sich stets mit so vollkommenem Anstand zu benehmen wüßte und die Regeln ritterlichen Handelns derart beherrschte. Wenn er am Leben bleibt, wird man zu Recht von ihm sagen, er sei der zweite Monarch.«

Kaum hatte der Eremit dies ausgesprochen, da näherte sich Tirant in tiefer Demut dem Vater Einsiedel und sagte, auf der Erde kniend:
»Ihr wäret weit größerer Ehren würdig, Herr; aber wenn es Eurer Hoheit beliebt, einen kleinen abendlichen Imbiß anzunehmen von den hier versammelten Herren, die meine Brüder sind, so würden Euer Gnaden uns allen, ihnen und mir, damit eine Huld erweisen.«
Der tugendhafte Herr, wohlvertraut mit allen Geboten der Höflichkeit, erhob sich und sagte mit überaus freundlicher Miene:
»Obwohl es sich für einen Mann meines Standes nicht schickt, ein solches Angebot anzunehmen, will ich es doch tun, zum Zeichen meiner Achtung und aus Liebe zu Euch.«
Und alle miteinander gingen hinüber zu der klaren Quelle, wo sie viele gedeckte Tische antrafen. Sie setzten sich, und nachdem der Vater Einsiedel den Segen gesprochen hatte, wurden vielerlei Gerichte von erlesener Köstlichkeit aufgetragen, und in solchem Überfluß, daß man hätte meinen können, sie befänden sich in einer großen Stadt; denn Tirant hatte weislich vorgesorgt.
Höchst vergnügt verbrachten sie jene Nacht im Gespräch über viele ritterliche Taten, die bei den ehrbaren Festlichkeiten vollbracht worden waren, und für die, wenn man sie alle wiedergeben sollte, zweihundertfünfzig Bogen Papier nicht ausreichen würden.
Am folgenden Tag aber, als der Einsiedler aus seiner Klause herunterkam, nachdem er zuvor sein Stundengebet gesprochen hatte, gingen Tirant und die anderen ihm entgegen, und alle begrüßten ihn mit großer Ehrerbietung, indem sie vor ihm niederknieten. Und er dankte ihnen höchst liebenswürdig für die Wertschätzung, die alle ihm bezeugten.
Dann ließen sie sich auf der grünen, blühenden Wiese nieder, wie es ihnen bereits zur Gewohnheit geworden war. Und der Einsiedler bat sie herzlich, ihn doch wissen zu lassen, wie es zur Gründung jener Bruderschaft gekommen sei, die sein Herr, der König, vor kurzem ins Leben gerufen habe. Unter den Rittern gab es nun ein längeres Hin und Her gegenseitiger Höflichkeiten wegen der Frage, wer von ihnen erzählen sollte, und alle stimmten letztlich einmütig dafür, daß Tirant es tun sollte. Doch der wollte nicht reden, bat viel-

mehr Diafebus, er möge, nachdem er schon den Anfang geschildert habe, nun auch das Ende der Geschichte erzählen. Dann erhob sich Tirant, um die Dinge herbeiholen zu lassen, die sie als Geschenke für den Vater Einsiedel mitgebracht hatten. Der tüchtige Diafebus nahm sein Barett vom Kopf und hob an, das Folgende zu berichten.

KAPITEL LXXXV
Wie die Bruderschaft des ritterlichen Hosenbandordens gegründet wurde

Schon war die Frist von einem Jahr und einem Tag verstrichen, und alle Feste waren bereits gefeiert, als Seine Majestät der Herr König sämtlichen Ständen die Bitte übermitteln ließ, sie möchten noch ein paar Tage warten, da er eine Bruderschaft bekanntzumachen gedenke, die Seine Hoheit soeben gegründet habe, einen Orden, dem sechsundzwanzig untadelige Ritter angehören sollten. Und mit Vergnügen schoben alle ihre Abreise auf, um noch ein bißchen zu verweilen. Ursache und Anlaß dieser Ordensgründung, Herr, war folgende Geschichte, die sich tatsächlich zugetragen hat, wie ich und diese Ritter hier bezeugen können; denn wir haben sie aus des Königs eigenem Munde gehört. An einem Feiertag, da viel getanzt wurde, ruhte sich der König, nachdem er selbst getanzt hatte, am einen Ende des Saales aus, während die Königin mit ihren Zofen am anderen Ende rastete und in der Mitte die Ritter mit ihren Damen sich unermüdlich im Kreise tummelten. Da fügte es der Zufall, daß ein Mädchen, das mit einem Ritter tanzte, bis in jene Ecke wirbelte, wo der König weilte, und bei einer Drehung, welche die Jungfrau machte, verlor sie ein Strumpfband, das nach Meinung aller von ihrem linken Bein stammen mußte und aus einer bunt gewebten Borte bestand. Die Ritter, die sich in der Nähe des Königs befanden, sahen das auf den Boden gefallene Strumpfband. Das Mädchen, dem dieses Mißgeschick widerfuhr, hieß Madresilva. Nicht daß ihr denkt, Herr, sie sei besonders schön gewesen; ihr Gebaren ließ auch keinerlei vornehme Feinheit erkennen. Sie zeigte ein bescheidenes Maß von Annehmlichkeit der äußeren Erscheinung; eine gewisse Ungezwungenheit, die es mit sich bringt, daß sie nicht übel tanzt, locker plaudert und ganz ordentlich singt. Man hätte freilich, Herr, in jenem Saal dreihundert Mädchen finden können, die schöner und anmutiger waren als sie. Aber Geschmack und Gelüst der Männer sind nun mal unterschiedlich verteilt. Einer der Ritter, die beim König waren, sagte zu ihr:

›Madresilva, Ihr habt Eure Beinrüstung verloren. Mir scheint, Ihr habt einen schlechten Pagen gehabt, der nicht imstand war, sie stramm anzulegen.‹

Sie unterbrach, ein wenig verlegen, ihren Tanz und wollte das Bändchen aufheben, aber ein anderer Ritter war flinker als sie und nahm es an sich. Der König, welcher das Strumpfband in der Hand des Ritters sah, rief ihn sofort her und forderte ihn auf, es ihm um sein linkes Hosenbein zu binden, unterhalb des Knies.

Dieses Strumpfband trug der König länger als vier Monate, ohne daß die Königin jemals etwas dazu sagte, und je prächtiger der König sich kleidete, desto auffälliger und kesser trug er es zur Schau vor aller Welt. Und es gab keinen, in all der Zeit, der die Kühnheit gehabt hätte, ihm ein Wort zu sagen; keiner, außer einem Diener des Königs, der sehr beliebt war bei seinem Herrn. Er begriff, daß die Marotte zu weit ging. Eines Tages, als er mit ihm allein war, sagte er zu ihm:

›Herr, wenn Eure Hoheit wüßte, was ich weiß, und wenn Ihr das Gemunkel hören könntet, das unter all den Ausländern, bei den Leuten Eures eigenen Reiches, ja bei den Königen und deren ehrbaren Damen die Runde macht...!‹

›Wieso? Warum? Worüber denn?‹ fragte der König. ›Sag mir sofort Bescheid!‹

›Herr, ich will es Euch sagen. Alle rätseln über die Sensation, daß Eure Hoheit eine gänzlich unbedeutende, höchst gewöhnliche Maid von niederem Stand, die sehr wenig Ansehen unter den anderen genießt, einer solchen Beachtung würdigt, daß Ihr ein Angebinde von ihr am eigenen Körper tragt, vor den Augen aller Welt und schon so lange Zeit. Solch eine Aufmerksamkeit wäre reichlich genug, wenn sie einer Königin oder Kaiserin gälte. Ich verstehe Euch nicht, Herr! Könntet Ihr nicht in diesem Euren Reich Jungfrauen genug finden, die einen edleren Stammbaum und größere Schönheit besitzen, über mehr Anmut, Wissen, Fähigkeiten und Tugenden verfügen? Und die Hände von Königen sind doch recht langfingrig, graben tief und kriegen allemal, was sie grabschen wollen.‹

Der König sagte:

›Es mißfällt also der Königin! Die Ausländer und die Leute meines Landes schütteln darüber den Kopf!‹ Auf französisch fügte er hinzu: ›Honni soit qui mal y pense.‹ Was bekanntlich soviel bedeutet wie: Ein Schuft, wer Übles dabei denkt. ›Bei Gott‹, fuhr der König fort, ›ich gelobe hiermit, daß ich dies zum Anlaß nehme, einen neuen Ritterorden zu gründen. Solange die Welt besteht, wird man dieser Sache gedenken, dank der Bruderschaft, die ich bilden will.‹

Und auf der Stelle ließ er sich die Borte abnehmen; denn er wollte sie fürderhin nicht mehr tragen. Obwohl er durchaus nicht leichten Herzens darauf verzichtete, ließ er sich nie wieder damit sehen.

Später, Herr, als alle Feste vorüber waren, wie ich Eurer Hoheit schon gesagt habe, ließ er folgende Weisung ergehen:

Zuförderst solle, unter Anrufung Sankt Georgs, eine Kapelle erbaut werden, in einem Schloß namens Windsor, zu dem ein hübscher Flecken gehört. Besagte Kapelle solle die Gestalt des Chors einer Klosterkirche erhalten, und am Eingang derselben, zur rechten Hand, seien zwei Stühle anzubringen, und zur Linken ebenfalls zwei, weiter innen dann auf beiden Seiten je elf Sitze, so daß insgesamt also sechsundzwanzig Stühle darin stünden, und auf jedem dieser Stühle habe ein Ritter Platz zu nehmen. Zu Häupten seines Stuhles solle jeder Ritter ein herrlich vergoldetes Schwert haben, und die Hülle der Scheide müsse aus Brokat oder karminrotem Gewebe sein, bestickt mit Perlen oder Silberfiligran, je nach Geschmack des einzelnen, und so prächtig, wie der Betreffende es sich irgend leisten könne. Und neben dem Schwert eines jeden solle ein Helm hängen, wie ihn die Kämpen zu tragen pflegen, die eine Tjoste ausfechten; und dieser Kopfschutz dürfe entweder aus wohlgeschmiedetem Stahl sein oder aus kunstvoll mit Gold überzogenem Holz. Auf dem Helm aber solle das Emblem mit dem persönlichen Wahlspruch zu sehen sein. Die Rückenlehne jedes Stuhles sei mit einer Gold- oder Silberplakette zu schmücken, die das Wappen des jeweiligen Ritters zeige.

Später werde ich Eurer Hoheit schildern, was für Zeremonien in der Kapelle gefeiert werden sollen. Zunächst aber will ich Euch die Ritter nennen, die erwählt wurden. Fünfundzwanzig waren es, die der König fürs erste erkor; mit ihm zusammen sind sie also sechsundzwanzig. Der König war der erste, welcher beschwor, daß er alle Regeln der Ordenssatzung treulich befolgen werde; und er erklärte, daß kein Ritter auf eigenen Antrag Mitglied der Bruderschaft werden könne. Dann wurde Tirant als der erste Auserkorene benannt, vor allen anderen, weil er sich als der Beste aller Ritter erwiesen hatte. Des weiteren wurden erwählt: der Prinz von Wales, der Herzog von Bedford, der Herzog von Lancaster, der Herzog von Exeter, der Markgraf von Suffolk, der Markgraf von Saint George, der Markgraf von Fairhill, Johannes von Warwick – der Großkonnetabel –, der Graf von Northumberland, der Graf von Salisbury, der Graf von Stafford, der Graf von Wallston, der Graf von den Black Marches, der Graf von Joyous Guard, der Herr von der Gebrochenen Leiter, Lord Greenhill, Lord Newland, Sir John Stuart und Sir Albert von Drystream. Dies waren die ausersehenen Engländer. Die Ausländer, die erwählt wurden, waren der Herzog von Berry, der Herzog von Anjou und der Graf von Flandern. Zusammen waren es, wie gesagt, fünfundzwanzig Ritter.

Herr, einem jeden Ritter, der dazu ausersehen ist, in die Ordensbruderschaft aufgenommen zu werden, wird diese Ehre in höchst feierlicher Weise mitgeteilt. Einem Erzbischof oder Bischof werden die diversen Kapitel der Ordensregel gebunden, eingehüllt und versiegelt übergeben, damit der Kirchenfürst dieses Dokument dem betreffenden Ritter überbringe. Zugleich sendet man ihm ein Gewand, verziert mit lauter Borten und verbrämt mit Zobelpelzen; dazu einen langen Mantel, der wie das Gewand bis zu den Füßen reicht und mit

Hermelin gefüttert ist. Dieser Umhang aus blauem Damast hat oben eine Kordel aus reiner weißer Seide, mit der er am Hals geschlossen wird; und die Umhangflügel kann man über die Schultern werfen, so daß beides sichtbar ist, Gewand und Mantel. Die hohe, spitze Mütze, die zu dieser Kleidung gehört, ist ringsum bestickt und mit Hermelin verbrämt. Die Stickerei hat das gleiche Muster wie das Hosenband, das aus einem Gurt mit Zipfel und Schnalle besteht, wie ihn viele feine, liebreizende und ehrbare Damen an den Beinen tragen, um ihren Strümpfen einen sicheren Halt zu geben. Hat man das Hosenband durch die Schnalle geschleust und strammgezogen, so schlingt man es über der Schnalle zu einem Knoten und läßt den Rest herabfallen, so daß das spitze Ende etwa in halber Höhe des Beines hängt, und in der Mitte dieses baumelnden Streifens ist eine Inschrift, deren Buchstaben eben den Spruch ergeben: *Honni soit qui mal y pense*. Das Gewand, der Mantel und die Kopfbedeckung der neuen Ordenstracht sind überall mit Strumpfbandmustern bestickt, und jeder Ritter, der zu dieser Bruderschaft gehört, ist gehalten, dieses Symbol sein Leben lang tagtäglich zu tragen, ob er sich nun innerhalb der Mauern einer Stadt oder irgendwo draußen im Freien befindet, ob er gewappnet in den Kampf zieht oder irgend sonstwas vorhat. Wenn er aber einmal aus Vergeßlichkeit oder vorsätzlich, weil er nicht mag, dieses Zeichen nicht an sich hat, so besitzt jeder Wappenkönig, Herold oder Heroldsgehilfe, der ihn ohne Hosenband erblickt, die uneingeschränkte Vollmacht, ihm die goldene Kette vom Hals zu nehmen, oder seine Kopfbedeckung, sein Schwert oder was er sonst bei sich hat zu konfiszieren, und sei es vor dem Thron des Königs oder auf irgendeinem großen Platz, in aller Öffentlichkeit. Und jeder Ritter, der sich solcher Versäumnisse schuldig macht, ist verpflichtet, jedesmal wenn er ohne Hosenband ertappt wird, dem Wappenkönig, Herold oder dessen Gehilfen zwei goldene Dukaten zu geben, und dieser hat seinerseits die Pflicht, das eine Goldstück irgendeiner Sankt-Georgs-Kapelle zu stiften, für Kerzenwachs, und das andere darf er für sich behalten, als Lohn für seine Aufmerksamkeit.

Der jeweilige Bischof, Erzbischof oder sonstige hohe Geistliche, der besagte Mission zu erfüllen hat, tut dies jedoch nicht im Namen des

Königs, sondern als Abgesandter der Bruderschaft; und er führt den Ritter in eine Kirche, in welche auch immer; ist freilich eine da, die dem heiligen Georg geweiht ist, begeben sie sich stracks in diese, und dort fordert der Geistliche den Erkorenen auf, die Hand auf den Altartisch zu legen, und dann spricht er zu ihm die folgenden Worte.«

KAPITEL LXXXVI

Der Eid, den die Ritter des großen Hosenbandordens ablegen

Ritter, der Ihr berufen seid, dem Ritterorden beizutreten, und bei den guten Rittern in dem Ansehen steht, ein untadeliger Mann zu sein! Ich bin hierher geschickt worden, als Abgesandter der gesamten Bruderschaft und des gesegneten Ordens des seligen Herrn Sankt Georg, damit Ihr mit einem heiligen Eid gelobt, daß Ihr nichts von den Geheimnissen dieser erhabenen Gemeinschaft weitersagen werdet und sie weder direkt noch indirekt, weder mündlich noch schriftlich preisgebt.‹
Und der Ritter beschwört mit einem Eid, daß er alles, was man ihm anvertraue, geheimhalten werde. Dann werden ihm die Statuten überreicht. Nachdem er sie gelesen hat, wird er, falls er ihnen zustimmt und sie als seine Berufung anerkennt, niederknien vor dem Altarbild Sankt Georgs und mit großer Andacht und Ehrfurcht die Weihe der Bruderschaft empfangen. Ist er aber nicht willens, die Wahl anzunehmen und dem Ruf zu folgen, wird ihm eine Bedenkzeit von drei Tagen eingeräumt, und er sagt oder kann sagen: ›Mein leibliches Wesen ist nicht gerüstet für die Aufnahme in einen so hohen Orden, wie es dieser ist: eine Gemeinschaft voller Tugend und erhabener Tüchtigkeit.‹
Ehe er das Buch der Satzungskapitel wieder schließt, trägt er seine Unterschrift ein; dann schickt er es durch den Abgesandten an die Mitglieder der Bruderschaft zurück.«

KAPITEL LXXXVII

Der Grundsatz,
der am Anfang der Bruderschaftsstatuten steht

Die erste Regel ist, daß keiner, der nicht zum Ritter geschlagen und im Waffendienst geübt ist, der Ordensbruderschaft des seligen Herrn Sankt Georg angehören kann.‹«

KAPITEL LXXXVIII

Was ferner gefordert wird

Die zweite Regel ist, sich niemals der natürlichen Bindung an den angestammten Herrn zu entziehen, soviel Unrecht und Schaden derselbe einem auch antun mag.‹«

KAPITEL LXXXIX

Eine weitere Forderung

Die dritte Regel ist, Witwen, Unmündigen und Jungfrauen zu helfen und sie zu beschützen, wenn sie um Beistand bitten; ihnen alles zur Verfügung zu stellen, was sie brauchen; für sie in die Schranken zu treten, gewappnet oder ungewappnet, und Dienstleute, Verwandte, Freunde oder Wohlgesinnte zu sammeln, um eine Stadt, einen Flecken oder eine Burg zu stürmen, falls dort eine solch ehrbare Dame eingekerkert ist oder gewaltsam festgehalten wird.‹«

KAPITEL XC
Noch eine Forderung

Die vierte Regel ist, daß jedweder Ritter, der eine Rüstung auf dem Leib und Waffen zur Hand hat, gleichgültig, ob er sich auf dem Meer oder an Land befindet, niemals flüchten darf, mag er auch noch soviel Feinde gewahren. Sich zurückziehen darf er wohl, wenn er beim Zurückweichen noch immer den Feinden die Stirn bietet; wendet er jedoch sein Gesicht ab, kehrt er der Gefahr den Rücken, so macht er sich damit eines abscheulichen Wortbruchs schuldig, wird aus der Bruderschaft verstoßen und aller Würden und Pflichten des Ritterordens enthoben. Und an seiner Statt wird künftig ein Mann aus Holz sitzen, sorgsam geschnitzt, mit Händen, Armen und Füßen. Dieser Attrappe legt man eine Rüstung und alle Waffen an und vollzieht an ihr die Taufe, wobei ihr, zur Schmach des feigen Ritters, dessen Name verliehen wird.‹«

KAPITEL XCI
Und noch eine Forderung

Die fünfte Regel ist: Wenn der König von England ausziehen will, um das Heilige Land Jerusalems zu erobern, ist ein Ritter, selbst wenn er mehr oder minder verwundet ist oder an irgendeiner sonstigen Beeinträchtigung seiner Gesundheit leidet, unausweichlich verpflichtet, übers Meer zu eilen und zur Streitmacht unserer Bruderschaft zu stoßen; denn die Eroberung Jerusalems ist eine Aufgabe, die mir, dem König von England, zusteht, mir und keinem anderen.‹«

KAPITEL XCII

Die Zeremonien,
welche die Ritter des Hosenbandordens feiern,
wenn sie sich in der Sankt-Georgs-Kapelle versammeln,
an der Stätte, die der Stamm- und Hauptsitz
des Ordens ist

Dies also sind die Statuten, die jedem auserwählten Ritter zugesandt werden. Und das Hosenband, das man ihm schickt, ist ein höchst prachtvolles Gebilde, geschmückt mit Diamanten, Rubinen und anderen Edelsteinen. Wenn er das Hosenband annimmt und Mitglied der Bruderschaft werden möchte, so veranstaltet er an einem Tag der betreffenden Woche ein großes Fest für die ganze Stadt oder Ortschaft, in der er sich befindet, und legt die geschilderte Ordenstracht an, um so gewandet ein hohes, möglichst rein weißes Pferd zu besteigen und auf ihm, umringt von all seinen Leuten, die ihn zu Fuß begleiten, demonstrativ durch die ganze Stadt zu reiten, bevor man in die Kirche Sankt Georgs geht – oder, falls es eine solche dort nicht gibt, in irgendein anderes Gotteshaus –, wo er ein Gebet spricht, flankiert von zwei Flaggen: eine mit den Wappen seines Hauses, die andere mit seinem persönlichen Wahlspruch.

Von da an spricht ihn der König als ›Waffenbruder‹ an oder tituliert ihn als Graf, was den gleichen Rang bezeichnet wie der Ehrenname ›Waffenbruder‹. Weilt einer der also Erwählten auf der Insel England, hat er, falls er gesund ist, die Pflicht, das genannte Schloß aufzusuchen, in dem das Ordenskapitel sich versammelt. Weilt er außerhalb der Insel, so werden ihm, wenn er nicht kommt, deswegen keine Vorhaltungen gemacht. Versäumt aber einer, der auf der Insel weilt, unentschuldigt die Zusammenkunft, so muß er zehn Goldmark bezahlen, die allesamt für die Anschaffung von Kerzenwachs zu spenden sind.

Und der König, Herr, hat als jährlichen Beitrag zum Orden vierzigtausend Dukaten gestiftet. Dieses Geld ist für die folgenden Zwecke bestimmt: erstens für die Anschaffung der Gewänder und Mäntel, welche die Ritter dieser Bruderschaft tragen sollen, sowie für deren

Verköstigung am Vorabend und am eigentlichen Festtag Sankt Georgs, den es groß zu feiern gilt. Was da für Zeremonien in der Kapelle zu zelebrieren sind, will ich Euch erzählen. Am Vorabend des Sankt-Georg-Tages müssen alle Mitglieder der Bruderschaft dort in der Tracht erscheinen, die ich schon geschildert habe. Zu Pferde müssen sie kommen und bis zur Pforte der Kapelle reiten. Nur sie selbst sollen beritten sein; denn alle anderen Leute müssen zu Fuß gehen. Sind die Waffenbrüder abgestiegen, so müssen sie zu Fuß bis dicht vor den Altar gehen. Da knien alle sechsundzwanzig nieder, um zu beten. Dem König soll bei dieser Feier keinerlei besondere Aufmerksamkeit zuteil werden. Ohne jede Unterscheidung setzen sie sich, einer wie der andere, auf ihre Stühle. Wenn dann das Räucherharz zu entzünden ist, sollen dies zwei Priester tun, oder zwei Bischöfe, falls solche zur Stelle sind; der eine schreitet die linke Stuhlreihe entlang, der andere die rechte, und beide schwenken das Räuchergefäß in vollkommenem Gleichmaß. In gleicher Weise vollzieht sich auch die Spende des Abendmahls, das Einsammeln der Opfergaben und die Erteilung des Friedenskusses. Sobald die Vesper gelesen ist, reiten sie von dannen, wie sie gekommen sind; und auf einem großen Platz der Ortschaft steigen sie von den Pferden; denn dort findet nun die große Bescherung statt; es werden Mengen von Süßigkeiten gereicht; danach kommt das festliche Abendessen, an dem jeder teilnehmen kann, den es danach gelüstet. Am nächsten Tag, also am eigentlichen Festtag des seligen Sankt Georg, reiten sie erneut im selben Aufzug zur Kapelle, doch ehe sie die Messe hören, müssen sie Kapitel halten, und dieser Ratsversammlung hat ein Wappenkönig beizuwohnen, der eigens dafür gewählt worden ist und ›Hosenband‹ genannt wird. Dieser erhält ein Jahresgehalt von tausend Dukaten; denn er muß übers Meer fahren und hat die Aufgabe, die einzelnen Ritter der Bruderschaft zu visitieren und nachzusehen, wie sie sich benehmen, um hierüber am besagten Tag Bericht erstatten zu können. Bei dieser Ratsitzung wird, falls einer der Ritter ausgefallen ist durch Tod, ein neues Mitglied gekürt. Und wenn einer als Versager sich nicht hergewagt hat, weil er die genannten Regeln nicht vollständig befolgte oder gar mitten im Kampf die Flucht ergriff, so holt man eine menschliche Holzfigur her, die zuvor angefertigt worden ist, und an ihr werden nun im Beisein aller sämtliche Handlungen vollzogen, die bei einer Taufe üblich sind, und man gibt der hölzernen Gestalt den Namen des Wortbrüchigen. Danach wird diesem von der vereinten Bruderschaft jegliche Würde der Mitgliedschaft abgesprochen, und falls sie seiner habhaft werden können, verurteilen sie ihn zu lebenslänglicher Haft, werfen ihn in den Kerker, um ihn dort sterben zu lassen. Wenn alles vorgetragen und geprüft ist, was sie im Interesse der Bruderschaft zu beraten haben, beschließen sie die Maßnahmen, die zur Regelung ihrer Angelegenheiten erforderlich sind. Anschließend hören sie die Messe, den Sankt-Georgs-Sermon und hernach den feierlichen Vespergesang. Am Tag darauf kommen sie noch einmal nach demselben Ritus zur Kapelle, um dort eine Seelenmesse lesen zu lassen für den Ritter oder für die Ritter, welche in diesem Jahr gestorben sind oder noch sterben werden, oder aber für den von ihnen, der als nächster stirbt. Gilt es, einen toten Ritter zu bestatten, so müssen, wenn die Darbietung des Opfers an der Reihe ist, vier Ritter, die mit der Verwaltung der Ordensgelder betraut sind, dieses überreichen: zwei ergreifen das Schwert des Toten, der eine am Knauf, der andere an der Spitze, und so, quer gehalten, tragen sie es zum Altar und händigen es dem Priester aus; und die beiden anderen bringen den Helm des Toten dar. Auf diese Gaben haben die Geistlichen der Kapelle ein Anrecht, und mit ihrer Übergabe endet die jährliche Gedenk- und Trauerfeier. Ergibt es sich, daß einer der Ritter dieser Bruderschaft bei einem gerechten Krieg in Gefangenschaft gerät und als Lösegeld einen so beträchtlichen Teil seines Vermögens zu zahlen hat, daß er seine Haushaltung nicht in gewohnter Weise aufrechterhalten kann, so hat der Orden die Pflicht, ihm alljährlich soviel zur Verfügung zu stellen, wie nach Meinung des Kapitels angesichts seiner Verhältnisse angemessen ist. Darüber hinaus, Herr, hat das Ordenskapitel angeordnet, daß auch ein Ritter, der nicht dieser Bruderschaft angehört, wenn er im Kriegsdienst eines seiner Glieder verliert, so daß er nicht mehr imstande ist, Waffen zu tragen und am Kriegszug weiterhin teilzunehmen, das Vorrecht erhalten soll, in ein Kloster aufgenommen zu werden, falls es sein Wunsch ist, dort den Rest seines Lebens zu verbringen, damit er, sofern es ihm sein Zustand erlaubt, täglich die Messe und die Vesper besucht, in einem blutroten Mantel, der in Brusthöhe mit einem Hosenband geschmückt ist. Und innerhalb des Klosterbezirks soll er mitsamt seiner Frau und seinen Kindern, falls er solche hat, versorgt werden; auch mit Gesinde soll er dort reichlich versehen sein, je nach seinem Stand und seinen Bedürfnissen. Ferner wurde auf der Ratsitzung beschlossen, daß zwanzig Ehrendamen der Bruderschaft des Hosenbandordens beigeordnet werden sollten, die drei Gelübde zu leisten hätten.«

KAPITEL XCIII
Was die Ehrendamen vor allem zu geloben haben

Das erste Gelübde besagt, daß die Dame niemals ihren Gemahl, ihren Sohn oder Bruder, falls der Betreffende Kriegsdienst leistet, dazu auffordern werde, nach Hause zu kommen.«

KAPITEL XCIV
Was sie überdies geloben

Mit dem zweiten Gelübde versprechen sie, daß sie, falls sie erfahren, daß diese Angehörigen in einer Burg oder Stadt belagert werden und an Nahrungsmangel leiden, alles in ihren Kräften Stehende unternehmen wollen, um ihnen das Nötige zukommen zu lassen.«

KAPITEL XCV

Die weiteren Leistungen, zu denen sich die erkorenen Damen verpflichten

Drittens geloben sie, daß sie, falls einer dieser Angehörigen in Gefangenschaft gerät, alles Erdenkliche tun wollen, um demselben zur Freiheit zu verhelfen, und daß sie dafür ihr Vermögen einsetzen, bis zur Hälfte ihrer Mitgift. Ferner bekennen sich die Damen zu der Pflicht, das Zeichen des Hosenbandes am linken Ärmel des Obergewandes zu tragen, jederzeit sichtbar, zwischen Schulter und Ellbogen.«

KAPITEL XCVI

Wie der König von England die Halskette fand, die er zum Kennzeichen machte

Nachdem ich Euch nun berichtet habe, wie aus einem verlorenen Strumpfband der Hosenbandorden entstand, will ich Euch doch noch erzählen, wie es dazu kam, daß der König eine Halskette zum zweiten Kennzeichen seiner neuen Bruderschaft machte.«

»Ich bitte Euch«, sagte der Einsiedler, »laßt mich die Geschichte hören.«

»Eines Tages«, hob Diafebus an, »begaben sich der König und die Königin mit all ihren Gästen auf die Jagd. Zuvor hatte Seine Majestät den Weidgehilfen und Meuteführern befohlen, zum vorgesehenen Tag eine Menge Wild verschiedener Art zusammenzutreiben; und so viele Leute, Männer und Weiber, waren als Treiber ausgerückt, daß wir an dem Gatter, durch das die zusammengescheuchten Tiere gehetzt wurden, mit Pfeilen, Armbrustbolzen und Lanzen eine gewaltige Schlächterei veranstalteten und eine Unmenge wilden Getiers zur Strecke brachten. Die Beute wurde auf Karren und Maultieren in die Stadt befördert. Als dann die Köche einem großen Hirsch, der vor Alter fast ganz weiß geworden war, die Decke abzogen, entdeckten sie an seinem Hals eine Kette aus purem Gold. Maßlos erstaunt starrten sie auf ihren Fund, und sie meldeten den Vorfall dem Hofmarschall. Schleunigst eilte dieser herbei, nahm die Halskette in die Hand und brachte sie dem König. Dieser fand großen Gefallen daran, und als man das Fundstück genauer betrachtete, gewahrte man, daß Schriftzeichen in die Kette eingeritzt waren, die besagten, daß Julius Caesar, als er Britannien eroberte und es mit Deutschen und Basken besiedelte, auf dem Feldzug diesen Hirsch eingefangen habe. Er habe, so war weiter zu lesen, den Befehl erteilt, diesem Tier das Fell am Hals aufzuschlitzen, ihm eine Kette umzulegen, das Fell darüberzuziehen, wieder zusammenzunähen und dann den Hirsch laufen zu lassen. Den König aber, der diese Kette dereinst finde, bitte er, Julius Caesar, sie zum Kennzeichen zu machen. Es waren also, wie sich errechnen läßt, seit dem Tag, da man dem Tier diese Kette umgelegt hatte, vierhundertzweiundneunzig Jahre vergangen – was viele zu der Entgegnung veranlassen wird, daß es kein Tier auf der Welt gebe, das so lange lebe. Die ganze Kette aber bestand aus lauter S-Kringeln, und dies deshalb, weil Ihr im gesamten ABC nicht einen einzigen Buchstaben finden werdet, der bedeutsamer, sinnträchtiger und von schönerer Form wäre; keinen, der höhere Dinge bezeichnen könnte als dieser Buchstabe S.«

KAPITEL XCVII
Die Bedeutung des Kennzeichens

In erster Linie bedeutet dieses Signum die Seligkeit eines frommen Herzens, die Sanftmut des Weisen, die Souveränität des Erhabenen, der über sich selbst und über andere zu herrschen weiß. Außerdem weist es noch auf eine ganze Reihe anderer wertvoller Wörter hin, die mit S beginnen. Und derartige S-Ketten schenkte der großmütige König der Bruderschaft. Etwas später hat er vielen anderen, ausländischen und einheimischen Rittern, manchen Damen und Jungfrauen sowie zahlreichen Edelleuten silberne Nachbildungen der von dem Hirsch überlieferten Kette verliehen. Auch mir, Herr, hat er eine gegeben; und jedem dieser Ritter, die hier im Kreis um Euch sitzen, hat er eine um den Hals gehängt.«

»Tief erfreut hat mich alles, was Ihr mir auf so feine Weise erzählt habt«, sagte der Einsiedler. »Der Hosenbandorden gefällt mir sehr, denn er beruht auf tugendhaften Grundsätzen der Ritterlichkeit. Noch nie habe ich eine Bruderschaft von solch hoher Würde kennengelernt, weder durch Augenschein noch auch nur vom Hörensagen. Sie entspricht ganz und gar meinen Wünschen, und mein Geist fühlt sich erquickt durch diese Nachricht. Sagt mir, tüchtiger Ritter – ist es nicht höchst erstaunlich, eine solche Kette im Besitz eines wild im Wald lebenden Tieres zu finden, und das nach so langer, langer Zeit? Wahrlich staunenswert, wie alles, was Ihr mir erzählt habt, von den Festlichkeiten wie von den Waffentaten. So viele Jahre ich auch schon auf dieser elenden Erde zugebracht habe – noch nie habe ich vernommen, daß eine Hochzeitsfeier solch herrliche, großartige Wirkungen zeitigte.«

Diese und ähnliche Sätze äußerte der Einsiedler, als Tirant herbeikam und sagte:

»Ehrwürdiger Vater, Euer Gnaden würden mir eine große Gunst erweisen, wenn Ihr zu der klaren Quelle kommen wolltet, um dort mit uns eine kleine Stärkung einzunehmen. Und seid so gütig, uns zu gestatten, daß wir hier noch vier oder fünf Tage verweilen, um noch ein wenig die Gesellschaft eines so frommen Mannes zu genießen.«

Der Einsiedler war gern damit einverstanden, und sie blieben noch mehr als zehn Tage bei ihm. Das Gespräch während dieser Tage kreiste um viele treffliche Waffentaten und mancherlei gute Ratschläge, die der Einsiedler ihnen gab.

Als die Zeit des Abschieds nahte, ließ Tirant, der beobachtet hatte, daß der Vater Einsiedel nichts als Kräuter aß und bloß Wasser trank, von Liebe und Fürsorge bewogen, Nahrungsmittel und alles andere, was ein Mensch braucht, um leben zu können, in solcher Menge herbeischaffen, daß man hätte meinen können, er habe für die Vor-

räte einer Burg zu sorgen, der eine Belagerung bevorsteht. Dabei bedurfte es jeden Tag vieler Bitten, um den alten Mann zum Essen zu bewegen.
Am Vorabend ihrer Abreise flehten Tirant und alle seine Gefährten ihn innig an, er möge doch diese eine Nacht bei ihnen in einem ihrer Zelte bleiben; denn sie wollten sich schon frühmorgens auf die Reise machen, würden aber keinesfalls aufbrechen, ohne seinen Segen erhalten zu haben. Und der Einsiedler, der glaubte, daß dies der wahre Grund ihres ungewöhnlichen Ansinnens sei, war gern dazu bereit. Sie richteten ihm also dort eine schmale Lagerstatt her, und als der Einsiedler schlief, ließ Tirant Hühner, Kapaunen und allerlei Eßwaren, die für mehr als ein Jahr ausreichen, in seine Eremitage schaffen, sogar Holz und Kohlen, damit er im Fall eines anhaltenden Regens nicht genötigt wäre, seine Klause zu verlassen.
Als es ihnen dann an der Zeit schien, endlich aufzubrechen, verabschiedeten sich alle von dem Vater Einsiedel, wobei man sich gegenseitig vielmals bedankte.
Und nachdem alle Gäste fortgeritten waren, geradewegs der Bretagne entgegen, stieg der Vater Einsiedel den Hang hinauf zu seiner Klause, um dort sein Stundengebet zu sprechen, und fand sein ganzes Gehäuse voll eßbarer Geschöpfe und Dinge. Da sprach er:
»Das hat gewiß der treffliche Tirant getan. Ich will ihn in jedes meiner Gebete einschließen, allein der Güte und Tugend wegen, die ich an ihm erkannt habe; denn das Zeug da ist viel zu viel für mich.«
Und von nun an wird nie mehr die Rede sein von diesem Einsiedler.

KAPITEL XCVIII

Wie Tirant und seine Gefährten nach ihrem Abschied von dem Einsiedler zurückreisten in ihr Heimatland

Tirant und seine Gefährten reisten Tag für Tag, bis sie nach Nantes gelangten. Als der Herzog der Bretagne erfuhr, daß Tirant samt seinen Verwandten komme, zog er ihm entgegen, hinaus vor die Mauern, begleitet von allen Ratsherren der Stadt und einer großen Reiterschar, um ihn so ehrenvoll wie möglich zu empfangen – ihn, der sich als der Beste erwiesen hatte unter all den Rittern, welche an den großen Turnierfesten in England beteiligt waren; und der Herzog erzeigte ihm reichlich seine Gunst, schenkte ihm mancherlei Güter aus seinem Besitz, und alle Leute jenes Landes hegten viel Hochachtung für ihn.

Eines Tages nun, als Tirant bei dem Herzog weilte, im Kreis vieler anderer Ritter, und man plaudernd sich dem Müßiggang ergab, erschienen zwei Ritter, die vom Hof des Königs von Frankreich kamen; und der Herzog fragte die Neuankömmlinge, ob es bei Hofe keine Neuigkeiten gebe. Einer der zwei Ritter sagte:

»Doch, Herr; denn aus verläßlicher Quelle ist dorthin die Kunde gedrungen, daß wegen der Niedermetzelung und Vernichtung der Templer ein neuer Orden gegründet worden ist, der sich nach Sankt Johannes von Jerusalem benennt. Und weil Jerusalem verlorengegangen ist, haben sich diese Johanniter auf der Insel Rhodos niedergelassen; der Tempel Salomons bleibt also preisgegeben, schutzlos ausgeliefert den Händen der Ungläubigen. Auf der Insel Rhodos aber haben sich derweilen Griechen und Menschen von vielerlei anderen Nationen angesiedelt. Die dortige Stadt und Burg hat man zur gewaltigen Festung ausgebaut, worüber der Sultan von Kairo, als ihm dies zu Ohren kam, heftig ergrimmte; denn es mißfiel ihm sehr, daß Christen diese Insel bevölkerten. Alljährlich macht er seither Anstalten, sich dieses Eilandes zu bemächtigen. Und die Genuesen wurden, als sie Kenntnis erhielten von den Invasionsvorbereitungen des Sultans, ihrerseits unruhig, eingedenk der Vorteile, die es ihnen brächte, wenn sie, die mit ihren Schiffen häufig nach Alexandria und Beirut segeln, selbst sich zu Herren jenes vorzüglichen Hafens, des fruchtbaren Inselbodens und der dort in Hülle und Fülle gestapelten Handelsgüter machen würden. Vor dem Dogen hielten sie Rat, und sie kamen dabei zu dem Schluß, daß es nicht allzu schwer sein könne, die Stadt und die Burg zu erobern. Entschlossen gingen sie daran, ihr Wort zur Tat zu machen; sie bemannten siebenundzwanzig Schiffe mit einer Menge guter Kriegsleute, und zu Beginn der Fastenzeit schickten sie drei dorthin, fünfzehn Tage später weitere fünf Schiffe, in der Absicht, den Eindruck zu erwecken, als ginge es ihnen nur darum, diese Schiffe auf den Docks des dortigen Hafens zu reparieren. Als die Hälfte der Fastenzeit vorüber war, schickten sie noch mal soviel, und so sorgten sie dafür, daß schließlich am Palmsonntag alle siebenundzwanzig Schiffe, mit viel Kriegsvolk im Bauch und ein bißchen Handelsware auf Deck, vor Rhodos lagen. Ein paar der Segler täuschten vor, sie seien auf der Fahrt nach Alexandria; andere taten so, als wären sie unterwegs nach Beirut; der Rest der Flotte aber verharrte, draußen kreisend, auf offener See, so daß sie vom Land aus nicht zu sehen waren. Als aber der Karfreitag nahte, liefen alle vollends in den Hafen von Rhodos ein, und dort warteten sie auf den Tag der Kreuzigung; denn an ihm sollten sie die Stadt und die Burg erobern, weil man da in der Burg viele Reliquien zur Andacht darzubieten pflegt; und wer an diesem Tag das Hochamt hört, erhält einen vollständigen Ablaß, dessen Gültigkeit von vielen Päpsten bestätigt worden ist. Unter anderen Reliquien haben sie dort einen Stachel von der Dornenkrone Jesu Christi, und dieser Stachel verwandelt sich zu der Stunde, da man sie Ihm einst aufs Haupt drückte, in eine Blüte, und die blüht und blüht, bis zu der Stunde, da Jesus seinen Geist aufgab. Dieser Stachel stammt von einem Berberitzenstrauch, einem Blutdorn, und ist einer der vielen, die Ihm durch den Schädel drangen, bis zum Gehirn; und jeden Karfreitag wird er zur Schau gestellt, so daß jedermann ihn sehen kann.

Die Genuesen, diese üblen Christen, kannten die Gebräuche des Großmeisters von Rhodos und seiner Gemeinschaft, dank zwei genuesischen Rittern, die diesem Orden angehörten und sich innerhalb

der Burg befanden. In heimlichem Einverständnis mit dem Rat ihrer Heimatstadt entnahmen diese beiden aus sämtlichen Armbrüsten ihrer Waffenbrüder jeweils die im Schaft eingelagerte ›Nuß‹, welche die gespannte Sehne festhält, bis der Abzugshahn diese Nuß anhebt und die Wucht der jählings freiwerdenden Spannung den in der Rinne liegenden Bolzen hinausschnellt. Anstelle der harten Sperrnuß aus Horn placierten sie eine solche aus weißer Seife oder Käse, so daß sich die Armbrust im Bedarfsfall nicht mehr spannen ließ, also unbrauchbar war. Weder der Großmeister noch irgendeiner der Ordensritter hatte je gedacht, daß die zwei Waffenbrüder aus Genua eines solch hinterlistigen Treubruchs fähig wären, sonst hätten sie zweifellos beide festgenommen und hingerichtet.
Aber unser himmlischer Herr läßt es manchmal zu, daß ein scheußliches Unrecht begangen wird, weil solche Sünde zum ungeahnten Segen werden soll. In jener Stadt lebte eine liebreizende Dame, die ob ihrer strahlenden Schönheit von vielen Rittern des Ordens hofiert wurde, ob ihrer hohen Tugend jedoch keinen an sich heranließ. Ganz besonders verliebt in sie war ein Ritter, der Bruder Simón de Far hieß und aus dem Königreich Navarra stammte. Besagte Dame befleißigte sich nach Meinung aller Leute eines höchst ehrenhaften Lebenswandels. Nun fügte es sich, daß ein Schreiber vom Schiff des Anführers der Genuesen tags zuvor an Land gegangen war, und als er jene feine Dame gewahrte, entflammte augenblicklich sein Herz in heftiger Liebe zu ihr. Bedrängt von unbezähmbarem Verlangen, sprach er sie an und gab ihr zu verstehen, wie sehr sie ihm gefalle; ja er bat sie gar, ihm ihre Liebe zu gewähren; er wolle ihr auch soviel von seiner Habe schenken, daß sie hochzufrieden wäre. Und auf der Stelle bot er ihr einen Diamanten und einen Rubin, die einen Wert von fünfhundert Dukaten hatten. Dann langte er in einen Beutel, den er am Gürtel trug, holte eine gehäufte Handvoll Goldstücke heraus und warf all das Geld in ihren Schoß, zu ihrem großen Entzücken. Nach einem längeren Hin und Her von Worten, die zwischen den beiden gewechselt wurden, erlangte er alles, was er wollte. Dies geschah am Gründonnerstag. Die feine Dame, die wußte, daß sie noch viel mehr Geschenke von diesem Verehrer

erwarten konnte, schmeichelte ihm aufs zärtlichste und ließ es an keinem Liebeserweis fehlen.
›Jetzt‹, sprach der Genuese, ›jetzt, da Ihr mir all meine Wünsche erfüllt habt, verspreche ich Euch, daß Ihr schon morgen das prächtigste Haus, das in dieser Stadt zu finden ist, mitsamt dem Mobiliar von mir geschenkt bekommt, damit Ihr die reichste Dame seid, die glücklichste von allen.‹
›Ach, ich armes Weib‹, stöhnte die Schöne, ›jetzt, nachdem Ihr alles von mir bekommen habt, was Euer Begehr war – wollt Ihr Euch jetzt über mich lustig machen mit unmöglichen Versprechungen, die kein Mensch erfüllen kann? Geht mit Gott, geht und laßt Euch nie wieder in diesem Hause sehen.‹
›O Herrin‹, rief der Bordschreiber, ›ich habe geglaubt, ich hätte ein Königreich erobert; ich hielt mich für den glücklichsten Mann der Welt, weil ich meinte, Euer Leben und meines seien nun eins für immer; nichts könne unsere Körper mehr trennen, nichts außer dem Tod. Zur reichsten Frau der ganzen Insel wollte ich Euch machen – und Ihr gebt mir den Abschied? Glaubt bitte nicht, ich hätte es aus Spaß oder zum Spott gesagt, daß ich Euch mehr liebe als mein eigenes Leben. Ich habe es ernst gemeint; es ist die reine Wahrheit. Keine vierundzwanzig Stunden mehr, und Ihr werdet Euch mit eigenen Augen davon überzeugen können.‹
›Wenn es tatsächlich Euer Ernst war, kein hohles, aufgeblasenes Gerede; wenn wirklich etwas Erfreuliches im Busch ist, das Hand und Fuß hat, dann solltet Ihr es beim Namen nennen; denn Ihr sagt ja, daß Ihr mich über alles liebt. Laßt es mich wissen, damit mein Gemüt sich beruhigen und getrost darauf freuen kann. Aber ihr Genuesen seid ja ein undankbares Volk, knausrige Leute, die nicht einmal sich selbst etwas gönnen. Ihr seid wie die Esel in Syrien, die Lasten von Gold auf dem Rücken schleppen und selber nichts als Stroh fressen. Deshalb glaube ich doch, daß alles Hohn und Spott ist; daß Ihr es mir gesagt habt, um mich zum Narren zu halten.‹
›Herrin, wenn Ihr mir versprecht, daß Ihr es für Euch behaltet, will ich Euch mein Geheimnis verraten.‹
Die feine Dame versprach es, und der Genuese offenbarte ihr, was

tatsächlich im Gange war und wie es im einzelnen vollends vonstatten gehen solle.
Sobald der Schreiber die Dame verlassen hatte, schickte sie einen jungen Bengel, der sehr gewitzt und verschwiegen war, hinauf zur Burg. Er fand den Großmeister und alle Brüder des Ordens in der Kirche versammelt, wo sie gerade die morgendliche Passionsliturgie zelebrierten. Behutsam machte er sich an Simón de Far heran, forderte ihn flüsternd auf, mit nach draußen zu kommen, vor das Kirchenportal, und dort sagte er ihm Folgendes:
›Herr Komtur, meine Herrin läßt Euch sagen, Ihr sollt bitte, falls Ihr hofft, jemals die Erfüllung Eurer Wünsche von ihr zu erlangen, alles liegen und stehen lassen und unverzüglich, auch wenn heute Karfreitag ist, zu ihr kommen; denn sie erwartet Euch in aller Demut und voller Sehnsucht, um Euch einen Dienst zu erweisen, den Ihr niemals vergessen werdet.‹
Der Ritter, in dem die Liebe sich mächtiger regte als die fromme Lust zur Andacht, ließ den Gottesdienst im Stich und eilte so heimlich wie möglich zum Haus der Schönen, die ihn, als er eintrat, sofort höchst liebevoll in die Arme schloß. Hand in Hand setzten sie sich dann auf eine Estrade, und mit gedämpfter Stimme sagte die Dame zu ihm:
›Tapferer Ritter, ich habe erkannt, wieviel Liebe Ihr mir entgegenbringt und wieviel Mühsal Ihr erduldet habt, um das zu erlangen, war Ihr von mir begehrt, während ich, darauf bedacht, meine Ehre zu wahren, den guten Ruf, dessen Strahlenglanz eine jede Frau von Rang und Stand ungetrübt zu erhalten strebt, niemals bereit war, Eure Bitten zu erhören. Doch jetzt, damit all Eure Qualen und all die Liebe, die Ihr für mich hegt, nicht unbelohnt bleiben und Ihr mich nicht für ein undankbares Wesen haltet, jetzt will ich Euch zwiefach Eure Beständigkeit lohnen. Das erste, womit ich Euch für Eure Treue danken möchte, ist meine freudige Bereitschaft, Euch in allem dienstbar ergeben zu sein, alles für Euch zu tun, was mir irgend möglich ist; denn Ihr habt es längst verdient. Das zweite, wozu es mich drängt, sollt Ihr gleich hören: Nicht mutwillig, nein, notgedrungen habe ich Euch an einem solchen Tag zu mir kommen lassen. Ich muß Euch bekennen, was meine Seele entsetzlich bedrückt; was

mich derart ängstigt, daß kalter Schweiß mir aus allen Poren bricht. Grauenhaftes steht mir vor Augen. Was mich zutiefst erschreckt, ist das große Unheil, das über den Großmeister von Rhodos, den ganzen Orden und schließlich die ganze Bevölkerung dieser Stadt hereinbricht. Und die Frist, die Euch noch bleibt, zählt nur ein paar Stunden. Morgen, wenn die Predigt aus ist, ist es auch mit Eurem Orden aus und vorbei.‹

›Teure Herrin‹, antwortete der Ritter, ›ein beseligendes Glück ist es für mich, daß die dürftige Ergebenheit, die ich Euch bewies, mir so überreich belohnt wird, mit Eurer Bereitschaft, mich als Diener anzunehmen. Diese Gunst bedeutet mir mehr, als wenn man mich zum Monarchen der Welt gemacht hätte. Und was das andere betrifft, flehe ich Euch an, mir zu erklären, worum es sich handelt, damit ich das Meinige tun kann, unseren Orden zu retten. Gott verhüte, daß ein so furchtbares Unglück geschieht! Eure Hand küssend, Herrin, flehe ich Euch an, mir einige Hinweise zu geben, damit ich überlegen kann, ob es Mittel und Wege gibt, die Gefahr zu bannen. Ihr aber seid höher zu rühmen als alle anderen ehrbaren Frauen, und ich lege Euch, obwohl ich schon ganz Euer Eigentum bin, mein Leben, meine Habe und meine Ehre zu Füßen.‹

Mit inniger Befriedigung vernahm die reizvolle Frau die Worte des Ritters. Und sie berichtete ihm ausführlich und mit allen Einzelheiten, was der Bordschreiber ihr gesagt hatte. Als der Ritter das hörte, war er bestürzt, und staunend machte er sich klar, welch große Gnade der göttlichen Vorsehung es war, daß sie ihn ein solch ungeheuerliches Geheimnis erfahren ließ. Er kniete auf den harten Boden nieder, um der tugendhaften Dame die Füße und die Hände zu küssen; doch sie duldete dies nicht, faßte ihn am Arm, hob ihn auf und umarmte und küßte ihn mit sittsamer Liebe. Da die Lage dringend gebot, den Großmeister so rasch wie möglich zu unterrichten, damit dieser noch rechtzeitig Gegenmaßnahmen ergreifen könne, verabschiedete sich der Ritter zärtlich von der anmutigen Dame. Die Nacht war bereits stockfinster und die Burg versperrt. Trotz der üblen Folgen, die für ihn daraus erwachsen konnten, ging er zum Tor der Feste und hämmerte heftig dagegen. Die Bewaffneten, die droben auf der Burgmauer Wache hielten, fragten, wer da so unge-

duldig lärme. Und der Ritter rief, er sei Simón de Far, sie sollten ihm aufmachen. Die Ordensritter, die Posten standen, erwiderten:
›Hau ab, Verruchter! Du weißt wohl nicht, was dir blüht, wenn der Herr Großmeister erfährt, daß du um diese Stunde außerhalb der Burg bist. Mach kehrt! Morgen früh kannst du ungeschoren hereinkommen.‹
›Mir ist völlig klar, wovor Ihr mich bewahren wollt‹, sagte Simón de Far, ›aber ich muß unbedingt, auch wenn sämtliche Strafen der Welt mir drohen, noch diese Nacht in die Burg hinein. Ich bitte Euch also herzlich, sagt dem Herrn Großmeister, er möge für mich das Tor öffnen lassen. Ich scheue keine Unannehmlichkeit, weder jetzt noch nachher.‹
Einer der Wächter begab sich daraufhin in die Kirche und fand dort den Großmeister, der eben vor der Urne, die als Sinnbild des Sterbens Jesu auf den Altar gestellt worden war, auf den Knien lag und ein Gebet sprach. Als dieser dann hörte, daß Simón de Far um diese Stunde noch außerhalb der Burg war, sprach er tief erzürnt:
›Dem verspreche ich, daß ich ihm – falls Gott es mir vergönnt, den nächsten Morgen zu erleben – eine solche Tracht Geißelhiebe verabreichen lasse, daß er seine Strafe hat und alle anderen ein lehrreiches Exempel vor Augen haben. Wehe dem verderbten Bruder, der so seine Ordenspflichten vernachlässigt! Seit ich Großmeister bin, habe ich noch nie gesehen oder gehört, daß irgendeiner von uns sich um diese Stunde draußen herumtrieb. Geh und sag ihm, daß er heute nacht nicht herein darf, aber morgen früh gebührend empfangen wird, mit den angemessenen Gaben.‹
Dann widmete sich der Großmeister wieder der Andacht, und der Wächter ging zurück auf die Mauer, um die Antwort mitzuteilen. Als Simón de Far diese Auskunft hörte, bat er demütig die wachhabenden Ritter, sie möchten doch so gut sein, noch einmal den Herrn Großmeister aufzusuchen und ihm zu sagen, er solle gestatten, daß man ihm aufmache; denn es sei überaus wichtig, daß man ihn einlasse; später, wenn man ihn angehört habe, nehme er gern die verdiente Strafe auf sich. Dreimal wurde diese Bitte vorgetragen, und dreimal lehnte es der Großmeister kategorisch ab, das Tor für den Pflichtvergessenen öffnen zu lassen. Ein hochbe-

tagter Ritter aber, der ebenfalls dort betete, sagte zu dem Großmeister:
›Herr, warum gewährt Eure Hoheit diesem Bruder Simón de Far keine Audienz? Manchmal ereignen sich binnen einer Stunde mehr Dinge als sonst in tausend Jahren. Der betreffende Ritter weiß Bescheid über die Strafe, die er für das bekommt, was er begangen hat. Haltet ihn nicht für so närrisch, daß er grundlos darauf drängen würde, um diese Stunde eingelassen zu werden, obwohl er doch morgen früh unbehelligt hereinwitschen könnte. Mir scheint es ratsam, alle Eingänge scharf bewachen zu lassen, die Posten auf den Türmen zu wappnen und sie mit einem ordentlichen Vorrat von großen Steinen zu versehen. Denn, Herr, ich habe es erlebt, zu der Zeit, als ich selber noch das Schwert schwang, daß die Feste Sankt Peter verloren gewesen wäre, wenn man das Burgtor nicht um Mitternacht aufgemacht hätte. Zu ungewohnter Stunde war eine solche Masse von Türken angerückt, daß die Festung nicht zu halten gewesen wäre, wenn nicht der Großmeister – Gott hab' ihn selig! – gerade noch rechtzeitig Verstärkung gebracht und so für Entsatz gesorgt hätte.‹
Beeindruckt von den Worten des alten Ritters, erlaubte der Großmeister endlich, Simón einzulassen; auch befahl er, die Wachen an den Toren und auf den Mauern zu verstärken. Der nächtliche Heimkehrer wurde hereingeführt. Er betrat die Kirche mit völlig verstörtem Gesicht. Als der Großmeister ihn vor sich hatte, fuhr er ihn an:
›Oh, du mißratener Bruder, und noch übler entarteter Ritter! Was fällt dir ein? Wie kommst du dazu, bar jeder Ehrfurcht vor Gott und den Satzungen des Ordens, dem du angehörst, dich draußen vor der Burg herumzutreiben, zu verbotener Stunde, in der sich das nicht geziemt für die Streiter einer geistlichen Bruderschaft! Ich werde dir die Buße auferlegen, die du verdient hast. Ihr dort, Gerichtsdiener, kommt her, werft ihn in den Kerker und gebt ihm nichts weiter zu essen und zu trinken als vier Unzen Brot und zwei Unzen Wasser.‹
›Eure Hoheit‹, sagte der Ritter, ›es ist nicht Eure Gepflogenheit, irgend jemanden zu verurteilen, ohne ihn angehört zu haben. Und

wenn das, was ich Euch sagen werde, kein hinreichender Grund ist, mir die Strafe zu erlassen, so will ich mit Geduld die doppelte Züchtigung ertragen.‹

Der Großmeister erwiderte:

›Kein Wort will ich von dir hören. Ich will, daß mein Befehl befolgt und ausgeführt wird.‹

›O Herr!‹ rief der Ritter. ›Soll ich so erniedrigend behandelt werden, daß Ihr mich nicht einmal anzuhören gedenkt? Ich glaube, daß Eure Hoheit es bereuen würde, mich nicht angehört zu haben; daß Ihr dann wünscht, Ihr hättet mich hier und jetzt mit dem Oberbefehl über die ganze Streitmacht des Ordens betraut. Nichts Geringeres steht nämlich auf dem Spiel als Euer Leben, Eure Würde, die Existenz der gesamten Bruderschaft. Falls sich herausstellt, daß nicht stimmt, was ich Euch zu sagen habe, werde ich nicht um eine mildere Strafe bitten; nein, dann laßt mich ins Meer werfen, mit einem Mühlstein um den Hals, und ich will als Märtyrer sterben, als einer, dem es einzig um die Rettung unseres Ordens ging.‹

Angesichts der verzweifelten Entschlossenheit, mit der sich der Ritter Gehör zu verschaffen suchte, gebot der Großmeister, den Gefangenen loszulassen; und er sagte zu ihm:

›Nun gut, wir werden ja sehen, was du zu sagen hast.‹

›Herr‹, entgegnete der Ritter, ›es handelt sich um etwas, das nicht für die Ohren der Allgemeinheit bestimmt ist.‹

Der Großmeister gab einen Wink, daß alle Anwesenden sich entfernen sollten, und als dies geschehen war, setzte der Ritter zur folgenden Erklärung an.«

KAPITEL XCIX

Wie der Großmeister von Rhodos,
samt dem ganzen Johanniterorden,
durch einen Ritter dieser Bruderschaft gerettet wurde

Dank der unermeßlichen Barmherzigkeit und Güte Gottes ist unserer Bruderschaft die größte Gnade zuteil geworden, die jemals irgendwelchen Menschen widerfahren ist. Denn morgen wäre Eure Hoheit tot, tot wir alle, vernichtet unser ganzer Orden, ausgeraubt die Stadt und ihre Bewohner, Frauen und Jungfrauen geschändet, alles in Schutt und Asche. Deshalb, Herr, bin ich hergekommen zu dieser Stunde, ohne Scheu oder Furcht vor irgendwas, um Euch Bescheid zu geben, um das Leben Eurer Hoheit und aller Ordensbrüder zu retten. Wenn ich dafür eine Strafe verdiene, so werde ich sie gelassen erdulden; denn lieber will ich sterben, als zusehen, wie die ganze Bruderschaft zugrunde geht.‹

›Ich bitte dich, Sohn‹, sagte der Großmeister, ›laß mich wissen, was für eine Bedrohung da im Anzug ist und wie man sich ihrer erwehren soll. Denn – bei allem, was mir heilig ist! – ich verspreche dir, daß die Strafe, die dir zustand, sich in einen großen Gewinn an Ehre verwandeln wird, in eine Erhöhung deines Ranges: ich werde dich zum zweithöchsten Mann des ganzen Ordens machen, dem ersten nach mir.‹

Der Ritter kniete nieder und küßte ihm die Hand; dann sagte er:

›Ich muß Eurer Hoheit mitteilen, daß zwei Brüder unseres Ordens, zwei Genuesen, uns verkauft und verraten haben. Auf ihren Rat hin sind all die Schiffe der verruchten Genuesen gekommen, mit einer gewaltigen Menge Kriegsvolk und wenig Waren. Und diese treulosen Gesellen, die hier in unserer Burg hausen, haben ein weiteres Schurkenstück begangen: In der Rüstkammer haben sie an allen Armbrüsten die Sperrnuß entfernt und durch ein Stück Seife oder Käse ersetzt, so daß wir im Ernstfall keine Sehne spannen können und nichts als nutzloses Zeug in den Händen haben. Und morgen, am Karfreitag, sollen ausgewählte Kämpen, die stärksten und tüchtigsten von allen, die sie in ihren Schiffen versteckt haben, in die

Burg kommen. Und jeder von ihnen wird eine zerlegte Armbrust bei sich tragen, eine neuartige Waffe, die eben erst erfunden worden ist, eine Armbrust nämlich, bei welcher der Bogen nicht mit Bindfaden am Schaft befestigt ist wie bisher üblich. Aber mit Hilfe des Bügels am oberen Ende lassen sich die genau zusammenpassenden Teile leicht ineinanderschieben, und mit einem kleinen Metallstift kann man sie rasch und fest verzapfen. Jeder dieser Genuesen wird überdies ein Schwert bei sich haben und unsichtbar gepanzert sein; denn sie werden schwarze, bodenlange Umhänge tragen, so daß weder die Rüstung noch die Waffen zu bemerken sind. Jeweils zu zweit werden sie hereinkommen, unter dem Vorwand, sie wollten an der Passionsfeier teilnehmen, das Kreuz anbeten und das Hochamt hören – eine Begründung, bei der niemand Verdacht schöpfen würde. Und weil da ein rechtes Gewimmel von Menschen herrschen wird, können sie während der Messe, ohne das geringste Aufsehen zu erregen, die Kirche verlassen und mit Hilfe der zwei abtrünnigen Brüder, die dann bereits den Bergfried besetzt haben werden, der Hauptmasse der Angreifer den Zugang zur Burg verschaffen, um sich dann der anderen Türme zu bemächtigen, die ihnen am nächsten sind. Und noch ehe Eure Hoheit irgend etwas ahnt, hätten die Feinde schon die halbe Burg in ihrer Hand; dem Tod oder der Gefangenschaft könnte keiner von uns entkommen, weder Ihr noch wir anderen alle.‹

›Wenn dem so ist‹, sagte der Großmeister, ›wollen wir heimlich in die Rüstkammer gehen und zunächst einmal nachsehen, ob die Geschichte mit den Armbrüsten stimmt.‹

Und sie stellten fest, daß von den mehr als fünfhundert Armbrüsten, die dort verwahrt wurden, nur drei eine richtige Sperrnuß hatten; bei allen anderen war ein Stückchen Seife oder Käse an deren Stelle. Mit Entsetzen gewahrte es der Großmeister, und von diesem Moment an war ihm klar, daß der Ritter die Wahrheit gesagt hatte. Augenblicklich berief er den Rat der Ritterschaft ein und ließ die zwei genuesischen Ordensbrüder verhaften. Als die beiden gefoltert werden sollten, gestanden sie, wie man den Großmeister und alle Mitglieder seines Ordens umzubringen gedachte, ohne jedes Erbarmen. Daraufhin wurden sie in Ketten gelegt und in ein Turmverlies ge-

worfen, wo es wimmelte von Vipern, Ottern und anderem üblen Getier.
Die ganze Nacht machte keiner ein Auge zu. Insgeheim verdoppelte man die Wachen, und fünfzig junge, tüchtige Ritter wurden dazu ausersehen, sich der unerwünschten Gäste anzunehmen. Auch alle anderen legten die Rüstung an, um dem Empfangskomitee, falls dieses der Hilfe bedürfen sollte, beispringen zu können. Am Morgen dann, als man die Tore geöffnet hatte, rückten nach und nach die Genuesen an, jeweils zu zweit, wobei sie sich den Anschein gaben, als murmelten sie fromm ihr Stundengebet. Drei Tore mußten sie passieren. Das erste stand wagenweit offen, flankiert von zwei Torhütern. Bei den beiden anderen Toren mußten sie durch das schmale Nebenpförtchen schlüpfen, und sobald sie auf den großen Hof der Kirche gelangten, sahen sie sich den fünfzig wohlgerüsteten Rittern gegenüber, die sie packten, entwaffneten und ohne viel Federlesens in tiefe Schlünde warfen, einen über den anderen; und wenn sie auch brüllten, so konnten die Nachrückenden draußen es doch nicht hören. Auf diese ungeahnte Weise starben an jenem Tag eintausenddreihundertfünfundsiebzig Genuesen, und hätten noch mehr die Burg betreten, so wären noch mehr dort ums Leben gekommen. Der feindliche Feldherr, der draußen harrte, erkannte schließlich, daß zwar viele Genuesen hineingegangen waren, aber nicht ein einziger wieder herauskam. Schleunigst flüchtete er sich zu den Schiffen. Der Großmeister aber, der sah, daß niemand mehr hereinkam, ließ die Mehrheit seiner Ritter ausrücken und befahl ihnen, sämtliche Feinde, die sie noch vorfinden sollten, zu fassen; und gewaltig war die Schlappe, die den Genuesen da zugefügt wurde.
Als deren Feldherr sich in Sicherheit gebracht hatte, ließ er sofort die Leute sammeln, die ihm geblieben waren, befahl, Segel zu setzen, und schiffte davon in Richtung Beirut; denn sie wußten, daß dort der Sultan war. Den suchte er auf und berichtete ihm alles, was auf Rhodos geschehen war. Auf Drängen und Bitten der Genuesen wurde Kriegsrat gehalten, und einmütig wurde dabei beschlossen, daß der Sultan persönlich mit der größten Streitmacht, die er aufbieten konnte, gen Rhodos ziehen solle; denn es sei möglich, diese

Armada in zwei oder drei Schüben auf ihren Schiffen hinüberzuschaffen. Der Sultan ließ also fünfundzwanzigtausend Mamelucken ausrüsten und schickte sie auf die genannte Insel.
Als die Schiffe zurückkehrten, begab sich der Sultan mit dreiunddreißigtausend Sarazenen auf die Fahrt. Hin und her fuhren die Schiffe, so daß sich schließlich hundertfünfzigtausend Invasoren auf der Insel befanden. Nachdem sie das gesamte flache Land kreuz und quer, von einem Ende bis zum anderen, verheert und gebrandschatzt hatten, legten sie einen Belagerungsring um die Stadt, und die Schiffe blockierten die Hafeneinfahrt, damit keine Nahrungsmittel hineingelangen konnten. Und Tag für Tag berannten sie dreimal die Burg, zunächst am frühen Morgen, dann gegen Mittag und schließlich noch einmal vor Sonnenuntergang. Die Leute drinnen verteidigten sich mannhaft, als echte Ritter. Doch sie befanden sich in arger Bedrängnis, da ihre Vorräte ausgingen; und so schlimm wurde die Hungersnot, daß sie die Pferde verspeisen mußten, schließlich Katzenfleisch aßen, sogar Mäuse und Ratten. Angesichts dieses Elends richtete der Großmeister an alle Seeleute seiner Stadt die dringliche Bitte, doch zu versuchen, ob man eine Brigg zwischen den Blockadeschiffen heimlich hindurchschleusen könne. Rasch versahen die Schiffer den Zweimaster mit allem Nötigen. Der Großmeister schrieb Briefe an den Papst, an den Kaiser und alle Fürsten der Christenheit, worin er ihnen darlegte, in welch gräßlicher Lage er sich befand, und sie ersuchte, ihm beizustehen.
In einer stockfinsteren Regennacht stach die Brigg in See. Ohne daß irgendwer auch nur das Geringste davon merkte, durchbrach sie den Sperrgürtel, und die Briefe wurden im Verlauf einer längeren Fahrt an ihr Ziel gebracht. Jeder Fürst gab eine positive Antwort, aber die Hilfe ließ auf sich warten. Auch der König von Frankreich erhielt ein solches Ersuchen. Großmundig verhieß er viel und tat erbärmlich wenig.«

All dies erzählte also einer der zwei Ritter, die vom Hof des französischen Königs zum Herzog der Bretagne gekommen waren; und der Herzog zeigte sich tief bekümmert wegen der schrecklichen Lage, in der sich der Großmeister und sein Orden befanden. Sich an alle

Anwesenden wendend, bekundete er kühne Entschlossenheit; vor allem kündigte er an, er werde durch Gesandte dem König von Frankreich das Angebot machen, daß er, falls Seine Majestät dem Großmeister von Rhodos Beistand leisten wolle, mit Freuden bereit sei, als Anführer der Hilfstruppen ins Feld zu ziehen, wenn dies dem Herrscher beliebe; und er würde von sich aus zweihunderttausend Dukaten für dieses Unternehmen stiften.

Am Morgen des nächsten Tages hielt er Rat, und man wählte vier Botschafter: einen Erzbischof, einen Bischof und einen Vicomte, der vierte aber war Tirant, weil er sich als guter Ritter erwiesen hatte und der Bruderschaft des Hosenbandordens angehörte.

Als diese Botschafter vor den König von Frankreich traten, legten sie dar, was sie ihm mitzuteilen hatten, und er sagte ihnen, in vier Tagen werde er ihnen Antwort geben. Doch es verging mehr als ein Monat, ehe sie von ihm erfahren konnten, was er zu tun gedachte. Nachdem er so lange gezaudert hatte, sagte er ihnen schließlich, daß er sich vorerst nicht auf derartige Dinge einlassen könne, denn er sei mit anderen Angelegenheiten beschäftigt, die dringlicher und für ihn wichtiger seien. Mit diesem Bescheid zogen die Botschafter nach Hause.

Da Tirant wußte, daß eine Unmenge von Muslimen über Rhodos hergefallen war und niemand den Johannitern zu Hilfe kam, sprach er mit vielen Seeleuten, um sich bei ihnen Rat zu holen. Er fragte sie, ob es nicht möglich wäre, daß er den Bedrängten beispringe. Und sie sagten ihm, daß er, wenn er hinfahre, wie er gesagt habe, durchaus den Johannitern zu Hilfe kommen könne. Es sei möglich, in die Burg zu gelangen: wenn man nicht die Mole ansteuere, sondern von der anderen Seite komme.

Mit Zustimmung des Herzogs und im Einverständnis mit seinen Eltern kaufte Tirant daraufhin ein geräumiges Schiff, das er vorzüglich ausrüsten, bestücken und mit reichlichen Mundvorräten versehen ließ. Da begab es sich, daß einer der Söhne des französischen Königs, mit denen Tirant gut bekannt war, der Jüngste nämlich, der Philipp hieß, noch ein wenig unwissend war und als höchst ungehobelt galt, weshalb sein Vater keine sonderliche Zuneigung für ihn empfand und die Leute ihm keinerlei Beachtung schenkten, durch einen Edelmann, der ihm als Kammerherr diente, davon hörte, daß Tirant mit einem Schiff gen Rhodos reisen werde und auch nach Jerusalem fahren wolle. Besagter Kammerherr, der selbst große Lust zu einer Reise in diese fernen Lande hatte, sagte zu Philipp die folgenden Worte.

KAPITEL C[a]

Wie Tirant ein Schiff ausrüstete,
um dem Großmeister von Rhodos zu Hilfe zu kommen,
und als Reisegefährten Philipp mitnahm,
des französischen Königs jüngsten Sohn

Die Ritter, Herr, die Ehre erwerben wollen, weil sie jung sind und für das Waffenhandwerk taugen, dürfen nicht alleweil im Haus ihrer Eltern hocken, vor allem dann nicht, wenn sie jünger sind als die anderen Brüder; und schon gar nicht darf das einer, der von seinem Vater ständig übergangen wird. Wenn ich in Eurer Lage wäre, würde ich lieber auf den Bergen Gras fressen, als auch nur einen Tag länger an diesem Hof bleiben. Wißt Ihr nicht, was das alte Sprichwort lehrt: ›Wächst du ein Stück, wechselt dein Geschick.‹ Und Euer Glück könnt Ihr an jedem anderen Ort eher finden als hier. Schaut Euch doch den berühmten Ritter Tirant lo Blanc an: Nachdem er bei den Zweikämpfen, die er in England siegreich bestand, viel Ehre errungen hat, geht er nunmehr daran, ein großes Schiff auszurüsten, um nach Rhodos und zum Heiligen Grab in Jerusalem zu reisen. Oh, wieviel Ruhm brächte es Euch, wenn Ihr heimlich aufbrechen würdet, nur Ihr und ich, ohne irgendeinem Menschen etwas davon zu sagen, bevor wir im Schiff und hundert Meilen draußen auf hoher See sind! Und Tirant ist ein so anständiger Ritter, daß er Euch gehorchen wird und Euch die Ehrerbietung nicht versagt, die man Euch schuldet in Anbetracht des Hauses, aus dem Ihr stammt.«

»Tenebros, guter Freund, ich weiß den guten Rat zu schätzen, den

Ihr mir gebt«, sagte Philipp, »und ich bin ganz dafür, daß wir Euren Plan in die Tat umsetzen.«
»Mit scheint, Herr«, antwortete der Edelmann, »ich sollte zunächst allein in die Bretagne reiten, zu dem Hafen, in dem Tirant das Schiff herrichtet. Da ich eng mit ihm befreundet bin, werde ich einfach zu ihm sagen, er möge doch so gütig sein, mir zu gestatten, daß ich mit ihm ins Heilige Land reise, nach Jerusalem. Und ich werde ihn fragen, was ich alles brauche für mich und zwei Schildknappen. Gemäß seiner Auskunft werden wir dann alles Nötige im Schiff verstauen.«
Philipp war hochzufrieden mit diesem Vorhaben und sagte:
»Tenebros, solange du mit Tirant verhandelst, werde ich soviel Geld zusammenkratzen, wie ich kriegen kann; auch Kleider und Juwelen, damit ich mich sehen lassen kann, wo immer wir hinkommen.«
Am folgenden Tag machte sich der Edelmann auf die Reise, begleitet von zwei Schildknappen; und Tag für Tag legte er so große Strecken zurück, daß er bald dorthin kam, wo Tirant sich aufhielt. Groß war der Jubel, als sie einander sahen, und Tenebros nannte dem Ritter den Grund seines Kommens. Als Tirant erfuhr, was sein Freund vorhatte, freute er sich sehr darüber, da er wußte, daß Tenebros ein überaus tapferer und gewitzter Edelmann war. Es war ihm lieb, einen solchen Begleiter zu haben, und er gab ihm folgende Antwort:
»Mein Tenebros, lieber Herr und Bruder! Mein Erbe, mein Leib und Leben, mein Schiff und alles, was ich habe, steht Euch zur Verfügung, ganz nach Eurem Belieben. Ich halte es für eine gute Fügung des Schicksals, daß Ihr mit mir reisen wollt; und um nichts auf der Welt würde ich es dulden, daß ein Ritter oder Edelmann, wer immer es auch sei, Nahrungsmittel auf mein Schiff bringt; denn von allem, was da an Ladung vorhanden ist, könnt Ihr, genau wie ich selbst, jederzeit haben, was Ihr wollt.«
Als Tenebros diese Worte Tirants vernahm, war er der zufriedenste Mensch der Welt; und er dankte ihm vielmals für seine großherzige Freundlichkeit.
Einen seiner Knappen ließ er dort, damit dieser im Schiff eine Kajüte herrichte, in die sie sich zum Schlafen und Essen zurückziehen

könnten und deren Abgeschiedenheit es Philipp ermöglichen würde, sich ein paar Tage verborgen zu halten. Tenebros selbst aber machte sich auf den Heimweg und ritt Tag für Tag, bis er wieder bei Philipp war, der ihn sehnlichst erwartete.

Die gute Antwort Tirants freute Philipp nicht wenig. Und Tenebros sagte ihm, es käme nun darauf an, sich so rasch wie möglich reisefertig zu machen. Philipp jedoch erklärte, er habe bereits alles beisammen, was sie mitnehmen müßten.

Am nächsten Tag begab sich Philipp zu seinem Vater, dem König, und bat ihn, in Gegenwart der Königin, um die Gnade, ihm zu gestatten, daß er nach Paris reite – zwei Tagereisen weit –, um sich dort den Jahrmarkt anzusehen. Der König antwortete mit gleichgültiger Miene:

»Tu, was du willst.«

Philipp küßte ihm die Hand, und der Königin desgleichen. Und in aller Herrgottsfrühe dann brachen die Abenteurer auf, zogen ihres Wegs und gelangten nach einigen Tagereisen zum Hafen am Meer. Philipp schlich sich in die vorgesehene Kajüte und ließ sich von keinem Menschen sehen.

ENDE DES ERSTEN BUCHES

Zweites Buch

KAPITEL C[b]

*Wie die Rhodosfahrer
nach mancherlei Gefahren auf Sizilien landeten
und sich dort ein Handel entspann
zum Zwecke einer ehelichen Verbindung
des französischen Infanten
mit der Tochter des Inselkönigs*

Nachdem das Schiff ausgelaufen war und sich bereits zweihundert Meilen draußen auf hoher See befand, kam der blinde Passagier ans Licht: Philipp stellte sich Tirant. Der fiel aus allen Wolken, als er gewahrte, welche Konterbande er an Bord hatte. Da man aber mitten im Ozean dahinsegelte, blieb nichts anderes übrig, als den Kurs beizubehalten, also weiter gen Portugal zu steuern. Als ersten Hafen lief man Lissabon an. Sobald der portugiesische König erfuhr, daß Philipp, ein Sohn des Königs von Frankreich, auf jenem Schiff gekommen sei, schickte er einen Ritter zu ihm und ließ liebenswürdig anfragen, ob es ihm nicht belieben würde, an Land zu kommen, denn er habe das Wellengeschaukel sicherlich satt. Und Philipp ließ ihm antworten, daß er sich sehr freue über diese herzliche Einladung. Tirant und Philipp legten prächtige Gewänder an und verließen, begleitet von vielen, gleichfalls fein herausgeputzten Rittern und Edelleuten, die Tirant mit auf die Reise genommen hatte, das Schiff, um das Schloß aufzusuchen. Als der König den französischen Prinzen erblickte, umarmte er ihn und erwies ihm viel Ehre, ebenso allen anderen Gästen. Und sie verweilten zehn Tage am Hof des Königs.

Als sie dann weiterreisen wollten, ließ der König ihr Schiff aufs beste ausstatten und sorgte dafür, daß sie alles, was sie brauchten, in Hülle und Fülle geschenkt bekamen. Noch ehe sie wieder in See stachen, beauftragte Tirant einen seiner Edelleute, zurückzureisen zum König von Frankreich und ihm einen Brief zu übergeben, in dem er ihm mitteilte, auf welcher Reise sein Sohn sich in Wahrheit befand. Als der König von Frankreich die Nachricht erhielt, in welch guter Gesellschaft sein Sohn in die Ferne fuhr, war er hocherfreut; besonders erfreut und erleichtert aber war die Königin, nachdem sie so lange

vergebens auf irgendeine Kunde von dem spurlos Entschwundenen gehofft hatte und die Leute schon der Meinung gewesen waren, er sei tot oder habe sich irgendwo in ein Kloster zurückgezogen.
Philipp verabschiedete sich vom König Portugals, man hißte die Segel, und das Schiff umfuhr das Kap São Vicente, um dann die Meerenge von Gibraltar zu passieren. Dort begegneten sie vielen maurischen Fahrzeugen. Als die Moslems das Christenschiff gewahrten, formierten sie sich zur Schlachtordnung, um es zu kapern, und lieferten ihnen ein gewaltiges Gefecht, das einen halben Tag dauerte und auf beiden Seiten viele Opfer forderte. Nachdem die Leute Tirants wieder zu Kräften gekommen waren, warfen sie sich erneut in den Kampf, der mit großer Heftigkeit ausgetragen wurde. Zwar war das Schiff Tirants, mit mehr als vierhundert Kriegern an Bord, wesentlich größer und hatte einen sehr viel höheren Bug als all die Fusten der Mauren, doch es war allein, während die Gegner über fünfzehn, teils große, teils kleine Fahrzeuge verfügten, die samt und sonders kriegstüchtig waren.
Einer der Matrosen Tirants, den man ›Siehdichfür‹ nannte und der als alter Seebär viel Geschicklichkeit, Findigkeit und trotzigen Wagemut besaß, hatte rechtzeitig erkannt, daß die Sache für sie übel enden könnte. Darum hatte er eine Menge Tauzeug, das auf dem Schiff herumlag, zusammengeholt und in aller Eile begonnen, ein riesiges Netz zu knüpfen, wie man es benutzt, wenn man große Massen Stroh zu befördern hat. Und vom Achterkastell spannte er diese Taue – sie in der Mitte um den Mastbaum windend – bis zum Bug, ließ sie in die Höhe ziehen und so weit oben festbinden, daß die Männer, die auf dem Schiff kämpften, beim Gebrauch der Waffen nicht behindert wurden, vielmehr einen Schutz gegen die in hohem Bogen heranfliegenden Geschosse erhielten. Denn die Steinbrocken, mit denen die Mauren sie beschossen, hagelten in solcher Fülle und so dichter Folge herab, daß es ein schauriges Wunder schien; und wäre da nicht dieses Riesennetz aus Tauen gewesen, so wäre das ganze Deck des Schiffes mit Steinen und Eisenstücken überschüttet worden; dank jener Erfindung aber konnte verhütet werden, daß auch nur ein Stein dort einschlug; wenn nämlich der Stein das Taugeflecht traf, prallte er zurück und fiel ins Meer. Und

was tat dieser Matrose noch? Er nahm sämtliche Matratzen, die er an Bord finden konnte, verkleidete damit die Aufbauten und Flanken des Schiffes, und als die Feinde mit ihren Bombarden feuerten, trafen die Geschosse die Matratzen und konnten dem Schiff keinerlei Schaden zufügen. Doch er tat noch mehr. Er ließ Öl und Pech sieden, und sobald die Mauren längsseits ankamen und die Enterhaken einhieben, griff man zu Schöpfkellen und übergoß sie mit diesem heißen Gemisch, und das kochende Pech verursachte so furchtbare Verbrennungen, daß die Angreifer notgedrungen sich entfernen mußten. Doch während der ganzen Fahrt durch die Meerenge von Gibraltar kämpfte man weiter bei Tag und bei Nacht; und so zahlreich waren die ständig heransausenden Bombardenkugeln, Schleuderspeere und Armbrustbolzen, daß man die Segel gerefft und am Mastbaum festgebunden hatte. Die Rahe wollte man einholen, nachdem die Mauren endlich von ihnen abließen, doch es gelang nicht. Das Schiff war inzwischen dem Land so nahe gekommen, daß es gewiß auf Grund gelaufen wäre, dicht bei der Stadt Gibraltar, wenn die tüchtigen Seeleute es nicht gerade noch geschafft hätten, beizudrehen und Segel zu setzen: sie verließen die Meerenge und gelangten in die offene See, ins Mittelmeer.
Während der Kämpfe waren Philipp, Tirant und viele andere verwundet worden. Deshalb steuerten sie ein unbewohntes Eiland an, ganz in der Nähe maurischen Landes. Dort verbanden sie ihre Wunden und richteten ihr Schiff wieder her, so gut sie konnten. Dann segelten sie der Küste Nordafrikas entlang, wobei sie viele Gefechte mit genuesischen und maurischen Schiffen hatten, bis sie unweit von Tunis waren. Da beschlossen sie, die Insel Sizilien anzulaufen, um sich mit Weizen zu versorgen. Sie ankerten also im Hafen von Palermo, jener Stadt, in welcher der König und die Königin des Inselreiches wohnten, mit ihren zwei Söhnen und einer Tochter Ricomana, die ein Mädchen von unglaublicher Schönheit, großer Klugheit und mannigfachen Fähigkeiten war. Und als nun das Schiff an der Mole lag und man die Nahrung beschaffen wollte, an der es mangelte, wurde der Schreiber mit fünf oder sechs Mannen an Land geschickt, mit der Ermahnung, nichts von Philipp oder Tirant verlauten zu lassen, sondern nur zu sagen, es sei ein Schiff, das aus dem

Westen komme und auf der Fahrt nach Alexandria sei, mit einigen Pilgern an Bord, die das Heilige Grab besuchen wollten.

Als der König vernahm, daß sie aus dem Westen kamen, war er begierig, Neuigkeiten von dort zu erfahren. Deshalb ließ er dem Schreiber die Aufforderung übermitteln, mitsamt den anderen vor Seiner Hoheit zu erscheinen – eine Weisung, der sie sich nicht entziehen konnten. Und als sie dann dem König die Kämpfe schilderten, die sie in der Meerenge von Gibraltar mit den Mauren und danach mit den Genuesen auszufechten hatten, vergaßen sie im Eifer des Erzählens die Mahnung Tirants und erwähnten, daß Philipp, ein Sohn des Königs von Frankreich, mitgekommen sei, als Fahrtgenosse von Tirant lo Blanc. Kaum hatte der König gehört, daß Philipp auf dem Schiff sei, gebot er, eine Landungsbrücke schlagen zu lassen, einen hölzernen, ganz mit Atlas drapierten Steg, der vom Ufer bis zum Schiff führte. Und zu Ehren des hohen Besuchers begab er sich selbst, begleitet von seinen zwei Söhnen, an Bord und bat Philipp sowie Tirant inständig, sie möchten doch an Land kommen und sich da ein paar Tage von den Strapazen erholen, die sie auf ihrer Seefahrt und bei den Gefechten mit den Mauren durchgemacht hätten. Philipp und Tirant dankten ihm vielmals und sagten, daß sie Seiner Hoheit zuliebe der Einladung Folge leisten wollten.

Der König brachte sie in die Stadt und bot ihnen da eine prächtige Unterkunft, köstliche Speisen und mancherlei andere Annehmlichkeiten, die man frisch angekommenen Seefahrern schuldet.

Aber Philipp sagte, auf Anraten Tirants, er wolle sein Quartier nicht beziehen, ehe er die Königin besucht habe. Darüber freute sich der König sehr. Als sie dann droben im Schloß waren, empfing die Königin sie mit überaus liebenswürdiger Miene, desgleichen ihre Tochter, die Infantin. Bei der Rückkehr in die ihnen zugedachte Herberge stellten sie fest, daß es eine wahrhaft fürstliche Unterkunft war, wie sie einem Königssohn gebührt.

Später kamen sie täglich bei der Messe und nach Tisch mit dem König zusammen, besonders gern und häufig aber genossen sie die Gesellschaft der Infantin, die allen durchreisenden Ausländern mit solch freundlicher Aufmerksamkeit begegnete, daß man in aller Welt von ihrer Freundlichkeit sprach. Und der tägliche Umgang bei

Hofe mit dem König und der Infantin brachte es mit sich, daß Philipp sich heftig in die Königstochter verliebte und auch sie für ihn entflammte. Doch Philipp war so schüchtern in ihrer Gegenwart, daß er kaum ein Wort zu sagen wagte, und wenn die Schöne ihn durch irgendwelche Fragen in ein Gespräch zu verwickeln suchte, wußte er hin und wieder keine Antwort, und Tirant beeilte sich, an seiner Statt zu reden. Er sagte zur Infantin:

»O Herrin, was für ein Ding ist doch die Liebe! Man sieht's an diesem Philipp. Wenn wir in unserem Quartier oder außerhalb dieses Schlosses sind, wird sein Mund nicht müde, die Vorzüge Eurer Hoheit zu rühmen und zu preisen; aber sobald Ihr sichtbar seid, bringt er kaum mehr ein Wort über die Lippen, vor lauter Liebe. Wahrlich, ich sage Euch: Wenn ich eine Frau wäre und einen von solch edlem Wesen fände; wenn ich entdecken würde, was für ein Mann von Talent und altadeligem Stamm er ist, so würde ich alle anderen aus meinem Herzen verbannen und nur einem von seiner Art meine Liebe schenken.«

»O Tirant!« sagte die Infantin. »Was Ihr sagt, ist schön und gut. Aber was ist, wenn sich herausstellt, daß er von Natur aus ein linkischer Mensch ist? Was für ein Vergnügen, was für einen Trost könnte eine Jungfrau in der Tatsache finden, daß alle Welt über ihn lacht und der letzte Hinterwäldler ihn schachmatt setzt? Laßt also mir zuliebe solche Reden. Denn meine Wonne wär's, einen klugen Mann zu haben. Lieber würde ich einen bescheidenen Stand und einen dürftigen Stammbaum in Kauf nehmen, als mich damit abfinden, daß der Betreffende plump oder knauserig ist.«

»Herrin«, sagte Tirant, »Eure Worte zeugen von gesundem Menschenverstand. Aber der da liegt nicht in dem Spital, von dem Ihr redet. Er ist jung, grün an Jahren, aber mit Grütze wie ein Graukopf, großzügig, mutiger als irgend sonst einer, überaus liebenswürdig und von anmutiger Gewandtheit in allen Dingen. Noch in der Nacht steht er auf und läßt mich nicht so lange schlafen, wie ich dies gerne täte. Wie ein Jahr kommt ihm die Nacht vor: Der Tag ist seine Wonne. Wenn ich ihm einen Gefallen tun will, muß ich darauf achten, daß zwischen uns von nichts anderem die Rede ist als von Eurer Hoheit. Wenn das nicht Liebe ist – sagt, was ist es dann?

Herrin, liebt den, der Euch liebt. Fest steht, daß er ein Königskind ist, genau wie Ihr; ein Königssohn, der Euch mehr liebt als sein eigenes Leben. Und wenn er nicht soviel redet, wie Euch lieb wäre, so ist das ein Grund, ihn noch höher zu schätzen. Hütet Euch, Herrin, vor den Männern, die mit großer Kühnheit und Keckheit eine Frau oder Jungfrau zu begehren wagen. Die Liebe solcher Leute ist nichts wert; denn: Kommt Liebe windschnell angeweht, noch windiger sie jäh vergeht. Und Leute, die sich derart gebärden, nennt man Freibeuter. Nichts als Raub haben sie im Sinn. Ich würde mich, Herrin, lieber an einen Mann halten, der voller Angst und Schüchternheit vor die Dame seines Herzens tritt, kaum ein Wort aus der Kehle bringt und mit furchtsam zitternden Händen zu sagen sucht, was er sagen will.«

»Tirant«, antwortete die Infantin, »die große Freundschaft, die Euch mit Philipp verbindet, treibt Euch mit vollem Recht dazu, ihn auf den Ehrenplatz zu setzen. Die noble Haltung, zu der Ihr als Ordensritter verpflichtet seid, würde es Euch nicht gestatten, etwas anderes zu sagen als die wohlwollenden Worte, die sich für Euch geziemen. Ich respektiere dies und halte es Euch zugute. Aber denkt bitte nicht, daß ich ein leichtgläubiges Frauenzimmer sei. Wenn es drauf ankommt, neige ich eher dazu, die Dinge genau zu prüfen, eigenhändig, und gegebenenfalls bis zum Ellbogen ins Wasser zu tauchen, um zu fühlen, wie es temperiert ist und ob ich mich nach Herzenslust darin erquicken kann. Und genauso gründlich würde ich das Verhalten, den Stand und den Charakter dieses Mannes prüfen. Freilich, meine Augen erfreuen sich an seinem Anblick, mein Herz liegt im Streit mit mir, und meine Erfahrung lehrt mich, daß derjenige, den ich beobachte, ein Mensch von ungehobeltem und geizig verklemmtem Wesen ist, also an zwei Übeln leidet, die unheilbar sind.«

»O Herrin! Wer immer mit Bedacht zu handeln sucht und jede Angelegenheit hundertmal aufs genaueste erwägt, dem widerfährt es zuweilen, daß er die schlechteste aller denkbaren Möglichkeiten wählt – besonders dann, wenn es um ehrsame und legitime Liebe geht. Noch keine drei Tage ist es her, daß der Herr König, Euer Vater, und ich uns zu zweit im Garten ergingen. Wir unterhielten uns über den Stand und die Verhältnisse vieler Prinzen der Christenheit und über mancherlei andere Dinge. Dabei kam die Rede auch auf Eure Hoheit, und er eröffnete mir, daß er die Absicht habe, seinen gesamten Besitz schon zu Lebzeiten zu verteilen. Und aus inniger Liebe, wie sie ein Vater natürlicherweise für seine Kinder hegt, besonders für Euch, die Ihr ihm allezeit eine gehorsame Tochter gewesen seid, möchte er Euch alle Ländereien des Herzogtums Kalabrien vermachen, mitsamt einem Barvermögen von zweihunderttausend Dukaten. Und es sei, sagte er, sein sehnlicher Wunsch, diese Schenkung rechtskräftig zu machen, solange er noch lebe, damit seine Seele, wenn sie den Leib zu verlassen habe, beruhigt von hinnen scheiden könne. Angesichts der Güte und Redlichkeit, die aus seinen Worten sprachen, lobte ich ihn für dieses Vorhaben, weil Eure Hoheit es verdient, solch fürstlicher Würde und erlauchter Ehre teilhaftig zu werden. Deshalb flehe ich Euch an, mir zu gelegener Stunde ein Weilchen Euer Gehör zu schenken und keinen Anstoß an dem oder jenem Wort zu nehmen, das ich Euch sagen möchte. Ich sehe nämlich, daß Abgesandte des Papstes hier an den Hof kommen, um mit dem Herrn König einen Kontrakt auszuhandeln, einen Vertrag über die Heirat des päpstlichen Neffen – von dem manche behaupten, er sei ein Sohn des Heiligen Vaters – mit Eurer Hoheit. Auch von anderer Seite sehe ich derartige Sendboten anrücken: Vertreter des Königs von Neapel, des Königs von Ungarn und des Königs von Zypern. Und obwohl ich dazu nicht ermächtigt wurde, vom allerchristlichsten Herrscher der Christenheit, dem König Frankreichs, dessen Würde diejenige sämtlicher anderen Könige des Abendlands überstrahlt, möchte ich mit Eurem Vater und Eurer Hoheit persönlich über die anstehende Eheschließung verhandeln. Es ist ein bedeutender Vorteil, Herrin, wenn man sich mit den eigenen Augen davon überzeugen kann, ob der Kandidat nicht hinkt oder krumm gewachsen ist, ob er all seine Glieder normal gebrauchen kann, ob er alt oder jung ist, anmutig oder ungelenk, tapfer oder feige. All diese und noch viele andere Fragen in bezug auf mögliche Mängel der körperlichen Beschaffenheit müßtet Ihr Euch andernfalls von irgend sonstwem beantworten lassen, der vielleicht das Gegenteil von dem behauptet, was zutrifft. Ich sehe, daß Ihr klug und gewitzt seid, Herrin; Ihr habt mehr Kenntnisse als irgend sonst eine Frau; und diese Eure Bildung weiß ich zu schätzen. Denkt bitte nicht, Durchlaucht, daß ich, weil ich ein Gefolgsmann Philipps bin, ihm zuliebe Euch irgend etwas vorgaukele oder zu seinen Gunsten übertreibe. Alle Vorzüge von ihm, die ich vorher erwähnt habe, könnt Ihr in Vollkommenheit an seiner leibhaftigen Person gewahren. Der hohe, überragende Rang all der Vollkommenheiten, die in Eurer eigenen Person so einzigartig vereint sind, macht Euch würdig, auf dem Herrscherthron zu sitzen, unter der Krone Frankreichs – die noch erhabener ist als alle Insignien des Römischen Reiches. Augenscheinlich hat sich die besondere Würde des französischen Königs in der Geschichte seines Wappens erwiesen; nicht grundlos wurde ihm dieses auf höchst ungewöhnliche Weise verliehen: Auf Befehl unseres Herrn im Himmel wurden dem König von Frankreich durch einen Engel drei Lilienblüten überreicht, auf daß er sie zu seinem Zeichen mache. Nirgendwo ist zu lesen, es sei jemals ein anderer König durch Himmelsboten zu seinem Wappen gekommen. Ihr habt also, Herrin, die Gelegenheit, der weltlichen wie der geistlichen Glorie teilhaftig zu werden, und Euer durchlauchtiges Wesen wird voll der Seligkeit sein dank diesem Prinzen. Welche Frau hätte die Chance, sich alle Herrlichkeit dieser Welt und zugleich das Paradies in der anderen zu sichern?«

In diesem Augenblick kam die Königin und vereitelte die Fortsetzung dieses ergötzlichen Gesprächs. Nach einem kurzen Zögern sagte sie zu Tirant:

»Tapferer Ritter, es ist noch keine Stunde her, daß der Herr König und ich über Euch und Eure Waffentaten sprachen. Der König möchte Euch nämlich mit einem großen Unterfangen betrauen, an dem ihm und mir viel gelegen ist. Und wie ich Euch kenne, würdet Ihr, wenn Ihr diese Sache in Angriff nehmen wolltet, sie so ausführen, daß es zur Ehre Eurer Ritterlichkeit gereicht. Da aber der Ausgang zweifelhaft ist, mache ich mir große Sorgen. Mir graut vor diesem Wagnis, und ich werde alles in meiner Macht Stehende tun, um es zu verhindern.«

»Herrin«, sagte Tirant, »Eure Durchlaucht drückt sich in solch dunklen Andeutungen aus, daß ich nicht weiß, was ich darauf antworten könnte, solange ich keine weiteren Auskünfte erhalte, die mich klarer erkennen lassen, was Eure Hoheit meint. Doch was immer ich für Eure Majestät tun kann, mit Billigung des Herrn König, das tue ich von Herzen gern, selbst wenn es gälte, das Kreuz auf mich zu nehmen.«

Die Königin dankte ihm herzlich für seine Bereitwilligkeit. Tirant verabschiedete sich von ihr und von der Infantin. Und als er wieder in seinem Quartier war, wurmte es ihn sehr, daß das Schiff noch nicht wieder soweit repariert war, daß er unverzüglich hätte in See stechen können.

Da sah er, daß draußen, auf hoher See, ein Schiff dahersegelte. Und noch ehe er zu Tisch ging, wollte er Bescheid wissen. Augenblicklich schickte er eine bewaffnete Brigg aus, die nach kurzer Zeit mit der Nachricht zurückkehrte, jenes Schiff komme aus Alexandria und Beirut. Es habe an der Insel Zypern angelegt; doch bei Rhodos sei dies nicht möglich gewesen, wegen der Masse von Sarazenen, welche dort zu Wasser und zu Lande einen Belagerungsring gebildet hätten. Auch viele genuesische Fahrzeuge bewachten, so hieß es, den dortigen Hafen und die Stadt, deren Bewohner sich in einer höchst kritischen Lage befänden; denn sie hätten keinerlei Brot mehr; seit mehr als drei Monaten schon habe weder der Großmeister noch irgend sonstwer in der Burg etwas Anständiges gegessen. Von nichts als Pferdefleisch könnten sich die Leute dort noch ernähren, und es sei ein Fest für sie, wenn sie das bekämen. Alle Welt sei fest davon überzeugt, daß es nur noch wenige Tage dauern könne, bis sich die Belagerten den Mauren ergeben müßten; ja, sie hätten schon längst kapituliert, wenn der Sultan nicht erklärt hätte, daß er ihnen jegliche Gnade verweigere.

Als Tirant diese Nachrichten hörte, versank er in tiefes Nachsinnen. Und nachdem er lange gegrübelt hatte, beschloß er, das ganze Schiff mit Weizen und anderen Nahrungsmitteln zu beladen und den bedrängten Christen von Rhodos damit Hilfe zu leisten. Sofort schritt er zur Tat. Eilends ließ er Händler herbeirufen und gab diesen soviel Geld, daß sie das Schiff mit Weizen, Wein und Pökelfleisch füllten.

Als der König dies erfuhr, ließ er Tirant zu sich bitten und eröffnete ihm sein eigenes Vorhaben mit den folgenden Worten.

KAPITEL CI

Wie der König von Sizilien Tirant bat, ihn mitzunehmen auf seinem Schiff, da er zum Heiligen Grab in Jerusalem reisen wolle

Da ich großes Gefallen an Euch gefunden habe, Tirant, und es mir nicht entgangen ist, welch edlen Charakter Ihr habt, fühle ich mich dazu verpflichtet, etwas für Euch zu tun, das Euch genehm wäre. Wenn Ihr Euch meiner bedienen wolltet, würde ich Euch dafür von Herzen danken. Es gibt nichts, was Euch verweigert wird; denn ich liebe Euch und will Euch achten und hegen wie einen Bruder oder einen Sohn, ob Eures ritterlichen Verhaltens und ob all Eurer Taten, die so rühmlich sind, daß Ihr es wahrlich verdient habt, von Gott unserem Herrn dafür schon auf dieser Welt belohnt zu werden und in der anderen Euch der ewigen Seligkeit zu erfreuen. Die Rühmlichkeit Eures Unterfangens beschämt die Schmählichkeit all der christlichen Fürsten, die angesichts der furchtbaren Bedrängnis des Großmeisters von Rhodos nicht bereit gewesen sind, ihm zu Hilfe zu kommen. Wenn die Güte Gottes mir die Gnade erweist, auf dieser frommen Reise etwas von seinem ewigen Odem zu verspüren, indem ich mit Euch gen Jerusalem fahren darf, um dort an heiliger Stätte den Ablaß zu erhalten, so wäre mir dies ein Geschenk, über das ich mich mehr freuen würde, als wenn Ihr mir ein Königreich überlassen wolltet, und mein ganzes Leben lang wäre ich Euch dafür zu Dank verpflichtet. Deshalb bitte ich Euch von ganzem Herzen, mir diesen Wunsch nicht abzuschlagen. Laßt mich eine Antwort hören, wie sie von Eurer Großherzigkeit zu erwarten ist.«

Als der König verstummte, hob Tirant an, ihm folgende Antwort zu geben:

»Ein großes Glück wäre es für mich, wenn Eure Durchlaucht mich als Diener annehmen wollte; denn als Bruder oder Sohn behandelt zu werden, habe ich mitnichten verdient. Ich danke Eurer Majestät von Herzen für das Wohlwollen, das Ihr mir erzeigt. Falls die Notwendigkeit dies gebieten sollte, würde ich die Hilfe Eurer Hoheit in Anspruch nehmen, als ob Ihr mein angestammter Herr wäret, dem ich mein Leben lang gedient hätte. Und ergeben küsse ich Euch die Hand. Was die Reise in meinem Schiff betrifft, Herr, bitte ich Euch, alles als Eigentum Eurer Majestät zu betrachten, meine Habe und meine Person. Ihr könnt über alles nach eigenem Ermessen verfügen; denn, Herr, es ist mein Wunsch, Eurer Hoheit zu dienen und all Euren Befehlen zu gehorchen. Aber, Herr, meine Hauptabsicht, die mich dazu bewog, meine Heimat zu verlassen, war der feste, ehrliche Vorsatz, nach Rhodos zu reisen und der frommen Bruderschaft dort zu Hilfe zu kommen, die drauf und dran ist, gänzlich vernichtet zu werden, und zwar durch Schuld der Genuesen, denen es behagt, über die bereits Darniederliegenden zu triumphieren, statt die strotzende Übermacht zu bezwingen, weshalb sie auch kein Erbarmen mit ihren Christenbrüdern kennen, sondern offen Partei ergreifen für die Ungläubigen.«

»Tirant«, sagte der König, »ich sehe, welch guter Vorsatz, welch fromme Absicht Euch treibt. Ihr handelt, wie es sich für einen hervorragenden Ritter und katholischen Christen geziemt. Ich freue mich über Euer verdienstvolles Unterfangen, das fromm, gerecht und gut ist. Darum ist meine Lust, mit Euch dorthin zu reisen, nur noch viel größer, und ich möchte Euch nach Kräften behilflich sein, möchte Euch mit allem versehen, was für Eure Unternehmung erforderlich ist.«

Tirant dankte ihm vielmals, und da beide sich also geeint hatten, bat der Bretone den König, er möge doch geruhen, an Bord zu gehen, und sich die Kajüte aussuchen, die ihm am meisten behage. Nachdem der König sich das ganze Schiff angesehen hatte, wählte er einen Platz dicht beim Mastbaum; dort, so sagte er, solle man ihm eine Kammer herrichten, weil das der sicherste Ort an Deck sei, wenn ein Sturm aufkomme.

Tag für Tag unterhielten sich der König und Tirant über vielerlei Dinge, und so kamen sie im Gespräch auch auf Philipp, dem Tirant die Heirat mit der Infantin wünschte, samt der Morgengabe, die der König ihm gegenüber erwähnt hatte. Und dem König kam die Vorstellung einer Verbindung mit dem Hause Frankreich sehr zupaß. Er sagte:

»Tirant, eine endgültige Entscheidung in dieser Angelegenheit möchte ich keinesfalls ohne Zustimmung meiner Tochter treffen; denn es geht dabei um ihr Wohl. Wenn es ihr recht ist, gebe ich meine Einwilligung zu dieser Heirat und vermache ihr alles, was ich ihr in Aussicht gestellt habe. Gern bespreche ich die Sache mit der Königin und mit meiner Tochter, und falls sie damit einverstanden sind, soll noch vor unserer Abreise die Ehe geschlossen werden.«

Der König ließ die beiden Damen in sein Gemach kommen und sprach sie an mit den folgenden Worten:

»Der Grund, weshalb ich Euch, Königin, und auch Euch, meine Tochter, habe kommen lassen, ist mein Verlangen, Euch beiden kundzutun, daß ich mich bald auf eine Reise begeben werde; denn ich habe, mit Gottes Hilfe, den Entschluß gefaßt, in Gesellschaft von Tirant gen Jerusalem zu reisen, zum Heiligen Grab, um dort die Vergebung meiner Sünden zu erlangen. Damit mich unterwegs niemand erkennt, werde ich nur einen einzigen Edelmann zu meiner Bedienung mitnehmen. Und weil mein Leben und mein Tod in den Händen unseres Herrgotts liegen, wäre es mir lieb, wenn Ihr, meine Tochter, noch vor meiner Abreise in den Stand der Ehe treten würdet, auf daß Ihr Freude, Befriedigung und Trost findet und ich in meinen Erdentagen noch dieses Vergnügen erlebe. Nun, wenn Ihr den Königssohn, der hier weilt, haben wollt, um uns brüderlich mit dem höchsten König der Christenheit zu verbinden, so bin ich sicher, daß dank Tirants Beistand mit Rat und Tat und gemäß dem Wunsch, den Philipp ihm zu erkennen gab, die Sache zu einem guten Abschluß kommen wird.«

»Mich dünkt«, sagte die Infantin, »daß es, wie Eure Hoheit wohl weiß, noch gute zwei Wochen dauert, bis das Schiff vollends beladen und wieder flott sein wird. In dieser Frist kann Eure Hoheit sich mit meinem Onkel, Eurem Bruder, dem Herzog von Messina, beraten und dann mit der anderen Seite die geschäftlichen Abmachungen vereinbaren; denn der Herzog soll heute abend hier ankommen, spätestens morgen ist er da.«

»Ein kluger Vorschlag, meine Tochter«, sagte der König. »Es ist recht und billig, seine Meinung zu erbitten.«

»Eure Hoheit möge mir verzeihen«, sagte die Infantin, »aber da Eure Durchlaucht nun mal beschlossen hat, diese fromme Reise zu machen, solltet Ihr ein großes Fest veranstalten, damit Tirant und alle, die zu ihm gehören, wenn Ihr dann auf See seid, Euch mit Freuden gehorchen. Außerdem würde der französiche König, wenn die Kunde davon ihm zu Ohren käme, klar erkennen, welche Achtung Eure Hoheit seinem Sohn Philipp erweist. Für kommenden Sonntag sollte ein Fest anberaumt werden, zu dem jeder eingeladen ist; drei Tage lang sollten die Tische bei Tag und bei Nacht gedeckt sein, und ständig sollten alle, die mitfeiern wollen, Speisen und Getränke in Hülle und Fülle finden.«

»Wahrhaftig, meine Tochter«, sagte der König, »Ihr habt das Ganze besser durchdacht als ich, und ich bin ganz und gar einverstanden mit Eurem Plan. Da ich jedoch sehr beschäftigt bin mit den Vorbereitungen für die Fahrt und dafür sorgen muß, daß ich mein Reich in gutem Zustand hinterlasse, ohne daß irgend jemand meine Abreise bemerkt, was üble Folgen zeitigen könnte, während wir im Sarazenland sind – im Hinblick auf all dies möchte ich Euch, meine Tochter, darum bitten, die Organisation dieses Festes selbst in die Hand zu nehmen.«

Unverzüglich ließ der König den Hofmarschall und die Einkäufer kommen und befahl ihnen, alles zu tun, was seine Tochter Ricomana anordne; und die Männer antworteten, sie stünden gern zu deren Diensten.

Alles wurde von der Infantin trefflich arrangiert, und sie ließ die Tafeln mit den mannigfachsten Köstlichkeiten so sinnig dekorieren, daß ihre große Klugheit keinem wachen Auge entgehen konnte. Diese ganze Festlichkeit aber wurde von der Prinzessin aus einem einzigen Grund und zu einem einzigen Zweck in Gang gebracht: sie wollte Philipp auf die Probe stellen, wollte beim Essen beobachten, was für Manieren er habe.

Am festgesetzten Tag des feierlichen Empfangs sollten gemäß dem Plan der Infantin der König, die Königin, Philipp und sie selbst, zu viert also, an einer erhöhten Tafel speisen; und der Herzog von Messina, Tirant sowie all die anderen Grafen und Barone und sämtliche sonstigen Leute sollten unten, zu Füßen der Königstafel, es sich wohl sein lassen. Als nun der Vorabend des Festes nahte, sandte der König zwei Ritter zu Philipp und Tirant mit der Bitte, sie möchten am nächsten Tag mit ihm die Messe besuchen und anschließend mit ihm zu Tisch gehen. In dankbarer Ergebenheit nahmen sie die Einladung an.

Am Morgen dann kleideten sie sich so fein wie möglich, all ihre Mannen taten desgleichen, und gemeinsam begaben sie sich zum Schloß und erwiesen dem König ihre Ehrerbietung. Dieser empfing sie höchst liebenswürdig und nahm Philipp an der Hand, der Herzog von Messina ergriff die Linke Tirants, und so gingen sie, zwei und zwei, zur Kirche. Als der König in seiner Kapelle Platz genommen hatte, baten sie um Erlaubnis, die Königin und ihre Tochter abholen zu dürfen, was er ihnen gern gestattete. Und während sie den zwei hohen Damen das Geleit gaben, nahm Philipp den Arm der Infantin, um ihr nahe zu sein, und Tirant blieb ihm dicht auf den Fersen, da er fürchtete, Philipp könne irgendeine Tölpelei begehen oder eine unschickliche Äußerung tun, womit er sich die Zuneigung der Infantin verscherzen würde.

Als das Hochamt beendet war und der König mit allen Anwesenden zurückging zum Schloß, hatte man dort schon das Mittagsmahl bereitet. Der König ließ sich an der Mitte der Tafel nieder, und die Königin setzte sich an seine Seite. Um Philipp seine Hochachtung zu erweisen, forderte der König ihn auf, den Ehrenplatz am Kopfende der Tafel einzunehmen, und der Infantin gab er den Wink, sich auf den Stuhl zu setzen, der Philipp gegenüberstand. Tirant wollte stehenbleiben, um stets in Philipps Nähe zu sein. Doch der König sagte zu ihm:

»Tirant, mein Bruder, der Herzog von Messina, wartet auf Euch, er will sich nicht setzen ohne Euch.«

»Herr«, antwortete Tirant, »seid so gütig und heißt ihn Platz nehmen; denn bei einem Fest wie diesem schickt es sich, daß ich den Königssohn bediene.«

Die Infantin, nicht eben geduldig, sagte zu ihm, mit einer leichten Zornröte im Gesicht:

»Bemüht Euch nicht, Tirant, alleweil an Philipps Rockzipfel zu hängen. Im Hause des Herrn König, meines Vaters, gibt es genug Ritter, die ihn bedienen werden. Es ist nicht nötig, daß Ihr dableibt.«

Da Tirant die Erregung der Infantin bemerkte und nicht umhin konnte, sich zu entfernen, flüsterte er Philipp noch rasch ins Ohr: »Wenn der König sich die Finger waschen will und Ihr seht, daß die Infantin sich erhebt, um vor ihm niederzuknien und ihm eigenhändig die Wasserschale zu reichen, so tut genau das, was sie zu tun sich anschickt, und hütet Euch davor, irgendeine Unschicklichkeit zu begehen.«

Und Philipp antwortete, er wolle sich Mühe geben. Tirant entfernte sich. Als alle auf ihren Plätzen saßen, wurde dem König der Wasserkrug gebracht, und die Infantin kniete vor ihm nieder, um die Schale zu halten, solange er sich die Finger wusch. Philipp wollte es ihr gleichtun, aber der König mochte dies nicht zulassen. Die gleiche Zeremonie spielte sich bei der Königin ab. Und als es an der Prinzessin war, sich die Finger zu waschen, nahm sie Philipps Hand, damit sie gemeinsam sich wüschen. Philipp verwehrte dies mit Höflichkeit und Charme, indem er sagte, das stehe ihm nicht zu, wobei er niederkniete, um ihr die Schale zu halten; doch sie war nicht bereit, sich die Finger zu benetzen, ehe beider Hände zugleich ins Wasser tauchten. Danach wurde das Brot gebracht. Man legte es vor dem König auf, und vor einem jeden von ihnen. Keiner rührte es an; jeder wartete, bis das Mahl aufgetragen würde. Philipp jedoch griff, kaum daß er das Brot vor sich liegen sah, hastig nach einem Messer, packte einen Laib, zerlegte ihn, säbelnd und säbelnd, in zwölf dicke Scheiben, beträufelte sie mit Öl und Essig und bestreute sie mit Salz. Als die Infantin dieses stumm-geschäftige Possenspiel sah, konnte sie das Lachen nicht verhalten. Der König und alle in der Nähe Sitzenden sowie die jungen Ritter, die bei Tisch bedienten, belustigten sich grausam auf Kosten Philipps; und auch die Infantin stimmte in den Spott mit ein. Dies konnte Tirant nicht entgehen, da er Philipp keinen Moment aus den Augen ließ. Er erhob sich von der Tafel und sagte sich:

›Mein Gott! Philipp wird schmählich ausgelacht. Er hat sich wohl gründlich danebenbenommen.‹

Er begab sich an dessen Seite und überprüfte mit raschen Blicken die ganze Königstafel. Da sah er die Brotscheiben, die Philipp sich geschnitten hatte, und bemerkte zugleich, daß weder der König noch sonst jemand einen Laib angerührt hatte. Augenblicklich schwante

ihm, was der Anlaß des Gelächters war. Rasch nahm er die Schnitten an sich, griff in seine Börse, holte zwölf goldene Dukaten heraus, steckte in jede Brotscheibe eine dieser Münzen und ließ zwölf arme Leute herbeirufen. Wie der König und die Infantin gewahrten, was Tirant getan hatte, hörten alle auf zu lachen. Der König fragte Tirant, welche Bedeutung das habe, was er soeben getan.
»Herr«, sagte Tirant, »sobald ich meiner Pflicht genügt habe, werde ich es Euch sagen.«
Er verteilte nun die Schnitten, deren jede mit einem Dukaten gespickt war, an die Armen; und ehe er die letzte verschenkte, führte er sie an seinen Mund und sprach ein Ave Maria darüber. Die Königin sagte:
»Ich bin sehr gespannt auf die Erklärung dieses Zwischenspiels.«
Tirant wandte sich dem König zu und gab folgende Auskunft.

KAPITEL CII

Wie Tirant bei dem Empfang,
den der König von Sizilien
zu Ehren des französischen Prinzen und des Bretonen gab,
einen von Philipp begangenen groben Verstoß
gegen die Anstandsregeln zum Guten wendete

O Herr, Eure Durchlaucht wundert sich, wie alle anderen, über das seltsame Tun, mit dem Philipp begonnen hat und das ich beendet habe – ein Gebaren, das allgemeine Belustigung hervorgerufen hat. Da Ihr den Grund unseres befremdlichen Verhaltens wissen wollt, will ich ihn Euch nennen. Wir befolgen damit ein Gebot der allerchristlichsten Könige von Frankreich. Eingedenk der vielen Gnadenerweise, die ihnen durch die unermeßliche Güte Gottes zuteil geworden sind, haben sie einstens festgelegt, daß jeder französische Königssohn, der noch nicht zum Ritter geschlagen worden ist, vor der Mahlzeit, ehe er zu essen beginnt, das erste Brot, das ihm vorgelegt wird, in zwölf Scheiben zu zerschneiden hat und jede Schnitte mit einer Silbermünze spicken soll, um dann alle Scheiben als Almosen zu verteilen, aus Liebe zu Gott und in ehrfürchtigem Gedenken an die zwölf Apostel. Sobald aber ein Königssohn dem Ritterstand angehört, ist es seine Pflicht, in jede Brotscheibe ein Goldstück zu stecken. Und bis zum heutigen Tag halten sich alle Prinzen, die dem Hause Frankreich entstammen, an diese alte Sitte. Darum also, Herr, hat Philipp das Brot zerschnitten; und er hat zwölf Scheiben daraus gemacht, auf daß jeder Apostel die seinige habe.«

»So wahr mir Gott zum ewigen Leben verhelfe«, rief der König, »dieser wohltätige Brauch ist die schönste Sitte, von der ich je gehört habe; und ich, als gekrönter König, muß gestehen, daß ich in einem ganzen Monat nicht soviel Almosen spende.«

Inzwischen war das Mahl aufgetragen worden, die Infantin forderte Tirant auf, sich wieder zu setzen und zu essen; und Philipp, der begriff, wie unmanierlich er sich benommen hatte, und wie klug seine Schlappe durch Tirant in einen Sieg verwandelt worden war, speiste fürderhin mit großem Bedacht und achtete sorgsam darauf, ja nicht mehr zu essen, als die Infantin aß.

Später, als man sich von der Tafel erhoben hatte, wandte sich die Infantin an eine ihrer Kammerjungfern, der sie besonders vertraute, und in einer Tonart, worin ein wenig Wut sich mit Liebe vermischte, stimmte sie die folgende Klage an.

KAPITEL CIII

Worüber die Tochter des Königs von Sizilien nach dem Gastmahl klagte

Ist es nicht unerträglich, daß dieser Tirant ständig meine Pläne durchkreuzt, so daß ich nicht eine Stunde mit Philipp allein reden kann? Wenn er sein Sohn wäre, sein Bruder oder sein angestammter Herr, würde er ihn nicht sorgsamer bewachen. Er folgt ihm auf Schritt und Tritt; und ich finde nie die Gelegenheit, auch nur eine Frage dem Prinzen zu stellen, ohne daß der Bretone sich in unser Gespräch mischt. O Tirant! Fahr ab mit deinem Schiff und sei glücklich in fernen Landen! Laß mir nur Philipp da, zur Beruhigung meiner Seele, zum Trost meines Lebens. Wenn du nicht verschwindest, lebe ich allezeit in qualvoller Ungewißheit; denn mit deiner großen Klugheit überspielst und behebst du die Torheiten der anderen. Sag, Tirant, warum ärgerst du mich unentwegt? Wenn du jemals geliebt hast, müßtest du doch bedenken, welch große, beruhigende Wohltat es ist, wenn man sich unter vier Augen mit der Person aussprechen kann, die man liebt. Bisher habe ich niemals erfahren, niemals gefühlt, was die Qualen der Liebe sind. Es hat mir zwar gefallen, mich hofiert und angehimmelt zu wissen; aber da ich mir sagte, daß die Anbeter Vasallen seien, dienstbar dem Hause meines Vaters, war ich der Meinung, daß es keinen Unterschied mache, ob man gepriesen oder geliebt wird. Doch jetzt, weh mir, kann ich, wenn ich schlafen will, keine Ruhe finden; die Nacht ist länger, als mir lieb ist. Nichts von dem, was ich esse, schmeckt mir. Keine Süße empfinde ich, alles kommt mir bitter vor, bitter wie Galle. Meine unnützen Hände versagen mir den Dienst, so daß ich nicht fähig bin, eine Schleife zu binden. Mein Gemüt ist so gehetzt, daß es keine Zeit zum Nachdenken findet. Immer sehne ich mich danach, allein zu sein, damit niemand mir etwas dreinreden kann. Wenn das noch Leben heißt, weiß ich nicht, was Sterben sein soll!«

Mit diesen und ähnlichen Worten klagte die verliebte Infantin ihr Leid, wobei heiße Tränen aus jenen Augen rannen, die im Herzen Philipps viele lodernde Flammen entfacht hatten. Und während sich die Infantin ihrem Jammer überließ, trat der König in ihr Gemach, gefolgt von seinem Bruder, dem Herzog von Messina, der als Vizekönig und Statthalter in Palermo bleiben und die Verantwortung für das gesamte Inselreich übernehmen sollte.

Kaum waren sie hereingekommen, da erkannte der König an ihrem Gesicht und ihrer Haltung, daß sie tief bekümmert war, und er fragte sie:

»Was ist los, meine Tochter? Weshalb seid Ihr so betrübt?«

»Weshalb?« sagte die Prinzessin. »Habe ich nicht allen Grund dazu, jetzt, wo Eure Hoheit im Begriff ist, fort in die Ferne zu reisen? Was soll ich tun in solcher Verlassenheit? Bei wem soll ich Trost suchen? Wo soll mein Herz da noch Ruhe finden?«

Der König wandte sich um und sagte zu seinem Bruder:

»Herzog, ist es nicht rührend, dieses mitmenschliche Gefühl, das aus ihr spricht? Das eigene Blut kann eben nie zu Wasser werden.«

Mit liebevollen Worten bemühte sich der König, seine Tochter aufzumuntern, so gut er konnte. Schließlich schickten die beiden Herren einen Boten zur Königin mit der Bitte, sie möge kommen. Alle vier setzten sich zusammen, um die Lage zu besprechen, und der König begann die Beratung mit folgenden Worten.

KAPITEL CIV

Wie der König von Sizilien
Frau und Tochter der Obhut seines Bruders,
des Herzogs von Messina, anvertraute
und denselben ersuchte, ihm zu sagen,
was er von einer Eheschließung
zwischen Philipp und Ricomana hielte

Nun, da mein gütiges Schicksal es so gefügt hat und es der göttlichen Vorsehung gefällt, daß unaufschiebbar der Aufbruch zu dieser frommen Reise bevorsteht, kann ich ruhigen Herzens an mein Fernsein denken, weil ich weiß, daß mein Bruder hierbleibt und meine Stelle einnimmt; denn wir sind ein Herz und eine Seele. Ihn bitte ich, sich eurer anzunehmen und dafür zu sorgen, daß all eure Wünsche und Weisungen gebührende Beachtung finden. Dies wird für mich die größte Freude sein, die er mir machen kann. Überdies bitte ich Euch, Herzog, mir offen zu sagen, was Ihr zu der Heirat mit Philipp meint, den Gott uns hergeschickt hat. Wie würdet Ihr Euch verhalten?«

Der König verstummte und wartete auf Antwort.

»Herr«, sagte der Herzog, »da es Eurer und der Frau Königin Hoheit beliebt, meine Meinung hierzu hören zu wollen, bin ich gern bereit, Euch zu sagen, was ich denke. Nun ja, wenn man mit einer jungen Dame über eine Heirat spricht, auf die sie sich freut, und wenn die hiermit in Aussicht gestellte Eheschließung nicht so rasch vollzogen wird, wie es ihr Gelüst und ihr eigener Kopf verlangen, so kränkt und vergrämt sie das. Doch da Eure Hoheit sich nun auf diese Pilgerfahrt begibt und auch Philipp diese Reise macht, bin ich der Meinung, daß diese Ehe erst geschlossen werden sollte, wenn seine Eltern ihr Einverständnis dazu gegeben haben. Ich hielte es für ratsam, Euer Durchlaucht, wenn Ihr Tirant veranlassen würdet, einen Brief an den König von Frankreich zu schreiben, worin er ihm diesen Heiratsplan darlegt und ihn fragt, ob eine solche Ehe sein Wohlgefallen fände. Dies scheint mir nötig, wenn wir nicht Gefahr laufen wollen, daß aus Eintracht Zwietracht, aus Frieden Krieg wird. Niemand soll später behaupten können, der Prinz sei, jung und unerfahren wie er ist, in eine Falle gelockt worden. Wenn es um meine Tochter ginge, würde ich sie lieber einem Ritter geben, dessen Eltern mit dieser Verbindung einverstanden sind, als einem König, der sie gegen den Willen seines Volkes zur Königin machen will.«

Der König und die Königin fanden den Rat des Herzogs vortrefflich, und die Infantin, von Scham gehemmt, wagte es nicht, ihnen zu widersprechen, wobei sie andererseits auch wiederum darüber froh war, daß diese Verbindung nicht gar so rasch zustande käme, da sie das Verlangen hatte, mit Philipp, den sie ja erst unzureichend kannte, etwas besser vertraut zu werden; und so fügte sie sich dem Wunsch der anderen.

Rasch ließen sie Tirant herbeirufen und berichteten ihm ausführlich, was man bei der Besprechung des Heiratsplanes überlegt habe. Und Tirant lobte den klugen Beschluß, zu dem sie gekommen waren. An ihm war es nun also, zur Feder zu greifen. Und er schrieb einen Brief an den König von Frankreich, worin er ihm eingehend alle Aspekte der Eheschließung darlegte, die man zu vollziehen gedenke, falls dieses Vorhaben sein Wohlgefallen fände. Der König von Sizilien ließ eine Brigg fahrbereit machen, die zum Festland hinübersegeln und den Brief auf schnellstem Wege nach Piombino bringen sollte.

Tirants Schiff war derweilen mit einem reichlichen Vorrat von Weizen und anderen Lebensmitteln beladen worden. Zu dem Zeitpunkt nun, da die Brigg auslaufen sollte, erweckte der König den Anschein, als würde er mit diesem Postboot abreisen. Er verzog sich in ein Gemach, das er verriegelte, so daß niemand ihn zu Gesicht bekäme, während draußen das Gerücht in Umlauf gebracht würde, daß er sich auf die Fahrt nach Rom begeben habe, um dort Gespräche mit dem Papst zu führen. In der Nacht dann ließ Tirant den König und Philipp abholen, und sobald alle an Bord waren, suchte Tirant die Königin und die Infantin auf, um sich von den beiden Damen und dem gesamten Hofstaat zu verabschieden. Die Königin erwies Tirant viel Ehre und bat ihn, um das Wohl des Königs besorgt zu sein, da er ein Mensch von zartem Körperbau sei.

»Herrin«, sagte Tirant, »Eure Hoheit kann sich darauf verlassen, daß ich ihm so sorgsam dienen werde, als wäre er mein angestammter Lehnsherr.«

Auch die Infantin legte ihm diese Fürsorge ans Herz und schaute ihm wehmütig nach, gequält von Trennungsschmerz, im Gedanken an ihren in die Ferne ziehenden Vater, den König, und noch viel mehr gemartert von der Liebe, die sie um Philipps Leben bangen ließ.

Und zur Stunde der ersten Wache, noch vor Mitternacht, wurden die Segel gehißt, und das Schiff verließ den Hafen bei herrlichem Wetter. So gewogen war ihnen der Wind, daß sie binnen vier Tagen das Ionische Meer durchquerten und bald in Sichtweite von Rhodos gelangten. Sie hielten zunächst auf die Sankt-Peters-Burg zu, und in deren Nähe warfen sie Anker, um auf den Wind zu warten, der ihnen weiterhelfen würde. Dem Rat zweier Seeleute folgend, die Landsleute von Tirant waren und ihn leidenschaftlich verehrten, ließ der Bretone, als in der Nacht eine scharfe Brise aufkam, ein Segel setzen, und bei Morgengrauen befanden sie sich vor der Stadt, die zum Greifen nahe schien.

Als die genuesischen Seeleute jenes Schiff heransegeln sahen, dachten sie, es sei ein eigenes, eines von zweien, die man mit dem Auftrag ausgesandt hatte, Proviant für die Belagerer herbeizuschaffen. Sie sahen, daß es sich von Osten näherte, und konnten sich nicht vorstellen, daß ein fremdes Fahrzeug sich mitten in die Menge der Schiffe wagen würde, die im Hafen lagen. Näher und näher kam das Schiff, und als es dicht bei der Belagerungsflotte war, brauste es plötzlich voll aufgetakelt daher. An diesem Tempowechsel und an der Form des Schiffes erkannten die Genuesen nun, daß es keines der ihrigen war, und versuchten eine Schlachtordnung zu bilden. Aber der fremde Dreimaster war ihnen schon so nahe, daß keine Zeit blieb, auch nur ein Segel zu hissen, und mit prall gebauschten Segeln schoß der Eindringling mitten zwischen all den Schiffen hindurch, der versammelten Seemacht zum Trotz. Zwar wurde es bei diesem Durchbruch gründlich eingedeckt mit Lanzen, Armbrustbolzen, Steinkugeln und allem sonstigen Zeug, das bei Seegefechten verschossen wird; doch Tirant befahl dem Steuermann und dem Rudergast, nicht abzudrehen, sondern strickt Kurs zu halten, durchzustoßen, direkt auf die Stadt zu, und den Bug in den Sand zu setzen, der die Wehrmauer säumt. Und mit geblähten Segeln liefen sie dort auf.

Als die Verteidiger der Stadt gewahrten, daß der Bug auf den Sand gesetzt worden war, dachten sie, es sei ein Schiff der Genuesen, die es absichtlich da hätten landen lassen, um die Stadt im Handstreich zu nehmen. Alles Volk eilte daher zu jener Stelle, und die Ankömmlinge wurden mit dem ganzen Ingrimm wilder Abwehr attackiert. Im Rücken wurden sie gleichzeitig von den Schiffen der Belagerer angegriffen, so daß sie in arger Bedrängnis waren, bis einer der Seeleute Tirants hastig eine von dessen Fahnen holte und sie hißte. Als die Krieger der Stadt diese Fahne sahen, hielten sie inne und ließen die Waffen ruhen. Augenblicklich befahl der Bretone einem seiner Männer, von Bord zu springen und den Leuten auf der Mauer zu sagen, daß dieses Schiff ihnen Hilfe bringe.

Als die Inselbewohner vernahmen, daß der Befehlshaber des Schiffes ein Franzose sei und eine riesige Ladung von Weizen bringe, um die Stadt zu unterstützen, liefen einige fort, um dies dem Großmeister zu melden, der bei dieser guten Nachricht in die Knie sank, wie alle anderen, die zugegen waren; und gemeinsam lobten sie die göttliche Vorsehung, priesen den Herrn im Himmel und dankten ihm, daß er ihrer Not gedacht, sie also nicht vergessen habe. Mit all seinen Rittern kam der Großmeister von der Burg herab. Und die

Leute aus der Stadt eilten mit Säcken herbei und bestiegen das Schiff, um Korn zu holen und es in die Lagerhallen zu schaffen.
Der Großmeister aber, dem glaubhaft berichtet wurde, wer da in Wirklichkeit gelandet war, hatte großes Verlangen, Tirant zu sehen, dessen große Mannhaftigkeit ihm längst zu Ohren gekommen war. Er gebot zwei Rittern, die zu den ältesten und angesehensten Streitern des Ordens gehörten, das Schiff aufzusuchen und Tirant in seinem Namen zu bitten, er möge doch an Land kommen. Die Ritter erklommen das Schiff und fragten nach dem Kommandanten. Tirant, weltgewandt und höfisch geschult, wie er war, empfing sie mit allen Ehren. Und einer der beiden sagte zu ihm:
»Herr, unser Großmeister ist von der Burg herabgekommen und befindet sich in der Stadt, die Eurer harrt. Er bittet Euch, ihm die Güte zu erweisen, daß Ihr an Land geht. Der Ruf Eurer glorreichen Tapferkeit ist bis zu ihm gedrungen, und deshalb ist es sein Herzenswunsch, Euch auch von Angesicht kennenzulernen.«
»Werte Ritter«, antwortete Tirant, »sagt dem Großmeister, meinem Herrn, daß ich seiner Hoheit bald zur Verfügung stehen werde. Ich wäre schon von Bord gegangen, um ihm meine Ehrerbietung zu erweisen, wenn ich nicht noch warten müßte, bis ein Teil der Ladung gelöscht ist. Das Schiff ist nämlich so überladen, daß ich fürchte, das Gewicht könnte die Planken sprengen und der Weizen ginge verloren. Bittet Seine Hoheit, dafür Sorge zu tragen, daß das Korn, das die Leute ausladen, in Sicherheit gebracht wird. Und euch, Ritter, ersuche ich, mir zweierlei Gunst zu gewähren. Die eine wäre, daß ihr aus Freundlichkeit euch bereit erklärt, mit mir einen kleinen Imbiß einzunehmen; die andere, daß zwei meiner Edelleute euch begleiten dürfen; denn es ist für sie wichtig, mit dem Herrn Großmeister reden zu können, noch ehe ich an Land gehe.«
»Herr«, sagte der eine Ritter, »Ihr erbittet zwei Dinge, die Euch nicht verweigert werden können. Das erste bedeutet für uns eine so köstliche Wohltat, daß wir Euch bis ans Ende unserer Tage dafür zu Dank verpflichtet sind.«
Tirant, der vorsorglich schon am Vortag viele Brathühner und sonstige kalte Fleischgerichte hatte zubereiten lassen, bot den beiden einen so guten Schmaus, daß ihnen danach zumute war, als wären

sie vom Tode wieder zum Leben erwacht. Mit seinem Verwalter und den Dienern hatte Tirant auch schon abgesprochen, daß sie ihm in der Stadt eine große Herberge beschaffen sollten, wo sie nun nach seinem Plan ein Mahl für den Großmeister und seine ganze Ordensmannschaft vorbereiteten, da er ja wußte, wie dringlich sie einer solchen Stärkung bedurften. Dies war der eigentliche Grund, weshalb Tirant noch an Bord blieb; denn er wollte nicht an Land gehen, ehe das Essen hergerichtet wäre.

Als die Ritter gehen wollten, nahm Tirant zwei seiner Edelleute beiseite und sagte ihnen, sie sollten den Großmeister um ein vertrauliches Gespräch bitten und ihm eröffnen, daß auf seinem Schiff sich der König von Sizilien und Philipp, ein Sohn des Königs von Frankreich, befänden, als Pilger auf der Reise nach Jerusalem, wo sie den großen Ablaß zu erlangen hofften, der den Besuchern des Heiligen Grabes gewährt wird. Und diese geheimen Mitteilungen sollten sie mit der Frage verbinden, ob die beiden erlauchten Reisenden, die unerkannt bleiben wollten, sich auf dem Territorium des Großmeisters frei und ungefährdet bewegen könnten.

Nachdem die Edelleute sich vor dem Großmeister ihres Auftrags entledigt hatten, mit all der Ehrerbietung, die einem Mann seines Ranges gebührt, sprach der oberste Feldherr der Johanniter:

»Edelleute, sagt dem tapferen Tirant lo Blanc, daß ich gern bereit bin, jedes Geheimnis zu wahren, das er mir anvertrauen will, und daß er auf meinem Territorium keinerlei Sicherheit zu erfragen braucht; denn ich möchte, daß er dieses Land als das seinige betrachtet. Seine Taten sind so hochherzig gewesen, so einzigartig; und er hat mit ihnen derart unser Herz gewonnen, daß er zum Herrscher über unser aller Leib und Leben geworden ist, zum Herrn all unserer Güter. Ich bitte ihn also, daß er in meinem Land regiere und befehlige, als ob er der Großmeister von Rhodos wäre. Alles was er anordnet, soll nach seiner Weisung vollzogen werden, ohne jeden Widerspruch. Und wenn er das Zepter der Rechtsprechung und die Schlüssel der Burg übernehmen will, werden sie ihm augenblicklich ausgehändigt.«

Kaum hatten die beiden Abgesandten dem Bretonen diese Antwort

überbracht, da berichtete dieser dem König von Sizilien, welch großmütige Höflichkeit der Großmeister offenbart habe. Und der König begab sich daraufhin mit Philipp an Land. Als gewöhnliche Leute verkleidet, suchten sie die Herberge auf, die inzwischen hergerichtet worden war. Tirant aber legte besonders schöne, vornehme Kleider an, ehe er selbst das Schiff verließ. Als er erstmals den Boden der Insel betrat, trug er nämlich ein Wams aus karminrotem Brokat, über dem Wams ein Kettenhemd und über dem Kettenhemd einen Wappenrock, der mit Juwelen, Goldfiligran und vielen Perlen geschmückt war. Am Gürtel hatte er sein Schwert, überm Knie das Hosenband und auf dem Kopf eine kleine scharlachrote Mütze mit einer Brosche von großer Kostbarkeit.
Drinnen in der Stadt entdeckte Tirant den Großmeister auf einem weiträumigen Platz. Doch den Gast umringte auf Schritt und Tritt ein großes Geleit von Rittern, teils Johanniter, teils eigene Leute. Die Frauen und Mädchen drängten sich an den Fenstern, unter den Türen und auf den Söllern, um Ausschau zu halten nach ihm; um zu sehen, wer jener glückhafte, wundersame Ritter sei, der sie von so grausamem Hunger und aus qualvoller Gefangenschaft befreit hatte. Als Tirant dann vor dem Großmeister stand, begrüßte er ihn mit der Ehrerbietung, die man einem König erweist: er beugte das Knie und wollte ihm die Hand küssen. Aber der Großmeister ließ dies nicht zu, und eine ganze Weile ging dieser Höflichkeitshader hin und her. Der Großmeister nahm ihn schließlich am Arm, hob ihn auf und küßte ihn mit liebevoller Dankbarkeit auf den Mund. An Ort und Stelle, mitten in der Masse von Menschen, gerieten sie sogleich in ein lebhaftes, langes Gespräch, wobei der Großmeister dem Bretonen die gewaltigen Angriffe bei Tag und bei Nacht schilderte, durch die der Sultan von der Landseite her und die Genuesen vom Meer her die Stadt zu Fall zu bringen versucht hatten. Und er erzählte, wie die Belagerten stündlich drauf und dran waren, sich zu ergeben, weil der Hunger, den sie litten, so unerträglich geworden war, daß sie meinten, nicht länger standhalten zu können; denn sämtliche Pferde und sonstige Tiere seien bereits verspeist worden, sogar die Katzen, so daß es einem wie ein Wunder erscheine, wenn man irgendwo noch eine zu Gesicht bekomme.

»Viele schwangere Frauen haben ihre Leibesfrucht verloren, und viele kleine Kinder sind verhungert. Das ist das schlimmste Elend, das es auf dieser Erde gibt.«
Als der Großmeister seine Schilderung der durchlittenen Drangsale beendete, setzte Tirant zu einer Antwort an, mit den folgenden Worten.

KAPITEL CV
Wie Tirant den Christen von Rhodos Hilfe leistete

Eure berechtigten Bittgebete, hochwürdiger Herr, und die bitteren Tränen des so furchtbar heimgesuchten Volks haben die unermeßliche göttliche Güte unseres Herrn im Himmel dazu bewogen, Erbarmen zu haben mit Eurer Hoheit und mit diesem blühenden, segensreichen Orden; denn Er hat es nicht zugelassen und wird es niemals zulassen, daß diese Bruderschaft zugrunde geht unter den Händen der Feinde des heiligen katholischen Glaubens. Und Eure Hoheit möge sich freuen; denn mit Gottes Hilfe werden all diese Sarazenenmassen rasch von der ganzen Insel hinweggefegt. Doch das dringlichste Bedürfnis muß man als erstes stillen; deshalb bitte ich Eure Hoheit herzlich, mir die Gunst zu gewähren, daß ich Euch in Eurem Hause mit einem kleinen Mahl bewirten darf, Euch und alle, die hier sind.«
»Tapferer Ritter«, sagte der Großmeister, »Ihr richtet eine Bitte an mich, die mir hochwillkommen ist und der zu entsprechen mir eine solche Wonne sein wird, daß ich Euch dafür, in Anbetracht der Not, die uns bedrückt, vielmals danken möchte. Ich befinde mich nämlich in einem so geschwächtem Zustand, daß es mir nur noch mit großer Mühe gelingt, ein paar Wort über die Lippen zu bringen. Gott geb's, daß ich es Euch vergelten kann, zu Eurem Wohl und zu Eurer Ehre.«
Eilig ließ Tirant mitten auf dem großen Platz eine Menge Tische aufstellen; und er forderte den Großmeister auf, Platz zu nehmen, samt seinem Hofstaat und allen Rittern des Johanniterordens. Und

der Großmeister bat Tirant, er möge sich neben ihn setzen; doch der entschuldigte sich bei dem hohen Herrn, da er selbst für die Bewirtung der Leute sorgen wollte. Er ergriff einen Stab, wie ihn üblicherweise ein Hofmarschall benutzt, wenn er den Ablauf eines Gastmahls zu dirigieren hat, und auf seinen Wink wurden zuerst dem Großmeister die Speisen aufgetragen: zwei Truthühnerpaare, viele Kapaunen und Hühner aus Sizilien, die er mitgebracht hatte. Danach ließ er den anderen reichliche Portionen von all den Köstlichkeiten reichen.

Sobald die Leute zu schmausen anfingen, befahl Tirant, die Trompeten zu blasen, und er ließ ausrufen, daß all diejenigen, die an dem Mahl teilnehmen wollten, aber an den Tischen keinen Platz mehr fänden, sich auf dem Boden niederlassen sollten, denn auch da würden sie alles bekommen, was ein Mensch braucht, um sich am Leben zu erhalten. Und alsbald hockten rings auf dem Platz, der sehr groß war, viele ehrbare Frauen und Jungfrauen sowie eine riesige Menge gewöhnlichen Volks. Und Tirant brachte es als Festordner zuwege, daß binnen kurzem jedermann etwas zu essen hatte. Er vergaß dabei nicht, auch den Mannen, welche die Burg bewachten, eine Fülle nahrhafter Dinge hinaufzuschicken. Dank der Hilfe Gottes und dem gutherzigen Eifer Tirants wurden auf diese Weise alle satt, und alle waren zufrieden und vergnügt. Als der Großmeister und alle übrigen Leute ihr Teil verspeist hatten, wurden als Nachtisch für den hohen Herrn und seine Ritter noch allerlei Süßigkeiten gereicht.

Danach ließ Tirant aus dem Schiff viele Fässer voller Mehl herbeischaffen, die er in der Mitte des Platzes aufstellen hieß. Dann bat er den Großmeister, dieser möge so gütig sein, zwei Ritter des Ordens zu bestimmen, die gemeinsam mit den Ratsherren der Stadt all das Mehl da unter die gemeinen Leute verteilen sollten; denn für die Versorgung der Burg habe er noch genug geladen. Überdies ersuchte er den Großmeister, die Mühlen wieder gebrauchsfertig machen zu lassen, in denen schon allzulange nicht mehr gemahlen worden war. Dann ließ Tirant einen Aufruf ergehen, daß alle, die Mehl haben wollten, auf den Platz kommen sollten. Als das Mehl ausgeteilt war, ließ er das Korn verteilen, und zwar Haus für Haus, in verschiedener

Menge, je nach Anzahl der Esser, die darin wohnten; im Höchstfall gab es sechs Scheffel, im Mindestfall einen. Und auf entsprechende Weise wurden auch das Olivenöl, die Hülsenfrüchte, das Fleisch und alle sonstigen Vorräte zugeteilt.

Vergeblich wäre jeder Versuch, die Lobpreisungen und Segenswünsche wiedergeben zu wollen, mit denen das gerührte Volk den Bretonen überschüttete; denn die frommen Fürbittworte, die für ihn gen Himmel geschickt wurden, hätten ausgereicht, ihm das Paradies zu sichern, auch wenn dies die einzige gute Tat gewesen wäre, die er je vollbracht hätte. Nachdem man alle Nahrungsmittel verteilt hatte und jedermann strahlte vor Freude und Zufriedenheit, bat der Großmeister Tirant, ihn zum Quartier des Königs von Sizilien und Philipps von Frankreich zu führen. Der Bretone erklärte beglückt sein Einverständnis und ließ den beiden Herren den bevorstehenden Besuch ankündigen, damit sie sich in angemessener Weise darauf einrichten könnten.

Der Großmeister und Tirant betraten das Gastgemach, und da schlossen der König und der Großmeister einander in die Arme und erwiesen sich gegenseitig die höchsten Ehren. Anschließend umarmte der Großmeister auch Philipp. Und er bat die beiden, doch das Quartier zu wechseln und mit ihm auf die Burg zu gehen, um dort zu wohnen. Doch der König wollte bleiben, wo er war, und sagte, er sei da sehr gut untergebracht.

»Herr«, sagte Tirant zu dem Großmeister, »es wird bald dunkel; steigt hinauf in Eure Feste, und morgen wollen wir uns dem Krieg widmen und gemeinsam überlegen, was zu tun ist, um die Stadt und die Insel von diesen Moslemhorden zu befreien.«

Der Großmeister verabschiedete sich von dem König und von Philipp, und Tirant begleitete ihn bis zum Burgtor. Als es finstere Nacht war, loderten auf der Burg und in der Stadt gewaltige Freudenfeuer, und es herrschte ein großes Jubelgelärm von Trompeten, Trommeln und anderen Musikinstrumenten. Und das Festgefunkel all der vielen Lichter an Fenstern und Balkonen, der Lichtschein all der himmelhohen Lustlohen auf sämtlichen Plätzen hatten eine solche Leuchtkraft, daß die feurige Helle von der Türkei aus zu sehen war. Und so entstand das Gerücht, das bald um die ganze Welt lief, der

Sultan habe den Großmeister von Rhodos samt seinem ganzen Orden gefangengenommen und sich der Burg und der Stadt bemächtigt. Diesen Sieg hätten die großen Freudenfeuer, die zu sehen waren, deutlich bezeugt.
Noch in derselben Nacht erkundete Tirant mit seinen Leuten die Verhältnisse im Hafen. Die Schiffe der Genuesen lagen unweit des Landes vor Anker; besonders nahe aber, näher als alle anderen, befand sich das Schiff ihres Oberbefehlshabers. Es war schon fast Mitternacht, als ein Seemann auf Tirant zukam und ihn fragte:
»Herr, was würden Euer Gnaden demjenigen geben, der in Eurem Auftrag es schafft, in der nächsten Nacht dieses Schiff in Brand zu stecken – das dort, das dem Land am nächsten ist und von dem es heißt, daß es das Flaggschiff des Admirals der Genuesen sei?«
»Wenn du das fertigbringst«, sagte Tirant, »gebe ich dir mit Vergnügen dreitausend Golddukaten.«
»Herr, wenn Euer Gnaden mir Euer ritterliches Ehrenwort geben, daß ich diese Summe tatsächlich bekomme, will ich all meine Kenntnisse aufbieten, um die Sache zuwege zu bringen. Falls ich es nicht schaffe, verpflichte ich mich, Euch künftig als Leibeigener zu dienen.«
»Freund«, sagte Tirant, »ich möchte nicht, daß du irgend etwas verpfändest oder dich zu irgend etwas verpflichtest; denn die Schmach und Schande, die du dir einhandelst, wenn du nicht zuwege bringst, was du mir gesagt hast, ist Strafe und Buße genug für dich. Doch was mich anbelangt, ich gelobe dir, bei der Ehre des Ordens, in den ich als Ritter aufgenommen worden bin, daß ich dir, wenn du morgen, irgendwann im Verlauf des Tages oder der kommenden Nacht, dieses Schiff in Flammen aufgehen läßt, die volle Summe aushändigen werde, die ich dir versprochen habe, und noch viel mehr.«
Der Matrose freute sich sehr, denn als ein Mann, der zur See wie an Land beträchtliche Fertigkeiten erworben hatte, war er seiner Sache recht sicher. Gleich am Morgen richtete er alle Dinge her, die er für sein Unterfangen benötigte.
Nachdem der Großmeister die Messe gehört hatte, besuchte er den König, Philipp und Tirant. Gemeinsam besprachen sie lange die Kriegslage, und sie beschlossen mancherlei Maßnahmen zum Wohl

der Stadt – Maßnahmen, auf deren Schilderung ich verzichte, um nicht weitschweifig zu werden. Ein hochbetagter Ordensritter, der mit dem Großmeister gekommen war, machte folgenden Vorschlag:

»Mich dünkt, Ihr Herren, daß mein Gebieter, der Großmeister, jetzt, da die Stadt dank Eurer großzügigen Vorsorge genug Proviant für die nächsten Tage hat, dem großen Sultan ein Geschenk machen sollte, eine Lebensmittelspende, die aus einer solchen Menge mannigfacher Speisen bestehen müßte, daß er jegliche Hoffnung aufgibt, uns aushungern zu können. Und jetzt, wo unsere Feinde wissen, daß Euer Schiff gekommen ist, sollen sie merken, wie reichlich wir versehen sind mit allem; und damit ihnen diese Erkenntnis noch erfreulicher wird, wollen wir sie an unserem Wohlstand teilhaben lassen.«

Von all den hochmögenden Herren wurde der Rat des alten Ritters gepriesen und freudig angenommen. Unverzüglich ließen sie die Weisung erteilen, dem Sultan vierhundert Brotlaibe zu schicken, frischgebacken, noch heiß, wie sie aus dem Ofen kommen; außerdem Wein und allerlei Konfitüren, zuckersüß, triefend von Honig; ferner drei Paar Truthühner, Brathähnchen und Kapaunen; hohe Amphoren, bis zum Rand gefüllt mit Öl und Honig; überdies Kostproben von all den anderen Waren, welche die Blockadebrecher gebracht hatten.

Als der Sultan dieses Prachtpräsent sah, sagte er zu den Seinigen:

»Ins Feuer gehört solch ein Geschenk samt dem Schurken, der es geschickt hat. Das ist der Anfang des Untergangs meiner Ehre, des Zerfalls meiner Macht.«

Trotzdem nahm er die Gabe mit freundlicher Miene entgegen und ließ dem Großmeister Dank sagen für alles, was er ihm geschickt hatte. Als diese Antwort eintraf, hatte die Stunde des Mittagessens bereits geschlagen, und der Großmeister war eben im Begriff, sich von dem König und den anderen Herren zu verabschieden.

Der König sagte:

»Herr Großmeister, gestern wurdet Ihr von meinem trefflichen Freund Tirant zu Tisch geladen; deshalb bitte ich Euch, heute mit mir zu speisen, teilzunehmen an einem Feldmahl nach Art fahrender Männer, die nicht in der Lage sind, mit einer Tafel aufzuwarten,

welche so gedeckt wäre, wie dies einem Herrn Euren Ranges gebührt.«
Der Großmeister nahm diese Einladung mit Freuden an und begab sich mit den anderen zu Tisch. Unter vielerlei Höflichkeiten, die sie austauschten, dinierten sie höchst vergnügt; die Gefolgsleute des Großmeisters jedoch, die mit ihm zu dem Gastmahl gekommen waren, aßen nebenan, im großen Saal, weil man nicht wollte, daß sie den König zu Gesicht bekämen. Nach dem Essen sagte Tirant zu Philipp, er solle es nicht versäumen, seinerseits nun den Großmeister einzuladen für den folgenden Tag. Er tat's und erhielt eine freundliche Zusage.
Der Großmeister und Tirant verließen die Herberge, um einen Erkundungsgang durch die Stadt zu machen; denn Tirant wollte sehen, von wo man Ausfälle gegen die Sarazenen unternehmen könnte. Und nachdem sie alles inspiziert hatten, war er der Überzeugung, daß der Ort recht gute Möglichkeiten bot, überraschend auszubrechen und sich rasch wieder zurückzuziehen.
Als der Großmeister merkte, daß es für ihn höchste Zeit war, sich heimwärts zu begeben, auf die Burg, verabschiedete er sich, und Tirant kehrte zurück zum Quartier des Königs. Nachdem sie gemeinsam zu Abend gegessen hatten, kleideten sie sich um, da sie in der Dunkelheit einen Kontrollgang machen wollten und dabei den besagten Seemann aufzusuchen gedachten, um zu sehen, ob er das tun würde, was er angekündigt hatte.
Kurz vor Mitternacht dann, als alles stockfinster war, tauchte der Seemann auf, ausgerüstet mit allem, was er brauchte, um das Schiff des feindlichen Oberbefehlshabers in Brand zu stecken. Dabei ging er folgendermaßen vor.

KAPITEL CVI

Wie Tirant das Flaggschiff der Genuesen in Brand stecken ließ und so bewirkte, daß alle Sarazenen die Insel räumten

Dicht am Wellensaum hatte der gewiefte Seemann eine höchst massive Winde fest im Erdboden verankert. Er nahm nun eine sehr dicke Schlepptrosse und legte sie in ein Boot, worin zwei Ruderknechte saßen; mit ihm waren sie also zu dritt. Auch ein Hanfseil nahm er mit, das nur fingerdick, aber sehr lang war. Als sie so nahe an das Flaggschiff herangerudert waren, daß sie die Männer reden hörten, die Wache hielten auf dem erhöhten Heck, ließ er das Boot anhalten und zog sich aus; splitternackt, schlang er sich ein Seilende um den Leib. In diesen Gürtel steckte er ein kurzes, scharfgeschliffenes Messer, für den Fall, daß er ein Seilstück zu kappen hätte. Und nachdem er das Seil an der Scheide des Messers befestigt hatte, schob er dieses nach hinten, auf den Rücken, damit es ihn beim Schwimmen nicht behindere. Den beiden Männern, die im Boot blieben, befahl er, ihm laufend soviel Tau zu lassen, wie seine Entfernung erfordere. Als alles geklärt und ordentlich vorbereitet war, ließ er sich ins Wasser gleiten und näherte sich schwimmend dem Schiff, bis er in aller Deutlichkeit die Worte vernahm, welche die Wachhabenden wechselten. Da tauchte er, um nicht gesehen zu werden. Kopf und Körper unter Wasser, machte er sich noch dichter an das Schiff heran und schmiegte sich an dessen Rumpf, dort, wo das Steuerruder ist; und da holte er ein Weilchen Luft, weil er an diesem Platz nicht befürchten mußte, daß ihn einer sehen könnte. Unterhalb des Steuerruders aber werdet ihr an jedem Schiff einen mächtigen Eisenring entdecken, den man braucht, wenn man kielholen will, also das Schiff kippen möchte, um es unten zu reinigen und mit Talg einzuschmieren. Nötig ist dieser Eisenring freilich auch, wenn man in einen schlimmen Sturm gerät und die Pinne bricht. Dann hilft man sich nämlich fürs erste damit, daß man das Steuerruder festbindet an diesem Ring, der sich immer unter Wasser befindet. Unser Seemann nun zog sein Seil durch den Ring, packte das vordere Ende des Seils, schlang sich dieses wieder um den Leib, tauchte wieder und schwamm zu dem Boot zurück. Dort nun nahm er das Ende des Seils und verknotete es mit dem Ende der Schlepptrosse, worauf er diese sehr sorgfältig mit Talg einschmierte. Einen ordentlichen Batzen von diesem Fett nahm er an sich, um auch den Ring noch tüchtig einzuschmieren, damit die Trosse besser durchgleiten könne und kein höllisches Knirschen und Quietschen verursache. Den Ruderknechten, die nun am anderen Ende des Seils zu ziehen hatten, hinterließ er, bevor er sich erneut zum Schiff begab, die Anweisung, sie sollten, sobald der Anfang der am Hanfseil mitgezogenen und so durch den Ring zu schleusenden Trosse wieder in ihre Hände gelange, eine spitze Eisenspindel nehmen und diese mitten durch das über die Bootskante auslaufende Trossenstück stecken. Wenn nämlich die verquere Spindel zu dem Ring gelange und nicht durchkomme, so bedeute dies für ihn die Auskunft, daß sie den Anfang der Trosse wieder im Boot hätten; er müsse das wissen, denn sie würden später ja beide Enden der Trosse benötigen. Nach dieser Instruktion ließ sich der Seemann wieder ins Wasser gleiten und schwamm noch einmal zu dem Schiff hinüber. Er fettete den Ring gründlich ein, und die im Boot zogen an dem dünnen Seil, bis sie das Vorderende der Trosse zu fassen bekamen. Die Spindel wurde durch die auslaufende Trosse gesteckt, und als dieser sperrige Eisenstift zu dem Ring gelangte, kam er nicht hindurch, und dem gewieften Seemann war klar, daß das Vorderende der Trosse sich bereits wieder im Boot befand. Nun schien ihm der Zeitpunkt gekommen, sich mit seinen Helfern auf den Rückweg zu machen. Kaum waren sie wieder auf festem Boden, da wickelten sie das eine Ende der Trosse um die Trommel ihrer Winde und verknoteten es; das andere Ende befestigten sie an einem großen Lastkahn, der langgestreckt und geduckt wie ein Wal in den Wellen lag. Dieses Fahrzeug hatte er schon zuvor randvoll mit Holz und Kienteer beladen und dann eine Menge Öl über die gesamte Fracht geschüttet, damit das Zeug rasch Feuer fange. Sie warfen ein Glutscheit hinein und warteten, bis das Ganze richtig zu lodern begann. Dann begaben sich hundert Mann an das riesige Drehkreuz, das waagrecht auf dem stehenden Zylinder der Winde lag, und fingen an, diesen Göpel mit vereinter Wucht ins Kreisen zu bringen. Und die rasche Drehung der Winde gewann eine solche Kraft, daß der Kahn, nachdem er kaum losgefahren war, auch schon an der Flanke des Schiffes klebte, so lichterloh brennend, daß die gewaltigen Flammen alsbald auf das Flaggschiff übergriffen, mit einer solch rasenden Gewalt, daß nichts auf der Welt vermocht hätte, diese Feuersbrunst zu löschen. Die Leute auf dem Schiff waren nur noch auf eines bedacht: sich schnellstens auf den Rettungsbooten in Sicherheit zu bringen. Manche stürzten sich ins Meer, um schwimmend eines der anderen Schiffe zu erreichen. Es war freilich unvermeidlich, daß viele, die nicht mehr rechtzeitig von Bord kamen, in den Flammen verendeten; und nicht wenige wurden im Schlaf vom Feuer überrascht.

Die droben auf der Burg Wache hielten, rannten zum Schlafgemach des Großmeisters, um ihm zu melden, welch gewaltiger Brand unter den Schiffen der Genuesen ausgebrochen sei. Der Großmeister stand auf und bestieg einen Turm. Als er die Feuersbrunst gewahrte, sagte er:

»Bei Gott, ich glaube, da hat wohl Tirant die Hand im Spiel; denn erst heut abend sagte er mir, er wolle doch mal sehen, ob es nicht möglich sei, bei den Schiffen der Genuesen für ein bißchen Festbeleuchtung zu sorgen.«

Sobald es tagte, holte Tirant dreitausend Dukaten und gab sie dem Seemann; außerdem schenkte er ihm ein mit Zobel verbrämtes Seidengewand und ein Brokatwams. Der Matrose dankte ihm vielmals für diese Gaben und war hochzufrieden.

Als der Sultan das ausgebrannte Schiff sah, sagte er:

»Was für Teufelskerle sind das bloß? Sie scheuen keine Todesgefahr, brausen mit prallen Segeln mitten durch die Menge von Schiffen, die im Hafen liegen, und haben der Stadt Proviant gebracht. Jetzt, nachdem sie mit dem Flaggschiff angefangen haben, werden sie gewiß weitermachen und alle anderen Schiffe ausräuchern. Die Genuesen haben ja keine Ahnung, wie das geschehen konnte. Es ist schon sehr verwunderlich, daß keiner irgend etwas gemerkt hat und niemand weiß, wie es vor sich ging.«

Beim Brand auf dem Schiff war auch die Schlepptrosse verbrannt, die den Lastkahn mit dem großen Segler verkoppelt hatte. Und den Rest der Trosse holten sie mit der Winde ein. Die Feinde konnten sich also nicht erklären, wie der Kahn schnurstracks auf das Flaggschiff zugesaust war, ausgerechnet auf dieses Schiff und kein anderes.

Wenig später ließ der Sultan sämtliche Kommandeure sowohl der See- als der Landstreitkräfte zusammenrufen. Er berichtete ihnen diesen katastrophalen Zwischenfall und erzählte ihnen auch von dem Geschenk, das ihm der Großmeister hatte zukommen lassen, um ihm darzutun, wie reichlich die Stadt nun mit allen erforderlichen Vorräten versehen sei. Noch aussichtsloser erscheine die Lage, so fuhr der Sultan fort, wenn man bedenke, daß der Winter unmittelbar bevorstehe und sie schon jetzt zu spüren begännen, wieviel Unannehmlichkeiten die frostigen Winde und ständigen Regengüsse mit sich brächten. Er habe deshalb beschlossen, die Belagerung aufzuheben und heimwärts zu fahren; doch im nächsten Jahr werde er wieder herkommen.

Unverzüglich befahl er, im Lager zum Aufbruch zu blasen, auf den Schiffen die Segel zu hissen und das Kap im Norden der Insel anzusteuern; denn dort wolle er sein ganzes Kriegsvolk sammeln und einschiffen lassen. Und so geschah es.

Als das Heerlager abgebrochen war, stob die ganze Masse der Moslems ohne jede Ordnung davon, gejagt von der Angst, die Krieger in der Stadt könnten einen Ausfall machen. Eine solche Hast herrschte unter den Sarazenen, daß sie, als ein Roß sich in der allgemeinen Aufregung losriß, ins offene Gelände entrann und auf die Stadt zusprang, nicht einmal mehr den Schneid hatten, das Tier zu verfolgen, das seine Freiheit genoß und sich nicht einfangen ließ.

Sobald Tirant erkannte, daß die Sarazenen aufbrachen und davonzogen, legte er seine Rüstung an und rückte mit all seinen Leuten vor die Stadt, bis dorthin, wo die Feinde ihr Lager hatten; und da legten sie Feuer an die Baracken, damit die Moslems, wenn sie wiederkommen sollten, ihre liebe Mühe mit dem Wiederaufbau hätten. Und als sie eben damit fertig waren, kam das Roß in ihre Nähe, und sie fingen es ein. Tirant freute sich von Herzen über diese Beute.

In der folgenden Nacht zelteten die Sarazenen am Ufer eines Was-

serlaufes. Am Morgen dann zäumte Tirant, gleich nach der Messe, das erbeutete Roß, legte ihm den Sattel auf, einen Sattel mit langen Steigbügelriemen, und holte sich eine Armbrust von besonderer Bauart, die es einem Reiter ermöglicht, während des Ritts mit Hilfe eines Schwenkhebels die Sehne zu spannen. Ein ganzes Bündel vergifteter Pfeile steckte er in den Köcher. Eine kurze Lanze in der Hand, ritt er los, ganz allein, zur Stadt hinaus. Er wollte nachsehen, ob die Moslems ihren Rastplatz verlassen hätten, und erklomm zu diesem Zweck einen Berg. Da gewahrte er, daß die ganze Menge der Feinde eilig davonströmte, dem Meer entgegen. Er spähte nach allen Seiten und sah auf dem Weg, den das abziehende Sarazenenheer eingeschlagen hatte, weit hinter der sich entfernenden Masse, einen schwer beladenen Maulesel dahinzockeln, begleitet von achtzehn Männern. Der Trupp hatte sich verspätet, weil das Saumtier in ein Schlammloch abgerutscht war.
Als Tirant sah, daß sie weitab von den übrigen waren und von den Vorausziehenden nicht gesehen werden konnten, einer kleinen Anhöhe wegen, die sich zwischen den Nachzüglern und der großen Horde befand, gab er dem Roß die Sporen und preschte auf sie zu, wobei er erkannte, daß es wirklich Sarazenen waren, und zugleich feststellte, daß keiner eine Armbrust trug, alle hingegen mit Lanzen und Schwertern bewaffnet waren.
›Ich kann nicht umhin‹, sagte sich Tirant, ›ich muß wenigstens den einen oder anderen von diesen Hundesöhnen töten.‹
Er pflanzte die Lanze, die er trug, in den Erdboden, griff nach der Armbrust, legte einen vergifteten Pfeil auf und ritt so nahe an die Moslems heran, daß sie in seiner Schußweite waren. Er zielte auf einen derselben und traf ihn an der Flanke derart, daß er keine dreißig Schritte mehr gehen konnte, ehe er tot zusammenbrach. Tirant gab seinem Tier die Sporen, entfernte sich ein wenig, spannte die Armbrust, legte einen neuen Pfeil auf, preschte wieder den Feinden entgegen, schoß auf einen, und der starb auf der Stelle. Alle Mann wollten sich nun auf ihn stürzen. Er spornte sein Roß, und sie vermochten es nicht, ihn einzuholen. Auf diese Weise streckte er acht Moslems nieder, die teils tot, teils schwer verwundet liegen blieben; die übrigen kümmerten sich nicht um sie, sondern waren

nur noch bestrebt, sich möglichst schnell aus dem Staub zu machen. Und wenn Tirant soviel Pfeile gehabt hätte, wäre es ihm ein leichtes gewesen, alle mit dieser Taktik zu vernichten, auch wenn es hundert Mann gewesen wären. Er näherte sich denen, die noch am Leben waren, und rief ihnen zu, sie sollten sich ergeben. Und sie kamen zu dem Schluß, daß es wohl besser für sie wäre, in die Gefangenschaft zu gehen, statt standhaft auf der Heerstraße zu sterben; denn es war ihnen klar, daß sie sich seiner nicht erwehren konnten und keine Hilfe zu erwarten hatten. Einmütig erklärten sie also nach kurzer Beratung, daß sie froh seien, sich ergeben zu können. Tirant sagte:
»Werft alle Waffen auf den Boden.«
Als sie sich derer entledigt hatten, befahl er ihnen, sie sollten sich umdrehen und ein Stück zurückgehen, und er selbst postierte sich zwischen den Sarazenen und ihren Waffen. Dann gebot er einem von ihnen, einen Strick zu nehmen und allen anderen die Hände auf den Rücken zu binden und ihre Arme bis über die Ellbogen zu verschnüren.
»Wenn du sie ordentlich fesselst«, versprach er, »so daß keiner den Strick lösen kann, werde ich dich freilassen und ungefährdet dorthin bringen, wo der Sultan mit all seinen Leuten ist.«
Um seine Freiheit zu erlangen, fesselte der Moslem seine Gefährten mit großer Sorgfalt. Tirant und er nahmen den Maulesel, der mit lauter Geld und kostbaren Kleinodien beladen war, in ihre Mitte, und alle machten sich auf den Weg zur Stadt.
Mit seiner ganzen Beute zog Tirant durch das Tor und traf den Großmeister auf dem Stadtplatz, umgeben von vielen Ordensrittern, die mit dem Essen gewartet hatten, bis er käme. Als der Großmeister ihn ganz allein mit zehn Gefangenen dahertraben sah, traute er seinen eigenen Augen nicht; auch alle anderen staunten, welch kühner Taten dieser Ritter fähig war.
Sobald sie gespeist hatten, ließ Tirant eine Brigg bemannen und schickte sie auf eine Erkundungsfahrt; denn er wollte Gewißheit haben, ob der Sultan und sein Kriegsvolk wirklich abzögen und wo die Feinde sich derzeit befänden. Kaum war die Brigg ausgelaufen, da schenkte er dem einen Sarazenen ein Seidengewand und verschaffte ihm die Möglichkeit, zur Türkei hinüberzufahren, getreu

dem Versprechen, das er ihm gegeben hatte. Viele Mannen aus der Stadt begaben sich derweilen hinaus an den Ort, wo das Scharmützel stattgefunden hatte, und dort trafen sie noch ein paar Sarazenen lebend an. Denen gaben sie den Tod, dann lasen sie die Waffen auf, die sie herumliegen sahen, und kehrten damit heim zur Stadt.

Noch am selben Tag kam die Späherbrigg zurück und brachte die Kunde, daß der Sultan bereits an Bord gegangen sei und sämtliche Pferde der Feinde auf den Schiffen verstaut worden seien. Tirant bat den Großmeister, ihm zwei oder drei geländekundige Männer als Wegführer zur Verfügung zu stellen, denn er wolle heute nacht den Sarazenen einen Besuch abstatten. Viele Leute rieten ihm davon ab und meinten, er solle sich nicht in eine Unternehmung stürzen, die anderer Leute Sache sei. Aber er hatte es sich in den Kopf gesetzt, den Ort der Einschiffung aufzusuchen; er sammelte fünfhundert Mann um sich und ritt mit ihnen die ganze Nacht hindurch. Schließlich lagerten sie sich auf einer Anhöhe, ohne daß sie von irgendwem gesehen worden wären. Von diesem Berg aus konnten sie genau beobachten, wie eilig es die Sarazenen hatten, den Boden der Insel zu verlassen. Als Tirant erkannte, daß nicht mehr als ungefähr tausend Mann an Land waren, brach er mit den Seinigen aus dem Gestrüpp und fiel mit solch wildem Ungestüm über die Moslems her, daß es ein großes Gemetzel unter diesen gab. Der Sultan, der von ferne wahrnahm, wie seine Leute in einem Blutbad untergingen, geriet vor Verzweiflung völlig außer sich. Er schickte Beiboote, in die sich die Bedrängten flüchten könnten. Doch nur wenige gelangten hinein. Die meisten wurden erschlagen oder ertranken beim Versuch, sich durch Flucht übers Wasser zu retten.

Angesichts dieser Katastrophe befahl der Sultan, sofort die Segel zu hissen und die Heimat anzusteuern. Als die Sarazenen in ihr eigenes Land gelangten, wurde den großen Herren, die zu Hause geblieben, haarklein berichtet, wie es zu dieser vorzeitigen Heimkehr gekommen war. Daraufhin versammelten sich all diese Potentaten, um gemeinsam den Sultan aufzusuchen. Im Namen aller ergriff ein Oberkadi als erster das Wort und hielt die folgende Standrede.

KAPITEL CVII[a]

Wie der Sultan von seinen eigenen Vasallen zu einem schmachvollen Tod verurteilt wurde

»O du Betrüger, der du die heilige Sache unseres Propheten Mohammed verraten hast! Du Vergeuder unserer Schätze, Verderber des edlen Heidenvolkes, Fronknecht verruchter Fleischeslust, Liebhaber der Feigheit! Vor den Unwissenden blähst du dich auf und umgibst dich mit einem erlogenen Glorienschein; wenn es zu kämpfen gälte, läufst du davon und scherst dich keinen Deut um das Gemeinwohl! Linkisch und achtlos hast du deine verpfuschten Unternehmungen in Angriff genommen, zum Schaden und zur Schande von uns allen! Mit schmutziger und roher Hand bist du zu Werke gegangen, hast mit falscher Zunge deine Tölpeleien beschönigt und jene edle Insel Rhodos preisgegeben, ohne vorher den Rat kluger Ratgeber einzuholen. Eines einzigen Schiffes wegen hat dein schlappes Herz allen Mut verloren. O du erbärmlicher, knieweicher Ritter! Unfähig, dem Feind die Stirn zu bieten, ständig fluchtbereit, bist du als Oberherr von zwölf gekrönten Königen zum bloßen Popanz geworden, obwohl deine Vasallen stets in Treue und Gehorsam zu dir gehalten haben. Du hast dich zum Komplizen der hinterhältigen Absichten deiner engsten Verwandten gemacht und steckst unter einer Decke mit jenen vorgeblichen Christen, den Genuesen, die mit keinem Erbarmen haben und niemanden lieben, weil sie weder Muslime noch Christen sind. Man könnte meinen, du selbst seist an der verpesteten Küste Genuas geboren; und deine Schandtaten stempeln dich zum Schurken, der dazu verdammt ist, eines schmachvollen Todes zu sterben.«

Auf der Stelle wurde er verhaftet und in den Löwenzwinger geworfen, wo er kläglich verendete. Daraufhin wurde ein neuer Sultan gewählt. Und dieser erteilte, um sich als leidenschaftlicher Verfechter des Gemeinwohls zu zeigen, sogleich den Befehl, sämtliche verfügbaren Schiffe zu versammeln und gemeinsam mit den Galeeren der Genuesen eine große Kriegsflotte zu bilden, die imstande wäre, das ganze Heer, das von Rhodos heimgekehrt war, und eine Menge weiterer Truppen aufzunehmen und nach Griechenland zu befördern. Und was er gebot, das geschah. Auch der Großtürke wurde zur Teilnahme an dem Kriegszug aufgefordert. Der nahm diese Einladung bereitwillig an und stieß mit einer gewaltigen Masse von Kriegern zu Fuß und zu Pferde hinzu. Beide Heere zusammen ergaben eine Streitmacht von hundertsiebzehntausend Ungläubigen. Sie zogen unter zwei verschiedenen Fahnen ins Feld. Auf blutrotem Grund präsentierte die eine das Bild des Kelchs und der Hostie; denn weil Genuesen und Venezianer den Kelch und die geweihte Hostie verpfändeten, tragen sie das Zeichen dieses Verrats auf ihren Fahnen. Die andere Flagge war aus grüner Seide, bestickt mit goldenen Lettern, welche die Parole verkündeten: »Wir sind die Rächer des seligen Ritters Fürst Hektor von Troja.«

Gleich beim ersten Anlauf ihres Überfalls auf Griechenland eroberten sie viele Ortschaften und Burgen, raubten sechzehntausend kleine Kinder und ließen diese allesamt in die Türkei und in das Land des Sultans verschleppen, damit man sie dort aufziehe und ihnen die mohammedanische Irrlehre eintrichtere. Viele Frauen und Jungfrauen, die ihnen in die Hände fielen, wurden zu lebenslänglicher Gefangenschaft verurteilt.

Die Insel Rhodos jedoch war befreit und blieb verschont vom sarazenischen Joch.

Als die Bewohner Zyperns erfuhren, daß die Flotte des Sultans den Hafen der Stadt Famagusta verlassen hatte, beluden sie eiligst viele Schiffe mit Weizen, Ochsen, Hammeln und sonstigen Nahrungsmitteln und schafften all diese Fracht nach Rhodos hinüber, um denen zu helfen, die dort, wie man hörte, so furchtbar unter dem Hunger zu leiden hatten. Auch aus vielen anderen Gegenden kamen Hilfslieferungen, und binnen kurzem waren die Stadt und die Insel so reichlich mit allem Nötigen eingedeckt, daß sämtliche alten Leute sagten, sie hätten es noch nie erlebt oder von ihren Vorfahren gehört, daß es auf der Insel Rhodos je einen solchen Überfluß gegeben habe.

Wenige Tage nach dem Abzug des Sultans landeten zwei venezianische Galeeren im Hafen, die mit Weizen beladen waren und Pilger mitbrachten, welche sich auf der Fahrt zum Heiligen Grab in Jerusalem befanden. Als Tirant dies erfuhr, suchte er den König und Phi-

lipp auf, um ihnen diese Neuigkeit mitzuteilen, über die sich alle drei von Herzen freuten. Der König sagte daraufhin zum Großmeister:
»Herr, da es der Güte Gottes gefallen hat, diese Galeeren hier landen zu lassen, wollen wir weiterreisen, um ans Ziel unserer heiligen Fahrt zu gelangen, wenn Ihr so freundlich seid, uns dies zu gestatten.«
Der Großmeister antwortete:
»Liebe Herren, es wäre für mich ein großes Glück, wenn Euer Gnaden geruhen wollten, hier noch länger zu verweilen, wo Ihr ganz nach Eurem Belieben schalten und walten könntet, wie im eigenen Hause. Auch die Entscheidung über das Gehen und das Bleiben liegt ganz in Eurer Hand, denn ich habe nur das zu tun, was Ihr, hohe Herren, mir zu gebieten geruht, und es ist mein innigster Wunsch, Euch mit Leib und Seele dienstbar zu sein.«
Der König dankte ihm herzlich für diese Worte. Der Großmeister aber versammelte die Ritter seines Ordens im Kapitelsaal und sagte ihnen, daß es ihm geboten scheine, Tirant, der soeben um die Erlaubnis zur Abreise gebeten habe, eine Entschädigung zu bieten, ihm den Weizen zu bezahlen und auch die Kosten des Schiffes zu ersetzen, das er ruiniert habe, als er es auf den Sand setzte, um ihnen Hilfe zu leisten. Und alle Ritter gaben zur Antwort, daß Seine Hoheit recht habe und dem Bretonen großzügig sämtliche Unkosten ersetzt werden sollten, auf deren Begleichung er Anspruch habe. Ja, noch viel mehr müsse man ihm geben. Und gemeinsam beschlossen sie, daß der Großmeister morgen, mitten auf dem großen Platz und in Gegenwart aller, ihm ihr Angebot vortragen solle.
Am Morgen des nächsten Tages ließ der Großmeister alle Tore der Stadt schließen, damit keiner hinauskönne und jedermann sich einfinde zu dem öffentlichen Gespräch zwischen ihm und Tirant. Er ließ den gesamten Schatz des Ordens hinuntertragen und in der Mitte des Platzes aufhäufen. Dann bat der Großmeister den König von Sizilien, er möge kommen und den Schatz in Augenschein nehmen. Gemeinsam mit Philipp folgte der König dieser Bitte. Und als alle versammelt waren, hielt der Großmeister folgende Rede.

KAPITEL CVII[b]

Das Angebot, das der Großmeister von Rhodos Tirant machte, um ihm seine Hilfeleistungen zu vergüten

Einzige Hoffnung der bedrängten Stadt, Nachfolger und Blutserbe der großherzigen Ritterlichkeit von einst, o du, Tirant lo Blanc – du solltest zu Häupten der Edlen die Krone und das Zepter königlicher Macht tragen und herrschen über das Heilige Römische Reich; deine tugendhaften Werke und unvergleichlichen Waffentaten erweisen, daß dir diese Würde gebührt und keinem anderen. Du hast unseren Orden befreit und damit den Tempel Salomons vor dem endgültigen Untergang bewahrt. Du bist der Trost gewesen, die wahre Heilkraft, die uns alle gesunden ließ; denn lange, lange haben wir gelitten unter entsetzlichem Hunger und Durst, unter den Schmerzen und Mühsalen all des Elends, das unserer Sünden wegen über uns gekommen ist. Und allein durch dich haben wir den Weg der Errettung und der Freiheit gefunden; denn all unsere Hoffnung war schon dahin, und wenn du nicht erschienen wärst an jenem Segenstag, wäre unsere Stadt und diese Bruderschaft von Christen gänzlich vernichtet worden. Wem also stünde die triumphale Siegerehre zu, wenn nicht dir, der du der Beste aller Ritter bist? Deinem edelmütigen Beistand sind wir zu ewigem Dank verpflichtet; denn all diese Menschen, die du hier versammelt siehst, waren bereits dem Verderben verfallen. Wären Stadt und Festung verlorengegangen, so wäre auch das Volk verloren gewesen, alle Besitzungen und Reichtümer dieser Leute mitsamt ihren armen, unters Joch unaufhörlicher Knechtschaft gezwungenen Leibern. Gesegnet sei die Stunde, da du kamst, den Hungernden zu helfen und sie zu trösten mit der Labsal reichlicher Speise; denn für uns alle gab es keine Hoffnungen mehr, außer der einen: für den Glauben Jesu Christi zu sterben! Oh, welch unvorstellbares Leid hätte uns heimgesucht, wenn wir in die Sklaverei verschleppt worden wären für immer! Wem also schulden wir den Lobpreis für unsere glückhafte Befreiung? Wer wird unser Schirmherr und unsere sichere Schutzwehr sein, wenn die bösartigen, gewissenlosen Ungläubigen noch einmal hierher kommen? So vielfäl-

tig waren die Gefahren, die uns bedrohten, so bitter die Qualen, die wir durchlitten haben, daß uns noch immer vor Angst die Knochen zittern und unsere Eingeweide keine Ruhe finden. Nie hat es ein größeres Elend gegeben, und selbst die heiligen Märtyrer hatten keine Pein zu ertragen, die schlimmer gewesen wäre als die unsrige, da ja das Sterben das gemeinsame Schicksal aller ist und rasch vorübergeht, indem es allem Übel ein Ende macht. Deshalb, tapferer Ritter, bitten wir dich herzlich, ich und der ganze Orden, daß du bereitwillig deine großmütige, siegreiche Hand ausstreckst, sie auf unseren Schatz legst und dir davon nimmst, was immer dir beliebt, auch wenn dies alles kein hinreichender Lohn für deine einzigartige Leistung ist. Denn deine mannhafte Tugend ist außerstande, etwas zu tun, das uns mißfallen würde; und wir wissen nicht, wir haben nicht, womit wir dir die Ehre und die selbstlose Barmherzigkeit vergelten könnten, die du uns in unserer Drangsal erwiesen hast. Unzulänglich ist alles, was wir dir bieten, wenn man bedenkt, in welch große Gefahr du dich uns zuliebe begeben hast; wie du Leib und Leben für uns riskiert hast, als du kühnen Mutes die verwegensten Waffentaten wagtest. Nie und nirgends ließest du dich als trägen Ritter sehen, obwohl du dich ohne weiteres all den Schlachten und Gefechten zu Land wie zur See hättest entziehen können. Nicht umsonst sagt man ja: ›Nur der wird ein wahrer Ritter geheißen, den Rittertaten als Ritter erweisen; als Edelmann wird nur der Mann behandelt, der stets mit Edelmut handelt und wandelt; was adelt den Adel, ist nicht der Zobel, sondern das Tun ohne Tadel, das nennt man nobel.‹ – Nun denn, Tirant, lieber Herr, gönne deinen wackeren Reckenhänden, was diese Bruderschaft dir darbietet. Greif zu mit offenen Händen. Je mehr du nimmst von unserem Schatz, desto größer ist die Freude, die du uns machst.«
Mit dieser Aufforderung beendete er seine Rede. Ohne Zögern antwortete ihm Tirant in einer Tonart, welche die folgenden Worte erweisen.

KAPITEL CVIII

Wie Tirant auf das Angebot des Großmeisters von Rhodos antwortete und hernach von der Insel abfuhr, um in Gesellschaft Philipps und des Königs von Sizilien zum Heiligen Grab zu reisen

Das Ihr sagt, erinnert mich an die Aufgabe, die den Propheten und glorreichen Asketen Johannes den Täufer dazu trieb, in die Welt hinauszuziehen: die Ankunft unseres Herrn und Heilands zu verkündigen. Mit der Erlaubnis Gottes bin ich zu ähnlichem Zweck hierher gekommen, festen Glaubens und mit dem Vorsatz, Eurer ehrwürdigen Hoheit und dem ganzen Orden Hilfe zu bringen und Euch beizustehen. Anlaß zu diesem Entschluß war ein Brief, den ich in den Händen des glücksgesegneten, allerchristlichsten Königs von Frankreich sah; ein Schreiben, das ihm von Euer Hochwürden zugesandt worden war. Und ich bin der göttlichen Majestät unendlich dankbar für die große Ehre und Barmherzigkeit, die er mir damit erwiesen hat, daß er mich heil und ganz hier landen ließ, gerade zur rechten Zeit, als Hilfe am nötigsten war; dankbar auch dafür, daß es mir vergönnt war, den hohen Ruhm auf Erden zu erlangen, daß mittels meiner Person diese heilige Bruderschaft befreit worden ist. Die Ehre, die mir zuteil geworden, ist Lohn genug für alle Mühen und ersetzt mir sämtliche Ausgaben. Was verdienstlich daran war, wird mir, so hoffe ich, Gott unser Herr in der anderen Welt vergelten. Darum will ich zu Ehr, Lob und Preis unseres Herrn und Meisters Jesus Christus und des Täufers Johannes, des Schirmherrn und Verteidigers dieser Insel, der bei der Gründung dieses geistlichen Ordens zu seinem Namenspatron berufen worden ist, auf jede Entschädigung von Eurer Seite verzichten. Was mich betrifft, habe ich nur eine Bitte: daß Ihr, wenn es an der Zeit ist, täglich eine Messe singt für die Ruhe und das Heil meiner Seele. Außerdem möchte ich Euch ersuchen, gütigst anzuerkennen, daß die Bevölkerung dieser Stadt mir nichts schuldet für all die verteilten Waren, das Korn, das Mehl und die übrigen Kleinigkeiten. Die Leute haben nichts dafür zu bezahlen. Seid so gut, Herr, eine Regelung in diesem Sinn zu akzeptieren.«

»Tirant, lieber Herr«, sagte der Großmeister, »das geht nicht, ich kann Euch nicht in allem willfahren. Ihr müßt zugreifen mit Eurer wohltätigen Hand, müßt all das nehmen, was Euch zusteht. Sonst würden wir niemals wieder einen finden, der uns hilft, wenn irgendwann die Sarazenen wiederkommen. Auf der ganzen Welt würde die Nachricht von Mund zu Mund gehen, daß Ihr in Eurer Großherzigkeit hierher geeilt seid, um uns zu unterstützen, daß Ihr Euer Schiff zuschanden gefahren und die ganze Stadt mit Nahrung versorgt habt, ohne je ein Entgelt dafür zu erhalten. Wer hätte da noch Lust, uns beizuspringen? Deshalb flehe ich Euch an: Seid so gütig und nehmt aus unserem Schatz, was und soviel Ihr wollt.«
»Sagt, hochwürdiger Herr«, entgegnete Tirant, »wer kann es mir verwehren, wenn ich aus Liebe zu Gott all meine Habe verschenken will? Eure Hoheit sollte mich nicht für einen Menschen halten, dem es zuzutrauen wäre, daß er jammernd durch die Welt läuft und sich nachträglich über Euren Orden beklagt. Die Ehre und der Lohn, die im Himmel gutgeschrieben werden, sind mir wichtiger als alle Schätze dieser Welt. Glaubt mir, daß ich auch nicht zu denen gehöre, die später etwas behaupten, das nicht der Wahrheit entspricht. Um Eure Hoheit zu beruhigen, lege ich, vor den Augen all der hier anwesenden Zeugen, meine beiden Hände auf den Schatz, zum Zeichen dafür, daß wir quitt sind und alles, was ich hergebracht habe, zu meiner Zufriedenheit entgolten ist.«
Er befahl den Herolden, lauthals kundzutun, daß er die Gunst des Herrn Großmeister und seines ganzen Ordens als vollgültigen, hoch befriedigenden Lohn betrachte und freudigen Herzens dem Volk den Weizen, das Mehl und all die anderen Dinge geschenkt habe, weshalb er wünsche, daß niemand auch nur das Geringste dafür bezahle.
Unzählig waren die Lobpreisungen und Segenswünsche, mit denen das Volk von da an tagtäglich Tirant bedachte. Nachdem die Ausrufer ihres Amtes gewaltet hatten, bat Tirant den Großmeister, mit ihm zu Tisch zu gehen. Und als es dunkelte, verabschiedeten sich der König, Philipp und Tirant von dem Großmeister und begaben sich an Bord eines der Schiffe aus Venedig. Nur sehr wenige ihrer Leute nahmen sie mit, alle anderen ließen sie auf Rhodos. Doch

Diafebus, als Verwandter Tirants, wollte nicht zurückbleiben; auch Tenebros nicht, der hartnäckig darauf bestand, Philipp als Diener zu begleiten.
Drei Tage und drei Nächte wurden die Seefahrer von einem ordentlichen Sturm gebeutelt. Danach hatten sie einen so günstigen Wind, daß sie binnen weniger Tage zum Hafen Jaffa gelangten; und als sie von dort weiterfuhren, segelten sie bei sanftem Wind über eine ruhige See und erreichten wohlbehalten eine Anlegestelle in der Nähe von Beirut. Dort stiegen alle Pilger aus und dingten sich gute Führer, jeweils für zehn Reisende einen Wegekundigen. Wie sie dann in Jerusalem wieder beisammen waren, verweilten sie dort vierzehn Tage, um all die heiligen Stätten zu besuchen. Und als sie Jerusalem verließen, machten sie sich auf den Weg nach Alexandria, wo sie die venezianischen Galeeren vorfanden, neben vielen anderen christlichen Schiffen.
Eines Tages nun, bei einem Gang durch die Stadt, begegneten der König und Tirant einem christlichen Sklaven, der heftig weinte. Als Tirant den jämmerlichen Zustand dieses Mannes bemerkte, sprach er ihn an.
»Freund, sag mir doch bitte, was dich so bekümmert. Du tust mir leid, und wenn ich dir irgendwie helfen kann, tue ich's herzlich gern.«
»Es hat keinen Sinn, darüber viele Worte zu verlieren«, sagte der Sklave. »Auch wenn ich's Euch sage, werde ich doch weder bei Euch noch bei sonstwem Rat oder Hilfe finden. Mein Schicksal ist es, daß ich seit zweiundzwanzig Jahren in Gefangenschaft bin, als Opfer meines Mißgeschicks. Ich lechze mehr nach dem Tod als nach dem Leben. Weil ich meinem Gott und Schöpfer nicht abschwören will, kriege ich sattsam Prügel und kaum etwas zum Nagen.«
Tirant antwortete:
»Ich meine es gut mit dir und bitte dich deshalb, mir zu sagen, wie er heißt und wo er wohnt, dieser grausame Mensch, der dich derart versklavt.«
»In dem Haus da drüben«, sagte der Gefangene, »dort werdet Ihr ihn finden, diesen Kerl, der mit Ruten in der Hand mich erwartet, um mir mit Hieben den Rücken zu enthäuten.«

Flüsternd bat Tirant den König, ihm zu gestatten, daß er das Haus dieses Sarazenen betrete; und der König stimmte seinem Vorhaben zu. Tirant aber sagte dem Sarazenen, der Sklave, den er halte, sei ein Verwandter von ihm; und er fragte ihn, ob er bereit sei, ihn zu verkaufen oder freizulassen gegen ein Lösegeld. Der Sarazene erklärte, daß er nicht abgeneigt sei. Sie kamen überein, daß er fünfundfünfzig Golddukaten erhalten solle, und Tirant bezahlte diese Summe auf der Stelle. Dann fragte er den Mann, ob er andere Sarazenen kenne, die christliche Sklaven hätten; denn gegebenenfalls wolle er diese freikaufen. Das sprach sich in ganz Alexandria herum. Und jeder, der einen solchen Gefangenen hatte, brachte ihn zu der Händlerherberge, in der Tirant sein Quartier hatte. Und innerhalb von zwei Tagen erlöste Tirant vierhundertdreiundsiebzig Gefangene, und hätte es noch mehr gegeben, so hätte er noch mehr befreit. Sein gesamtes Gold- und Silbergeschirr sowie sämtliche Juwelen, die er bei sich hatte, verkaufte er, um diesen Sklaven zur Freiheit zu verhelfen. Er ließ die Freigekauften auf den Galeeren und sonstigen Schiffen unterbringen und nach Rhodos befördern.
Als der redliche Großmeister erfuhr, daß der König und Tirant kämen, ließ er im Hafen eine große hölzerne Brücke bauen, die vom Kai bis zu den Galeeren führte und ganz mit Planen aus Seide überdacht und ausgeschlagen war. Bei der Ankunft gab sich der König von Sizilien jedermann zu erkennen. Der Großmeister betrat das Schiff, geleitete den König, Philipp und Tirant an Land, brachte sie hinauf zur Burg, wo er sie beherbergen wollte, und sagte zu ihnen:
»Liebe Herren, in den Tagen der Not habt ihr mir zu essen gegeben; jetzt, in den Tagen des Wohlstands, werdet ihr bei mir essen, wenn es euch beliebt.«
Und alle drei stimmten freudig zu.
Kaum befand sich Tirant wieder auf Rhodos, da ließ er viele Stoffballen kaufen und befahl, daraus Kleider zu schneidern, um all die befreiten Gefangenen mit Mänteln, Leibröcken, Wämsern, Hosen, Schuhen und Hemden zu versorgen. Dann ließ er sie die gelben Hemden ausziehen, die sie trugen, und schickte diese in die Bretagne, damit man sie dort nach seinem Tode in seiner Kapelle auf-

hänge, neben den vier Wappenschilden der vier Ritter, die er besiegt hatte. Als der Großmeister erfuhr, was Tirant getan hatte, sagte er zum König, zu Philipp und zu allen, die um ihn waren:

»Wahrlich, ich glaube, wenn Tirant lange genug lebt, ist er imstand, die Welt zu regieren. Er ist freigebig, kühn und klug, findiger als jeder andere. Ich versichere euch, wenn unser himmlischer Herr mir ein Kaiser- oder Königreich anvertraut hätte und ich eine Tochter besäße, würde ich sie so schnell wie möglich Tirant zur Frau geben, lieber als jedem Prinzen der Christenheit.«

Der König nahm mit wachen Ohren die weisen Worte des Großmeisters auf, und von da an war er fest entschlossen, sobald er wieder in Sizilien wäre, Tirant mit seiner Tochter zu vermählen.

Als die Kleider für die Freigekauften fertig waren und die Galeeren sich zur Weiterfahrt rüsteten, versammelte Tirant all die ehemaligen Sklaven und lud sie zu einem Essen ein. Nach dem Mahl sprach Tirant zu ihnen die folgenden Worte.

KAPITEL CIX

Wie Tirant die Sklaven lossprach,
die er in Alexandria gekauft hatte,
und wie man nach der Heimkehr des Königs der Sizilianer
die Heirat Philipps mit der Königstochter
in die Wege leitete

Meine Freunde, teure Brüder meines Herzens! Noch nicht viele Tage ist es her, daß ihr gefangengehalten wart, unterjocht von der Gewalt der Ungläubigen, gefesselt mit schweren Ketten. Jetzt, dank der Gnade der göttlichen Majestät und durch meinen Einsatz seid ihr in dieses Land der Verheißung gekommen, als freie Männer, ledig aller Bande, entronnen jedem Zwange; denn ich überlasse es nunmehr jedem von euch, gemäß seinem freien Willen zu entscheiden, ob er gehen oder bleiben will. Alle diejenigen, die den Wunsche haben, mich künftig zu

begleiten, sind mir herzlich willkommen. Wer in dieser Stadt bleiben will, kann dies ohne weiteres tun; und wer anderswohin reisen möchte, der soll es mir sagen, und ich werde ihm das erforderliche Geld für die Deckung der Fahrtkosten geben.«
Als die Freigelassenen diese Worte des tapferen Tirant vernahmen, waren sie innig befriedigt und gerieten vor Freude fast außer sich. Alle warfen sich nieder vor ihm, um seine Füße und dann die Hände zu küssen. Doch Tirant wollte das keineswegs zulassen. Und er gab einem jeden soviel aus seinem Beutel, daß sich alle als Glückspilze vorkamen.
Als die Galeeren fahrtbereit waren, wohlversehen mit allem Nötigen, nahmen der König, Philipp und Tirant Abschied von dem ehrwürdigen Großmeister und allen Rittern der geistlichen Bruderschaft. Und während man sich Lebewohl sagte, fragte der Großmeister den tapferen Tirant noch einmal eindringlich, ob er sich nicht doch das ruinierte Schiff und den Weizen bezahlen lassen wolle. Aber Tirant wies mit liebenswürdiger Freundlichkeit dieses Ansinnen zurück, indem er bat, es ihm nicht zu verargen, daß er nichts annehmen wolle.
Als alle Reisenden sich an Bord der Galeeren befanden, wurden die Segel gehißt; und das Wetter war so heiter, der Wind so günstig, daß sie binnen kurzem zur östlichen Landspitze der Insel Sizilien gelangten. Die Freudenbekundungen, welche die Sizilianer zur Feier der Heimkehr ihres angestammten Herrn veranstalteten, waren gewaltig; und die Leute am Ufer schickten einen reitenden Boten zur Königin, der ihr die Ankunft ihres Gemahls melden sollte. Der König erkundigte sich nach dem Befinden der Königin, nach dem Ergehen seiner Tochter, seiner zwei Söhne und des Herzogs, seines Bruders. Er erhielt zur Antwort, daß alle wohlauf seien, und überdies, so berichtete man ihm, habe der König von Frankreich in der Zwischenzeit vierzig Ritter als Gesandte hergeschickt, die in prunkvollen Gewändern erschienen seien, mit einem prächtigen Gefolge von Edelleuten.
Hocherfreut vernahm Tirant die Nachricht vom Kommen der französischen Gesandtschaft; nicht ganz so erfreut war der König, der sich an die Worte des Großmeisters von Rhodos erinnerte. Ein paar

Tage lang ruhten die Zurückgekehrten aus; denn die Mißlichkeiten einer jeden Seereise hatten ihnen zugesetzt. Nachdem sie sich erholt hatten, ritt der König mit seinen Begleitern davon, in Richtung Palermo, wo die Königin weilte.

An dem Tag, da er in die Stadt einziehen sollte, kam ihm als erster der Herzog entgegen, sein Bruder, samt einem großen Gefolge nobler Leute; dahinter kamen die Zunftmeister in ihren besten Feiertagskleidern; dann der Erzbischof mit der gesamten Geistlichkeit; danach die Königin, geleitet von allen ehrbaren Damen der Stadt; sodann, in einem gewissen Abstand, die Infantin Ricomana mit allen Jungfrauen ihrer Umgebung und Mädchen aus der ganzen Stadt, allesamt so hübsch gekleidet und reizend herausgeputzt, daß es eine wahre Augenweide war, sie anzuschauen; und schließlich rückten die vierzig Gesandten des Königs von Frankreich an, in langen Gewändern aus karminrotem Samt, die bis zu den Füßen reichten, geschmückt mit schweren Goldketten, welche sie auf der Brust trugen – alle vierzig Ritter in der gleichen Aufmachung.

Nachdem der König die Königin begrüßt und seine Tochter eine tiefe Verneigung vor ihm gemacht hatte, beugten Philipp und Tirant die Knie vor der Königin, und Philipp nahm den Arm der Infantin, um Seite an Seite mit ihr bis zum Schloß zu schreiten. Und bevor sie dort anlangten, näherten sich die vierzig Gesandten den beiden, in der Absicht, Philipp ihre Reverenz zu erweisen, ehe sie dem König ihre Ehrerbietung bezeugen würden. Und Tirant sagte zu Philipp:

»Herr, gebietet den Gesandten, daß sie erst den König aufsuchen und vor ihm niederknien, ehe sie sich an Euch wenden.«

Philipp ließ ihnen dieses Geheiß übermitteln und erhielt von seiten der Gesandten die Auskunft, sie hätten von ihrem Herrn, dem König von Frankreich, seinem Vater, die Anweisung bekommen, erst nachdem sie ihm ihre Ehrerbietung erwiesen hätten, den König aufzusuchen und diesem den ihnen anvertrauten Brief auszuhändigen. Da ließ Philipp ihnen noch einmal sagen, daß er sie, trotz allem, nachdrücklich bitte und ihnen befehle, zunächst den König zu beehren und sich dann erst an ihn zu wenden.

»Nun, wenn es Philipp so haben will«, sagten die Gesandten, »tun wir eben, was er uns befiehlt. Zwar haben wir eigens zu dem

Zweck, ihm als erstem huldigen zu können, uns zuhinterst im Festzug aufgestellt.«
Wie nun der König mit all seinen Leuten zum Schloß gelangte, gingen die Gesandten des Königs von Frankreich auf ihn zu, um vor ihm niederzuknien und ihm das Beglaubigungsschreiben zu überreichen. Und der König empfing sie mit freundlicher Miene und erwies ihnen viel Ehre. Danach begaben sie sich zu Philipp und bezeugten ihm, tief gebeugt, ihre Ergebenheit, wie dies ihre Pflicht und Schuldigkeit war gegenüber dem Sohn ihres angestammten Herrn. Philipp begrüßte sie mit überströmender Herzlichkeit, und ein großes Hallo brach unter ihnen aus.
Nachdem die Festlichkeiten vorüber waren, die man zum Empfang des Königs veranstaltet hatte, legten die Gesandten die Botschaft dar, die sie zu übermitteln hatten. Deren Inhalt hatte eigentlich dreierlei Gegenstände. An erster Stelle stand die Erklärung des französischen Königs, daß er mit Freuden seine Einwilligung zur Heirat seines Sohnes Philipp mit der Infantin Ricomana gebe, gemäß den Vereinbarungen, die der wackere Tirant ausgehandelt habe. Der zweite Punkt war das Angebot, daß er, falls der König von Sizilien einen Sohn habe, diesem eine seiner Töchter zur Frau geben würde, samt einer Mitgift von hunderttausend Dukaten. Zum dritten ließ er wissen, daß er den Papst, den Kaiser und sämtliche Fürsten der Christenheit aufgefordert habe, ihm nach Kräften beizustehen, denn er habe den Entschluß gefaßt, einen Kreuzzug gegen die Ungläubigen zu unternehmen. Alle Aufgeforderten hätten ihm Hilfe zugesagt, und im Namen des Königs von Frankreich – so sagten die Gesandten – sollten sie nun Seiner Hoheit nahelegen, etwas zu der großen Unternehmung beizutragen. Und falls er geruhe, ihm eine Flotte zur Verfügung zu stellen, möge er Philipp zu deren Kommandeur machen, damit dieser sie ihm zuführe.
Die Antwort, die der König von Sizilien hierauf gab, besagte, daß er mit der geplanten Heirat einverstanden sei, im Bezug auf die anderen Angelegenheiten aber noch mit sich zu Rate gehen müsse. Als die Gesandten vernahmen, daß der König die Eheschließung gewähre, übergaben sie Philipp im Auftrag seines Vaters fünfzigtausend Dukaten, damit er sich mit allem versehe, was angesichts der

bevorstehenden Trauung erforderlich wäre. Für seine Schwiegertochter hatte der König von Frankreich den Sendboten vier Bahnen schönsten Brokats und dreitausend Zobelpelze mitgegeben, dazu eine in Paris angefertigte herrliche Halskette aus Gold von größter Kostbarkeit, denn in ihr waren viele wertvolle Edelsteine gefaßt. Philipps Mutter, die Königin, hatte ihr zahlreiche Ballen Seide und Brokat zugedacht, außerdem eine Menge Vorhangstoffe aus besonders feinem Satin für den Baldachin des Brautbetts und viele andere Dinge mehr.

Als die Infantin erfuhr, daß ihr Vater, der König, ihre Heirat mit Philipp bewilligt hatte, sagte sie zu sich selbst:

»Falls ich entdecken sollte, daß Philipp es an Benehmen fehlen läßt oder gar geizig ist, wird er niemals mein Gemahl.«

Und von da an war sie nur noch darauf bedacht herauszufinden, von welcher Wesensart er wirklich war.

Und als die Infantin eben mit diesem peinigenden Gedanken beschäftigt war, betrat eine Zofe ihr Gemach, zu der sie großes Vertrauen hatte. Und das Mädchen fragte sie:

»Sagt mir, Herrin, woran denkt Eure Hoheit? Ihr macht ja ein ganz verstörtes Gesicht.«

Die Infantin antwortete:

»Ich will es dir sagen. Der Herr König, mein Vater, hat den Gesandten aus Frankreich sein Einverständnis mit der geplanten Hochzeit erklärt, und nun quält mich der Zweifel, ob Philipp nicht ein recht ungehobelter Mensch ist; unsäglich ängstigt mich die Vorstellung, daß er vielleicht sogar geizig ist. Trifft auch nur eines von beidem zu, so ist es mir ganz und gar unmöglich, auch nur eine Stunde mit ihm in ein und demselben Bett zu liegen. Lieber will ich eine Nonne werden und eingesperrt in einem Kloster leben. Ich habe mir alle Mühe gegeben, seinen Charakter kennenzulernen; aber ich sehe, daß das Schicksal gegen mich ist. Ständig durchkreuzt Tirant, dieser Schuft, mir meine Pläne. Gott geb's, daß ich ihn noch gebraten und gesotten sehe, verschmort vom flammenden Zorn seiner Geliebten! Damals, an dem Tag, als das mit den Brotschnitten passierte, hätte ich Philipps Wesen ergründen können, wenn dieser Kerl nicht dazwischengekommen wäre. Aber bevor ich der Ehe zustimme, werde ich ihn noch mal einer Prüfung unterziehen. Aus Kalabrien lasse ich einen großen Philosophen kommen, einen Mann von außerordentlichen Kenntnissen, und der wird mir gewiß sagen können, was ich wissen will.«

Nachdem Philipp das Geld erhalten hatte, das ihm von seinem Vater übersandt worden war, staffierte er sich herrlich aus, mit langen, bis zum Boden wallenden, von Pailletten blinkenden Brokatgewändern. Eine Menge von Broschen, Goldketten und vielerlei anderem kostbaren Geschmeide besaß er ohnehin.

Und auf den Tag der Himmelfahrt Unserer Lieben Frau lud der König Prinz Philipp, die vierzig Gesandten und alle Herren von Rang und Namen, die es in seinem Reiche gab, zu einem Festmahl an seiner eigenen Tafel. Philipp trug an diesem Tag ein prunkvolles, bodenlanges Gewand aus karminrotem Brokat, verbrämt mit Hermelin. Tirant legte sich eine Kleidung aus dem gleichen Stoff und von der gleichen Farbe an. Doch als er fertig angezogen war, überlegte er und sagte sich:

»Das Fest wird für Philipp veranstaltet und für die Gesandten, welche die Person des Königs von Frankreich vertreten. Wenn ich mich an solch einem besonderen Tag genauso prächtig kleide wie Philipp, wird man das nicht mit Beifall aufnehmen.«

Rasch legte er deshalb das Prunkgewand ab, hüllte sich in ein anderes, das mit Silber bestickt war, und zog dazu eine über und über mit großen Perlen besetzte Hose an.

Als man nach dem Mahl noch plaudernd an der königlichen Tafel beisammensaß, prasselte ein gewaltiger Wolkenbruch herab, zur großen Freude der Prinzessin, die sich sagte:

»Jetzt bietet sich mir die Gelegenheit, mein Vorhaben auszuführen.«

Nachdem die Tische beiseite geräumt waren, kamen die Musikanten, und vor den Augen des Königs und der Königin tanzte man eine gute Weile. Dann wurde der Nachtisch gereicht. Der König zog sich in sein Gemach zurück, um ein wenig auszuruhen. Die Infantin aber wollte weitertanzen, da sie befürchtete, Philipp könnte, wenn sie ihn nicht auf diese Weise aufhielte, vorzeitig fortgehen.

Als es beinahe Zeit für die Vesper war, hellte sich der Himmel auf, und die Sonne kam zum Vorschein. Da sagte die Infantin:
»Wäre es nicht schön, wenn wir einen Rundgang durch die Stadt machten, jetzt, wo der Himmel wieder heiter ist?«
Philipp antwortete prompt:
»Wie, Herrin, bei so unsicherem Wetter wollt Ihr durch die Stadt spazieren? Wenn es noch einmal platscht, werdet Ihr klatschnaß.«
Tirant jedoch, der die hinterhältige Absicht der Infantin durchschaute, zupfte Philipp an einem Zipfel seines Gewandes, um ihn zum Schweigen zu bringen. Die Infantin bemerkte diesen geheimen Wink Tirants, sie ergrimmte, und höchst verdrossen befahl sie, man solle die Rosse bringen; auch alle Gäste ließen ihre Pferde holen. Als die Tiere bereitstanden, nahm Philipp den Arm der Infantin und führte sie zu der Steinbank, die zum Aufsteigen diente. Und als die Infantin aufgesessen war, drehte sie Philipp halb den Rücken zu, kehrte sich aber nur soweit von ihm ab, daß sie ihn nicht aus dem Blick verlor, sondern schräg aus dem Augenwinkel weiterhin beobachten konnte. Philipp sagte zu Tirant:
»Hättet Ihr mir doch ein anderes Gewand bringen lassen, damit das da nicht verdorben wird!«
»Ach«, sagte Tirant, »soll es doch vor die Hunde gehen! Kümmert Euch nicht drum. Wenn das da hin ist, kriegt Ihr leicht ein neues.«
»Schaut wenigstens«, sagte Philipp, »ob nicht zwei Pagen da sind, die mir die Schleppe tragen, damit sie nicht im Dreck schleift.«
»Ihr seid mir ein schöner Königssohn!« erwiderte Tirant. »Wie könnt Ihr Euch nur so kleinlich und knauserig gehaben! Beeilt Euch lieber, denn die Infantin wartet auf Euch.«
Da ritt Philipp schweren Herzens los; die Infantin jedoch hatte unablässig mit gespitzten Ohren gelauscht, um alles aufzuschnappen, was sie miteinander redeten. Aber sie hatte nicht verstehen können, worum es bei ihrem Wortwechsel ging.
So ritten sie spazieren durch die Stadt, wobei es der Infantin ein inniges Vernügen bereitete, mit ansehen zu können, wie das Prunkgewand des armseligen Philipp in den Pfützen badete und er wieder und wieder nach seinem Brokatsaum schaute. Um den Spaß, den sie daran hatte, noch zu steigern, sagte sie, man solle die Beizfalken

bringen und dann ein bißchen hinaus ins Freie reiten, um ein Rebhuhn zu jagen.
»Seht Ihr denn nicht, Herrin«, sagte Philipp, »daß das nicht das rechte Wetter für einen Jagdausflug ist? Die Landschaft ist eine einzige Schlammlache.«
»Weh mir!« sagte die Infantin zu sich. »Dieser Tolpatsch ist noch nicht einmal imstand, mir zulieb für einen Augenblick fünfe grad sein zu lassen.«
Aber rücksichslos bestand sie auf ihrem Willen und ritt durchs Stadttor hinaus aufs freie Feld, wo sie einen Bauern traf. Den nahm sie beiseite und fragte ihn, ob es in der Nähe irgendein Flüßlein oder einen Bewässerungsgraben gebe. Und der Bauer antwortete:
»Hohe Frau, nicht weit von hier, wenn Ihr immer gradaus reitet, findet Ihr einen breiten Kanal, der soviel Wasser führt, daß es einem Maulesel bis an den Bauchgurt geht.«
»Das ist genau das Gewässer, das ich suche.«
Die Infantin setzte sich an die Spitze des Zuges, und alle anderen folgten ihr. Als sie dann am Rand des Wasserlaufs waren, ritt die Infantin hindurch, während Philipp zögernd zurückblieb und an Tirant die Frage richtete, ob nicht irgendwelche Burschen daseien, die seinen Gewandsaum in die Höhe halten könnten.
»Ich habe genug von solchem Gerede«, sagte Tirant, »und von Eurem unwürdigen Verhalten. Das Gewand kann nicht schlimmer versaut werden, als es jetzt schon ist. Macht Euch deswegen keine Gedanken mehr; ich gebe Euch meines. Die Infantin ist mitten hindurchgetrabt und reitet Euch davon. Sputet Euch, daß Ihr sie noch einholt.«
Tirant brach nach diesen Worten in schallendes Gelächter aus, um den Eindruck zu erwecken, als ob Philipp und er sich über etwas Spaßhaftes unterhalten hätten. Als dann auch sie das Wasser passiert hatten, fragte die Infantin Tirant, worüber er gelacht habe.
»Meiner Treu, Herrin«, sagte Tirant, »ich mußte über eine Frage lachen, mit der Philipp mir schon den ganzen Tag in den Ohren liegt. Er bedrängte mich damit, bevor wir das Gemach Eurer Hoheit verließen, nachdem wir aufgesessen waren und jetzt, als wir ins Wasser gingen, wieder. Er will von mir wissen, was für eine Sache die Liebe

ist und woher sie stammt. Außerdem fragte er mich, wo die Liebe sich niederlasse. Bei meiner Ehre, sagte ich ihm, ich weiß nicht, was für eine Sache die Liebe ist; auch nicht, woher sie stammt. Aber ich nehme an, daß die Augen die Sendboten des Herzens sind; daß das Gehör dessen Abstimmung mit dem Willen bewirkt; daß die Seele viele Sendboten hat, die durch Hoffnung erquickt werden; daß die fünf Sinne des Körpers dem Herzen gehorchen und alles tun, was dieses befiehlt; daß die Füße und Hände Untertanen des begehrlichen Willens sind; daß die Zunge, indem sie Wort um Wort hervorbringt, viele Leiden lindert, an denen die Seele, der Körper oder wer weiß was krankt. Und darum behauptet der Volksmund im Sprichwort: Die Zunge, sie läuft, sie rennt – dorthin, wo's im Herzen brennt. Ihr seht also, Herrin, die wahre und treue Liebe zu Euch, an der Philipp leidet, kennt keine Furcht und scheut sich vor nichts.«

»Laßt uns umkehren und zur Stadt zurückreiten«, sagte die Infantin.

Und als sie sich anschickten, erneut das Wasser zu durchqueren, achtete sie darauf, ob die beiden wieder miteinander tuscheln würden. Doch Philipp, der sah, wie triefnaß sein Gewand bereits war, hatte nur noch eines im Sinn: so rasch wie möglich durch das Wasser auf die andere Seite zu kommen. Das tröstete und erfreute die Infantin, und alles, was Tirant ihr gesagt hatte, schien ihr auf einmal glaubwürdig. Aber ihr Herz war noch immer nicht recht beruhigt. Sie sagte zu Tirant:

»Durch den Stand, in den ich hineingeboren wurde, bin ich in besonderer Weise den Launen des Schicksals ausgeliefert. Lieber würde ich auf das Leben verzichten, als mich mit einem Mann vermählen, der ungebildet, unfein und geizig ist. Ganz im Ernst, Tirant – ich sage Euch nicht ohne Grund, daß das Schicksal die ganze Zeit gegen mich gewesen ist. All meine Hoffnung ist dahin. Fehlt nur noch, daß ich, traurig und elend, wie ich dran bin, auch noch um den Glauben gebracht werde, um das Vertrauen auf Wahrheit und Gerechtigkeit. Wenn ich den da zum Gemahl nehme und es stellt sich heraus, daß er nicht so ist, wie ich ihn mir wünsche, müßte ich Hand an mich legen, mir das Leben nehmen; ich könnte nicht anders, ich müßte irgendeine Verzweiflungstat begehen. Denn es scheint mir besser, allein zu sein, als in schlechter Gesellschaft. Ihr kennt ja wohl, Tirant, jene alte Volksweisheit, die da lautet: Wer den Esel mit goldnem Zaumzeug schirrt, dem Tölpel sein Vermögen anvertraut, gar als Braut sich ins Dummbartbett verirrt, hat sich den Weg zum Erdenglück verbaut. Da die Güte Gottes es mir gewährt hat, diese Gefahr zu erkennen, will ich auf der Hut sein und nicht blindlings in mein Unglück rennen.«

Sie verstummte, und Tirant gab ihr ungesäumt die folgende Antwort.

KAPITEL CX

Die heiratsfördernden Worte, welche Tirant an die Infantin von Sizilien richtete; und wie die Prinzessin abermals Philipp auf die Probe stellte, um sein Wesen genauer kennenzulernen

Euer Durchlaucht erstaunt mich. Ausgestattet mit allen Fähigkeiten und Tugenden, seid Ihr, werte Dame, die klügste Jungfrau, die mir jemals begegnet ist. Daher verwundert es mich, daß Ihr Gericht halten wollt über Philipps Geistesart und Euch bei der Urteilsfindung einer Verfahrensweise befleißigt, die – womit ich der Ehre Eurer Hoheit nicht zu nahe treten will – das richterliche Bemühen um Gerechtigkeit vermissen läßt und bar jeder Nächstenliebe ist. Philipp ist nämlich einer der trefflichsten Ritter, die heutzutage auf der Welt zu finden sind: jung, begabt, tatendurstiger als irgend sonstwer, mutig, großzügig, eher gewitzt als einfältig. In diesem Ruf steht er überall, wo wir hingekommen sind, bei den Rittern wie bei den Frauen und Jungfrauen. Und selbst die Sarazeninnen, die ihn sahen, verliebten sich in ihn und lechzten danach, sich ihm hinzugeben. Falls Ihr daran zweifelt – schaut sein Gesicht an, seine Füße und seine Hände und den ganzen Körper. Wenn Ihr ihn splitternackt sehen wollt, fühle ich mich durchaus imstand, Euch dieses Vergnügen zu verschaffen, wertes

Fräulein; denn Schönheit bedeutet ja keineswegs Keuschheit. Ich weiß, daß Eure Hoheit ihn heiß und heftig liebt; und er ist ja in der Tat ein Jüngling, dessen Erscheinung alle entflammt. Nur Eure Hoheit selbst ist daran schuld, daß Ihr ihn nicht schon längst an Eurer Seite habt, in einem Bett voll der Wohlgerüche von Benzoeharz, Zibet und Moschus. Falls Ihr am Morgen danach irgend etwas Nachteiliges über ihn sagt, will ich die Strafe erdulden, die Ihr über mich verhängt.«

»Ach, Tirant«, sagte die Infantin, »es wäre eine große Freude für mich, wenn ich einen bekommen würde, der mir gefällt. Doch was hülfe es mir, wenn ich eine Statue bei mir hätte, die mir nichts als Kummer bereitet und mich zur Verzweiflung treibt?«

In diesem Augenblick gelangten sie zum Schloß, wo sie den König antrafen, der sich im Saal gerade mit den Gesandten unterhielt. Als er seine Tochter erblickte, nahm er sie an der Hand und ließ sie Platz nehmen, wobei er sich erkundigte, wohin sie geritten sei und woher sie jetzt komme. Das Abendessen wurde aufgetragen, und Philipp und die Gesandten baten den König und die Infantin, sich entfernen zu dürfen, worauf sie sich zu ihren Quartieren begaben.

Am selben Tag noch traf der Philosoph in der Stadt ein, den die Infantin aus Kalabrien hatte kommen lassen. Mit großer Sehnsucht erwartete sie ihn, da sie sich von ihm verläßliche Auskunft über Philipps Charakter erhoffte. Er kam in der Stadt an, als es schon dunkel war, und dachte sich, daß er am nächsten Morgen in die Kirche gehen werde, wo er der Infantin begegnen könnte. Er suchte sich eine Herberge für die Nacht, und dort schickte er sich eben an, ein Stück Fleisch zu braten, als ein Zuhälter aufkreuzte, mit einem Kaninchen in der Hand. Der sagte zu dem Philosophen, er solle sein Fleisch vom Feuer nehmen, denn er wolle zuerst sein Kaninchen braten; und wenn er damit fertig sei, könne der andere seinen Braten machen.

»Freund«, sagte der Philosoph, »weißt du etwa nicht, daß Häuser dieser Art allen Leuten in gleicher Weise zur Verfügung stehen und daß hier die Regel gilt: Wer zuerst da ist, der hat das Vorrecht?«

»Das kümmert mich einen Dreck«, sagte der Zuhälter. »Ihr seht doch, daß ich ein Kaninchen habe, das mehr wert ist und höher einzuschätzen ist als ein Hammel, wie umgekehrt ein Rebhuhn mehr gilt als ein Kaninchen. Also: Ehre, wem Ehre gebührt.«

Es entstand ein langes Hin und Her von Argumenten und gegenseitigen Beschimpfungen, das sich immer mehr erhitzte, bis der Zuhälter dem Philosophen eine mächtige Ohrfeige gab. Dieser fühlte sich dadurch beleidigt, riß den Bratspieß in die Höhe und versetzte dem Kerl mit der Spitze dieses Eisenstabes einen so zornigen Stoß in die Schlagader, daß er augenblicklich tot zu Boden sank. Kaum war dies geschehen, da wurde der Philosoph von den Schergen festgenommen und in den Kerker gesteckt. Am nächsten Morgen ließ er seinen Fall der Krone unterbreiten, doch der König verfügte unnachsichtig, daß er in Haft bleiben müsse und täglich nur ein Viertelpfund Brot und eine entsprechende Menge Wasser bekommen solle. Die Infantin wagte es nicht, ein Wort zu seinen Gunsten einzulegen, weil sie ihren Vater nicht wissen lassen wollte, daß sie den Mann hatte kommen lassen.

Wenige Tage später wurde ein Ritter des königlichen Hofes verhaftet, der mit anderen Rittern in einen Streit geraten war, bei dem es viele Verwundete gegeben hatte, und er wurde in denselben Kerker gebracht, in dem der Philosoph saß. Der hungernde Mann tat dem Ritter leid, deshalb teilte er mit ihm das Essen, das man ihm brachte. Und nachdem der Ritter fünfzehn Tage Haft hinter sich hatte, sagte der Philosoph zu ihm:

»Herr Ritter, ich bitte Euch, habt die Güte, wenn Ihr morgen beim König seid, ihn anzuflehen, daß er sich meiner erbarme; denn Ihr seht ja, wie ich hier darbe und Not leide. Ohne die praktische Nächstenliebe, die Ihr mir gnädigst erwiesen habt, wäre ich schon Hungers gestorben, da er mir nur ein kärgliches Viertelpfund Brot und die entsprechende Menge Wasser zukommen läßt. Und sagt der Infantin, daß ich ihrem Wink gehorcht habe. Dafür wäre ich Euch von Herzen dankbar.«

Der Ritter antwortete:

»Wie kommt Ihr darauf, mir einen solchen Auftrag zu erteilen? Ich vermute, daß ich dieses Jahr und auch noch das nächste hier auszuharren habe, ehe ich aus diesem Loch wieder herauskomme – es sei denn, daß unser Herrgott in seiner unermeßlichen Güte für mich ein Wunder bewirkt.«

»Ehe eine halbe Stunde um ist«, sagte der Philosoph, »werdet Ihr wieder in Freiheit sein. Und wenn dieses Weilchen verstreicht, ohne daß Ihr freigelassen werdet, kommt Ihr in Eurem ganzen Leben nicht mehr an die frische Luft.«

Als er diese Worte des Philosophen hörte, versank der Ritter in tiefe Mutlosigkeit und schwermütiges Grübeln. Und während er so bekümmert dem nachsann, was er vernommen, trat der Kerkermeister in die Zelle und holte den Ritter heraus.

Kurz danach geschah es, daß ein gewisser Edelmann erfuhr, im Auftrag des Königs suche man Pferde zu kaufen, die dem Kaiser von Konstantinopel geschickt werden sollten; und dieser Edelmann besaß das schönste Pferd, das es auf der ganzen Insel Sizilien gab. Er beschloß, es dem König zu bringen. Als der es sah, entzückte ihn dessen überwältigende Schönheit; denn es war ein sehr großes und wunderbar wohlgebautes Tier, dabei gewandt und überaus schnell. Es war erst vier Jahre alt, und kein Makel war an ihm zu entdecken, außer einem einzigen, der freilich beträchtlich war: es ließ nämlich die Ohren hängen.

»Kein Zweifel«, sagte der König, »das Pferd da wäre tausend Golddukaten wert, wenn es nicht diesen unübersehbaren Fehler hätte.«

Niemand wußte sich zu erklären, weshalb das Tier diese Schwäche haben mochte, die es so verunzierte. Da sagte der Ritter, der in Haft gewesen war:

»Herr, wenn Eure Hoheit den Philosophen herholen ließen, der im Kerker sitzt, könnten wir den Grund erfahren. Er würde ihn gewiß erkennen; denn in der Zeit, da ich mit ihm die Zelle teilte, sagte er mir ganz erstaunliche Dinge. Er sagte mir zum Beispiel, wenn ich nicht innerhalb der nächsten halben Stunde freikäme, würde ich mein Leben lang nicht mehr herauskommen. Und auch in vielen anderen Fällen stellte sich heraus, daß zutraf, was er mir gesagt hatte; immer war es die Wahrheit.«

Der König gebot dem Kerkermeister, ihm schleunigst diesen Philosophen herzubringen. Als er dann vor dem König stand, fragte ihn der,

aus welchem Grund dieses wunderschöne Pferd derart die Ohren hängen lasse. Der Philosoph sagte:
»Herr, dafür gibt es eine ganz natürliche Erklärung. Dieses Pferd hat nämlich als kleines Fohlen Eselsmilch gesogen. Und da die Eselinnen Hängeohren haben, hat sich diese Eigenschaft auf das Pferd übertragen.«
»Heilige Jungfrau Maria!« rief der König. »Ob es wohl stimmt, was dieser Philosoph behauptet?«
Er ließ den Edelmann holen, dem das Pferd gehörte, und fragte ihn, ob er eine Erklärung für diese fehlerhaften Ohren habe.
»Herr«, sagte der Edelmann, »als dieses Pferd zur Welt kommen sollte, war es so groß und dick, daß die Stute es nicht gebären konnte. Man mußte ihr also den Bauch mit einem Rasiermesser aufschneiden, damit das Junge heraus konnte. Die Stute starb, aber ich hatte eine Eselin zur Hand, die frisch geworfen hatte, und so ließ ich die Eselin das Fohlen säugen, und bei dieser Amme ist es aufgewachsen, bei mir zu Hause, bis es die Größe hatte, die Eure Hoheit heut vor Augen hat.«
»Groß ist das Wissen dieses Mannes«, sprach der König.
Und er befahl, ihn zurück in den Kerker zu bringen; er erkundigte sich jedoch, wieviel Brot er zu essen bekomme.
»Herr«, sagte der Haushofmeister, »ein Viertelpfund, gemäß der Anordnung Eurer Hoheit.«
Daraufhin sagte der König:
»Künftig soll er ein Viertel mehr erhalten, also ein halbes Pfund.«
Und so geschah es.
Zu derselben Zeit war ein Edelsteinschleifer an den Hof gekommen, ein Mann aus der großen Stadt Damaskus, der über Kairo nach Sizilien gereist war und viele Juwelen mitbrachte, die er zu verkaufen gedachte. Als besondere Kostbarkeit bot er einen rosaroten Rubin von außergewöhnlicher Größe und Reinheit an, für den er sechzigtausend Dukaten verlangte. Der König bot ihm dreißigtausend, doch damit war der Mann nicht zufrieden, und sie konnten nicht handelseinig werden. Der König war sehr begierig, diesen Stein in seinen Besitz zu bringen, weil er ein so einzigartig schönes und zugleich so großes Stück war, wie man es noch nie und nirgends auf

der Welt gesehen. Nicht einmal die Rubine, die am Goldenen Altarbild in San Marco zu Venedig eingearbeitet sind, ließen sich damit vergleichen; auch nicht jene, die das Grab des heiligen Thomas von Canterbury schmücken. Und da die Gesandten aus Frankreich einen Brief ihres Herrn und Königs erhalten hatten, der besagte, daß jener nach Sizilien kommen wolle, um den König zu besuchen und seine Schwiegertochter zu sehen, die prachtvolle, prunkliebende Ricomana, war der König von Sizilien darauf versessen, den genannten Rubin zu erwerben, um sich bei so festlicher Gelegenheit mit einem Schmuck zu präsentieren, der seiner königlichen Würde voll und ganz entspräche. Da sagte der Ritter, der eingekerkert gewesen war:

»Wie kann Eure Hoheit eine solche Unsumme für diesen Stein da bieten? Ich sehe doch, daß er an der Unterseite drei kleine Löcher hat.«

Der König erwiderte:

»Ich habe ihn den Silberschmieden gezeigt, die etwas von Edelsteinen verstehen, und die haben mir gesagt, man könne ihn so fassen, daß die schadhafte Stelle nach hinten käme und keinerlei Makel zu sehen wäre.«

»Herr«, sagte der Ritter, »es wäre trotzdem gut, wenn der Philosoph sich den Stein ansähe. Er würde Euch sicherlich sagen können, was das Stück wert ist.«

»Nun gut«, sagte der König, »lassen wir ihn also kommen.«

Man holte den Philosophen, und der König zeigte ihm den rosaroten Rubin. Als der Gefangene die Löcher darin bemerkte, nahm er den Stein, legte ihn auf seinen Handteller, hielt ihn ans Ohr, schloß die Augen und verharrte so eine ganze Weile. Dann sagte er:

»Herr, in diesem Stein haust ein Lebewesen.«

»Wie!« rief der Edelsteinschleifer. »Wer hätte so was je gesehen! Ein Edelstein, in dem ein Lebewesen haust?«

»Wenn dem nicht so ist«, sagte der Philosoph, »hier habe ich dreihundert Dukaten, die ich Eurer Hoheit als Pfand übergebe, samt meinem Leben, das verspielt sein soll, falls ich etwas Falsches behauptet habe.«

Darauf sagte der Edelsteinschleifer:

»Auch ich, Herr, bin bereit, Kopf und Kragen zu riskieren. Wenn sich zeigt, daß ein Lebewesen in dem Stein ist, soll mein Leben mitsamt dem Stein verloren sein.«

Nachdem so die Wette geschlossen war und die dreihundert Dukaten sich in der Hand des Königs befanden, nahm man den Stein, legte ihn auf einen Amboß und bearbeitete ihn mit einem Hammer, bis er in zwei Hälften zerfiel und ein Wurm zum Vorschein kam. Alle Anwesenden bestaunten fassungslos den Scharfsinn und das Wissen des Philosophen. Der Steinschleifer aber war sehr beschämt und verwirrt, und sein Herz pochte nicht mehr im rechten Gleichmaß, eingedenk seines sicheren Todes.

»Herr, haltet Wort und tut, was Rechtens ist«, sagte der Philosoph.

Sofort gab der König ihm das Geld zurück und schenkte ihm den Rubin. Dann ließ er die Scharfrichter kommen, um ihnen den Steinschleifer zu überantworten.

Der Philosoph aber sagte:

»Nachdem ich einen üblen Kerl umgebracht habe, will ich nun diesem da, der ein guter Mensch ist, verzeihen und ihm den Tod ersparen.«

Mit dem Einverständnis des Königs nahm er dem Steinschleifer die Fesseln ab. Dem König aber schenkte er die zwei Hälften des Rubins.

Als der König diese in Händen hatte, befahl er, den Philosophen wieder in den Kerker zu bringen, wobei er sich noch vergewisserte, wieviel Brot der Gefangene bekomme. Der Haushofmeister antwortete, ein halbes Pfund sei seine Tagesration. Da sagte der König:

»Gebt ihm ein weiteres halbes Pfund, so daß er ein ganzes hat.«

Auf dem Rückweg zum Kerker sagte der Gefangene zu denen, die ihn abführten:

»Sagt dem König, daß er ganz gewiß kein Sohn des großmütigen und ruhmreichen Königs Robert ist, der zu seiner Zeit der mutigste und freizügigste Fürst war, den es auf Erden gab. Der jetzige beweist durch sein Verhalten nur allzu deutlich, daß er keinesfalls von einem Mann solchen Ranges abstammt, sondern eher der Sohn eines Bäkkers ist. Und wenn er den Nachweis dieser Herkunft geliefert haben will, so werde ich ihm den verschaffen. Er besitzt das Königreich zu Unrecht und regiert es als Usurpator, als Tyrann. Die Krone Siziliens gebührt nämlich dem Herzog von Messina; denn keinem Bastard darf jemals die Berechtigung oder Ermächtigung erteilt werden, über irgendein Königreich zu herrschen. Das lehrt die Heilige Schrift, indem sie sagt: Jeder wild entsprossene, aus der Art geschlagene Baum, muß als unnützer Sproß abgehauen und ins Feuer geworfen werden.«

Als die Schergen derartige Worte aus dem Mund des Philosophen vernahmen, eilten sie zum König, um es ihm zu melden. Auf diese Nachricht hin sagte der König:

»Um mich nicht unnötig aufzuregen, will ich der Sache nachgehen. Es ist ja schon dunkel – bringt ihn mir also heimlich her.«

Als dann der Philosoph dem König gegenüberstand, in einem Nebengemach, wo kein Dritter Zutritt hatte, fragte ihn der König, ob es wahr sei, was einer der Schergen ihm berichtet habe. Und mit ungerührter Miene antwortete der Philosoph ihm kühn:

»Herr, jedes Wort von mir, das Euch berichtet wurde, ist gewißlich wahr.«

»Aber sag«, fragte der König, »wie kommst du zu der Behauptung, daß ich kein Sohn von König Robert sei?«

»Herr«, antwortete der Philosoph, »die Logik der Naturgesetze reicht aus, um einen hinterm Stammbaum stehenden Esel zu erkennen. Dieser Logik entsprechen auch die Schlußfolgerungen, die ich aus verschiedenen Beobachtungen gezogen habe. Ich will Euch den Verlauf meiner Überlegungen erläutern. Als ich Eurer Hoheit die Herkunft der Hängeohren jenes Pferdes erklärte, weil an Eurem Hof kein Mensch zu finden war, der die dazu erforderlichen Kenntnisse oder auch nur die nötige Verstandeskraft besaß, da habt Ihr mir die Gnade einer Brotzulage von einem Viertelpfund gewährt. Danach, Herr, kam die Geschichte mit dem rosaroten Rubin. Ich verpfändete mein Leben und das bißchen Geld, das ich besitze; hernach schenkte ich Euch den Rubin, der Rechtens mir zustand; und ich tat dies, obwohl mir bewußt war, daß Ihr eine gewaltige Menge Geldes eingebüßt hättet, wenn ich nicht gewesen wäre. Jeder dieser beiden Fälle hätte Euch dazu bewegen müssen, mich aus der

Haft zu entlassen und mir irgendeine Dankesgabe zu schenken. Aber ich habe von Euch nichts weiter bekommen als eine Brotzulage. Dadurch kam ich zwangsläufig, mit ganz natürlicher Logik, zu der Feststellung, daß Eure Hoheit der Sproß eines Bäckers ist – und nicht ein Sohn jenes ruhmreichen, ewig denkwürdigen Königs Robert.«
»Wenn du hierbleiben und in meinen Dienst treten willst«, sagte der König, »werde ich meine üble Niedrigkeit überwinden und dich zu meinem Ratgeber machen. Trotz alledem aber möchte ich noch Genaueres über meine wahre Herkunft in Erfahrung bringen.«
»Herr, verzichtet darauf‹, sagte der Philosoph. »Fragt nicht weiter, denn manchmal haben die Wände Ohren. Laßt keinen Menschen etwas davon hören. Nicht zu Unrecht sagt man ja in Kalabrien: Viel Reden tut selten gut, und viel Kratzen kostet Blut.«
Trotzdem ließ der beschämte König, ohne jede bängliche Rücksicht auf die Gefahr, die daraus für ihn erwachsen konnte, seine Mutter kommen; und mit Bitten und Drohungen nötigte er sie dazu, ihm die Wahrheit zu sagen. Schließlich gestand sie, daß sie dem Gelüst des Bäckers in der Stadt Reggio nachgegeben habe und ihm zu Willen gewesen sei.
Sobald der Philosoph wieder auf freiem Fuß war, ließ die Infantin ihn zu sich kommen, um mit ihm zu reden. Sie fragte ihn, was für eine Meinung er von Philipp habe.
»Es wäre mir lieb«, sagte der Philosoph, »wenn ich Philipp sehen könnte, bevor ich Eurer Hoheit irgend etwas über ihn sage.«
»Er wird gleich hier sein«, sagte die Infantin.
Sogleich schickte sie dem Prinzen einen Boten, der ihn unter dem Vorwand, sie wolle mit ihm tanzen, herlocken sollte.
»Und Ihr achtet genau auf sein Benehmen und seine Wesensart.«
Nachdem der Philosoph den Jüngling, der nicht lange auf sich warten ließ, eine ganze Weile beobachtet hatte, sagte er zu der Infantin, die ihren Tänzer wieder abzuschieben verstand:
»Wertes Fräulein, dem Galan, den Eure Hoheit mir vorgeführt hat, steht es auf der Stirn geschrieben, daß er ein sehr unwissender und kleinlicher, knauseriger Mensch ist. Er wird Euch gewiß viel Kummer bereiten. Man sieht es ihm zwar an, daß er ein mutiger Mensch

ist, ein Bursche von tollkühner Natur. Das Waffenglück ist ihm in die Wiege gelegt, und er wird als König sterben.«
Das Herz der Infantin wurde schwer bei diesen Worten, sie versank in tiefes Nachsinnen und seufzte:
»Schon immer habe ich sagen hören: Das Übel, vor dem man bangt, wird zum Strick, an dem man hangt. Und lieber wäre ich eine Nonne oder eines Schusters Weib als die Gemahlin von dem da, auch wenn er König von Frankreich wird.«
Der König hatte unterdessen den Auftrag erteilt, eine Vorhanggarnitur von unübertrefflicher Schönheit anzufertigen, ganz aus Brokat, die er seiner Tochter am Tag der Hochzeit als Schmuck ihres Brautbettes zu schenken gedachte. Als Modell, nach dessen Maßen dieses Webkunstwerk auszuführen wäre, hatte er in einem Gemach des Schlosses eine andere Garnitur anbringen lassen, in schlichtem Weiß. Als nun der Brokatbaldachin fertig war, stellte man die beiden Himmelbetten nebeneinander. Die Tagesdecke des einen war aus dem gleichen Brokat gemacht; seine Matratzen überzog man mit den Laken, auf denen die Infantin die Hochzeit vollziehen sollte; und seine Kissen waren reich bestickt, so daß es sich als ein wahrhaft unvergleichliches Prachtlager präsentierte. Das andere Bett aber war nur weiß. Es bestand also ein krasser Unterschied zwischen den beiden.
Am Abend nun zog die Prinzessin die Tänze listig in die Länge. Und als der König bemerkte, daß Mitternacht schon vorüber war, zog er sich zurück; wortlos entfernte er sich, um das Vergnügen seiner Tochter nicht zu stören. Da es aber zu regnen begann, schickte sie einen Boten zu ihrem Vater, um ihn fragen zu lassen, ob es ihm recht wäre, wenn Philipp diese Nacht im Schloß bliebe und bei ihrem Bruder, dem Infanten, schliefe. Der König ließ wissen, daß er gern damit einverstanden sei.
Kurz nach dem Verschwinden des Königs beendete man das Tanzen, und die Infantin bat Philipp dringlich, er möge doch, da der größte Teil der Nacht bereits vorbei sei, hierbleiben und im Schloß schlafen. Philipp antwortete, daß er ihr für das freundliche Angebot vielmals danke, aber mühelos noch den Heimweg zu seiner Herberge schaffe. Die Infantin hielt ihn am Ärmel fest und sagte:

»Beim Himmel, da es meinem Bruder, dem Infanten, beliebt, daß Ihr hierbleibt, ist heute nacht Eure Herberge hier.«
Tirant sagte:
»Bleibt ruhig hier, wenn man es so dringlich wünscht. Macht den beiden die Freude. Ich werde auch bleiben, um Euch jederzeit meine Dienste bieten zu können.«
»Das ist nicht nötig«, erwiderte die Infantin, »denn bei meinem Vater, meinem Bruder und mir gibt es Hausgesinde genug, das ihm zu Diensten steht.«
Diese Zurechtweisung stieß die junge Dame mit zorniger Entrüstung aus. Tirant, der nicht übersehen konnte, daß er unerwünscht war, entfernte sich mit den anderen Gästen, um sein Quartier aufzusuchen. Kaum waren die Leute gegangen, da erschienen zwei Pagen, die beide einen Leuchter in der Hand hielten und Philipp fragten, ob es ihm beliebe, schlafen zu gehen. Er antwortete, daß er das tun wolle, was die gnädige Infantin und ihr Bruder ihm zu befehlen geruhten. Die beiden meinten, es sei an der Zeit, sich zur Ruhe zu begeben. Daraufhin verabschiedete sich Philipp mit einer Verneigung von der Infantin und folgte den Pagen, die ihn in ein Gemach brachten, in welchem zwei Betten standen.
Als Philipp die überaus prächtige Lagerstatt erblickte, staunte er und dachte, daß es wohl besser wäre, sich in das andere zu legen. Beim Tanzen in dieser Nacht war ihm jedoch eine Naht am Hosenbein ein wenig aufgeplatzt, und deshalb dachte er nicht ohne Verlegenheit daran, daß die Seinigen am nächsten Morgen wohl nicht zur Stelle wären, bevor er aufstünde. Die Pagen waren von ihrer Herrin genau instruiert worden, und das hohe Fräulein selbst lauerte an einem Platz, von dem aus sie bestens alles beobachten konnte, was Philipp tun würde.
Philipp sagte zu einem der Pagen:
»Sei so nett, bring mir eine Nähnadel und ein Stückchen weißen Faden.«
Der Page lief zur Infantin, die zwar gesehen hatte, daß der Junge mit einem Auftrag fortgeschickt worden war, aber nicht mitbekommen hatte, was der Prinz wollte. Sie ließ dem Pagen eine Nadel und ein bißchen Garn geben, und der brachte das Gewünschte in das Schlaf-

gemach, wo er Philipp unruhig hin und her gehen sah, von einer Ecke des Zimmers zur anderen, während der zweite Page starr danebenstand, ohne auch nur ein Sterbenswörtchen zu sagen.

Sobald Philipp die Nadel hatte, näherte er sich dem Leuchter und stocherte eine Krätzequaddel auf, die er an der Hand hatte. Die Infantin folgerte sofort, daß er sich die Nadel habe kommen lassen, um sich die Milbe aus der juckenden Pustel zu puhlen. Philipp ging zu dem Bett, das er sich als Nachtlager erwählt hatte, und steckte die Nadel irgendwo ans Bettzeug. Dann zog er das Obergewand aus, so daß er im Wams dastand, in einer mit Gold- und Silberfiligran verzierten Weste. Er begann diese aufzuknöpfen und setzte sich aufs Bett. Als die Pagen ihn der Beinkleider entledigt hatten, hieß Philipp sie schlafen gehen, wobei er sagte, sie sollten ihm einen der Leuchter dalassen. Sie taten, was er wünschte, und schlossen hinter sich die Tür. Philipp erhob sich von der Bettkante, um zur Nadel zu greifen und seine Hose zu flicken. Er machte sich auf die Suche nach dem winzigen Hilfsgerät, durchforschte das Bett vom Kopfende bis zum Fußende, hob mißmutig den Überwurf, der seine Schlafstatt bedeckte, und er zerrte derart an dieser Tagesdecke herum, daß sie auf den Boden fiel. Dann entfernte er die Leintücher und nahm das ganze Bett auseinander, ohne die Nadel finden zu können. Er hatte vor, alles wieder in Ordnung zu bringen und sich ins frisch gemachte Nest zu legen. Aber angesichts der völligen Verwüstung, die er angerichtet hatte, sagte er sich:

»Nanu! Ist es da nicht klüger, sich einfach in das andere dort zu legen, statt sich abzurackern, um alles wieder hübsch ordentlich herzurichten?«

Als wahrhaft wundertätige Nadel erwies sich die so unauffindbar verschwundene für den guten Philipp. Er warf sich in das prunkvolle Brautbett und ließ das ganze herausgerissene und zerwühlte Weißzeug auf dem Boden liegen. Die Infantin, welche das ganze Possentreiben als Augenzeugin miterlebt hatte, sagte zu ihren Zofen:

»Schaut euch das an! Sie sind fürwahr nicht auf den Kopf gefallen, diese Ausländer. Die wissen, was Lebensart heißt, besonders Philipp. Ich wollte ihn, wie bei früheren Gelegenheiten, noch einmal auf die Probe stellen, mit diesen zwei Betten. Ich dachte, Philipp würde, wenn er täppisch oder kleinkariert ist, nicht das Herz haben, sich in ein so herrlich hergerichtetes Hochzeitsbett zu legen, sondern sich in das schlichtere verkriechen. Aber er hat mich eines Besseren belehrt: das einfache Lager hat er zerlegt, total zunichte gemacht und das Weißzeug auf den Boden geschmissen. Mit der größten Selbstverständlichkeit hat er sich in das Prunkbett gelegt, zum Zeichen dafür, daß er der Sohn eines Königs ist und ihm solche Pracht gebührt, daß er Sproß eines hochedlen, berühmten und uralten Stammes ist. Jetzt erkenne ich, daß der tapfere Tirant als echter, rechtschaffener Ritter mir stets die Wahrheit gesagt hat; daß alles, was er mir ins Ohr flüsterte, nur meinem Wohl und meiner Ehre zugute kommen sollte. Und ich muß mir eingestehen, daß der Philosoph nicht soviel weiß, wie ich geglaubt habe. Ich verzichte künftig auf seinen Rat. Weder von ihm noch von irgend sonstwem will ich weise Empfehlungen hören. Nein, morgen lasse ich den wackeren Tirant rufen. Er ist der Brandstifter meiner Herzenswonne gewesen, drum soll er es auch sein, der mir vollends zur Seelenruhe verhilft.«

Mit diesem festen Entschluß begab sie sich zu Bett.

Früh am nächsten Morgen kam Tenebros mit den Pagen Philipps zu ihrem Gemach, um ihr ein neues Gewand zu überreichen, das sie anziehen sollte. Kaum hatte die Infantin sich halbwegs angekleidet und das letzte Schleifchen an der seidenen Tunika geschlungen, da wollte sie ihre Ungeduld nicht länger zügeln. Noch ohne Gala, wie sie war, ließ sie Tirant kommen, und mit freudestrahlender Miene eröffnete sie ihm, was ihr Wunsch und Wille sei.

KAPITEL CXI

Wie die Infantin von Sizilien dem herbeigerufenen Tirant offenbarte, daß sie gern bereit sei, mit Philipp den Bund der Ehe zu schließen

Dank dem brennenden Eifer, mit dem mein verliebtes Herz dem eigenen Kopf zur Klarheit verhelfen wollte, bin ich zu der Einsicht gelangt, welch unvergleichliche Vorzüge Philipps Wesen aufweist. Mit meinen eigenen Augen konnte ich mich davon überzeugen, wie großherzig sein Verhalten ist, wie königlich sein Charakter. Bisher habe ich nur mit innerem Widerstreben der mir aufgenötigten Heirat zugestimmt, da gewisse Mutmaßungen mein Gemüt in schlimme Zweifel stürzten. Doch von nun an werde ich mich mit Freuden dem fügen, was Seine Majestät der König mir befiehlt; mit Lust werde ich ihm seinen Wunsch erfüllen. Und da Ihr der Anstifter von Philipps Verzückung gewesen seid, sollt Ihr auch derjenige sein, der zwei Herzen endgültig von ein und derselben Qual befreit.«

Als Tirant diese reizenden, liebenswürdigen Worte der Infantin hörte, fühlte er sich als der fröhlichste Mensch der Welt. Ohne Zögern antwortete er ihr:

»Dem Edelmut Eurer Hoheit, Herrin, ist es gewiß nicht entgangen, mit wieviel Zuneigung und Hingabe ich mich darum bemüht habe, Euch zu einem Gefährten zu verhelfen, der Euch zur Ehre gereicht und zugleich für Euer Entzücken bürgt. Ich habe freilich des öfteren bemerkt, daß es den Verdruß, das Mißfallen Eurer Hoheit erregte, wenn ich die Vorzüge Philipps hervorhob, in der Absicht, Euch damit einen Dienst zu erweisen. Darum befriedigt es mich jetzt um so mehr, daß Eure Hoheit selbst die Wahrheit meiner Worte erkannt hat und, befreit von all den Fehleinschätzungen vergangener Tage, zu einer beglückenden Klarsicht gelangt ist, die Eure große Klugheit offenbart. Deshalb will ich jetzt gleich den Herrn König aufsuchen, um mit ihm zu reden und die Sache so rasch wie möglich zum Abschluß zu bringen.«

Tirant bat die Infantin, sich entfernen zu dürfen, und begab sich zum König, dem er das Folgende sagte:
»Der offenkundige Kummer, unter dem die Gesandten aus Frankreich wegen der sich hinauszögernden Heirat leiden, hat mich veranlaßt, zu Eurer Majestät zu kommen und Euch zu bitten, daß Ihr, nachdem Ihr Eure Einwilligung ja schon gegeben habt, für die Verwirklichung des Vereinbarten sorgt oder den Gesandten die Erlaubnis erteilt, nach Hause zu reisen, zu ihrem Herrn. Falls es Eurer Majestät nicht mißfällt, wenn ich im Namen Eurer Hoheit mit der Infantin rede, so werde ich sie wohl, mit Gottes Hilfe und den Argumenten des gesunden Menschenverstandes, bewegen können, bereitwillig auf alles einzugehen, was Eure Majestät von ihr erwartet.«
»So wahr mir Gott helfe«, sagte der König, »ich bin sehr froh, wenn Ihr das schafft. Und ich möchte Euch bitten, sie zu besuchen und in meinem wie in Eurem Interesse sie zu einer klaren Entscheidung zu bewegen.«
Tirant verließ den König, ging zurück zur Infantin und traf sie vor dem Spiegel an, wo sie sich gerade die Flechten ihres Haares um den Kopf wand. Er berichtete ihr, wie das Gespräch mit dem König verlaufen war. Die Infantin sagte:
»Herr Tirant, ich vertraue ganz und gar Eurem Edelmut. Darum lege ich diese ganze Angelegenheit in Eure Hände, und alles, was Ihr unternehmt, soll mir recht sein. Selbst wenn Ihr wollt, daß es jetzt gleich geschieht, bin ich herzlich gern dazu bereit.«
Im selben Augenblick, da er dieses Bekenntnis ihrer Bereitwilligkeit vernahm, bemerkte Tirant, daß Philipp vor der Türe stand und darauf wartete, die Infantin zur Messe begleiten zu dürfen. Er bat die junge Dame, ihre Zofen aus dem Zimmer zu schicken, da er ihr in Gegenwart von Philipp noch dies und jenes sagen wolle. Die Infantin erteilte den Mädchen die Weisung, hinauszugehen und sich zu richten – und diese wunderten sich alle über den vertraulichen Ton, in dem die Infantin mit Tirant verkehrte.
Als Tirant sah, daß alle Zofen hinausgegangen waren, öffnete er die Zimmertür und ließ Philipp herein.
»Herrin«, sagte Tirant, »hier seht Ihr Philipp, dem Ihr mehr bedeutet

als alle Prinzessinnen der Welt zusammen und der sich von ganzem Herzen danach sehnt, Eurer Hoheit dienen zu dürfen. Darum flehe ich kniefällig, wie Ihr seht, Euer Gnaden an, ihm einen Kuß zu geben, als Zeichen der Gültigkeit Eures Einverständnisses.«

»Ah, Tirant«, rief die Infantin, »Gott geb's, daß Euer sündiger Mund keinen Kanten trockenen Brots mehr zu kauen kriegt! Das also ist dies und jenes, was Ihr mir noch sagen wolltet? Euer Gesicht verrät, was Ihr im Herzen hegt. Wenn der Herr König, mein Vater, es mir gebietet, dann werde ich's tun.«

Augenzwinkernd gab Tirant dem Prinzen einen Wink, blitzschnell umschlang dieser die Infantin, trug sie zu einem Ruhelager, das in der Ecke stand, legte sie darauf und küßte sie fünfmal oder sechsmal. Die Infantin sagte:

»Tirant, ich habe geglaubt, daß ich Euch mehr vertrauen könnte. In was für eine Lage habt Ihr mich gebracht? Wozu treibt Ihr mich? Ich hielt Euch für einen Mann, der wie ein Bruder zu mir steht; und Ihr habt mich den Händen dieses Menschen ausgeliefert, von dem ich nicht weiß, ob er für mich ein Freund oder ein Feind sein wird.«

»Grausam sind die Worte, Herrin, die Ihr mir sagt. Wie kann Philipp ein Feind Eurer Durchlaucht sein, er, der Euch mehr liebt als sein eigenes Leben und sich danach sehnt, Euch bei sich zu haben in jenem prächtigen Himmelbett, wo er die letzte Nacht geschlafen hat – sei's als splitternackte Schöne oder als Mädchen im losen Hemd. Glaubt mir, daß dies für ihn der größte Schatz wäre, den man auf dieser Welt erlangen kann. Laßt also, Herrin« – sagte Tirant – »laßt also, indem Ihr Euch zu jenem höheren Grad von Würde erhebt, der Eurer Hoheit gebührt, den unglücklichen Philipp, der stirbt vor Liebe zu Euch, ein Stückchen von jener Seligkeit verspüren, die er so heiß ersehnt hat.«

»Gott bewahre mich davor«, sagte die Infantin, »Er behüte mich vor einem solchen Fehltritt. Wie niedrig käme ich mir selber vor, wenn ich so etwas Unerhörtes zulassen würde!«

»Herrin«, sagte Tirant, »Philipp und ich sind zu nichts anderem hier, als Euch dienstbar zu sein. Habt in Eurer wohlwollenden Güte nur ein bißchen Geduld.«

Bei diesen Worten packte er ihre Hände, und Philipp wollte seine

Heilmittel einsetzen. Die Infantin schrie auf, ihre Zofen stürzten herein und stellten den Frieden wieder her, indem sie erklärten, es sei doch alles ganz harmlos und die beiden redlichen Herren hätten nur das Beste im Sinn.

Als die Frisur der Infantin wiederhergestellt war, hüllte sie sich in ein höchst prachtvolles Gewand, und Philipp sowie Tirant geleiteten sie und die Königin zur Kirche, wo man, noch vor der Messe, das fürstliche Brautpaar traute. Am Sonntag darauf beging man die Hochzeit mit großem Zeremoniell und vielen festlichen Darbietungen. Eine ganze Woche lang wurde das Ereignis gefeiert mit Tjosten, Turnieren, Tänzen und allerlei Mummenschanz bei Nacht und bei Tage.

Die Infantin wurde so hofiert, umschwärmt und bejubelt, daß sie höchst zufrieden war mit Tirant, noch viel mehr aber mit Philipp, der ihr seine Tatkraft mit solcher Tüchtigkeit erwies, daß sie es ihr Leben lang nicht vergaß.

KAPITEL CXII

Wie der König von Sizilien zehn Galeeren und vier Kriegsschiffe aussandte zur Verstärkung der Streitmacht des Königs von Frankreich

Als die Festlichkeiten vorüber waren, mit denen die Fürstenhochzeit gefeiert wurde, war der König von Sizilien zu dem Entschluß gekommen, die Unternehmung des Königs von Frankreich zu unterstützen. Zu diesem Zweck ließ er zehn Galeeren und vier mächtige Kriegsschiffe ausrüsten und bezahlte den Mannschaften im voraus den Sold für sechs Monate. Tirant kaufte selbst eine Galeere; er wollte von niemandem Geld annehmen und sich mit keinem zusammentun, denn er hatte sich vorgenommen, auf eigene Faust und nach eigenem Belieben zu handeln. Als alle Schiffe der Expeditionsflotte bestückt und reichlich mit Proviant versehen waren, verbreitete sich die Kunde, der französische König befinde sich im Hafen von Aigües Mortes, wo sich

dessen Flotte mit all den Hilfsgeschwadern der Könige von Kastilien, Aragón, Navarra und Portugal vereinigt habe.
Philipp wurde zum Befehlshaber erwählt, und in Begleitung des Infanten von Sizilien segelte er zunächst zum Hafen von Savona, wo sie die Schiffe des Papstes, des Kaisers und aller hilfswilligen Städte Italiens vorfanden. Gemeinsam stach man dann in See, und so rasch ging die Fahrt voran, daß sie den König von Frankreich vor der Insel Korsika einholten. Dort versorgten sie sich mit frischem Trinkwasser, und wohlversehen mit allem Nötigen, segelten sie weiter und gelangten, ohne bei Sizilien oder sonstwo angelegt zu haben, eines Tages bei Morgendämmerung in die Nähe der großen Stadt Tripoli in Syrien. Keiner aus der ganzen Streitmacht kannte die Reiseroute, niemand außer dem König. Doch als die Leute sahen, daß das Schiff des Königs halt machte und jedermann dort sich wappnete, mutmaßten sie, daß man jetzt an Land gehen würde. In diesem Moment näherte sich Tirant mit einem kleinem Beiboot seiner Galeere dem Königsschiff und erklomm das Deck. Seinem Beispiel folgten viele andere, und sie vernahmen, daß der König bereits im Begriff sei, seine Rüstung anzulegen, vor dem Kampf aber noch die seemännische Notmesse hören wolle.
Als dann die Lesung stattfinden sollte, warf sich Tirant vor dem König auf die Knie und bat ihn, er möge ihm gütigst gewähren, ein Gelübde ablegen zu dürfen. Der König sagte, daß er ihm dies gern gestatte. Daraufhin begab sich Tirant zu dem Priester, der die Meßfeier zelebrierte, und kniete zu dessen Füßen nieder. Der Geistliche ergriff das Missale, wandte sich damit dem König zu, und Tirant, der noch immer auf den Planken kniete, legte seine Hände auf das Buch und hob an, die folgenden Worte zu sprechen.

KAPITEL CXIII

Das Gelübde, das Tirant vor dem König von Frankreich und vielen anderen Rittern ablegte

Da ich dank der göttlichen Gnade des Allmächtigen dem Stand der Ordensritter angehöre und mich frank und frei bewegen kann, durch keinerlei Knechtspflichten oder sonstige Fesseln behindert, nicht genötigt von irgendwelchem Zwang, nur dem eigenen ritterlichen Herzensdrang gehorchend, mir Ehre zu erwerben, gelobe ich Gott und allen Heiligen im Paradies sowie meinem Herrn, dem Herzog der Bretagne, welcher der Großadmiral dieser Flotte und Stellvertreter des durchlauchtigen und allerchristlichsten Königs von Frankreich ist, daß ich heute als erster an Land gehe und als letzter mich zurückziehen werde.«

Danach gelobte und beschwor Diafebus, er werde seinen Namen an die Tore der Stadt schreiben, die bisher Tripoli in Syrien heiße.

Ein weiterer Ritter kniete nieder und gelobte, er wolle, wenn der König an Land gehe, sich so dicht der Wehrmauer nähern, daß er einen Wurfspeer in die Stadt schleudern könne.

Noch einer warf sich dem Priester zu Füßen und verhieß, daß er, wenn der König an Land gehe, in die Stadt eindringen werde.

Damit begnügte sich der Ritter nicht, der als nächster seinen Eid leistete: er schwor, er werde nicht nur in die Stadt eindringen, sondern auch eine sarazenische Jungfrau ihrer Mutter entreißen und sie aufs Schiff bringen, um sie später der Tochter des Königs von Frankreich als Zofe zu schenken.

Schließlich beschwor einer gar, er werde ein Banner auf dem höchsten Turm dieser Stadt aufpflanzen.

Viele Ritter waren auf dem Schiff des Königs versammelt, mehr als vierhundertfünfzig Männer mit vergoldeten Sporen. Wo aber viele Leute beisammen sind, die derselben Zunft angehören, kommen immer Neid und Mißgunst auf; denn die Sünde des Neides treibt viele Zweige, und sie gedeiht prächtig unter den engherzigen Kreaturen, die es nicht ausstehen können, wenn ein anderer sich als trefflicher, tapferer Ritter erweist.

Viele fühlten sich dazu gedrängt, dafür zu sorgen, daß Tirant sein

Gelübde nicht erfüllen könne; und sie trafen alle Vorbereitungen, um mit Beibooten, Feluken oder Galeeren noch vor ihm an Land zu kommen.

Als die Sarazenen eine so gewaltige Flotte anrücken sahen, gaben sie Alarm mit vielen Rauchzeichen, die sie da und dort aufsteigen ließen, so daß eine Unmenge von Moslems zusammenströmte und sich an der Küste postierte, um den Christen die Landung zu verwehren. Der König verließ seinen Segler und bestieg eine Galeere; Tirant begab sich auf die seinige; und in geschlossener Formation schossen alle Rudergefährte gleichzeitig los, um den Strand anzulaufen. So dicht bei dicht fuhren sie, daß sie einander fast ins Gehege kamen.

Als sie dem Ufer ganz nahe waren und man schon daranging, die Strickleitern auszuwerfen, drehten sich alle Fahrzeuge, damit man, rückwärtsrudernd, mit dem Heck anlegen würde, um die Leute an Land zu lassen. Nur die Galeere Tirants machte eine Ausnahme. Er befahl, sie schnurstracks mit dem Bug auf den Sand zu setzen. Als er hörte, daß das Holz den Grund berührte und festsaß, sprang er, der die ganze Zeit gewappnet vorn am Bug gestanden hatte, ins Wasser. Die Sarazenen, die ihn sahen, stürzten sich auf ihn, um ihn zu töten; aber Diafebus und andere Mannen hielten ihm mit ihren Armbrüsten und Feldschlangen die Feinde vom Leib. Nach ihm sprangen viele Krieger und Seeleute von Bord, um ihm zu Hilfe zu eilen.

Die anderen Galeeren hatten inzwischen ihre Kehrtwendung vollzogen, und die Strickleitern wurden ausgeworfen. Aber wer würde den Mut haben, nun hinabzusteigen angesichts einer solchen Masse von Moslems? Das heftigste Kampfgetümmel herrschte dort, wo Tirant war. Die Tapferkeit, die Tüchtigkeit, die Kraft und die Erfahrung waren auf seiten des Königs und der Seinigen. Mit ritterlicher Tollkühnheit kletterten sie die Strickleitern hinab, und sie hatten es so eilig, den Sarazenen auf den Leib zu rücken, daß viele vor lauter Hast in die Brandung stürzten.

Als alle Kämpen an Land gegangen waren, sowohl aus den Galeeren wie aus den Segelschiffen, lieferten sie den Sarazenen eine große Feldschlacht, bei der auf beiden Seiten viele Mannen ums Leben kamen.

Und in dem Moment, da die Muslime sich in die Stadt zurückziehen wollten, gelangte im allgemeinen Durcheinander von Freund und Feind eine ganze Anzahl vortrefflicher Ritter mit dem Strom der Flüchtenden in die Stadt, wo sie fünf Straßenzüge in ihre Gewalt brachten. Damit waren ihre Möglichkeiten freilich erschöpft. Alle Ritter, die ein Gelübde abgelegt hatten, schafften es jedoch, im Bereich der fünf eroberten Straßen das zu vollbringen, was sie versprochen hatten; und man füllte die Galeeren und Segler mit einer Unmenge erbeuteter Schätze; aber die Heerscharen, die zur Verstärkung der Verteidiger herangeführt wurden, waren so mächtig, daß es den Christen nicht gelingen konnte, noch tiefer zur Stadtmitte vorzustoßen.
Am gefährlichsten wurde es für die Eindringlinge, als es an der Zeit war, sich auf die Schiffe zurückzuziehen. Dem Rat erfahrener Seeleute folgend, ließ der König alle Rudergefährte rasch durch Plankenstege miteinander verbinden, und so war es möglich, daß viele Streiter sich schnell in Sicherheit bringen konnten; trotzdem kostete dieser Rückzug nicht wenige das Leben.
Als alle, die heilgeblieben waren, sich an Bord der Landungsboote versammelten, vermißte man Tirant, der sein Gelübde noch nicht erfüllt hatte. Seine festsitzende Galeere hatte man schon vom Sand zurück ins Meer geschoben, und sie schaukelte, bereit zur Abfahrt, im weniger seichten Wasser. Die Strickleiter hing noch vom Bug herab, und man wartete gespannt, wann er endlich heraufklettern würde. Außer Tirant war aber noch ein zweiter Mann draußen zurückgeblieben, ein ehrgeiziger Ritter namens Richard der Glücksvogel, der es seiner Mannestugenden wegen auch sehr wohl verdiente, der Ehre teilhaftig zu werden, die er erstrebte. Dieser Richard sagte zu Tirant:
»Alle anderen haben sich auf die Boote gerettet oder sind tot. Nur du und ich sind noch hier. Dir ist die Krone allen irdischen Ruhmes zuteil geworden, indem du zum Besten aller siegreichen Kämpen gekürt wurdest. Und nun haben, dem Drang eines edlen Herzens und der ritterlichen Kühnheit gehorchend, deine vom Glück begünstigten Füße als erste diesen Boden der Verdammnis berührt, auf dem bei Tag und bei Nacht die Litanei der Irrlehre jenes falschen

Propheten geplärrt wird, jenes gottlosen, lieblosen, erbarmungslosen Mohammed, der schon so viele Menschen hinters Licht geführt hat. Da du also schon soviel Ehre erlangt hast und es dir ja nicht unbekannt ist, vor wieviel Gefahren ich dich bewahrte, die dein Leben bedrohten, bitte ich dich: Hab Einsicht und zeig dich erkenntlich durch deine Bereitschaft, vor mir an Bord der Galeere zu gehen, damit wir einander gleich sind an Ehre und Ruhm in rechter Brüderlichkeit; denn manchmal kommt es vor, daß einer, der alle irdische Glorie für sich allein begehrt, die ganze Herrlichkeit verspielt. Sei vernünftig und gönne mir den Anteil, der mir zusteht. Merke dir genau, was ich jetzt sage. Hände, Füße und Herz – alles habe ich. Liebe, Lust und Willenskraft sind bei mir im Überfluß vorhanden; auch die rasende Raubgier eines hungrigen Löwen. Hochmut, Neid – geballt halte ich sie in der geschlossenen Hand. Wenn ich die öffne, gibt es keinen, der Gnade fände. Ich will sie bändigen, will sie zwingen, nicht aufzubegehren gegen meinen Willen zur Selbstbeherrschung.«

»Dies ist nicht der rechte Augenblick, viele Worte zu machen«, antwortete Tirant. »Tod oder Leben – beides liegt in deiner Hand. Ich werde als siegreicher Kämpe gelten, auch wenn wir beide unter den Händen dieser Ungläubigen verenden; und ich bin sicher, daß unsere Seelen gerettet werden, da wir mit festem Glauben sterben, als gute Christen, die sich wacker ihrer Haut wehren. In der Stunde, da ich mein Gelübde ablegte, dachte ich eher an den Tod als an das Leben, auch an all die Ungewißheit, mit welcher der Tod uns ängstigt. Aber alle Bangnis bedeutete mir nichts im Blick auf die Ehre eines edelmütigen Verhaltens im Stil wahrer Ritterlichkeit. Denn wer als rechter Ritter stirbt, der hat sein Leben mit Anstand hinter sich gebracht, und der volle Glanz der Seligkeit, der Ehre und des Ruhms sind ihm gewiß, in dieser und in jener Welt. Hätte ich mein Gelübde auch nicht in Gegenwart eines so durchlauchtigen Herrn abgelegt, wie es der König von Frankreich ist; wäre ich nur insgeheim auf diese Idee verfallen und hätte nur zwischen den Zähnen murmelnd mir selbst dieses Versprechen gegeben – ich würde dennoch lieber sterben, als nicht Wort halten; denn Ritterlichkeit heißt nichts anderes als Beglaubigung der Tugend durch tugendhafte Taten. Darum, Richard, reich mir die Hand und laß uns sterben, wie es Rittern geziemt, statt hier herumzustehen und unsere Zeit mit unnützen Worten zu verplempern.«

Richard sagte:

»Gut, mir soll's recht sein. Gib mir die Hand und laß uns aus dem Wasser wieder an Land steigen, zum Kampf gegen die Feinde des Glaubens.«

Beide Ritter standen nämlich während dieses Wortwechsels im anbrandenden Salzwasser, das ihnen bis an die Brust ging. Und sie befanden sich da wegen der unzähligen Speere, Pfeile, Bolzen und Steine, mit denen sie beschossen wurden und von denen sie nur deshalb nicht getroffen wurden, weil die Galeeren eine gute Dekkung boten.

Als Richard sah, daß Tirant tatsächlich zum Ufer watete, um auf die Sarazenen loszugehen, packte er ihn am Wappenrock, zerrte ihn zurück ins Wasser und sagte:

»Ich kenne keinen Ritter auf der Welt, der so furchtlos wäre wie du. Da ich sehe, was für ein unerschrockenes, tollkühnes Herz du hast, schlage ich vor: Setz du als erster den Fuß auf die Leiter, und ich steige dann als erster hinauf.«

Der König beobachtete die beiden mit großer Sorge; ihm war bange bei dem Gedanken, er könnte diese zwei vortrefflichen Ritter verlieren. Tirant indes wollte Richard teilhaben lassen an der Ehre, sich als letzter Streiter auf das Schiff zurückzuziehen; deshalb setzte er bereitwillig den rechten Fuß auf die Leiter. Dann kletterte Richard als erster hinauf, und Tirant erklomm als letzter von allen die rettende Bordwand, womit er sein Gelübde vollständig erfüllte.

Hierüber entspann sich jedoch noch ein großer Streit zwischen den zwei Rittern, weil manche Augenzeugen mit Jubelrufen erklärten, wie glänzend, wie glorreich Tirant sein Gelübde erfüllt habe, und weil auch der König und viele andere Herren ihn mit großer Begeisterung und lauten Rühmungen empfingen. Richard, der sah, daß alle Tirant die Ehre gaben, konnte nicht länger an sich halten und sprach in Gegenwart des Königs die folgenden Worte.

KAPITEL CXIV

Wie Richard in Gegenwart des Königs von Frankreich erklärte, er werde mit Tirant einen Zweikampf auf Leben und Tod ausfechten; und wie der König nach dem Überfall auf das syrische Tripoli die Küste der Türkei plünderte

All jene Leute, die nicht wirklich Bescheid wissen über das wahre Wesen weltlicher Ehre, verraten ihre Unbedarftheit durch den eigenen Mund, indem sie mit ihrem Geplapper der plumpen Parole folgen: ›Was mein Gevatter meint, ist auch meine Meinung.‹ Keine Ahnung haben sie von der edlen Geistesart und dem redlichen Handeln unserer Vorfahren, von den tätig geübten Mannestugenden, wie sie sich einem offenbaren, wenn man die Geschichten von jenem berühmten König Artus liest, dem einstigen Herrn beider Britannien, des großen wie des kleinen, der ja der Gründer, Sinnstifter und Vollender der sagenhaft prächtigen, reich gesegneten Tafelrunde war, zu der so viele noble und tapfere Ritter zählten, die wußten, was Ehre und Anstand heißt, des höchsten Ruhmes würdig waren und jeglichen Trug, jede Falschheit, jede Bosheit verabscheuten. Würde man auf wahrhaft ritterliche Weise den heutigen Fall beurteilen – wem spräche man da die Ehre und die irdische Glorie zu? Wem sonst als mir? Denn Tirant, der sich im Getümmel offener Feldschlachten eher durch Feigheit als durch tollkühnes Draufgängertum hervortut, kann, obwohl das Glück ihm gewogen ist und er durch Fortuna schon in vielen Fällen entscheidende Hilfe erhalten hat, gewiß nicht bestreiten, daß nach dem heutigen Geschehen keiner außer mir dafür in Frage kommt, mit all den ritterlichen Ehrungen bedacht zu werden, die jeweils dem gebühren, der sich als der Wackerste von allen erwiesen hat. Ich, der ich hier barfuß stehe, bin jedenfalls fest entschlossen, keinen Schuh mehr anzuziehen, bevor nicht Seine Majestät der Herr König und die adligen Ritter, die hier zugegen sind, durch ihr Urteil diesen Fall entschieden haben. Jedermann hat es ja mit Augen gesehen, daß Tirant und ich, nachdem sich unsere gesamte Streitmacht schon auf die Schiffe zurückgezogen hatte, allein am Ufer zurückblieben. Zwischen ihm und mir gab es einen langen Disput, wer von uns sich als erster in Sicherheit bringen sollte. Er hatte ein Gelübde abgelegt, ich nicht; doch ich war entschlossen, mich den größten Gefahren auszusetzen, die es im Kriege geben kann; ich wollte ausharren, angesichts der Unmenge von Sarazenen, die heranrückte. Und als er sah, daß ich mich nicht in Sicherheit bringen wollte, setzte er bereitwillig als erster den Fuß auf die Leiter, ehe ich es tat. Habt also die Güte, Herr, den hohen Ehrenrat einzuberufen und in kühler Sachlichkeit darüber zu befinden, wem Eure Majestät den Anspruch auf besondere Rühmung zuerkennt; denn ich bin's, dem von Rechts wegen solche Anerkennung gebührt. Falls Eure Hoheit aber nicht willens ist, ein solches Urteil zu fällen, sage ich laut vor allen Leuten, daß ich ein besserer Ritter bin als Tirant und ihn in die Schranken fordere, zu einem Kampf Mann gegen Mann, einem Kampf auf Leben und Tod.«

Der König antwortete ihm:

»Richard, kein anständiger Richter erlaubt es sich, ein Urteil zu fällen, ohne zuvor beide Seiten angehört zu haben; daher ist es unmöglich, diesen Fall in Abwesenheit Tirants zu entscheiden.«

Diese Äußerungen kamen Tirant zu Ohren, und er fuhr mit seiner Galeere dicht an das Schiff des Königs heran. Als er dort an Bord gestiegen war, hatte sich der König in seine Kajüte zurückgezogen und schlafen gelegt. Richard jedoch, der hörte, Tirant sei gekommen, trat auf ihn zu und sagte:

»Tirant, mag sein, was will – ich kann's mit mir selber ausfechten, drinnen in meinem Herzen. Wenn Ihr es aber wagt, öffentlich zu behaupten, ich sei kein besserer Ritter als Ihr, so fordere ich Euch heraus, zu einem Zweikampf auf Leben und Tod.«

Mit diesen Worten warf er ihm die Handschuhe vor die Füße.

Tirant, der merkte, daß der andere aus so nichtigem Anlaß sich mit ihm schlagen wollte, hob die Hand und gab ihm eine schallende Ohrfeige. Der Krawall, der sich daraufhin erhob, war so gewaltig, daß zwangsläufig schließlich der König heraufkam, ein Schwert in der Hand. Als Tirant den König erblickte, sprang er hinauf auf das Vorderkastell, und dort, auf dem hohen Vorschiff, konnte er sich mühelos seiner Haut wehren. Dem König rief er zu:

»Herr, bestraft diesen dreisten Ritter da, der den Streit vom Zaun gebrochen hat. Noch nie hat er auf einem Turnierplatz gestanden, geschweige denn das wütige Schwert eines Beleidigten vor seinen Augen blitzen sehen; und jetzt will er mit mir einen Kampf auf Leben und Tod ausfechten, wegen nichts. Wenn er mich besiegt, so hat er damit alle ritterlichen Waffentaten in den Staub gestoßen, die ich mit harter Mühe vollbrachte und in Siege verwandeln konnte, in heiß errungene Triumphe; und wenn ich ihn niederstrecke, so habe ich einen Menschen umgebracht, den man noch nie gewappnet in die Schranken treten sah.«

Nachdem er dies gerufen hatte, winkte er seine Galeere herbei und ließ sich an einem Tau hinabgleiten in das niedrige Rudergefährt, wo er sich außer Gefahr wußte. Wäre der König nach dem skandalösen Vorfall seiner habhaft geworden, so hätte sich nämlich niemand sonderlich verwundert, wenn ihm auf Befehl Seiner Majestät der Kopf abgehauen worden wäre.

Mit der gesamten Flotte segelte dann der König davon, Richtung Zypern, der türkischen Küste entlang, die er gründlich ausplünderte und mit lodernden Bränden überzog. Die dort erbeuteten Schätze häuften sich auf sämtlichen Schiffen. Und als diese nach Zypern gelangten, ging man im Hafen von Famagusta an Land, versorgte sich in der Stadt mit Proviant, um dann, nach Süden abdrehend, gen Tunis weiterzureisen. Dort verließ der König sein Schiff, um mit seiner Streitmacht zum Sturm auf die Stadt anzutreten. Tirant und die Seinigen berannten einen Turm, doch zu dessen Füßen befand sich ein tiefer Graben, und in den stürzte Tirant hinein. Richard stürmte völlig gepanzert daher, unkenntlich in Eisen gehüllt, da er ständig nach der Gelegenheit spähte, sich an Tirant zu rächen. Als er nun an den Turm kam, gewahrte er, daß drunten, tief unten im Graben, Tirant lag. Richard sprang, schwer gewappnet wie er war, hinunter auf den Grund, half Tirant auf die Beine und sagte zu ihm:

»Schau, Tirant, hier ist dein Todfeind, der dein Leben endgültig auslöschen oder es dir wiedergeben kann. Gott bewahre mich aber davor, daß ich kaltblütig zusehe, wie du stirbst unter den Händen der Heiden, wo ich dir doch helfen kann.«

Mit bewundernswertem Mut schaffte er es, ihn nach oben zu wuchten und herauszuziehen aus der Fallgrube, in welcher der Abgestürzte gewiß von den Mauren getötet worden wäre, wenn ihn Richard nicht so rasch gerettet hätte.
Als beide dem Abgrund entkommen waren, sagte Richard:
»Jetzt bist du wieder in Freiheit, Tirant. Paß aber gut auf dich auf, nicht daß du mir vorzeitig stirbst; denn ich versichere dir, daß ich alles daransetze, dich eines Tages zu töten.«
»Tapferer Ritter«, sagte Tirant, »ich habe deine Güte und Großherzigkeit am eigenen Leib erlebt, und mir ist wohl bewußt, mit welch tollkühnem Mut du mich davor bewahrt hast, da drunten eines gräßlichen Todes zu sterben. Ich knie vor dir nieder und bitte dich, mir die Beleidigung zu verzeihen, die ich dir angetan habe. Hier hast du mein Schwert; ich lege es in deine Hand, damit du dich an mir rächst nach deinem Belieben. Denn wenn du jetzt weder meiner Bitte um Vergebung noch meiner Aufforderung zur Vergeltung entsprichst – eines steht auf jeden Fall fest: Nie im Leben werde ich je das Schwert zücken gegen dich. Die Rache, die du an mir nehmen willst, kannst du auf der Stelle vollziehen. Kniend zu deinen Füßen, biete ich mich dir dar, aus freien Stücken, und bin bereit, jede Sühne hinzunehmen, ohne das geringste Widerstreben.«
Als der Ritter hörte, mit welch demütigen Worten Tirant sich seinem Willen unterwarf, verzieh er ihm und freute sich über die Freundschaft, die sie auf einmal füreinander empfanden. Von diesem Moment an waren die beiden so enge Freunde, daß sie sich nie mehr trennten, bis der Tod sie schied.
Nach der Eroberung und Brandschatzung der Stadt Tunis wollte Richard nicht mehr auf das Schiff des Königs, sondern auf die Galeere Tirants. Als der König und die anderen erfuhren, wie dieses Bündnis zustande gekommen war, lobten sie begeistert das Verhalten beider, denn jeder von ihnen hatte sich höchst großmütig erzeigt.
Von Tunis steuerte man den Kurs nach Sizilien, da der König von Frankreich den Wunsch hatte, seine Schwiegertochter noch einmal zu sehen. Und als dessen Ankunft dem König Siziliens gemeldet wurde, ließ dieser für den hohen Gast ein rauschendes Begrüßungs-

fest veranstalten. Er selbst ging an Bord des französischen Königsschiffes, und als die beiden Regenten einander erblickten, herrschte große Freude. Gemeinsam gingen sie über den Landungssteg zum Ufer, wo Ricomana wartete. Jubelnd umarmten sich dort Schwiegervater und Schwiegertochter. Und der König von Frankreich überhäufte sie mit herrlichen Geschenken und lief den ganzen Tag Hand in Hand mit ihr umher, ohne sie auch nur einen Augenblick loszulassen, und solange er auf der Insel verweilte, schickte er der Infantin jeden Tag, noch ehe sie sich erhob, ein kostbares Präsent: mal ein paar Ballen Brokat, mal Seidenstoffe, dann ein paar Goldketten, Broschen und sonstige Kleinodien von unschätzbarem Wert. Der König von Sizilien ließ sich seinerseits auch nicht lumpen und übereignete dem Oberhaupt der Franzosen hundert ausgesucht schöne und vortrefflich abgerichtete Pferde – ein wahrhaft königliches Geschenk, das der beglückte Gast gebührend zu würdigen wußte. Seiner Tochter aber gebot der König von Sizilien, höchstselbst an Bord eines jeden Schiffes zu gehen, mit eigenen Augen zu erkunden, wieviel Vorräte an Lebensmitteln dort noch vorhanden seien, und dann dafür zu sorgen, daß alles, was erforderlich sein sollte, sofort beschafft und verstaut würde. Den König von Frankreich entzückte der fürsorgliche Eifer seiner Schwiegertochter, und es tat seinem Herzen wohl, daß die Gemahlin seines Sohnes offenkundig eine sehr kluge und umsichtige Frau war, die von vielerlei Dingen etwas verstand und sich Tag für Tag von morgens bis abends auf den Schiffen betätigte, ohne einen Bissen zu sich zu nehmen, bis schließlich aller Proviant, den sie für nötig hielt, beisammen war.
Als dann auch die Pferde eingeschifft waren, verabschiedete sich der Herrscher Frankreichs von dem König der Sizilianer, von der Königin und der Infantin, begab sich an Bord und nahm den Prinzen von Sizilien mit, dem er, sobald man wieder in Frankreich sein würde, eine seiner Töchter zur Frau geben wollte.
Die Flotte verließ den Hafen von Palermo und nahm Kurs auf die Berberei. Stets der Küste entlang segelnd, gelangte man nach Málaga, Oran und Tlemsen, passierte die Straße von Gibraltar und warf Anker vor Ceuta, Alcazarquivir und Tanger. Auf der Rückfahrt steu-

erte man längs der anderen Küste, vorbei an Cádiz, Tarifa, Gibraltar und Cartagena, ohne irgendwo anzulegen, denn die ganze andalusische Küste befand sich damals noch in den Händen der Mauren. Von dort fuhr man nach Norden, streifte Ibiza und Mallorca, um schließlich im Hafen von Marseille zu landen. Dort entließ der König alle Schiffe, nur nicht die seines Sohnes, denn er wünschte, daß Philipp ihn vollends nach Hause begleite und seine Mutter besuche. Tirant schloß sich ihnen an; kaum angekommen bei Hofe, reiste er jedoch in Gesellschaft seines Lehnsherrn weiter, heim in die Bretagne, zu seinen Eltern und Geschwistern, die er wieder einmal sehen wollte.

Wenig später, als der König seine Tochter mit dem Prinzen von Sizilien vermählt hatte, legte er es Philipp nahe, zurückzureisen zu seiner Frau. Dieser hatte nämlich die Nachricht erhalten, daß sein Schwager, der zweite Sohn des Königs von Sizilien, Mönch geworden sei und der Welt entsagt habe. Philipp bat seinen Vater, den König von Frankreich, er möge doch Tirant kommen lassen und den Bretonen dazu bewegen, daß er mitreise und ihn begleite, bis er wieder in Sizilien wäre. Der König schrieb Briefe an den Herzog der Bretagne und an Tirant; diesen bat er, ihm zuliebe sich erneut auf die Reise zu machen und seinen Sohn nach Sizilien zu begleiten; jenen aber ersuchte er, seine Bitte an Tirant nach Kräften zu unterstützen. Angesichts der Inständigkeit, mit der er von zwei so hohen Herren dazu gedrängt wurde, konnte Tirant nicht umhin, sich ihrem Verlangen zu beugen. Er sagte also der Bretagne Lebewohl und begab sich in die Residenz, wo ihn sowohl der König als auch die Königin anflehten, ihren Sohn zu begleiten. Liebenswürdig versprach er ihnen, er wolle dies gerne tun.

Gemeinsam reisten also Philipp und Tirant vom Königshof nach Marseille, wo sie die Galeeren in bestem Zustand vorfanden, wohlversorgt mit allem Nötigen, fahrtbereit. Die beiden begaben sich an Bord, und sie hatten soviel Glück mit dem Wetter, daß sie, beflügelt von günstigem Wind, binnen weniger Tage nach Sizilien gelangten. Der König, die Königin und die Infantin freuten sich von Herzen über ihr Kommen, und sie wurden bei der Landung mit lautem Jubel empfangen.

Acht Tage danach, als der König Rat hielt, erinnerte man ihn an den Kaiser von Konstantinopel, an dessen Brief, worin er die Plagen, Mühsale und Ängste dargelegt hatte, die sein Reich heimsuchten. Der König befahl, Tirant herbeizuholen, und in seiner Gegenwart ließ er jenes Sendschreiben verlesen, das folgenden Wortlaut hatte.

KAPITEL CXV

Sendschreiben des Kaisers von Konstantinopel an den König von Sizilien

Wir, Friedrich, Kaiser des Griechischen Reiches dank der unermeßlichen Gnade des erhabenen, allmächtigen, ewig regierenden Gottes, entbieten Euch, dem König der großen und fruchtbaren Insel Sizilien, unsere Grüße und unsere Hochachtung. Eingedenk der Übereinkunft, die unsere Vorfahren getroffen haben und die von Euch wie auch von mir bestätigt, besiegelt und beschworen worden ist, mittels unserer bevollmächtigten Botschafter, tun wir Eurer königlichen Person zu kund und wissen, daß der Sultan, ein verstockter Anhänger der mohammedanischen Irrlehre, unter Beihilfe des Großtürken mit einer riesigen Streitmacht in unser Reich eingefallen ist. Sie haben uns des größten Teils unseres Territoriums beraubt, und meines hohen Alters wegen, das mir den Umgang mit den Waffen verwehrt, sehen wir uns außerstande, diesem räuberischen Überfall auf unser Herrschaftsgebiet wirksam zu begegnen. Nach dem großen Verlust, den wir durch die feindliche Besetzung von Städten, Dörfern und Burgen erlitten haben, ist mir nun das höchste Gut, das ich auf dieser Welt besaß, entrissen worden: mein erstgeborener Sohn, der mein Trost war, Schild und Schutz des heiligen katholischen Glaubens, ein trefflicher Streiter, der mannhaften Mutes gegen die Ungläubigen kämpfte, zu seiner wie zu meiner Ehre und Glorie. Noch schrecklicher wird dieses Unglück für mich, wenn ich die Tatsache bedenke, daß er von seinen eigenen Leuten umgebracht worden ist. Der trübe, traurige

Tag, da dies geschah, hat meinen Ruf ruiniert und den Ruhm des kaiserlichen Hauses geschändet. Weil mir nun aber bekannt ist und alle Welt bereits davon redet, daß Ihr an Eurem Hof einen ausländischen Ritter habt, der seine Tüchtigkeit durch einzigartige Taten vielfach erwiesen und damit die Würde des gesamten Kriegerstandes erhöht hat, ein Mann namens Tirant lo Blanc, Mitglied jenes erhabenen Ritterordens, der, wie man hört, unter Berufung auf den glorreichen Sankt Georg, den Schirmherrn und Vater allen Rittertums, unlängst in England gegründet worden ist, und weil es heißt, dieser ausgezeichnete Ritter habe sich vor allem durch das hervorgetan, was er für den Großmeister von Rhodos vollbrachte, indem er ihn und seinen ganzen Orden befreite und den Sultan vertrieb, samt all seinen Streitkräften, die nun über uns hergefallen sind, ersuche ich Euch, um der treuen Liebe willen, die Ihr für Gott und die Ideale der Ritterschaft hegt, diesen vielgerühmten Kämpen in Eurem und in meinem Namen dringlich darum zu bitten, daß er geruhe, hierher zu kommen und in meine Dienste zu treten; denn ich will ihm von meiner Habe geben, was immer und soviel er will. Und sollte er dazu nicht bereit sein, so fleht die göttliche Barmherzigkeit an, sie möge sein Herz rühren, auf daß er Mitleid habe mit all dem Kummer, der mich bedrückt. O glückseliger König von Sizilien! Verschließe Dich nicht der Bitte, die durchtränkt ist von den Tränen eines hart Geprüften; und da Du unangefochten die königliche Krone auf Deinem Haupte trägst, so erbarme Dich meines Kummers, damit die unermeßliche Güte Gottes Dich vor ähnlichem Unheil bewahre; denn wir alle sind ja dem Rad der Fortuna untertan, und es gibt keinen, der dessen Drehungen aufzuhalten vermag. Möge Gott unsere lautere Absicht gnädig ansehen, wenn ich nun der Feder Einhalt gebiete, obwohl die Hand unermüdlich weiterschreiben möchte, um Euch auf dem Papier all das Elend zu schildern, das wir durchlitten haben, derzeit erleiden und künftig noch gewärtigen müssen.«

Als die Verlesung des kaiserlichen Briefes beendet war und Tirant somit Bescheid wußte über dessen Inhalt, wandte sich der König mit folgenden Worten an den Bretonen.

KAPITEL CXVI

Wie der König von Sizilien Tirant ersuchte, nach Konstantinopel zu reisen und dem dortigen Kaiser beizustehen

Unendlichen Dank schuldet Ihr Gott dem Allmächtigen, Bruder Tirant; denn er hat Euch begabt mit soviel Talenten, daß der Glanz Eures Namens die ganze Welt überstrahlt. Und auch wenn meine Bitten es nicht verdienen, von Euch erhört und befolgt zu werden, da Ihr keinerlei Verpflichtung habt, mir etwas zuliebe zu tun, nachdem ich bisher nicht das Geringste für Euch getan habe und eher meinerseits Euch eine Gegenleistung schulde, eingedenk all dessen, was Ihr für mich getan habt, so wage ich es dennoch, im Vertrauen auf Euer hochgesinntes und großmütiges Herz, das gar nicht anders handeln kann als nach dem Gesetz seines eigenen Wesens und der eigenen Gewohnheit, Euch im Namen des Kaisers von Konstantinopel und meiner selbst recht herzlich und dringend darum zu bitten, daß Ihr ihm zu Hilfe eilt. Und wenn meine hochbegründeten, aus tiefem Mitleid kommenden Bitten bei Euch nicht verfangen, solltet Ihr doch aus Ehrfurcht vor dem allmächtigen Gott nicht gleichgültig bleiben, sondern Euch bereitfinden, in Seinem Dienst Euch jenes bedrängten, von Kummer bedrückten Kaisers zu erbarmen, der Euch so inständig ersucht, ihn in der Schwachheit seines Alters zu stützen, und der so sehnlich darauf hofft, daß die Tatkraft Eurer strahlenden Ritterlichkeit es vermag, den Feinden zu wehren, die ihn seines Kaisertums berauben wollen.«

Auf diese Worte des Königs, in denen soviel Freundschaft mitschwang, gab Tirant die folgende Antwort:

»Meine Lust, Herr, Eurer Durchlaucht zu dienen, ist nicht gering; denn Liebe ist die stärkste Verpflichtung, die es auf der Welt gibt. Und da die Wünsche Eurer Hoheit für mich Befehle sind, seitdem Ihr mein Herz so für Euch eingenommen habt, kann ich, wenn Eure Majestät befiehlt, daß ich mich in die Dienste des Kaisers von Griechenland begeben soll, gar nicht umhin, dies zu tun; und ich tue es gern, aus Liebe zu Eurer Hoheit. Aber, Herr, ich kann auch nur das tun, was ein Mensch zu tun vermag. Weiß Gott! Fortuna ist mir zwar gewogen und hat mir schon manchmal freundlich ihre Gunst erzeigt; mit Beihilfe des Planeten Mars, unter dessen Zeichen ich geboren wurde, hat sie mir Sieg, Ehre und Ansehen gewährt; doch wäre es unvernünftig, wenn ich mir mehr Kräfte zutrauen würde, als sie mir geschenkt hat. Und es erstaunt mich sehr, daß jener großmütige Kaiser ausgerechnet auf mich verfällt, wo es doch so viele mächtige Könige, Herzöge, Grafen und Markgrafen auf dieser Welt gibt, die mehr von der ritterlichen Waffenkunst verstehen und mehr im Kriege taugen als ich. Mir ist unbegreiflich, warum er sie außer acht läßt und sich statt dessen darauf versteift, mich haben zu wollen. Damit zeigt er sich nicht sehr wohlberaten.«

»Tirant«, erwiderte der König, »ich weiß wohl, daß es eine ganze Reihe tüchtiger Ritter auf der Welt gibt, bei deren Aufzählung man Euch nie vergessen darf. Würde man deren Ruhm einmal kritisch prüfen, würde man nach dem Maß der Ehre all die Kaiser, Könige und kampferfahrenen Ritter mustern, so würdet Ihr als der Beste all dieser Ritter ausgezeichnet und gerühmt. Deshalb bitte ich Euch dringend, nicht zu vergessen, was Ihr als Ritter Euch selber schuldig seid, und dem gesamten Rittertum, dessen Geist zu wahren Ihr beschworen habt, an jenem Tag, da Ihr als erster zum Ritter des Hosenbandordens geschlagen wurdet. Zieht also mit Freude, Liebe und Entschlossenheit dorthin, um dem Reich des griechischen Kaisers zu dienen. Dies ist mein Rat; und ich gäbe Euch keinen anderen, wenn Ihr mein eigener Sohn wärt. Ich kenne doch Euren noblen Charakter und die große Geschicklichkeit, die Ihr als Krieger besitzt. Beides zusammen wird sich vielfältig als Segen erweisen, wenn Ihr dorthin geht; denn Ihr werdet dort den Bewohnern vieler christlicher Städte und Ortschaften das harte Los der Knechtschaft unterm heidnischen Joch ersparen, und die Güte Gottes wird es Euch lohnen, mit den erlauchtesten Ehren schon auf dieser Welt und mit der ewigen Seligkeit in der anderen. Also, auf denn, tapferer Ritter! Meine Galeeren liegen bereit, wohlbewaffnet und wendig, Eure Befehle erwartend. Ich bitte Euch, brecht auf, sobald wie möglich.«

»Da Eure Hoheit es mir befiehlt und rät«, sagte Tirant, »bin ich gern bereit, mich auf die Fahrt zu machen.«

Daraufhin erteilte der König die Weisung, sämtliche Galeeren mit allem Nötigen zu versehen. Und als die kaiserlichen Gesandten durch ihn erfuhren, daß Tirant sich entschlossen habe, nach Konstantinopel zu reisen, freuten sie sich über die Maßen und dankten dem König herzlich dafür.

Gleich nach Ihrer Ankunft auf Sizilien hatten diese Gesandten eine Wechselbank aufgestellt, um Soldaten anzuheuern. Jedem Armbrustschützen boten sie einen halben Dukaten pro Tag, jeder Geharnischte erhielt einen ganzen Dukaten. Und weil es auf Sizilien nicht so viele Leute gab, zogen sie nach Neapel und Rom weiter, wo sie viele Mannen fanden, die sich gern zu Söldnern machen ließen; auch kauften sie dort eine Menge Pferde. Tirant kümmerte sich um nichts dergleichen, sondern sorgte nur dafür, daß die richtigen Waffen zusammenkamen und daß sie ordentlich hergerichtet und erprobt wurden. Auch fünf Kisten voller Trompeten ließ er einkaufen. Eine hinreichende Anzahl von Streitrossen wurde ihm vom König und von Philipp gestiftet, auf deren Weisung diese Tiere, mitsamt den anderen, sogleich auf die Schiffe verladen wurden.

Tirant nahm Abschied von dem König und der Königin, von Philipp und der Infantin. Als das gesamte Kriegsvolk an Bord war, hißte man die Segel. Gebläht von günstigem Wind, ließen sie die Flotte bei strahlendem Sonnenschein hurtig über eine ruhige See hingleiten, und eines Morgens stellte man fest, daß die Stadt Konstantinopel vor ihren Augen lag.

Als der Kaiser erfuhr, daß Tirant gekommen sei, zeigte er sich so beglückt, wie er dies in seinem Leben noch nie getan hatte. Und er sagte, ihm sei zumute, als wäre sein Sohn vom Tode auferstanden. Mit einem solchen Jubelgelärm kamen die elf Galeeren daher, daß die ganze Stadt davon widerhallte. Ihre Bewohner, die traurig und bedrückt gewesen waren, freuten sich allesamt, denn sie fühlten sich so erhoben, als hätten sie das Erscheinen Gottes erlebt. Der Kaiser nahm auf einer hohen Tribüne Platz, um das Schauspiel der einfahrenden Galeeren genießen zu können. Als Tirant bemerkte, daß dort, auf der Tribüne, der Kaiser saß, ließ er sich zwei große Fahnen bringen, die mit dem Wappen des Königs von Sizilien geschmückt waren, und eine weitere, die sein eigenes Wappen zeigte. Auch befahl er drei Rittern, ihre Rüstungen anzulegen. Ganz in schimmernden Stahl gehüllt, ohne einen Wappenrock überm Harnisch zu tragen, postierten sich die dreie auf Deck, jeder mit einer Fahne in der Hand, und jedesmal, wenn sie an dem Kaiser vorüberfuhren, senkten sie die Fahnen bis dicht überm Wasser; und das Banner Tirants berührte sogar das Wasser. Dies geschah zum Zeichen der Begrüßung, und ob der hohen Würde, die dem Kaiser eigen war, vollzog man sinnbildlich eine so tiefe Verneigung vor ihm. Diese Zeremonie, die für ihn etwas Neues war, etwas, das er noch nie gesehen hatte, gefiel ihm sehr, und mit Vergnügen betrachtete er diese ungewohnte Huldigung; noch mehr aber erfreute ihn der Anblick Tirants.

Nachdem die Galeeren eine ganze Weile so ihre Ehrenrunden gedreht hatten, legte man an und warf die Strickleitern aus. Tirant stieg herab, diesmal bekleidet mit einem Kettenhemd und goldenen Fransenärmeln; über dem Kettenhemd trug er eine kurze Bluse nach französischer Art, die nur bis knapp unter den Gürtel ging, an dem sein Schwert hing; auf dem Kopf hatte er eine leuchtend rote Mütze, die geschmückt war mit einer großen Brosche, funkelnd von vielen Perlen und kostbaren Edelsteinen. Diafebus zeigte sich in ganz ähnlicher Gewandung; nur das schimmernde Violett seiner Bluse, die aus Satin war, bildete einen Kontrast. Richard aber trat noch feiner und festlicher auf, mit einer Bluse aus blauem Damast. All diese drei Blusen waren mit Silberfiligran und dicken orientalischen Perlen verziert. Auch die übrigen Ritter und Edelleute kletterten in höfischer Gala herab.

Kaum hatte Tirant festen Boden unter den Füßen, da sah er sich dem Grafen von Afrika gegenüber, der mit zahlreichem Gefolge ihn am Meeresufer erwartet hatte und ihn nun mit großer Ehrerbietung begrüßte. Vom Empfangskai begab man sich sodann zu der Tribüne, auf der sich der Kaiser befand. Im selben Augenblick, da Tirant seiner ansichtig wurde, kniete er nieder, und alle Mannen des Bretonen entboten, als sie die Stufen der Tribüne zur Hälfte erklommen hatten, ein zweites Mal ihre Reverenz. Vor dem Sitz des Herrschers dann warf sich Tirant auf die Knie, um ihm den Fuß zu küssen; doch der hohe Herr ließ dies nicht zu; so küßte er ihm die Hand, und der Kaiser küßte ihn auf den Mund.

Als alle Ankömmlinge dem Herrscher ihre Ehrerbietung erwiesen hatten, überreichte Tirant ihm einen Brief des Königs von Sizilien. Der Kaiser las dieses Schreiben in Gegenwart aller und sprach dann, zu Tirant gewandt, die folgenden Worte.

KAPITEL CXVII

Die Worte, mit denen Tirant bei seiner Ankunft in Konstantinopel vom griechischen Kaiser begrüßt wurde

Nicht gering ist die Freude, die Eure glückliche Ankunft mir bereitet, tapferer Ritter. Und ich danke dem reichgesegneten König von Sizilien für die Treue, mit der er meines schweren Kummers gedacht hat. Denn die Hoffnung, die ich in Euch setze, läßt mich all die Übel vergessen, die wir in letzter Zeit zu erleiden hatten. Erkenne ich doch in Eurer schönen Gestalt die lebendige Bestätigung all dessen, was mir von vielen Leuten über Euch berichtet worden ist. Eure beherzte Güte, die Kraft Eurer tugendhaften Seelenstärke, kann sich nicht verleugnen. Sie springt einem in die Augen und erweist sich schon allein in der Tatsache, daß Ihr hierher gekommen seid auf Wunsch des wackeren Königs von Sizilien, was nach meinem Gefühl mich zu noch tieferer Dankbarkeit gegen Euch verpflichtet, als wenn es Gesandte oder Briefe von mir gewesen wären, die Euch zu dieser Reise bewogen hätten. Und damit alle erkennen, wie sehr ich Euch dankbar bin und wieviel Liebe ich Euch entgegenbringe, übertrage ich Euch hiermit den Oberbefehl über alle kaiserlichen Streitkräfte und zugleich das Amt des obersten Richters in meinem Reich.«

Er wollte ihm den Stab übergeben, der aus massivem Gold bestand und am einen Ende mit den in Email dargestellten Wappen der Reichshoheit geschmückt war. Doch Tirant zögerte und nahm den

Marschallstab nicht entgegen; er kniete vielmehr auf den harten Boden nieder und gab in demütiger Haltung und mit freundlicher Miene dem Herrscher zur Antwort:
»Eure Majestät, Herr, möge es mir nicht verargen, wenn ich diesen Stab nicht annehmen möchte; denn, mit Verlaub, Hoheit, ich bin nicht mit einer solch starken Streitmacht hierher gekommen, daß ich imstande wäre, die riesige Sarazenenarmee zuschanden zu machen, die in Euer Reich eingedrungen ist. Wir sind nicht mehr als hundertvierzig Ritter und Edelleute, die sich als Freiwillige in brüderlicher Einmütigkeit zusammengeschlossen haben, ohne jegliche Absicht, uns irgend etwas anzueignen, das uns von Rechts wegen nicht zukommt. Eurer Majestät ist ja bekannt, daß ich aus vielerlei triftigen Gründen es keineswegs verdiene, mit einem solchen Würdezeichen beehrt und mit der Verantwortung eines Heerführers betraut zu werden. Dagegen spricht erstens, daß ich mich in der Kunst der Kriegsführung nicht auskenne; zweitens, daß ich zu wenig Leute habe; drittens, daß ich dem Herrn Herzog von Makedonien damit ein schlimmes Unrecht antäte, ihn seines Erbes berauben würde; denn er hat doch viel eher Anspruch auf diesen Rang als ich; und ich meinerseits möchte lieber den Martertod sterben, als meine Fehler bekennen.«
»In meinem Haus«, sagte der Kaiser, »hat nur der zu bestimmen, den ich dafür ausersehe. Ich will es und gebiete es, daß Ihr der Dritte seid, der mein gesamtes Kriegsvolk befehligt. Nachdem mein unheilvolles Schicksal es mir nicht ersparte, daß ich den verloren habe, welcher der Trost meines Herzens war, und ich selbst, meines Alters wegen, nicht mehr in der Lage bin, zu den Waffen zu greifen, übergebe ich Euch sämtliche Vollmachten meiner Stellung, Euch und keinem anderen. Auch mein persönliches Wohl und Wehe lege ich ganz in Eure Hand.«
Als Tirant gewahrte, wie ernst es der Kaiser meinte, nahm er den Marschallstab an, das Zeichen der höchsten Verantwortung für die Heerführung wie für die Gerichtsbarkeit, und küßte dem Herrscher die Hand. Die Trompeter und sonstigen Spielleute erhielten die Weisung, schmetternd durch alle Straßen der Stadt zu ziehen und lauthals den hoheitlichen Erlaß zu verkünden, daß Tirant lo Blanc

durch Geheiß des Herrn Kaiser zum Generalkapitan ernannt worden sei.
Nachdem dies geklärt war, verließ der Kaiser die Tribüne, um sich zurück in seinen Palast zu begeben, wobei man zwangsläufig an einer stattlichen Herberge vorbeikam, die eigens für Tirant und all seine Mannen hergerichtet worden war. Der Kaiser sagte:
»Kapitan, da wir nun schon mal vor diesem Eurem Quartier sind, empfehle ich Euch: Geht hinein, macht es Euch bequem und erholt Euch ein paar Tage von den Strapazen der Seefahrt, die Ihr hinter Euch habt. Macht mir die Freude, daß Ihr gleich hierbleibt, und laßt mich weiterziehen.«
»Wie, Herr! Traut Eure Hoheit mir eine solche Unhöflichkeit zu, daß ich Euch allein weitergehen lasse? Für mich ist es die wahre Erholung, Eure Majestät zu begleiten. Selbst wenn es in die Hölle ginge, würde ich an Eurer Seite bleiben; und jetzt, wo es zum Palast geht, tue ich's natürlich erst recht.«
Der Kaiser mußte lachen ob dieser Worte Tirants, der munter weiterredete:
»Herr, ich wäre Eurer Hoheit sehr dankbar, wenn Ihr mir, sobald wir im Palast sind, gütigst gestatten würdet, die hohen Damen aufzusuchen und der Frau Kaiserin sowie Eurer teuren Tochter, der Infantin, meine Ehrerbietung zu erweisen.«
Der Kaiser antwortete, daß er ihm dies mit Freuden gestatte.
Als sie dann im großen Saal des Kaiserpalastes waren, nahm der alte Fürst den Bretonen an der Hand und führte ihn zu dem Gemach, in dem sich die Kaiserin befand. Der Zustand, in dem sie die hohe Dame vorfanden, überraschte Tirant. Das Zimmer war stockfinster, nirgendwo war ein Licht oder auch nur ein Schimmer von Helligkeit.
Beim Eintreten sagte der Kaiser:
»Herrin, Ihr seht hier unseren Generalkapitan, der gekommen ist, um Euch seine Reverenz zu erweisen.«
Sie antwortete mit tonloser, fast erstorbener Stimme:
»Er sei mir willkommen.«
Tirant sagte:
»Herrin, im Vertrauen auf meine Mutmaßung nehme ich an, daß diejenige, die da spricht, die Frau Kaiserin ist.«

»Kapitan«, sagte der Kaiser, »wer den Oberbefehl über das griechische Reich hat, der hat, wer immer es auch sei, die Vollmacht, die Fenster zu öffnen und allen ins Gesicht zu blicken, den Schleier der Trauer zu lüften, die sie um den Gatten, den Vater, den Sohn oder den Bruder tragen. Darum will ich, daß Ihr von diesem Recht Gebrauch macht und tut, was Eures Amtes ist.«
Tirant befahl, daß man ihm einen Leuchter bringe; und ein solcher war rasch zur Hand. Im Schein der Kerzen, die hereingetragen wurden, gewahrte Tirant etwas wie ein Rundzelt, ganz in Schwarz. Er näherte sich ihm, öffnete es und erblickte eine Frau, die ein Kleid aus rauhem, grobem Stoff trug und deren Kopf von einem langen schwarzen Schleier verhüllt war, der bis zu ihren Füßen herabwallte. Tirant nahm ihr den Schleier vom Haupt, so daß das Gesicht entblößt war, und als er dieses Gesicht erblickte, fiel er auf die Knie, küßte ihre Füße, oder doch den Stoff, der diese verdeckte, und dann die Hand. In dieser Hand hielt die Dame einen Rosenkranz aus goldenen, emailverzierten Perlen. Sie küßte die Gebetskette und reichte sie dann dem Kapitan zum Kuß. Danach fiel sein Blick auf ein Bett mit schwarzen Vorhängen. Darin lag die Infantin in einem langen Kleid aus schwarzem Satin und einem Obergewand aus Samt von derselben Unfarbe. Zu Füßen des Bettes kauerten eine Frau und ein Mädchen. Diese Jungfrau war eine Tochter des Herzogs von Makedonien, und das etwas ältere weibliche Wesen wurde die Muntere Witwe genannt: es war die einstige Amme der Infantin. Ganz im Hintergrund des Gemaches sah er hundertsiebzig Frauen und Jungfrauen, die allesamt der Kaiserin und der Infantin Karmesina stumm Gesellschaft leisteten.
Tirant näherte sich dem Bett, begrüßte die Infantin mit einer tiefen Verneigung und küßte ihr die Hand. Danach machte er sich daran, sämtliche Fenster zu öffnen. All diesen Damen war dabei zumute, als wären sie einer langen Gefangenschaft entronnen; denn seit vielen Tagen schon hatten sie in völliger Finsternis den Tod des Kaisersohnes betrauert. Tirant sprach:
»Herr, wenn es mir gestattet ist, freimütig zu reden, möchte ich Eurer Hoheit in Anwesenheit der Frau Kaiserin gerne sagen, was meine Meinung ist. Ich sehe, daß die Einwohnerschaft dieser präch-

tigen Stadt sehr bedrückt und tief in Trauer versunken ist, aus zwiefachem Grund. Zum einen ist da der Verlust, den Eure Hoheit erlitten hat durch den Tod jenes mutigen Ritters, des Prinzen, Eures Sohnes. Eure Majestät sollte sich darüber nicht grämen, denn er ist im Dienste Gottes gestorben, beim Einsatz für die Wahrung des heiligen katholischen Glaubens, was doch vielmehr ein Grund sein sollte, unseren Herrn im Himmel zu rühmen und Ihm für seine unermeßliche Güte zu danken; denn Er hat Euch einst diesen Sohn anvertraut, und Sein Wille ist es nun gewesen, ihn Euch zu nehmen, auf daß Eurem Sohn ein noch größeres Glück zuteil werde, indem Er ihn in die Seligkeit des Paradieses versetzt hat. Ihr solltet also den Herrn im Himmel dafür rühmen und preisen; und Er, der barmherzig und voll unerschöpflicher Güte ist, wird Euch dann gewiß auf dieser Erde ein langes, gesegnetes Leben gewähren und nach dem Tode die ewige Glückseligkeit schenken; zuvor aber wird Er Euch zum Überwinder all Eurer Feinde machen. Der andere Grund des allgemeinen Trauerns ist, wie ich wohl weiß, die übermächtige Masse der Sarazenen, die Ihr so bedrohlich anrücken seht, voller Sorge und Angst, alle könnten ihr Hab und Gut mitsamt dem Leben verlieren oder doch, im glimpflichsten Falle, als Gefangene in die Hände der Ungläubigen fallen. Deshalb ist es jetzt eine gebieterische Notwendigkeit, daß Eure Hoheit und die Frau Kaiserin jedermann ein fröhliches Gesicht zeigen, damit es all denen, die Euch sehen, zum Trost in ihrem Jammer gereicht, und alle neuen Mut schöpfen, der sie befähigt, mannhaft den Feinden zu widerstehen.«

»Der Kapitan hat uns einen guten Rat gegeben«, sagte der Kaiser. »Ich wünsche und fordere, daß von jetzt an alle, Männer wie Frauen, jegliche Trauerbekundung unterlassen.«

KAPITEL CXVIII

Wie Tirant zutiefst getroffen wurde von einem Pfeil, mit dem die Göttin Venus sein Herz beschoß, da er die Tochter des Kaisers betrachtete

Während der Kaiser mit diesen oder ähnlichen Worten seine Zustimmung äußerte, achteten die Ohren Tirants auf dessen Rede, seine Augen jedoch widmeten sich der Betrachtung von Karmesinas großer Schönheit. Und da in dem Raum, dessen Fenster ständig geschlossen gewesen waren, eine drückende Hitze herrschte, war die Kleidung der Infantin halb aufgenestelt, so daß ihre Brüste sich sehen ließen: zwei Paradiesäpfel, glänzend, als wären sie aus Kristall; und ihre schimmernde Klarheit lud die Augen des Bretonen ein, sich hineinzuwagen. Einmal drinnen, fanden sie nie wieder einen Ausgang und blieben so für immer in der Gewalt eines ungebundenen Wesens, bis der Tod beider die Trennung erzwang. Doch ich kann euch guten Gewissens versichern, daß die Augen Tirants noch nie zuvor eine solch köstliche Weide gefunden hatten, so viele Ehrungen und Labsale er auch schon erlebt hatte; denn die Wonne, diese Infantin anzuschauen, war unvergleichlich. Der Kaiser faßte seine Tochter Karmesina an der Hand und führte sie aus dem Gemach hinaus. Der Kapitan nahm den Arm der Kaiserin, und gemeinsam traten sie in ein anderes Gemach, das mit wunderschönen Gobelins geschmückt war und ringsum, an allen vier Wänden, die Liebesgeschichten der folgenden Paare vorführte: Florice und Blanchfleur, Pyramus und Thisbe, Aeneas und Dido, Tristan und Isolde; auch die Königin Ginevra mit Lanzelot war zu sehen, und viele andere mehr. Die Schicksale all dieser Liebenden waren da in Szenen von höchster Feinheit und Kunstfertigkeit dargestellt, und Tirant sagte zu Richard:
»Ich hätte nie geglaubt, daß es auf dieser Erde soviel schöne Dinge gibt, wie ich hier zu sehen kriege.«
Er sagte dies freilich mehr in Gedanken an die große Schönheit der Infantin als im Blick auf die Werke der Kunst. Doch der andere begriff das nicht.
Tirant bat um die Erlaubnis, sich entfernen zu dürfen, verabschie-

dete sich von allen und suchte seine Herberge auf, wo er irgendein Schlafgemach betrat, sich zu Füßen einer Lagerstatt auf den Boden hockte, seinen Kopf zurücklehnte und auf ein Kissen sinken ließ. Nach einem Weilchen kamen etliche, um ihn zu fragen, ob er nicht essen wolle. Tirant verneinte dies und behauptete, er habe Kopfschmerzen. In Wirklichkeit war er an jener Leidenschaft erkrankt, die vielen den Kopf verdreht. Diafebus, der bemerkte, daß Tirant nicht zu Tisch kam, wollte nach ihm sehen, trat ins Zimmer und sagte:

»Herr Kapitan, ich bitte Euch, tut mir die Liebe und sagt, was Euch fehlt; denn wenn ich Eurer Unpäßlichkeit mit irgendeinem Mittel abhelfen kann, so tue ich das von Herzen gern.«

»Lieber Vetter«, sagte Tirant, »es ist nicht nötig, daß Ihr dem Grund meiner momentanen Unpäßlichkeit nachforscht; was mir zusetzt, ist nichts weiter als die wehende Seeluft. Sie preßt mir den Schädel derart zusammen, daß ich manchmal meine, ich hätte da, wo einmal das Hirn war, nur noch eine schmerzende Nuß; als schrumpfte das Kopfweh zur kieselharten Qualnuß oder Wehnuß.«

»O Kapitan! Wollt Ihr Euch vor mir verstecken, vor mir, der ich stets das Geheimarchiv all dessen gewesen bin, was Ihr an Leiden oder Freuden jemals erlebt habt? Und jetzt, wegen einer Kleinigkeit, versucht Ihr auf einmal, mich fernzuhalten von Euren Geheimnissen? Sagt mir's doch, ich flehe Euch an. Verbergt mir nichts, was Euch bedrückt.«

»Quält mich doch nicht noch mehr«, sagte Tirant. »Noch nie in meinem Leben habe ich einen so bohrenden Schmerz verspürt wie den, der jetzt in mir tobt. Er bringt mich binnen kurzem soweit, daß ich eines elenden Todes sterbe, oder führt zu einer jäh beseligenden Genesung, falls Fortuna mir nicht feindlich gesinnt ist. Freilich, solche Dinge enden immer mit Schmerz; denn bitter ist die Liebe.«

Dabei kehrte er sich ab, aus Scham; denn er wagte es nicht, Diafebus ins Gesicht zu blicken. Er brachte keinen vernünftigen Satz mehr heraus, nur noch die zwei Wörter:

»Ich liebe.«

Kaum hatte er das gesagt, da stürzten ihm heiße Tränen aus den

Augen, während Schluchzer und Seufzer sich seiner Kehle entrangen. Als Diafebus das verschämte Gebaren Tirants gewahrte, begriff er auf einmal, weshalb dieser früher alle Burschen aus seiner Sippe und selbst die Leute, mit denen er befreundet war, immer tadelte, wenn sie gelegentlich über ihre Liebschaften sprachen. Er pflegte in solchen Fällen zu sagen: »Ihr seid doch Narren, ihr alle, die ihr euch verliebt. Schämt ihr euch denn nicht, euch selbst der Freiheit zu berauben und sie in die Hände eures Feindes zu legen, der euch eher zugrunde gehen läßt, als daß er sich eurer erbarmt und euch Gnade erweist?« Damit verlachte und verspottete er alle. Doch nun hatte er sich offensichtlich selbst in den Schlingen verfangen, derer sich zu erwehren keine Menschenkraft genügt.
Diafebus dachte an die lindernden Mittel, die in einem solchen Notfall erforderlich sind, und begann ihm gut zuzureden, mit freundlicher Miene und in mitfühlendem Ton.

KAPITEL CXIX

Trostargumente, die Diafebus vorbrachte,
da er Tirant in der Würgeschlinge der Liebe schmachten sah

Lieben zu müssen ist ein Grundgesetz der menschlichen Natur. Schon Aristoteles sagte ja, ein jeglich Ding verlange nach dem, was ihm ähnlich ist. Und obwohl es Euch hart und befremdlich ankommen mag, unters Joch der Liebe gespannt zu sein, könnt Ihr mir wirklich glauben, daß niemand es vermag, sich den Zwängen dieser Macht zu widersetzen. Darum, Herr Kapitan, gilt die Regel: Je klüger ein Mensch ist, desto diskreter muß er die natürlichen Regungen verbergen, statt das Leid und den Schmerz, die sein Gemüt erschüttern, sichtbar nach außen dringen zu lassen; denn was ein Mensch taugt, zeigt sich dann, wenn er, heimgesucht von solchen Anfechtungen, die Sturmfluten der Liebe tapferen Herzens zu bestehen weiß. Seid also fröhlich und laßt ab von der Versessenheit, mit der Ihr vor Euch hingrübelt. Euer Herz sollte hüpfen vor Freude; denn es ist doch eine Fügung des Glücks, daß Ihr darauf verfallen seid, Euer Sinnen und Trachten auf ein so hohes Ziel zu richten. Und wir zwei, Ihr von der einen, ich von der anderen Seite, werden es schon schaffen, Eurem Erstlingskummer aufzuhelfen und ihm die nötige Munterkeit einzuflößen.«

Tirant empfand den freundlichen Zuspruch, mit dem Diafebus ihn aufzuheitern suchte, als wohltuenden Trost. Er erhob sich, verlegen vor Scham, und gemeinsam begaben sich die beiden zu Tisch, wo ihnen ein überaus köstliches Mahl serviert wurde, das aus des Kaisers eigener Palastküche stammte. Doch Tirant aß kaum etwas, und statt zu trinken, schluckte er viele Tränen hinunter, weil ihm sein Verstand mit aller Klarheit vor Augen stellte, daß seine Hoffnungen sich in eine Höhe verstiegen hatten, die ihm unerreichbar war. Und trotzdem fragte er sich:

›Wann wird es Gott gefallen, daß diese Folter, die am heutigen Tag begonnen hat, mit einem Urteilsspruch endet, der alle Marter zum strahlenden Triumph verwandelt?‹

Er brachte keinen Bissen mehr hinunter. Und die anderen meinten, sein Magen sei noch von der Seekrankheit verstimmt. Die Qual, die in Tirant wütete, war so unerträglich, daß er aufstand, die Tafel verließ und sich stöhnend und ächzend in sein Schlafgemach begab; denn die beschämende Furcht, seiner Verwirrung nicht Herr werden zu können, trieb ihn fort. Diafebus und die übrigen liefen ihm nach, um ihm Gesellschaft zu leisten, bis er ihnen zu verstehen gab, daß er ein wenig ausruhen wolle.

Da schnappte sich Diafebus einen anderen Ritter, mit dem er sich auf den Weg zum Palast machte – nicht in der Absicht, den Kaiser aufzusuchen, sondern vielmehr mit dem Vorsatz, die Damen zu besuchen. Der Kaiser saß zu dieser Stunde an einem Fenster. Er sah die beiden unten vorbeispazieren und schickte sogleich einen Diener hinunter, der sie einladen sollte, zu ihm heraufzukommen. Diafebus und sein Begleiter stiegen hinauf zu den Wohnräumen, in denen der König und all die Damen seines Hauses weilten. Der Herrscher erkundigte sich, wo denn sein Generalkapitan sei; und Diafebus sagte ihm, der fühle sich etwas unwohl. Als dies der Herrscher hörte, war er sehr besorgt und wies seine Ärzte an, unverzüglich nach dem Bretonen zu sehen.

Zurückgekehrt von ihrer Visite, berichteten die Ärzte dem Kaiser, Tirant sei kerngesund; die Unpäßlichkeit, die ihn überkommen habe, sei nur eine Folge des abrupten Luftwechsels gewesen. Daraufhin forderte der großmütige Kaiser Diafebus auf, ihm all die Festlichkeiten zu schildern, die in England zur Feier der Hochzeit des Königs mit der Tochter des Königs von Frankreich veranstaltet worden waren, und ihm von den Waffentaten der dort versammelten Ritter zu erzählen. Er wolle auch gern Genaueres über die Kämpen erfahren, die schließlich als prämierte Sieger aus den Turnieren hervorgegangen seien.

»Herr«, sagte Diafebus, »ich wäre Eurer Majestät sehr dankbar, wenn ich über das letztere nicht reden müßte; denn ich möchte nicht, daß Eure Hoheit den Eindruck gewinnt, ich würde, weil ich mit Tirant verwandt bin, ihm besondere Ehren zuschanzen. Laßt mich nur schlicht die Tatsachen berichten, den wirklichen Hergang der Ereignisse, die sich dort zugetragen haben. Um jedem Verdacht vorzubeugen, ich würde jemals parteiisch zugunsten von Tirant reden, habe ich sämtliche Urkunden in meinem Reisegepäck mitgebracht, all die Dokumente mit der eigenhändigen Unterschrift des Königs, der Kampfrichter sowie vieler Herzöge, Grafen, Markgrafen, Wappenkönige und Herolde.«

Der Kaiser bat ihn, diese Urkunden gleich herbringen zu lassen, in der Zwischenzeit aber schon zu erzählen, was dort geschehen sei. Diafebus schickte also einen Boten zur Herberge und schilderte dann dem Kaiser ausführlich all die Londoner Festlichkeiten, genau in der Reihenfolge, wie sie nacheinander stattgefunden hatten, und desgleichen die Turniere und Tjosten. Danach lasen alle die Urkunden und konnten sich so mit eigenen Augen davon überzeugen, daß Tirant sich tatsächlich als der Beste aller Ritter erwiesen hatte. Dem Kaiser war dies ein herzerquickender Trost; noch viel größer aber war die Freude seiner Tochter Karmesina und all der anderen Damen, die mit andächtiger Aufmerksamkeit der Schilderung von Tirants Glanztaten lauschten. Hernach wollten sie noch hören, wie es zu der Heirat der Infantin von Sizilien gekommen sei und

wie sich die Befreiung des Großmeisters von Rhodos abgespielt habe.
Nachdem endlich all diese Geschehnisse hinlänglich dargestellt und erläutert worden waren, begab sich der Kaiser zur Sitzung des Kronrats, die jeden Tag zweimal stattfand und üblicherweise morgens eine halbe Stunde, abends, nach der Vesper, eine volle Stunde dauerte. Diafebus wollte ihn zum Ratssaal begleiten, aber der wackere Fürst war dagegen und sagte:
»Für junge Ritter ist es doch bekanntlich das größte Vergnügen, sich in Gesellschaft der Damen die Zeit zu vertreiben.«
Der Kaiser entfernte sich, und Diafebus blieb im Kreis der Schönen, wo man weiterhin über dies und jenes plauderte. Infantin Karmesina bat schließlich die Kaiserin, ihre Mutter, man möge doch in einen anderen Saal gehen, wo man etwas freier atmen könne als in diesem Raum, wo sie so lange eingesperrt gewesen seien, wegen der Trauer um ihren Bruder. Die Kaiserin antwortete:
»Meine Tochter, geh wohin du willst; mir soll es recht sein.«
Da begaben sich alle in einen großen, wunderschönen Saal, der ein Meisterwerk feinster Baukunst war: alle Wände waren mit unzähligen Steinchen aus Jaspis und Porphyr verkleidet, deren vielfältige Farbtöne zu Mosaiken zusammengefügt waren, die man nur mit staunenden Augen betrachten konnte. Die Fenster und Pfeiler waren aus reinem Kristall, ebenso der Fußboden: eine spiegelblanke, funkelnde Fläche, deren Glätte einen gleißenden Glanz ausstrahlte. Die Bilder an den Wänden stellten verschiedene Episoden aus den Geschichten von Boors und Parzival dar; Galahad war da zu sehen, wie er das Abenteuer der gefahrvollen Belagerung bestand; und auch die ganze Historie der Eroberung des Heiligen Gral. Die hohe Decke des Raumes war ganz in Gold und Himmelblau gehalten; und umrahmt wurde diese Decke von einem Fries, der aus lauter golden schimmernden Bildnissen bestand, den Portraits aller Könige der Christenheit; ein jeder dieser Herrscher erschien da mit seiner schönen Krone auf dem Haupt und dem Zepter in der Hand; und unter den Füßen eines jeden Königs ragte ein Kragstein aus der Wand, an dem ein Schild hing, der mit den Wappen des jeweiligen Königs bemalt war und seinen Namen in lateinischen Lettern kundtat.

Kaum war die Infantin in diesem Saal, da entfernte sie sich mit Diafebus ein wenig von ihren Zofen, und die beiden begannen von Tirant zu reden. Diafebus, der gewahrte, mit welcher Lust die Infantin das Gespräch auf Tirant lenkte, erkannte die gute Gelegenheit, die sich ihm damit bot, und eilends nutzte er sie, indem er sagte: »Oh, welch ein Glück ist es für uns, daß wir so weit übers Meer gesegelt und heil nun hier im ersehnten Hafen unserer Seligkeit gelandet sind! Dank einer besonderen Schicksalsgunst ist es uns vergönnt, daß unsere Augen sich am Anblick des leibhaftigen Inbilds schöner Menschengestalt erfreuen können, der schönsten, die es seit Urmutter Eva jemals gegeben hat und wohl nie wieder geben wird; einer Gestalt, in der sich die höchsten Reize und Tugenden vereinen: Anmut, Schönheit und Sittsamkeit, gekrönt mit der Gabe unerschöpflichen Wissens! Alle vergangenen und künftigen Mühsale, die Eure Bekanntschaft uns gekostet hat und noch kosten mag, reuen mich nicht, nachdem wir Eurer Majestät begegnet sind, die es wahrhaft verdienen würde, über die ganze Welt zu herrschen; denn wohl niemand sonst wäre hierzu so befähigt wie Ihr. Nehmt bitte alles, was ich gesagt habe und noch sagen werde, als Huldigungen eines herzlich ergebenen Dieners hin; und verwahrt im allergeheimsten Winkel Eures Herzens, was ich Euch hiermit verrate: Tirant lo Blanc, dieser berühmte Ritter, ist einzig und allein Eures Rufes wegen hierher gekommen, verlockt von den Gerüchten und Berichten, die Eurer Durchlaucht all jene Vorzüge und Begabungen zuschreiben, welche die Natur einem sterblichen Körper überhaupt verleihen kann. Glaubt also nicht, Hoheit, daß wir auf Drängen des wackeren Königs von Sizilien gekommen sind. Noch weniger waren es die Briefe des Kaisers, Eures Vaters, an den Sizilianer, was uns zu dieser Fahrt bewogen hat; und schon gar nicht das Verlangen, uns im Waffenhandwerk zu erproben; denn derlei Erfahrungen haben wir schon genug gesammelt. Auch ging es uns nicht um das Vergnügen, die Schönheit der hiesigen Landschaften oder der kaiserlichen Paläste zu besichtigen; unsere eigenen Häuser wären nämlich, eines wie das andere, durchaus würdig, als Gotteshäuser der Andacht zu dienen – so groß und schön sind sie; und jeder von uns kann sich auf seinem heimatlichen Stammsitz als ein kleiner König fühlen. Eure Durch-

laucht darf es mir also getrost glauben, daß unser Kommen keinen anderen Grund gehabt hat, als den einen: Euch zu sehen und Eurer Majestät zu dienen. Und wenn wir uns hier in Schlachten und Kriege stürzen, so geschieht das ganz und gar um Euretwillen, aus Liebe zu Euch und Euch zu Ehren.«
»Weh mir!« rief die Infantin. »Was sagt Ihr da? Kann ich es mir zugute halten, daß Ihr alle mir zuliebe gekommen seid, und nicht aus Liebe zu meinem Vater?«
»Das könnte ich als Zeuge beeiden«, sagte Diafebus. »Tirant, der für uns wie ein Bruder und zugleich unser aller Oberhaupt ist, bat uns nämlich, mit ihm in dieses Land zu reisen und ihm soviel Ehre zu machen, daß es uns gelinge, die Tochter des Kaisers zu Gesicht zu bekommen, die er zu sehen begehre, mehr als irgend sonstwas auf der Welt. Und der erste Blick, den er auf Eure Hoheit werfen konnte, hat schon ein so heftiges Entzücken in ihm erregt, daß er, völlig verwirrt, seinen Kopf auf ein Kissen betten mußte.«
Während Diafebus ihr dies offenbarte, verharrte die Prinzessin in einem Zustand der Entrücktheit, tief in Gedanken versunken, ohne ein Wort zu sagen, als wäre sie nicht mehr ganz bei Sinnen; und ihr engelhaftes Gesicht wurde in jähem Wechsel mal von dieser, mal von jener Farbe überhaucht. Die Schwachheit der weiblichen Natur hatte sie so gelähmt, daß sie nicht mehr imstande war, irgend etwas zu sagen. Auf der einen Seite wurde sie von der Liebe angefallen, auf der anderen hielt die Scham sie zurück. Amor entfachte in ihr ein Verlangen, das zu tun, was sie nicht durfte; aber die Scham verbot es ihr, aus Furcht, sie könnte die Fassung verlieren.
In diesem Augenblick erschien der Kaiser und rief Diafebus zu sich; denn dessen Benehmen gefiel ihm sehr. Und die beiden unterhielten sich angeregt über vielerlei Dinge, bis der Herrscher den Wunsch verspürte, das Abendessen einzunehmen. Der Ritter verabschiedete sich von ihm und suchte wieder die Nähe der Infantin, die er fragte, ob sie ihm einen Auftrag erteilen wolle.
»Ja«, sagte sie, »nehmt eine Umarmung von mir entgegen, behaltet sie wohlverwahrt für Euch und laßt auch Tirant daran teilhaben.«
Diafebus trat auf sie zu und tat, was sie ihm aufgetragen hatte.
Als Tirant erfuhr, daß Diafebus zum Palast gegangen war und dort

mit der Infantin plauderte, konnte er dessen Rückkehr kaum erwarten; denn er fieberte danach, Neuigkeiten von seiner Herrin zu hören. Als dann der Heißersehnte endlich ins Zimmer trat, sprang Tirant vom Bett auf und sagte:
»Lieber Bruder, welche Neuigkeiten bringt Ihr mir von der, die das Inbild aller Tugenden ist und mein Herz gefangenhält?«
Diafebus, der sah, wie rasend der Liebesbrand war, der in Tirant loderte, umarmte ihn im Namen seiner Herrin und berichtete ihm Wort für Wort, was sie miteinander gesprochen hatten. Tirant fühlte sich daraufhin so beglückt, daß er sich reicher wähnte, als wenn man ihm ein Königreich geschenkt hätte. Er faßte neuen Mut, raffte sich auf, aß tüchtig und ersehnte voll freudiger Hoffnung den nächsten Morgen, die Stunde, da er endlich sie aufsuchen und sehen könnte.
Die Infantin selbst war, nachdem Diafebus sich von ihr verabschiedet hatte, in solch verwirrende, quälende Grübeleien versunken, daß sie es an der Seite ihres Vaters nicht länger aushielt, aufstand, fortlief und sich in ihr Schlafgemach zurückzog. Eine ihrer Zofen, der sie besonders zugetan war, weil man sie von frühester Kindheit an gemeinsam mit ihr aufgezogen hatte und keine von beiden älter als die andere war, hieß Stephania: die Tochter des Königs von Makedonien. Als diese nun sah, daß die Infantin sich in ihr Schlafgemach begeben hatte, erhob sie sich rasch von der Tafel und lief ihr nach. Sie fand die Entschwundene und vernahm aus deren Mund all das, was Diafebus der Infantin gesagt hatte, die ihr auch gestand, wie schrecklich sie an der Liebe litt, die Tirant in ihr entfacht hatte:
»Und ich sage dir, daß dieser eine mich gleich auf den ersten Blick mehr beglückt hat als alle Männer zusammen, die ich je zu Gesicht bekommen habe. Er ist ein stattlicher Mann von unvergleichlichem Wuchs, und seine Miene, jede Geste von ihm, bekundet aufs deutlichste, welch hochherziger Geist in ihm lebt; und alle Worte, die aus seinem Munde kommen, sprudeln so anmutig hervor, voller Charme und Witz. Nach meiner Ansicht ist er höflicher und liebenswürdiger als irgend sonstwer. Und so, wie er nun einmal ist – wer würde ihn wohl nicht lieben? Und meinetwegen, mehr mir zuliebe als um meines Vaters willen, sei er hergekommen! Fürwahr, ich

spür's, daß mein Herz mit Freuden geneigt ist, all seinen Winken zu gehorchen; und mir scheint, nach allen Anzeichen, die ich wahrnehme, daß er die Erfüllung, die Erlösung meines Lebens ist.«
Stephania sagte:
»Herrin, unter den Guten soll man sich den Besten erwählen, und nach den einzigartigen Taten, die dieser Ritter so tapfer vollbracht hat, gibt es keine Frau oder Jungfrau auf der Welt, die nicht den freudigen Drang verspüren würde, ihn zu lieben und sich in allem, was er wünscht, fügsam seinem Willen zu unterwerfen.«
Die beiden waren noch mitten in diesem wonniglichen Wortwechsel, als die anderen Zofen hinzukamen, gefolgt von der Munteren Witwe, die eine wichtige Rolle in Karmesinas Leben spielte, weil sie, wie gesagt, einst die Infantin gesäugt hatte. Die fragte sogleich, worüber sie sich unterhalten hätten. Die Infantin antwortete:
»Wir haben eben über das geredet, was uns jener Ritter von den großen Festen und ehrenvollen Waffentaten erzählt hat, die in England von all den Ausländern vollbracht wurden, die sich hier bei uns eingefunden haben.«
Und über diese und andere Themen unterhielten sich die Damen auch weiterhin, die ganze Nacht durchplaudernd, so daß die Infantin weder viel noch wenig schlief.
Am folgenden Tag hüllte sich Tirant in einen mit kunstvollen Gold- und Silberschuppen geschmückten Mantel. Das Sinnbild auf diesem Umhang bestand aus einer Vielzahl von Hirsegarben; Perlen von üppiger, überaus prächtiger Größe bildeten die prallen Ähren. Der Wahlspruch, der unter jedem Garbengeviert eingestickt war, lautete: ›Eine ist soviel wert wie tausend, und tausend sind nicht soviel wert wie eine.‹ Seine hohe, spitze Mütze, die er nach französischer Sitte festgebunden hatte, und die eng anliegenden Beinkleider waren ebenfalls mit derselben Devise verziert. In der Hand trug er den goldenen Marschallstab. Auch seine sämtlichen Sippengenossen machten sich besonders fein, indem sie Gewänder aus Brokat, Seide und Silbergespinst anlegten; und in so festlicher Aufmachung begaben sich dann alle gemeinsam zum Palast.
Als sie das Hauptportal durchschritten, durch das man in den Hof gelangte, erblickten sie etwas so Staunenswürdiges, daß sie kaum

ihren Augen trauten: Gleich hinter den Torflügeln flankierten zwei Pinienzapfen aus massivem Gold den Eingang, mannshoch und von so gewaltigem Umfang, daß hundert Männer nicht imstand gewesen wären, sie zu heben. Der Kaiser hatte sie einst, in den Zeiten seiner unangefochtenen Macht und Herrlichkeit, für einen prunkvollen Staatsakt anfertigen lassen. Die Bretonen betraten den Palast und gewahrten da viele Bären und Löwen, die an starken, schweren Silberketten lagen; über eine Treppe, die ganz aus Alabaster gemeißelt war, stiegen sie empor.

Als der Kaiser hörte, daß sein Generalkapitan gekommen sei, befahl er, daß man ihn hereinführe. Bei seinem Eintritt sah Tirant, daß der Herrscher noch beim Ankleiden war und soeben gekämmt wurde von seiner Tochter Karmesina, die ihm, sobald das Haar schön gescheitelt war, die Schale zur Handwaschung reichte – eine Sitte, auf deren Wahrung er keinen Tag verzichtete. Die Infantin trug ein von Pailletten schimmerndes Kleid, auf dem überall ein Blumenmuster zu sehen war: eine Pflanze, die man ›Liebegilt‹ nannte und deren Symbol jeweils von einem Spruchband umschlungen wurde, dessen aus Perlen bestehende Lettern das Motto lesen ließen: ›Aber nicht für mich‹. Als der Kaiser vollends angekleidet war, sprach er zu Tirant:

»Sagt mir, Kapitan, was für ein Übelbefinden war es denn, das Euch gestern überkommen hat?«

Tirant antwortete:

»Herr, ich muß Eurer Majestät gestehen, daß es nichts als die Nachwehen der Seefahrt waren, was mir so zugesetzt hat; nichts als die Folgen der ewig auf und ab schwappenden Wellen: ein Taumelweh, das bei den Fischern in meiner Heimat nur den altertümlichen Namen ›Wehnuß‹ hat. Sie hat mich hier übler heimgesucht als sonst, weil die Lüfte in Eurem Lande linder wehen als im Westen.«

Bevor der Kaiser etwas sagen konnte, antwortete die Infantin:

»Herr, unser Seewind tut keinem Ausländer etwas an, der ein rechter Kerl ist; eher verleiht diese Brise dem Ankömmling Gesundheit und ein langes Leben.«

Bei diesen Worten schaute sie Tirant unverwandt ins Gesicht und lächelte dazu, um ihn merken zu lassen, daß sie ihn verstanden habe.

Der Kaiser verließ das Gemach, plaudernd mit dem Kapitan. Die Infantin aber packte Diafebus an der Hand, hielt ihn fest und sagte:

»Wegen der Worte, die Ihr mir gestern gesagt habt, konnte ich die ganze Nacht nicht schlafen.«

»Herrin, was soll ich dazu sagen? Auch uns hat es an Unruhe nicht gemangelt. Aber es ist mir ein großer Trost, daß Ihr Tirant verstanden habt.«

»Was habt Ihr denn geglaubt?« sagte die Infantin. »Habt Ihr etwa gemeint, die griechischen Frauen seien weniger gewitzt oder minder beherzt als die Französinnen? Die hiesigen Frauenzimmer sind schlau genug, Euer Latein zu verstehen, auch wenn Ihr Euch noch so dunkel auszudrücken beliebt.«

»Um so besser für uns, Herrin«, sagte Diafebus, »wenn wir wissen, daß wir es hier mit aufgeweckten und verständigen Damen zu tun haben.«

»Ihr werdet es schon noch sehen«, antwortete die Infantin; »bei näherem Umgang mit uns werdet ihr schon merken, ob wir euch zu folgen vermögen.«

Die Infantin gab Weisung, Stephania und ein paar andere Zofen zu holen, damit sie Diafebus Gesellschaft leisteten; und bald umgab ihn ein ganzer Schwarm holder Mädchen. Sobald die Infantin sah, daß genug da waren, die für seine Unterhaltung sorgen würden, zog sie sich in ihr Schlafgemach zurück, um ihre Toilette zu beenden. Tirant hatte unterdessen den Kaiser zur Hagia Sophia begleitet, der großen Kirche, in welcher er den Herrscher sein Stundengebet sprechen ließ, während er selbst zum Palast zurückeilte, um sich der Kaiserin und Karmesina anzuschließen. Im großen Saal fand er seinen Vetter vor, Diafebus, inmitten einer großen Schar junger Damen, denen er eben die Geschichte der Liebesverstrickungen von Philipp und der sizilianischen Königstochter erzählte. Und Diafebus gab sich so unbefangen, geschickt und vertraut im Kreis dieser Jungfrauen, als ob er unter ihnen aufgewachsen wäre und sein ganzes Leben in solcher Umgebung zugebracht hätte.

Kaum hatten die Mädchen Tirant zur Türe hereinkommen sehen, da sprangen sie auf und hießen ihn lebhaft willkommen. Sie nötigten ihn, in ihrer Mitte Platz zu nehmen, und plauderten mit ihm über vielerlei Dinge.
Die Kaiserin kam zum Vorschein, ganz in dunkelgrauen Samt gekleidet. Sie nahm Tirant beiseite und fragte ihn nach seiner Krankheit. Tirant antwortete, er fühle sich schon wieder ganz wohlauf. Kurz darauf erschien die Infantin in einem Gewand, dessen Farbe ihrem Namen entsprach: einer karmesinroten Robe, verbrämt mit Zobelpelz, seitlich geschlitzt und mit weiten Ärmeln. Über dem Haar auf ihrem Haupt funkelte eine kleine, mit vielen Diamanten, Rubinen und anderen kostbaren Edelsteinen besetzte Krone. Ihre anmutige Haltung und die ihr angeborene unfaßliche Schönheit bekundeten unverkennbar, daß sie würdig gewesen wäre, über allen Damen der Welt zu thronen, wenn es Fortuna beliebt hätte, ihr behilflich zu sein.
Tirant nahm den Arm der Kaiserin, wie es ihm als dem Generalkapitan zukam, der den Vorrang vor allen anderen besaß. Es waren nämlich auch viele Grafen und Markgrafen zur Stelle, Männer von hohem Stand. Die wollten nun den Arm der Infantin nehmen, doch Karmesina sagte:
»Niemand sonst soll an meiner Seite gehen als mein Bruder Diafebus.«
Alle anderen waren also gezwungen, sie ihm zu überlassen. Tirant wäre es freilich, weiß Gott, lieber gewesen, wenn er so dicht neben der Infantin gewesen wäre, statt die Kaiserin zu geleiten. Auf dem Weg zur Kirche sagte Diafebus zu der Infantin:
»Schaut, Herrin, die Verwandtschaft der Seelen läßt sich nicht verleugnen.«
Die Infantin fragte:
»Weshalb sagt Ihr das?«
»Herrin«, antwortete Diafebus, »weil Eure Durchlaucht ein Paillettenkleid angelegt hat, das mit großen Perlen bestickt ist, und Tirants feinfühliges Herz genau das trägt, was ihm angemessen ist. Oh, wie würde ich mich glückselig preisen, wenn ich es zuwege brächte, daß dieser Mantel einmal dieses Kleid bedeckt!«

Und weil sie unmittelbar hinter der Kaiserin gingen, zupfte er am Mantel Tirants. Dieser blieb, als er spürte, daß man an seinem Mantel zog, einen Schritt zurück, und Diafebus bedeckte mit dem Mantel das Kleid der Infantin, indem er sagte:
»Herrin, jetzt ist der Stein an seinem Platz.«
»Weh mir! Seid Ihr verrückt geworden oder habt Ihr völlig den Verstand verloren?« sagte die Infantin. »So wenig Schamgefühl habt Ihr, daß Ihr in Gegenwart von soviel Leuten derartige Dinge sagt?«
»Nein, Herrin«, erwiderte Diafebus, »denn niemand hört es, niemand merkt es oder sieht es. Und ich kann das Vaterunser von hinten nach vorne aufsagen, so daß kein Mensch es wiedererkennt.«
»Davon bin ich überzeugt«, sagte die Infantin, »denn Ihr habt Euren Anstandsunterricht in der ehrbaren Schule genossen, wo man den berühmten Poeten Ovid liest, der in sämtlichen Büchern, die er geschrieben hat, alleweil von der wahren Liebe redet. Und wer nach Kräften seinem gelehrten Meister nachzueifern sich bemüht, der bringt es zu was. Und wenn Ihr wüßtet, auf welchem Baum man die Früchte der Liebe und der Ehre zugleich erntet, und überdies noch genug Weltklugheit hättet, um zu begreifen, welches Verhalten auf dieser Erde zum gewünschten Ziel führt – was für ein hoffnungsvoller, glücksgesegneter Mensch wäret Ihr dann!«
Dieser Wortwechsel war hiermit beendet, weil sie bereits zur Kirche gelangt waren. Die Kaiserin begab sich in das Vorhanggehäuse, das innerhalb des Gotteshauses die gekrönten Häupter vor der frommen Menge abschirmte; doch die Infantin weigerte sich hineinzugehen, mit der Begründung, es sei ihr darin zu heiß; in Wirklichkeit blieb sie aber nur deshalb draußen, um sich nach Herzenslust am Anblick Tirants erlaben zu können. Dieser begab sich nach vorne, zum Altar, wo sich schon viele Herzöge und Grafen eingefunden hatten. All diese Herren erwiesen ihm die Ehre, ihm den vordersten Platz einzuräumen, aus Respekt vor dem Amt, das er innehatte. Seine Gewohnheit war es jedoch, die ganze Messe kniend zu hören. Als nun die Infantin ihn dort auf dem Steinboden knien sah, nahm sie eines der Brokatkissen, die für sie bereitlagen, und gab es einer ihrer Zofen, damit sie es Tirant bringe. Der Kaiser, der diese Aufmerksamkeit

seiner Tochter wahrnahm, freute sich innig über ihre Höflichkeit. Als Tirant das Kissen erblickte, das die Zofe vor ihm auf den Boden legte, damit er darauf seine Knie stütze, erhob er sich und machte, der Infantin zugewandt, eine tiefe Verneigung, entblößten Hauptes, die Mütze in der Hand.

Denkt aber nun ja nicht, die Infantin habe es im Verlauf dieses Hochamtes noch geschafft, mit den Gebeten, die sie hätte sprechen müssen, zu Rande zu kommen. Die ganze Zeit hatte sie nur Augen für Tirant und seine Mannen, die allesamt höchst ansehnlich wirkten in der Eleganz ihrer französischen Kleidung. Tirant ließ, nachdem er die zauberhafte Schönheit der Infantin ausgiebig und mit tiefer Andacht betrachtet hatte, in seiner Phantasie all die Frauen und Jungfrauen, an deren Aussehen er sich irgend erinnern konnte, vor dem inneren Auge seines kritisch prüfenden Verstandes vorüberziehen und sagte sich dann, daß er noch nie eine andere gesehen oder zu sehen auch nur erhofft habe, die so wie sie mit allen guten Gaben der Natur gesegnet gewesen wäre. Denn in ihrer strahlenden Gestalt vereinten sich die Vorzüge des adeligen Bluterbes, der Schönheit, der Anmut und des Reichtums mit den unermeßlichen Schätzen geistiger Bildung so harmonisch, daß ihre Erscheinung eher ein engelhaftes Wesen als ein Menschenkind vermuten ließ; und wenn sein Blick über den wohlgegliederten Wuchs ihres weiblich zarten Körpers glitt, offenbarte es sich ihm, daß die Natur, als sie dieses Wundergebilde erschuf, wahrhaftig alles getan hatte, was sie zu tun vermag. Nirgendwo war an diesem Werk der Urkünstlerin ein Makel zu gewahren, nicht im Entwurf der Figur und schon gar nicht in der Ausführung der Einzelheiten. Hingerissen bestaunte er die Flechten ihres blonden Haares, das rötlich schimmerte, als rieselten Stränge feingesponnenen Goldes zu beiden Seiten ihres Antlitzes herab, in zwei gleichgeteilten Strömen, die einem schneeweiß mitten über den Kopf sich hinziehenden Scheitel entsprängen. Nicht minder bewunderte er die Brauen, die wie mit dem Pinsel gezogen wirkten, schwungvoll ein wenig nach oben gewölbt, ohne buschig und somit allzu düster zu sein, vielmehr leicht hingetuscht mit der vollkommenen Grazie der Natur. Noch mehr begeisterten ihn ihre Augen, die ihm als zwei runde Sterne erschienen, funkelnd wie Edelsteine, nicht weil sie heftig gerollt worden wären, sondern weil sie gezügelt wurden, gebändigt von der Anmut selbstbewußter Blicke, die den Eindruck erweckten, als brächten sie die Kraft festen Vertrauens mit. Ihre Nase war schlank und von feiner Kontur, nicht zu groß und nicht zu klein, passend zu den hübschen Wangen, auf deren blanker, blütenreiner Haut sich Rosen und Lilien mischten. Lippen hatte sie, so leuchtend rot wie Korallen, und kleine, dichtgereihte Zähne von so blendendem Weiß, daß man hätte meinen können, sie wären aus Kristall. Sein ganz besonderes Entzücken aber erregten ihre weißen, weich von Fleisch umpolsterten Hände, die keine Spur von Knochigkeit an sich hatten; Hände mit langen, spitzen Fingern, deren Nägel wohlgerundet waren und durch eine rötliche Tönung zu erkennen gaben, daß man sie in Henna getaucht hatte, makellos geformt, wie sie von der Natur hervorgebracht worden waren.

Als die Messe beendet war, kehrten sie, in gleicher Reihenfolge zum Feierzug geordnet, zurück zum Palast. Tirant verabschiedete sich vom Kaiser und von den Damen, um sich mit all seinen Mannen in ihre Herberge zu begeben. Dort angelangt, ging er in sein Gemach und warf sich auf sein Bett, ganz erfüllt von einer einzigen Vorstellung: der überwältigenden Schönheit Karmesinas. Und die Erinnerung an die reizenden Züge der Infantin vermehrte sein Leiden derart, daß er, statt der einen Qual, die er verspürt hatte, nun hundert Qualen litt unter Ächzen und Stöhnen. Diafebus betrat das Zimmer und sah, in welch trauriger, trübseliger Verfassung Tirant sich befand. Er sagte:

»Herr Kapitan, Ihr seid der seltsamste Ritter, den ich in meinem Leben gesehen habe. Andere wären außer sich vor Freude und würden es mit jubelnder Ausgelassenheit feiern, wenn sie bei der Begegnung mit der Angebeteten solch schmeichelhafte Aufmerksamkeit und so viel ehrerbietige Liebenswürdigkeit erführen, wie sie Euch zuteil geworden sind, und zwar in weit höherem Maße als all den hohen Herrn zusammen, die dabeistanden. Nachdem Ihr von der Schönen das Brokatkissen erhalten habt, das sie eigenhändig aufhob und der Zofe gab, damit sie es Euch überbringe, hättet Ihr doch allen Grund, eingedenk dieses reizenden Gunst-

und Liebeserweises, den sie vor aller Augen darbot, Euch als den größten Glückspilz auf der Welt zu fühlen. Aber Ihr tut genau das Gegenteil von dem, was man zu Recht erwarten würde: niedergeschlagen liegt Ihr da, mit einer Miene, als könntet Ihr Euch an nichts mehr erinnern.«
Auf diese Worte, mit denen Diafebus ihn zu trösten suchte, antwortete Tirant mit schmerzbeklommener Stimme.

KAPITEL CXX
Tirants Liebesklage

Die Qual, die mein Gemüt zermartert, kommt daher, daß ich liebe und nicht weiß, ob ich je geliebt werde. Unter all den anderen Leiden, die mir zusetzen, ist es diese Ungewißheit, was mich am meisten plagt. Mein Herz ist mir erstarrt, wie gefroren, kälter als Eis, weil ich keine Hoffnung habe, das zu erlangen, was ich ersehne; denn das Glück meint es nie gut mit denen, die ehrlich lieben. Wißt Ihr etwa nicht, daß in keinem Kampf, den ich zu bestehen hatte, es je ein Gegner vermochte, mich zu übertreffen und zu besiegen – ein einziger Blick eines Mädchens jedoch genügt hat, mich entwaffnet niederzustrecken, ohne daß ich mich ihrer irgendwie hätte erwehren können? Und wenn sie es war, die mich so übel zugerichtet hat – von welchem Arzt kann ich da Heilung erhoffen? Wer entscheidet da über Leben und Tod? Wer könnte mir zu wahrer Genesung verhelfen? Wer außer ihr? In welchem Ton, in welcher Sprache müßte ich mich ausdrücken, um sie zum Mitleid zu bewegen, wo doch ihre Erhabenheit in jeder Hinsicht mich so hoffnungslos überragt, daß ich nirgends mithalten kann, weil ich nichts Ebenbürtiges zu bieten habe, weder an Reichtum noch an Blutsadel noch an Herrschaftsrechten? Falls Amor, der den zitternden Waagbalken in der Hand hält, an dem die Herzenswünsche gewogen werden, nicht seine ganze Großmut in meine Schale legt und so zu meinen Gunsten den Ausschlag gibt, bin ich

verloren; denn ich sehe sonst keinen Ausweg aus meinem Elend. Ich bin ratlos, ich weiß nicht, wie ich dem entsetzlichen Unglück entrinnen soll, das mich getroffen hat.«
Diafebus konnte die trostlosen Worte Tirants nicht länger mit anhören. Deshalb setzte er zu einer Erwiderung an.

KAPITEL CXXI
Was Diafebus zu Tirant sagte, um dessen Liebeskummer zu lindern

Die Liebenden von einst, die das Verlangen hatten, eine leuchtende Spur ihres Glücks zu hinterlassen, rangen mit aller Kraft darum, zur Ruhe gefaßter Freude zu gelangen. Ihr aber seid darauf versessen, eines elenden Todes zu sterben. Das kann nicht unbemerkt bleiben und schadet Eurem Ruf. Da Ihr Euch nun mal in die Idee verrannt habt, eine solche Geliebte haben zu wollen, die Euch nicht von selbst in den Schoß fällt und auch nicht durch Anstrengungen Dritter in Euren Besitz gebracht werden kann, müßt Ihr den eigenen Kopf und die eigenen Kräfte aufbieten, um ans Ziel Eurer Wünsche zu kommen. Ich meinerseits biete Euch an, alle Vorarbeiten zu übernehmen, soweit sie mit der Wahrung Eurer Rechte vereinbar sind; wobei ich darauf hinweisen möchte, daß ich, wenn ich statt einer Seele deren hundert hätte, all diese hundert Leben gern aufs Spiel setzen würde im Dienst Eurer Liebe. Wenn Ihr aber tagtäglich ein derartiges Benehmen zur Schau stellt, wird man Euch das zum schweren Vorwurf machen, und untilgbare Schmach wird die Folge sein. Jeder gute Ritter sollte sich davor hüten und sein blindwütiges Wollen zügeln. Käme die Sache dem Kaiser zu Ohren, was Gott verhüten möge – wie stündet Ihr, wie stünden wir alle da? Was würde er sagen, wenn er hörte, Ihr hättet Euch gleich am ersten Tag Eures Hierseins in seine Tochter vernarrt, ohne Respekt vor ihrem Rang und Stand, ohne Rücksicht auf das Ansehen der Krone dieses Reiches, als wäret Ihr befugt, Euch zum Richter in eigener Sache aufzuwerfen? Aus Eurem Verhalten geht deutlich hervor, daß Ihr in aller Unschuld hofft, die Leute würden Euch aufs Wort glauben, würden auf nichts weiter achten als auf das, was Ihr gradheraus sagt. Ihr bildet Euch ein, Ihr könntet über die Kriegstaktik reden und gleichzeitig an nichts als die Liebespraxis denken, ohne daß einer merkt, was mit Euch los ist: daß Ihr bis über beide Ohren verliebt seid. Wollt Ihr denn, daß jedermann Euch gleich am ersten Tag Eurer Verliebtheit auf die Schliche kommt? Ihr kennt doch das landläufige Sprichwort: ›Wo Rauch aufsteigt, muß auch ein Feuer sein.‹ Darum, Herr Kapitan, benutzt alle Klugheit, die Euch zu Gebote steht. Bezähmt auf jeden Fall Euer Verlangen und laßt keinen Menschen etwas merken von Euren Leidenschaften.«

Tirant empfand diese weisen Worte als kräftigende Wohltat und freute sich innig über den so freundschaftlich gegebenen guten Rat seines Vetters. Ein Weilchen verharrte er in stillem Nachdenken, dann erhob er sich vom Bett und ging in den Saal nebenan, wo alle über das absonderliche Verhalten Tirants gerätselt hatten.

Nachdem man gegessen hatte, bat er Diafebus, zum Palast zu gehen und einige besonders schöne Stundenbücher, die er besaß, der Infantin zu übergeben. Diese Bücher waren in Paris hergestellt worden, und ihre Einbände bestanden aus massiven Goldplatten, die mit feinen, kunstvollen Emailbildern verziert waren. Zum Verschließen hatte jeder Band ein Gewindeschloß, das so versteckt angebracht und sinnig konstruiert war, daß kein Uneingeweihter, wenn der Schlüssel abgezogen war, herausfinden konnte, wo das Buch sich öffnen ließ. Die Blätter, die es enthielt, waren in wunderschöner Schrift beschrieben, und die Geschichten, die da auf ungewöhnliche Weise erzählt wurden, waren so herrlich illuminiert, daß jeder, der das zu sehen bekam, erklärte, prächtigere Stundenbücher könne man derzeit gewiß nicht finden.

Diafebus holte einen hübsch gekleideten Pagen und gab ihm die wohlverpackten Bücher zu tragen. In den Palast gelangt, fand der Ritter den Kaiser im Gesellschaftsgemach der Damen und begrüßte ihn mit den Worten, die zu sagen er von Tirant beauftragt war.

»Majestät, Euer Kapitan, der begierig ist, Eurer Hoheit jeden Dienst zu erweisen, der ihm befohlen wird, weiß nicht, womit er Euch dienen kann. Er ersucht Eure Majestät, ihm zu gestatten, daß er an einem der nächsten Tage ausrücke und das Feldlager der Sarazenen in Augenschein nehme. Zugleich läßt er Eurer Hoheit diese Stundenbücher überbringen. Falls sie Euch nicht zusagen, sollen sie irgendeiner Zofe der Infantin gegeben werden.«

Als der Kaiser sich die Bände ansah, verfiel er in staunendes Entzükken angesichts der Herrlichkeit, die er da zu sehen bekam.

»So etwas«, sagte er, »gehört nur in die Hände einer Jungfrau aus der Herrscherfamilie.«

Und er reichte die Bände seiner Tochter Karmesina. Sie aber, beglückt, sowohl der Schönheit dieser Bücher als auch des Umstands wegen, daß sie damit etwas erhielt, das von Tirant stammte, sprang freudig auf und sagte:

»Herr, würde es das Gefallen Eurer Majestät finden, wenn wir den Kapitan und die Musikanten rufen ließen, um ein kleines Festchen zu feiern? Schon allzulange haben wir in Trauer und Bedrängnis gelebt, und ich hätte gern, daß am Kaiserhof wieder die Fröhlichkeit einkehrt, die sich an solch hohem Ort gehört.«

»O Tochter, mein Herzensliebling, wißt Ihr nicht, daß ich keine anderen Schätze, keinen anderen Trost auf dieser Welt besitze als Euch und Elisabeth, die Königin von Ungarn, die ob meiner Sünden aus dem Gesichtskreis meiner Augen entschwand; daß ich, seit mein Sohn gestorben ist, nichts mehr habe auf dieser elenden Erde, das mir so kostbar wäre wie Ihr, die Ihr der einzige Trost meines bitteren und traurigen Lebens seid? Je mehr Ihr Euch freuen könnt, desto größer ist die Erquickung, die Ihr meinem Greisendasein schenkt.«

Alsbald schickte die Infantin den Pagen zurück, daß er Tirant herbeihole; dann nötigte sie Diafebus, sich ganz dicht neben sie zu setzen.

Kaum hatte Tirant das Geheiß seiner Herrin vernommen, da verließ er sein Quartier und trat vor den Kaiser, der ihn bat, er möge mit seiner Tochter Karmesina tanzen. Die Tänze dauerten fast bis zu der Stunde, da es dunkel wurde und der Kaiser zu Abend essen wollte. Höchst fröhlich gestimmt, machte sich Tirant auf den Heimweg zur Herberge; denn er hatte in einem fort mit der Infantin getanzt, von der er mit vielen Neckereien und reizenden Scherzworten bedacht worden war, was er als Zeichen großer Zuneigung und Wertschätzung nahm.

Am darauffolgenden Tag gab der Kaiser Tirant zuliebe ein großes Gastmahl. All die Herzöge, Grafen und Markgrafen, die da sich einfanden, speisten an einer Tafel mit ihm, der Kaiserin und deren Tochter. Die übrigen Gäste speisten an anderen Tischen. Nach dem Essen folgten die Tänze. Und als man ein Weilchen getanzt hatte, wurden die mannigfaltigsten Erfrischungen gereicht. Anschließend wollte der Kaiser ausreiten, um seinem Kapitan die ganze Stadt zu zeigen. Und Tirant samt seinen Mannen bestaunte die großen Bauwerke, die da in eigenartiger, unvergleichlicher Schönheit zu sehen waren. Auch sämtliche Festungen und Bollwerke im Stadtbereich wurden ihm gezeigt, die mächtigen Türme über den Toren und an der Wehrmauer – das ganze System der Verteidigungsanlagen, mit dessen Schilderung man nie zu einem Ende käme.

Als es dunkelte, bewog ihn der Kaiser mit den herzlichsten Worten, noch bei ihm zu bleiben und mit ihm zu Abend zu essen, womit er ihm sein ganz besonderes persönliches Wohlwollen zu erweisen gedachte. Karmesina befand sich noch in ihrem Gemach, aber die Kaiserin gebot einer Dienerin, die Infantin zu holen.

»Herr«, sagte Tirant, »meines Erachtens ist es sehr unpassend, die Kaisertochter, die Thronerbin ist, als Infantin zu bezeichnen. Warum entzieht Eure Majestät ihr den Titel ›Prinzessin‹, der ihr doch rechtmäßig zusteht? Ihr habt zwar, Herr, noch eine andere Tochter, die Gemahlin des Königs von Ungarn; aber sie hat eingedenk der stolzen Morgengabe, welche Eure Hoheit zu ihrer Vermählung beisteuerte, auf all ihre Rechtsansprüche zugunsten der erlauchten Karmesina verzichtet. Deshalb, Herr, meine ich, in aller gebührenden Bescheidenheit und Ehrfurcht, daß die Anrede geändert werden sollte. Selbst eine Königstochter wird ja nur dann ›Infantin‹ genannt, wenn sie von der Erbfolge ausgeschlossen ist; falls sie jedoch den Thron einmal erben soll, wird auch sie als ›Prinzessin‹ tituliert.«

Der Kaiser, den die kundigen Argumente Tirants überzeugten, gab

daraufhin die Anweisung, daß Karmesina künftig nur noch als Prinzessin angeredet werden solle.
Am nächsten Tag rief der Kaiser den gesamten Kronrat zusammen und forderte seine Tochter auf, daran teilzunehmen, wobei er Worte gebrauchte, die er ihr gegenüber auch schon früher wiederholt geäußert hatte:
»Meine Tochter, warum kommt Ihr nicht öfter zu den Ratsversammlungen, um die Verfahrensweise kennenzulernen, die bei solchen Aussprachen üblich und nötig ist? Nach den Gesetzen der Natur werdet Ihr mich überleben, und wenn ich einmal gestorben bin, müßt Ihr fähig sein, unser Land zu verwalten und zu regieren.«
Aus einem zwiefachen Grund war die Prinzessin diesmal bereit, der väterlichen Aufforderung zu folgen: sie war nämlich nicht nur daran interessiert, die Regeln des Meinungsaustausches und der Beschlußfassung kennenzulernen; ihr war auch daran gelegen, Tirant reden zu hören. Also ging sie hin. Und als alle Ratsmitglieder ihre Sitze eingenommen hatten, wandte sich der Kaiser an Tirant und sprach die folgenden Worte.

KAPITEL CXXII

Der Vorschlag, den der Kaiser im Blick auf Tirant bei der Sitzung des Kronrats machte

Da die göttliche Vorsehung es zugelassen hat, daß ob unserer großen Sünden und Übeltaten die besten unter den edlen und mutigen Rittern unseres Heeres bei den bisherigen Schlachten ums Leben gekommen oder in Gefangenschaft geraten sind – eine schreckliche, verheerende Einbuße für unser gesamtes Reich –, und da denen, die übriggeblieben sind, das gleiche Schicksal droht, wäre es, wenn nicht Eure siegreiche Hand der von Tag zu Tag geringer werdenden Kraft unserer Ritterschaft zu Hilfe kommt, kaum mehr zu verhindern, daß unser Land von Horden üblen Volks aus den fernsten Winkeln der Erde, von grausamen, unmenschlichen Sarazenen, Feinden der heiligen christlichen Gebote, überflutet wird und man mich der kaiserlichen Herrschaftsrechte beraubt. Denn an dem Tag, da ich den berühmten Ritter verlor, der mein Sohn war, Blüte und Spiegel aller griechischen Ritterlichkeit – an diesem Tag verlor ich alles, was mein Stolz und mein Reichtum war, und mir bleibt nur die eine Hoffnung, die Eure glückliche Ankunft in mir erweckt hat: daß wir dank dem Erbarmen Gottes und der Tapferkeit Eures nie bezwungenen Armes einen glorreichen Sieg erlangen. Deshalb bitte ich Euch, tapferer Kapitan, um Eure Bereitschaft, einen Feldzug gegen unsere Erzfeinde, die Genuesen, zu unternehmen, damit dieses verderbte Gezücht vernichtend geschlagen werde. Der Ruhm, der Euch so triumphal vorauseilt, möge hierzuland seine sichtbare Bestätigung durch Taten finden. Ihr habt den Oberbefehl über all unsere Streitkräfte, zögert also nicht, Eure siegesgewohnten Waffen zu ergreifen, daß wir bald einen Triumph erleben, wie wir ihn von Euch erhoffen; denn wir haben Nachrichten erhalten, die es uns leider zur Gewißheit machen, daß die Schiffe der Genuesen im Hafen von Aulis angelegt haben, Schiffe voller Krieger, Streitrosse und Nahrungsmittel aus der Toskana und der Lombardei. Unsere eigenen Schiffe sind inzwischen zu der Insel Euböa gelangt, die man auch die Insel der Gedanken nennt; und ich vermute, daß sie bald hier eintreffen werden.«

Tirant zögerte nicht lange; er nahm seine Kopfbedeckung ab und sagte in bescheidenem Ton die folgenden Worte.

KAPITEL CXXIII

Die Antwort, die Tirant dem Kaiser vor dem versammelten Kronrat gab

O Herr, es entspricht nicht der Würde Eurer Majestät, daß Ihr mir als Bitte vortragt, was ich als Befehl entgegenzunehmen habe. Denn es ist bereits zuviel der Ehre für mich, daß Ihr mich zum Generalkapitan und Stellvertreter Eurer Hoheit ernannt habt, ohne daß ich dies verdient hätte. Da ich dieses Amt aber nun einmal übernommen habe, ist es meine Pflicht und Schuldigkeit, Euch auftragsgemäß zu dienen. Schon an dem Tag, da ich beschloß, von der edlen Insel Sizilien abzureisen, verzichtete ich bewußt auf die Ungebundenheit, um meine Freiheit in die Hände Eurer Majestät zu legen und all meine Kraft Eurer Sache zu widmen. Da ich Euch also zu meinem Herrn erwählt habe und die große Güte Eurer Hoheit mich als Diener anzunehmen geruhte, obwohl ich dessen nicht würdig bin, flehe ich Eure Majestät an, mich künftig um nichts mehr zu bitten, sondern mir nur noch Befehle zu erteilen, wie Ihr es dem einfachsten Diener gegenüber tätet, den Eure Hoheit hat. Dafür wäre ich Euch von Herzen dankbar. Wenn es also Eurer Majestät beliebt, daß ich gegen die Genuesen zu Felde ziehe, so befehlt es mir, und ich bin jederzeit mit Freuden bereit, Euren Auftrag auszuführen. Doch, Herr, falls Eure Hoheit es mir gestattet, meine Meinung zu sagen, möchte ich zu bedenken geben, daß zu einer wirksamen Kriegsführung dreierlei Voraussetzungen gehören; und wenn es auch nur an einer davon hapert, ist es sinnlos, sich auf einen Kampf einzulassen.«

»Es wäre mir sehr daran gelegen, Kapitan«, sagte der Kaiser, »von Euch zu hören, was die drei Dinge sind, die man braucht, wenn es darum geht, die Feinde zu schlagen.«

»Herr«, antwortete Tirant, »das will ich Euch sagen: Truppen, Geld und Proviant. Mangelt es an irgendeinem von den dreien, ist die Sache von vornherein zum Scheitern verurteilt. Da die Sarazenen derzeit in der Überzahl sind und tatkräftige Unterstützung von den Genuesen erhalten, die ihnen Mengen von Nahrungsmitteln, Waffen, gepanzerten Pferden und wohlausgerüsteten Kriegern zuführen, ist es nötig, daß wir alle Kraft zusammennehmen, um uns mit Umsicht und Disziplin derart zu wappnen, daß wir imstand sind, ihnen eine harte Schlacht zu liefern, ihnen einen heftigen, schmerzlichen Schlag zu versetzen.«

»Wir haben alles«, sagte der Kaiser, »was Ihr genannt habt. Der Schatz, den wir zusammengebracht haben, gibt Euch die Möglichkeit, den Sold für zweihunderttausend Behelmte zu zahlen, auf die Dauer von zwanzig oder dreißig Jahren. Was die bisherige Truppenstärke angeht, können wir wohl mit sechzigtausend Streitern rechnen, die sich an der Front befinden, unter der Führung des Herzogs von Makedonien; hinzu kommen mehr als achtzigtausend Mann, die teils hier in der Stadt stehen, teils draußen, in jenen Landstrichen, die noch in unserer Hand sind; und auf den vierzig Schiffen, die Verstärkung heranbringen, sind weitere vierzigtausend Mann. Wir haben einen großen Vorrat an Waffen, Rüstungen und Rossen, auch Geschütze jeglicher Art und sonstige Gerätschaften, die man im Kriege braucht. An Weizen, das muß ich zugeben, fehlt es uns; aber die Schiffe, die auf dem Weg zu uns sind, bringen eine ganze Menge, und sobald sie ihre Ladung gelöscht haben, schicke ich sie zurück nach Sizilien, mit dem Auftrag, laufend für Nachschub zu sorgen. Auch habe ich eine Gesandtschaft über Slowenien nach Albanien geschickt, zu Georg Kastriota Skanderbeg, mit der Bitte, uns Weizen und andere Lebensmittel zu bringen.«

»Mit großer Genugtuung«, sagte Tirant, »habe ich die Auskünfte Eurer Majestät vernommen. Und jetzt, Herr, da wir wissen, daß alles Nötige vorhanden ist, wollen wir nicht länger Rat halten, sondern uns ohne Umschweife dem Kriegshandwerk widmen.«

»Ich werde Euch sagen, was Ihr zu tun habt«, erwiderte der Kaiser. »Begebt Euch zum Saphirhaus, wo mein Richtstuhl steht; und ich gebiete Euch, dort Platz zu nehmen, die Klage eines jeden anzuhören und Urteil zu sprechen, im Sinne der Gerechtigkeit und der Barmherzigkeit.«

Da erhob sich ein Mitglied des Kronrats, ein Mann namens Montsalvat, und sagte:

»Herr, Eure Majestät sollte die behandelten Angelegenheiten noch einmal in Ruhe und mit größerer Sorgfalt überdenken. Es gibt nämlich drei Dinge, die Euren Plänen im Wege stehen. Das erste Hindernis besteht darin, daß der Herzog von Makedonien nicht seines Anrechts auf das Amt des Generalkapitans beraubt werden darf; ihm gebührt doch wohl diese Stellung auf Grund der engsten verwandtschaftlichen Beziehung zur kaiserlichen Krone. Das zweite Hindernis besteht darin, daß es in diesem Reich nicht zulässig ist, einem Ausländer irgendein Staatsamt oder eine staatliche Pfründe einzuräumen, vor allem dann nicht, wenn der Betreffende aus einem unbekannten Ort oder einem wildfremden Lande stammt. Das dritte Hindernis besteht darin, daß sämtliche Mannen unserer Streitkräfte, ehe sie ausrücken, eine Wallfahrt machen müssen und den Göttern auf jener Insel, von der einst Paris die Königin Helena entführte, große Opfergaben darzubringen haben; denn auf diese Weise sicherten sich vorzeiten die Griechen den Sieg über die Trojaner.«

Der Kaiser konnte das närrische Gerede des Ritters nicht länger mit anhören. Höchst erzürnt fuhr er auf und wies sein Ansinnen schroff zurück.

KAPITEL CXXIV

Was der Kaiser auf die unchristlichen Einwände eines Ritters entgegnete

Gewahrte mich nicht die Ehrfurcht vor Gott davor und wäre mir nicht bewußt, daß es mein Alter ist, was mich derart in Zorn geraten läßt, würde ich dir augenblicklich den Kopf abschlagen lassen, wie du es verdient hast. Dein Haupt sollte als Sühnopfer dienen und als abschreckendes Exempel für die Welt, damit jedermann weiß, was für ein übler, der Verdammnis anheimgefallener Christ du bist. Ich will es und befehle es, daß Tirant, der nun unser Generalkapitan ist, den Oberbefehl über all unsere Heerführer hat, und zwar allein deshalb, weil er dieses Amt verdient hat, durch seine überragende Tapferkeit und seine strahlende Ritterlichkeit. Der Herzog von Makedonien hat es in seiner Kleinmütigkeit und strategischen Ungeschicklichkeit noch nie geschafft, auch nur ein einziges Gefecht zum Sieg zu wenden. Derjenige soll Feldhauptmann sein, den ich dazu bestimme, und wer sich ihm widersetzt, den werde ich auf eine Weise bestrafen, daß man es bis zum Ende der Welt nicht vergißt. Stil und Tüchtigkeit in der Handhabung der Waffen bedeuten den höchsten Adelsrang, gemäß den Leitbildern, die unsere Vorfahren uns hinterlassen haben; und wer dieses Handwerk am besten beherrscht, hat unzweifelhaft das Recht, die erste Stelle einzunehmen. Darüber brauchen du und ich hier nicht zu streiten.«

Er verstummte, weil er, hochbetagt wie er war, rasch außer Atem geriet und der Zorn ihm die Stimme abwürgte. Die Prinzessin griff die Worte des Vaters auf und fuhr an seiner Stelle fort:

»Dich kann man ein Kind der Verkommenheit nennen, gezeugt auf dem Schandplaneten Saturn; und du hättest es verdient, daß man dich gründlich züchtigt und grausam bestraft an Leib und Leben. In deiner Bosheit und neidischen Ungerechtigkeit willst du dich der Weisung und dem Willen der kaiserlichen Majestät widersetzen und erfrechst dich, im Kronrat gegen göttliches und menschliches Gesetz zu verstoßen, indem du dazu aufforderst, dem Teufel zu opfern, dessen Knecht du bist. Deine Rede zeigt es nur allzu klar, daß du kein Christ, sondern ein Götzendiener bist. Weißt du denn nicht« – fragte die Prinzessin –, »daß durch die glorreiche Herabkunft des Gottkönigs Jesus jedweder Götzendienst zuschanden wurde, wie die Heilige Schrift im Evangelium berichtet? Als König Herodes glaubte, er sei von den drei Königen aus dem Morgenland zum Narren gehalten worden, wollte er das Gotteskind töten lassen; doch der Engel erschien dem Joseph im Traum und sagte ihm, er solle die Mutter und das Kindlein zu sich nehmen und mit ihnen nach Ägypten fliehen. Und wie sie in Ägypten einzogen, stürzten alle Götzenbilder von ihrem Sockel, und nicht ein einziges in ganz Ägypten blieb bestehen. Noch schlimmere Bestrafung hast du dadurch verdient, daß du so dreist warst, in Gegenwart Seiner Majestät des Herrn Kaiser jemanden beleidigen zu wollen mit deiner Behauptung, ein Ausländer dürfe weder den Richterstab noch den Marschallstab in die Hand nehmen. Eine lügnerische Hetze, die dich zum Anstifter widerlicher Stänkerei stempelt. Aber sag mal, wenn nun irgendwelche Ausländer besser sind als die Einheimischen, wenn sie im Krieg oder in anderen Dingen sich als geschickter, stärker und tüchtiger erweisen – was sagst du dann? Falls dir so was unvorstellbar ist, brauchst du dich bloß vor den Spiegel zu stellen, und deine eigene schlappe Erscheinung wird dir das belämmernde Lehrbeispiel für die Erkenntnis bieten, daß ein Grieche nicht schon deshalb, weil er Grieche ist, auch den Mumm hat, in den Krieg zu ziehen, um sein Vaterland und seinen angestammten Herrn zu verteidigen. Noch nie in deinem Leben hast du dazu das Herz gehabt. Und da hast du die Stirn, dich noch als Ritter im kaiserlichen Kronrat zu präsentieren, dich überhaupt noch irgendwo blicken zu lassen, wo wahrhaft ritterliche Männer sind?«

Tirant wollte in diesem Moment das Wort ergreifen, um dem besagten Ritter die gebührende Antwort auf das zu erteilen, was dieser gegen ihn gesagt hatte; doch die Prinzessin verhinderte dies, um größeres Unheil zu vermeiden, indem sie sagte:

»Ein kluger Mensch kann es sich ersparen, auf närrisches Geschwätz zu antworten. Einem Narren steht es völlig frei, jede Menge Unsinn zu quatschen, und einem Weisen steht es wohl an, die Torheiten geduldig mit anzuhören und nichts darauf zu erwidern. Denn an den Worten erkennt man die Narrheit dessen, der sie von sich gibt; und niemand hat die Pflicht, es einem anderen gleichzutun in der Schäbigkeit und Narrheit; nur mit dem Edelmut und der Tapferkeit eines anderen sollte man wetteifern. Und wer töricht daherredet, hat es hinzunehmen, daß man seine Torheit mit der gebührenden Mißachtung straft. Wenn Ihr nicht ein so grundgütiger Mensch wäret, würde derjenige, der solch dummes Zeug gefaselt hat, verdientermaßen mit seinem Leben dafür bezahlen. Und es ist offenkundig, daß ein Fürst sich glücklich preisen kann, der einen so bedächtigen Ratgeber in seinem Hause hat.«

Der Kaiser erhob sich und gab zu verstehen, daß er nichts mehr zu hören wünsche. Unverzüglich ließ er durch Ausrufer in der ganzen Stadt bekanntmachen, daß jedermann, der eine Klage oder einen Antrag vorzubringen habe, sich morgen oder an einem der nächsten Tage zum Gerichtshaus begeben solle, denn dort werde allen in kürzester Frist ihr Recht zuteil.

Am nächsten Tag setzte sich Tirant auf den kaiserlichen Richtstuhl und hörte all diejenigen an, die mit einer Klage zu ihm kamen, und entschied Fall um Fall, Gerechtigkeit übend gegen jedermann. Viele Urteile galt es zu fällen, denn seitdem der Großtürke und der Sultan in das Reich eingefallen waren, hatte keine Rechtsprechung mehr stattgefunden.

Schon einen Tag danach rief der Kapitan alle Mitglieder des Kronrats und sämtliche Magistratsherren der Stadt zusammen, und gemeinsam verfügten sie als erstes eine neue Ordnung für das Hausgesinde im Kaiserpalast. Ihr zufolge sollten alle Diener, die in der unmittelbaren Umgebung des Herrn Kaiser tätig waren, in Mannschaften von jeweils fünfzig Mann eingeteilt werden; Bedienstete höheren Ranges erhielten den Titel und die Funktion eines Hauptmanns. Auf ähnliche Weise wurden sämtliche Männer in der Stadt erfaßt, und den Truppenführern war somit die Möglichkeit geboten, in jedem Notfall, wenn sie mehr Leute brauchten, ihre Einheiten rasch und mühelos mit diesen Reservegarden zu verstärken. Tirant befahl, daß jede Nacht fünfzig Mann im Vorraum, an der Tür des kaiserlichen Ruhegemachs, schlafen sollten; und er erklärte, der Kapitan persönlich oder dessen Stellvertreter werde jeden Abend diese Wache inspizieren; und in dem Augenblick, da der Kaiser sich zum Schlafen zurückziehe, werde der Kapitan die fünfzig Männer der Nachtwache ermahnen mit den Worten:

»Hier seht ihr leibhaftig die Person des Herrn Kaiser, deren Sicherheit eurer Treue anvertraut sei und für deren Unversehrtheit ihr mit eurem Leben bürgt. Ihr haftet dafür, daß sie mir morgen früh heil wieder überantwortet wird.«

Nach dem gleichen Reglement vollzog sich die Wachübernahme vor dem Schlafgemach der Kaiserin und der Prinzessin.

Wenn der Kaiser dann im Bett lag und man die Türen des Vorraums geschlossen hatte, knieten zwei der Männer, die Wache hielten, an der Schlafzimmertür nieder, die man immer einen Spaltbreit offenließ; und in dieser Haltung verharrten sie horchend für den Fall, daß der Kaiser irgend etwas verlangen sollte. War eine halbe Stunde vergangen, so erhoben sich diese beiden, und zwei andere knieten an ihrer Stelle nieder. So löste man sich die ganze Nacht hindurch

ab, und ständig lagerten hundert Mann als Wache im großen Saal. Rings um den Palast standen vierhundert Geharnischte, um den Herrschersitz zu behüten – so ernst war die Sorge um das persönliche Wohl des Kaisers.
Morgens, wenn Tirant erschien, mußten die Wachen in Gegenwart eines Notars, der den Vorgang zu beurkunden hatte, ihm den Kaiser wohlbehalten überantworten; und in gleicher Weise wurden ihm allmorgendlich auch die erwähnten Damen präsentiert.
Der Kaiser war angesichts der Maßnahmen, die sein Generalkapitan angeordnet hatte, sehr zufrieden; denn sie zeigten ihm, wie sorgsam sich dieser um den Schutz seines Herrn bemühte; und Tirant versäumte es nie, zur festgesetzten Abend- oder Morgenstunde zu erscheinen – wozu ihn mehr das Verlangen trieb, die Prinzessin zu sehen, als die Sehnsucht nach dem Anblick des Kaisers.
Überdies erließ er die Anordnung, daß in sämtlichen Straßen der Stadt dicke Sperrketten anzubringen seien, die man erst dann wieder abnehmen dürfe, wenn vom Palast das Geläut einer dort aufgehängten kleinen Glocke erklinge, das in der ganzen Stadt deutlich zu hören war. Ferner befahl er, daß bei Dunkelheit wegen der Räubereien, die seit dem Ausbruch des Krieges überhandgenommen hatten, in jeder Straße jeweils die Hälfte der Häuser bis Mitternacht mit Fensterlämpchen zu beleuchten seien, die andere Hälfte aber von Mitternacht bis zum Morgengrauen. Und es erwies sich, daß dank dieser Vorschrift viele vor der Ausplünderung bewahrt wurden. Und jede Nacht machte der Kapitan, nachdem er den Kaiserpalast verlassen hatte, noch einen persönlichen Kontrollgang und durchstreifte bis gegen Mitternacht die Stadt. Nach dieser Stunde übernahm Diafebus, Richard oder sonst einer von seinen Gefährten den Marschallstab, und wieder andere machten die letzten Runden, bis es tagte. Auf diese Weise gelang es, die Ordnung aufrechtzuerhalten und die Stadt vor den schlimmen Folgen innerer Verwilderung zu verschonen. In Übereinstimmung mit dem Magistrat der Stadt beschloß der Kapitan ferner, sämtliche Gebäude durchsuchen zu lassen; und alle Vorräte an Weizen, Gerste und Hirse, die aufgespürt wurden, schaffte man zum Marktplatz, wo jedem Eigentümer soviel Weizen überlassen wurde, wie er zum eigenen Unterhalt brauchte. Alles

übrige aber wurde beschlagnahmt und zum festgesetzten Preis von zwei Dukaten pro Maultierladung an diejenigen verkauft, die nichts zu essen hatten. So wurden alle Lebensmittel nach dem Maß der Bedürftigkeit gerecht verteilt. Vor der Ankunft Tirants hättet ihr nämlich in der ganzen Stadt keinen Menschen gefunden, der bereit gewesen wäre, euch Brot, Wein oder sonst eine Nahrung zu verkaufen; und nun wurde es binnen weniger Tage zuwege gebracht, daß es in jedem Viertel sämtliche Dinge im Überfluß gab.

Die ganze Einwohnerschaft sang das Lob Tirants, und man pries die noble Gerechtigkeit seiner Verwaltungsregeln, mit denen er die Leute in die Lage versetzte, wieder in Ruhe, Liebe und Frieden miteinander auszukommen. Auch für das Herz des Kaisers war die gute Regierung, die Tirant der Stadt beschert hatte, ein großer Trost.

Fünfzehn Tage nach der Ankunft Tirants liefen alle Schiffe des Kaisers im Hafen ein, beladen mit Kriegsvolk, Weizen und Pferden. Noch bevor diese Flotte anlegte, hatte der Kaiser dem Kapitan dreiundachtzig besonders große, schöne Pferde und viele Harnische als Geschenk versprochen. Und Tirant ließ nun als ersten von allen Diafebus rufen, damit er sich unter all den Rüstungen und Rossen dies und jenes aussuche, nach Lust und Wohlgefallen. Als der seine Wahl getroffen hatte, kam Richard an die Reihe, danach alle anderen Gefährten; für sich selbst aber behielt der Bretone gar nichts.

Tirant litt unsagbar unter der Leidenschaft seiner Liebe zu der Prinzessin; jeden Tag verschlimmerte sich seine Qual, und so heftig war die Liebe, die er für sie empfand, daß er, wenn er ihr gegenüberstand, nicht den Mut aufbrachte, auch nur ein Wort zu sagen, das etwas mit Liebe zu tun haben könnte. Und der Tag, da er Abschied nehmen müßte, rückte derweilen immer näher; denn er wartete nur noch darauf, daß die Pferde sich von den Strapazen der Seefahrt ein wenig erholten.

Das kundige Herz der Prinzessin hatte ein natürliches Gespür für die Regungen eines anderen, und so merkte sie genau, wie sehr Tirant sie liebte. Sie schickte einen kleinen Pagen zu ihm, um ihn fragen zu lassen, ob er nicht Lust habe, kurz nach Mittag in den Palast zu kommen; denn um diese Zeit würden fast alle anderen sich ausruhen, und er solle auch möglichst wenig Leute mitbringen. Als Tirant diese Aufforderung von seiten seiner Herrin erhielt, fühlte er sich auf den höchsten Paradiesesgipfel versetzt. Rasch rief er Diafebus zu sich und offenbarte ihm, welche Botschaft er erhalten hatte und daß es sein Wunsch sei, zu zweit, mit ihm, hinzugehen, ohne jede weitere Begleitung. Diafebus sagte:

»Herr Kapitan, der Auftakt stimmt mich sehr vergnügt. Ich weiß freilich nicht, wie der Schlußtakt klingen wird. Aber bemüht Euch mir zuliebe darum, daß Ihr, wenn Ihr mit ihr allein seid, genau so beherzt, wie Ihr gegen jeden Ritter, und sei's der kühnste, zum Zweikampf antretet, auch einer Jungfrau begegnet, die keine Rüstung als Leibwehr trägt; und daß Ihr mit feurigem Ungestüm all Eure Leidenschaft ihr bekennt; denn je kecker der Wagemut, mit dem Ihr es sie spüren laßt, desto höher steigt Ihr in ihrer Achtung; schüchterne Bitten jedoch werden nicht selten mit einer Abfuhr belohnt.«

Als die Stunde des Stelldicheins nahte, stiegen die zwei Ritter hinauf zum Palast, und mit gedämpften Schritten betraten sie das Gemach der Prinzessin, erfüllt von heimlicher Siegeshoffnung. Als Karmesina die beiden erblickte, bekundete sie große Freude über ihr Kommen, stand auf, faßte Tirant an der Hand und lud ihn ein, sich dicht neben sie zu setzen. Diafebus aber nahm Stephania an seinen linken Arm, die Muntere Witwe an den rechten und entfernte sich seitwärts mit ihnen, so weit, daß die zwei Damen nicht hören konnten, was die Prinzessin dem Bretonen sagen wollte. Mit gesenkter Stimme und liebenswürdiger Miene begann die Kaisertochter folgende Worte zu wispern.

KAPITEL CXXV

Wie die Prinzessin Tirant den Rat gab, sich vor den heimtückischen Machenschaften des Herzogs von Makedonien in acht zu nehmen

Redliche Ehrbarkeit verträgt sich nicht mit ängstlicher Schamhaftigkeit. Eure noble Großmut möge es nicht als unziemliches Benehmen werten oder mir gar als liederliches Ansinnen verargen, wenn ich mich erdreistet habe, mit Euch unter vier Augen reden zu wollen, in lauterster Absicht, aus Sorge um Eure noble, hochanständige Person. Da Ihr Ausländer seid, möchte ich Euch davor bewahren, daß Ihr ahnungslos das Opfer von Anschlägen werdet, die Euch Leib und Leben kosten könnten. Daß Ihr in unser Land gekommen seid, ist – wie ich weiß – den Bitten des großen Königs von Sizilien zu verdanken, der im Vertrauen auf Eure berühmte, vielfach bewiesene Tatkraft Euch zu dieser Fahrt ermuntert hat, ohne Euch vor den besonderen Gefahren zu warnen, die hier auf Euch lauern. Er konnte sie Euch nicht dartun, da er sie nicht kennt. Weil mich der Gedanke schmerzt, daß Euch, der Ihr so tapfer und edelmütig seid, etwas zustoßen könnte, habe ich beschlossen, Euch einen Wink zu geben, der Euch vor Schaden behüten soll. Ihr werdet sehen, welchen Gewinn Ihr davon habt, wenn Ihr meinen Worten Glauben schenkt und Euch so verhaltet, wie ich es Euch anrate, damit Ihr heil und gesund als strahlender, ruhmbekränzter Sieger heimkehren könnt in Euer Heimatland.«

Das Verstummen der Prinzessin bot Tirant die Gelegenheit, seinen eigenen Gefühlen Luft zu machen:

»Wann endlich, liebwerte Herrin, werde ich Eurer Majestät durch Taten erweisen können, wie dankbar ich dafür bin, daß ich, noch ehe ich mir irgendwelche Verdienste um Euch erworben habe, soviel Huld von seiten Eurer Hoheit erfahren darf? Schon die Tatsache, daß Ihr an mich denkt, empfinde ich als unbegreifliche Gunst, und mit demütigem Herzen danke ich untertänigst Eurer Durchlaucht für die gütige Nächstenliebe, die Ihr durch Eure Fürsorge und die mitfühlende Teilnahme an mir und meinen Bemühungen erzeigt. Und damit Ihr mich nicht für einen undankbaren Menschen haltet, nehme

ich willig Euer Angebot an, als Geschenk einer Herrin, deren Rang alle Fürstinnen der Welt überstrahlt, und küsse Euch die Füße und die Hände und verpflichte mich, alle Weisungen Eurer Hoheit zu befolgen. Denn eine Gabe, die gegeben wird, ohne daß sie erbeten oder verdient worden wäre, ist wahrhaft rühmenswert und beglükkend liebenswert. Als freiwillige Tat hochherziger Großzügigkeit bezeugt sie, daß Eure Erlauchtheit eher von engelhafter als von menschlicher Art ist.«
Tirant bat sie, ihm die Hand zum Kuß darzubieten; doch die erlauchte Dame wollte diese Huldigung nicht zulassen. Wieder und wieder bat er sie, und als er sah, daß sie nicht einwilligen wollte, rief er die Muntere Witwe und Stephania herbei. Um dem Kapitan einen Gefallen zu tun, bedrängten diese nun ihrerseits die Prinzessin und flehten unermüdlich, sie möge sich doch küssen lassen. Schließlich gab sie nach und erlaubte ihm einen Handkuß, freilich nur einen von besonderer Art. Nicht auf die Außenseite der Hand wollte sie geküßt werden, sondern auf die Innenfläche. Sie öffnete die Hand, damit seine Lippen in die Mulde des Handtellers tauchten – denn innen die Hand zu küssen ist ein Zeichen der Liebe; sie außen zu küssen, eine Geste der Höflichkeit, die man der Herrschaft schuldet.
Als wäre nichts geschehen, fuhr die Prinzessin in ihrer Rede fort: »Glücksgesegneter Ritter, sei getrost und erfreue dich an der Vortrefflichkeit deiner tapferen Taten, die soviel Talent bezeugen und von so strahlendem Adel sind, daß sie unserem Kaisertum einen neuen Glanz verleihen, der uns mit Stolz erfüllt und uns zugleich das Vertrauen schenkt, daß wir dank deiner guten Hand unser ganzes Reich zurückgewinnen werden; denn wir kennen deine überragende Tapferkeit und deinen Ruhm, dessen Kunde bis in die fernsten Länder gedrungen ist und überall als unbestreitbares Zeugnis wohlbegründeter Hochachtung gilt. Und eine große Ehre, ein großes Glück ist es für Seine Majestät den Herrn Kaiser, meinen Vater, und für mich, die Erbin des Griechischen Imperiums und des Makedonischen Königreiches, das schon gänzlich verloren ist, daß wir durch deine siegreiche Hand das gesamte Territorium unserer Herrschaft wieder in Besitz nehmen können. Wenn es dank deiner Tapferkeit tatsächlich gelingt, diese Genuesen, Italiener und Lombarden mit-

samt den Sarazenen aus unserem Reich und aus Makedonien zu vertreiben, wird die Ruhe meines Herzens wiederhergestellt sein. Aber noch zweifle ich, ob die feindselige Fortuna uns nicht doch einen weiteren Schicksalsschlag zugedacht hat, der den kaiserlichen Thron vollends ins Wanken bringt; denn schon lange sucht sie uns heim mit ihrem Haß. Nun gut, wenn du, unsere einzige Hoffnung, mit redlicher Entschlossenheit unsere Sache zur deinigen machst; wenn du dich mit deinen Gefährten voll und ganz für uns einsetzt und dich meinen Bitten nicht verschließt, so verspreche ich dir, daß du von mir einen Lohn erhalten wirst, der dem Maß deiner Tapferkeit entspricht; denn du wirst nichts zu fordern wissen, was dir nicht ganz oder teilweise gewährt würde. Aber Gott behüte dich in seiner Barmherzigkeit und Güte vor den Klauen jenes grausamen Löwen, des Herzogs von Makedonien, dieses grausamen und neidischen Menschen, der ein erfahrener Meister aller heimtückischen Machenschaften ist. Er steht nicht zu Unrecht in dem Ruf, daß er noch keinen getötet hat, den er nicht hinterrücks umgebracht hätte. Und man behauptet mit gutem Grund, daß er auch jenen heldenhaften Ritter, der mein Bruder war, auf dem Gewissen hat; denn als dieser todesmutig gegen die Feinde kämpfte, machte der herzogliche Schurke sich von hinten an ihn heran und zerschnitt ihm die Helmbändel, so daß ihm der Helm herabfiel. Barhäuptig weiterkämpfend, wurde mein Bruder von den Sarazenen erschlagen. Ein Heimtücker vom Format dieses Herzogs verdient es, daß man ihn stets mit Furcht und Schrecken betrachtet; denn in seinem Herzen herrschen alle sieben Todsünden, und ich glaube nicht, daß er sich noch bessern und der Verdammnis entrinnen kann. Darum, tapferer Ritter, warne ich Euch und rate Euch: Gebt acht und hütet Euch vor ihm, wenn Ihr mit ihm ins Feld zieht; vertraut ihm weder bei Tisch, wenn Ihr etwas eßt, noch bei Nacht, wenn Ihr Euch schlafen legt. Wenn du diese Vorsichtsmaßregel mit wacher Klugheit beachtest und sie niemals vergißt, bildet sie gleichsam eine geheime Leibwache, die dein Leben beschützt. Obwohl man ja sagt, daß die Strafe denen auf dem Fuße folgt, die Strafe verdienen, ist es doch nichts Neues, daß gelegentlich die Gerechten die Übeltaten der Sünder zu bezahlen haben.«

Bei diesen Worten wurde das Gespräch durch das Erscheinen der Kaiserin unterbrochen, die ihren Mittagsschlaf beendet hatte, aufgestanden war und nun ohne Zögern sich zu ihnen setzte, um mit Hartnäckigkeit zu erfragen, worüber sie gesprochen hätten. Die Prinzessin antwortete:

»Herrin, wir reden über das Kriegsvolk, das angeblich die Genuesen den Sarazenen als Verstärkung hergeschafft haben; und wir haben uns überlegt, wie und wann es möglich sein wird, all diese Horden aus unserem Land zu verjagen.«

»Wer kann das wissen!« sagte die Kaiserin. »Ich vergleiche den Krieg immer mit der Krankheit, die den Körper eines Menschen befällt: am einen Tag fühlt man sich dabei ganz wohl, am andern hundeelend; mal tut einem der Kopf weh, mal der Fuß – genau so geht's einem mit den Schlachten: am einen Tag siegt ihr, und am nächsten werdet ihr besiegt.«

So unaufhaltsam war der Redefluß, dem sich die Kaiserin überließ, daß Tirant keine Chance mehr hatte, auf die Worte der Prinzessin zu antworten. Am Abend, nach der Vesper, sagte die Kaiserin:

»Kommt, wir wollen dem Kapitan unseren Palast zeigen; bisher hat er ja erst die Säle und Gemächer hier unten gesehen. Jetzt werden wir ihm den Kronschatz präsentieren, den dein Vater zusammengebracht hat.«

Sie erhoben sich. Tirant nahm den Arm der Kaiserin, und Diafebus führte die Prinzessin. Bei ihrem Gang durch das ganze Schloßgelände sahen sie viele schöne Bauwerke. Als sie zu dem Schatzturm gelangten, schloß die Prinzessin die verschiedenen Türen auf; denn sie war es, die alle Schlüssel hatte. Innen waren die Turmwände ganz mit schneeweißem Marmor verkleidet und geschmückt mit kunstvollen Gemälden, die in vielerlei Farben alle Episoden der Geschichte von Paris und Oinone darstellten. Das ganze Deckengewölbe funkelte golden und azurblau, und der Glanz dieses Mosaikhimmels warf eine gleißende Helle herab. Die Prinzessin ließ zweiundsiebzig Truhen öffnen, die voller Goldmünzen waren; und daneben gab es Truhen, in denen goldenes Tafelgeschirr, Juwelen, Paramente für die Kapelle und priesterliche Prunkgewänder verwahrt wurden – lauter Kostbarkeiten von erlesener Schönheit und

unschätzbarem Wert. Silbergeschirr war da in solch ungeheuren Mengen vorhanden, daß man es in einem Winkel des Turms zu einem riesigen Haufen gestapelt hatte, Gefäß über Gefäß, bis hinauf zur Decke. Auch das Geschirr, das in der kaiserlichen Küche verwendet wurde, war ganz und gar aus Silber.
Tirant und Diafebus bestaunten mit großen Augen die Vielfalt und Fülle der kaiserlichen Kleinodien, die da zuhauf lagen; denn noch nie zuvor hatten sie einen solch gewaltigen Reichtum gesehen.
In der darauffolgenden Nacht sann Tirant lange über die Worte nach, welche die Prinzessin zu ihm gesagt hatte; und auch das, was seine Augen tagsüber wahrgenommen hatten, setzte seine Gedanken immer aufs neue in Bewegung. Als schließlich der Tag heraufgekommen war, befahl er, andere Fahnen anzufertigen. Eine derselben sollte auf grünem Grunde als Emblem das Bild eines goldenen Kettenschlosses zeigen, eines Vorhängeschlosses von der Größe, die man braucht, um ein Tor zu versperren. Das ganze Fahnentuch sollte übersät sein mit diesem symbolischen Muster. Und der eingestickte Sinnspruch lautete:

Kette und Tor, sie sind durch dies vereint.
Schlüssel sind ihrer beider Initialen.
Ihr seht, wer wem die Freiheit hold verneint,
wer wen gefangen hält in süßen Qualen.

Eine andere Fahne ließ er aus rotem Tuch machen und darauf das Bild eines Raben anbringen, das umrahmt wurde von einem Saumband lateinischer Lettern. Sie bildeten den Satz *Avis mea, sequere me, quia de carne mea vel aliena saciabo te*. Ein Spruch, der in unserer Sprache ungefähr so lauten könnte: ›Mein Vogel, folge mir, denn ich werde dich sättigen, sei's mit meinem eigenen, sei's mit fremdem Fleisch.‹ Sowohl dem Kaiser als auch den Damen und Rittern bei Hofe gefiel diese Parole sehr.
Eines Tages erspähte Tirant die Gelegenheit, sich der Kaiserin und der Prinzessin zu nähern, während diese bei Tische waren. Er betrat den Speisesaal und machte sich sofort daran, den beiden Damen als Mundschenk und Hofmeister aufzuwarten – ein Vorrecht, das ihm

als Kapitan durchaus zustand; denn wo ein Höherer auftaucht, muß der Niedrigere weichen. Als Tirant sah, daß das Essen seinem Ende zuging, wandte er sich an die Kaiserin mit der Bitte, Ihre Hoheit möge doch die Güte haben, ihm eine Frage zu beantworten, eine Streitfrage, die ihn sehr beschäftige und mit Zweifeln erfülle. Die Kaiserin sagte, falls sie imstande sei, etwas zur Klärung der Sache beizutragen, wolle sie dies gerne tun.
»Sagt mir, Herrin«, sprach Tirant, »was ist besser für einen Ritter, was ehrenhafter: gut zu sterben oder übel zu sterben – wo er doch so oder so sterben muß?«
Er verstummte und sagte kein weiteres Wort. Die Prinzessin unterbrach die Stille:
»O heilige Maria, hilf! Was für eine groteske Frage stellt Ihr meiner Frau Mutter! Wo doch alle Welt weiß, daß es besser ist, mit Anstand zu sterben. Wenn er ohnehin unausweichlich sterben muß, sollen wenigsten nachher alle Zeugen seines Todes sagen: ›Dieser tapfere Ritter ist so gestorben, wie es sich für einen echten Ritter gehört.‹ Viel Ehre wird man dem erweisen, der mannhaft gestorben ist. Müßte man aber von einem sagen: ›O dieser mißratene Ritter, wie erbärmlich ist er gestorben!‹ – so erntet er nichts als Schmach und Schande, und für alle Zeiten sind er und die Seinigen entehrt. Denkt doch an die Römer – wieviel Achtung und Ruhm erwarben sie in der ganzen Welt, weil sie ehrenhaft auf den Schlachtfeldern starben, als Verteidiger ihrer Republik. Sie hinterließen den Ruhm ihrer glorreichen Taten; und wenn die Leichen solcher Helden nach Rom heimgebracht wurden, so riß man zu ihrem Empfang ein großes Stück der Ringmauer ein und geleitete sie im Triumph bis in die Mitte der Stadt; solche aber, die als kleinmütige Krieger kläglich ums Leben gekommen waren, fanden keinerlei Beachtung und wurden mit keinem Wort erwähnt. Es ist also, meine ich, entschieden besser, mit Anstand zu sterben.«
Kaum hatte die Prinzessin diesen letzten Satz gesagt, da schlug Tirant mit der Faust auf den Tisch und murmelte, zwischen den Zähnen knurrend, fast unhörbar: »So ist es!« Dann kehrte er ihnen wortlos den Rücken und ging zurück zu seiner Herberge. Alle wunderten sich über dieses Betragen Tirants.

Wenig später betrat der Kaiser das Gemach, in das sich die Kaiserin und ihre Tochter zurückgezogen hatten, und die beiden berichteten ihm die Äußerungen Tirants. Der Kaiser sagte daraufhin:
»Ich mache mir große Sorgen um ihn und frage mich, ob dieser Ritter nicht innerlich zerfressen wird von irgendeiner geheimen Leidenschaft. Manchmal beschleicht mich auch der Zweifel, ob es ihn vielleicht reut, daß er hierher gekommen ist, in ein Land, das so fern von seiner Heimat ist, weit weg von all seinen Verwandten und Freunden. Möglicherweise treibt ihn eine uneingestandene Angst um, Furcht vor der Übermacht der Türken oder sonstigen Mißlichkeiten, die sich ergeben könnten. Aber redet mit keinem Menschen über diese Sache; laßt euch nichts anmerken und schickt nicht nach ihm; denn noch ehe es dunkel wird, werde ich Bescheid wissen.«
Der Kaiser verabschiedete sich von den Damen und ging weg, um sich ein wenig auszuruhen.
Nach dem Mittagsschlaf setzte er sich an ein Fenster, von dem aus man auf den großen Platz hinabschaute, und dort unten sah er Richard auf einem hohen Roß vorüberreiten. Rasch rief er ihn an und bat den Ritter, auf einen Sprung zu ihm heraufzukommen. Als Richard dann vor den Kaiser trat, verneigte er sich tief vor ihm, und der alte Herrscher sagte zu ihm:
»Ritter, bei der Liebe, die Ihr für Eure Herzallerliebste hegt, bitte ich Euch, mir zu sagen, weshalb mein Kapitan so traurig ist, wie man mir berichtet hat.«
»Herr«, antwortete Richard, »wer immer es gewesen sein mag, der dies Eurer Majestät hinterbracht hat – es stimmt nicht, was da behauptet wird. Tirant ist eher übermütig und läßt gerade die Fahnen und die Wappen herrichten.«
»Diese Auskunft freut mich sehr«, sagte der Kaiser. »Geht jetzt und sagt ihm, er soll sich aufs Pferd schwingen und herkommen; ich warte hier auf ihn.«
Richard begab sich zu Tirant und berichtete ihm alles, was der Kaiser gesagt hatte. Der hellhörige Bretone erkannte sofort, daß die Kaiserin oder ihre Tochter dem Herrscher etwas zugetragen hatte. Auf einem großen, makellos weißen Roß ritt er zum Palast, prächtig gewandet und begleitet von all seinen Gefährten, die gleichfalls in

feinster Gala erschienen. Sie fanden den Kaiser bereit zum Aufbruch, schon im Sattel, umgeben von einer Menge wartender Gefolgsleute und beobachtet von allen Damen, die an den Fenstern standen, um das Schauspiel des kaiserlichen Ausritts zu genießen.
Als Tirant die Prinzessin erblickte, beehrte er sie mit einer tiefen Verneigung, und sie grüßte ihn mit huldvoller Miene. Der Kaiser fragte Tirant, was ihm denn Kopfzerbrechen mache; er habe davon munkeln hören.
»Und ich bitte Euch, mir den Grund Eures Mißbefindens zu nennen; denn die Arznei, die ich Euch dagegen verabreiche, ist so heilkräftig, daß Euer Herz wieder heiter wird. Sagt mir's also gleich, ohne Scheu oder Scham.«
Ohne Zögern gab Tirant ihm die folgende Antwort.

KAPITEL CXXVI

Was Tirant auf die Frage des Kaisers antwortete

Es gibt kein Geheimnis, Herr, so ernst es auch sein mag, das ich Eurer Majestät nicht offenbaren würde, um der Ergebenheit und Liebe willen, mit der ich Euch dienen möchte. Auch wenn es mir schwer fällt und ich dabei über Dinge reden muß, die tieftraurig sind, will ich der Weisung gehorchen, die Eure Hoheit mir erteilt. Als ich nämlich die durchlauchtigste Frau Kaiserin und die gnädige Prinzessin bei Tische traf, hörte ich einen Seufzer, einen so heftigen, tiefen Seufzer, daß ich dachte, sie habe um den geseufzt, den sie einst gebar. Es ging mir zu Herzen, und ich empfand in diesem Augenblick ein unsagbar schmerzliches Mitgefühl. Da gelobte ich mir insgeheim – denn der Seufzer der hohen Herrin war ja nicht für fremde Ohren bestimmt, und so wollte auch ich, ohne daß irgend sonstwer etwas davon bemerkt, mir selbst das Gelübde leisten –, meine ganze Ehre darein zu setzen, daß jene Untat gerächt wird. Und niemals wird mein Herz zur Ruhe kommen, ehe meine blutbesudelte rechte Hand denen das Leben entrissen hat, die ruchlos das Blut des ruhmreichen und tollkühnen Ritters vergossen haben, der Euer Sohn und Thronerbe war.«

Mit tränenüberströmtem Gesicht dankte der gütige Herr dem Bretonen für seine liebevolle Teilnahme. Und Tirant, der den Kaiser so bitterlich weinen sah, brachte das Gespräch auf andere, erfreuliche Dinge, um ihn von seinem Kummer abzulenken.

Über dies und jenes plaudernd, ritten sie weiter und gelangten zur Stadt Pera, die etwa drei Meilen von Konstantinopel entfernt liegt. Das Schmuckstück dieser Stadt ist ein großartiges Schloß, umgeben von reizvollen Gärten und vielen herrlichen Monumenten; der ganze Ort aber strotzte von Reichtum, weil er ein Seehafen und Hauptumschlagplatz des Handels ist.

Nachdem sie alle Sehenswürdigkeiten betrachtet hatten, sagte der Kaiser:

»Kapitan, damit Ihr erahnt, wie alt diese Stadt ist, will ich Euch einiges erzählen. Sie ist vor langer, langer Zeit von Leuten erbaut und bewohnt worden, die Heiden waren. Erst viele Jahrhunderte nach der Zerstörung Trojas wurden diese Götzenanbeter zum heiligen katholischen Glauben bekehrt, durch einen edlen und vortrefflichen Ritter namens Konstantin. Dieser kühne Mann war mein Großvater, und dessen Vater war zum Kaiser von Rom gekürt worden, als der er zugleich über ganz Griechenland und viele andere Provinzen herrschte, wie die Historie seines Lebens zur Genüge belegt. Später dann, als er durch Sankt Sylvester von der schweren Krankheit geheilt wurde, die ihn befallen hatte, wurde er Christ und machte seinen Retter zum Papst, wobei er diesem das gesamte Römische Reich übergab, damit es künftig Eigentum der Kirche sei. Er selber aber begab sich zurück nach Griechenland und regierte fortan als Kaiser des Griechischen Reiches. Als Thronfolger übernahm hernach Konstantin, der mein Großvater war, die Herrschaft. Von sämtlichen Gauen unseres Ostreiches wurde er nicht nur zum Kaiser gekürt, sondern auch zum Papst für alle Regionen unseres Imperiums erklärt. Und weil er ein überaus gütiger Mann war, der mit großer Menschlichkeit regierte, strömten viele Leute aus fremden Ländern herbei, um sich hier niederzulassen; und sie kamen in solchen Scharen, daß diese Stadt Pera die einströmenden Massen bald nicht mehr fassen konnte. Deshalb erbaute mein Großvater eine neue Stadt mit vielen noblen Gebäuden und gab ihr – die heute unsere Residenz ist – den Namen Konstantinopel. Und er selbst wurde von da an der Kaiser von Konstantinopel genannt.«

Als sie Pera verließen und nach Konstantinopel zurückkehrten, war es bereits finstere Nacht geworden.

Mit dem Kaiser stieg Tirant hinauf zum Gemach der Kaiserin, und dort unterhielt man sich über vielerlei Dinge, wobei Tirant ein nicht eben sonderlich vergnügtes Gesicht zeigte. Als es ihm an der Zeit schien, bat er den Herrscher um die Erlaubnis, sich entfernen zu dürfen, verabschiedete sich von den Damen und suchte seine Herberge auf.

Am darauffolgenden Tag durchlitt die Prinzessin Stunden quälenden Kummers; denn die Worte, die sie aus Tirants Mund vernommen hatte, beunruhigten ihr Herz, obwohl oder gerade weil ihr der Kaiser alles mitteilte, was zwischen den beiden geredet worden war.

Am Morgen, als der Kaiser gemeinsam mit allen Damen die Messe hörte, betrat Tirant die Kirche und sprach sein Gebet. Danach begab er sich hinter den Vorhang der kaiserlichen Andachtsloge und flüsterte dem Herrscher zu:

»Herr, die Galeeren sind bereit für die Fahrt nach Zypern, um von dort Proviant zu holen. Ist es der Wille Eurer Hoheit, daß sie gleich in See stechen?«

Der Kaiser antwortete:

»Ich wollte, sie hätten schon hundert Meilen zurückgelegt.«

Sofort eilte Tirant zum Hafen, um den Befehl zur Abfahrt zu geben. Als die Prinzessin sah, daß Tirant von dannen ging, rief sie Diafebus zu sich und bat ihn dringlich, Tirant auszurichten, daß er gleich nach dem Mittagessen schleunigst zu ihr kommen solle; denn es verlange sie sehr danach, mit ihm zu reden und danach noch ein Weilchen zu tanzen.

Als Tirant diese Botschaft erhielt, war ihm augenblicklich klar, worum es ging. Er ließ das schönste Spiegelchen kaufen, das in der Stadt zu finden war, und verstaute es in seinem Ärmel. Zur angegebenen Zeit dann machte sich der Bretone mit den Seinigen auf den

Weg zum Palast, wo sie den Kaiser im Gespräch mit seiner Tochter vorfanden. Kaum hatte dieser sie kommen sehen, da befahl er, man solle die Spielleute holen, und vor seinen Augen tanzte man eine geraume Weile. Nachdem er sich als Zuschauer ein bißchen an dieser Lustbarkeit ergötzt hatte, zog sich der Kaiser in sein Gemach zurück. Und die Prinzessin hörte im selben Augenblick auf zu tanzen, faßte Tirant an der Hand und führte ihn zu einem Fenster, wo sie sich einander gegenübersetzten. Mit verhaltener Stimme begann sie in ihn zu dringen:

»Tapferer Ritter, ich empfinde tiefes Mitleid, wenn ich sehe, wie aufgewühlt Ihr seid. Deshalb laßt mich bitte wissen, was es ist, das Euch so zusetzt; ob es etwas Schlimmes oder Gutes ist. Vielleicht ist es eine Last, von der ich Euch etwas abnehmen kann. Ist es aber etwas Gutes, das Euch so durcheinandergebracht hat, soll es mich freuen, und ich gebe mich damit zufrieden, daß das Glück es allein mit Euch so überwältigend gut gemeint hat.«

»Herrin«, antwortete Tirant, »als schlimm erscheint mir ein Mißgeschick, das wie ein Unwetter bei heiterem Himmel heraufzieht; und noch schlimmer, wenn es mir mein Glück verhagelt. Die Last eines solch schlimmen Geschicks würde ich aber nicht mit Eurer Hoheit teilen; es wäre mir lieber, sie ganz allein zu tragen, statt irgendeinen anderen Menschen damit zu beschweren. Daher sollten wir nicht länger derlei trübsinnige Reden führen. Reden wir lieber über vergnügliche und lustige Dinge, Herrin. Lassen wir die Leidensgeschichten, die nur das Herz zermartern.«

»Es gibt gewiß nichts«, sagte die Prinzessin, »kein Geheimnis, und wäre es mir noch so teuer, das ich Euch, wenn Ihr es wissen wolltet, nicht gerne sagen würde. Ihr hingegen wollt mir verschweigen, was Ihr habt. Darum bitte ich Euch aufs neue, seid so gut und sagt es mir. Ich flehe Euch an, im Namen dessen, was Euch das Liebste ist auf dieser Welt.«

»Herrin«, sagte Tirant, »habt die Güte, ich bitte Euch, mich nicht derart zu beschwören. Ihr treibt mich auf diese Weise soweit, daß ich gar nicht anders kann, als Euch alles zu sagen, was ich weiß. Woran ich leide, Herrin, ist rasch gesagt; aber ich weiß genau, daß es ebenso rasch Eurem Vater zu Ohren kommt; und dies würde mei-

nen Tod bedeuten. Sage ich es aber nicht, so muß ich gleichfalls sterben, vor Gram und Zorn.«
»Meint Ihr«, sagte die Prinzessin, »ich würde Dinge, die geheim bleiben sollen, meinem Herrn Vater oder sonstwem weitersagen? Glaubt mir, ich bin keine von der Sorte, an die Ihr denkt. Seid also unbesorgt und sagt mir in aller Offenheit, was mit Euch los ist. Ich werde es für mich behalten, wohlverwahrt im geheimsten Winkel meines Herzens.«
»Herrin, da Eure Hoheit mich nötigt, es auszusprechen, bleibt mir nichts anderes übrig, als zu gestehen: Ich liebe.«
Und er sagte kein weiteres Wort, sondern senkte die Augen und starrte stumm auf den Schoß der Prinzessin.

KAPITEL CXXVII

Wie die Prinzessin Tirant beschwor,
ihr zu sagen, wer die Dame sei,
die er so heftig liebe

»Aber, Tirant«, flüsterte die Prinzessin, »so wahr Gott Euch helfe, daß Ihr ans Ziel Eurer Sehnsucht gelangt, sagt mir, wer ist die Dame, die Euch derart viel Kummer macht? Wenn ich Euch irgendwie helfen kann, tue ich dies von Herzen gern. Spannt mich nicht länger auf die Folter, laßt es mich endlich wissen.«
Tirant fuhr mit der Hand in seinen linken Ärmel, holte das wohlverpackte Spiegelchen hervor und sagte:
»Herrin, das Bildnis, das Ihr darin erblicken werdet, kann mir den Tod geben oder das Leben schenken. Eure Hoheit verfüge, daß ich Gnade erfahre.«
Die Prinzessin nahm sogleich das Spiegelchen an sich und entschwand mit hastigen Schritten in ihr Schlafgemach, fest davon überzeugt, sie finde in der Verpackung das gemalte Ebenbild einer weiblichen Person. Was sie aber dann erblickte, war nichts anderes

als ihr eigenes Gesicht. Schlagartig war ihr vollkommen klar, daß sie selbst es war, um die es sich drehte; und mit großem Erstaunen stellte sie fest, daß es möglich ist, wortlos um die Liebe einer Dame zu werben.

Und wie sie eben voller Entzücken diese List des verliebten Tirant bewunderte, kamen die Muntere Witwe und Stephania herein. Die beiden fanden eine Prinzessin vor, die freudestrahlend ein Spiegelchen in der Hand hielt, und fragten wie aus einem Mund:

»Herrin, woher habt Ihr diesen hübschen Spiegel?«

Und die Prinzessin erzählte ihnen, auf welche Weise Tirant ihr seinen Liebesantrag gemacht habe; wobei sie hinzufügte, noch nie in ihrem Leben habe sie gehört, daß irgend jemand mit einem solchen Dreh sein Glück versucht habe.

»Nicht einmal in den vielen Geschichtenbüchern, die ich gelesen habe, bin ich je auf eine so reizende Form, eine so witzige Art der Annäherung gestoßen. Wie vortrefflich doch die Ausländer in allem Bescheid wissen! Ich dachte immer, wir Griechen hätten die Weisheit, die Tüchtigkeit, den Anstand und die Vornehmheit gepachtet. Jetzt erst erkenne ich, daß die anderen Völker uns in vielem weit überlegen sind.«

Die Muntere Witwe erwiderte:

»Ach, Herrin! Ich sehe, daß Ihr auf die schiefe Ebene geraten seid und ins Schlittern kommt! Der eine Fuß rutscht Euch soweit vor, daß der andere nicht mehr nachkommt. Ich sehe, daß Eure Hände weit ausgestreckt sind, voller Erbarmen, und Eure Augen willig gewähren, was die des anderen begehren. Sagt mir, Herrin, ist es recht und ehrbar, daß Eure Hoheit einen Diener Eures Vaters so hofiert, wie Ihr es tut? Einen Menschen, den der Kaiser sozusagen aus purer Nächstenliebe in seinem Hause aufgenommen hat, nachdem derselbe von jenem berühmten König Siziliens vor die Tür gesetzt worden ist, mitsamt seinem zusammengewürfelten Landstreicherhaufen und seinem geliehenen Flitter von Gold- und Seidengewändern? Und für einen Mann wie den da wollt Ihr den unvergänglichen Ruhm Eurer Keuschheit preisgeben und auf das Ehrenkleid einer Jungfrau, auf den Lebensstil einer Kaisertochter verzichten, um Euch der üblen Nachrede auszuliefern, dem Gehechel, vor dem es allen

Ohren graust, die es zu hören kriegen? Ihr mißachtet den Anstand und prahlt mit dem, was Ihr verabscheuen solltet. Jede Jungfrau muß sich vor Ungehörigkeiten hüten, die Schande mit sich bringen. Viele Fürsten und großmächtige Könige oder deren Söhne warten doch nur darauf, sich in rechtmäßiger Ehe mit Euch verbinden zu dürfen. Die aber habt Ihr bisher allesamt abgewiesen, mit faulen Ausreden, wie sie bei unwirschen Wirtshauspächterinnen üblich sind. Tag für Tag habt Ihr Euren Vater enttäuscht und hintergangen. Hartnäckig habt Ihr Euch dem widersetzt, was die wahre Erfüllung Eures Glükkes wäre, die glorreiche Bestätigung Eurer Ehre und Eures Ansehens. Mit vorsätzlicher Vergeßlichkeit entzieht Ihr Euch dem, was Eure angeborene Pflicht ist. Besser wäre es für Euch, wenn Ihr sterben würdet oder nie aus dem Leib Eurer Mutter ans Licht gekommen wäret, statt nun erleben zu müssen, daß eine solche Schande ruchbar wird und den ehrbaren Leuten zu Ohren kommt. Wenn Ihr mit ihm anbändelt und Euch unerlaubter Lust überlaßt – was werden sie da von Euch sagen? Und wenn Ihr Euch auf ordnungsgemäße Weise mit ihm vermählt – was, bitteschön, ist der Titel, den der Gemahl Eurer kaiserlichen Hoheit trägt: Herzog, Graf, Markgraf oder König? Weitere Worte will ich mir sparen, denn ich bin kein Frauenzimmer, das sich mit Gerede begnügt, wo die Wahrung des Anstands zweifelhaft wird. Wollt Ihr, daß ich Euch ungeschminkt die Wahrheit sage? Noch nie habt Ihr gewußt, was die Farbe ist, mit der Anstand und Ehre sich kleiden. Ihr begreift einfach nicht, was sich gehört. Viel besser wäre es für Euch, in liebender Treue zum Anstand zu sterben, als in Schande zu leben.«

Mit diesem Satz beendete die einstige Amme ihre Schelte. Die Prinzessin, tief getroffen von deren Worten, flüchtete, den Tränen nahe, in ihre Ankleidekammer. Stephania lief ihr nach und sagte, sie müsse sich das nicht derart zu Herzen nehmen, und tröstete sie, so gut sie konnte.

»Ist das nicht unerträglich?« sagte die Prinzessin. »Nicht genug, daß ich mich ständig dem Willen meines Vaters und meiner Mutter beugen muß – jetzt werde ich auch noch völlig grundlos von der Amme zurechtgewiesen, die mich gestillt hat. Was täte sie erst, wenn sie mich wirklich bei einer unanständigen Tat ertappt hätte?

Ich glaube, sie hätte es lauthals zeternd im ganzen Umkreis des Kaiserhofes und gar noch in den Gassen der Stadt ausposaunt. Ich hoffe zu Gott, daß ich es ihrer zügellosen, böswilligen Lästerzunge, ihrem schmähsüchtigen Schandmaul noch einmal heimzahlen kann, mit einer gebührenden Züchtigung.«

»Wer könnte mich dazu bringen«, antwortete Stephania, »daß ich mich aus Furcht vor meinem Vater davon abhalten ließe, nach Herzenslust zu tanzen und mich zu amüsieren, wie es uns als Ehrenjungfern bei Hofe zukommt? Es ist nun einmal Sitte, daß adlige Mädchen, die zum Hofstaat gehören, verehrt, geliebt und umbuhlt werden; wie es auch gang und gäbe ist, daß sie dabei dreierlei Arten von Liebe kennenlernen: die tugendhafte, die einträgliche und die lasterhafte. Die erste, die tugend- und ehrenhafte Spielart, kommt zum Zuge, wenn ein großer Herr, Prinz, Herzog, Graf oder Markgraf, der sich allgemeiner Beliebtheit erfreut und ein besonders tapferer Ritter ist, eine Jungfrau liebt. In einem solchen Fall bedeutet es für sie eine große Ehre, daß alle wissen: Der Herr Soundso tanzt, ficht oder zieht in den Kampf aus Liebe zu ihr, und er vollbringt heldenhafte und ruhmreiche Taten. Da muß sie ihn lieben, weil er tapfer ist und tugendhaft der Minne dient. Die zweite Spielart ist die einträgliche, und mit ihr kriegt man es zu tun, wenn irgendein Edelmann oder Ritter von altem Stammbaum und ansehnlicher Tüchtigkeit sich in eine Jungfrau verliebt und sie mit Geschenken dazu bringt, daß sie ihm zu Willen ist – das heißt: sie liebt ihn nicht wirklich, sondern nur ihres Vorteils wegen. Eine solche Liebe gefällt mir nicht; denn sobald der Gewinn ausbleibt, versiegt die Liebe. Die dritte Spielart ist die liederliche, lasterhafte; da liebt das Mädchen den Edelmann oder Ritter zu ihrem Vergnügen, aus lauter Lust an seinem galanten Redefluß, an den lockeren Liebenswürdigkeiten, mit denen er ihre Ohren so erlabt, daß sie meint, ein Jahr lang davon leben zu können, vielleicht aber gar die Lockung verspürt, mit ihm im Himmelbett zu landen, auf linden, wohlparfümierten Laken aus Linnen, wo sich die beiden eine ganze lange Winternacht hindurch der lustigsten Laune überlassen können. Eine solche Liebe gefällt mir besser als alle anderen.«

Der reizende Leichtsinn, mit dem Stephania drauflosplapperte, ließ die Prinzessin laut auflachen, und die schlimmste Last der Schwermut war sie damit los.

»Halt, wartet noch ein wenig, Herrin«, sagte Stephania. »Ich will Euch noch drei Artikel des Glaubensbekenntnisses mitteilen, die Eure Hoheit nicht kennt und von denen Ihr vielleicht noch nie ein Wort gehört habt. Unser wohlgeratenes weibliches Wesen ist, dank Gottes Schöpfergüte, so beschaffen, daß die Männer, wenn sie darüber Bescheid wüßten und sich an die naturgegebenen Regeln hielten, weniger Mühe aufwenden müßten, um die Mädchen soweit zu bringen, daß sie ihnen zu Willen sind. Wir alle haben nämlich drei fatale Eigenschaften. Meine eigenen Schwächen haben mich gelehrt, sie an den anderen zu erkennen. Die erste besteht darin, daß wir alle habgierig sind; die zweite, daß wir nimmersatte, naschsüchtige Lekkermäuler haben; die dritte, daß wir lüstern auf die Gelegenheit zur Unzucht lauern. Der erste Artikel meiner komplettierten Christenlehre ist demzufolge das Gebot, daß ein jeglicher Mann sich zuvörderst darum bemühen soll, zu erkennen, welcher der drei genannten Eigenschaften das von ihm geliebte Frauenzimmer am meisten zugetan ist. Neigt sie besonders zur Habgier, so wird sie, falls sie bereits die Geliebte eines anderen ist und Ihr sie reichlicher beschenkt als der andere, aus Habgier selbigen sausen lassen und sich Euch ergeben. Ihr bewirkt auf diese Weise also, daß sie aufhört, den zu lieben, den sie zuerst geliebt hat, und fürderhin Euch liebt. Wenn Ihr nach dieser Ablösung Euch an sie heranmacht, wird sie gewähren, was Ihr zu bieten habt, und all das Ihrige dazutun. Ist die Erwählte aber vornehmlich naschsüchtig, so schickt Ihr Präsentkörbe, gefüllt mit vielerlei Leckereien, frischgeernteten Früchten und sonstigen Köstlichkeiten, die ihrem Gaumen besonders behagen. Habt Ihr es hingegen auf eine abgesehen, die vor allem lüstern ist, so dürft Ihr beim Gespräch mit dieser Weibsperson von nichts anderem reden als jener Obliegenheit, der sie sich mit Feuereifer unterziehen möchte. Derartige weibliche Schwächen sind aber halb so schlimm, verglichen mit denen verheirateter Frauen. Wenn eine solche sich in einen Fremden vergafft und zum Seitensprung ansetzt, geht es ihr nie um die Freundschaft mit einem Mann, der besser als ihr Gemahl oder ihm auch nur ebenbürtig wäre. Nein, unsereins läßt sich lieber mit Leuten ein, die niedriger sind als die Männer unseres Standes, und betrügen uns so um unsere eigene Ehre und die Krone der Sittsamkeit. Jedes Mädchen trägt ja, wenn es aus dem Mutterleib ans Licht kommt, auf seiner Stirn das mit goldenen Lettern geschriebene Kennwort ›Keuschheit‹. Darum würde ich es niemandem sonst gegenüber wagen, derlei Dinge zu sagen. Doch ich klage in erster Linie mich selber an, nicht irgend sonstwen. Aber denkt nur an die Gräfin von Miravall, an den Ehebruch, den sie beging, und an die verdiente Strafe, die sie dafür empfing. Als ihr Gemahl vertrauensselig im gemeinsamen Bette schlief, ließ sie einen Edelmann in die Kammer ein, und keinen von den Besten, einen Kerl, in den sie sich vernarrt hatte. Der Graf erwachte und merkte, daß die Frau nicht an seiner Seite lag. Er richtete sich im Bett auf, horchte und hörte ein Geräusch in der Kammer. Hastig stand er auf, brüllte und griff nach einem Schwert, das er am Kopfende des Bettes hatte. Die Gräfin löschte das Licht. Der Sohn, der in einem kleinen Nebenraum schlief, sprang aus dem Bett, zündete eine Fackel an und betrat das väterliche Schlafgemach. Der eingedrungene Edelmann, der den Sohn mit dem Licht hereinkommen sah, schlug ihm mit dem Schwert auf den Kopf, so daß er tot zusammensank. Und der Graf tötete den Edelmann und die Gräfin; beide Frevler erhielten also den Lohn für ihre Übeltat.«

Während die zwei Jungfrauen noch über diese Affäre sprachen, ließ die Kaiserin anfragen, wo denn die Prinzessin bleibe, schon seit Stunden habe sie ihre Tochter nicht mehr gesehen. Karmesina ging hinaus in den Saal, wo sie die Kaiserin antraf, die sofort fragte, weshalb ihre Augen so gerötet seien.

»Herrin«, antwortete die Prinzessin, »schon den ganzen Tag habe ich heute Kopfweh.«

Die Mutter zog ihre Tochter an sich, setzte sie auf ihren Schoß und küßte sie viele Male.

Am nächsten Tag sagte Tirant zu Diafebus:

»Lieber Vetter und Bruder, ich bitte Euch, geht zum Palast, knüpft ein Gespräch mit der Prinzessin an und versucht herauszubekommen, wie Ihre Hoheit die Sache mit dem Spiegelchen aufgenommen hat.«

Alsbald begab sich Diafebus dorthin und traf den Kaiser, der eben in die Kapelle ging. Als die Messe vorüber war, näherte sich Diafebus der Prinzessin, und diese fragte ihn, was Tirant mache.
»Herrin«, sagte Diafebus, »er hat die Herberge verlassen, um seinem Amt nachzukommen und Recht zu sprechen auf dem Richtstuhl.«
»Wenn Ihr wüßtet«, sagte die Prinzessin, »was für ein Spiel er gestern mit mir getrieben hat! Mit Hilfe eines Spiegels hat er mir einen Liebesantrag gemacht. Aber laßt ihn mir nur zu Gesicht kommen – da wird er von mir Dinge zu hören kriegen, die er gewiß nicht spaßig findet.«
»Ach, gute Herrin!« sagte Diafebus. »Tirant hat ein loderndes Brandscheit aus der Ferne hergebracht und hier nichts gefunden, was sich zum Feuer entfachen ließe.«
»O doch«, entgegnete die Prinzessin, »aber das Brandscheit, von dem Ihr redet, war ein Büschelchen Reisig von einem mickrigen Malvenstrauch, modrig, mulmig und völlig aufgeweicht von der Fahrt durch soviel Wasser. Doch hier, in diesem Palast, könnt Ihr ordentliches Brennholz finden, größere und bessere Scheite, die weit mehr Wärme geben als das kläglich glostende Zeug, das Ihr meint. Hierzuland wird mit einem Holz geheizt, das Treue heißt und ebenso zart wie trocken ist. Wer sich an solchem Holze wärmen kann, bekommt das Gefühl wohliger, Freude erweckender Gemütlichkeit.«
»Herrin, machen wir es doch folgendermaßen«, sagte Diafebus. »Wenn es Eurer Durchlaucht beliebt, wollen wir etwas vom Eurigen nehmen, das gut und trocken ist, und vom unsrigen, das mulmig und feucht ist; und dann wollen wir beides ordentlich aufeinanderhäufen, nach dem Vorbild und Gleichnis von Euch und dem wackeren Tirant«
»Nein!« rief die Prinzessin. »Krasse Gegensätze können keine verträgliche Einheit bilden.«
So scherzten sie, bis sie zum Gemach der Prinzessin gelangten. Diafebus verabschiedete sich, eilte zurück zur Herberge und gab Tirant das ganze Gespräch wieder, das er mit der Prinzessin geführt hatte.
Nach dem Essen, zu der Stunde also, da der Kaiser bekanntlich

seinen Mittagsschlaf machte, begaben sich Tirant und Diafebus gemeinsam zum Palast. Von einem Fenster aus sah Stephania die beiden Jünglinge kommen. Eiligen Schrittes ging sie zur Prinzessin, um ihr zu melden:
»Herrin, unsere Ritter sind schon im Anmarsch.«
Draußen, im gobelingeschmückten Audienzsaal erwartete die Prinzessin die beiden. Als Tirant seine Herrin gewahrte, erwies er ihr mit einer besonders tiefen Verbeugung seine Verehrung und Ergebenheit; die Prinzessin aber erwiderte die Begrüßung mit nicht eben freundlicher Miene und ungewohnter Kühle. Tirant, dem dieses frostige Gebaren seiner Herrin die Freude über ihren Anblick dämpfte, sagte in sanftem, demütigem Flüsterton:
»Herrin, in der sich alle Vollkommenheiten aufs schönste vereinen, ich flehe Eure Hoheit an, mir zu sagen, was für Gedanken Euch bewegen; denn mich dünkt, daß ich Eure Durchlaucht seit Tagen nicht in solcher Stimmung gesehen habe.«
»Meine Stimmung«, sagte die Prinzessin, »ist nicht dazu angetan, Gott oder gar der Welt zu gefallen; da das blind waltende Geschick Euch aber nun schon dazu gebracht hat, eine solche Unerhörtheit zu begehen, will ich Euch nicht verschweigen, was der Grund meines Mißvergnügens ist und worin sich Euer Mangel an Klugheit und Anstand erweist.«

KAPITEL CXXVIII

Wie die Prinzessin Tirant rügte, weil er es gewagt hatte, ihr einen Liebesantrag zu machen

Ich glaube, der gesunde Menschenverstand ist Euch abhanden gekommen; denn wenn Ihr noch bei Sinnen wäret, hättet Ihr es Euch nicht erlaubt, Euren angeborenen Adel so dreist außer acht zu lassen. Für das, was Ihr getan habt, verdient Ihr allgemeine Ächtung und eine strenge Bestrafung. Nur allzu deutlich habt Ihr damit offenbart, daß Euer Verhalten nicht den Sitten entspricht, die man von einem tugendhaften Ritter erwarten darf; daß Ihr keine Ehrfurcht kennt, weder vor Gott noch vor den Regeln weltlicher Ehrbarkeit, und Euch bedenkenlos selbst über die Tatsache hinwegsetzt, daß Ihr der mitmenschlichen Güte des Kaisers, meines Vaters, ein wahrhaft großherziges Geschenk verdankt: Eure Beförderung in den höchsten Rang, den es in seinem Reiche gibt, Eure Ernennung zum Generalkapitan, dem sämtliche Magnaten, Herzöge, Grafen und Markgrafen zu gehorchen haben. Und wenn es sich nun herumspricht, welcher Vermessenheit Ihr Euch erfrecht habt – was werden da die Leute über Euch sagen? Die Tochter des Kaisers, so wird es heißen, ist ungeachtet ihrer erhabenen Würde vom Generalkapitan Seiner Majestät zur Buhlerei aufgefordert worden – von eben jenem Mann, dem der Kaiser alles zuliebe tat und dem er in grenzenlosem Vertrauen die Aufgabe übertrug, Leib und Leben des Herrschers zu schützen, seine Habe vor Schaden zu bewahren und mich, die Thronerbin, zu beschirmen! Ihr habt den Respekt vergessen, habt die Ehrerbietigkeit nicht gewahrt, zu der Ihr mir gegenüber verpflichtet seid. Statt Euch getreu an die gegebenen Gesetze zu halten, habt Ihr Euch wie ein ungerechter Richter über Recht und Ordnung hinweggesetzt, um nach eigener Willkür Eure Laune zu befriedigen, den üblen Hang zu unerlaubter Liebe. O wie entsetzlich, Generalkapitan, habt Ihr gefrevelt gegen die Majestät des Kaisers, meines Vaters, und gegen mich! Würde ich es meinem Vater sagen, so wäret Ihr mit einem Schlag jeglicher Ehre entledigt; Euer Ruhm, der gute Ruf, den Ihr auf der Welt genießt, wäre dahin, mitsamt Eurer herrscherlichen Amtsgewalt und dem Gehorsam der Truppen von so vielen vortrefflichen Stämmen, Völkerschaften und Städten. Hättet Ihr soviel Anstand, wie es Eure Stellung erfordert, und würdet Ihr an mir irgend etwas gewahren, das als Laster mir zur Last gelegt werden könnte, so wäre es Eure Pflicht, mich dafür zu tadeln, im Interesse meines Vaters, der all sein Vertrauen in Euch, seinen Stellvertreter, gesetzt hat. Nach dem, was vorgefallen ist, wäre es nur recht und billig, wenn ich zu meinem Vater liefe, vor ihm niederkniete und Anklage gegen Euch erhöbe, in Gegenwart sämtlicher Fürsten und Ritter; wenn ich mit großem Gejammer mich über das Unrecht beschweren würde, das Ihr mir angetan habt, indem Ihr Euch erkühntet, mir tolldreist einen Liebesantrag zu machen, als wäre ich irgendein niedriges Frauenzimmer, das im Handumdrehen zu haben ist. All die vornehmen Herrschaften würden dann erkennen, daß der Edelmut, den Ihr auf der Zunge führt, nicht in Eurem Herzen wohnt. Ich würde, wenn ich es darauf anlegen wollte, als Siegerin aus dem Streit hervorgehen, auch wenn gewisse Galane und Höflinge der Meinung wären, ich hätte nicht sonderlich gut dabei abgeschnitten, weil ich eine solche Angelegenheit vor einer Menge fremder Leute meinen Eltern zur Kenntnis gebracht hätte. Aber es ist nichts als die nackte Wahrheit, wenn ich behaupte, daß Ihr mir die Kehrseite Eurer so kleidsam zur Schau getragenen Ehrbarkeit gezeigt habt, ohne Rücksicht auf die Ehrfurcht, die Ihr der kaiserlichen Krone schuldet. Die ganze Welt weiß dann Bescheid. Und dies zu Recht, denn unerträglich ist die Kränkung, die Ihr mir angetan habt.«

Mit diesem Satz erhob sie sich von ihrem Sessel auf der Estrade, um sich in ihr Gemach zurückzuziehen. Als Tirant jedoch sah, daß sie sich entfernte, eilte er ihr nach, hielt sie am Mantel fest und flehte sie an, sie möge doch so gnädig sein, ihn anzuhören. Und auch Stephania und Diafebus beschworen die Prinzessin so lange, bis sie sich erweichen ließ und wieder Platz nahm. Tirant aber hob an, ihr das Folgende zu sagen.

KAPITEL CXXIX

Wie Tirant der Prinzessin darlegte, weshalb er ihr einen Antrag gemacht habe, und die Absicht bekundete, sich aus Liebe zu ihr das Leben zu nehmen

Oh, tugendhaftestes aller sterblichen Wesen! Eure Durchlaucht sollte nicht verkennen, welchen Wert und welch unwiderstehliche Kraft die Liebe hat, jene Kraft, die alle Regionen des Himmels in Bewegung hält, in einem stetigen Kreisen, an dem die geistigen Wesenheiten unermüdlich sich ergötzen, angetrieben einzig und allein von der Liebe zu der Mitte, die der Ursprung allen Lebens ist. Die Elemente ruhen in ihren Sphären aus Liebe zu dem Platz, der einem jeden zugewiesen ist; und demgemäß haben auch die Dinge, je nach dem Bereich, dem sie zugehören, das triebhafte Verlangen, sich nirgendwo sonst zu befinden als in dem Element, das ihrer Beschaffenheit entspricht. Das ist der Grund, weshalb meine Seele tief betrübt ist; denn angesichts der unvergleichlichen Schönheit, Anmut und Vornehmheit habe ich meine Freiheit hingegeben und sie der Herrschaft Eurer Durchlaucht unterstellt. Mir den Kopf zermarternd, mit zahllosen Zweifeln mich zerquälend, bin ich zu einem Menschen geworden, der nicht mehr bei Sinnen ist. Und jetzt sehe ich, daß Eure Hoheit in unversöhnlichem Zorn mich zur völligen Vernichtung verdammt, grausam mein Herz belauernd, um meinem Leben ein jähes Ende zu machen. Fortuna hat es gefügt, daß ich in diese Lage gekommen bin! Was ich getan habe, tat ich in bester Absicht. Ich wollte mich Euch offenbaren, ohne daß irgend sonst ein Mensch etwas davon merkt. Ängstlich darauf bedacht, nur ja nicht Eure Durchlaucht durch unpassende Worte zu verdrießen, wurde ich doch von der Liebe, die schon so viele überwältigt hat, dazu gezwungen, Euch wenigstens wortlos meine Gefühle zu gestehen, durch ein stummes Zeichen, in aller Ehrbarkeit. Falls dennoch daran irgend etwas anstößig gewesen ist, sollte man mir die Vergebung nicht verweigern, da ich ganz und gar in der Gewalt der Liebe bin. Gebt also Amor die Schuld und sprecht mich frei. Laßt mir gegenüber in Eurer fürstlichen Güte Mitleid walten; denn alles, was allein aus Liebe getan wird, verdient einen besseren Lohn. Besäße nämlich die strahlende Erscheinung Eurer Person nicht so viele unverkennbare Vorzüge, so wären weder mein Herz noch meine Augen jemals von irgend etwas derart erfreut worden, wie es ihnen an dem Tag widerfuhr, als sie Euch zum ersten Mal gewahrten, mich im Stich ließen und Euch zur Herrin erkoren. Doch ich will mich kurz fassen, um Eure Durchlaucht nicht zu verärgern; will nur Antwort geben auf den Vorwurf Eurer Hoheit, ich hätte mich tolldreist erkühnt, Euch einen Liebesantrag zu machen. Ich möchte Eure Hoheit nur das eine von mir wissen lassen: Wenn die Heiligen, die im Himmel dem Herrn Jesus am nächsten stehen, imstande wären, eine Jungfrau aus sterblichem Fleisch zu machen, die so aussähe wie Eure Durchlaucht, würde ich unweigerlich um ihre Liebe werben. Und erst recht muß ich das angesichts Eurer Majestät, der leibhaftigen Tochter eines Kaisers! Freilich, ich gebe zu, daß Eure Majestät überall auf der Welt Ritter finden kann, die höheren Standes sind als ich, Männer von höherer Würde, älterem Stammbaum, größerem Reichtum, nobler, angesehener und berühmter, freundlicher und charmanter, tüchtiger im Umgang mit den Waffen und kühner im Kampf (Ritter solchen Schlages könnte man mengenweise finden, mehr, als ich Haare auf dem Haupte habe); aber, Herrin, ich sage Euch mit gutem Grund, daß Eure Hoheit, selbst wenn Ihr tausend Jahre auf dieser Welt lebt, niemals einen Ritter, Pagen oder Schildknappen finden werdet, der so glühend das Glück, die Ehre und den Wohlstand Eurer Durchlaucht ersehnt, wie ich dies tue; der so unermüdlich all seine Kraft für Euch einsetzt, Dienst um Dienst leistet, Ehre auf Ehre häuft, Lust um Lust vermehrt. Und ich werde von Eurer Hoheit eines erhalten: nämlich Ruhe, falls von Ruhe inmitten rasender Verstörung die Rede sein kann. Eure Durchlaucht wird nun begreifen, wie mächtig die Liebe, wie unbezähmbar mein Verlangen war, Eurer Hoheit zu dienen. Da aber mein Herz sich so sträflich vergaloppiert hat, daß es für Eure erhabene Person zum Ärgernis geworden ist und mich selbst ins Unglück gebracht hat, werde ich es mit meiner eigenen rachgierigen Hand, noch ehe die Sonne hinter den Säulen des Herkules verschwunden ist, in zwei Stücke zerschneiden. Die eine Hälfte lasse ich Eurer Hoheit übergeben, damit Ihr Euch sattsam gerächt seht; die andere Hälfte lasse ich der Mutter schicken, die dieses Herz neun Monate lang unter dem ihrigen getragen hat, als Reliquie und letzten Trost. O herrlicher Tag du, der endlich Ruhe schenkt meinem zermarterten Gehirn! Verbirg dein Licht, damit rasch zur Tat werde, was ich beschlossen habe! Ich wußte es ja, daß sie so enden mußten, meine traurigen, schmerzerfüllten Erdentage! Erinnert sich Eure Hoheit nicht mehr an jene Stunde, da ich in Gegenwart der Frau Kaiserin die Frage stellte, was besser sei – anständig oder elend zu sterben? Eure Majestät erteilte mir damals die Antwort, selbstverständlich sei es besser, mit Anstand zu sterben. Mir war völlig klar, daß man mich eines Nachts tot in einer Ecke meiner Kammer finden würde, wenn ich Euch nichts spüren ließe von der Qual, die mich zerwühlt; und zugleich wußte ich, daß ich, wenn ich mich Euch offenbaren würde, dahin kommen mußte, wo ich mich jetzt befinde. Dies ist das letzte Jahr, der letzte Monat, der letzte Tag, die letzte Stunde, da Eure Hoheit mich lebend vor sich sieht; und dies sind die letzten Bitten, mit denen ich Eure Durchlaucht behellige; die letzten Worte, die über meine Lippen kommen. Ihr werdet sie anhören, sei's auch nur zum Lohn für die Dienste, die ich zu leisten gedachte – Seiner Majestät, dem Herrn Kaiser, Eurem Vater, und dem gesamten Reich; denn angesichts Eurer strahlenden Erscheinung hatte ich den Entschluß gefaßt, sämtliche Tage des mir verbleibenden traurigen Lebens dem Kampf für die Bewahrung und Mehrung des Glanzes der Griechischen Krone zu widmen, in der festen Überzeugung, daß Ihr die Person sein werdet, die diese Krone künftig zu tragen hat. Deshalb erflehe ich nun, auf den Knien liegend, wie Ihr seht, nur noch eine Gunst von Euch, nichts als die Huld, mit Euren Engelshänden mich nach meinem Tod in das Leichentuch zu hüllen und über meinem Grab eine Inschrift anzubringen, einen einzigen Satz, der besagt: ›Hier ruht Tirant lo Blanc, der starb, weil er allzusehr liebte.‹«

Mit Augen, die in Tränen schwammen, und Seufzern, die schmerzgepreßt aus seiner Kehle drangen, erhob sich der vor den Füßen der Prinzessin Kauernde, verließ das Gemach und machte sich auf den Weg zu seiner Herberge.

Als die Prinzessin ihn so verzweifelt fortgehen sah, brach sie selbst, überwältigt von Liebe und Herzeleid, in lautes Schluchzen und Ströme von Tränen aus. Den Jammer, der sich da in jähen Klagelauten Luft machte, konnte keine ihrer Zofen beschwichtigen. Geschüttelt von wildem, zwiefach aufwallendem Schmerz, rief sie:

»Kommt her, Stephania, meine treue Gefährtin, die Ihr mitfühlt, was mich zermartert. Wehe mir, was soll ich tun? Ich fürchte, daß ich ihn nie mehr lebend sehe, ihn nur als Leichnam noch erblicke. Er selbst hat es mir ja gesagt. Und so stolz, so adlig ist sein Herz, daß er sein Wort sofort zur Tat macht. Drum, liebe Stephania, tu mir die Liebe, lauf schnell zu Tirant und flehe ihn an, in meinem Namen, alles zu unterlassen, was nicht wiedergutzumachen ist; denn es tut mir sehr leid, was ich zu ihm gesagt habe. O ich elendes Geschöpf! Auch wenn ich es jetzt bereue, habe ich das Abscheuliche doch getan. Es machte mir Spaß, ihn so abzukanzeln; und das Gefallen, das ich daran fand, hat bewirkt, daß ich ihm schrecklich mißfalle. Mein ganzer Zorn ist weg, und die Wut auf ihn hat sich in Mitleid verwandelt, obwohl Tirant jedes Erbarmen weit von sich weist.«

Mit tränenerstickter Stimme stieß die Prinzessin diese Sätze aus, und Stephania machte sich, um dem Wunsch ihrer Herrin zu entsprechen, mit einem blutjungen Mädchen als Begleitperson rasch auf den Weg zum Quartier Tirants, das sich ganz in der Nähe des Kaiserpalastes befand. Sie stieg die Herbergstreppe hinauf zum Gemach des Ritters und traf diesen an, wie er eben den Brokatmantel ablegte, den er getragen hatte, und Diafebus ihm tröstlich beizustehen suchte.

Als Stephania ihn halb entkleidet, im bloßen Wams, erblickte, dachte sie, er ziehe sich aus, um seinen Leib vom Leben zum Tod zu befördern. Sie warf sich Tirant vor die Füße, als wäre er ihr angestammter Herr, und rief in beschwörendem Ton:

»Herr Tirant, was habt Ihr vor? Wollt Ihr Hand an Euch legen, an einen Leib, ein Leben, so begnadet mit allen guten Gaben? Denn bis heut sind all Eure Taten strahlende Gleichnisse ruhmwürdiger Mannhaftigkeit gewesen. Und jetzt, wegen einer Kleinigkeit, einer Nichtigkeit, wollt Ihr alles wegwerfen und den Lohn all Eurer glorreichen Mühsale vergeuden? Nein, tut Euch das nicht an, mißachtet nicht das eigene Fleisch und Blut. Eure Person würde sonst zum ewig abschreckenden Exempel schändlichen Kleinmuts. Wenn Ihr beharrt auf Eurem finsteren Vorsatz, ist Eure Ehre dahin, Euer gewaltiger Ruhm zuschanden gemacht. Die Werke der Barmherzigkeit und der Tugendstärke sind von höherem Wert als das wütige Rasen dieser Welt, das Euch dazu gebracht hat, wegen einer Winzigkeit, wegen ein paar Wörtlein, die meine Herrin zu Euch gesagt hat, Euch dermaßen zu erregen, daß Ihr drauf und dran seid, ihre Liebe mitsamt Eurem Leib und dem Heil Eurer Seele mir nichts, dir nichts in den Orkus zu fegen. Was Ihre kaiserliche Hoheit Euch an den Kopf geworfen hat, war nichts als ein freundschaftlicher Scherz. Sie sagte das nur, um sich mit Euch einen Spaß zu machen – dafür kann ich mich verbürgen, mit den heiligsten Eiden. Ihr aber braust blindlings auf und überlaßt Euch Eurem maßlosen, alles zerstörenden Zorn. Deshalb bitte ich Euch in aller Liebe: Vergebt und vergeßt das ganze Gerede, schont Eure Jugend, wahrt die Gesundheit Eurer edlen Natur und überfordert nicht das Wohlwollen, das Fortuna Euch entgegenbringt.«

Stephania verstummte und sagte kein weiteres Wort. Tirant aber, der angesichts der vor ihm knienden Jungfrau sogleich selbst das Knie gebeugt hatte – da dieses Mädchen ja die Zofe einer Kaisertochter und überdies als Nichte des Kaisers und Tochter des Herzogs von Makedonien, des mächtigsten Herzogs im ganzen Griechischen Reich, eine Dame von hohem Ansehen war –, fühlte sich gedrungen, der Angehörigen des einheimischen Herrscherhauses durch eine redliche Antwort die gebührende Ehre zu erweisen. Er sagte:

»Was ich an Leid zu ertragen habe, ist eine Last, die unerträglich ist, weil sie sich ihrer Natur nach mit keinerlei Gefaßtheit verträgt. Ständig toben Flammen in meinem Herzen, und quälende Angst spannt mich so auf die Folter, daß sich mir alles rettungslos verrenkt. So glühend heiß ist mein verschmortes Gehirn, daß jede Lebenslust darin erstickt und hilflos den Liebesqualen erliegt. Das ist der Grund, weshalb mein Geist empört sich aufgelehnt hat gegen den Körper, um den Mühsalen und Martern dieser elenden Welt ein für allemal zu entrinnen. Denn die Qualen, die uns in der anderen erwarten, sind – falls mein Wunschdenken mich nicht täuscht – weit weniger grausam, weil es dort nicht Qualen der Liebe sind, der Liebe, die doch die schlimmste aller Peinigungen ist. Der Gedanke an den Tod bedrückt mich nicht, wenn ich bedenke, für wen ich sterbe. Ich lasse mein Leben um meiner Herrin willen, deren Einzigartigkeit mir verbürgt, daß ich sterbend auferstehe in dieser Welt, zu einem neuen Leben unvergänglichen Ruhms; denn die Leute werden sagen: Tirant lo Blanc starb aus Liebe zu der schönsten und tugendsamsten Frau, die es je auf der Welt gegeben hat und geben wird. Deshalb bitte ich Euch herzlich, hohes Fräulein, habt die Güte, jetzt nach Hause zu gehen und mich alleinzulassen mit meinem Leid.«

Karmesina, die im Palast auf die Rückkehr Stephanias wartete, litt derweilen unsagbar unter der wachsenden Angst, die sie mehr und mehr überkam, je länger sie vergebens auf eine Nachricht von Tirant hoffte. Als sie das Harren schließlich nicht mehr aushielt, rief sie eine ihrer Zofen zu sich, die Wonnemeineslebens hieß, nahm ein Tuch und umhüllte sich damit den Kopf, so daß niemand sie erkennen konnte. Dann stieg sie die Hintertreppe zum Garten hinab, schloß die Pforte auf, schlüpfte hinaus und gelangte hinüber zu dem Haus, in dem Tirant sich aufhielt, ohne daß irgendwer sie gesehen hätte. Als Tirant sie eintreten sah, warf er sich langgestreckt auf den Boden, und sie, der es nicht entgangen war, daß die beiden kniend miteinander gesprochen hatten, wollte auch die Haltung einnehmen, welche die anderen für ihr Gespräch gewählt hatten, und begann zu reden, indem sie die folgenden Worte sagte.

KAPITEL CXXX

Wie die Prinzessin Tirant um Verzeihung bat für die kränkenden Worte, die sie zu ihm gesagt hatte

»Ich bitte dich, Tirant, daß du, falls meine Zunge irgendwelche Worte von sich gegeben hat, die dich beleidigten, diesen Kränkungen nicht gestattest, sich einzunisten in deinem Herzen. Hab die Güte, alles zu vergessen, was ich im Zorn gesagt habe. Es ist ja eine höchst merkwürdige Sache, daß in Momenten, wo die Gedanken mit irgend etwas Schmerzlichem beschäftigt sind, der Zorn das Mitgefühl verdrängt und das Mitgefühl den Zorn steigert. Aber jetzt, wo ich die Dinge wieder im rechten Lichte sehe und das menschliche Mitgefühl die Oberhand gewonnen hat, widerrufe ich jene bösen Worte und wünsche, daß sie als ungesagt gelten. Im Bewußtsein dessen, was ich mir selber schuldig bin, bitte ich dich also, mir gütigst Verzeihung zu gewähren.«

Als Tirant seine Herrin so liebevoll reden hörte, hatte er das Gefühl, als wäre er der glücklichste Mensch der Welt, und empfand solch innige Befriedigung, als hätte er bereits das Ziel seiner sehnsüchtigen

Eroberungswünsche erreicht. In tiefer Demut bot er ihr an, alles zu tun, was sie ihm befehle. Daraufhin sagte Stephania:

»Der Friede ist also geschlossen. Für diesen Fall, Herrin, habe ich ihm etwas versprochen. Ich habe ihm nämlich gesagt, Eure Hoheit würde es erlauben, daß er Euer Haar küßt, wenn er das tut, was Eure Durchlaucht von ihm verlangt.«

»Ich bin gern damit einverstanden«, sagte die Prinzessin, »daß er mich auf die Augen und auf die Stirn küßt, wenn er mir verspricht, mit seinem ritterlichen Ehrenwort, daß er sich selbst nichts antut, was nicht wiedergutzumachen wäre.«

Tirant versprach und beschwor dies bereitwilligst, und die entsetzlichen Qualen verwandelten sich in übersprudelnde Freude und Vergnügen.

Eilends strebte die Prinzessin nach Hause, gefolgt von Tirant und Diafebus, die sie bis in den Garten begleiteten. Dort sagte Karmesina zu Wonnemeineslebens, sie solle alle anderen Zofen holen, und binnen kurzem war die ganze Mädchenschar im Garten versammelt. Auch die Muntere Witwe gesellte sich hinzu, die als aufmerksame Beobachterin all der vorausgegangenen Szenen die Entwicklung der Affäre mit leidenschaftlicher Anteilnahme verfolgt hatte, tief besorgt im Blick auf die Prinzessin und noch mehr beunruhigt von der Sorge, was für Folgen diese Turbulenzen für sie selber hätten. Wenig später tauchte der Kaiser an einem Fenster über dem Garten auf, und er gewahrte von droben, daß Tirant bei seiner Tochter war. Sofort kam er die Treppe herunter und sagte zu dem Bretonen:

»Lieber Kapitan, vorher habe ich nach Euch geschickt, doch Ihr wart nicht zu finden in Eurem Quartier. Um so größer ist meine Freude, Euch jetzt hier anzutreffen.«

»Herr«, antwortete Tirant, »ich hatte meinerseits nach Eurer Majestät gefragt, und mir war beschieden worden, daß Eure Hoheit schlafe. Um die Ruhe Eurer Hoheit nicht zu stören, bin ich dann mit den anderen hierher gekommen, um ein wenig zu tanzen oder mich mit ihnen bei einem Spiel im Freien zu tummeln.«

»Ein übles Spiel steht uns bevor«, erwiderte der Kaiser, »ein finsteres Getümmel. Es ist dringend nötig, daß wir uns unverzüglich beraten.«

Er gab Befehl, sofort die Ratsglocke zu läuten. Als die Mitglieder des Kronrats beisammen waren, ließ der Kaiser den Sendboten kommen und forderte dazu auf, dessen Beglaubigungsschreiben allen Anwesenden zu verlesen. Danach erklärte er, daß die schlechte Nachricht, die er erhalten habe, allen zur Kenntnis gebracht werden müsse; denn es handle sich um einen Vorgang, der nicht als Geheimsache erledigt werden könne. Er gebot dem Sendboten, der Versammlung seine Botschaft darzulegen; worauf dieser mit einer tiefen Verneigung seine Ehrerbietung erwies und dann die folgende Rede hielt.

KAPITEL CXXXI

Was der Sendbote aus dem Feldlager zu vermelden hatte

O hochwohlgeborener Herr, hiermit bekunde ich Eurer durchlauchtigsten Hoheit, daß ich auf Wunsch und Befehl des Großkonnetabels und der Feldmarschälle Eure kaiserliche Hoheit aufgesucht habe, um zu vermelden, daß in der Nacht des jüngst vergangenen Donnerstags vierzehntausend feindliche Fußsoldaten anrückten und flach auf ebener Erde in Stellung gingen, inmitten eines weitgedehnten Wiesengeländes, wo das Gras wegen des vielen Wassers, das dort fließt, so hoch gewachsen ist, daß die Feinde von niemandem gesehen werden konnten. Und als die Sonne ein wenig über dem Horizont stand, sahen wir türkische Reiter, die auf gepanzerten Pferden heranritten, eine ganze Menge, die insgesamt aus etwa vierzehnhundert Mann bestehen mochte und bis an den Rand eines Flusses vordrang, der dort vorbeiströmt. Der Herzog von Makedonien, ein Mann von großem Hochmut und geringem Sachverstand, wie das Verhalten zeigt, das er an den Tag gelegt hat, ließ daraufhin die Trompeten blasen, zum Zeichen, daß jedermann aufsitzen solle. Der Konnetabel und die anderen Feldherren, die mehr von der Kriegskunst verstehen als der besagte Fürst, protestierten dagegen und rieten ihm dringend davon ab, eigenmächtig eine Attacke zu unternehmen. Doch er schlug all ihre Argumente in den Wind und führte das gesamte Heer zu jenem Fluß, wo er sämtlichen Leuten befahl, die Strömung zu durchqueren, sei's zu Fuß oder zu Pferde. Das Wasser ging den Pferden bis an den Bauchgurt, und es gab Stellen, wo Mann und Roß nur schwimmend hinüberkommen konnten.

Auf der anderen Seite, wo die Feinde sich befanden, war das Ufer so steil, daß die Pferde es nur höchst mühsam erklimmen konnten; und kaum drüben angelangt, wurden sie von den feindlichen Lanzen empfangen. Geriet der in Eisen gehüllte Krieger oder sein Roß dabei auch nur für einen Moment aus dem Gleichgewicht, so stürzten beide jählings ins Wasser; ohne je wieder Fuß fassen zu können, wurden all die Gestürzten flußabwärts getrieben. Hätte der Herzog eine Meile weiter oben den Übergang versucht, so wäre es durchaus möglich gewesen, fast das gesamte Heer trockenen Fußes hinüberzubringen. Die Feinde ließen die Abwehr ein wenig abflauen, um die Angreifer herüberkommen zu lassen; und sie erweckten den Anschein, als wollten sie sich auf einen naheliegenden Hügel zurückziehen, während der Herzog alles daransetzte, sie einzuholen. Die griechischen Kämpen von altem Adel, die sich bei vielen Treffen schon wacker geschlagen hatten, stürmten im Vertrauen auf die eigenen Kräfte und eingedenk der Treue, die sie als Vasallen ihrem Lehnsherrn schulden, mutig drauflos. Als rechte Ritter fochten sie mit entschlossener Tapferkeit, um ihrem Kaiser die Krone zu bewahren. Als nun die Sarazenen, die im Hinterhalt lagen, gewahrten, mit welcher Wucht die Griechen angriffen, verließen sie ihre Deckung und warfen sich mit wilder Wut auf die Christen, durchbrachen deren Reihen und richteten ein furchtbares Blutbad an. Der Herzog aber, dem das erbitterte Gemetzel allzu grausig wurde, machte sich heimlich aus dem Staub und flüchtete zurück zu dem Ausgangspunkt seines unheilvollen Unterfangens, ohne den Feinden einen großen Tort angetan zu haben. Und alle, denen es gelang, ihre Haut zu retten, folgten ihm nach.

Die Sarazenen begnügten sich nicht mit diesem Sieg, sondern setzten sogleich zur Verfolgung des Herzogs an und umzingelten seine

Stadt. Der Großtürke persönlich erschien vor den belagerten Mauern, ebenso der Sultan sowie sämtliche Könige, die ihnen Hilfe leisten; auch all die Herzöge, Grafen und Markgrafen stießen hinzu, die aus Italien und der Lombardei herbeigereist sind, um im Sold der Heiden uns zu bekriegen. Sobald der Sultan diese Verstärkung seiner Streitmacht erfuhr, ernannte er sich selbst zum Kaiser des Griechischen Reiches und verkündete, daß er die Belagerung nicht aufgeben werde, ehe er den Herzog mitsamt all seinen Leuten gefangengenommen habe; und danach werde er hierher ziehen, um diese Stadt zu belagern. Und ich kann Euch versichern, Herr, die Vorräte, über die der Herzog verfügt, reichen nur für einen Monat, allerhöchstens für anderthalb Monate. Bedenkt also, Herr, was da zu tun ist und welche Maßnahmen Eure Majestät angesichts dieser Lage für ratsam halten mag.«

Tirant fragte:

»Sagt mir, Ritter, auf Ehr und Gewissen – wieviel Verluste hat es bei dieser Schlacht gegeben?«

Der Ritter antwortete:

»Herr Generalkapitan, nach Zählung der diversen Schwadronen steht fest, daß uns elftausendsiebenhundertzweiundzwanzig Mann fehlen, die teils gefallen oder ertrunken, teils in Gefangenschaft geraten sind.«

Der Kaiser ergriff das Wort und sagte:

»Generalkapitan, ich bitte Euch herzlich, aus Ehrfurcht vor Gott und Liebe zu mir, nach Kräften dafür zu sorgen, daß Ihr in fünfzehn oder zwanzig Tagen mit dem gesamten Kriegsvolk auf dem Marsch seid, um den armen Bedrängten dort zu Hilfe zu kommen, mit Proviant und mit Leuten.«

»O Herr«, antwortete Tirant, »wie kann Eure Majestät davon reden, daß wir eine so lange Zeit, wie es zwanzig Tage sind, mit dem Ausmarsch zögern? Unterdessen könnten die Feinde zum Sturmangriff auf die Stadt antreten. Ja, sie könnten, da sie in der Übermacht sind, derweil schon eingedrungen sein.«

Von dem Sendboten wollte er dann wissen, wie groß wohl die Truppenstärke der Feinde sei. Der Befragte antwortete:

»Meiner Treu, die Türken sind in gewaltigen Massen angerückt, und es sind sehr geschickte Krieger, höchst grausame, rohe, ungebildete Leute. Ihre Anzahl aber beläuft sich nach unserer Schätzung und nach den Aussagen einiger Gefangenen auf mehr als achthunderttausend Mann.«

»Da dem so ist, Herr«, sagte Tirant, »hielte ich es für richtig, wenn in der ganzen Stadt ein kaiserlicher Aufruf verkündet würde, welcher jeden, der sich in Euren Sold gestellt hat oder willens ist, dies nun zu tun, dazu auffordert, in das Haus der Reichsverwaltung zu kommen, um sich dort seine Löhnung in barer Münze auszahlen zu lassen. Ihr werdet sehen, daß dann binnen sechs Tagen alle Mann marschbereit sind.«

Dem Kaiser leuchtete dieser Vorschlag ein, und er war sehr zufrieden mit dem, was Tirant gesagt hatte, weil er merkte, was für ein beherzter, kampfesmutiger Ritter der Bretone war.

Nachdem der Aufruf erlassen worden war, wurden in aller Eile die großen Herren benachrichtigt, die sich außerhalb der Stadt aufhielten, und alle erschienen rechtzeitig mit ausgeruhten Pferden. Auch die Kämpen, die von Sizilien mitgekommen waren, standen pünktlich bereit. Die Unheilskunde von der Niederlage des Herzogs und den schweren Verlusten der Griechen hatte unterdessen in der Stadt die Runde gemacht, und viele Leute, Männer wie Frauen, liefen auf dem Marktplatz zusammen. Die einen beweinten ihre Brüder, die anderen ihre Söhne; viele jammerten um ihre Freunde und Hausgenossen, und nicht wenige betrauerten die Zerstörung des Reiches – denn der größte Teil des Imperiums war bereits verlorengegangen, und die ganze Hoffnung des Kaisers und all der Seinigen beruhte nur noch auf dem Glauben an den einen Gott, an den sie sich wandten in ihrer Angst vor den Qualen von Hunger und Durst, mit denen der siegreiche Feind sie in die Enge treiben würde, um schließlich die Stadt in Schutt und Asche zu legen und alle Bewohner als Gefangene in das Elend der Sklaverei zu verschleppen. Einige Barone des Reiches aber rieten dem Kaiser, er solle seine Tochter nach Ungarn schicken, zu ihrer Schwester.

Als Tirant diese Empfehlung hörte, drehte sich ihm das Herz im Leibe um, und sein Gesicht wurde leichenblaß. Alle Jungfrauen bei Hofe bemerkten diese Veränderung, und selbst dem Kaiser entging

sie nicht. Er fragte Tirant, was ihm fehle, warum er so plötzlich erbleicht sei.
»Herr«, sagte Tirant, »schon den ganzen Tag habe ich heute heftige Leibschmerzen.«
Der Kaiser befahl daraufhin, man solle augenblicklich die Ärzte holen, damit sie dem Erkrankten eine Arznei verabreichten, die sein Leiden lindern würde. Und wie er geboten, so geschah's. Sobald der Kaiser sah, daß Tirant wieder Farbe gewonnen hatte und scheinbar wohlauf war, wandte er sich an seine Tochter mit den Worten:
»Meine Tochter, was haltet Ihr von dem Plan, den die Herren aus dem Kronrat mir nahegelegt haben, aus Sorge um Euch? Mir scheint, es wäre gut, ihn zu verwirklichen, damit, falls Heer und Reich zugrunde gehen, Ihr nicht auch zugrunde geht.«
Die kluge junge Dame antwortete auf diese Frage des Vaters folgendermaßen.

KAPITEL CXXXII
Die Antwort, welche die Prinzessin dem Kaiser, ihrem Vater, gab

O gütiger Vater! Weshalb wollt Ihr Euch Sorgen machen um mein Leben und um Eure Ruhe? Eure Majestät weiß ja zur Genüge, daß man die Zufälle des wetterwendischen Glücks samt all den Gefahren, die Fortunas Launen laufend mit sich bringen, getrost der göttlichen Vorsehung überantworten soll. Und wenn das gesegnete Leben, das Ihr hinter Euch habt, glückselig enden soll; wenn die Tage, die Ihr künftig noch zu leben habt, Euch nicht durch Gram, Trübsal und Angst verbittert werden sollen, dürft Ihr es nicht zulassen, daß man mich aus Eurem Gesichtskreis entfernt; denn lieber sterbe ich an der Seite Eurer Majestät und in meinem Heimatland, statt in der Fremde als verwöhntes, von Glanz und Herrlichkeit umhegtes Wesen ein trauriges, trübes, in Seufzern zerrinnendes Leben zu führen.«

Als der Kaiser diese Worte seiner Tochter vernahm, aus denen ebensoviel Klugheit wie Liebe sprach, war er hochbeglückt, und es rührte ihn zutiefst, daß sie an seiner Seite sterben wollte.
Bei Einbruch der Dunkelheit begab sich Tirant, der inzwischen ein umfassendes Bild von der Kriegslage gewonnen hatte, auf einen Streifzug, geleitet von zwei Männern aus der Stadt, die alle Wege und Stege des Landes genauestens kannten, und gefolgt von zwei Hundertschaften. Die ganze Nacht hindurch waren sie unterwegs, auch noch den nächsten Morgen, bis gegen Mittag, wo sie zu einer großen Ebene gelangten, die »Gutenau« hieß. Die gesamte Weite dieses Weidegrundes war voller Vieh; denn aus Furcht vor dem Feind hatte man die meisten Haustiere, große wie kleine, dorthin getrieben. Und Tirant ließ sämtliche Stuten einfangen, die da zu finden waren, hieß sie zusammenkoppeln und gab dann die Weisung, dieses riesige Gespann, geführt von zweihundert Mann, davonzutreiben, dem feindlichen Feldlager entgegen. Alle Stuten aber, deren man unterwegs noch habhaft werden könne, sollten durch Stricke an den Zug der schon Verkoppelten angehängt werden. Dann machte sich Tirant auf den Heimweg zur Stadt Konstantinopel, und als er am fünften Tag dort anlangte, hielt er sogleich eine Heerschau ab, um die gesamte Streitmacht zu mustern.
Am Morgen des darauffolgenden Tages wurden in feierlicher Prozession und mit festlichem Prunk die Fahnen geweiht. Alle Streiter legten ihre Rüstung an und bestiegen die Rosse, bereit zum Ausrükken. An der Spitze des Heerzuges, allen voran, wehte das Banner des Kaisers, getragen von einem Ritter namens Trockenbrunn, der auf einem hohen und wunderschönen Schimmel von makellos weißem Fell einherritt. Danach kam die Fahne mit der kaiserlichen Devise: auf blauem Grund der Turm zu Babel, ganz aus Silber, gespalten von einem Schwert, dessen Knauf in einer gepanzerten Faust lag, über der in goldenen Lettern der Wahlspruch zu lesen war: »Mein ist das Glück.« Dieser Fahne folgten alle Mannen, die im Hause des Kaisers dienten. Hinter dieser Schwadron kam der Herzog von Pera mit seinen Bannern und seiner gesamten Sippschaft. Dann zog die Truppe des Herzogs von Babylonien vorüber, gefolgt vom Aufgebot der Herzöge von Sinopoli und Persien. Danach erschienen die Her-

züge von Cassandria und Montesanto, die beide je eine Schwadron von Neapolitanern anführten. Hinter diesen rückte der Markgraf von San Marco zu Venedig mit seiner Streitmacht heran, dann der Markgraf von Montferrat. Prächtig war die Ausstattung, in der sich der Markgraf von San Giorgio präsentierte: mit Pferden, die Schabracken aus Brokat und Seide trugen, und mit einer vorzüglich ausgerüsteten Mannschaft, die über alles verfügte, was man auf einem Feldzug benötigt. Als nächster ritt der Markgraf von Pescara mit seiner Schwadron vorüber; dann folgten die Markgrafen von Vasto und Arena, von Brindisi, Prota und Montenegro, sowie ein illegitimer Bruder des Prinzen von Taranto, und jeder dieser Herren hatte seine eigene Heerschar hinter sich. Den Schluß der großen Truppenparade bildeten die Einheiten der verbündeten Grafschaften, kommandiert vom jeweiligen Landesfürsten. Man sah den Grafen von Bell-lloc, den Grafen von Plegamans, den Grafen von Ager, den Grafen von Acquaviva, den Grafen von Borgenza, den Grafen von Capaci, den Grafen von Aquino, den Grafen von Benafria, den Grafen Carlo von Malatesta und den sizilianischen Grafen Jacobo di Vintimiglia mitsamt den streitbaren Mannen, die einem jeden von ihnen folgten. Und noch viele andere Grafen, Burggrafen und sonstige Feldherren führten da die Haufen all der Kriegsleute vor, die sich in den Sold des Kaisers begeben hatten: achtundvierzig Schwadronen insgesamt, eine Armee von hundertdreiundachtzigtausend Mann.
Sie alle paradierten in langem Zug am Kaiser und den zuschauenden Damen vorüber, während Tirant (nicht in voller Rüstung, sondern nur mit Arm- und Beinschienen und einem Kettenhemd, über das er einen Wappenrock mit den kaiserlichen Hoheitszeichen geworfen hatte) hin und her ritt, Befehle erteilte und die ganze Masse des ausrückenden Heeres in Reih und Glied brachte. Ganz am Schluß, als allerletzte Schwadron, kam die eigene Mannschaft des Bretonen geritten, unter den zwei Bannern Tirants: der Fahne mit den Vorhängeschlössern und der Fahne mit den Raben.
Und als der Kaiser sah, daß fast das gesamte Heer schon draußen vor der Stadt war, rief er vom Fenster aus dem Generalkapitan zu, er solle noch nicht fortgehen, denn es gebe noch ein paar Dinge zu

besprechen, und er, der Kaiser, wolle ihm Schriftstücke mitgeben, Briefe an den Herzog von Makedonien und einige andere Leute. Tirant rief zurück, er werde mit Freuden diesem Wunsch willfahren.

Sobald die ganze Masse der Berittenen und der zu Fuß Marschierenden Konstantinopel verlassen hatte, machte Tirant kehrt, ritt zurück zum Palast und stieg hinauf zu den Gemächern des Kaisers. In einem kleinen Hinterzimmer traf er diesen an, der eben dabei war, seinem Sekretär etwas in die Feder zu diktieren. Um die beiden nicht zu stören, blieb der Bretone wortlos stehen. Als die Prinzessin den Wartenden erblickte, rief sie ihn zu sich und sagte:

»Kapitan, wie ich sehe, ist Eure Abreise beschlossene Sache. Alle Zeichen deuten darauf hin. Ich flehe zum Herrn, der Himmel und Erde regiert, daß er Euch einen Sieg schenkt, einen Triumph, der Euch so berühmt macht wie Alexander.«

Tirant kniete auf den harten Boden nieder, um ihr für diese Worte zu danken, und küßte ihr die Hand, voll des Glaubens, daß das, was sie zu ihm gesagt hatte, ein glückhaftes Vorzeichen sei. Die Prinzessin aber fuhr fort:

»Tirant, überlegt Euch, ehe Ihr abreist, ob Ihr nicht noch irgend etwas von mir haben wollt. Sagt es mir frei heraus; denn ich versichere Euch, daß alles, was Ihr begehrt, Euch gewährt sein soll. Es ist mein Herzenswunsch, Euch nichts zu versagen, es Euch an nichts fehlen zu lassen.«

»Herrin, Herrlichste von allen!« sagte Tirant. »Eure Majestät hat nicht Ihresgleichen auf der Welt. Einzigartig seid Ihr, wie der Vogel Phönix. Nichts kommt Eurer Würde gleich, nichts reicht an Eure Tugend heran. Und ich, Herrin, wüßte schon, was für einen Wunsch ich vorbringen würde, wenn Eure Hoheit geneigt wäre, ihn mir zu erfüllen. Und wenn mir solche Gunst zuteil würde, wäre dies für mich die Krone aller himmlischen Seligkeit, ein Paradiesesglück, das mich so hoch über die Wonnen aller Heiligen erhöbe, daß ich ein für allemal darauf verzichten würde, irgendwelche sonstigen Güter auf dieser Welt erlangen zu wollen. Da ich aber weiß, daß Eure Hoheit mir die Erfüllung meines Wunsches verweigern würde, wäre es eine Vermessenheit, darum zu bitten, solange Eure Durchlaucht mir nicht ausdrücklich gebietet, ein solches Verlangen über die Lippen kommen zu lassen.«

»Ei, Kapitan«, antwortete die Prinzessin, »welch heilige Einfalt legt Ihr heut an den Tag! Als könntet Ihr kein Wässerchen trüben; als hättet Ihr keine Ahnung von Gut und Böse. Ich verstehe durchaus die Sprache, die Ihr sprecht, obschon ich nie in Frankreich gewesen bin. Ihr verlangt, daß die Tugend sich der Gewalt der Glücksbegierde beuge; ich aber habe kein Verlangen, mich der Herrschaft einer Laune zu unterwerfen. Von der Liebe erwarte ich nicht Unterjochung, sondern Befreiung. Wo Trieb und Gier die Königsrolle spielen, wird die Treue sich nie zu Hause fühlen.«

»Herrin«, sagte Tirant, »verbannt mich nicht vom Angesicht Eurer Majestät. Ich möchte wirklich nicht, daß es Euch so ergeht wie der Jungfrau Maria mit den Jüdinnen: Wenn diese ins Wochenbett kommen und Wehen spüren, rufen sie die Muttergottes zu Hilfe; sobald sie aber geboren haben und von allem Ungemach befreit sind, greifen sie nach einer schneeweißen Serviette, gehen wedelnd durchs ganze Haus und sprechen in jeden Winkel den Bannspruch: ›Hinaus, Maria, hinaus, hinaus aus dem Judenhaus!‹«

»Ah, welch rührendes Unschuldslamm!« rief die Prinzessin. »Mir weist Ihr die Bürde der allwissenden Gewitztheit zu, und Euch selbst behaltet Ihr den Heiligenschein holder Unwissenheit vor. Dabei zieht Ihr Tag für Tag neue Talente als Trümpfe aus dem Ärmel. Ihr braucht wahrhaftig keinen Anwalt, der für Euch die Zunge wetzt. Einer Frau freilich fließen die Worte nur allzuleicht aus dem Mund. Doch mir ist völlig klar, daß Ihr, wenn ich Eurem Drängen stattgäbe, den Part, der Euch zukäme, trefflich auszuspielen wüßtet. Was ich vorher zu Euch sagte, meinte jedoch nichts weiter als die schlichte Frage, ob Ihr vielleicht noch Gold, Silber oder Juwelen braucht. Ich würde es Euch gerne geben, ohne daß der Kaiser, mein Vater, etwas merkt.«

»Herrin«, sagte Tirant, »als gehorsamer Diener Eurer Hoheit danke ich Euch vielmals für dieses Angebot. Doch ich flehe Euch an, mir eine ganz besondere Gunst zu gewähren.«

»Wenn es etwas ist, das sich für mich geziemt«, sagte die Prinzessin, »so will ich es mit Freuden tun. Doch zuerst möchte ich wissen, was

Ihr von mir wünscht. Denn das Holz, aus dem ich geschnitzt bin, ist von unverbrüchlicher Art, und noch nie habe ich etwas versprochen, das ich nicht gehalten hätte, im guten wie im bösen. Das Wort, das ich gegeben habe, nehme ich niemals zurück – das können Euch meine Zofen bezeugen und alle, die mich kennengelernt haben: Ja ist Ja, und Nein ist Nein.«

»Das erhöht Eure Tugend nur um so mehr«, sagte Tirant. »Und ich, Herrin, erbitte nichts weiter von Euch, als daß Eure Hoheit die Güte habe, mir das Hemd zu überlassen, das Ihr tragt – weil es das ist, was sich am engsten Eurem köstlichen Leib anschmiegt. Und erlaubt mir, daß ich es eigenhändig Euch ausziehe.«

»Heilige Maria, steh mir bei!« rief die Prinzessin. »Was sagt Ihr da! Ich bin gern bereit, Euch das Hemd zu geben, Juwelen, Gewänder und alles, was ich habe; aber es scheint mir nicht recht und billig, daß Eure Hände dahin langen, wo noch keiner mich angelangt hat.«

Eilig ging sie in ihr Schlafgemach, entledigte sich des Hemdes und zog ein anderes an. Dann trat sie hinaus in den großen Saal, wo sie Tirant im Kreis ihrer Kammerjungfern fand, mit denen er schäkerte und scherzte. Sie rief ihn beiseite und übergab ihm das Hemd, wobei sie es vor seinen Augen vielmals küßte, damit er sich noch mehr daran erfreue. Tirant nahm es überglücklich entgegen und eilte damit zu seiner Herberge. Ehe er entschwand, sagte er zu den Mädchen:

»Falls der Kaiser nach mir fragt, sagt ihm, ich sei gleich wieder hier; ich hätte mich nur für einen Augenblick entfernt, um mich vollends zu wappnen, damit ich dann unverzüglich ins Feld ziehen kann.«

Sobald Tirant in sein Quartier gelangt war, legte er sich die noch fehlenden Stücke seiner Rüstung an. Auch Diafebus und Richard waren noch einmal dorthin zurückgekehrt, um die Wappenröcke anzuziehen, die sie sich hatten anfertigen lassen, aus lauter funkelnden Metallplättchen. Richards Wappenrock war über und über mit Goldsträhnen geschmückt, die sich wild durcheinanderschlangen und das Motto trugen: »In diesem wirren Tanz finde ich weder Kopf noch Schwanz.« Der Überwurf von Diafebus war ganz und gar mit Mohnblütenmustern bestickt und verkündete den Wahlspruch: »Was andere einschläfert, macht mich wach.«

Als Tirant vollständig gepanzert und gerüstet war, betrachtete er das Hemd, das Karmesina ihm geschenkt hatte. Es war ganz aus Seide, durchwoben mit breiten scharlachroten Streifen; und diese Zierbänder waren bestickt mit Schiffsankern und einer doppelten Devise: »Wer sich wohlfühlt in seiner Lage, wird's mit dem Aufbruch nicht eilig haben. – Wer auf der flachen Erde sitzt, muß nicht befürchten, daß er stürzt.« Auch an sämtlichen Rändern war es ringsum bestickt, und die Schleppärmel waren so lang, daß sie am Boden schleiften.
Tirant zog dieses Hemd über seine Rüstung; den rechten Ärmel krempelte er fast bis zur Schulter auf, den linken bis über den Ellbogen. Dann schlang er sich einen Sankt-Franziskus-Strick aus purem Gold um den Leib und behängte seine Brust auf der Linken mit einem Medaillon, das den heiligen Christopherus zeigte, wie er das Jesuskind durch die Fluten trägt – ein Prunkstück der Goldschmiedekunst, das er sorgfältig befestigte, damit es nicht herabfallen konnte.
In dieser Aufmachung kamen die drei Ritter zum Palast, um sich vom Kaiser und von allen Damen des Hofes zu verabschieden. Droben trafen sie den Herrscher, der bereits auf seinen Generalkapitan wartete, weil er mit diesem noch zu speisen gedachte. Beim Anblick Tirants sagte der Kaiser:
»Lieber Kapitan, was ist denn das für ein Wappenrock, den Ihr heut angezogen habt?«
»Herr«, antwortete Tirant, »wenn Eure Majestät wüßte, was für eine Bewandtnis es mit dieser Gewandung hat, würdet Ihr Euch höchlich wundern.«
»Es wäre mir eine Freude, wenn ich es erfahren dürfte«, sagte der Kaiser.
»Dieser Wappenrock«, sprach Tirant, »birgt die Kraft, Gutes zu bewirken. Als ich mein Heimatland verließ, wurde er mir nämlich von einer Jungfrau geschenkt, die das schönste und tugendhafteste Mädchen unter allen Mädchen der Welt ist. Ich sage das nicht, um die Vorzüge der Prinzessin zu schmälern, die hier zugegen ist, und will auch den anderen ehrbaren Jungfrauen damit nicht zu nahe treten.«
Der Kaiser erwiderte:

»Gewiß ist auf der Welt noch keine gute Waffentat vollbracht worden, die nicht aus Liebe vollbracht worden wäre.«
»Darum, Herr«, sagte Tirant, »gelobe ich Euch, bei meiner Ritterehre, daß ich in der nächsten Schlacht, die es zu schlagen gilt, dafür sorgen werde, daß Freund und Feind mit Staunen auf diesen Wappenrock starren.«
Der Kaiser setzte sich zu Tisch, und die Kaiserin, die Kaisertochter und der Generalkapitan folgten seinem Beispiel und nahmen an derselben Tafel Platz. Die beiden Ritter aus Tirants Gefolge wurden gebeten, sich zu den übrigen Damen und Zofen zu gesellen, an einem anderen Tisch. Nachdem man sich gütlich getan und mit Vergnügen das Mahl genossen hatte – besonders Tirant, der als Ehrengast das Privileg hatte, mit der Prinzessin von ein und demselben Teller zu essen –, waren alle in gehobener Stimmung, und der Bretone fühlte sich glücklicher denn je zuvor. Der Kaiser begab sich in ein anderes Gemach und bedeutete der Kaiserin, seiner Tochter und Tirant, ihm zu folgen. Alle Damen und Ritter kamen hinterdrein, und als die ganze Hofgesellschaft versammelt war, richtete der Kaiser folgende Worte an Tirant.

KAPITEL CXXXIII

Wie der Kaiser Tirant ins Feld schickte und welche Bitten und Ermahnungen er ihm mit auf den Weg gab

Wenn die mißgünstige Fortuna es bisher zugelassen hat, daß der Freiheit und Macht unseres Griechischen Reiches Abbruch getan wird, so hat nunmehr, da wir einen so vortrefflichen Ritter und Feldherrn, wie es mein Sohn war, verloren haben und ich selbst schon so alt bin, daß ich nicht mehr Kraft genug besitze, Waffen zu führen, die göttliche Vorsehung in ihrer unermeßlichen Güte und Barmherzigkeit beschlossen, Euch hierher zu schicken – Euch, Tirant lo Blanc, auf dem unsere ganze Hoffnung beruht. Da wir den Ruhm Eurer Tüchtigkeit und Tapferkeit kennen und fest davon überzeugt sind, daß Ihr kraft Eurer ritterlichen Waffenkunst imstand seid, noch größere Taten zu vollbringen, als hier vonnöten sind, so schwierig und gefahrvoll diese auch sein mögen, bitten wir Euch von ganzem Herzen darum, daß Ihr mit der hochherzigen Opferbereitschaft, die Euch eigen ist, all Euer Wissen, all Eure Kraft und Kühnheit einsetzt für die Wahrung der Ehre meines Amtes, des kaiserlichen Erbes und des Gemeinwohls in unserem Staate. Sämtlichen Herzögen, Grafen und Markgrafen meines Reiches habe ich geboten – unter Androhung eines Hochverratsprozesses für den Fall der Mißachtung dieser meiner generell verkündeten und jedem einzelnen persönlich erteilten Weisung –, daß sie Euch so lieben und ehren, Euch so gehorchen und Euch so beschirmen sollen wie mich selbst. Übergebt diese Briefe bitte meinem Konnetabel, dem Herzog von Makedonien und den anderen Herren, an die sie adressiert sind.«

Da der Kaiser mit dieser Aufforderung seine Ansprache schloß, sah Tirant sich veranlaßt, ihm zu antworten, und er sagte:

»Ich vertraue auf Gott den Allmächtigen, der es niemals zuläßt, daß jemand zuschanden wird, der auf ihn baut. Diese Hoffnung macht mich siegesgewiß. Darum, Herr, verlaßt Euch getrost darauf, daß Ihr mit der Hilfe des Allerhöchsten obsiegen werdet über alle Eure Feinde.«

Er kniete auf den harten Boden nieder und küßte dem Kaiser zum Abschied die Hand; desgleichen tat er bei der Kaiserin und der durchlauchtigsten Prinzessin, die es jedoch keineswegs zulassen wollte, daß er ihr die Hand küßte. Und kaum hatte er sich erhoben, um die versammelten Jungfrauen, ehe er abreiste, eine nach der anderen zu umarmen, da reichte ihm der Kaiser einen Sack mit dreißigtausend Dukaten. Tirant sträubte sich, diese Gabe anzunehmen, und sagte:

»Herr, hat mir Eure Hoheit nicht genug an Waffen und Pferden, Juwelen, Proviant und sonstigen Dingen zur Verfügung gestellt? Schon im Übermaß habt Ihr mir Eure Gunst erwiesen.«

Die Prinzessin fiel ihm ins Wort:

»Da es dem Herrn Kaiser beliebt, Euch dies zu geben, könnt Ihr Euch nicht weigern, es anzunehmen.«
Tirant verabschiedete sich von den Damen und von allen Anwesenden. Als die drei Ritter dann hinuntergegangen waren und neben der steinernen Steigbank standen, um sich in den Sattel zu schwingen, sagte Richard:
»Wäre es nicht gut, wenn wir jetzt, da der Kaiser am Fenster steht und alle Damen die Köpfe herausstrecken, um uns nachzuschauen, ihnen etwas vorführen würden, mit unseren gepanzerten Pferden, mit den hohen, herrlich wippenden Federbüschen, die wir uns auf die Helme gepflanzt haben? Wie wär's, wenn wir zuerst mit den Lanzen gegeneinander anrennen und dann mit den Schwertern aufeinander losgehen würden, nur zum Schein, ohne uns ernstlich weh zu tun?«
»Mir würde das einen Heidenspaß machen«, sagte Tirant.
Die dreie bestiegen also ihre prächtig drapierten Rosse, mitten auf dem Schloßhof, und ein jeder stülpte sich den Helm über den Kopf. Die Pferde, die sie hatten, waren Sizilianer, leicht gebaute, überaus flinke Tiere. Auf diesen stürmten sie nun mehrere Male mit den Lanzen aufeinander los. Als sie davon genug hatten, zogen sie die Schwerter und attackierten sich gegenseitig in fliegendem Wechsel, aufeinanderpreschend und auseinanderstiebend, bei jedem Zusammenprall dem jeweiligen Gegner wuchtige Hiebe mit der flachen Klinge verpassend. Schließlich verbündeten sich die beiden anderen Ritter zu gemeinsamen Angriffen auf Tirant, und es war ein herrliches Schauspiel, was die drei wendigen Kämpen da im Hin und Her ihres wilden Kampfgewirbels boten. Nachdem sie dieses spielerische Scharmützel ein Weilchen ausgekostet hatten, machten die Ritter eine tiefe Verbeugung vor dem Kaiser, verneigten sich sodann vor den Damen und zogen ihres Weges.
Alle Damen schlugen das Kreuz, um den Davoneilenden ihren Segen mitzugeben, und sie flehten zu Gott, unserem Herrn, ihnen den Sieg über ihre Feinde zu gewähren.
Glaubt aber nur ja nicht, die Engelsaugen der Prinzessin hätten jemals auch nur für einen Moment Tirant aus dem Blick gelassen, ehe er aus der Stadt entschwunden war. Kaum war dies geschehen,

zerfloß der Blick in lauter Liebestränen, und all die anderen Mädchen weinten einträchtig mit. Der Kaiser jedoch ließ seiner Begeisterung freien Lauf und erklärte, er habe, bei Gott, schon seit langem kein solch herzerquickendes Vergnügen mehr gehabt wie beim Anblick dieser sich so prächtig schlagenden Ritter.

»Ich habe wirklich den Eindruck, daß Tirant ein trefflicher Feldherr sein muß, ein tatkräftiger, tapferer Ritter.«

Sobald die Kämpen außerhalb der Stadt waren, übergaben sie die Sizilianer den Knappen und bestiegen andere, kräftigere Pferde: echte Streitrosse. Binnen kurzem holten sie den Heerzug ein. Diafebus und Richard gesellten sich zu ihrer jeweiligen Schwadron, Tirant aber ritt von Kolonne zu Kolonne, musterte seine Truppen und ermahnte die Mannen, unterwegs beständig in Reih und Glied zu bleiben.

Fünf Meilen legten sie an diesem Tag zurück. Dann kampierten sie auf einem schönen Wiesengelände, wo es nirgends an Wasser mangelte. Als Anführer so vieler Kriegsleute machte Tirant es sich zur Regel, niemals aus dem Sattel zu steigen, bevor nicht alle Zelte aufgestellt waren und jedermann ein Obdach gefunden hatte, aus Sorge, es könnte Streit geben und ein Krawall im Lager ausbrechen. Als sämtliche Leute endlich ihren Schlafplatz im schönen Gras dieses Wiesengrundes hatten, ging Tirant von Zelt zu Zelt und lud alle Herzöge, Grafen und Markgrafen ein, mit ihm zu Abend zu essen. Und es wurden ihnen soviel Köstlichkeiten von jeglicher Art geboten, als tafelten sie mitten in der Stadt Konstantinopel; denn der Bretone hatte drei Köche mitgebracht, die besten aus ganz Frankreich, deren Tüchtigkeit genügte, das gesamte Lager mit Speisen zu versorgen.

Nachdem alle gut und reichlich gegessen hatten, ließ Tirant sämtliche Mannen seiner eigenen Gefolgschaft wieder aufsitzen, damit sie, zusammen mit anderen, als Patrouille von insgesamt zweitausend Lanzenreitern, die Umgebung des Lagers überwachten, bis zur Mitternacht. Außerdem sandte er Späher aus, mit dem Auftrag, die Wege zu inspizieren und aufzupassen, ob ein anrückendes Heer oder sonst etwas zu hören sei. Er selbst unternahm Kontrollgänge durch das Lager, prüfte mal da, mal dort die Lage. Als die halbe Nacht vorüber war, ließ er weitere zweitausend Lanzenreiter aufsitzen, um die erste Wachmannschaft ablösen zu lassen; und keinem, der Patrouillendienst hatte, gestattete er, einen Schildknappen mitzunehmen; alle sollten voll gewappnet sein, als gälte es, sich sofort in die Feldschlacht zu stürzen.

Solange er sich auf dem Kriegszug befand, legte Tirant nicht ein einziges Mal die Kleider ab, es sei denn, um das Hemd zu wechseln. Wenn der Morgen nahte, ließ er, zwei Stunden vor Sonnenaufgang, die Trompeten blasen, zum Zeichen, daß die Pferde zu satteln seien, während er selbst die Messe hörte. Danach rüstete er sich von Kopf bis Fuß, schwang sich hurtig aufs Roß, ritt kreuz und quer durch das Lager und ermunterte sämtliche Mannen, sich rasch zu wappnen. Bei Tagesanbruch waren alle marschbereit. An diese Regel hielt man sich, bis das Christenheer nur noch anderthalb Meilen von den Feinden entfernt war, bei einer Stadt, die Pelidas hieß und deren Bewohner schon seit Tagen drauf und dran waren, sich den Türken zu ergeben, angesichts der gewaltigen Übermacht, mit der diese angerückt waren.

Als die Leute von Pelidas erfuhren, daß bewaffnete Haufen ihnen zu Hilfe kamen, freuten sie sich sehr und öffneten eilig die Tore der Stadt. Der Generalkapitan wollte seine Truppen jedoch erst bei Nacht einrücken lassen, damit sie ungesehen hineinkämen; aber auch in der Dunkelheit ging der Einzug nicht so heimlich vonstatten, daß kein Feind etwas davon gemerkt hätte. Der Großtürke erhielt als erster die Meldung, daß fremde Kriegerscharen sich in die Stadt geschlichen hätten; wie viele es gewesen seien, habe man freilich nicht feststellen können. Unverzüglich überbrachte der Großtürke diese Nachricht dem Sultan, und der sagte:

»Wie könnt Ihr bloß auf die Idee kommen, daß ein Entsatzheer angerückt sei? Wir wissen doch, daß der arme Teufel, der sich Kaiser nennt, fast keine Truppen hat, außer dem kläglichen Häuflein von Hasenfüßen, das kürzlich aufgekreuzt ist. Nichts als Trottel waren es, erbärmliche Versager, die man getrost vergessen kann. Vermutlich handelt es sich um ein paar Leute jenes Behelfsheroen, des Herzogs von Makedonien; um ein paar Entkommene aus jenem Schwarm, der so eilig Reißaus nahm – nicht wie geschlagene Gegner, sondern wie aufgescheuchte Hirsche, die in hirnloser Angst das

Weite suchen. Und wir haben von den zehn Teilen des Griechischen Reiches neuneinhalb schon erobert und in unsere Gewalt gebracht. Was wir jetzt noch zu tun haben, ist ein kleiner, leicht zu erledigender Rest: Wir müssen nur noch den Herzog von Makedonien gefangennehmen, die fünfundzwanzig Meilen bis zur Stadt Konstantinopel zurücklegen und den alten Kaiser am Bart packen. Ihn werden wir zu lebenslänglicher Haft verdonnern, und seine Tochter soll als Hauptstubenmagd in unserem Schlafgemach dienen, während die Kaiserin sich als Generalfeldküchenmeisterin nützlich macht. Alsbald lasse ich dann ein lebensgroßes Bildnis von mir anfertigen, eine Statue aus purem Gold, die mitten auf dem Marktplatz der Kaiserstadt aufgestellt werden soll.«
Der Großtürke antwortete:
»Schön und gut, Herr. Alles mag so geschehen, wie Ihr gesagt habt. Aber es empfiehlt sich wohl, den Vorgang gebührend zu beachten, von dem ich Euch berichtet habe. Man darf sich nicht mit großzügiger Mißachtung über die Gegebenheiten hinwegsetzen, wie dies der König von Troja getan hat, der sich selbst und die Seinigen ins Verderben stürzte, weil er die Gefahren nicht ernst nahm und so den eigenen Untergang verschuldete. In den Geschichtsbüchern lesen wir ja von vielen ruhmreichen Fürsten, die aus dem gleichen Grund ein elendes Ende fanden: sie erstrebten Throne, wollten Kronen erobern und verspielten dabei nicht nur das, wonach sie begehrten, sondern am Ende auch noch das, was sie von Hause aus besaßen.«
»Nun«, sagte der Sultan, »wenn Ihr meint, daß es so dringlich ist . . .«
Er rief einen der Ritter zu sich, die er mit dem Kommando über das Feldlager betraut hatte, nahm ihn beiseite und flüsterte ihm zu:
»Da, schau dir diesen Erzfeigling von Großtürken an! Die Angst steckt ihm in allen Knochen. Und vor lauter Bammel stammelt er Gott weiß was für einen Stuß daher. Ich glaube, der Jämmerling hat irgendwelche Traumgespenster gesehen. Schick also, damit er sich beruhigt, einen Späher aus, der den Zugang zur Stadt Pelidas im Auge behalten soll.«
Statt des einen Spähers, den der Sultan ausschicken lassen wollte, sandte der Kommandeur vier Mannen in Richtung Pelidas, mit dem

Auftrag, die Stadt genau zu beobachten und tunlichst auszukundschaften, was für Leute sich da möglicherweise eingeschlichen haben könnten.

Gleich am Morgen nach dem nächtlichen Einrücken Tirants in Pelidas ging er von Haus zu Haus und bat, man möge sämtliche Pferde, die vorhanden seien, frisch beschlagen und die Sättel herrichten. Sobald er dafür gesorgt hatte, beschaffte er sich einen Mann, der sich in der ganzen Gegend gut auskannte, und ritt mit diesem, so heimlich wie möglich, ins Freie, um auf Umwegen sich dem feindlichen Feldlager zu nähern. Von einer kleinen Anhöhe aus gewahrten sie jenen Marktflecken, in den sich der Herzog von Makedonien geflüchtet hatte, und überblickten alle Stellungen der Belagerer. Sie beobachteten, wie die Türken mit Bombarden den Ort beschossen, dessen Bewohner vor den Wehrmauern gewaltige Erdmassen aufgeschüttet hatten. Traf nun das schwere Steingeschoß eines feindlichen Geschützes die Befestigung, so durchschlug es zwar die Mauer, brachte diese aber nicht zum Einsturz, dank der Verstärkung durch den schützenden und stützenden Damm aus Erde.

Tirant, der das ganze Terrain mit scharfen Augen musterte, stellte fest, daß der gesamte Ort von Türkenzelten umringt war und das Vorfeld so von Kriegsvolk wimmelte, daß kein Mensch den Versuch unternehmen konnte, herauszukommen oder hineinzugelangen, ohne gefangengenommen zu werden. Der Sultan kampierte auf der einen Seite, der Großtürke auf der anderen. Das erkannten die beiden Kundschafter an den großen, farbenprächtig geschmückten Feldherrnzelten.

Als sie alles zur Genüge betrachtet hatten, machten sie sich auf den Heimritt nach Pelidas, und ehe sie dorthin gelangten, erblickten sie, von einem Hügel aus, die moslemischen Beobachter, die nach allen Seiten ausspähten.

Als die beiden dann drinnen von ihren Pferden gestiegen waren, begab sich Tirant sogleich zum Marktplatz, wo er die Mehrheit der Fußsoldaten antraf. Er rief den Leuten zu:

»Kommt her, Brüder. Wir beide kommen eben von einem Erkundungsritt, bei dem wir das Lager unserer Feinde in Augenschein genommen haben. Auf dem Heimweg haben wir vier Späher der

Sarazenen entdeckt. Wer von euch hat Lust, sich dieser Kerle anzunehmen? Für jeden Späher, den man mir lebend herbeischafft, werde ich dem Fänger fünfhundert Dukaten zahlen; bringt man mir nur den Kopf, gibt es dafür dreihundert Dukaten.«
Sieben Mann, die das Umland der Stadt genauestens kannten, kamen alsbald überein, dieses Unterfangen gemeinsam zu wagen; doch erst als es so dunkel war, daß sie nicht gesehen werden konnten, brachen sie auf zu ihrer Pirsch.
Nachdem sie eine ganze Weile schweigend durch die Nacht gestapft waren und sich schon dem Ziel ihres Streifzugs näherten, sagte einer von ihnen: »Wißt ihr, wie wir die Burschen am besten schnappen? Gleich hier ist eine Quelle. Neben der sollten wir uns auf die Lauer legen, getarnt mit Reisigbüscheln. Spätestens gegen Mittag, wenn die Hitze am heftigsten wird, kommen sie gewiß herunter, um hier am Wasser ihren Durst zu löschen, und bei der Gelegenheit werden wir sie am Schlafittchen packen.«
Der listige Vorschlag leuchtete allen ein, und wohlgetarnt legten sie sich in den Hinterhalt. Als die Sonne aufging, sahen sie, daß die vier feindlichen Späher sich auf einer Hügelkuppe befanden. Kaum war die Stunde gekommen, da die Sonne zu stechen beginnt, lechzten die Sarazenen, die zunehmend unter der Hitze litten, nach einem Trunk frischen Wassers und kamen herab zur Quelle. Als sie dort niederknieten, flüsterte einer der versteckten Christen den anderen zu:
»Macht keinen Mucks, bis die den Wanst randvoll haben; denn mit prallen Wasserbäuchen können sie nicht so leicht davonlaufen.«
Reglos verharrten also die Lauernden. Erst als die Sarazenen reichlich getrunken und gemampft hatten, brachen die Christen mit lautem Gebrüll aus dem Hinterhalt und nahmen im Nu drei Mannen gefangen. Der vierte entwischte ihnen und suchte zu entkommen. Als sie sahen, daß sie ihn nicht mehr einholen konnten, schossen sie mit der Armbrust nach ihm. Von einem Pfeil in der Flanke getroffen, stürzte der Flüchtende augenblicklich zu Boden. Sie hieben ihm den Kopf ab und steckten diesen auf eine Lanzenspitze. Mit gefesselten Händen wurden die anderen fortgeführt und dem Generalkapitan präsentiert.

Als Tirant die Gefangenen erblickte, war er höchlich zufrieden, übergab die dreie der Kerkerwache zur sicheren Verwahrung und fragte die erfolgreichen Häscher:
»Was habt ihr als Lohn zu erhalten?«
»Herr Kapitan«, antwortete einer von ihnen, »wir haben Anspruch auf eintausendachthundert Dukaten. Aber es sei dem Belieben Eurer Hoheit anheimgestellt, was Ihr uns geben wollt. Mag es auch weniger sein, wir sind so oder zu zufrieden.«
»Bei Gott«, sagte Tirant, »das kommt nicht in Frage. Ich will euch gebührend belohnen; denn ihr habt gute Arbeit geleistet.«
Er lud sie ein, mit ihm das Abendessen zu teilen, und ließ sie am Kopfende der Tafel Platz nehmen, noch ehe er all die Herzöge, Grafen und Markgrafen aufforderte, sich zu setzen. Nach dem herrlichen Mahl gab er ihnen zweitausend Dukaten und schenkte einem jeden der sieben ein seidenes Wams. Als die übrigen Fußsoldaten von dieser großzügigen Freundlichkeit hörten, sagten sie, noch nie im Leben hätten sie einen solch noblen Feldherrn gesehen.
Tirant hatte an diesem Tag angeordnet, daß jedermann zeitig das Abendessen einnehmen solle, die Pferde noch bei Tage zu satteln seien und das gesamte Heer bei Einbruch der Dunkelheit gewappnet und marschbereit sein müsse. Sobald es finstere Nacht war, ließ er all seine Streitmacht aus der Stadt ins Freie ziehen, wo das Fußvolk und die Reiterschaft sich in Reih und Glied zur Schlachtordnung formierten; hinter der gestaffelten Masse des Kriegsvolks aber folgten in einigem Abstand dreitausend Mann, welche die Stuten führten. Und als man in die Nähe des feindlichen Feldlagers kam, befahl Tirant, sämtliche Schwadronen sollten so zur Seite gehen, daß die Stutenherde passieren könne, ohne daß die Hengste Wind bekämen von den weiblichen Tieren.
Als die Stuten am Eingang des Feldlagers angelangt waren, ging das Fußvolk mit all den Tieren hinein und trieb sie drinnen in zwei Richtungen auseinander: die eine Hälfte zu den Zelten des Sultans, die andere zu denen des Großtürken. Sämtliche Hengste des feindlichen Heeres witterten nun die Gegenwart der Stuten, stoben auf, zerfetzten die Halfterriemen, rissen die Rammpfähle, an denen sie angebunden waren, aus dem Boden. Ein tolles Spektakel hättet ihr

da erleben können: In wildem Aufruhr preschten all die Massen gegnerischer Pferde mit einem Male los, die einen nach da, die anderen nach dort, hinter den Stuten her. Als die Belagerer merkten, daß ihre Streitrosse sich losgerissen hatten und in irrem Tumult bergauf und talab rasten, kamen sie aus den Zelten gerannt, teils im Hemd, teils im Wams, ungewappnet allesamt; denn in ihrer Sorglosigkeit hatten sie es sich angewöhnt, ohne Rüstung und ohne Waffen zu schlafen, mit einer Seelenruhe, als schlummerten sie mitten in der bestgeschützten Burg der Welt.
Als das tierische Toben das gesamte Lager binnen kurzem zu einem einzigen brodelnden Hexenkessel verwandelt hatte, stürmte Tirant mit der Hälfte seiner Streitmacht in den linken Teil der ringförmigen Zeltstadt, während der Herzog von Pera über den rechten Flügel herfiel, lauthals den Namen des ruhmreichen Ritters Sankt Georg rufend. Im Nu sah man da die Zelte zusammensacken und Mannen massenweise tot oder verwundet zu Boden sinken. Aufgeschreckt von den vielen Todesschreien, stürzte der Großtürke ungepanzert aus seinem Zelt und schwang sich auf ein Pferd. Ein christlicher Krieger erstach das Roß und gab dem Moslemfürsten einen Klingenhieb aufs Haupt. Ein Diener desselben sprengte herbei, sprang ab in vollem Lauf und überließ seinem Herrn das eigene Pferd. Kaum war der Großtürke im Sattel, da war der Diener schon erschlagen, und alles, was sich den Angreifern in den Weg stellte, mähten sie nieder mit ihren Schwertern, obwohl sie wußten, mit was für einer gewaltigen, scheinbar unbesiegbaren Menge von Feinden sie es zu tun hatten. Eben dieses Bewußtsein war es, was ihren Mut anstachelte und den Trotz ihrer Glaubenskraft stählte.
Die Türken, die sich derart überrumpelt sahen, wehrlos preisgegeben fühlten und fast all ihre Pferde verloren hatten, versuchten, sich so schnell wie möglich aus dem Staub zu machen, dem Beispiel ihres Anführers folgend, des Großtürken, der im Galopp aus dem Lager geflüchtet war und irgendwo abseits sich mit Wickeltüchern seine Kopfwunde verbinden ließ. Noch während man ihn versorgte, sandte er einen Boten zum Sultan, um diesem sagen zu lassen, daß er um Himmels willen sofort versuchen solle, ins Freie zu gelangen, denn die Schlacht sei verloren und das Lager total zerstört. Der

Sultan jedoch hatte sich, wie bald gemeldet wurde, mit einigen seiner Leute zur Wehr gesetzt und war in ein Kampfgetümmel verstrickt. Da zog der Großtürke, verwundet wie er war, rasch ein Kettenhemd an und kehrte, begleitet von den Leuten, die gerade in seiner Nähe waren, zurück ins Lager, um dem Sultan zu Hilfe zu eilen, der sich in arger Bedrängnis befand, zum Glück aber nicht erkannt worden war. Noch eben rechtzeitig wurde er von dem Großtürken gerettet, der als todesmutiger Ritter so trefflich und tüchtig dreinschlug, daß es ihm gelang, den Sultan aus dem dichtesten Kampfgewühl herauszuhauen und ins Freie zu bringen. Da die beiden Fürsten sahen, daß ihre Krieger in Massen ums Leben gekommen waren und kein einziges Zelt ihres Lagers mehr stand, beschlossen sie, sich mit all den Leuten, die noch bei ihnen waren, zurückzuziehen, weil es offenkundig unmöglich war, der Wucht des siegreichen Angreifers zu widerstehen. Nie zuvor hatte es in griechischen Landen eine Schlacht gegeben, die so blutig gewesen wäre wie diese.
Der Sultan und der Großtürke machten sich also mit den Mannen, die um sie waren, auf den Weg ins nahe Bergland; die sonstigen Reste ihrer versprengten Armee flohen ins Flachland. Diesen blieb Tirant ständig auf den Fersen, und all die Flüchtenden, die er und die Seinigen zu fassen bekamen, wurden erschlagen, nicht ein einziger wurde verschont. Die bergwärts geflohen waren, kamen alle mit dem Leben davon.
Drei Meilen weit zog sich die Verfolgungsjagd in der Ebene hin. Die ins Gebirge Entrinnenden aber, deren Fluchtweg kürzer war, hatten einen großen Fluß zu überqueren und mußten deshalb zu einer bestimmten Stelle gelangen, wo eine hölzerne Brücke ihnen die Möglichkeit bot, gefahrlos ans andere Ufer zu kommen. Als der Sultan mit seinen Leuten eben diesen Steg passiert hatte, sah er, daß die Christen heranpreschten, und befahl, das Mittelstück der Brücke augenblicklich zu kappen. Die übrigen Sarazenen, die sich nicht mehr herüberretten konnten, waren verloren. Wer den Strom schon überquert hatte, war noch eben mit heiler Haut davongekommen.
Tirant lieferte an diesem Tag den schlagenden Beweis, daß es durchaus möglich war, die siegesgewohnten Eindringlinge zu besiegen. Er

selbst und die Seinigen priesen sich selig ob dieses Erfolgs, der mehr ein Werk der göttlichen Gnade als des menschlichen Bemühens war, obschon die List des findigen Bretonen einiges dazu beigetragen hatte. Als die Christen sich nun jener Brücke näherten, befanden sich am diesseitigen Ufer noch fast viertausend Türken. Manche von denen, die keinen Übergang mehr fanden, suchten schwimmend den Fluß zu überqueren – ein Wagnis, bei dem nicht wenige ertranken. Die Masse derer aber, denen der Ausweg abgeschnitten worden war, erklomm kurz entschlossen eine steile Anhöhe, um sich droben zu verschanzen. Als der von der Ebene heranreitende Feldherr Tirant das Gewimmel der Ungläubigen an der Bergwand sah, galoppierte er mit seinen Mannen auf sie zu, beschloß jedoch, sie dort nicht zu attackieren, sondern zu belagern. Er ließ all seine Leute absitzen und befahl ihnen, den ganzen Berg zu umzingeln, während er und die Herzöge samt allen sonstigen großen Herren unweit dieses Berges ihre Zelte aufschlugen, weil das dichte Gras, das dort wuchs, und viele schattenspendende Bäume einen guten Rastplatz boten.

In der Zwischenzeit hatte sich am Ort der nächtlichen Katastrophe etwas Unvermutetes begeben. Als der Herzog von Makedonien, den die Sarazenen in dem besagten Marktflecken belagerten, das entsetzliche Kampfgeschrei hörte, mit dem die Ritter Tirants in das von den Stuten zum Chaos verwandelte Feldlager der Moslems einbrachen, rief er alle Mann zu den Waffen, da er meinte, daß seine Feinde jetzt den Sturmangriff unternähmen, um in einem Kampf auf Leben und Tod die Entscheidung zu erzwingen und allen Verteidigern der Ortschaft den Garaus zu machen. Die Belagerten hatten längst alle Hoffnung auf Entsatz aufgegeben, weil sie dachten, daß ihnen niemand mehr zur Hilfe kommen könne und es vielleicht noch das beste wäre, in Gefangenschaft zu geraten und den Ungläubigen als Sklaven zu dienen. Jeder war überzeugt, daß ihm die letzte Stunde geschlagen habe, und keiner wußte mit Gewißheit, ob er sich nun den Tod wünschen sollte oder das Leben. Als sie aber merkten, daß die schrecklichen Schreie kein Ende nahmen, die Ortschaft jedoch nicht angegriffen wurde, wunderten sie sich über alle Maßen. Erst bei Tageslicht, nachdem die Sonne aufgegangen war,

verebbte das Geschrei, entfernte sich fluchtartig, und da sahen sie draußen die Fahnen des Kaisers flattern, fortstürmend aus der verwüsteten Zeltstadt, hinfegend übers Flachland, die fliehenden Feinde verfolgend. Und von der Wehrmauer herab riefen sie ein paar Krieger an, die sich noch im Lager befanden, sei es, weil sie verwundet waren, sei es, weil sie Beute machen wollten. Man forderte die Zurückgebliebenen auf, näher herbeizukommen, und diese Fremden nannten den Namen des Feldherrn, den der Kaiser ausgesandt habe, um die Eingeschlossenen zu befreien. Sie schilderten ihnen, auf welch feinsinnige Weise es der Generalkapitan geschafft habe, die Sarazenen zu schlagen.
Als dies dem Herzog zu Ohren kam und er mit eigenen Augen sah, daß kein Krieger mehr zur Stelle war, der sich als Feind entpuppen könnte, außer dem einen oder anderen Schwerverwundeten, der nicht mehr in der Lage war, auch nur davonzulaufen, rückte er mit all seinen Mannen aus, um das gesamte Lager gründlich zu plündern, in dessen Trümmern sie große Mengen von Gold und Silber fanden, kostbare Gewänder und Waffen, Juwelen jeder Art. Weder in den Berichten der Römer noch in den Geschichten von Troja liest man, daß ein so prächtiges Feldlager wie dieses so schnell zuschanden gemacht und all seiner Schätze beraubt worden sei.
Als alles durchstöbert war, wurde die gesamte Beute hinter die Mauern geschafft. Dann stellte der Herzog bewaffnete Wachen auf, denen er befahl, sie sollten, falls Tirant oder einer der Seinigen erscheine, ihn unter keinen Umständen hereinlassen, denn oftmals zeige es sich, daß es kein Übel gibt, das nicht auch sein Gutes hat. Die halb zerstörte Ortschaft, deren Bewohner arg unter der Belagerung gelitten hatten, war auf einmal der Hort ungeahnter Reichtümer geworden. Sobald er seinen Raub gesichert hatte, begab sich der Herzog wieder hinaus und folgte der Fährte der Fahnen übers flache Land. Mit Staunen stellten er und seine Mannen fest, wieviel Leichname auf dieser Strecke lagen.
Die Wächter von Tirants eben erst aufgeschlagenem Zeltlager meldeten dem Feldherrn, daß eine Menge Gewappneter sich in großer Eile nähere. Tirant befahl all seinen Rittern, sofort aufzusitzen und sich in Schlachtordnung aufzustellen, denn er dachte, daß die Feinde

sich in den Ortschaften, die noch in ihrer Gewalt waren, gesammelt, ausgerüstet und neu formiert hätten. Er ritt den Anrückenden entgegen, und als die Heerscharen einander nahekamen, erkannte er die kaiserlichen Feldzeichen und den Befehlshaber der anderen Krieger. Tirant nahm den Helm ab und übergab ihn seinem Knappen; alle anderen Truppenführer taten desgleichen. Als nur noch ein kurzer Abstand zwischen ihm und dem Makedonier war, stieg er vom Pferd, ging dem Herzog zu Fuß entgegen und begrüßte ihn mit einer tiefen Verneigung. Der Herzog blieb starr und stumm im Sattel sitzen; die ihm erwiesene Ehrerbietung beantwortete er damit, daß er seine Hand auf den Kopf Tirants legte, ohne auch nur ein einziges Wort zu sagen. Allen, die zugegen waren, erschien dies als ein höchst ungehöriges Benehmen, und kein einziger war geneigt, diesem ungehobelten Herrn zu Ehren vom Pferd zu steigen. Tirant bestieg wieder sein Roß und versuchte mehrmals, ein Gespräch mit dem Makedonier anzuspinnen, indem er ihm berichtete, was sich in den letzten Stunden ereignet hatte, doch der schwieg verstockt und brachte kaum je die Zähne auseinander. Die Ritter und Edelleute seines Gefolges hingegen bezeigten Tirant und den ihn begleitenden Herzögen aufs freundlichste ihre Ehrerbietung. In zwanglosem Geplauder vermischten sich dann die Sieger mit den Scharen derer, die unlängst eine so schwere Niederlage erlitten hatten, und gemeinsam ritt man bis zum Rand des Geländes, auf dem die Zelte standen.
Tirant sagte zu dem Herzog:
»Herr, wenn es Euch beliebt, auf dieser Wiese Eure Zelte aufzuschlagen, im Schatten so vieler schönen Bäume und nahe am Fluß, lasse ich gern mein Lager verlegen.«
Der Herzog erwiderte:
»Mir liegt nichts daran, in Eurer Nähe zu kampieren; ich ziehe es vor, mir einen anderen Platz zu suchen.«
»Das steht Euch frei«, antwortete Tirant. »Das Angebot, das ich Euch gemacht habe, ist eine Geste der Höflichkeit gewesen, ein Ausdruck des Respekts, der Eurem Stand gebührt.«
Der Herzog war nicht gewillt, sich weitere Worte anzuhören, riß mit einem Ruck am Zügel sein Pferd herum und ritt, ohne irgendwen auch nur eines Blickes zu würdigen, von dannen, eine ganze

Meile flußabwärts, um in dieser Entfernung seine Zelte aufschlagen zu lassen.
Tirant hatte kaum den Sattel verlassen, da beauftragte er drei seiner Ritter, dem Herzog nachzureiten. Als sie bei ihm anlangten, sagte einer von ihnen:
»Herr, unser Kapitan hat uns hergesandt, um Eure Hoheit fragen zu lassen, ob es Euch belieben würde, an seinen Tisch zu kommen und mit ihm zu speisen. Er weiß zwar, daß es bei Euch gewiß ein besseres Mahl gäbe; aber bei ihm könntet Ihr früher etwas zu essen bekommen; Ihr müßtet Euch bloß die Hände waschen und an die gedeckte Tafel setzen.«
»Ach, was soll's! Wozu diese Belästigung!« erwiderte der Herzog. »Sagt ihm, daß ich keine Lust habe, ihn aufzusuchen.«
Verächtlich kehrte er ihnen den Rücken. Die Abgesandten verließen wortlos die Baumgruppe, in deren Schatten der Herzog saß. Als sie bereits wieder im Sattel waren, rief der Makedonier ihnen zu:
»Sagt Tirant, es wäre mir lieber, wenn er geruhen würde, sich an meine Tafel zu begeben, als daß ich mich auf den Wege mache, um mit ihm zu speisen.«
»Herr«, antwortete Diafebus bissig, »was wollt Ihr ihm denn auftischen, wo doch in Eurem ganzen Lager noch nicht ein einziges Feuerchen brennt? Ihr könntet ihm ja nur Hühnerkost und Ochsentrank bieten.«
Wütend entgegnete der Herzog:
»Ich könnte ihm Hühner, Kapaunen, Rebhühner und Fasanen bieten.«
Die Ritter hatten genug von seinem Gehabe, wandten sich um und ritten weg.
Als sie sich entfernt hatten, sagte einer der Gefolgsleute des Herzogs zu diesem:
»Ihr habt, Herr, wohl nicht ganz verstanden, was die Worte dieses Ritters da besagen sollten. Er hat gesagt, Ihr würdet seinem Kapitan Hühnerkost und Ochsentrank auftischen. Wißt Ihr, was er damit meinte? Die Kost der Hühner ist Kleie, der Trank der Ochsen nichts als Wasser.«
»Bei den Gebeinen meines Vaters!« schrie der Herzog. »Ihr habt

völlig recht. Mir ist das entgangen. Diese Ausländer sind sehr hochmütig. Wenn ich rechtzeitig seine Frechheit begriffen hätte, wäre er nicht so ungeschoren davongekommen. Ich hätte schon dafür gesorgt, daß er auf dem Heimweg mit beiden Händen seinen zerbeulten Schädel gehalten hätte.«

Gelassen vernahm Tirant die Absage des Herzogs. Ohne auch nur einen Satz über dessen Verhalten zu verlieren, begab er sich ungesäumt zur Tafel, um mit all den Herzögen, Grafen und Markgrafen zu speisen, die sich in seinem Feldlager befanden. Nach dem Mahl ritt er, gefolgt von zweihundert Mann zu Pferde, eine Meile den Fluß entlang, zu einem an dessen Ufer gelegenen Landstädtchen, das »Fischwacht« hieß. Die Türken, die als Besatzung in dem Flecken stationiert waren, hatten, als sie die Niederlage der Ihrigen erfuhren, schleunigst den Ort geräumt, so daß sich nun bloß noch Griechen dort befanden, lauter Einheimische. Der Flecken war wohlversehen mit Vorräten jeglicher Art. Als der Generalkapitan dort ankam, wurden ihm sogleich die Schlüssel des Mauertors und der Burg übergeben. Er zog mit seinen Mannen ein und ließ die Weisung verkünden, man solle alle, die mit ihm gekommen seien, gegen angemessene Bezahlung mit Proviant beliefern. Und wie er geboten, so geschah's. Fischwacht versorgte das gesamte Feldlager mit allem Nötigen.

Außerdem gebot der Kapitan den Gerichtsdienern, vor den Mauern der Ortschaft sechs oder sieben Galgen zu errichten und an jeden derselben eine der vielen Leichen zu hängen, die draußen auf freiem Felde lagen. Zugleich, so sagte er, sollten sie das Gerücht ausstreuen, die Gehenkten dort hätten für ihre Schandtaten gebüßt: der eine habe eine Frau vergewaltigen wollen, der andere einen Diebstahl begangen, der dritte sich geweigert, empfangene Waren zu bezahlen... Und bei der Rückkehr ins Lager ließ er ausrufen, es werde jeder mit dem Tode bestraft, der es wage, eine Kirche zu plündern, einer Frau, gleich welchen Standes, Gewalt anzutun, irgend etwas an sich zu nehmen, ohne den geforderten Preis zu entrichten. Als die Kriegsleute diese Warnung hörten und die Gehenkten sahen, fuhr ihnen der Schreck in die Knochen. Tirant wurde ebenso gefürchtet wie geliebt.

Als der Abend zu dämmern begann, waren die eingeschlossenen Sarazenen, die sich auf dem Berg verschanzt und den ganzen Tag nichts gegessen hatten, verhandlungswillig, weil sie sahen, daß sie nichts anderes zu erwarten hatten als den Tod oder die Gefangenschaft. Sie schickten Unterhändler zu dem Generalkapitan, die ihm sagten, er solle allen Belagerten Leben und Unversehrtheit zusagen, dann seien sie bereit, auf den Status freier Männer zu verzichten und sich dem Joch der Knechtschaft zu beugen. Tirant wollte in diesem Fall lieber Milde statt Härte walten lassen: er gewährte die erbetene Gnade, ließ den Gefangenen Nahrung geben und alles, was ihnen sonst noch vonnöten war.

Am anderen Morgen wurde auf Befehl des Feldherrn ein sehr großes und schönes Zelt aufgeschlagen, dessen Satteldach einen Glockenstuhl trug. Dieses Zelt sollte nur dem Gottesdienst und der Beratung dienen. Es stand inmitten einer großen Wiese, die sich auf halber Strecke zwischen seinem Lager und dem des Makedoniers befand. Als dann die Stunde kam, da die Messe gelesen werden sollte, ließ er aus reiner Höflichkeit den Herzog fragen, ob er nicht kommen wolle, um die Messe zu hören. Höchst hoffärtig lehnte dieser die Einladung ab. Die anderen großen Herren nahmen die Gelegenheit gerne wahr. Und Tirant hatte soviel mitmenschlichen Anstand, daß er dabei nicht als Generalkapitan auftrat, sondern – wie bei Tisch, so auch am Altar – allen anderen den Vortritt ließ, als unterstünde er einem jeden dieser Herren. Nach der Messe hielten sie Rat, und es wurde beschlossen, daß der Markgraf von San Giorgio und der Graf von Acquaviva samt zwei Baronen als Gesandte den Herzog von Makedonien aufsuchen sollten. Als sie vor ihm standen, hob der Markgraf von San Giorgio an, ihm die folgenden Worte zu sagen.

KAPITEL CXXXIV

Die Botschaft, die der Markgraf von San Giorgio und der Graf von Acquaviva als Abgesandte Tirants dem Herzog von Makedonien überbrachten, und was sie darauf von diesem zu hören bekamen

Unser Kommen, Herr Herzog, braucht Euch nicht zu verwundern. Auf Wunsch unseres tapferen Generalkapitans und all der erlauchten Herzöge, Grafen und Markgrafen in seinem Heer haben wir deine herzogliche Hoheit aufgesucht. Geruhe bitte, wie es sich nach den Geboten göttlicher und menschlicher Ordnung gehört, uns teilhaben zu lassen an den Schätzen und sonstigen Beutegütern, die du im Lager unserer gemeinsamen Feinde an dich gebracht hast.«

Das war alles, was der Markgraf vorbrachte.

»Oh, welch ein Spaß für meine Ohren«, erwiderte der Herzog, »solch unnütze Worte zu vernehmen, Gerede von Leuten, die keine Ahnung haben! Wie könnt ihr bloß auf den Gedanken kommen, ich würde einem solchem Ansinnen folgen, mich einer derartigen Zumutung fügen, nachdem unsereins unter Einsatz von soviel Schweiß und Blut bei Tag und bei Nacht gekämpft hat, getreu den Regeln ehrbarer Ritterschaft, unentwegt den Feinden des Glaubens widerstehend, ohne uns fleischlichen Wonnen hinzugeben, ohne je in parfümierten Linnen zu schlafen? Unsere Leiber duften nicht nach Zibet oder sonstigen Annehmlichkeiten; was ihnen anhaftet, ist der Geruch von gestähltem Eisen. Unsere Hände sind es nicht gewohnt, die Harfe zu schlagen oder sonstige Musikinstrumente zu traktieren; nein, sie hatten ständig das Schwert zu führen, bei Nacht und bei Tag mit allen erdenklichen Waffen dreinzuschlagen. Unsere Augen ergötzten sich nicht am Anblick von Damen, weder in Schlafgemächern noch beim Kirchgang; unsere Füße vergnügten sich nicht beim Tanz, liefen keinen Lustbarkeiten nach, tummelten sich nicht in sportlichem Spiel. Diese Augen starrten vielmehr stets den Feinden ins Gesicht; diese Füße trugen den gepanzerten Körper in die unerbittliche Schlacht, von einem Gemetzel zum anderen. Und wenn es

uns nun gelungen ist, anständig Beute zu machen, mit Fug und Recht, indem wir als tapfere Ritter den Belagerungsring sprengten – wie könnt ihr da so einfältig sein, etwas zu fordern, was euch nicht zusteht? Sagt eurem Feldherrn, er täte gut daran, sich zu verziehen und heimzureisen in sein eigenes Land. Andernfalls lasse ich ihn soviel Wasser trinken, daß schon die Hälfte davon ihm vollauf reicht.«
Der Markgraf erteilte ihm die fällige Antwort, indem er sagte:
»Es ist nicht mein Amt, als Herold oder trompetenschmetternder Streitbriefträger zu dienen. Ich glaube, wenn Ihr selbst ihm das sagt oder es ihm durch einen Boten ausrichten laßt, wird er nicht zögern, Euch das zu gewähren, wonach es Euch gelüstet. Unter uns, die wir aus ein und demselben Lande sind, kennt einer den andern gut genug, um genau zu wissen, wozu der einzelne fähig ist und was er taugt. Euer Heldentum dröhnt so prahlerisch, daß meine Ohren es satt haben, sich derlei lachhafte Drohungen noch länger anzuhören. Euch kann man getrost nachsagen, daß Ihr ein jämmerlicher Ritter seid, vor dem man weder Achtung noch Furcht zu haben braucht. Was für Heroenstücke habt Ihr denn vollbracht, außer den Schlachten, bei denen Ihr regelmäßig eine Schlappe bezogen habt? Wegen Eurer Narretei haben unzählige Ritter mit goldenen Sporen ihr Leben verloren, und eine Unmenge anderer tapferer Männer ohne große Namen sind durch Eure Schuld umgekommen oder in Gefangenschaft geraten. Und jetzt habt Ihr das feindliche Lager ausgeplündert, nicht wie ein Feldherr, der nimmt, was er erkämpft hat; nicht wie ein Mann, der für das Haus seines Herrschers Eroberungen macht – nein, wie ein Dieb habt Ihr Euch darüber hergemacht, wie ein unersättlicher Bandit. Oh, wie kam man bloß dazu, Euch ein solches Amt anzuvertrauen, es so lange in Euren Händen zu lassen? Eine solche Aufgabe müßte Personen vorbehalten sein, die sich durch Tüchtigkeit und Tapferkeit bewährt haben – Tugenden, von denen Ihr keine Spur besitzt, denn Ihr wißt ja gar nicht, was Ehre, was Tapferkeit heißt. Nur die Künste der Täuschung, des Trugs, der Tücke kennt Ihr. Nichts Gutes steckt in Eurer Natur. Die kaiserliche Majestät, die Euch verhaßt ist, habt Ihr dem Ruin ausgeliefert und Euch selber aufgebläht zu einem unverschämt großmäuligen Popanz.«

»Ich weiß genau«, sagte der Herzog, »daß die tolldreisten Reden, die Ihr Euch erlaubt, nicht von Euch stammen, sondern von Eurem herzoglichen Bruder und dem frischgebackenen Generalkapitan. Für diesmal will ich sie Euch durchgehen lassen, will sie in Geduld ertragen, vorausgesetzt, daß Euch dergleichen nie wieder über die Lippen kommt.«
»Ertragt Euer eigenes unausstehliches Betragen«, entgegnete der Markgraf, »und spart Eure Geduld für die Leute auf, die es aushalten müssen, von Euch kommandiert zu werden. Ich verzichte auf Eure Nachsicht, keiner von den Unsrigen hat sie nötig. Ich weiß mit Gewißheit, daß weder der Herzog von Pera noch unser Feldherr die Gewohnheit haben, mit üblen Reden gegen andere Leute zu Felde zu ziehen; denn ihre Größe zeigt sich in Taten, und der unsterbliche Ruhm, den sie sich erwerben, wird so lange währen, wie die Welt besteht. Sie sind es ja gewesen, die Eure Belagerer verjagten, also eben die Feinde in die Flucht schlugen, die Euch gescheucht hatten. Und dieser Triumph hat alle Ritter mit Mut und Tapferkeit erfüllt. Doch genug davon. Jedes weitere Wort erübrigt sich. Ich will nur Bescheid wissen. Wie lautet Eure endgültige Antwort? Ja oder Nein?«
»Wozu die überflüssige Fragerei?« erwiderte der Herzog. »Ich habe bereits gesagt, daß ich keine Lust habe, mit euch zu teilen, und daß ich dies unter keinen Umständen tun werde.«
»Wenn Ihr nicht freiwillig dazu bereit seid«, sagte der Markgraf, »dann sehen wir uns gezwungen, Gewalt anzuwenden, um die Sache ins reine zu bringen. Wappnet Euch und stellt Eure Truppen in Schlachtordnung auf; denn ehe eine Stunde um ist, werden wir wieder hier sein und mit Euch abrechnen, falls es nach meinem Wunsch und Willen geht.«
Die Gesandten bestiegen ihre Pferde, und bei der Rückkehr in ihr Feldlager fanden sie Tirant im Beratungszelt, wo sich alle großen Herren versammelt hatten. Ausführlich berichtete dort der Markgraf, was der Makedonier geantwortet und welcher Wortwechsel sich daraufhin abgespielt hatte; und er beschloß seine Rede mit dem Ruf:
»Auf denn, alle Mann zu Pferde! Eine solche Unverschämtheit darf man sich nicht gefallen lassen!«

Zornig stürzte er aus dem Zelt, um augenblicklich nach den Waffen zu greifen, und alle anderen stürmten hinterdrein.
Als der Generalkapitan gewahrte, welch wütender Aufruhr das gesamte Feldlager erfaßte, erfüllte ihn dies mit großer Sorge. Sofort ließ er ausrufen, daß jeder mit dem Tode bestraft werde, der es wage, jetzt sein Pferd zu besteigen. Er selbst rannte kreuz und quer durch das ganze Lager, packte die Ritter am Arm und beschwor sie, mal drohend, mal schmeichelnd, in ihren Zelten zu bleiben; die Herzöge und Markgrafen bat er inständig, sich nicht zu einer solchen Unbesonnenheit hinreißen zu lassen; denn wenn es zu einem blutigen Streit zwischen den zwei kaiserlichen Armeen käme, würden die Türken, die gleich nebenan als Gefangene eingepfercht waren, ausbrechen und über sie herfallen.
»Oh, welch unvorstellbare Schande wäre es, wenn wir uns vor den Augen der eingesperrten Feinde in einem Bruderstreit gegenseitig abschlachten würden!«
Mit sanftem Tadel, manchmal auch mit einem Scherz ermahnte er die einzelnen Ritter, den guten Ruf der Ritterschaft nicht durch Unbotmäßigkeit und Meuterei zu trüben. Diejenigen aber, die sich vom Aufbruch nicht abhalten lassen wollten, ließ er nach den Regeln der Ordenszucht bestrafen. Unter großen Mühen brachte es Tirant auf diese Weise zuwege, all seine Mannen zu beruhigen.
Hernach begab er sich selbst zu dem Herzog von Makedonien, der voll gewappnet im Sattel saß, umgeben von seinem kampfbereiten Kriegsvolk. Dringlich bat Tirant seinen Widersacher, den Frieden zu wahren, bis der Verstockte endlich den Befehl zum Absitzen gab. Als sich der Generalkapitan daraufhin entfernte, gestattete der Herzog jedoch keinem seiner Leute, die Waffen abzulegen, und er verbot es, den Pferden die Sättel abzunehmen.
Als sich die Aufregung gelegt hatte, gebot Tirant einem Teil seiner Mannen, zurückzureiten zu dem verheerten Feldlager der Sarazenen und allen Leichen, die sie fänden, die Dschubben auszuziehen und diese Gewänder sorgsam zu verwahren. Einige Ritter fragten ihn, was er mit den langen Moslemröcken anfangen wolle. Er antwortete, irgendwann würde man sie gebrauchen können.
Zuvor, als die große Schlacht eben geschlagen war und die ver-

sprengten Sarazenen, verfolgt von den Siegern, fliehend ihr Leben zu retten suchten, hatte Diafebus im Augenblick dieses Triumphes bereits an die Zukunft gedacht, an das, was er tun könnte, um Tirant den ihm gebührenden Ruhm zu sichern. Er ritt an den Kapitan heran und bat ihn um den Fingerring, der ein Zeichen seiner Feldherrnwürde war. Tirant nahm den Rüsthandschuh ab, zog sich den Ring vom Finger und gab ihn seinem Vetter. Diafebus verharrte ein Weilchen, obwohl die anderen weitergaloppierten, hielt einen seiner Schildknappen an, der ein Mensch von gutem Charakter und größter Zuverlässigkeit war, und übergab diesem den Ring, wobei er ihm genaue Anweisungen erteilte, was alles er dem Kaiser, der Prinzessin Karmesina und danach den übrigen Leuten am Hofe sagen solle.

Der Knappe, beflissen, dem Befehl seines Herrn zu entsprechen, wendete sein Pferd, gab ihm die Sporen und ritt in rasender Eile davon, ohne auch nur einmal zu rasten, bis er in der Stadt Konstantinopel war, ehe irgend sonstwer dorhin gelangt sein konnte. Und von den Fenstern des Palastes aus sahen ihn die Zofen kommen, die auch sogleich erkannten, daß es Pirimus war. Hastig stoben die Mädchen in das Gemach, worin sich die Prinzessin aufhielt, und riefen ihr zu:

»Herrin, jetzt erhalten wir gewiß Nachricht von unseren Rittern. Eben ist Pirimus in vollem Galopp herangeprescht. Was er zu melden hat, ist entweder über alle Maßen gut oder ganz entsetzlich. Das ist unser Eindruck, weil er in solch rasendem Tempo daherkommt.«

Die Prinzessin ließ ihre Stickerei fallen, stand auf und lief eilends zur Treppe. Da sah sie, wie Pirimus absprang von seinem Pferd, das schweißgebadet dastand, tropfnaß und triefend, als wäre es in einen Wolkenbruch geraten.

»Lieber guter Freund«, fragte sie, »was für Nachrichten bringt Ihr?«

»Sehr gute, Herrin«, sagte Pirimus. »Wo ist der Herr Kaiser? Denn ich kann es kaum erwarten, ihm die Glücksbotschaft zu überbringen und den gebührenden Botenlohn zu empfangen.«

»Ich verspreche dir, du kriegst deinen Lohn, von ihm und von mir.«

Sie ergriff seine Hand und führte ihn zum Schlafgemach des Kaisers.

Heftig pochten sie, bis die Türflügel geöffnet wurden. Pirimus warf sich vor dem Kaiser auf die Knie und sagte:
»Herr, eine Freudenbotschaft! Gebt mir den Glücksbotenlohn!«
Der Kaiser versicherte ihm, daß es daran nicht fehlen solle. Daraufhin reichte Pirimus ihm den Ring, schilderte den gesamten Verlauf der Schlacht und erklärte, auf welch wundersame Weise es gelungen war, die Sarazenen zu besiegen.
»... und der Feldherr und Diafebus verfolgten die Fliehenden, blieben den Feinden des Glaubens und Eurer Hoheit unentwegt auf den Fersen, hauend, stechend, enthauptend ... Euer Generalkapitan hat mir diesen Ring übergeben lassen, damit ich ihn hierher bringe zur Bestätigung der wunderbaren Hilfe, die unser Herr im Himmel Eurer Hoheit erwiesen hat.«
Der Kaiser antwortete:
»Freund, sei herzlich willkommen mit der guten Nachricht, die du mir gebracht hast. Außer der Seligkeit im Paradies gibt es nichts, was mich mehr erfreuen könnte als diese Botschaft.«
Er ordnete an, alle Glocken der Stadt zu läuten, damit jedermann die Kirche Hagia Sophia aufsuche und dem Herrn im Himmel und seiner allerheiligsten Mutter den schuldigen Dank erstatte für den großen Sieg, der ihnen zuteil geworden.
Als das Volk die beseligende Kunde vernahm und die große Freude gewahrte, die der Kaiser zu erkennen gab, machte es die verbleibenden Stunden dieses Tages zu einem einzigen Jubelfest, beglückt von dem allgemeinen Gefühl, daß die Stadt ihren herrscherlichen Rang und ihre einstige Freiheit zurückgewonnen habe.
Dem Schildknappen gab der Kaiser als Botenlohn zweitausend Dukaten, er hüllte ihn in seidene Kleider, schenkte ihm überdies ein schönes sizilianisches Pferd, eine Rüstung, Waffen und was er sonst noch brauchen mochte. Die Kaiserin stiftete ihm ein Gewand, das sie bei dieser Gelegenheit trug, nämlich einen Mantel aus schwarzem Samt, der mit Zobelpelzen verbrämt war. Vor aller Augen entledigte sie sich dieses Umhangs und reichte ihn dem Jüngling. Die Prinzessin hängte ihm eine dicke Goldkette um den Hals.
Am Tag darauf schrieb der Kaiser einen Brief an den Generalkapitan und schickte den Knappen mit diesem Schreiben zurück.

Indessen war Tirant, nachdem er die aufgewühlten Gemüter beschwichtigt und die Ruhe in seinem Feldlager wiederhergestellt hatte, mit sechzehnhundert Berittenen aufgebrochen, um viele Ortschaften und Burgen zu erobern, derer sich die Türken bemächtigt hatten – ein Vorhaben, das er denn auch rasch vollbrachte.
Am Tag darauf näherte sich eine Gesandtschaft des Sultans, die aus drei Herren bestand; und weil die Brücke unterbrochen war, mußten die Emissäre mit Hilfe eines kleinen Fischerbootes den Fluß überqueren; einer dieser Abgesandten war ein hochgelehrter Mann, vertraut mit allen Wissenschaften und berühmt für die klugen Ratschläge, die er erteilte. Der Großtürke schätzte dessen Weisheit so sehr, daß er ihn wie seinen eigenen Vater achtete und nichts unternahm, ohne zuvor seine Meinung gehört zu haben; denn in der ganzen Heidenschaft gab es keinen zweiten, der soviel Klugheit und Beredsamkeit besessen hätte, und alles, was er vorschlug und tat, zeugte von großer Besonnenheit. Dieser Sarazene hieß Abdullah, und seiner Weisheit wegen hatte man ihm den Beinamen Salomon gegeben. Dieser Mann nun ergriff, sobald er ans diesseitige Ufer gelangte, ein Schilfrohr, spießte einen Papierbogen auf und hob die Stange in die Höhe, zum Zeichen, daß er freies Geleit erbitte.
Der Herzog von Makedonien, der dies beobachtete, gab ihm Antwort mit derselben Geste, und als die Abgesandten dieses Zeichen der Zustimmung sahen, begaben sie sich zu den Zelten des Herzogs, in der Meinung, dort befinde sich der Generalkapitan, und übergaben dem Makedonier das Sendschreiben. Nachdem dieser es gelesen hatte, sagte er, der Brief da sei nicht an ihn gerichtet. Er schickte jedoch einen Boten aus, um Tirant sagen zu lassen, daß eine Gesandtschaft des Sultans angelangt sei und er in das Zelt kommen solle, wo man die Messe zu lesen pflege; dort werde er die Unterhändler treffen. Tirant gab den Herzögen und großen Herren seines Heeres Bescheid, und gemeinsam mit ihm suchten sie den Treffpunkt auf.
In der Zeltkapelle dann begrüßten der Generalkapitan und seine Begleiter aufs freundlichste die Fremden, und diese händigten den Brief des Sultans an Tirant demselben aus, der ihn in Gegenwart aller verlesen ließ. Das Schreiben hatte den folgenden Wortlaut.

KAPITEL CXXXV
Sendschreiben des Sultans an den Generalkapitan Tirant lo Blanc

Ich, Armenius, dank der Erlaubnis und dem Willen des allmächtigen Gottes Obersultan von Babylon, Herrscher dreier Hoheitsgebiete, nämlich des Griechischen Reiches, des heiligen Salomonischen Tempels in der Stadt Jerusalem und der heiligen Stätten zu Mekka, Gebieter und Verteidiger aller Muslime, die unter dem erhabenen Himmel leben und wohnen, Erhalter und Beschützer der frommen Lehre unseres heiligen Propheten Mohammed, welchselbige all denen, die ihr anhangen, am Ende ihres Lebens Trost und ewige Seligkeit beschert – ich bin es, der ob solcher Würde in Herrlichkeit und Freude seine Herde zur Weide und zur Tränke führt, der gesamten Christenheit zum Trotz. Dir, ruhmreicher Tirant, Generalkapitan der Griechen und Schirmherr des christlichen Glaubens, entbieten wir unsere Grüße voller Achtung vor der Ehre und Glorie Deines ritterlichen Standes. Und wir tun Dir kund, daß wir in gemeinsamer Beratung mit dem Großtürken und fünf Königen, die hier unter meinem Befehl stehen, allzeit gehorsam gleich zehn weiteren, die sich zu Hause in meinem Stammland befinden, den Beschluß gefaßt haben, daß wir Dir, falls Du uns um endgültigen Frieden ersuchst oder um eine Waffenruhe von sechs Monaten bittest, mit offenem Gesicht und ehrlichem Herzen den besagten Frieden für sechs Monate gewährleisten werden, aus Ehrfurcht vor dem allmächtigen Gott, gemäß altüberkommenem Brauch. Möge es dem Allerhöchsten gefallen, der uns erschaffen hat und unser Leben lenkt. Jedem Wort, das unsere Botschafter Dir von uns übermitteln, kannst Du Glauben und Vertrauen schenken. Geschrieben in unserem Feldlager auf dem östlichen Ufer am Zweiten des Mondes der Geburt unseres heiligen Propheten Mohammed...«

Nachdem dieser Brief verlesen war, forderte Tirant die Gesandten auf, ihre Botschaft zu erläutern. Da erhob sich der eine von ihnen, der Abdullah Salomon hieß, verneigte sich und erklärte seinen Auftrag mit den folgenden Worten.

KAPITEL CXXXVI

Wie der Gesandte des Sultans seine Botschaft darlegte vor Tirant

Wir, die Vertreter jener zwei großmütigen und ruhmreichen Herren, des Großtürken und des Sultans, sind hierher gesandt worden, zu dir, tapferer Tirant lo Blanc, dem Oberbefehlshaber aller griechischen Heere, da du mit deiner siegreichen Hand das herrliche Feldlager dort erobert hast, das überreich gesegnet war mit allem, was die Welt an Pracht und Macht zu bieten hat, und in dem du eine Unmenge von Schätzen erbeutet hast, für dich und die Deinigen, wie es das Gesetz des Krieges erlaubt und verlangt. Nach der tödlichen Verheerung, die du unter unseren Leuten angerichtet hast, ist dir nebst vielen tapferen Rittern auch ein kleiner Prinz in die Hände gefallen, ein Schwager unseres erhabenen Herrn Sultan, der leibliche Bruder seiner Frau. Deshalb bitten wir dich im Namen seiner durchlauchtigsten Hoheit, daß du aus ritterlicher Gesinnung und Höflichkeit und in der Hoffnung auf das, was du am meisten liebst auf dieser Welt, sei es eine Frau oder Jungfrau, eine Witwe oder verheiratete Dame, dich gütig erweisen mögest, damit du, falls dir die Erfüllung der Liebe bisher versagt geblieben, recht bald dieses Glück genießt; falls deine ganze Liebe aber Gott allein gilt, deinem Schöpfer, du beim Abscheiden aus diesem irdischen Dasein einst einen Platz unter den Heiligen im Paradies erlangst. Hab also die Güte und geruhe, uns dieses Kind zu übergeben, von dem wir gesprochen haben. Und wenn du dies nicht aus Liebe tun willst, so biete uns den Gefangenen zum Freikauf an, nenne einen Preis, die Menge von Gold oder Silber, die dir angemessen scheint, und wir werden deine Forderung erfüllen.«

Nach diesem Satz verstummte Abdullah.

Den Wunsch, den der Gesandte offenbart hatte, beantwortete Tirant auf folgende Weise.

KAPITEL CXXXVII

Die Antwort, die Tirant dem Gesandten des Sultans gab

Anständiges Handeln kommt einen nicht teuer zu stehen, wenn es mit rechten Dingen zugeht und keine Hintergedanken oder krumme Absichten im Spiel sind; aber was für Folgen ein wohlgemeintes Verhalten nach sich zieht, ist jeweils Glückssache, und weil das Glück sich ohnehin nicht berechnen läßt, sollte man sich nicht allzusehr vor seiner Ungewißheit fürchten. Sich genau zu überlegen, was das eigene Handeln bewirken mag, steht allerdings einem jeden frei, und Besonnenheit ist alleweil etwas Löbliches. Ich für meine Person wünsche von ganzem Herzen, dem Sultan jede erdenkliche Ehre zu erweisen, soweit dies meinem Herrn, dem erhabenen und reichgesegneten Kaiser, nicht zum Nachteil gereicht. Und da du mich im Namen des Wesens, das ich am meisten liebe auf der Welt, beschworen hast, dir einen Gefangenen freizugeben, der sich in meiner Hand befindet, so will ich, derjenigen zu Ehren, die ich liebe und die es verdienen würde, über die ganze Welt zu herrschen, sowohl über euer Land wie über das unsrige, deinen Wunsch erfüllen und dir den erbetenen Gefangenen samt vierzig anderen überlassen. Was den übrigen Teil eurer Botschaft angeht, bedarf ich noch der Beratung. Meine Antwort hierauf sollst du später erhalten.«

Tirant ließ die Wärter kommen und befahl ihnen, mit den Gesandten zum Gefangenenlager zu gehen, sie einundvierzig Mann aussuchen zu lassen und ihnen diese Erwählten zu übergeben. Und wie er geboten, so geschah's.

Nachdem die Gesandten das Zelt verlassen hatten, sagte einer der griechischen Ritter, der über die Türken Bescheid wußte und diejenigen kannte, die als Hochgestellte ohne weiteres in der Lage waren, sich gegen eine hübsche Summe freizukaufen:

»Herr Kapitan, hier, vor all diesen Herren, möchte ich Euch auffordern, noch einmal zu überdenken, was Ihr zu den Gesandten sagtet, als Ihr ihnen das Recht einräumtet, nach eigenem Belieben einundvierzig Gefangene mitzunehmen. Es gibt unter diesen nämlich

Leute, die es sich durchaus leisten können, für ihre Freilassung jeweils fünfundzwanzig- oder dreißigtausend Dukaten zu bezahlen. Verhindert es, daß sie so billig davonkommen. Sorgt dafür, daß nur welche von den anderen ausgesucht werden, nur Habenichtse. Denn die Gesandten werden schon höchlich zufrieden sein, wenn sie mit dem einen Gefangenen heimziehen können, dem zuliebe sie gekommen sind.«

»Mein Herz fühlt sich um so wohler«, antwortete Tirant, »je kostbarer die Geschenke sind, die ich machen kann. Wer etwas schenken will, soll nicht Dinge hergeben, die geringen Wert haben, sondern solche Sachen opfern, die in den Augen der Leute als besonders wertvoll gelten oder den Glorienschein der Berühmtheit haben. Ich mache dieses Geschenk auf eigene Verantwortung, und ich tue dies in der Absicht, damit der Majestät des Herrn Kaiser einen Dienst zu erweisen.«

Hiermit war diese Angelegenheit für Tirant erledigt, und er wandte sich an all die Magnaten, die zugegen waren, um mit ihnen die neue Lage zu erörtern:

»Hocherlauchte Fürsten und Herren, wir haben vernommen, welchen Antrag der Sultan und der Großtürke uns machen. Habt die Güte und bedenkt, was für eine Antwort am ratsamsten wäre; ob die Waffenruhe, an denen ihnen gelegen ist, den Interessen der kaiserlichen Hoheit und dem Wohl unseres Gemeinwesens dienlich sein könnte.«

Als erster ergriff der Herzog von Makedonien das Wort. Er sagte:

»Hochwohlgeborene Herren, diese Frage geht vor allem mich an, mehr als euch alle zusammen, da ich der kaiserlichen Krone am nächsten stehe. Mein Rat und mein Wille ist, daß wir zustimmen; daß wir ihnen die Waffenruhe von sechs Monaten gewähren, um die sie ersuchen; auch für eine längere Frist, wenn sie das wollen; sogar auf einen Friedensschluß, falls ein solcher wirklich gewünscht wird, sollten wir eingehen, egal, ob dies dem Kaiser zusagt oder nicht. Wenn sie auch nur für zwei oder drei Jahre Ruhe geben wollen, bin ich schon zufrieden; denn in dieser Zeit könnten wir uns erholen und den Versuch unternehmen, ob sich die Feinde durch Bittgesuche dazu bewegen lassen, uns ein unabhängiges Leben zu

gewähren. Daraus könnten wir einen Vorteil ziehen, der nicht zu verachten wäre.«
Außerstande, sich das Gerede des Makedoniers länger anzuhören, fiel der Herzog von Pera ihm ins Wort. Die beiden waren sich ohnehin nicht grün, der Prinzessin wegen; denn jeder von ihnen erhob den Anspruch, sie zu seiner Frau zu machen. Schroff entgegnete der Herzog von Pera:
»Fortuna, die allezeit bereit ist, denen zu dienen, die sie suchen, hilft auf diese oder jene Weise mal den einen, mal den anderen, je nach ihrem Belieben. Nicht gewogen ist sie jedoch in aller Regel den Hoffärtigen, und dies deshalb, weil die Hoffart im Widerspruch zu allem Guten steht. Der Hochmütige will nicht seinesgleichen haben, und aus diesem Grund wurde Satan aus dem Himmel verstoßen. Viele hohe Herren sind mit dieser Haltung schon auf den Hund gekommen; und so wird es all denen ergehen, die auf die Hoffart bauen. Ich, meine Herren, bin der Meinung, daß wir aus Respekt vor den Pflichten, die wir gegenüber Seiner Majestät dem Herrn Kaiser haben, und im Interesse einer wirklichen Befriedung des gesamten Reiches, einer wahren Beruhigung all seiner Bürger, uns nicht darauf einlassen dürfen, den Feinden unseres Staates einen Frieden oder auch nur einen Waffenstillstand zu gewähren. Denn nachdem wir in dieser Schlacht einen Sieg errungen haben, wird es uns, mit der Hilfe des Herrn im Himmel, noch öfter gelingen, sie zu schlagen. Ich beuge mich jedoch dem Urteil der anwesenden hohen Herren, falls sie zu einem anderen Ratschluß kommen.«
Viele hielten es für das beste, Frieden zu machen oder einen Waffenstillstand zu vereinbaren, aber die meisten schlossen sich der Meinung des Herzogs von Pera an.
»Nun«, sagte Tirant, »nachdem ihr alle ausgedrückt habt, was ihr darüber denkt, ist es an mir, das entscheidende Wort zu sprechen. Dazu bin ich berechtigt und verpflichtet, weil ich es bin, dem mein Herr, der Kaiser, den Stab übergeben hat, der das Zeichen höchster Verantwortung ist.«
Und indem er dies sagte, überreichte er die Briefe, die ihm der Kaiser für den Konnetabel und die Feldmarschälle mitgegeben hatte.
Sobald diese die Schriftstücke gelesen hatten, fuhr Tirant fort:

»Als Stellvertreter der erhabenen Majestät des Herrn Kaiser sage ich euch, hochwerte Herren, daß ich mir keineswegs irgendeinen Vorteil davon verspreche, wenn wir diesem üblen Gezücht eine Waffenruhe gewähren würden. Nur das furchtbare Blutbad, das ihr als tapfere Ritter todesmutig unter ihnen angerichtet habt, veranlaßt sie jetzt dazu, ein Friedensabkommen oder einen Waffenstillstand für die Dauer von sechs Monaten zu beantragen. Ihr wißt ja genau, liebe Herren, daß sie diese lange Frist bloß deshalb vorschlagen, weil sie darauf hoffen, daß mittlerweile die genuesischen Schiffe eintreffen, die ihnen ständig Verstärkung bringen, eine Menge von Fußsoldaten und Berittenen. Sie könnten somit in dieser Zeit die schweren Verluste ausgleichen, die sie erlitten haben, und dieses Land mit einer solch ungeheuren Masse von Kriegsvolk überschwemmen, daß danach die gesamte Macht der Christenheit nicht mehr ausreichen würde, sie je wieder hinauszujagen. Im Augenblick sind sie entmutigt und sehen keine Chancen für sich, deshalb bitten sie um Frieden. Mir kommt dieses Angebot nicht zupaß, und eine Kampfpause wird es nicht geben. Wo und wann immer ich sie treffen kann, will ich sie angreifen, ihnen Schlacht um Schlacht liefern, bis sie entweder das gesamte Reichsgebiet räumen oder zu einem endgültigen Friedensschluß bereit sind.«
Da meldete sich der Herzog von Makedonien erneut zu Wort und sagte:
»Tirant, wenn Ihr keinen Waffenstillstand wollt – ich will ihn und werde mich dementsprechend verhalten. Und alle, denen ich etwas zu sagen habe, werde ich dazu anhalten, meinem Beispiel zu folgen und sich an keinem Kampf mehr zu beteiligen.«
»Herr Herzog«, sagte Tirant, »hütet Euch davor, dem Geheiß des Kaisers den Gehorsam zu verweigern. Andernfalls sehe ich mich genötigt, Strafmaßnahmen zu ergreifen und Euch als Gefangenen der Majestät des Herrn Kaiser zu überantworten. Mir wäre es sehr zuwider, wenn ich dies tun müßte; denn ich bin nicht hierher gekommen, um irgendwelche eigenen Ziele zu verfolgen; es geht mir einzig und allein darum, der Person des Herrn Kaiser zu dienen und den zu ehren, von dem mir soviel Ehre zuteil geworden ist, mehr als ich je verdient habe. Da mir aber die Verantwortung übertragen

worden ist, will ich mit ritterlichem Anstand meines Amtes walten. Und Ihr, Herr, der Ihr all Eure Lande verloren habt, trotz der Tapferkeit, die Euch eigen ist, tätet gut daran, wenn Ihr lieber mutig sterben als in schändlicher Dürftigkeit leben wolltet. Wenn Euch das nicht klar ist, so bedenkt die Worte, die Titus Livius, der berühmte Philosoph, in einer seiner Episteln schrieb: ›Jedweder Ritter, wer immer er auch sei, hat die Pflicht, drei Dinge auf dieser Welt zu wahren: Ehre, Güter und das Leben. Für die Wahrung der Ehre muß er die Güter und das Leben einsetzen. Zum Schutz seiner Güter muß er gegen alle, die ihn derselben berauben wollen, sein Leben wagen. Für das Leben, für die Rettung eines anständigen Daseins, muß er seine Ehre und all seine Güter aufbieten.‹ Das heißt, Herr Herzog, daß Ihr uns alle ermutigen solltet, beherzt die Schlachten zu schlagen, zu denen wir notgedrungen antreten oder aus freien Stücken drängen, um das Vaterland und Euer Erbe zurückzuerobern. Das müßtet Ihr wollen, statt zu versuchen, uns von unserem guten Vorsatz abzubringen.«

Da erhob sich der Herzog, die Augen voller Tränen, verließ das Zelt und begab sich zu seinem Feldlager. Tirant samt allen anderen suchte das seinige auf.

Er gebot, bei einer starken Quelle, die sich in unmittelbarer Nähe des Lagers befand, ein Sonnendach aufzuspannen und rings um das kristallklar sprudelnde Wasser viele Tische aufzustellen. An einer der Tafeln ließ der Generalkapitan die Gesandten Platz nehmen, und den Gefangenen, die er ihnen freigegeben hatte, wies er einen anderen Tisch zu, weiter unten, zur Linken; all die Herzöge und adeligen Herren aber forderte er auf, sich auf der rechten Seite niederzulassen. Dann wurden sie samt und sonders auf das beste bewirtet, mit Brathühnchen, Kapaunen und Fasanen, Reis, Kuskus und vielen anderen köstlichen Gerichten sowie erlesenem Wein. Die Gesandten fanden großes Gefallen an der Form solch feierlich-festlicher Tafelfreuden, wie sie Tirant den Herzögen und sich selbst bereiten ließ. Nachdem sich alle gesättigt hatten, ließ er als leckeren Nachtisch eingelegte Früchte reichen, die hübsch überzuckert waren und mit Malvasier aus Candia übergossen wurden.

Der Markgraf von San Giorgio fragte die Fremden, wieviel Mann sie in der letzten Schlacht verloren hätten. Sie antworteten, an die dreiundfünfzigtausend seien es wohl gewesen, die sie durch Tod oder Gefangennahme eingebüßt hätten. Hernach begaben sich alle zum großen Beratungszelt, und Tirant schickte einen Boten zum Herzog von Makedonien, um diesen fragen zu lassen, ob er nicht geruhen wolle, auch dorthin zu kommen, um den Bescheid zu vernehmen, den man den Emissären erteile; doch der Makedonier sagte, er könne nicht kommen.

Als all seine Heerführer mitsamt den Abgesandten der Feinde sich in dem großen Zelt versammelten hatten und Stille herrschte, hob Tirant an, die noch ausstehende Antwort zu geben, mit den folgenden Worten.

KAPITEL CXXXVIII

Wie Tirant auf die übrigen Punkte der ihm überbrachten Botschaft antwortete

Pflicht der Ritter ist es, Sinn und Ziel ihres Standes nie aus den Augen zu lassen und ehrenhaft kämpfend das Maß ihrer Tapferkeit zu erweisen. Ihr habt vergessen, welch hohen Ruf die Griechen von alters her besaßen; aber die Größe ihres Namens wird niemals vergehen, solange die Erinnerung an Troja weiterlebt. Und weil die Hoheit des Herrn Kaiser das Erbe der rechtschaffenen Ritterlichkeit jener ruhmreichen griechischen Kämpen von einst als wahrer Nachfolger übernommen hat, gebührt ihm ob seiner Würde und großen Menschlichkeit das Recht, über alle Könige des gesamten Erdkreises zu herrschen. Da aber nun der Sultan und der Großtürke, ohne Scheu vor Gott, ohne Scham vor dem Tadel der ganzen Welt, sowohl der gepeinigten Christen als auch der leidenden Muslime, sich erdreisten, wider allen Anstand und bar jeder ritterlichen Gesinnung mit Gewalt das oberste Herrscheramt und den Kaisertitel an sich zu reißen, bin ich, im Vertrauen auf die Hilfe Gottes, der alle Dinge kennt, fest davon überzeugt, daß Er mir den Mut und die Kraft verleiht, die mich befähigen werden, dem Sultan und dem Großfürsten den Todesstoß zu versetzen und so offenbar zu machen, welch abscheuliche Ruchlosigkeit sie gegen die Majestät des Herrn Kaiser begangen haben, indem sie den größten Teil seines Reiches raubten und ihm mit allen Mitteln auch noch den Rest zu entreißen suchen. In meinen Augen ist das ein grauenhafter, grausamer Frevel, mit dem sie ihre eigene Ehre beschmutzt, ihr eigenes Ansehen ruiniert haben. Und aus all den Gründen, die ich eben genannt habe, muß ich euch ersuchen, dem Sultan und dem Großtürken auszurichten, daß ich derzeit keineswegs bereit bin, ihnen Frieden oder einen Waffenstillstand zu gewähren, es sei denn, daß sie sich dazu herbeilassen, mit dem Blick gen Mekka und im Beisein all der rechten Ritter, die ein Gefühl für Ehre und Anstand haben, den Schwur zu leisten, daß sie samt allen ihren Truppen binnen sechs Monaten das gesamte Reichsgebiet räumen und alle besetzten Lande dem rechtmäßigen Herrscher zurückerstatten. Glaubt aber nicht, daß ich so rede, weil ich eure Herren unterschätze oder in irgendwelchen Hochmut verfallen bin. Nein, ich tue dies einzig und allein, um Gott nicht zu mißfallen; denn das Recht ist auf meiner Seite, auch wenn, wie ich weiß, die äußeren Umstände eher gegen als für mich sprechen und ich folglich viele Richter und wenige Verteidiger habe.«

Mit diesem Satz beendete er seine Rede.

Der Gesandte Abdullah Salomon erhob sich, um darauf zu antworten.

»O launisches, ungerechtes Schicksal!« sagte er. »Wie begünstigst du den frischerkorenen Generalkapitan und läßt ihn einen solchen Triumph erlangen wie diesen Sieg in der jüngsten Schlacht, der ihn mit Ruhm und Ehre überhäuft, sehr zum Schaden des muslimischen Volks und zur Schande seiner altgewohnten Übermacht! Um dein hochgemutes Herz in seiner Tapferkeit zu bestärken, Herr Generalkapitan, will ich dir zeigen, daß ich zwar ein Feind, aber nichtsdestominder ein Ratgeber bin, indem ich dich daran erinnere, wie und wodurch du das bewahren und mehren kannst, was die wetterwendische Fortuna dir an Ruhm und Ehre vergönnt hat, zum Lohn für die verwegene Kühnheit und Klugheit, die du als Feldherr in all deinen Taten erwiesen hast. Du solltest dich davor hüten, das glorreiche Ansehen, das jedem Ritter zukommt, der das Waffenhandwerk mit solcher Tüchtigkeit betreibt, leichtfertig zu verspielen. Die Römer von einst hätten sich mit dem Glückslos zufriedengegeben, das dir nunmehr zuteil geworden ist, mit diesem Triumph, der aufs deutlichste dein kämpferisches Können bezeugt und den großen Namen, den du hast, durch die Größe deiner wahren Tatkraft in den Schatten stellt. Denke nicht, ich würde wegen der Androhung neuer Schlachten weiterhin um Frieden bitten. Wenn du ein Abkommen verschmähst, so erwarte nur den Fünfzehnten dieses Mondes: da wird eine Masse von moslemischem Kriegsvolk hier erscheinen, die so gewaltig ist, daß keine Macht der Erde ihr widerstehen kann.«

Der weise Abdullah Salomon wandte sein Gesicht dem nahe vorbeiströmenden Fluß zu und sprach:

»O friedlicher Transimeno, wie ungetrübt schimmert vor meinen Augen dein helles Angesicht, wo schon in wenigen Tagen Ströme von Blut deine Fluten röten! Mit wütender Wucht wird das Getümmel der Streiter toben, und das Gerücht vom großen Gemetzel wird über die ganze Erde schallen. Was du beklagst, tapferer Feldherr, die Unbill, die deinem Kaiser widerfährt, braucht dich nicht zu verwundern; denn je stattlicher, je herrlicher und mächtiger ein Reich ist, desto größer ist der Neid, mit dem seine nächsten Nachbarn danach trachten, es in ihren Besitz zu bringen. Deshalb werden die Griechen stets erbitterte Feinde haben und in mörderischen Schlachten sich wieder und wieder ihrer Haut wehren müssen. Und es ist vermessen, nun zu fordern, wie du dies tust, daß so viele Könige und große Herren, die als Eroberer angerückt sind, jetzt aus Furcht vor dir oder den Griechen sich in ihre Heimatländer zurückziehen, nachdem sie bereits den größten Teil des Reichsgebiets an sich gebracht haben und nur noch ein kleiner Rest in euren Händen ist. Das Beste, was euch zu tun bleibt, ist wohl, daß ihr euch fest an euren Glauben klammert, wie sich das für rechte Christenleute geziemt.«

Er verabschiedete sich von allen, und als die Gesandten schon am Flußufer waren, überreichte Tirant einem jeden von ihnen ein wertvolles Geschenk, wofür sie sich herzlich bedankten.

Nachdem sämtliche Emissäre dann in dem kleinen Boot den Fluß überquert hatten, gab Tirant den Befehl, Diafebus solle sich in der kommenden Nacht mit einem großen Geleit von Fußsoldaten und Berittenen samt allen Gefangenen auf den Weg nach Konstantinopel machen.

Kaum in die Nähe der Stadt gelangt, gewahrte Diafebus, daß die ganze Einwohnerschaft, sowohl Männer wie Frauen, ihm auf Wegen und Stegen entgegenströmte, um die Gefangenen zu sehen, die man mitbrachte. Und als sie auf den großen Platz kamen, standen der Kaiser und alle Damen des Hofes an den Fenstern des Palastes. Mit Stricken zusammengebunden, zogen die gefesselten Feinde, einer hinterm andern, in langer Schlange am Schloß vorüber, gefolgt von den erbeuteten Fahnen des Sultans und der anderen Heidenfürsten, Flaggen, die man zum Zeichen des Sieges als Schleppen durch den Straßenstaub schleifte. Der Kaiser und alle anderen erkannten, daß Tirant einen Sieg errungen hatte; stürmisch feierte man die Ritter, und die Freude über das Gelungene machte sich Luft in triumphalem, ausgelassenem Jubelgeschrei. Diafebus aber überantwortete dem Kaiser viertausenddreihundert Gefangene als Geschenk Tirants, dessen Großmut und ritterliche Noblesse sich durch diese Freizügigkeit den Griechen klar zu erkennen gab. Der Kaiser ließ die Sarazenen alsbald abführen und in sicheren Gewahrsam bringen.

Anschließend begab sich Diafebus hinauf ins Schloß, um dem Kaiser, der Kaiserin und der erlauchten Prinzessin seine Ehrerbietung zu erweisen; hernach begrüßte er reihum die versammelten Damen. Der Kaiser ließ ihm auf der Stelle die Rüstung abnehmen und gebot, ihm ein mit Gold und Perlen besticktes Staatsgewand zum Anziehen zu geben, eine bis zum Boden reichende Robe, damit er sich nicht erkälte. Er hieß ihn Platz nehmen, vor seinem Herrscherstuhl, auf einem Schemel, wo ihn die Damen sogleich umringten, und forderte ihn auf, alles zu erzählen, was sie seit dem Tag ihres Auszugs bis zum heutigen Tag getan und erlebt hätten. Ihr könnt getrost glauben, daß Diafebus dabei nichts von dem vergaß, was zum Lobpreis und zur höheren Ehre Tirants gereichen mochte. Und es erübrigt sich wohl die Frage, welches Glücksgefühl der Kaiser empfand, als er die Schilderung solch einzigartiger Taten vernahm; so beglückt jedoch der Kaiser war, die Prinzessin war es noch viel mehr. Und Diafebus wurde an diesem Abend fürstlich bewirtet im Palast; mit

allem, was er brauchte, wurde er reichlich versehen, desgleichen all seine Diener. Und sie ließen sich nur von Jungfrauen bedienen, niemand sonst durfte sie an der Tafel verwöhnen.
Nach dem Abendessen ergriff der Kaiser die Hand seiner Tochter Karmesina, und Diafebus nahm den Arm der Kaiserin; gemeinsam gingen sie in ein Gemach, das man für Diafebus hergerichtet hatte; alle Damen kamen hinterdrein, und alle bekundeten dem Ritter aufs schönste ihre Verehrung. Diafebus kniete nieder auf den harten Boden und dankte dem Kaiser sowie der gesamten Damenschar herzlich für die hohe Ehre, die sie ihm erwiesen. Und bis gegen Mitternacht blieben sie beisammen und redeten vom Krieg, wobei der Kaiser sich erkundigte, welche Pläne der Generalkapitan hege. Und Diafebus sagte ihm, es sei gewiß unvermeidlich, daß man schon in wenigen Tagen eine große, grimmige Feldschlacht zu bestehen habe. Um dem Krieger die nötige Bettruhe zu gönnen, zog sich der Kaiser mitsamt den Damen zurück und erlaubte es nicht, daß Diafebus das Gastgemach verließ.
Am nächsten Morgen ließ der Kaiser die Anzahl der Gefangenen feststellen und errechnete den Betrag, der sich bei einem Preis von fünfzehn Dukaten pro Mann ergeben würde. Aus seinem Schatz holte er die entsprechende Menge von Münzen und händigte sie Diafebus aus, damit dieser sie dem Generalkapitan übergebe.
Sobald die Prinzessin bemerkte, daß Diafebus frei von Verpflichtungen war, ließ sie ihm ausrichten, er möge doch in ihr Gemach kommen. Und Diafebus selbst hatte keinen sehnlicheren Wunsch, als mit ihr reden zu können, mit ihr und Stephania, in die er heftig verliebt war. Kaum erblickte ihn die Prinzessin, da fragte sie hastig:
»Liebster, bester Bruder, was für Nachrichten bringt Ihr mir von jenem tapferen Ritter, der mein Herz gefangenhält? Wann kommt der Tag, an dem ich ihn wiedersehe und ihn an meiner Seite haben kann, ohne mich ängsten zu müssen? Wahrlich, Ihr dürft mir glauben, daß ich nichts auf der Welt so innig ersehne wie die Möglichkeit, ihn leibhaftig zu sehen. Ich bin mir freilich darüber im klaren, daß er gewiß sehr wenig an mich denkt. Aber seine Versäumnisse, das Versagen, das durch seine Wesensart bedingt ist, will ich wett-

machen mit um so größerer Liebe. Wenn Ihr nicht taub und verstockt seid, müßt Ihr zugeben, daß ich recht habe und die reine Wahrheit sage.«

Diafebus gab ihr zur Antwort:

»Die liebenswürdigen Worte, die Eure durchlauchtigste Hoheit soeben zu äußern geruhte, hätten das Herz dieses vortrefflichen Ritters erfreut, wenn es ihm vergönnt gewesen wäre, sie zu hören; sie hätten sein Gemüt so entzückt, daß es sich nun in den siebten Himmel entrückt fühlen würde. Denn der Ruhm Eures Namens überstrahlt alles, was die übrigen Jungfrauen dieser Welt an Schönheit, Tugend, Anmut und Würde besitzen mögen; und ich wäre nicht imstand, mit Worten oder Werken angemessen die Huld zu vergelten, die Eure Durchlaucht ihm so großherzig entgegenbringt mit dem Angebot Eures eigenen edelmütigen Wesens. Darum sage ich Euch schlicht und demütig Dank, im Namen des tapferen Tirant, und bitte Eure Hoheit meinerseits, mich mit Leib und Seele in Euren Dienst stellen zu dürfen, mich alles, was ich bin und habe, für Eure Majestät aufs Spiel setzen zu lassen, ungeachtet jeglicher Gefahr; und ich verspreche Euch, bei allem, was mir heilig ist, daß ich Euch stets in niemals wankender Treue ergeben bin. Erstaunt hat mich freilich die verletzende Bitterkeit, mit der Eure Majestät den Vorwurf erhoben hat, es mangele ihm an Liebe, ihm, der voll lauterer Liebe ist. Seiner angeborenen Wesensart mangelt es an gar nichts, weder an Liebe noch an Ehrgefühl noch an irgend sonst etwas, auf das Ihr Wert legt und dessen Fehlen eine Enttäuschung für Eure Hoheit bedeuten müßte. Und wenn Eure Hoheit wüßte, welche Mühsale er auf sich nimmt aus Liebe zu Euch, würdet Ihr ihm keinerlei Vorwürfe machen, sondern es ihm hoch anrechnen, was alles er Euch zuliebe tut. Denn Tag für Tag harrt er bis nach Mitternacht in voller Rüstung aus, kampfbereit gewappnet, als gälte es jeden Augenblick, sich sogleich in die Schlacht zu stürzen. Während alle im Feldlager schlafen und sich ausruhen, hält er sich wach und macht seine Runden rings um das Lager, oftmals durchnäßt vom Regen, der ihm über den Rücken rinnt. Kommt er zu den Zelten seiner eigenen Mannschaft, so tritt er bei mir ein und beginnt sogleich, mit mir über Eure Hoheit zu reden; und wenn ich ihm einen besonderen Gefallen

erweisen will, so stelle ich ihm zwei Stunden meiner Lebenszeit zur Verfügung, zwei kostbare Nachtstunden, in denen von der ersten bis zur letzten Minute Eure Majestät gegenwärtig ist. Und wenn er in den Kampf zieht, ruft er nicht irgendeinen Heiligen an, sondern läßt den Namen Karmesina erschallen. Oft schon habe ich ihn gefragt, warum er immer nur ›Karmesina!‹ rufe und nicht auch einen anderen Heiligen um Beistand im Streite bitte. Darauf sagte er stets, das werde er niemals tun: ›Denn wer vielen dient, der dient keinem.‹«
Mit innigem Wohlgefallen vernahm die Prinzessin, was Diafebus ihr von Tirant erzählte. Stephania aber sagte:
»Nachdem ihr beiden nun geredet habt, komme ich an die Reihe. Habt die Güte, Herrin, und sagt mir – wer wäre würdig, eine Kaiserkrone zu tragen, wenn nicht Tirant? Wer wäre würdig, Euer Gemahl zu werden, wenn nicht Tirant? Ihr, Herrin, habt das Heil in Euren Händen und wollt es nicht festhalten. Eines Tages werdet Ihr das bereuen; denn allemal gilt es, den zu lieben, der uns liebt. Ich weiß genau, daß Tirant Eure Hoheit nicht der Reichtümer wegen liebt, die Ihr habt, auch nicht Eures hohen Standes wegen. Wißt Ihr, weswegen er Euch liebt? Um der Tugenden willen, die Euch eigen sind. Was sucht Ihr noch, arme Herrin? Auf der ganzen Welt werdet ihr keinen Ritter finden, der sich mit ihm messen könnte. Und Euer Vater wünscht nichts sehnlicher, als Euch verheiratet zu sehen. Welchen Mann könntet Ihr bekommen, der besser wäre als dieser Jüngling, der so tüchtig ist, so wagemutig im Kampf, so großzügig, so beherzt, so klug, so geschickt in allen Dingen wie kein zweiter? Warum ließ Gott nicht mich als Kaisertochter zur Welt kommen, so daß Ihr Stephania wäret und ich Karmesina? Ich versichere Euch: Nichts, was zu mir gehört, nichts von meinem Leib und Leben würde ihm verweigert; und wenn er mir den Rock höbe, würde ich verstohlen mein Hemd lüpfen, ihm zuliebe, damit er sattsam habe, wonach ihn gelüstet. Wenn Eure Hoheit irgendeinen ausländischen König nimmt – wißt Ihr dann, ob er Euch nicht das Leben zur Hölle macht? Wollt Ihr aber einen aus unserem Lande nehmen, einen Griechen, so muß ich Euch vor meinem eigenen Stiefvater warnen, der als höchstrangiger Anwärter zwangsläufig das Vorrecht hätte: Wenn Euch nach Minnespielen zumute wäre, würde er schnarchen;

wenn Ihr Lust zum tuscheln hättet, würde er schlafen wollen. Entscheidet Ihr Euch jedoch für den Herzog von Pera, dann habt Ihr einen, dessen Alter dem Eurigen nicht entspricht. Was Eure Hoheit braucht, das ist ein Mann, der die Kraft hat, Euch und das ganze Reich vor allem Unheil zu bewahren; der in der Lage ist, es zu verteidigen und seinen Bestand zu mehren, wie er dies tut. Er ist der rechte Mann, der Euch kreuz und quer durch die Kammer treibt, von einer Ecke zur anderen, mal splitternackt, mal im Hemd.«
Die Prinzessin lachte lauthals über die Worte Stephanias. Diafebus sagte:
»Verehrte Stephania, habt die Güte und sagt mir ehrlich – falls Tirant das Glück hätte, daß die Prinzessin ihn als Gemahl nähme, wen würden dann Euer Gnaden nehmen?«
»Diafebus, lieber Herr«, antwortete Stephania, »ich versichere Euch: Wenn die Prinzessin dank der Fügung eines holden Geschicks die Ehefrau Tirants wird, nehme ich mit Fug und Recht dessen nächsten Verwandten.«
»Falls die verwandtschaftlichen Bande entscheidend sind, würde dies folgerichtig besagen, daß ich von Rechts wegen der Bevorzugte sein müßte, zumal ich Euer Gnaden ohnehin ergeben bin, Euch so in Treue anhange, wie dies Tirant im Dienst der Majestät Ihrer kaiserlichen Hoheit tut, deren Schönheit und Würde die ganze Welt in ihren Bann schlägt. Ich bitte Euch also um die Gunst, mich als Oberkammerherrn Eurer Kammer anzunehmen und zur Bestätigung meiner Stellung mir einen Kuß zu geben.«
»Es wäre weder recht noch schicklich, wenn ich irgend etwas dergleichen zu Euren Gunsten täte, ohne Geheiß meiner Herrin, die mich von Kindesbeinen an umsorgt hat; dies wäre ungehörig, besonders im Beisein Ihrer Majestät.«
Diafebus kniete auf den harten Boden nieder, und mit gefalteten Händen flehte er so fromm und demütig, als wäre sie eine Heilige aus dem Paradies, die Prinzessin an, sie möge es doch zulassen, daß er einen Kuß erhalte. Doch so inniglich er auch flehte – die gewünschte Erlaubnis blieb ihm versagt.
Stephania sagte:
»Welch grausame Hartherzigkeit! Niemals hat sich dieses mitleid-

lose Gemüt erweichen lassen, so inständig und beharrlich man auch Ihre Majestät anflehte. Alle Freude und Zufriedenheit ist mir verwehrt, solange es meinen Augen nicht vergönnt ist, die Gestalt des glorreichen Tirant zu erblicken.«

»Ach, Diafebus, lieber Bruder!« stöhnte die Prinzessin. »Bedrängt mich doch nicht mit unziemlichen Bitten. Es wird Euch nicht gelingen, die tugendhaften Grundsätze meines Herzens umzustoßen.«

Und noch während sich die dreie am Hin und Her dieses reizvollen Wortwechsels vergnügten, ließ der Kaiser Diafebus zu sich rufen, um ihn zu ersuchen, er möge so rasch wie möglich aufbrechen und sich zurück ins Feldlager begeben.

Da kamen Küstenwächter und meldeten dem Kaiser, daß sich fünf große Schiffe von Osten näherten. Der Herrscher, der befürchtete, es könnten genuesische Schiffe sein, bewog nun Diafebus, an diesem Tag noch nicht abzureisen, und befahl, sämtliche im Hafen liegenden Fahrzeuge der eigenen Flotte so stark wie möglich zu bemannen. Als dann die fremden Schiffe anlegten, erfuhr man, daß sie im Auftrag des Großmeisters von Rhodos kamen und gewappnete Mannen brachten. Der gute Prior von Sankt Johann kam an Land, gefolgt von vielen Rittern, die das Zeichen des Weißen Kreuzes auf der Brust trugen. Diafebus stand mit all seinen Leuten auf der Mole, um die Ankömmlinge zu erwarten. Als die beiden Anführer sich gegenseitig aus der Nähe sahen, erkannten sie einander; Diafebus begrüßte die zur Hilfe Herbeigeeilten mit tiefer Ehrerbietung, und gemeinsam begaben sich alle zum großen Palast des Kaisers, den sie antrafen, als er sich eben zur Audienz auf seinen Thron gesetzt hatte. Und der Prior von Sankt Johann begann, nachdem er dem Herrscher seine Reverenz erwiesen hatte, die folgenden Worte an ihn zu richten.

KAPITEL CXXXIX

Wie der Prior von Sankt Johann den Kaiser anredete

Erlauchtester Herr, wir kommen auf Geheiß des hochwürdigen und tugendreichen Herrn Großmeister von Rhodos. Er hat uns hierher gesandt, weil es ihm zu Ohren kam, daß jener berühmte, großherzige Ritter, der Beste all der Guten, Tirant lo Blanc, in den Diensten Eurer erhabenen Majestät stehe, als Generalkapitan und oberster Befehlshaber des gesamten griechischen Imperiums. Deshalb schickt mein Herr, der Großmeister, ihm hiermit einen Hilfstrupp, zweitausend Streiter zu Fuß und zu Pferde, besoldet für fünfzehn Monate im voraus, auf daß er Eurer Hoheit noch wirksamer dienen könne. Es würde mich freuen, wenn ich erfahren dürfte, wo er sich derzeit aufhält.«

Den Kaiser erfüllte die Ankunft der Helfer mit großer Freude, er umarmte den Prior und hieß all seine Mannen herzlich willkommen. Mit höflicher Aufmerksamkeit begrüßte er einen jeden, bekundete seinen Dank für das selbstlose, edelmütige Mitgefühl des Großmeisters und gebot, den Gästen wohlausgestattete Unterkünfte zu bieten und sie mit allem zu versehen, was für ein menschenwürdiges Leben erforderlich ist.

Nachdem sie sich vier Tage ausgeruht hatten, brachen sie auf, um sich, geleitet von Diafebus, auf den Weg zum Feldlager zu machen. Als sie nur noch fünf Meilen davon entfernt waren, erfuhren sie, daß Tirant ausgerückt sei, um einen festen Ort einzunehmen, und sie hörten auch schon die Einschläge der schweren Steinkugeln seiner Bombarden.

Sobald Tirant sah, daß ein großes Stück der Wehrmauer unterm Geschmetter der Treffer zusammenbrach, sprang er vom Pferd und rannte zu Fuß voran, um durch die Bresche zu stürmen. Dabei kam er der Mauer so nahe, daß ein herabsausender mächtiger Steinbrocken seinen Kopf traf und ihn zu Boden warf. Seine Leute hatten große Mühe, ihn aus dem Graben heraufzuholen, und als sie eben damit beschäftigt waren, erschienen der Prior und Diafebus vor der Stadt.

Die Türken, die darin saßen, waren entsetzt, als sie plötzlich eine solche Heeresmasse heranreiten sahen, und fühlten all ihre Hoffnungen schwinden. Richard aber setzte, sobald er Tirant in Sicherheit gebracht und hinlänglich versorgt hatte, den Angriff fort, berannte wütend die Stadt, und mit dem herrlichen Schwung ihrer geballten Gewalt drangen die Stürmenden ein. Die Türken, die aussichtslos auf verlorenem Posten fochten, waren wild entschlossen, lieber zu sterben, als klein beizugeben. In ihrem verzweifelten Ingrimm hielten sie es für ihren letzten Triumph, möglichst viele Christen niederzumachen, und sie widmeten sich diesem Wahn mit grausam eifernden Händen, obwohl sie wußten, wie fern der Wahrheit und bar der Gerechtigkeit ihr sinnloses Wüten war. Jeder von ihnen jedoch, den die Eroberer antrafen, wurde gnadenlos zu Tode gebracht, und so endeten schließlich alle, durchbohrt vom furchtbar richtenden Stahl. Der Prior von Sankt Johann war noch eben zur rechten Zeit gekommen, um den Sturm auf die Stadt zu verstärken, und seine Leute erlangten Anteil an der Beute, was ihnen als verheißungsvolles Zeichen künftiger Siege erschien.
Sie begaben sich zu der Stelle, wo man Tirant gebettet hatte, und wollten ihm ausrichten, was ihnen vom Großmeister aufgetragen worden war. Vor der Lagerstatt des Verwundeten stehend, sagte der Prior die folgenden Worte.

KAPITEL CXL

Die Botschaft, welche der Prior von Sankt Johann Tirant übermittelte

Wie alle, die sich der wahren ritterlichen Art des Waffenhandwerks widmen, kann ich nicht umhin, mit Bewunderung den wachsenden Ruhm zu verfolgen, den Ihr, Herr Tirant, weltweit erworben habt mit den großartigen Taten, die Ihr ständig als tapferer, tugendhafter Ritter zur Rettung der Bedrängten vollbringt. Euch ist es zur edlen Gewohnheit geworden, so zu handeln – was furchtsame Gemüter nicht begreifen werden, weil sie die Gefahren, denen sie sich aussetzen sollten, um etwas für ihre Ehre zu tun, niemals in diesem Lichte sehen. Doch die Erfahrung lehrt, daß für einen, der sich dem Geist des Ritterordens verpflichtet weiß, stets dort die größte Ehre zu gewinnen ist, wo die größten Gefahren drohen. Und Euer Gnaden trotzen stets der größten Gefahr, um die größte Ehre zu erlangen, weil es Euer Wunsch ist, den glorreichen Rittern des Altertums zu gleichen, deren Ruhm niemals verblassen kann. Deshalb erstrahlen Eure tapferen Taten in einem Glanz, der würdig ist, ewig im Gedächtnis der Menschheit zu währen. Im klaren Bewußtsein dieser Tatsache hat mein Herr, der hochwürdige und tugendhafte Großmeister von Rhodos, der Euch zu großem Dank verpflichtet ist, weil Ihr ihm selbstlos beigestanden habt, als er und sein ganzer Orden auf das schlimmste bedroht waren, mir den Auftrag erteilt, als Anführer von zweitausend Mann, Berittenen und Fußvolk, hierher zu reisen, begleitet von diesen Rittern seines Ordens. Wir sind willens, uns Eurem Befehl zu unterstellen und in striktem Gehorsam alles zu tun, was Ihr zu gebieten geruht.«

Tirant bedankte sich für die Wertschätzung und noble Unterstützung, die der Großmeister und seine Kämpen ihm bekundeten. Nur mit großer Mühe konnte er dies ausdrücken, denn wegen der heftigen Schmerzen, die er am Kopf verspürte, war er fast nicht fähig zu sprechen. Die Ärzte kamen, nahmen ein paar Hammelköpfe, die sie in gutem Wein sieden ließen, und tränkten mit dem Sud ein paar Wergballen, die sie ihm auf den Kopf legten. Und schon am nächsten Morgen fühlte er sich wohlauf.

Man überließ die Stadt einer starken Mannschaft von Einheimischen, auf die Verlaß war, denn sie hatten die harte, grausame Herrschaft der Türken gründlich satt. Das ganze Heer zog sich in das Feldlager zurück, wo sämtliche Krieger einige Tage ausruhen konnten. Am Fünfzehnten des Monats aber erschien die große Sarazenenarmada, wie die Gesandten dies angekündigt hatten, und rückte vor bis dicht an die Brücke: Die Feldlager der beiden feindlichen Heere wurden nur durch den Fluß getrennt; die Brücke zwischen ihnen war zerstört. In vorderster Linie befand sich das Bataillon des Großtürken, das von seinem Sohn befehligt wurde, weil er selbst noch immer an der Kopfwunde litt, die er vormals erhalten hatte. Hinter dieser Vorhut folgte der König von Asien mit seinem Bataillon; dann das des Königs von Kappadokien; in tief gestaffelter Ordnung waren weiterhin postiert: das Bataillon des Königs von Armenien und das Riesenaufgebot des Königs von Ägypten, der ein überaus tüchtiger, todesmutiger und kampferprobter Ritter war, ein hervorragender Streiter, der an kriegerischer Tatkraft und Unternehmungslust nicht seinesgleichen hatte unter all den Sarazenen. Ferner folgten noch viele Bataillone vieler anderen großen Herren: als Verbündete waren da der Sohn des Herzogs von Kalabrien, der Herzog von Amalfi, der Graf von Monturio, der Graf von Caserta, der Graf von San Valentino, der Graf von Borgenza, der Graf Alacri, der Graf von Fundi, der Graf von Aquino, der Graf von Moro und noch viele andere Grafen und Barone, die in den Sold des Großtürken und des Sultans getreten waren. Tagtäglich bezahlten diese für jeden Lanzenreiter einen halben Dukaten, für jeden Fußsoldaten einen halben Gulden. Nachdem alle sich eingefunden hatten, hielt man eine Zählung ab und stellte fest, daß man über zweihundertsechzig Bataillone verfügte.

Als die Zelte aufgeschlagen waren, ließen die Feldherren ihre Bombarden in Stellung bringen. Und gleich am nächsten Tag schossen die Sarazenen so oft und feuerten solche Mengen gewaltiger Steinkugeln über den Fluß, daß Tirant sich genötigt sah, sein Lager zu verlegen, auf einen Berg, der ganz in der Nähe des Flusses sich erhob und an dessen Hängen es viele Quellen mit köstlich klarem Wasser und weite Wiesen gab. Manchmal feuerten alle Geschütze zur selben Zeit, so daß, mochte die Sonne auch noch so hell scheinen, Erde und Himmel sich schlagartig verfinsterten. Die Feinde verfügten nämlich über mehr als sechshundert Bombarden, obwohl sie doch bei der Schlappe, die sie durch den Überfall auf ihr früheres Lager erlitten hatten, vieler Geschütze beraubt worden waren.

Als die Leute Tirants diese ungeheure Ansammlung feindlicher Heeresmassen gewahrten, erstarrten sie vor Staunen und Entsetzen angesichts der unüberschaubaren Menge von Kriegern zu Fuß und zu Pferde. Und nicht wenigen unter den Griechen wäre es lieb gewesen, wenn sie sich hundert Meilen entfernt von diesem Ort des

Schreckens befunden hätten; doch es gab auch andere, die sich keck ein Herz faßten, ermutigt von dem Gedanken, daß sie ja einen trefflichen Feldherrn hätten, der sie nicht zu kurz kommen ließe. Und in der Tat gab Tirant das Geld, das ihm der Kaiser als Preis für die Gefangenen durch Diafebus hatte überbringen lassen, nunmehr zwei Grafen, damit sie es unter den Mannen seines Heeres verteilten. Jeder Krieger sollte seinen Anteil bekommen, für sich selbst aber wollte Tirant nicht eine einzige Münze behalten. Und auf den Einwand, das dürfe doch nicht wahr sein, sagte er:
»Mein sei die Ehre, euer der Gewinn.«
Als der Sultan sah, daß es unmöglich war, den Fluß zu überqueren, und die Christen anzugreifen, befahl er, die Brücke unverzüglich instand zu setzen. Kaum hatte Tirant bemerkt, was die Sarazenen da ins Werk setzten, ritt er, begleitet von nur vier Mann, eine Meile flußaufwärts bis zu einer großen Brücke, die ganz aus behauenen Steinen erbaut war. An deren beiden Enden ragte jeweils ein mächtiger Felsblock als natürliche Barriere empor, und auf jedem dieser zwei Felsen, die den Zugang bewachten, stand eine kleine Burg. Vormals, bei der Eroberung dieser Gegend durch die Truppen des Sultans, war derselbe auch zu dieser Brücke gelangt, aber der Ritter, welcher der Herr jener zwei Burgen war, hatte ihn abgewiesen und sich zu keinem Zeitpunkt darauf eingelassen, mit ihm gemeinsame Sache zu machen, mochten die ihm versprochenen Belohnungen auch noch so hoch sein; denn er war fest entschlossen, die Treue und Dankbarkeit, die er Gott und seinem angestammten Oberherrn, dem Kaiser, schuldete, nie und nimmer zu vergessen. Im Gegenteil: von den Burgen aus, welche die Brücke sicherten, machte er zahlreiche Überfälle auf die Dörfer und Städte, deren sich die Ungläubigen bemächtigt hatten. Und eben dieses Verhalten des Burgherrn war auch der Grund, weshalb der Sultan sich gezwungen sah, jetzt die Holzbrücke wieder passierbar zu machen, um seine Streitmacht über den Fluß zu bringen und das restliche Reich vollends zu erobern.
Als Tirant nun zu der Burg gelangte, redete er mit jenem Ritter, der den Beinamen ›Grimmiger Nachbar‹ erworben hatte und dessen Sohn ein überaus tüchtiger und tapferer Jüngling war. Der Vater

hatte die eine Burg inne, der Sohn die andere. Jeder der beiden besaß dreißig Streitrosse, und sie waren durch die Kriegshändel steinreich geworden. Der Sohn befreundete sich sogleich aufs herzlichste mit Tirant und wich kaum einen Augenblick von seiner Seite. Dieser junge Mann, der Hippolyt hieß, bat, inständig unterstützt von seinem Vater, den Bretonen, der dort als sagenhaft kühner, siegesgewohnter Kämpe bekannt war, er möge doch geruhen, ihm den Ritterschlag zu erteilen. Und Tirant vollzog auf der Stelle und mit Freude die ehrenvolle Zeremonie.

Anschließend beschaffte er Holz; er begab sich in einen nahen Wald, wo er viele Bäume fällen ließ, die dürrsten, die da zu finden waren. Nachdem man dann die Breite des Flusses gemessen hatte, nahmen sie die nackten Stämme und stückten sie mit großen Eisenklammern so zusammen, daß ihre Länge fast dem vorher festgestellten Maß der Strömungsbreite entsprach. Diese Stangen schleppten sie ins Wasser, fügten sie dicht unterhalb der Steinbrücke aneinander und nagelten nun auf die parallel gelegten Langhölzer als Querverbindung eine Reihe kurzer, dicker Bohlen, über denen sie noch eine Lage starker Planken anbrachten, die das Floß in seiner ganzen Länge bedeckte, als wäre es eine schwimmende Brücke. Das ganze Gebilde wurde gründlich verpicht, indem man es mit einer Unmenge von Pech übergoß. Als auch das geschehen war, versahen sie die beiden Enden ihres Bauwerks mit je einer Kette und überdeckten die ganze Fläche des Pontons mit einer gewaltigen Ladung von Reisig und Laub. Nichts von dem, was der Zweck erforderte, wurde vergessen.

Wenig später, als die Sarazenen, weiter unten am Fluß, es geschafft hatten, die zerstörte Holzbrücke wieder benutzbar zu machen, begannen die moslemischen Fußtruppen Zug um Zug zaghaft hinüberzurücken. Sämtliche Bombarden waren zuvor geladen worden, damit sie, falls die Christen zur befürchteten Gegenattacke antreten sollten, der eigenen Vorhut Feuerschutz geben und den Übergang verteidigen könnten. Die Leute Tirants sahen mit Entsetzen, daß die Feinde den Fluß überquerten; doch der Mut, den das Vorbild des Bretonen ihnen einflößte, beruhigte sie einigermaßen. Er ließ die Trompeter das Signal zum Aufsitzen blasen und verlegte schleunigst sein Feldlager in die Nähe der Steinbrücke. Die Sarazenen aber

wähnten, als sie die rasche Räumung des griechischen Lagers bemerkten, die Christen seien in Panik verfallen und wollten fliehen, weshalb die Ungläubigen ihren Vorstoß ans andere Ufer in keckerem Tempo fortsetzten.
Sobald der Sultan und der Großtürke samt all ihren Heeresmassen den Strom überquert und die einzelnen Bataillone sich wieder zur korrekt gestaffelten Schlachtordnung formiert hatten, nahmen sie die Verfolgung der Christen auf. Kaum aber kamen sie in deren Nähe, da zog sich Tirant mit den Seinigen über die Steinbrücke auf das andere Ufer zurück und ließ seine Mannen dort kampieren. Angesichts der Tatsache, daß Tirant nach drüben ausgewichen war, machten die Sarazenen kehrt und eilten zu ihrer Holzbrücke zurück. Nachdem sie diese überquert hatten, marschierten sie erneut flußaufwärts, um ihn zu stellen und zur Schlacht zu zwingen. Doch als er sie anrücken sah, ließ er alles Zeug zusammenpacken und zog um, auf die andere Seite. Dieses Hin und Her ging volle drei Tage so weiter.
Da hielten die Sarazenen Rat und überlegten, was zu tun sei. Der eine empfahl dies, der andere das, und als der König von Ägypten an der Reihe war, sagte dieser als ein Mann von wahrhaft ritterlich kühnem Geist zu seinen zerstrittenen Ratsgenossen, die sich in ihrer Verwirrung immer weiter auseinandergeredet hatten, die folgenden Worte.

KAPITEL CXLI

Welchen Plan der König von Ägypten dem versammelten moslemischen Kriegsrat vortrug

Wenn wir weiterhin so herumhadern, werden wir nie zu einem vernünftigen Schluß kommen. Das Ergebnis solchen Disputierens wird nur sein, daß aus dem einen Problem, das wir haben, ein wirrer Schwarm von weiteren Problemen aufschwirrt. Eure Art, die Dinge zu erörtern, macht nur eines klar: daß ihr offensichtlich mißachtet, worauf es im Kriege ankommt. Um unserer heutigen Aufgabe gerecht zu werden, müssen wir diesem Palaver ein Ende setzen. Es geht darum, ein doppeltes Ziel zu erreichen. Mal sehen, ob ihr das schafft – dank rechter Erkenntnis dessen, was geboten ist, und das heißt zugleich: aus wohlbegründeter Furcht, andernfalls Schimpf und Schande zu ernten. Es kann euch durchaus gelingen, dieses Ziel zu erreichen, wenn ihr endlich aufhört mit dem Gezänk. Ich will euch sagen, welchen Weg wir einschlagen müssen, um Freiheit und Ehre zu erlangen. Solltet ihr freilich so wenig Schamgefühl haben, daß ihr die Wege zur Freiheit und zum erhofften Sieg verbarrikadieren wollt, Wege, die jedem offenstehen, der sie zu erkunden vermag – so wißt, daß ich auf jedwede Ehre pfeife, die gefahrlos zu erwerben ist. Deshalb bitte ich euch, mir hunderttausend Mann zu überlassen. Ich werde mit ihnen auf die andere Seite des Flusses gehen, während ihr am hiesigen Ufer verharrt. Und wenn ich dann drüben mit den Feinden handgemein werde, eilt ihr so schnell wie möglich hinüber, um mir zu Hilfe zu kommen. Auf diese Weise können wir den Sieg erringen, den wir uns wünschen. Welchen Ausgang die Sache nimmt, darüber wird das Schicksal entscheiden, wie immer. Aber da wir die Gewißheit haben, daß wir über eine weit größere Anzahl von Streitern verfügen als sie, sollten wir nicht zögern, sie mit dieser Strategie zur Schlacht zu zwingen. Es liegt jedoch in den Händen eines jeden einzelnen von euch, ob dieser Vorschlag angenommen oder verworfen wird, und das ist gut so.«

All die Heerführer und großen Herren stimmten dem Plan des Königs von Ägypten begeistert zu, nur der Sultan machte einen Einwand:

»Alles auf der Welt ist fraglich, nichts eindeutig, immer geht es mehr um Meinungen als um Fakten. Und mir widerstrebt es, den Anschein zu erwecken, als ob ich mit der unritterlichen Absicht übereinstimmen würde, die Ihr zu erkennen gabt, als Ihr bedenkenlos sagtet, daß Ihr mit hunderttausend Mann über die Christen herfallen wollt, wo sie doch viel weniger sind. Doch die Ermutigung, die ich verspüre, beflügelt in mir die Hoffnung auf einen glorreichen Sieg. Nehmt Ihr die Hälfte unserer Leute, dann will ich die andere Hälfte führen. Wer von uns beiden das Glück hat, als erster dreinschlagen zu können, soll dies nach Kräften tun, und wenn der andere derweil gleichfalls sein Bestes gibt, wenn wir willens sind, ohne Furcht vor drohenden Gefahren einander rasch zu Hilfe zu kommen, so können wir in der Tat einen großen Triumph und wahre Ehre erringen.«

Hiermit war die Beratung beendet.

Die Könige übernahmen ihren Teil der Aufgabe mit beherzter Entschlossenheit, und der Sultan zog mit der Hälfte der gesamten Streitmacht über die Brücke.

Als Tirant gewahrte, daß sie in getrennten Kolonnen, halbiert durch den Fluß, an beiden Ufern gegen ihn heranrückten, sagte er:

»Genau das ist es, was ich mir sehnlichst gewünscht habe.«

Sein Lager, das sich auf jener Seite befand, wo die Könige anzugreifen gedachten, wurde alsbald abgebrochen, und alle Zelte und Karren ließ er in die zwei Burgen schaffen. Auch die Pagen sollten hinter den Wehrmauern verschwinden. Seine Krieger wollte er möglichst lange an Ort und Stelle verharren lassen, um abzuwarten, bis es dunkel würde. Kurz bevor die Sonne hinter den Säulen des Herkules entschwand, ging Tirant über die Brücke, an jenes Ufer, wo er zuerst in Stellung gegangen war, und ließ all seine Fußsoldaten einen schroffen Berg erklimmen, der direkt vor dem Brückenkopf aufragte. Als die gesamte Infanterie oben war, befahl er den Berittenen, sich gleichfalls hinaufzubegeben, eine Schwadron nach der anderen. Dem Sultan, der sich auf dieser Seite des Flusses befand, entging es nicht, daß sich die meisten seiner Gegner in die Höhe verzogen hatten, um an den Berghängen günstige Verteidigungspositionen zu beziehen; und als er sah, daß nur noch vier Schwadronen gepanzerter Reiter unten waren, preschte er los und fiel über das Häuflein der Ausharrenden her, denen nichts anderes übrigblieb, als bergauf zu flüchten, wobei sechzig Christen getötet wurden. Auch Tirant zog sich zurück, unentwegt kämpfend, wacker sich seiner Haut wehrend. Derweilen aber war es stockfinster geworden. Die Türken saßen ab und schlugen am Fuß des Berges ihr Zeltlager auf, in der Meinung, am nächsten Morgen hätten sie leichtes Spiel und könnten, sobald es wieder hell würde, die ganze umzingelte Feindeshorde zur bedingungslosen Kapitulation zwingen, sie in Fesseln

schlagen und als Gefangene fortschaffen lassen, weit weg, ins heidnische Heimatland. Doch nicht alle Sarazenen durften vom Pferd steigen, ein gewisser Teil von ihnen mußte auf Geheiß des Sultans ständig im Sattel bleiben; denn er befürchtete, die Christen könnten während der Nacht einen Überfall auf sein Lager machen, wie sie dies schon einmal getan hatten.
Als Tirant die Anhöhe erklommen hatte, traf er dort die Ritter und großen Herren in einem Zustand tiefster Verzweiflung an. Die einen liefen dahin, die anderen dorthin, jammernd und stöhnend, als wüßten sie in ihrer Niedergeschlagenheit weder aus noch ein. Nichts mehr, so meinten die zu Tode Betrübten, könnte sie davor bewahren, in die Hände der Ungläubigen zu fallen und als Sklaven verschleppt zu werden. Angesicht dieser Verfassung, in der er die Seinigen vorfand, rief er alle zusammen und sprach zu ihnen folgende Worte:
»O tapfere Ritter! Seid ihr euch denn nicht bewußt, was für ein Verstoß euer Gebaren ist, wie sehr ihr euch damit vergeht, gegen Gott vor allem und gegen die Gebote des Ritterordens? Wenn ihr Weiber wäret, könntet ihr nicht verzagter sein. Ihr, deren Pflicht es wäre, die anderen zu ermutigen, schämt euch nicht, lauthals zu lamentieren, laßt allen ritterlichen Anstand fahren und gebt euch geschlagen, noch ehe ihr den geringsten Versuch macht, euch zu wehren. Mir scheint, daß euch noch immer die alte Schwachheit menschlicher Natur anhaftet, deren Gewohnheit es ist, bei jeder Widrigkeit loszuweinen und sich dem eigenen Kleinmut zu überlassen. Es stünde euch besser an, wenn ihr euch ein Herz fassen und aus freiem Willen euch dazu ermannen würdet, euer Leben zu opfern für die Ehre, statt euch so erbärmlich zuchtlos, so schändlich verwirrt zu zeigen, wie ihr dies tut. Oh, wie hohl ist euer Stolz! Unumstößlich gültig ist die Königsregel: Wer es wagt, den Feinden ins Gesicht zu blicken, der hat das Zeug, sie zu schlagen. Damit will ich euch nur sagen, will euch nur bitten – falls derartige Bitten bei euch nicht völlig vergeblich sind –, daß ihr euch dazu aufrafft, mannhaft euer Bestes tun zu wollen; dann werde ich, mit der Hilfe unseres Herrn im Himmel und seiner allerheiligsten Mutter, der Jungfrau Maria, euch binnen drei Stunden den Sieg über eure Feinde ver-

schaffen. Und der Triumph, der Ruhm, den wir in der kommenden Schlacht erringen, wird euch allen zugute kommen.«
Fast alle gewannen durch diese Worte des Feldherrn ihre Fassung zurück, nur der Herzog von Makedonien nicht. Noch ehe der Generalkapitan seine strategische Taktik zur vollendeten Tat machte, beauftragte der Herzog einen seiner Schildknappen, nach Konstantinopel zu eilen und dem Kaiser wortwörtlich das zu melden, was er, der Herzog, jetzt vorsage.
Als der Bote in die Nähe der Stadt kam, stieg er vom Pferd, ließ das Tier stehen und tat so, als wäre er mit knapper Not der feindlichen Umzingelung entronnen und käme nun flüchtend hergerannt, mit tränenüberströmtem Gesicht. Und die Leute, die ihn in dieser Verfassung ankommen sahen, liefen ihm alle hinterdrein. Als er dann den Palast betrat, traf er dort eine Menge Menschen. Die fragte er:
»Wo ist der Unglückselige, der sich Kaiser nennt?«
Er ging hinauf in den großen Saal. Und eilends wurde dem Kaiser gemeldet, Albi, der Schildknappe des Herzogs von Makedonien, sei gekommen; laut wehklagend und weinend sei er aufgetaucht. Hastig kam der Herrscher aus dem Gemach, in dem die Kaiserin und ihre Tochter weilten. Als Albi den Kaiser erblickte, ließ er sich auf den Boden fallen, raufte sich das Haar und schlug die Hände vors Gesicht, um tiefste Trauer zu bekunden.
»Wahrhaftig«, sagte der Kaiser, »dieser Schildknappe muß eine furchtbare Nachricht bringen, nach dem Gebaren zu schließen, das er an den Tag legt. Ich bitte dich, Freund, spanne mich nicht länger auf die Folter. Sag, was für ein Unheil ist geschehen?«
Der Schildknappe reckte die Arme gen Himmel und rief:
»Das Anstandsgefühl empört sich, wenn es wahrnimmt, zu welch üblen Taten Menschen fähig sind, obwohl wir doch alle ein Gewissen haben, das uns sagt, wie man sich eigentlich verhalten müßte. Jeder ist darum selbst an seinem Unglück schuld, wenn er nicht gutwillig und mit kluger Entschiedenheit das tut, was er tun sollte und wozu er verpflichtet ist. Niemand braucht sich über die schlimmen Folgen seines eigenen Versagens zu beklagen. Euer eigener Entschluß war es ja, die Heerführer und Lehnsherren Eures Reiches hintanzusetzen und statt ihrer übel beleumundete Fremdlinge mit

den höchsten Posten zu betrauen, völlig unbekannte, hergelaufene Leute, die ihre Niedrigkeit schon durch ihren liederlichen Aufputz zu erkennen geben. O Kaiser! Ihr selbst habt das Übel verursacht. Folglich ist es kein Wunder, wenn Ihr dafür zu büßen habt. Wißt Ihr, was über Euch kommt? Daß man an Eurer Bahre nicht für Eure ewige Ruhe beten, sondern die Worte der Verwünschungen aus dem Fluchpsalm anstimmen wird, weil Ihr Euch selbst und all die Eurigen ins Verderben gestürzt habt. Denn Euer Wille war es ja, dem berühmten, hochbegabten Herzog von Makedonien das Recht auf die Thronfolge vorzuenthalten, um es blindlings einem hergelaufenen Ausländer ohne Rang und Stand zu geben, der nun den Herzog mitsamt allen Kriegern unseres Feldlagers in den Ruin gejagt und sich selbst aus dem Staub gemacht hat, flüchtend, Gott weiß wohin. Dies ist das Verdienst des Mannes, der weiland Kaiser gewesen! Es wäre wahrlich das Beste für Euch, wenn Ihr die kurze Lebensfrist, die der barmherzige Gott Euch noch vergönnt, dazu nutzen würdet, irgendwo weit weg in fremden Landen als heimatloser Pilger Buße zu tun, das Elend Eurer Vasallen und Diener zu beweinen, des traurigen Endes all der vielen zu gedenken, die ihr Leben gelassen haben, und Eure Sünden zu beweinen. Denn den Zorn des Höchsten mißachtend, habt Ihr das entsetzliche Verhängnis herbeigeführt, dem soviel Christen zum Opfer gefallen sind, daß ich mich außerstande fühle, ihr grausiges Schicksal zu schildern. Sie wurden, kurz gesagt, von den Sarazenen umzingelt; es blieb ihnen weder Brot noch Wein, nicht einmal Wasser für die Pferde. Inzwischen sind sie gewiß schon alle gestorben. Ich gehe, niedergedrückt von Trauer; und Ihr, ehemaliger Kaiser, seht zu, wie Ihr die Last des selbstverschuldeten Leides tragt.«

»O ich Unglückseliger«, stöhnte der Kaiser. »Welch grausames Spiel das Schicksal mit mir treibt! Kaum habe ich eine Freude erlebt, schlägt es zu, daß ich in tiefsten Jammer stürze! Und hat das Unheil erst seinen Lauf genommen, jagt eine Schreckensbotschaft die andere! All meine Hoffnung ist nun dahin! Nichts anderes bleibt mir als der Bettelstab, um hilflos, bar aller Güter, durch die Welt zu wandern.«

Mit diesen und ähnlichen Klagerufen ging er zurück in das Gemach, warf sich aufs Bett und ächzte, schmerzdurchwühlt:

»Was nutzt es, Herrscher zu sein, Regent des Griechischen Reiches, wenn alles meinen Händen entschwindet? Was nutzen mir all die Glücksgüter, die ich besitze, wenn ich ihrer beraubt sein soll? Was nutzt es, eine ehrbare, gute Tochter zu haben, die niemals meine Habe erben kann, weil wir alle durch meine Schuld, durch mein sündhaftes Versagen als Gefangene in die Hände von Ungläubigen fallen? Was nutzt es, eine Gemahlin zu haben, Frauen und Jungfrauen, die mir dienen, wenn ich selbst zum Diener von Heiden werde und mit ansehen muß, wie diese Damen und Mädchen von Barbaren entehrt werden? Welche Qual für meine Augen, wenn sie solch einen Frevel erleben müssen! Ich glaube, mein Herz wird zerspringen vor lauter Schmerz.«

Die Prinzessin näherte sich ihrem Vater, um ihn zu trösten; denn die Kaiserin und die Zofen waren in eine so trostlose Traurigkeit versunken, daß es keinem Menschen möglich gewesen wäre, ihnen aus der Trübsal herauszuhelfen.

Die Unheilskunde ging wie ein Lauffeuer durch die Stadt, und alle, die darin wohnten, klagten herzzerreißend um die Freunde und Verwandten, von denen man glaubte, sie seien gestorben. Schrill gellten durch die Gassen die Schreie der Mütter, die heulend ihre Brüste schlugen, die Augen zum Himmel richteten und unter Tränen die Heimsuchung ihrer Stadt bejammerten, als wäre diese bereits von den Feinden erobert.

Überlassen wir sie ihrem Leid und wenden uns wieder Tirant zu, um zu sehen, was er tat.

Nachdem er durch seine mahnenden Worte die Ritter ermutigt hatte, verharrten diese in gespannter, hoffnungsvoller Erwartung, voller Vertrauen auf die klug vorausschauende Planung ihres Feldherrn.

Tirant ließ rings um das Lager auf der Anhöhe zahlreiche Wachen aufstellen, inspizierte die Posten selbst und vergewisserte sich, daß seine gesamte Truppe ordentlich untergebracht und versorgt war. Dann holte er sich einen Mann und ging mit diesem bergab, am rückwärtigen Hang, um nicht gesehen zu werden. Als sie unten waren, legte er die Rüstung ab, versteckte sie unter einem buschig dichten Baum und begab sich mit eiligen Schritten zur Burg des

Grimmigen Nachbarn. Gemäß der Vereinbarung, die er mit diesem getroffen hatte, nahm er dort zwei Steine, einen in jede Hand, und schlug sie gegeneinander. Als der Burgherr das verabredete Zeichen hörte, begriff er sofort, daß es Tirant war, von dem dieses Klacken kam. Sobald die Zugbrücke herabgelassen war, die Torflügel sich geöffnet hatten, trat der Bretone ein und fand alles vor, was er für die Ausführung seines Planes benötigte. Zunächst ließ er eine Menge Öl und Teer hinausschaffen, auch Pech und Schwefel sowie sonstige Materialien, die sich zum Entfachen eines Feuers eignen. Danach schleppte man viele Klafter trockenen Holzes ans Wasser. Und mit all diesen Dingen ließ er nun das brückenartige Fahrzeug beladen, das nach seinen Weisungen gezimmert worden war. Schließlich ließ er noch zwei lange Taue anbringen, eines an jeder der zwei Ketten des Floßes. Zwei Männer setzten sich daraufhin in ein kleines Boot, das die Burgbewohner für gewöhnlich zum Fischen im Fluß benutzten. Und jeder der beiden, die dem Gefährt zu folgen hatten, nahm ein Tau in die Hand. Sobald man das Floß losgemacht hatte, begann es mit der Strömung flußabwärts zu treiben. Und Tirant ermahnte die Männer noch, sie sollten die Ladung nicht anzünden, bevor sie in der Nähe der Holzbrücke seien. Auf ihrer Fahrt den Strom hinunter mußten sie wiederholt, wenn der Wasserlauf eine Windung machte und das Floß hängenließ, das eine Tau etwas einholen und dem anderen freien Lauf lassen, so daß das Floß sich längs legte und mit der Schmalseite nach vorn weiterkam. Wollten sie dann, daß es wieder in Querlage kam, brauchten sie nur die Länge der Taue auszugleichen, und schon nahm es erneut die ganze Flußbreite ein.
Als die Türken flußabwärts eine gewaltige Flammenwand gewahrten, glaubten sich alle verloren. Der Sultan ließ den von ihm angelegten Belagerungsring im Stich, desgleichen taten all seine Leute, und so schnell sie konnten, hasteten sie zu der Holzbrücke zurück. Da er ein gutes Pferd hatte, erreichte der Sultan gerade noch rechtzeitig die Brücke, ehe diese von den Flammen erfaßt wurde, und preschte im Galopp darüber, gefolgt von einer rasenden Menge anderer Angstgehetzter. Hätten die beiden Männer im Fischerkahn Tirants Anweisung genau befolgt und das Entfachen des Feuers noch ein wenig verzögert, wäre kein einziger Muselmane mehr hinübergekommen;

alle wären getötet worden oder in Gefangenschaft geraten. Doch selbst von denen, die in letzter Minute die Brücke passierten, stürzten viele bei dieser tumultuarisch wilden Flucht nach drüben, an das andere Ufer, mitsamt ihren Rossen ins Wasser. Die Feuersbrunst wütete so heftig in voller Breite, daß die ganze Brücke brennend niederkrachte und mehr als zweiundzwanzigtausend Mann, Fußsoldaten wie Berittene, ratlos vor dem zerstörten Übergang verharrten. Unter den Zurückgebliebenen befanden sich der Sohn des Herzogs von Kalabrien, der Herzog von Andria, der Herzog von Amalfi, der Graf von Borgenza, der Graf von Monturio und viele andere Anführer, die nicht mehr in den Sattel gekommen waren. Wegen der drangvollen Eile, zu der das jäh auflodernde Feuer gezwungen hatte, und aus panischer Angst vor den Christen, die jeden Augenblick über sie herfallen mochten, waren sie nämlich alle blindlings geflüchtet, ein jeder für sich, ohne auf die anderen zu warten.

Tirant aber hatte, sobald er den Feuerwall sich flußabwärts wälzen sah, eilig den Berg erklommen, wo er mit großer Freude die Seinigen wiedersah, die fast alle schon im Sattel saßen, bereit und begierig, Beute zu machen im verlassenen Lager der Feinde. Tirant verwehrte ihnen dies jedoch mit aller Entschiedenheit.

»Damit würden wir jetzt unseren ganzen Triumph verspielen«, rief er; »aber morgen soll uns außer der Ehre noch die Freude des Plünderns blühen.«

Trotz der Ungeduld seiner Mannen verharrte also der Generalkapitan und sorgte dafür, daß ihre Stellungen die ganze Nacht sorgfältig bewacht wurden; denn er gab seinen Leuten zu bedenken:

»Es kann kaum sein, daß alle hinübergekommen sind. Und was dann, wenn sie in ihrer Verzweiflung den Versuch unternehmen, uns durch einen Überrumpelungsangriff zu vernichten?«

Als es endlich hell geworden war und die Sonne strahlend am Horizont aufging, ließ der Kapitan die Trompeten blasen, und jeder, der ein Pferd hatte, schwang sich in den Sattel. Den Pagen sowie den Troßknechten wurde der Befehl übermittelt, sie sollten mit Sack und Pack heraufkommen auf den Berg. Als alle dort oben beisammen waren, biwakierten sie gemeinsam in der Höhenstellung, die Stunden zuvor schon von den Streitern bezogen worden war. Aus dieser

Position konnte man nun die Feindesschar sehen, die noch diesseits der verbrannten Brücke war. Einige Ritter ließen den Kapitan wissen, sie wollten hinuntergehen und drunten im flachen Auland den Abgeschnittenen die Hölle heiß machen.
Tirant erwiderte:
»Nachdem die Falle wunschgemäß zugeschnappt ist und es uns freisteht, mit ihnen nach Belieben zu verfahren, sollten wir die Sache mit Klugheit zu Ende führen. Für uns ist der Verlust eines einzigen Ritters schlimmer als für sie die Einbuße einer ganzen Hundertschaft. Aber ich verspreche euch, daß ihr euch morgen um diese Zeit mitten in diese Heidenhorde begeben könnt, ohne daß man euch dort anders begegnet als mit geziemender Ehrerbietung.«
Diafebus, der erkannte, in welch aussichtsloser Lage sich die Türken befanden, dachte in diesem Moment, es sei nun an der Zeit, etwas für die höhere Ehre Tirants zu tun, etwas, das seiner Herzenswonne dienlich wäre. Er nahm seine Hand und zog ihm den Ring vom Finger.
»Vetter, was hast du vor?« fragte Tirant
Diafebus antwortete:
»Ich will Pirimus zum Kaiser schicken. Seit so vielen Tagen schon haben sie kein Wort von uns gehört! Dem Kaiser wird es ein gewisser Trost sein, wenn er diese Neuigkeit erfährt, und die gnädige Prinzessin samt den anderen Damen wird es bejubeln, auf welche Weise du die Sache gemeistert hast.«
»Ich bitte dich, Vetter«, sagte Tirant, »beauftrage den Jungen, bei Hofe darauf zu drängen, daß die Lastensegler und Galeeren kommen, ehe uns das Mehl und die sonstigen Mundvorräte vollends ausgehen.«
Pirimus machte sich auf den Weg. Als er in die Stadt Konstantinopel kam, hatte er den Eindruck, als wären alle Leute tief bekümmert und niedergeschlagen. Er sah, daß den Frauen die Tränen in den Augen standen. Und als er dann den Palast betrat, begegnete ihm dort noch Schlimmeres: nichts als zerkratzte Gesichter, zerrissene Gewänder. Niemand von all denen, die ihn kommen sahen, sprach ihn an, wie das die Leute bei Hofe früher doch immer getan hatten. Wandte er sich an eine Person, so wich man ihm aus und ließ ihn ohne Ant-

wort stehen. Der Gedanke drängte sich ihm auf: Gewiß ist der Kaiser gestorben, oder die Kaiserin, wenn nicht die Kaisertochter. Er ging weiter, zu dem großen Saal, in dem er einige Männer vorfand, die er kannte und deren gequälte Mienen bitterste Trauer verrieten. Manche lagen auf den Knien und beteten; andere weinten und murmelten Flüche, das ganze Franzosenpack verwünschend. Er näherte sich einem der Gramgezeichneten und fragte flüsternd, ob der Kaiser nicht mehr lebe, oder weshalb sonst hier jedermann ein so verhärmtes Gesicht mache. Der Angesprochene erwiderte:

»Die Verräter sind der Grund; Schurken, die sich als Ritter gehaben! Seit der Untat des Judas ist noch nie ein so schändlicher Verrat begangen worden wie der, den die Deinigen auf dem Gewissen haben. Wenn das Mitleid mich nicht davon abhielte, würde ich dafür sorgen, daß kein Mensch jemals wieder auch nur ein Wort mit dir oder deinesgleichen wechselt und man euch derart schneidet, daß alle Welt begreift, was von der Schandtat zu halten ist, die deine Leute begangen haben. Geh mir aus den Augen, sonst gelobe ich dir, bei allen Heiligen im Himmel, daß ich dich aus dem Fenster werfe.«

Pirimus senkte den Kopf und ging in das nächste Gemach, wo er auf einen Mann stieß, den er sogleich als den Kammerherrn des Kaisers wiedererkannte. Lachend ging er auf den Bekannten zu. Der aber sagte:

»Die Narrenfreude, die du an den Tag legst, ist ganz und gar unpassend. Wie kannst du es wagen, dich mit einem solchen Feixen dem Gemach des Kaisers zu nähern?«

»Freund«, sagte Pirimus, »nimm es mir nicht übel. Ich habe keine Ahnung, was der Anlaß eurer Trauer ist. Verschaffe mir die Möglichkeit, mit dem Kaiser zu reden. Und wenn er traurig ist – ich werde ihm Freude schenken.«

Wortlos ließ der andere ihn stehen und begab sich in das kaiserliche Gemach, wo der Herrscher, seine Gemahlin, seine Tochter und alle Zofen hinter verhängten Fenstern in Trübsal versunken dasaßen: jede Person mit den eigenen schmerzlichen Gedanken beschäftigt.

Der Kammerherr meldete:

»Herr, vor der Tür steht einer jener Erzverräter, einer aus der Bande von Tirant lo Blanc, diesem verruchten, ehrvergessenen Ritter. Der Kerl heißt Pirimus. Sicherlich hat er mit seinem Herrn das Weite gesucht, als es darauf angekommen wäre, mannhaft standzuhalten. Und nun erlaubt er sich, hier aufzutauchen, mit dem Wunsch, Eure Hoheit sprechen zu dürfen.«

Der Kaiser sagte:

»Geh und sag ihm, er soll sich zum Teufel scheren. Wenn er oder sonstwer aus der Jüngerschaft jenes sauberen Meisters sich jemals wieder in meinem Lande blicken läßt, werde ich dafür sorgen, daß man ihn vom höchsten Turm dieses Palastes in die Tiefe stürzt.«

Malt euch selber aus, wie es der Prinzessin zumute war, als sie diese Worte aus dem Mund ihres Vaters vernahm. Das Leid, das ihr Herz bedrückte, verdoppelte sich. Denn so schlimm, so unverantwortlich das Verhalten Tirants auch gewesen sein mochte – sie brachte es nicht fertig, die Erinnerung an ihn gänzlich auszulöschen.

Als der Kammerherr dem Schildknappen die Antwort des Kaisers mitgeteilt hatte, sagte der junge Bursche:

»Bei Gott, ich lasse mich nicht abweisen; denn weder mein Herr, Tirant, noch irgendeiner seiner Mannen hat jemals einen Verrat begangen. Keiner von uns wäre fähig, sich auch nur in Gedanken auf solch eine Gemeinheit einzulassen. Und wenn der Kaiser nicht will, daß ich Seiner Hoheit sage, was ich zu melden habe, so bittet die Prinzessin, sie möge doch geruhen herauszukommen, hierher, vor die Tür; dann soll sie von mir Worte vernehmen, die ihr Herz beglücken werden.«

Der Kammerherr wagte es jedoch, dem Kaiser selbst diese Antwort mitzuteilen; und er berichtete ihm wortwörtlich, was Pirimus gesagt hatte. Daraufhin bat der Kaiser Karmesina, sie möge hinausgehen und mit dem Burschen reden, ihn aber nicht hereinlassen in das Gemach. Als die Prinzessin dann in den Vorraum kam, mit einem Gesicht, das tiefe Trauer verriet, fiel Pirimus vor ihr auf die Knie, küßte ihr die Hand und hob an, das Folgende zu sagen:

»Erhabenes, durchlauchtigstes Fräulein, es verstört mich zutiefst, Eure Hoheit in so veränderter Gemütsverfassung vorzufinden, so betrübt und gramgebeugt wie alle anderen Menschen im Palast und in der Stadt. Es macht mich fassungslos, weil ich keine Ahnung

habe, warum hier Trauer herrscht. Keiner von denen, die ich gefragt habe, wollte mir Auskunft geben. Ich wäre Euch daher von Herzen dankbar, wenn Eure Hoheit die Güte hätte, mir offen zu sagen, was der Grund dieses Verhaltens ist. Noch mehr bestürzen mich freilich die Worte, die mir der Kammerherr im Auftrag des Herrn Kaiser ausgerichtet hat. Falls es der Majestät des Herrn Kaiser nicht mehr behagt, daß der vortreffliche Ritter Tirant, mein Herr, weiterhin den Oberbefehl innehat und als Generalkapitan Taten vollbringt, die eines rühmenden Angedenkens würdig sind, braucht Ihr es mir nur zu sagen. Augenblicklich werden wir dann aus dem Reichsgebiet verschwinden und es uns fürder ersparen, all die Strapazen und Gefahren auf uns zu nehmen. Die Schinderei, der wir uns täglich aussetzen, würde sich dann ja wohl erübrigen. Gebt mir also Bescheid, Herrin. Was Eure Durchlaucht mir zu verstehen gibt, werde ich demjenigen mitteilen, der mich hierher gesandt hat.«
Getroffen von diesen Sätzen, mit Tränen in den Augen, berichtete ihm da die Prinzessin all das, was der Schildknappe des Herzogs von Makedonien gemeldet hatte. Als Pirimus diese schamlosen Lügen vernahm, griff er sich an den Kopf und rief:
»Herrin, wer diese Nachrichten verbreitet und damit das Herz Seiner Hoheit, des Herrn Kaiser, vergiftet hat, wer Euch und alle Menschen dieser Stadt derart verwirrt hat – den soll man festnehmen. Und auch mich soll man verhaften. Wenn sich dann herausstellt, daß Tirant nicht gesiegt hat, nicht den Sultan in die Flucht gejagt, die Brücke niedergebrannt und mehr als zwanzigtausend Mann dort am Flußufer eingekesselt hat, will ich mich auf der Stelle in Stücke hauen lassen. Bedarf es einer Bürgschaft, Herrin – seht, hier ist das Siegel der Kapitanswürde, der Ring, den Tirant mir mitgegeben hat.«
Kaum hatte sie diese glorreiche Nachricht gehört, da rannte die Prinzessin glücksbeflügelt und erfüllt von unaufhaltsamem Mitteilungsdrang zurück in das Gemach, wo sich ihr Vater befand, und berichtete ihm alles, was Pirimus gesagt hatte. Dieser Ansturm unverhoffter Freude war zuviel für das Herz des zermarterten Kaisers: ohnmächtig sank er um und stürzte von seinem Stuhl. Man rief die Ärzte herbei, und dank deren Bemühungen kam er wieder zu Be-

wußtsein. Er befahl, man solle Pirimus hereinbringen, damit er direkt aus dessen Mund vernehme, wie es zu dieser wundervollen Schicksalswende gekommen sei. Sobald er den Hergang erfahren hatte, gebot er, sämtliche Glocken der Stadt läuten zu lassen. Gemeinsam begaben sich alle hinüber zu der Hauptkirche, und dort priesen und lobten sie unseren Herrn im Himmel und seine allerheiligste Mutter, zum Dank für den großen Sieg, der ihnen zuteil geworden. Heimgekehrt in den Palast, erteilte der Kaiser die Order, daß man den Schildknappen, den der Herzog als Boten hergesandt hatte, in den Kerker werfen und streng bewachen solle; den jungen Pirimus aber bat er herzlich, sogleich dafür zu sorgen, daß die Lastenschiffe mit dem nötigen Proviant für das Feldlager so rasch wie möglich in See stächen. Schon am nächsten Morgen reiste der junge Bursche ab, beauftragt mit unzähligen Empfehlungen, Glückwünschen und Grüßen, die er Tirant und vielen anderen zu überbringen hatte. Und bei der Rückmeldung des Boten staunte Tirant nicht wenig über die Machenschaften des Makedoniers, kümmerte sich aber nicht weiter darum, da er ja wußte, daß die Wahrheit nunmehr bekannt war.
Am selben Tag, da Pirimus die Rückreise antrat, kamen die völlig entmutigten Türken zu der Erkenntnis, daß es für sie keinerlei Sinn hätte, sich auf eine Schlacht einzulassen, und sie meinten, in solch einer hoffnungslosen Lage müsse man sich für das kleinere Übel entscheiden; es sei immer noch besser, sich zu ergeben und in die Gefangenschaft zu ziehen.
Ein Glück im Unglück war es, daß sich unter den Abgeschnittenen zufällig auch jener weise Sarazene namens Abdullah Salomon befand, der vormals vom Sultan als Unterhändler zu Tirant gesandt worden war. Und man beschloß, ihn auch diesmal als Emissär auszuschicken. Selbiger heftete also ein schmales Stück Tuch an eine Lanze. Es war gegen Abend, am Ende eines langen Tages, an dem sie fast nichts gegessen hatten. Tirant, der das Zeichen der Verhandlungsbereitschaft sah, ließ es sofort erwidern. Abdullah Salomon stieg den Berghang hinauf zum Feldlager Tirants, bot sich dort dem Generalkapitan mit einer tiefen Verneigung dar und sprach in demütigem Ton die folgenden Worte.

KAPITEL CXLII

Wie Abdullah Salomon vor Tirant die ihm aufgetragene Botschaft darlegte

Eingedenk deiner Meisterschaft im Kriegshandwerk, wundere ich mich sehr, großmütiger Feldherr, daß du nicht den Sultan samt allen Heerscharen, die er mit sich führte, gefangengenommen hast. Hättest du alle Möglichkeiten ausgeschöpft, die deine große Gewitztheit dir gemeinhin eröffnet, wäre kein einziger dir entwischt. Die Erfahrung hat es ja gezeigt, daß alles, was du unternehmen willst, dir nach Wunsch gelingt, soweit das Schicksal es erlaubt. Denn dein planender Geist ist nicht minder stark als deine Tatkraft. Und deine Fähigkeiten sind furchterregend, auch wenn die Leute das noch nicht begriffen haben; denn du verstehst es, deine eigene Haut und die deiner Mannen zu retten. Das sind Dinge, die deinen Ruhm und deine Ehre nur noch mehren. Doch um auf das zu kommen, was der Zweck meines Besuches ist: Im Namen der armen Horde, für die ich spreche und zu der ich zähle, stoße ich vor dir den Notschrei aus, der aus der Kehle von uns allen kommt: Hunger! Hunger! Wenn es deiner Hoheit beliebt, großmütiger Feldherr, uns die Gnade zu gewähren, daß du dich auf irgendein Abkommen mit uns einlassen willst; das heißt, wenn du in deiner Güte und Barmherzigkeit bereit bist, ihnen das Leben zu schenken, wird dein Name gerühmt werden hinter den Türen deiner Feinde. Laß, ich bitte dich, deine Tugend walten; handle so, wie es deiner noblen Art entspricht, und richte dich nicht nach dem, was sie dir antun wollten, gemäß der Art, die ihnen eigen ist.«

Der Generalkapitan forderte den Sarazenen auf, einzutreten in sein Zelt, mit all denen, die ihn begleiteten; und dort ließ er ihnen zu essen geben, was sie alle recht nötig hatten. Dann rief er sämtliche großen Herren zu einer Beratung zusammen und bat sie, ihre Meinung zum vorliegenden Fall zu sagen. Und alle stimmten mit seiner Haltung überein. Sie ließen den Gesandten Abdullah kommen, und Tirant erteilte die Antwort, die sie gemeinsam beschlossen hatten:

»Sidi Abdullah, wir haben diesmal nicht unsere Tapferkeit erprobt, sondern triumphiert dank technischem Verstand. Mein Vertrauen gründet sich jedoch auf den Mut der Meinigen; denn wir haben allen Grund, auf Auseinandersetzungen gefaßt zu sein, bei denen es mehr auf die Bewährung ritterlicher Tugenden ankommen wird. Was dem Herrn Kaiser angetan worden ist, bleibt unvergessen. Und da die Wahrheit für unsere Sache spricht, baue ich auf den Beistand Gottes. Schon bald werde ich dem Sultan und den anderen eigenhändig die Züchtigung erteilen, die sie mit ihren Untaten verdient haben. Der Gerechtigkeit wegen sollen sie die angemessene Strafe erhalten. Damit sie erkennen, daß es mir nicht darauf ankommt, ihnen so übel mitzuspielen, wie ich nur irgend kann, will ich mich heute damit begnügen, von ihnen zu verlangen, daß sie alles, was sie an Wehr und Waffen haben, herbringen und mitten auf der Uferau da unten ablegen. Jeder soll seine Sachen selbst abliefern, nicht alle Mann auf einmal, sondern in Gruppen von jeweils hundert; hinterdrein sollen die Pferde kommen. Das sind die Bedingungen, die ich stelle.«

Der Gesandte bat den Generalkapitan, sich entfernen zu dürfen, ging zurück zu den Seinigen und bewirkte, daß die Forderungen Tirants vollständig erfüllt wurden.

Als sämtliche Rüstungen und Kriegsgeräte abgelegt worden waren, ließ der Generalkapitan diese gehäufte Beute heraufschaffen zu seinem Lager, hernach auch all die ausgelieferten Pferde. Und die Türken erachteten es als eine große Gnade, daß man sie nicht samt und sonders umbrachte; denn sie dachten, auch wenn sie nun in Gefangenschaft kämen, bliebe ihnen doch die Hoffnung, durch Zahlung eines Lösegeldes irgendwann ihre Freiheit wiederzuerlangen. Da sie also entwaffnet waren, erlaubte ihnen der Feldherr, bis an den Fuß des Berges heranzukommen; und dort ließ er sie reichlich mit Speise und Trank versorgen, während seine Fußsoldaten einen Wachring um die Menge der Essenden bildeten. Dann begab sich Tirant persönlich zu den Gefangenen hinunter und forderte all die christlichen Herzöge, Grafen und Ritter, die sich mit dem Sultan verbündet hatten, dazu auf, ihn hinaufzubegleiten zu seinem Lager. Dort hieß er sie Quartier nehmen in dem großen Beratungszelt, wo sie alsbald aufs beste bewirtet und mit allem bedacht wurden, was die Bedürfnisse des menschlichen Lebens erfordern, obwohl es vielen mißfiel, daß der Generalkapitan diesen Abtrünnigen soviel Ehre erwies. Keinerlei Ehre, meinten die Leute, stehe denen zu, die sich nicht schämten, an der Seite der Muslime gegen Christen zu kämpfen. Und die Mannen Tirants sagten ihnen das so frank ins Gesicht, daß die Gemeinten schuldbewußt erröteten und ihnen der Bissen im Halse steckenblieb.

Fürsorglich behielt Tirant die Gefangenen in seiner Obhut, bis die Transportschiffe kamen. Und die ganze Zeit ließ er den Sarazenen Abdullah nicht von seiner Seite weichen, denn dessen gute und kluge Worte hatten es ihm angetan.

Eines Tages, als all die Herzöge und großen Herren sich von der Tafel erhoben, ersuchten sie den Generalkapitan, er möge doch den großen Philosophen Abdullah herbeirufen lassen. Und als dieser erschien, bat ihn Tirant, einige Worte zum besten zu geben, die ihnen allen einen Gewinn brächten.

»Wie soll ich das auf Anhieb schaffen«, sagte der Sarazene, »ohne darüber nachgedacht zu haben? Seid so gütig und laßt mir Zeit bis morgen. In der kommenden Nacht will ich mir die Sache überlegen; dann werde ich eher in der Lage sein, die Erwartungen der erlauchten Herren zu befriedigen.«

Der Herzog von Pera erwiderte:

»Sidi, so geht das nicht. Nachdem wir uns nun herrlich sattgegessen haben, brauchen wir als Nachtisch eine kleine geistige Atzung.«

Tirant ließ mitten auf einer Wiese eine Plane aus glänzender Seide auslegen und darauf eine Bank stellen, die als Podest für den Sarazenen dienen sollte. Rings um die Versammlung ließ er Wächter postieren, Mannen zu Fuß und zu Pferde. Als Abdullah gewahrte, daß es kein Entrinnen für ihn gab, sprach er:

»Nun, wenn der Herr Generalkapitan es mir gebietet, will ich einen Rat erteilen, den jeder von euch nach eigenem Belieben nutzen mag.«

Der Sarazene bestieg die Bank und hob an, die folgende Rede zu halten.

KAPITEL CXLIII
Der Rat, den Abdullah dem Feldherrn Tirant erteilte

Gott ist groß, Gott ist groß. Gott ist erhaben über alle Dinge, und Ihn gilt es zu lieben und zu fürchten mit redlichem Herzen, in festem Glauben, ohne Trug und Fehl. Vortrefflicher Feldherr und unbesiegbarer Ritter, wundere dich nicht, wenn meine Worte wie die eines Christen klingen. Eine gute Hälfte meines Wesens spricht so aus mir; denn mein Vater war ein Muslim, meine Mutter aber stammte von euresgleichen; und daher kommt es, daß ich euch liebe. Hochherziger Kapitan, nun sehe ich, daß am Ende der Glaube den Unglauben besiegt; daß Großmut die Habgier überwindet, Demut die Hoffart bezwingt. Haß muß der Barmherzigkeit weichen, die Hoffnungen anmaßender Eitelkeit werden vereitelt. Unterm Hammer der Tugend zerbirst die verstockte Falschheit, und die Hartnäckigkeit der Widersacher beugt sich deinem Willen. Endlos ist freilich der Widerstreit zwischen Neid und Ruhm, zwischen Bosheit und Tugend. Aber Dank sei dem gesagt, der Herr aller Tugend und König aller Herrlichkeit ist; denn er hat es gefügt, daß diesmal die Schlechtigkeit eine Schlappe erlitt und die Streiter der guten Sache einen Triumph erlangt haben, obwohl wir oftmals das Gegenteil erleben. Nun zeigt sich, daß die Hoheit der kaiserlichen Majestät, nachdem die übertölpelten Neider niedergeworfen sind, all die Würden wiedergewinnen wird, deren man sie beraubt hat. Wenn das die Frevler, die Feinde der Wahrheit, sehen, werden sie winseln und zähneknirschend den rasenden Ingrimm zeigen, der im verderbten Eingeweide zornverzehrter Ohnmacht wütet. Und du, tapferer, mächtiger Heerführer, dessen strahlendes Talent eine gelassene Klarheit des Denkens erweist, wie es keiner von all den anderen jemals zuvor erkennen ließ, wirst den erhabenen Kaiser wieder auf den Thron seines Reiches setzen, alle Wolken der Trübsal verscheuchen und dem Tränenregen ein Ende machen. Ganz Griechenland wird dank dir die Freude haben, wieder unter einem hellen, heiteren Himmel zu leben, und mutig, wie du bist, wirst du dir mit der Unterwerfung aller, die muslimisch reden, solche Verdienste erwerben, daß es dir zukommt, eine Sternenkrone zu tragen. Denn durch dich wird dem Reich der Friede zurückgegeben, den man ihm raubte; durch dich erlangen die Völker wieder die Ruhe, nach der sie sich sehnen. Und so wird aller Welt der tatkräftige Verstand vor Augen geführt, den du bisher bekundet hast und der heute deutlicher denn je zutage getreten ist. Noch viel löblicher, noch weit rühmenswerter als die geglückte Eroberung eines Landes ist jedoch die Kunst, ein Reich gerecht und milde zu regieren. Wahrlich, es ist nun an der Zeit, daß du alle Tüchtigkeit deines Herzens zusammenraffst und dich rüstest für noch größere, unendlich schwierigere Aufgaben, wenn du einen Hauch von königlichem Geist in dir verspürst. All deine bisherigen Mühen sind vergeblich, wenn du es unterläßt, die vielen Arbeiten zu bewältigen, die noch vor dir liegen. Das hohe Ansehen, das du dir erworben hast, bedeutet die Verpflichtung, daß deine Hand stets das Rechte tut. Wir haben es erlebt, wie hochgemut du angekämpft hast gegen dein widriges Geschick, und wir wissen, daß du als Sieger aus diesem Kampf hervorgegangen bist; doch sei auf der Hut, denn oftmals rückt das Geschick, auch wenn es abgeschlagen worden ist, aufs neue gegen dich an, mit sanfterer Miene, angenehmerem Gehabe, gleichsam mit blendendem Goldhelm und festlichem Aufputz. Gegen die feindselige Fortuna hast du dich behauptet; drum hüte dich nun vor ihrer Huld; denn in ihrer Freundlichkeit tritt sie zu einem neuen kriegerischen Treffen an. Krieg kommt nie von Liebe; Haß entstammt nicht der Minne und schon gar nicht der Nächstenliebe. Liebe entspringt dem himmlischen Quellgrund des irdisch-ewigen Herzens. Und glaube nur ja nicht, Fortuna sei, da sie im neuen Kostüm einer anderen Wappnung auftritt, nun wohlwollender gesonnen oder etwas geschwächt. Nein, ihr gewandeltes Gesicht ist vielmehr ein zwingender Grund, dir selbst eine neue Rüstung und neue Waffen anzulegen. Wiege dich nicht in der Meinung, es gäbe jetzt weniger zu tun, weil die Macht des Feindes gebrochen, gedämpft, gemildert sei. Du solltest vielmehr fest damit rechnen, daß du es künftig mit einem tückischeren Gegner zu tun hast, wenn Fortuna dich mit Schmeicheleien und lockenden Annehmlichkeiten in die Enge zu treiben versucht. Bisher haben wir gesehen, wie hervorragend du dich gehalten hast, als es darum ging,

den Ansturm einer feindlichen Übermacht abzuwehren, zum Wohl der Allgemeinheit; von nun an werden wir gewahren, wie du dich beträgst, wenn dir das Glück lacht und Fortuna ihr Füllhorn vor dir ausschüttet. Schon viele nämlich, die in schlimmster Bedrängnis tapfer und selbstlos standgehalten haben, sind durch ihre Glücksgaben ins Straucheln geraten und kläglich zu Fall gekommen. Hannibal siegte in der Schlacht von Cannae; danach aber, als er in Capua überwintern mußte, überließ er sich der Lust an leckeren Gerichten, am Labsal langen Ausschlafens, am Lungern in lieblichen Bädern; Müßiggang und Wohlleben waren der Grund, weshalb er dann von Marcellus auf dem Schlachtfeld geschlagen wurde. Der Feuereifer, den die Eiseskälte des Flusses Trebbia in ihm entfacht hatte, so daß er dort in der Lombardei zunächst zum Sieger wurde, erlosch zur Lauheit im Dampf der warmen Bäder von Capua, im Genuß ihrer mannigfaltigen Wonnen. Oft ist der Frieden gefährlicher als der Krieg; denn schon vielen tapferen Männern hat es geschadet, wenn sie keinen Widersacher hatten, dem gegenüber sie ihre Mannhaftigkeit erproben konnten. In der Untätigkeit eines laschen Dahinlebens konnte sich nicht erweisen, was in ihnen steckte; und manchmal wurde auf diese Weise ihre Tüchtigkeit nicht nur geschwächt, sondern so verweichlicht, daß sie gänzlich zerfloß, weil statt des Gegners, der die Anspannung aller Kräfte gefordert hätte, nur noch Genüsse winkten. Und wahrlich, kein Krieg kann härter sein als der Kampf, den ein Mensch gegen sich selbst, gegen die Gewohnheiten und Lässigkeiten seines eigenen Wesens zu führen hat. Da kann es schwerlich jemals eine Waffenruhe geben, weil der Widerstreit immer nur innerhalb der Ringmauer auszufechten ist, daß heißt: in der eigenen Brust. Und bei diesem Kampf ohne Schwertgeklirr, diesem Krieg im Friedensgewand, steht mehr auf dem Spiel als bei jedem Strauß, wo einer mit stählerner Sturmhaube sich auf dich stürzt.
Mit vielen Beispielen ließe sich das beweisen; aber es genügt, sich daran zu erinnern, wie die Römer, die sich nie vom Toben des Schlachtgetümmels zermürben ließen und sämtliche Völker ihrem Joch unterwarfen, schließlich erschlafften im Frieden, ruiniert von den Reizen eines geruhsamen Lotterlebens. Nach der Auslegung, die wir bei manchen Schriftstellern lesen, waren die Wonnen der

Wollust, die den Römern zum Verhängnis wurden, die Rächer der vom Römischen Reich vergewaltigten Welt. Schon Scipio, ein Mann, der vom ganzen römischen Senat sehr geachtet und gefürchtet wurde, scheint dies geahnt zu haben, als er eigenmächtig verbot, Karthago zu zerstören, obwohl er damit dem Rat des klugen alten Cato stracks zuwiderhandelte. Scipio erließ dieses Verbot, weil er, wie Florus behauptete, die Befürchtung hegte, daß die Männer Roms, sobald die Angst vor dem Erzfeind Karthago verschwände, sich der Vergnügungssucht und fauler Behaglichkeit hingeben könnten. Ach, wäre es doch Gottes Wille gewesen, daß man Scipios Geheiß befolgt hätte! Denn es wäre besser für die Römer gewesen, wenn sie weiterhin hätten Krieg führen müssen gegen ihre Feinde, besonders gegen Karthago, statt sich in lauter Lustbarkeiten zu verstricken und im Kampf mit den eigenen Lastern zu erlahmen. Die Geschichte Roms wäre gewiß weniger unheilvoll verlaufen; und ich bin fest davon überzeugt, daß es dann nicht so viele Schlachten und beständigere Triumphe gegeben hätte.
Und wenn du mich nun fragst, warum ich davon rede, so lautet meine Antwort: Weil ich vermute, daß viele Leute jetzt oder demnächst wähnen, die Zeiten wohlverdienter Ruhe seien gekommen, da Gott dir ein großes Glücksgeschenk beschert hat. Ich rate dir jedoch: Widersetze dich den Wahnvorstellungen solcher Leute. Und ich sage dir und all den großen Herren hier, daß das Ringen so lange währen muß, wie man am Leben ist; zu keiner Zeit darf man seiner Kriegspflicht entrinnen; immerfort gilt es zu kämpfen, sei's gegen einen sichtbaren, sei's gegen einen unsichtbaren Feind. Du wirst gleich merken, wie wenig mein Denken mit der landläufigen Meinung übereinstimmt; denn ich behaupte, daß du von jetzt an eine Mühsalslast zu tragen hast, die zwiefach so schwer ist wie zuvor, und daß du an dieser verdoppelten Bürde deine Freude haben wirst. Noch nie in deinem Leben bedurfte es einer derartigen Anstrengung, sich aufzurichten und aufrecht zu halten; der Mut, den du hast, muß jetzt sich selbst übertreffen, denn ihm stehen die stärksten Anfechtungen bevor. Und die ganze Welt soll da erkennen, was für ein Geist in dir lebt, welch große Seelenstärke, die sich standhaft bewährt, gleichgültig, ob das Glück dir lacht oder feindselig dich be-

droht. Und das gilt nicht nur für dich, sondern für alle, die deinen Ratschlägen folgen.
Du hast einen alten, hochbetagten Herrn, den die Fortuna zutiefst erniedrigt hatte und der, dem Schicksal trotzend, nach vielen Stürzen den höchsten Rang des Menschseins erreicht hat. Zeige ihm, über welch steile Stufen er emporgetragen wurde zur Höhe dieses triumphalen Sieges und worauf er achten muß, um diese erhabene Stellung zu festigen. Jetzt kommt es nicht darauf an, daß er sich bemüht, noch höher hinaufzukommen; nein, jetzt gilt es, mit Entschlossenheit das aufs neue in die Hand zu nehmen, was ihm entrissen worden war; denn er sollte sich mit der Würde des Amtes begnügen, in das Gott ihn eingesetzt hat; sollte zufrieden sein mit dem ererbten Zepter, auf das er mehr durch sein Blut als durch eigene, persönliche Tugenden ein Anrecht hat. Denn das Herrscheramt macht nicht den Mann, doch es offenbart, was er taugt; und die Ehrenrechte ändern nicht von selbst das Verhalten oder die Gemütsart eines Menschen, aber sie erweisen, welcher Geist in seinem Herzen wohnt. Ermahne ihn also, eine klare Vorstellung von dem zu gewinnen, was es heißt, ein Herrscher zu sein. Sich Verdienste zu erwerben ist wichtiger, als ein Vermögen zu horten. Lehre ihn, Gott zu ehren und sein Land zu lieben. Er diene der Gerechtigkeit, ohne die kein Reich, und wäre es noch so mächtig und prächtig, dauerhaft zu bewahren ist. Begreifen soll er, daß nichts, was mit Gewalt erzwungen wird, lange währen kann. Besser und sicherer ist es für den Fürsten, wenn er mehr geliebt als gefürchtet wird. Er sollte es sich zur Gewohnheit machen, nichts anderes sich zu wünschen als ein gutes Herz, einen guten Verstand und gute Gedanken; er sollte nichts erhoffen außer einem guten Ruf und nur eines fürchten: die Schande. Er bedenke, daß man um so schärfer gesehen wird, je höher man steht, und daß die Chancen, etwas insgeheim zu tun, sich dementsprechend verringern. Und je größer die Macht ist, die einer hat, desto weniger ist es ihm erlaubt, sie zu mißbrauchen. Der Fürst muß wissen, daß er sich nicht so sehr durch seine Kleidung, vielmehr durch sein Benehmen vom Volk unterscheiden soll. Und mit Bedacht achte er darauf, jegliche Übertreibung zu meiden, weder nach dieser noch nach jener Seite auszuschweifen, sondern strikt die

Mitte zwischen den Extremen zu halten, dem goldenen Mittelweg der Tugend zu folgen. Er zügle die Verschwendungssucht und hüte sich vor dem Geiz; denn das eine Laster verzehrt die Reichtümer, das andere verdirbt seinen Ruf und schadet seiner Ehre. Mit Liebe sorge er allezeit für die Wahrung seines guten Namens, noch mehr jedoch für die Unanfechtbarkeit seiner persönlichen Ehre. Er geize mit seiner Zeit, um sie nicht sinnlos zu vergeuden. Er klebe nicht am Geld und erinnere sich immer an die hochherzige Antwort eines wahrhaft weisen Königs, der erklärte, er wolle nicht das Gold, sondern wolle als Regent der Lenker dessen sein, der es besitzt. Es ist besser, reiche Untertanen zu haben, als die Staatskasse zu füllen, bis sie überquillt; denn es steht wohl fest, daß der Fürst eines reichen Landes schwerlich zum armen Schlucker wird. Dein Herrscher sollte auch nie vergessen, welch verheerende Heimsuchungen, Nöte und Plagen sein armes Volk unlängst erlitten hat. Und er schätze sich glücklich, wenn er das getan hat, wozu ihn sein Eid verpflichtet.

Gerechtfertigt ist der Fürst, welcher die Nöte, die durch fremder Leute Verbrechen über sein Reich gekommen sind, kraft seiner eigenen Tapferkeit und Tugend beseitigt, indem er die Schäden behebt, alles Eingestürzte aufbaut, Frieden schließt, jegliche Tyrannei verbannt und seinem Land aufs neue die Freiheit verschafft. Sein Herzensanliegen sei es, diejenigen zu lieben, über die er herrscht; denn wer liebt, läßt Liebe wachsen und gedeihen. Umgekehrt aber gilt, daß man ein Reich nicht übler gefährden und ins Wanken bringen kann, als wenn man versucht, es gegen den Willen derer zu regieren, die darin wohnen. Im Herzen des Herrschers muß unauslöschlich der königliche Lehrsatz des Sallust geschrieben stehen, der da lautet: ›Nicht bewaffnete Mannen, nicht gehäufte Schätze bürgen für den Schutz des Reiches; nein, die getreuen Freunde.‹ Getreu aber sind nicht solche, die man mit Waffengewalt zur Liebe gezwungen oder mit Geld dazu verlockt hat; wahre Freunde erwirbt man nur, indem man Gutes tut, sich selbstlos bemüht und Vertrauen schenkt.

Daraus folgt, daß der Fürst im Einklang mit seinem Volke leben muß; denn wo Eintracht herrscht, da beginnen die kleinen Dinge zu wachsen; bei Zwietracht aber zerfallen die großen und gehen zugrunde. Ein Beispiel dafür bietet uns Marcus Agrippa, der sich sehr bemühte, solche Eintracht zu schaffen, um so jedermanns Bruder oder Kamerad zu werden, ein Freund und guter Herrscher. Und einem jeden Regenten sollte, außer Gott und der Wahrheit, nichts so teuer sein wie die Freundschaft. Das aber bedeutet, daß er einen Mann, den er einmal seiner Freundschaft gewürdigt hat, aus keiner Beratung ausschließen darf. Gemäß der Empfehlung Senecas sollte er vielmehr all sein Tun und Lassen mit demjenigen abstimmen, den er für einen Freund hält. Zuvor aber vergewissere er sich, ob dies der Mensch ist, dem er das anvertrauen kann, was er den meisten lieber verschweigt. Wenn ihm daran gelegen ist, ein ehrliches Lob zu hören, einen echten Ansporn zu erfahren, redlich zu rechtem Handeln ermuntert zu werden, muß er zunächst durch sorgsame Beobachtung lernen, klar zu erkennen, was den wahren Freund vom Schmeichler oder liebedienernden Widersacher unterscheidet. Lobhudelei sei ihm zuwider wie die Pest. Er hüte sich, leichtfertig Freundschaften zu schließen; wenn er aber ernstlich ein solches Bündnis eingegangen ist, soll er später nicht einfach darauf verzichten, sondern, wenn irgend möglich, ein für allemal daran festhalten. Gibt es aber einen zwingenden Grund, sich abzusetzen, so tue er dies nicht brüsk, sondern behutsam, nach und nach: Allgemach kommt auch weit, wie das Sprichwort sagt. Naht für Naht sollte er langsam auftrennen, statt das alte Freundschaftsgewand jählings in Fetzen zu reißen. In jedem Fall aber betrachte er es als bestätigte Regel, daß die Art, in der er anderen als Freund begegnet, auch das Maß an Freundschaft bedingt, das er selbst von den anderen zu erwarten hat. Er darf sich nicht einbilden, er werde von einem geliebt, den er selbst nicht liebt – ein Irrtum, der bei hochmögenden Herren gang und gäbe ist. Stets sollte der Herrscher sich der Tatsache entsinnen, daß die Neigungen eines jeden Menschen gänzlich zwanglose, frei sich entwickelnde Regungen sind, die es nicht ertragen, unter das Joch eines fremden Willens gebeugt zu werden, der offensichtlich nicht bereit ist, sich selbst in gleicher Weise einspannen zu lassen. Liebe kann niemals durch etwas anderes erzwungen werden als durch Liebe, und sie wird zwangsläufig gesteigert, wenn die Gefühle des einen sich wiedererkennen in denen des anderen. Einem alten Freund gegenüber sollte man deshalb keinerlei Argwohn hegen, umgekehrt aber auch keinem Menschen blindlings und grundlos trauen. Bloße Verdächtigungen muß man abweisen. Wer herrscht, darf Ohrenbläsern und Zwietrachtstiftern, die über andere herziehen, kein Gehör schenken; und wenn sie hartnäckig damit fortfahren, üble Nachreden zu verbreiten, muß er sie rügen, notfalls gar, wenn auch der Tadel sie nicht davon abbringt, gebührend bestrafen. Ein Leitwort des Kaisers lautet: Der Fürst, der es versäumt, Denunzianten und Lästermäuler zu züchtigen, bereitet sich selbst Verdruß.

Alexander der Große mißachtete, obwohl er ein recht junger und überaus mächtiger Herrscher war, eine heimliche Anzeige, mit der ein höchst angesehener und vertrauenswürdiger Mann einen Dritten beschuldigt hatte. Und in der Folge zeigte sich, daß die stolze Gelassenheit Alexanders nicht nur eine noble Haltung, sondern auch die richtige Entscheidung war. Da er damals krank war, sollte er nämlich ein Getränk, das ihm sein Leibarzt Philipp bereitet hatte, als Arznei einnehmen. Kurz zuvor aber war ihm ein Brief von Parmenion zugegangen, in dem dieser ihn warnte, besagter Arzt sei von Darius mit einer Menge Geld bestochen worden und habe selbigem Erzfeind versprochen, Alexander zu vergiften. Der Herrscher, so hieß es in dem Schreiben, möge also auf der Hut sein und den verordneten Sud keinesfalls trinken. Alexander las den Brief, verhehlte jedoch die Denunziation. Er sagte kein Wort dazu, bis zu dem Augenblick, da er den von Philipps Hand ihm dargereichten Trank geschluckt hatte; dann wandte er seine Augen dem Arzt zu und gab ihm den Brief, damit er die Anschuldigung lese. Es wäre zu spät gewesen und hätte nichts genützt, wenn die Bezichtigung zutreffend gewesen wäre. Doch die verzögerte Mitteilung erfolgte genau zum rechten Zeitpunkt, denn die Anschuldigung war falsch.

Es ist ratsam, sich die Lästerzungen vom Leib zu halten, ihnen zumindest durch Schweigen die fällige Mißbilligung zu bekunden und ihnen auf diese Weise zu zeigen, daß man ihre Verleumdungen für Lügen hält. Hilfreich ist es, sich an das Beispiel des Kaisers Octavianus zu erinnern, der einst an Tiberius schrieb, er solle sich nicht aufregen, wenn jemand ihm Übles nachsage; es genüge ja, daß niemand ihm etwas Übles antun könne. Wer sich damit nicht zufrieden gebe, der erwarte, daß es einem Menschen besser ergehe als Gott, über den die Leute, obwohl ihm kein Schimpf, keine Schmähung etwas anhaben kann, doch oftmals zu fluchen und zu lästern sich erdreisten. Der Fürst übe sich also, seinen Ohren und seinem Geist eine solche Geduld beizubringen, die nicht nur dem genannten großen Kaiser nachgerühmt wird, sondern auch dem Pompejus, einem bedeutenden, hochberühmten Bürger Roms, ebenso dem König der Parther und Peisistratos, dem Tyrannen von Athen.

Den Fürsten darf es nicht verdrießen, wenn irgendwelche Personen versuchen, seinen Geheimnissen nachzuspüren, und er selbst sollte sich nicht darum bemühen, Geheimnisse anderer zu erfahren; denn ein hochgemutes Herz kümmert sich nicht um derlei Dinge. Gegenteiliges Verhalten ist auf jeden Fall ein Zeichen geringen Selbstvertrauens. Der Fürst sollte vielmehr danach streben, so zu sein, wie er vom Volk gesehen werden möchte; dann braucht er sich nicht zu wünschen, daß sein Verhalten und sein Handeln geheim bleiben, und es kann ihm gleichgültig sein, ob nun ein Freund oder ein Feind sein Benehmen gewahrt; überall kann er sich dann mit gleicher Unbefangenheit verhalten, sei es im Beratungskreis seiner Vertrauten oder vor den Augen und Ohren derer, die ihm am Zeug flicken wollen. Ein solches Selbstvertrauen erlaubte es dem Scipio, die Späher der Karthager seelenruhig durch das Feldlager der Römer führen zu lassen; und eine ähnlich großmütige Haltung war es, die Julius Caesar bewog, Domitius freizulassen, einen wichtigen Gefolgsmann und Mitstreiter seines Feindes Pompejus: er ließ ihn entfliehen, ohne sich einen Deut darum zu scheren, daß der Flüchtige vielerlei Dinge mitbekommen hatte, die einem Gegner besser nicht zu Ohren kommen sollten. Ein andermal, als dem Caesar Papiere in die Hände fielen, die geheime Aufzeichnungen seiner Feinde enthielten, ging seine Geringschätzung ihrer Machenschaften sogar soweit, daß er diese Schriftstücke einfach verbrannte, ohne sie gelesen zu haben.

Kein Fürst sollte meinen, es sei eine bloße Gewohnheit, eine beliebige, nichtssagende Formalität, wenn er mit dem Titel ›Durchlaucht‹ bedacht wird. Nein, dieses Wort ermahnt ihn zu einer lichten Geistesklarheit, die ihn dem Wesen Gottes näherbringt, ihn über alle wahnhaften Leidenschaften erhebt, in eine Höhe, wohin keine Kummerwolke aufsteigen kann, wo kein Tränenregen seine Augen trübt, weder der Eishauch der Angst noch die Dünste irgendwelcher irdisch dumpfen Begierden ihn verwirren. Wer regiert, muß wissen, daß Zorn das Antlitz eines Fürsten gräßlich entstellt, und schon die geringste Andeutung von Grausamkeit im Charakter eines Herrschers ist ein sündhafter Verstoß wider sein Amt, der um so strenger zu verurteilen ist, weil er als Machthaber mehr als die gewöhnlichen Menschen über Mittel und Wege verfügt, seine Wut an anderen auszulassen. Er sollte die Wahrheit jenes Satzes begreifen, den Seneca in seiner zweiten Tragödie schrieb: ›Jede Herrschaft ist einer höheren Herrschaft untertan.‹ Frei von Zorn und Angst, sollte er darum die ihm Untergebenen als seinesgleichen betrachten; und alles, was er von ihnen verlangt, muß auch für ihn selbst gelten, als ein Gesetz, das ihm verordnet worden ist auf Wink und Weisung seines eigenen Vorgesetzten, also von Gott. Weder Hochmut noch Neid darf in ihm aufkommen, denn das sind Laster, die man gemeinen Sterblichen nachsehen mag, aber nicht einem Fürsten. Welchen Grund zum Hochmut hätte denn ein Fürst, dem Gott soviel Gutes zuteil werden ließ und der dem Allmächtigen, seinem Schöpfer, eine solche Fülle von Glücksgeschenken verdankt¿ Oder welchen Anlaß zum Neid könnte es für ihn geben, wo er doch keinen Menschen sieht, der höher stünde als er, und sich selbst als denjenigen versteht, der hoch erhoben ist über alle anderen¿

Der Fürst muß erkennen, daß sein Stand auf der Wahrheit gründen muß, auf der unerschütterlichen Verläßlichkeit seines Wortes. Wer einmal lügt, dem glaubt man nicht, und wenn er auch die Wahrheit spricht. Wer will, daß man ihm glaubt, muß streng darauf achten, daß er niemals etwas Unwahres von sich gibt, und seine Zunge derart erziehen, daß es ihr unmöglich ist, jemals zu lügen. Nichts ist so widersinnig, nichts so gefährlich wie ein lügnerischer Fürst, unter dessen Herrschaft der ihm anbefohlene Staat, erschüttert von der Brüchigkeit des angenagten Vertrauens, zwangsläufig ins Wanken gerät. Absolut verläßlich muß das Wort desjenigen sein, der das Fundament der Hoffnung und der Sicherheit so vieler Völkerschaften ist. Und wer selbst darauf angewiesen ist, es soweit wie möglich

zu verhindern, daß irgend jemand ihn täuscht, darf nie und nimmer andere hinters Licht führen.
Wo aber einer das Zepter führt, von dem man nichts zu befürchten hat, jedoch auch keine unrechtmäßigen Vorteile erhoffen kann – was sollte da ein Schmeichler ausrichten wollen? Die beiden Hauptanreize der Schmeichelei, so scheint mir, entfallen bei einem solchen Herrn. Er möge sich aber hüten, nun selbst sein Eigenlob zu singen. Was er wert ist, soll er durch Taten erweisen, nicht durch große Worte. Er bedrohe niemanden und zeige sich nicht verärgert; denn das ziemt sich nicht für einen Fürsten, dessen Blick allein schon es gemeinhin vermag, andere Menschen in Angst und Schrecken zu versetzen; und er hat ja die Möglichkeit, in aller Ruhe und Gelassenheit Vergeltung zu üben; sogar durch Verzeihung kann er züchtigen, und das ist die nobelste Rache, die man nehmen kann. Er vermeide es, vor lauter Freude übermütig zu werden, und achte stets auf die immerwährenden Pflichten, die er als Regent seines Reiches wahrzunehmen hat. Auch der Trübsal darf er sich nicht überlassen, eingedenk der hohen Ehre, der Pracht und Herrlichkeit, die ihm verliehen sind. Keinem soll er sich versagen, denn Gott ließ ihn nicht auf die Welt kommen, damit er nur für sich lebe, sondern daß er dem Wohl der Allgemeinheit diene. Er mache sich klar, daß er stets dann das tut, was seines Amtes ist, wenn er seinen Untertanen hilft. Er dämpfe die Strenge seiner Rechtsprechung durch Gleichmaß und Ausgewogenheit. Die Härte seines Urteils lindere er durch eine Beigabe von Milde; aus seiner Weisheit sollte Heiterkeit strahlen, aus seiner Gewandtheit Reife sprechen, aus seiner Bestimmtheit wendiger Scharfsinn blicken. Seine Mäßigkeit darf nicht lustlos wirken, seine Leichtigkeit nie die Autorität vermissen lassen. Beim Essen sei er auf Stärkung bedacht, bei festlichen Empfängen auf Mäßigung, beim Reden auf Sanftheit, beim Tadeln auf Barmherzigkeit, bei der Ratsversammlung auf Redlichkeit, bei Gericht auf Unabhängigkeit, beim Lachen auf Zurückhaltung, beim Sitzen auf Sittsamkeit, beim Gehen auf Würde. Gilt es, Leute zu belohnen, soll er sich kräftig die Sporen geben; muß er einen bestrafen, heißt es, sich an die Kandare nehmen. Lachenden Gesichts soll er seinem Feind entgegentreten und dem Bürger des

eigenen Landes, wenn dieser es verdient, mit betrübter, bitterer Miene begegnen.
Beispielhaft verhält sich ein großer Fürst, wenn er die Vergehen seiner Untertanen so betrachtet, als wären es Wunden an seinem eigenen Körper, die nicht von selber heilen, sondern notwendigerweise behandelt und auskuriert werden müssen. Der Herrscher soll folglich, wie Titus Livius sagte, unter Seufzern und Tränen bestrafen, als schnitte er sich ins eigene Eingeweide. Er präge es seinem Herzen ein, daß der wahre Fürst allezeit bestrebt sein muß, dem Vorbild der barmherzigen Güte Gottes zu gleichen, ohne sich je beirren zu lassen von jenen Philosophen, die in ihrer Verblendung das Mitleid als verwerfliche Schwäche bezeichnen. Großmut ist die eigentliche Tugend der Fürsten, ohne die sie nicht würdig sind, ein Reich zu regieren oder auch nur den Titel eines Königs zu tragen. Und wenn Menschlichkeit eine natürliche Mitgift des Menschen ist, keine besondere Tugend, etwas so Gewöhnliches vielmehr wie das Laster, dann ziemt es einem Fürsten oder König, sich selbst zu einem höheren Maß von Mitgefühl zu erziehen; und je mehr er die anderen darin übertrifft, desto mehr hat er das Recht, den ersten Rang in der menschlichen Gesellschaft einzunehmen.
Auch Keuschheit gehört sich für den Fürsten, eine Tugend, die jedermann ziert, aber am Fürsten eine ganz besondere Zierde darstellt. Nichts ist schöner als ein keuscher Fürst, nichts häßlicher als ein Fürst, der liederlich sich der Wollust überläßt. Dankbarkeit, das treue Gedenken an empfangene Dienste und Wohltaten, findet man oft selbst bei wilden Tieren, und es ist widerlich, wenn es Menschen daran mangelt; sie ist eine schöne Eigenschaft, ein Schmuck, der den Fürsten, die seiner nicht ermangeln, das Leben erleichtert. Undankbarkeit hingegen verwirrt die Nerven und zerstört die Kraft eines Reiches; denn kein Mensch hat Lust, jemandem mit Eifer zu dienen, der es versäumt, sich der Dienste zu erinnern, die man ihm geleistet hat; und niemand fühlt sich verpflichtet, das bodenlose Loch eines undankbaren Gemüts mit Gaben füllen zu wollen, die spurlos darin verschwinden.
Schließlich bekenne sich der Fürst dazu, daß er mit Würden überladen ist, schwer belastet mit einer ehrenhaften Bürde. Und wer vor-

mals frank und frei war, muß erkennen, daß er, seitdem er zum Fürsten geworden ist, eine Knechtschaft auf sich genommen hat, die ihn zu mühsamer, fleißiger Arbeit verpflichtet, zu einer regelrechten Fron, von der die Freiheit des ganzen Landes abhängt. Von diesem Zeitpunkt an muß er ein Leben führen, das für die anderen ein Vorbild ist; denn das gute Beispiel der Könige und Fürsten stiftet die Lebensordnung ihrer Staaten, und die Anwandlungen, die im Volk aufwallen, entstammen meist dem Verhalten, das die Herren und Regenten den Leuten vorleben. Nichts darf der Fürst für sich beanspruchen, nichts außer dem Zepter und der Krone, samt der Achtung, die diesen Insignien gebührt. Davon hängt das Wohl all seiner Untertanen ab, das zu sichern eine rühmliche, aber auch schwierige Aufgabe ist; sie gleicht dem Kampf des Herkules mit der Hydra: an der Stelle jedes abgehauenen Hauptes wächst augenblicklich eine Vielzahl von neuen Köpfen nach.

Der Fürst braucht einen scharfsinnigen, findigen Verstand, ein schamhaftes Ehrgefühl, gemäß seinem Lebensalter, und eine tapfere Tugendstärke, die seinem Stammbaum und seinem königlichen Stand entspricht. Stets bewahre er die Haltung, die seiner Hoheit gebührt; er prunke nicht mit Purpur und Edelsteinen, verliere sich nicht in Lustbarkeiten und belache alle flüchtigen und vergänglichen Erscheinungen. Einzig die ewigen Dinge soll er hochhalten und staunend verehren. Als Tätigkeit, die eines Königs würdig ist, soll er den Umgang mit Waffen und Pferden erachten, die Ausgestaltung seines Hofes und die Vorsorge für alles, was in Krieg und Frieden erforderlich ist. Sein Regierungsstil folge der bewährten Klugheit altrömischer Regeln, die da lauten: Im Frieden nicht zügellos werden, die Unterworfenen mit Nachsicht behandeln, den Hochmut der Überheblichen dämpfen und brechen.

Letztlich kommt es darauf an, klar zu begreifen, daß das gegenwärtige Leben ein höchst gefährlicher Spieltisch ist, wo es um den Einsatz von viel Schweiß und Blut geht. Da darf man sich nicht einfach hinsetzen, um in aller Ruhe und Gemütlichkeit sich einen Jux zu machen, leichtsinnig einer liederlichen Lust zu frönen und den lieben Gott einen guten Mann sein zu lassen. Nein, hier heißt es, Zug um Zug, Schritt für Schritt sich mit redlicher Mühe eine

Bahn brechen – hin zur ewigen Seligkeit und zu beständigem Ruhm.

Und auch in dieser Hinsicht sollte man füglich von anderen lernen. Mit Hingabe sollte der Regent, lesend oder lauschend, sich an den edlen Taten der Alten ergötzen und mit feurigem Verlangen danach streben, nicht irdische Güter zu erlangen, sondern dem Beispiel der Großen von einst zu entsprechen. Nie sollte er vergessen, welche Anordnung der letzte Fürst von Afrika, dieser großartige Feldherr und Zerstörer vieler feindlicher Städte, seinen Truppen gab, als er Zamora belagerte – eine Anordnung, die später als Muster militärischer Disziplin von vielen römischen Heerführern nachgeahmt wurde. Er verbannte nämlich aus seinem Feldlager jegliche Art von Lotterleben, alle Liederlichkeiten, und verjagte zweitausend lose Weiber. So sollte es auch dein Herr halten und aus den Städten seines Landes sämtliche Dinge, die nur dem Allotria und der Verluderung dienen, hinausfegen. Auf diese Weise könnte er die Sitten jener Leute bessern, die durch ihre Vergnügungssucht zu närrisch verderbten Jämmerlingen geworden sind. Tut er das nicht, so kann er sich jede Hoffnung sparen; nicht nur der Sieg wäre dann vertan, sondern auch Gesundheit und Wohlstand seines Volkes. Er bemühe sich also, dem Beispiel dieses Afrikaners und anderer berühmten Männer zu folgen, um so zu einem meisterhaften, vollkommenen Herrscher zu werden. Und in all den Gestalten bedeutender Männer, deren Taten ihm die Tugendstärke heiligenhafter Tapferkeit bezeugen, sollte er Leitfiguren sehen, die ihm dargeboten sind als Lehrmeister für sein eigenes Tun, als Lenker seines Lebens, auf daß er den Weg zur glorreichen Vollendung finde. Edle Gemüter werden ja nicht nur durch Geschenke angespornt; oft sind es Vorbilder, zündende Worte oder die zum Gedenken aufgestellten Statuen der Großen von einst, die das Herz zur Begeisterung entflammen. Eine wahre Wonne ist es, wenn man fühlt, daß man selbst zu einem solchen Wesen werden kann, wie es die gepriesenen Männer des Altertums waren. Und ein schöner Zug ist der Neid auf diejenigen, die als Inbilder der Tugend gelten. Unnötig ist es jedoch, die Zeit damit zu vertun, daß man eine Menge anderer antiker Musterfälle sammelt; denn es genügt vollauf, wenn man den einen unübertrefflichen Merksatz sich zu eigen macht, der besagt, daß keiner anständig handeln und tapfer sein Leben bestehen kann, der nicht die Ehre liebt und sich scheut vor der Schande. Bei mannigfachen Gelegenheiten hat es sich erwiesen, wie gewinnbringend der Wille ist, denen nachzueifern, die an Verstand und Geist das gewöhnliche Menschenmaß übertreffen, und sich fernzuhalten vom Bösen. Und schon wer redlich danach trachtet, Gutes zu tun, verdient es wohl, als rechter Mann, als guter Mensch zu gelten.

Viel habe ich nun geredet, aber in Wahrheit sind meine Worte zu wenig gewesen, eingedenk der Vielzahl hoher Herrschaften, die mir zugehört haben, und es gäbe hierzu noch allerlei zu sagen. Doch du, vortrefflicher Feldherr, der du die ganze Last der Verantwortung auf deinen Schultern spürst, bist dir ja bewußt, daß der großen Liebe nichts zu schwierig und nichts zu schwer ist, es sei denn das Gefühl, nicht geliebt zu werden. Diese Erfahrung gemacht zu haben, kannst du jedoch mitnichten behaupten; denn deine unzähligen Fähigkeiten und Vorzüge bewirken, daß alle Welt dich liebt; deine Urteile und Ratschläge sichern dir die Anhänglichkeit derer, die dir dienen; und herzlicher, als du von deinem Herrscher willkommen geheißen wirst, konnte kein Achill seinen Chiron empfangen, kein Aeneas seinen Palinurus, kein Herkules seinen Philoktet, kein Scipio Africanus seinen Lelius. Vollende also getrost, was du so gut begonnen hast; denn dem barmherzigen Mitgefühl ist keine Mühsal zuviel, und Liebe überwindet alles. Und wer teilhaben will an der Ruhmesernte, hat mit Fug und Recht die Pflicht, sein Teil an Sorgen und Beschwernissen zu tragen. Große Dinge sind nicht umsonst zu haben: Mühe kostet es, das Gold in den Tiefen der Erde zu ergraben; die Gewürze müssen aus fernen Ländern herbeigeschifft werden; das Weihrauchharz wird aus dem Saft von Bäumen gewonnen, die weitab in Saba wachsen; nur in der See vor Sidon fischt man die Purpurschnecken; das Elfenbein ist in Indien zu finden, und die Perlen liegen verborgen auf dem Grunde des Ozeans. Alle wertvollen Dinge sind nur durch gewaltige Anstrengungen zu gewinnen; und die Tugend, das Wertvollste von allem, kann man nicht leichthin mit der Linken erlangen. Ein guter Ruf strahlt heller als Gold; doch er ist nur gegen heftige Widerstände zu erringen und nicht ohne stetig wachsamen Eifer zu bewahren. Die Rose erblüht inmitten von Dornen, die Tugend inmitten von Drangsalen, und mitten aus dem Gewirr harter Dienste für andere erwächst der Ruhm. Will man die Rose pflücken, müssen sich die Finger in Gefahr begeben und es wagen, Verletzungen zu erleiden; geht es um Tugend, Ruhm und Seligkeit, muß das Herz des Menschen sich zum Leiden erkühnen. Gürte also dein Herz mit hehren Grundsätzen; denn wenn du meinst, du hättest es geschafft, dann hast du gerade angefangen. Setze unbeirrbar dich ein für das Wohl des Fürsten und der Allgemeinheit, dann wirst du, tatkräftig dein Ziel verfolgend, das Schicksal aller zum Besseren wenden. Und deine Seele wird, wenn sie dereinst sich vom Körper löst, leichteren Flugs und mit schöneren Schwingen hinauf zu den Sitzen der Seligen entschweben – wie schon Cicero mutmaßte und wir nun wissen. Gott befohlen sei die Ehre deiner Herrlichkeit und die unsrige.«

KAPITEL CXLIV

Wie die großen Herren des Heerlagers den Generalkapitan dazu bewogen, Abdullah Salomon eine besondere Gnade zu erweisen

All die großen Herren, die diese Worte vernommen hatten, waren tief beeindruckt von der großartigen Rede, in der ihnen ein solcher Reichtum beherzigenswerter Ratschläge dargeboten wurde, daß ein jeder das Gefühl hatte, vieles davon sich aneignen zu können. Deshalb erhoben sie sich am Ende wie ein Mann und bestürmten den Generalkapitan mit der einmütigen Bitte, dem klugen Sarazenen eine Gunst zu erweisen. Und der Feldherr, dessen Herz so hochgestimmt war, antwortete ihnen:

»Meine Herren, ich wäre euch, den Kommandeuren meiner Truppen, überaus dankbar, wenn ihr die Güte hättet, mir zu sagen, welche Gunst ich ihm nach eurer Meinung erweisen soll. Mit Freuden will ich eurer Empfehlung folgen.«

Sie dankten ihm herzlich für sein liebenswürdiges Entgegenkommen und gelangten in gemeinsamer Überlegung zu dem Schluß, daß das größte Geschenk, das er dem Gefangenen machen könnte, die Freiheit wäre. Folglich baten sie Tirant, den Sarazenen Abdullah Salomon samt einem seiner Söhne, der mit ihm gefangengenommen worden war, freizulassen. Der Generalkapitan war innig zufrieden mit diesem Ansinnen, und sowohl aus Wertschätzung der hochmögenden Herren, die ihn darum ersuchten, wie aus persönlicher Übereinstimmung mit ihrem Wunsch schenkte er nicht nur dem klugen Redner, der es ihm angetan hatte, sondern zugleich auch zwanzig anderen Gegnern die Freiheit. Bei dieser Eröffnung warf sich Sidi Abdullah zu Boden, um ihm die Füße zu küssen; doch der tapfere Kämpe wollte das nicht zulassen. Freundlich sagte er Lebewohl und ließ die Freigelassenen ziehen.

Zwei Tage später kamen die Schiffe mit einer reichen Fracht an Nahrungsmitteln, und nachdem man die Ladung gelöscht hatte, besprach sich der Generalkapitan mit seinen Heerführern, wobei der Entschluß gefaßt wurde, sämtliche Gefangenen einzuschiffen und zum Kaiser transportieren zu lassen. Und wie beschlossen, so geschah es. Der ganze Haufe wurde dem Großkonnetabel übergeben, der ihn zum Hafen geleitete. Als alle Mann dort an Bord gegangen waren, befahl man ihnen, sich zu entkleiden, weil man nachsehen wollte, was sie bei sich hatten. Da kam eine große Menge von Juwelen und Münzen zutage, die sie während des Feldzugs erbeutet hatten; und was an Gold beschlagnahmt wurde, belief sich auf mehr als hundertachtzigtausend Dukaten; es gab nämlich Leute unter den Gefangenen, die soviel eingesackt hatten, daß die klimpernden und funkelnden Kostbarkeiten, die sich in den Taschen eines einzelnen fanden, zuweilen an die zehntausend Dukaten wert sein mochten. Das gesamte Bargeld, das auf diese Weise geerntet wurde, schickte man dem Generalkapitan, der es sogleich an sämtliche Mannen seines Feldlagers verteilen ließ.

Der Konnetabel befahl indessen, die Segel zu setzen, und bei günstigem Wind gelangten seine Schiffe binnen weniger Tage zum Hafen von Konstantinopel. Der Kaiser und alle Damen des Hofes standen an den Fenstern und schauten zu, wie die Galeeren einliefen. Die

Gefangenen wurden an Land gebracht, und der Konnetabel führte sie zum Palast. Dort stieg er die Freitreppe empor, über der ihn der Herrscher erwartete, fiel ehrerbietig vor ihm auf die Knie und küßte ihm die Hand und den Fuß. Sobald er ausgerichtet hatte, was ihm vom Generalkapitan aufgetragen worden war, präsentierte er dem Kaiser alle Gefangenen.

Der großmütige Herr empfing sie freudestrahlend und bekundete, wie höchlich zufrieden er mit seinem Feldherrn war. Als die Sarazenen schließlich in sicheren Gewahrsam gebracht worden waren, forderte er den Konnetabel auf, mit ihm hineinzugehen, in das kaiserliche Wohngemach, wo sich die Kaiserin und die Prinzessin befanden. Und in ihrem Beisein fragte er ihn dann nach der Kriegslage, den Zuständen im Feldlager, dem Verhalten seiner Ritter, dem Befinden des Generalkapitans und dem Stil, in dem dieser das Kommando führe. Mit großer Bescheidenheit gab der Konnetabel die gewünschten Auskünfte, indem er das Folgende sagte.

KAPITEL CXLV

Wie der Konnetabel den Kaiser über die Lage im Feld informierte

Die Wahrhaftigkeit gebietet es, glücksgesegneter Kaiser und Herr meines Heimatlandes, Euch nicht zu verschweigen, welch einzigartige Waffentaten Euer tapferer Generalkapitan vollbracht hat und tagtäglich aufs neue vollbringt, auch wenn Eurer Majestät durch gezielte Verleumdungen, die im Auftrag eines Dritten verbreitet wurden, ein ganz anderes Bild vermittelt worden ist, in der Absicht, Verwirrung zu stiften und das Volk durch Falschmeldungen hinters Licht zu führen. Damit Ihr die wahren Hintergründe dieses Vorgangs erkennt, muß ich Eurer Hoheit berichten, daß es wegen der Plünderung des gestürmten und eroberten Feldlagers der Türken zu gewissen Zwistigkeiten kam, wobei der Markgraf von San Giorgio und sein Bruder, der

Herzog von Pera, sowie eine Vielzahl anderer Ritter so außer sich gerieten, daß schon zu befürchten war, es käme zu einem katastrophalen Streit. Denn der neue Oberbefehlshaber, der nach dem Willen Eurer Hoheit – aber nicht zu jedermanns Freude – als Generalkapitan fungiert, hatte die Schlacht geschlagen, wir aber hatten die Ernte seines Sieges davongetragen. Selbstlos kämpfend, trugen er und die Seinigen ihre Haut zu Markte, um uns von aller Not zu befreien, während wir uns nicht scheuten, heimlich die Beute zu entwenden, die sie errungen hatten mit blutenden Händen. Doch Tirant, der treffliche Feldherr, beschwichtigte die Wütenden und überließ uns willig, was wir geraubt hatten. Ich sage Euch, Herr: Ihr habt fürwahr den besten Heerführer, den es je auf der Welt gegeben hat. Und ich kann mir nicht vorstellen, daß es je wieder einen solchen geben wird. Glaubt mir: Weder Alexander noch Scipio oder Hannibal waren so klug und gewitzt, so kühn, so ritterlich wie dieser Bretone. Er versteht mehr von der Kriegskunst als all die großen Männer, die mir in meinem Leben begegnet sind oder von denen man mir erzählt hat. Wir hielten uns schon für verloren, da machte er uns zu Siegern. Was er zuwege bringt, ist wahrhaftig bewundernswert.«

Der Kaiser fragte:

»Auf welche Weise schafft er das?«

Der Konnetabel antwortete:

»Ihr könnt Euch selbst davon überzeugen, Hoheit, daß er der gewissenhafteste, sorgsamste Mensch ist. Mit liebevollem Eifer tut er alles, was dem Wohl der Allgemeinheit dient, die Schutzlosen beschirmt, den Leidenden hilft. Wenn irgendeiner verwundet wird, Herr, läßt er ihn in sein eigenes Zelt bringen und dort so gut versorgen mit allen erdenklichen Heil- und Stärkungsmitteln, als ginge es um das Leben eines Königs. Er besteht darauf, daß die Ärzte nicht von seiner Seite weichen. Und ich glaube, daß schon allein diese gütige Fürsorge eine Tugend ist, die es hinreichend erklären würde, wenn unser Herrgott sich ihm gewogen zeigen wollte.«

»Sagt mir, Konnetabel«, bat der Kaiser, »wie sorgt er für Ordnung im Lager? Was für Anweisungen gibt er, um die Kriegsleute in Zucht zu halten?«

»Herr«, antwortete der Konnetabel, »das will ich Euch sagen. Zunächst läßt er, sobald der Morgen dämmert, zweitausend Rosse satteln, und zwar jeweils die, welche an der Reihe sind. Tausend Reiter, gerüstet von Kopf bis Fuß, als gälte es, sich sogleich in den Kampf zu stürzen, müssen alsbald aufsitzen und, begleitet von tausend Mann zu Fuß, ihre vorgeschriebenen Runden machen, im gesamten Lagergelände, um es innen und außen zu überwachen. Das ist ihre Pflicht, bis zur Mittagsstunde. Danach ist es Sache der anderen tausend Reiter, deren Dienst bis zum Einbruch der Dunkelheit geht. Und die Abgelösten – meint Ihr, daß er denen erlaubt, die Rüstung auszuziehen und den Sattel vom Pferderücken zu nehmen? Nein, den ganzen Tag über müssen sie gewappnet bleiben, damit sie im Notfall, bei irgendwelchen Überraschungen, schneller als die übrigen aufsitzen und lospreschen können. Und wenn es dann Nacht wird, verdoppelt er die Wachtruppe: Zweitausend Lanzenreiter und zweitausend Fußsoldaten sind von da an ständig auf Streife, während weitere zweitausend Reiter mit gesattelten Pferden in Bereitschaft sind. Gegen Mitternacht findet wiederum ein Wachwechsel statt; die bisher patrouilliert haben, ziehen sich zurück zu ihrem Standort, und die anderen schwärmen aus. Glaubt aber nicht, Herr, Euer Generalkapitan würde sich irgendwann in der Nacht zur Ruhe legen und schlafen. Unablässig ist er unterwegs und sieht nach seinen Leuten, mal mit diesen, mal mit jenen scherzend. Während der ganzen Nacht, so lang sie sich hinzieht, werdet Ihr ihn niemals rasten oder dösen sehen. Wie oft habe ich schon zu ihm gesagt, er möge doch schlafen gehen, ich würde statt seiner aufbleiben. Aber durch nichts läßt er sich dazu bewegen. Und wenn es endlich tagt, wenn er sieht, daß die Sonne aufgeht, läßt er zur Messe läuten. Alle Herren, die daran teilnehmen wollen, erscheinen, einer nach dem anderen. Meint Ihr, er würde nun sich selbst feierlich in Szene setzen? Mitnichten, Herr. Er packt mich oder sonst einen, der gerade in der Nähe ist, am Arm und überläßt all den Magnaten den Vortritt, damit sie vorne Platz nehmen, und setzt sich dann selbst irgendwo hinten in einen Winkel des großen Zeltes. Dort hört er die Messe, alle Ehren den hohen Herren überlassend. Nach dem Gottesdienst versammelt man sich zur Beratung. Dabei wird ermittelt, ob noch genug Proviant im Lager vorhanden ist oder ob es hapert. Ist das letztere der Fall, läßt er die benötigten Dinge unverzüglich beschaffen. Bei dieser morgendlichen Beratung wird nichts anderes erörtert als die Zustände im Lager. Hernach begibt sich der Generalkapitan in sein Zelt oder auch in das nächstbeste, um sich dort auf eine Bank oder zu ebener Erde auf eine Maultierdecke zu legen, in voller Rüstung; und so schläft er zwei Stunden oder drei, wenn's hoch kommt. Kaum ist er wieder aufgestanden, so erschallen die Trompeten: Alle Magnaten kommen zum Mittagessen, und ein jeder von ihnen wird wunderbar bewirtet mit einer Vielfalt köstlicher Speisen. Und der Generalkapitan setzt sich niemals an die Tafel, bevor seine Gäste den ersten Gang genossen haben. Erstaunt fragte ich mich jedesmal, wie es nur möglich ist, so viele Esser so reichlich zu versorgen. Mehr als vierhundert Personen verköstigt er, und dreißig Lastesel haben in ständigem Hin und Her nichts anderes zu tun, als Eßbares zu befördern: Kapaunen, Brathühner und alles erdenkliche sonstige Geflügel. Es ist nicht zu fassen, wie er bei so wenig Schlaf soviel Aufgaben bewältigen kann. Nach dem Essen und dem anschließenden Genuß erfrischender Süßigkeiten findet eine zweite Ratsversammlung statt, bei der man bespricht, was an Streitkräften erforderlich ist, um irgendwelche nahegelegenen Dörfer, Burgen oder Städte, die sich noch in den Händen der Türken befinden, zurückzuerobern; wer das Kommando beim Angriff führen soll und ob es nötig ist, Feldschlangen oder Mörser vor die betreffenden Mauern zu schaffen. Zügig werden die fälligen Maßnahmen getroffen. Ich kann Euch versichern, Herr: Mehr als siebzig feste Plätze haben wir inzwischen erstürmt. Der Generalkapitan versteht sein Geschäft, und die Sache läuft nunmehr, seit er die Führung hat, sehr viel besser als zu den Zeiten, da noch der Herzog unser oberster Feldherr war.«

»Und seine Verwandten?« fragte der Kaiser. »Wie bewähren die sich im Kampf?«

»Vorzüglich, Herr«, sagte der Konnetabel. »Heute nacht wird Diafebus hier erscheinen, mit den feindlichen Anführern, die uns in die Hände gefallen sind.«

»Wie?« rief der Kaiser. »Gibt es noch mehr Gefangene?«

»Aber ja, so wahr Maria eine Jungfrau war!« beteuerte der Konneta-

bel. »Dazu gehören der Herzog von Andria, der Herzog von Amalfi, der Sohn des Herzogs von Kalabrien und eine ganze Menge von Grafen, Baronen und Rittern, die ihre Freiheit verloren haben.«
Diese Nachricht steigerte die Freude, die alle in dieser Stunde empfanden, zu jubelndem Überschwang.
»Und bei der Ausübung Eures Amtes als Großkonnetabel«, fragte der Kaiser, »hat Tirant Euch da nie behindert?«
»Nein, Herr«, antwortete der Konnetabel, »im Gegenteil. Als er mir einen Brief Eurer Hoheit übergab, sagte er sogleich, ich solle meines Amtes walten, in seinem Lager genauso wie in dem des Herzogs. Und es war sein eigener Wunsch, daß der Konnetabel, den er bei sich hatte, als mein Stellvertreter amtiere; denn da mir dieser Rang zuerst verliehen worden sei, hätte ich selbstverständlich das Vorrecht. Alles, Herr, was wir in diesem Krieg an Erfolgen errungen haben, ist dem tüchtigen Einsatz Tirants zu verdanken.«

Am nächsten Morgen kam Diafebus an und zog unterm Geschmetter vieler Trompeten und Trommeln mit seinen Gefangenen in der Stadt ein. Der Kaiser und das ganze Volk Konstantinopels staunten über die Menge vornehmer Feinde, die den Ihrigen in die Hände gefallen waren. Als der Zug zu dem Platz vor dem Palast gelangte, stand der Kaiser oben an einem Fenster. Diafebus erwies ihm die höchste Ehrerbietung, indem er sich tief verneigte, und eilte dann rasch die Treppe hinauf, zum Gemach des Herrschers. Dort küßte er ihm die Hand, danach auch der Kaiserin und der erlauchten Prinzessin. Als er alle Damen des Hofes mit einer Umarmung begrüßt hatte, wandte er sich dem Kaiser zu und richtete diesem all die Segenswünsche, all die Beteuerungen von Zuneigung und Anhänglichkeit aus, die Tirant ihm aufgetragen hatte. Danach sagte er:
»Herr, ich flehe Eure Hoheit an, mich gütigst in die Freiheit zu entlassen; denn wer Gefangene zu bewachen hat, ist selbst ein Gefangener, da ein jeder von ihnen seinen angeborenen Adel noch durch die höhere Würde persönlichen Muts übertreffen zu müssen meint. Wegen der beträchtlichen Gefahr, die ein solcher Wachauftrag bedeutet, wäre ich sehr dankbar, wenn Eure Hoheit geruhen würden, die verhafteten Herren in Empfang zu nehmen. Auch für den Bewacher

gilt ja der Grundsatz, daß man Ehre genug hat, wenn man seine Ehre wahrt. Wer Bescheid weiß, wird wohl anerkennen, daß ich meine Pflicht in Treue erfüllt habe. Doch jeder mag das aus seiner eigenen Sicht beurteilen, so oder so. Damit aber offenkundig werde, daß mein Wunsch und Euer Wille übereinstimmen, bitte ich darum, daß die Notare eine Urkunde ausfertigen, in der dies öffentlich bestätigt und ein für allemal festgehalten wird. Diese Dame hier, die durchlauchtigste Prinzessin des Griechischen Reiches, sowie die hochmögende Stephania von Makedonien, die tugendhafte Muntere Witwe, die schöne Beredsamkeit von Wonnemeineslebens und die ehrbare, glücksgesegnete Erhabenheit der Frau Kaiserin, welche die Quelle alles schätzenswerten Wissens ist, mögen mir bezeugen, daß ich pflichtgemäß sämtliche Gefangenen hier den Händen Seiner Hoheit überantwortet habe.«

Der Vorgang wurde also beurkundet, und der Kaiser empfing die Gefangenen, nicht ohne daß er sich zuvor von Diafebus ausführlich hatte schildern lassen, wie sein Generalkapitan die Herren aus dem Feindeslager behandelt habe und was denselben an Ehre erwiesen worden sei. Der Herrscher gelangte dabei zu dem Entschluß, die unfreiwilligen Gäste in seinem Palast unterbringen zu lassen, in den bestgesicherten Türmen seiner Residenz.

Sobald Diafebus gewahrte, daß sich ihm eine Gelegenheit bot, mit der Prinzessin zu reden, suchte er deren Gemach auf und fand sie dort im Kreise all ihrer Damen. Kaum hatte Karmesina ihn erblickt, erhob sie sich und kam von der Estrade herab, auf ihn zu. Diafebus beschleunigte seinen Schritt, kniete nieder auf dem harten Boden, küßte ihr die Hand und sprach:

»Dieser Kuß ist von dem, den Eure Erhabenheit zu einer Haft verurteilt hat, welche härter ist als die Gefangenschaft jener Herren, die ich hierher gebracht habe.«

Die Zofen näherten sich, und er konnte nicht weiterreden, da zu befürchten war, daß sie seine Worte hören würden. Doch Karmesina nahm ihn an der Hand, und gemeinsam begaben sich die beiden an ein Fenster. Als sie dort einander gegenübersaßen, rief die Prinzessin Stephania herbei, und Diafebus hob an, die folgenden Sätze zu sagen:

»Wenn das Meer zu Tinte würde und der Sandstrand zu Papier, würde beides, glaube ich, doch nicht ausreichen für die Niederschrift all der Liebe, der zärtlichen Zuneigung, der unzähligen guten Wünsche, welche der blühende und beherzte Ritter Tirant Eurer Hoheit übermitteln möchte. In allen Dingen erweist sich freilich erst am Ende, was einer gilt, ob ihm Lohn oder Strafe zuteil wird für sein Tun; und in der Liebe setzt sich jeder tapfere Ritter entschlossen einer Gefahr aus, die ihm nur zwei Möglichkeiten läßt: entweder den Tod zu finden oder die Seligkeit zu erlangen. Und Ihr solltet nicht so blind das ruhige Leben lieben, daß Ihr darüber die Liebe mißachtet, die ein solch ritterlicher Streiter und kühner Feldherr Eurer Hoheit entgegenbringt – ein Mann, der um Euretwillen seine Freiheit preisgab und fast nicht zu Atem kommt, seit dem Tag, da er Euch zum ersten Mal erblickte. Keiner der hochgerühmten Kämpen des Altertums und keiner aus unseren Tagen überstrahlt den Glanz seines jungen Lebens. Deshalb wäre es ungerecht, wenn irgendein anderer als würdig erachtet würde, eine so hohe Belohnung zu erhalten, wie Eure Hoheit sie leibhaftig gewähren kann.«
Er verstummte. Sein schweigendes Verharren bewog die Prinzessin, endlich selbst etwas zu sagen, und sie antwortete mit freundlicher Miene:
»Meine Wünsche sind nicht so geheimnisvoll wie Eure Worte, deren dunkle Absicht Gott allein kennt. Er kann in die Herzen schauen, die Menschen aber urteilen nach dem äußeren Schein, und der gibt Anlaß genug, daß jede ehrbare Frau Euch verdammt; denn alles, was man mit üblen Hintergedanken einfädelt, kann in Ewigkeit nicht zur Unschuld werden. Ach, Diafebus, Bruderherz! Ich werde Tirant und dir mein Leben lang zugetan sein, wenn ihr euren guten Ruf wahrt und ohne Fehl euch fernerhin so verhaltet, wie es sich für mannhafte Ritter geziemt, so daß alle Kundigen auf der ganzen Welt euch dafür rühmen und preisen können. Und was die Freundlichkeiten angeht, die Ihr mir ausgerichtet habt, bin ich baß erstaunt, wie Ihr es geschafft habt, eine so große Last auf Euren Schultern zu transportieren. Doch ich nehme sie entgegen, wie eine Vasallin die Gabe ihres Herrn empfängt, und möchte sie erwidern in doppeltem und dreifachem Maß.«

In diesem Augenblick trat der Kaiser ein, und als er sah, daß seine Tochter und Diafebus sich so lebhaft unterhielten, sagte er:
»Bei den Gebeinen meines Vaters, es ist ein wohltuender Anblick, wenn Mädchen mit solcher Wonne den Geschichten lauschen, die von den Taten echter Ritter berichten!«
Dann forderte er seine Tochter auf, sich zurückzuziehen und herzurichten für den Gang zum Marktplatz – ein Wink, dem sie sogleich gehorchte. Diafebus geleitete den Kaiser hinaus und kehrte dann zurück, um die Kaiserin und die Prinzessin zu begleiten. Als sie zum Marktplatz kamen, sahen sie dort eine große Tribüne, die man auf Geheiß des Kaisers errichtet hatte und deren Holzwerk über und über mit Seidenstoffen und Goldbrokat drapiert war. Nachdem alle Damen dort Platz genommen hatten, wurde den Honoratioren der Stadt bedeutet, sich zu setzen. Dann gebot der Kaiser, man solle sämtliche Gefangenen bringen; und diesen ließ er die Weisung geben, auf den Boden zu hocken, allesamt, sowohl die Sarazenen wie die Christen. Und alle hockten hin, nur nicht der Herzog von Andria, der sich empörte:
»Ich bin es gewohnt, auf einem Thron zu sitzen – und jetzt wollt Ihr mich wie einen erbärmlichen Sklaven behandeln? Nein, dazu gebe ich mich nicht her. Meinen Körper könnt Ihr unterjochen, aber mein Herz ist unbeugsam, und es läßt sich nicht niederzwingen von Eurer Willkür.«
Der Kaiser, der den Zwischenfall bemerkte, ließ die Gerichtsdiener kommen und befahl ihnen, den Herzog an Händen und Füßen zu fesseln und auf den Boden zu setzen. So geschah es denn auch. Als alle endlich saßen und das Volk zum Schweigen gebracht war, ließ der Kaiser einen Urteilsspruch verkünden, der den folgenden Wortlaut hatte.

KAPITEL CXLVI

Das Urteil, das der Kaiser über die Ritter, Herzöge und Grafen verhängte, die sich unter seinen Gefangenen befanden

Wir, Friedrich, Kaiser von Gottes Gnaden, Herrscher des Griechischen Reiches von Konstantinopel, wollen gemäß dem Gesetz unserer glorreichen Ahnen, zum Zwecke der Wahrung eines gedeihlichen Zustandes unserer Herrschaft und im Interesse der Befriedung unseres Reiches wie auch zum Wohl der gesamten Bevölkerung, vor aller Welt hiermit kundtun, daß diese verderbten Ritter und treulosen Christen sich in den Sold der Ungläubigen begeben haben und mit der Waffe in der Hand, gemeinsam mit den Heiden, gegen die Christen zu Feld gezogen sind, um der mohammedanischen Irrlehre zum Triumph zu verhelfen und den heiligen katholischen Glauben zu vernichten. Mit all ihrer Macht haben sie sich bemüht, das Christentum zu zerstören, ohne Scheu vor Gott, ohne Scham vor den Geboten weltlicher Ehre, ohne die ewige Verderbnis ihrer Seelen zu fürchten. Als Verräter sind sie mit ruchloser Bosheit eingefallen in mein Land, um mir mein kaiserliches Herrschaftsrecht zu entreißen. Als verkommene, gottlose Ritter, verflucht von der heiligen Mutter Kirche, haben sie es verdient, daß sie streng bestraft werden; daß man sie aller Ehrenzeichen des Adels sowie des Ritterordens entkleide und ihnen die angeborenen Privilegien ihrer noblen Herkunft aberkenne. Denn ihre Vorfahren sind edle, tugendhafte Männer von gutem Ruf gewesen, hochangesehene Männer, deren Ehrbegriffe diese Nachkömmlinge mit Füßen getreten haben, als sie in aller Öffentlichkeit ihre schurkischen Schandtaten begingen. Eingedenk der genannten Verbrechen und vieler anderen Vergehen, beschließen, beurkunden und verlautbaren wir hiermit, was jedermann wissen soll: Nicht ohne Bitterkeit, Schmerz und Mitleid, doch mit dem entschiedenen Willen, die Schuldigen zu bestrafen und anderen eine Lehre zu erteilen, erklären wir alle hier anwesenden gefangenen Christen zu Verrätern und verurteilen sie dazu, daß an ihnen der Brauch vollzogen

werde, der für Verräter vorgesehen ist, die sich so schamlos wie sie gegen Gott und Welt versündigen.«
Nachdem der Urteilsspruch laut verkündet worden war, traten zwölf Ritter auf, die alle bodenlange Gewänder und hohe, spitze Hauben trugen; und der Kaiser legte die gleiche Kleidung an. Sie hießen die falschen Christen aufstehen, ließen sie heraufbringen auf die Tribüne und wappneten sie dort, um ihnen sodann zum Zeichen der Entehrung die ritterliche Rüstung und alle Waffen Stück für Stück wieder abzunehmen, gemäß den Regeln jener Prozedur, mit der man ungetreue Ritter zu bestrafen pflegt, wie dies schon oben, zu Beginn dieser Geschichte, geschildert worden ist.
Als der Herzog von Andria sah, welch schmähliche Schaustellung man mit ihm und den anderen vornahm; als er begriff, daß er, bar aller Ehren, aus dem Ritterstand verstoßen wurde, geriet er so außer sich, daß ihm die Galle platzte und er auf der Stelle tot zusammenbrach.
Angesichts des entseelten Leibes erklärte der Kaiser, daß diese Leiche nicht in geweihter Erde bestattet werden dürfe; und er befahl, ihn aufs freie Feld zu werfen, den Hunden und Raubtieren zum Fraß.
Dann wurden auf Geheiß des Herrschers mannshohe Schilde mit den kopfüber aufgehängten Wappen der Abtrünnigen bemalt; und auf jeden dieser Schandschilde wurde das Urteil geschrieben; denn sie sollten von Land zu Land gesandt werden, auf daß die gesamte Christenheit erfahre, welch ruchlose Schurkerei hier geahndet wurde. Als der Papst und der Deutsche Kaiser wenig später diese Sinnbilder samt der Sentenz zu Gesicht bekamen, waren beide der Meinung, die harte Verurteilung sei mit vollem Recht erfolgt. Die treulosen Ritter aber wurden sofort nach dem Ehrenspektakel, das sie verdient hatten, abgeführt und in den Kerker geworfen.
Daraufhin sprach der Kaiser:
»Streng nach dem Recht laßt uns richten, ohne Rücksicht auf Person und Stand.«
Mit schweren Ketten um den Hals wurde auf seinen Wink der Schildknappe des Herzogs von Makedonien vorgeführt. Und in Gegenwart aller verkündete der Herrscher, daß der Bursche zum Tod

verurteilt sei und kopfüber gehenkt werden solle, wegen des furchtbaren Leides, das der Kerl mit seinen Lügen verursacht habe. Als Diafebus den Knappen sah und das Todesurteil hörte, eilte er, ehe die Schergen ihn zur Hinrichtung abschleppten, nach vorn, fiel zu Füßen des Kaisers auf die Knie und flehte diesen an, er möge doch Gnade walten lassen und dem Jungen die Todesstrafe ersparen; denn böse Zungen könnten sonst behaupten, der da habe nur sterben müssen, weil er allerlei üble Dinge über den Generalkapitan gesagt habe. Der Kaiser jedoch hielt den Bittsteller hin mit freundlich ausweichenden Worten, damit derweilen die Exekution vollzogen werde. Als die Prinzessin erkannte, daß Diafebus nichts erreichen würde, trotz all seinem inständigen Flehen, stand sie auf, kam herab von ihrer Estrade und kniete nieder vor ihrem Vater, um gemeinsam mit Diafebus um das Leben dieses Menschen zu bitten; doch auch so ließ er sich nicht erweichen. Die Kaiserin kam hinzu samt all ihren Zofen, und alle beschworen ihn, bittelnd und bettelnd. Der Kaiser sagte:

»Wer hat jemals erlebt, daß ein Urteil, das gemeinsam vom gesamten Kronrat gefällt wurde, widerrufen worden wäre? Noch nie ist so etwas geschehen. Auch heute werde ich das nicht tun!«

Die Prinzessin ergriff seine Hände, als wollte sie dieselben küssen, und zog ihm den Ring vom Finger, ohne daß er es merkte, wobei sie sagte:

»Herr, es entspricht nicht der Gewohnheit Eurer Majestät, ein so hartes Urteil zu sprechen und irgendwen einen so qualvollen Tod erleiden zu lassen.«

»Mich verdrießt leeres Gerede«, erwiderte der Kaiser, »erlogenes Geschwätz, wie es dieser Mensch sich mir gegenüber erlaubt hat. Doch von mir aus, liebes Kind – ändert das Urteil ab, ganz nach Eurem Belieben.«

Die Prinzessin steckte Diafebus den Ring zu, der Ritter schwang sich auf ein Roß, stob davon, zu dem Platz, auf dem der Galgen stand, und reichte dort dem verantwortlichen Gerichtsdiener den kaiserlichen Fingerreif. Dann holte er den Knappen von der Leiter, wo ihm bereits die Schlinge um den Hals gelegt werden sollte, und brachte ihn in sein Quartier. Sobald aber Diafebus die Herberge verlassen hatte, um zum Palast zu gehen, schlich sich der Schildknappe, so schnell er konnte, zum Sankt-Franziskus-Kloster und bat, als Mönch in den Orden aufgenommen zu werden; er verließ die Gefahren der Welt und widmete sich fürder dem Dienst unseres Herrn im Himmel.

Schon einen Tag nach der Urteilsverkündung ließ der Kaiser all diejenigen Gefangenen, für die man an Ort und Stelle kein Lösegeld zu erwarten hatte, auf Schiffe verladen, die sie ins Ausland bringen sollten, wo man sie verkaufen könnte, nämlich in Venedig, auf Sizilien, in Rom und Italien. Leute, die man nicht gegen bare Münze loswerden konnte, tauschte man gegen Waffen, Pferde oder Lebensmittel ein – lauter Dinge, die man dringend brauchte. Der andere Herzog wurde für achtzigtausend venezianische Dukaten freigekauft; der Sohn des Herzogs von Kalabrien brachte fünfundfünfzig Dukaten ein. Auch die sonstigen Mannen konnte man gewinnbringend absetzen; wer aber niemanden fand, der für ihn bezahlen wollte, dem wurde die Möglichkeit geboten, durch Leistung eines Treueschwurs freizukommen, durch das Gelübde, dem Kaiser künftig gewissenhaft und treu zu dienen. Ein solcher erhielt Waffen, Rüstung, Pferd und Sold und wurde ins griechische Heer übernommen. Diejenigen freilich, die das nicht wollten, wurden an eiserne Ketten gelegt und zur Arbeit an den Türmen des Stadtwalls und des Palastes gezwungen, wodurch die Befestigungsanlagen von ganz Konstantinopel beträchtlich verbessert wurden.

Als der Konnetabel und Diafebus schließlich aufbrechen mußten, um zum Feldlager zurückzukehren, holte der Kaiser eine gewaltige Menge Geld aus seinem Schatz, genau die Summe, die er durch den Verkauf der Gefangenen erhalten hatte, und beauftragte die beiden, den ganzen Gewinn dem Generalkapitan zu überbringen.

Am Vorabend ihrer Abreise achtete Diafebus darauf, wann sich der Kaiser zurückziehen würde. Als dies endlich geschah, ging er zum Gemach der Prinzessin, und die erste Person, die er dort traf, war Stephania. In tiefer Ehrerbietung kniete er vor ihr nieder und sprach:

»Edle Dame, zu meinem Glück hat es das Schicksal so gefügt, daß Euer Gnaden geruhten, mir als erste zu begegnen. Ich wäre Euch sehr dankbar, wenn Ihr mir die Gewißheit Eures Wohlwollens schenken würdet, indem Ihr meine Bitte erhört. Ich würde mich nämlich als wahren Glückspilz fühlen, wenn Fortuna mir so gewogen wäre, daß Ihr mich für würdig erachtet, derjenige zu sein, der Euch am nächsten zu Diensten steht, obwohl ich weder durch meinen Stand noch durch mein Tun eine solche Auszeichnung verdiene, angesichts der großen Schönheit, Anmut und Würde, die Euch eigen sind. Aber Liebe ist ja die Macht, die Ausgleich und Einklang zwischen den Herzenstrieben schafft und dem Unwürdigen die Würde verleiht, geliebt zu werden. Da ich Euch inniger liebe als irgend sonst eine Dame auf der Welt und Ihr ein so fein empfindendes weibliches Wesen seid, dürfte mir das Ziel meiner Wünsche nicht verweigert werden. Habt also die Güte und laßt die üblichen Ausreden beiseite, schützt nicht die Nähe der Prinzessin vor, als wäre sie die Bastion, hinter der Ihr Euch verschanzen müßtet. Nutzt lieber ein bißchen die eigenen Hände und streckt sie mir entgegen zum Zeichen jubelnder Zustimmung, damit Ihr nicht das Beste versäumt, was es geben kann. Und Ihr werdet sehen, daß Ihr eine gute Wahl getroffen habt. Wenn Ihr Euch aber ziert, was kaum zu vermuten ist, so handeln sich Euer Gnaden damit nichts als Schande und Verwirrung ein; denn man würde Euch dann für gefühlskalt halten; die Hofdamen würden über Euch herziehen, und alle würden Euch die Hochachtung versagen, zur Strafe dafür, daß Ihr nicht gewillt seid, die Wonnen der Glückseligkeit zu erleben, die man durch die Liebe erlangt. Man würde Euch verdammen und auf die Insel der Reuequalen verbannen, wo niemand jemals Ruhe findet. Und wenn auch diese Warnung nicht genügt, Euch gnädig zu stimmen, so daß Ihr Euch meiner erbarmt, werde ich die ganze Angelegenheit vor dem ritterlichen Minnehof zur Debatte stellen, indem ich den versammelten Frauen und Jungfrauen all die Bittgesuche vortrage, die ich an Euch gerichtet habe, sowie all die grausamen, herzlosen Antworten, die mir von Eurer Seite zuteil geworden sind. Das wird ein Prozeß, bei dem es für mich um Leben oder Tod geht. Deshalb bitte ich Euer Gnaden, daß dieser Fall unter dem Vorsitz der durchlauchtigsten Prinzessin entschieden werde: Sie soll als Richterin darüber urteilen, wer von uns beiden mehr im Recht ist, Ihr oder ich.«

Damit beendete er seine Rede.
Die tugendhafte Stephania aber erwiderte mit holdseliger Miene: »Unwissenheit schützt nicht vor Strafe. Deshalb öffnet Eure Augen und begreift, wie unentschuldbar Euer Verhalten ist. Dann wird Euch auch klar sein, wie hart die Anklagen wären, die Ihr von den ehrsamen Frauen zu hören bekämet, und wie hoch sie meine sittsame Haltung rühmen würden. Zwei Gegensätze können nicht übereinkommen, wegen der Gegensätzlichkeit, die ihnen innewohnt. Der besagte Antrag, den Ihr mir gemacht habt, ist ein unnötiger Verstoß gegen den Ruf Eurer Ehrbarkeit, und es bedarf schon einiger Mühe, das Geschehene wiedergutzumachen, vor allem dann, wenn die Eingeweihten zu der Erkenntnis gelangen, daß Ihr Worte geäußert habt, die Eurem Anstand lauthals ein übles Leumundszeugnis ausstellen. Es ist mir nämlich nicht entgangen, wie eilig Ihr es habt, Euch allerlei Freiheiten zu erlauben. Ihr scheint mir recht sorglos, deshalb befürchte ich, daß Ihr Euch bei dem Versuch, Eure Vergehen zu rechtfertigen vor den Augen und Ohren redlicher Mitmenschen, noch schlimmer danebenbenehmt und ich mich genötigt sehe, mit meinem Rock Eure Blöße zu decken. Darum will ich von vornherein klarstellen, daß ich dort kein Auferstehungswunder bewirken möchte, keinen anderen Lazarus sich aus dem Grabesschlaf erheben lassen will, wie unser Herr Jesus das getan hat. Doch ich möchte auch nicht, daß Ihr verzweifelt wegen meiner mangelnden Liebe. Was ich für Euch fühle, ist nämlich nicht so wenig, wie Ihr behauptet, und weit mehr, als Ihr Euch überhaupt vorstellen könnt. Denn das Beste, was ich an Euch bisher bemerkt habe, ist die schöne Ahnungslosigkeit, die Ihr an den Tag legt.«
Als Diafebus sich eben anschicken wollte, auf diese Worte zu antworten, kam der Kammerherr des Kaisers und sagte dem Ritter, der Herrscher wünsche ihn zu sprechen. Diafebus bat Stephania inständig, sie möge doch an Ort und Stelle auf ihn warten; denn er werde so rasch wie möglich zurückkommen. Die liebenswürdige Dame erwiderte, sie werde mit Freuden seiner harren.
Als der Kaiser Diafebus erblickte, sagte er, der ganze Bargewinn, den man mit den Gefangenen erzielt habe, solle ihm und dem Konnetabel mitgegeben werden. Diafebus erklärte, er sei gern bereit, diesen

Auftrag zu übernehmen. Danach aber drängte er den Großkonnetabel, derselbe möge doch so gut sein, diesen Haufen Geld in Empfang zu nehmen, denn er selbst – so entschuldigte er sich – sei im Zählen nicht eben sattelfest. Beide erhielten vom Kaiser die Weisung, noch vor Tagesanbruch abzureisen. Eilends begab sich Diafebus zurück zu dem Gemach, in dem er seine Herrin gelassen hatte, und fand sie dort in einem geistesabwesenden Zustand wieder, tief in Sorgen versunken, Tränen in den Augen; denn sie wußte, daß der Kaiser ihn nur zu sich gerufen hatte, um ihm den Befehl zur Rückreise zu erteilen. Diafebus nahm sie in die Arme und versuchte, sie zu trösten, indem er ihr bekundete, daß der Abschied für ihn noch schmerzlicher sei als für sie.

Und wie er eben mit diesen Tröstungsversuchen beschäftigt war, betrat die Prinzessin das Gemach, die geradewegs vom Schatzturm kam: spärlich bekleidet, nur ein Hemd und ein Röckchen aus weißem Damast am Leib, die Fülle ihrer Locken lose über die Schultern verstreut, weil eine große Hitze herrschte. Als sie des Ritters gewahr wurde, wollte sie kehrtmachen; aber Diafebus war so nahe bei ihr, daß er ihr Entwischen verhindern konnte.

»Na und, wozu auch?« sagte die Prinzessin. »Bei Euch macht es mir nichts aus; denn für mein Gefühl seid Ihr wie ein Bruder.«

Wonnemeineslebens mischte sich ein, indem sie sagte:

»Herrin, sieht Eure Hoheit denn nicht, was für ein Gesicht Stephania hat? Man könnte grad meinen, sie hätte pustend das Herdfeuer angefacht; denn ihre Wangen sind so glutrot wie die Rose im Mai. Ich habe den Eindruck, als wären die Hände von Diafebus nicht ganz müßig gewesen, solange wir oben im Turme weilten. Da hätten wir auf ihr Kommen noch lange warten können! Und sie ließ es sich hier wohl sein, mit dem Ding, das sie am meisten liebt. Hol's der Henker! Wenn ich einen Liebhaber hätte, würde ich mich auch nicht lumpen lassen, sondern das gleiche Spielchen treiben wie ihr hier. Aber ich bin ja ein darbendes Mauerblümchen, auf das kein Bienchen scharf ist. Herr Diafebus, wißt Ihr, wen ich von ganzem Herzen liebe und gerne hätte? Hippolyt, den Pagen von Tirant. Und wenn er ein Ritter wäre, würde ich noch mehr nach ihm lechzen.«

»Hiermit verspreche ich Euch«, sagte Diafebus, »daß ihm vor der nächsten Schlacht, an der wir teilnehmen, sämtliche Ehren des Ritterschlags zuteil werden.«

So scherzten sie eine gute Weile. Schließlich sagte die Prinzessin: »Soll ich Euch etwas gestehen, Diafebus? Wenn ich so umhergehe, in alle Winkel des Palastes spähe und Tirant nicht sehe, erstirbt mir das Herz. Ach, wenn ich ihn erblicken könnte – es wäre wie Balsam für meine Seele. Aber mit dieser Sehnsucht, die mich verzehrt, ist mir zumute, als müßte ich sterben, ehe ich ihn wiedersehe. Eines jedoch tröstet mich: Obwohl ich viel Leid zu durchleben habe, tut es mir nicht leid, weil ich weiß, daß ich einen tapferen Ritter liebe, einen Mann, der das Inbild aller mannhaften Tugenden ist. Und was mich an ihm am meisten erfreut, ist seine Freigebigkeit. Durch den Großkonnetabel habe ich ja erfahren, was für gewaltige Ausgaben er hat. Das ist die Art wahrhaft großmütiger Herren: Ohne Scheu streuen sie ihre Habe hin; und den Stil, in dem sie angetreten, behalten sie bei, allen Wettern zum Trotz. Weil es mir freilich klar ist, daß Tirant in diesem Land keine Güter und kein Erbe hat, will ich es unter gar keinen Umständen zulassen, daß er in Verlegenheiten gerät, die sein Ansehen beeinträchtigen könnten. Ich will für ihn sorgen wie Vater und Mutter, als Schwester und Tochter, Geliebte und Frau. Und deshalb, lieber Bruder, sollt Ihr ihm ein Riesenbündel der herzlichsten Grüße bringen, und mittendrin in den gerollten Papierbogen, sorgsam eingewickelt, so daß niemand davon erfährt oder etwas sieht, eine halbe Maultierladung Gold, das er nach Lust und Laune verwenden mag. Deshalb haben wir beide, Wonnemeineslebens und ich, uns dazu herbeigelassen, es eigenhändig abzuwiegen und in Säcklein zu verpacken. Schickt also, sobald die Leute beim Abendessen sind, den einen oder anderen von Euren Mannen her; und falls ich nicht hier sein sollte, wird Stephania oder Wonnemeineslebens euch das Mitbringsel aushändigen. Und bestellt dem Empfänger, er möge sich, bitte, nichts versagen, was seinem Ansehen dienlich ist; denn seine Ehre betrachte ich als die meinige. Und wenn er das da ausgegeben hat, will ich für Nachschub sorgen. Ich werde es nicht zulassen, daß es ihm und den Seinigen an irgend etwas mangelt. Und wenn ich wüßte, daß ich durch Spinnen etwas beitragen könnte zur Wahrung seiner Ehre, würde ich mich ohne Zögern selbst ans Spinnrad setzen. Ja, das Blut meines eigenen Leibes würde ich freudig dreingeben, um ihn in den allerhöchsten Rang zu erhöhen, falls Gott mir dabei hilft. Denn der Ausgang alles Künftigen bleibt dem Schicksal vorbehalten. Aber aus einer guten Sache kann der Keim eines weiteren Gewinns erwachsen; und ich will alle Möglichkeiten meines Standes nutzen, um ihm einen Gefallen zu tun. Deshalb habe ich angeregt, daß der Kaiser ihm den Titel eines Grafen verleihe. Die Muntere Witwe war es, die mich unlängst auf diese Idee gebracht hat. Sie sagte mir, sie habe gemerkt, daß ich in Tirant verliebt sei, und da sei es vielleicht ratsam, ihm den besagten Titel zu überlassen. All mein Lebtag werde ich ihr das nicht vergessen. Von einer verblichenen Tante habe ich nämlich eine Grafschaft geerbt, die Santo Angiolo heißt; und es ist mein Wunsch, dieses Erbe zu seinem Eigentum zu machen, damit er sich künftig Graf von Santo Angiolo nennen kann. Das brächte zumindest einen Vorteil: Wenn die Leute hören oder merken, daß ich in Tirant verliebt bin, würde meine Neigung als wohl nicht ganz abwegig erscheinen; es hieße dann, ich hätte mich in einen Grafen vernarrt. Mein Glaube an ihn gründet sich freilich auf den Wert seiner Person, seinen mannhaften Mut.«

Als Diafebus hörte, mit welcher Offenheit die Prinzessin ihre Liebe bekannte, verwunderte er sich sehr und sagte:

»Bei Gott, Herrin, ich weiß nicht, wie ich Euch meine Dankbarkeit ausdrücken und mich erkenntlich zeigen könnte für all die Ehren und reichen Gunstbeweise, die Eure Hoheit meinem Vetter zugedacht hat, auch wenn Tirants Verdienste überragend sind und er gewiß noch ganz anderer Dinge wert wäre, seiner mannigfachen Vorzüge wegen. Aber die Anmut und liebevolle Offenherzigkeit, mit der Eure Hoheit dies Anerbieten ausgesprochen hat, ist Grund genug, es noch höher zu schätzen, weit über den sachlichen Wert hinaus. Denn schon das Sprichwort lehrt ja: ›Die Kunst des Schenkens kommt nicht von der Habe. Lebensart macht die Gabe zur Labe.‹ Ich merke, der Reiz einer Gunst hängt von ihrer Herkunft ab. Und wer es vermag, in den Besitz Eurer Hoheit zu gelangen, wird sich seligpreisen. Deshalb bitte ich um die Gnade, daß ich, im Namen jenes trefflichen Ritters, Eure Hände und Füße küssen darf; und

hernach auch noch im Namen all derer, die zu seinem Anhang gehören.«
Da konnte Stephania, bedrängt von der Liebesleidenschaft, die in ihr lohte, nicht länger stillschweigen und sagte:
»Nichts hält mich davon ab, mit Diafebus ins Feld zu ziehen, nichts als ein Schamgefühl, das aus der Furcht kommt, ich könnte damit eine Ungehörigkeit begehen. Die Schande, die ich damit über meinen guten Namen brächte, würde bei den ehrbaren Leuten keinerlei Verständnis finden; und auch Euch, Herrin, träfe ihre Mißbilligung, da ich ja nur mit der Erlaubnis Eurer Hoheit eine solche Eskapade wagen könnte. Ach, ich muß gestehen: Ich beneide Euch um das, was Ihr für seinen ruhmreichen Herrn und Meister tut, den guten Tirant. Ich muß also dem Beispiel Eurer Erlauchtheit nacheifern: Alles, was ich habe, will ich Diafebus schenken, ihm, der hier vor Euch steht.«
Sie stand auf, rannte davon und stürzte in ihr Gemach. Dort schrieb sie einen Schenkungsbrief, verbarg das Schriftstück an ihrem Busen und begab sich wieder in den Raum, wo die Prinzessin war.
In der Zwischenzeit, solange Stephania anderwärts mit dem Federkiel beschäftigt war, beschwor Diafebus die Prinzessin unermüdlich, sie möge sich doch von ihm küssen lassen. Aber Karmesina wurde keinen Augenblick wankend in ihrer abwehrenden Haltung. Noch einen letzten Anlauf unternahm Diafebus, indem er sagte:
»Nun, Herrin, da unsere Absichten einander widerstreiten, muß wohl vernünftigerweise daraus der Schluß gezogen werden, daß auch unsere Wege sich trennen sollten. Das entspräche dem Sinn des landläufigen Satzes: ›Wenn einer nicht will, sollten nicht zweie deswegen im Zwist leben.‹ Ein solcher könnte nur allzuleicht zwischen uns entstehen, und schuld daran wäre vor allem Eure Hoheit, falls Ihr nicht doch noch Eure Meinung ändert. Bisher bin ich Euer Diener gewesen, und dies mit solcher Ergebenheit, daß Eure Hoheit nicht souveräner über mich hätte verfügen können, wenn Ihr mich als Gefangenen gekauft und zu Eurem Sklaven gemacht hättet. Blindlings habe ich bisher Euren Winken gehorcht, als wäre ich mit verbundenen Augen durch die Welt gelaufen. Hätte ich hundert Leben statt des einen – ich hätte alle hundert aufs Spiel gesetzt, nur um

Eurer Majestät einen beliebigen Dienst zu leisten, so gefährlich dieser auch sein mochte. Eure Majestät hingegen ist nicht einmal bereit, meinem lechzenden Gemüt auch nur das Augenblickslabsal einer winzigen Freiheitsfrucht zu gönnen. Nein, von nun an könnt Ihr Euch einen anderen Bruder und Diener suchen, der sich auf eigene Kosten ständig bemüht, Eurem Wohl zu dienen. Und schlagt es Euch aus dem Sinn, daß ich fürderhin jemals in Eurem Auftrag noch irgendein Wörtchen zu Tirant sagen würde oder gar bereit wäre, ihm irgendwelche Gelder zu überbringen. Sobald ich ins Feldlager komme, werde ich meinen Abschied nehmen und heimreisen in mein Vaterland. Irgendwann aber wird der Tag kommen, da es Euch leid tut, daß ich nicht mehr da bin.«

Kaum hatte Diafebus mit diesem Satz seinen Schlußstrich gezogen, da betrat der Kaiser das Gemach und fragte den Ritter, weshalb er sich noch nicht reisefertig mache; schon vor Tagesanbruch solle es doch losgehen.

»Herr«, antwortete Diafebus, »eben komme ich von meinem Quartier; allesamt sind wir schon bereit zum Aufbruch.«

Der Kaiser brachte ihn hinaus und wandelte mit ihm noch ein Weilchen durch die Gänge des Palastes, wobei er ihn und den Konnetabel an die Weisungen erinnerte, die er ihm gegeben hatte.

»Ach, ich elendes Weib!« stöhnte die Prinzessin. »Wie wütend ist Diafebus geworden! Ich glaube, er wird nie wieder einen Finger für mich rühren. Was für ein Pech habe ich doch! All diese Franzosen sind nicht ganz bei Trost und geraten gleich außer sich. Stephania, geh du ihm nach, mir zuliebe, und sag ihm, er soll mir bitte nicht so böse sein.«

»Das will ich gerne tun«, antwortete Stephania.

Da tat Wonnemeineslebens den Mund auf und sagte:

»O Herrin, Ihr seid schon ein recht seltsames Frauenzimmer! Mitten im Krieg, wo Ihr sie so dringend braucht, verscherzt Ihr Euch die Freundschaft der Ritter. Sie setzen ihr Gut und Blut ein, zum Schutz Eurer Hoheit und des ganzen Reiches, während Ihr, eines Kusses wegen, ein solches Theater macht! Was ist denn schlimm am Küssen? In Frankreich machen sie davon so wenig Aufhebens wie wenn man einander die Hand gibt. Und wenn er Euch küssen will, solltet

Ihr Euch nicht sträuben, selbst dann nicht, wenn er mit der Hand Euch unter die Röcke fährt, in solcher Notzeit wie der unsrigen. Später dann, wenn Ihr geruhsam den Frieden genießt, mag der Anstand Urständ feiern und das Laster sich zur Tugend läutern. Gute Frau, gute Frau, Ihr geht den verkehrten Weg! In Kriegszeiten sind Waffen gefragt, in Friedenstagen freilich kann man auf Pfeil und Bogen pfeifen!«

Stephania war nicht dabei, als Wonnemeineslebens diese Worte sagte; doch die Prinzessin lief hinaus, sie zu suchen, fand sie in ihrem Gemach und flehte sie inständig an, den Ritter soweit zu bringen, daß er noch einmal herkäme:

»Ich fürchte nämlich, daß er tatsächlich tut, was er gesagt hat, und uns im Stich läßt. Und wenn er geht, wäre es nicht weiter verwunderlich, wenn Tirant ebenfalls heimreisen würde, ihm zuliebe. Und falls dieser Tapfere, mir zuliebe, nicht fortginge, würden doch viele von den übrigen Mannen sich verziehen. Wir aber, die schon zu gewinnen wähnten, wären verloren.«

»Die Sache läßt sich leichter einrenken, als Ihr denkt, Herrin«, sagte Wonnemeineslebens. »Schickt keinen Boten, sondern geht selber hin. Tut so, als wolltet Ihr den Kaiser aufsuchen. Erzählt den beiden irgendwelche Neuigkeiten und laßt Diafebus gelegentlich merken, daß sich Euer Sinn gewandelt hat, dann wird seine Wut im Nu verfliegen.«

Schleunigst begab sie sich dorthin, wo sie ihren Vater vermutete, und fand die Männer noch immer ins Gespräch vertieft. Als endlich genug der Worte gewechselt waren, nahm die Prinzessin Diafebus an der Hand, zog ihn beiseite und bat ihn herzlich, er solle ihr doch nicht grollen. Diafebus erwiderte:

»Herrin, ich habe alles versucht, was ich nur irgend tun konnte, um zu prüfen und zu erproben, wie redlich Eure Hoheit es meint. Ich glaubte, Ihr würdet im Blick auf die drohenden Gefahren und die ungewisse Zukunft mir doch ein bißchen entgegenkommen; denn bei dem, worum ich bat, handelt es sich ja mehr um ein Scheinvergnügen als um die wirkliche Lustbarkeit eines leibhaftigen Tuns. Eurer Majestät ist es nun so ergangen wie dem heiligen Petrus: Als er flüchtete, um in Rom nicht den Tod zu erleiden, widerfuhr ihm eine

Erscheinung, die ihn zur Umkehr bewog; er erkannte seinen Fehler, dank der Fürsorge eines anderen. Für mich aber gibt es jetzt nur die klare Alternative: entweder Kuß oder Abschied. Erlange ich, was ich will, könnt Ihr nach Belieben über mich verfügen, sei's zu Rechtem, sei's zu Schlechtem.«

»Wenn die Liederlichkeit sittenlosen Verhaltens den Lorbeer der Ehrsamkeit einbrächte«, sagte die Prinzessin, »könnte ich zur meistgefeierten Jungfrau der Welt werden, indem ich einfach mit mir treiben lasse, was viele zu tun begehren. Und falls umgekehrt gilt, daß sittsames Gebaren Schande bereitet, habt Ihr keinerlei Grund, Euch jener Parole zu schämen, mit der Ihr – ohne auf denjenigen zu warten, der mein Herz gefangenhält – lauthals Eure Ehrsamkeit bekundet: Küssen! Küssen!«

Kaum hatte die Prinzessin dies ausgesprochen, da kniete Diafebus nieder auf den harten Boden und küßte ihr die Hand. Dann näherte er sich Stephania und küßte dieselbe dreimal auf den Mund, zu Ehren der heiligen Dreifaltigkeit. Stephania aber sagte:

»Nachdem ich nun, bedrängt vom Ungestüm Eures Begehrens und ermutigt vom Geheiß meiner Herrin, Euch geküßt habe, ist es mein eigener Wunsch und Wille, daß Ihr von mir Besitz ergreift, aber nur oberhalb des Gürtels.«

Diafebus ließ sich das nicht zweimal sagen: Mit beiden Händen griff er ihr unverzüglich in die Bluse, streichelte ihre Brüste und befühlte alles, was ihm unter die Finger kam. Dabei stieß er auf die zusammengerollte Schenkungsurkunde, und weil er meinte, es sei ein Brief von irgendeinem anderen Liebhaber, erstarrte er, wie vom Schlag gerührt, seiner Sinne beraubt.

»Lest, was darin geschrieben steht«, sagte Stephania, »und macht kein so verstörtes, fassungsloses, verbiestertes Gesicht. Sonst denkt ja jeder vernünftige Mensch, Ihr hättet den Verstand verloren und würdet Euch zu Tode grämen in dem Wahn, Ihr hättet Grund zu einem finsteren Verdacht.«

Die durchlauchtige Prinzessin griff nach der Schriftrolle, riß sie dem Ritter aus der Hand und las vor, was die Lettern besagten.

KAPITEL CXLVII

Die Schenkungsurkunde, die Stephania von Makedonien für Diafebus ausstellte

Tagtäglich lehrt uns die Erfahrung, wie weise die Natur alle Dinge geordnet hat, zum Wohl der glorreichen Vorfahren. Da ich die Freiheit erlangt habe, über mich selbst nach eigenem Willen zu verfügen, und jene Ehrsamkeit besitze, die den Jungfrauen gemeinhin zukommt, tue ich durch dieses Schriftstück kund und zu wissen, daß ich, Stephania von Makedonien, Tochter des durchlauchtigen Fürsten Robert, Herzog von Makedonien, aus freien Stücken und im Vollbesitz meiner geistigen Kräfte, weder gedrungen noch gezwungen, Gott vor Augen und die Hände leibhaftig auf das Evangelienbuch gelegt, hiermit gelobe, Euch, Diafebus de Muntalt, als meinen Gemahl und Gebieter anzunehmen und Euch freizügig meinen Leib zu überlassen, ohne Lug oder Trug. Eingedenk der ehelichen Gemeinschaft, die ich mit Euch eingehe, vermache ich Euch zugleich das obgenannte Herzogtum mitsamt all den dazugehörigen Rechten; des weiteren hundertzehntausend venezianische Dukaten und überdies dreitausend Mark in silberner Münze sowie Juwelen und Gewänder, deren Wert nach Schätzung Seiner Majestät des Herrn Kaiser und des ehrwürdigen Kronrats sich auf dreiundachtzigtausend Dukaten beläuft. Vor allem aber vermache ich Euch das Anrecht auf meine Person, die ich als mein höchstes Gut betrachte.

Sollte ich jemals diesem Gelöbnis zuwiderhandeln, so will ich, falls ein solcher Verstoß mir nachgewiesen werden kann, fortan als falsches und wortbrüchiges Geschöpf gelten; und kein Gesetz, das von unseren Kaisern vormals oder in unseren Tagen erlassen worden ist, darf dann zu meinen Gunsten ausgelegt werden; auch nicht die Rechtsordnung Roms, denn ich verzichte von vornherein auf die Anwendung des Gesetzes, das der glorreiche Kaiser Julius Caesar einführte unter dem Titel ›lex Julia maritandis ordinaribus‹ und dessen Ausnahmebestimmungen die Jungfrauen, Witwen und Alleinerbinnen in besonderer Weise begünstigen.

Auch verzichte ich in diesem Fall auf das Recht der stellvertretenden

Ehrenrettung: Kein Ritter soll für mich in die Schranken treten, und keine Frau soll es wagen, für mich die Stimme zu erheben. Eher möge man mir die Hand mit einem Nagel durchbohren, nach den Regeln des feierlichen Schaugerichts, das nach alter Sitte sowohl für Ritter wie für Frauen ehrbaren Standes vorgesehen ist.
Und um diesen Worten größere Glaubwürdigkeit zu verleihen, setze ich meinem Namen hierher, geschrieben mit Blut aus meinem eigenen Leib. – Stephania von Makedonien«

KAPITEL CXLVIII

Wie Diafebus vom Kaiser und von den Damen Abschied nahm, um ins Feldlager zurückzukehren

Stephania war nicht die Tochter des derzeitigen Herzogs. Ihr Vater war ein hochangesehener Fürst und überaus tapferer Ritter mit großem Besitz gewesen; er war ein Vetter des Kaisers, und diese Tochter war sein einziges Kind; bei seinem Tode hinterließ er ihr das Herzogtum, das ihr – wie er in seinem Testament bestimmte – übereignet werden sollte, sobald sie dreizehn Jahre alt wäre. Ihre Mutter, eine tatkräftige Frau, verwaltete stellvertretend, gemeinsam mit dem Kaiser, dieses Erbe. Um weitere Kinder zu bekommen, hatte die Verwitwete den Grafen von Albi geheiratet, der sich dank dieser Verbindung den Titel eines Herzogs von Makedonien zulegte. Das besagte Mädchen hatte zum Zeitpunkt ihrer Begegnung mit Diafebus das vierzehnte Lebensjahr vollendet.
Als es nun Nacht geworden war und man alle Vorkehrungen für die Abreise getroffen hatte, ließ Diafebus, unsagbar froh gestimmt, das Geld abholen – genau zu der Stunde, die ihm von der Prinzessin angegeben worden war. Und sobald er diesen Barvorrat in seinem Quartier hatte, ging er, indes seine Mannen sich wappneten, noch einmal zum Palast, um sich vom Kaiser und allen Damen des Hofes zu verabschieden, besonders von Stephania, die er bat, ihn in der Zeit seiner Abwesenheit nicht zu vergessen.

»Ach, Diafebus, mein Herr und Gebieter«, sagte Stephania, »alles Gute dieser Welt beruht auf dem gläubigen Vertrauen. Gedenkt Ihr denn nicht der Worte, die im Evangelium geschrieben stehen: ›Selig sind, die nicht sehen und doch glauben.‹ Ihr seht mich und glaubt dennoch nicht. Baut getrost auf mich: Niemandem auf der Welt bin ich so zugetan wie Euch.«
Vor den Augen der Prinzessin und in Gegenwart von Wonnemeinesleben küßte sie den Ritter zum Abschied, küßte ihn wieder und wieder. Viele Tränen des Trennungsschmerzes flossen da zusammen, wie dies der Brauch ist bei denen, die einander mögen. Diafebus kniete nieder auf den harten Boden und küßte die Hände der Prinzessin, sowohl im Namen des tapferen Tirant wie aus eigenem Antrieb. Als er bereits an der Treppe war, lief Stephania ihm nach und rief:
»Damit du mich nicht vergißt!«
Sie nahm eine schwere Goldkette von ihrem Hals und reichte sie ihm.
»Herrin«, sagte Diafebus, »hiermit habe ich ein Unterpfand Eurer Liebe. Und wenn der Tag tausend Stunden hätte, würde ich jede einzelne Stunde dem Andenken Eurer Güte widmen.«
Noch einmal küßte er sie, dann machte er sich auf den Weg zu seiner Herberge. Dort ließ er in aller Eile die Saumtiere beladen, und um zwei Uhr in der Nacht stiegen alle zu Pferde. Gemeinsam mit dem Konnetabel ritt Diafebus davon. Der Proviant, den sie beim Kaiser erbeten hatten, sollte per Schiff zur Truppe transportiert werden.
Als sie zu Tirant gelangten, freute der sich nicht wenig über ihre Ankunft. Der Konnetabel und Diafebus übergaben dem Generalkapitan den Erlös des Gefangenenverkaufs. Und Tirant ließ die Grafen herbeirufen, die schon das vorige Mal all die gewonnenen Münzen, Waffen, Rüstungen und Pferde verteilt hatten. Sobald diese Angelegenheit geregelt war, berichtete Diafebus seinem Vetter alles, was sich inzwischen zugetragen hatte, und ließ ihn dabei auch wissen, was für geheime Zuwendungen er ihm mitgebracht habe. Nichts erlabte aber Tirant so sehr wie der Anblick der von Stephania eigenhändig ausgestellten Schenkungsurkunde samt dem daruntergesetzten, mit dem Blut des Mädchens geschriebenen Namenszug.

Diafebus sagte:
»Wißt Ihr, wie sie das gemacht hat? Mit einem starken Faden band sie ihren Finger ab, so daß er anschwoll; dann stach sie sich mit einer Nadel in den Finger, und sofort schoß Blut heraus.«
»Damit«, sagte Tirant, »sind wir einen guten Schritt vorangekommen, auch in Richtung auf meine Herrin; denn die galante Stephania wird auf unserer Seite fechten.«
Diafebus antwortete:
»Wollt Ihr, daß wir einmal abwiegen, wieviel Gold sie uns geschenkt hat?«
Es wurde gewogen, und sie stellten fest, daß es zwei Zentner blanke Dukaten waren.
»Sie hat mir also mehr mitgegeben«, sagte Diafebus, »als sie angab; denn eine halbe Maultierladung entspricht einem Gewicht von höchstens anderthalb Zentnern. Das ist die wahrhaft fürstliche Art großherziger Menschen: sie geben mehr, als sie versprechen.«
Doch wir wollen die Herren ein Weilchen sich selbst überlassen und uns vergewissern, was sich auf dem Kriegsschauplatz inzwischen ereignet hatte.
Nachdem der Großkonnetabel und Diafebus sich auf den Weg zur Hauptstadt gemacht hatten, waren die Türken in tiefe Mutlosigkeit versunken. Da sie zweimal hintereinander eine schwere Schlappe erlitten hatten, verfluchten sie die Welt und das waltende Geschick, das ihnen so übel mitgespielt hatte. Als sie ihre Truppen zählten, mußten sie nämlich erkennen, daß sie mehr als hunderttausend Mann verloren hatten, die teils gefallen, teils in Gefangenschaft geraten waren. In ihrer wütenden Verzweiflung berieten sie, auf welche Weise sie Tirant beseitigen könnten; und sie kamen zu dem Schluß, daß der König von Ägypten ihn erschlagen solle, weil dieser ein erfahrener Kämpe war, der das Waffenhandwerk besser beherrschte als irgend sonstwer unter den Sarazenen. Er, ein wackerer Ritter, gerecht in allen Sätteln, würde sich zum Kampfe stellen, in italienischem Stil, gewappnet wie unsereiner, mit einem Federbusch auf dem Helm und einem gepanzerten Roß zwischen den Schenkeln.
Einhellig wurde er gebeten, das Lager der Christen aufzusuchen. Er schickte also einen Herold voraus. Als der an das Flußufer kam, gab

er sich als Parlamentär zu erkennen, indem er an einem Rohrstock, den er bei sich hatte, ein Tüchlein schwenkte; und die Wächter auf der christlichen Seite erwiderten dieses Zeichen der Verhandlungsbereitschaft. Auf Geheiß Tirants holten sie ihn mit einem kleinen Boot, das sie zur Hand hatten, herüber.

Als der Herold dann vor Tirant stand, forderte er sicheres Geleit für den König von Ägypten und für zehn Begleiter. Bereitwillig gewährte dies der Kapitan. Am nächsten Tag rückte der König an, und Tirant samt all seinen großen Herren ging ihm entgegen, um ihn am Flußufer zu empfangen. Und sie begrüßten ihn dort mit all den Ehren, die einem König gebühren. Der Besucher trat geharnischt auf, desgleichen taten Tirant und all die Seinigen. Der König trug einen prächtigen Wappenrock, ganz aus Goldgespinst und Perlen; und der Kapitan hatte über seiner Rüstung jenes Hemd, das seine Herrin ihm geschenkt hatte. Der Kapitan ließ zwei der Sarazenen, die mit dem König gekommen waren, zu seinem Zelt führen, wo sie hundert Paar Kapaunen und Hühner schlachten sollten, denn er wollte den hohen Gast aufs beste bewirten: mit Reis, Kuskus und vielen anderen Speisen, die schon zubereitet waren. Man verwöhnte den König auf wahrhaft fürstliche Art. Und dieser verweilte dort den ganzen Tag und die ganze Nacht, bis zum nächsten Morgen. Er betrachtete das gesamte Lager und bestaunte die Zucht, die darin herrschte. Als er gewahrte, wieviel Mannen da ständig im Sattel waren, fragte er, weshalb so viele Leute alleweil zu Pferde säßen. Da antwortete der Kapitan:

»Herr, das tun sie Euch zu Ehren.«

»Wenn wir es auch so gehalten hätten«, meinte der König, »dann wäre unser Feldlager nicht von dir überrumpelt worden. Weil dies aber geschehen ist, lechze ich nach deinem Tod. Du hast uns in Schmach und Jammer gestürzt, in tiefe Trauer um die Unmenge von Menschen, die in deine Hände gefallen oder den Fluß hinabgetrieben sind als leblose Leiber, die keine Grabstatt finden. Darum hasse ich dich von ganzem Herzen, mit vollem Recht, ohne jede Spur von Achtung. Denn es wäre weder gerecht noch vernünftig, von mir zu erwarten, daß ich jemanden liebe, der mich mit tödlichem Haß verfolgt im Getöse eines solchen Krieges. Aus Schlachtgetümmel kann nie und nimmer Liebe ersprießen. Deshalb erkläre ich dir hiermit, daß du unter meinen Händen eines bitteren Todes sterben mußt, weil du selbst so voll Grausamkeit bist, daß du Menschen erschlägst, die den Tod nicht verdient haben. Und alle, denen dein Ende zum Schaden gereicht, können sich sagen, daß da der mißratenste, ruchloseste Ritter zugrunde geht, gnadenlos zusammengeschlagen, niedergestreckt auf unsäglich beschämende Weise.«

Tirant antwortete ihm in folgender Tonart:

»Mir scheint, Ihr habt Eure Zunge nicht im Zaum und seid es wohl gewohnt, Euch derart gehenzulassen, ohne Rücksicht auf Gut oder Böse. Deshalb werde ich mein Schwert ziehen und mit stählerner Schneide die Anhänger Eurer Irrlehre züchtigen. Ich habe keine Lust, mich auf ein Schimpfgefecht mit Euch einzulassen, schon gar nicht in meinem Zelt.«

Der König wollte erwidern, aber Tirant verließ das Zelt, worauf der König sich verzog, zurück zu seinem Lager. Am nächsten Tag berief er den Kriegsrat ein, und sämtliche großen Herren, die Könige, Herzöge und Grafen der Sarazenen mitsamt ihren christlichen Bundesgenossen, ließen sich auf einer großen Wiese nieder. Als alle beisammen waren, erhob sich der König von Ägypten und hielt folgende Rede.

KAPITEL CXLIX

Wie der König von Ägypten
den großen Herren des Sarazenenlagers
die Antwort Tirants übermittelte

Es gibt Leute, die lieber mit der Zunge als mit den Händen ans Werk gehen. Ich gehöre nicht zu dieser Sorte. Mir behagt es mehr, entschlossen handgreiflich zu werden und mannhafte Taten zu vollbringen, den Launen des Schicksals zum Trotz, wie dies die echten Ritter von jeher zu tun pflegten, die sich auf diese Weise Ehre erwarben, die währt, solange die Welt besteht. Deshalb, großmütige Herren, will ich euch auf eine nützliche Gepflogenheit hinweisen, von der die Christen große Stücke halten. Wie ich gesehen habe, lassen sie ihr Lager bei Tag und bei Nacht von Patrouillen zu Fuß und zu Pferde bewachen. Dadurch ist es gänzlich unmöglich gemacht, daß wir sie jemals durch irgendeinen Überraschungsangriff so in Verwirrung stürzen, wie sie dies mit uns getan haben. Seitdem dieser neue Feldhauptmann gekommen ist, herrscht große Disziplin in ihrem ganzen Heer.«

Der Sultan fiel ihm ins Wort:

»Wie hoch ist wohl, nach Eurer Meinung, die Anzahl seiner Mannen? Wieviel Fußsoldaten hat er? Wieviel Berittene?«

»Herr, ich schätze«, sagte der König, »daß seine Infanterie eine Mannschaftsstärke von knapp fünfundvierzigtausend hat und seine Kavallerie kaum auf zehntausend kommt. Es sind wenige, aber die Manneszucht, die neuerdings bei ihnen herrscht, ist sehr beeindrukkend. Früher war das ganz anders, wie Eure Hoheit weiß und auch allen anderen Anwesenden zur Genüge bekannt ist. Als der Herzog von Makedonien noch den Oberbefehl hatte, wurden die Griechen wegen ihrer Disziplinlosigkeit und wegen der mangelnden Kriegserfahrung ihres Feldherrn in jeder Schlacht geschlagen, und wir stürmten von Triumph zu Triumph. Wäre nicht dieser Teufelskerl aus Frankreich gekommen, würden wir jetzt in den Palästen Konstantinopels wohnen, und aus der Kirche dort, die so wunderschön ist, hätten wir längst eine Moschee gemacht; den Kaiser hätten wir umgebracht, seine Frau und seine Tochter wären Sklavinnen, die uns zu Diensten sein müßten, mitsamt den anderen Damen ihres Hofes. All dies aber bleibt uns verwehrt, wenn der besagte Feldhauptmann noch lange lebt. Und damit komme ich zu dem, was der Zweck meiner Rede ist: Da es uns nicht möglich ist, ihn auf der Walstatt zu töten oder gefangenzunehmen, weil er sich angesichts unserer gewaltigen Übermacht niemals zur Feldschlacht stellen wird, solange er sich nicht eindeutig im Vorteil sieht, gibt es nur eine Methode, den Kerl zu vernichten. Falls ihr damit einverstanden seid, werde ich ihn zu einem Zweikampf herausfordern, zu einer Tjoste auf Leben und Tod; Mann gegen Mann will ich mit ihm kämpfen, und als ehrbewußter, todesmutiger Ritter, der er ist, kann er sich diesem

Ansinnen nicht versagen. Wenn wir dann gegeneinander antreten und ihr den Eindruck habt, daß ich die Oberhand bekomme, so laßt uns die Sache alleine ausfechten, bis ich ihm den Garaus mache; falls ihr aber merken solltet, daß ich den kürzeren ziehe, dann schießt aus einiger Entfernung mit Pfeilen auf ihn. Er darf unter keinen Umständen mit dem Leben davonkommen, auch keiner seiner Begleiter.«
Dieser Vorschlag des Königs wurde von jedermann gutgeheißen. Die Beratung war damit beendet, der König zog sich in sein Zelt zurück und schickte sich an, einen Brief zu diktieren.
In der Umgebung des Sultans aber befand sich ein Diener, der von frühester Kindheit an bei ihm aufgewachsen war, obwohl er der Sohn christlicher Eltern war und aus Famagusta, einer Stadt auf Zypern, stammte. Während einer Seereise war er einst in die Hände türkischer Piraten gefallen, und weil er noch so klein war und sich dennoch schon recht aufgeweckt zeigte, wollten seine Räuber ihn zu einem Moslem erziehen. Dieser Verschleppte also kam, als er erwachsen wurde, kraft natürlicher Einsicht zu der Überzeugung, daß die christliche Lehre besser sei als der mohammedanische Aberglaube, weshalb er beschloß, auf die gute Seite überzuwechseln; und das verwirklichte er auf folgende Weise: Gerüstet mit einem schönen Harnisch, ritt er auf einem herrlichen Roß zu der steinernen Brücke, die von der Burg des Grimmigen Nachbarn bewacht wurde. Als er in die Nähe der Brücke kam, fast nur noch einen Armbrustschuß von ihr entfernt, nahm er seinen Turban ab, band das Tuch um die Spitze seiner Lanze und schwenkte es, zum Zeichen, daß er um freies Geleit bitte. Die Leute in der Burg sahen, daß er ganz allein daherkam, und beantworteten sein Begehren mit einem Wink, der ihm bedeutete, daß er ungefährdet passieren könne. Als nun der Sarazene sich näherte, griff ein Armbrustschütze, dem es gänzlich entgangen war, daß der Burgherr freies Geleit zugesichert hatte, nach seiner Waffe und schnellte einen Bolzen ab, der das Roß des Ankömmlings verwundete.
»Oh, hört mal, Herren«, rief der Sarazene, »haltet ihr so wenig von eurem Wort, daß ihr unter der Flagge freien Geleits mir und meinem Pferd nach dem Leben trachtet?«
Dem Burgherrn war dieser Zwischenfall äußerst peinlich. Er half

dem Fremden aus dem Sattel, ließ das Pferd verarzten und versprach, falls das Tier verende, werde er ein neues, besseres zur Verfügung stellen. Da eröffnete ihm der Sarazene, daß er gekommen sei, um Christ zu werden, und daß er den Wunsch habe, mit dem großen Feldherrn zu reden, dem er viel zu sagen habe. Wenn es demselben beliebe, würde er ihn gern zum Taufpaten haben; und falls es zu dem erbetenen Gespräch käme, könne er ihn über mancherlei Dinge unterrichten, deren Kenntnis sowohl für die Ehre wie für das leibliche Wohl des Bretonen von großem Nutzen sei. Man vereinbarte, daß der Sarazene am nächsten Tag noch einmal herkommen solle und der Burgherr unterdessen Tirant durch einen Boten ersuchen werde, sich hier einzufinden. Tief befriedigt ritt der Sarazene zurück zu seinem Lager; dort zeigte er sein Pferd dem Sultan und den Tierärzten, die er bat, sich um Heilung des Rosses zu bemühen. Der Sultan aber fragte ihn, wo er gewesen und wie es zur Verwundung seines Pferdes gekommen sei. Der Sarazene antwortete:
»Herr, ich bin ein Stückchen in Richtung zur Brücke geritten, weil das Stillhocken hier mir auf die Nerven ging; da erblickte ich in der Ferne einen christlichen Reiter; ich steuerte auf ihn zu, und er erwartete mich. Als ich ihm schon recht nahe war, schoß er einen Bolzen auf mich ab; ich aber hieb meinem Pferd die Sporen in die Flanken und holte ihn ein. Gleich beim Zusammenprall stieß ich ihn vom Pferd; blitzschnell sprang ich ab, um dem Gestürzten den Rest zu geben; doch der bat mich kniefällig um Vergebung. Ich neige von Natur aus mehr zur Nachsicht als zur Rache, und so kam's, daß wir Freundschaft schlossen und in bestem Einvernehmen schieden. Er hat mir versprochen, auf Ehrenwort, daß er mich künftig über alles informieren wolle, was im Christenlager geschieht.«
»Oh, das nenne ich eine gute Nachricht!« sagte der Sultan. »Wie fein, daß ich jetzt alles erfahren kann, was man auf der anderen Seite vorhat! Ich bitte dich, versäume es unter gar keinen Umständen, dich morgen aufs neue mit ihm zu treffen. Dann wirst du ja hören, was sie planen – ob sie ausharren, um sich zur Schlacht zu stellen, oder ob sie sich verziehen und hinter den Stadtmauern von Konstantinopel verschanzen wollen.«
Der Sultan nahm also jedes Wort des Sarazenen als bare Münze.

Gleich am nächsten Tag forderte er ihn auf, noch mal zur Burg zu reiten und dort mit seinem neuen Freund zu reden. Als dem Sarazenen die rechte Stunde gekommen schien, nahm er eines der schönsten Pferde aus dem Marstall des Sultans und machte sich auf den Weg zur Brücke. Dort bekundete er seine friedliche Absicht, konnte passieren und gelangte in die Burg, wo er von allen mit großer Freundlichkeit empfangen wurde. Und nicht lange danach erschien auch schon Tirant, der mit herzlicher Ehrerbietung den Burgherrn und dessen Sohn begrüßte. Hierauf begaben sich die dreie in ein Nebengemach, wo die Herrin des Hauses bereits lebhaft mit dem Sarazenen plauderte. Nachdem Tirant die Dame umarmt hatte, erwies er dem Sarazenen die geziemende Ehre, und der Fremdling bekannte dem Kapitan, daß er gekommen sei, um endlich Christ zu werden; denn es sei ihm ganz von selber klar geworden, in welchem Glauben die Wahrheit wohne. Dann bat er den Ritter, er möge doch geruhen, ihn in seine Dienste zu nehmen.
»Und ich möchte Eurer Hoheit mitteilen, daß laut Ratsbeschluß morgen oder übermorgen ein Fehdebrief an Euch abgesandt wird. Hütet Euch aber, Herr, diese Herausforderung zum Zweikampf anzunehmen. Ihr dürft Euch keinesfalls darauf einlassen. Es kann für Euch nichts Gutes dabei herauskommen. Im Gegenteil: Nur schlimmes Unheil käme über Euch und alle, die mit Euch gehen.«
Tirant dankte ihm herzlich für die wohlgemeinte Warnung und sagte, daß er gern bereit sei, ihn fürderhin als seinen Leibdiener zu betrachten. Gemeinsam begaben sie sich in die Kapelle, und dort empfing der Fremdling mit andächtiger Hingabe die heilige Taufe, wobei Tirant und der Sohn des Burgherrn als Paten amtierten und die Herrin des Hauses als Patin teilnahm. Sie gaben ihm den Namen Zypriot von Paterno. Nachdem die weihevolle Handlung vollzogen war, sagte der Benetzte:
»Herr, dank der Gnade unseres Herrn im Himmel habe ich die heilige Taufe empfangen und erachte mich nun als echten Christen. In diesem Glauben will ich leben und sterben. Wenn Eure Hoheit wünscht, daß ich hierbleibe, um Euch zu dienen, so tue ich dies von Herzen gern; wollt Ihr aber, daß ich zurückkehre in das Lager da drüben und Euch täglich Nachricht gebe von allem, was dort vor sich

geht, so kann ich Euch versichern, daß es keinen in unserem Lager gibt, der besser Bescheid wüßte als ich; denn sämtliche Beratungen finden im Zelt des Sultans statt, und ich erfahre alles, was dort geredet wird, weil ich Mitglied des Kriegsrats bin.«

Da schenkte ihm Tirant zum Dank eine goldene Kette, die er selbst getragen hatte; und der Sohn des Burgherrn gab ihm vierzig Dukaten; die Herrin des Hauses aber reichte ihm einen Diamanten, der den Wert von fünfundzwanzig Dukaten haben mochte. Und als der Frischgetaufte all diese Geschenke in seinen Händen hielt, übergab er die gehäuften Schätze der Burgherrin, damit diese sie für ihn verwahre.

Tirant aber bat ihn dringlich, er möge zurückgehen ins Feindeslager und sooft wie möglich den Burgherrn aufsuchen, damit dieser jederzeit wisse, was die Türken jeweils im Schilde führen; denn der Grimmige Nachbar werde die Auskünfte, die er erhalte, unverzüglich weiterleiten an sein Hauptquartier. Der Zypriot von Paterno antwortete:

»Vortrefflicher Feldhauptmann und geliebter Herr, Euer Gnaden können sich auf mich verlassen, ohne irgendwelchen Zweifel oder Argwohn; denn so wahr ich nun ein Christ bin – ich will Euch so treu sein, als wäret Ihr es gewesen, der mich großgezogen hat, von Kindesbeinen an. Freilich, ich weiß, daß Ihr keinen Grund habt, mir sonderlich zu vertrauen, da ich ja ein Moslem gewesen bin. Doch Ihr werdet in Zukunft an mir erkennen, wie fest die Beständigkeit der Liebe ist, die ich für Euch hege. Ich habe jedoch noch eine Bitte an Euch, Herr Kapitan. Falls Eure Hoheit irgendwelche Näschereien hat, wäre ich Euch dankbar, wenn Ihr mir etwas davon mitgeben würdet, damit ich es als Präsent dem Sultan übergeben kann, der ein großer Liebhaber von kandierten Früchten und ähnlichen Leckereien ist. Käme er durch mich zu derlei Dingen, so wäre das ein hübscher Vorwand, der es mir erleichtern würde, ungehindert hin und her zu gehen, ohne daß irgendwer einen Verdacht schöpft.«

Der Burgherr sagte:

»Ich kann Euch solche Mitbringsel geben.«

Er ließ Datteln und mancherlei andere in Zucker eingelegte Früchte holen und lud alle Anwesenden ein, sich daran zu erlaben. Ein Käst-

chen voll solcher Köstlichkeiten gab er dann dem Neugetauften, und der machte sich hochvergnügt mit diesem Präsent auf den Heimweg.
Als Zypriot vor den Sultan trat, fragte ihn der nach Neuigkeiten aus dem Christenlager. Er antwortete, sein Freund habe ihm gesagt, daß man nicht beabsichtige, die Stellung aufzugeben.
»Sie wollen«, sagte er, »so lange dort verharren, bis Eure Hoheit abzieht. Und er hat mir, Herr, diese Datteln samt anderem Zuckerzeug gegeben.«
Mit großem Behagen ließ der Sultan sich das süße Mitbringsel munden, und er ermunterte den Überbringer dieser Köstlichkeiten wieder und wieder, auf die andere Seite zu gehen. Dieser hatte also Gelegenheit genug, den Burgherrn auf dem laufenden zu halten, der seinerseits alles, was er erfuhr, sofort dem Bretonen zutrug oder ihm durch einen Boten melden ließ. Und dem Generalkapitan kam solch geheimer Nachrichtendienst sehr gelegen.
Dieser Zypriot von Paterno zettelte eine Verschwörung zum Sturz des Sultans an.
Der König von Ägypten, der endlich seinen Fehdebrief ausgefertigt hatte, rief einen Herold herbei, reichte ihm das Schreiben und befahl ihm, es Tirant zu überbringen, dem Oberbefehlshaber der Griechen. Die Herausforderung lautete wie folgt.

KAPITEL CL
Fehdebrief des Königs von Ägypten an Tirant lo Blanc

Ich, Abenamar, durch Gottes Gnade und Ratschluß König von Ägypten, der drei Könige in offener Feldschlacht besiegt hat, einen jeden für sich, nämlich: den großmächtigen König von Fez, den tapferen König von Bejaia und den hochmögenden König von Tlemsen, richte mich hiermit an Dich, Tirant lo Blanc, Feldhauptmann der Griechen.
Mein Ansinnen bedarf keiner weitschweifigen Worte, denn durch

beredte Taten soll an den Tag kommen, wem von uns beiden das Schicksal so gewogen ist, daß er triumphieren kann über die Niederlage oder Schmach des anderen. Ich habe gesehen, daß Du über Deinem Harnisch das Gewand einer Jungfrau trägst; Du gibst mit diesem Zeichen zu erkennen, daß Du in sie verliebt bist. Und damit ich meinerseits ein Gelübde erfüllen kann – das ich vor der Herrin meines Herzens geleistet und im Haus unseres heiligen Propheten Mohammed, wo sein glorreicher Leib ruht, in Mekka also, habe hinterlegen lassen, beschwörend, daß ich zu ihren Ehren einen König oder den Sohn desselben oder aber den Obersten Feldhauptmann der Christen zu einem Zweikampf auf Leben und Tod herausfordern werde –, ersuche ich Dich hiermit, getreu meiner Pflicht gegenüber der Jungfrau, der ich ergeben bin, Dich mir zu stellen, damit ich meinem Schwur Genüge tue, indem ich, falls Du es wagst, gegen mich in die Schranken zu treten, Dich töte oder zu schmählicher Unterwerfung und Verleugnung Deiner Mannhaftigkeit zwinge. Mit meinen Händen will ich vor aller Welt erweisen, daß ich Wort halte. Und an Dir ist es, Deine Ehre tapfer zu verteidigen; denn ich sage Dir: Die Jungfrau, der ich mich verschrieben habe, ist der Deinigen an Schönheit, Tugend und Blutsadel weit überlegen. Und Deinen Kopf werde ich ihrer Hoheit als Trophäe zu Füßen legen lassen. Falls Du Mut genug hast, den bitteren Kelch eines solchen Kampfes zu trinken, wird es mir ein Vergnügen sein, wenn wir uns gegenseitig zur Ader lassen. Ich traue Dir zu, daß Du einstehst für Deine Dame; solltest Du Dich aber nicht dazu ermannen, diesen Kampf mit mir zu wagen, werde ich meine Meinung ändern und andere Saiten aufziehen müssen. Ich scheue mich, das gräßliche Wort auszusprechen, das jeden Mann zutiefst beschämt, der seine Ehre liebt. Kein Ritter darf so etwas auf sich sitzen lassen; es ist ihm unerträglich, in den Augen seiner Mitstreiter sowie der Damen und Jungfrauen derart verächtlich zu erscheinen, bar aller Manneswürde. Leider bin ich gezwungen, Deine Verkommenheit beim Namen zu nennen: Mit teuflischer Tücke oder, richtiger gesagt, mit niederträchtiger Hinterlist hast Du zweimal unser Lager überfallen, auf eine so unredliche Weise, daß Dein Ansehen kaum noch zu retten ist. Daher ist es mein gutes Recht, eine Genugtuung zu erwarten.

Und ich sage Dir, daß die rächende Gerechtigkeit nicht auf sich warten läßt, wenn Du es wagst, Dich dem Gericht zu stellen; denn Gott wird es nicht zulassen, daß so abscheuliche Schandtaten, wie Du sie begangen hast, ungestraft bleiben auf Erden. Als Verfechter der gerechten Sache werde ich also auf eigenes Verlangen in die Schranken treten, um Mann gegen Mann mit Dir zu kämpfen, zu Fuß oder zu Pferde, ganz nach Deinem Belieben und wie es Dir vorteilhaft scheint. Und wir wollen so lange unsere Kräfte messen, bis vor den Augen eines befugten Schiedsrichters, und sei es auch erst nach Tagen, einer von uns beiden tot zu Boden stürzt; denn mir ist viel daran gelegen, Deinen Kopf der Dame zu Füßen legen zu können, der mein Herz gehört. Und wenn es Dir beliebt, Egipto, meinem Herold, Deine Antwort auf diese meine Herausforderung zu erteilen oder erteilen zu lassen, so betrachte ich dies als hinreichenden Bescheid, auf Grund dessen wir vereinbaren können, unter welchen Bedingungen wir den Zweikampf ausfechten werden, zu dem Ende, das ich ersehne.
Gegeben in unserem Feldlager auf dem östlichen Ufer am Ersten des Mondes und allhier versehen mit meinem Zeichen. – König von Ägypten.«

KAPITEL CLI

Wie Tirant die großen Herren seines Lagers um Rat bat

Nachdem Tirant den Brief zu Gesicht bekommen und gelesen hatte, was darin geschrieben stand, versammelte er sämtliche Ritter seines Lagers und ersuchte sie, ihm zu raten, was er tun solle; ob er überhaupt darauf antworten solle, und wenn ja, in welchem Sinn; ob er seine Bereitschaft zum Zweikampf erklären oder diesen verweigern solle.
Als erster meldete sich der Herzog von Makedonien zu Wort und sagte:
»Mir scheint, Ihr solltet ihm eine Antwort in der gleichen Tonart

geben, denn wie der Pfaffe singt, so die Respons des Ministranten klingt. Dieser Brief enthält ja zwei Spitzen: die erste zielt auf die Jungfrau, die zweite auf den besagten Fall von niederträchtiger Hinterlist. Was den ersten Punkt betrifft, gibt es kaum einen Zweifel: Der Ägypter ist in die Tochter des Großtürken verliebt, von der es heißt, sie sei ein bildschönes Frauenzimmer; und ihr Vater, so hört man, hat versprochen, sie ihm zur Frau zu geben, sobald der Krieg beendet ist. Überlegt also, ob Ihr in Eurem Heimatland eine Jungfrau so hohen Standes als Herzensdame habt; denn der Nilkönig behauptet ja in seinem Brief den überlegenen Blutsadel seiner Angebeteten. Hütet Euch davor, in die Schranken zu treten, wenn der Anspruch, den Ihr zu verfechten hättet, zweifelhaft ist, Ihr also das Recht nicht ganz und gar auf Eurer Seite habt; denn unser Herrgott sorgt bei solchem Waffengang für überraschende Wunderstreiche, mit denen er erweist, wie das Gottesurteil lautet.«

»Herr«, sagte Tirant, »zu Hause, in meiner Heimat, umwarb ich eine Witwe – ach was, eine Jungfrau, wollte ich sagen; ich begehrte sie zur Ehe, und sie auch mich, glaube ich. Sie war es, die mir dieses Hemd schenkte, und seit ich Abschied nahm von ihrer durchlauchtigen Hoheit, habe ich es bei jedem Strauß, in den ich geriet, als Wappenrock getragen.«

Der Herzog von Pera erwiderte:

»Meines Erachtens reicht das alles nicht aus, was Ihr als Begründung vorbringt. Bei der Dame, für die sich der Ägypter ins Zeug legt, handelt es sich um die Tochter des Großen Khan, die sechs Könige unter sich hat; und er selbst ist mehr als ein gewöhnlicher König; zwar ist er nicht so mächtig wie der Sultan, aber er herrscht über viele Länder und Reiche, und der Großkaraman ist sein Vasall. Und wißt Ihr, über welch riesiges Territorium dieser Karaman gebietet? Es ist größer als ganz Frankreich und das gesamte Ober- und Niederspanien zusammen. Ich kann das behaupten, weil ich selbst durch sein Land gekommen bin, als ich nach Jerusalem pilgerte, wo mich dann das fromme Verlangen überkam, auch noch nach Santiago in Galicien zu wallfahren, zum Grab des heiligen Jakobus – eine Reise, die mich quer durch Spanien führte, vom einen Ende zum anderen. Deshalb meine ich, daß Ihr, um Eurem Einsatz den Anschein triftiger Angemessenheit zu geben, Euch einbilden und vorgaukeln solltet, Ihr wäret verliebt in die Prinzessin, unsere Herrin. In diesem Fall wäre es nämlich nur recht und billig, die Herausforderung anzunehmen; denn träfe dies zu, so hättet Ihr allen Grund, die Überlegenheit Eurer Erwählten zu verfechten, sowohl im Blick auf ihren Rang wie in jeder anderen Hinsicht. Dies ist mein Rat, denn ich bin fest überzeugt, daß es keine Frauensperson auf der Welt gibt, die sich mit ihr messen könnte.«

»Ich möchte aber nicht«, sagte Tirant, »daß der Herr Kaiser auf irgendwelche argwöhnischen Gedanken kommt und er sich meinetwegen belästigt fühlt.«

Der Herzog von Sinopolis fiel ihm ins Wort:

»Was sollte dem Kaiser an einer harmlosen Vorspiegelung mißfallen, die so zweckdienlich und keinesfalls ehrenrührig ist? Ich bin ganz sicher, daß er an diesem Spielchen sein Vergnügen hat.«

»Einmal angenommen, daß Seine Majestät es tatsächlich mit Vergnügen hinnimmt«, antwortete Tirant, »wie verhalten wir uns gegenüber der Prinzessin, falls dieses Theater sie verdrießt, weil ich doch ein Ausländer bin, ein Mann von geringem Stand, ohne irgendwelchen Fürstentitel?«

Der Herzog von Kassandreia erwiderte:

»Es gibt keine Frau oder Jungfrau, die sich nicht höchlich geschmeichelt fühlt, wenn sie geliebt wird, sei's von einem hohen Herrn oder einem bescheidenen Mann. Und die Dame, von der wir reden, ist ein so großherziger Mensch, daß sie gewiß den selbstlosen Eifer anerkennt, aus dem heraus wir auf diese Schauspielerei verfallen sind. Es wird sie köstlich amüsieren.«

»Wer könnte die natürliche Weltordnung umstoßen, die Gott all seinen Geschöpfen eingepflanzt hat?« sagte der Herzog von Montesanto. »Es ist ja nichts Neues, daß ein König sich gelegentlich in ein schlichtes Mägdlein verliebt; und umgekehrt kommt es auch vor, daß eine großmächtige Königin inniges Wohlgefallen findet an einem armen Edelmann, ohne sich darum zu scheren, wie seine Eltern heißen oder was für Leute sonst noch zu seinem Stammbaum gehören. Und Karmesina hat ebensoviel Witz wie Ehrsamkeit, wird sich also über gar nichts ärgern, was immer Ihr tut oder sagt.«

Der Markgraf von San Giorgio meinte:
»Kapitan, Euer Gebaren beweist, daß Unschuld Euer Leitstern ist. Bekanntlich haben reine Minneritter Eures Schlages schon viele herrliche Waffentaten vollbracht, dieser oder jener Jungfrau zuliebe, deren hochberühmter Name die ganze Welt überstrahlte. Diejenige, um die es heute geht, hat Würde und herrscherlichen Rang. Wer den Rittergeist der Vorzeit vergißt, der vergißt sich selbst.«
Der Markgraf von Ferrara erklärte:
»Es gibt nichts auf der Welt, was die Frau mehr erfreut als die Liebe des Mannes. Deshalb wird sie, selbst wenn Ihr es Euch erlaubt, ihren Fuß aus der Sandale zu ziehen, Euch das nicht übelnehmen. Da sie selbst ein untadeliges, tugendhaftes Wesen ist, wird sie es arglos genießen, wenn Ihr für sie eintretet.«
»Wir alle sind Kinder von Adam und Eva«, sagte der Markgraf von Pescara. »Gewiß, manche Sprößlinge dieser Ureltern sind der Verdammnis verfallen; andere aber haben zum ewigen Heil gefunden. Und ich behaupte aus tiefster Überzeugung: Wenn unser Kapitan im Namen der Prinzessin den Sieg erringt, wird er zu den Seligen gehören; selbst wenn er ihr mit beiden Händen unter die Röcke langen wollte, würde er in der Schlupfhöhle ihrer Hüllen nichts als Liebe und Ehre ernten.«
Tirant ließ all diese Meinungsäußerungen sammeln und schriftlich niederlegen, um sie mitsamt dem Fehdebrief dem Kaiser zu schikken; denn falls dieser die Sache mißbilligen würde, wollte er darauf verweisen können, daß nicht er, sondern die anderen dafür verantwortlich seien.
Nach Abschluß der Beratung zog er sich in sein Zelt zurück und formulierte seine Antwort auf die Herausforderung durch den König von Ägypten. Der Bescheid hatte den folgenden Wortlaut.

KAPITEL CLII

Die Antwort des Kapitans Tirant auf die Herausforderung durch den König von Ägypten

Was wahr ist, bleibt unvermindert wahr, wenn man die Fähigkeit aufbringt, klaren Blicks den Dingen auf den Grund zu gehen. Leichtfertiges Gerede aber, das darauf abzielt, die Tatsachen zu verzerren und falsche Vorstellungen zu erwecken, bewirkt letztlich nur, daß die Wahrheit unweigerlich ans Licht kommt. Deshalb erteile ich, Tirant lo Blanc, Besieger und Vernichter der heidnischen Heerscharen jenes berühmten und großmächtigen Sultans von Babylonien sowie der Horden des türkischen Großherrn, Dir, dem König von Ägypten, hiermit folgenden Bescheid.

Durch einen Herold habe ich einen Brief von Dir erhalten, in dem Du sagst, Du hättest gesehen, daß ich über der Rüstung ein Kleidungsstück einer Jungfrau trage, weshalb Du mich, um ein Gelübde erfüllen zu können, das Du geleistet hast, herausfordern wollest zu einem Zweikampf auf Leben und Tod, da die Jungfrau, in die Du verliebt bist, tugendhafter und schöner sei als diejenige, die ich liebe.

Dazu sage ich zunächst einmal: Mit diesem Gelübde hast Du Deiner Ehre und Deinem Ansehen Fesseln angelegt. Und es wäre wohl besser für Dich gewesen, wenn Du geschworen hättest, zehn Jahre in Mekka auszuharren und dort Buße zu tun für all Deine Sünden, die Gott und der Welt ein Greuel sind. Für jedermann ist es nämlich offenkundig und unbestreitbar, daß die Jungfrau, deren Diener ich mich nenne, auf Erden nicht ihresgleichen hat und daß sie sowohl an Schönheit wie an Würde und strahlender Sittsamkeit jede andere übertrifft; ihre Herkunft, Anmut und Bildung erheben sie über alle Frauen der Welt. Es ist bekannt, daß Du die Tochter des Großtürken liebst, ich aber die Tochter des Kaisers liebe. Deine Herrin ist Moslemin, die meine eine Christin; Deine trägt das Pechmal heidnischer Heilsverfehlung, meine ist gesalbt mit dem Weihöl himmlischer Erwählung. Überall würde man dieser das edlere Wesen und die höhere Würde zuerkennen; denn die Deinige wäre nicht wert, ihrer herrlichen Erhabenheit auch nur die Schnürsenkel zu lösen und den Schuh vom Fuß zu ziehen. Du erklärst, daß es Deine Absicht sei, meinen Kopf Deiner Angebeteten als Trophäe zu präsentieren. Darauf entgegne ich, daß ich Dir eine derartige Minnegabe nicht gestatte, da ich derzeit besagten Kopf noch benötige, um Dich und die Deinigen zu besiegen. Aber gesetzt den Fall, daß es tatsächlich so käme, wie Du meinst – selbst dann dürfte sich ein solches Geschenk verbieten; denn als Körperteil eines Besiegten wäre es wohl kein Präsent von sonderlichem Wert. Ich hingegen versprach der kaiserlichen Hoheit unserer Prinzessin, ich würde, sobald ich euch zu Gesicht bekäme, vier Schlachten siegreich bestehen und in der fünften einen König gefangennehmen, um ihn Ihrer Durchlaucht in Ketten zu überbringen. Und mit gepanzertem Arm will ich ihr mein Schwert als Geschenk darbieten; denn dieses ist das wahre Signum eines Mannes, der den Sieg errang. Es gibt wohl keine anständige Frau oder Jungfrau, die es schätzenswert fände, wenn man ihr – wie Du dies vorhast – etwas Totes, ein Stück von einem Besiegten, zum Geschenk macht. Ich will deshalb nur etwas bieten, das vom Sieger stammt.

Doch um auf das zu kommen, was ich Dir eigentlich sagen will: Du behauptest, zweimal hätte ich mit Heimtücke und niederträchtiger Hinterlist euer Feldlager zerstört. Darauf erwidere ich: Der römische Kaiser erließ einst ein Gesetz, das besagt, daß ein jeder, der von einem anderen fälschlich einer Unredlichkeit bezichtigt werde, das Recht habe, dem Verleumder ins Gesicht zu sagen: Du lügst. Und dies ist die Antwort, die ich Dir erteile. Alles, was aus Deinem Munde kommt, ist himmelweit von der Wahrheit entfernt; und Deine Afterrede offenbart die Verlogenheit Deines ganzen Gehabes. Was ich getan habe, ist mit Fug und Recht geschehen. Jeder erfahrene Ritter, der etwas vom Kriegshandwerk versteht, wird dies anerkennen. Auch die ehrbaren Damen werden dem zustimmen, wenn man ihre Meinung erfragt. Denn ich habe keinerlei Wortbruch begangen, sondern strikt den Anstand gewahrt, wie es die Sitte des Ritterordens bei solchen kriegerischen Auseinandersetzungen verlangt. Und wenn ich mich als fähiger, findiger und geschickter erwiesen habe – welchen Grund gibt es da, mir den Vorwurf irgendwelcher Niedertracht zu machen und damit meine Ehre besudeln zu wollen? Wenn ich mich schriftlich oder mündlich zu einer festgelegten Kampfweise verpflichtet und diese Vereinbarung nicht eingehalten hätte – dann wäre es statthaft gewesen, mir mit solchen Worten zu begegnen, wie Du sie gebrauchst.

Um also mein Recht, meine Ehre und meinen guten Ruf zu verteidigen, nehme ich, Tirant lo Blanc, im Namen unseres Herrn im Himmel und seiner allerheiligsten Mutter sowie im Namen meiner Herrin Karmesina Eure Herausforderung an und erkläre mich bereit zu einem Zweikampf auf Leben und Tod. Auf Grund des Privilegs, das mir als dem Herausgeforderten nach den Regeln ritterlicher Rechtsordnung zusteht – und obendrein von Dir mir ausdrücklich angetragen worden ist –, bestimme ich hiermit, daß der Kampf zu Pferde ausgefochten werden soll, in eiserner Rüstung, die jeder nach eigenem Belieben wählen kann, unter der einen Bedingung, daß sie der üblichen Wappnung entspricht, wie sie ein Ritter im Kriege trägt, also mit keinen trügerischen Finessen versehen ist. Als Waffen sind zu benutzen: eine Lanze von beliebiger Stärke, mit einer Länge von vierzehn Spannen und einem kurzen Eisenblatt, nicht länger als vier Fingerbreit, damit es nicht abbrechen kann; außerdem ein Schwert, fünf Spannen lang, vom Knauf bis zur Spitze; ferner eine kleine, einhändig zu schwingende Streitaxt. Sein Pferd mag jeder mit der Bedeckung schützen, die ihm am besten scheint, sei's mit Lederhüllen, sei's mit einem metallenen Schuppenbehang. Auch der Kopf des Rosses darf gepanzert werden, mit einer Stahlmaske ohne Stirnstachel oder anderes tückisch ausgeklügeltes Beiwerk. Sitz des Kämpen sei ein gewöhnlicher Kriegersattel mit lose herabhängenden Steigriemen. Wenn wir uns über diese Kampfbedingungen einig sind, stellt sich noch die Frage nach dem ›befugten Schiedsrichter‹, von dem Du sprichst. Wer kann in diesem Fall als ›befugt‹ gelten? Dein Oberherr, mit dem Du durch gegenseitige Treuepflichten verbunden bist? Wollte ich den meinigen vorschlagen, erhöbe sich der gleiche Zweifel. Wer könnte zwischen Dir, einem Moslem, und mir, einem Christen, als glaubhaft unparteiischer Richter walten? Falls Du antworten möchtest: ›Laß uns durch die Welt ziehen und einen solchen

suchen‹, muß ich Dir erwidern: Das kannst Du Dir vielleicht leisten; mir ist diese Möglichkeit versagt. Ich kann den vielen Herzögen, Grafen und Markgrafen, die unter meinem Oberkommando stehen, nicht einfach den Rücken kehren. Und überdies bin ich ein Ritter, der sich nicht damit begnügt, über einen Ehrenhandel zu debattieren, dessen Austragung vielleicht am Sankt-Nimmerleins-Tag erfolgen kann. Falls Du mir nun einreden willst, der Sultan sei doch der rechte Mann, der uns die Gewähr biete, daß die Sache sich hier und jetzt ordnungsgemäß erledigen läßt, antworte ich Dir: Wer sich weigert, auf Gottes Wort zu bauen, hat keinen Glauben und weckt kein Vertrauen. – Wer verbürgt mir, daß ich, falls ich in den Schranken die Oberhand gewinne und Deinem Leib und Leben das antue, was ich mir vorgenommen habe, unbehelligt zurückkehren kann zu meinen Zelten? Wenn Du mir aber sagst, Du seist bereit, hierher zu kommen, in unser Feldlager, muß ich das ablehnen; denn was ich für meine Person nicht möchte, will ich auch Dir nicht zumuten. Sollte es Dir gelingen, die Trophäe zu erringen, die Du von mir haben willst – wer könnte dafür garantieren, daß meine Verwandten und Freunde Dich damit heimziehen lassen zu Deinem Lager? Doch ich will Dir einen Hinweis geben, der Dir dazu verhelfen kann, Dein Verlangen zu befriedigen. Jedermann weiß, daß ich, als ihr mit eurer gesamten Streitmacht den erlauchten Herzog von Makedonien eingeschlossen hattet, euch nachstellte, überrumpelte, in die Flucht schlug und damit einen triumphalen Sieg über viele gekrönte Häupter erlangte. Später stelltet ihr mir nach, und ich schlug euch aufs neue; all diejenigen, die voll Hochmut sich brüsten, drei Könige besiegt zu haben, in offener Feldschlacht, einen nach dem anderen – all diese ruhmredigen Herren lehrte ich das Laufen. Folglich bin also ich jetzt wieder an der Reihe; die Spielregel fordert, daß ich nun erneut gegen euch anrücke.
Bei meiner Ritterehre gelobe ich Gott und der Herrin, der ich ergeben bin, daß ich zwischen dem vierten Tag vor und dem vierten Tag nach dem zwanzigsten August am östlichen Ufer erscheine, vor eurem Feldlager, mit dem größtmöglichen Aufgebot, das ich zusammenbringe, um euch eine Schlacht zu liefern, falls euch danach gelüstet. Dann hast Du die ersehnte Gelegenheit, Deinem Versprechen

nachzukommen – ohne Dich noch herausreden zu können mit der Behauptung, ich hätte mit Heimtücke und hinterlistiger Niedertracht gehandelt. Auf die gemeinen Schimpfwörter, mit denen Du Deinen Fehdebrief besudelt hast, will ich nicht eingehen; denn ich habe nicht das Bedürfnis, mit Dir um die Meisterschaft in der Gemeinheit zu wetteifern. Bereitwillig überlasse ich Dir diesen Vorrang und übersende Dir, um in den Augen der ehrbaren Frauen und Jungfrauen sowie aller anständigen Ritter nicht als pflichtvergessen zu erscheinen, durch Deinen Herold Egipto dieses Antwortpapier, abgeschnitten mitten durch die Buchstaben A, B und C, beschrieben von meiner Hand und besiegelt mit meinem Wappensiegel, im Feldlager bei dem Fluß namens Transimeno, am fünften August. – Tirant lo Blanc.«

KAPITEL CLIII

Wie der Herzog von Makedonien
mit bösartigen Worten
den Kapitan Tirant aufs gemeinste beleidigte

Als Tirant den Brief geschrieben hatte, zeigte er ihn allen Herren, die einhellig ihre Zustimmung gaben und meinten, das sei die rechte Antwort. Da ließ er den Herold kommen, übergab ihm den Brief, schenkte ihm eine über und über mit Silber bestickte Bluse sowie zweihundert Dukaten und sagte zu ihm:

»Ich bitte dich, geh zu deinem Herrn, dem großmächtigen Sultan, und ersuche ihn, er möge dem Wappenkönig, der dich begleiten soll, die Erlaubnis erteilen, ihm ein paar Worte zu sagen.«

Der Herold erklärte sich bereit, diesen Auftrag zu übernehmen, und geleitete den Wappenkönig zum Lager der Sarazenen.

Dort wurden die beiden von jedermann aufs freudigste begrüßt; und als der Sultan die Bitte des Abgesandten vernahm, in Gegenwart aller Könige und Kommandeure des muslimischen Heeres das Wort an Seine Hoheit richten zu dürfen, befahl er sogleich dem Herold, seine Trompete ertönen zu lassen, worauf sich sämtliche Herren bei ihm einfanden. Sobald alle beisammen waren, sagte der Sultan zu dem Wappenkönig:

»Jetzt kannst du freimütig alles sagen, was du mir im Namen deines Herrn auszurichten hast.«

Der Wappenkönig hob an:

»Der Generalkapitan des Griechischen Reiches läßt als Vertreter der glorreichen Majestät des Herrn Kaiser Euch hiermit durch mich den Hinweis geben, daß Ihr, der Ihr ja vertraut seid mit den Sitten und Bräuchen ritterlicher Kriegsführung, die für Könige, Kaiser und Herrscher Eures Schlages gelten, strikt verpflichtet seid, den anständigen Stil der bewaffneten Auseinandersetzung zu wahren und folglich, nachdem Ihr mitsamt den hier versammelten Königen zwei Schlachten verloren habt und dabei Eurer Fahnen beraubt worden seid, keine einzige Fahne mit Euch führen dürft, weder Ihr noch irgendeiner von Euren Leuten. Nur Standarten stehen Euch noch zu, aber keine Fahnen. Im Interesse der Respektierung von Stil und Gesetz des Rittertums erwartet er von Euch, daß Ihr diese Forderung befolgt. Solltet Ihr sie aber mißachten und das Gegenteil tun, wird er alle rechtmäßigen Mittel einsetzen, um eindeutig klarzustellen, wer der Sieger und wer der Besiegte ist; das heißt: er wird die Wappen Eures Hauses und alle Insignien Eurer Herrschaft auf einen Langschild malen lassen, um Euch dergestalt, angebunden an den Schweif eines Rosses, durch den Staub schleifen zu lassen, kreuz und quer durch sein ganzes Lager und dann durch sämtliche Städte, in die er jemals gelangt. Damit solcher Schimpf und solche Schande Euch und den Eurigen erspart bleibe, ersucht er Euch hiermit durch meinen Mund, auf jegliche Fahne zu verzichten.«

»Verflucht sei der Kerl, der diese Regel erfand!« rief der Sultan. »Aber wenn die Ritterlichkeit dies erfordert, will ich mich damit abfinden.«

Sofort gab er Weisung, die Fahnen seiner eigenen und aller verbündeten Truppen einzurollen; sie behielten also nur die Standarten. Daraufhin wandte sich der Abgesandte Tirants an den König von Ägypten und sagte:

»Herr, unser Kapitan hat deinen Brief beantwortet, und er bittet dich, ihm mitteilen zu lassen, was für einen Wappenrock du am Tag der Schlacht über deiner Rüstung tragen wirst, damit er dich im Getümmel des Kriegsvolks erkennen kann und so imstande ist, dich persönlich anzugreifen und sich mit dir zu schlagen.«

»Freund«, sagte der König, »bestelle deinem Herrn, daß es mir sehr viel lieber gewesen wäre, wenn wir die Sache einzeln ausgefochten hätten, Schwert gegen Schwert; aber da es ihm nicht behagt, sich persönlich für die Schandtaten zu verantworten, die er begangen hat und die ich angeprangert habe, willfahre ich seinem Wunsch, obwohl die Feldschlacht, auf die er es abgesehen hat, unseren Streit zu einer normalen Kampfhandlung verfälscht, als ob es mir nicht um die Klärung und Sühnung sträflicher Verbrechen ginge, um ein Gottesurteil, das erweisen soll, daß die Wahrheit auf meiner Seite ist. Sage ihm also, daß ich eine karminrote Dschubbe anhaben werde, ein Gewand, das der tugendreichsten Herrin gehört hat, deren Diener ich bin; und auf dem Kopf werde ich einen Helm mit einem Adler aus purem Golde tragen, über dessen Haupt ein kleines Banner prangen soll, ein Feldzeichen mit dem Bildnis jener besagten erlauchten Dame. Und wenn er sich an mich heranmacht oder ich ihn zu Gesicht bekomme, werde ich dafür sorgen, daß er alles gesteht, was ich ihm angekreidet habe in meinem Brief; andernfalls werde ich ihn umbringen mit meinen eigenen Händen.«

Der Wappenkönig ging zurück zu Tirant und berichtete seinem Kapitan getreulich jedes Wort, das er zu hören bekommen hatte.

Die Türken aber rüsteten sich nach dieser Begegnung sorgsam für die angekündigte Schlacht.

Am nächsten Tag schon geschah es, daß der Herzog von Makedonien, getrieben vom Neid auf den Ruhm Tirants, sich erdreistete, ihm vor allen Leuten die folgenden Worte ins Gesicht zu schleudern:

»Da Ihr Euch ohnehin nicht an die Regeln der Ritterlichkeit haltet, Tirant, und auf jegliche Treue pfeift, solltet Ihr Euch lieber gleich zu dem Afterglauben bekennen, dem die Moslems verfallen sind, diese Wirrköpfe, die immer dann, wenn ihnen die Vernunftgründe ausgehen, mit denen sie ihren Aberwitz rechtfertigen wollen, blindwütig zum Schwert greifen, um hauend und stechend ihre greuliche Irrlehre zu verteidigen. Ihr maßt Euch an, eine Schlacht liefern zu wollen gegen eine solche Unmenge von türkischen Rittern, wie sie da drüben auf dem östlichen Ufer lauert; gegen eine Reiterarmada, die stark genug wäre, sich gegen die versammelte Streitmacht der ganzen Welt zu behaupten. Ihr habt nur das eine im Sinn: Euch als tapferen Feldherrn aufzuspielen. Wie aber wollt Ihr es schaffen, diese Rolle beizubehalten und weiterhin Euren Heldenruhm zu genießen, wenn Eure Gaukeleien und Gaunertricks hier versagen? Befragt nur Euer eigenes Gewissen, das doch genau Bescheid weiß. Es kann Euch dazu verhelfen, die erbärmliche Lage zu begreifen, in der Ihr tatsächlich steckt. Na also, was für ein Kleben am Leben, welche Angst vor dem Tode trübt Euch dermaßen den Verstand und den Instinkt, daß Ihr völlig außerstande seid, den entsetzlichen Irrtum zu erkennen, den Ihr begeht, wenn Ihr den Türken eine Feldschlacht liefern wollt, wie Ihr das gestern bekundet habt? Diese Absicht darf keineswegs verwirklicht werden. Wollt Ihr denn das Leben von uns allen mutwillig aufs Spiel setzen? Nur allzu deutlich zeigt Ihr, wie wenig es Euch bekümmert, was aus uns wird. Wollt Ihr freiwillig eine Schlacht liefern, die derzeit gänzlich unnötig ist und bei der wir, wenn die Sache schiefgeht, allesamt vor die Hunde gehen, ohne daß Euch dies im geringsten juckt? Denn für Euch ist die Welt ja ein weites Revier, und es wird sich alleweil ein Plätzchen finden, wo Ihr weiterleben könnt: als Häuptling einer brandschatzenden Banditenrotte. Nur uns trifft das Pech, uns, die wir hier geboren und zu Hause sind! Und wehe denen, die Weib und Kinder haben! Müssen wir wirklich unser Schicksal den Händen eines hergelaufenen Fremdlings überlassen, von dem niemand weiß, woher er stammt? Gesteht, was Ihr mit dem Sultan und den anderen ausgehandelt habt, als Ihr uns den Ehrenmann vorspieltet, den es danach drängt, mit dem König von Ägypten einen Zweikampf auf Leben und Tod auszufechten. Was Ihr getan habt, hat doch alles nur den einen Zweck, uns hinters Licht zu führen und an die Türken zu verkaufen. Sagt mir, was man Euch dafür bezahlt hat. Wollt Ihr ein zweiter Judas sein, so einer wie der Säckelträger, der Jesus Christus um den Preis von dreißig Silberlingen verschachert hat? Was Ihr mit uns vorhabt, ist nicht minder schäbig. Seid Ihr gar der berüchtigte Kain, der seinen

Bruder Abel erschlug? Entpuppt Ihr Euch vielleicht als jener kecke Sohn des Königs von Zypern, der mit seiner Mutter ins Bett ging und seinen Vater von der Schloßmauer in den Graben stürzte? Oder solltet Ihr etwa Macareus sein, der sich an seiner Schwester Kanake vergriff, sie gewaltsam entjungferte und daraufhin zu den Römern überlief, um der feindlichen Soldateska für schnödes Geld seinen angestammten Herrn und dessen ganzes Heer ans Messer zu liefern? O Tirant! Öffnet die Augen, denn wir alle sind hellwach und werden in schonungsloser Klarheit erkennen, wer Ihr seid. Auch Eure seltsame Vorgeschichte werden wir entlarven; die schändlichen Vergehen, derentwegen Ihr Euer Vaterland verlassen habt, in das Ihr nie wieder heimzukehren wagt, weil es die Spatzen von den Dächern pfeifen, daß Ihr mit unseren Erzfeinden gemeinsame Sache macht. Statt uns diese Ungläubigen vom Hals zu halten, wie es Eure angeborene Christenpflicht wäre, habt Ihr Euch mit ihnen verbündet zu einem abgekarteten Spiel gegen uns. Erinnert Ihr Euch nicht mehr an den Satz, den Ihr in Eurem Brief an den König von Ägypten geschrieben habt? ›Wer sich weigert, auf Gottes Wort zu bauen, hat keinen Glauben und weckt kein Vertrauen.‹ Wie also könnten wir Euch noch über den Weg trauen, nachdem Ihr so schnöde Eurem Glauben untreu geworden seid und derart hinterhältig gegen uns handelt – gegen uns, die wir doch alle Euch so herzlich aufgenommen haben, als wärt Ihr ein Bruder; gegen uns, die wir allesamt Eurem Befehl unterstanden. Jetzt freilich, nachdem ruchbar geworden ist, welch widerwärtige Schandtat Ihr begangen habt, welch verräterische Machenschaften von Euch ausgeheckt und eingefädelt worden sind, mit denen Ihr das Leben von uns allen und das ganze Griechische Reich hinterrücks zu erledigen gedenkt – jetzt wäre es nur recht und billig, Euch in siedendes Öl zu tauchen. Das wäre der einzig angemessene Lohn für Eure gottverdammte Person; denn ich kenne keinen anderen Menschen in der Christenheit, der jemals etwas getan hätte, das derart abscheulich gewesen wäre wie der Schurkenstreich, den Ihr geplant habt. Selbst die fühllosen Steine müßten gegen Euch aufstehen, und um wieviel mehr empört Euer Treiben alle Menschen, die das Herz auf dem rechten Fleck haben und so wie wir in schlichter Hingabe, ohne jede Klügelei, dem Glauben anhangen, daß die Heilslehre des Christentums uns das Paradies und die ewige Seligkeit erlangen läßt, während die spitzfindig tüftelnden Rabulisten sich mit ihrem feinsinnigen Gefasel in Zweifel verstricken und hoffnungslos dem Höllenfeuer verfallen, wie dies Euch eines Tages widerfährt. Nach Meinung der Leute muß das endlich einmal offen gesagt werden. Von Rechts wegen und nach den Geboten der Vernunft dürftet Ihr nämlich das Amt eines Generalkapitans überhaupt nicht ausüben, solange ich und alle Leute, die in meinem Dienst stehen, dies nicht ausdrücklich billigen. Und deshalb sage ich hiermit klipp und klar, daß ich es ablehne, künftighin Eure Befehle zu befolgen.«

Diese Worte des Herzogs erregten augenblicklich einen gewaltigen Aufruhr. Rasch wappnete sich ein jeder, und kampfbereit, die Waffen in den Händen, verharrte der große Haufe, während manche sich schon auf ihre Pferde schwangen, als gälte es, sogleich eine Schlacht zu schlagen; denn nicht wenige empfanden den Kitzel einer Lust, die zu den Urlastern des Menschengeschlechts gehört: einen Umsturz der Herrschaftsverhältnisse erleben zu wollen.

Tirant, tief gekränkt durch die irrwitzigen Schimpfreden des Herzogs, trat ihm entgegen mit den folgenden Worten.

KAPITEL CLIV

Was Tirant dem Herzog von Makedonien erwiderte

Wenn Ihr glaubt, die Leute würden sich nicht mehr an Eure Schändlichkeiten erinnern, weil inzwischen viel Zeit darüber hingegangen ist, und man würde Euch schon wieder für einen amtswürdigen Ehrenmann halten, obwohl Ihr nichts getan habt, das als Buße für Euer übles Verhalten gelten könnte, so täuscht Ihr Euch. Ich will es Euch ersparen, die Schilderung auch nur eines Teils Eurer glorreichen Heldentaten anzuhören; denn es ist mir zuwider, deren Abscheulichkeit mir vorzustellen. Hinreichend klar ist wohl die Geduld, mit der ich ertragen habe, was Ihr über mich zu sagen Euch Tag für Tag erlaubt. Widerwillig erwähne ich nur das Nötigste, so wenig wie möglich, da ich mir nicht mit Dreck den Mund beschmutzen möchte und ein paar Andeutungen genügen werden, Euch erkennen zu lassen, wie unbedacht Ihr drauflos schwatzt. Was mich angeht, will ich nur daran erinnern, daß ich doch wohl nicht derjenige gewesen bin, der die Helmbändel des ruhmreichen Kronprinzen durchschnitt. Auch bin nicht ich es gewesen, der dem Sohn des Kaisers den ersten Hieb aufs Haupt versetzte, welcher zwangsläufig bewirkte, daß dieser große Kämpe sein irdisches Leben verlieren und von hinnen scheiden mußte. Nicht unter meiner Feldherrnflagge geschah es, daß so viele Herzöge, Grafen, Markgrafen, Barone und eine Unzahl anderer Ritter und namenloser Fußsoldaten kläglich zugrunde gingen, mehr als im ganzen Reiche übriggeblieben sind. Und deshalb nennt Euch das Volk nur noch den ›Schlachtenverlierer‹. Denn es hat ja keine einzige Schlacht gegeben, aus der Ihr als Sieger hervorgegangen wäret; und nur durch eigenes Versagen habt Ihr Gefecht um Gefecht verloren, weil es Euch völlig egal war, was aus Eurer Ehre wird, die doch das höchste Gut eines jeden Ritters ist. Nicht ich war es, der die Grafschaft Albi verspielt hat, wie auch das Herzogtum Makedonien, das Euch Rechtens gar nicht gehört. Preisgegeben habt Ihr die Hauptstadt von Kappadokien mitsamt dieser ganzen Provinz, die größer ist als das gesamte Griechische Reich; und wenn Ihr noch eine Spur von Urteilsvermögen hättet, würdet Ihr es nicht wagen, Euch noch in der Tracht eines Ritters zu zeigen, und würdet es scheu vermeiden, Menschen zu begegnen, die Euch kennen. Meint Ihr etwa, die Griechen würden Euch für einen Mann halten, der seinem Vaterland in Treue dient? Da seid Ihr auf dem Holzweg. Wenn Ihr wüßtet, für wessen Gefolgsmann sie Euch halten, wäre Euch klar, weshalb sie es sich nicht getrauen, dies lauthals auszusprechen. Kaum habt Ihr die Angst einmal abgeworfen, die Euch meist im Nacken sitzt, verkehrt sich Euer Mut sofort zur Tücke gegen die eigenen Leute. Von unseren Vorfahren kennen wir die Regel: ›Wer Übles hören will, breche den Streit vom Zaun mit zänkischem Gebrüll.‹ Könnte eine Freveltat zur Wohltat werden und wäre sie kein Verstoß gegen die Treuepflicht, die ich dem Herrn Kaiser und der Frau Kaiserin schulde, würde ich auf der Stelle meine Hände in Eurem Herzblut waschen. Aber ich habe Gottvertrauen und baue darauf, daß die Frauen, die Euretwegen mißhandelt wurden, und die Umgekommenen, deren Seelen nach Gerechtigkeit schreien, die Strafe des Himmels über Euer Haupt bringen, die mich rächt für Eure Lüge, ich hätte die Absicht, um schnöden Geldes willen unser Heer den Händen der Feinde auszuliefern. Diese Schändlichkeit, die Ihr mir andichtet, ist eine Erfindung nach Eurem Geschmack. Doch ich will hierzu nichts weiter sagen, sondern Euch mit Euren erlogenen Hirngespinsten alleinlassen. Eines tröstet mich dabei: nämlich die Tatsache, daß ich die Wahrheit sage und Glauben finden werde, während Ihr mit Eurer Falschheit und Bosheit Euch in den eigenen Lügenschlingen verfangt und zu Fall bringt.«

Der Sekretär, der diese Auseinandersetzung hörte, hielt sie schriftlich fest, um dieses Dokument am nächsten Tag, wenn er abreisen würde, mitzunehmen. Und noch ehe die Herren auseinandergingen, die in dem großen Zelt versammelt waren, wo man die Messe zu feiern pflegte, sagte der Kapitan zu ihnen allen:

»Hochedle, durchlauchtige und großmächtige Herren, was soeben geschehen ist, bedeutet nicht, daß meine Ankündigung und das Versprechen, das ich gegeben habe, ungültig geworden seien. Auf Grund der Vollmacht, mit der mich die Majestät des Herrn Kaiser betraut hat, ersuche ich euch, zum genannten Zeitpunkt allesamt gerüstet zu sein für die Schlacht, die wir schlagen wollen.«

Der Herzog von Makedonien erwiderte jedoch:

»Tirant, es wäre heilsamer für Euch, wenn Ihr Euch schlafen legen würdet, statt Euch in die Narreteien zu verbohren, die Ihr vorhabt. Denn es steht ein für allemal fest, daß weder ich noch irgendeiner von den Meinigen an diesem Unsinn teilnehmen wird. Und ich glaube, daß alle anderen sich genauso verhalten werden wie ich. Kein Mensch wird Euch Gehorsam leisten; denn Eure Führung paßt uns nicht. Und es ist nicht verwunderlich, daß man Euch den Gehorsam verweigert. Euer Stil ist nicht nach unserem Geschmack, er erregt nichts als Bitterkeit. Um Euch der Selbsttäuschung zu entreißen, der Ihr offensichtlich verfallen seid, sage ich Euch noch einmal:

Wenn Ihr damals, als Ihr mit dem Oberbefehl betraut wurdet, klar darauf bestanden hättet, daß man mich und die anderen fragt, ob wir unsere Zustimmung geben, so könntet Ihr jetzt ohne weiteres mit dem Einverständnis von uns allen rechnen. Zu einem solchen Entgegenkommen wolltet Ihr Euch freilich nicht bequemen, womit Ihr Euch das Leben äußerst schwer gemacht habt, und zwar durch eigene Schuld. All die Streitigkeiten, die zwischen Euch und mir entstanden sind, haben es an den Tag gebracht, wie schlimm Euer Versäumnis war. Laßt also die erfahrenen Ritter, die etwas verstehen von derlei Dingen, darüber urteilen, ob Euer Vorhaben töricht oder ratsam ist und wer folglich recht hat in unserem heutigen Konflikt. Solltet Ihr Euch dazu nicht bereitfinden – wie schändlich bestätigt Ihr dann durch diese Verstocktheit die Notwendigkeit meiner Vorschläge und die Richtigkeit der schlimmsten Ahnungen, die Euer Gebaren in mir erregt. Schande und Zorn, die Ihr Euch damit zuzieht, werden die angemessene Rache für Euer Verhalten sein – eine Rache, die mich mit inniger Befriedigung erfüllt und an der sich mein Geist noch lange erlaben soll.«

Tirant antwortete:

»Mitten im Krieg kann ich mich nicht auf Rechtsgezänk einlassen. Meine Hände haben da anderes zu tun, Dinge, die dringlicher sind für die Ehre als das Kritzeln von Prozeßschriften. Es stünde mir schlecht an, wenn ich, nachdem ich anderen gute Ratschläge erteilt habe, mir selbst nicht zu raten wüßte. Noch nie hat es einen Mann aus unserer Sippe gegeben, der erlaubt hätte, daß man seine Ehre zum Gegenstand eines Wortgefechts macht; und mit der Hilfe Gottes will ich die meinige wahren, so gut ich irgend kann, mein Leben lang. Denkt aber nur ja nicht, daß die Feldherrnaufgabe, mit der ich noch immer betraut bin, mir großen Spaß gemacht hätte. Ich habe sie einstens nicht gesucht und in keiner Weise etwas dafür getan, daß sie mir zufalle. Und wenn diese Stellung mir den einen oder anderen Vorteil gebracht hat, so nicht deshalb, weil ich irgendwelche Belohnung erbeten hätte, sondern weil ich heißen Herzens und in beständiger Treue mich tatkräftig darum bemühte, meiner Pflicht zu genügen, und weil Herzöge und sonstige Hoheiten unter meiner Führung bisher keinen Schaden genommen haben an Leib und Leben. Und ich meine, daß ich als Oberbefehlshaber nichts getan habe, was als Tücke oder Fahrlässigkeit zu tadeln wäre. Es stimmt zwar, daß der Herr Kaiser, als er mich zum Generalkapitan ernannte, Euch nicht fragte, ob Ihr diese Wahl billigt. Doch das braucht Euch nicht zu verwundern, denn Ihr wart damals ja gar nicht erreichbar für Seine Majestät. Damit niemand glaube, ich sei versessen auf dieses Amt, erkläre ich hiermit, daß es mir durchaus recht ist, wenn ein anderer zum Reichsverweser berufen wird, und daß ich jederzeit bereit bin, die Wahl eines Nachfolgers zu akzeptieren. Und Ihr seid also der Meinung, unser Heer könne keine Schlacht liefern, wenn Ihr nicht dafür seid? Sie muß stattfinden. An dem von mir bestimmten Tag werde ich den Feinden entgegentreten. Und wenn niemand willens ist, aus freien Stücken mir zu folgen, werde ich dennoch mit den Meinigen, die mich nicht im Stich lassen können, und mit den Leuten des Großmeisters, die meinetwegen von Rhodos gekommen sind, so in den Kampf ziehen, wie ich dies angekündigt habe, um mit Gottes Hilfe den Sieg zu erringen. O Herzog! Wenn Euch bange ist vor einer solchen Schlacht, die jeden feigen Widerling in Angst und Schrecken versetzen muß, dann bleibt im Lager, bei den kleinen Pagen oder bei den Verwundeten, Krüppeln und Kranken, die nicht mehr tauglich sind.«

Damit schied man voneinander an diesem Tag.

Am nächsten Morgen, gleich nach der Messe, ließ der Kapitan die Trompeten blasen; und zu den großen Herren, die alle beisammen waren, sagte er:

»Hochwohlgeborene, durchlauchtige und großmächtige Herren, die ihr in eurer Hoheit gemeinsam mit mir die Last dieses Krieges tragt! Auf Befehl Seiner Majestät des Herrn Kaiser habe ich das Amt des Generalkapitans ausgeübt, wobei ich mich im Schweiß meines Angesichts während vieler Tage mit allen Kräften des Geistes wie des Körpers darum bemühte, gangbare Wege zu finden, die gewährleisten würden, daß meine Führung euch allen zum Wohl gereicht. Jetzt aber, da der Herzog von Makedonien dies wünscht, trete ich als Kapitan zurück; und ich tue es getrost, da wir an diesem Platz nichts zu befürchten haben von unseren Feinden, ein Wechsel also ohne Belang ist. Das Schicksal vieler sollte man nicht einer einzigen Person überlassen; es sollte vielmehr ein jeder teilhaben an der Bürde höchster Verantwortung, die ich so lange erduldet habe, unter vielen Mühen und ständiger Sorge, ohne mir dabei irgendeinen persönlichen Gewinn zu verschaffen, sondern immer nur auf das eine bedacht: der Majestät des Herrn Kaiser zu dienen. Laßt uns also einen anderen wählen, der besser geeignet ist als ich. Denkt bitte nicht, hochwerte Herren, meine Einstellung würde sich ändern, wenn ich nicht mehr die höchste Stelle innehabe. Haltet mich auch bitte nicht für gekränkt. Nein, nach wie vor will ich gemeinsam mit euch leben und sterben im Dienste der Majestät des Herrn Kaiser. Jeder von euch kann mich als Bruder betrachten, und wenn euch das zuviel dünkt, bin ich bereit, euch zu gehorchen und dem genannten Herrn zu dienen, solange dieser Kampf um die Rückeroberung des Reiches andauert…«

Der Markgraf von San Giorgio ließ ihn nicht ausreden. Er ertrug es nicht, solche Worte noch länger mit anhören zu müssen. Ohne sich vorher abzustimmen mit den anderen, fiel er Tirant ins Wort:

»Um Himmels willen, Kapitan, ich werde Euch nicht im Stich lassen, nie, solange es um Ehre und Anstand geht! Haltet Wort und liefert dem König von Ägypten die versprochene Schlacht; denn ich ziehe mit Euch in den Kampf, notfalls im bloßen Hemd, wenn sich keine Rüstung finden sollte. Und ich gelobe hiermit feierlich dem Herrn Sankt Georg, daß ich einen jeden, der die oberste Heeresführung übernimmt, ohne dazu durch einen ausdrücklichen Befehl der Majestät des Herrn Kaiser ermächtigt zu sein, augenblicklich mit meinen eigenen Händen erwürgen werde. Tirant ist unser Kapitan, den der Herr Kaiser uns gegeben hat, mit der Weisung, diesem seinem Stellvertreter so zu gehorchen wie ihm selbst.«

Der Herzog von Pera sagte:

»Herr Kapitan, sagt uns, was wir tun sollen. Wenn Ihr wollt, daß wir den Herzog von Makedonien töten, dann erteilt mir diesen Auftrag, und Ihr werdet sehen, wie rasch das getan ist.«

»Wer sollte es wagen, sich diese Stellung anzumaßen?« rief der Herzog von Sinopoli. »Mit meinem nackten Schwert, das keine Gnade kennt, wenn ich es einmal gezückt habe, werde ich diesen Schandkerl spalten, vom Scheitel bis zum Gürtel!«

Zornig stimmte ihm der Herzog von Kassandreia bei, mit dem Zusatz:
»Ich versichere euch allen miteinander und einem jeden einzelnen extra: Wenn irgendwer hier Zwietracht sät oder irgend sonstwas tut, das dem widerstreitet, wozu wir durch Befehl des Kaisers verpflichtet sind – welcher Herzog, Graf oder Markgraf es auch sei, von dem ich höre, daß er den Rücktritt Tirants verlangt und sich bereitfindet, an dessen Stelle zu treten, den werde ich eigenhändig umbringen.«
»Ich habe bisher geschwiegen«, sagte der Herzog von Montesanto, »aber mit den üblen Reden, die der Herzog von Makedonien hier von sich gegeben hat, hat er über sich selbst das Urteil gesprochen. Sie sind das eindeutige Geständnis, daß er selbst voll der widerlichen Falschheit ist, die er verleumderisch unserem Feldhauptmann anhängen will, um dessen Ehre in den Schmutz zu ziehen.«
Da reckte sich der Markgraf von San Marco, sprang auf eine Bank, zog das Schwert und schrie:
»Wer die Absicht hat, weitere Hetzreden zu halten und unter uns eine Meuterei anzuzetteln, der wage sich hervor, und ich werde auf der Stelle zum Zweikampf gegen ihn antreten, um mich hier vor aller Augen mit ihm zu schlagen, bis zum blutig schönen Ende. Denn Tirant ist zu Recht unser Anführer, ein guter und getreuer Feldherr, der noch nie solche Schändlichkeiten begangen hat, wie sie der Herzog von Makedonien ihm nachsagt. Schändlich ist vielmehr das Lästermaul, das gewissenlos ihm derlei Dinge andichtet. Und wenn es dafür nicht jetzt gleich zur Rechenschaft gezogen wird, so wird es später zu spüren bekommen, daß man in der anderen Welt unfehlbar das Urteil fällt.«
Mit dröhnender Stimme sagte der Herzog von Ferrara:
»Ich möchte, daß jedermann erfährt, was die Frauen und Mädchen auf dem großen Marktplatz in Konstantinopel schrien, nachdem der Herzog von Makedonien seine letzte Schlacht verloren hatte. Lauthals riefen sie: ›Wo ist diese Memme, der Herzog von Makedonien, dieser Schlachtenverlierer, der eine Schlappe nach der anderen bezieht und sinnlos das Blut der griechischen Ritter und Edelleute vergeudet? Wo ist dieser geistesverwirrte, schlappschwänzige Kriegs-

held? Sein Leben sollten wir ihm entreißen, denn er hat uns entrissen, was das Licht unserer Augen war. Er war's, der uns alles raubte, was uns das Liebste auf dieser Welt gewesen.‹ – Sie verfluchten Euch, wie man gemeinhin einen hassenswerten Feind verflucht. Weinend forderten sie, man solle Euren Leichnam herbeibringen, ihn aufbahren mitten unter den wehklagenden Weibern. Wärt Ihr so als Toter heimgekehrt, hättet Ihr ein ehrenhaftes Begräbnis bekommen und im Ruhm hättet Ihr weitergelebt, während Ihr nun bei lebendigem Leib toter als tot seid. Das ist die Folge der Niedertracht, die aus Euren Afterreden spricht.«

Brüsk ergriff der Graf von Acquaviva das Wort:

»Wie kommt Ihr eigentlich dazu, Herzog von Makedonien, eine Entscheidung anfechten zu wollen, die unser angestammter Herr getroffen hat? Es war der sakrosankte Ratschluß Seiner Majestät, Tirant mit der Führung all seiner Truppen und mit der Regentschaft über sein ganzes Reich zu betrauen. Was treibt Euch dazu, unseren Kapitan zu verstören und uns alle, die wir hier sind, mit hartnäckigen, abgefeimten Hetzreden gegen ihn aufzuwiegeln, ein Zerwürfnis herbeizuführen, mit einer tückischen Unverschämtheit, deren Folgen Ihr kaum zu fürchten scheint? Ich kann mich Euch nicht anschließen, denn Ihr scheut Euch ängstlich davor, das zu tun, was die Vernunft in Wahrheit von Euch fordert, und erstrebt etwas, für das Ihr weder berufen noch befähigt seid, weil die Hitze der Begier Euer Herz verdorben hat. Und wenn Ihr bedenkt, wozu dies Herz eigentlich bestimmt ist und woran man dessen Herkunft erkennt, so habt Ihr guten Grund, den Rittern, die Euch als Ratgeber in den Ohren liegen, zu mißtrauen; denn sie sind zu Feinden geworden, wegen der Vormachtstellung, die sie verloren haben. Und als Zeuge gegen den Vater taugt der Erzfeind ganz gewiß nicht. Du aber hast dich erfrecht, als gehässiger Kläger gegen ihn aufzutreten. Hüte dich, wider einen solchen Kapitan, wie wir ihn haben, noch ein schiefes Wort zu sagen. Laß dich nicht von wütiger Mißgunst übermannen; denn er wird dir aus der Klemme helfen und dich freisprechen, kraft der rechtlichen Vollmacht, die er hat. Er wird dir verzeihen, obwohl er das nicht müßte. Dieser Mann übertrifft den Hektor, im Sturmschritt erobert er sich den Ruhm und läßt das Blut der greulichen

Brut in Strömen fließen. Unsere Ahnen leben noch immer im Lobpreis ihrer glorreichen Taten, kläglich aber sterben die Besiegten dahin an den Mühsalen eines geduckten Lebens. Und wenn einer dem widersprechen will, werde ich dafür sorgen, daß er die Beichte seiner ganzen Verkommenheit ausspeit. Denn Gott wird es nicht zulassen, daß jemand, der einen solch widerlichen Frevel wiederholt, wie ihn der Herzog von Makedonien gegen unseren guten, gerechten und wahrhaftigen Feldherrn begangen hat, ungestraft weiterlebt auf Erden. Die Züchtigung, die dieser Verbrecher zu spüren bekäme, wäre ein mahnendes Exempel für alle anderen.«

Er verstummte.

Der Herzog von Makedonien aber wandte sich dem Markgrafen von San Giorgio zu, um diesem zu erwidern:

»Ritter, wenn ich Euch unpassenderweise mit diesem Ehrentitel anrede, der ganz und gar nicht Eurem Verhalten entspricht, so könnt Ihr Euch dennoch darauf verlassen, daß dies keineswegs bedeutet, ich hätte die angemessene Benennung vergessen, die Euch eigentlich zukäme. Falls mir wider meinen Willen hin und wieder ein Wort entfährt, das Eure Ehre beeinträchtigt, mögen die Einsichtigen unter denen, die das mit anhören, sich klarmachen, daß dies nicht der Umgangston ist, in dem ich mich zu äußern pflege, sondern eine Reaktion auf Eure eigene zügellose Redeweise, deren Ungebührlichkeit die Ohren gebildeter Männer und ehrbarer Frauen beleidigt, weshalb es mir zu meinem Bedauern nicht immer möglich ist, meine Zunge zu mäßigen. Ich kann mir nicht erklären, aus welchem Grund Ihr Euch nicht mehr daran erinnert, daß es Eure Pflicht und Schuldigkeit wäre, mir Eure Anhänglichkeit zu bekunden, statt Tirant um den Bart zu gehen – womit Ihr mir deutlich die Meinung zu verstehen gebt, ich sei derart gedemütigt und unterjocht, daß ich es mir keinesfalls erlauben würde, ein Wort über Eure heuchlerischen und betrügerischen Machenschaften zu verlieren. Was gelten denn jetzt noch Eure unzähligen Versprechungen, Eure Eide und Schwüre, mit denen Ihr mir Treue vorgegaukelt habt? Aber ich wundere mich nicht mehr; denn die Schäbigkeit, die Ihr mir gegenüber bewiesen habt, läßt mich begreifen, daß es nur natürlich ist, wenn der Sohn sich genauso gebärdet wie der Vater. Unter den Rittern und vornehmen Damen im ganzen Land sind Eure sauberen Taten ja hinlänglich bekannt, vor allem in unserer Hauptstadt Konstantinopel, wo man sich bei den Lustbarkeiten der Hofleute einen Hauptspaß daraus macht, über die Schurkenstücke zu spotten, die Ihr mir geboten habt. Mir tut Ihr nur leid in Eurer Miesigkeit, und deshalb schweige ich lieber über all das, was Ihr mir angetan habt.«

»O Herzöge, Grafen und Markgrafen!« sagte der Graf von Plegamans. »Habt die Güte, nun, da der Makedonier hinausgegangen ist, auf meine Worte zu achten. Versagt es euch, irgendwen zu verdammen, ehe ihr ihn angehört habt; und glaubt an die redliche Absicht, die mich zum Reden zwingt. Mir scheint, daß ihr entschlossen seid, die besagte Schlacht zu liefern, ein unnötiges Wagnis einzugehen, das ihr meiden müßt. Stur besteht ihr darauf, mir eure Kühnheit zu beweisen, einer Nichtigkeit wegen; denn nur der Makedonier giert nach den Ehrenzeichen des obersten Heeresführers, er allein und niemand sonst. Und wenn ich jenes abscheuliche, für einen Ritter besonders schimpfliche Wort, das Ihr, Tirant, offensichtlich zu hören wünscht, ohne größere Gefahr Euch frank ins Gesicht sagen könnte, hätte ich es längst getan. Aber ich möchte nicht durch irgendwelchen Hochmut es mit Gott verderben und maße mir nicht an, seinem gerechten Urteil über selbigen Herzog vorzugreifen. Dessen Gesinnung gebührend zu sühnen, ist Sache des Herrn im Himmel. Und Eure Sache ist es, die unerträglich drückende Bürde, die Euch auferlegt ist, weiterhin zu tragen. Die höchste Verantwortung für uns alle einfach aufzugeben – das wäre die Preisgabe der tapferen, tugendhaften Seelenstärke, die Euch eigen und uns vonnöten ist. Denn Ihr wißt ja, daß viele Augen auf Euch gerichtet sind. Bedenkt, was Ihr tut; macht Euch klar, welches Verhalten zur Belastung, welches zur Entlastung Eures Gewissens werden könnte. Nicht aus der Scheinwelt wohlgemeinter Worte erwächst die Glorie, sondern aus der handgreiflichen Bewährung wohltätiger Wirksamkeit durch das jeweils gebotene, richtige Tun.«

Da man feststellte, daß der Herzog tatsächlich das Zelt verlassen hatte, wollte Tirant keine Fortsetzung der Debatte gestatten. Auch auf die Argumente des Grafen sollte keiner eingehen. Der Kapitan forderte vielmehr, ein jeder möge jetzt seine eigene Unterkunft aufsuchen und alle nötigen Vorbereitungen treffen für den Tag der angekündigten Schlacht.

Das Augenmerk unserer Geschichte wendet sich hiermit vom Feldlager ab und richtet sich erneut auf die Gestalt des Kaisers, welcher derweil in seinem Palast unsagbar gespannt auf neue Nachrichten vom Kriegsschauplatz wartete, als er auf einmal das Nahen von sieben Segelschiffen gewahrte. Kaum hatten diese im Hafen angelegt, da wurde ihm gemeldet, sie seien aus Sizilien und hätten viertausend Krieger sowie eine Menge Pferde an Bord. Ausgeschickt, so hieß es, habe sie der neue König der Sizilianer. Wie es dazu kam, will ich gleich erzählen.

Der älteste der dortigen Königssöhne hatte sich, wie schon berichtet, mit einer Tochter des Königs von Frankreich vermählt; und weil er ein ebenso kluger wie redlicher Mensch war, gewann er so sehr das Herz seines Schwiegervaters, daß dieser ihn nicht ziehen ließ und möglichst lange an seinem Hof behalten wollte. Und dort geschah es, daß der Prinz von einer Krankheit befallen wurde, an der er starb. Als der König von Sizilien, sein Vater, die Kunde von seinem Tod erhielt, stürzte ihn dies in tiefe Trauer. Der jüngere Sohn aber, der Mönch geworden war, weigerte sich, seinen geistlichen Orden zu verlassen, und erklärte, er werde auch später, wenn sein Vater gestorben sei, nicht bereit sein, die Thronfolge anzutreten.

Diese Weigerung des Sohnes, dem väterlichen Wunsch zu gehorchen, erregte den König von Sizilien so sehr, daß seine Kräfte jäh verfielen und ihm der Kopf aufs Kissen sank. Als er sein Ende gekommen fühlte, rüstete er seine Seele, regelte die künftige Regierung des Reiches und bestimmte seine Tochter, die Gemahlin Philipps, testamentarisch zur Thronerbin.

So unvermutet zum König gemacht, erinnerte sich Philipp all der Hilfeleistung und Ehrenrettung, die er Tirant zu verdanken hatte. Und er beschloß, mit der größtmöglichen Streitmacht, die er zusammenbringen mochte, alsbald aufzubrechen, um dem Bretonen zu Hilfe zu eilen. Aber all seine Untertanen flehten ihn an, damit noch ein Jahr zu warten; denn die Königin war schwanger. Angesichts des starken Widerstands, dem sein Vorhaben begegnete, sah er sich zum

Bleiben gezwungen. Er ernannte deshalb den Herzog von Messina zu seinem Stellvertreter und schickte ihn als Anführer von fünftausend Berittenen und Fußsoldaten auf die Reise. Und die Königin entsandte ihrerseits, eingedenk der wertvollen Auskünfte, die sie von Tirant erhalten hatte, zusätzlich zweitausend Mann, zu deren Hauptmann sie den Herrn von Pantellaria machte.

Angelangt in Konstantinopel, gingen die beiden Anführer sogleich an Land, und der erste Mensch, dem sie dort begegneten, war der Sekretär, der eben vom Feldlager zurückkehrte, beladen mit einem ganzen Packen von Schriftstücken: den Briefen des ägyptischen Königs und Tirants, den Empfehlungen der verschiedenen griechischen Herren, den Meinungsäußerungen all derer, die zugunsten von Tirant gesprochen hatten; denn all dies hatte der Sekretär protokolliert, um den Kaiser genau zu unterrichten. Und noch ehe sie zum Palast gelangten, sagte der Herzog von Messina zu ihm:

»Ritter, so wahr Euch Gott Gesundheit und die Erfüllung Eurer Herzenswünsche gewähre, sagt mir, wo ist jener berühmte Kämpe, der tugendreiche Feldhauptmann der griechischen Truppen, Tirant lo Blanc? In welcher Stadt ist sein Standquartier?«

»Mein Herr«, antwortete der Sekretär, »Eure Durchlaucht kann den glorreichen Ritter, nach dem Ihr fragt, irgendwo draußen auf dem Lande finden, im Feld; denn er hat keinen Wohnsitz, keinen Ort, ob Flecken oder Stadt, wo er sich ständig aufhielte. Ich komme geradewegs von ihm, und in dem Augenblick, da ich ihn verließ, hatte er seine Zelte am Ufer des Transimeno, dem Heerlager der Türken direkt gegenüber.«

»Wie lebt es sich denn in seiner Umgebung?« fragte der Herr von Pantellaria. »Haben die Leute Gelegenheit, sich bei Spielen zu erholen, Spaß und Freude zu finden?«

»Aber ja! Heilige Maria!« sagte der Sekretär. »Das erste, was Euch am Eingang seines Zeltes begegnet, ist eine Gütigkeit, die jedermann wohltut. Schon beim Eintreten dann erkennt er, wer etwas taugt und wer nicht; seine scharfsinnig unterscheidende, kluge Urteilskraft erfaßt sogleich, mit wem man Pferde stehlen kann. Und das ist die entscheidende Fähigkeit, die einer braucht, der als oberster Feldherr für die gesamte Kriegsführung und das Schicksal aller verantwortlich ist. Unbestechlich waltet er seines Amtes; weder durch Bitten noch durch Drohungen läßt er sich abbringen von seiner Pflicht, und schon gar nicht durch Geld. Eine weitere gute Eigenschaft, durch die er sich auszeichnet, ist seine Großzügigkeit: er verschenkt alles, was er hat, und verteilt es unter seine Leute; nie ist er darauf aus, auch nur ein Quentchen von dem sich anzueignen, was ihm in die Hände fällt. Freigebig wird ja nicht der genannt, der vieles hergibt, um auf diese Weise sich selbst einen noch größeren Gewinn zu sichern. Spender dieses Schlages findet man in Mengen. Wahrhaft freigebig aber nenne ich den, der selber gar nichts einsacken will, niemals darauf spekuliert, bei irgend etwas seinen Schnitt zu machen, und notfalls, wenn er nichts besitzt, was er den Bittstellern geben könnte, flugs die eigenen Kleider auszieht, bis er selbst kein Stück mehr auf dem Leib hat. Braucht ein Freund etwas, das ihm gehört, so überläßt er ihm dies, ohne Wenn und Aber, zur freien Verfügung. Und hat er nichts anderes, mit dem er helfen könnte, so läßt er es jedenfalls nicht am guten Willen fehlen. Alle Welt rühmt diesen Wesenszug von ihm. Und wenn von adliger Haltung, Kühnheit und feinem Benehmen die Rede ist, gibt es keinen Zweifel, daß niemand sich mit ihm messen kann. Unter uns ist man sich über seinen Wert im klaren, und bedürfte es noch eines Beweises, so genügte es, an die großen Siege zu erinnern, die er im Kampf gegen die Türken errungen hat und täglich aufs neue erringt. Seinen Freunden gegenüber ist er ein munterer, lustiger Geselle, der ihnen gern das Vergnügen gönnt, zur Musik der Pfeifer und Trommler zu tanzen und sich mit den Damen im Reigen zu drehen. Er ist höchst freundlich gegen jedermann und zugleich voll standhafter Herzensstärke; denn er fürchtet sich vor nichts. In seinem Zeltlager üben sich die einen im Ringkampf, die anderen im Weitsprung; manche widmen sich dem Damespiel, manche dem Schach; die einen tollen umher wie die Narren, die anderen grübeln, versunken in tiefes Nachsinnen; während man hier über Kriegsfragen diskutiert, schwatzt man dort von der Liebe. Lauten erklingen, Harfen, Leiern und Flöten sind zu hören, der Gesang dreier kunstvoll sich verflechtender Stimmen. Welche Art vergnüglicher Unterhaltung es auch sein mag, die sich der oder jener wünscht – keiner kommt zu kurz bei unserem Kapitan. Dabei ist dieser ein Mann, der Gott mit solcher Innigkeit ehrt, wie ich dies noch nie an einem Menschen aus unserem oder irgendeinem anderen Volke wahrgenommen habe. Und wenn ihm tausend fürstliche Herren auf einmal begegnen würden – er verstünde es, einen jeden einzeln in der jeweils ihm angemessenen Weise zu begrüßen, so daß sie alle befriedigt von dannen gehen. Die Seinigen behandelt er mit viel Respekt und die anderen mit noch größerer Ehrerbietung. Zwei Fürsten aus Deutschland, zwei von denen, die den Kaiser küren, waren vor wenigen Tagen hier, und als sie sich verabschiedeten, geruhten sie zu sagen, sie hätten noch nie einen derart liebenswürdigen Menschen gesehen.«

Der Sekretär verabschiedete sich von den beiden, und als er dann oben im Palast war, fand er den Kaiser, der soeben das Mittagsmahl beendete. Seine Majestät war hocherfreut, als er ihn erblickte, und fragte sogleich, wie es dem Heer im Feldlager ergehe, ob es an Mundvorräten mangele oder vielleicht sonst etwas fehle. Gewitzt antwortete der Sekretär:

»Herr, nicht am Essen hapert es; uns mangelt das nötige Maß an Liebe und Ehre.«

Er verstummte und sagte kein weiteres Wort. Der Kaiser ließ rasch die Tafel aufheben, und auf sein Geheiß händigte ihm der Sekretär die mitgebrachten Schriftstücke aus. Das erste, das er ihm zu lesen gab, war der Brief des Königs von Ägypten; danach reichte er ihm die Dokumentation der verschiedenen Empfehlungen, welche im Rat der Herzöge ausgesprochen worden waren. Mitten in der Lektüre wandte der Kaiser sich um und sagte zu seiner Tochter:

»Karmesina, meine Ritter wollen behaupten, Tirant sei Euer Liebhaber.«

Und sie, vor Scham erglühend, wurde rot wie eine Rose. Stumm verharrte sie eine ganze Weile, unfähig, irgendeine Antwort zu geben, als hätten Scheu und Beklommenheit sie völlig gelähmt. Und als sie sich endlich ein Herz faßte, sagte sie:

»Herr, sofern es Tirant zum Sieg verhilft, soll's mir recht sein, wenn all die tapferen Ritter mir gewogen sind. Doch auch wenn er selbst ein noch so untadeliger, mutiger Ritter ist, der Schlacht um Schlacht gewinnt, die Streitmacht der Feinde zerschlägt und die hinterlistigen

Machenschaften des Herzogs von Makedonien furchtlos mißachtet, sollte Eure Majestät es dennoch nicht zulassen, daß leichtfertige Leute, die gerne lästern, verleumderische Gerüchte in Umlauf bringen. Ich mag ihn, wie ich die anderen Leute mag, mit denen ich häuslichen Umgang habe. Jetzt habe ich ihn aus den Augen verloren, und es liegt mir gänzlich fern, mich ihm anzutragen. Ich habe das nicht getan und denke nicht im mindesten daran, es je zu tun. Falls Ihr in dieser Hinsicht irgend etwas argwöhnt, sollte Eure Hoheit sich nicht bekümmern und mich nicht verdammen, ehe Ihr erfahren habt, wie es sich in Wahrheit verhält. Wegen eines bloßen Zweifels, der Euch ängstigt, dürft Ihr Eure Tochter nicht verurteilen, Euer Kind, das Euch so innig liebt. Und Liebe hat doch allemal die Macht, alle Furcht zu verscheuchen. Gott aber, der Gerechte, hat meine Keuschheit fest umgürtet, und schon bei dem Gedanken, Eure Majestät könnte je etwas derartiges von mir denken, erstarren mir die Brüste und werden kälter als Eis.«

»Nein, meine Tochter«, sagte der Kaiser, »so war es nicht gemeint. Lest das da, und Ihr werdet sehen, was die Ritter im Sinn hatten, als sie diese Äußerung taten.«

Als Karmesina das Ratsprotokoll gelesen hatte, beruhigte sich ihr Gemüt. Erleichtert drehte sie sich um und sagte leise zu Stephania:

»Meiner Treu, mir stockte das Blut in den Adern. Ich dachte schon, man wäre uns auf die Schliche gekommen und der Teufel, dieser Tückebold, der mich dazu angestiftet hat, Tirant das Geld zu geben, hätte mich hereingelegt, denn mit dem, wozu er einen verführt, wird man von ihm bekanntlich auch blamiert. Dabei ist doch mein Vergehen nichts anderes gewesen als eine Hilfeleistung für Tirant, also ein verdienstvolles Vergehen. Schließlich war es nur Geld, was ich hergegeben habe, und man muß es so nehmen, wie ich es meinte: als einen Akt der tätigen Nächstenliebe.«

Stephania antwortete:

»Herrin, was Eure Hoheit getan hat, ist eine tugendhafte Tat; denn man hat doch die Pflicht, denen zu helfen, die einem lieb und teuer sind. Und was einer auch tun mag – man sollte nie darüber urteilen, ohne dabei gebührend zu bedenken, aus welch guter Absicht es geschieht. Eure Liebe zu Tirant zielt ja auf nichts anderes als eine anständige, rechtmäßige Ehe. Es ist mir übrigens nicht entgangen, wie tief es Euch erschreckte, wie es den Verstand Eurer Hoheit anfänglich völlig aus der Fassung brachte, als der Kaiser Euch sagte, Ihr hättet eine Liebschaft mit Tirant.«

Noch während die beiden Mädchen so miteinander tuschelten, traten die Barone aus Sizilien ein und beugten vor dem Kaiser das Knie. Dieser begrüßte sie mit überaus freundlicher Miene und erwies ihnen alle Ehre. Daraufhin erklärten ihm die Herren Anlaß und Zweck ihres Kommens, wobei sie ihm allerlei Urkunden und Vertragsentwürfe vorlegten, mit denen auf Grund des alten Friedenspaktes zwischen ihnen nun ein Beistandsbündnis geschlossen werden sollte. Der Herrscher war gern damit einverstanden und unterzeichnete alles, was sie ihm darboten. Dann stellte er die beiden der Kaiserin und seiner Tochter vor, und während die Damen mit ihnen plauderten, entfernte er sich, um die Weisung zu erteilen, daß man ein paar besonders schöne Gemächer für die Gäste herrichte und ihnen alles Nötige besorge.

Dann gesellte er sich zu der Gesprächsrunde. Die zwei sizilianischen Ritter aber staunten hingerissen die Schönheit der Prinzessin an.

Und der Herr von Pantellaria konnte sich nicht enthalten, ihr das Folgende zu sagen.

KAPITEL CLV

Die Worte, welche der Herr von Pantellaria an die Prinzessin richtete

In strahlender Klarheit, Herrin, offenbart es sich den Augen, daß die Natur noch nie und nirgends etwas hervorgebracht hat, das herrlicher wäre als das unvergleichliche Wunder an Schönheit, das ihr in der Gestalt Eurer Hoheit gelungen ist. Dank Eurem Anblick wird mir bewußt, welches Himmelsglück die zur Seligkeit erwählten Heiligen im Paradies erben, wenn sie, wie die Heilige Schrift sagt, die Wirklichkeit göttlichen Wesens von Angesicht zu Angesicht schauen. Im seherischen Blick auf Christus sagte ja der Psalmist: ›Herr, wer dich vor Augen hat, für den sind tausend Jahre wie der Tag, der gestern vergangen ist.‹ Bei Gott, Herrin, ich weiß ganz gewiß: Wenn ich sämtliche Tage meines Lebens, die vergangenen und die künftigen, im Angesicht Eurer Majestät verweilen dürfte, wie es mir jetzt vergönnt ist, so erschiene mir dies nicht wie der Tag, der gestern vergangen ist. Nein, viel kürzer, allzu kurz, wie die Stunde, die ich jetzt erlebe. Denn wie denen, die Schmerz empfinden, eine knappe Frist endlos lang erscheint, so verkürzt sich, umgekehrt, für den, der Wonne in Fülle erfährt, alles Glück zu einem einzigen Augenblick, als stockte die Zeit, wie es mir jetzt widerfährt. Und wer es wagen sollte, mich von hier vertreiben zu wollen – dem würde kein langes Leben blühen. Schande und Elend sei ihm beschieden, heimatlos schweife er durch die Welt, ohne je einen rettenden Hafen zu erreichen. Bis in unser Land ist die Kunde von Eurer Schönheit gedrungen, und dank der weitreichenden Wirkung Eures erhebenden Wesens habt Ihr den Geist echter Kriegertugend, deren Lehre längst in Vergessenheit gesunken war, zu neuem Leben erweckt. Mir scheint freilich, daß die leibhaftige Erscheinung Eurer Erhabenheit, die mit soviel Anmut und einem unendlichen Reichtum an Bildung einhergeht, alles Lob, das ich vernommen, bei weitem übertrifft. Die Verehrung, die Ihr überall auf der Welt genießt, ist so groß, daß Ihr Euch fast als Göttin anreden lassen könntet. Es hieße meine Fähigkeiten überfordern, wenn ich versuchen wollte, all die einzigartigen Vorzüge, die ich an Euch wahrgenommen habe, in Worten wiederzugeben; deshalb will ich mich begnügen und preise mich selig ob meines Glückes, Euch gesehen zu haben.«

Im selben Augenblick, da er dies sagte, trat der Kaiser ins Zimmer. Die Prinzessin hatte also keine Möglichkeit mehr, dem Ritter zu antworten und seine Komplimente angemessen zu erwidern. Der Herrscher blieb ein Weilchen, um sich mit ihnen ein wenig zu unterhalten, über den Krieg und mancherlei andere Dinge.

Als es dem Herzog von Messina an der Zeit schien, die ihnen zugedachte Bleibe aufzusuchen, baten sie den Kaiser und die Damen, sich beurlauben zu dürfen. In der Herberge angelangt, fanden sie einen bereits gedeckten Tisch vor, auf dem einladend ein köstliches

Abendessen ihrer harrte, das auf kaiserliche Weisung für sie zubereitet worden war.

Kaum hatten die beiden Herren sich entfernt, da sagte der Kaiser zu allen, die um ihn waren:

»Habt ihr jemals gehört oder in irgendeiner Chronik gelesen, daß einem Feldherrn, der im Dienst eines fremden Herrn stand, von seinen Verwandten oder Freunden Hilfstruppen gesandt worden wären? Das ist doch ein höchst erstaunlicher Vorgang, und ich schulde Tirant großen Dank dafür, daß nun zehntausend Mann, die ich nicht zu besolden habe, mir dienen wollen, ihm zuliebe. Ich meine die eben angekommenen sowie die Streiter, die der Großmeister von Rhodos geschickt hat. Die Erfahrung solch ungewöhnlicher Freundschaftsbeweise hat mich zu dem Entschluß gebracht, selbst zum Feldlager zu reisen, um dort den Herzog von Makedonien und Tirant miteinander zu versöhnen; sonst könnte es eines Tages passieren, daß sie einander totschlagen. Da sie schon zweimal hart aneinandergeraten sind, empfiehlt es sich, einen dritten Zwist zu verhüten. Wäre ich noch imstand, eigenhändig mit dem Makedonier abzurechnen, könnte er freilich sicher sein, daß ich ihm den Kopf vor die Füße lege.«

Dann befahl der Kaiser all seinen Dienstleuten, sich reisefertig zu machen.

»Wie, Herr?« fragte die Kaiserin. »Mit so wenigen Leuten wollt Ihr losziehen?«

Der Kaiser antwortete:

»Jene Barone aus Sizilien sind ja nun hier, und die werden mich begleiten.«

In aller Eile machte sich also die gesamte Mannschaft der Kaisergarde bereit zum Aufbruch.

In der folgenden Nacht, als die Prinzessin schlafend in ihrem Bett lag, näherte sich Stephania der Schlummernden, weckte sie und sagte:

»Herrin, mir war auf einmal, als stünde Diafebus leibhaftig mir vor Augen und sagte zu mir: ›Stephania, mein Leben, welch unschätzbares Geschenk ist Euer Kommen für Tirant und mich! Denn allein aus Eurem erquickenden Anblick erwächst uns die Kraft, an unseren

Sieg in der Türkenschlacht zu glauben.‹ Darum, Herrin, bin ich, sobald ich erwachte, hierher gekommen, um Eurer Hoheit zu sagen, daß wir, falls Ihr wollt, binnen kurzem unsere innigsten Wünsche befriedigen und erleichtert seufzen könnten: ›Die Trennung hat nun ein Ende, es trösten des Liebsten Hände.‹ Unsere Freunde würden, wenn wir ihnen nachfolgen wollten, jetzt, wo es ihnen verwehrt ist, zu uns zu kommen, auf diese Weise endlich handgreiflich erfahren, wie sehr wir sie lieben.«

Die Prinzessin sagte:

»Gib mir mein Hemd und spar dir deine Worte.«

Schon nach wenigen Augenblicken war sie angekleidet und frisiert. Ungesäumt ging sie ins Schlafgemach des Kaisers, der sich noch nicht erhoben hatte, und sagte zu ihm:

»Herr, Furcht überkommt die Mädchen, wenn sie bloß das Wort Krieg hören, und noch mehr, wenn von Schlachten die Rede ist. Aber ich bitte Euch, verweigert mir deshalb nicht eine Gunst, um die ich Euch anflehe – eine Gunst, die mir aus zweierlei Gründen bewilligt werden müßte. Der erste ist, daß Eure Majestät nirgendwohin gehen sollte ohne mich, eingedenk Eures Alters und der Tatsache, daß es niemanden gibt, der soviel Liebe für Euch hegt und, falls Eure Majestät erkrankt, Euch so behilflich sein könnte, getreulich wachend neben Eurem Kopfkissen; denn kein Mensch kennt Euren Zustand und Eure Eigenheiten so gut wie ich. Der zweite Grund aber ist, daß gemeinhin, nach dem gesetzmäßigen Lauf der Natur, derjenige, der früher geboren ist, auch früher stirbt als der später Geborene, obwohl hin und wieder das Gegenteil geschieht; und wenn ich nun mit Euch ziehen dürfte, hätte ich die Gelegenheit, mich durch eigenen Augenschein mit Praxis und Theorie der Kriegskunst vertraut zu machen, was mir, falls ich in der Zukunft solcher Kenntnisse bedürfen sollte, eine große Hilfe in der Not sein könnte und mir die Fähigkeit gäbe, alle Furcht von mir abzuwerfen.«

»Meine Tochter«, antwortete der Kaiser, »ich weiß ja, wie sehr Ihr mich liebt und wie gut Ihr es mit mir meint; aber es ist weder üblich noch schicklich, daß Jungfrauen in den Krieg ziehen; denn das Leben im Feld ist höchst gefährlich. Das ist wahrlich nichts für Mädchen, und schon gar nicht für ein so blutjunges Ding, wie Ihr es seid. Weil

mir Euer Wohl wirklich am Herzen liegt, will ich nicht, daß Euch ein Schrecknis verstört, wenn Ihr den Feinden derart nahekommt.«
»Herr«, erwiderte die Prinzessin, »Eure Majestät braucht sich in dieser Hinsicht keine Sorgen zu machen; denn viel schlimmer wäre die Verstörung, die ich erleiden müßte, wenn ich Euch nicht mehr sehen könnte. Das wäre schrecklicher, als wenn ich mitten im Getümmel der Feinde stünde. Wie ich in widrigen Zeiten Euch als Tochter und Dienerin zur Seite gestanden, so will ich, erlaubt mir's, auch in glücklicheren Tagen Euch noch nahe sein; denn niemals werde ich Euch im Stich lassen, solange der Geist noch im Leib Eurer Hoheit wohnt. Hernach aber will ich dafür sorgen, daß Ihr so bestattet werdet, wie es Eurer Herrscherwürde gebührt. Mich ängstigt nämlich die Ahnung, daß meine Augen Euch niemals wiedersehen, wenn ich es versäume, Eure Majestät auf dieser Reise zu begleiten.«
»Meine Tochter«, sagte der Kaiser, »wenn es Euch so wichtig ist, soll es mir recht sein; denn ich erkenne wohl, welch gütiger Eifer Euch antreibt. Aber fragt Eure Mutter, was ihr lieber ist, ob sie mitgehen oder bleiben möchte. Und macht Euch selbst rasch bereit für den Ritt, denn mein Vorhaben duldet keinen Aufschub.«
Unverzüglich begab sich Karmesina zur Kaiserin und erhielt von ihr die Antwort, unter gar keinen Umständen wolle sie dorthin, denn wenn sie den Herzog von Makedonien zu Gesicht bekäme, oder die Stelle, wo ihr Sohn gestorben, würde das ihrem gequälten Herzen vollends den Rest geben.
Danach erteilte die Prinzessin Eilaufträge an alle Silberschmiede der Stadt, die talentiert genug waren, ihren Anforderungen zu entsprechen. Sie bestellte eine Halsberge und zwei Achselstücke, jeweils halb aus Gold, halb aus Silber; desgleichen Armzeug und Rüsthandschuhe aus ganz dünnem Blech, dessen Schauseite golden, die Rückseite jedoch silbern sein sollte. Ferner ließ sie sich als Kopfschutz einen sehr leichten, zierlichen Helm anfertigen, ganz aus Silber; und auf dieser Sturmhaube sollte eine überaus kostbare Krone prangen, die sie auch sonst zu tragen pflegte. Schließlich bat sie ihren Vater, ihr die Kriegsleute zu überlassen, welche die Königin von Sizilien zur Unterstützung Tirants ausgesandt hatte.
Am Tag des Aufbruchs zog die Prinzessin ein prächtig schimmern-

des Brokatgewand an und ließ sich dann den eigens für sie geschmiedeten Harnisch anlegen. Auf einem hohen, hellen, makellos weißen Roß ritt sie einher, in der Hand eine Gerte, mit der sie auf dem Marsch ihre Mannschaft kommandierte. Zu ihrer Gefolgschaft gehörten sechzig Jungfrauen, die schönsten und elegantesten der ganzen Residenz. Und zum Konnetabel ihrer Truppe ernannte sie Stephania; Saladria, eine Tochter des Herzogs von Pera, erhielt das Amt des Marschalls; Comtesina wachte über die Disziplin als oberster Heeresrichter; Wonnemeineslebens trug die Standarte, die als Feldzeichen das gestickte Bild jener Blume namens ›Liebegilt‹ zeigte, umrahmt von den Lettern des Wappenspruchs, der da lautete: ›Aber nicht für mich.‹ Elysia trug die große Fahne; die Muntere Witwe war Quartiermeisterin, und auch jede der übrigen jungen Damen hatte ihre eigene Aufgabe. So wohlgeordnet zogen sie denn dahin, bis sie zu dem Zeltlager gelangten, in dem Tirant kampierte. Doch trafen sie dort keinen einzigen heilen Kriegsmann an, sondern nur untaugliche Leute und Pagen, die auf Weisung des Kapitans zurückgeblieben waren. Am Neunzehnten des Monats um Mitternacht hatte Tirant mit seinen Truppen das Lager verlassen, das der Kaiser gegen drei Uhr am Nachmittag des nächsten Tages erreichte. Die ganze Zeit zuvor hatten die Türken bei Tag und bei Nacht die Zelte der Christen, die sie gut überblicken konnten, keinen Moment aus den Augen gelassen. Dennoch gelang es Tirant im Schutz der Dunkelheit, die Brücke unbemerkt zu passieren; denn schon Tags zuvor hatte er sämtliche Hirten und Späher, die sich dort herumtrieben, aufspüren und dingfest machen lassen, um jeden unerwünschten Beobachter von vornherein auszuschließen; und es waren nicht wenige Luchse, die man vorsorglich gefangen und eingesperrt hatte. Sobald sein Heer den Fluß überquert hatte, führte Tirant es eine gute halbe Meile stromaufwärts, wandte sich dann nach rechts, um in einem weiten Bogen, zwei Meilen bergan klimmend, sich von hinten an das Türkenlager heranzumachen. Als der Morgen graute, kampierten seine Mannen mitten in einem Hochtal, das Dornenschlucht hieß, und ein jeder von ihnen hatte soviel Gerste und Mundvorrat bei sich, wie er und sein Roß für einen Tag benötigten.

Als der Kaiser im Zeltlager Tirants Quartier genommen hatte, sandte er einen Boten zur Burg des Grimmigen Nachbarn, mit der Bitte, der Burgherr möge doch zu einem Gespräch herüberkommen. Und sobald derselbe diese Einladung erhielt, machte er sich ungesäumt auf den Weg, um dem Herrscher seine Ehrerbietung zu erweisen. Ausführlich schilderte er ihm die Lebensweise Tirants und die vortrefflichen Taten, die dieser tagtäglich vollbrachte. Der Prinzessin aber war es eine unsagbare Wonne, diesem Loblied auf den Bretonen zu lauschen. Der Grimmige Nachbar bedrängte schließlich den Kaiser, er möge die Güte haben, ihn zu seiner Burg zu begleiten und dort zu verweilen, denn dieses Bollwerk sei eine denkbar sichere Bleibe. Der Herrscher willfahrte diesem Wunsch, und all die Barone aus Sizilien schlugen ihre Zelte am dortigen Flußufer auf.
Der Burgherr beauftragte sodann einen der Seinigen, so heimlich wie möglich zur Dornenschlucht zu eilen und dem Kapitan die Ankunft des Kaisers, der Prinzessin und der sizilianischen Barone zu melden. Tirant verschwieg diese Nachricht und hielt sie streng geheim bis zum Tag danach, damit keiner seiner Leute auf den Gedanken käme, sich absetzen zu wollen mit der Begründung, er müsse den Kaiser sprechen oder irgendeinen Verwandten suchen. Keinem wollte er es mitteilen, keinem außer Diafebus, und auch ihm nur unter dem Siegel strikter Verschwiegenheit.
Als die Mitternachtsstunde nahte, bestieg man die Pferde. Das Fußvolk sollte zuerst sich scharen, unter der Führung von Diafebus, verstärkt durch vierhundert Lanzenreiter, deren Rosse alle gepanzert waren. So inständig und herzlich, wie er es irgend vermochte, bat Tirant seinen Vetter, zurückzubleiben, auszuharren in der Deckung, die dort ein Felskamm bot, fast eine Meile vom Feindeslager entfernt. Und was auch immer geschehen möge – weder er noch irgendeiner seiner Leute dürfe den Hinterhalt verlassen; auch dann nicht, wenn sie sehen würden, daß die Schlacht ein böses Ende nehme. Selbst wenn sie ihn, den Kapitan, in tödlicher Bedrohung sähen, dürften sie weder ihm noch seinen Schwadronen zu Hilfe kommen. Und als ob alle Dringlichkeit seines Bittens ihm nicht genug wäre, nötigte er Diafebus, ihm zu schwören, daß er sich nicht von der Stelle rühre, bevor er von ihm den ausdrücklichen Befehl erhalte, dies zu tun.

Diafebus blieb also zurück, und Tirant zog mit der gesamten übrigen Heeresmasse los (unter der sich nicht ein einziger Fußkrieger befand, auch kein Page oder Knappe, außer Hippolyt, der, frisch zum Ritter geschlagen, an diesem Tag seine Blutstaufe erleben sollte). Bis auf Schußweite der Bombarden rückten sie an das Lager der Türken heran, nicht gegen den Schanzgraben und den Palisadenwall, die von den Feinden angelegt worden waren, sondern vielmehr an der Rückfront, wo das Gelände eben war und keinerlei Hindernis bot. Sobald man im Lager das anrückende Reiterheer bemerkte – diesmal waren die Muslime nämlich auf der Hut, und mehr als siebzehntausend Mann hatten die ganze Nacht hindurch im Sattel verharrt, um zu verhindern, daß es noch einmal zu einer verheerenden Überrumpelung käme –, da stießen die Wächter schrille Alarmschreie aus. Und Tirant, der wußte, welch ungeheure Masse von Kriegern dort versammelt war, wagte es nicht, in das Lager einzufallen. Sämtliche Sarazenen aber machten sich kampfbereit, und diejenigen, die bereits zu Pferde saßen, ritten ein Stück weit den Christen entgegen. Auf beiden Seiten gruppierte man sich zur Schlachtordnung. Tirant formierte seine Truppen folgendermaßen: er ließ alle Rosse eine dichte Reihe bilden, die so genau ausgerichtet war, daß der Kopf keines einzigen Pferdes aus der Linie all der anderen Pferdeköpfe hervorragte. In strikter Disziplin befolgte jedermann seine Anweisungen; nur der Herzog von Makedonien, der sich grundsätzlich den Wünschen des Generalkapitans widersetzte, kümmerte sich keinen Deut um den gegebenen Befehl. Die kaiserlichen Fahnen waren in der Mitte postiert, und an den zwei Flügelenden flatterte je ein herzogliches Feldzeichen: links das Banner des Herzogs von Sinopoli, rechts das Banner des Herzogs von Pera. Und der Kapitan ritt mal am einen, mal am anderen Flügel entlang, die Mannen ermahnend, ständig darauf zu achten, daß keine Lücke in ihrer Reihe entstehe; denn wenn sie es schaffen würden, die Front geschlossen zu halten, werde er sie heute, mit der Hilfe des Herrn im Himmel, zum Siege führen. Und während die Feinde noch damit beschäftigt waren, ihre Bataillone in die vorgesehene Gefechtsordnung zu bringen, richtete Tirant eine kurze Rede an seine Leute.

KAPITEL CLVI

Die Ansprache Tirants an seine zur Front gereihten Ritter

Ehre, die man gefahrlos erlangt, halte ich für einen schalen Gewinn; und das gute Recht, für das wir kämpfen, ist der Quellgrund einer klaren, glaubwürdigen Hoffnung. O meine Ritter, ehrenwerte Männer! Gekommen ist der Tag, den ich seit langem herbeigesehnt habe; der Tag, an dem ihr einen triumphalen Sieg über alle eure Feinde erringen werdet und ein jeder von euch das Erbe, das ihm entrissen worden, zurückerobern kann; der Tag, an dem ein jeder heißen Herzens den Ruhm erstreben soll, den man durch mannhafte Taten erwirbt, und an dem die Gefahren, denen man mit Bangen entgegensieht, für nichts erachtet werden müssen. Um euch noch klarer darzutun, worauf es mir ankommt, erinnere ich euch, edle Herren, an das abschreckende Beispiel, das mir durch den Kopf geht. Ich meine die verhängnisvolle Torheit des Darius, mit der er sich und seine gesamte Streitmacht zugrunde richtete – durch Vernachlässigung der Disziplin, der taktischen Ordnung im Verlauf der Schlacht. Und vergeßt nicht, welch schlimmes Ende die Diadochen nahmen, die sich durch die Sünde des Neids samt und sonders das eigene Grab schaufelten. Lassen wir solchen Aberwitz; denn jetzt ist es unsere Aufgabe, mit kühnem Mut, wie es sich für tapfere Männer geziemt, das Gefecht zu bestehen und uns den Weg zu unserem Heil zu bahnen. Inständig bitte ich deshalb diejenigen, die ich darum bitten muß, und die anderen ermuntere ich brüderlich: Seid unerschrocken, kämpft mit beherzter Entschlossenheit, stetig dem Herrn vertrauend, der den Sieg in Händen hält. Dann werdet ihr Ehre und Ruhm und schließlich die Freiheit erlangen.

Wenn es uns gelingt, heute die Feinde zu schlagen, wird das ganze Kaiserreich unser sein: all seine Städte, Flecken und Burgen werden wieder unter der Hoheit unseres Herrschers stehen, unter der Herrschaft von uns allen. Wenn aber die launische Fortuna es zuläßt, daß wir in die Flucht geschlagen werden, fällt alles den Widersachern in den Schoß. Bedenkt, daß die Freiheit, die ich meine, davon abhängt, ob wir die Kraft aufbringen, die Feinde des Glaubens zu bezwingen. Sie machen sich wegen der Feldschlacht, zu der wir uns stellen, nicht viel Kopfzerbrechen; denn sie wissen sich in der Übermacht. Für uns jedoch geht es um alles; wir kämpfen für das Vaterland und die Freiheit, letztlich um unser nacktes Überleben. Erinnert euch an den Triumph, den wir beim ersten Treffen errangen, und an die verheerende Schlappe, die sie danach erlitten. Fürchtet euch nicht, tapfere Ritter, vor der Masse von Feinden; denn es steht fest, daß es den Wenigen durchaus gelingen kann, die Vielen zu besiegen; je mehr es sind, desto schwieriger ist es nämlich für sie, ihre Horden zu zügeln und zweckmäßig einzusetzen. Was den Sieg verbürgt bei einer Feldschlacht, das ist die Ordnung, die Manneszucht, das strikte Befolgen der Weisungen des Feldherrn. Denkt also daran, meine Herren, ihr, die ihr ein Ehrgefühl im Leib habt: Schon zweimal haben wir uns erfolgreich mit eben diesen Gegnern geschlagen. Glaubt nur ja nicht, daß sie sich diesmal tapferer zeigen; daß sie sich kaum mehr an das traurige Verenden der Ihrigen erinnern, an das furchtbare Blutbad, das ihr mit verwegener Tüchtigkeit unter ihnen angerichtet habt. Malt euch aus, wie traurig, wie erbärmlich ihnen zumute sein muß.

Aus all den genannten Gründen tun wir gut daran, jetzt die Schlacht zu wagen, nachdem uns der Friede nun einmal nicht vergönnt ist. Haben wir erst den Sieg erlangt, werden wir gewaltige Reichtümer erbeuten, und eine Menge von Waffen wird uns in die Hände fallen. Wenn ihr euch nun zum Kampf stellt, so tut es mit Todesmut; denn sie sind es, denen große Gefahr droht, und es gibt auf ihrer Seite keine Mauer, die so stark wäre wie eure standfeste Mannhaftigkeit. Zweifelt keinen Augenblick am Sieg! Falls aber dennoch einer aus Furcht nach einem Fluchtweg schielen sollte, hüte er sich davor, Reißaus zu nehmen; denn es ergeht ihm besser, wenn er im Kampf sein Leben läßt, als wenn er, befehlswidrig und zuchtlos, dem Feind den Rücken kehrt, Hals über Kopf davonprescht, ohne jede Möglichkeit zur Gegenwehr, schließlich eingeholt und abgeschlachtet wird wie ein Schaf. Wenn wir hingegen mannhaft kämpfen, mit unbeirrbarem Mut, werden wir ihnen eine bittere, blutige Niederlage bereiten. Wendet euren Blick hinüber zu der Burg, dorthin, wo jetzt jener hochgeehrte, tugendhafte Ritter ist: Seine Majestät der Herr Kaiser, der gemeinsam mit der durchlauchtigsten Prinzessin, seiner Tochter, als Augenzeuge diese Schlacht beobachten wird. O ihr Liebhaber, denen ernstlich daran gelegen ist, Liebe zu verdienen! Welche Glückseligkeit wird es für euch sein, wenn ihr zu den Damen zurückkehrt und vor deren Augen als Sieger die Hand des Herrn Kaiser küßt! Und welche Schande wäre es für euch, wenn ihr als Geschlagene und Flüchtende Seiner Hoheit begegnen müßtet! Wer von euch hätte da noch die Stirn, sich den Augen eines solchen Herrn und so vieler Damen zu zeigen? Lieber lasse ich meine Augen mit Erde bedecken und mein Fleisch von gierigen Raubtieren verschlingen, ehe ich mich damit abfinde, mir eine solch entsetzliche Blöße zu geben.«

Mit diesem Satz mußte er seine Rede beenden, da er gewahrte, daß die Türken sich in Reih und Glied aufgestellt hatten, bereit zum Gefecht.

KAPITEL CLVII

Wie der Sultan seine Heerscharen aufstellte und die Schlacht begann

Angesichts der Christen, die angerückt waren, ihm eine Schlacht zu liefern, hatte der Sultan seine unzähligen Heerscharen eilends in Gefechtsbereitschaft versetzt. Sämtlichen Kriegern hatte er befohlen, sich zur Schlachtordnung zu formieren. In vorderster Linie ließ er alle Landsknechte postieren, die mit ihren dicht aneinandergefügten Langschilden und Lanzen sowie mancherlei Sperr- und Deckschirmen einen beweglichen Schutzwall bildeten. Hinter dieser Vorhut kamen die Armbrust- und Bogenschützen; rund fünfzehn Schritte von den Schützen entfernt, erschienen auf wohlgepanzerten Pferden und mit prächtig wippenden Federbüschen auf den Helmen jene seltsamen Christen, die sich zu Söldnern des Sultans gemacht hatten. Erst ganz zuhinderst tauchten die Türken auf, die mehr als vierhundert Bombarden aufgefahren hatten, schwere Geschütze, mit denen sie, nach ihrer Schätzung, mindestens siebenhundert Mann zusammenkartätschen konnten.

Als nun alle Bataillone in Reih und Glied bereitstanden, sandte der König von Ägypten einen Trompeter als Herold zu Tirant, um diesem dafür danken zu lassen, daß er Wort gehalten hatte. Zugleich ließ der Ägypter ihm ankündigen, daß es sein königlicher Vorsatz sei, den Bretonen noch heute zu töten oder gefangenzunehmen; anschließend lasse er eine plastische Darstellung seines Triumphes anfertigen, ganz aus Gold, und dieses Bildwerk werde er, sobald sie Konstantinopel erobert hätten, über dem Hauptportal der Stadtmauer aufstellen. Zunächst aber, und zwar jetzt gleich, wolle er ihm seine Lanze zu kosten geben, damit er wisse, wie bitter sie schmecke. Tirant ließ ihm antworten, er freue sich auf die Kostprobe, denn er habe soviel Zucker mitgebracht, daß er gewiß keinerlei Bitterkeit verspüren werde. Unter keinen Umständen wolle er darauf verzichten, sich mit ihm zu schlagen; denn dies sei der Tag, an dem der König unter Schmerzen die Erde tränken müsse mit seinem Blut.

Dann ermahnte Tirant aufs neue seine Leute und riet ihnen, ihr Herz fest in die Hand zu nehmen. Auf diese Weise verscheuchte er ihnen jegliche Furcht, so daß alle wie umgewandelt waren und eine unbändige Siegeshoffnung in ihnen erwachte. Die Türken feuerten eine Bombardenkugel ab, die hoch über ihre Köpfe hinwegsauste, ohne irgendwem einen Schaden anzutun. Tirant hatte sich mit einer Seidenschnur eine kurze Streitaxt an den Arm gebunden, und in der Hand hielt er einen Wimpel, mit dem er nun einen Wink gab. Der Herzog von Pera, der am einen Flügelende postiert war, ließ daraufhin all seine Leute schwenken, in einer Kreisbewegung, zur Mitte hin, wo die Fahnen waren, so daß die Reiterfront, ohne je aus der Ordnung zu geraten, Schritt vor Schritt setzend, den Feinden den Rücken kehrte. Der andere Flügel, dessen Ende der Herzog von Sinopoli innehatte, verharrte derweilen regungslos. Sobald der Herzog von Pera diese Schwenkung vollständig ausgeführt hatte, nahm er wieder seine Eckposition ein, und Tirant winkte mit seinem Wimpel, worauf der Herzog von Sinopoli mit seinem Flügel auf gleiche Weise eine halbe Drehung vollzog. Die Gesichter aller waren nun dem Gebirge zugekehrt, wo Diafebus lauerte; den Feinden aber zeigten alle den Rücken. Plötzlich stoben sie los, in gestrecktem Galopp, doch ständig in schöner Ordnung, als geschlossene Front, deren Geradlinigkeit von keinem der vielen Pferdeköpfe durchbrochen wurde.

Als die Türken sie so davonstürmen sahen, brachen sie in ein wildes Jubelgebrüll aus: »Sie fliehen! Sie fliehen!«

Die Landsknechte ließen die Schilde fallen, warfen ihre Lanzen weg, und die Schützen schleuderten ihre Armbrüste zur Seite, um so schnell wie möglich den christlichen Feinden nachzujagen. Den türkischen Reitern aber konnte es gar nicht rasch genug gehen; denn sie dachten: Wer am tollsten hinterher rast, der kann am meisten erraffen. Den Pferden, die gewappnet waren, wurde hastig die gesamte Rüstung heruntergerissen, damit sie es leichter hätten und flinker laufen könnten. Tirant aber schaute gelegentlich zurück, und da sah er, daß die ganze Riesenmeute in wüstem Durcheinander Hals über Kopf ihnen nachhetzte. Das beunruhigte ihn keineswegs, sondern bestärkte ihn darin, weiterhin in strammem Tempo und strikter Ordnung bergwärts zu stürmen. Diejenigen Verfolger, die gute Pferde hatten, kamen so dicht an die Christen heran, daß sie ihnen bereits mit den Lanzen zu Leibe rückten.

Als der Kaiser, der vom Burgturm aus das Geschehen beobachtete, seine Leute davonstieben sah, schien es ihm unzweifelhaft entschieden, daß die Schlacht verloren sei. Während der ganzen vorangegangenen Nacht hatten die Mädchen sich nicht entkleidet, da sie unablässig mit inständigen Gebeten den himmlischen Siegesfürsten und seine allerheiligste Mutter beschworen, die Christen nicht im Stich zu lassen.

Sobald Tirant gewahrte, daß die Masse des feindlichen Fußvolks weit zurückgeblieben war und er mit seinen Leuten bereits die Stelle passiert hatte, wo Diafebus im Hinterhalt lag, reckte er den Wimpel hoch empor: Wie ein Mann hielten alle schlagartig inne. Dann schwärmten seine Schwadronen auseinander, eine jede für sich, und die verschiedenen Einheiten verteilten sich so im Gelände, daß sie jeweils einen Steinwurf weit voneinander entfernt waren. Den Türken, die sahen, daß die vermeintliche Flucht plötzlich aufhörte, schwante es, daß sie sich in eine Falle verrannt hatten. Der Herzog von Pera erhielt von Tirant den Wink, als erster anzugreifen; und mit wildem Wagemut stürzte er sich mitten unter die Feinde, trefflich dreinschlagend. Als der Kapitan dann sah, daß weitere Massen herandrängten und den Feindeshaufen verstärkten, schickte er den Bruder des Peraners, den Markgrafen von San Giorgio, mit seiner Schwadron ins Treffen; als nächster attackierte der Herzog von Sinopoli; Schwadron um Schwadron fiel so über die getäuschten Verfolger her. Und das vernichtende Gemetzel, das sie an ihnen vollstreckten, erregte fassungslos staunendes Entsetzen.

Fast die Hälfte der Streitmacht Tirants hatte sich auf die Feinde gestürzt und mit anhaltendem Erfolg deren Masse vermindert, als Tirant auf einmal mitten im Getümmel den König von Kappadokien erblickte, der sich mit todbringenden Stößen eine Bahn brach und viele Christen niederstreckte. Kaum hatte ihn der Bretone erkannt (an der Helmzier, einem aufgerichteten Löwen aus reinem Gold, mit einer kleinen Fahne zwischen den Pranken), da griff er nach einer stämmigen Lanze und trieb sein Roß in dessen Richtung. Als der König ihn auf sich zukommen sah, tat er keineswegs so, als sähe er nicht, wer seine Nähe suchte; vielmehr erwartete er diesen Gegner mit ingrimmiger Befriedigung. Und das Ungestüm, mit dem sie schließlich aufeinander losgingen, war so heftig, daß beide beim Zusammenprall zu Boden stürzten, mitsamt ihren Pferden. Unerschrocken sprang jeder sofort wieder auf. Sie zückten die Schwerter und bestürmten einander mit mächtigen Hieben. Doch der Tumult des tobenden Gefechts war so wild und wirr, daß es zu keinem rechten Zweikampf kommen konnte. Von beiden Seiten mischten sich Helfer ein, und mit verzweifelter Anstrengung schafften es die Türken, den Christen zum Trotz, den König in den Sattel zu hieven. Pirimus stellte sich vor das Roß des Kappadokiers, damit Tirant Gelegenheit habe, wieder aufs Pferd zu kommen; doch er wurde ständig hart bedrängt, bis die Schwadron des Grafen Plegamans in den Kampf eingriff, sich durchschlug zum Kapitan und es ihm ermöglichte, die Kruppe eines Rosses zu erklimmen, hinterm Sattel des Herrn von Agramunt, der ihn aus dem dichtesten Streitgewühl hinausbrachte. Da viele Pferde, die ihren Reiter verloren hatten, herrenlos umherliefen, fing man eines ein, übergab es dem Feldherrn, und unverzüglich warf sich dieser wieder ins Getümmel. Mit der kurzen Axt, die er sich an den Arm gebunden hatte, hieb er so gewaltig um sich, daß man mit gutem Grund behaupten konnte, ein jeder Schlag von ihm habe dem Getroffenen eine Ruhestatt unterm Boden verschafft. Rastlos kämpfte er, in fremdem Auftrag, doch ohne Rücksicht auf die Gefährdung von Leib und Leben der eigenen Person. Selbstlos für den Sieg der gemeinsamen Sache fechtend, erwarb er sich viel Ehre und Ruhm.

Auf sein Zeichen warfen sich die restlichen Schwadronen in die Schlacht, die einen von rechts, die anderen von links den Feinden in die Flanken fallend. Da saht ihr Helme herunterkollern, hingemähte Ritter zu Boden sinken, auf dem die Toten und Verwundeten beider Seiten sich häuften. Es war ein Graus, dieses grandiose Spektakel anzuschauen. Wieder und wieder wetterte der Bretone drein, mal da, mal dort. Nicht an einer einzelnen Stelle focht er, sondern an vielen, und immer eilte er dort zu Hilfe, wo Hilfe vonnöten war.

Der König von Ägypten hatte das Glück, in der Wirrnis, die auf der Walstatt herrschte, den wacker kämpfenden Tirant zu entdecken. Da zog er sich für einen Augenblick aus dem Getümmel zurück und beschwor den König von Kappadokien sowie den König von Afrika, die er beide beiseite genommen hatte, von jetzt an alle anderen Gegner ungeschoren zu lassen und sich nur noch um diesen einen zu kümmern: Tirant zu töten, das sei das einzige, worauf es ankomme. Und mit dieser einhelligen Absicht kehrten sie zurück ins Toben der Schlacht. Indessen aber, während Tirant noch mit anderen Sarazenen in ein erbittertes Gefecht verstrickt war, tauchte in seinem Rükken plötzlich der Herzog von Makedonien auf und versetzte ihm von hinten einen Schwertstoß. Der traf den Kapitan unterhalb der Helmkante, und die Stahlspitze der Klinge drang tief in seinen Hals ein. Das sahen Hippolyt und Pirimus, die beide aufschrien vor Entsetzen:

»O du Schuft! Herzoglicher Heimtücker! Warum willst du einen der besten Ritter der Welt hinterrücks ermorden?«

Lauthals bezeugten sie so das Schurkenstück. Die drei Könige aber hatten sich derweil, mit grimmigem Eifer die erhobenen Lanzen schwingend, soweit durch das Gewühl hindurchgekämpft, daß sie Tirant zu Gesicht bekamen. Zielstrebig drängten sie zu dritt ihm entgegen; doch nur zwei von ihnen, der König von Ägypten und der König von Kappadokien, schafften es, mit ihm handgemein zu werden. Sie berannten ihn mit solcher Wucht, daß er mitsamt seinem Roß zu Fall kam. Das am Boden liegende Tier blutete aus sieben Wunden.

Der König von Afrika stieß zur gleichen Zeit auf den Herzog von Makedonien, der in der Nähe Tirants focht; und der Treffer, den er diesem gleich beim ersten Ansturm mitten auf der Brust verpaßte, war derart heftig, daß die Lanze den ganzen Leib durchbohrte und das Stahlblatt aus dem Rücken des Verröchelnden starrte, der damit den Lohn für all seine Verruchtheit erhalten hatte.

Tirant, der am Boden lag, hatte große Mühe bei seinen Versuchen, sich wieder zu erheben; denn der Pferdeleib lastete auf seinem Bein. Trotzdem gelang es ihm, indem er all seine Kraft zusammenraffte, sich aufzurichten. Dabei fiel das Kinnstück seiner Sturmhaube ab, das zuvor von einer der Lanzen getroffen worden war, als die andere ihm eben die linke Armschiene zerbeulte. Wäre seine bewährte Rüstung nicht so verläßlich gewesen, hätte er diesmal sein Leben verloren. Als der König von Ägypten ihn hingestreckt auf der Erde liegen sah, wollte er rasch vom Pferd steigen; in dem Moment nun, da er schon das Bein über den Sattelbogen schwang, kam der Herr von Agramunt hinzu und durchstieß ihm den Schenkel. Die Verwundung schmerzte den Ägypter so grausam, daß er, ganz gegen seinen Willen, den Halt verlor und auf die Erde krachte. Als Tirant ihn so hingeschmettert sah, wollte er sich sogleich auf ihn stürzen, konnte aber nicht zu ihm durchdringen – derart dicht war das Gedränge der Streitenden. Nachdem der König sich aufgerappelt hatte, griff er nach einer Lanze, die er auf dem Boden gefunden, und arbeitete sich Schritt für Schritt durch die wogende Kriegermenge, bis er auf Wurfweite an Tirant herangekommen war. Da der Kapitan kein Kinnstück mehr hatte, zielte der Ägypter stracks auf dessen Wange, schleuderte die Lanze und traf die entblößte Stelle derart, daß vier

Backenzähne ausgeschlagen wurden und Tirant einen großen Blutverlust erlitt. Dennoch kämpfte dieser unablässig weiter, ohne sich durch die Schmerzen entmutigen zu lassen. Hippolyt, der ihn so schwer verletzt sich aufrecht behaupten sah, sputete sich, zu ihm durchzudringen; und kaum war er bei ihm angelangt, sprang er vom Pferd und sagte:

»Herr, ich bitte Euch, steigt auf, um Himmels willen!«

Tirant bahnte sich mit dem Schwert einen Weg durch das Kampfgewühl, zum Rand des Schlachtfelds hin; und als er dem ärgsten Gedränge entkommen war, bestieg er das Pferd, wobei er Hippolyt fragte:

»Und du, was machst du?«

Der antwortete:

»Herr, sorgt für die Rettung Eures eigenen Lebens. Selbst wenn ich erschlagen werden sollte, weil ich dies Euch zuliebe tue, so sterbe ich in der Gewißheit, daß mein Tod einen guten Zweck erfüllt.«

Tirant stürzte sich erneut in das Streitgewirr, um den König von Ägypten aufzuspüren. Doch dieser hatte sich wegen der Schmerzen, die seine Wunde ihm machte, von der Walstatt zurückgezogen. Als Tirant erkannte, daß der Gesuchte unauffindbar war, nahm er sich andere Gegner vor und kämpfte unentwegt weiter. Ein glücklicher Zufall war es, daß ihm, nachdem er sich eine geraume Weile mit diesem und jenem geschlagen hatte, unversehens die Gestalt des Königs von Kappadokien ins Auge fiel; und der König, der ihn seinerseits erkannt hatte, preschte auf ihn zu, holte mit dem Schwert aus und versetzte ihm einen Schlag auf den axtbewehrten Arm, wobei er ihn leicht verletzte. Tirant rückte ihm dicht auf den Leib und schmetterte ihm die Axt auf den Kopf, so daß der Helm aufklaffte und der König bewußtlos aus dem Sattel fiel. Tirant sprang rasch vom Roß und durchschnitt die Helmbändel des Gestürzten.

Da näherte sich ein Ritter, der rief mit lauter Stimme, in mitleidigem Ton:

»Herr, laßt Gnade walten! Bringt ihn nicht um! Dieser König ist schon tödlich getroffen. Gönnt ihm in Eurer Güte noch eine letzte, kleine Lebensfrist, da er ohnehin besiegt ist und sterben muß. Euch kann es doch genügen, daß Ihr der Sieger seid.«

Tirant antwortete:
»Aus welchem Grund fühlst du dich dazu gedrängt, für den da um Gnade zu bitten, für diesen Feind unserer gemeinsamen Sache, der mit fühlloser Grausamkeit, in hochmütigem Vertrauen auf sein Können und die Schärfe seiner Waffen, alles in seiner Macht Stehende tat, um mir den Tod zu geben? Es ist nur recht und billig, ihm zur Strafe das anzutun, was er mit uns zu tun gedachte. Jetzt ist nicht die Zeit für Gefühlsduseleien; denn unser Sieg hängt heute davon ab, zu welcher Härte mannhafter Herzensstärke wir gemeinsam fähig sind. Was für Beweise persönlichen Seelenadels ich mir leisten könnte – das ist in unserer Lage keine Frage von Belang.«
Entschlossen nahm er den Helm, warf ihn weg und hieb dem König den Kopf ab. Die Axt des Kapitans hob sich deutlich von allen anderen Äxten ab: leuchtend rot und triefend vom Blut der Männer, die er getötet hatte.
Erneut bestieg Tirant das Pferd; und die Türken, die eine verzweifelte Wut erfaßte, als sie diesen tollkühnen König getötet sahen, berannten in großen Mengen den Bretonen und trachteten verbissen danach, ihm das Leben zu rauben. Zwar wurde er schwer verwundet, und er stürzte vom Pferd; doch im Nu stand Tirant wieder auf den Beinen, trotz Sturz und Wunden weder betäubt noch eingeschüchtert. Nein, zu Fuß warf er sich sofort wieder ins dichteste Kampfgetümmel und vollbrachte Waffentat um Waffentat. Mit Hilfe der Seinigen gelang es ihm, irgendwann wieder in den Sattel zu kommen.
Es war eine harte, erbitterte Schlacht, die ununterbrochen den ganzen Tag über währte, fast bis zur Stunde des Abendläutens. Und so gewaltig dieses Ringen war, noch größer war der Ruhm, den er damit errang.

Diafebus verfluchte indes Tirant, weil dieser ihn dazu verdammt hatte, die ganze Zeit in dem ihm zugewiesenen Hinterhalt auszuharren:
»Alleweil will er alle Ehre allein erwerben! Mit keinem will er sie teilen! Hier läßt er mich hocken, als ob ich zu nichts nütze wäre! Bei Gott, so lasse ich mich nicht abspeisen! Ich will mir meinen Ruh-

mesanteil verschaffen! Auf geht's!« – rief er seinen Leuten zu. »Wir werfen uns auch ins Getümmel, ohne Furcht vor den Gefahren, mit denen wir uns dieses Vergnügen erkaufen.«

Er verließ seinen Lauerposten und griff mit großer Kühnheit in das Kampfgeschehen ein. Den Türken, die plötzlich soviel neue Angreifer hervorbrechen sahen (wo sie doch gedacht hatten, Tirant habe sämtliche Truppen, über die er verfügte, längst eingesetzt), sank das Herz in die Magengrube.

Der Sultan, der verletzt war, wenngleich nur ein wenig, entfernte sich ein Stückchen vom Schlachtfeld. Zu seinen Begleitern sagte er: »Ich sehe, daß unsere Leute den kürzeren ziehen. Lieber fliehe ich, als daß ich mich erschlagen lasse.«

Sobald Tirant merkte, daß der Sultan und seine Truppen mit flatternden Standarten flohen, sprengte er ihnen nach, entriß ihnen die Feldzeichen und blieb den Flüchtenden auf den Fersen. Viele wurden im Lauf dieser Verfolgungsjagd von ihm und seinen Mitstreitern getötet. So groß war die Masse der Entmutigten, daß die Christen es schließlich müde wurden, so viele Muslime zu erschlagen. So fand denn dieser einzigartige Tag, nach Stunden eines scheinbar endlosen Kampfes, seinen glorreichen Abschluß mit dem Siegesrausch dieser tödlich dahinfegenden, über drei Meilen sich hinziehenden Türkenhatz. Und es wäre in diesem Fall gewiß nicht falsch gewesen, Tirant als den Fürsten des Schlachtfelds und unbezwinglichen Ritter zu feiern. Hatte Fortuna bisher stets die Türken begünstigt, zum Nachteil der Christen, so war die launische Glücksspenderin nun von der göttlichen Vorsehung dazu bewogen worden, das Blatt zu wenden, zum höheren Ruhme Tirants.

Spät war es, als seine Mannen, ermattet vom Gemetzel, die Verfolgung aufgaben. Mit der Mehrheit von ihnen war der Kapitan vor eine Stadt gelangt, die einst dem Markgrafen von San Giorgio gehört hatte und noch immer seinen Namen trug. Doch nichts mehr davon war sein eigen; der ganze Ort war dem König von Ägypten übergeben worden, und der hatte dafür gesorgt, daß die Stadt allezeit reichlich mit Proviant versehen war und sich stets in verteidigungsbereitem Zustand befand.

Nachdem nun der König an diesem Tag hatte erkennen müssen, daß die Schlacht nicht mehr zu gewinnen sei, war er wie die anderen Sarazenen geflohen; und so groß waren die Schmerzen, die ihm die Wunde an seinem Schenkel bereitete, daß er sich von dem Sultan getrennt und dort haltgemacht hatte – auf dem Weg nach Bellpuig, wohin der Sultan wollte, kam man nämlich zwangsläufig an San Giorgio vorbei; und weil diese Stadt, wie gesagt, wohlbefestigt war und über alle erforderlichen Vorräte verfügte, hatte der vom Wundschmerz gemarterte König sich entschlossen, hinter ihren Mauern Zuflucht zu suchen.
Als nun Tirant dorthin gelangte, war es fast schon dunkel. Seine Leute schlugen im Vorgelände ihre Zelte auf und kampierten da bis zum nächsten Morgen. Während der Ruhestunden aber wurden alle Verwundeten betreut, und viele starben in selbiger Nacht; denn noch nie hatte auf diesem östlichen Ufer eine so grimmige, soviel Blutsopfer fordernde Schlacht getobt. Viele Frauen wurden durch sie zu Witwen, viele Mädchen zu Waisen; doch es blieb ihnen die Hoffnung, fortan befreit zu sein von der Furcht vor dem Joch der Sklaverei.
Am nächsten Tag befahl Tirant, daß jedermann sich wappnen solle. Man berannte die Stadt, und die Türken, unter denen sich viele gute Kämpen befanden, verteidigten sich fabelhaft. Viermal schon hatten die Christen vergeblich versucht, die Mauer zu erstürmen, als der Markgraf von San Giorgio sich auf eine andere Möglichkeit besann. Er umrundete die Stadt, und als er an das Pförtchen des Judenviertels kam, rief er nach einem Hebräer, der Herr Joseph hieß. Als der Jude die Stimme des Markgrafen hörte, erkannte er sofort, daß es sein Fürst war, der da gerufen hatte. Eilends kam er herab und öffnete ihm die Pforte. Rasch drang der Markgraf mit seinen Mannen ein, und sie hatten sich schon der halben Stadt bemächtigt, ehe der König von Ägypten oder sonst ein Moslem etwas merkte. Der Markgraf ließ dem Feldherrn durch einen Boten melden, er müsse sich nicht mehr als Mauerstürmer abmühen, die Stadt sei bereits genommen, er solle durchs Judenpförtchen hereinkommen. Tirant benutzte also die genannte Hintertür, und als er drinnen war, hatte der Markgraf mit seinen Leuten schon sämtliche Türken überwältigt und den Kö-

nig von Ägypten in die Enge getrieben: Gedeckt von einem Reisigverhau, leistete der, trotz seiner schweren Verwundung, noch immer hinhaltenden Widerstand, obwohl seine Mitstreiter beim bloßen Anblick der eingedrungenen Christen jählings jeglichen Mut verloren hatten. Als es dem Markgrafen schließlich gelang, den König festzunehmen, ließ er den Kapitan herbeirufen, damit dieser seinen Erzfeind enthaupte. Doch Tirant erteilte die Antwort: Nichts auf der Welt könne ihn dazu bewegen, einen Menschen zu töten, der gefangen sei. Als der Markgraf diesen Bescheid des Kapitans erhielt, packte er den König an den Haaren und durchschnitt mit seinem Dolch dessen Kehle.

Nach der geglückten Rückeroberung wurde die Stadt durchsucht, und man entdeckte große Mengen von Mundvorräten.

Der Markgraf sagte:

»Herr Kapitan, da Gott so gnädig gewesen ist, uns den Sieg in der Schlacht zu gewähren und diese Stadt wieder in unsere Hand geraten zu lassen, haben wir hier die Möglichkeit, uns im Notfall zu verschanzen; denn sollten die Feinde über uns herfallen wollen, bräuchten wir nur die Schleusen der Bewässerungskanäle zu öffnen, und das ganze Vorfeld wäre im Nu überflutet, so daß kein Mensch hereinkäme; und wenn es ihnen dennoch gelänge, kämen sie gewiß nie wieder hinaus. Hätten sie noch Gelegenheit gehabt, das Wasser fluten zu lassen, wären wir niemals imstand gewesen, den Ort zu erobern. Weil ich das wußte und ich mich hier, in der Stadt, die mir gehört hat, auskenne, habe ich den Großteil meiner Leute mit dem Auftrag vorausgeschickt, die Schleusen zu bewachen.«

Der Kapitan erwiderte:

»Aber sagt mir, Herr Markgraf, wie kam es dann, daß Ihr diese Stadt verloren habt, eine Stadt, die demnach fast uneinnehmbar ist?«

»Das will ich Euch sagen, Herr. Ich vertraute sie einem Mann von geringer Herkunft an, den ich zum Ritter schlug. Ich schenkte ihm vielerlei Güter aus meinem Besitz, verschaffte ihm Kleinodien und Kleider, verhalf ihm zu einer Frau und einem Haus, als er jedoch erfuhr, daß Bellpuig, die Nachbarstadt, in die sich gestern der Sultan samt den anderen verscheuchten Sarazenenherren geflüchtet hat, nur vier Meilen von hier, von den Türken erobert worden sei, da wußte der Mann nichts Besseres zu tun, als einen Boten dem Feind entgegenzuschicken, dem türkischen Feldhauptmann seine Kapitulation anzubieten und ihm die Stadt, meine Herrschaftsrechte und die Freiheit der Bürger auszuliefern.«

Trotz allen Erfolgen, die er in den letzten Stunden erlebt hatte, war Tirant nicht fröhlich gestimmt; kein Lachen erhellte seine Miene; auch gestattete er es nicht, daß seine Leute sich irgendwelchen Entspannungen oder Lustbarkeiten überließen. Niemand hatte den Eindruck, daß er sich als Sieger fühle; und er wollte nicht, daß man ihn als solchen bezeichne. Auf diese Weise dämpfte er den Übermut der Seinigen und die Verzweiflung der geschlagenen Feinde.

Im Beisein aller sagte er nur:

»Wenn Diafebus getan hätte, was ich ihm befohlen, wäre der Sultan jetzt ein toter Mann, all die großen Herren der Ungläubigen wären meine Gefangenen, und das gesamte Reich könnte aufatmen, befreit von der Fremdherrschaft.«

Wenden wir unsere Aufmerksamkeit aber wieder dem Kaiser zu. Nach der tiefen Bekümmernis, die ihn überkommen hatte, als er wähnte, Tirant habe die Schlacht verloren, wurde er in seiner Niedergeschlagenheit unversehens getröstet, und sein Herzeleid verwandelte sich in helle Freude, als ein berittener Bote des Grimmigen Nachbarn erschien, der ihn über den Verlauf der Schlacht unterrichten sollte und ihm die Nachricht von deren glückhaftem Ausgang überbrachte. Ausführlich schilderte er dem Herrscher, was sich auf der Walstatt abgespielt hatte und wie der Kapitan die kopflos davonstiebenden Türken jagte. Kaum hatte der Kaiser diese glorreiche Kunde vernommen, kniete er auf dem Boden nieder, erhob die Augen zum Himmel und sagte mit gefalteten Händen dem Herrn Jesus Christus und seiner allerheiligsten Mutter tausendfachen Dank für den Sieg über seine Feinde. Und da er auch vernommen hatte, wie der König von Kappadokien unter den Händen seines Kapitans zu Tode gekommen war, flehte er unseren Herrgott an, Tirant vor allem Übel zu bewahren; denn wenn dieser Mann nicht wäre, gäbe es für sie keinen Grund, noch auf irgendeinen Sieg zu hoffen. Und diesen Worten des Gebets fügte er die Erklärung hinzu:

»Es steht fest, daß unsere Fürsten und Ritter dank den Fähigkeiten Tirants diese Schlacht gewonnen haben, ebenso wie die anderen Schlachten, die sie mit ihm schlugen, nachdem sie zuvor jedwedes Gefecht verloren hatten. Seitdem dieser tapfere Ritter gekommen ist, haben wir nie wieder eine Niederlage erlitten, und die Türken haben von heute an nichts anderes mehr zu erwarten als ihre völlige, endgültige Vernichtung. Wir aber haben allen Grund, einen dauerhaften Triumph zu erhoffen, eingedenk der strahlenden Tatkraft Tirants, die einen jeden, der sich ihm anschließt, hell begeistert und zu edlem Handeln bewegt.«

Kurz danach ritt der Kaiser los, gefolgt von den Baronen aus Sizilien und der Prinzessin, die nicht zurückbleiben wollte. Als sie zum Feldlager der Sarazenen gelangten, sahen sie dort all die vielen Zelte stehen, in denen sich Unmengen von Kostbarkeiten befanden. Sämtliche Leute wollten sich sogleich ans Plündern machen, doch der Kaiser ließ dies nicht zu; er gebot vielmehr dem Herrn von Pantellaria und dem Grimmigen Nachbarn, die gesamte Beute in ihre Obhut zu nehmen, bis diejenigen, denen der Sieg zu verdanken war, das Lager mit eigenen Augen gemustert hätten.

Während der Kaiser im Sarazenenlager umherging, erblickte die Prinzessin von ferne einen kleinen Mohren. Sie sprengte auf ihn zu, sprang rasch vom Pferd und rannte in das Zelt, wo der schwarze Bengel sich versteckt hatte, packte ihn am Schopf, brachte ihn vor den Kaiser und sagte: »Jetzt kann ich mich brüsten vor unserem Kapitan, kann mich dessen rühmen, daß ich als rechtschaffene Ritterin es fertigbrachte, mitten im Feindeslager tollkühn einen rabenschwarzen Türken zu fangen.«

Die reizende, scherzhafte Tonart, in der seine Tochter dies sagte, stimmte den Kaiser höchst vergnügt.

Diafebus litt derweilen an der Verstimmung, die zwischen ihm und seinem Vetter entstanden war. Da er sah, wie sehr er Tirant erzürnt hatte, wagte er es die ganze Zeit nicht, ihm unter die Augen zu treten. Er schämte sich und scheute deshalb seine Nähe. Und in seiner Befangenheit vergaß er es völlig, einen Boten zum Kaiser zu senden, um diesen durch eine Glücksnachricht zu erfreuen, wie er

dies sonst immer getan hatte. Daß die Kunde vom glorreichen Erfolg seiner Streiter diesmal nicht von Diafebus gekommen war, sondern über andere ihn erreicht hatte, verwunderte den Kaiser. Besorgt sagte er zur Prinzessin:
»Was mag nur aus Diafebus geworden sein? Ich fürchte, daß er nicht mehr am Leben ist, weil ich nichts von ihm gehört habe über den Ausgang der Schlacht.«
Als Stephania diese Worte vernahm, konnte sie die Tränen nicht zurückhalten. In Gegenwart des Kaisers und all der anderen Leute, die dabei waren, entströmten sie wie Sturzbäche ihren Augen. Die Prinzessin brachte ihre Freundin fort, damit sie ihren Kummer nicht gar so deutlich bekenne. Und als die beiden Mädchen zur Burg des Grimmigen Nachbarn zurückgekehrt waren, beauftragte Stephania einen Burschen, sich auf den Weg zu machen und zu erkunden, was mit Diafebus sei. Der Brief, den sie ihm mitgab, hatte den folgenden Wortlaut.

KAPITEL CLVIII
Der Brief Stephanias an Diafebus

Wenn es in der Liebe Verläßlichkeit gibt, so bitte ich Dich, laß um der Liebe willen, von der ich überwältigt worden bin, mich eine verläßliche Nachricht von Dir erhalten. Denn was Deine Stephania kränkt, ist die Tatsache, daß Du mir nach der Schlacht keinen Gruß hast zukommen lassen, ungeachtet der sehnsüchtigen Hoffnung, mit der ich Deiner harrte. Gewiß ist für mich derzeit nur das eine: daß die Liebe etwas ist, das den ganzen Menschen mit Angst und Unruhe erfüllt. Die schönen Hoffnungen, mit denen ich an Dich dachte – sie schwinden jetzt, schwinden, weil Du schweigst, Du, von dem ich doch weiß, daß Du immer geneigt warst, Dich um ein feines, edles Verhalten zu bemühen. Auch wenn ich nichts weiter sage, werden Dich, falls Du noch lebst, meine Tränen zum Mitleid rühren – Tränen, deren Spuren Du hier auf dem Briefpapier siehst. Die Flecken, die sie beredt hinterlassen haben, sind freilich wohl so vergeblich wie meine Worte. Doch ich habe es nicht verdient, daß Du zur Ursache meines Todes wirst. Denn es ist wahrhaftig mein Wille gewesen, mich hartnäckig der Liebe zu erwehren und mich nicht der Sünde zu unterwerfen. Aber als ich heute den alten Herrscher sagen hörte, Du seist tot, war ich nicht imstand, vor Seiner Majestät die bitteren Tränen zu verbergen, die mir aus den Augen schossen. Und die Zeichen der Scham waren in meinem Gesicht zu lesen. Deshalb möchte ich Dich, der Du mein Herr und Gebieter bist, herzlich bitten: Komm bald. Sollte Dir jedoch etwas zugestoßen sein, so ist es unabwendbar, daß ich mit Dir sterbe und mein Grabstein mit der Inschrift versehen werden muß: *Causa odiosa*. An diesem Verdikt wird jedermann erkennen, daß ich aus Liebe zu Dir mein Leben ließ.«

KAPITEL CLIX

Wie es, dank dem Brief Stephanias, zur Versöhnung Tirants mit Diafebus kam

Stephania sandte also einen Menschen ihres Vertrauens aus, der Diafebus aufsuchen sollte. Als der auserwählte Schildknappe ihn schließlich fand, übergab er ihm den Brief und richtete vielerlei Grüße und Empfehlungen aus. Nachdem Diafebus den Brief – dessen Schriftzüge ihm sogleich verrieten, daß er von seiner Herrin stammte – gelesen hatte, fühlte er sich zutiefst erquickt, und unsagbare Freude erfüllte sein Herz. Mit dem Stück Papier in der Hand eilte er zum Zimmer Tirants und gab ihm den Brief zu lesen. Kaum hatte der Kapitan die letzte Zeile entziffert, da ließ er den Knappen kommen und fragte nach dem Ergehen des Kaisers und der Prinzessin; und der junge Bursche berichtete ihm alles, was sich im Zeltlager der Muslime zugetragen hatte; insbesondere schilderte er dem Bretonen die kriegerische Aufmachung, in der Karmesina ausgerückt war, und wie beherzt sie,

mitten im Feindeslager, einen Mohren gefangengenommen habe, den sie in strenger Verwahrung halte:
»Um ihn Eurer Durchlaucht persönlich vorzuführen, sobald sie Euch wieder zu Gesicht bekommt.«
Mit wahrer Wonne genoß Tirant diesen amüsanten Bericht, und er befahl Diafebus, sogleich Seine Majestät mit einem Besuch zu beehren. Ungesäumt ritt der also Beauftragte von dannen.
Als Diafebus dann zur Burg des Grimmigen Nachbarn gelangte, begab er sich stracks zum Kaiser. Durch die ganze Burg aber ging wie ein Lauffeuer die Kunde, Diafebus sei angekommen. Sämtliche jungen Damen rannten zusammen, um gemeinsam nach ihm zu sehen. Besonders eilig hatte es Stephania, die seinetwegen soviel Angst und Kummer durchlitten hatte – was ihre veränderten Gesichtszüge deutlich erkennen ließen. In großer Schar strömten die Mädchen zum Gemach des Kaisers, wo sie den Ritter vorfanden, als er dem Herrscher gerade einen ausführlichen Bericht über den Verlauf der Schlacht und den Tod der beiden Könige gab. Auch von den Wunden erzählte er, die Tirant während dieses Kampfes zugefügt worden waren. Als die Prinzessin hörte, wie hart es Tirant getroffen hatte, verzog sich ihre Miene, schmerzlich verzerrt von tiefem Mitgefühl. Sie beherrschte sich, so gut sie konnte, und fragte:
»Sagt, Diafebus, sind sie sehr schlimm, die Verwundungen unseres Kapitans? Sind sie so gefährlich, daß man um sein Leben bangen muß?«
»Nein, Herrin«, antwortete Diafebus, »die Ärzte haben ihn schon aus der Behandlung entlassen, und sie sagen alle, er sei außer Gefahr.«
»Aber ich habe doch den Eindruck, daß es recht arg ist, was er zu erdulden hat«, meinte die Prinzessin.
Sie konnte es nicht verhindern, daß diese Worte in einem Schluchzen endeten und zahllose Tränen über ihre Wangen rannen. All den Mädchen, die dabeistanden, erging es ähnlich, und selbst der alte Kaiser machte keine Ausnahme. Es dauerte eine ganze Weile, bis Diafebus sie zu trösten vermochte.
Der Herrscher wollte von ihm wissen, wie hoch die Verluste auf beiden Seiten gewesen seien.

»Meiner Treu, Herr«, antwortete Diafebus, »ich kann Euch fürwahr keine Zahl nennen; aber ich kann Eurer Majestät versichern, daß die Landstraße von hier bis zur Stadt San Giorgio unpassierbar ist, so massenhaft liegen da lauter tote Türkenleiber; man tut gut daran, Distanz zu halten von diesem Weg, eine Meile entfernt zu bleiben, wenn man ungehindert vorankommen will. Über unsere eigenen Verluste, Herr, kann ich Euch freilich genaue Auskunft geben, da der Kapitan alle Christenleichen einsammeln ließ, um sie anständig zu bestatten. Der erste Tote, den wir gefunden haben, war der Herzog von Makedonien, hingestreckt durch eine Lanze, die seinen ganzen Leib durchbohrt hatte. Ebenfalls auf dem Schlachtfeld geblieben waren der Markgraf von Ferrara, der Herzog von Babylonien, der Markgraf von Vasto und der Graf Plegamans. Außer diesen fürstlichen Herren, die gefallen waren, gab es noch viele andere Ritter, die ihr Leben gelassen hatten; und unter diesen befand sich auch der Großkonnetabel, dessen Tod von allen tief betrauert worden ist, weil er ein wahrhaft vortrefflicher, redlicher und überaus tapferer Ritter war. Als man die Namen auf der Totenliste zählte, ergab es sich, daß wir eintausendzweihundertvierunddreißig Mann eingebüßt hatten. Und der Kapitan hat dafür gesorgt, daß ein jeder von ihnen ein höchst ehrenvolles Begräbnis erhielt – selbst der Herzog von Makedonien, der dies nicht verdient hätte; denn auf Grund der Aussagen, die Hippolyt und der Herr von Agramunt als Augenzeugen gemacht haben, steht eindeutig fest, daß er derjenige war, der unserem Kapitan die Wunde beigebracht hat, die an seinem Hals zu sehen ist. Aber Tirant ist so gütig und besitzt eine solch unerschütterliche Seelenstärke, daß er stets zur Vergebung bereit ist und mit keinem bösen Wort die Übeltaten vergilt, die man ihm antut, so schlimm die Folgen fremder Vergehen für ihn auch sein mögen.«
Der Kaiser war höchst zufrieden mit allem, was er da vernahm, und er überlegte vergeblich, auf welche Weise er all die Ehre, die er Tirant zu verdanken hatte, angemessen belohnen könnte. Diafebus aber gab sich den Anschein, als wäre ihm nicht wohl, um als Kranker auf der Burg bleiben zu dürfen. Und der Herrscher ließ ihn mit solch liebevoller Aufmerksamkeit umsorgen, als ginge es um das Wohl seiner eigenen Tochter.

Auch die Barone aus Sizilien verharrten auf dringlichen Wunsch des Kaisers noch eine Weile an Ort und Stelle; denn Seine Majestät hatte die Absicht, den Generalkapitan herbeirufen zu lassen, um gemeinsam mit ihm die Verteilung der Kriegsbeute vorzunehmen. Unverzüglich wurden also zwei Ritter zu Tirant gesandt, die ihm mitteilen sollten, daß dem Herrscher daran gelegen sei, im Einverständnis mit ihm die Gefangenen und alle im Feindeslager liegengebliebenen Schätze zu verteilen. Doch der Bretone ließ ausrichten, daß er dort, wo Seine Majestät persönlich weile, nichts zu bestimmen habe; denn in Gegenwart des Höhergestellten höre die Befugnis des Geringeren auf. Zugleich schickte er ihm sämtliche Gefangenen sowie alle Kostbarkeiten, die den Kämpen in die Hände gefallen waren. Und der Kaiser bedachte jeden Streiter seines Heeres mit einem Anteil am Gewinn.

Tirant hatte sich mittlerweile so gut erholt, daß er es, trotz seinen Wunden, nicht versäumte, mit wachen Augen für die Sicherheit der Stadt und des Zeltlagers zu sorgen, das man vor den Mauern aufgeschlagen hatte, weil es unmöglich war, eine solche Menge Kriegsvolk innerhalb der Ortschaft unterzubringen. Der Sultan aber samt allen, die mit ihm entflohen waren, verschanzte sich in der Stadt Bellpuig, die von San Giorgio aus, wo Tirant sich befand, rasch zu erreichen war, über einen Weg, der vier Meilen meerwärts hinabführte, bis zum dortigen Hafen. An diesem Zufluchtsort fühlte sich der Sultan wohlgeborgen. Mehr als fünfzehn Tage schon hatte er das Zimmer, in dem er eine Bleibe gefunden, nicht ein einziges Mal verlassen, tief versunken in seinen Kummer, unablässig die erlittene Schlappe und den Tod des kappadokischen Königs bejammernd. Vom Ende des ägyptischen Königs jedoch wußte man dort nichts, und mit sehnsüchtiger Ungeduld warteten die Sarazenen darauf, etwas über sein Schicksal zu erfahren. Eines Tages nun sagte der Zypriot von Paterno zu seinem Gebieter:

»Herr, wäre es Eurer Hoheit recht, wenn ich einmal hinüberginge? Falls es mir möglich ist, mit meinem Freund dort zu reden, kann ich alles erfahren, was es zu erfahren gibt.«

Ohne auch nur einen Augenblick zu zögern, drängte ihn da der Sultan, ungeachtet der vielen Leute, die in der Nähe waren:

»Schwing dich auf mein schnellstes Roß, und nichts wie los!«
Der Zypriot von Paterno zog sich um: er schlüpfte in eine weiße, mit dem Zeichen des Sankt-Georg-Kreuzes bestickte Damastbluse, die er von Tirant erhalten hatte, und verdeckte diese Kleidung mit einer langen scharlachroten Dschubbe. Als er dann unterwegs war und sich soweit von den Moslems entfernt hatte, daß diese ihn nicht mehr sehen konnten, zog er die Dschubbe aus, legte sie als Sitzpolster auf seinen Sattel und band einen Tuchstreifen an seine Lanzenspitze. Die Späher aus dem Christenlager, die ihn heranreiten sahen, dachten, daß er einer der Ihrigen sei, und fühlten sich daher nicht bemüßigt, ihn mit Fragen zu behelligen. Am Rand der Zeltstadt angelangt, erkundigte sich der Zypriot nach der Unterkunft des Kapitans, und man zeigte ihm, wo dieser zu finden sei. Als Tirant den Besucher erblickte, freute er sich von Herzen und fragte, was es Neues gebe. Daraufhin berichtete der Zypriot, daß der Sultan verwundet sei; was er abgekriegt habe, sei freilich nichts als eine harmlose Schramme. Der König von Afrika und der Sohn der Großtürken hingegen seien nicht so glimpflich davongekommen; beide hätten sich noch nicht recht erholt; und dem Großtürken selbst mache seine Kopfwunde arg zu schaffen. Am schlimmsten aber sei das bedrückende Gefühl ohnmächtiger Trauer, das den ganzen Zufluchtsort erfülle; die allgemeine Trostlosigkeit, die dort herrsche, seit man sich der furchtbaren Verluste bewußt geworden sei. Um zwischendurch auch etwas Erfreuliches zu erleben, sei er hergekommen, gedrängt von dem Verlangen, ihn wiederzusehen, freilich auch von der Neugier, hier zu erfahren, ob der König von Ägypten noch lebe oder auch zu den Opfern der Schlacht gehöre.
»Sagt mal«, fiel Tirant seinem heimlichen Verbündeten ins Wort, ehe dieser ihm alles benennen konnte, was der Sultan seinerseits sonst noch wissen wollte. »Sagt mal, wieviel Mann haben die Muslime bei der letzten Schlacht eingebüßt? Wie lautet die Schätzung auf Eurer Seite?«
»Herr«, antwortete der Zypriot von Paterno, »sie haben eine Zählung veranstaltet, und die Addition der von den einzelnen Hauptleuten ermittelten Verlustziffern hat ergeben, daß hundertdreitausend und siebenhundert Mann fehlen, sei's durch Tod, sei's durch Gefangen-

nahme. Die Leute können sich nicht erinnern, jemals eine solch entsetzliche Schlacht erlebt zu haben. Und hättet Ihr die Verfolgungsjagd fortgesetzt, wäre Euch nicht einer entkommen; denn die armen Rosse hatten nicht mehr die Kraft, ihre Reiter zu tragen – so erschöpft waren sie von den Strapazen des Kampfgetümmels! Vergebens waren die Geschlagenen während der ganzen Nacht bemüht, bis nach Bellpuig zu gelangen. Auf halbem Weg brachen sie zusammen, teils wegen ihrer Verletzungen, teils wegen totaler Entkräftung, und viele starben unterwegs im Dunkel, weil keine Ärzte da waren, die ihnen hätten helfen können. Die Nachtkälte drang in ihre Wunden ein, und so blieben sie tot auf der Landstraße liegen. Quer über einen Gaulsrücken gelegt, wurde der König von Afrika gerade noch davongebracht.«

»Gibt es noch andere Neuigkeiten, die du mir mitteilen könntest?« fragte Tirant.

»Ja, Herr«, sagte der Zypriot, »sieben riesige Schiffe sind aus der Türkei gekommen, beladen mit Weizen, Gerste und sonstigem Proviant. Und wie man hört, gilt es als sicher, daß der Befehlshaber dieses Geschwaders der Großkaraman ist, der da mit fünfzigtausend Kriegern anrückt, einem gemischten Heer von Fußsoldaten und Berittenen. Auch heißt es, daß er seine Tochter mitbringe, die er dem Sultan zur Frau geben wolle; und er werde begleitet vom König des Unabhängigen Indien.«

»Sind diese sieben Schiffe schon entladen worden?« fragte Tirant.

»Nein, Herr«, antwortete der Zypriot. »Wegen des widrigen Windes war es ihnen bisher verwehrt, in den Hafen einzulaufen.«

Lang unterhielten sich die beiden, wobei sie auch über mancherlei andere Dinge redeten. Wieder und wieder umarmte Tirant den geliebten Gast; er bedachte ihn mit Geschenken und gab ihm zum Schluß ein Menge kandierter Früchte und sonstige Näschereien mit, damit er den Sultan zufriedenstellen könne.

Nachdem der Zypriot mit einem Geleitbrief, den er vom Kapitan erbeten hatte, von dannen geritten und ohne Schwierigkeiten zum Moslemlager zurückgekehrt war, suchte er sogleich den Sultan auf, zeigte ihm den vom christlichen Feldherrn unterzeichneten Passierschein und behauptete, seinem Freund sei es nach vielem

Bitten und Flehen endlich gelungen, dieses nützliche Papier zu erlangen. Sodann berichtete er, daß der König von Ägypten nicht mehr am Leben sei. Diese Nachricht erregte große Bestürzung und ließ das Wehklagen wieder anschwellen; denn seiner großen Tapferkeit wegen war dieser Fürst höchst beliebt bei allen Sarazenen.

Tirant, den seine Wunden nicht mehr sonderlich schmerzten, begab sich mit einem Mann, der die Gegend kannte und mit allen geheimen Pfaden des Landes wohlvertraut war, auf einen Erkundungsritt, um unangenehme Überraschungen zu vermeiden. Und als die beiden das Meer vor Augen hatten, sahen sie auf einem Berg, hoch über dem Hafen, die Stadt Bellpuig, und draußen auf See die sieben Schiffe, die dort, heftig vom Wind gebeutelt, hin und her schaukelten, auf die Luftströmung wartend, die ihnen das Einlaufen endlich erlauben würde.

Eilig kehrte Tirant zu seinem Lager zurück, wo ihm bei seiner Ankunft gemeldet wurde, der Kaiser habe anscheinend vor, mit all den sizilianischen Baronen auszurücken, um viele nahegelegene Flecken und Burgen, die noch vom Feind besetzt waren, zurückzuerobern. Und so geschah es denn in der Tat. Binnen weniger Tage bemächtigte sich der Kaiser vieler Ortschaften und Festungen; doch die Barone aus Sizilien hatten das dringende Verlangen, endlich einmal Tirant zu begegnen und sich ihm vorzustellen; danach, so sagten sie untereinander, würden sie gerne alles tun, was der Kaiser ihnen befehle. Als Diafebus dies bemerkte, bat er sie im Namen des Kapitans mit großem Nachdruck, die Weisungen des Kaisers in jedem Fall zu befolgen.

Sobald Tirant die Gewißheit hatte, daß der Kaiser tatsächlich zu einem Eroberungsfeldzug aufgebrochen war, machte er sich mit dem Herzog von Pera und einem Teil seiner Truppen auf den Weg; die restlichen Mannschaften ließ er zurück, unter dem Kommando des Markgrafen von San Giorgio, den er zum Feldmarschall ernannte. Als die Ritter unterwegs in die Nähe der Burg des Grimmigen Nachbarn gelangten, erfuhren sie, daß die Prinzessin mit ihren Edelfräulein auf der Feste geblieben sei und Diafebus den Schutz der jungen Damen übernommen habe. Tirant ließ daraufhin Hippolyt zu sich kommen und befahl ihm, die Prinzessin aufzusuchen und ihr auszurichten, was er ihm jetzt sage.

Als dann Hippolyt vor der Prinzessin stand, beugte er das Knie, küßte ihr die Hand und hob an, den folgenden Satz vorzutragen:

»Herrin, ich bin zu Eurer Hoheit hergesandt worden als Bote meines Herrn, der Eure Erhabenheit herzlich bittet, ihm gütigst zu bewilligen, daß er ohne Beeinträchtigung ein und aus gehen darf und in seiner Bewegungsfreiheit keinerlei Behinderung erfährt.«

»O frischgebackener Ritter!« sagte die Prinzessin. »Was soll dieses Ersuchen, das Ihr da an mich richtet? Weiß der Kapitan denn nicht ganz genau, daß wir alle seinem Oberbefehl unterstehen und seinem Schutz anheimgegeben sind; daß er jedweden Menschen festnehmen und einkerkern, freisprechen und aburteilen kann, je nach dem Befund, zu dem er selbst bei Abwägung von Schuld und Unschuld des einzelnen gelangt? Was hat er für einen Grund, mich um die Zusicherung freien Geleits zu bitten? Ihr könnt ihm getrost sagen, daß er jederzeit kommen kann, ohne Besorgnis um seine Sicherheit, obwohl ich nicht die Macht habe, diese zu garantieren, und nicht begreife, wozu er eine solche Garantie wünscht. Denn weder dem Herrn Kaiser noch mir ist bekannt, daß er sich irgendeines Vergehens schuldig gemacht hätte. Das aber bedeutet, daß er selbst der Bürge seiner Sicherheit ist und keinerlei Grund hat, sich derart zu fürchten, nachdem ihm bei seinem Umgang mit den Türken doch wohl jegliche Furcht abhanden gekommen ist.«

Hippolyt erhob sich, um die Zofen, eine nach der anderen, zu umarmen. Unterschätzt mir nicht das Glücksgefühl, das Wonnemeineslebens bei diesem Wiedersehen empfand!

Der Bursche eilte zurück und überbrachte dem Kapitan die Antwort der Prinzessin, getreulich jeden Satz wiederholend, den die junge Dame gesagt hatte. Doch Tirant war nicht bereit, auf seine Forderung zu verzichten, und schickte ihn noch mal hin. Als Hippolyt sich erneut der Prinzessin präsentierte, sagte er:

»Mein Herr ersucht Eure Erhabenheit aufs neue, bittet Euch ein ums andere Mal, ihm die Zusicherung seiner uneingeschränkten Bewegungsfreiheit nicht verweigern zu wollen. Denn er wird ganz gewiß die Burg nicht betreten und schon gar nicht die Nähe Eurer Hoheit

suchen, solange er keinen von Eurer Hand geschriebenen Schutzbrief erhalten hat.«
»Ich kann unseren Kapitan nicht verstehen«, sagte die Prinzessin. »Was hat er denn dem Herrn Kaiser oder mir angetan, daß er meint, er müsse um einen Schutzbrief bitten?«
Stephania fiel ihr ins Wort:
»Herrin, was verliert Ihr, wenn Ihr ihm den Schutzbrief ausstellt, um den er bittet?«
Daraufhin ließ sich die Kaisertochter Tinte und Papier bringen und schrieb den Schutzbrief, in einer Tonart, die der folgende Wortlaut erweist.

KAPITEL CLX
Der Geleitsbrief,
den die Prinzessin dem Kapitan Tirant ausstellte

Das Hin und Her von Hoffnung und Furcht bringt unser Vertrauen ins Wanken und verwandelt den Glauben in bangen Zweifel. Ihr gehabt Euch so, als wäre dieser Wisch für Euch der Strohhalm, an den sich ein verstörtes Gemüt in seiner Verzweiflung klammert. Euch selbst ist wohl nicht klar, wozu Ihr von mir einen Passierschein und die Zusicherung freien Geleits verlangt. Es widerstrebt meinen Gefühlen, einem tapferen Feldherrn derart verworrene Worte zuzubilligen und ihm gar eine schriftliche Bestätigung seiner Bewegungsfreiheit auszustellen – ein Papier, das gänzlich überflüssig ist. Dennoch zaudere ich nicht, es eigenhändig auszufertigen und Euch mit meiner Unterschrift zu garantieren, daß ich mitnichten Eure persönliche Freiheit beeinträchtigen werde und es Euch unbenommen bleibt, nach eigenem Belieben ein und aus zu gehen, zu verweilen oder Euch zurückzuziehen. Furchtsamen Herzen will man es nicht verwehren, sich mittels eines Schutzbriefes gefeit zu fühlen wider alle Gefahren.
Gegeben auf der Burg des Grimmigen Nachbarn am zehnten September.«

KAPITEL CLXI

Wie Tirant sich mit dem ihm überbrachten Geleitsbrief auf den Weg machte, um der Prinzessin seine Reverenz zu erweisen

Als Tirant den Passierschein in Händen hatte, erstieg er ungesäumt den Burgfelsen, betrat die Feste und fand die Prinzessin in einem großen Saal. Kaum hatte Karmesina ihn erblickt, sprang sie auf; und Tirant brach, kaum daß er sie zu Gesicht bekommen, in solch laute Rufe aus, daß alle, die in der Burg weilten, Wort für Wort hören konnten:

»Achtet die gegebene Zusage, Herrin! Warum mißachtet Ihr die Garantie freien Zugangs? Weshalb seid Ihr so herzlos, mich in Haft zu halten? Einer Jungfrau von solch edlem Stamme steht es nicht wohl an, ihren Diener in Fesseln zu schlagen. Respektiert den Passierschein und gebt mir meine Freiheit zurück!«

»O Herr Kapitan!« sagte die Prinzessin. »Mit Freuden respektiere ich Euer Recht auf ungehinderte Bewegungsfreiheit. Ich sehe niemanden, der Hand an Euch legt; und niemand ist da, der in meinem Namen oder auf Geheiß des Kaisers Euch festhalten will.«

»Achtet die verbriefte Freizügigkeit, Herrin«, sagte Tirant. »Ihr selbst seid es ja, die mich in Haft hält. Noch nie in meinem Leben habe ich es so hart, so peinigend erfahren, was Gefangenschaft heißt.«

Da mischte sich die Muntere Witwe ein:

»Ach, Herrin, die Stricke, mit denen Ihr ihn gefesselt habt, sind aus lauter Liebesbanden gedreht. Das Kettenhemd, das er anhat, ist ein Trauergewand; doch seine Trübsal ist über und über mit Hoffnung geschmückt. Das Hemd, das er als Wappenrock darübergezogen hat, gibt sinnig das Schmachten zu erkennen, sich an den Leib seiner Herrin zu schmiegen.«

Da begriff die Prinzessin den Sinn seiner seltsamen Forderung nach einem Passierschein und sagte:

»Kapitan, wenn Fortuna Euch in Fesseln gelegt hat, wird auch die Zeit kommen, da Ihr die Freiheit erlebt ...«

Bei diesen Worten nahm sie ihm den Geleitsbrief aus der Hand, zerriß ihn und erklärte:

»Ihr wart nicht recht bei Verstand, Kapitan, als Ihr einen Passierschein beantragtet, um hierher zu kommen. Und wenn ich notgedrungen darauf nicht richtig reagierte, so hat das Mißverständnis auf meiner Seite ehrbare Gründe; die Strafe, die ich dafür verdiene, ist wohl geringer als mein Vergehen; und du kommst ungeschoren davon, als lachender Sieger. In Friedenszeiten greift man hierzuland nach dem Gesetzbuch, in Kriegszeiten aber nach den Waffen, um den alten Ruhm der Griechen zu mehren. Dem Kaiser zu Ehren habe ich dir diesen Freibrief gegeben, um dich nicht zu seinem Feind zu machen.«

Mit der einen Hand griff sie nach dem Herzog von Pera, mit der anderen nach Tirant und ließ sich mitten zwischen den beiden nieder. So beieinander sitzend, sprachen sie über vielerlei Dinge, vor allem über den Tod der Herzöge und anderer großen Herren, die bei der Schlacht ums Leben gekommen waren, wobei Tirant bekundete, wie leid es ihm tat, daß der Herzog von Makedonien sterben mußte, und wie tief es ihn schmerzte, daß Richard und Pirimus gefallen waren. Im Verlauf ihres Gesprächs kam die Rede auch auf die Bemühungen des Kaisers, nun Flecken um Flecken, Burg um Burg zurückzuerobern. Da beschlossen die zwei Mannen im Beisein der Prinzessin, gleich am nächsten Morgen den Ort aufzusuchen, wo sich der Herrscher derzeit aufhielt und schon seit drei Tagen eine Stadt berennen ließ, ohne daß es seinen Truppen bisher gelungen wäre, sie zu erstürmen. Die Prinzessin sagte:

»Gott geb's, daß dem Herrn Kaiser somit die Ehre zuteil wird! Wenn ihr aufbrecht, hält es mich hier auch nicht.«

Sie ließ ihren Gefangenen vorführen und fragte:

»Meint ihr etwa, ich sei, weil ich es nicht gewohnt bin wie ihr, mich an harten Gefechten zu beteiligen, außerstande, den einen oder anderen unserer grausamen Feinde gefangenzunehmen?«

So angeregt sich unterhaltend, standen sie auf und begaben sich zum Abendessen. Doch die Prinzessin aß in jener Nacht sehr wenig, denn der Anblick Tirants war ihre ganze Labsal. Der Herzog verstrickte sich in ein Gespräch mit der Burgherrin und der Munteren Witwe, denen er von den Schlachten erzählte, die sie geschlagen, um schließlich zu schildern, wie sie dank der Hand Tirants den Sieg erlangt hatten, wobei er den Bretonen wieder und wieder begeistert rühmte. In der Munteren Witwe entbrannte indes eine heftige Liebe zu Tirant; aus Sorge um ihren guten Ruf wagte sie es freilich nicht, die anderen erkennen zu lassen, welche Qualen sie seinetwegen litt; und der Aufruhr ihrer unterdrückten Gefühle war so wild, daß sie ihrer Sinne oftmals fast nicht mehr mächtig war. Die Prinzessin rief dem Herzog zu, ob er nicht herüberkommen und sich zu ihnen setzen wolle. Doch der gab zur Antwort, nachher werde er sich zu ihnen gesellen; jetzt sei er noch mitten im Gespräch mit diesen zwei Damen.

Nur Stephania war dabei, als Karmesina zu Tirant die folgenden Worte sagte:

»Die wohlmeinende Fortuna hat es mir eingegeben, hierher zu kommen; ich tat es nicht, weil ich Lust gehabt hätte, das Kampfgetümmel zu sehen; ich tat's aus dem Verlangen, den zu sehen, welcher der Herr und Gebieter meiner Freiheit ist. Der schreckliche Mangel, den ich auf einmal in mir verspürte, meine Unfähigkeit, irgendeinen Weg, irgendein Mittel zu finden, mit dem ich das Leid, das mich marterte, hätte lindern können, trieben mich dazu, mir einen üblen Dreh auszudenken, wie ich mir selber helfen könnte; und so kam's, daß ich meinen Vater mit trügerischen Worten hinters Licht führte; daß ich ihm vorgaukelte, es sei der Eifer meiner kindlichen Liebe zu ihm, der mich drängte, ihn zu begleiten. Glaubt aber deshalb nicht, den Augen scharfsinniger Leute sei somit die Möglichkeit genommen, das wahre Motiv zu erkennen, und es bleibe ihnen verborgen, was der wirkliche Grund meines Kommens gewesen. Nein, meinen Ruf als Vorbild der Tugendhaftigkeit habe ich damit ein für allemal ruiniert, um meinen Gefühlen einen Moment der Ruhe zu verschaffen – falls von Ruhe die Rede sein kann in einem Leben voll rastloser Qual. Aber meine Angst vor dem Bösen und seinen schlimmen Folgen ist geringer als die Hoffnung, die ich habe; und die Hoffnung, die mir Gutes verheißt, ist schwächer als die Furcht, die mich erfüllt; vergessen habe ich alles Unheil, das Euretwegen mich heimsucht. Sinn und Wert aller Dinge ermißt man ja erst im nachhinein. Am Ende erweist sich, was das jeweilige Verhalten taugt und welchen Erfolg dieses oder jenes Handeln bringen mag. Hinterher ist allen die

Sache klar, wie bei Eurem Kampf. Ist der Strauß erst ausgefochten, weiß jeder, ob es richtig oder falsch war, sich darauf einzulassen. Wäre ich untätig geblieben, würde Amor, selbst wenn ich jeden Konflikt meiden wollte, es mir in seiner Güte doch strikt verwehren, so kläglich zu versagen. Deshalb hat er mich ermächtigt, hierher zu kommen, um mein Heil, mein Alles zu sehen.«
Sie verstummte, sagte kein weiteres Wort.
»Alles frühere Leid«, sagte Tirant, »ist für mein Gefühl ein Nichts, verglichen mit den Folterqualen, die ich jetzt erleide. Was ich nun an Schmerz zu ertragen habe, ist schlimmer als alles, was ich je verspürte. Es treibt mich zum Äußersten, bringt mich an den Rand des Wahnsinns, der Verzweiflung, wenn ich die unfaßliche Schönheit sehe, die Eurer Erhabenheit eigen ist – eine Schönheit, die Euch wahrhaftig über alle Frauen der Welt erhebt; die mich überwältigt hat, mich gezwungen hat, Euch so maßlos zu lieben. Und weil ich weiß, wie vollkommen sich alle Tugenden im Wesen Eurer Majestät vereinen, frage ich mich verwundert, wie es sein kann, daß Eure Hoheit einen einzigen, schrecklichen Mangel aufweist (mit Verlaub sei's gesagt, in der Hoffnung auf Vergebung). Ich meine: daß Ihr nicht liebt, wie Ihr lieben solltet. Hätte ich Gott so eifrig gedient wie Euch, mit solch williger, freudiger Hingabe – ich könnte jetzt Wunder wirken. Doch ich, der Unglückseligste von allen, ich liebte inniger, liebte ehrlicher als alle – und weiß noch immer nicht, ob ich jemals wiedergeliebt werde. Die Zunge redet lieblich, leichthin läßt sie alles über die Lippen, was ihr beliebt; aber die Bestätigung durch leibhaftig spürbare Tat – wo bleibt diese Erfahrung, durch die ich die Erfüllung des Lebens finden könnte? Denn sobald ein Mensch sich bestätigt fühlt, sprießt aus dem Zweifel eine blühende Hoffnung. Liebe ist ja kein Tun, das Schande bringt. Nicht auf der nächstbesten Schustersbank läßt sie sich nieder, nein, sie liebt nur, wen sie lieben soll – nämlich den, der sie liebt; und ihm schenkt sie die Seligkeit auf Erden, ein Leben in heiterer Seelenruhe. Weil Ihr, Herrin, in Eurer Erhabenheit Euch dieser beruhigenden Wahrheit nicht erinnert, habt Ihr Angst und scheut den schmalen Pfad, den Eure Majestät verheißen hat. Als ich Eure Durchlaucht verließ, sagtet Ihr mir, in Gegenwart von Stephania, sinngemäß etwa Folgendes: ›Tirant, du gehst

von mir fort. Sieh zu, daß du lebend heimkehrst. Ich warte hier auf dich, immer bereit, dir all die treue, wahrhaftige Liebe zu vergelten, die du für mich hegst. Gott ist gerecht, und nichts auf der Welt entgeht seinem Blick. Er möge so gnädig sein, mein sehnliches Verlangen zu erfüllen, auf daß ich das deinige stille.‹ – Da es höchst unschicklich wäre, Herrin, wenn eine adlige Jungfrau von so hohem Ansehen ihrem Versprechen nicht nachkäme, mache ich folgenden Vorschlag: Wir legen unseren Fall ein paar Unbeteiligten zur Beurteilung vor; und diese Leute sollen befugt sein, darüber zu befinden, wie die Sache ins reine zu bringen ist. Was ich gesagt habe, hat etwas mit der Mutmaßung zu tun, die ich aus dem Mund der Munteren Witwe vernahm. Gleich bei meiner Ankunft sagte sie mir nämlich, ich solle mich hüten, den Worten Eurer Hoheit Glauben zu schenken, sie seien nichts als lyrische Floskeln gewesen, Schwaden poetischen Traumgewölks. Um alle derartigen Zweifel zu zerstreuen und zu verhindern, daß die Ehre Eurer Erhabenheit und meine Meinung von Euch irgendwelchen Schaden erleiden, wollen wir für Klarheit sorgen. Stephania soll meinen Part vertreten, und Eure Hoheit kann Wonnemeineslebens oder Diafebus zum Anwalt wählen.«

»Schon seit eh und je«, sagte die Prinzessin, »habe ich sagen hören: ›Hat der Vater den Vorsitz bei Gericht, so fürchtet der Herr Sohn das Urteil nicht.‹ Aber nicht weil ich annehme, daß dies hier der Fall sein könnte, zitiere ich den Spruch, sondern weil Ihr gern hättet, daß es so wäre. Ich weiß genau, daß Ihr der Verurteilung entgehen wollt, indem Ihr einen Gerichtshof empfehlt, der nur aus Leuten besteht, die Euch mit windigen Advokatentricks aus der Patsche helfen. Jeder andere Richter, jeder, der weiß, was Liebe ist, was Ehre heißt, würde Euch verdammen. Wenn Ihr weiterhin mit solch rasendem Starrsinn Euer Ziel verfolgt, verrennt Ihr Euch so, daß Ihr schließlich gezwungen seid, Euch selbst das Todesurteil zu sprechen, auch wenn Gott dies nicht will, Gott, der Euch erschuf und Euch ein so wildes Temperament verliehen hat, daß Ihr zum Widersacher meiner Ehre und meines guten Rufs geworden seid.«

Während dieses Wortwechsels näherte sich Wonnemeineslebens, ließ sich nieder zu Füßen Tirants und sagte zu ihm:

»Herr Kapitan, niemand meint es gut mit Euch, niemand außer mir. Ich habe Mitleid mit Euer Gnaden; denn keine von diesen Damen da hat Euch aufgefordert, die Rüstung abzulegen. Schön durchbrochen, meiner Treu, ist das Hemd, das Ihr als Wappenrock tragt. Ich wüßte keinen Seidensticker, der das Durchlöchern besser verstünde. Ich habe gesehen, wie es einst angezogen und ausgezogen wurde, wohlparfümiert und nach Zibet duftend; jetzt ist es überall zerstochen, aufgerissen und durchtränkt vom Geruch des Eisens, vom Stahlgestank.«

Die Prinzessin sagte:

»Gebt mir die Hand, die den Königen unserer Feinde gnadenlos den Tod gab.«

Stephania nahm seine Hand und legte sie auf die Knie der Prinzessin. Als diese sah, daß die Hand auf ihrem Rock ruhte, beugte sie sich vor und küßte sie ihm.

»Für mich ist die Ehre kein Gestank«, sagte Tirant. »Ich empfinde sie eher als großes, wohltuendes Gnadengeschenk. Aber ich sehe, hier läuft alles verkehrt. Was ich hätte tun sollen – damit ist Eure Majestät mir fix zuvorgekommen. Doch wenn Eure Hoheit mir die Erlaubnis geben würde, Euch die Hände küssen zu dürfen, wann immer ich will – ach, wie glückselig würde ich mich fühlen! Und noch viel mehr, wenn dies auch für die Füße mitsamt den Beinen gälte!«

Die Prinzessin griff wieder nach seinen Händen und sagte:

»Ich will, Herr Kapitan, daß deine Hände künftig das Vorrecht haben, mich zu berühren. Dein Anspruch auf dieses Privileg ist wohlbegründet.«

Rasch erhob sie sich, um zu entschwinden, denn ein großer Teil der Nacht war bereits verstrichen.

Um den Leuten keinen Anlaß zum Gerede zu geben, begleitete man die Prinzessin gemeinsam bis zur Tür ihres Schlafgemaches, wo alle ihr gute Nacht sagten. Tirant aber und der Herzog nächtigten in ein und demselben Bett.

In der Morgenfrühe erschallten die Trompeten; alle rüsteten sich, bestiegen ihre Pferde, und Tirant befahl, die Sturmleitern zu holen, die er in der Burg gelassen hatte. Auch die Prinzessin wollte sich an der Expedition beteiligen. Sie wappnete sich mit dem Harnisch, der eigens für sie angefertigt worden war. Dann setzte sich die ganze Kolonne in Bewegung, und sie ritten und ritten, bis sie dorthin kamen, wo der Kaiser eben einen neuen Versuch unternahm, den von ihm belagerten Ort erstürmen zu lassen, eine wohlbefestigte Stadt, in der sich viele Fremdlinge eingenistet hatten, Kriegsleute des Sultans, die sich mannhaft verteidigten, um die eigene Haut zu retten.

Als der Herzog und Tirant sich dem Kriegsschauplatz genähert hatten, ließen sie die Prinzessin zurück, im sicheren Begleitschutz von Diafebus und anderen Rittern, außerhalb der Reichweite aller feindlichen Bombarden. Tirant aber ging ein Stückchen bergab, dorthin, wo die Sizilianer angriffen; unverzüglich ließ er die Leitern herbeischaffen und anlegen. Er selbst war der erste, der hinaufstieg. Dicht an der Mauer klebend, klomm er empor, als ein Türke einen großen Quader auf ihn herabwarf. Um den Stein nicht auf den Kopf zu bekommen, beugte sich Tirant ein wenig zur Seite, der Brocken traf die Leiter, zerschlug ein paar Sprossen, und die Ausweichbewegung des Bretonen bewirkte, daß die Leiter ins Schwanken geriet, seitlich abrutschte und, am Gemäuer entlangstreifend, zu Boden stürzte, mitsamt Tirant, ohne daß sich dieser dabei ernstlich weh tat. Rasch ließ er eine andere Leiter aufrichten und zwei weitere danebenstellen, als flankierende Stützen. Am Grabenrand aber waren viele Armbrustschüzen in Stellung gegangen, die darüber wachten, daß kein Arm, keine Hand über der Mauerkante auftauchen konnte, ohne augenblicklich von einem Bolzen getroffen zu werden. Und Tirant stieg erneut hinauf.

Der Kaiser, der unterdessen seine Tochter aufgesucht hatte, fragte, wer der Mann sei, der mit der Leiter in die Tiefe gestürzt war; und man sagte ihm, sein Kapitan sei es gewesen. Das verdroß ihn zutiefst; und als er sah, daß dieser aufs neue emporklomm, schickte er einen Boten hin, der dem Feldherrn sagen sollte, der Kaiser bitte ihn, unter gar keinen Umständen noch einmal eine Sturmleiter zu besteigen. Als dem Bretonen dies ausgerichtet wurde, wollte er dennoch keinesfalls darauf verzichten. Und als sämtliche Leitern steil angelehnt standen, stürmten sie mit solch hartnäckigem Ungestüm zu

den Zinnen empor, daß ihnen dort der Einbruch in die Stadt gelang, wobei sie draußen wie drinnen viele Sarazenen erschlugen oder gefangennahmen.
Nachdem der Ort erobert war, stellten sich all die Barone aus Sizilien dem Generalkapitan vor und übergaben ihm die Briefe ihres Königs und ihrer Königin. Tirant empfing sie aufs freundlichste und erwies ihnen große Hochachtung; er bedankte sich für die Grüße von Philipp und Ricomana sowie für den guten Willen, den ihm die adligen Herren samt ihren Mannen erzeigt hätten. Und fröhlich vereint, wie sie waren, gingen sie zu Fuß aus der Stadt hinaus und begaben sich an jene Stelle im Vorgelände, wo der Kaiser und seine Tochter waren. Nachdem Tirant dem Herrscher seine Ehrerbietung erwiesen hatte, sagte dieser zu ihm:
»Teurer Kapitan, Euch ist es nicht gestattet, Leitern zu ersteigen bei einem solchen Sturmangriff. Das ist viel zu gefährlich und kann unheilvolle Folgen haben, falls nicht Gottes Erbarmen Partei ergreift für unsere gerechte Sache, wie heute, wo der Himmel uns zur Rückgewinnung dieser Stadt verholfen hat. Wenn Ihr im Vertrauen auf Euer gutes Recht erwartet, daß Ihr immer und überall als Sieger triumphiert – was unwahrscheinlich ist und wofür man kein Beispiel in irgendeinem Geschichtsbuch liest –; wenn Ihr Euer Leben derart aufs Spiel setzt, daß Ihr bei jedem Schritt am Rand des Grabes balanciert; wenn Ihr vorsätzlich den dunklen Taumel der Todesnähe sucht, wie man ihn inmitten der Masse von Sterbenden erlebt; und wenn Ihr aus dieser Erfahrung eine Lehre ziehen wollt, die nützlich ist, für Euch selbst wie für alle anderen, die ihre Gesundheit wahren, weil sie sich nicht ins Getümmel stürzen, wo die Schlacht am tollsten tobt, so bitte ich Euch herzlich, Euren Kampfeseifer zu zügeln, Euch in Gelassenheit zu üben und Euer kostbares Leben nicht derart rückhaltlos der Raserei entsetzlicher Zufallsschläge auszuliefern. Und wenn es Euer Wunsch ist, Gutes zu tun, so dürft Ihr meine Warnungen nicht in den Wind schlagen – Warnungen, die sich schon manchmal als prophetische Worte erwiesen haben.«
Der Kapitan gab ihm zur Antwort:
»Ich bin verpflichtet, Herr, mich selber derart einzusetzen, tatkräftiger als jeder andere; und zwar deshalb, weil es darum geht, die

Erlahmenden zu ermuntern, den Furchtsamen neuen Mut zu geben. Was bleibt mir anderes übrig, mir und den anderen, wo es doch jetzt darauf ankommt, alle Kraft zusammenzuraffen, um das zu schaffen, was unsere Aufgabe ist? Unverantwortlich ist, daß sich Eure Majestät in derartige Auseinandersetzungen einmischt; denn das verträgt sich weder mit Eurer Würde noch mit Eurem Alter. Ihr könnt Euch nur mit der Kraft Eurer Seelenstärke wehren, nicht mit den Waffen, weshalb es recht zweifelhaft ist, wie die Sache in einem solchen Fall endet.«

Der Kaiser dachte, als er diese Worte des Bretonen hörte, sie entsprängen seinem selbstlosen Eifer, seiner Treue und innigen Ergebenheit. Tirant geleitete beide, den Herrscher und seine Tochter, hinab zur Stadt.

Am Morgen des folgenden Tages beriet der Kaiser mit den Herren seines Kriegsrats, was nun als nächstes zu tun wäre und in welcher Richtung man die Rückeroberung der verlorengegangenen Gebiete fortsetzen sollte. Die einen meinten, nach da, die anderen meinten, nach dort müsse man marschieren. Als letzter ergriff Tirant das Wort und sagte:

»Herr, wie ich Eurer Majestät schon gesagt habe, paßt es nicht zu Eurer Erhabenheit, daß Ihr weiterhin am Feldzug teilnehmt. Es empfiehlt sich vielmehr, daß Ihr, begleitet von den Baronen aus Sizilien, mit denen Ihr gekommen seid, nun heimkehrt in die Hauptstadt und all die Gefangenen mitnehmt, die Ihr erbeutet habt. Sie kosten uns viel Proviant und erfordern eine Menge sonstiger Dinge. Unsere Leute haben es auch satt, sie ständig bewachen zu müssen. Es ist nun die Aufgabe des Herzogs, gemeinsam mit mir für den Schutz der schon befreiten Orte und für die Eroberung der noch immer vom Feind besetzten Städte und Flecken in der hiesigen Region zu sorgen. Eure Majestät aber möge veranlassen, daß die Flotte uns mit Weizen versorgt; denn der Krieg dauert schon so lange, und die Bauern können die Kornfelder nicht bestellen; es ist also unumgänglich, die Mundvorräte für unsere Truppen auf dem Seeweg zu beschaffen, da es im Reichsgebiet nichts mehr zu holen gibt.«

»Gestern abend«, sagte der Kaiser, »ist mir gemeldet worden, daß

fünf Schiffe, die ich zur Krim geschickt habe, den Hafen von Kaffa verlassen, um hierher zu segeln, vollbeladen mit Weizen.«
»Solch eine Nachricht höre ich mit Freuden«, sagte der Kapitan. Sofort ließ er die Aufforderung ergehen, sämtliche Mühlen in Gang zu bringen, die es an den Ufern des Transimeno gab. Vorsorglich hatte er auch schon die nötigen Maßnahmen eingeleitet, damit am nächsten Tag tatsächlich alle Gefangenen, die sich im Lager und in der Stadt San Giorgio befanden, bei der Burg des Grimmigen Nachbarn zusammenkämen. Der Kaiser brach auf, geleitet von den Baronen aus Sizilien; und gemeinsam schlugen sie, als es Abend wurde, nahe dem Fluß ihre Zelte auf. Der Herzog blieb zurück, mit einer ausreichenden Mannschaft; doch zur Sicherheit ließ Tirant aus dem Feldlager Verstärkung kommen, für die herzogliche Truppe und für die eigene Einsatzschwadron. Als man schließlich wieder auf der Burg war, rief der Kaiser den Oberbefehlshaber zu sich, hieß auch die Prinzessin kommen, mitsamt den anderen jungen Damen, und sprach sodann die folgenden Worte:
»Kapitan, da das Schicksal unserem Großkonnetabel, dem Grafen von Bithynien, so wenig gewogen war, daß er sein Leben lassen mußte – was ratet Ihr mir, wen sollen wir zum neuen Großkonnetabel machen?«
Tirant kniete nieder auf den harten Boden und sagte:
»Herr, wenn es Eurer Majestät belieben würde, ein solch hohes Amt Diafebus anzuvertrauen, wäre ich Euch von Herzen dankbar für diese Gunst.«
»Ich will keine Entscheidung treffen, die nicht im Einklang wäre mit Euren Wünschen«, antwortete der Kaiser. »Aus Liebe zu Euch, der Ihr hier vor mir kniet, und in Anbetracht der hohen Verdienste von Diafebus bin ich gern bereit, ihm den Titel und die Befugnisse des Großkonnetabels zu verleihen. Und Euch, Tirant, ernenne ich zum Herren der Grafschaft Santo Angiolo, deren sämtliche Herrschaftsrechte, Besitztümer und Einkünfte ich hiermit von meiner Tochter auf Euch übertrage; dazu gehört auch die Markung von Altafoglia, womit Ihr einen jährlichen Lehnszins von insgesamt rund fünfundsiebzigtausend Dukaten gewinnt. Ich hoffe zu Gott, daß ich Euch schon bald noch andere Dinge schenken kann, die sehr viel mehr

wert sind; und deshalb wünsche ich, daß morgen das Fest stattfinde und Ihr den Grafentitel annehmt. Es ist mir lieber, Euch den Titel eines Grafen zu verleihen, statt den eines Markgrafen, obwohl dieser einen höheren Rang bezeichnen mag; die Anrede ›Graf‹ bedeutet doch zugleich auch ›Waffenbruder‹. Damit wir uns noch enger verbunden fühlen, will ich Euch also künftig Graf nennen können.«

Tirant sagte:

»Herr, ich danke Euch vielmals für die gütige Absicht Eurer Majestät, mir eine so hohe Ehre zu erweisen; und meine Wertschätzung dieser Gunst könnte nicht größer sein, wenn man mir auf diese Weise ein Jahreseinkommen von vierhunderttausend Dukaten garantieren würde. Aber ich werde dieses Geschenk nicht annehmen, unter gar keinen Umständen, und zwar aus zweierlei Gründen: Der erste ist, daß ich noch nichts für Euch getan habe; daß ich erst seit kurzem in den Diensten Eurer Hoheit bin, viel zu kurz, um eine so große Belohnung verdient zu haben. Der zweite aber ist: Wenn der Vater, der mich zeugte, es erführe, daß ich einen Fürstentitel erhalten habe, würde er die Hoffnung verlieren, mich jemals wiederzusehen; und noch bitterer wäre es für die, die mich gebar und die soviel Schmerzen durchlitt während der neun Monate, in denen sie mich trug. Beiden könnte eine solche Kunde soviel Verdruß und Herzeleid bereiten, daß ich zur Ursache ihres vorzeitigen Todes würde und man mir nachsagen könnte, ich sei zum Mörder meiner Eltern geworden. Da ich ihr einziger Sohn bin, der einzige Erbe, auf den sie bauen, würden sie mich gewiß verfluchen. Ich möchte es deshalb vermeiden, ihnen unnötig Kummer zu machen. Eurer Majestät aber sage ich tausendfachen Dank, mit der tiefsten Demut, wie sie einem Diener zukommt im Angesicht seines Herrn.«

»Keinesfalls werde ich es zulassen«, erwiderte der Kaiser, »daß diese Grafschaft, die ich Euch angeboten habe, nicht Euer Eigentum wird. Wenn Ihr den Titel nicht haben wollt, so übernehmt eben nur die Herrschaft und die Einkünfte.«

»Ich fürchte sehr«, sagte Tirant, »es könnte die Hoheit der gnädigen Prinzessin kränken, wenn die Grafschaft ihr genommen und mir übergeben wird.«

»Diese Grafschaft«, sagte die Prinzessin, »habe ich geschenkt bekommen, dank der Güte einer meiner Tanten. Und alle Dinge, die mir gehören, gehören Seiner Majestät, meinem Herrn Vater, der hier vor Euch steht; und über alle meine Güter wie über die Person seiner gehorsamen Tochter kann er frei verfügen, ganz nach seinem Belieben. Er kann sie verschenken oder wegwerfen, wie es ihm behagt. Sträubt Euch also nicht, das anzunehmen, was er so freundlich, so freigebig Euch schenken will. Ich selbst bestätige hiermit diese Schenkung zugunsten von Euch und den Eurigen.«

Der Kaiser bedrängte ihn aufs neue mit der Bitte, er möge das Angebotene doch nicht ablehnen. Aber Tirant erklärte:

»Herr, ich nehme es nicht an, unter keinen Umständen.«

»Man hätte guten Grund, hinter Euren Worten genau das Gegenteil von dem zu vermuten, was Eure Zunge bekundet«, sagte der Kaiser. »Meine Absicht jedoch ist offenkundig und sonnenklar. Als anständiger und vernünftiger Mensch, der Ihr seid, müßtet Ihr Euch sagen, daß das, was ich Euch angetragen habe, Euer Ansehen erhöht; Ihr müßtet also befriedigt sein und nicht abweisend, da ich der Spender bin und Ihr der Empfänger seid. Euch habe ich diese Gabe vorbehalten, dieses schöne Glücksgeschenk, das alle Menschen zu erlangen streben, rastlos suchend auf der ganzen Welt: nämlich Ehre und Gewinn. Wenn Ihr unverstellt Eure Meinung sagen wolltet, würdet Ihr also wohl zugeben, nicht ganz so appetitlos zu sein, daß Ihr alles Aufgetischte rundweg von Euch weisen müßtet. Und falls Euch daran gelegen ist, daß die Leute glauben, Euch sei dieses Angebot zuteil geworden als Belohnung für die Ehre und die Wohltaten, die Ihr mir erwiesen habt, solltet Ihr Euch nicht so verkehrt benehmen; denn noch zerbrechen sich die Kriegsleute, die Frauen und Jungfrauen deswegen nicht den Kopf; aber durch Eure Weigerung, das anzunehmen, was ich Euch mit offenen Händen darreiche, kommt in mir allmählich der Gedanke auf, daß Ihr, der Ihr mir so teuer seid, mich verlassen wollt.«

»Gott verhüte«, rief Tirant, »daß ich Eure Majestät im Stich lasse, jetzt, wo Ihr so in Bedrängnis seid! Aber, nun gut, Herr, da Ihr mich so inständig nötigt, werde ich die Grafschaft annehmen; und ich will Euch dafür feierlich den Treueschwur leisten. Und weil Diafebus ein Verwandter von mir ist, der mir so nahesteht; weil das, was sein ist, auch mein ist, was man mir beschert, auch ihm gehört, soll er den Grafentitel tragen.«

»Was geht's mich an«, sagte der Kaiser, »wenn Ihr das, was Ihr als Geschenk von mir erhalten habt, verkauft oder verschenkt, an wen Ihr wollt?«

Da warf sich Tirant vor dem Kaiser nieder, küßte ihm den Fuß und die Hand zum Dank für die Gunst, die dieser ihm erwiesen. Und der Kaiser erklärte:

»Morgen wollen wir noch hier verweilen und zu Ehren von Diafebus ein Fest feiern, bei dem ich ihm den Grafentitel verleihe und ihn zugleich mit dem Amt des Großkonnetabels betraue.«

»Erlaubt also, Herr, daß ich Eure Majestät bitte, morgen unser Gast zu sein und die Prinzessin sowie alle anderen Damen mitzubringen.«

Von alldem aber hatte Diafebus keine Ahnung. Der Kapitan verließ den Herrscher und gab, gemeinsam mit dem Burgherrn, die Anweisung, für den nächsten Tag eine Menge Geflügel herbeizuschaffen: Truthähne, Kapaunen, Rebhühner und Hennen. Sie ließen viele Brotlaibe backen und sorgten dafür, daß alles, was sonst noch erforderlich war, rechtzeitig zur Verfügung stünde. Und als Diafebus, während diese Vorbereitungen gerade in vollem Gange waren, mit einigen anderen Rittern von draußen hereinkam und Tirant in fliegender Geschäftigkeit auf sich zusausen sah, fragte er ihn:

»Was ist los, Vetter? Warum so hastig? Sind Feinde im Anzug?«

»Nein«, antwortete Tirant; »aber geht zum Gemach des Kaisers und küßt ihm den Fuß und die Hand; denn er hat Euch die Grafschaft Santo Angiolo geschenkt und mit dem Amt des Großkonnetabels betraut. Ich will mich hier darum kümmern, daß alles hergerichtet wird, was erforderlich ist für das morgige Fest.«

Diafebus tat, was Tirant ihn geheißen. Danach aber begab er sich in den Raum, wo Stephania und die anderen Damen sich aufhielten. Neckisch bewarb sich sogleich ein jedes der Mädchen bei ihm, sei's um eine Pfründe in seiner Grafschaft, sei's um einen Posten in der Armee.

So trieben sie ihren Scherz mit ihm, als die Prinzessin eintrat. Augenblicklich fiel er vor ihr auf die Knie und küßte ihr die Hand, um auch ihr für die Huld zu danken, die ihm vom Kaiser erzeigt worden war. Und Karmesina reichte ihm ein pralles Bündel, in dem, sorgsam eingewickelt, zehntausend Dukaten waren. Flüsternd sagte sie zu ihm:

»Bruderherz, nehmt das da. Aber ich bitte Euch, macht es nicht auf, bevor Ihr in Eurer Kammer seid. Darauf muß ich mich verlassen können.«

Er versprach es ihr und versicherte, er werde alles, was er schriftlich vorfinde, genau befolgen. Zwar merkte er, als er das Bündel an sich nahm, wie schwer es war, doch er ahnte nicht, was der Inhalt war.

Rasch ging er hinaus, suchte Tirant auf und sagte zu ihm:

»Nachdem ich dem Herrn Kaiser den Fuß und die Hand geküßt und auch der erlauchten Prinzessin meinen Dank bekundet habe, scheint es mir, daß ich allen Grund habe, Euch für die Grafschaft, die ja eigentlich nicht mir, sondern Euch geschenkt worden ist und auf die Ihr verzichtet habt, mir zuliebe ...«

Diafebus warf sich auf die Knie und ergriff die Hand Tirants, um sie zu küssen. Der aber wollte dies keinesfalls zulassen; er legte vielmehr seine Rechte auf den Kopf des Vetters und küßte ihn dreimal auf den Mund. Lang währte der Wortwechsel zwischen den beiden, wobei Tirant wieder und wieder sagte, Diafebus solle kein Aufheben wegen dieser Sache machen; verglichen mit dem, was er ihm gern zuliebe täte, sei das eine bloße Bagatelle.

»Doch ich hoffe zu Gott, daß ich Euch künftig andere Dinge geben kann, die von höherem Wert sind.«

Diafebus dankte ihm unzählige Male.

»Und nun, Herr Kapitan«, fragte er schließlich, »wollt Ihr, daß wir nachsehen, was das erhabene Fräulein mir gegeben hat?«

Er legte das Bündel in die Hände Tirants, und als sie es öffneten, fanden sie darin ein Brieflein, dessen Zeilen lauteten:

»Meinen brüderlichen Freund, den Großkonnetabel und Grafen von Santo Angiolo, bitte ich hiermit herzlich, mit Nachsicht diese kleine Gabe anzunehmen, als Beitrag für das Fest. Es bedrückt mich, daß ich Euch nicht mehr zukommen lassen kann; aber Eure Großmut wird es mir wohl nicht verargen, wenn Ihr bedenkt, an welchem Ort

ich derzeit weile. Ich gestehe, daß ich es als ein Versagen empfinde, einem Mann von solch großem Mut nur eine so kleine Summe zu reichen.«
Als sie das gelesen hatten, machte sich jeder schweigend seine eigenen Gedanken. Um Tirant zu reizen, sagte Diafebus schließlich:
»Wollt Ihr, daß wir es ablehnen und zurückgeben?«
»Aber ja nicht!« erwiderte Tirant. »Denn beide, der Vater wie die Tochter, sind so hochherzige und freigebige Menschen, daß es für sie eine bittere Kränkung wäre, wenn Ihr dieses Präsent zurückgeben würdet.«
Als dann alles für den anderen Tag gebührend vorbereitet war, begaben sich die beiden Ritter zum Gemach des Kaisers, wo man eingehend die Kriegslage besprach. Diafebus aber nutzte die Gelegenheit, sich unauffällig der Prinzessin zu nähern; und mit der Beihilfe Stephanias gelang es ihm, Ihrer Hoheit ebenso heimlich wie herzlich für die erwiesene Huld zu danken.
Der Kaiser ging hinunter zum Fluß, wo er viele Männer sah, die damit beschäftig waren, Tische und Bänke aufzustellen. Er fragte sie, wozu sie das täten. Der Burgherr antwortete:
»Für das Gastmahl und die Festlichkeiten, die morgen stattfinden sollen.«
Tirant lustwandelte indessen, Arm in Arm mit der Prinzessin, am Ufer entlang. Die Prinzessin fragte:
»Sagt, Tirant, aus welchem Grund habt Ihr meine Grafschaft verschmäht, die der Herr Kaiser auf mein Ersuchen Euch angetragen hat? Dreimal schon habe ich einen Anlauf genommen, mit Euch darüber zu reden; aber dreimal versagte mir die Zunge, und ich brachte einfach nicht über die Lippen, was ich Euch sagen wollte: Nehmt es an, es ist doch ein Geschenk, Euch zugedacht. – Aus Scham habe ich mich nicht getraut; der alte Kaiser sollte nicht merken, was mit mir los ist; denn Liebe tut gut daran, sich mit einer gewissen Scheu zu umgeben. In meinen Augen ist freilich alles recht und gut, was Ihr tut; wenn auch der Zweifel an mir nagt, ob Ihr Euch nicht deshalb so ablehnend verhalten habt, weil die Sache, um die es geht, bis dahin mir gehört hat.«
»Gott soll mich auf ewig von seinem Angesicht verbannen«, sagte

Tirant, »wenn mir jemals solch ein Gedanke durch den Kopf gegangen ist. Im Gegenteil: Schon allein deshalb, weil sie Eurer Majestät gehört hat, wäre mir diese Grafschaft lieber und teurer als zehn Herzogtümer von irgend sonstwem. Gott geb's also, daß in Erfüllung gehe, worum ich ihn bitte; nämlich daß er Euch bestärke in Eurem Willen, meinen Herzenswunsch zu erfüllen. Und damit Eure Durchlaucht mit unzweifelhafter Klarheit wisse, worauf mein ganzes Hoffen zielt, werde ich mein Leben lang keinen Titel annehmen, keinen anderen als den des Kaisers, ihn oder nichts. Und wißt Ihr, womit Ihr mich tötet? Mit der unfaßlichen Schönheit, die Eurer Hoheit eigen ist. Denn seit jenem Tag, an dem ich Euch zum ersten Mal erblickte, in dem langen schwarzen Seidengewand, und Eure Brüste meinen Augen Einlaß gewährten, umflossen von den ein wenig aufgelösten Locken, die wie Goldsträhnen schimmerten, während Euer Gesicht vor Scham eine Färbung annahm, als ob sich Rosen mit Lilien vermischten – seit jenem Tag ist mein Herz in der Haft Eurer Hoheit ... Oh, wie grausam ist es, mutwillig den zu peinigen, der Euch so innig liebt! Noch immer leide ich um Euretwillen, und am meisten quält mich, daß Ihr nicht die Qualen fühlen könnt, die Ihr verdient hättet, zur Strafe dafür, daß Ihr so wenig Mitleid mit mir habt, obwohl ich doch nichts Unbilliges erwarte, mich mit gutem Recht beklage und mein Elend unaufhörlich zum Himmel schreit: ›Gerechtigkeit!‹ Der Tag wird kommen, an dem Ihr sagt: ›Wie verblendet war ich doch, daß ich mich weigerte, ihn zu lieben, diesen redlichen Tirant, der mich so innig liebte!‹ Und wenn die Bitten eines Vasallen an seine Herrin noch irgend etwas bedeuten; wenn es gestattet ist, daß ein Ritter sich einer Jungfrau von solch hohem Adel, solch erhabener Würde in flehentlicher Verehrung naht, so knie ich hier nieder, mache das Zeichen des Kreuzes in den Staub und küsse es mit der ergebenen Inbrunst, die ich für Eure Person empfinde, auf daß mir von seiten Eurer Durchlaucht eine Gunst gewährt werde.«

Fast wären ihm die Augen übergegangen, so heftig überkam ihn bei diesen Worten das Mitleid mit sich selbst. Ohne langes Zögern antwortete ihm die Prinzessin folgendermaßen.

KAPITEL CLXII

Die Antwort der Prinzessin auf die Klagen Tirants

Tränen werden manchmal zu Recht vergossen, manchmal auch aus trügerischem Grund. Und deine Bitte ist für mich eine harte, bittere Bedrängnis; denn du verlangst etwas Unmögliches, etwas, das vernünftigerweise nicht geschehen darf. Ein übler Beginn kann zu keinem guten Ende führen. Wenn du an deine Ehre und an die meinige dächtest und es so gut mit mir meintest, wie du sagst, würdest du nicht so hartnäckig das ansteuern, was dich und mich in Schande bringt. Warum willst du so hastig die Ernte einheimsen, wo doch die Halme noch grün sind? Es wäre eine große Narrheit, ein Glücksspiel zu riskieren wegen eines Gewinns, der dir ohnehin nicht entgehen kann.«

In diesem Augenblick näherte sich der Kaiser seiner Tochter, so daß sie nicht weiterreden konnte. Er verwickelte sie in ein Gespräch, und plaudernd von vielerlei Dingen gingen sie zurück zur Burg.

Am nächsten Morgen sollte auf Wunsch des Kaisers die Messe mitten auf einer großen Wiese gelesen werden, und er wollte, daß Diafebus während dieser Feier zwischen ihm und seiner Tochter stehe. Kaum war das Hochamt beendet, da steckte der Herrscher ihm den Ring an den Finger und küßte ihn auf den Mund. Daraufhin erschallten alle Trompeten mit dröhnendem Geschmetter, und ein Wappenkönig verkündete lauthals:

»Dieser vortreffliche und tapfere Ritter ist Graf von Santo Angiolo und Großkonnetabel des Griechischen Reiches.«

Dann begannen die Tänze und sonstigen festlichen Lustbarkeiten, und die Prinzessin tat den ganzen Tag nichts anderes, als sich im Takte zu drehen mit dem frischgebackenen Großkonnetabel. Beim Mittagstisch bot der Kaiser ihm den Platz zu seiner Rechten an, während die Herzöge sich links vom Herrscher niederließen und die Prinzessin sich Diafebus direkt gegenübersetzte. Tirant aber diente als Hofmeister und Mundschenk, denn er war es gewesen, der das Fest ausgerichtet hatte. An anderen Tischen speisten die jungen Da-

men des Hofes, Auge in Auge mit den tafelnden Rittern und Baronen. Weiter hinten wurde das ganze Kriegsvolk bewirtet; und auch sämtliche Gefangenen, die man hatte, durften an diesem Tag, zu Ehren des Festes, an Tischen sitzend die Stärkung genießen. Selbst den Rössern, so wollte es Tirant, wurde in dieser Stunde eine besondere Köstlichkeit geboten: Hafer, mit Brotkrumen vermischt.
Als man die erste Hälfte des Festmahls hinter sich hatte, holte Tirant die Wappenkönige, die Herolde und deren Gehilfen zusammen und gab ihnen tausend Dukaten in klingender Münze. Alle Trompeten ertönten, während die Beschenkten nach vorn, zur Tafel des Kaisers gingen und jubelnd riefen:
»Hoch lebe die Freigebigkeit!«
Nach dem Essen wurden noch vielerlei süße Näschereien als Nachtisch gereicht. Dann stiegen alle Mannen gewappnet zu Pferde und kamen dahergeritten unter den Bannern des Großkonnetabels, um vor dem Kaiser mit eingelegten Lanzen aufeinander loszugehen. Sie führten ein herrliches Turnier vor, ohne sich weh zu tun. Sie stürmten bei diesem Kampfspiel hinüber zu der Lagerstelle, wo vormals die Zelte des Sultans gestanden hatten, und rasten von dort mit großem Freudengeschrei zurück.
Als es ihnen schließlich an der Zeit schien, das Abendessen einzunehmen, feierten sie am selben Platz ein Festgelage von einzigartiger Pracht. Mit einer Fülle vielfältigster Gerichte wurden alle aufs köstlichste traktiert. Tirant aber ging bei diesem ganzen Bankett, indes er beflissen seines Amtes waltete, mit todtraurigem Gesicht umher. Die Prinzessin winkte ihn zu sich und flüsterte ihm ins Ohr:
»Sagt mir, Tirant, was habt Ihr? Woran leidet Ihr? Euer Gesicht verrät, daß Ihr bedrückt seid. Ständig habe ich diese Kummermiene vor Augen. Sagt es mir doch, bitte, seid so gut.«
»Herrin, auf mir lastet so vielerlei Unglück, daß ich selbst den Überblick verloren habe und keinerlei Wert mehr auf mein Leben lege. Denn morgen reist Eure Hoheit ab, und mir, in meiner trostlosen Verlassenheit, bleibt nichts als der entsetzliche, grauenhafte Gedanke, daß ich Euch nie mehr wiedersehen werde.«
»Wer die Untat begangen hat«, sagte die Prinzessin, »erleidet zu Recht die Strafe. Ihr selbst wart es doch, der dem Kaiser geraten hat,

er solle mit allen Gefangenen zurückreisen in unsere Stadt. Noch nie habe ich es erlebt, daß ein Verliebter einen so selbstquälerischen Rat gegeben hat. Aber wenn Ihr wollt, werde ich fünfzehn oder zwanzig Tage lang die Kranke mimen; Euch zuliebe tue ich das gut und gern. Und der Kaiser wird, dessen bin ich sicher, geduldig hier verweilen, mir zuliebe.«

»Aber«, sagte Tirant, »was sollen wir solange mit den Gefangenen tun, die wir hier in solchen Massen am Halse haben? Ich weiß keinen Ausweg aus meinem Elend. Schon oft wollte ich nach der Giftflasche greifen, und oft sehne ich mich danach, durch einen Dolchstoß zu sterben oder sonstwie rasch ein Ende zu machen, um der Qual zu entrinnen.«

»Tut so was nicht, Tirant«, sagte die Prinzessin. »Geht und sprecht mit Stephania. Dann werden wir schon ein Mittel finden, das Euch hilft und mich nicht in Schwierigkeiten bringt.«

Rasch entfernte sich Tirant und suchte Stephania auf, der er sein Herz ausschüttete. Und die beiden verabredeten, in Übereinstimmung mit dem Großkonnetabel, daß Tirant und Diafebus, sobald jedermann sich zur Ruhe begeben hätte und die Zofen eingeschlafen wären, in das Gemach der Damen kommen sollten; und dort würde man dann zu viert beschließen, mit welchem Linderungsmittel man dem Leiden der Liebenden zu Leibe rücken wolle. Einmütig wurde dieser Plan gutgeheißen.

Als es Nacht geworden und die Zeit gekommen war, da die Leute in der Burg sich dem Schlummer überließen und die Fräulein sich mit der Munteren Witwe zurückgezogen hatten – alle außer den fünfen, die in jenem Raum schliefen, den die Ritter durchqueren mußten, um in das Hinterzimmer zu gelangen, wo die Prinzessin und Stephania einquartiert waren –, zu diesem Zeitpunkt also gewahrte Wonnemeineslebens, daß die Prinzessin noch keine Anstalten machte, sich hinzulegen, obwohl sie doch gesagt hatte, sie wolle jetzt schlafen gehen. Und als Wonnemeineslebens dann den Duft frisch versprühten Parfüms witterte, dachte sie sofort, daß da die Feier eines lautlosen Hochzeitsfestes vorbereitet werde.

Zur vereinbarten Stunde nahm Stephania einen Leuchter und ging mit der brennenden Kerze zur Lagerstatt der fünf Jungfrauen, wo sie sorgsam Gesicht um Gesicht inspizierte, um zu sehen, ob sie auch wirklich alle schliefen.

Wonnemeineslebens aber, die begierig war, alles zu sehen und zu hören, was sich da abspielen würde, hatte vorsätzlich ihrer Müdigkeit widerstanden. Und als nun Stephania mit dem Licht kam, schloß sie die Augen und tat so, als ob sie schliefe. Nachdem Stephania sich also durch eigenen Augenschein davon überzeugt hatte, daß alle schlummerten, öffnete sie, völlig geräuschlos, damit niemand etwas merke, die Tür und entdeckte, daß da bereits die Ritter harrten, inbrünstiger hoffend als fromme Juden, die auf ihren Messias warten.

Bevor die drei den Durchgangsraum passierten, löschte Stephania das Licht; sie nahm Diafebus an der Hand, ging voran, und Tirant folgte dem Konnetabel. Leise tapsten sie durchs Dunkel, bis sie die Tür des Gemachs ertasteten, in dem die Prinzessin alleine weilte und auf ihr Kommen wartete.

Und ich will nicht versäumen, wenigstens anzudeuten, in welch kostbarem Aufputz Karmesina angetroffen wurde: Sie trug ein langes, ärmelloses Gewand aus grünem Damast, das ringsum mit durchsichtigen Lochstickereien verlockte und über und über mit dikken, runden Perlen besetzt war. Die Kette, die sie um den Hals hatte, bestand aus lauter goldenen, emailüberzogenen Blättern, und an jedem Blatt hingen Rubine und Diamanten in puren, prallen Trauben. Auf dem Kopf, über ihrem goldblonden Haar, trug sie ein mit vielen Pailletten geschmücktes Hütchen, dessen Gefunkel einen herrlichen Glanz versprühte.

Als Tirant sie in dieser bezaubernden Gewandung erblickte, verneigte er sich ehrfürchtig vor ihr, kniete nieder auf den harten Boden und küßte ihre Hände ein ums andere Mal. Stundenlang gingen dann zärtliche Worte zwischen ihnen hin und her. Als es den Rittern schließlich an der Zeit schien, sich zu entfernen, nahmen sie Abschied von den Damen und schlichen sich davon, zurück in ihr Quartier. Wer hätte wohl schlafen können in dieser Nacht, wo die einen vor Liebe, die anderen vor Leid kein Auge zutaten?

Sobald es hell wurde, stand jedermann auf, da dies doch der Tag war, an dem der Kaiser abreisen wollte. Wonnemeineslebens hatte sich kaum vom Lager erhoben, da begab sie sich auch schon ins Gemach der Prinzessin, die eben im Begriff war, sich anzukleiden. Stephania, die bereits angezogen war und Karmesina bei der Morgentoilette assistieren sollte, saß auf dem Boden, und ihre Hände waren nicht willens, der Prinzessin beim Binden des Hutbandes behilflich zu sein: offensichtlich war sie nur von dem einen Verlangen erfüllt, sich lustvoll ihren eigenen Gedanken überlassen zu dürfen. Die Augen halb geschlossen, war sie kaum imstand, irgend etwas wahrzunehmen.

»O heilige Maria, steh uns bei!« rief Wonnemeineslebens. »Sag, Stephania, was ist los mit dir? Woran fehlt's? Was tut dir weh? Ich hole gleich die Ärzte her, damit sie dir auf die Beine helfen und du dich wieder kreuzfidel fühlst.«

»Nicht nötig«, sagte Stephania. »Was mir zusetzt, ist bald vorbei. Ich habe nur ein bißchen Kopfweh. Die Zugluft vom Fluß in der Nacht hat mir nicht gutgetan.«

»Red' nicht so leichtfertig daher«, entgegnete Wonnemeineslebens. »Wer weiß, ob du nicht daran glauben mußt. Und wenn du stirbst, ist das ein Fall von sträflichem Leichtsinn. Achte genau darauf, ob es dir nicht an den Fersen wehtut. Ich habe nämlich die Ärzte sagen hören, daß bei uns, den Frauen, der Schmerz zunächst in den Zehennägeln anfängt, dann in den Füßen; er steigt auf zu den Knien, zu den Schenkeln, und manchmal dringt er in die Scham ein, wo er zur großen Qual wird; und von dort steigt er einem zu Kopf, verwirrt das Gehirn, und so kommt es zur Fallsucht. Denke aber jetzt nicht, daß diese Krankheit wiederholt auftritt. Laut Meinung des großen Philosophen Galenus, der ein höchst scharfsinniger Arzt war, kommt sie jeweils nur einmal im Leben vor; und obwohl sie ein unheilbares Übel ist, ist sie doch nicht tödlich; es gibt nämlich allerlei Mittel, die man dagegen anwenden kann, wenn man sich Linderung verschaffen will. Vertrau nur meiner Lektion. Die Lehrepistel, die ich dir verlese, ist wahr und echt. Du brauchst dich nicht so verwundert zu fragen, seit wann ich mich denn in Krankheitssymptomen auskenne. Falls du mir die Zunge zeigst, stelle ich ohne Federlesens eine Diagnose und sage dir auf den Kopf zu, wo es dich zwackt.«

Stephania streckte ihr die Zunge heraus. Als Wonnemeineslebens dies sah, sagte sie:
»Ich würde auf all das Wissen pfeifen, das mir mein Vater beigebracht hat, als ich noch unter seiner Obhut war, wenn du nicht in der letzten Nacht einiges Blut verloren hast.«
Prompt erwiderte Stephania:
»Stimmt, es ist mir aus der Nase geflossen.«
»Ich weiß nicht, ob aus der Nase oder aus der Ferse«, sagte Wonnemeineslebens; »jedenfalls habt Ihr Blut verloren; und deshalb könnt Ihr nun mir und meiner Wissenschaft vertrauen; denn was ich Euch jetzt sagen will, ist die reine Wahrheit. Und falls Eure Majestät, Herrin, damit einverstanden ist, daß ich Euch beiden einen Traum erzähle, den ich in der letzten Nacht hatte, werde ich das mit Freuden tun, unter der Voraussetzung, daß mir, falls ich dabei mit irgend einem Wort Eure Hoheit kränken sollte, die Vergebung nicht versagt wird.«
Die Prinzessin hatte mit wachsendem Vergnügen dem munteren Mundwerk des Mädchens zugehört, und lauthals lachend sagte sie:
»Leg los, laß hören, was immer du willst – Schuld und Buße sind dir von vornherein erlassen, kraft apostolischer Autorität.«
Daraufhin begann Wonnemeineslebens ihren Traum zu erzählen, mit den folgenden Worten.

KAPITEL CLXIII
Der Traum von Wonnemeineslebens

Ich werde also Eurer Majestät all das schildern, was ich geträumt habe. Schlafend lag ich in einem schön geschmückten Raum, bei vier anderen Jungfrauen, und da sah ich, daß Stephania hereinkam, mit einer brennenden Kerze in der Hand, um nur ein bißchen Helligkeit zu machen. Sie trat an unsere Lagerstatt und schaute nach, ob wir schliefen, wobei sie feststellte, daß wir alle schlummerten. Ich war so benommen, daß ich nicht recht weiß, ob ich schlief oder wachte. Und traumversunken sah ich dann, wie Stephania die Tür unseres Gemaches öffnete, ganz sacht, um kein Geräusch zu machen. Da traf sie meinen Herrn Tirant und den Konnetabel an, die draußen schon wartend bereitstanden. Die Mannen erschienen in Wams und Umhang, das gegürtete Schwert an der Seite. Über ihre Schuhe hatten sie Wollsocken gezogen, um möglichst leise an uns vorbeischleichen zu können. Kaum waren sie eingetreten, da löschte Stephania das Licht und ging voran, den Konnetabel an der Hand führend; hinterdrein folgte der tapfere Feldhauptmann. Es sah aus, als diente in diesem Fall statt eines Knaben ein Mägdlein als Blindenführer, der die Tapsenden in Eure Kammer lenkte. Eure Hoheit aber war frisch parfümiert, umwölkt vom Wohlgeruch der Zibetkatze und nicht übel aufgeputzt – angezogen also, nicht nackt. Tirant nahm Euch in die Arme und trug Euch durch das Schlafgemach, indem er Euch ständig küßte. Eure Hoheit flüsterte: ›Laß mich, Tirant, laß mich!‹ Und er legte Euch auf das Ruhelager.«

Bei diesen Worten näherte sich Wonnemeineslebens dem Bett und sprach es an: »Ach, liebwerter Herr Pfühl! Welch ein Unterschied: Euer Bild bei Nacht und der traurige Zustand jetzt, wo Ihr allein seid, ohne Kumpanei, ohne irgendwelchen Ertrag! Wo ist derjenige, der hier gewesen ist, wie ich im Traume sah? Mir war, als erhöbe ich mich von meinem Lager, ginge im Hemd zu der Türe hier und schaute durchs Schlüsselloch all Eurem Treiben zu.«

Die Prinzessin drängte:

»Ging dein Traum noch weiter?«

Höchst vergnügt fragte sie das, sich schüttelnd vor Lachen.

»Aber ja, heilige Jungfrau Maria!« antwortete Wonnemeineslebens. »Ich muß Euch das alles vollends erzählen. Ihr, Herrin, nahmt ein Stundenbuch zur Hand und sagtet: ›Tirant, ich habe dich hierher kommen lassen, um dir ein bißchen Ruhe zu gönnen. Ich tat's aus tiefer Liebe zu dir.‹ Tirant zögerte jedoch, dieser Einladung zu friedsamer Entspannung Folge zu leisten. Und Eure Hoheit sagte: ›Wenn du mich liebst, darfst du keinerlei Zweifel aufkommen lassen, daß ich nichts von dir zu befürchten habe. Die heikle Lage, in die ich mich aus Liebe zu dir gebracht habe, ziemt sich nicht für eine Jungfrau so hohen Standes, wie ich es bin. Widersetze dich nicht meiner Bitte, denn die Keuschheit, in der ich bisher gelebt habe, ohne mir irgend etwas zuschulden kommen zu lassen, ist eine löbliche Sache. Nur dank dem Bitten und Flehen Stephanias hast du diese Liebesgunst erlangt, die meine ehrbaren Gefühle einer furchtbaren Feuerprobe unterzieht. Begnüge dich also, ich bitte dich, mit der Gunst, die dir hiermit zuteil geworden ist und deren Bedenklichkeit Stephania zu verantworten hat.‹

›Wegen der maßlosen Angst‹, sagte Tirant, ›die Eure Majestät derart schaudern macht, daß Ihr Euch entsetzt gegen die eigenen Gefühle wehrt und Euch selber weh tut, werdet Ihr von allen, die fühlen, was Liebe ist, bittere Vorwürfe hören. Trotz alledem will ich jedoch nicht, daß Ihr in der Ungewißheit bangt, ob meine Verläßlichkeit nicht vielleicht doch versagen könnte. Ich war fest davon überzeugt, Ihr würdet mit meinen Wünschen übereinstimmen, ohne Furcht vor irgendwelchen Gefahren, die sich daraus ergeben. Da dies aber Eurer Hoheit anscheinend nicht behagt und Ihr die Absicht habt, meine Hoffnung zu zermürben, will ich mich damit bescheiden, all das zu tun, was das Gefallen Eurer Hoheit erregt.‹

›Sei still, Tirant‹, sagte Eure Hoheit, ›beklage dich nicht; denn mein Anstand ist deiner Liebe anheimgegeben.‹ Und Ihr ließet ihn schwören, daß er Euch ohne Eure Einwilligung keinerlei Unbill antun werde. ›Angenommen nämlich, du wolltest etwas Ungebührliches begehen, so wären der Schaden und der Kummer nicht gering, die ich durch deine Schuld erleiden würde. So schlimm wäre das für mich, daß ich jeden Tag meines Lebens um deinetwillen weinen müßte; denn ist die Jungfräulichkeit erst dahin, so läßt sie sich nicht wiederherstellen.‹

Diesen ganzen Wortwechsel zwischen Euch und ihm habe ich im Traum gehört. Danach aber war mir, als sähe ich, wie in einer Vision, daß er Euch unzählige Küsse gab, Euer Mieder aufnestelte und in hitziger Hast seine Lippen auf Eure Brüste preßte. Und nachdem er Euch gründlich abgeküßt hatte, wollte er mit der Hand Euch unter den Rock fahren, um dort nach Flöhen zu suchen. Und Ihr, meine gute Herrin, wolltet das nicht zulassen. Hättet Ihr es erlaubt, wäre sein Schwur, fürchte ich, arg in Gefahr geraten. Eure Hoheit aber sagte zu ihm: ›Die Zeit wird kommen, da dir freisteht, das zu tun, was du so heiß begehrst; und die Jungfräulichkeit, die ich mir bewahrte, soll dann aufgespart sein für dich.‹ Daraufhin drückte er sein Gesicht auf das Eurige, umschlang Euren Hals, und während Eure Arme sich um seinen Nacken wanden, wie Weinranken um einen Baumstamm, kostete er allerlei zärtliche Berührungen aus.

Später sah ich in meiner Traumversunkenheit, daß Stephania auf diesem Bett hier lag, mit blank aufschimmernden Beinen, wie mir schien, und sie stöhnte wiederholt: ›Ach Herr, wie weh Ihr mir tut! Habt doch ein bißchen Mitleid mit mir! Es kann doch nicht Euer Wille sein, mich vollends umzubringen!‹ Tirant aber ermahnte sie: ›Schwester Stephania, wozu dieses Geschrei? Wollt Ihr Eure Sittsamkeit in Verruf bringen? Wißt Ihr nicht, daß die Wände oftmals Ohren haben?‹ Da packte sie das Laken, stopfte sich einen Zipfel in den Mund und biß fest die Zähne zusammen, um nicht zu schreien. Aber sie hielt es nicht aus, und schon nach einer kleinen Weile stieß sie aufs neue einen Schrei aus. ›Weh mir, was soll ich nur tun? Es schmerzt so schrecklich, daß ich zwangsweise aufschreie. Es kommt mir vor, als wärt Ihr wild darauf aus, mich zu erstechen.‹

Da hielt die Hand des Konnetabels ihr den Mund zu. Und mir wurde bei diesem wonniglichen Wehklagen das eigene Herz ganz wund – so leid war mir's, daß ich nicht als Dritte mitstöhnen konnte, unter meinem Hippolyt. Obwohl ich in Liebesdingen störrisch und begriffsstutzig bin, ist mir dabei doch ein Licht aufgegangen: ich habe erfaßt, daß dies das Ziel ist, auf das Liebe hinauslaufen muß. In meinem Herzen verspürte ich auf einmal gewisse wollüstige Regungen, von denen ich nichts wußte, und meine Leidenschaft für Hippolyt verdoppelte sich, weil er nicht teilhatte an dem zärtlichen Drang- und Druckspiel, das Tirant mit der Prinzessin, der Konnetabel mit Stephania trieb. Und je mehr ich darüber nachdachte, desto schmerzlicher wurde mir zumute, und es war mir, als holte ich ein wenig Wasser und gösse es mir über das Herz, die Brüste und den Bauch, um die Hitze, die mich versengte, abzukühlen. Und als mein Geist nach einem Weilchen wieder durch das Schlüsselloch starrte, breitete Stephania gerade ihre Arme aus und gab sich hin, ohne irgendwelchen weiteren Widerstand zu leisten, wobei sie jedoch sagte: ›Verschwinde, grausamer, hartherziger Kerl, der du kein Erbarmen mit den Jungfrauen kennst, ihnen keine Ruhe gönnst, ehe ihre Keuschheit gekapert und kaputt ist! Oh, du schurkischer Wüstling! Welche Strafe hast du wohl verdient, wenn ich nicht bereit bin, dir zu verzeihen? Je mehr du mir Grund gibst, mich über dich zu beklagen, desto wütender liebe ich dich. Wo ist das Vertrauen hin, das du in mir zerstört hast? Wo streunt deine rechte Hand herum, die so treuherzig sich in die meinige schmiegte? Wo sind die Heiligen, die dein falscher Mund gestern als Zeugen anrief, als du mir versprachst, du würdest mir nichts zuleide tun, nie und nimmer würde ich von dir hereingelegt? Einen frechen Frevel hast du begangen; denn vorsätzlich hast du dich erdreistet, mir meine Jungfernhaut zu rauben, durch Mißbrauch der hohen Stellung, die du innehast. Damit die Triftigkeit der Beschuldigung, die ich erhebe, eindeutig sei ...‹, so sagte sie, der Prinzessin und Tirant zugewandt, indem sie den beiden ihr Hemd zeigte. ›Dieses Blut von mir fordert Wiedergutmachung durch wahre Liebe.‹ Mit Tränen in den Augen stieß sie diese Worte aus. Dann fuhr sie fort: ›Wer kann jetzt noch Gefallen an mir finden; wer wird mir noch vertrauen, nachdem ich nicht einmal imstand gewesen bin, meine eigene Unversehrtheit zu wahren? Wie sollte ich von nun an die Unschuld eines anderen Mädchens behüten, das man mir anvertraut? Für mich gibt es keinen Trost außer dem einen: daß ich nichts begangen habe, was der Ehre meines Mannes abträglich wäre, sondern ihm zu Willen war, entgegen meinem eigenen Wunsch. Bei meiner Hochzeit war keine Hofgesellschaft zugegen; kein Pfaffe ist in die Soutane geschlüpft, um die Messe zu lesen; weder meine Mutter noch sonstwer aus der Verwandtschaft war dabei; niemand hat sich die Mühe gemacht, mich zu entkleiden und mir das Brauthemd anzuziehen; es war nicht nötig, mich gewaltsam ins Hochzeitsbett zu hieven; aus freien Stücken habe ich es bestiegen; die Spielleute mußten sich nicht bemühen, mit ihren Stimmen und Instrumenten das Fest zu verschönen; keine Edelleute erschienen zum Tanz; denn eine lautlose Hochzeit ist es gewesen. Aber alles, was ich getan habe, tat ich meinem Gemahl zu Gefallen.‹

Noch vielerlei Sätze dieser Art ließ Stephania vernehmen. Als sie endlich damit aufhörte und der Tag nicht mehr fern war, trösteten Eure Majestät und Tirant die Verstörte, so gut Ihr konntet. Eine Weile danach, als die Hähne krähten, bat Eure Hoheit demütig Tirant, er möge sich mit Diafebus entfernen, damit niemand von den Leuten in der Burg ihnen auf die Spur komme. Tirant aber flehte Eure Hoheit an, ihn von seinem Schwur zu entbinden, damit es ihm möglich sei, den Sieg zu erringen, den er ersehne, und den gleichen Triumph erlebe wie sein Vetter. Eure Durchlaucht aber war nicht bereit, diesem Wunsch zu entsprechen; ungeschlagen habt Ihr das Feld behauptet. Und als die beiden entschwunden waren, wachte ich auf und sah nichts, weder Hippolyt noch sonstwen. Ich versank in tiefes Nachsinnen, denn meine Brüste und mein Bauch waren mit Wasser benetzt – was mich vermuten ließ, daß wohl wirklich geschehen sein müsse, was ich im Schlaf zu sehen glaubte. Die brennende Hitze in mir wurde so unerträglich, daß ich mich im Bett von einer Seite auf die andere wälzte, wie es der Kranke tut, wenn es ans Sterben geht und er den Weg nicht findet. Dabei bin ich zu dem Entschluß gelangt, meinen Hippolyt wahrhaftig zu lieben, von ganzem Herzen, und mein kummervolles Leben künftig so auszukosten, wie Stephania dies tut. Soll ich mit verbundenen Augen weitertaumeln, ohne daß irgendwer mir zur Klarheit verhilft? Amor hat meine Gefühle so verwirrt, daß ich sterbe, wenn Hippolyt mir nicht beispringt. Andernfalls möchte ich mein Leben wenigstens im Schlaf verbringen! Wahrlich, eine bittere Marter ist das Erwachen, wenn man einen guten Traum geträumt hat.«

Die anderen Zofen waren inzwischen aufgestanden und kamen nun in das Gemach herein, um ihrer Herrin beim Ankleiden zu helfen. Nach der Messe machte sich der Kaiser samt den Baronen aus Sizilien auf die Reise, und der Herzog von Pera folgte ihnen mit der ganzen Masse der Gefangenen. Tirant und der Konnetabel gaben dem Herrscher das Geleit, eine gute Meile weit. Der Kaiser sagte zu ihnen, sie sollten umkehren; und als er sie das zweite Mal dazu aufforderte, sahen sie sich gezwungen, seinem Wink zu gehorchen. Nachdem Tirant sich vom Kaiser und von den Baronen verabschiedet hatte, näherte er sich der durchlauchtigen Prinzessin und fragte sie, ob

Ihre Majestät eine Aufgabe wisse, die er in ihrem Auftrag erfüllen könne. Die Prinzessin hob den Schleier, der ihr Gesicht verhüllte; und ihre Augen füllten sich mit Tränen, die in unaufhaltsamen Strömen über die Wangen rannen. Sie brachte fast kein Wort hervor.

»Ich hätte gern …«, stammelte sie; dann versagte ihr die Stimme, und nur Schluchzer kamen noch aus ihrer Kehle, ausklingend in ein Seufzen tiefen Abschiedskummers. Sie verbarg ihre Miene hinter dem Schleier, den sie bis zur Brust herabfallen ließ, damit der Kaiser und all die anderen Leute nichts von ihrer Schwäche bemerkten.

Seit Menschengedenken ist wohl keinem Ritter das widerfahren, was in diesem Augenblick mit Tirant geschah: Kaum hatte er der Prinzessin Lebewohl gesagt, da stürzte er von dem stattlichen Streitroß, das er ritt, bewußtlos zu Boden, völlig seiner Sinne beraubt. Und so jäh er gestürzt war, so rasch stand er wieder auf, hob einen Huf des Pferdes und sagte, das Tier habe sich verletzt. Der Kaiser und viele andere Mannen hatten den Unfall bemerkt und eilten herzu. Tirant aber tat so, als prüfte er den Pferdehuf.

Der Kaiser fragte ihn:

»Kapitan, wie kam's zu diesem Sturz?«

Und Tirant antwortete:

»Herr, mir scheint, daß mein Klepper sich verletzt hat. Ich beugte mich ein bißchen hinunter, um zu sehen, was er hat, und wegen des Gewichts, das mein Harnisch hat, ist der Steigriemen gerissen. Aber, Herr, es ist ja nicht weiter verwunderlich, daß ein Mensch gelegentlich stürzt; denn selbst ein Pferd, das vier Beine hat, kommt manchmal zu Fall. Wieviel leichter kann das also einem Menschen passieren, der nur zweie hat.«

Hurtig schwang er sich in den Sattel, und ein jeder ritt seines Weges. Die Prinzessin hatte nicht umkehren wollen, da sie weinend davonzog; doch sie fragte Stephania, was denn mit Tirant gewesen sei. Und diese berichtete es ihr, gemäß der Auskunft, die der Bretone dem Kaiser gegeben hatte.

»Sicherlich«, sagte die Prinzessin, »ist ihm das nur wegen meiner Abreise zugestoßen. Die Ängste, die mich überkamen, als ich mich plötzlich verlassen fühlte, waren so furchtbar, daß auch ich vor Schmerz die Besinnung verloren habe.«

Solche Worte tauschend, ritten die beiden Damen von dannen, während Tirant sich sputete, zur Burg des Grimmigen Nachbarn zurückzukehren. Dort befahl er dem Konnetabel, mit der Hälfte der Truppen, sowohl der Reiterscharen wie des Fußvolks, das Feldlager aufzusuchen, um dieses abzuschirmen.
»Ich werde derweil«, erklärte Tirant, »zu dem Hafen reiten, in dem die Schiffe liegen, und will dafür sorgen, daß sie rasch entladen werden. Falls ich sehe, daß der Vorrat nicht reicht, werde ich sie zur Hauptstadt zurückschicken oder nach Rhodos; denn man hat mir gesagt, heuer sei die Weizenernte recht üppig ausgefallen. Wenn sie aber die nötige Ladung nicht zusammenbekommen, sollen sie nach Zypern segeln.«
In der Nacht gelangte Tirant zum Hafen und stellte fest, daß die Schiffe schon beinahe entladen waren. Die Kapitäne und Matrosen empfingen den Generalkapitan mit großem Jubel, und sie meldeten ihm, daß die sieben Schiffe der Genuesen im Hafen von Bellpuig vor Anker gegangen seien.
»Und wir alle machten uns große Sorgen, ob sie nicht hierher steuern und uns kapern würden.«
Tirant antwortete: »Sie haben also gezeigt, daß ihre Furcht vor euch noch größer ist als eure Besorgnis; denn sie haben es offensichtlich nicht gewagt, euch anzugreifen. Wollt ihr, daß wir ihnen noch mehr Angst einjagen, als sie jetzt schon haben?«
Ein Fischerboot, das vorhanden war, wurde bemannt und zur Erkundung ausgesandt. Die Späher sollten ausfindig machen, aus wieviel Mannen die Besatzung der feindlichen Schiffe ungefähr bestehen mochte und was überhaupt an Fahrzeugen dort versammelt sei. Noch in derselben Nacht wurde auf Geheiß Tirants die restliche Getreideladung vollends gelöscht. Am Morgen dann kehrte die Brigg zurück mit der Nachricht, drüben lägen sieben große Schiffe vor Anker, sämtliche Pferde seien schon von Bord gebracht worden, alle Mannschaften befänden sich an Land, und eben erst gehe man dort daran, das Getreide und den sonstigen Proviant auszuladen.
»Bei dem Herrn, der die ganze Welt in seinen Händen hält«, rief Tirant, »da die Pferde schon ausgebootet sind, will ich alles daransetzen, daß wir uns an deren Futter gütlich tun!«

Er ließ die Schiffe gefechtsklar machen und verstaute darin eine Menge von Geharnischten und viele Armbrustschützen. Drei Galeeren, die zu diesem Zeitpunkt kieloben auf dem Ufer lagen, um repariert zu werden, konnten an der Expedition nicht teilnehmen. Tirant stach mit den übrigen Fahrzeugen in See. Die Distanz zwischen dem einen und dem anderen Hafen betrug nicht mehr als dreißig Meilen. Da es ein klarer und schöner Tag war, entdeckten die an Land gegangenen Genuesen recht bald die fünf Schiffe Tirants, doch sie meinten, da kämen Verbündete mit dem Großkaramanen, und kümmerten sich nicht weiter darum. Die Schiffe näherten sich, liefen in den Hafen ein, und ein jedes brauste auf seine Beute zu. Im Nu sprangen die griechischen Mannen massenweise von Bordkante zu Bordkante und enterten die feindlichen Schiffe; nachdem diese gekapert waren, wurden die beiden übrigen angesteuert, und da jeweils nur sehr wenige Gegner an Deck waren, brachten die Angreifer sämtliche genuesischen Schiffe fast mühelos in ihre Gewalt, ohne daß auch nur ein einziger Grieche dabei das Leben verlor. Und all die erbeuteten Segler entführten sie aus dem Hafen, voll beladen mit Weizen und Hafer, eingepökeltem Rinderfleisch und Wein aus Zypern – eine Fracht, von der ich euch versichern kann, daß sie für das Lager der Christen eine große Wohltat war, die eben zum rechten Zeitpunkt kam; denn wegen der unaufhörlichen Kriegsverheerungen war es nicht möglich, Korn oder Fleisch zu bekommen, sofern es nicht per Nachschub übers Meer geliefert wurde. Den Weizen schenkte Tirant dem als Grimmiger Nachbar geachteten Burgherrn, alles übrige schickte er seinen Leuten in der Stadt San Giorgio.

Auf der Heimfahrt von diesem erfolgreichen Beutezug hatte Tirant sich mit den Türken unterhalten, die bei der Kaperei gefangengenommen worden waren; und er hatte sie nach Neuigkeiten aus der Türkei gefragt, um zu ermitteln, ob deren Auskünfte mit den Nachrichten übereinstimmten, die ihm durch den Zyprioten von Paterno zu Ohren gekommen waren. Die Türken ließen ihn wissen, daß der Großkaraman tatsächlich mit einer riesigen Armada anrücke, begleitet vom Herrscher des unabhängigen Königreiches Indien. Der Großkaraman aber, so hörte Tirant, bringe seine Tochter mit, eine

Jungfrau von strahlender Schönheit, die er dem Sultan zur Frau geben wolle.
»Eine ganze Menge von Mädchen hohen Standes bringt er mit; und unter diesem Schwarm von Zofen befindet sich die Verlobte des Sohnes von unserem Großtürken. Und all die jungen Damen kommen prächtig gekleidet daher, in langen Dschubben aus Brokat, von denen manche bestickt sind mit einer Unzahl von Diamanten und Rubinen.«
Einer der Türken warf ein:
»Ich habe die Tochter des Großkaramanen einmal zu Gesicht bekommen; morgen ist es wohl fünfzehn Tage her. Ein Freitag war's, da sah ich sie nach dem Gebet, angetan mit einer Dschubbe, die über und über mit Edelsteinen geschmückt war – ein wahres Staatsgewand, von dem man behauptet, es sei soviel wert wie eine große Stadt. Jede der besagten jungen Damen hat ihre Aussteuer dabei; denn nicht weniger als fünfundzwanzig Bräute sind da unterwegs, alle verlobt mit großen Herren; auch die Frau des Königs von Kappadokien ist mitgereist. Übrigens, als wir im Hafen anlangten, hat man uns erzählt, daß ein verteufelter Franzose als Generalkapitan all der Griechen aufgekreuzt sei, der in sämtlichen Schlachten siegt. Sein Name, so sagte man uns, sei Tirant. Fürwahr, der Kerl mag all die glorreichen Taten vollbracht haben, die man ihm nachsagt – aber sein Name ist widerlich und gemein. Tirant – so nennt man doch einen, der sich widerrechtlich fremder Güter bemächtigt, tyrannisch alles an sich rafft; oder deutlicher gesagt: der ein Dieb, ein Räuber ist. Und ich glaube: So übel, wie sein Name klingt, so übel wird unweigerlich auch sein Verhalten sein. Es heißt nämlich, er habe in einem Brief an den König von Ägypten, mit dem er nicht Mann gegen Mann zu kämpfen wagte, frech erklärt, er sei verliebt in die Tochter des Kaisers. Sobald er die Schlachten alle siegreich geschlagen hat, wird er zuerst die Tochter, dann die Frau des Kaisers schwängern und schließlich den Herrscher umbringen. Denn das ist so Sitte bei den Franzosen. Ein verkommenes Pack! Und ihr werdet schon sehen: Wenn die Türken und die Christen ihn lang genug am Leben lassen, wird er sich selbst zum Kaiser machen.«
»Meiner Treu«, antwortete Tirant, »was du da sagst, ist nur allzu

wahr: Diese Franzosen sind ein verkommenes Pack. Er wird es noch übler treiben, als du meinst; denn er ist ein schrecklicher Räuber, ein Strauchdieb und Buschklepper, der alle Straßen und Stege unsicher macht. Und man wird es erleben, daß er die Tochter des Kaisers schwängert und die Macht ergreift. Hat er das geschafft – wer könnte es ihm dann noch verwehren, sich an sämtlichen Jungfrauen zu vergreifen?«

»Fröhliche Weihnacht gewähre Euch Gott!« sagte der Matrose. »Ihr habt ihn durchschaut und wißt genau, was für Schurkereien er begangen hat und noch begehen wird.«

Hippolyt, der daneben stand, zückte sein Schwert, um dem Seemann den Kopf abzuhauen; und er hätte es getan, wenn nicht Tirant aufgesprungen wäre und ihm das Schwert entrissen hätte. Danach setzte er geruhsam die Unterhaltung fort, wobei er unablässig über sich selber lästerte.

Der türkische Matrose ereiferte sich:

»Bei meinem Taufwasser, ich schwöre: Wenn ich den zu fassen bekäme, diesen Erzschurken Tirant; wenn der mir in die Hände fiele wie so manche andere, die ich schon geschnappt habe – ich würde ihn aufhängen, am höchsten Mastbaum des Schiffes!«

Tirant lachte schallend. Die Worte des Seemanns machten ihm großen Spaß. Wäre er nicht der gewesen, der er war – dem armen Türken wäre es übel ergangen, und er hätte vielleicht selbst am Mastbaum geendet. Tirant aber holte ein Seidenwams und schenkte es ihm, dazu noch dreißig Dukaten; und sobald sie anlegten, sprach er ihn frei. Stellt euch vor, wie es dem ahnungslosen Seemann in die Knochen fuhr, als er endlich begriff, daß es Tirant höchstselbst war, zu dem er das alles gesagt hatte! Er warf sich ihm zu Füßen, bat um Vergebung. Und Tirant verzieh ihm herzlich gern, indem er den Spruch zitierte:

»Gib den Bösen, damit sie Gutes reden; gib den Guten, damit sie nichts Böses reden.«

Hernach rief er seine Seeleute zu einer Beratung zusammen und lud sie ein, mit ihm zu speisen. Als sie gesättigt waren, hob er an, ihnen einen Plan zu entwerfen, mit den folgenden Worten:

»Meine Herren, Ihr habt ja vernommen, was für eine Kunde vom

Großkaramanen und dem Herrscher des unabhängigen Königreiches Indien zu uns gedrungen ist: mit welch gewaltiger Streitmacht sie gegen uns anrücken, und wieviel Damen, verheiratete und heiratswillige, sie an Bord haben. Auch von einer Schatztruhe, die sie mitführen, ist die Rede. Wenn die Muselmanen einen Kriegszug gegen die Christen unternehmen, sammeln sie nämlich in allen mohammedanischen Ländern Gelder für eine gemeinsame Feldkasse. Und laut Auskunft des Zyprioten von Paterno, der es aus dem Munde des Sultans höchstselbst gehört hat, sind auf diese Weise mehr als dreihunderttausend Dukaten zusammengekommen; denn für die Eroberung dieses Reiches haben alle Moslems gespendet, die einen wenig, die anderen viel: es soll vorgekommen sein, daß aus einem einzigen Haus vierzig Dukaten beigesteuert wurden. Und es heißt, daß allein aus Tunis mehr als siebzigtausend Dukaten kamen. Malt euch also aus, welch ruhmreiches Abenteuer uns da winkt und welch reichen Gewinn jeder einzelne von euch dabei einheimsen könnte. Überlegt mal, ob wir es bewerkstelligen könnten, mit ihnen fertig zu werden. Na, was meint ihr dazu?«

ENDE DES ZWEITEN BUCHES

Nachwort

Fehdebrief zur Verfechtung der Ehre von Tirant lo Blanc

»Dies ist das beste Buch der Welt«, schrieb Cervantes im Blick auf *Tirant lo Blanc* – ein Urteil, das heutzutage wie ein Witz klingt. Tatsache ist jedoch, daß es sich bei diesem Buch um einen der ehrgeizigsten Romane handelt, der in erzähltechnischer Hinsicht das vielleicht aktuellste Konstruktionsmodell seiner Gattung darstellt. Niemand weiß das, weil sehr wenige Leute ihn einstens lasen und weil ihn jetzt kein Mensch mehr liest, abgesehen von ein paar Professoren, die mit ihren Bemühungen um historische Analyse, stilistische Vivisektion und Sondierung der Quellen unabsichtlich den Friedhofsruch noch zu verstärken pflegen, der dieses Buch ohne Leser umgibt; denn bekanntlich werden ja nur Tote seziert und einbalsamiert. Diese gelehrten Versuche, die hie und da eine bewundernswerte Genauigkeit bezeugen und eine Fülle imponierenden Wissens offerieren (wie zum Beispiel das Vorwort, das Martí de Riquer für die katalanische Ausgabe von 1947 schrieb), lassen nie und nimmer das Wesentliche erkennen: die Lebenskraft dieses Leichnams. Es zeigt sich, daß man das Leben eines Buches – die Gültigkeit seiner Darstellungsverfahren, die Wirksamkeit seiner Phantasie, die Wucht seiner Überzeugungsgewalt – nicht beschreiben kann: seine Vitalität offenbart sich unmittelbar, durch Ansteckung, wenn das Buch und der Leser einander begegnen. Was hat bis zum heutigen Tag verhindert, daß *Tirant lo Blanc* und die Leser einander begegnen? Dieses Drama läßt sich nicht allein mit dem Drama der Sprache erklären, in der dieser Roman geschrieben wurde (die Sprachen, in denen die originalen Geschichten von El Cid, von Beowulf, von Roland oder von Peredur/Parzival erzählt wurden, sind für den gewöhnlichen Leser von heute noch schwieriger zu entziffern, und dennoch sind diese Helden lebendiger als Tirant). Der Hauptgrund jener verfehlten

Begegnung ist vielmehr im Drama eines ganzen literarischen Genres zu suchen: im Schicksal der Ritterromane. Eine Lehrmeinung, die längst zum Gemeinplatz geworden ist, behauptet, Cervantes habe diesen *novelas de caballería* den Garaus gemacht. Die alleinige Hand eines Einarmigen vermochte es, einen solchen Massenmord zu begehen? Die Bücher jener Spezies waren von der Kirche verdammt und von der Inquisition verfolgt worden; viele Schriftsteller verschmähten und beschimpften diese Erzeugnisse, und schließlich vergaß die Gesellschaft deren Existenz. Welche Furcht war der Antrieb zu einer solchen Verschwörung? Ich habe ein paar wenige Ritterbücher gelesen (wo könnte man die Hunderte von Werken lesen, deren Titel Pascual de Gayangos und Henry Thomas katalogisiert haben?) und bin zu der Meinung gelangt, daß es die Angst vor der Imagination war, die Angst der offiziellen Welt vor der Einbildungskraft, vor der natürlichen Feindin des Dogmas und dem Ursprung jedweder Rebellion. In einem geschichtlichen Moment, da die scholastische Kultur ihren Höhepunkt erreicht hatte, die Orthodoxie ein geschlossenes, hermetisch abgedichtetes Lehrgebäude geworden war, mußte die Phantasie der Verfasser solcher Rittergeschichten als Unbotmäßigkeit erscheinen; ihre freie, von keinen Scheuklappen gehemmte Sicht der Wirklichkeit mußte aufsässig wirken, verwegen die Verlautbarung ihrer Delirien, beunruhigend der Schwarm ihrer skurrilen Geschöpfe, das Schweifen ihrer diabolischen Gelüste. Bei der allgemeinen Abschlachtung der Ritterromane wurde auch Tirant lo Blanc zu Fall gebracht, und die Trägheit der Gewohnheit, die Last der Tradition sind daran schuld, daß er noch nicht wieder auf die Beine gekommen, nicht wiedererstanden ist, in seiner blanken Rüstung, auf seinem Streitroß sitzend und sich auf den Leser stürzend, ledig all der ihm angetanen Schmach. Wichtiger jedoch als die Ermittlung der Gründe, die dazu geführt haben, daß dieser Roman in Vergessenheit geriet, ist der Versuch, ihn dem akademischen Katakombenmoder zu entreißen und der entscheidenden Bewährungsprobe auf offener Straße auszusetzen. Wird er in sich zusammensacken, sobald er ans Tageslicht kommt, wie eines jener Fossilien, die in den Museen mit Hilfe chemischer Substanzen künstlich konserviert werden? Nein, denn dieses Buch ist kein archäologisches Kuriosum, sondern eine moderne Dichtung.

Martorell ist der Erste vom Stamme der Allmachtserzähler – Fielding, Balzac, Dickens, Flaubert, Tolstoi, Joyce, Faulkner –, die sich an Gottes Stelle setzen und in ihren Romanen eine »allumfassende Wirklichkeit« zu erschaffen suchen; der älteste, früheste Fall eines allgewaltigen, selbstlos waltenden, allwissenden und allgegenwärtigen Romanciers. Was besagt die Behauptung, sein Werk sei einer der ehrgeizigsten Romane? Daß *Tirant lo Blanc* die Frucht eines Vorsatzes darstellt, der so wahnwitzig ist wie die Absicht jener von Borges erfundenen Person, die eine Weltkarte in natürlicher Größe herstellen will. Es ist überaus schwierig, das Ergebnis seines Wollens zu klassifizieren; denn alle Kennzeichnungen passen, aber keine genügt.

Ist es ein Ritterroman? Ja, aber »anderer Art«, wie die Kritiker nachgewiesen haben; denn er ist weniger unwahrscheinlich als die anderen, da ja in ihm fast keine übernatürlichen Ereignisse oder märchenhafte Figuren vorkommen und die einzige eindeutig phantastische Episode des Buches, das Abenteuer des Ritters Espercius, vielleicht eine Zutat von Martí de Galba ist, die im ursprünglichen Plan Martorells gar nicht enthalten war. Kann man, wenn Espercius getilgt würde, von einem »realistischen Roman« reden? Man müßte dann zuvor auch noch ein paar andere Dinge vergessen: den Traum, in welchem die Jungfrau Maria dem König von England erscheint und ihm den Rat erteilt, Wilhelm von Warwick an die Spitze seines Heeres zu stellen; die »unglaublichen Eigenschaften des Wunderfelsens«; die zauberhafte Erscheinung des Liebesgottes während der Hochzeitsfeiern am englischen Hof; das verblüffende Auftauchen der Fee Morgana in Konstantinopel; die unmögliche Anwesenheit von König Artus unter den Vasallen des byzantischen Kaisers und den »lichten Schein von Engelscharen«, die vom Himmel herniederschweben, um die Seelen von Karmesina und Tirant emporzutragen. Außerdem müßte man sich wohl fragen, ob es für wahrscheinlich gehalten werden kann (das scheint ja, nach landläufiger Vorstellung, die Grundbedingung des »Realismus« zu sein), daß Tirant »in viereinhalb Jahren dreihundertzweiundsiebzig Marktflecken, Städte und Burgen erobert«, Tausende von Männern getötet und ebenso viele bekehrt und getauft hat. Das sind, wir geben es zu, gewisse poetische Übertreibungen, die freilich den Gesamtcharakter des Werkes nicht beeinträchtigen; denn die große Mehrheit der Geschehnisse, Personen und Örtlichkeiten ist keineswegs phantastischer Natur. Nun gut, um was für eine Art von realistischem Roman handelt es sich also?

Ist es ein historischer Roman? Die Kritiker haben erforscht, welche tatsächlichen Ereignisse sich hinter den Großtaten Tirants verbergen; sie haben nachgewiesen, daß die Belagerung von Rhodos durch die Sarazenen auf faktischen Vorgängen beruht, und haben erraten, wie und durch wen Martorell sich über dieselben informieren konnte; sie haben gezeigt, daß die Heldensage vom Wirken Tirants im Griechischen Reich einigermaßen getreu die Odyssee des Roger de Flor und seiner katalanischen Gefolgschaft wiedergibt, von der Ramon Muntaner in seiner Chronik berichtet hatte; überdies ist es ihnen gelungen, im zahlreichen Personal des Romans ein Grüppchen von Monarchen, Königinnen, Prinzen und Edelleuten ausfindig zu machen, die wirklich existierten und als geschichtliche Gestalten zu identifizieren sind; mit Scharfsinn hat man die realen Geschehnisse und Orte, ja selbst die Details der jeweiligen geographischen Verhältnisse sorgfältig von den erfundenen Bestandteilen der Dichtung unterschieden. Kein Zweifel, es gibt eine ganze Menge von Materialien, die Martorell eigenmächtig dem Fundus der Geschichtsschreibung entnommen hat, und die Realhistorie spielt in *Tirant lo Blanc* eine bedeutendere Rolle als in anderen mittelalterlichen Romanen. Aber kann man dieses Buch als dokumentarische Darstellung werten? Ein Buch, in dem Ereignisse, die durch Jahrhunderte voneinander getrennt sind, zeitlich zusammengezogen werden, weit entfernte Städte als Nachbarorte erscheinen, Flüsse und Kirchen verlagert werden, Imperien und Könige der puren Phantasie entspringen und die Eroberung Englands durch ein arabisches Invasionsheer »beschrieben« wird? Wie könnte man der *Zeugenschaft* eines Buches vertrauen, das die Dimensionen von Zeit und Raum willkürlich verzerrt, die Chronologie wie die Statistik gröblich mißachtet, Wahrheit und Lüge derart unentwirrbar vermengt, Geschehenes, Geträumtes und Erfundenes ungesondert zu einem Gebilde vereint, das genauso tief in der objektiven Welt des wirklich Geschehenen verwurzelt ist wie in der subjektiven Welt der Einbildung?

Weshalb sollte man ihn nicht eher als »Kriegsroman« bezeichnen? Martorell kennt alle Geheimnisse der Brutalität seiner Epoche; sein Buch ist (auch) eine Schaustellung der verkommenen Kunst des Krieges, und es informiert über die Gewalttätigkeit im Mittelalter mit peinlich genauer, rücksichtsloser Ausführlichkeit. Die Kritik hat bemerkt, daß Tirant im Gegensatz zu anderen ritterlichen Heldengestalten, die fast immer als einsame Kämpen auftreten, große Heerscharen befehligt; er erweist sich nicht nur als Titan im Zweikampf, wie Amadís oder Palmerín, sondern überdies als genialer Stratege. Auch hier zeigt sich der massenumfassende Ehrgeiz, jenes maßlose, über alle Grenzen ausgreifende Begehren, jenes neidvolle Wetteifern mit der Wirklichkeit, das den Autor, der sich an Gottes Stelle setzt, charakterisiert. Martorell hat die Absicht, alles zu erfahren und alles zu sagen, was es über die Duelle, die Turniere und die verschiedenen Formen des Krieges zur See, auf offenem Feld oder um eine Stadt zu wissen und mitzuteilen gibt. Wie lernt es der christliche Ritter, die Züchtigung zu ertragen, zu hassen und die Regeln des tödlichen Spiels zu respektieren? Der Sohn Wilhelms von Warwick wird in drei geheimen Momenten seiner »Erziehung« gezeigt: als Neugeborener wird er geschlagen, damit er den Abschied seines Vaters beweine und den Kummer seiner Mutter teile; als Kind wird er vom Vater genötigt, einen schwerverwundeten Araber vollends zu töten, und dann ins Blut des Toten getaucht; als Jüngling leiht er sich die nie besiegten Waffen Tirants, um an einem Turnier teilzunehmen, und schlägt seine Gegner nieder. Was gehört zur kriegerischen Ausbildung eines »Ungläubigen«? Die Männer aus dem Lande Enedasi, die im Heer des Königs von Jerusalem mitkämpfen, hatten folgende Lehre hinter sich gebracht: »sobald (einer von ihnen) zehn Jahre alt ist, bringt man ihm das Reiten und Fechten bei; wenn er das kann, wird er zu einem Schmied geschickt, damit er bei der Arbeit am

Amboß tüchtige und starke Arme bekomme, die imstande sind, so dreinzuschlagen, wie dies bei einem Waffengang nötig ist; danach läßt man die jungen Leute im Ringkampf unterweisen, im Speerwurf und in allen sonstigen Disziplinen, die ihre kriegerischen Fähigkeiten fördern; und die letzte Tätigkeit, mit der sie vertraut gemacht werden, ist das Metzgerhandwerk, damit sie sich daran gewöhnen, Fleisch zu zerhacken, und sich nicht ängstlich davor scheuen, Blut zu vergießen; und bei dieser Arbeit werden sie hartherzig.« Es gibt Schaukämpfe, die zwischen zwei Einzelstreitern ausgetragen werden, und andere, die ein Gefecht zwischen zwei Gruppen darstellen; man ficht dabei zu Fuß oder zu Pferde, mal sportlich, zum Spaß, mal auf Leben und Tod. Zwei Bedingungen sind in jedem Fall zu erfüllen: augenscheinliche Gleichheit der Kräfte (Tirant wirft seine Waffen weg, ehe er sich auf den Hetzhund des Herzogs von Wales stürzt, dem er mit Zähnen und Klauen zusetzt, bis er ihn endlich tötet durch einen Biß) und eine regelrechte Inszenierung des Waffenganges, der, wie etwa beim Duell zwischen Tirant und Thomas von Wittberg, aus vier Akten oder Phasen zu bestehen pflegt: 1) Vor dem körperlichen Zweikampf tragen die beiden Gegner mündlich oder schriftlich ein Rededuell aus, in dem sie Schmähungen und Höflichkeiten wechseln. 2) Sie diskutieren über die Waffenwahl, über den Ort und die Modalitäten der zu vereinbarenden Kampfart, wählen die Schiedsrichter und übergeben diesen die Pfänder. 3) Sie umarmen und küssen einander. 4) Sie kämpfen, bis einer von beiden stirbt. Alles ist präzise geschildert: die Umstände eines jeden Turniers, die jeweiligen Schauplätze und Riten, die Tonart der brieflichen Herausforderung, die Waffen, die Kleidungsstücke und die je nach Anlaß und Situation zur Schau getragenen Symbole. Wir erfahren genau, wie der Belagerungsring um eine Stadt gelegt und wie er durchbrochen wird; die taktischen Finessen und besonderen Schrecknisse jeder einzelnen Schlacht werden exakt veranschaulicht. Wieviel verdienen die Soldaten, die mit Tirant nach Konstantinopel fahren? »Dem Armbrustschützen gab man einen halben Dukaten pro Tag und dem gewappneten Reiter einen ganzen Dukaten.« Und die Mannen des Großtürken und des Sultans? »Täglich erhielt ein jeder Lanzenträger einen halben Dukaten, und die Bogenschützen bekamen einen halben Gulden.« Es gibt Schlachten, die bloße Gaukelei und Gaudium sind, wie die Eroberung der Burg auf dem Wunderfelsen; Gefechte, an denen nur wenige Krieger beteiligt sind, wie beim Zusammentreffen von Tirant und den achtzehn Sarazenen außerhalb der Stadtmauern von Rhodos; aber auch mörderische Massenschlachten, bei denen Kriegsmaschinen eingesetzt werden oder nur Infanteristen aufeinander losgehen, Reiterschwadronen allein die Sache entscheiden oder Armeen mit beiderlei Truppenverbänden aufeinanderprallen. Das strategische Repertoire ist unerschöpflich; eine Schlacht kann schlicht dadurch gewonnen werden, daß man insgeheim die »Nuß« auf dem Spannhahn der gegnerischen Armbrüste mit einem Stückchen Käse oder weißer Seife vertauscht; und sogar der Geschlechtstrieb der Reittiere kann so genutzt werden, daß er zum Sieg verhilft: Tirant läßt eine Herde »christlicher« Stuten zum Heerlager des Großtürken und des Sultans treiben, und während des wilden Brunstgetümmels, das alsbald unter den »moslemischen« Hengsten ausbricht, greift er an und triumphiert. Die Gewalt wird bald verherrlicht, bald mit gräßlich naturalistischen Details in all ihrer Abscheulichkeit dargestellt: Die Bewohner der belagerten Stadt Rhodos verzehren Katzen und Mäuse; oftmals quillt das Gehirn der Opfer »aus den Augen und aus den Ohren«; abgehauene Köpfe werden aufgespießt; Wunden brauchen Monate, um sich zu schließen. Anscheinend (und der Anschein – wir werden das gleich sehen – ist alles in dieser Welt) führen die Adeligen Krieg, weil sie diese männliche Sportart lieben und Ruhm erstreben. Aber hinter diesem Glorienschein verbirgt sich zuweilen die Habgier und der Handel: Die Herren auf der Burg des Grimmigen Nachbarn haben sich durch den Krieg bereichert; Tirant empfängt nach seinem ersten Sieg in Griechenland fünfzehn Dukaten für jeden Gefangenen (viertausenddreihundert Mann hat er erbeutet), und dem byzantinischen Kaiser werden für die Freilassung seiner Geiseln, des Großkaramanen und des Königs von Indien, Unmengen von Gold geboten: das dreifache Gewicht des ersten und das anderthalbfache Gewicht des zweiten. Ja, es handelt sich um einen »Kriegsroman«, falls man mit dieser Bezeichnung ein Buch wie »Krieg und Frieden« meint; und vielleicht hätte Martorell wie Tolstoi für sich den Titel eines Militärhistorikers beansprucht. Aber wie kann man sich mit einer rein martialischen Klassifizierung begnügen angesichts eines Buches, das so viele Seiten dem Müßiggang der Krieger widmet; das mit solcher Ausdauer in den Schlafgemächern und Salons der Paläste verweilt; das sich genauso für das Privatleben seiner Akteure wie für deren öffentliche Großtaten interessiert?

Wäre es nicht besser, von einem »Sittenroman«, einem »Gesellschaftsroman« zu reden? Obwohl Martorell von all den Ländern, in denen sein Roman spielt, wahrscheinlich nur England kannte – seine eigene Heimat ist niemals der Schauplatz auch nur einer Episode, und die einzige Anspielung auf València ist eine belanglose Randbemerkung –, erfaßt *Tirant lo Blanc* die Gesellschaft seiner Zeit mit einem bannenden, balzacisch allumfassenden Blick, und der Soziologe kann auf den Seiten dieses Buches eine ozeanische Masse von Daten sammeln, die Auskunft geben über die sozialen Klassen, die Institutionen und die Gebräuche jenes Mittelalters, das beim Erscheinen des Romans im Jahre 1490 bereits – wie das Frankreich der *Comédie humaine*, das England von Dickens, das Rußland von Tolstoi und der Deep South von Faulkner – zum Sterben verurteilt ist. Als Geier, der sich von historischem Aas nährt, als Totengräber und Erwecker einer verblichenen Epoche zu einem neuen Leben im Wort, ist Martorell, wie jeder Totalromancier, ein manischer und perverser Entomologe. Obwohl die Hauptpersonen der Aristokratie angehören oder im Lauf der Handlung in diese Oberschicht aufsteigen, wie Hippolyt oder das Mädchen namens Wonnemeineslebens, ist hier die Plebejerwelt nicht der verschwommene, trüb vermischte Hintergrund, von dem sich die Heldentaten der Adligen strahlend abheben, wie dies in anderen Ritterromanen der Fall ist. Andeutungsweise zeichnen sich verschiedene Schichten der Gesellschaft ab – Monarchen, Adlige, Geistliche, Soldaten, Advokaten, Ärzte, Herolde, Pagen, Zofen, Diener, Sklaven –, und es werden Indizien geboten, die auf deren äußere Konflikte und innere Widersprüche hinweisen. Die furchtbare, furchterfüllte Wut des Feudalherrn angesichts jenes entstehenden Bürgertums, in dem er einen Rivalen erahnt, ist in der Episode zu durchschauen, die berichtet, wie der Herzog von Lancaster sechs Juristen an den Galgen hängen läßt (»und sie sollen so lange dort aufgeknüpft bleiben, bis ihre elenden Seelen zur Hölle gefahren sind«); genauso beredt ist die Vertreibung der Anwälte aus England (mit Ausnahme von zweien, werden sie samt und sonders verbannt); und eine ähnliche Haltung gibt sich in der Selbstverständlichkeit zu erkennen, mit der Diafebus den Schädel des Arztes zertrümmert, der es nicht schnell genug schafft, Tirant zu heilen. Der Streit zwischen Schmieden und Webern, der den Festzug bei der Hochzeit des Königs von England in Unordnung bringt, illustriert die Rivalitäten zwischen den einzelnen Handwerkszünften, Spannungen, die sich während des Mittelalters wieder und wieder in Krawallen entluden; und durchgehend werden Hinweise auf die rein ökonomischen und sozialen Aspekte der Kriege geboten: auf die jeweilige Höhe des Soldes, das Ausmaß der Beute, die Lösesummen, die Behandlung der Gefangenen je nach ihrem Stand, die Invasionen und Eroberungen, das vielfache Leid der Zivilbevölkerung, die Plünderungen und Verbrechen. Das Datenmaterial, das über die Institutionen Auskunft gibt, häuft sich dort zu Bergen, wo es um den Ritterorden und seine Regeln geht; doch auch über den Staat, die Verwaltung, die Gesetzgebung und die Anwendung der Gesetze werden wir informiert. Ämter, Titel, Adelsgrade werden erklärt, Vergnügungen dokumentiert, religiöse und profane Zeremonien geschildert, Glaubensüberzeugungen und Mythen treulich protokolliert. Aus dieser Perspektive gesehen, erscheint es nicht ganz unberechtigt, wenn einer behauptet, *Tirant lo Blanc* sei ein Traktat über einstige Sitten und Gebräuche, denn – ist nicht auch die *Comédie humaine* ein solcher Traktat? Es werden nicht nur Prozessionen, Trauungen, Beerdigungen, Bankette, Jagdveranstaltungen und Feste beschrieben; da wird auch präzisiert, wann die Ritter sich mit einer Umarmung, wann mit einem Kuß auf den Mund begrüßen; welchen Personen sie die Hand und den Fuß küssen und warum sie das tun. Die Mode ist ein Phänomen von erstrangiger Bedeutung, und nicht nur die Stoffart, die Farben und der Schnitt des jeweiligen Gewandes werden erwähnt, nicht nur das Material und die Form eines Schmuckstückes, sondern auch der Preis, den die Sache gekostet hat: »Und der König erschien in einem karminrot schimmernden, mit Hermelin verbrämten Brokatgewand; statt der Krone hatte er ein kleines Barett aus schwarzem Samt auf dem Kopf, das mit einer Brosche geschmückt war, von der die Leute meinten, sie habe einen Wert von hundertfünfzigtausend Dukaten.« Die Detailgenauigkeit der Schilderung von Pracht und Prunk erfordert viel Geruhsamkeit; und was die Mahlzeiten angeht, tauchen hin und wieder Angaben auf, die uns mit harten, kaum zu verdauenden Fakten konfrontieren: Nachdem sie ein Bad genommen hat, verschlingt Prinzessin Karmesina, ein Geschöpf von vierzehn Jahren, das wohl eine Schönheit nach dem Geschmack von Rubens gewesen sein muß, »ein Paar Rebhühner mit Malvesier aus Candia und danach ein Dutzend Eier mit Zucker und Zimt«. Sogar Bemerkungen zu therapeutisch gemeinten Diätvorschriften sind zu finden: Fasanenfleisch, sagt der König, sei gut für das Herz. Aber all dieses vielfältige soziologische Material ist mit dem gleichen Zweifel behaftet, der uns den historischen Gehalt des Romans als recht dubios erscheinen läßt: Wo hört die Beobachtung auf, und wo fängt die Erfindung an? Das Buch bildet einen festen Körper, an dem sich nicht unterscheiden läßt, welche Gliedmaßen naturgegeben und welche künstlich hinzugefügt sind; was der objektiven Wirklichkeit entstammt und was von der Phantasie des Autors verfertigt wurde. Und eben diese vollkommene Verschmelzung von Elementen verschiedener Herkunft, ihre bruchlose Integration, der Anschein von Wahrheit, den die Kohärenz des Ganzen jedem einzelnen Bestandteil des Romans verleiht, ist das Haupthindernis für eine wissenschaftliche Nutzung seiner Auskünfte. Diese sind gewichtig, aber ihre Zuverlässigkeit bleibt immer relativ; denn die Überzeugungskraft des Romans bringt es ohne weiteres fertig, die Katze als einen Hasen zu verkaufen. Und im luftigen Bereich der Sitten und Bräuche ist es sehr viel schwieriger abzuschätzen, was authentisch, was nicht authentisch ist, als im Bereich der Historie und der Geographie.

Ein erotischer Roman? Auf sexuellem Gebiet läßt sich leichter feststellen, was möglich und was unmöglich ist. Und da der Sexus in *Tirant lo Blanc* eine wesentliche Rolle spielt – was Professor Frank Pierce in einer höchst scharfsinnigen Studie hervorgehoben hat –, wäre es vielleicht die angemessene Qualifizierung, wenn man dieses Buch einen »erotischen Roman« nennen würde. Die Liebe ist in ihm so wichtig wie der Krieg, ja das heroische Element wird dem erotischen sogar ausdrücklich untergeordnet, wie der Ausspruch des Kaisers von Griechenland beweist: »Gewiß ist auf der Welt noch keine gute Waffentat vollbracht worden, die nicht aus Liebe vollbracht worden wäre.« Tirant strebt danach, daß die Nachwelt ihn als Liebenden im Gedächtnis behält, nicht als Krieger; und er bittet darum, sein Grabmal mit der folgenden Inschrift zu versehen: »Hier ruht Tirant lo Blanc, der starb, weil er allzusehr liebte.« Erst spät kommt der Sexus in dem Buch zum Vorschein; fast unsichtbar ist er auf den dreihundert Seiten, die man als den ersten von fünf Teilen der Geschichte betrachten kann; aber nachdem er einmal aufgetaucht ist, in dem Augenblick, da Tirant zufällig die Brüste der schönen Agnes berührt, als er ihr das Medaillon vom Hals nimmt, entschwindet er nie wieder, und allmählich wächst die Gewalt seiner Gegenwart, bis er, während Tirants Aufenthalt am Hof zu Konstantinopel, in den Vordergrund des Geschehens rückt. Er verliert an Wucht während der afrikanischen Episoden, gibt sich jedoch am Ende erneut in voller Kühnheit zu erkennen; und er beendet in der Tat den Roman, wenn die Kaiserin und Hippolyt ihren ehebrecherischen, subjektiv als Inzest erlebten Liebesspielen mit einer Eheschließung die offiziellen Weihen verleihen. Die Art, in der Martorell die Liebe behandelt, erweist nicht nur eine ungewöhnliche Freiheit, sie zeichnet sich vor allem durch Vielfalt aus, durch bewegliche Komplexität und gelassene Unparteilichkeit. Auch hier hat der Leser das Gefühl, daß der Erzähler, der Gottes Stelle übernommen hat, ans Ziel seiner hochfahrenden Absicht gelangt ist: zu einer Souveränität, die alles sagt. Von der höfischen Liebe mit ihren abgezirkelten Riten, ihrem schmachtenden Gehabe und ihrer verschnörkelten Rhetorik – einem Liebesstil, den Tirant und die Prinzessin (zuweilen) repräsentieren – bis zum Beischlaf ohne alle Zeremonien, zum bloßen Fest der losgelassenen Triebe, das die Kaiserin und Hippolyt miteinander feiern, reicht der Radius des amourösen Panoramas, zwischen dessen Extremen vielerlei Verhaltensformen variierend vermitteln, mit ihrer Theorie und ihrer Praxis, ihren Verirrungen und ihren Phantasien.

Der totale Romancier ist, wie Gott, neutral. Martorell ergreift nicht Partei, weder für die »scheue« und sentimentale Liebe, die Tirant für die bessere hält, noch für die »lasterhafte« Liebe, die Stephania anpreist und das keusche Mädchen Wonnemeineslebens verpönt: Er stellt beide dar und überläßt es dem Leser, sich ein Urteil zu bilden. Die amourösen Szenen reihen sich aneinander, bis sie zusammen eine wahre Weltausstellung der erotischen Möglichkeiten ergeben: sinnliche Lustbarkeiten, Fetischismus, Lesbianismus, Anzeichen drohender Vergewaltigung, symbolischer Inzest, Voyeurismus, Techniken der Kuppelei, erogene Spiele. Aber auch: der feinsinnige Symbolismus des Leidens aus Leidenschaft, die raffinierteste Idealisierung der Begierde, die mythischen Projektionen der Liebe, ihre Mysterien, ihre geheimen Folterqualen und Wonnen, ihre physischen Wirkungen, ihre kryptische Ausdrucksweise. Es stimmt, daß im Ensemble der Romanfiguren keine einzige Prostituierte zu finden ist; aber es zeigt sich auch, daß in *Tirant lo Blanc* die Liebe fast immer etwas mit Lohnleistungen zu tun hat. Die Liebenden tauschen unbekümmert Zärtlichkeiten und Geld: ein Schreiber macht sich die »ehrbare« Dame aus Rhodos zu eigen, indem er ihr ein paar Juwelen und eine Handvoll Münzen in den Schoß wirft; nach der ersten Liebesnacht belohnt die Kaiserin ihren Liebhaber mit einem Schmuckstück, das mehr als hunderttausend Dukaten wert ist; Prinzessin Karmesina läßt Staatsgelder verschwinden, um Tirant damit zu beschenken. Der christliche Kult der Jungfräulichkeit wird mit geziemender Delikatesse dargestellt, samt den Komplikationen, die daraus entstehen, und samt den Ersatzattrappen, die er hervorbringt. Die poetischen Seufzer, Ohnmachtsanwandlungen und Wehklagen der höfischen Liebe verflechten sich unauflöslich mit den derben Bedürfnissen des Fleisches, und während einerseits ein Mann bei der bloßen Erinnerung an seine Geliebte kopfüber zu Boden stürzt, jählings durchbohrt von Liebesschmerz, währt andererseits ein Kuß so lange, wie ein Mensch für einen Fußmarsch von einer Meile braucht. Der Sexus infiziert den Krieg, die Politik, die Küche, die Mode und zieht sogar die Religion in Mitleidenschaft: Diafebus küßt Stephania dreimal auf den Mund – zu Ehren der Allerheiligsten Dreifaltigkeit. Da gibt es Liebe auf den ersten Blick, wie bei der Begegnung Tirants mit Karmesina; Liebe, die erst allmählich sich entwickelt, wie die Leidenschaft, die Philipp, der französische Infant, für die sizilianische Prinzessin Ricomana empfindet; Liebe, die erfolglos bleibt, wie die Zuneigung von Wonnemeineslebens zu Hippolyt oder die Schwäche der Königin Maragdina für Tirant; Liebe, die sich ins Phantastische versteigt, wie das Schwärmen des Espercius für die verzauberte Jungfrau auf der Insel Kos; sträfliche Liebe, wie das Verlangen der Munteren Witwe nach Tirant; und Liebe, die eine »Übertragung« im psychoanalytischen Sinne bedeutet, wie das Verhältnis der Kaiserin zu Hippolyt. Ein erotischer Roman? Gewiß. Aber geht es nur um die Erotik?

Ein psychologischer Roman? Auch als das könnte er betrachtet werden: ein »psychologischer Roman« *avant la lettre*; und sei's auch nur deshalb, weil Martorell bei der Charakterisierung seiner Personen mit einem nuancierenden Scharfsinn verfährt, der in den sonstigen Rittergeschichten nirgendwo zu entdecken ist. In diesen kontrastiert gemeinhin der Reichtum der Handlung mit der monotonen Seelenverfassung des Protagonisten, die nichts als Staffage ist, bloße Oberfläche, schematisch wie die Figurenzeichnung auf einem Gobelin, mechanische Wiederholung von abstrakten Eigenschaften, stereotypen Stärken und Schwächen. Befähigt zu ungewöhnlichen Unternehmungen, ermangelt der ritterliche Held dennoch jeglicher Innerlichkeit, und seine Psychologie ist üblicherweise ebenso komplex wie diejenige seines Pferdes. In *Tirant lo Blanc* dagegen gewahrt man ein Bestreben, diese und jene Person tiefer zu erfassen; man verspürt den Willen, ihre sinnlich wahrnehmbare Erscheinung zu durchdringen, um die Ursache, die Beweggründe ihres Handelns in der dunklen Tiefe ihres Innenlebens aufzuspüren. Diese Erforschung der Intimität, diese Beschreibung der individuellen Psychologie wird nie gewaltsam betrieben. Der Autor vermeidet es, sie mit einem Großeinsatz von Eigenschaftswörtern seiner Romanfigur und dem Leser aufzuzwingen: Die einzelnen Persönlichkeiten zeichnen sich auf objektive Weise ab, ihre Wesensart offenbart sich ganz allmählich durch ihr eigenes Verhalten.

Zwar ist nicht zu verkennen, daß ein konventioneller Manichäismus die Grundzüge der Romanhandlung bestimmt: In den diversen Kriegen verkörpern die Christen die Wahrheit und Gerechtigkeit, während die Muselmanen die Lüge und Ungerechtigkeit repräsentieren (und die Genuesen zum Beispiel stehen ein für allemal auf seiten der Bösen). Aber dieser Schematismus schwindet, die grob sortierende Sicht verfeinert sich, sobald die Erzählung sich vom Schlachtfeld entfernt. Daß die Christen zur Partei der Wahrheit gehören, besagt noch lange nicht, daß sie als Individuen alle gleichviel taugen: Unter ihnen gibt es kleinliche Knauser wie den Infanten Philipp, Neider, Verräter und Mörder wie den Herzog von Makedonien, skrupellos habgierige Egoisten wie Hippolyt. Und unter den »Ungläubigen«, den Anhängern der »mohammedanischen Sekte«, gibt es großmütige und würdevolle Wesen wie Escariano und Maragdina (die sich freilich unweigerlich bekehren). In den Ritterromanen wimmelt es von Träumen, und ihre Funktion ist offenkundig: Sie sind die Einfallstore für das Wundersame, für das Mirakel. Auch in *Tirant lo Blanc* gibt es Träume dieser Art; doch überdies gibt es da zwei falsche Träume, die den Zugang zur geheimen Tiefe im Innern der jeweiligen Hauptperson eröffnen: ich meine den von Wonnemeineslebens erfundenen Traum von der lautlosen Hochzeit in der Burg des Grimmigen Nachbarn und jenen, den die Kaiserin sich andichtet nach ihrer Liebesnacht mit Hippolyt. Diese zwei fingierten Träume dekken jeweils die Wurzel, den tiefen Grund des eigenartigen Verhaltens beider Personen gegenüber dem Sexus auf. Die Unmenschlichkeit des Personals im primitiven Roman ist eine Folge seiner Starrheit: Es sind voraussehbare Wesen, die sich immer gleichbleiben. In *Tirant lo Blanc* entwickeln sich einige Personen, ihre Denk- und Handlungsweise verändert sich, ihre Persönlichkeit erscheint nicht als Hülle einer schicksalhaft vorbestimmten Wesenheit, sondern als Resultat eines Prozesses. Bevor er Karmesina kennenlernt, hat Tirant eine geringe Meinung von den Frauen, er hält sie für hohle Schwatzbasen (»man weiß ja, daß die einzige Stärke der Frauen ihre Zunge ist«, sagt er) und spottet über die verliebten Kameraden; später vergöttlicht er die Frauen und erklärt die Liebe zum höchsten aller Güter. Ehe sie Hippolyt kennenlernte, scheint die Kaiserin eine treue Gattin gewesen zu sein, und die Muntere Witwe war vermutlich das unübertreffliche Musterbild einer Zofe, ehe sie sich in Tirant verliebte: neue Erfahrungen haben sie verändert. Doch die Personen wandeln sich nicht nur, sie widersprechen auch sich selbst, und manchmal tun sich Abgründe auf zwischen dem, was sie für ihr eigenes Wesen halten oder als ihren Charakter ausgeben, und dem, was sie, wie ihre Taten zeigen, wirklich sind. Diese Konflikte und Verwirrungen innerhalb ein und derselben Person bereichern und humanisieren sie, denn dank diesen Ungereimtheiten kommt jenes Element zum Vorschein, das die Besonderheit des menschlichen Wesens ausmacht: seine zweifelhafte Vieldeutigkeit. Tirant zum Beispiel scheint gelegentlich die Vorstellung vermitteln zu wollen, er sei ein Verführer: »Mit Frauen pflege ich nur im stillen Kämmerlein zu kämpfen, und je lieblicher eine duftet, je mehr sie sich mit Zibet parfümiert hat, desto mehr Spaß macht es mir.« Pure Angeberei! In Wirklichkeit ist er schüchtern. Seine Schüchternheit verbirgt sich hinter der Maske der Bescheidenheit, wenn er, zu Beginn des Romans, es nicht wagt, dem Einsiedler zu sagen, daß er, Tirant, aus den Turnieren am englischen Hof als »der Beste aller siegreichen Kämpen« hervorgegangen ist, und wenn er schamhaft sich verzieht, sobald Diafebus anfängt, Wilhelm von Warwick seine Heldentaten zu erzählen; in ganzer Blöße aber zeigt sich diese Schüchternheit am griechischen Hof in seinem Zögern und Zaudern, seinen ständigen Skrupeln Karmesina gegenüber, womit er Wonnemeineslebens, die eine entschiedene Verfechterin der amourösen Kühnheit und Gewaltsamkeit ist, schier zur Verzweiflung bringt. Tirant ist sich dessen bewußt, daß er in Liebesdingen gehemmt ist; er bemüht sich nämlich, diese persönliche Beengtheit mit einer Theorie zu rechtfertigen, mit jenem intellektuellen Plädoyer zur Verteidigung der »scheuen Liebe«, das er in Gegenwart der Infantin Ricomana vorträgt. Aber seltsamerweise fällt diese Schüchternheit, die ihm als Liebenden die Hände bindet, plötzlich von ihm ab, wenn es um fremde Liebschaften geht, und seine Gehemmtheit wird von der kecksten Verwegenheit abgelöst: er ist nicht nur ein geschickter Heiratsvermittler, sondern hilft handgreiflich nach, als Philipp versucht, Ricomana zu vergewaltigen. Der Fall von Wonnemeineslebens ist anders, und schon Menéndez y Pelayo hat auf den Widerspruch in ihrem Wesen hingewiesen: Sie ist diejenige Person, die mit der frechsten Freizügigkeit über Sexuelles redet und die phantasiereichsten Schilderungen erotischer Ereignisse bietet, die in diesem Roman zu finden sind; aber zugleich ist sie relativ keusch. Die Spiele, die sie mit der Prinzessin treibt, lassen vermuten, daß sie eine gemäßigte, unbewußte Lesbierin ist. Jedenfalls ist nicht zu bestreiten, daß sie es vorzieht, die Liebe als Zuschauerin und Zuhörerin zu genießen; daß es sie mehr gelüstet, die Begierde anderer zu schüren, als selbst den Liebesakt zu praktizieren. Was auch bedeuten kann, daß das Sehen, Hören und anfachende Fördern fremder Liebe ihre Art ist, Liebe zu praktizieren; und ein Indiz dafür ist ihre Reaktion in der Nacht, da sie als Späherin der lautlosen Hochzeit in der Burg des Grimmigen Nachbarn beiwohnt; sie gerät dabei, wie sie selbst gesteht, so in Hitze, daß sie fortlaufen und sich mit Wasser abkühlen muß. Stephania ist weniger widersprüchlich, benimmt sich recht konsequent: sie theoretisiert Karmesina gegenüber als Befürworterin der »lasterhaften Liebe«, und in der Nacht der lautlosen Hochzeit setzt sie ihre Grundsätze in die Tat um. Die Figur mit der kompliziertesten psychologischen Struktur ist jedoch zweifellos die Kaiserin, eine Gestalt, die den Eindruck erwecken könnte, sie sei ersonnen worden, um Freud als Lehrbeispiel zu dienen. Dank ihr gelingt es diesem Roman, innerhalb seiner Konstruktion einer allumfassenden Wirklichkeit die Existenz der Welt des Unbewußten, wenn nicht voll zu verkörpern, so doch zumindest andeutungsweise erahnen zu lassen. Anfänglich erscheint ihr Verhältnis mit Hippolyt als trivialer Ehebruch. Doch als die erste Liebesnacht vorüber ist, schildert die Kaiserin dem Kaiser einen erfundenen Traum, in dem sie eine seltsame Gleichsetzung ihres Liebhabers mit ihrem toten Sohn vollzieht, eine vollständige Verwandlung der Gegebenheiten durch die Vorstellung. Ihre Beziehungen zu Hippolyt offenbaren ihr selbst (oder doch jedenfalls dem Leser) eine verdrängte Neigung zum Inzest, die ausgelebt wird dank einer Ersatzperson. Diese Übertragung wird im gesamten Verlauf des Berichts über die Liebeserlebnisse dieses Paares immer wieder hervorgehoben: Die Kaiserin redet Hippolyt mit »mein Sohn« an, und eines Tages nimmt sie, in Gegenwart des Kaisers, Tirants und der Zofen, den jungen Fremdling an der Hand und verkündet: »Und weil ich den, welchen ich so geliebt habe, nicht haben kann ..., soll der da seine Stelle einnehmen; ich nehme dich als Sohn, und du, nimm du mich als Mutter.« Ist sich die Kaiserin wirklich im klaren über das, was in ihr vorgeht? Soviel Schamlosigkeit ist keine Schamlosigkeit mehr, sondern doch wohl Unwissenheit. Hippolyt freilich weiß sehr wohl, was sich abspielt, denn als der Kaiser stirbt, kalkuliert er (»alle Scham beiseite lassend«), daß die Kaiserin sich mit ihm verheiraten werde, und zwar aus dem folgenden, verblüffenden Grund: »es ist ja eine gängige Sache, daß die alten Weiber ihre eigenen Söhne als Gatten haben wollen; um die Versäumnisse ihrer Jugend wiedergutzumachen, möchten sie sich dieser Buße unterziehen«.

Ein »totaler Roman«. Ein Buch der Rittertaten voller phantastischer, historischer, kriegerischer, sozialer, erotischer, psychologischer Komponenten: all dies zugleich darstellend und keines dieser Elemente isoliert oder gar ausschließlich offerierend, nichts mehr und nichts weniger als die Wirklichkeit repräsentierend. Vielfältig wie es ist, läßt dieses Werk verschiedenartige und gegensätzliche Lesarten und Auslegungen zu, und seine Eigenart wandelt sich, je nach dem Blickpunkt, den der Betrachter wählt, um sichtend das Chaos dieser Dichtung zu ordnen. Als ein Wortgebilde, das den gleichen Eindruck von Vieldeutigkeit vermittelt wie das reale Sein, ist es, gleich der Realität, Objektivität und Subjektivität, Tatsache und Traum, Verstandesleistung und Wundererscheinung. Darin besteht der »totale Realismus«, die Inbesitznahme der Stelle Gottes. Ist das, was die Menschen tun, weniger real als das, was sie glauben und träumen? Sind die Visionen, Alptraumbilder und Mythen weniger existent als die Taten? Der Wirklichkeitsbegriff der alten Ritterbuchautoren umschließt mit einem einzigen Blick mehrere Kategorien menschlichen Seins, und in diesem Sinne ist ihre Vorstellung vom literarischen Realismus weiter, umfassender als diejenige der späteren Autoren. Aber man muß zugeben, daß in ihren Büchern häufig das legendäre, mythische und irrationale Element schließlich ausufert und die historischen, objektiven und rationalen Bestandteile ertränkt. Die Originalität von Martorell liegt darin, daß in seinem Roman das Gegenteil geschieht. Das Mengenverhältnis bei der Darstellung dieser zwei Gesichter des Wirklichen ist in *Tirant lo Blanc* genau umgekehrt. Das hat manche Leute dazu verleitet, in bezug auf dieses Buch jene enge Definition von literarischem Realismus zu verwenden, die all das als unwirklich verwirft, was nicht rational als etwas Existierendes nachgewiesen werden kann. In *Tirant lo Blanc* kommt die phantastische Dimension des Wirklichen genauso zum Vorschein wie in *Amadís de Gaula* oder in *El Caballero Cifar*, wenngleich in einer sehr viel geringeren Dosis. Auch ist bei Martorell eine gelinde Skepsis gegenüber der Leichtgläubigkeit seiner Zeitgenossen zu bemerken: Wunder gebraucht er zwar, aber er treibt keinen Mißbrauch mit ihnen; die Magie begeistert ihn nicht im mindesten; die abergläubischen Vorstellungen, die er hat, sind maßvoll; die Mythen, die er gelten läßt, sind literarische Kunstprodukte. Er ist rettungslos der Lust am Wirken seiner Einbildungskraft verfallen, und zugleich ist er ein resoluter Rationalist. Er bemüht sich, die unfehlbaren Siege Tirants mit dessen physischer Befähigung zur Ausdauer zu *erklären*, die es ihm erlaubt, »so lange durchzuhalten, wie er will«; auch läßt er es zu, daß Tirant des öfteren verwundet zu Boden geht, was beweist, daß sein Held durchaus nicht unversehrbar ist; er gestattet es, daß demselben das eine oder andere Unglück zustößt, so banale Mißgeschicke etwa wie ein Sturz aus dem Fenster oder vom Pferd; ja er läßt ihn schlicht an einer Krankheit sterben, was darauf hinweist, daß der fabelhafte Ritter sich, trotz seinen Großtaten, ontologisch in keiner Weise von irgendeinem gewöhnlichen Menschen unterscheidet. Diafebus versucht, nachdem er Wilhelm von Warwick das ganze Sortiment unglaublicher Attraktionen des Palastes im »Wunderfelsen« geschildert hat – zum Beispiel das goldene, emailverzierte Standbild einer Jungfrau, die Weißwein pinkelt –, ihm nachdrücklich klarzumachen, daß diese Wunderwerke nicht »durch schwarze Magie« entstanden, sondern mit »Kunstverstand« geschaffen worden seien. Die Erklärungen sind nicht sonderlich überzeugend, die Rationalisierung des Phantastischen wirkt noch phantastischer. Aber das mindert den Realismus des Buches nicht, sondern kräftigt ihn; denn es besagt, daß es dem Autor gelungen ist, den Phantomen seiner Welt ein Eigenleben einzuimpfen, das so stark ist, daß nicht einmal seine eigene Intelligenz es vermag, dieses zu zerstören. Jede Epoche hat ihre Phantome, die so charakteristisch für sie sind wie ihre Kriege, ihre Kultur und ihre Sitten: im »totalen Roman« leben all diese Elemente in schwindelerregender Koexistenz, wie im wirklichen Leben. Das Mittelalter von *Tirant lo Blanc* – wie das Frankreich der *Comédie humaine*, das Rußland von *Krieg und Frieden*, das Dublin von *Ulysses* und das County Yoknapatawpha der Romane Faulkners – ist nach dem Bild und Gleichnis der Wirklichkeit erschaffen worden. Aber freilich nach dem Stande dessen, was die Menschen einer *bestimmten Epoche* an Wirklichkeit kannten: dieses Gewimmel wild vermischter Wahrheiten und Lügen, dieser Riesenschwarm von Beobachtungen und Erfindungen hat jeweils ein Geburtsdatum und einen Entstehungsort. Ein solches Werk wurde aus Materialien hergestellt, die sein Schöpfer irgendwo sammelte und in irgendeinem Moment ersann – an einem anderen Ort und zu einer anderen Zeit wären es nicht die gleichen gewesen. Zwar diente ihm alles, was vorhanden war, als Nährstoff; doch nicht das, was es damals noch nicht gab. Er nutzte alles, was die Intelligenz und die Phantasie der Menschen damals entdeckt oder verwirklicht hatten; aber nicht das, was die Menschen späterer Generationen hinzufügen, verändern oder wegwerfen würden. In diesem Sinne, und nur in diesem, ist *Tirant lo Blanc* (der Roman ganz allgemein) außer dem autonomen Kunstwerk, das er darstellt, auch ein getreues Zeugnis seiner Epoche. Seine historischen Angaben mögen so fehlerhaft sein wie die in *Krieg und Frieden*, seine Schilderungen des gesellschaftlichen Lebens so übertrieben und karikaturesk verzerrt wie die der *Comédie humaine* – diese Irrtümer, Übertreibungen und Karikaturen sind ebenfalls kennzeichnende Züge einer Epoche, und sie spiegeln die Wesensmerkmale einer bestimmten Welt auf genauso gültige Weise wie ein historisches Faktum oder ein soziales Dokument.

Die ungeheuerlichen Vorgänge, die sich in Martorells Roman abspielen, seine ungewöhnlichen Personen, die fiktiven Reiche, in denen sie agieren, verraten eine Mentalität: die Glaubensüberzeugungen, von denen die mittelalterlichen Menschen angespornt wurden; die Tabus, von denen sie sich zügeln ließen; die Reichweite ihrer Kenntnisse und die Grenzen ihrer Träume.

Diebstähle, Plagiate, Erfindungen. Als Erschaffung einer »allumfassenden Realität« nach dem Bild und Gleichnis der gesamten Wirklichkeit seiner Epoche ist *Tirant lo Blanc* das vollendete Werk dieses Zeitalters schlechthin, eine vollgültige Vergegenwärtigung der Ära, die sein Modell war. Martorell benutzte alle Materialien, die seine Zeit ihm bot: die weite Wirklichkeit war sein Steinbruch und zugleich sein Vorbild. Er verwandte geschichtliche Tatsachen, persönliche Erfahrungen und selbstverständlich auch solche von anderen Leuten; das Leben und Sterben von Menschen aus fernen Zeiten und aus seinen eigenen Tagen machte er sich zur Beute. Auch Bücher plünderte er. Die Kritiker haben eine ganze Reihe von Plagiaten ausfindig gemacht; sie beginnt mit der Widmung des *Tirant lo Blanc* (einem Abklatsch der Dedikation von Villenas »Zwölf Taten des Herkules«) und endet auf einer der letzten Seiten des Romans (wo die zweite Grabschrift für Tirant und Karmesina das Epitaph zweier Personen aus einer Dichtung des Valencianers Joan Roís de Corella kopiert). In einem Roman ist die Herkunft der Baumaterialien nicht so wichtig wie der Gebrauch, den der Autor davon macht; alles hängt von dem Nutzen ab, den er daraus zieht; denn bei der literarischen Arbeit heiligt der Zweck allemal die Mittel. Der Romancier braucht *etwas* als Ansatz für sein Tun; der Totalromancier, dieser Gierschlund, braucht *alles,* um ans Werk gehen zu können. Die Plagiate von Martorell sind insofern interessant, als sie Hinweise auf seinen Totalitätsanspruch darstellen, auf seinen Willen, sich ausnahmslos und skrupellos der gesamten Wirklichkeit als Arbeitsmaterial zu bedienen; und insofern, als sie die unumschränkte Vollmacht seiner Schöpferkraft erweisen; da sie nämlich niemals als Fremdkörper erscheinen, seiner Wortwelt so vollkommen einverleibt sind, wirken diese literarischen Diebstähle als nötige Beiträge zu seiner Dichtung, genauso nötig wie die Raubzüge, die er im Bereich der Geschichte, der Geographie und in den sonstigen Regionen des Realen unternahm; genauso nötig wie die Erfindungen seiner eigenen Phantasie. Das heißt: diese Plagiate sind insofern interessant, als sie sein Genie bestätigen.

Eine selbstlose, zweckfreie Schöpfung. Allmächtig, weil er alles für sein Vorhaben verwendet; allwissend, weil sein Blick die gesamte Wirklichkeit umfaßt, vom Allerkleinsten bis zum Allergrößten; allgegenwärtig, weil er ebenso im geheimsten Winkel seiner Welt wie in deren hellstem Rampenlicht waltet, ist Martorell auch ein selbstloser Romancier: er hat nicht die Absicht, etwas zu beweisen; er will nur aufweisen. Das bedeutet, daß, obwohl er in allen Teilen dieser totalen Realität ist, die er beschreibt, seine Anwesenheit (fast) unsichtbar bleibt. Die Ahnungslosigkeit, mit der man allgemein die Ritterromane ignorierte, ermöglichte es, daß man Flaubert für den Stifter der Idee hielt, das Schaffen des Romanciers erfordere die Objektivität. In Wirklichkeit hat der Einsame von Croisset etwas wiedererweckt, vervollkommnet und modernisiert, das sich schon in den Ritterromanen andeutet und markanter als sonstwo in *Tirant lo Blanc* wahrnehmbar wird: die Dichtung als eine sich selbst genügende Wirklichkeit, das Verschwinden des Erzählers aus der von ihm erzählten Welt. Der totale Roman ist eine Darstellung der Wirklichkeit unter der Bedingung, daß eine autonome Schöpfung entsteht, ein Gebilde, das mit eigenem Leben begabt ist. Wenn der Zuschauer den Souffleur bemerkt, der seinen Kopf zwischen den Soffitten hervorstreckt, um den Schauspielern ihre Rollentexte einzublasen, so platzt die Theaterillusion; wenn der Leser den sich einmischenden Autor zu Gesicht bekommt und gewahrt, wie dieser, geduckt hinter den Figuren, als Drahtzieher agiert, so fällt die Fiktion in sich zusammen, weil eine solche Wahrnehmung besagt, daß die vorgeführten Lebewesen sich nicht frei bewegen und auch die Freiheit des Lesers nicht respektiert wird; daß man ihn vielmehr zum Komplizen bei einem Schmuggel machen will, ihm Ideen und Glaubensartikel aufnötigen möchte, die man, damit sie bekömmlicher wirken, als Fabeln drapiert hat. Flaubert war der erste, der mit einleuchtender Klarheit die Notwendigkeit erläuterte, den Autor aus seinem Werk zu entfernen, damit die Dichtung den Eindruck erwecke, als würde sie nur von sich selber abhängen, und dem Leser die vollkommene Illusion des Lebens vermittle; als erster hat er bewußt nach einer Erzähltechnik gesucht, die das Erreichen dieses Ziels ermöglichen soll. »Der Autor muß so in seinem Werk sein wie Gott im Universum, überall gegen-

wärtig und nirgendwo sichtbar«, schrieb er am 9. Dezember 1852 an Louise Colet.
Doch schon vierhundert Jahre vorher erfaßte Martorell intuitiv, daß die Autonomie seiner Fiktion die Grundvoraussetzung für deren Existenz war; daß er, damit die von ihm erdichtete Welt in den Augen des Lesers *lebe*, sich selbst daraus verbannen oder zumindest darin verstecken mußte. Die von ihm erschaffene Wirklichkeit mußte *zweckfrei* scheinen, selbstlos wirken. Das erste, was erforderlich ist, damit ein Autor unsichtbar bleibe, ist seine Unparteilichkeit gegenüber dem, was in der Welt der Fiktion geschieht. Martorell wahrt – wir haben das schon gesehen, als von der Liebe in seinem Roman die Rede war – im allgemeinen eine neutrale Haltung im Blick auf das, was er erzählt. Seine persönlichen Meinungen sind so geschickt in die Anekdote verwoben, daß es schwierig ist, sie als solche zu erkennen. Offenkundig ist, daß zuweilen ein emotional aufgeladenes Klassenbewußtsein die Oberhand gewinnt über das »professionelle Bewußtsein«, etwa in dem Moment, wo er seine strategische Zurückhaltung als Autor plötzlich aufgibt, um in Übereinstimmung mit dem Herzog von Lancaster seinen Haß auf die Juristen zu bekunden; und unverkennbar ist auch, daß er sich mit seinen Landsleuten einig ist in dem Ressentiment gegenüber den Genuesen: es genügt ihm nicht, sie – entgegen der historischen Wahrheit – als ständige Bundesgenossen der »Ungläubigen« zu präsentieren, nein, er zögert nicht, seinen Kopf in den Roman hereinzustrecken, um sie »üble Christen« zu nennen. Aber derartige »Zwischenrufe« des persönlich sich einmischenden Autors sind selten, und die meisten von ihnen passieren gegen Ende des Buches, vor allem im Verlauf der afrikanischen Episoden, was bedeuten könnte, daß Martí de Galba die Hauptverantwortung für solche »Übergriffe« zukäme. Selbst im Bereich der religiösen Gegensätze, wo es für einen Autor des Mittelalters höchst schwierig war, eine neutrale Haltung zu simulieren, zeichnet sich *Tirant lo Blanc* durch ein erstaunliches Gleichmaß der Gewichtung aus: den »Ungläubigen« wird ebensooft wie den Christen die Gelegenheit gegeben, ihre Ideen darzulegen; und ihre Reden, Herausforderungsschreiben und Fehdebriefe sind niemals ins Lachhafte verzerrt, oder wirken doch nur in dem Maße grotesk, wie

dies die entsprechenden Bekundungen der Christen tun. Zwar verlieren die Muslime mehr Schlachten, aber Martorell bringt es fertig, dem Leser die Überzeugung einzuflößen, daß die Ereignisse nicht deshalb einen solchen Verlauf nehmen, weil es der Autor will, sondern weil die Araber durch eigene Schuld oder eigenes Versagen zu Verlierern werden.

Freilich, unparteiisch sein heißt nicht indifferent sein: im Fall von Martorell bedeutet dies genau das Gegenteil. Wenn es etwas gibt, das wir mit Gewißheit von ihm behaupten können, dank der Kenntnis seines Romans, so ist es die Leidenschaft seines Erzählertemperaments. Die Lust des Fabulierens, die deutlich spürbar diesen Urwald von Geschichten durchpulst (und die wie eine ansteckende Krankheit auf die Romanpersonen übergreift, so daß sie selber unaufhörlich einander Geschichten erzählen), ist ein weiteres Motiv für die relative Unsichtbarkeit Martorells, ein weiterer Schlüssel seines Erfolgs bei der Erschaffung einer nahtlosen Wirklichkeit, deren Weltpanorama durch keinen als Störenfried eindringenden Urheber getrübt wird. In seiner Erzählbegierde hat dieser gar keine Zeit, sich mit Meinungen hervorzutun; indem er sich seiner Erzähllust überläßt, verirrt er sich in dem Urwald, den seine Feder fortlaufend erschafft, bis er in dessen Dickicht verschwindet und wir ihn nur hin und wieder flüchtig gewahren (zum Beispiel wenn er, plötzlich die erste Person des Verbums gebrauchend, persönlich dazwischenredet und erklärt: »um nicht weitschweifig zu werden, will ich darauf verzichten, noch mehr von dem zu berichten«, was der Großmeister von Rhodos, Philipp und Tirant miteinander sprachen). Für einen Augenblick erscheint er da, mitten in einer Lichtung, um alsbald wieder im dichten Unterholz zu verschwinden.

2. Eine »andersartige« Wirklichkeit

Die Wirklichkeit von *Tirant lo Blanc* erscheint uns jedoch nicht nur als selbständige Realität, die souverän sich von ihrem Schöpfer emanzipiert; sie überzeugt uns auch davon, daß sie Leben hat. Sie spiegelt die Wirklichkeit, die ihr als Modell gedient hat, nicht wie ein Bild wider, sondern wie ein Schauspiel; sie ist eine lebensprühende Darstellung. Die Überredungsmacht eines Autors steht in einem direkten Verhältnis zu seiner Überzeugungskraft; seine Fähigkeit, überzeugend zu wirken, hängt von seiner Fähigkeit ab, selbst an seine Sache zu glauben. Martorell, der Unparteiische, glaubt blind an das, was er erzählt (schlimmstenfalls macht er uns glauben, daß er glaubt – was aber hier auf dasselbe hinausläuft). Wie hat er es geschafft, diesen Glauben zu übermitteln, der seiner (von ihm befreiten) Wortwelt Bewegung und vibrierende Gespanntheit verleiht, ihr die Spontaneität gibt, den ständigen Reiz des Unvorhersehbaren? Auf welche Weise hat er diese Realität aus Wörtern mit einer Überzeugungswucht versehen, die ihr selber innewohnt? Wie kommt es, daß seine Fiktion sich eines unabhängigen, autonomen Lebens erfreut? Warum ist sie anders als ihr Modell? Warum hat sie sich von dem entfernt, was sie darstellt; so weit, bis sie sich zu etwas verwandelt hat, das andersartig ist? In *Tirant lo Blanc* sieht man wunderbar jenes dialektische Verhältnis von Literatur und Realität, das an die Fiktion die Forderung stellt, sich von dem zu distanzieren, was sie ausdrückt, um es lebhaft auszudrücken. Voraussetzung der Treue ist in diesem Fall der Verrat. Denn die Darstellung der totalen Wirklichkeit, die ein Roman bieten kann, ist illusorisch, eine Luftspiegelung: qualitativ identisch, ist sie in quantitativer Hinsicht doch nur ein winziges, kaum wahrnehmbares Partikelchen im Vergleich mit dem unermeßlichen Gewirbel, das sie inspiriert. Sie macht den Eindruck, als wäre sie ein so grandioses Chaos wie das real existierende, aber sie ist nicht dieses Chaos; sie repräsentiert die Wirklichkeit, weil sie alle Atome, aus denen sich ihr eigenes Wesen zusammensetzt, derselben entnommen hat; aber sie ist nicht diese Wirklichkeit. Was sie von dieser unterscheidet, ist ihre Originalität. Wir haben schon gesehen, wie Martorell all die Materialien für sein Werk aus der gesamten Wirklichkeit seiner Zeit zusammenholte; nun wollen wir darauf achten, wie er sie auswählte, kombinierte und verfälschte, um eine einzigartige, originelle Totalrealität zu erschaffen.

Einzigartig, originell: ausgestattet mit gewissen Gesetzmäßigkeiten, gewissen Verhaltensweisen, gewissen Sinnbezügen, einem Zusammenhalt und einer Ordnung, die so nur ihr eigen sind. Was sind die besonders ins Auge springenden Charakteristika dieser »andersartigen« Wirklichkeit? In der Welt von *Tirant lo Blanc* ist es natürlich, daß ein Löwe als Bote dient und zwischen seinen Reißzähnen dem König einen Fehdebrief überbringt; daß es Mädchen wie die Infantin von Frankreich gibt, deren Haut so hell und klar ist, daß man sehen kann, wie der Wein durch die Kehle rinnt. Ein kurzer Blick ins Halbdunkel genügt, um einem Menschen die Gewißheit zu geben, daß es hundertsiebzig Frauen und Jungfrauen sind, die sich in dem Trauergemach befinden, keine einzige mehr, keine einzige weniger. Ein Ritter kann in aller Form mit einem Hund kämpfen, aber niemals mit einem Plebejer; es stellt keine sonderliche Überraschung dar, wenn jemand (Thomas von Wittberg) eine so riesenhafte Statur besitzt, daß ein normaler Mann wie Tirant ihm nur bis zum Gürtel reicht. Das Benehmen der meisten Figuren zeigt die Äußerungsformen eines sentimentalen und sanguinischen Temperaments: die Krieger weinen wie kleine Kinder, fallen in Ohnmacht vor lauter Liebe oder geraten so in Wut, daß ihnen »die Galle platzt« und sie am eigenen Ingrimm krepieren, wie dies dem Herrn Kyrieeleison von Wittberg und dem Herzog von Andria widerfährt. Hier vergeht die Zeit, aber die Menschen scheinen nicht zu altern: sie verlieren weder ihre Geistesklarheit noch ihre Körperkraft; obwohl sie trinken und sich vermehren, werden sie nie betrunken, und nie schwillt der Bauch der werdenden Mütter an; denn weder die Schwangere noch der Besoffene kommen jemals vor. Man lebt, um zu genießen, und man genießt, indem man tötet, sich schmückt und Unzucht treibt, getreu dieser Reihenfolge, die als Rangordnung des Lustgewinns zu verstehen ist. Die Männer genießen es nicht minder oder gar noch mehr als die Frauen, sich hübsch zu machen; gewalttätig auf dem Felde der Ehre, ungestüm in den Schlafgemächern, sind sie doch auch höchst eitle Geschöpfe: behoste Dämchen voll samtweicher Gefallsucht, denen die Fähnchen, die sie auf dem Leib haben, fast so lieb und teuer sind wie das Gemetzel. Vor allem aber lieben sie die Riten, das Zeremoniell: die Form rechtfertigt oder entwertet ihre Welt; sie verleiht den Taten einen Sinn. Vor einem Zweikampf gibt Tirant sich so, als wollte er seinem Gegner »Frieden, Liebe und gute Freundschaft« anbieten, und er tut dies, »um sich den Beistand unseres Herrn im Himmel zu sichern«. Da Tirant siegt und Gott die geheimen Absichten kennt, die sich hinter den Worten verbergen, darf man wohl annehmen, daß sich hier selbst die Gottheit nur für den äußeren Schein interessiert. Der Herr von Agramunt hat geschworen, keinem der »Ungläubigen« in der Stadt Montágata werde es erspart bleiben, »unters Schwert zu kommen«; aber diese bekehren sich zum Christentum, dank dem geistreichen Eingreifen von Wonnemeineslebens. Was tut da der Ritter, um sein Gelübde zu erfüllen, ohne daß daraus eine Massenabschlachtung von Christen wird? Er und Tirant halten das waagrecht erhobene Schwert, und die Einwohner von Montágata ziehen in langer Prozession unter der Waffe hindurch: dem Wortlaut des Schwurs ist damit Genüge getan. Als Tirant nach Griechenland kommt, hält er es für unangemessen, daß die Tochter des Kaisers, die als Thronerbin dereinst das Reich regieren soll, als Infantin angeredet wird, und er bittet den Herrscher, die Weisung zu erteilen, daß sie als »Prinzessin« zu titulieren sei. Die Namensänderung bedeutet eine tatsächliche Verwandlung des Wesens der Person. In dieser Ritualwelt bestimmt nicht der Inhalt die Form, sondern diese erzeugt ihren Inhalt. Deshalb schlägt die Gräfin das neugeborene Kind, damit es den Abschied seines Vaters (Wilhelm von Warwick) beweine; es macht nichts, daß der Säugling keinerlei Abschiedskummer empfindet: sein Weinen *ist* der Kummer. Deshalb sind sämtliche Jungfrauen, die in dem Buch erscheinen, »die schönsten der Welt«; deshalb wird die Kaiserin, selbst in den Nächten ihres ehebrecherischen Treibens, »tugendhafte Herrin« genannt; deshalb hören wir auf Schritt und Tritt, daß die Augen der Betroffenen »heiße Tränen vergießen«. Die Wörter besagen für uns nicht das, was sie in jener Welt sagen wollen. Eine Jungfrau zu sein, das bedeutet dort *stets*, daß man die schönste der Welt ist; und wenn man eine Herrin ist, so ist man zwangsläufig tugendhaft, mag man auch treiben, was immer man mag; und die einzig mögliche Weise, Erschütterungen des Herzens nach außen dringen zu lassen, ist das Vergießen heißer Tränen. Wenn die Personen des Romans soviel reden, wenn die Gegner eine ganze Ewigkeit damit zubringen, daß sie einander schriftlich und mündlich zum Duell herausfordern, ehe sie zur Tat schreiten (wie es Martorell im eigenen Leben praktizierte und ertragen mußte); wenn die Liebenden den körperlichen Vollzug der Liebe durch endlose Reden hinauszögern, so deshalb, weil in dieser förmlichen Wirklichkeit die Sprache eine unerschöpfliche Quelle der Glückseligkeit ist, das erste, wesentlichste Instrument des Ritus, der Grundstoff, aus dem die Formeln gefertigt werden: sie verschönt oder verschandelt die Taten, sie stiftet und stützt die Gefühle. Auch die Religion ist zuvörderst aus ästhetischen und hedonistischen Gründen wichtig; sie sorgt für Prozessionen, Messen, Dankgottesdienste, Taufen, Bekehrungsakte: eine Vielfalt von Zeremonien, eine Fülle von Genüssen. Eines der würdigsten Ämter dieser Welt ist die Kuppelei. Die Hauptkupplerin des Romans ist das junge, schöne, intelligente Mädchen, das Wonnemeineslebens heißt und von allen geliebt wird, die in ihrer Nähe leben; Kuppler sind aber auch, wenigstens zeitweilig, alle wichtigen Personen des Buches. Tirant zum Beispiel vermittelt – mal mehr, mal weniger – zwischen Philipp und Ricomana, Escariano und Maragdina, Justa und Melchisedek, Wonnemeineslebens und dem Herrn von Agramunt. Diafebus und Stephania unterstützen Wonnemeineslebens bei deren Bemühen, Tirant die Eroberung Karmesinas zu erleichtern. Warum ist die Kuppelei ein Amt, das mit solchem Eifer ausgeübt wird? Weil sie eine Art von Strategie ist und somit dem Kriege gleicht, dem Hauptvergnügen dieser Welt: Tirant bewerkstelligt die Heirat des knauserigen Philipp mit der Infantin Ricomana durch den Einsatz von taktischen Tricks, Finten und Fallen, die denen ähneln, welche er einsetzt, um seinen Feinden eine Niederlage zu bereiten. Heiratsbandeknüpfen und Kriegführen sind für ihn eine Art von Genuß.

3. Die erzählerische Strategie

Unter den Materialien der Realität diejenigen auswählen, die den Rohstoff jener Wirklichkeit abgeben sollen, welche er mit Worten erschaffen wird; die Eigentümlichkeiten der geraubten Materialien hervorheben oder dämpfen und sie in besonderer Weise kombinieren, so daß jene verbale Wirklichkeit zu etwas Originellem, etwas Einzigartigem wird – das ist der irrationale Part bei der Entstehung eines Romans, ein Vorgang, der von den Obsessionen des Romanciers gesteuert wird, jene Arbeit also, die seine Privatdämonen leisten. In dem Material, das die dunklen Geister seines Innenlebens ausgewählt und vorbereitet haben, Leben keimen und aufsprießen lassen, ist hingegen der rationale Part beim Erschaffen des Erzählwerks der Anteil, der allein von der Intelligenz, der Zähigkeit und der Geduld des Romanciers abhängt (diese beiden Aspekte des schöpferischen Aktes sind freilich in der Praxis nicht zu trennen). Das Leben entspringt der Fiktion dank einem Arrangement, einer Anordnung, einer Darbietungsart jenes Rohstoffes, also dank dem, was man die »Technik« eines Romanciers nennt und was im derzeit modischen Jargon gern als die »Struktur« eines Romans bezeichnet wird. Wenn bei Martorell bereits die nach einer Totaldarstellung trachtende Ambition des sich an Gottes Stelle setzenden Autors klar zum Programm erhoben ist, jene Vorstellung vom allumfassenden Roman, welche die kühnsten Schöpfungen der Erzählkunst hervorgerufen hat, so ist *Tirant lo Blanc* noch aktueller im Hinblick auf seine Konstruktion; denn die Methoden und Verfahren, mit denen Martorell sein Erzählmaterial organisiert hat, kündigen schon fast die gesamte Strategie des modernen Romans an.

Die aktiven Krater. Im Unterschied zu dem, was sich in einem vollkommen geglückten Gedicht ereignet – daß nämlich sein emotionaler Gehalt und seine inneren Spannungen (seine wesensbestimmenden Erlebnisbilder) im Verlauf des Ganzen, vom Anfang bis zum Ende, gleichmäßig verteilt erscheinen –, haben die seelischen Strömungen eines Romans (seine wichtigen Erlebniselemente) einen fluktuierenden, ungleichmäßigen Verlauf, der bedingt ist durch die unvermeidlichen »toten Momente«, durch Episoden, die unentbehrlich sind, aber keinen Wert an sich, sondern nur in bezug auf andere besitzen, weil es ihnen an eigenem Leben mangelt und sie nur dazu dienen, die wesentlichen Episoden, die das haben, zu erläutern oder miteinander in Verbindung zu bringen. Die letztgenannten sind sozusagen die aktiven Krater eines Romans, jene Stellen also, wo eine machtvolle Konzentration von Erlebniskräften zu registrieren ist. Aus solchen Eruptionszentren ergießt sich eine Energieflut zu den künftigen und den vorigen Episoden, durchtränkt mit Lebensglut die Zonen, denen es daran fehlt, und stärkt den Pulsschlag dort, wo er nur schwächlich pocht. In keinem Roman wird die Erlebnisintensität von der ersten bis zur letzten Seite in stetig sich gleichbleibender Stärke gewahrt: die Größe einer solchen Dichtung erweist sich am Vorhandensein einer größeren Anzahl »aktiver Krater« in der Weite ihres Erzählbereichs oder aber an der Strahlkraft ihrer Energiezentren.

Episoden nach dem Bild und Gleichnis des Romans. In *Tirant lo Blanc* findet der grandiose Anspruch des Gesamtentwurfs – sich darzubieten als eine allumfassende Wirklichkeit eigener Art, welche zugleich die totale Realität repräsentiert, die sie illusorisch wiedergibt, mit all deren Ungeheuerlichkeiten und Kleinigkeiten, all deren unterschiedlichen Schichten –, dieser Anspruch des Ganzen also findet seine Replik oder Entsprechung in den wesentlichen Teilstücken des Buches. Ist der Roman nach dem Bild und Gleichnis der Realität entworfen, so sind seine »aktiven Krater« nach dem Bild und Gleichnis des Romans konzipiert. Sinnbild seiner Bauweise könnte ein großer Kreis sein, der fortlaufend sich verengende konzentrische Kreise birgt; auch eine Spirale könnte man vielleicht als Symbol seines Konstruktionsprinzips verwenden. Jeder »aktive Krater« ist ein verkleinertes Abbild der Komplexität und Vielfalt des Ganzen, denn jede wesentliche Episode ist ein mehrschichtiges Phänomen, das als Fragment einer totalen Wirklichkeit fungiert und all deren Widersprüche, Vieldeutigkeiten und verschiedenen Ebenen ebenso wirkungsvoll darstellt wie das Gesamtwerk die totale Realität. In zwei dieser wesentlichen Episoden von *Tirant lo Blanc* kann man das Funktionieren jener technischen Verfahrensweisen Martorells beobachten, die mir als entscheidende Faktoren in seinem Roman erscheinen; ich meine die Darstellung des Erscheinens von Karmesina und der aufflammenden Verliebtheit von Tirant sowie die Schilderung der lautlosen Doppelhochzeit. Diese zwei Episoden sind natürlich nicht die einzigen aktiven Krater des Buches, aber sie sind so aufschlußreich, daß wir in ihnen genug Indizien erhalten, aus denen zu ersehen ist, welcher Mechanismus das Ganze bewegt und in Gang hält; denn in beiden wirken jene Verfahren höchst effektiv, und augenfälliger als sonstwo zeigt sich bei ihnen, mit welcher Sicherheit, mit welch scharfsinnigem Feingefühl und mit wieviel sachkundiger Geschicklichkeit Martorell sein Erzählmaterial so organisiert, daß daraus Leben entspringt. In diesem Sinne haben die zwei genannten Episoden einen exemplarischen Wert, der sie hervorhebt gegenüber den anderen. Es scheint mir geboten, hier beiläufig darauf hinzuweisen, daß die realiter im Roman gebotene Verteilung von wesentlichen Episoden und bloßen Verbindungsstücken, von aktiven Kratern und toten Momenten, nicht der Einteilung in Kapitel entspricht, mit der er veröffentlicht worden ist. War es Martorell, der dem Buch diese willkürlichen, wunderlichen und manchmal aberwitzigen Kapitelzäsuren verordnete? War es Martí de Galba oder der als Verleger amtierende Drucker?

Das Erscheinen Karmesinas und der Beginn der Verliebtheit Tirants: der Umbruch oder qualitative Sprung und die kommunizierenden Röhren. Diese Episode beginnt am Ende von Kapitel CXVI (»eines Morgens stellte man fest, daß die Stadt Konstantinopel vor ihren Augen lag«), und sie endet mit dem ersten Absatz von Kapitel CXIX (wir »werden es schon schaffen, Eurem Erstlingskummer aufzuhelfen und ihm die nötige Munterkeit einzuflößen«). Ihr Stoff ist folgendes: Soeben in Konstantinopel angekommen, wird Tirant feierlich empfangen vom Kaiser, der ihn zum Generalkapitan ernennt und zum Palast führt, wo die Kaiserin und die Infantin Karmesina in düsterer Zurückgezogenheit leben, streng die Trauer wahrend, die seit dem Tod des Thronfolgers über das Herrscherhaus verhängt ist. Tirant sieht Karmesina und verliebt sich in sie, dann fordert er, die Trauer aufzuheben, und zieht sich anschließend in sein Quartier zurück, tief verwundet von der Liebe. Dort findet ihn sein Vetter und Waffengefährte Diafebus, dem er die Qualen seiner Leidenschaft bekennt und der sich bemüht, ihn zu trösten und aufzuheitern. Diese Handlung ist in der Erzählung zerlegt, verteilt auf mehrere, qualitativ verschiedene Ebenen, die sich derart überschneiden und voneinander absetzen, daß sie schließlich eine mehrfach gebrochene Perspektive bilden, voller Widersprüche, wechselhaft, mal senkrecht, mal waagrecht, polyedrisch – eine Perspektive, die sämtliche Richtungen, Geheimnisse und Sinnbezüge des Erzählten erschöpfend einbezieht (erschöpfend einzubeziehen scheint). Im Verlauf der Episode dreht sich die Achse der Erzählung unmerklich, treibt dieselbe durch viererlei Bereiche des Realen, befördert den Leser durch viererlei Schichten oder Klassen von Wirklichkeit, so daß er, dank dieser diskreten, aber stetigen Fortbewegung, die Möglichkeit erhält, das dargestellte Wirklichkeitsfragment in seiner Komplexität und Mannigfaltigkeit zu erfassen: in seiner Totalität. Vier Ebenen, vier Dimensionen des Realen hat die Erzählung in gleitendem Übergang zusammengebracht und zu einer Einheit gemacht:

a) *Eine rhetorische Ebene*, die man auch als die generelle, abstrakte oder philosophische bezeichnen kann und die in den unpersönlichen Momenten der Episode zum Vorschein kommt, wenn die Erzählung nichts anderes ist als bloße *Stimme*. Bestandteile dieser Ebene sind die Reden, die gehalten werden: die Rede, mit welcher der Kaiser die Ankunft von Tirant feiert; die Rede, mit der Tirant sich für seine Ernennung zum Generalkapitan und zum Oberherrn aller Gerichtsbarkeit bedankt; die Ansprache im Palast, bei der Tirant die Gründe erörtert, weshalb die Bevölkerung des Griechischen Reiches so tief entmutigt ist; und schließlich der wohlgemeinte Zuspruch, mit dem Diafebus Tirant ermahnt, die Niedergeschlagenheit zu überwinden, in die er durch seinen Liebesgram versunken ist. In keiner dieser Passagen werden Ereignisse geschildert; anstelle von Handlung werden da Überlegungen wiedergegeben, die stets recht allgemeiner Art sind und sich strikt im Rahmen der Konventionen halten: Tirants Begrüßung nimmt der Kaiser zum Anlaß, öffentlich über den Edelmut des Ritters nachzusinnen, der denjenigen zu Hilfe eilt, welche seines tatkräftigen Beistands bedürfen; als Tirant die kaiserliche Familie drängt, die Trauerbekundungen demonstrativ zu beenden, um der Bevölkerung ein ermutigendes Beispiel zu bieten, erwägt er in Wirklichkeit die notwendigen Folgerungen aus der elementaren Abhängigkeit, die zwischen dem Monarchen und seinen Untertanen besteht, und benennt die Pflichten des Herrschers gegenüber dem Volk, die aus dem Bewußtsein der tiefen Verflochtenheit ihres Schicksals erwachsen; und die Worte, mit denen Tirant getröstet werden soll, sind zugleich der Vorwand, der es Diafebus erlaubt, Aristoteles zu glossieren, die Liebe als unabwendbares Schicksal zu interpretieren und über die männlichen Taktiken im Liebeskrieg zu parlieren. Die Personen führen hier kein Gespräch, sie reden sozusagen, ohne eigentlich zu reden: sie rezitieren. Sie sind keine Personen: nichts als Stimme, in Wahrheit eine einzige Stimme. Sie drücken keine persönlichen Meinungen aus; während sie diese Verlautbarungen von sich geben, entledigen sie sich ihrer Individualität und eignen sich eine Haltung, eine Tonart an, in deren Allgemeinheit ihre eigene Persönlichkeit sich auflöst und zu einem dröhnenden Stellvertretertum verblaßt, das sich durch keine Besonderheit mehr auszeichnet und sie als Individuen unkenntlich macht. Ihre Reden sind austauschbar, sind Teile einer einzigen langen, zerstückelten, gehäckselten Mischmaschrede, und in dem Augenblick, da sie ihr Teilchen davon aufsagen, sind all diese Figuren eine einzige Person, also keine, jedermann: sie sind die Epoche, der historische Moment, den sie durchleben, die Welt, in der sie zu Hause sind. Und diese Stimme ohne Nuancen, die aus ihnen allen spricht, sie gelegentlich zu Bauchrednern macht, sagt das aus, was die Gemeinschaft fühlt, denkt, glaubt: diese wimmelnde Abstraktion ist es, die ihre Meinungen, Dogmen und sakrosankten Urteile kundgibt durch *die Stimme*. Dieselbe Stimme, die im Verlauf des Romans wieder und wieder die gedrechselten Sätze der Fehdebriefe und der mündlichen Herausforderungen diktiert; die gekünstelten Darlegungsfloskeln formuliert, welche man bei den Zeremonien von sich gibt; das verschnörkelte Formelwesen des Hoflebens hervorbringt; sich wortreich über religiöse Angelegenheiten ausläßt, die Historie der Ritterschaft erzählt und ihre Symbole erklärt. Es ist die offizielle Ideologie einer Welt, die Gesamtheit der religiösen, kulturellen, sozialen und moralischen Konventionen, welche die Gesellschaft inthronisiert und legitimiert hat (und die nicht notwendigerweise auch in der Praxis die Überzeugungen der Individuen dieser Gesellschaft sind, wie der Roman zeigt, indem er Verhaltensweisen schildert, die den Ideen widersprechen, welche die Personen als Lippenbekenntnisse von sich geben); es ist also der geistige Überbau, der auf dieser rhetorischen Ebene deutlich wird, auf die sich der Roman zeitweilig verlagert. Sie ist am leichtesten zu erkennen, weil sie sich fast immer in vorgegebenen Formen konkretisiert, in der Rede etwa oder im Dokument, aber auch deshalb, weil die Sprache, sobald sie in diese Zone gelangt, bestimmte Merkmale annimmt: sie spreizt sich, wird gelehrt, unbeweglich, wortreich und zugleich begriffsdürr, platt. Wann immer sie auf diese Ebene projiziert wird, stockt die Handlung, verblaßt zum Allgemeinbetrieb, verliert die körperlichen Konturen, wird blutleer und gefühlsarm: ein Frösteln durchschauert sie, das für einen Moment – bis der Umbruch stattfindet, bis der qualitative Sprung auf ein anderes Wirklichkeitsniveau erfolgt – ihre Überzeugungskraft derart schwächt, daß sie fast erlischt, und die Personen vor Kälte zu erstarren drohen. Aber daß die rhetorische Ebene die geringste Vitalität aufweist, daß es dort so mechanisch zugeht wie nirgendwo sonst in den unterschiedlichen Realitätszonen, zwischen denen die Erzählung spielt, bedeutet nicht, daß diese Ebene weniger real ist als die anderen: Die bloße Kundgabe konventioneller Vorstellungen, die da verbreitet werden, ist der Bühnenhintergrund, von dem sich die Akteure als Individualitäten abheben. Seine Neutralität erlaubt es, die Unterschiede festzustellen, die zwischen den handelnden Figuren bestehen. Dank dieser Gegebenheit ist es uns möglich, Abweichungen von (oder Übereinstimmungen mit) den von der Gesellschaft festgesetzten Musternormen zu konstatieren und zu ermessen, was persönliches Verhalten ist, in welchem Grade der Einzelne sich rebellisch oder konformistisch benimmt und auf welche Weise er den Spielraum nutzt, den das Koordinatensystem, in dem er sich bewegt, ihm jeweils läßt. In der Episode, von der wir reden, ist der Kontrast zwischen der rhetorischen Ebene und den anderen besonders stark; die Heftigkeit der Gefühle, die da dem offiziellen Sprachgebaren widerstreitet, wirkt enthüllend: sie offenbart die Diskrepanz zwischen Theorie und Praxis, zwischen den Fetischen und den Menschen in der Gesellschaft Tirants.

b) *Eine objektive Ebene* der Darstellung zeigt sich in den Passagen, wo die Erzählung die Wirklichkeit als bloße Außenwelt beschreibt. Die Personen des Romans verwandeln sich da in nichts als Augen und Ohren, der Bericht wird zur Photographie und zur Tonbandwiedergabe, die Welt reduziert sich auf das Sicht- und Hörbare. Diese

Ebene kommt zum Vorschein, als Tirant, geleitet vom Kaiser, das Gemach der Kaiserin betritt, von dem wir erfahren: »Das Zimmer war stockfinster, nirgendwo war ein Licht oder auch nur ein Schimmer von Helligkeit.« Man vernimmt einige Stimmen (nicht *die Stimme*, sondern verschiedene, sich deutlich voneinander unterscheidende Stimmen): die des Kaisers, die tonlose, todesmatte der Kaiserin, die fordernde, einen Leuchter verlangende Stimme Tirants. Ein Weilchen schwebt der Leser, wie Tirant, im ungewissen, orientierungslos dahintreibend zwischen den menschlichen Geräuschen, die in der Dunkelheit aufkommen; doch dann, in einer langen Passage von einwandfreier Objektivität, gewahrt er, sozusagen in die Augen Tirants versetzt, was dieser im Schein der flackernden Kerzen entdeckt: »etwas wie ein Rundzelt, ganz in Schwarz ...«, »eine Frau, die ein Kleid aus rauhem, grobem Stoff trug ...«, schließlich »ein Bett mit schwarzen Vorhängen«, und darin liegt »die Prinzessin in einem langen Kleid aus schwarzem Satin«; im Hintergrund des Gemaches aber sieht er »hundertsiebzig Frauen und Jungfrauen« stehen. Die präzise Zahlangabe ist nicht nur ein Hinweis auf die Fähigkeit Tirants, mit einem einzigen flüchtigen Blick genauestens abschätzen zu können, aus wieviel Personen eine Menschenmenge besteht; die numerische Exaktheit unterstreicht vor allem den Willen zur Objektivität, der in diesem Moment die Worte des Erzählers bestimmt. Der Leser erfährt nur, was in dem Gemach zu hören und zu sehen ist, nichts weiter; er weiß nicht, welche Gedanken und Gefühle die von Tirant wahrgenommenen Bilder und Laute in dessen Inneren erwecken. In diesem Moment (und in allen Momenten, wo die Erzählung auf die objektive Ebene überwechselt) ist der Roman eine kompakte sinnliche Wirklichkeit, eine konkrete Welt, zusammengefügt aus Gegenständen und Wesen, die nichts anderes sind als Form, Farbe, Geste, Format. Dann entfernt sich die Achse der Erzählung von Tirant, und der Leser sieht, von weitem, daß der Ritter der Infantin durch eine Verneigung seine Ehrerbietung erweist, ihr die Hand küßt, die Fenster des Gemaches öffnet. Und in diesem Augenblick wechselt die Erzählung plötzlich die Ebenen, der Leser stürzt durch die Oberfläche, die bis dahin die Welt war, in eine Dimension der Intimität, in eine Wirklichkeit, die nicht aus Fakten besteht, sondern aus Empfindungen, Gefühlen und Erregungen.

c) *Eine subjektive Ebene.* Als die Fenster aufgehen, ist all den Damen zumute, »als wären sie einer langen Gefangenschaft entronnen; denn seit vielen Tagen schon hatten sie in völliger Finsternis den Tod des Kaisersohnes betrauert«. Ein Satz, aufzuckend wie ein Pulverblitz, hat jählings einen Qualitätswandel in der Realität bewirkt, diese hat ihre Natur verändert, ist sprungartig in eine bis dahin verborgene Dimension gelangt. Aber unmittelbar nach diesem Satz kehrt die Erzählung zurück zur rhetorischen Ebene, in einem neuen Sprung oder Umbruch, und der Leser vernimmt, wie Tirant, verwandelt in *die Stimme* einer Unperson, den Kummer des Volkes bedenkt und der kaiserlichen Familie rät, die Trauerzeremonien zu beenden, worauf *die Stimme* für ein paar Sekunden übergeht auf den Kaiser und aus dessen Mund verlautbart, daß der Herrscher diesen Ratschlag gutheißt. Danach findet noch mal ein Sprung oder Umbruch statt, die Erzählung vertauscht erneut die Ebenen, kehrt zurück zu jener subjektiven Dimension, die kurz in Erscheinung getreten und sogleich wieder entschwunden war, nun aber aufs neue zum Vorschein kommt: »Während der Kaiser mit diesen oder ähnlichen Worten seine Zustimmung äußerte, achteten die Ohren Tirants auf dessen Rede, seine Augen jedoch widmeten sich der Betrachtung von Karmesinas großer Schönheit.« Als er das Gemach betrat, war Tirant eine untrennbare Einheit von Gehör und Blick gewesen, danach eine Stimme, deren Klang sich mit den konventionellen Tönen seiner Zeit vermischte, nun aber ist er zweierlei verschiedene Dinge zu gleicher Zeit: ein Ohr, das auf den Kaiser achtet, ein Augenpaar, das nach der Infantin späht. Ein Zwiespalt ist entstanden, ein Riß, der ihn mit sich selbst entzweit; und der Bruch, der mitten durch ihn hindurchgeht, sein Wesen spaltet, das bis zu diesem Augenblick nur physische Gegenwart war, Faktum von Sinnesorganen, Vehikel für *die Stimme*, weil es nur auf den Ebenen der Rhetorik und der Objektivität präsentiert worden war – diese Wesensspaltung also ist es, was den Leser eindringen läßt in die Innenwelt des Ritters, wo er allmählich entdeckt, was dessen Gemüt bewegt. Ohren, die auf den Kaiser horchen, Augen, die an den nackten Brüsten Karmesinas hängen –

Tirant ist zwiefach da, als zwei Personen: eine für den Kaiser, eine andere für den Leser. Bis dahin war das, was Tirant tat, hörte, sah und sagte, vom Leser wahrgenommen worden, auch vom Kaiser und den übrigen Leuten, die sich in dem besagten Raum des Herrscherpalastes befinden. Von nun an ist alles ganz anders: in Tirant ereignet sich etwas, das für alle Anwesenden verborgen bleibt; etwas, an dem nur der privilegierte Leser teilnimmt; etwas, das man weder hören noch sehen kann; das einer ungreifbaren Schicht der Wirklichkeit angehört: das, was Tirant fühlt. Die Subjektivität hat sich in dieser Welt eingenistet, die Realität ist gewachsen. Die Menschen sind nun nicht mehr nur Tat, Sinneswahrnehmung und Bauchrednerei; jetzt sind sie auch der Ort geheimnisvoller Vorgänge, von denen sie niedergedrückt oder erhoben werden, Opfer unkontrollierbarer Kräfte, die bewirken, daß sie Lust empfinden oder leiden. Subjektive Vorgänge, die man nur auf subjektive Weise ausdrücken kann: Die Brüste Karmesinas sind »zwei Paradiesäpfel, glänzend, als wären sie aus Kristall; und ihre schimmernde Klarheit lud die Augen des Bretonen ein, sich hineinzuwagen. Einmal drinnen, fanden sie nie wieder einen Ausgang und blieben so für immer als Gefangene in der Gewalt eines ungebundenen Wesens, bis der Tod beider die Trennung erzwang.«

d) *Eine symbolische oder mythische Ebene.* Nachdem auf allegorische Weise die schicksalhafte Macht der Liebe geschildert worden ist, der Tirant im unpassendsten Moment unrettbar verfällt, und nachdem uns angedeutet wird, daß man die Trauerpflichten aufgehoben hat, lädt die Erzählung den Leser dazu ein, sich gemeinsam mit dem Kaiser, Karmesina und Tirant in einen anderen Raum des Palastes zu begeben; und dieser Ortswechsel ist höchst bedeutsam, denn mit ihm vollzieht sich ein weiterer Umbruch, ein weiterer qualitativer Sprung, diesmal auf ein ganz neues Wirklichkeitsniveau. Was ist das Besondere an dem Gemach, das nun betreten wird? Nicht der Umstand, daß es »mit wunderschönen Gobelins geschmückt war«, sondern daß es »ringsum, an allen vier Wänden, die Liebesgeschichten der folgenden Paare vorführte: Florice und Blanchfleur, Pyramus und Thisbe, Aeneas und Dido, Tristan und Isolde«; daß dort »auch die Königin Ginevra mit Lanzelot« zu sehen war, »und viele andere mehr«. Diese Liebenden aus der Mythologie, diese archetypischen Paare der mittelalterlichen Literatur, dienen an den Wänden des fürstlichen Gemachs als Dekorationselemente; aber in der Erzählung des Romans erfüllen sie eine andere Funktion: sie sind Symbole einer vorausdeutenden Ahnung. Eben erst hat Tirant sich in Karmesina verliebt; da ist es kein Zufall, wenn er und die Infantin gleich im nächsten Moment sich von den Bildnissen jener Paare umringt sehen, die im Bewußtsein des Mittelalters die unsagbare Leidenschaft verkörpern, die leibhaftig vor Augen tretende Idee der Liebe schlechthin. Der kurze Satz, der die Begegnung der realen und der idealen Gestalten benennt, ist voll stillschweigender Prophezeiungen, magischer Kennmarken, und deren Geheimbotschaft besagt: Die neugeborene Liebe, die sich soeben zum ersten Mal geregt hat, ist dazu berufen, wie die auf den Wandteppichen dargestellten Liebesgestalten in die unvergängliche Welt des Mythos und der Legende einzugehen, die Zeit zu überdauern, sich selbst in ein Symbol zu verwandeln. Sichtbar geworden ist somit die symbolische oder mythische Dimension des Realen, die zuvor schon einmal in dem Roman aufschien, als Wilhelm von Warwick die Erinnerung an einige »überaus kühne Ritter« heraufbeschwor, »wie etwa Lanzelot vom See, Galahan, Boors und Parzival, besonders aber Galahad, der durch seine ritterliche Geistesstärke und Keuschheit würdig wurde, den Heiligen Gral zu erobern«. Diese Dimension taucht auch in den Episoden auf, die von dem »Wunderfelsen« erzählen, und sie öffnet sich mitunter im späteren Verlauf des Romans, mit der Ankunft Morganas und beim Erscheinen des Königs Artus am Hof von Byzanz, und schließlich bei dem Abenteuer, das der Ritter Espercius auf der Insel Kos erlebt. Nunmehr besteht die Wirklichkeit nicht nur aus Konventionen (rhetorische Ebene), Aktionen (objektive Ebene), Gefühlen (subjektive Ebene), sondern auch noch aus einer zeitlosen (symbolischen oder mythischen) Ebene, zu der sich, dank ihrer ungewöhnlichen, grandiosen Art, manche Taten und Gefühle emporschwingen, um auf ewig in den Köpfen, den Herzen und den Glaubensartikeln der Menschen weiterzuleben.

Die Realität hat sich also im Fortgang der Episode allmählich erweitert, indem die verschiedenen Schichten, aus der sie sich zusammensetzt, nach und nach zum Vorschein kamen; und diese haben, indem sie durch wiederholten Wechsel der Handlungsebene oder mehrere qualitative Sprünge einander überschnitten und sich voneinander absetzen, wechselweise sich modifiziert, sich gegenseitig bereichert, weil die Spannungsverhältnisse und besonderen Eigenschaften einer jeden in die anderen übergingen, wie sich die Flüssigkeit durch ein System von kommunizierenden Röhren mitteilt. Denn was auf einer jeden dieser verschiedenen Ebenen geschieht, ist nur aus der Perspektive der anderen Ebenen voll und ganz zu verstehen; und diese dynamische Interaktion, welche die Konventionen, Taten, Gefühle und Symbole verkettet, macht sie zu Elementen eines untrennbaren Ganzen: aus ihrer Verbindung erwächst das Leben. Die technische Meisterschaft Martorells stellt im Moment des Erzählens jene vollkommene Einheit der Verschiedenheit, jene Verschiedenheit der Einheit, die das reale Leben charakterisiert, aufs neue her, dank der gleichzeitigen Anwendung der beiden genannten Verfahren: dank dem *Umbruch oder qualitativen Sprung*, der die verschiedenen Ebenen, aus denen sich die Wirklichkeit zusammensetzt, realiter trennt, auseinanderrückt, unterscheidet, und dank seinem System von kommunizierenden Röhren, das die diversen Elemente zusammenführt, verbindet, vereint zu einer einzigen pulsierenden Strömung: Dieser zwiefachen Aktivität entspringt das zündende Erlebnis wie der Funke aus der Reibung zweier aneinandergeschlagener Kiesel. Die Erzählung geht so selbstverständlich von einer Ebene auf die andere über, daß nur die nachrechnende, mißtrauische und gleichsam chirurgische Lektüre des Kritikers den Übergang registriert; bei der naiven, zweckfreien und arglosen Lektüre, der sich ein normaler Leser überläßt, wird dieses Hin und Her überhaupt nicht bemerkt. Was man dabei sehr wohl merkt, das sind die Folgen dieser Übergänge: die Bewegtheit, die Mehrdeutigkeit, die Tiefe, die muntere, mitreißende Lebhaftigkeit, welche die Episode dank dieser beweglichen Perspektive erhält. Die Umbrüche oder Sprünge erzeugen Energieatome, die von den kommunizierenden Röhren auf die verschiedenen Ebenen verteilt werden; und wenn sie aufeinanderprallen, wenn sie zu immer größeren Energie-Einheiten verschmelzen, die weiterhin im Takt dieser Wanderperspektive von hier nach da wechseln, so entfesseln diese Atome die alles entflammende Feuersbrunst, die dem Realitätsfragment dieser Episode zwangsweise jenen inneren Glutfluß einjagt, den man Leben nennt. Die Perspektivenwechsel gehorchen einer strikten Notwendigkeit. Ihre Reihenfolge entspricht dem Prinzip, daß sie immer erhellend, enthüllend zu wirken haben, indem sie jeweils diejenige neue Substanz oder diejenige Änderung ins Spiel bringen, die für ein umfassendes Verständnis der Wirklichkeit im gegebenen Augenblick unentbehrlich ist. Dies gibt der Schilderung den Zusammenhalt, der erzählten Geschichte die Glaubhaftigkeit, der Diktion die Präzision und Transparenz.

Das Verfahren des Umbruchs oder qualitativen Sprungs findet sich häufig in den Ritterromanen, wo die Realität ständig von einer rationalen Ebene auf eine irrationale Ebene übergeht und der historische Bereich sich unversehens in ein Reich der Wunder verwandelt; aber in keinem Werk dieser Gattung ist diese Technik so wirkungsvoll angewandt worden wie in *Tirant lo Blanc*. Unmerklich die Natur einer bestimmten Wirklichkeit zu verwandeln, eine Situation lautlosen Veränderungen zu unterziehen, indem man ihren anfänglichen Gehalt durch einen anderen ersetzt, ohne daß die äußere Erscheinung des Berichts diese Auswechslung kenntlich macht, oder doch dann erst zu erkennen gibt, wenn der Leser schon ganz durchdrungen ist von der neuen Materie, überwältigt, entwaffnet, unfähig, sich dieser andersartigen Dimension des Wirklichen zu erwehren, die ihm ohne Vorankündigung nahegebracht und einverleibt worden ist – das ist die strategische List, die von den Autoren des phantastischen Genres meistens benutzt wird, das Mittel, dank dem der Leser das Alptraumgeschick der Menschen Kafkas *akzeptiert;* es *glaubt,* daß Cortázars Menschlein, das den Jardin des Plantes besucht, sich am Ende in ein Wassertierchen verwandelt; es *zuläßt,* daß die ungeheure Übelkeit, die den schäbigen Helden Célines bei der Fahrt über den Canal de la Mancha befällt, sich ausbreitet und zu einem weltweiten Erbrechen wird, bei dem die ganze Menschheit ihre Eingeweide auszukotzen scheint. Bei Martorell besitzt diese Art, den Erzählstoff zu organisieren, schon die Flexibilität, die Funktionalität, welche sie später in den Händen der Meister des Ungeheuerlichen erweisen sollte, die den Umbruch oder qualitativen Sprung zur fundamentalen Methode ihres Schaffens machten, um auf diese Weise den Leser dahin zu bringen, daß er bereitwillig ihre Wachtraumgeschöpfe und makabren Visionen aufnimmt.

Was das Prinzip der kommunizierenden Röhren angeht, kann man getrost behaupten, daß dessen Anwendung in der erzählenden Dichtung gang und gäbe ist, seit Flaubert es in dem berühmten Kapitel der bäuerlichen Wahlversammlung in seiner *Madame Bovary* benutzte (wo er simultan das Liebesgeflüster eines Paares und die von den beiden beobachtete, unterm Balkon sich abspielende Wahlfarce wiedergab), bis hin zu Faulkners kühnem Unterfangen, einen ganzen Roman auf dieses Verfahren zu gründen – *The Wild Palms*, wo die miteinander verflochtenen und voneinander unabhängigen Geschichten des ehebrecherischen Paares und des Sträflings sich, kraft der poetischen Konstruktion, in die Schau- und Kehrseite einer einzigen geheimnisvollen Geschichte verwandeln. So landläufig ist inzwischen die Anwendung des genannten Prinzips geworden, daß sie geradezu als Inbegriff heutiger Romantechnik erscheint und die Kritik es oftmals gänzlich vergißt, darauf hinzuweisen, daß diese Technik bereits im klassischen Roman zu finden ist. Innerhalb einer erzählerischen Einheit Episoden, die in verschiedenen Zeiten oder/und Räumen spielen oder konträrer Natur sind, derart miteinander zu verbinden, daß die besonderen Spannungen und Emotionen einer jeden Einzelepisode jeweils von der einen in die andere übergehen, sich gegenseitig erhellend und klärend, damit aus solcher Vermischung das entspringe, was zum wesensbestimmten Erlebnis werden kann, ist eines der Kunstmittel, die schon Martorell benutzte.

Die lautlose Hochzeit und der Traum von Wonnemeineslebens: das Chinesische Kästchen und die kommunizierenden Röhren. Die lautlose Hochzeit, die Tirant und Karmesina, Diafebus und Stephania in einem Gemach der Burg des Grimmigen Nachbarn feiern, bespitzelt von Wonnemeineslebens (die Episode beginnt in der Mitte von Kapitel CLXII, »Als es Nacht geworden und die Zeit gekommen war…«, und sie endet in der Mitte von Kapitel CLXIII, »Wahrlich, eine bittere Marter ist das Erwachen, wenn man einen guten Traum geträumt hat«), bildet einen der gelungensten Teile des Romans, dank dem stofflichen Reichtum dieser Episode, ihrer wollüstigen, ausgelassenen Sinnlichkeit, ihrer moralischen Freiheit und der Klugheit ihrer Komposition. Eine verwegene Phantasie verbündet sich hier mit einer außerordentlichen technischen Meisterschaft, die souverän über die Möglichkeiten der Erzählkunst verfügt. Martorell verschränkt die Zeitebenen, schwenkt den Blickwinkel, kombiniert die erotischen, sentimentalen, humoristischen und psychologischen Elemente mit hellwacher, nie versagender Intelligenz, in der Absicht, den höchstmöglichen Gewinn aus sämtlichen seelischen Ingredienzien des von ihm benutzten Stoffes zu ziehen.

Man muß diese Episode zerlegen und wieder zusammensetzen, um festzustellen, mit welchem Kunstverstand ihre Struktur entworfen worden ist. Das thematische Rohmaterial ist folgende Handlung: Karmesina und Stephania führen Tirant und Diafebus in ein Zimmer der Burg, nachdem die anderen Leute sich schlafen gelegt haben. Dort verbringen die beiden Paare, ohne zu wissen, daß Wonnemeineslebens sie durchs Schlüsselloch beobachtet, die Nacht, mit Hingabe und Ausdauer sich allerlei amourösen Spielen widmend, die im Falle Tirants und Karmesinas nur ein Vorgeplänkel sind, während Diafebus und Stephania aufs Ganze gehen. Als der Tag anbricht, trennen sich die Liebenden, und ein paar Stunden später offenbart Wonnemeineslebens den zwei Bräuten, Karmesina und Stephania, daß sie Augenzeugin des heimlichen Beilagers gewesen ist.

Die reale Chronologie der Ereignisse sieht folgendermaßen aus: 1.) Einschmuggelung der beiden Liebhaber in das Gemach (Vergangenheit); 2.) Liebesspiele (Gegenwart); und 3.) Enthüllung der Zeugenschaft von Wonnemeineslebens (Zukunft). Freilich, im Roman wird die Episode nicht in kontinuierlicher Gradlinigkeit erzählt, sondern in einer zeitlichen Reihenfolge, die sich vom realen Hergang unterscheidet. Die Erzählung berichtet die Präliminarien, den Entschluß Karmesinas und Stephanias, Tirant und Diafebus einzuschleusen, um dann darüber zu befinden, »mit welchen Linderungsmitteln man den Leiden der Liebenden zu Leibe rücken wolle«; es wird dargelegt, wie Wonnemeineslebens, als sie erfährt, daß die Prinzessin nicht zu Bett gehen will, und gleich darauf bemerkt, daß diese köstlich parfümiert ist, den Verdacht schöpft, »daß da die Feier eines lautlosen Hochzeitsfestes vorbereitet werde«, worauf sie sich schlafend stellt und dabei mitbekommt, wie Stephania, sobald sie glaubt, daß alle eingeschlafen seien, die Liebhaber heimlich einläßt. Als nächstes schildert die Geschichte, die bis dahin der realen Reihung der Ereignisse gefolgt ist, welche Verzückung Tirant überkommt, als er die schön geschmückte Prinzessin im Halbdunkel gewahrt; wie er vor ihr auf die Knie fällt, ihr die Hände küßt. Hier nun, an dieser Stelle, erfolgt ein zeitlicher Bruch: »Stundenlang gingen dann zärtliche Worte zwischen ihnen hin und her. Als es den Rittern schließlich an der Zeit schien, sich zu entfernen, nahmen sie Abschied von den Damen und schlichen sich davon, zurück in ihr Quartier.« Der Bericht springt in die Zukunft über und hinterläßt im verschwiegenen Abgrund der Gegenwart eine vieldeutige und kluge Frage: »Wer hätte wohl schlafen können in dieser Nacht, wo die einen vor Liebe, die anderen vor Leid kein Auge zutaten?« Martorell vergißt den Leser nicht. Die Verzerrung der zeitlichen Folge hat den Zweck, eine Erwartung zu wecken, Spannung, Begierde zu erzeugen, das Interesse an der Geschichte, die man liest, zu steigern, die Phantasie des Lesers anzustacheln und ihn mit brennender Ungeduld zu erfüllen. Die Erzählung versetzt ihn sodann in eine Morgenstunde des nächsten Tages. Wonnemeineslebens steht auf, begibt sich in das Zimmer der Prinzessin und findet dort Stephania: »sie saß auf dem Boden, und ihre Hände waren nicht willens, der Prinzessin beim Binden des Hutbandes behilflich zu sein: offensichtlich war sie nur von dem einen Verlangen erfüllt, sich lustvoll ihren eigenen Gedanken überlassen zu dürfen«. Sieh da, noch ein Stachel, der den Geist des Lesers aufreizen soll; noch eine mehrdeutige Wendung, um seine Neugier zu schüren, seine üblen Vermutungen anzupeitschen: Was ist geschehen? Woher kommt diese lustvoll lässige, liederliche Achtlosigkeit Stephanias? Wonnemeineslebens schiebt den Augenblick ihres Geständnisses noch ein Weilchen hinaus, spöttelt mit sanfter Verderbtheit. Was fühlt Stephania? Warum diese Miene? Und wenn es was Lebensgefährliches wäre? Tun ihr nicht die Fersen weh? Wonnemeineslebens hat nämlich die Ärzte sagen hören, daß »bei uns, den Frauen, der Schmerz zunächst in den Zehennägeln anfängt, dann in den Füßen; er steigt auf zu den Knien, zu den Schenkeln, und manchmal dringt er in die Scham ein, wo er zur großen Qual wird, und von dort steigt er einem zu Kopf, verwirrt das Gehirn, und so kommt es zur Fallsucht.« Anspielungen, vage Andeutungen, welche die Atmosphäre mehr und mehr erhitzen, sie mit einem erregenden und sinnenverwirrenden Brodem erfüllen, mit den feuchtfrechen Brisen sündigen Nachthauchs. Und schließlich, listig sich eines Tricks bedienend, gibt Wonnemeineslebens beiden Frauen zu erkennen, daß sie alles miterlebt hat, was in der vergangenen Nacht geschehen ist. Sie hat, so sagt sie, einen Traum gehabt; und in diesem Traum sah sie Stephania »mit einer brennenden Kerze« kommen, gefolgt von Tirant und Diafebus, die sie in das Gemach führte. Hier erfolgt der zweite zeitliche Bruch. Der Bericht kehrt von der Zukunft zurück in die Gegenwart; was für Liebesspiele da stattfinden, wird dem Leser durch den vorgeblichen Traum offenbart, den Wonnemeineslebens den beiden Prinzessinnen schildert. Der Erzählstoff der Episode ist also folgendermaßen aufgeteilt: 1.) Einführung von Tirant und Diafebus (Vergangenheit); 2.) das enthüllende Geständnis von Wonnemeineslebens (Zukunft); und 3.) die Liebesspiele (Gegenwart).

Diese erste Komplizierung der Konstruktion zieht eine zweite nach sich: den Wechsel des Blickpunkts, die Veränderung der Erzählebene. Alle Präliminarien sowie das, was den Liebesspielen folgt, werden vom Autor selbst erzählt, beides entspricht der objektiven Schicht der Wirklichkeit; der eigentliche Kern der Episode jedoch, die Vorgänge in dem Gemach – die Zärtlichkeiten, welche die Liebenden austauschen, die vergeblichen Versuche Tirants, sich Karmesinas zu bemächtigen, die schmerzhafte Entjungferung Stephanias – werden dem Leser nicht vom Verfasser direkt berichtet; sie werden vielmehr von einer der Romanfiguren, Wonnemeineslebens, zwei anderen fiktiven Personen, Karmesina und Stephania, mitgeteilt. Die Erzählung hat sich auf die subjektive Schicht des Romans verlagert. Zwischen dem Leser und dem Erzählstoff ist eine vermittelnde Instanz aufgetaucht: Die objektive Sicht verschwindet, eine subjektive Optik schaltet sich ein, durch deren Perspektive der Stoff passiert, ehe er zum Leser gelangt. Bei diesem Durchgang erleidet der Stoff logischerweise gewisse Veränderungen, er wird mit emotionalen Elementen aufgeladen, die ihm nicht eigen sind, sondern der fiktiven Individualität entstammen, die ihn vermittelt. Auch diese subtile Vermischung gehört zu den ältesten Tricks der Romantechnik, und man könnte die Wirkung dieses Verfahrens als »Effekt des Chinesischen Kästchens« bezeichnen. Öffnet man ein solches Kästchen, kommt ein kleineres Kästchen zum Vorschein, das seinerseits ein noch kleineres enthält, in dem wiederum ... Genauso verhält es sich bei den erzählerischen Dichtungen, die nach der Methode des Chinesischen Kästchens gebaut sind: eine Episode enthält eine zweite, und diese birgt manchmal noch eine dritte, und so weiter ... *Tausendundeine Nacht* ist ein schlagendes Beispiel für die poetische Anwendung dieses Verfahrens – Scheherazade erzählt dem Sultan die Geschichte vom blinden Händler, in welcher der Derwisch anderen Leuten die Geschichte von jemand erzählt, der ..., et cetera. Und es ist keineswegs ein belangloser Zufall, wenn Martí de Riquer entdeckt hat, daß die Geschichte vom Philosophen aus Kalabrien, die im Kapitel CX von *Tirant lo Blanc* erzählt wird, eine verblüffende Ähnlichkeit mit dem hat, was in der 459. Nacht von *Tausendundeine Nacht* berichtet wird. Martorell benutzt die Methode des Chinesischen Kästchens mehrmals: Die Heldentaten, die Tirant im Lauf eines Jahres und eines Tages vollbringt (so lange dauern ja die ausgedehnten Hochzeitsveranstaltungen am englischen Königshof), erfährt der Leser durch den Bericht, den Diafebus dem Grafen von Warwick gibt; der Überfall der Genuesen auf die Festung Rhodos wird uns zur Kenntnis gebracht durch die Schilderung dieses Ereignisses, die zwei Ritter vom Hofe des Königs von Frankreich Tirant und dem Herzog der Bretagne bieten; das Abenteuer des Kaufmanns Gaubedí wird im Rahmen einer anderen Geschichte erzählt, die Tirant der Munteren Witwe erzählt. In der Episode von der lautlosen Hochzeit ist die Verwendung dieses Kunstgriffs perfekter als in den anderen Fällen, auch komplizierter, denn sie vollzieht sich in Kombination mit der gleichzeitigen Praktizierung des Zeitsprungs: mit der Verschränkung verschiedener zeitlicher Ebenen (Vergangenheit – Zukunft – Gegenwart) und mit einem Wechsel der Wirklichkeitsschichten (objektiv – objektiv – subjektiv).

Wenn die Änderung der zeitlichen Reihenfolge den Zweck hat, die Gemütsverfassung des Lesers zu manipulieren, ihn psychologisch einzustimmen, ihn zu verblüffen, zu beunruhigen, ungeduldig zu machen, gespannt (diese Stimmungsumschwünge im Leser gehen in die Fiktion über; der zu erzählende Stoff nährt sich von diesen Emotionen, gewinnt aus ihnen die eigene wachsende Lebendigkeit, ihren Erlebnishunger, begierig, gespannt) auf den Höhepunkt der Episode – wenn dies also der Zweck der versetzten Zeitenreihung ist, so ist es, im gegebenen Fall, das Ziel des zweiten Kunstgriffs, der Einschaltung eines Vermittlers, die Roheit der erzählerischen Materie zu mildern, die, wenn sie dem Leser mit brutaler Direktheit dargeboten würde, in ihm eine Abwehrreaktion hervorrufen könnte, eine ungläubige Ablehnung dessen, was in der Fiktion geschieht: Die Zustimmung, von der das Leben der Erzählung abhängt, würde zunichte gemacht. Auf welche Weise mildert die Mittlerfunktion der fiktiven Erzählerin die Roheit? Wie rettet sie die Wahrscheinlichkeit des Erzählten? Wie umgeht sie die zu erwartenden Vorbehalte des Lesers? Sie schafft es dank dem Humor, dem Element, das so lösend wirkt, so leicht die Widerstände umschmiegt und lässig in Einklang wiegt wie nichts sonst auf der Welt. Der lange Monolog von Wonnemeineslebens ist voll lächelnder Gelöstheit, voll der unbeirrbaren Fröhlichkeit, die diese Person in all ihrem Tun und Lassen verströmt, und dank ihrer Natürlichkeit, dank den Scherzen und zierlichen Schnörkeln, mit denen sie ihre Erzählung garniert, verliert das »wonnigliche Wehklagen« Stephanias, das Stöhnen, das sie bei ihrer Entjungferung ausstößt, den dramatischen Charakter; die Affäre gewinnt eine gewisse Leichtigkeit, wird oberflächlich und erträglich. Der Übergang von der objektiven zur subjektiven Ebene bedeutet jedoch nicht, daß die individuelle Sicht zur absolut gültigen Perspektive würde; während Wonnemeineslebens in Erinnerung ruft, was sich in der vorausgegangenen Nacht ereignet hat, vermeidet es Martorell geschickt, den Leser jemals vergessen zu lassen, daß die Handlung sich nun gleichzeitig auf zwei getrennten Erzählebenen entwikkelt; daß jene Gegenwart (die Liebesspiele) von einer Zukunft her gesehen wird; daß Wonnemeineslebens etwas bereits Geschehenes erzählt. Und diese objektive Schicht erscheint und verschwindet in gelegentlichen Zäsuren des Traumberichts, wenn sporadisch ein Spalt in der subjektiven Vermittlungsschicht entsteht, durch einen Einwurf der Prinzessin, die, halbtot vor Lachen, Wonnemeineslebens unterbricht und sie ermahnt, endlich weiterzuerzählen, oder darum bittet, sie möge dies und das, was sie im Traum gesehen, doch noch genauer schildern.

Verschränkung der zeitlichen Ebenen, Wechsel der Wirklichkeitsschicht – das sind die fundamentalen Verfahrensweisen. Ihnen muß ein dritter Faktor hinzugefügt werden: die Dosierung, die subtile Kombination der psychischen Bestandteile. Martorell nimmt in dieser Episode (und in anderen) den Humor zu Hilfe (fast immer bei solchen, die besonders gewagt sind), aber er läßt es nicht zu, daß dieser die Tatsachen »entwirklicht«, sie derart abschwächt, daß ihre Lebendigkeit erstirbt. Darum gleicht er in dieser Episode die dämpfende Funktion des Humors durch die heftige Energie der Sinnlichkeit aus, durch die erotische Drastik. Das erotische Element dieser Episode ist nicht nur durch die Fakten gegeben, die sich da ereignen, das heißt: durch das, was Wonnemeineslebens in ihrem Traum »gesehen« hat, sondern auch durch das, was sie dabei »empfunden« hat (subjektive Ebene): sie geriet, wie sie gesteht, bei diesem Schauspiel derart in Hitze, daß sie weglaufen mußte, um sich abzukühlen, indem sie »das Herz, die Brüste und den Bauch« mit Wasser übergoß, worauf sie dennoch nicht einschlafen konnte, weil sie immerzu an das denken mußte, was sie »geträumt« hatte. Ein wesentlicher Zug der Persönlichkeit von Wonnemeineslebens wird durch dieses Geständnis sichtbar. Die Schilderung der Liebesspiele in eben dieser Episode stellt einen jener Werte, die auf der rhetorischen Ebene des Romans besonders häufig präsentiert werden und die, wenn man die Reden der dargestellten Personen bar nehmen wollte, das solideste moralische Fundament der Welt wären, nachdrücklich in Frage, indem sie deren Wirkungslosigkeit erweist, ihre Künstlichkeit und Unmenschlichkeit. Die »Ehre«, die Karmesina so hartnäckig dem Begehren Tirants entgegenhält, verhindert zwar, daß sie ihm ihre Jungfräulichkeit preisgibt, aber sie gestattet es ihr, all die anderen Anwandlungen seiner sexuellen Phantasie willig hinzunehmen. Die rein rhetorische Existenz dieses Wertes, die Verluderung und Verhöhnung, die ihm widerfährt, sobald er aus der Region der *Stimme* in den Bereich der Taten oder der Gefühle gerät, wird damit unterstrichen.

Genau wie der Umbruch oder qualitative Sprung wird die Methode des Chinesischen Kästchens gemäß einem System von kommunizierenden Röhren angewandt, das alle Teile der Episode zu einer vitalen Einheit integriert. Die Spannungen und Emotionen der verschiedenen Schichten verschmelzen zu einem einzigen Erlebnis, und die Abwandlungen der Zeitenfolge ergeben den Anschein einer bruchlosen Kontinuität, einer chronologischen Totalität, dank diesem Verfahren, den Erzählstoff aufzuteilen, dank dieser sorgfältigen Planung. Das Chinesische Kästchen ist ebenfalls eines der meistbenutzten Modelle der modernen Romantechnik, bei dessen Anwendung der Mittler, der Zeuge, eine wichtige Rolle spielt: er bewirkt die Mehrdeutigkeit und Komplexität des Erzählten, er vervielfältigt die Perspektiven, er nuanciert die Fakten, die eine Fiktion berichtet, gibt ihnen Tiefe und erhebt sie in eine subjektive Dimension. Will man dies mit einem einzigen gewichtigen Beispiel belegen, so empfiehlt es sich, daran zu erinnern, daß fast alle Geschichten Faulkners nicht direkt dem Leser erzählt werden; es sind vielmehr Geschichten, die nach und nach aus den Geschichten erwachsen, welche die Figuren der Fiktion einander erzählen.

Daß bei Martorell das Bestreben zutage tritt, einen allumfassenden Roman zu schreiben, jener Ehrgeiz, der später zum kennzeichnenden Wesenszug der besten Erzähler werden sollte; daß in seinem Buch Techniken auftauchen, die hernach zu gängigen Verfahren der Romankunst werden, wäre nur von anekdotischem Interesse, wenn diese ehrgeizige Zielsetzung und diese Techniken ihm nicht dazu gedient hätten (ihm allein oder ihm und Martí Joan de Galba, falls die Beteiligung des Letztgenannten als wesentliche Mitwirkung bei der Ausarbeitung des Romans zu werten ist, was mir zweifelhaft scheint), ein so grandioses Buch zu schreiben, wie es *Tirant lo Blanc* ist. Nicht dieser Ehrgeiz, nicht die Anwendung der besagten Techniken ist es, was diesem Werk eine überragende Bedeutung verleiht; dieses Werk ist es, was jenen Ehrgeiz und jene Techniken bedeutsam macht. Denn hier erweist sich, wieder einmal, daß eine Technik kein Eigenleben hat und keinen Wert an sich darstellt, sondern beides nur im Dienst des Stoffes erlangt, der mit ihrer Hilfe seine Gestalt gewinnt; und es offenbart sich hier aufs neue, daß der Stoff dann jenes Maß an Autonomie, Darstellungskraft und Überzeugungswucht erlangt, das ihn zu einem eigenständigen Leben befähigt, wenn er auf die einzig mögliche Weise in die ihm gemäße Form gebracht, also derart organisch geordnet worden ist, daß sprühend das Leben daraus entspringt. *Tirant lo Blanc,* dieser Leichnam, liegt da, im Grab seiner unverdienten Vergessenheit, und wartet darauf, daß endlich die Leser kommen, um einzudringen in seine Welt – eine Welt voll sprudelnden, wundersam frisch erhaltenen Lebens.

Mario Vargas Llosa
Juan les Pins, August 1968

Inhalt

Zweites Buch